Miklosich, Fra

Vergleichende Lautlehre der slavischen Sprachen

Miklosich, Franz

Vergleichende Lautlehre der slavischen Sprachen

Inktank publishing, 2018

www.inktank-publishing.com

ISBN/EAN: 9783747771310

VERGLEICHENDE

LAUTLEHRE

DER

SLAVISCHEN SPRACHEN

VON

FRANZ MIKLOSICH.

VON DER KAISERLICHEN AKADEMIE DER WISSENSCHAFTEN
GEKRÖNTE PREISSCHRIFT.

ZWEITE AUSGABE.

WIEN, 1879.

WILHELM BRAUMÜLLER

K. K. HOF- UND UNIVERSITÄTSBUCHHÄNDLER.

INHALT.

Druck von Adolf Holzhausen in Wien
k. k. Universitäts-Buchdruckerei.

Lautlehre der altslovenischen sprache.

ERSTER TEIL.
Vocalismus.

A, i, u *sind die drei grundpfeiler des vocalismus der arischen sprachen. Dies lehrt die sprachwissenschaft in übereinstimmung mit der physiologie. Alle übrigen vocale sind aus diesen drei entstanden.*

Erstes capitel.
Die einzelnen vocale.

A-vocale der altslovenischen sprache und der slavischen sprachen überhaupt sind die aus dem a der arischen ursprache entstandenen vocale. Diese arische ursprache ist nicht das altindische: allein dieses steht der arischen ursprache unter allen bekannten arischen sprachen am allernächsten, so dass man es an die stelle der arischen ursprache in allen puncten treten lassen darf, in denen die wissenschaft nicht eine abweichung nachzuweisen vermag. So ist für das aind. pûrṇa voll als ursprachlich parna anzusetzen, das eigentlich ein particip von par füllen ist und dem aslov. plъnъ aus pelnъ, p. pełny, entspricht. Die slavische grammatik hat die frage zu beantworten: welche schicksale hat das ursprachliche a in den slavischen sprachen erfahren? Es sind demnach hier auch jene fälle zu behandeln, in denen ursprachliches a durch keinen vocal vertreten ist: dies ist der fall im oben

1

angeführten plъnъ, *das dem ursprachlichen parna entspricht und* plnъ
*lautete. Eine besondere kategorie bilden jene wenig zahlreichen worte,
in denen ursprachliches a wie ursprachliches i oder u behandelt wird.*

A. Die a-vocale.

Der a-vocal *kömmt im* aslov. *auf einer vierfachen stufe vor:*

I. 1. A. Auf der ersten stufe des a-lautes *steht* e: aslov. peką
coquo, aind. pačāmi. *Der in die periode der ursprache zu versetzende
übergang des ursprünglichen a in a*, das durch a₁ bezeichnet werden
kann, slav.* e, *beruht wahrscheinlich auf dem accente, der ursprünglich
chromatisch war, d. h. in einem höheren tone der accentuierten silbe dem
niedrigeren der nicht accentuierten silben gegenüber bestand. W. Scherer,
Zur geschichte der deutschen sprache seite 121. Zeitschrift 23. seite
115. 131.*

B. Aus dem e *entwickelte sich schon in der slavischen ursprache
nicht selten der i-laut* ь: zvьnêti *sonare aus* zven, *wie* zvonъ *sonus
zeigt.* bьrati colligere *aus* ber, *wie* berą colligo *und* borъ *in* sъborъ
collectio *dartut. Der übergang des slavischen* e *in* ь *beruht, wie
mir scheint, teils auf dem exspiratorischen accente, d. h. auf einem
relativen forte der accentuierten silbe dem piano der nicht accentuierten
silben gegenüber, Zeitschrift 33. seite 115, teils auf dem mangel
des accentes. Das forte und die accentlosigkeit der silbe hat dieselbe
wirkung:* dvьrь. bьráti.

2. A. Die lautverbindungen er, el *gehen vor consonanten in einigen
sprachen durch schwund des* e *in silbenbildendes* r, l *über, das* aslov.
durch rъ, lъ *oder* rь, lь *bezeichnet wird:* črъpati, črьpati *haurire
aus* čerpati. mlъzą, mlьzą mulgeo *aus* melzą. *Die worte lauten*
črpati, mlzą.

B. Dieselben lautverbindungen er, el *gehen vor consonanten in
einigen sprachen durch metathese des* r, l *und dehnung des* e *zu* ê *in*
rê, lê *über:* mrêti mori *aus* merti. mlêti molere *aus* melti. *Es gibt
fälle, in denen verwandlung des* er, el *in* r, l *oder in* rê, lê *eintreten
kann:* mrêti, mrъti mori *aus* merti. mlêsti, * mlъsti, s. musti *aus*
mlsti, mulgere *aus* melsti, w. melz. *Die sprache gelangt manchmal auf
verschiedenen wegen zu ihrem ziele, das in diesem falle die vermeidung
der lautgruppe ist, die durch tert bezeichnet werden kann, woraus
entweder trъt oder trêt wird. Der hypothese, der grund der differenz
zwischen* mrъtь in sъmrъtь und mrêti *sei im accente zu suchen, scheinen
die doppelformen* mrêti und mrъti *entgegen zu stehen. Es bleibt nur*

die vermutung übrig, mrêti *und* mrъti *seien in verschiedenen perioden der sprachentwickelung entstanden und die ältere habe sich neben der jüngeren erhalten. Die dehnung des* o *in den hieher gehörigen fällen hat keine functionelle bedeutung wie in dem iterativen* pogrêbati *im gegensatze zu dem perfectiven* pogreti *aus* pogrebti. *Sie beruht auf physiologischen gründen.*

3. en geht vor consonanten und im auslaute in einigen sprachen in das nasal lautende ę *über:* desętъ *decem aus* desentь, *d. i.* de-sen-tь (desem-tь), *wie* aind. daśati *zehnzahl, decade aus daśan-ti (daśam-ti).* naczęti *incipere aus* načenti, načьnǫ: čьn *beruht auf* ken, *wie* konь *in* iskoni *zeigt.* sêmę *semen aus* sêmen, *sg. g.* sêmene. jęti, ęti *prehendere aus* jemti, emti. imą *für* jьmą *aus* jemą. *Die aoriste* naczę *und* naję, *wofür auch* naczętъ *und* najętъ *vorkömmt, beruhen auf* naczęs *oder* naczęt, najęs *oder* najęt.

II. Auf der zweiten stufe des a-lautes steht ê: *neben dem aus* a *erwachsenen* ê *besitzt die sprache ein aus* i *hervorgegangenes* ê. *Dieser a-laut ist allen jenen sprachen eigen, die den laut e haben; hieher gehören die europäischen und das armenische.* ê *ist durchaus jüngeren ursprungs: es steht ursprachlichem* â *gegenüber wie in* dê, aind. dhâ, *oder ist auf slavischem boden durch dehnung des e entstanden:* vêsъ *duxi aus* ved-sъ. ê *als dehnung des e verhält sich zu diesem wie* i *zu* ь, *wie* y *zu* ъ *und wie* a *zu* o, *vielleicht auch wie* r̄, l̄ *zu* r, l.

III. 1. A. Auf der dritten stufe des a-lautes steht o. o *entspricht dem lit. und germ.* a. *Bezzenberger, Über die a-reihe usw. 43. Das slavische schliesst sich hinsichtlich des o zunächst dem griech.* an: *man beachte das o der neutra und worte wie* -φόρος, *aslov.* -borъ, *aus* φερ. *Die steigerung des e zu o ist als die erste steigerung des* a_1 *anzusehen, es verhält sich nämlich e zu o wie* a_1 *zu* a_2, aa (â), *im gegensatze zu jenem* â, *das aus* âa *hervorgegangen. Auch das o in worten wie* bogъ, aind. bhaga, *entsteht aus ursprünglichem* a_2; *es ist eben so alt wie das e in* berg, aind. bharâmi. *Da e von hellerer, o hingegen von dunklerer klangfarbe ist als a, so kann es sich nicht in einer der entstehung des e analogen weise entwickelt haben. Hier scheint das gewicht des lautes massgebend zu sein, eine ansicht, mit der die gleichstellung des o und aa zusammenhängt.* o *als steigerung des o verhält sich zu diesem wie* oj, ê *zu* i, *wie* ov, u *zu* u.

B. Aus dem o entwickelte sich schon in der slavischen ursprache nicht selten der u-laut ъ: dъm *in* dъmą *flo, aind.* dham. *Das herabsinken des o zu ъ beruht auf denselben gründen wie die schwächung*

1*

*des e zu ь, entweder auf dem forte des accentes oder auf der accent-
losigkeit:* въ, дъмạ́.

2. *A. Dass or, ol vor consonanten durch schwund des o in silben-
bildendes* r, l *übergehe, scheint in abrede gestellt werden zu sollen.*

*B. Die lautverbindungen or, ol gehen vor consonanten in einigen
sprachen durch metathese des* r, l *und dehnung des* o *zu* a *in* ra, la
über: smradъ *foetor aus dem durch steigerung des* e *zu* o *und das
suffix* ъ *aus* smerd *entstandenen* smordъ. mladъ *iuvenis aus dem
durch steigerung des* e *zu* o *und das suffix* ъ *aus* meld *erwachsenen*
moldъ. *Die dehnung des* o *zu* a *hat hier keine functionelle bedeutung
wie in dem iterativen* utapati *immergi im gegensatze zu dem perfec-
tiven* utonạti *von* utop. *Jene dehnung beruht auf physiologischen
ursachen.*

3. on *geht vor consonanten in einigen sprachen in das nasal
lautende* ạ *über:* mogạtъ *possunt aus* mogo-ntъ *von* mog. *Dasselbe
gilt von* om *vor consonanten und im auslaute:* dạti *flare steht für*
domti, aind. dham, aslov. praes. dъmạ. *Auch der sg. acc.* rybạ *scheint
unmittelbar auf* rybo-m *zu beruhen. Ein aorist* dạ, *wofür* dạtъ *möglich
ist, würde als aus* dạs, dạt *entstanden zu betrachten sein.* vạzъ *vin-
culum entsteht aus* vonzъ, *das sich zu* vẹz, ·d. i. vẹnz, *genau so
verhält wie* brodъ *zu* bred, *das daher die steigerung des* e *zu* o *enthält.*

IV. Auf der vierten stufe des a-lautes steht a, *das uns entweder
als ursprüngliches* ā *oder als gleichfalls in die ursprache zurückreichende
steigerung eines* a *gilt:* da, aind. dā. *Was das aus einer steigerung
hervorgegangene* a *anlangt, so ist es aus der verbindung von* āa, *im
gegensatze zu* aa, *entstanden; dieses* a *verdankt demnach seine ent-
stehung der zweiten steigerung:* aind. sādaja- *aus* sāadaja-, w. sad,
lautet slav. sadi-; *sowie aind.* srāvaja- *aus* śr-ā-uaja-, w. śru, slav.
slavi- *entspricht.*

B. Die i-vocale.

Der i-vocal kömmt im aslov. auf einer dreifachen stufe vor:

I. 1. Auf der ersten stufe des i-lautes steht ь: *aslov.* čьtạ
numero, aind. čit *animadvertere.* ь *ist aus* i *wahrscheinlich so ent-
standen wie* ъ *aus* e, *nämlich teils durch den exspiratorischen accent,
teils durch den mangel des accentes:* dьнь. вьдѣti. ь *aus* i *mag älter
sein als* ъ *aus* e, *da jenes auf dem ursprünglichen* i, *dieses auf dem
aus dem ursprünglichen* a *entstandenen* o *beruht.*

2. *Die lautverbindungen* rĭ, lĭ *gehen zunächst in* rь, lь *über,
woraus vor consonanten durch schwund des* ь *silbenbildendes* r, l *ent-
steht, das aslov. durch* rъ, lъ *oder durch* rь, lь *bezeichnet wird:*

krъsnąti *aus* krĭsnąti, krьsnąti, *wie aus* krês- *in* krêsiti *hervorgeht.* glъbnąti *aus* glĭbnąti, glьbnąti: *dieses ist indessen bei* glъbnąti *nicht ganz sicher.* Formen *wie* krsnąti *sind nicht nur dem aslov.*, *sondern auch dem nsl.*, *kroat.*, *serb.*, *čech.*, *sie waren ehedem auch dem bulg. bekannt, stammen demnach aus diesem und einem in der bildung der verba iterativa liegenden grunde aus einer sehr fernen vergangenheit. Für das hohe alter der formen wie* lpêti (lъpêti) *kann zwar die verbreitung derselben, jedoch nicht die bildung der verba iterativa geltend gemacht werden.*

II. Auf der zweiten stufe des i-lautes steht i. *Der laut ist urslavisch, jedoch, abgesehen von den worten, in denen er altem* ĭ *gegenübertritt, erst auf dem boden der slavischen sprachen entstanden, er mag nun ehemaligen diphthongen gegenüberstehen oder durch dehnung von* ь *entstanden sein:* lizati, *lit.* laižīti. počitati *von* čьt. *Als dehnungslaut ist* i *aus* ь *durch stärkere exspiration entstanden.* i *aus* ь *entspricht dem* ê *aus* e, *dem* a *aus* o *und dem* y *aus* ъ, *vielleicht auch dem* r̄, ī *aus* r, l. *in* pogribati *steht* i *für* ê *aus* e, *da die wurzel* greb, *nicht etwa* grъb *lautet.*

III. Auf der dritten stufe des i-lautes steht oj, ê, *jenes vor vocalen, dieses vor consonanten:* pojъ *in* upoj *ebrietas von* pi. lêpъ *viscum: aind.* rip, *lip.* oj, ê *entsprechen aind.* aj, ê, *beides aus ursprachlichem* ai. oj *und* ê *sind steigerungen des* i, *d. i. laute, die aus* i *durch vorschiebung eines alten* a *hervorgegangen sind.*

Eine vierte stufe des i-lautes ist im slav. unnachweisbar. napajati *ist nicht unmittelbar auf* pi, *sondern auf* napoiti, *d. i.* napojiti, *zurückzuführen, aus dem es durch dehnung des* o *zu* a *hervorgegangen.*

C. Die u-vocale.

Der u-vocal kömmt im aslov. auf einer vierfachen stufe vor:

I. 1. Auf der ersten stufe des u-lautes steht ъ: *aslov.* bъdêti *vigilare, aind.* budh. ъ *ist aus* u *wahrscheinlich ebenso hervorgegangen wie* ь *aus* i: mъhъ, sъhnąti. ъ *aus* u *mag älter sein als* ь *aus* o: *jenes entsteht aus ursprünglichem* u, *dieses setzt ein auf ursprünglichem* a *beruhendes* o *voraus.*

2. Die lautverbindungen rŭ, lŭ *gehen zunächst in* rъ, lъ *über, woraus sich vor consonanten durch schwund des* ъ *silbenbildendes* r, l *entwickelte, das* rъ, lъ *oder* rь, lь *geschrieben wird.* drъvo *aus* drŭ-vo: *aind.* dru. blъha *aus* blŭha: *lit.* blusa. *Von formen wie* drъvo, blъha *gilt dasselbe, was oben von den formen wie* krъsnąti *gesagt worden; während formen wie* rъdêti, lъgati *wie* lъpêti *zu beurteilen sind.*

II. Auf der zweiten stufe des u-lautes steht y. *Der laut ist urslavisch, jedoch nicht aus früherer zeit überkommen, sondern erst auf slavischem boden erwachsen, er mag nun einem älteren gedehnten u gegenüberstehen oder durch dehnung, stärkere exspiration bei der aussprache des* ъ *entstehen:* dymъ, aind. dhūma. vъzbydati *expergefieri, iterativum von* bъd. *Der dehnungslaut* y *entspricht dem* i *aus* ь, *dem* ê *aus* e *und dem* a *aus* o, *vielleicht auch dem* r̄, ī *aus* r, l. *Auch das aus* a *entstandene* ъ *wird zu* y *gedehnt:* sylati *von* sъl *aus* sol, *aind. sar.*

III. Auf der dritten stufe des u-lautes steht ov, u, *jenes vor vocalen, dieses vor consonanten:* sloves *in* slovo. sluti *clarum esse, beides von* slū, *aind.* śru. ov, u *entsprechen aind.* av, ō, *beides aus ursprachlichem* au. ov *und* u *sind steigerungen des* u, *d. i. laute, die aus* u *durch vorschiebung eines* a *entstanden sind.*

IV. Auf der vierten stufe des u - lautes steht av *vor vocalen,* va *vor consonanten:* slava *von* slū, kvasъ *von* kūs. av *und* va *sind steigerungen des* u, *indem sie aus dem letzteren durch vorschiebung eines* ā *entstanden sind: vergl. aind.* śrāvaja- *aus* śru. av *in* blago-slavlja- *benedicere* εὐφημεῖν *ist nicht als die zweite steigerung des* u, *sondern als die dehnung des* ov *in* blagoslovi *aufzufassen.*

Wenn man sagt, o *und* a *seien auf* e, oj *und* ê *auf* ь, ov *und* u *so wie* av *und* va *auf* ъ *zurückzuführen, so wird ein process, der sich in der ursprache vollzog, in die slavische periode verlegt; richtig ist nur die darstellung, nach welcher sich aus* a - aa, āa, *aus* i - ai *und aus* u - au, āu *entwickelt hat, aus welchen lauten slav.* e, o, a; ь, oj, ê; ъ, ov, u, av, va *entstanden sind. Dagegen ist es vollkommen richtig, wenn gesagt wird, es seien die vocale* e, ь, ъ *zu* ê, i, y *gedehnt worden, denn dieser process hat sich in der slavischen periode vollzogen. In der dehnung gehen die slavischen sprachen zu sehr ihren besonderen weg, als dass man die dehnungen in die litu-slavische, geschweige denn in eine noch ältere periode zu versetzen berechtigt wäre.*

Übersicht der vocale.

	A-vocale.	I-vocale.	U-vocale.
I.	e, ь	ь	ъ
II.	ê	i	y
III.	o, ъ	oj, ê	ov, u
IV.	a	—	av, va

A. Die a-vocale.

I. Erste stufe.

1. A) Ungeschwächtes e.

1. Der name des buchstabens e ist jestъ, **ксть, ксть.** *Das e in bedro ist natürlich nicht praejotiert:* pjetalь *lam. 1. 101. ist nicht aslov. e ist daher im alphabete eigentlich unbenannt, was darin seinen grund hat, dass es im aslov. im anlaut kein unpraejotiertes e gibt. Es wird zwar behauptet, es habe in der älteren periode des aslov. unpraejotiertes e im anlaut und ebenso im inlaut nach vocalen bestanden, wobei man sich auf formen beruft wie* ezero *neben dem für jünger erklärten* jezero, smêĕši sę *neben dem für minder ursprünglich gehaltenen* smêješi sę, *indem man meint, es sei, wo* ezero, smêĕši *geschrieben wird, auch so gesprochen worden. Dass hier von älteren und jüngeren spracherscheinungen nicht die rede sein kann, zeigt das vorkommen praejotierter und unpraejotierter formen in demselben denkmahl. Wer nun meint, auch* smêĕši *habe* smêješi *gelautet, braucht sich nicht auf die aussprache der späteren zeit und der gegenwart zu berufen, er kann für seine ansicht auch formen wie* kopije *anführen, das ohne j* kopio *lauten würde, wie man* мовѣомь *neben* мовѣемь, iliopolьskъ *starine 9. 29. nachweisen kann.* smêješi *ist demnach eben so alt als* kopije. *Wenn man* nêstь *nur aus* ne estь, *nicht aus* ne jestь *glaubt erklären zu können, so irrt man wohl:* nêstь *kann auch auf* nejestь *zurückgeführt werden; wahrscheinlich ist jedoch die entstehung des* nêstь *aus* né jstь, *wie* nsl. nêmam *aus* né jmam. nê *in* nêkъto *entsteht aus* né vê. *Vergl. darüber 4. seite 171. In allen drei fällen ist das verbum enklitisch.*

2. E ist der reflex des ursprachlichen kurzen a, a_1, in einer bedeutenden anzahl wichtiger worte: berǫ. bezъ. četyri. desętь. desьnъ. devętь *usw. Dem* e *entspricht* lit. lett. e: bezъ, *lett.* bez, *lit.* be. bredǫ, *lit.* bredu. čemerъ, *lit.* kemerai. jela, *lit.* eglê *für* edlê. jezero, *lit.* eźeras *usw. In einigen fällen bietet* lit. *und* lett. a *für* slav. e: česati, *lit.* kasti. jedva, *lit.* advos. kremy, *lett.* krams. lepenь, *lit.* lapas. stežerъ, *lit.* stagaras. večerъ, *lit.* vakaras. vesna, *lit.* vasara. žezlъ, *lit.* žagarai *usw. Das e dieser worte ist auf slavischem boden entstanden. Wie im lit., so entspricht auch in den anderen europäischen sprachen ursprachlichem a_1 regelmässig der vocal e:* aind. daśan. aslov. desętь. *lit.* deśimtis *aus* deśemtis. ahd. zëhan. griech. δέκα. lat. decem. cambr. dec *usw.*

3. *Im folgenden werden die e enthaltenden formen angeführt und zwar in drei gruppen verteilt. Die erste gruppe enthält jene worte, die das e in ihrem wurzelhaften bestandteile bieten: wurzeln. Dieses verzeichniss enthält auch die meisten entlehnten worte. Darauf folgen die worte, deren e in dem stammbildungssuffixe sich vorfindet: stämme. Die letzte gruppe umfasst die worte, in denen das e einen bestandteil des wortbildungssuffixes ausmacht: worte. In der ersten gruppe ist manches problematisch, was sich aus dem texte von selbst ergeben wird: diese worte sind aufgeführt um weitere untersuchungen hervorzurufen.*

α) Wurzeln. bedro *femur.* berą *lego. inf.* bьrati: *aind. bhar, bharati. got. bairan. as. beran. griech.* φέρω. *lat. fero.* besêda *verbum.* bezъ *sine: lett. bez. lit. be, das sein z eingebüsst hat. aind. bahis draussen, ausserhalb.* blekati *balare: vergl.* blêjati. bredą *vado transeo: lit. bredu, bristi.* brehati *latrare: eine w. bars würde* brêhati *oder* brьhati *ergeben.* cerъ *terebinthus. nsl. b. s.* cer: *lat. cerrus.* čehlъ *velamen. r.* čecholъ. *č.* čechel: *vergl. pr. kekulis badelaken und* česati. čeljadь *familia:* jadь *ist suffix: das wort bedeutet r. auch eine menge von insekten kolos. 54.* čeljustь *maxilla: vergl. pr. scalus kinn.* čelo *frons.* čemerъ *venenum: lit. kemerai alpkraut. ahd. hemera; lit. čemerei enzian ist entlehnt.* čen *s.* čьn. čepurije *nodi arborum.* čepь *armilla, catena in russ. quellen: Fick 2. 531. vergleicht lett. kept haften.* česati *pectere: lit. kasti graben. Damit hängt vielleicht* kosa *coma zusammen: vergl. pr. coysnis kamm und aind.* kaš, kašati *reiben, kratzen.* četa *agmen.* četyri *quatuor: lit. keturi. lett. četri. aind. čatvāras pl. nom.; alit. ketveri ist* četverъ. čeznąti *deficere.* debelъ *crassus scheint mit* dobrъ, debrъ *verwandt, wofür es klr. auch gebraucht wird bibl. I: vergl. pr. debikan acc. dick, feist.* *deg-ъtъ: r.* degotъ *theer: lit. degutas, dagutas, das für entlehnt gilt. pr. daggat.* delê: odelêti, odolêti *vincere, mit dem dat.* dely *dolium.* dem *s.* dъm. derą *excorio: lit. diriu. aind. dar, drnāti.* desętь *decem: lit. dešimtis. aind. dasati.* desiti, dositi *invenire: vergl. aind. dāš, dāšati gewähren.* dašasja *gefällig sein.* desna *gingiva: got. tahjan. griech.* δάχνω. *aind. daš, dašati beissen.* desьnъ *dexter: lit. dešinē. got. taihsva-. aind. dakšina: k ist vor s ausgefallen.* devętь *novem: aind. navati aus navam, eig. die neunzahl. lit. devīni. pr. nevīnts.* deždą *pono aus* de-d[ê]ją: *w.* dê. de *ist die reduplicationssilbe. Falsch ist* dêždą: *aind. dadhāmi.* drevlje *comparat. olim: p. drzewiej. Vergl. aind. drav, dravati laufen.* gleznъ, gležuь *talus. nsl.* gle-

ženj: *vergl. lit.* slêsnas. gnetą *comprimo: ahd. knetan. Die schrei-
bungen* gnêsti *und* gnjesti *sind falsch.* gonez *s.* gonьz. grebą
scabo. grebenь: *lett. grebt schrappen. got. graban.* greznъ *uva:
vergl.* grozdъ. hrep: hrepetanije *fremitus.* jeb: *s.* jebem *coso
cum femina: aind. jabh.* jede: jedekyj *quidam: vergl. ahd. ethes-wer
J. Schmidt 1. 171.* jedinъ *unus.* jedva *vix. nsl.* jedvaj. *b.* jedva,
odva. *r.* edva, ledva, ledvê. *č.* ledva. *p.* ledwo, ledwie: *lit. advos,
vos; advu.* jej *imo ja.* jela *aus* jedla *abies: č.* jedle. *p.* jodła
und lit. eglê. *pr. addle.* jelo *neben* lê *semi-.* jelenь *cervus: lit.
elnis. Vergl.* alъnь. jelъha: *s.* jelha *mon.-serb. č.* olše: *lit. elksnis,
alksnis.* jem *s.* jьm. jes- *esse: lit. esmi. pr. asmai.* jese *ecce:
je ist der sg. n. von* jъ. jesenь *autumnus: pr. assanis. got. asani-.
ahd. aran m. erni f. ernte.* jesetrъ *stör. r.* осетръ. *p.* jesiotr:
lit. asêtras aus dem r., unverwandt erškêtras. *pr. esketres. Vergl. r.*
ostrečěkъ *art barsch. In* jesetrъ *steckt wohl die w.* os, aind. *aš, scharf
sein.* ješuti, ješutь *in jüngeren glagolitischen quellen neben dem wohl
älteren* ašutь *invanum: vergl. pr.* ensus. jeterъ *quidam: aind. jatara
welcher von zweien relat.:* je-terъ *aus* jo-terъ, *wie* ko-teryj *zeigt.* je-
zero *lacus: lit.* ežeras. *lett.* ezers. *pr.* assaran. ježь *erinaceus: lit.* ežis.
ahd. igil. klenъ: klen *acer in den lebenden sprachen: lit.* klevas.
ags. hlin. s. klijen *und* kun *aus* kln. klepati *pulsare.* zaklenąti
claudere. klepьca *tendicula.* zaklepъ *clausura: Fick 2. 540. ver-
gleicht lit.* kilpa *bogen, schlinge.* kleveta *calumnia. b.* kletetъ:
vergl. lit. klepoju, klapoju *mit* aslov. poklepъ *calumnia und aind.* karp,
krpatě *jammern.* klevrêtъ *conservus: mlat. collibertus.* *kmenъ,
kъmenъ: č. kmen *stamm: vergl. lit.* kamenas *stammende. Geitler,
Lit. stud. 64.* kmetь, kъmetь *magnatum unus. p.* kmieć: *lit.
kumetis ist entlehnt. Vergl. lat. comit: comes; an griech.* κωμήτης *ist
nicht zu denken.* krek[ъ]tati *coaxare: vergl.* klekъtati, klegъtati. *lit.*
klegu *lache.* kremy *silex: lett.* krams. lebedь *cygnus: ahd.* alpiz,
albiz. Daneben p. łabędź, *das* aslov. *labądь entspräche. Das ver-
hältniss von* lebedь *zu p.* łabędż *erklärt sich aus den urformen* elb-,
olb-. ledъ *glacies: lit.* ledas. *pr.* ladis. lem: lemešь *aratrum: lett.
lemesis. pr. lim-twei brechen. Vergl.* lomiti. lepenь *folium: lit.
lapas.* leso *lacus aus einer r. quelle: vergl. pr.* layson, *das auf
lêso deutet.* letêti *volare aus* lek-: *lit.* lêkti. *lett.* lěkt. lakstit *iterat.*
lez: lêzą *repo.* lêstvica, lьstvica: *vergl.* laziti *und sed.* sek. ležati
iacēre. lešti *decumbere: got.* ligan: *germ.* leg. *griech.* λέχεται. *Falsch ist*
priležьnъ. mečьka *ursa. b.* mečkъ: *lit.* meška *ist entlehnt.* medъ
mel: lit. medus, midus. *as.* medu. *ahd.* metu. *griech.* μέθυ. *aind.*

madhu süss; honig, met. meknǫti *madefieri : vergl.* mokrъ. men *comprimere s.* mьп. men *putare s.* mьп. mene *mei: abaktr.* mana. mer *s.* mьг. megorьhъ, negorьhъ *s. rusticus: vergl. griech.* μέροπες. metǫ *iacio, verro : lit. metu. pr. mests partic. Vergl. lat. mitto.* mežda *medium: lit. vidus. got. midja-. aind. madhja.* ne *non : lit. ne. got. ni. ahd. në, ni. aind. na.* nebo *caelum : lit. debesis. ahd. nebul. griech.* νέφος. *aind. nabhas: vergl. Zeitschrift* 23. 270. nejęsytь *pelecanus, eig. der unersättliche V. Thomson, The relations between ancient Russia and Scandinavia* 58. *nenja:* neńa *klr. mater. b.* neni *frater natu maior: aind. nanā mater.* ner *s.* nьг. nestera *consobrina aus* nep-s-tera: *aind. naptar m.* nesti *ferre: lit. nešti. griech.* νεχ: ἤνεγκον. netij ἀδελφιδοῦς *aus* neptij: *got. nithja-. aind. napāt, naptar m. napti f.* netopyrь *vespertilio :* neto *wahrscheinlich aus* nekto: *aind. nakta.* nevodъ *sagena.* nez *s.* nьz. papežь *papa aus* dem *ahd. bābes.* pečalь *cura aus* pečalь: *vergl.* pekǫ sę *curo.* pečatь *sigillum.* pekǫ *coquo.* pьčí *coque: aind. pač, pačati.* pečonь *in r. quellen hepar: vergl. lit. kepū.* pel *in* pepelъ *aus und neben* popelъ *cinis : lit. pelena. pr. pelanne. Vergl.* popaliti *comburere.* *pelehъ : č.* pelech, pelouch, peleš *lager, lager des wildes, höhle. p.* pielesz *wird von Geitler mit r.* pela, *lit. pelai, palea, in verbindung gebracht. O slovanských kmenech na u* 95. pelena *fascia aus* pelna. pelesъ *pullus aus* pelsъ: *lit. palšas.* pelynъ *absinthium : vergl. lit.* pelěti. *lett.* pelět *schimmeln.* pen *s.* pьп. per *fulcire s.* pьг. per *contendere s.* pьг. perǫ *ferio, lavo. inf.* pьrati: *vergl.* pьг. perǫ *feror, volo. inf.* pьrati: *vergl.* pьг. pero *penna: vergl.* perǫ *volo. Man denkt an aind. patra, parṇa und sparṇa.* peštь, peštera *specus.* plemę *tribus: aind. phal, phalati früchte bringen. Vergl.* plodъ. pleskati *plaudere: lit. plaskoti, plezgěti, pleškěti.* plesna *basis aus* pelsna: *got. fairznā-. aind. pāršṇi.* pleště *humerus aus* pletje: *vergl. lett. plecis, plecs.* pletǫ *plecto für* plektǫ: *ahd. flёhtan. griech.* πλέχειν. rebro *costa: ahd. ribbi.* rekǫ *dico.* rьcí *dic ist schwächung für* reci; *in* rěkati *neben* ricati *ist e* zu ě *gedehnt, in* rokъ *zu* o *gesteigert. Anders J. Schmidt 1. 26. w. ist* rek: *lit. rěkti, rěkiu clamare. Vergl. aind.* arč, arčati. remenь *lorum,* remykъ, *wohl entlehnt: ahd. riomo, riumo. ir. ruim. Vergl. matz. 70.* remeslo, remьstvo *ars: lit. remesas handwerker ist entlehnt.* rešeto *cribrum: vergl. lit. rētis. Stamm vielleicht* rěh, *daher* rěšeto *wie* teneto. retь *aemulatio : vergl. aind. rti streit. abaktr. -ereti.* sebe *sui: nach dem sq. dat.* sebě, tebě. sebrъ *rusticus: s.* sebar *wird mit* σάβειρα *Zeuss 711 zusammen-*

gestellt. Fick 2. 677. vergleicht das aus dem r. (sjabrъ) entlehnte lit. sêbras teilhaber usw., das mit aind. sabhā zusammenhangen soll. sedlo sella: w. sed, wovon sêdêti sedere. sedmь septem: lit. septïni. aind. saptan. sek: sêką seco. sekyra, sêkyra: vergl. lez. sed. selo fundus hängt mit sed, sêd sedere zusammen. Vergl. č. selo neben sedlák. Fick 2. 673. bringt selo mit ahd. sal haus, wohnung und lat. solum zusammen: vergl. Zeitschr. 23. 126. ser s. sьr. sestra soror: lit. sesù, sg. g. sesers. pr. swestro. got. svistar-. aind. svasar. setьnъ extremus: vergl. got. seithu spät. skver s. skvьr. srebro, sьrebro aurum: lit. sidabras. got. silubra-: srêbro ist falsch. steg: ostegъ vestis: lit. stêgti dachdecken. pr. ab-stog-cle decke. aind. sthag, sthagati decken. *steg: r. stegatь stechen: vergl. got. stikan, stak. stel s. stьl. stenati gemere: lit. stenêti. pr. stinons. aind. stan, stanati. stepenь gradus: lit. stipinïs speiche, leiter, sprosse. stipinas leitersprosse. stipti steif werden. stapterti stehen bleiben. ster s. stьr. stežerъ cardo: lit. stagaras, stegerïs stengel. sveklь beta ist entlehnt. lit. sviklas: griech. σεῦτλον. svekrъ socer: lit. šešuras. got. svaihran-. aind. śvaśura. lat. socer aus svecer. svepiti agitare: vergl. lit. supti schwingen. anord. svîfa. In ve erblicke ich eine seltenere form der steigerung des u. Vergl. lit. dvêsu atme mit dus und hvatiti mit hytiti. ščelь r. rima: lit. skelti trans., skilti intrans. spalten. ahd. sceran. šed s. šьd. šeperati sonare. šestъ r. pertica: lit. šekštas block. lett. sêksts. šestь sex: lit. šeši. got. saihs. aind. šaš. štedrъ misericors hängt mit ätçdêti zusammen. štenьcь catulus. te et hängt mit dem pron. tъ zusammen, so wie i et mit jъ. tebe te nach dem sg. dat. tebê. teką curro. tьci curre. teklь resina: lit. teku, tekêti. aind. tak, takti dahinschiessen. abaktr. tač laufen, fliessen. *teknąti: nsl. tekne es gedeiht, schmeckt: lit. tekti hinreichen. ne tikti nicht gedeihen. Vergl. got. theihan. ahd. dîhan, dêh J. Schmidt 1. 52. 77. telêga currus. nsl. tolige pl. telę vitulus: lit. telas. Vergl. aind. taruņa zart, jung. tarņa kalb. griech. τέρην. ten s. tьn. teneto, tonoto rete. klr. teneto bibl. 1: lit. tinklas entspräche einem aslov. tęlo aus tendlo: aind. tan, tanôti. got. thanjan. ahd. done spannung. tepą ferio: lit. tapšterêti; damit ist vielleicht tъpъtati calcare und tąpъ obtusus verwandt. teplъ neben toplъ calidus: aind. tap, tapati. ter s. tьr. tesati caedere: lit. tašïti durativ. lett. test. aind. takš, takšati. teta amita: lit. teta. Vergl. aind. tāta vater. tetrêvъ phasianus aus tetervъ: lit. tetervas. pr. tatarvis. trepati palpare: lit. trepti. pr. trapt. trepetъ tremor. nsl. trepati klopfen, blinzeln, mit dem vorigen zusammenzustellen. tretii tertius: lit. trečias. pr.

tirts, acc. *tirtian*. got. *thridja*-. *lat. tertius*. aind. *trtija*. *Einmahl*
trьtii *zogr.*: e *soll aus dem* i *entstehen; das wort ist mir dunkel.*
večerъ *vespera neben* vьčéra *heri: lit. vakaras, vakar.* vedą *duco:*
lit. vedu. pr. wes-twei. abaktr. vad. vedro *serenitas: vergl. as. weder,*
eig. blitzschlag. ahd. wetar. aind. vadhas blitzwaffe. Man beachte lit.
gëdras *heiter.* velêti *velle: lit. veliti anraten. aind. var, vrņôti sich*
erwählen; daher auch das denominative voliti *usw.* velij, velikъ
magnus: vergl. p. wiele. *lit. vala macht.* velьbądъ *camelus ist got.*
ulbandus: vergl. den flussnamen utus, jetzt vid. veprь *aper: ahd.*
epar. lat. aper. ver *claudere s.* vьr. ver *scaturire s.* vьr. veriga
catena: vergl. aind. var, varatē bedecken, gefangen halten, hemmen,
wehren und aslov. ver, vrêti *in* zavrêti, zavrą *usw.* veselъ *hilaris: pr.*
wessals. lett. vesels gesund. vergl. griech. ἔκηλος (Γέκηλος). vesna *ver:*
lit. vasara. vergl. aind. vas, učćhati aufleuchten. veštь *res aus*
vektь: *got. vaihti-. ahd. wiht sache.* vetъhъ *vetus: lit. vetušas. lat.*
vetus. vezą *veho: lit. vežu. got. vigan. griech.* ὄχος. *aind. vah, vahati.*
zelo *olus: lit. želti grünen, žalias grün, žolê kraut. pr. sālin. ahd.*
gelo. lat. holus. aind. hari gelb. abaktr. zairi. zemlja *terra: lit. žemê.*
lett. zeme. pr. same. semmê. semmai herab. griech. χαμαί. *abaktr. zem*
(sg. nom. zāo). zer *s.* zьr. zven *s.* zvьn. že *vero: pr. ga. lit. gi.*
aind. gha, ha. vergl. aslov. go. žegą *uro: man vergleicht mit unrecht*
lit. degu. Szyrwid 238 bietet pagajštis für p. ožog. **žegъzulja cuculus*
aus *žegъza, *žega, č. žežhule: *vergl. r. zegzica. pr. geguse. lit. ge-*
gužê. želati *desiderare.* želądъkъ *stomachus: vergl. aind. hirā aus*
gharā darm. griech. χολάδες. *lit. žarna. Es ist mit dem folgenden verwandt.*
želądь *glans. wr. žłudž treff: vergl. lit. gilê.* žely *testudo: griech.* χέλυς.
žely *ulcus: lit. gelti schwären. gelonis eiter. lett. gjilas art pferdekrank-*
heit. žem *s.* žьm. žen *s.* žьn. žena *femina: pr. genno, ganna. got.*
qinōn-. griech. γυνή. *vergl. aind. ǵani, gnā. abaktr. ghena.* ženą *pello,*
inf. gъnati *aus vorslavischem* gan: *lit. genu, giti. genesis viehtrift.*
pr. gun-twei. žer *vorare s.* žьr. žer *sacrificare s'.* žьr. žeratъkъ
aus und neben žaratъkъ *favilla.* žeravь *grus: lit. gervê. lett.*
dzerve. griech. γέρανος. *lat. grus: e ist eingeschaltet.* žestokъ *durus.*
žezlъ, žьzlъ *virga. lit. žagarai.*

    β) S t ä m m e. večerъ *vespera: lit. vakaras.* stežerъ *cardo: lit. sta-*
garas. četverъ, četvorъ: *lit. ketverai 2. seite 90.* plêvelъ *palea. imela*
viscum: vergl. lit. amalas, amalis mispel 2. seite 108. črьvenъ *ruber 2.*
seite 126. grebenь *pecten 2. seite 127.* jesenь *autumnus 2. seite 127.*
dъšter, *sg. nom.* dъšti, *filia 2. seite 174..* koteryj *neben* kotoryj *qui inter-*
rog. vergl. vъtorъ *alter aus* ątorъ *2. seite 175.* bljustelь *custos.* datelь

dator 2. *seite 175.* ide *ubi.* inъde *alibi* 2. *seite 208: unrichtig* -dê. brê-
men *onus, sg. nom.* brêmę, kamen *lapis, sg. nom.* kamenь, kamy.
stamen- *in* ustameniti: *vergl. lit. stomû statura* 2. *seite 236.* maŝteha
ist wohl matjeha *für* mat(er)jeha *oder* mat(r)jeha 2. *seite 288.* koles
rota, sg. nom. kolo. sloves *verbum, sg. nom.* slovo 2. *seite 320:* es
steht aind. *as, got. is usw. gegenüber Bezzenberger, Über die a-reihe
usw. 40.* grabežь *rapina* 2. *seite 337.* lemešь *aratrum aus* lemeh(ъ)jъ,
eig. der brechende 2. *seite 343 usw. In der bildung der verbalstämme
begegnet uns im slav. das zur bildung der praes.-stämme dienende* e,
aind. *a:* pečeŝi, pečetъ; pečeta, pečete; pečete aind. *pačasi, pačati;
pačathas, pačatas; pačatha.* e *weicht dem* o *aus* â, a_1, *aa in der I. sg.:*
pekę, aind. *pačāmi, aus* pek-o-mi, pek-o-m, *und in der III. pl.*
pekętъ, aind. *pačanti, aus* pek-o-ntъ. *Ehedem mag dieselbe ver-
tretung des* a_1 *durch* o *auch in der I. dual. und in der I. pl. einge-
treten sein: das, nach meiner ansicht einer anderen function dienende,*
e *im einfachen aorist weicht in den angeführten personen dem* o: prid-
o-vê, prid-o-mъ *venimus neben* prid-e-vê, prid-e-mъ *venimus, wobei
allerdings zu bemerken ist, dass* pridovê *nur in jüngeren glago-
litischen quellen vorkömmt, dass ferner auch in der II. pl.* o *für* e
eintreten kann: pridote *venistis: es spricht demnach nur einige wahr-
scheinlichkeit dafür, dass ehedem im slav. im praesens* o *für* aind.
a_1 *eintrat. Es wird ferner* aind. $\overline{a_1}$ *durch* o *vertreten im partic.
praes. act.* peky *aus* pekę *und dieses aus* pek-o-nts *und* pek-o-nt,
aind. *stamm* pačant. *Welche veränderungen das praesens-e im impf.
erleidet, wird dort gezeigt werden, wo von dem a-laut zweiter stufe,*
ê, *die rede sein wird. Im impt. tritt* ê *für altes* ai *ein, das griech.*
οι *gegenübersteht. Im einfachen und im zusammengesetzten aorist, so
wie im imperfect tritt* e *als bindevocal auf* 3. *seite 70. Im einfachen
aorist steht der bindevocal zwischen stamm- und personalendung:* ved-e
duxisti aus ved-e-s, ved-e *duxit aus* ved-e-t; ved-e-ta, ved-e-te;
ved-e-te. *Es entspricht demnach* e *in der II. sg.* aind. *as, in der III.
sg.* aind. *at; sonst* aind. a. *In den anderen personen tritt, wie wahr-
scheinlich ehedem im praes.,* o *für* aind. â, a_1, *ein:* ъ *in* ved-ъ *duxi
aus* aind. *am: für ein altes* ved-o-m *scheint griech.* ἔφυγον *zu sprechen,
womit* vlъkъ *griech.* λύκον *zu vergleichen ist.* ved-o-vê. ved-o-mъ.
ved-ą *aus* ved-o-nt. *Damit ist zu vergleichen* vês-ъ *duxi aus* vês-o-m;
vês-o-vê; vês-o-mъ: *die III. pl. lautet* vês-ę, *das nur aus* ves-e-nt
erklärt werden kann. Man vergleiche ferners ved-o-hъ; ved-o-h-
o-vê, ved-o-sta, ved-o-ste; ved-o-h-o-mъ, ved-o-ste, ved-o-š-ę
aus ved-o-h-e-nt; *und* vêdê-h-ъ, vêdêa-h-ъ, vêdêa-š-e, vêdêa-š-e;

vedêa-h-o-vê, vedêa-š-e-ta, vedêa-š-e-te; vedêa-h-o-mъ, vedêa-š-e-te, vedêa-h-ą *aus* vedêa-h-o-nt. *Neben* vedêa-š-e-ta *usw. kömmt* vedêa-h-o-ta *usw. vor. Vereinzelt und wohl falsch ist* raždežehomъ ἐξεχαύσαμεν *greg.-naz. 101. für* raždegohomъ.

γ) Worte. *In der declination begegnen wir dem* e *im sg. voc. der* ъ(a)-*stämme; im pl. nom. der* ъ(u)- *so wie der* ь(i)- *und der consonantischen stämme; im sg. acc. gen. loc. der consonantischen stämme so wie im sg. gen. der personalpronomina. Das* e *des sg. voc.* rabe *ist europäisch: lat. eque. griech.* ἵππε. *lit. vilke. Bezzenberger, Über die a-reihe usw. 42.* e *ist eine schwächung des* o, *wie* o *eine solche des* a: ženo, žena. *Das* e *des pl. nom. von* synove *ist aind. as:* sūnavas. ije, ьje *von* gostije, gostьje *ist wahrscheinlich auf* -ajas *zurückzuführen: vergl. aind. sūdajasi aslov.* sadiši *aus* sadiješi. *Dasselbe gilt von* trije *und von dem nach* trije *gebildeten* četyrije. *Das slav. scheidet im pl. nom. die genera, indem die masc.* ije, *die fem.* i *haben:* gostije, nošti: *das letztere ist ein pl. acc. Weder aind. noch lit. kennen diese scheidung. Die pl. nom. auf* e, *ісіе* bolьše, byvъše, bądąšte *machen schwierigkeiten: man ist geneigt sie als formen von* i-*stämmen aufzufassen, wobei man sich auf formen wie* grabitelije *und* dêlatele, *weniger darauf berufen kann, dass consonantische stämme häufig* i-*stämme werden:* bolêjъ *ist ein vocalischer dem* grabiteljъ *analoger stamm. Vergl. Bezzenberger 158. Das* e *des pl. nom.* kamene, matere *usw. ist aind. as: marutas. vāčas.* e *ist europäisch nach Bezzenberger, Über die a-reihe usw. 43. Das* e *des sg. acc. von* kamene, crъkъve, matere, dьne *steht aind. as, nicht aind. am gegenüber, wenn, was wahrscheinlich, die genannten worte eigentliche sg. gen. sind. Vergl. A. Leskien, Die declination usw. 60. Wie* kamene, *ist auch* desęte *in* dva na desęte *zu deuten, obgleich* desęte *in dieser verbindung auch als sg. loc. aufgefasst werden kann. Die sg. acc. auf* e *sind, so viel mir deren in gedruckten und in ungedruckten quellen vorgekommen sind, im dritten bande der vergleichenden grammatik verzeichnet. Auch die sg. loc. auf* e crъkъve, slovese *usw. scheinen eigentliche sg. gen. zu sein. Im sg. gen. ist aslov.* e *aind. as:* kamene, matere, imene, slovese. e *entspricht hier griech.* o, *lat.* u: γένους *aus* γένεος, γένεσος; *generus aus generos, später generis: nach Geitler, Lit. stud. 58, ist* matere *aus* materьe *entstanden. Was den auslaut von* mene, tebe, sebe *anlangt, so ist der sg. gen.* mene *identisch mit abaktr.* mana, *das auslautende* e *ist daher das auslautende* a *von* mana. *Das* e *von* tebe *ist das* a *des abaktr.* tava, *während das* b *aus dem sg. dat. stammt, der aind.* tubhjam *lautet. Analog erklärt*

sich sebe, *dem kein sg. dat. auf bhjam zur seite steht. Anders erklärt*
mene *Bezzenberger 165. Schwierig ist die erklärung von vele-, velь-:*
veledušije, velьdušijo *magnanimitas. Geitler 11. fasst* velo *als den*
sg. nom. n. eines i-*stammes auf, der aus* veli *so wie lat. leve aus*
levi entstanden sei. Sicher ist, dass die anderen i-*stämme etwas ähn-*
liches nicht darbieten 2. seite 55; 3. seite 37. In kamenemъ *steht*
das zweite e *für* ь: *anders Bezzenberger, Über die a-reihe usw. 53.*
In der conjugation hat die I. pl. regelmässig die endung mъ: jesmъ.
Daneben finden wir selbst in alten quellen my *(woraus* mi *3. seite 68),*
me *und* mo: uvêmy *cloz. I. 810.* alъčamy *sup. 323. 1.* bychomy
sup. 324. 22. prêbądêmy *sup. 329. 24.* uvêmy *sup. 371. 13.* uzrimy
sup. 283. 13. imamy *sup. 326. 21; 422. 10.* imêmy *sup. 383. 14.*
naplъnjajemy *sup. 323. 10.* pomęnąhomy *sup. 330. 17.* priobrę-
štamy *sup. 337. 3.* bądemy, poživemy *sborn. saec. XI.* ljubimy
apost.-ochrid. vêmy *bon. svrl.* jamy *ev.-deč. Sreznevskij 390.* esmy
apost.-ochrid. jesmy *ephr.-syr. Sreznevskij 398.* obrêtohomy *man.*
glagolemy *hankenst.* imamy *kiš. 60.* jesmy, jesьmy *kiš. 12. 35. 66.*
209 usw. pijemy *ev.-kiš.* vêmy *pat. 86. 271. 310.* damy *pat.* sьnêmy
pat. jamy *pat.* likujmi *sup. 236. 25;* ubijamo *assem.* stvorimo
nicol. živemo *kiš. 35.* vêmo *ev.-kiš.* vъpijemo *lam. 1. 148.* imahmo
pat. 79. bysmo. poznasmo. razumêsmo *glag.;* vêrueme. imame.
jame. esme *apost.-ochrid.* byhome. îmame. esme *bon.* dame, sьtvo-
rime *greg.-lab.* me *schliesst sich an aind. mas an. Was* mъ *anlangt,*
so möchte man es mit dem auslaut von vlъkъ, *aind. vrkas, lupus*
zusammenstellen, wenn hier ъ *sicher aind. as wäre. In späteren quellen*
findet man mo, *das auch im nsl. usw. vorkömmt.* y *in my wird auf*
einen nasalen vocal als auslaut zurückgeführt, der aus dem lit. mens,
męs erschlossen werden könne; andere ziehen das pr. mai heran, das
durch moi zu my *geworden sei. Vergl. Bezzenberger 195. Geitler,*
Fonologie 36. Andere endlich nehmen als primär masi, als secundär mam
(oder man) an, J. Schmidt, Jenaer Literaturzeitung 1877. 179. Die II. pl.
hat die personalendung te (pečete), welche aind. ta gegenübersteht
und dem lit. te, griech. τε *entspricht.* e *ist demnach hier so zu beur-*
teilen wie im sg. voc. rabe. *Dieselbe personalendung te hat die*
III. dual., die mit dem aind. tas so zusammenhängt wie slovese
mit sravasas. Dunkel ist mir die personalendung der II. dual. ta,
die aind. thas gegenübersteht. Auch das lit. ta weicht ab. Für ta
findet sich lit. auch tau Geitler, Lit. stud. 60. Die stumpfen personal-
endungen des dual. und der I. und II. des pl. sind durch die vollen
verdrängt worden.

4. *In vielen fällen tritt im inlaute, selten im auslaute, e für ь
ein; der grund dieser erscheinung ist in der ähnlichkeit beider laute
zu suchen: ь ist der diesem e zu grunde liegende laut, nicht umge-
kehrt.* e *für* ь *findet sich sehr häufig in worten, deren vocalischer
auslaut offenbar schon sehr früh stumm geworden:* pątemъ, pątьmь
neben pątъmi, *kein* pątemi. *zogr.* dnesь. bêsenъ. dlъženъ. isti-
nenъ. podobenъ. povinenъ. priskrъbenъ. pravedьnici. sъêedъšemъ.
Befremdend ist povêste μηνύση *io. 11. 57, womit man nsl. jeste ver-
gleichen kann. cloz.* agnecь *I. 850.* vêrenъ *II. 20.* dlъženъ *I. 89.*
ląkavenъ *I. 409.* meči *I. 771.* mladênecь *I. 6.* mladenečъ *I. 21.*
nesmyslenъ *I. 325.* obeštъniky *I. 513.* pavelъ *I. 284.* pravednaa
I. 63. pravedъno *I. 641.* pravedъnoe *I. 328. 949.* proklenъše
I. 107. prъvênecь *I. 902.* čestь *I. 31.* čestъją *I. 25.* člověkolju-
becь *I. 546. II. 67.* šedъ *I. 500. II. 92.* vъšedъ *II. 136.* prišedъ
I. 591. 713. 953. prišedъšju *I. 333.* prišedy *I. 41.* šelъ *I. 345.*
ągъlenъ *I. 568.* denь *I. 78. 93. 491. 643 neben* dьnь *625.* dьnesь
I. 34. 757. 791, im ganzen zehnmahl, neben dьnьь *295. und* dъnъvъ
875. Man beachte vъskresъêjumu *I. 749.* krestъ *I. 608. 633.* kre-
stьênъ *I. 142. assem.* agnecь. bliznecь. bolenъ. vesь *omnis, vicus.*
vêrenъ. dverь. denь. ženeskъ. legъko. ląkavestviê. načenъ. ovecь.
oselъ. otecъ. ocetъ. povinenъ. pravedny *und* pravьdenъ. ra-
spenьše. studenecь. sъnemъ. testь. vъšedъ. ošedъ. egÿpetъ. marien-
codex. vesь *omnis, vicus.* prišelъ. *sup.* vesь *omnis 70. 28.* vъzemi
233. 10. vъzemъ *18. 29.* vъzemъ *91. 23.* vъnemi *16. 4.* lestъmi *41. 28.*
mestь *22. 23.* meča *259. 4.* načenьše *23. 12.* oblegъči *58. 1.* počelъ
68. 24. prêlestь *78. 14.* sъnemъ *72. 7.* temъnyj *54. 18.* čestь *44. 14.*
šedъ *12. 5; 163. 12.* šelъ *26. 7.* blagolêpenъ *22. 18.* burenъ *57. 18.*
vêrenъ *387. 27.* drobenъ *16. 17. und so sehr häufig im suff.* ьnъ. *Ähn-
lich ist* domenъ *51. 22. neben* domnъ *50. 14;* vênecь *109. 7.* žьгecь
167. 7. konecь *7. 13.* lьstecь *52. 7. usw. im suff.* ьсь. *Ebenso*
ovecъ *164. 26.* dêvestvъnyj *275. 12.* estestvo *70. 27.* nečuvestьnъ
16. 11. cêsarestvije *14. 23; 65. 23.* grъčeskъ *110. 12.* krъstija-
neskъ *121. 14; 163. 1.* sodomeskъ *134. 22.* slъnečьnyją *48. 20.*
srъdečьnyj *191. 26.* težekъ *66. 20.* skrъžetъ *174. 2. neben* skъžъtaaše
16. 24. polezna *206. 28.* pravednikъ *161. 1.* dьnesь *20. 1.* vlъsebъ-
nają *5. 23. se hic 273. 12. sav.-kn.* donedeže *50.* egÿpetъ *139.*
češogo *26. bon.* otečьstvo. vesь *omnis.* slêpč. božesky. pesihъ
glavъ. *pat.-mih.* denь tъ. *Im ostrom. kömmt* e *für* ь *nur zweimahl
vor:* mečьnikъ *288.* prišedъj *55. In der aus einem russ.-slov.
original stammenden krmč.-mih.* obьteno. vъplъštešago. roždešago.

stvorešc. sobestva. vъ neme. *Aus* gnojьnъ *wird* gnojenъ *und* gnoinъ, *kyrillisch* гноннъ *geschrieben.* rjujenъ, rjuinъ ръюннъ *usw.*
In einem menaeum des XIV. jahrhunderts zap. 2. 2. 69. rastelitъ.
čeljade. prosvěštešemu. čjuvestvo *für* rastъlitъ *usw.*

Verschieden sind die formen, in denen für ursprüngliches ьj
die lautverbindung ej *eintritt:* dьnej, kostej *neben* dьnij, kostij *aus*
dьnъj, kostъj, *formen, die ziemlich selten vorkommen. Die nicht notwendige dehnung des* ь *zu* i *in diesen formen beruht auf dem folgenden* j.
Selten steht ь *für* e: elisavьtь. ižь *(vergl.* nsl. kir *aus* -že) *oft.*
mladьnьсь. vьtьhъ *zogr.* vьskrьsnьtъ *sav.-kn. 36.* slovьsьmь *greg.-naz.*
porьprětьtь *pat.-mih.* estь. imatь. pietь 2. *pl. ev.-buk.* jefьsa. jerьtici. vьselьnьskyj *krmč.-mih.*

5. E *entsteht häufig aus* o *durch einwirkung eines dem* o *vorhergehenden* j. *Es ist dies ein fall der angleichung, assimilation des*
o *an das dem* i *verwandte* j. *Diese tritt natürlich auch nach den*
aus der verbindung des j *mit einem vorhergehenden consonanten entstandenen lauten ein, daher nach* r̂, l̂, n̂; št, žd *usw.:* kopьje, kopije; kopьjemь; kopьjema; kopьjemъ *neben* selo; selomь; seloma; selomъ. *Was von* kopьje, *gilt von* morje, polje, lože, lice
usw. aus morio, morijo, morъje *usw.* likio, likijo, likъje *usw.; daher*
tvor̂ьšemь, hvalęštemь *aus* tvorьsiomь, tvorьsijomь, tvorьsьjemь *usw.*
Das gesetz der assimilation durchdringt das altslovenische in der
stamm- und wortbildung. Dasselbe gilt von den übrigen slavischen
sprachen, die indessen abweichungen darbieten. zmijeve, dъždeve
neben synove; staje, vonje, ovьce *neben* rybo; mojogo, mojemu, mojemь, mojeję, mojej, mojejǫ, mojeju; sego *aus* sjogo, semu, semь,
sejǫ, sej, sejǫ, seju *neben* togo, tomu, tomь, toję, toj, tojǫ, toju. *Im*
partic. praes. pass. pijemъ, koljemъ *neben* teromъ *usw.; daher auch*
besědovaašete *neben* glagolahota *vergl. 3. seite* 71; sujeta, ništeta *neben*
čistota; dobljestь, gorestь, *genau* gorjestь *aus* gorjostь, *neben* bělostь;
učiteljevъ; jeli, seli *aus* sjoli *neben* toli; selikъ *aus* sjolikъ *neben*
tolikъ; vьsegda *neben* togda; vojevati, plištevati *neben* kupovati
usw.; gnojetočivъ. vojevoda. *Die assimilation findet häufig auch in*
entlehnten worten statt: mosešetь *zogr., d. i.* mosějemь. ijerdanъ,
jerdanъ slěpč. ierdanъ *assem.* bon. ier̂danъ, erdanъ, ierdanьskъ
ostrom., *d. i.* ijerd- *neben* iordanъ *marc. 10. 1.- zogr.* iorьdanь *lam.*
1. 12: ioρδάνης. jerganъ bon.: ὄργανον. ievъ iὼβ *izv. 698. daneben*
alfeovъ. anьdrěovъ. mosěomь. olěomь. farisěomь *zogr.* ijuděomъ
cloz. I. alfeovъ. andreovъ. zevedeovъ. ijudeomъ. iereomъ. mo

seomъ. fariseomъ *assem*. ijudeomъ. moseovi. fariseovъ *sup*. iereomъ
ostrom. *dabei ist zu bemerken, dass in den angeführten worten der
hiatus nicht aufgehoben ist, dass daher die formen mit eo aus dem
mangel des j zu erklären sind*. *Jüngere quellen bieten dergleichen
erscheinungen auch in nicht entlehnten worten*: bijeniomь triod. dêa-
niomь *pl. dat. pat.-krk*. kameniohь *prol*. gnojojadьсь. *Diese formen
erklären sich aus dem bulgarischen. Befremdend ist* vitьlêomъ
cloz. I. 884. vitleomь *ant*. vithleomъ *assem. neben* vitьlemь *cloz.
I. 892. aus* βηθλεέμ. geonna *bon*. geona. geonьskъ *ostrom. aus*
γέεννα.

   Selten ist unter den angegebenen bedingungen e *für* a: ponuž-
dejušte *krmč.-mih. 6. b. für* ponuždajušte. jenuarь *ostrom*. genvarь
neben januarь ἰανουάριος. *Man füge hinzu* čekati *neben* čajati. udru-
čevajušti *starine 9. 54*.

   *6. Da sowohl o als e auf ursprünglichem kurzen a beruhen, so
kann es nicht wunder nehmen, dass in manchen formen o und e mit
einander wechseln, . teils in derselben, teils in verschiedenen sprachen*.
četvorъ *neben* četverъ. odolêti *neben* odelêti *vincere*. dobrъ: debrêe
marc. 9. 42. 43. 45. 47.-zogr. dekapelьskъ *marc. 7. 31.-zogr*. dori
neben dori *usque*: dori *ist wohl aus* dože i *entstanden und ist mit
lit. dar noch unverwandt*. dositi *izv. 650 neben* desiti. dosьnъ *svjat.
neben* desьnъ. go *neben* že *vero*: aind. gha, ha. *Auch zi gehört hieher
4. seite 117*. inogъ, inegъ μονές. kolêno: *vergl. lit. kelts*. kolь
quantum: lit. keli. kotorati *neben* koterati. kotoryj *neben* koteryj,
nsl. kteri: *lit. katras*. kromê, okromê *procul, praeterea: klr*. z
okrema, *slovak*. krom, krem. matorъ, materъ *in* zamatorêti, za-
materêti *senescere*. pastorьka *privigna: nsl*. pasterka *aus* pa-dъšterь-
ka. pipolovati *neben* pipelovati. proti *contra: p*. przeciw. prozviterъ
neben prezviterъ *lam. 1. 30. 153:* πρεσβύτερος. sobojǫ, tobojǫ *sg. instr.
neben* sebe, sebê; tebe, tebê. *Auf dem thema* sva *beruht auch* svobъ,
pr. subs, in svoboda *usw*. stenati *neben* stonati. stoborъ, *nsl*. steber.
tonoto *neben* teneto *rete*. toplъ *neben* teplъ. žьdo *neben* žьde. ior-
danъ *neben* ierdanъ: *das letztere beruht auf* ijerdanъ. *Eigentümlich
ist* olêj *neben* elêj ἔλαιον. popelъ *kann in* pepelъ *übergehen. Andere
halten* pepelъ *für eine reduplicierte form, die wohl* pelpelъ, plêpelъ
lauten würde: popelъ *ist eig*. popaljeno. grobъ *neben* grebъ, za-
klopъ *neben* zaklepъ, omotъ *neben* ometъ, plotъ *neben* pletъ, tokъ
neben tekъ *unterscheiden sich von einander dadurch, dass* e *entweder
gesteigert wurde oder ungesteigert blieb: die steigerung ist nicht durch-
aus notwendig. Man füge* drobьnъ *hinzu: b*. drebni *milad. 144*.

krevato, krovatъ, s. krevet, χράβατος, χρεβάτι. *Neben* trapeza *findet
man* trepeza τράπεζα.

7. *Zwischen* ž *und* r, l *erscheint in manchen worten e einge-
schaltet.* želêdьba *aus und neben* žlêdьba *mulcta: th.* želd. želêzo
aus žlêzo *ferrum: th.* želzo. žeravъ *grus, s.* ždrao, *steht für* žravъ
und dieses für žrêvъ: *lit. gervê, wie* tetrêvъ *neben* tetravъ *vorkömmt.*
želądь *glans, wr.* žludz *treff, so wie* želądъkъ *stomachus sind anders
aufzufassen. Die lebenden sprachen meiden noch häufiger die ver-
bindung von* č, ž, š *mit* r, l, *daher b.* čeren *aus* črênъ. č. černý
aus črьnъ. *r.* čelovêkъ *lautet* aslov. človêkъ *usw. Ein einschub des
e hat auch in* pelena *aus* pelna, pelesъ *aus* pelsъ *stattgefunden; eben
so in* sverêpъ *ferus aus* svrêpъ.

8. *In anderen fällen ist ein vocal, manchmal e ausgestossen:* grê
in grêti, *aind. ghar;* kri, *woher* kroj, *aind. kar;* stri, *woher* stroj,
aind. star. Wenn brati *legere geschrieben wird, so erscheint* ъ
zwischen b *und* r *vernachlässigt: wir haben die reihe* bar *(aind.
bhar),* ber, bъr, br. *Es ist indessen dies eine ansicht, die nicht voll-
kommen sicher begründet werden kann: vergl.* brakъ *conubium,
das von der w.* ber *wohl nicht getrennt werden kann. Austossung des
e findet statt in* bratrъ, *aind.* bhrãtar. jętry, *lett.* jentere, *lit.* gentê,
g. genters, *aind.* jãtar, *griech.* εἰνάτερες. *Dagegen* dъêtere, matere. *In*
svekry, *aind.* śvaśrũ, *ist* ъ, u *schon ursprachlich ausgefallen:* svekrъ,
aind. śvaśura.

Das anlautende je *von* jestъ *und* jemu *fällt in einigen verbin-
dungen im zogr. ab:* debrêe emu стъ καλόν ἐστιν αὐτῷ *marc. 9. 42.*
blaženъ стъ μακάριός ἐστιν. *Dazu stimmt si es,* ста *estis bell.-troj.* isho-
dęstju mu ἐκπορευομένου αὐτοῦ *marc. 10. 17.* prišьdъêju mu ἐλθόντι
αὐτῷ *matth. 8. 28.* vъšьdъêju mu εἰσελθόντα αὐτόν *marc. 9. 28. Das
verbum substantivum ist wahrscheinlich enklitisch. Auch* mu *lehnt sich
in den lebenden sprachen an das vorhergehende wort, doch könnte in
den angeführten verbindungen nicht* mu *stehen.*

B) Zu ь geschwächtes e.

1. *Die vocale* ь *und* ъ *werden jener* jerь, *dieser* jerъ *genannt,
namen, in denen, abweichend von den benennungen der anderen buch-
staben, das zu benennende am schlusse des wortes steht; der grund dieser
abweichung liegt darin, dass weder* ь *noch* ъ *im anlaute stehen kann.*

2. ь *und* ъ *dürfen als halbvocale bezeichnet werden, im gegen-
satze zu allen übrigen, die voll genannt werden können.*

2*

Dass ь *und* ъ *ursprünglich nicht etwa blosse, zur bezeichnung irgend einer aussprechsweise anderer buchstaben bestimmte zeichen, sondern wahre buchstaben waren, dass sie demnach laute ausdrückten, geht aus der einrichtung beider altslovenischen alphabete hervor, nach welcher die modificationen in der aussprache einzelner buchstaben durch über der linie stehende zeichen angedeutet werden, wie etwa ŕ, ľ, ń. Dasselbe ergibt sich daraus, dass es eine nicht geringe anzahl von worten gibt, die unaussprechbar wären, wenn man* ь *und* ъ *nicht als wahre buchstaben gelten lassen wollte, wie etwa* вⱂⰻтѣти, въⱂъ. *Dass* ь *und* ъ *laute bezeichneten, erhellt auch daraus, dass in alten hirmologien auch über ihnen noten stehen:* hŏdīvъ̌, pŏbědĭnūjŭ. *Izvêstija 4. 256. Zap. 2. 2. 36. Katkovъ 22.*

3. ь *und* ъ *lautete nach meiner ansicht wie verklingendes* i *und* u. *Der erstere laut scheint im ganzen bereiche der slavischen sprachen heutzutage nicht vorzukommen: denn dass ihn die Bulgaren kennen, wie man behauptet, ist erst vollkommen sicher zu stellen. Was jedoch den laut des* ъ *anlangt, so ist derselbe sowohl im neuslovenischen als namentlich im bulgarischen, das nicht nur für aslov.* ь *und* ъ *den laut des* ъ *bietet, sondern auch unbetontes* a *zu* ъ *herabsinken lässt, sehr häufig. Befremdend ist der halbvocal im serb. der Crna gora in* dъn, dъnъk, ѕъn, ѕъnъk, kъd, petъk *usw. Vuk Stef. Karadžić, Poslovice XXVII. Man wäre geneigt, diesen laut im serb. als aus dem alban. eingedrungen zu betrachten, aus der sprache eines volksstammes, welcher nicht nur der Crna gora benachbart ist, sondern zur bildung der slav. nationalität jener gegenden wesentlich beigetragen hat, wenn nicht* ь *in den angeführten worten aslov.* ъ *oder* ь *entspräche. Ausserhalb der slav. sprachen begegnen wir dem laut des* ъ *im rumun. Diez 1. 332, im fz. 407, im alban., endlich im armen., dessen* ę *von Lepsius, Standard alphabet. London 1863., durch* ę *bezeichnet wird, und das sich nach Patkanov dem harten* i *der russen (ы) und dem* e *muet der Franzosen nähert, daher hęnar und hnar. Journal asiatique VI. série. Vol. XVI. 164, 182, 183. Dass* ь *und* ъ *selbst in den ältesten quellen sehr oft durch* e *und* o *ersetzt werden, hat nicht darin seinen grund, als ob diese aussprechweise von* ь *und* ъ *die ältere wäre, sondern darin, dass schwaches* i *und* u *von schnell gesprochenem* e *und* o *kaum unterschieden werden können. Diese aussprache galt sicher zur zeit der festsetzung des älteren der beiden altslovenischen alphabete, des glagolitischen; sie verlor sich schon im altslovenischen allmählich und wich den lauten* o *und* e, *jedoch so, dass sich beide reihen von lauten lange zeit neben einander erhielten, oder so, dass in bestimmten verbindungen* ъ, ь, *in*

anderen o, e gesprochen wurde, oder endlich auch so, dass in einem teile des sprachgebietes die halbvocale, in einem andern die vollen vocale die oberhand hatten, wie noch gegenwärtig im osten des nsl. sprachgebietes die vollen vocals herrschen, während im westen der halbvocal sich geltend macht. Was den schwund des halbvocales anlangt, so schwand vor allen ъ als laut im auslaute und ь und ъ in leichter aussprechbaren consonantengruppen; die zeit, wann dies geschehen, lässt sich nicht bestimmen: als gewiss darf jedoch angesehen werden, dass schon zur zeit der entstehung unserer älteren quellen rъ, lь, nъ in bestimmten fällen wie weiches r, l, n (daher rь, lь, nь) klangen, dass demnach zu jener zeit der dem ь eigene laut in den bestimmten worten nicht mehr bestand. Ein grund für die ansicht, dass schon sehr früh auslautendes ъ stumm war, dürfte sich aus folgender betrachtung ergeben: das suffix ьnъ büsst häufig sein ь ein, wenn an die stelle des ъ ein voller vocal tritt: aus krasьnъ geht krasna sup. 427. 13, aus umьnъ geht umni 49. 6. hervor; da nun vor nъ der halbvocal nur sehr selten, vor na, ni hingegen sehr häufig ausfällt, so darf als der grund des ausfallens des ь in den vollen vocalen, in den lauten a, i, der der erhaltung des ь hingegen in dem halbvocal ъ, in dessen stummheit gesucht werden. In der tat sind krasnъ und umnъ nur dann leicht aussprechbar, wenn das auslautende ъ ausgesprochen wird. Vergl. A. Leskien, Die vocale ъ und ь in den s. g. altslovenischen denkmälern des kirchenslavischen. Aus den berichten der königl. sächs. gesellschaft der wissenschaften, 1875. Seite 43, 54. Die gründe dafür, dass krъtъ, vlъkъ im altslovenischen wie krtъ, vlkъ lauteten, werden unten bei r, l, n angegeben.

2. Dass ein halbvocal nicht gedehnt sein kann, ist selbstverständlich. In vielen fällen wird er accentlos sein, wie etwa im aslov. zъrjá specto; er muss es jedoch nicht sein, wie dьnь, sъtъ usw. zeigen und wie sich aus bulg. berъ, bíčvъ, vънkašen usw., so wie aus rum. víduvъ, zugrívi, kaldári usw. ergibt. Diez 1. 334.

3. Da selbst in den ältesten denkmählern nicht nur ь und ъ mit e und o, sondern auch die beiden halbvocale mit einander wechseln, so liegt dem sprachforscher ob, festzustellen, nicht nur in welchen fällen halbvocale, sondern auch in welchen jeder von beiden zu setzen ist. Die erstere aufgabe unterliegt bei den meisten worten geringer schwierigkeit. Mit zuhilfenahme der lebenden slavischen sprachen wird sich dies mit sicherheit bestimmen lassen. Aus dem nsl. sg. gen. dne, početka neben dem sg. nom. dan, den und početek ergibt sich, dass an der stelle des a, e in dan, den und des zweiten e in početek im aslov.

ein halbvocal stehen müsse. Desto schwieriger als die beantwortung der frage, ob ь oder ъ zu setzen ist. Man hat zur zählung seine zuflucht genommen und jenen vocal gelten lassen, welcher in der majorität der fälle nachweisbar ist. Allein die arithmetik kann nur in jenen nicht häufigen fällen die frage lösen, wo der eine der beiden halbvocale in einem bestimmten worte so selten ist, dass man ihn als schreibfehler ansehen kann. Man kann zählend herausfinden, dass bъdeti *zu schreiben ist. Man hat ferner die verwandten sprachen zu rate gezogen und ist auf diese weise zu feststellungen aus objectiven gründen gelangt, obgleich das mittel manchmahl versagte: so ergäbe die vergleichung des lit. tik (ištikti stossen), lett. tik (aiztikt berühren) die schreibung* tъk *allidere. Das sicherste mittel die frage hinsichtlich des ь und ъ zu entscheiden bietet das slavische, vor allem das altslovenische selbst. Aus* vъzbydati *expergefieri so wie aus* buditi *excitare folgt mit notwendigkeit* bъděti, *so wie sich aus* pritycati *offendere die schreibung* tъk *ergibt. Trotz aller dieser mittel bleibt manches unsicher.*

4. Die halbvocale ь *und* ъ *sind in ihrer verbindung eine specifisch slavische erscheinung; sie sind urslavisch, indem sie von den entsprechenden formen der slavischen sprachen vorausgesetzt werden. In dieser hinsicht steht das aslov. auf dem standpuncte des urslavischen. Beiden halbvocalen liegen andere vocale zu grunde; hier soll kurz gezeigt werden, woraus* ь *entstanden ist. a)* ь *hat sich in einer grossen anzahl von worten aus dem kurzen i der ursprache entwickelt:* čь *in* čьto: aind. ki. čьtą: aind. čit. dьnь: aind. dina. mьg: aind. mih (migh). pьs *in* pьsati: aind. piš. svьt: aind. švit usw. mьzda *entspricht jedoch abaktr.* mizdha. got. mizdōn-. griech. μισθός. Die* ь *enthaltenden worte werden weiter unten vollständig verzeichnet und bei jedem einzelnen die entstehung des* ь *erklärt, richtiger zu erklären versucht werden. Auch in entlehnten worten werden häufig i und die damit verwandten vocale durch* ь *wiedergegeben:* padьjakъ *tichonr. 2. 295.* poddьjakъ ὑποδιάκονος. dьmitra *sav.-kn. 129.* dьěvolъ *cloz. zogr.* irodьědy. marьě *neben* mariě. semьonъ. tiverьě. tьmiěnъ θυμίαμα (serb. tamjan, tamljan) zogr.* venьjaminъ *sup. usw.* gobьzъ: *vergl. got. gabiga-, gabeiga-.* lьnъ: *ahd. lin.* mьša: *ahd. missa.* stьklo: *got. stikla-. Vergl. auch* sьrebro: *pr. sirablan sg. acc. got. silubra-.*

Die frage, wie ь *aus i entstanden ist, wird verschieden beantwortet: die einen meinen, es sei* ь *unmittelbar an die stelle von i getreten, während andere der ansicht sind, i sei zu e, und e zu* ь *(i-e-ь) geworden,* ь *sei in den hierher gehörigen worten um eine stufe*

schwächer als e. Geitler, Fonologie 8. Für die letztere ansicht wird
der umstand angeführt, dass e mit ь wechselt, indem denь neben
dьnь vorkomme: die tatsache ist unzweifelhaft und es gibt kein denk-
mahl, in welchem formen wie denь nicht vorkämen. Allein für das
höhere alter des e vor dem ь gibt es für die vorslavische periode
keinen beweis, und die vorstellung, e sei erst im slavischen allmählig
in ь übergegangen, kann nicht begründet werden. Man kann die be-
hauptung nicht etwa durch berufung auf das lit. lett. stützen, da
diese sprachen in den betreffenden worten i, nicht e, bieten: dьm:
lett. dimt. kotьlъ: lit. katilas. lьpêti: lip. lьnъ: linas. mьg: mīžu.
pьklъ: pikis. svьt: švit usw. Wenn man für die entstehung des ь
aus e die worte seli, sekratъ anführt, so geschieht dies mit unrecht,
da se in den genannten formen aus sjo entstanden ist. Während die
entstehung des ь aus e in den hieher gehörigen formen nicht bewiesen
werden kann, darf für das höhere alter des ь vor dem e der um-
stand angeführt werden, dass die lebenden slavischen sprachen dort,
wo für das altslovenische ь postuliert wird, gleichfalls ь voraussetzen:
nsl. ves, vsa, vse ist nur aus aslov. vьsь, vьsa, vьse begreiflich; die
zurückführung von vsa, vse auf eine form vesь würde gegen die
lautgesetze verstossen. ĕ. mzda setzt mьzda voraus und widerspricht
einem urslavischen mezda. β) ь in worten wie šьvenъ sutus entsteht
aus jŭ, daher šь-v-enъ. Der inf. ĕiti entspricht nicht dem lit. siuti,
sondern einem siauti. γ) wurzelhaftes e ist häufig zu ь geschwächt
und schliesslich ausgestossen worden. aind. bhar ist slav. ber, eine
form, die dem praes. berą und allen von der w. ber abgeleiteten
stämmen: borъ, birati aus bĕrati zu grunde liegt. Aus ber entstand
bьr, manchmal minder genau bъr geschrieben: bьrati, bъrati, brati.
    Hier entsteht die frage, auf welche weise sich ь aus altem a
entwickelt habe. Es darf angenommen werden, es sei zuerst e aus a
und aus e erst ь hervorgegangen. Auch für das aind. wird zwischen
a und i - e, richtiger a°, a, als mittelstufe vermutet. Zur begrün-
dung dieser ansicht ist, abgesehen von physiologischen erwägungen, auf
die tatsache hinzuweisen, dass die e - formen im lit. vorhanden sind:
lьgъkъ: lengvas. pьsъ: peku. žьly: gelonis. jьm: jemt. Neben minu, aslov.
mьnêti, findet man menu. aslov. tьma steht aind. timira, tamas und
lit. temti, tamsa gegenüber. Dass der übergang des a in e durch o (a-
o-e-ь) vermittelt worden sei, ist unwahrscheinlich, weil o den übergang
von a zu u, nicht zu i (und ь ist ein i-laut) bildet.
    Wie das auf i zurückgehende ь, so liegt auch das auf a be-
ruhende ь den lebenden slavischen sprachen zu grunde: so ist nsl.

začnem *nur aus* čьną, *nicht etwa aus* čeną, *begreiflich, so kann p.* čьna *nur aus* tьma *erklärt werden. Daraus geht zugleich das hohe alter des* ь *auch in den hieher gehörigen worten hervor. Wenn bemerkt wird, e aus a habe bestanden, bevor es eine slavische sprache gab, so ist dies wohl zuzugeben, allein das angenommene slavische e ist seinem ursprunge nach verschieden von dem slavischen; jenes ist unmittelbar aus a, dieses aus* ь *hervorgegangen: ursprachlich* a, *vorslavisch, litauisch e, urslavisch* ь. *Ähnlich ist i im aind. svit verschieden von dem i im aslov.* svitati: *jenes ist ursprünglich, dieses ist auf* svьt *zurückzuführen.* svita *ist als iterativum, abweichend von* svêtь, *aind.* svêta, *keine vom slavischen ererbte, sondern von demselben erst gebildete form; dagegen kann von einem vorslavischen e in* denь *nicht gesprochen werden: in der vorslavischen periode hatte das wort i, urslavisch ist* dьnь.

5. *Es gibt auch formen, deren* ь *in der slavischen periode aus e, das älterem a gegenübersteht, hervorgegangen ist: hieher gehört* vьčera *heri von* večerъ, *lit.* vakaras; *ferner* pьci sę, pьcête sę *von* pek; rьci, rьcête *von* rek; tьci, tьcête *von* tek; *ebenso* žeg, *dessen e häufig in* ь *übergeht,* žьzi. *Auf* žьg *beruht nsl.* žgati, žgem *usw. Über* pьcête sę, rьci, rьcêta zogr. vergl. 3. seite 103. Dieselbe schwächung des e tritt ein in* mьnê, mьnoją *neben* mene *und* mę *aus* men: *vergl. lit.* manę, manęs, man, *niederlit.* munę, munęs, mun. *Man merke* cьsarь gradь *sabb. 13. aus* cêsarь gradъ: *aus* cьsarь *ist* r. carь *entstanden.*

6. *Die schwächung des a zu i kömmt wohl in allen arischen sprachen vor: ich erwähne hier nur des got., wo man bir (batran) für aslov.* bьr, *tir (tairan) für aslov.* dьr *findet. Das germanische bietet fast alle modificationen des alten a dar, die dem slav. eigen sind: ahd. përan :* berą. *got. batran aus biran :* bьrati. *got. praet. bar :* borъ *subst. got. bêrum : birati aus bêrati. got. baurans aus burans würde aslov.* bьranъ *lauten, das jedoch nur in folge der verwechslung der halbvocale vorkömmt. In bar wie in* borъ *stehen die vocale a und o aind. ā (aa) gegenüber, beide sind daher als steigerungen des e aus älterem a anzusehen, wie das aind. ā eine solche ist. Im pl. und dual. erwartet man den wurzelvocal, statt dessen seine dehnung ê eintritt, die ebenso in der germanischen periode entstanden ist, wie die formen bêrati (birati) in der slavischen.*

In der negation ni, lit. nei, erblicken manche das ursprüngliche na, aus dem es sich durch ne entwickelt habe Zeitschrift 23. 276: mir scheint dies unrichtig. Vergl. 4. seite 170.

Hier führe ich auch die sg. nominative dъěti *und* mati *an, die auf* dъětê. matê *aus* dъěter, mater *beruhen: lit.* duktê. ê *fasse ich als ersatzdehnung auf. Ähnlich ist das herabsinken des auslautenden* ê *zu* i *in* vedi, pьci *neben* vedête, pьcête. dêlaj *beruht auf* dêlajê, dêlaji.

7. Die ь aus e enthaltenden formen. Wurzeln. bъbrъ *fiber in* bъbrovina. bebrъ. *Für einen halbvocal spricht s.* dabar *aus* babar, *für* ь *ahd.* bibar, *lit.* bebrus, *pr.* bebrus, beberniks, *lat. fiber; gegen* ь *klr.* bober, *r.* bobrъ. *Man vergleicht aind.* babhru *rotbraun, eine ichneumonart. abaktr.* bawri, bawra- biber. bъrati, berą *legere.* sъbьrašę, *minder gut* sъbьrašę zogr. birati: *got.* bairan, *ahd.* përan. *aind.* bhar, bharati. čьną: počьną, počęti *incipere.* počinati. konь *in* iskoni *ab initio. w.* ken. dvьrь *ianua.* dvьrь *zogr. nsl.* dveri *neben* duri. *r.* dverь. *p.* drzwi *aus* dwrzy. kaš. dwierze. *pr. dauris. lit.* duris *pl. lett.* durvis. *got.* daura-. *abakt.* dvara. *aind. dvār. Dem* dvьrь *und dem* dvorъ *liegt* dver *zu grunde.* dъl: prodъliti: prodъlą *sup.* 367. 23. dъlina, dъlje *longitudo.* dъl *beruht auf* del: *vergl.* dlъgъ *aus* delgъ. dьm *in* odьmêti sę *respondere. nsl.* odmêvati se: *lett.* dimt, demu *sonare.* dъrati, derą *scindere.* razdъra zogr. dirati. dêra *neben* dira *scissura. got.* tairan *aus* tiran. *aind.* dar, drъati. dãra. *griech.* čέρω. gonъznąti *und* goneznąti *salvari.* gonoziti *salvare: got.* ganisan, *ahd.* nesan. grъmêti *aus* grъmêti *tonare.* grimati *wohl für* grêmati. gromъ *tonitru: griech.* χρεμίζω, χρόμος. *w.* grem. *lit. abweichend:* grumenti. jьga: iga *quando.* jьga *hängt mit dem pronomen* jъ *zusammen.* i *in* iže *steht für* jъ. jьm *aus* jem: imą, jęti *prehendere.* imъ. poimъ. priimъ *neben* priemъ zogr. izьmъ. otьmetъ *neben* otъimetъ. sъпьmъ χαθελών, συνέδριον. vъпъmati. vъпеmъěa sę zogr. vъzьmą, vъzьmъ *usw.* imati. jemlją. *Hieher gehört* razъmьnica μάκελλον. razemnica *slêč.* razumьnica šiš. 1. *cor.* 10. 25. *lit.* imti, imu, *aor.* êmiau. *pr.* imt, enimt. *lett.* jemt, ńemt: jemt *zeigt, dass* ńemt *nicht zu aind.* nam *gehört. aind.* jam, *europ., nach Fick* 2. 709. 715, em. klъną, klęti *exsecrari.* klinati: *vergl. pr.* perklantīt, *das ein* klen *voraussetzt. Brückner* 192 *hält das pr. wort für entlehnt: p.* kląč, klątwa. lьgъkъ *levis. nsl.* lehek. *r.* legokъ. lьgota. *Mit* lьgъ *steht* lьza, polьza, lьzê *in verbindung. lit.* lengvus, lengvas. lьgъ *in* lьgъkъ *ist ein u-stamm. got. leihta-. ahd.* lihti. *griech.* ἐλαχύς. *aind.* laghu, raghu *von* rańh, lańgh *springen. abaktr.* reṇjja *leicht. ahd.* ringi. *aslov.* lьstьпъ *facilis. b.* lesen. *s.* last. lastan, lasan *gehört nicht hieher: man hat it.* lesto, *wohl mit unrecht, verglichen.* lьvъ *leo. r.* levъ, *sg. gen.* lьva. *p.*

lew, *sg. gen.* lwa. *lit. lêvas ist entlehnt. lit. liutas ist vielleicht das
slav.* ljutъ *Brückner 105.* мьčь *neben* mečь *ensis. s.* mač. r. mečь,
meča, *ar. sg. gen.* mča: *got. mēkja-. as. māki.* мьdlъ *tardus. nsl.*
medel, medloven. r. medlitь. *Man beachte* meleda *aufschub. aind.
mrdu: aslov.* mudъ *beruht zunächst auf einer w.* mūd, mądъ *tardus
auf aind. mand. aslov.* mądъ *liegt dem rum.* premъnd *procrastino zu
grunde.* мьną, męti *comprimere. r.* minatь. *lit. minti, praet. miniau.
aind.* mnā *aus* manā *in* čarma-mna *gerber. Vergl. r.* mjaka *(aslov.*
*męka) *in* kože-mjaka. *lit. minikas.* мьnêti, мьnją *putare.* мьn-, *ein-
mahl* mn: *usąmnê zogr.; daher* mętъ *in* pamętь. *pomęnąti *neben* po-
mênąti.* pominati. *lit. minu, menu, minti *neben* manau, manīti. lett.
minēt. got. man *ich glaube.* gamunan, gaminthi. aind. man. *Das nomen*
-mênъ *beruht auf einer* i-w., nsl. *spomin auf dem iterativum* mi-
nati. мьnь: *nsl.* menek, menič *gadus lotta. s. (slav.)* mlič (mlich) *bei
Linde. r.* menь. č. meň, mnik. *slovak.* mieň. p. miętus. ns. mjenk.
мьrą, mrêti *mori.* umьrуj *ostrom.* umьretъ. umьrу. umьrъ̂ь.
umьrъ̂aego *und* umrêti. umrêtъ. umrêšę; umrъlъ, umrъla *zogr.*
umerъ̂imi *cloz. 1. 803. und* umьrêti *476.* umrъlъ *sav.-kn. 71. und*
umrъ̂a *124.* mirati. morъ *mors. nsl.* merjem. *lit. mirti *aus* merti,
mirītu. aind. mar.* мьrą, nrêti *ingredi.* nirati. ponorъ. *lit. nerti
tauchen. naras. Daneben* nъr: nyriti. nura. nъzą, *wahrscheinlich*
nisti, penetrare. nъz- *zogr.* nizati *infigere.* pronoziti. nožъ *neben* nъz:
pronuziti *transfigere. Vergl. auch* nogъtъ *unguis, das die bessere
form ist. lit. nêžêti *jucken ist in bedeutung und form verschieden.
Ascoli, Studj 2. 167.* ocъtъ *acetum. got.* akēta-, akeita-. oɛ̂ьb: oɛ̂iьь
cauda: w. heb: *vergl.* hob- *in* hobotъ. *griech.* ὄβη *cauda Curtius
383.* pьną, pęti, *mit praefixen, extendere.* pьn-, *einmahl* pъn: ras-
pъnątъ *zogr.* pinati. *въpona. pąto *fessel aus* pon-to: w. pen. vergl.
lit. pinti *flechten.* painioti. pantis *fessel. got. spinnan, spann J. Schmidt 2.
495. Fick 2. 599 *verbindet damit auch* pьnь *truncus. nsl.* penj. r. penь.
p. pień, *sg. gen.* pnia. pьrъ piper: *griech.* πέπερι. p. pieprz. *lit.
pipirras *und* lett. pipars *sind aus dem slav. entlehnt. lat.* piper. *ahd.
fefor.* pьrati, perą *ferire, calcare, lavare.* popьraнa *cloz. 1. 342.*
pirati. *polab.* pårêt *lavare. lit. perti, periu *baden, eig. schlagen, mit
dem badequast. Vergleiche aind. sphar, spharati *auseinanderziehen,
spannen.* pьrati, perą *ferri, volare.* pirati. *vergl. lit.* sparnas *flügel.
aind.* parṇa. pьrą, prêti *fulcire.* pirati. podърorъ. *lit. spirti, spi-
riu. spardīti. lett. spert, speru. spars *schwung.* pьrją, prêti *con-
tendere.* sąpьrъ *sav.-kn. 51.* pirati. sąpьrъ *zogr. Vergl. aind.* prtanā
pugna. pьsъ *canis.* pьsomъ *neben* psi *zogr. nsl.* pes, *sg. gen.* psa.

p. pios, *g. gen. psa. *lit. pekus. pr. pecku. got. faihu. ahd. fihu.
aind. paśu. pъzdêti: *nsl.* pczdêti *pedere. klr.* pezdīty, bzdīty. *lit.*
bezdêti. *lett.* bezdēt. *Vergl.* prъd. skvъrą, skvrêti. *nsl.* cvrem,
cvrêti. p. skwarł. skwieraĉ. skwar. stъblo *caulis. nsl.* steblo. p.
ździebło, zdzbło, dźbło *aus* śćbło. r. steblь. *pr. stibinis. lit. stambas,*
stambras neben stimbras baumstumpf. staibas. stêbas. lett. stabs
pfosten. stobbe. aind. *stabh, stambh, stambhatě stützen.* stъgno *femur.*
klr. stehno. p. scięgno. ahd. *skincho. Vergl.* aind. *khaňǵ aus skaňǵ*
hinken. stъlati, steljǫ *sternere.* postъlašę *zogr.* postelanь *luc.* 22. 12.-
nik. stъl- *sav.-kn.* 72. stilati. stolъ. *vergl.* stъrą. stъrą, strêti *ster-*
nere. prostъri. prostъrь *und* prostъrêtъ. prostъrê *zogr.* prosterь *cloz.* 1.
695. 696. prostъrêti 2. 28. stirati. storъ. *s.* sterem, sterati. *griech.*
στόρνυμι. *lat. sternere.* aind. *star, strṇōti. Hieher gehört* stranа. pro-
stranъ. *Vergl. w.* stri *in* stroj. serą, sъrati: *nsl.* serjem, srati
cacare: aslov. *nicht nachgewiesen.* štьbъtati *fritinnire.* p. szcze-
biotaĉ. *Das wort steht hier nicht vollkommen sicher.* šьdъ *qui*
ivit. šьlъ. *nsl.* šel, šla *aus* hed, *woher* hodъ, aind. *sad, womit*
von anderen šьd *durch* sjad, sjъd *vermittelt wird.* ušidь *fugax be-*
ruht vielleicht auf einem iterat. šidati. *Mit* šьdъ - hodъ *vergleiche*
man šьp: šьpъtati *sibilare. s.* šanuti *lispeln aus* šapnuti. šaptati.
ĉ. šeplati; čьn - konь; (šьb) ošibь - hobotъ. tьlo *pavimentum eig.*
,*das festgestampfte'. nsl.* tla. p. tło. *pr. talus.* aind. *tala.* tьma
tenebras. nsl. tema, tama. *klr.* temrjava. p. ćma. *lit. temti. timsras*
bleifarbig. tamsa. tamsus. as. thim. aind. *tamas, tamisra neben ti-*
mira. abaktr. temahh. air. temsl. tьma *numerus infinitus stellt Fick*
2. 572 *als* tьma *zu* tyti. tьną, tǫti: *nsl.* tnem, teti *scindere.* tna-
chu *fris. ar.* potьną. tinati. p. potnę, pociąĉ. tьn *aus* tьm: *ar.*
aĉĉe kto tьmetь dъlžьbita smolnjanina vъ Rizê ili na gotьskomь
bêrêzê, to tomu za nь platiti, kto izetjalъ *izv.* 601. *griech.*
τέμνω. tъnъkъ *tenuis.* r. tonokъ. ń *in* cieńki *beruht nicht auf* nь,
sondern auf dem folgenden k. *Im r.* tonokъ *scheint die zweite auf*
die erste silbe eingewirkt zu haben, denn tьnъ *in* tьnъkъ *ist ein u-*
stamm. lit. tenvas. *lett.* tivs. *got.* thanjan. *and.* thunnr. *ahd.* dunni.
lat. tenuis. *griech.* τείνω. ταναός. aind. *tanu: w. tan.* tъrą, trêti *te-*
rere. tъrąšte. otъre *zogr.* sъtъreni *cloz.* 1. 781. otъrъši *mariencodex.*
tirati. torъ. *lat. tero. griech.* τρ-ύω. *Mit* tъr *hängt* tыl *zusammen:*
tъlêti *corrumpi.* istъliti *perdere:* istъlitъ *cloz.* 1. 450. neistъlênenъ
1. 907. tъzъ, tъzъnъ *cognominis scheint auf dem pronomen* tъžde
zu beruhen. klr. tesko *verch.* 69. vъl: dovьlêtъ *sufficit.* dovь-
lętъ *sufficiunt zogr.* dovьlьnъ *cloz.* 1. 585. dovъlê 734. *Vergl.*

velêti. vol- *in* voliti. volja. *lit. veliti. got. viljan. valjan (aslov.* vo-
liti). *griech.* βόλομαι, βούλομαι. *aind. var, varati, vrņōti sich er-
wählen.* vьrą, vrêti *claudere.* virati. *vorъ.* otvoriti. *s.* uvrijeti
*inserere. pr. etwert öffnen. lit. verti, veriu auf- und zutun. atverti
auftun. lett. vert, veru. aind. var, vrņōti umschliessen.* vьrją, vrêti
scaturire, bullire. nsl. vrem, vrêti. virati. *vorъ. lit. virti, verru, verdu.*
zvьnêti *sonare. r.* zvenêtь. *aslov.* zvonъ. zьrją, zьrêti *spectare.* zi-
rati. *zorъ.* zьr-, zъr-, zr-, *je einmahl zogr.* zьr- *cloz. stets mit* ь. pro-
zьrją, zьręšte, uzьrite *und* zazьrêahą, uzrêvъši *zogr. lit. žẽrẽti, žẽ-
riu schimmern. žiurẽti, žiuriu sehen. Damit hängt* zrêti *maturescere
zusammen: in* vъzьrêetъ *zogr. befremdet* ь. žьdati, žьdą *und* židati,
židą. žьdêti *exspectare:* židtь *exspectat. nsl.* ždêti *immotum iacere.*
p. ždać *exspectare: w.* ged. godъ *tempus (vergl.* čajati *und* časъ).
klr. pohodyty *warten. lett.* gaidît *exspectare. lit. geisti, geidu cu-
pere. pr. gẽide exspectant.* žьmą, žęti *comprimere.* žimati. *Fick 2.
559 vergleicht. aind. ģāmi verwandt: man beachte* blizъ *prope und
lett.* blaizît *quetschen.* žьnją, žęti *demetere.* žinati. *Vergl. lit. geniu,
genẽti asteln.* žьrą, žrêti *vorare. nsl.* žerjem, žrêti. žirati. *lit. gerti,
geriu trinken. aind. gar, girati.* žьrą, žrêti *sacrificare.* žьrêahą *zogr.*
požьri *cloz. 1. 311.* žirati. *lit. girti, giriu rühmen. pr. gir-snan acc.
lob. aind. ghar, grņāti anrufen.*

Hier mag auch znati *noscere* erwähnt werden, das wie das *lit.*
pažinti, žinoti, žinau. *lett.* zinât. *pr.* sinnat zeigt, einst zьnati *aus*
genati gelautet hat: *vergl. abaktr.* zan. *got.* kun *in* kuntha-. *air.*
gen *neben aind.* ģṅā. *griech.* γνω. *lat.* gno. *ahd.* knā. *air.* gna *in*
gnath *bekannt.*

Über die schreibung der worte wie bьrati *vergleiche A. Leskien,
Die vocale* ъ *und* ь *usw.* 77.

8. Ursprachliche a-formen sind slav. i-formen geworden in blьsk:
blêskъ, blьskъ *splendor. lit.* blizgu, blьskiu. *aind.* bhrāģ, bhrāģatē.
Vergl. lьštati sę *von* lьsk. sk *in* blьsk *ist aus* zg *hervorgegangen,
wie aus* brêzgъ *erhellt.* mьn: mьnêti, mьnją *putare.* mьn, *ein-
mahl* mn *in* uvąmnê *zogr. Den beweis, dass* blьsk *und* mьn i-w.
sind, bilden die nomina blêskъ *und* mênъ *in* pomênъ, mêniti, *da
nomina nicht auf dehnung, sondern auf steigerung beruhen, und
die steigerung* ê *ein* i *voraussetzt; doch gibt es von* mьn *auch* a-
formen: pamętь *aus* pamentь *usw. Vergl. J. Schmidt 1. 11; 2.
476. 495. Eigentümlich ist* scêpiti *findere, das mit der w.* skep
zusammenhängt, žaliti *lugere neben* žolati. *Die verba iterativa aller
wurzeln, in denen* ь *aus* e, a *entsteht, werden scheinbar von* i-formen

gebildet, so dass neben morъ *aus* mer (mrêti *aus* merti), mirati *wie aus* mьr (mьrą) *besteht. Man könnte diese differenz aus dem nicht hohen alter der verba iterativa erklären wollen. Es ist indessen sehr wahrscheinlich, dass* mirati *auf einem älteren* mêrati *beruht, wie* pogribati *für und neben* pogrêbati *aus* greb *besteht: dafür spricht, dass dem* i *der formen wie* mirati *in den lebenden sprachen der reflex nicht nur des* i, *sondern auch des* ê *gegenübersteht. Darüber wird unter dem* a-vocal ê *gehandelt.*

2. tert wird trət (trt) oder trêt.

Die lautgruppen tert, telt, *d. h. alle lautgruppen, in denen auf* er, el *ein consonant folgt, bieten den sprachorganen einiger slavischen völker schwierigkeiten dar, sie werden daher gemieden und A) dadurch ersetzt, dass der vocal* e *schwindet, wodurch* r, l *silbenbildend werden; B) dadurch, dass bei der metathese des* r, l *der vocal* e *gedehnt, d. h. in* ê *verwandelt wird. Das klr., wr., r., p., os., ns. haben den vocal bewahrt: urslavisch* berdo: *aslov.* brъdo, *d. i.* brdo. r. berdo. *In den unter B) fallenden worten hat das klr., wr., r. zwischen* r, l *und den folgenden consonanten ein* e *eingeschaltet:* ver-teno: *aslov.* vrêteno. r. vereteno.

A. *Ursprachliches* bargha (bhargha), aind. *barha, wird ur-slavisch* berzъ, *daraus aslov.* brъzъ citus d. i. brzъ. nsl., kr., s., č., ehedem auch b. brz. *Ursprachliches und aind.* marĝ *wird lit.* melž, *urslavisch* melz, *daraus aslov.* mlъzą mulgeo, d. i. mlzą; nsl. mou-zem, muzem; s. muzem *aus* mlzem. B. *Ursprachliches* marti *wird urslavisch* merti, *daraus aslov.* mrêti mori: nsl. mrêti. *Ursprach-liches* parna *wird aind.* paṇa lohn aus parṇa, lit. pelnas, urslavisch pelnъ, *daraus aslov.* plênъ praeda; nsl. plên.

A. tert wird trət (trt).

brъzъ *citus. r.* borzyj. četvrъtъ *quartus. r.* četvertyj. *lit.* ketvirtas. črъpati *neben* črêpati *haurire. r.* čerpatь. črъtati *in-cidere. r.* čerta. *lit.* kertu vb. aind. kart. črъvь *vermis. r.* črъvь. aind. krmi *aus* karmi. dlъgъ *longus. r.* dolgъ, dologъ. aind. dîr-gha. urspr. dargha. drъg: drъžati *tenere. r.* deržatъ. drъzъ *audax. r.* derzkij. glъkъ *tumultus. r.* golkъ. p. giełk. grъlo guttur. r. gorlo. p. gardło: grъlo *ist urslavisch* gerdlo, w. ger. aind. gar *schlingen.* grъstь *pugillus. r.* gorstь. p. garść, w. gert. krъkъ *collum. p.* kark. aind. krka kehlkopf. krъnъ *mutilus. r.*

kornyj. *urspr. karna.* aind. *kŭrṇa.* w. ker, aind. *kar.* krъв : *č.*
krsati *deficere.* aind. *karš abmagern, krša mager.* mlъknąti *conti-*
cescere. r. molčatъ. p. milczeć. aind. *marč.* mlъnij *fulgur.* r.
molnija. *aind. w. marṇ zermalmen.* mrъg : r. morgatъ *winken. lit.*
mirgēti flimmern. w. merg.   mrъknąti *obscurari. lit. merkti. w.*
merk.   mrъtь : въmrъtъ *mors. lit. mirtis. urspr. marti.* aind. *mrti,*
w. mer.   mrъvica *mica. klr.* merva. *w.* mer, *suff.* va.   mrъznąti
congelari. r. merznutъ.   mrъznąti *abominari.* r. merzitъ.   plъkъ
turba. r. polkъ.   plъzą, plēzą *repo.* prъd : *nsl.* perdēti *pedere.*
aind. **pard, parda. griech.* πέρδω.   prъga χ(δρα. r. perga.   prъh :
nsl. prhati *salire, volare.* prъsi *pectus.* r. persi. aind. *paršu.*
prъstъ *digitus. lit. pirštas.* r. perstъ. *Vergl.* aind. *sparš berühren.*
prъvъ *primus.* r. pervyj. *urspr. parva.* aind. *pūrva.*   smrъdēti *foe-*
tere. r. smerdētъ. p. śmierdzieć. srъdьce *cor.* r. serdce. p. serce.
Für die baltischen und slavischen sprachen und für das armenische ist
als urform šard anzusehen. sгъръ *falx.* r. serp. p. sierp. *griech.*
ἅρπη. *lat.* sarpere. stlъpъ *columna.* r. stolpъ. p. stłup, słup.   strъgą,
strēgą *custodio. lit. sergu.* strъnь *stipula.* r. sternja.   svrъbъ
scabies. r. sverbъ. svrъčati *sonum edere. lit. švirkšti.* štrъbina
fragmentum. aind. *kharba aus skarba.* tlъką *pulso.* r. tolku.
trъgati, trъzati *vellere.* r. torgatъ, terzatъ.   trъnъ *spina.* r. ternъ.
trъpnąti *torpere.* r. terpnutъ. *lit. tirpti.* vlъgъkъ *humidus.* r. volg-
nutъ. *lit. vilgīti.* vlъką *traho.* r. vleku, voloku. *lit. vilkti.* vlъkъ
lupus. r. volkъ. p. wilk. *lit. vilkas.* vlъna *fluctus.* r. volna. *lit.*
vilnis. vrъba *salix.* r. verba. p. wierzba. *lit. virbas rute.* vrъgą
iaciam. r. vergatъ. p. wierzgać. *Vergl.* aind. *varǵ wenden.* vrъhъ
cacumen. r. verchъ, verьchъ. p. wierzch. aind. *varšman das oberste.*
w. vers. vrъkati, vrъčati *sonum edere. lit. verkti.* vrъsa : *klr.*
vorsa *pilus.* aind. *etwa vrsa nach dem abaktr. vareša haar.* vrъtēti
circumagere. r. vertētъ. aind. *vart.* vrъzą *mit praefixen ligare, sol-*
vere. zlъva *glos.* r. zolva. p. żelwica, żołwica. zrъcalo *speculum.*
r. zercalo. zrъno *granum.* r. zerno. *lit. žirnis. ahd. chorn, kёrno.*
žlъčь, zlъčь *bilis.* r. želčь. žlъna *galbula.* r. želna. p. żołna. *lett.*
dzilna. žlъtъ *flavus.* r. żeltyj. *lit. geltas.* žrъny *pistrinum.* r.
žernovъ. *lit. girnos. got. qvairnu-. Seltener als aus tert entsteht die*
form trъt (trt) *aus* tret: *vergl.* grъmēti *tonare aus grem-, woher*
gromъ. *Hieher gehört auch* grъkъ *graecus. Ein rъt aus ert scheint*
nicht vorzukommen. Vergl. meine abhandlung ‚Über den ursprung
der worte von der form aslov. trъt‘. *Denkschriften, Band XXVII.*

B. tert *wird* trêt.

brêgъ *ripa.* r. beregъ. brêmę *onus.* r. beremja *neben dem unvolkstümlichen* bremja. brêza *betula.* r. bereza. brêžda *praegnans.* r. bereza. črêda *grex. klr.* čereda. črêpъ *testa.* r. čerepъ. črêšnja *cerasus.* r. čerešnja. črêtъ: *nsl.* črêt *sumpfige waldung.* r. čeretъ. črêvo *venter.* r. čerevo. drêvo *arbor.* r. derevo. mlêti *molere.* r. molotъ *aus* moltъ: *hier tritt der wechsel von* e *und* o *ein.* mrêža *rete.* r. mereža. plêpelica *coturnix.* r. perepelъ. slêzena *splen.* r. selezěnka. srêda *medium.* r. sereda. srênъ: *nsl.* srên *pruina.* r. serenъ. strêgą, strъgą *custodio.* r. steregu. strêti *extendere.* r. steretъ. tetrêvъ *phasianus.* r. teterevъ. trêbiti *purgare.* r. terebitъ. trêmъ *turris.* r. teremъ. vrêdъ *lepra.* r. veredъ. vrêsъ: *nsl.* vrês *erica.* r. veresъ. vrêtište *cilicium.* r. veretišče. žlêdica *schneeregen. klr.* oželeda. žlêza *glandula.* r. železa. žlêzo, *daraus* želêzo *ferrum.* r. želêzo *für* železo. žrêbę *pullus equi.* r. žerebecъ. žrêlo *guttur.* r. žerelo. *Ebenso* rêdъ *in* rêdъkъ *rarus aus* erdъ, *wie das lit.* erdvas *zeigt. Vergl. meine abhandlung: ,Über den ursprung der worte von der form aslov.* trêt *und* trat. *Denkschriften, Band XXVIII.*

Bei diesen formen ist von einem urslavischen tert, telt *auszugehen, worauf vor allem die formen* trъt, *d. i.* trt, tert, tert; tlъt, *d. i.* tlt, telt, telt *beruhen. Diese verteilen sich nach drei zonen, von denen die zone A) das sprachgebiet der Slovenen, der Chorvaten und Serben und das der Čechen, daher die slovenische, d. i. die alt-, neu-, dakisch- und bulgarisch-slovenische, die kroatische, serbische und čechische sprache umfasst; die zone B) begreift das sprachgebiet der Russen, daher die gross-, klein- und weissrussische sprache; in die zone C) fällt das sprachgebiet der Polen mit den Kaschuben, der Polaben, die unter dem namen Lechen zusammengefasst werden können, und der Sorben (Serben), daher die polnische sprache mit dem kaschubischen, das polabische, das ober- und das niederserbische. In A) schwindet der vocal* e, *der sich in* B) *und* C) *erhält, daher* vert, *in A) aslov.* vrъtêti, *d. i.* vrtêti. *nsl.* vrtêti *usw.; in B)* r. vertêtъ *usw.; in C)* p. wiercieć *usw. Vergl. oben seite 29. Aus urslavischem* tert, telt *entstehen, vielleicht durch den einfluss des accentes, auch die formen* trêt, teret, tret; tlêt, telet, tlet. *In A) tritt metathese des* r, l *und dehnung des* e *zu* ê *ein, während in B) zwischen* r, l *und* t *der vocal* e *eingeschaltet und in C) der ursprüngliche vocal* e *metathesis erleidet, daher* bergъ *in A) aslov.* brêgъ, *nsl.* brêg *usw.*

In B) r. bereg **usw.** *und in C)* brzeg *für* breg *usw., das aus* bereg *nicht erklärt werden kann: daraus entstünde p.* bierzeg.

3. ent wird ęt.

1. Der buchstabe ę, **⋏**, *heisst im alphabete* ję, *der buchstabe* ą, **Ⱇ**, *hingegen* ją, *was die Griechen durch* lé, ló *wiedergeben. Das abece-narium bulgaricum weist mit unrecht dem* ją *den namen* hie *zu: dass durch* hie *etwa der laut* bulg. jъ *aus* ją *bezeichnet werde, ist schon für das IX.—X. jahrhundert nicht unmöglich.*

2. Dass ę *und* ą *wie nasales* e *und* o, d. i. e *und* o, *denen der nasenton mitgeteilt ist (Brücke 66), ausgesprochen wurden, ergibt sich aus folgenden tatsachen:* a) *in den aus dem griechischen stam-menden worten entspricht* ę *dem* e, i *mit folgendem* n, m; ą *hingegen dem* o, a, u *mit folgendem* n, m: oksiręhъ ὀξύρυγχος *pat.-mih.* de-kębrъ δεκέμβριος *sup. 420. 24.* nojębrъ νοέμβριος. septęvrij, septębrъ σεπτέμβριος. oktębrij, oktębrъ ὀκτώβριος, *nach dem vorhergehenden.* pę-tikosti πεντηκοστή *pat.-mih. ostrom;* drągarъ *drungarius, qui drungo seu turmae militari praeest, von* δροῦγγος *drungus: die Griechen haben das wort von den Lateinern, diese von den Deutschen erhalten.* frągъ φράγγος *prol.* lęginъ λογγῖνος *ostrom.* archimądritъ ἀρχιμανδρίτης *pat.-mih.; aus* κωνσταντίνος *wird* kъsnętinь *adj. sup. 146. 2; 148. 12; 149. 5; 206. 27; 207. 1. Umgekehrt entspricht dem* ę *slavischer worte im griechischen eine mit* n *oder* m *schliessende silbe:* svętoplъkъ σφεντόπληκτος *in der vita Clementis 8 usw. Man vergleiche ausserdem* ląšta *mit lancea,* trąba *mit it. tromba.* β) *in dem gleichen verhält-nisse wie das griech., befindet sich das deutsche zum aslov.:* kъnęzь, *ahd.* kuning. pênęgъ, *ahd. phenning.* štelęgъ, sklęzь, *ahd. skillinc, got. skil-linga-.* useręgъ, *got. ausan- und* *hrigga-. *Man vergleiche* kladęzь *puteus, das wohl mit einem deutschen namen auf* ing *zusammenhängt.* vitęzь *heros, das mit dem anord. víkingr zusammenzustellen ist: pira-tae, quos illi withingos appellant Adam Bremensis. Das r.* jagъ *in* korljagъ: korljazi. varjagъ *entspricht aslov.* ęgъ *aus deutschem* ing: *ahd. charling. anord. væringr. mlat. varingus. mgriech.* βάραγγος. jatvjagъ *bei Nestor, name eines den Litauern verwandten volksstammes (jednego z Litwą języka), entspricht dem* jazwingi *polnischer chronisten, p. wohl* *jaćwiądz, *wofür als collect.* jaćwiże *aus dem wr. oder klr. Linde 2. 249. Zeuss 677.* hądogъ *peritus ist got. handuga-.* pągva *corymbus, got. pugga- oder puggi-.* velьbądъ, *got. ulbandu-.* sąbota *ver-rät ahd. einfluss: sambaz in sambaztag. got. plinsjan aus plensjan ist aslov.* plęsati. *got. kintus entspricht aslov.* cęta. *Der name des* *mährisch-slovenischen fürsten, der bei Cosmas svatopulch heisst, entbehrt in den gleichzeitigen quellen nie des nasals: zuventapu 879. sfentopulcho 880. zventopolcum usw. zuuentibald im salzburger verbrüderungsbuch. santpulc Aquileja, wo auch sondoke vorkömmt, etwa sądъ.* γ) *dasselbe gilt vom rumunischen: oglindъ speculum: ględati. lindinъ loca inculta:* lędina. *sfinci sacrare:* svętiti. *respintie bivium:* raspątije. *sъmbъtъ sabbatum:* sąbota. *tъmp obtusus:* tąpъ. *Auf rumun. lautgesetzen beruhen rьnd series:* rędъ. *sfъnt sanctus:* svętъ, *während munkъ labor,* mąka, *auf magy. munka zurückgeht. Vergl. lunkъ. porunkъ. pungъ mit aslov.* łąka. porączti. pągva. ∂) *die slavischen worte im magy. bestätigen gleichfalls die nasalität von ę und ą: ménta mentha:* męta. *péntek dies veneris:* pętъkъ. *rend ordo:* rędъ. *szent sanctus:* svętъ. *bolond stultus:* blądъ. *korong circulus:* krągъ. *szombat sabbatum:* sąbota. *galamb columba:* goląbь. *parants praeceptum:* porącziti. *munka labor:* mąka; *gúzs vimen, aslov.* gążvica, *ist s.* gužva. *Die art und weise, wie griechische worte im aslov. und wie aslov. worte im griech. transscribiert werden; die form der deutschen worte im sloven., so wie der sloven. im deutschen; endlich die form der aus dem sloven. in das rum. und das magy. aufgenommenen worte spricht demnach für die nasale aussprache der buchstaben ę und ą. Dieses resultat wird auch durch den umstand bestätigt, dass die vocale ę und ą sowohl in den wurzelhaften bestandteilen der worte als auch in den stamm- und wortbildenden suffixen mit n oder m schliessenden silben der verwandten sprachen gegenüberstehen:* pętь *quinque. aind.* pańkti. *lit.* penkti. ągłь *carbo. aind.* ańgara. *lit. anglis usw.* ę *und* ą *sieht man im aslov. aus mit n oder m schliessenden silben entstehen:* cęti *aus* cьnti, čenti, *praes.* čьną. dąti *aus* dъmti, domti, *praes.* dъmą *usw., daher* ж glagoletь sę gugnivo *izvěst. 4. 257. Von den slavischen sprachen kennen den nasalismus das polnische mit dem kašubischen und das polabische, ferner das slovenische, d. i. die sprache jener Slaven, welche, im sechsten jahrhundert am linken ufer der unteren Donau sitzend, bei Prokopios und Jornandes* σκλαβηνοί, *sclaveni hiessen: von diesen zog ein teil über die Donau nach dem süden und erhielt da nach einem den Hunnen und den Türken verwandten volke den namen Bulgaren; ein anderer wanderte nach dem westen und drang in die norischen alpen: die sprache dieser Slovenen, die man die norisch-slovenische nennen könnte, bezeichne ich als die neuslovenische; ein teil setzte sich in Pannonien fest und verbreitete sich über die Donau an den fuss der Karpaten: die sprache dieser Slovenen heisst mir altslovenisch, man könnte sie pannonisch-slovenisch nennen; ein*

3

*teil endlich behielt seine sitze: die sprache dieses teils mag dakisch-
slovenisch genannt werden. Alle vier dialekte des slovenischen be-
sassen noch in historischer zeit die nasalen vocale. Das altslovenische
hatte sie bis zu seinem erlöschen nach dem einbruch der Magyaren
gegen ende des neunten jahrhunderts; das dakisch-slovenische bewahrte
sie bis zu seinem aussterben zu anfang unseres jahrhunderts. Das neu-
slovenische hat in seinem ältesten, aus dem zehnten jahrhundert stam-
menden denkmahl spuren des nasalen vocales* ą: sunt sątъ; poronso
porąčą; mogoncka (mogonka) mogąšta *neben* zodni sądьny; mo
für mą, moją; prigemlioki prijemljąšti; moki mąky; boido poidą;
vosich važihъ; musenik *neben* mosenik mąčenikъ; choku hoštą;
für ę *steht in dem freisinger denkmahl* en *nur einmahl:* v uensih
vъ vęštьšihъ, *sonst* e: spe sъpę; zveta svęta, *während in einer ur-
kunde kaiser Arnulf's von 898* zwentibolh *für* svętoplъkъ *zu lesen ist.
Spuren des nasalismus finden sich im nsl. noch heutzutage:* dentev,
dentve *für* detelja, p. dzięcielina, *in Canale;* miesenc rês. 58. me-
senc *neben* mesec, venet. miesac, *aslov.* mêsęcъ; žvenk, zvękъ; *im
Gailtale (v* zilski dolini) *Kärntens spricht man noch* lenča lęšta;
ulenči, ulężem, *aslov.* lęg, leg; srenčati *sъręštati *für* sъrêsti, praes.*
sъręštą; venč vęšte. *Vergl.* mencati conterere *mit aslov.* mękъkъ. *Der
ortsname, der aslov.* ląka *(Lak in Krain) lautete, findet sich in folgenden
formen:* lonca 973. lonka 1074. lonca 1215. lonk 1230. 1278.
lonke 1283 *neben* loka 1248. 1253. lok 1251. 1252. 1253. 1257.
1268. 1280. ebenso lovnca *in Istrien* 1067. lonk *in Steiermark 1181.
Vergl. Muchar 2. 57. Aus dem gesagten ergibt sich, dass im nsl. die
nasalen vocale nicht wie mit einem schlage vernichtet worden, sondern
allmählig geschwunden sind: den ausgangspunkt der verderbniss, wo-
durch* ę, ą *in* e, o *übergiengen, kann ich nicht angeben, wohl aber
geht aus den obigen tatsachen hervor, dass sich in einigen gegenden
die nasale in einer grösseren anzahl von worten, überhaupt namentlich
in den aus der masse des wortschatzes einigermassen heraustretenden
eigennamen erhalten haben. Man wird nicht fehlen, wenn man an-
nimmt, dass schon im neunten jahrhunderte, im zeitalter der wirksam-
keit der Slavenapostel in Pannonien, das nsl., d. i. das norisch-sloven.,
die nasalen vocale nur in einzelnen worten kannte. Wer dasselbe vom
bulgarischen annimmt, wird von der wahrheit nicht weit abirren. Es
ist zu constatieren, dass nasale formen im bulgarischen in alter zeit
nicht selten sind; aus der lebenden sprache fehlen uns zur zeit
verlässliche angaben: aus alter zeit sind anzuführen:* σουνδλασχον, σουν-
δέασχον, σοντιασχός, *aslov.* *sątêska, *as.* sutêska, *in einer urkunde von*

1020. sfentogorani, aslov. * svętogorjane, von 1274. σφεντίοθλαβος, σφενδόστλαβος *bei Pachymeres und Kantakuzenos, aslov.* svętoslavъ. πρωτοχνένζη, *einem aslov.* protoknęzi *entsprechend. C. Sathas, Bibliotheca I. 234.* ζόμπρος, ζούμπρος, *aslov.* ząbrъ. *V. Grigorovič erzählt, er habe in der nähe von Ochrida und Bitolja in einigen worten nasale vernommen:* mъndr, da bądeš (*wohl:* bъndeš) živ: *aslov.* mądrъ, da bądeši živъ. *Derselbe will in Dibra und bei Saloniki o für ą wie im nsl. gehört haben. Nach anderen wird bei Kostur und in der Dibra* mondro, ronka, mъndro, rъnka *gesprochen. Die Pomaken, muhammedanische Bulgaren im gebirge Rhodope, sprechen dem vernehmen nach* rъnka *für aslov.* rąka. *Von ortsnamen werden angeführt* longa, *wofür ein anderer reisender* leko, *wohl* lъnga, lъga, *gehört hat.* lag *neben* lenk, *d. i.* lъng. dambovo *usw. Heutzutage findet man demnach spuren nasaler vocale in einzelnen wörtern im südwestlichen Macedonien. K. J. Jireček, Starobulharské nosovky im Časopis 1875. 325. Man beachte in der heutigen sprache* grendi puljes 2. 45. jarembicъ *milad.* 387 *neben* gerebicъ 419. pendeset, devendeset *und aus* prol.-rad. čendo. pen'desetъ, pen'desetorica; *ferner aus dem spälten griechisch* λόγγος *für* lągъ *und unter den slavischen ortsnamen Griechenlands* λογχᾶ ląka: χαπινόβα *in Epirus und kapinjani in Macedonien sind* kъp- *aus* kąp-; *ngriech.* γρέντα *für aslov.* gręda *ist wohl* ghréda, *der ortsname* λιχντίνα *für aslov.* lędina *wohl* ljadína *zu lesen. Die entwickelung der nasalen vocale im bulg. ist die, dass aus* ę (en) e, *aus* ą *zunächst* ъn, ъ *geworden ist. Formen wie* mondro, modro *sind demnach für die heutige sprache wenig wahrscheinlich; selbst in älterer zeit mag dem* οʏʏ *in* λόγγος *bulg.* ъng *entsprochen haben: dem* sombota *bon., so wie dem* sobota *lam. 1. 37.* stehen skąndelnikъ, skąndelъni, skąndelъnêhъ *rom.* 9. 21; 2. tim. 2. 20; 2. cor. 4. 7. slêpč. *Sreznevskij, Pamjatniki 115. a und* sъngraždane *apostol.-ochrid.* 98. a *gegenüber und zeugen für die aussprache* ъn, ъ *gegen* on, o. *In entlehnten worten findet man* ęn *und* ąn: kostęn'tinъ *ostrom.* konstęntinê grada *cloz. II. 24.* pęn'tikostiinъ *ostrom.* dekęmbrъ *sup. 216. 12.* arhimąndritъ *pat.-mih.* pąn'tъskumu *χοντιχῶ* zogr. pąntъstêmъ *sup. 131. 2 und das oben angeführte* skąnd-. *Aus diesen tatsachen ergibt sich für mich als resultat die ansicht, dass im neunten jahrhunderte ein aslov. text mit regelrechtem gebrauche der nasalen vocale weder bei den Slovenen Noricums noch bei denen Bulgariens entstehen konnte.*

3. en, em *kann weder im auslaute noch vor consonanten stehen, dasselbe geht in beiden fällen in* ę *über:* imę *aus* imen. načęti *aus*

3*

načenti, načьną. *Dieses gesetz gilt auch in den entlehnten worten:* dekęvrij Δεχέμβριος *usw.; koleda ist calendae, καλάνδαι. Metathese ist eingetreten in* Βιχνῖχος *der vita Clementis aus Wiching, wofür man etwa* viheg_ъ, vihezь *erwarten möchte. Dass dessen ungeachtet* jemlją *gesagt wird, hat seinen grund wohl darin, dass diese form in ziem-lich später zeit aus* jemьją, jemiją *entstanden ist; so ist auch* lomlją *aus* lomьją, lomiją *zu beurteilen.*

4. *Dem aslov.* ę *und seinen reflexen in den anderen slavischen sprachen liegt* en *aus älterem* an, *d. i.* a₁n, *zu grunde.* en *ist dem-nach als urslavisch anzusehen. Dass in der tat* ę *aus* en, *nicht etwa* aus in *entstanden ist, ergibt sich daraus, dass aus* imen *der sg. nom. acc.* imę *hervorgeht, während sich aus* pąti-ns *als pl. acc.* pąti, *nicht* pątę, *aus* ἐρέβινθος revitъ, *aus* πλίνθος plita *neben* plinъta, *aus* mensa, *wohl zunächst* mins a, misa *(Vergl. J. Schmidt. 1. 80—85.) ergibt, so wie daraus, dass* i *vor* n *manchmahl in* e *verwandelt wird: aslov.* korentъ (pride vъ korentъ slêpč. *129.) corinthus. aslov.* jen-dikti *indictio. kr.* pengati *pingere mar. Vergl. lit. enkaustas Bezzen-berger 58. Wenn daher die III. pl. praes. von* moli - molętъ *lautet, so beruht dieselbe zunächst auf* molentъ; *ebenso ist* gorętъ *zu er-klären. Hinsichtlich der entwickelung des urslav.* en *im auslaute und vor consonanten zerfallen die slav. sprachen in zwei reihen. In der ersten geht* en *in* ja *über: dies geschieht im čech., oserb., nserb. und in den russ. sprachen, daher* č. pět *quinque, dem slovak.* pät *gegen-übersteht. os.* pjeć. *ns.* pjeś *aus* pjať *usw.* r. pjatь *für aslov.* pętь *aus* pentъ, penktъ, *aind.* pankti. *Wie* ja *aus* en *entsteht, ist schwer zu erklären: vielleicht ist* e *durch ersatzdehnung für das geschwundene* n *zu* ê *geworden, aus dem sich* ja *hier ebenso entwickelt hat wie* ja *in* ičazati *für* ičêzati, *das auf* ičez- *beruht. Freilich (und dies kann gegen diese ansicht geltend gemacht werden) sind die ferneren schick-sale des* ja *für* ê *aus* e *von denen des* ja *für* ê *aus* en *verschieden: aus* trъpjati *wird aslov.* trъpêti, *während sich* r. pjatь *aus* penti *unverändert erhält. Nach* j *und* č, ž, š *bieten beide lautreihen im* r. *usw. dasselbe gepräge: aslov.* stojati, *r.* stojatь; *aslov.* jęti, *r.* jatь. *Zur behauptung, der unterschied liege in dem relativen alter der formen, fehlen gründe. In der anderen reihe slav. sprachen trat an die stelle des* en *das nasale* ę: *es geschah dies im poln. so wie im kašubischen und polabischen, im slovenischen, d. i. im pannonisch- (alt-), norisch- (neu)-, dakisch- und bulgarisch-slovenischen und im kroat. und serb., daher* p. pięć. *aslov.* pętь. *nsl. usw.* pet. *Hier unter-scheiden sich kroat. und serb. von den anderen sprachen derselben*

reihe dadurch, dass sie schon sehr früh ę durch e ersetzt haben, indem in historischer zeit nur die form pet nachgewiesen werden kann: s. pêt, während in den anderen sprachen ę seinen nasenton erst in historischer zeit eingebüsst, im aslov. und im dakisch-slov. ihn bis zum aussterben dieser sprachen bewahrt hat. Wenn im poln. für ursprüngliches en nicht nur ię sondern auch ią steht, so ist dies folge der eigentümlichen lautgesetze des poln. Das nsl. scheint in dem dem aslov. ę entsprechenden e, das sowohl von dem e in pletem als auch von ê in pêti verschieden ist, eine erinnerung an den einstigen nasal bewahrt zu haben: pet quinque, aslov. pętь, und pet, pl. gen. von peta, aslov. pęta calx, lauten ganz gleich: e für ę ist gedehnt. Noch im zehnten jahrhundert findet sich ę, ja einzelne worte mit nasaliertem e existieren selbst heute noch. Das nsl. nähert sich im äussersten westen seines gebietes den sprachen erster reihe. Man hört nämlich im Görzischen: čati: počati. začati, aslov. čęti. gladati (jutro zjutri vas bom pogladala), aslov. ględati. grad (gram, naj grajo pogladat. kam pa grasto?), aslov. gręd. jati: vzati, aslov. jęti. jatra, aslov. jętra. klati (mati je otroka zaklala), aslov. klęti. pata, aslov. pęta. zabsti (v noge me zabe), aslov. zęb. žajen, aslov. žęždьnъ. senožat, aslov. sênožętь. Man beachte auch razati für aslov. rêzati. Auch im kroat. steht nach j, č, ž oft a für aslov. ę: jati, podjati, ujati, aslov. jęti. čado, aslov. čędo. čati: počati. počalo neben počelo, aslov. čęti. počęlo. žadja, aslov. žęžda. Dass das čech. im neunten jahrhunderte nasale gehabt habe, ist ein irrtum: auch den prager fragmenten sind die laute ę und ą fremd.

5. Die ę enthaltenden formen. α) Wurzeln. agnędь populus nigra. nsl. jagned. s. jagnjed. ač. jehněd palma matz. 17, der agnę vergleicht. Das wort ist dunkel. blędą deliro, nugor. nsl. bledem, blesti: lit. blend: blęsti s sich verdunkeln. lett. blendu sehe nicht recht. blinda unstäter mensch. blâdu schwatze. got. blinda-. bręknąti sonare. nsl. brenkati. s. brečati. r. brenčatь. brjakatь. č. břinčeti. bručeti. p. brzęczyć. os. brunkać. lit. brinkšterêti. mhd. brehen J. Schmidt 2. 336. brezg in breznąti sonare. r. brjazžatь: vergl. lit. brizgêti. cęta numus. klr. ćatka. r. cata. č. ceta. p. cętka. got. kintus: lit. cêta ist entlehnt. vergl. matz. 23. čędo infans. Man merke isakь sarino čendo im serb.-slov. prol.-rad. 18. ahd. kind. čędo ist ein dunkles wort: matz. 24. vergleicht aind. kandala germen. čęp: vergl. č. čapnuti mit lett. kampt fassen; nsl. čepêti mit č. čapěti hocken. čęstъ densus: lit. kimštas gestopft. kemšu, kimšti; kamšiti stopfen. čęstь pars wohl aus sčęnstь: vergl. aind.

čhid, *čhinatti spalten*. *abaktr*. *ščid*, *ščindajěiti*.   čęti *in* počęti, počьną *incipere*: *vergl*. kъnati. dęka *in p*. dzięk, dzięka. *č*. díka, děk, *lit*. děka, *pr*. dinckun *acc*., *sind entlehnt*: *nhd*. dank. desętь *decem*: *lit*. děšimtis. *got*. taihun. *aind*. dašati *f*. δεχάς *aus* dašun, *urspr*. dakam Ascoli, *Studj critici* 2. 232. 234. devętь *novem*: *lit*. devini. devintas. *pr*. nevints *neunter*. *aind*. navan. *abaktr*. navaiti *f*. ἐννεάς. *urspr*. navam Ascoli, *Studj critici* 2. 234. dętelja: *nsl*. detelja, *im fernsten westen* dentev, *klee*. *p*. dzięcielina *usw*. dętlъ, dętelъ *picus*: *lett*. demu, dimt *sonare*. dręb: *r*. drjabnutь *flaccescere*. drjablyj: *vergl*. *lit*. drimbu, dribti *herabhangen*. drambalus *schmeerbauch*. dręselъ, dręhlъ, dręsъkъ *tristis*: *vergl*. *lit*. drumsti *trüben*. dręzg-: *r*. drjazgъ *limus*: *vergl*. *lit*. drumzdinti *trüben*. drumstas *bodensatz*, *hefe* Geitler, *O slovanských kmenech na u* 96. dręzga, dręska *silva*. ględěti *spectare*. *ahd*. glízan. *mhd*. glízen, glinzen. gręda *trabs*. *nsl*. greda iz drevesa *trub*. *r*. grjada. *p*. grzęda. *magy*. gerenda. *ngriech*. γρέντα, γρεντιά. *lit*. grinda, granda: *vergl*. grendu *schinde*, *daher* gręda *eig*. *etwa* ‚geschülter stamm‘. grindžiu, grįsti *dielen kursch*. 322. *pr*. grandico bohle. grandis *grindelring*: *nsl*. gredelj *scapus aratri*. *č*. hřídel. *p*. grzązdiel. *magy*. gerendely *ist fremd*: *ahd*. grindil. grędą *eo*. *got*. gridischritt. gręznąti *immergi*. gręza *coenum*. *nsl*. grezь *f*. *klr*. hrjaž: *lit*. grimsti, *aor*. grimzdau, *immergi*. gremsti, *aor*. gremzau. gramzditi, gramzdinu *immergere*. hlębь *catarrhacta*. *vergl*. *r*. chljabatь *crepare*. Geitler, *Lit. stud*. 71, *vergleicht das r. wort mit lit*. šluboti *hinken*, *das vielleicht für šlub- stehe*. *Man denkt auch an lit*. klumboti *vacillare*. hlęd *in* ohlęnąti *debilem fieri*. ohlędanije *negligentia*. hręst: *p*. chrzęstnąć *sonum edere*. *r*. chrjastnutь, chrjasnutь. *klr*. chrustity: *vergl*. hrąstъ. hręstъkъ *cartilago*. *p*. chrzęstka, chrząstka. *klr*. chrjašč, chrjastka, chrustka. *r*. chrjaščь *neben nsl*. hrustanec. jarębь *perdix*. *nsl*. jereb. *b*. jarembicъ *milad*. 387. *neben* gerebicъ 419: *vergl*. erebičice rebum šarena 443: *lit*. jěrubě, ěrubě *ist wohl entlehnt*. *lett*. irbe. ja *ist wahrscheinlich das aind*. ā *in* ā-nila *bläulich*. jęb: *so würde aslov. der anlaut des r*. jabedьnik *magistratus genus*, *rabula*, *aus dem anord*. embœtti *lauten*, *das ahd*. ambahti *entspricht*. *klr*. jabeda *calumnia bibl*. I. jęčaja ἀγή *iunctura*: *slěpč*. *wird* ęčьja, *sonst* jačaja *geschrieben*. *Das wort ist dunkel*. jęčmy *hordeum*. jędê *prope*, *unrichtig* ądě: jęděčęдьсь οἰκιακός. *got*. innakunda-. *alat*. endo, indu. *lat*. indigena. jędro *nucleus*, *testiculus*. *nsl*. jedro. *klr*. jadro *usw*. *lett*. idras, *aus* indras, *kern*. *aind*. aṇḍa *ei*, *hode*. sāndra *kernig*. jędro *cito*. *nsl*. jedrno, jadrno. jęk *in* ječati *gemere*. *nsl*. ječati.

45

jôk *fletus.* jôkati. *p.* jąkać. jęk. jęt: *vergl. r.* jantarь *sucinum*
mit lit. jentaras, gintarus. lett. dzinters, zitars. pr. gentars. mlat.
gentarum; vergl. auch magy. gyanta harz. gyantár bergharz matz.
38. 389. jęti, imą *prehendere. lit. imti aus emti, imu, aor. ėmiau.*
pr. imt. lett. jemt, ńemt. lat. emere. aind. *jam, jamati.* jętr-: obъ-
jętriti *ardere facere. č.* jítřiti *eitern machen. p.* jątrzyć.: *damit wurde*
lit. aitrus herbe, geil verglichen. jętro *iecur. griech.* ἔντερα: *vergl.*
aind. *antra eingeweide J. Schmidt 2. 469.* jętry εἰνάτηρ *fratria.*
lat. ianitrices. s. jetrva. *klr.* jatrovka *bibl. I. p.* jątrew. *lit. gentê*
g. genters für jen- und intê. lett. jentere und ětere, ětala. aind. *já-*
tar aus jantar: y *ist wie* y *in* svekry *zu beurteilen.* jęza *morbus.*
nsl. jeza *ira: vergl. lett. igt schmerz haben.* ĩdzinãt *verdriesslich machen*
aus indz-: vergl. klr. jaha. *p.* jędza *böses weib bibl. I.* językъ
d. i. języ-kъ *lingua. r.* jazykъ: *als dial. wird* ljazykъ *angeführt:*
ein aslov. lęzykъ *erinnert an lat. lingere. pr. insuvis d. i. inzuvis*
aus linzuvis. lit. lëžuvis. armen. lezu. deminut. lezovak. Man vergleicht
jedoch aind. *ģuhū, ģihvā für djanghvā zeitschrift 23. 134. abaktr.*
hizu. klęk *in* klęčati *claudicare, inclinari, knieen. nsl.* klečati.
klęs *in p.* klęsnąć *einsinken. č.* klesnouti. klęt: *vergl. r.* kljača
mähre, stute mit pr. klente *kuh Geitler, Lit. stud. 65.* klęti, klьną
maledicere. pr. klantemmai *wir fluchen.* klantĩt. kolęda καλάνδαι *ca-*
lendae. b. koladъ *und* kolende *matz. 208. lit. kalêdos.* komęga:
p. komięga. *r.* komjaga *hohes flussschiff matz. 211.* kręg: *slovak.*
kráž, kráža: *kolo to je* kráž, kráža, kruh *slabik. 35.* krížem
krážem *zickzack:* kráž *würde aslov.* kręžь *lauten.* kręk *in p.* krząk-
nąć, chrząchnąć *grunzen, sich räuspern. r.* krjaknutь. kręt *in*
krenąti *deflectere, gubernare. nsl.* krenoti, kretati *leviter movere.*
b. krenъ *vb. r.* krjanutь *dial.:* aind. *krt, krņatti spinnen, winden*
vergl. J. Schmidt 1. 65. 122. *kъnęga: p.* księga *setzt eine nasa-*
lierte form voraus. aslov. *kennt nur* kъńiga. *lit. hat knĩgos und*
kningos. Vergl. matz. 43. kъnęgъ, kъnęzь *princeps. p.* ksiądz.
lit. kunigas. lett. kungs. pr. konagis. ahd. *kuning.* lędina *terra*
inculta. nsl. ledina: *lett. list, lĩdu roden. lĩdums rodung. Vergl. pr.*
lindan sg. acc. tal. got. landa-. lędvь *f. lumbus. nsl.* ledje, ledovje.
p. lędźwie. ahd. *lentĩ. Auszugehen ist von randh:* aind. *randhra öff-*
nung, höhlung, blösse, schwäche, daher lat. lumb. germ. lend. slav.
lend. lęg: *vergl. r.* ljagatь *hinten ausschlagen mit lit. lingůti*
wackeln. r. ljagva *rana. Geitler, Lit. stud. 67.* lęg *decumbere: der*
nasale vocal ist auf die praesensformen beschränkt. Vergl. jedoch
lęžaja. ę *soll in dem* n, *na der verba wie* aind. *bhid, woher bhind-*

más neben bhinádmi, begründet sein: vergl. lẹg. rẹt. sẹd. lẹhъ *alter
nationalname für Pole:* klr. lach. ar. ljach. *lit. lenkas aus* lẹhъ.
magy. lengyel. lẹk *mit praefixen curvare, reflexiv: perterreri.* polẹčь
f. *laqueus.* klr. lak. r. uljaknuts sja. ljakij *buckelig.* č. lek *terror.*
č. křivolaký *mäanderartig Geitler, Lit. stud. 67. p.* lẹkać sję. *lit.
lenkti trans., linkti intrans. linkus. lett. lenkt beugen. likt krumm
werden vergl. J. Schmidt 1. 107. 108.* lẹšta *lens. lit. lenšis. lett.
lēca.* lẹžaja *gallina. eig. die brütende:* lẹgc *praesensstamm von der*
w. leg. p. lẹgnẹ. os. lahnyć. mẹkъkъ *mollis: lit. minkūti kneten.
minkštas weich. menkas. lett. mīkt aus minkt weich werden. p.* miękiny
palea; r. mjaka *in* kožemjaka, *woher lit. kažemēkas, beruht auf* mẹki:
mẹčiti. *vergl.* mẹti. mẹso *caro. pr. mensā, menso. lit. mēsa. lett. mē-
sa. got. mimza-. aind. māsa: vergl.* mẹzdra *corticis pars interior.*
mẹso *setzt wie das got. wort ein aind. māsa voraus.* mẹtą *turbo.
nsl.* metem, mesti *butter rühren. pr. mandiwelis quirlstock: vergl. lit.
menturē quirlstock, das an r.* motorja *rolle erinnert, welches jedoch wohl
zu* motati *gehört. aind. math, mathnäti, manthati.* mẹti, mьną *com-
primere. lit. minti, minu. minkūti: hieher gehört nsl.* mencati, man-
cati *conterere J. Schmidt 1. 108. 109.* mẹtva, mẹtą μίνθη *mentha.
nsl.* meta, metva. s. metva. r. mjata. *p.* miẹta. *lit. mēta ist ent-
lehnt. Wahrscheinlich ist* mẹtva *fremd matz. 62.* mẹtь *in* pamẹtь
memoria: -men-tь. *lit. pomētis. lat. mens, mentis. aind. mati.* po-
mẹnąti *neben* pomēnąti *meminisse: w.* men: mьněti. *lit. minēti.
aind. man, manjatē.* mosẹzъ: *p.* mosiądz *messing. č. os.* mosaz:
mhd. messing matz. 60. olẹdь: *ar.* oljadь: *griech.* χελάνδιον. pê-
nẹgъ, pênẹzь *numus. pr. penningans pl. acc. ahd. phenning.* pẹdь
palmus. nsl. pedenj. *b.* pedъ. *p.* piẹdź *von* pen: pьną, pẹti. pẹlo
dunkel: obratite pẹlo *moe pat.-mih. 176.* pẹs: opẹsnêti: opẹsnê
licemь pat.-mih. 52: vergl. opusnêti *mutari. Das wort ist dunkel.*
pẹstь *pugnus: vergl. ahd. fūst.* pẹstь *scheint zu aind. piš, pinašti
pinsere zu gehören:* pẹs-tь. pẹta *calx. nsl.* pẹta. *b.* petъ. *p.*
pięta. *lit. pr. pentis. Fick 2. 600. stellt* pẹta *zu* pьn. *Hieher gehört*
pẹtьno *calcar. lit. pentinas: vergl. calcar von calx.* opẹtь, vъspẹtь
*retrorsum: lit. apent, atpenč, älter atpenti, wird von Bezzen-
berger 71. als sg. loc. atpentije von atpentis rückweg erklärt.* pẹti,
pьną *extendere. lit. pinti aus penti. aor.* pẹвъ, pẹhъ. pẹtro *la-
cunar. p.* piẹtro *stockwerk. č.* patro *gerüst, stockwerk:* pẹtro *scheint
mit* pen, *suff.* tro, *zusammenzuhangen.* pẹtь *quinque aus* pẹk-
tь: *lit. penki. aind.* paňkti πεντάς. plẹsati *saltare. nsl.* plesati.
p. pląsać: *davon got. plinsjan aus plensjan.* prẹd *in* vъsprẹnąti

resipiscere, surgere. s. predati *trepidare. r.* prjadatъ *salire. Vergl.*
mhd. spranz das aufspringen, aufspriessen. prądъ *im p.* prąd. prędki.
vergl. J. Schmidt 2. 231. prędą *neo. lett. sprēdu, sprēst; prēdu,*
*prēst aus sprend, eig. wohl ‚drehen‘. sprēslice handspindel. Vergl. lit.
sprandas nacken.* pręg *im nsl.* prezati *aufspringen:* sočivje preza
legumina erumpunt. grah se preza. *s.* prezati *e somno circumspicere.*
ahd. springan. vergl. prążajetъ sę σκαρίσσει αὐτόν *luc. 9. 39, das auf *prą-
žiti beruht. nsl.* sprôžiti puško. pręgą *iungo. aind. prǰ, prktē, prñktē.*
pręslo *ordo: die eig. bedeutung ist dunkel. r.* prjasla *pertica dial.*
p. przęsło *reihe, stockwerk: vergl.* prędą. prętati *comprimere, sedare,*
componere. nsl. sprotęn *geschickt. s.* sprotan *klein. p.* sprzątać *ab-
räumen. Vergl. klr.* pretaty *śa sich verstecken.* retęzъ *catena.*
klr. retaź. *p.* rzeciądz, wrzeciadz, *woraus man auf ein deutsches
-ing schliessen könnte: pr. ratinsis. lit. rêtêžis stachel, halsband sind
entlehnt.* rębъ *perdix izv. 548. 550.* rębъ. *lit. raibas. pr. roaban.
lett. raibs gesprenkelt. rubenis birkhuhn. Hieher gehört auch* jastrębъ,
urspr. jastrębъ, *accipiter. nsl.* jastreb, jastrob: *vergl.* jarębъ *J. Schmidt
2. 493.* rędъ *ordo: lit. rēdas ist entlehnt. Vergl. lit. rinditi an-
ordnen. lett. rinda reihe. ridu ordne. Vergl. J. Schmidt 1. 36. 61.*
ręg: *aslov.* orążije *instrumenta, currus, gladius vergleicht man mit
lit. rengiu sich mühsam anschicken kursch. 320.* ręg *im nsl.* regnoti
se ringi. r. rjažъ *netz mit grossen öffnungen.* ruga *zerrissenes kleid.
lit. riženti die zähne weisen. lat. ringi. rīma (rigma). Vergl.* rągъ.
rępъ *in nsl.* rep *cauda. p.* rząp *caulis caudae: vergl. nhd. rumpf.
niederd. rump. dän. rumpe steiss, schwanz.* ręsa *iulus. nsl.* resa
arista. p. rząsa, rzęsa *wasserlinse, augenwimper. klr.* risnyća *aus*
rjasnyća *wimper. r.* rjásnica *tichonr. 2. 359.* ręt *in* rętie *praesensth.
zu* rêt *in* obrêt: obrêsti *invenire, das zu lit. randu, rasti invenire
gestellt wird J. Schmidt 1. 36. 44. 61.* sęd *praesensth. von der
w.* sed: sêsti. sęd *tritt auch in den inf. formen auf: r.* sjastь,
sjalъ *kolos. 15. p.* siąść. sędra *gutta. č.* sádra *sinter, gyps. ahd.
sintar. vergl. aind. sindhu meer, fluss. lit. šandrus auswurf usw.*
sęgnąti *extendere.* posęgnąti *tangere.* prisęga *iusiurandum. nsl.*
segnoti. prisęgnoti *iurare. lit. segti, segiu schnallen, umbinden.*
prisēkti *schwören. aind.* sagǰ, sagǰatē, sañgatē *haften. abhi-šañga
schwur J. Schmidt 2. 499.* sęknąti *fluere.* isęčetъ ljuby mnogyhъ
sav.-kn. 29. č. vysáklý. *r.* sjaknutь. izsjaklyj. *p.* sięknąć: *jako
woda* siąknie w ziemię; *r.* sêkatъ *humidum fieri, mingere gehört zu*
sъk: sъcati. *vergl.* sunkti, sunkiu *seihen.* sekti, senku. seklus *seicht.
lett.* sikt *versiegen. aind.* sič, siñčati. *a-saščant nicht versiegend.* sęk

beruht auf senk, *es hat demnach übertritt in die* a-*reihe stattgefunden J. Schmidt 1. 64, daher* sąk- *aus* sonk- *in* isǎčiti *siccare.* sęštъ φρόνιμος *prudens sup.* 242. 20. *wohl* sentjъ: *lit. sintieti denken Geitler, Lit. stud. 83: aind. sant, woher germ. santha- wahr zeitschrift 23. 118, würde wohl* sąštъ *ergeben.* sęti, sętъ, sę *inquit: vergl. aind. svan sonare.* skilęža: nêstъ naša loza, nъ inako, jako skilęži podobno. *Vergl. griech.* ὁσιλιγξ *matz. 307.* skъlęzъ, sklęzъ *numus. ahd. skillinc. got. skillinga-.* svęd: prisvęnąti, prismęnąti *torrefieri. Hieher gehört* vęd: vęnąti *marcescere. nsl.* venoti. smôd *senge.* povôditi *räuchern. s.* svud, smud. *č.* svadnouti. uditi maso. *p.* wędzić. wędzonka. swąd. swędra *schmutzfleck. Vergl. anord. svidha brennen Fick 2. 693. J. Schmidt 1. 58.* svętъ *sanctus. p.* święty. *lit.* šventas. *pr.* swints. *lett.* svēts. *abaktr.* špeñta. šęga *scurrilitas. nsl.* šega. *b.* šegъ: *damit hängt wohl* šęhavъ *inconstans zusammen.* šętati sę *fremere. nsl. s. ist* šetati se *ambulare.* štędéti *parcere. klr.* ščadyty *und* skudyty *sparen: vergl. lit. skundu nach Mikuckij, Otčety 5.* tęg: tęgnąti *tendere, trahere. nsl.* tegnoti. *r.* tjag: tjanutъ. *Hieher gehört wohl auch aslov.* tęžati *III. arare, opus facere, acquirere.* tęgъ *labor. nsl.* tęg *getreide.* težati *arbeiten. aslov.* tęzati *rixari. klr.* samotež, samotužky *durch eigene kraft verch. 62:* tęžati *opus facere, das wohl auch mit pr. tēnsit machen zusammenhängt, vergleicht Fick 2. 373. mit as. thing. ahd. dinc und hält entlehnung aus dem deutschen für möglich.* tęg *ist mit aind. tan verwandt: vergl. got. thanjan neben thinsan. lat. tendere.* tęklъ *aequalis: vergl. lit. tinku, tikti sich wozu schicken, passen.* tęsk: istęsklъ ἐκτακείς *emaceratus.* tęti, tьną *scindere fehlt in den aslov. quellen: p.* ciąć, tnę. n *aus* m: aže kъto tьnetъ dъlžъbita *izv. 601. griech.* τέμνω. tętiva *chorda. nsl.* tetiva. *b.* tetivъ. *lit. temptiva. tempti spannen:* tętiva *steht demnach für* tęptiva. tęžькъ *gravis.* otęgъčati *gravari:* tęgъ-kъ. *lit. stengti, stengiu schwer tragen. vergl. jedoch tingus träge. tingau, tinkti träge werden. stingti gerinnen.* tręsti, tręsą *movere. r.* trjasti, trjachnutь: *wahrscheinlich* trem-s, *lit. trimti. as. thrimman. lat. tremere. griech.* τρέμειν. *Andere denken an aind. tras Potebnja, Kъ istorii usw. 117.* useręgъ *inauris. kr.* userez: s userezmi *mar. r.* serьga, serëžka: *aus dem got. ausan- und* *hrigga-. nhd. ohrring.* vęštij *maior: stamm wohl* vęt. vęterь: *p.* więcierz *fischreuse. lit. ventaras.* vęzati *ligare für* ęzati *aus* enzati. *lat. ango. griech.* ἄγχω. *aind. angh in anghatā. anghu usw. Vergl.* ąza. ązъ-kъ. *č.* vaz, vaz šíje *cervix: aslov.* *vęzъ. klr.* vjazy, poperek, chrebet *bibl. I. pr. winsus (vinžus) hals Geitler, Lit. stud. 72. Vergl. auch č.* vaz (jméno od

vázáni) *ulmus. p.* wiąz. *lit. vinkšna. man beachte nsl.* tvezem, tvesti
und anord. thvengr schuhriemen. vitęzь *heros. nsl.* vitez. *r.* vitjazь.
Von einem germ. namen auf -ing: anord. víkingr. withingi *bei
Adam Brem. Man vergleicht lit. vītis matz. 88.*   zębnąti *germinare,
eig. wohl ,spalten'. s.* zenuti *bei Stulli. lit. žembêti, žembu. Vergl.
das folgende und lett. digt stechen und dígt keimen biel. 1. 343.*
zębą *dilacero, daher* ząbь: *vergl.* zębą *frigeo. abaktr. zemb zer-
malmen.* zętь *gener. lit. gentis: žentas ist entlehnt Brückner 157.
verwandt sind lett. znōts. aind. gñāti naher blutsverwandter zeit-
schrift 23. 278, verschieden aind. ǵamātar. griech.* γαμβρός.   zvęgą
cano, nur in r. quellen: zvjagu. *lit. žvengti, žvengiu. žvangéti. žvigti,
žvingu. žvēgti, žvēgiu. lett. zvēgt, zvēdzu. zvaigāt: vergl.* zvьnêti.
zvęknąti *sonare. nsl.* zveknoti, zvenčati. *b.* dzveknъ *vb., daher* zvąkъ
neben ząkъ: *vergl.* zvьnêti.   žędati *sitire, das dem* žadati *nicht
gleich ist: dieses beruht auf* žêdati. *Mit* žędati *vergleiche man lit.
gend in pasigendu sich sehnen, eig. sich vor sehnsucht aufreiben Geitler,
Fonologie 29. gandžeus lieber, eher Lit. stud. 83.*   žęlo *aculeus: vergl.
lit. ginkla wehr, waffe, sachlich genauer gelů. p.* żądło. *nsl.* želo
trub. lex. neben žalo *rib. und* žalec *im osten: w. slav.* žen, *gъnati,
daher eig. das werkzeug zum treiben des viehes, was allerdings mit
der jetzigen bedeutung der slav. worte nicht übereinstimmt.* žęti,
žьmą *comprimere: vergl. griech.* γέντο *aus* γέμτο, γέμω, γόμος *usw.
Hieher dürfte* žętelь *κλοιός collare, wofür vielleicht unrichtig* žeželь,
*gehören: Bezzenberger, Beiträge 282, vergleicht lit. dzentilas, čentilas
kleinod.*   žęti, žьnją *demetere: vergl. lit. genu, genêti die äste am
baume behauen.*

β) Stämme. *Suffix* ęt: lьv-ent *aus* lьv(ъ)-ent: lьvę *catulus
leonis.* otroč-ent *aus* otrok(ъ)-ent: otročę *infans 2. seite 190. Das
suffix ęt ist ein deminutivsuffix, das im lit. und im lat. in der form
int-u, ent-a aus ant-a an adjectiva antritt: lit. jauninta in jaunintelia,
sg. nom. m. jaunintelis ziemlich jung, von jauna. lat. gracilento von
gracilo. Bezzenberger 109. Suffix* nt *im partic. praes. act.:* bijo-nt:
bijȩ, *sg. gen. m. n.* bijȩšta. grędo-nt: grędȩ, *in jüngeren quellen*
grędy, *sg. gen. m. n.* grędȩšta. hvali-nt: hvalȩ, *zunächst aus* hva-
lent, *sg. gen. m. n.* hvalȩšta. *Die form* grędȩ *liegt den analogen
partic. der lebenden slav. sprachen zu grunde. Mit dem partic. praes.
act. hängt das subst.* mogątь *zusammen. Man vergl. auch p.* majątek
neben majętny, *dem č.* majetek, *majetný entspricht: nsl.* imêtek *ist
anders zu deuten 2. seite 202.* ędъ: skarędъ *foedus.* govędo *bos aus*
gu-ędo *2. seite 210. lett. gůvs vacca. Suffix* men, en: *die masc. haben*

im sg. nom. -menь, -eнь *oder* -my, -ę: kameн: kamenь, kamy. koreн: korenь, korę. *Die neutr. haben* -mę: imeн: imę. kamy *neben* korę *und* imę *befremdet 2. seite 236.* Man *beachte* vrêmi *in* rastojeǎteje vrêmi *anth. 170. B. b. vielleicht für* vrêmy. ęсь: mêsęсь *mensis.* zajęсь *lepus 2. seite 293. Das vorhandensein eines slav. suffixes* ęzь *oder* ęgъ *kann weder durch das lit. meilingas benignus noch durch das in russ. quellen vorkommende* rabotjagъ, *das aslov.* rabotęgъ *lauten würde, dargetan werden:* ęgъ *ist auch in* rabotęgъ *germanischen ursprungs, wie das entsprechende ing im roman.: it. maggioringo der vornehmere. Vergl. Diez 2. 353. Es wird wohl auch* retęzь *catena, lit. rêtêžis, pr. ratinsis, fremd sein.*

γ) Worte. *Im sg. gen. steht der form* dušę *von* duša, dušja *die form* ryby *von* ryba *gegenüber. So wie* ę *in* dušę, *ist* ę *in* toję, *sg. gen. f. der pronominalen declination von* ta, *zu beurteilen: stamm ist* toja: *vom stamm* ta *selbst wird der sg. gen. f. im aslov. nicht gebildet, es gibt daher kein* ty *3. seite 47. Was vom sg. gen., gilt vom pl. acc.* dušę, ryby, *dem auch die function des pl. nom. zukömmt. Vergl. 3. seite 4. Dieselbe erscheinung tritt im pl. acc. der* ъ-*declination auf, wo dem* mažę raby *gegenübersteht;* ę *neben* y *bietet auch das partic. praes. act.:* biję *neben* grędy, *wofür ältere quellen auch* grędę *haben. Derselbe wechsel findet sich endlich in substantiven auf en:* korę, imę *neben* kamy: *sg. gen.* korene, imene, kamene. *Hier ist zu bemerken, dass im nsl., kroat. und serb. nur der reflex von* ę, *nicht auch der von* y *vorkömmt, daher sg. gen., pl. acc. nom.* ribe; *sg. gen., pl. acc. nom.* te; *pl. acc.* robe *und partic. praes. act.* grede, *wie* dušě, môže, *kein* ribi *usw.; nur men kann mi für* my *ergeben:* kami. prami *2. seite 236. Die slavischen sprachen zerfallen demnach hinsichtlich dieses punctes, insofern er die declination der nomina mit unerweichten consonanten betrifft, in zwei kategorien: zur ersten gehört aslov., klr., russ., čech., poln., oserb., nserb.; zur zweiten nsl., kroat., serb.: jene haben* y, *diese* e *aus* ę. *Für die letztere ist die wahrscheinliche entwickelung folgende:* ans, *a,* ę, e; *für die erstere findet dies nur bei den nomina mit erweichten consonanten statt:* jans, jons, ję, ję, je, *während bei den nomina mit unerweichten consonanten folgende reihe augenommen werden zu können scheint:* mans, mons, muns, mũ, my. *Die aunahme der entwickelungsreihe* ans, ę, e *beruht auf der analogie des partic. praes. act., aus dem sich ergibt, dass, abgesehen von verben wie* gori (gorêti), hvali (hvaliti), ę *und* y *auf den auslaut beschränkt sind:* biję, bijąšti; grędy, grędąšti. *Die berufung auf das partic. praes. act. wird durch die übereinstimmung von* dušę, ryby; mąžę, raby *mit* biję, grędy *gerechtfertigt.* Der annahme einer reihe jans, jons, jens, jen, ję *widerstreitet* bijąšti, *wofür man* bijęšti *erwarten würde, nach* gorešti, hvalęšti. *Für die reihe* mans, mons, muns, mū, my *spricht lit.* akmǔ, *sg. gen.* akmens *neben* akmenio, aus *und neben* akmun *Geitler, Fonologie 36,* aslov. knmy; *ferner der pl. acc.* vilkus aus vilkus, vilkans; *in russisch Litauen wird das* n *des pl. acc. zum teil noch gehört und zwar in den zusammengesetzten formen des adjectivs:* bal-tūnsius, *Kurschat 135.* 251, *woraus sich für den pl. acc. der aus-laut* ǔns *ergibt. Dem* aslov. pl. acc. m. ty *entspricht lit.* tus, tūs. *Indessen ist die übereinstimmung des* aslov. *mit dem lit. nicht durch-gängig:* rankos *ist der* sg. gen. *und der* pl. nom., *während* rankas *der* pl. acc. *ist: das* aslov. *stellt diesen verschiedenen formen das eine* rąky *entgegen. Der* pl. acc. *lautet lit.* vilkus, *aslov.* vlьky. *Während* aslov. vlьky *und* kamy *denselben auslaut bieten, zeigt das lit.* vilkus *und* akmǔ. *Für das urslavische ist im partic. praes. act. der auslaut* ą *anzunehmen:* grędą, *wofür* grędę, grędy, *aus* gred-o-nts, gred-o-nt. *Nur die verba III. 2. und IV. weichen ab, da* ija, ije *mit aus-nuhme der I. sg. praes. in* i *zusammengezogen ward, daher* gori - nt, gore-nt, gorę; hvali-nt, hvale-nt, hvalę. gorešta, hvalešta *im gegen-satze zu* grędąšta. *Denselben auslaut* ą *nehme ich im sg. gen. für* ryby, dušę *so wie im pl. acc. nom. für* ryby, dušę *an. Die schwächung des* ą *zu* ę *ist vielleicht in der betonung begründet, wie dies im p. vielfältig eintritt. Vergl. Leskien, Die declination usw. 13. 20. 41. 82. 120. Geitler, Lit. stud. 49. Der unterschied besteht darin, dass* ą *nach unerweichten consonanten in einigen sprachen in der decli-nation in der schwächung bis* ū, y *fortschritt, während es nach er-weichten consonanten in keiner sprache bis zu jener äussersten schwä-chung gelangte, sondern bei* ę *halt machte. Die sg. acc.* mę, tę, sę *lauten pr.* mien, tien, sien *und* sin; *lit.* manę, tavę, savę; *lett.* manni, man, tevi, tev: *mę, tę, sę entstehen aus* men, ten, sen. dadętъ, ja-dętъ, vêdętъ *haben den bindevocal* e: *dad-e-ntъ usw. Dasselbe tritt im aorist ein:* vêsę *aus* vês-e-nt; rêsę *aus* rêh-e-nt; grebošе *aus* greboh-e-nt; *dasselbe findet im imperfect* bêsę *aus* bêh-e-nt *statt.*

6. *Wenn* en *vor einem consonanten stehen soll, so wird es in einheimischen worten mit dem vorhergehenden vocal zu einem nasalen vocal verschmolzen. In entlehnten worten geschieht entweder dasselbe, oder es wird* n *von dem folgenden consonanten durch einen halbvocal getrennt, seltener ausgestossen; manchmal bewahrt das wort seine fremde form.* α) septęvrij σεπτέμβριος *neben* septębrъ *lat. september;*

oktębrij ὀχτώβρις *unter dem einflusse von* septęvrij *neben* oktębrъ
ostrom. usw. vergl. seite 32. ioan'na. konъdratъ. man'na, man'nꙗ.
osan'nꙗ *zogr.* skanъdalisaetъ *zogr. b.* an'na *cloz. 1. 844.* manъna
slêpč. aleksanъdrъ ἀλέξανδρος *sup. 50. 13.* anъdrea ἀνδρέας *90. 12.*
ag'gelъ, an'gelъ ἄγγελος *448. 29.* anъtoninъ ἀντωνῖνος *122. 15.* anъ-
tupatъ ἀνθύπατος *83. 14.* kalanъdъ καλάνδαι *61. 1.* kostanъtinъ κων-
σταντῖνος *423. 15.* konъstantinъ *140. 24.* konъstantinъ *245. 3.* ta-
lanъtъ τάλαντον *279. 23.* trokonъda τροχόνδας *443. 1.* kinъsь *neben*
kinosovy *sav.-kn. 27.* an'nê. ken'turionъ κεντουρίων. len'tij λέντιον.
ponъtъskъ *ostrom.* skanъdilъ *und* punitъskъ *luc. 3. 1-nic.* nonъzi-
anъzь *prol.-rad. 105. Manchmal folgt auf den nasalen vocal noch* n
mit oder ohne halbvocal: dekęmbrъ *sup. 216. 12.* pęntъstêmъ *131.*
2. kostęn'tinъ. pęn'tikostiinъ *ostrom.* β) n *fällt aus:* agelъskъ ἀγ-
γελικός *sup. 187. 29.* eꙗgelije *euangelium 243. 15.* evagěliju *zogr.*
evagěliju *slêpč. 88.* sekudъ *greg.-lab.* plita *neben* plinъta. revitъ
ἐρέβινθος. kostadińъ *neben* kostanъtinъ. *Man merke* jehinda *lam. 1.*
164. jehinъdova *1. 149.* ehinъdova *luc. 3. 7-nic.* ἐχιδνῶν. kostatiнъ
sup. 365. 5. γ) *häufig steht jedoch* n *unmittelbar vor einem consonanten:*
sandaliję. ioannъ. lentij *zogr.* antigrafeỹsъ ἀντιγραφεύς *sup. 206. 8.*
antinopolъ ἀντινόπολις *114. 26.* antonij ἀντώνιος *128. 21.* antupatъ
ἀνθύπατος *74. 23.* komentarisij κομενταρήσιος *77. 2.* korynthênъ κο-
ρίνθιοι *409. 11.* lampsačъskъ λαμψακηνός *442. 9.* talanti τάλαντα *280.*
16. terentij τερέντιος *55. 9:* komkanije *267. 11. neben* komъkanije
18. 25. und komъkanije *302. 17. ist lat. communicatio. Im ostrom.*
lesen wir an'gelъ, kostan'tina, len'tij, talan'tъ *und das* pętikosti
voraussetzende pęn'tikosti *ostrom. Wenn gesagt wird, es sei falsch*
im sinne des schreibers des ostrom. das zeichen ' den vocalen ъ *oder*
ь *gleichzustellen, der diakon Gregorij habe vielmehr jenes zeichen ge-*
setzt, wo er es im aslov. original vorfand, so halte ich diese ansicht
insoferne für richtig, als ich überzeugt bin, dass dem russ. des eilften
jahrhunderts die halbvocale fremd waren. Archiv I., seite 364—367.
369. 375. Eine ausdehnung dieser regel auf pannonische denkmäller
könnte ich nicht zugeben.

II. Zweite stufe: ê.

1. Der name des buchstabens ê, **ѣ**, *ist* êtь, **ѣть**, *griechisch* γέατ,
ἰατ, *d. i.* jatь, *im abecenarium bulgaricum* hiet. *dass aus dem namen*
jatь *nicht gefolgert werden kann,* ê *habe keinen anderen als den laut*
ja *bezeichnet, ergibt sich daraus, dass der laut des* ô, *d. i. des nach*
i *sich hinneigenden* e, *fz.* é, *im anfange der worte nicht vorkümmt.*

Das ältere aslov. alphabet, das glagolitische, besitzt für kyrillisch ѣ und ꙗ nur éin zeichen, woraus jedoch nicht folgt, es hätten zur zeit der herrschaft dieser schrift die laute ě und ja nicht neben einander existiert.

2. Wenn es sich um die aussprache des ě handelt, so fragt man nach jenem laute, der dem ě zu der zeit und in dem lande zukam, als und wo unsere ältesten aslov. denkmähler entstanden, was bekanntlich im neunten jahrhundert in Pannonien geschah. Diese denkmähler, die älteren glagolitischen, sowie die aus jenen hervorgegangenen kyrillischen, nötigen zur annahme, es sei durch ě, ѣ, ein zweifacher laut bezeichnet worden, nämlich der laut ja und der laut des französischen é. Dass ě wie ja gelautet, erhellt aus den worten, in denen dem ě nur dieser laut zukommen kann, weil der vorhergehende consonant ein praejotiertes a voraussetzt: tvorêaše kann nicht tvoréaše gelautet haben, da r weich ist, es muss tvorjaaše gelesen werden. Dafür sprechen auch worte wie vetъhaê statt vetъhaja, da dafür auch vetъhaa geschrieben wird. Für die aussprache des ě als é sprechen folgende gründe: 1. lautet aslov. ě im nsl. wie é in allen betonten silben, in denen die lautgesetze ja nicht zulassen: bělъ albus, nsl. běl; vrъtêti vertere, nsl. vrtěti: hätte in diesen worten ě den laut ja gehabt, so müssten dieselben notwendig bljalъ, vrъštati lauten. 2. entsprechen bestimmte ě enthaltende worte magyarischen worten, die an der gleichen stelle das wie franz. é klingende é enthalten: cserép, tészta, aslov. črěpъ, têsto, nsl. črěp, têsto. Bei der verschiedenheit der laute ja und. ě (é) überrascht der umstand, dass beiden lauten derselbe buchstabe diente: das glagolitische hat für beide nur éin zeichen. Das kyrillische wendet in den ältesten denkmählern häufig ѣ für ꙗ an. Das befremdende dieser erscheinung wird durch die bemerkung gemildert, dass beide laute sich ehedem von einander vielleicht nicht so sehr unterschieden, als dies später der fall war und gegenwärtig der fall ist. ě wird in lat. denkmählern alter zeit durch a, e und i wiedergegeben: ztoimar 873. tichmar 990. uuitmar IX—X. jahrh.; dragamer. drisimer, d. i. drъžimêrъ IX—X. jahrh. goymer 873. chotmer. lutomer. turdamere, d. i. tvrъdomêrъ IX—X. jahrh.; domamir IX—X. jahrh. godemir 990. chotemir 873. sedemir IX—X. jahrh. tichomira. vvizemir verbrüderungsbuch. witemir 873. Diese namen gehören wohl alle der slovenischen nationalität an. Den laut je hat aslov. ě gar nicht, und doch ist es gerade dieser laut, der heutzutage gewöhnlich dem ě zugeschrieben wird.

*3. In dem nachstehenden wird das tatsächliche verhältniss von ê
zu a, ja ersichtlich gemacht.*

ê, a steht in glagolitischen quellen für ja der kyrillischen: zogr.
vetъhaê. vьsê, vsê. vьsêkъ, vsêkъ (kyrill. vьsjakъ neben vьsakъ).
vьsêê (kyrill. vъsêja). dobraê. zatvarêete b. irodiêdina. kaiêfa.
vъlьêti. nezaêpą. poňêvica. poslêdьňêê. pristavľêetъ. sviniêmi.
taêsę (tajaše) luc. 1. 24. tьmiêna. usramľêją̈tъ sę, usramêjatъ sę
b. d. i. kyrill. vetъhaja. vьsja, vsja usw. avišę sę. bezdъnaa.
dobraa. želêznaa. zъlaa. nezaapą, d. i. kyrill. javišę sę. bezdъnaja,
dobraja usw.　cloz. bratrьnê I. 403. vladyčъnêa I. 817. vьsêkъ
I. 78. domašъnêgo I. 356. duhovъnaê I. 376. dъnesьňêgo I. 427.
zatvarêją̈tъ I. 729. zemьskaê I. 466. idolьskaê I. 609. iêkovъ
I. 9. kaplê I. 928. ncsъmrьtьnaê I. 719. ispravlêeši I. 505. studъ-
naê I. 217. tvorêaše I. 250. 388. êgnьcь I. 324. 325. neben agnьcь
850. êviti I. 172. êvlêetъ I. 60. 642. êko I. 66. božstvьnaa I. 819.
vьsêčъskaa II. ležêštaa I. 415. plъtьskaa I. 817. svętaa I. 342.
sъmotrьlivъnaa I. 816. takovaa I. 305. 512.　　mariencod. êdêahą
(jadêahą). assem. božia. šestaa. klanête sę, klančemъ sę. mękъ-
kaê. raspьrê, raspъrê. Dasselbe tritt in den ültesten, noch pannonisch-
slovenischen kyrillischen quellen ein.　　sup. konê sg. acc. 142. 18.
ognê sg. g. 4. 21. vъsedrъžitelê sg. g. 100. 7. izdrailê 363. 22. mącitelê
60. 1. roditelê 80. 15. stroitelê 208. 9. vasilê neben vasilêa 414.
17. cêsarê 43. 8. banê sg. nom. 57. 4. kaplêmi 37. 13. pьrêmь pl.
dat. 249. 13. materê sg. nom. f. 175. 13. primyšlêj 165. 6. neben
umyšljaj 3. 22; 76. 22. und obyčaj 47. 4. nynê 39. 8. neben
häufigem nynja 20. 2. dêlê 251. 1. razdêlêti 57. 22. vъzbranêti
70. 19. klanêją 87. 10. hvalêše 100. 10. molêše 73. 22. gonêaše
30. 8. lênêaše 432. 4. tvorêêše 146. 15 und tvorêše 14. 25. neben
tvorjajaše 360. 4. und tvorjaêše 205. 29.　sav.-kn. volê 59. osta-
vlêjete 5. javlêetъ 76. êdь 142. Ebenso in den bulgarischen denk-
mählern.　　pat.-mih. ustaê sę voda 4.　hom.-mih. kaplê.　bon.
ukrêplêemi. Aus diesen denkmühlern drang dieser gebrauch auch in
andere quellen ein.　nic. umrьtiê. êdь. Dasselbe findet im russ.
ostrom. statt. bližъnêago. vъsêkъ. kaplê für kaplja und dieses für
kaplję. molêaše. molêahą. valêaše. krêplêaše. divlêahą. iscêlêahą
ἐθεράπευον. cêlêahą sę. pomyšlêete. pomyslêją̈te. klanêaše. tvorêase.
razdêlêją̈te. sramlêję sę. êdъ τροφή. êdite. ja für ê: bjaahą erant.
vidjaahą. vêdjaahą. vêdjaašc. živjaaše vivebat neben živêaše. idja-
asta. idjaaše. imjaaše. mьnjaahą. pьrjaahą sę. hotjaaše. êdjaahą
neben êdêahъ. Mit unrecht erwartet Vostokovъ rastjaaše für rastêaše

und stydjaahą *für* stydêahą: rastjaaše *und* stydjaahą *sind aslov.*
unmögliche formen, so oft sie auch in russ. quellen vorkommen.
greg.-naz. a *für* ja: v'sakъ. *ferners* dadjaaše *neben* bądêahą *und*
dovljajetь. *svjat.* budjaše *op. 2. 2. 392. für* bądêašč. *Aus prag.-*
glag.-frag. merke man stâê *für pann.-slov.* svętaja.

ê *steht für* ja, a *nach* č, ž, š *usw.:* čêsъ *stam. 49. und. 136.*
čêjati. čêša *zap. 2. 2. 50.* lьgъčêje *greg.-naz. 97.* mьrzъčêje *izv.*
544. obništê *greg.-naz. 97.* ištêzajetъ *bon.* vъneml'ête *zogr. usw.*
vergl. sramêjušte *krmč.-mih.* izoštrêvaju *tishonr. 2. 402.* bolêrinъ,
boljarinъ *lex.*

Aslov. ê, *das von* ja *verschieden ist, wird in bulg. und in aus*
solchen stammenden quellen durch ja, a *ersetzt:* ljapota. smjarętъ
sę. krjaposti. djalaęi. drjavo. snjadъ. hljabъ. vjasi *scis.* svjatъ.
srjadê *neben* srêdê. zvjarę *neben* zvêri, zvêremъ. trjavą *parem.-*
grig. 69. a. 216. 217. 218. 261. 262. 266. 267. 268. zalo σφοδρῶς.
cana *pretium strum.* srjadê *vost. gramm. 10.* calovanie *und. 136.*
icalêvěu *strum.* casarь *slěpč. 115. 158.* naracati (narêcati) *chrys.-*
frag. trjabuemъ *vost. gramm. 10.* ne brazi *sbor.-sev. 72. d. i.* ne
brêzi. graba (grêha) *vost. gramm. 10.* plani planь (plêni plênь)
vost. gramm. 10. planjenija (plênjenija) *greg.-naz. 182.* vъ nadrahъ
bon. 132. prjasmykaęątą *neben* prêsmykaemi *parem.-grig.* prjagąd-
nici *vost. gramm. 10.* prjažde *parem.-grig.* vьvrьzate *ev.-mih.* c. tь-
camь *neben* tьcêmь *pat.-mih. 105.* bja *neben* bê *parem.-grig.* čet-
vrjanoga *parem.-grig.* libava estъ *vergl. mit* libêvaetь *pat.-mih. 61.*
praprądъ, prêprądъ. posradije *greg.-naz. 184.* svętoplьca: pri svete-
toplьca knęzy *lam. 1. 113.* vъ kovčeza tvoemь *pat.-mih. 157.* vavi-
lonъstja *vost. gramm. 10.* vъ rąca *pat.-mih. 38. 153.* vъsjahъ
parem.-grig. 218. jacabьže *pat.-mih. 90.* mnozahь *strum.* rozahь
lam. 1. 31. vъstocjahъ *parem.-grig.* sebja *parem.-grig.* tebja *vost.*
gramm. 10. klimentovja poslani dvê *Clementis epistolae duae krmč.-*
mih. Vergl. πρλαπος *bei Cedrenus für* prilêrъ. πρισπριάνα *bei Sky-*
litzes für pirzrênъ. *Dasselbe finden wir in der sprache der dakischen*
Slovenen: beseada, besade *neben* besedi. izbiaga, izbeagna, izbagna.
obliakuvas, oblakoha. veak. veara, vearuva. goliam, goliama *neben*
golemi *und* goliami *adv.* liak, *aslov.* lêkъ. neakam, *aslov.* nêkamo.
sveat, svat *neben* svetot. liab, *aslov.* hlêbъ. čliak, čliakot, člikot,
aslov. človêkъ. teaf, *aslov.* têhъ *neben* grehota. dete. dedi. *Vergl.*
niam, *rum.* neam, *magy.* nem.

ê *steht statt* a: alavêstrъ. trêva. strêna *neben* alavastrь *und*
alavestrъ *zogr.* trêva *sav.-kn.* sъhrênêetъ *bon. 132.* podrêžaşę *sub-*

4

sannarunt 132. naslêdi sę *132.* têjnê *132.* têjna *158.* hrêmina *pat.-mih. 20.* trêva, trava *ostrom.* zrьcêlo *pat.-mih. 4. 68.* prêprądъ *neben* praprądъ.

a *steht für* ê: sanoe *zogr. für und neben* sênoe. blagodatь *für und neben* blagodêtь.

a *wechselt mit* ê: nynê, nyńć *zogr.* nynê, nyńê *cloz. I. 190. 412.* nynê. nyńê. nynja. nyńja *sup.* nynja *greg.-naz.* dêlê *sav.-kn. 61. hom.-mih.* dêlja *sup.*

4. *Das aslov.* ê *entsteht aus ursprachlichem a oder ai, das letztere mag durch steigerung des i oder durch verbindung des a mit i entstanden sein, daher aslov.* têkati, *tak;* vêd, *vaid: aind.* vêd, *vid;* vlьcê, *varkai; aind.* vrkê. *Die frage, auf welche weise der* éine *aslov. laut* ê *aus den verschiedenen lauten sich entwickelt, ist eine der schwierigsten der slavischen lautlehre, und ich besorge, es werde meine darstellung des gegenstandes nicht befriedigen. Wenn wir die dem aslov.* ê *in den einzelnen slavischen sprachen gegenüberstehenden laute überblicken, so gewinnen wir für* ê *als wahrscheinlichen urslavischen laut* ja: *aslov.* trьpêti, drьžati *für ein erwartetes* drьžêti; snêgъ; rabêhъ. *nsl.* trpêti, držati; snêg; robéh *und* róbih. *bulg.* trьpêh; trьpjah, *wenn der accent auf der zweiten silbe ruht,* drьžah; snêg, *d. i.* snjag. *kroat.* trpiti, držati; snig; robih. *serb.* trpjeti, držati; snijeg. *klr.* terpity, deržaty; snih; l'isich, *aslov.* lêsêhъ. *russ.* terpêtь, deržatь; snêgъ, *d. i.* snêgъ; (rabachъ). *č.* trpêti, držeti *aus* držati; snih, *d. i.* snih, *neben* snêh, *d. i.* sneh; chlapich *neben* chlapech *aus* chlapêch. *p.* cierpieć *aus* cierpiać, dzierżeć *aus* dzierżać, *partic.* cierpiał, dzierżał; snieg, *d. i.* sneg *aus* snag; lesiech, *aslov.* lêsêhъ. *os.* ćerpjeć *aus* ćerpjać, dźierżeć *aus* dźierżać; sneh. *ns.* śerpjeś, žaržeś *aus* śerpjaś, žaržaś; sneg. *Für* ê *aus ursprachlichem a, slav.* e, *so wie für das aus i durch steigerung entstandene ai ergibt sich* ja *als urslavischer laut; für das aus ai entstandene* ê *des pl. loc. der a-* (ъ-, o-) *stämme ist* ja *nicht nachweisbar, wir finden jedoch im aslov. impt.* ja *in worten wie* pijate, ištate, *deren a aus ursprachlichem ai hervorgegangen, das denselben ursprung hat wie das ai des pl. loc. Dabei darf auch an bulg.* têh, *d. i.* tjah, *erinnert werden. Eine schwierigkeit bildet der übergang des a so wie des ai in* ja. *Was vor allem das aus dem a entstandene* ja *anlangt, so ist bei den hieher gehörigen jungen bildungen nicht von a, sondern unmittelbar von dem slav.* e *auszugehen, das zunächst gedehnt wurde, worauf* ja *aus* ê *hervorgieng. Eine ähnliche lautentwicklung begegnet uns in den germanischen sprachen: graecus, das dem Goten krêku, lautet im ahd.*

*kreach, kriach; ahd. mias, dem got. měsa gegenübersteht, entspringt
aus lat. mesa für mensa; ahd. briaf, priastar entstehen aus breve,
presbyter: ia, ea entsprechen dem slav. ja so genau als möglich. Ur-
sprachliches ai ist slav. ja geworden, wahrscheinlich in folge der ab-
neigung des slavischen vor diphthongen: dieselbe abneigung liess aus
kavsъ, w. kus, kvasъ, aus plouti, w. plu, pluti entstehen. Eine
weitere schwierigkeit bietet der übergang des als urslavisch erkannten
ja in die verschiedenen laute, welche in den einzelnen slavischen
sprachen dem aslov. ê gegenüberstehen. Vor allem ist zu bemerken, dass
ja im bulg. pol. usw. erhalten, auch sonst bewahrt ist, wo es an dem
vorhergehenden consonanten einen schutz vor veränderung findet. Es
ist nämlich ja, a in drъžati durch ž erhalten worden, während es
nach p in ê übergegangen ist: trъpêti. Obgleich uns der physiologische
grund der erhaltung des ja, a durch ž unbekannt ist, müssen wir
doch die unbestreitbare tatsache zugeben. Warum in diesem falle dem
ursprachlichen a slavisch weder e noch o, sondern das ältere a gegen-
übersteht, ist eine frage, die sich vielleicht durch den hinweis auf das
hohe alter dieser bildungen erledigen lässt. Die entwickelung des ê,
serb. je, ist die letzte der vielen schwierigkeiten, die wir auf diesem
gebiete finden. Hier ist noch zu bemerken, dass im lit. dem aus a
entstandenen aslov. ê ein anderer laut gegenübersteht als dem aus ai
hervorgegangenen: jener, von Schleicher wie von Kurschat durch ė
bezeichnet, ist das weiche nach i hinklingende e, daher wohl etwa das
ê im nsl. splêtati; dieser von Schleicher durch ë, von Kurschat durch
ie ausgedrückt, ist ein ė mit vorschlagendem i. Die frage, ob diese
zwei laute etwa auch in den slavischen sprachen einst geschieden
waren, wird derjenige verneinen, der vom urslavischen ja ausgeht.
Den übergang des ja oder einer dieser nahestehenden lautverbindungen
in ê, e findet man nicht selten: and. sē neben siä aus urgermanischem
sia J. Schmidt 2. 414; zig. avilés aus avilás; lit. keles aus kelias.
Wann ja unter gewissen bedingungen in ê übergegangen, lässt sich
natürlich nicht feststellen: es mag hier früher, dort später geschehen
sein. Die ja-periode findet ihren ausdruck noch in den glagolitischen
denkmählern des altslovenischen, deren ê, kyrillisch ѣ, ursprünglich
aller wahrscheinlichkeit nach nur ja bezeichnete, und die die combi-
nation ja, kyrillisch ѩ, nicht kennen.*

*Nach Šafařík sind hlêbъ, mêna, vêra aus hlaib, maina, vaira
entstanden.*

*5. ê ist nicht nur ein a-, sondern auch ein i-laut. Hier wird
nur vom ersteren gehandelt. Der a-laut ê entsteht aus kurzem a*

4*

in worten, welche im slavischen e *für a enthalten, daher* pogrêbati
aus -greb, got. *graban;* sêd *aus* sed, got. *sit, urgerm. set, aind.* sad;
aus langem a entspringt ê *meist in worten, welche auch in anderen
europäischen sprachen einen* e - *laut bieten:* dêti, aind. *dhā, lit* dêti,
got. dě-di-. *Im ersteren falle kann der grund der veränderung in
vielen fällen angegeben werden:* pogrêbati, *das iterativum von* po-
greb, *ist durch das suffix* a *und dehnung des* e *entstanden. In
anderen fällen ist dies nicht möglich:* sêd, *aus* sed, aind. *sad.
Warum das slavische* dê *dem aind.* dhā *gegenübersteht, ist nicht
ersichtlich. Man kann allenfalls ein ursprachliches dha annehmen
und daraus slav.* de *und aus diesem* dê *entstehen lassen: sicher ist,
dass sich in bestimmten fällen ursprachliches* a_1 *zu* ā *verhält wie slav.*
e *zu* ê.

    6. ê *entsteht durch dehnung des* e, *ursprachlich* a, *in vier
fällen.* α) *Im dienste der function und zwar:* a) *bei der bildung
der verba iterativa:* ugnêtati *premere:* gnet. pogrêbati *und daraus*
pogribati *sepelire:* greb. lêgati *decumbere:* leg. lêtati *volitare:* let.
prêrêkati *neben* prêricati *contradicere:* rek. ištazati *evanescere:* w.
čez, *mit erhaltenem* ja. *Der umstand, dass lebende sprachen neben* i
den reflex des aslov. ê *bieten, scheint geeignet die entstehung des* umi-
rati *aus* umêrati *zu beweisen:* nsl. ozêrati se *rubere, wofür aslov.*
ozirati se, *allerdings in anderer bedeutung. slovak.* sbierať *colligere,
aslov.* sъbirati. p. umierać *mori. kaš.* zabjerać. *aslov.* umirati, za-
birati *usw. Alle diese formen sind deverbativ, nicht denominativ. Im*
b. *findet man* zaplita *und* izmita *auskehren.* prepičja *zu stark
backen für ein aslov.* *-picati; *auch* izliza *exire.* namira *invenire.*
otsičja *abscindere usw. von* lêz. mêri. sêk. b) *Bei der bildung des auf
dem praes.-stamm beruhenden imperfects:* idêhъ *ibam:* ide. vъzbъ-
nêhъ *expergiscebar:* vъzbъne. divljahъ se *mirabar:* divlje *aus* divije.
mažahъ *ungebam:* maže *usw. Das imperfect* bêhъ, bêahъ *eram
beruht auf einem praes.-thema* bve. *Functionelle dehnung findet sich
auch im lett. bei der bildung iterativer verba: lit.* mêtíti *von* met,
das im gegensatze vom lett. mêtāt *von* met *in der bildung vom
slav. abweicht.* ê *entsteht aus* e β) *zum ersatze eines nach diesem
ausgefallenen consonanten:* vêsъ *duxi aus* vedsъ *von* ved. rêhъ
dixi zunächst aus rêsъ *und dieses aus* reksъ. vъžahъ *incendi aus*
vъžegsъ. *So ist wohl auch* nêsmь *aus* nejesmь, *richtiger* nejsmь *zu
beurteilen: das* jesmь *hatte enklitisch sein* e *eingebüsst. (Vergl. lit.*
nêra *aus* ne íra *non est.) So entsteht wohl auch* mêsęcь *aus* men-
sęcь. ê *entspringt aus* e γ) *bei der metathese von* e: mrêti *aus*

merti. mlêsti *aus* melzti. otvrêsъ *aperui aus* otverzsъ. žrêlo *aus* žerlo. žlêzo, *wofür* želêzo, *aus* želzo. *Siehe seite 29. 31.* č) *In* vęzêti *ligari, ligatum esse entspricht* ê, *wie es scheint, aind. ja, das verba passiva und neutra bildet:* nah-já-tē *ligatur.* náš-ja-ti *interit. Das suffix* ê *tritt auch in denominativen verben wie* bogatê *divitem fieri ein. Dasselbe mag in* zьrêti *spectare angenommen werden, wo andere an* aja *denken. Neben* ja, aja *wird man durch* aind. *ǵalájatē es wird zu wasser.* nīlájatē *es wird dunkel versucht an ein ursprachlichem* ā *gegenüberstehendes* ê *zu denken: dem* nīlájatē *entspricht* aslov. bêlêjetъ *albet. Bei den verba intransitiva hat sich* ê, *bei den transitiva* a *festgesetzt: in* pitêti, pitati *nutrire findet sich* ê *neben* a. *slav.* ê *steht got.* ai, ahd. *lat.* ē *gegenüber:* got. *mun:* praet. munaida. *aslov.* mьnêti. *vit:* praet. vitaith. *aslov.* vidêti. *ahd.* slaffēn. *lat.* albēre *usw. Vergl. 2. seite 433. slav.* ê *ist in den verben der dritten classe gedehntes* e, *welches auch die älteren laute gewesen sein mögen, daher* kričati *clamare,* ubožati *pauperem fieri neben* trъpêti, bogatêti.

7. *Manche auf* ê *auslautende wurzeln sind secundär. Sie entstehen aus primären durch anfügung des* ê *und ausstossung des eigentlichen wurzelvocals:* grê *calefacere, aind.* ghar, *ǵigharti. ghrṇa glut.* zrê *maturescere, aind.* ǵar, *ǵarati morsch werden.* plê *situ obduci; lit.* pelu, pelêti. *Man vergl.* drê *in* drêmati *mit griech.* δαρθάνω, *aind.* drā. *In* grê, zrê *entspricht* ê *aind.* ā, *das gleichfalls secundäre wurzeln bildet:* ǵñā *kennen aus* ǵan, *slav.* zna. *prā füllen aus* par, *slav.* pel. mnā *meinen aus* man, *slav.* mьn. *šrā kochen aus* šar. *dhmā aus* dham, *slav.* dъm *usw. So vielleicht auch* skā, *woraus čhā schneiden, aus* sak, *aslov.* sek. *Dergleichen secundäre wurzeln sind zahlreich im griech.:* βαλ, βλη; θαν, θνη: καλ, κλη; *man,* μνη *usw. Zeitschrift 23. 284. Man vergleiche auch* aslov. kri *in* kroj *mit aind.* kar, *stri in* stroj *mit aind.* star, *slav.* ster.

8. ê *ist, wie bemerkt wurde, in vielen fällen der reflex des aind. langen* a: bêlъ, *aind.* bhā, *lett. abweichend* bāls. mêra, *aind.* mā. spêti, *aind.* sphā, *lit.* spêti. vêjati, *aind.* vā, *lit.* vêjas *usw.*

9. *Urslavisches* ja *erhält sich nach* j, *ebenso nach* ŕ, ĺ, ń; *št,* žd; č, ž, š, *dasselbe mag aus* e *oder aus* i, ai *entstanden sein. Zwischen dem* ê *aus* e *und dem aus* i, ai *besteht indessen ein unterschied:* jad: jamь *edere. w. aind.* ad, atti, *daher* jasti, obъjastivъ *neben* obêdъ *prandium und* sъnêsti *comedere. Vergl. lett.* ēdu *neben* azaids. *nsl.* jêm *und schon in* fris. lichogodoni *neben* jasli. jad: jadą *vehi. w. aind.* jā, *daher* prêjadǫ διεπέρασεν *neben* vъzêdi ἐπανά-

ded(ĕ)ja, *falsch* dĕždą, *ponere. lit.* dêti, dêmi, dedu. dêvêti. *lett.* dĕt,
dēju. *got.* dē-di-. *ahd.* tā-ti-, *das aslov.* dĕ-tъ *lautet:* aind. dhā.
dĕdъ *avus. griech.* θεῖος. *vergl. r.* djadja: *lit.* dĕdas *ist entlehnt.*
dĕlъ *und* dola *pars. lit.* dala, dalis *f.* dalikas. daliti. *pr.* dellit.
delliks. *got.* dailā-, daili- *f. as.* dĕl; *mit aslov.* dĕlja, dĕlъmu *propter*
nsl. dĕli (*za tega* dĕli) *vergl. lit.* dĕliai, dĕlei, dĕl' *und got. in*
dailai *J. Schmidt 2. 476.* dêra, dira *scissura von* dêrati, dirati:
w. der. grêhъ *peccatum. lit.* grĕkas *ist entlehnt. Die Vergleichung*
mit lit. garšus *böse.* grasus *widerlich wird schon dadurch zweifelhaft, dass*
grêhomь ἀκουσίως *und imprudenter bedeutet.* jad: jamь, jasti *edere*
neben sъnĕmь. obêdъ, *lett.* azaids. *kr.* ujid *morsus. lit.* êsti, êdmi,
êdu. *lett.* ēst, ēdu. *pr.* ist. *got.* itan, at, ētum *neben* afĕtjan. *ahd.*
ezan, az, āzum: *aind.* ad, atti. jasli *praesepe. nsl.* jasli *neben* jêm *edo:*
jêd, *nicht etwa* jed, ed, *ist urslavisch.* jad: jadą *vehi neben* ja *in*
prēēvъše *matth. 14. 34-zogr.* č. jeti *aus* jati. *lit.* joti, durat. joditi.
lett. jāt, durat. jadit. *aind.* jā, jāti: *aslov.* jazditi. *nsl.* jêzditi *vehi*
ist auch in der bedeutung lit. joditi, *lett.* jadīt; *ein augmentat. ist*
jahati *aus* jasati, *womit hinsichtlich des* s *lit.* eis-ena *eigentümlicher*
gang von ei ire zu vergleichen ist. Man beachte kroat. jidro *velum,*
dojidriti *navi venire aus* *jêdro, *dojêdriti, *aslov.* jadro.   jalovъ
sterilis. nsl. jal *bei Linde.* jalov. *r.* jalъ *sterilis. lett.* ălava: *lett.*
jĕls *immaturus. lit.* jalus *subamarus hangen mit* jalovъ *wohl nicht*
zusammen. jarębь *perdix. nsl.* jereb. *b.* jarebicъ. jarembicъ. erebi-
čice rebum (rebom) *šarena milad. 443. lit.* jêrubê, êrubê. *lett.* irbe:
jarębь *scheint eig. „etwas bunt' zu bedeuten: ja, das auch in* ja-
promъždalъ *aliquantum debilis und sonst vorkömmt, ist das aind.* ā
in āpita *gelblich,* ānila *bläulich usw.;* rębъ *hingegen ist lit.* raibas
bunt. jarъ: *p.* jar *ver. abaktr.* jārĕ. *got.* jēra-. *ahd.* jār. *nsl.* jar
adj.: jara *rž.* jarina *sommerfrucht. s.* jar: posijao žito na jar
sementem fecit vernam. klr. jareč *gerste. p.* jary *diesjährig. Damit*
hangen offenbar einige tiernamen zusammen: nsl. jarica *gallina an-*
notina. jerše *agnus annotinus für* jarišče: *dagegen s.* jarac *caper. lit.*
êris, êras. êrītis. *lett.* jêrs. *pr.* eristian *lamm. Daher aslov.* jarina *lana.*
s. lana agnina. Man merke griech. ἔριον. *lat.* aries. *Fick 2. 528. trennt*
die tiernamen von jarъ. jarъ *amarus, iratus. s.* jara *hitze. č.* jarý:
vergl. p. jary *rasch, hell. Fick denkt 2. 514. an lett.* ātrs *hastig;*
näher liegt lit. ar *in* inartinu *irrito bei Szyrwid 323: lit.* orus *ist seiner*
bedeutung wegen nicht hieher zu ziehen. Man vergleicht auch aind.
iriṅ *gewalttätig.* irja *kräftig.* irasj *sich gewalttätig benehmen, zürnen.*
lit. ira. *griech.* ἔρις *J. Schmidt 2. 212. 358.*   jaskynja: *p.* jaskinia.

č. jeskyně *höhle. Das wort ist dunkel.* jarьmъ *iugum: vergl. aind. ar in arpaja einfügen. Fick 2. 519.* jašterъ *lacerta.* č. ještěr. p. jaszczur. os. ješčer *otter: vergl. nsl.* gušČer *und p.* szczur *ratte.* č. ětír gryllotalpa, *scorpio. Eine hypothese bei Geitler, O slovanských kmenech na u 88. pr.* estureyto. jaějutъ, aějutь *frustra.* č. v ješit, v jeějut *in vanum: vergl. pr.* ensus, *woraus man ě aus en,* jěějutь, *folgern möchte, obgleich* oějutь *auf* ješjutь *und dieses auf* aějutь *zu beruhen scheint.* jazъ: *s.* jaz *canalis, eig. agger, damm. nsl.* jêz. *b.* jaz. *klr.* jiz, jaz *verch. 84. r.* ezъ *dial.* č. jez. *p.* jaz: *vergl. lit. eže. pr. asy rain.* jaždь: *p.* jaždž, jazgarz *kaulbars.* č. ježdík. *lit.* ežgis, ežegis. *pr.* assegis. klěšta *forceps.* klěštiti *premere. nsl.* klěšče *pl.: hieher gehört nsl.* klěšč. *klr.* kl'išč. *p.* kleszcz *zecke.* klětъ *domus. lit.* klětis, klětka. *lett.* klěts. *pr.* klātke, *das vielleicht slav. ursprungs ist. Vergl. got.* hlēthrā-, hleithrā-. kocěnъ: *nsl.* kocěn. *s.* kočan. *rum.* kočan *caulis: vergl. aslov.* kočani *pl. membrum virile.* krěslo: *p.* krzesło *lehnstuhl. r.* kresla *pl. lit.* krasě *und entlehnt* krěslas. lěkъ *medicina ist fremd: vergl. got.* lēkja-, leikja- *arzt, ahd.* lāhhi. *lit.* lěkorius *ist slav.* lělja *matris soror: lit.* lělě *puppe ist nicht hieher zu ziehen.* lěnъ *piger. lett.* lěns *gelinde, langsam. lit.* lena *in* lenažiedis *modroblady vitreus, plumbeus, caesius, glaucus Szyrwid 154. ahd.* linnan. lěpъ *aptus, pulcher. Vergl. lit.* lěpus *mollis Szyrwid 148. 190.* lepti *verwöhnt werden.* lepinti *verwöhnen. lett.* laipns *mild. as.* lēf *zart. lat.* lepor. lěska *corylus nsl.: lett.* lagzda, legzda. *lit.* lazda: *vergl. aslov.* loza. lěska *beruht wohl auf* lěz-ka *und lit.* lazda *auf* laza. lěstъ: *s.* list *celer Crnagora ist nach Geitler, O slovanských kmenech na u 36, lit.* lakstus. *Man vergleicht jedoch mit mehr recht it.* lesto. lěvorъ *planta quaedam: vergl. mgriech.* λῃβέριν *forte helleborus.* λιβόριον *sambucus matz. 394.* lězą *repo neben* -lazъ: laziti *iterat. Wie* sěd *und* sadъ *nebst* sadi *auf* sed, *so mögen* lěz *und* -lazъ *nebst* lazi *auf* lez *beruhen: vergl.* jěd. sěk *aus* ed. sek *mit einer weiter unerklärbaren dehnung des e, woran bei* sěd *das lit. teilnimmt: dass* sěd *etwa mit aind.* sīd (sīdati) *von* sad *zusammenhange, dies anzunehmen verwehrt* sadъ *usw.* mě *in* sъmêti *audere. Fick 2. 427. vergleicht anord.* mōhdr, *ahd.* muot. *griech.* μᾱ-ίομαι, μέ-μαα. *Hinsichtlich der imperfectivität vergl. 4. seite 311. Andere stellen* sъmě *in der form* smě *mit der w.* smi *reflexiv* ridere *zusammen.* měglostь *pallor: vergl.* smaglъ *fuscus und* hrěbъkъ *mit* hrabrъ. *Geitler, Lit. stud. 67, zieht lit.* maigla *aas herbei.* mělъ *creta. lit.* mēlas *gips.* molis *lehm.* miela *creta Szyrwid 59. 113. lett.* māls *lehm. Das wort hängt vielleicht mit* mel, melją *zusammen und bedeutet dann*

,das zerreibliche'. Vergl. nsl. mil f. mergelartige erde. kr. melo creta
mar. mêra mensura: aind. mā, māti, mimīte. lit. mēra, lett. mērs
sind entlehnt. Hieher mag sъmêriti humiliare und uêrъ in lice-
mêrъ simulator gehören. mêrъ in vladimêrъ usw. got. gibimērs,
valimērs usw. neben hildemirus Grimm 1. 30. 31. -mêrja- kund, be-
rühmt. ahd. māri. Neben -mêrъ liest man -marъ und -mirъ. Man
denkt an aind. smar, das in den europäischen sprachen sein s ein-
büsse J. Schmidt 2. 284. mêsęcь mensis: man vergleicht aind.
mās, indessen ist die zusammenstellung des mês mit mens vorzu-
ziehen, weil die europ. sprachen darauf hinweisen: lit. mênū. mê-
nesis J. Schmidt 1. 85. mêta ziel. mêtitь zielen r.: lit. matau,
matīti sehen. lett. matit fühlen. mêz- in mêzinъ minor. mê-
zinьcь filius natu minimus. nsl. mezinec neben mazinec deutet auf
mьz. klr. mizyľnyj digitus auricularis: lit. mažas klein. lett. mazs.
pr. massais weniger. Bezzenberger 45 denkt zweifelnd an man-za, das
er mit aind. man-āk wenig vergleicht. nastêžitelь, nastažitelь ἐπί-
τροπος procurator ist dunkel. nevêsta sponsa. nsl. nevêsta. nêmъ
mutus, auch ἀλλόφιλος Karamzin 2. n. 64. Vergl. lett. mēms.
Daher auch nêmьcь germanus, trotz des magy. német nicht von
den in den Vogesen sesshaften nemetes Zeuss 217. pečatь sigil-
lum. nsl. pečat. p. pieczęć: lit. pečėtė ist slavisch. pênęgъ, pênęzь
numus. pr. penningans pl. acc. lit. piningas. ahd. phenning: für
entlehnung spricht ęgъ, ezь. Vergl. matz. 65. pêsъkъ sabulum:
aind. pāśu, pāsu, pāsuka. armen. phoši: lit. pëska ist slav. ursprungs.
Die zurückführung auf die w. pľs, pьh ist nicht statthaft. Potebnja, Kъ
istorii usw. 30. pêšь pedes aus pêhъ durch jъ: p. piechotu. pêhъ,
das man auf pľh, pьh zurückführen will, hängt mit aind. pad, pād
zusammen: dafür spricht lit. pêščas, bei Szyrwid 249 pescias, das wohl
nicht entlehnt ist. pêh- ist peds-. Vergl. lit. pedula in pedulotas
Bezzenberger 107. lit. pêdelis socke. prêmъ rectus. nsl. sprêmiti.
r. prjamъ. rêca: nsl. reca, raca anas. s. raca. alb. ross: vergl. nhd.
retschente. rêdъ in porêdy raro. rêdъkъ rarus. Vergl. lat. rête,
rārus. griech. ἀραιός und lit. rêtis bastsieb. retus locker und, was
wohl richtiger, lit. erdvas, ardvas breit, weit, geräumig. lett. ērds, ēr-
dajs locker. rêka fluvius beruht trotz lit. rokê feiner regen auf einer
i-w. rêpa rübe. lit. rapê, ropê. lat. rāpa: rêpa ist entlehnt. Damit
hängt vielleicht rêpije tribulus zusammen. Dunkel ist rêpij stimulus.
rêt: obrêsti invenire, im praes. obręštą: ê vielleicht aus o wie in sêd
sêsti neben sędą: J. Schmidt vergleicht 1. 72. 87. 88. lit. ran-
du. got. rēdan. aind. rādh. rêzati secare: lit. rêžiu, rêžti neben dem

iterativum raižīti. *Vergl. r.* rêzvъ *audax, woraus lit.* rêzvas *frisch:* w. rez, *daraus r.* razъ. *p.* raz, *wie* sadъ *aus* sed. sêd *in* sêsti, *praes.* sędą, *considere.* sêdêti *sedere: lit.* sêdus, sêstis. sêdmi, sêdžu, sêdêti. *sodinti. lett.* sêst. *pr.* sindats, syndens *sitzend.* sīdons. *got.* sit. aind. sad, sīdati. *In* sedlo *sella ist der wurzelvocal* e *erhalten. Der nasal ist nur dem praes.-thema eigen.* sêką, sêsti *secare: lit.* sikis *hieb neben* posêkelis *hammer. ahd.* seh *pflugmesser,* sahs *messer. lat.* secare. *Der wurzelvocal hat sich in* sekyra *securis erhalten: aind.* čhā *aus* skā *und dieses aus* sak. osêkъ *ovile wird mit ahd.* sweiga, *griech.* σηχός *zusammengestellt: es mag jedoch etwa ‚verhau‘ sein.* sênьci: *nsl.* sênci *pl. schläfen: vergl. slovak.* sanê *pl. Dunkel.* sêrъ σέρρειον *stadt in Thracien.* sêti *serere: lit.* sêti, sêju. *lett.* sêt. *pr.* semen. *germ.* sādi *f. got.* saian, *d. i.* sājan. *Bezzenberger, Über die a-reihe usw. 60. lat.* sero *aus* seso, sêvi, sātum. sêverъ *boreas. lit.* šiaurīs, šiaurê. *got.* skūrā-. *ahd.* scūr. *lat.* caurus, *corus. Beiträge 6. 149. Fick 2. 697.* slêpati, slъpati *salire. aslov.* slapъ. *nsl. kr. s.* slap: *vergl. aind.* sarp, sarpati. *Das wort ist dunkel. Potebnja, Kъ istorii usw. 206. bringt ein klr.* vysolopyty *‚jazykъ) hervorstrecken bei.* slêpъ *caecus: lit.* slêpti *verbergen.* slupta *heimlichkeit.* spêti *iacere, proficere.* spêhъ *festinatio: lit.* spêti *musse haben.* spêtas. *lett.* spêt *können. ags.* spōran *erfolg haben.* spêd *glück. ahd.* spuon *von statten gehen.* spuot. *aind.* sphā, sphājati *gedeihen. griech.* φθα: φθάνω. stêgъ *vexillum. kr.* stig. *In russ. quellen* stjagъ, *dialekt. für* kolъ, *einem aslov.* stegъ *entsprechend: ahd.* stanga. strêla *sagitta. ahd.* strāla. *lit.* strêla *ist entlehnt.* šaljenъ: bogomъ šalenъ θεόπληχτος *a daemonio correptus. nsl.* šala *iocus. Vergl. lit.* šieloti *wüten;* šêlitis *den narren spielen, das wahrscheinlich entlehnt ist: p.* szalcê. *r.* šalitъ. telêga *currus. nsl.* tolige *pl. r.* telêga: *magy.* talyiga. *rum.* telêgъ. *türk.* tāligha *sind entlehnt. Vergl. lit.* talengê. tolenga *kalesche matz. 84.* têrjati *sectari.* prêtêriti *pellere. nsl.* tirati *sectari.* potirati *fugare habd.* têrjati *quaerere. s.* tjerati. *Vergl. lit.* tirti *venire für* terti. têrjati: *r.* terjatъ *pessumdare. klr.* poterja *verlust bibl. I: lit.* teroti *perdere.* têsto *massa. lit.* tašła, tešła: *man vergleicht* têskъ. vê *nos dual. nsl.* vê *f.: lit.* ve *in* vedu. *got.* vit *aus* vet. *aind.* vê *in* vajam. vêdro *hydria. nsl.* vêdro *usw.: lit.* vêdras *ist entlehnt. Das Wort beruht auf* ved, *das mit* voda *zusammenhängt.* vêhъtь *penniculus, eig. das wehende: vergl. č.* vich. *nsl.* vêter vêha; vêhet sêna: *w.* vê. *Vergl.* vêjati. vêjati *flare: pr.* wetro. *lit.* vêjas *wind. vêtra sturmwind. got.* vaian, *d. i.* vājan. *aind.* vā, vāti. *Vergl.* vêja, vêtvь *und aind.* vajā *zweig, das vielleicht wie lit.* vītis

rute auf vi zurückgeht. vêko *palpebra. lit. voka f. deckel. vokas*
augenlied. lett. vāks deckel. vêra *veritas. got. -vērja- gläubig. ahd.*
wāra foedus. wār: lit. vêra, *vĕrnas, vĕrīti sind slav. ursprungs.* vê-
verica *sciurus. klr.* viveryća *verch. 7. lit. voverê, overê neben vai-*
varas. pr. weware. lett. vāveris. Vergl. lat. viverra. Das wort scheint
redupliciert. Vergl. Potebnja, Kъ istorii usw. 135, zvêrъ *fera. lit.*
zvêris raubtier. pr. swirins pl. acc. žaba *rana. pr. gabawo kröte:*
w. gabh, gabhatĕ hiare. Hieher gehört auch r. žabry *kiefern.* žadati
desiderare. lit. godas habsucht. godoti gierig sein. Vergl. žъdati, *dessen*
ь *aus* e, *a entsprungen ist, und* žędati, *das mit lit. gend in pasi-*
gendu sehne mich zusammenhängt J. Schmidt 1. 73. žalo *aculeus.*
nsl. žalo, žalec *und* želo: *lit. geliu, gelti stechen. gelů, gelonis. gilis*
stachel: aslov. žęlo. *p.* žądło: *w.* žen. *aind. (ghan), han, hanti.*
žalь: mъnê žalь *es tut mir leid. lit. žêlêk erbarme dich ist wohl slav.,*
daneben gaila man es tut mir leid: w. von žalъ *scheint* žel *in* želêti
(vergl. aind. harj, harjati), daraus iterat. žalati, *von diesem* žalь,
žaliti. žalь *f. sepulcrum. ar.* žalьnikъ. *Dunkel.* žarъ *in* požarъ
incendium: lit. žêrêti, žêriu glühen. pažaras ist slav. ursprungs. žas-
nęti sę *stupefieri.* žasiti *terrere. Nach Geitler, Fonologie 101,*
beruht žas *auf einem desiderativ-stamm gands von gand. Von gens*
gelangt man zu žasъ, *wie es scheint, so wie von mens zu* mês.
Vergl. lit. nůgąstis schrecken Geitler, Lit. stud. 68, und got. usgeis-
nan intransit. usgaisjan transit.

β) S t ä m m e. êjъ: obyčaj *consuetudo:* obyk-. brъzêja *neben*
brъžaj *fluentum wie* brъzъ *neben* brъgъ. promuždaj *cunctator:* mudi,
mudijaj, mudьjaj. verêja *vectis.* lęžaja *gallina:* leg, lęg *die brütende.*
Vergl. lit. kirtêjis m. audêje f. 2. seite 82. êlъ: gybêlь *interitus:*
gyb. mlъčalь *silentium:* mlъk. pištalь *tibia:* pisk. svirêlь *neben*
sviralь *fistula:* *svir *2. seite 109.* ênъ: drêvênъ *ligneus:* drêvo.
vlasênъ *e capillis factus:* vlasъ. pêsъčanъ *ex arena factus:* pêsъkъ.
droždijanъ *e faecibus factus:* droždije. rožanъ *e cornu factus:* rogъ
2. seite 128. efesêninъ *neben* efesaninъ *ephesius:* efesъ. rumêninъ
neben rimljaninъ *romanus:* rimъ. selêninъ, seljaninъ *rusticus:* selo.
graždaninъ *civis:* gradъ *2. seite 129.* bratênьсь, bratenьсь, *nsl.* bra-
tanec. pьtênьсь *zogr. neben* mladênьсь, mladênecь *iuvenis cloz.*
1. 6. 33. mladêništь *zogr. liest man* mladenьсь *zogr.* mladьnьсь
zogr. Das suffix lautet in russ. quellen stets janъ: derevjanyj, *daher*
auch médjanъ. mramorjanъ. vlasjanъ *greg.-naz. 50. 50. 264.* kam-
janъ *ostrom.* prъvênьсь *neben* prъvêsnьсь *greg.-naz. 166. 258.*
271. Das dunkle slovêninъ, *nsl.* slovênec, *lautet in lat. urkunden*

sclauanii 827. vergl. sclauinia 770. Dem slověnъskъ *entspricht mit aslov. oder deutschem suffix sclauanisc-: lingua sclauanisca 970. colonias sclauaniscas c. 1000.* lê, *woraus* li: kolê, koli *quando.* selê, seli, slê: do selê *hucusque, neben* tola *zogr. b.: lit. kolei.* šolei. tolei 2. *seite 104.* ndê: uądê *alia.* jądê *qua relat.* kądê *qua interrog. neben* inądu. jądu. kądu 2. *seite 211.* Man vergleiche *auch aslov.* besêda; bolêdovati; *nsl.* molêdva *ein zudringlicher bettler;* mrlêd *sauertopf; aslov.* zъlêdь *f. malum. s.* zlijediti *vulnus offendere:* zъlъ. mênъ: rumênъ *ruber 2. seite 237.* êkъ: člověkъ *homo 2. seite 246.* êgъ: bêlêgъ. bąbrêgъ 2. *seite 282.* Der auslaut *des comparativs ist bei den meisten stämmen* êjъs, êjъ, *das, wie das neutrum* dobrêje *zeigt, einem älteren* êjas *entspricht.* Was nun das ê *anlangt, so ist es aus altem* ai *hervorgegangen, dessen* a *der ursprüngliche auslaut des stammes, dessen* i *hingegen entweder das* ĭ *des suffixes* ьjās *oder, da* ьjās *wahrscheinlich specifisch* aind. *ist, jenes* i *ist, welches durch die spaltung des suffixes* jās *in* ĭjās *entstanden ist.* Die erhaltung des auslautenden a des stammes, das im aind. abfällt (doch sthēĭās *aus* stha) *ist für die stamm- und wortbildungslehre nicht ohne interesse.* mladêj, aind. mradĭās, *nicht* mradēĭās. dobrêj *melior.* mъnožaj πλείων. mąžaj *von* mążь. divijaj *ferocior neben dem minder richtigen* divьêj *greg.-naz. 141:* divij. ê *wird hier stets wie gedehntes* e *behandelt.* Überraschend ist božьstêj *magis divinus greg.-naz. 77:* božьskъ. *Man beachte pr.* uraisins *pl. acc. m. die älteren.* maldaisin *sg. acc. m.* maldaisei *pl. n.* maldaisins *usw. Hinsichtlich des impf. vergl. seite 52.* Wie *nsl.* vselênji *qui semper est auf* vselê, *so beruht lit.* aukštėjus *qui supra est auf* aukštai *oben.* Den comparativ aukštesnis *höher möchte man mit worten wie* gorêšьҋ *aus* gorêsъҋ *neben* gorьҋ *supernus zusammenstellen und mit dem lit.* galu-tinis *letzter von* galas *ende worte wie* kromêštъҋ *externus vergleichen, obgleich hier* št *nur für* tj *erklärbar ist: es ist daher wohl zu teilen:* kromêštjъ *wie* ni-štjъ *und ein weiteres suffix* njъ *anzunehmen wie im lit.: vergl.* apatinis *infernus und* apačia *pars inferior aus* apatja. *Ausser diesen nominalstämmen werden durch* ê *die verbalstämme III. gebildet:* bъdêti *vigilare:* bъd. blъstêti, blъštati *splendere:* blъsk. kričati *clamare:* krik. imêti *habere:* ьm. bogatêti *divitem fieri:* bogatъ. omъҋьšati *minui:* mъҋьšǰъ. mъnožati *augeri:* mъnogъ. *lit.* ê *bildet gleichfalls durative verba:* avêti *fussbekleidung anhaben im gegensatze zu* auti; devêti, vйlkêti *kleider anhaben;* gulêti, gulti; milêti, milti *wie aslov.* imêti, jęti; bъdêti, vъzbъnąti *usw. Vergl. seite 53.*

III. Dritte stufe: o.

1. A) Ungeschwächtes o.

1. Der name des buchstabens o *ist* онъ. *Die aussprache des* o *lässt sich nicht genauer feststellen. Seltener als in den lebenden sprachen tritt ein* v *vor das ursprünglich anlautende* o: вонја.

2. Was den ursprung des o *anlangt, so ist dasselbe der reflex des ursprachlichen* a, a_2: богъ, bhaga; borij, bala; домъ, dama; mozgъ, majjas usw. o *entspricht lit.* a: bodą, badau; borją, bariu; dola, dala usw. o *steht got.* a *gegenüber:* gostь, gasti-; mogą, magan; morje, marein- usw.

3. o *ist steigerung des* o *in einer grossen anzahl von worten:* borъ *in* izborъ *electio:* w. ber *in* berą, bьrati. brodъ *vadum:* w. bred *in* brodą. dorъ *in* razdorъ *schisma:* w. der *in* derą, dьrati. gonъ, goniti *agere:* w. gen *in* ženą, gъnati. grobъ *fovea:* w. greb *in* grobą. logъ *in* nalogъ *invasio:* w. leg *in* lešti. molъ *in* moliti *molere:* w. mel *in* melją. morъ *mors, pestis:* w. mer *in* mьrą. nosъ *in* iznosъ φορά: w. nes *in* nesą. plotъ *saepes:* w. plet *in* pletą. pona *in,* opona *auleum:* w. pen *in* pęti *aus* penti, pьną. porъ *in* podъporъ *fulcrum:* w. per, pьrą. rokъ *definitio, praestitutum tempus:* w. rek *in* reką. stolъ *thronus, sella:* w. stel *in* stelją. storъ *in* prostorъ *spatium:* w. ster, stьrą. tokъ *fluxus:* w. tek *in* teką. voda *in* vojevoda *bellidux:* w. ved *in* vedą. vora *in* zavora *vectis:* w. ver *in* vьrą. vorъ *in* izvorъ *fons:* w. ver *in* vьrją. vozъ *currus:* w. vez *in* vezą. zorъ *aspectus:* w. zer *in* zьrją. zvonъ *sonus:* w. zven *in* zvьněti usw. *In* goręti, poľěti *ist zur steigerung kein grund vorhanden.*

4. o *enthaltende formen.* a) Wurzeln. ąborъkъ *modii genus.* s. uborak. p. węborek. pr. *wiembaris:* ahd. einbar, eimbar. bo *enim: lit.* ba *allerdings. vergl. abaktr.* bā, bāṭ *wahrlich.* bobъ *faba: pr.* babo. *lat.* fūba: *vergl. lett.* pupa. *Das deutsche wort hat ein* b *verloren.* bodą *pungo: lit.* badau, badīti *frequent. lett.* bedu, bedīt. *lat.* fodio, fodere. *vergl. griech.* βαθύς. βένθος. bogъ *deus: aind.* bhaga *herr, götterbeiwort, ein vēdengott. abaktr.* bagha. *apers.* baga *gott. phryg.* ζεὺς βαγαῖος. bokъ *latus.* bol *in* boľěti *dolere, aegrotare: vergl. got.* baljan *quälen.* borij *maior: aind.* bala *kräftig. Man vergleicht auch* φέρ-τερος. borją *pugno, inf.* brati *aus* borti: *lit.* bariu, barti. *ahd.* perjan *schlagen. aind.* bhara *kampf.*

borъ *pinetum. nsl.* bor, borovec.   bosъ *non calceatus: lit. basas.*
ahd. bar.   botêti *pinguescere.*   bronъ *albus: aind. bradhna fahl*
Fick.   človêkъ *homo. A. Potebnja, Kъ istorii usw. 79, trennt čelo-*
vêkъ: *čelo ist ihm identisch mit* cêlъ *integer,* vêkъ *robur, daher*
čelovêkъ *ein possessives compositum: integrum robur habens.*   do
usque ad: lett. da. lit. do: kas tawi do to? τί πρὸς σέ; *io. 21. 22.*
Bezzenberger 244. daboti, boti *ist wr.* dbač. *klr.* dbaty. *Vergl. got.*
du. ahd. za, ze, zi. ags. tö. abaktr. da: vaēśman-da zum hause εἰκόνδε.
da- praefix. Im zogr. liest man io. 7. 3; 12. 10. do *für und neben*
da; umgekehrt da *für und neben* do: daže, dože; dori, *das nur in*
jungen quellen vorkömmt, ist doži *aus* dože i.   doba *opportunitas.*
dobrъ *bonus.* dobľь *fortis aus* dobjъ: *lit. dabu art und weise.*
dabinti schmücken. dabnus schön. got. ga-daban decere. ags. [ge]-
defe stark. Vergl. debelъ *crassus: pr. debīkan sg. acc. gross. Auch*
udobljati *so wie vielleicht auch* udolêti, udelêti *vincere für* udoblêti,
udeblêti *möchten hicher gehören.*   dol, del: odolêti, odelêti *vincere.*
wr. peredolić.   dola *pars: lit. dala. vergl.* dêlъ.   dolъ *vallis.*
got. dala-: aind. a-dhara inferior.   domъ *domus: lit. namas für*
damas Fick. lat. domus. griech. δόμος. δέμειν. *aind. damas. got.*
timrjan.   drobiti *conterere. č.* drobet. *os.* dŕebić: *vergl. lit. tru-*
putis brocken.   dropъ: *s.* drop *neben nsl.* tropino *vinacea: vergl.*
ahd. tröber.   drozgъ, *jetzt auch* drozd *carduelis, richtig drossel:*
lit. strazdas.   droždiję, *selten* droštija *pl., faex. nsl.* droždžo,
drože: *vergl.* drozgъ *kot: pr. dragios pl. anord. dregg. ags. därste.*
ahd. trestir pl. trester. *Vergl. J. Schmidt 2. 337.*   dvoh: *r.* dvo-
chatъ, dvošitъ *keuchen: w.* dus, *woher auch* duhъ: *lit. dvasê. dvêsti.*
dvorъ *aula: lit. dvaras. abaktr. dvara.*   go *in* negli *aus* negoli.
kr. s. nego. *pr.* anga *fragepartikel. aind. gha, ha. Neben* go *besteht*
že.   gobino *copia, fruges: magy.* gabona *getreide aus dem slav.*
Vergl. lit. gabenti *bringen;* gabjauja *göttinn des reichtums und vor-*
züglich got. gabein- *reichtum.* gobъzъ *abundans mit* gobino *in ver-*
bindung zu bringen ist wegen des ъzъ *bedenklich: man vergleicht daher*
got. gabiga-: gobino *ist so wie* gobъzъ *dunkel. Vergl. Pott 5. 307.*
Bezzenberger 91. erklärt lit. gana *genug aus* gabna, *das zu aslov.*
gobino *gehöre.   Der on. č.* hobzi *staré hängt mit* gvozdь *silva zu-*
sammen.   godъ *opportunitas, tempus,* goditi sę *contingere: lit.* gadas
vereinigung, übereinkunft. gadijus: *w. ist* ged *in* žьdati. *wr.* pere-
hodzić *ist* pereždać, pereżydać.   gogolь *r.* anas *clangula aus* gog
in gogotatь *und suffix* olъ: *pr.* gegalis. *lit.* gaigalas. *lett.* gaigalis
colymbus minor.   golъ: *č.* hoch *puer wird mit* nhd. *hache*

verglichen Matzenauer 388. goląbь *columba: vergl. pr. gulbis. lit. gulbe olor. ags. culuf-re taube. lat. columba. griech.* κολυμβός *taucher.* golêmъ *magnus : vergl. lit. gal vermögen. Zweifelhaft.* golъ *nudus. č.* holc *baumloser berg.* holomek *: vergl. lit. galandu schärfe, wetze. Zweifelhaft.* gomolja, gomulja *maza: vergl. lit. gumulis abgestutzt.* gonêti *sufficere: lit. ganêti. gana. lett. gan satis. Vergl. aind.* gaņa *schar, zahl. got. ganah es genügt.* goniti *agere iterat. von* gen: ženą. *lit. ganīti.* gonobiti *nsl. perdere: vergl. lit. ganabiti prügeln.* goneznąti, gonьznąti *salvari: got. ganisan.* gonoziti *servare beruht auf* goncz, *wie got. ganasjan auf ganes.* goneznąti *hängt mit lit. ganīti, das slav.* goniti *lautet, in keiner weise zusammen.* gora *mons: in mehreren sprachen ist das urspr. a zu i geschwächt: lit. girê, giria wald. aind. giri. abaktr. gairi berg Curtius 350.* gorêti *ardere: lit. garas dampf. lett. gars hitze, schwaden. pr. gorme hitze. garkity senf.* gorьkъ: *s.* gorak *neben* grk *amarus und* gorij *peior. aind. guru aus garu, comparat.* garljās, *schwer. griech.* βαρύς. *got. kaura- aus kuru-, karu-. Man vergleicht auch* χερ-ειων. gospodь *dominus: aind. gāspati hausvater. Vergl. podь.* gostъ *in* pogostъ *in russ. quellen regio: pr. gasto ackerstück. Zweifelhaft.* gostь *hospes: got. gasti-. lat. hosti-: vergl. aind. ghas, ghasati. grundbedeutung: der verzehrende.* gošiti *parare: lit. gašiti schmücken.* gotovъ *paratus. Matzenauer 30 verweist auf das sonst ganz unbekannte os.* hot *vorbereitung: die bildung macht schwierigkeiten. lit. gatavas ist entlehnt.* govêti *venerari. b.* govê *ieiunare. č.* hověti. *klr.* hovity. *r.* govětь. *lit. gavêti. lett. gavêt: č.* hovêti *ist schonen. Man vergleiche ahd. gawihjan sanctificare. Andere verwerfen die ansicht von der entlehnung und verweisen auf aind. hū rufen, armen.* govel *loben. Das wort ist dunkel.* govorъ *tumultus, bulla aquae: vergl. aind. gvar, gvarati fiebern: wenn die zusammenstellung richtig ist, so steht* govorъ *für* gvorъ. *vergl. p.* gwar *murmuratio. Vergl. auch aind. gu, gavatē tönen.* groza *horror. lit. grastis und grumzda minae.* hodъ *ambulatio: w.* hed, šed, sьd *in* šьlъ *usw.* hoh *in* hohotati *cachinnare: vergl. aind. kakh, kakhati.* hotь *cupido wird von Fick mit aind. sati, griech.* ἔφ-εσις. *lat. sitis zusammengestellt.* hromъ *claudus: aind. srāma lahm. Neben* hromъ *besteht* hramati, *das auf* hramъ *zurückgeht.* hvoja: *r.* chvoja *fichtennadel. nsl.* hojka: *pr.* kwaja *ist entlehnt.* klokotъ *scaturigo, eig. das sprudeln. Vergl. got. klahjan und aslov.* klekъtati *clamare.* kloniti *inclinare: vergl.* sloniti *J. Schmidt 2. 252. 253: lit. klonojūs und lett. klanitēs sind entlehnt.* klopьca *neben* klepьca *tendicula stammt von*

klep *claudere.* klosnąti *mordere:* zmij klosnu nogu ego *starine*
9. 45. klosьnъ *claudus.* kobyla *equa: vergl. lat. caballus. lit. kumele*
und r. komonь *equus.* komonica *equa. klr.* łuhova komanyća *für*
konjučyna. *kobьsь: s.* kobac *nisus. klr.* kôbeč. kočani *pl.*
membrum virile: vergl. nsl. kocên. *s.* kočan, kočanj. *lett. kacans,*
kacens caulis. kokma *vas quoddam: ngriech.* κουκούμιον. *lat. cucuma.*
kokotъ *gallus.* kokošь *gallina. p.* kokać. *aind. kakk lachen. Vergl. nsl.*
kokodakati *und lit. kukutis wiedehopf.* koles: *ag. nom.* kolo *rota.*
pr. kelan. anord. hvel: vergl. aind. čar gehen. kolêno *genu: lit.*
kelis: êno *ist suffix.* kolimogъ *tabernaculum. r.* kolymaga: *lit.*
kalmogas ist entlehnt. kolъ *palus.* kolją *findo.* zakolъ *mactatio.*
lit. kalu hämmere. kūlas ist entlehnt. vergl. aind. kīla J. Schmidt
2. 216. komidъ: vlasi komidi *ist dunkel.* komъ *r. klumpen.*
komolyj. *lit. kamolis knäuel.* konoba: *nsl. s.* konoba *cella, caupona:*
mlat. canaba. it. canava. konobъ *pelvis: mlat. conabus.* konoplja
cannabis. pr. knapios pl. lett. kańepe: griech. κάνναβις. *Damit*
verwandt ist конорьсь *funis: mlat. canapus, canapa. anord. hanpr:*
allen diesen worten soll das dunkle aind. śana zu grunde liegen.
коńь *equus, etwa für* kobńь: *vergl.* kobyla *und lat. caballus.*
kopati *fodere.* kopije *hasta.* kopyto *ungula. p.* kopiec. *lit. kapoti*
hacken. kapas grabhügel. pr. kopt. Die w. kap hat die bedeutung:
graben und hacken. коровъ *profluvium genitale: griech.* κόπος *in*
einer dem sinne des μαλακία *verwandten bedeutung.* koprina *seri-*
cum. b. koprinъ. *Matzenauer 213. denkt an verwandtschaft mit mlat.*
cappa. koprъ *anethum. nsl.* koper: *vergl.* kopêti *se:* sêno *se*
kopí. gnoj se kopí, da se dim vidi. *b.* kopъr. *klr.* ukrop, okrop.
r. kropъ, ukropъ. kora *cortex. lit. karna bast.* korenь *radix,*
das wohl nicht mit kъrь *frutex verwandt ist.* koryto *canalis,*
concha: vergl. pr. pra-cartis trog. korъda. *p.* kord *degen ist ent-*
lehnt. lit. kardas ist slav. korъ *contumelia.* korьсь *vas quod-*
dam. nsl. korec *haustrum usw. Man denkt an griech.* κόρος,
vielleicht mit unrecht. kosa, kosmъ *coma: lit. kasa. kasti, kasìti,*
kasinti: kosa *hängt mit* česati *zusammen. Auch* kosa, kosorъ *falx*
dürfte hieher gehören. kosnąti *tangere: vergl. r.* koso *oblique. p.*
ukos *die schräge usw.* košь *corbis: lit. kašius, das jedoch entlehnt*
sein kann. Mit košь *scheint* košulja *indusium verwandt.* kotora
lis: vergl. ahd. hadarā lappen, später streit Fick. kotoryj
koteryj, *nsl.* kteri *qui, urspr. uter. lit. katras. got. hvathar-. griech.*
κότερος, πότερος. *aind. katara.* kotyga, kotuga *vestis: mlat. cotuca.*
kotъ: kotьсь *cella. nsl. b.* kotec. *s.* kot, kotac *usw.: vergl. mlat.*

5

cotta. kotъ, kotъka, kotlja *felis.* kotva *ancora, wie nsl.* mačka. *lit. katě. lat. catus.* kotъlъ *lebes. nsl. b.* kotel. *s.* kotao *usw. lit. katilas. pr. catils.* kotъlъ *ist wohl got. katila-: ahd. lautet das wort chezil, chezin aus lat. catinus.* kovъčegъ *arca. b. s.* kovčeg: *vergl. ngriech. κανκιον vas ligneum, daher wohl* kovъčegъ. koza *capra: lett. kaza. aind. čhaga, čhāga bock. čhāgā ziege. Hieher scheint auch* koža *cutis, urspr. etwa ziegenfell, zu gehören: die ableitung von* koža *aus* koza *bietet schwierigkeiten. Fick vergleicht mit* koža *anord. hakula.* krokarъ: *nsl.* krokar *corvus: aind. kark, karkati. lit. krakti. griech.* κρέκω: *vergl. aslov.* krakati. kroma *margo.* kromê, okromê *procul.* krop-: *p.* okropny *schauderhaft: vergl. lit. krupus scheu. kraupus unangenehm (vom wetter.)* kropa, kroplja *gutta: lit. krapiti besprengen.* krošьnja: krošьnica *canistrum. nsl.* krošnja. *r.* krošnja *und* korošnja. kvokati: *p.* kwokać *usw. glucken: lit. kvakěti schreien. kvaksěti glucken.* kъmotrъ *compater.* kъmotra. *č. p.* kmotr. *nsl.* boter. *pr. komaters: lat. compater.* lobъzati *osculari.* lobъzъ *osculum: vergl. lit. lupa labium. lupužě deminut. ahd. lefs.* lodyga *r. knöchel. p.* lodyga *stengel: man vergleicht ahd. lota in sumar-lota.* logataj *explorator setzt ein denominativum* logъ *von* logъ *das liegen in der bedeutung des auflauerns voraus: vergl. griech.* λόγος. logъ: *s.* log: logom ležati. *lit. atlagas neben atlakas brachacker vergl. mit klr.* oblôh, perelôh *usw.* lokati *lambere. nsl. sorbere:* pes loče vino. *lit. lakti schlappen, zunächst vom hunde. aind.* lak, rak *gustare.* lomъ *locus paludosus. magy. lam palus: vergl. lat. lama.* lono *sinus soll für* lokno *stehen und mit* lęk *biegen verwandt sein.* lopata pala. *nsl. usw.* lopata: *vergl. lit. lopěta. let. lāpsta. pr.* lopto. lososь *r. lachs. č.* losos: *lit. lašis, lasaša, lašišas. lett. lasis. pr.* lasasso. loštiga *lactuca. nsl.* ločičje. *s.* ločika. *č.* locika: *št, č. č, c aus kt: p.* łoczyga *ist entlehnt.* loš, *vilis. b. s.* loš: *vergl. got. lasiva- und Fick 2. 497.* lotyga *ar. homo nequam: man vergleicht got. lata- lässig.* loza *vitis: vergl. lit. laža flintenschaft.* modrъ *lividus wird als ,zerflossen' gedeutet und mit einer w.* mad *zusammengestellt.* mogą *possum: got. magan posse. lett. makts macht: europ. magh: mit* mogyla *tumulus vergl. aind. mahant gross, woraus eine w. magh erschlossen werden kann.* mokrъ *humidus soll aus* morkъ *entstanden sein: ich teile* mok-rъ *wegen* močiti. moliti *orare aus* mold-, modl-, mol-. *lit. maldīti: w.* meld. molotrъ *foeniculum: ngriech.* μάλαθρον, μάραθρον. monisto *monile. klr.* namysto *bibl. I. lit. manele bezz.: vergl. aind.* mani *am leibe getragenes kleinod, juwel, perle. ahd.* menni *halsband. Das suffix* sto *ist singulär.* mora

maga, in den lebenden sprachen ephialtes, incubo ist dunklen ursprungs.
Vergl. ngriech. μώρα aethiops, incubo. morje mare: lit. marês pl.
pr. mary. got. mari-. marein-. ahd. mari. aind. mîra. morъ mors,
pestis: lit. maras. moriti: lit. marinti. mošьпа pera. nsl. mošnja:
lit. makina, makītis, mašna aus dem slav. motiti sę agitari. nsl.
motati weifen. vergl. r. motorja rolle. č. nemotorný unbehilflich,
eig. unbeweglich: lit. pamuturti (galvelę) schütteln. *motr- in
motriti spectare: lit. išmatrus scharfsichtig von mat: matau, matīti.
lett. matu, mast. motyka ligo. nsl. motika. b. motikъ usw.: lit.
matika. mozgъ medulla: abaktr. mazga. ahd. marag. aind. maǵǵan,
maǵǵas, maǵǵā. Vergl. lit. smagenos. lett. smadzenes. pr. muzgeno.
mozolь vibex. nsl. mozolj usw.: vergl. ahd. māsā cicatrix. mъnogъ
multus: got. managa-. noga pes: lit. nagas fingernagel, kralle,
huf. pr. nage fuss. ahd. nagal. griech. ὄνυξ. lat. unguis. ir. inga.
aind. nakha. Hieher gehört auch nogъtь unguis. pr. nagutis. Vergl.
zeitschrift 23. 270. nora latibulum: w. ner: nrêti. Hieher gehört
auch klr. noryča nörz mustela lutreola. nosъ nasus. nozdrь: lit.
nasrai, wofür auch nastrai vorkommen soll Geitler, Lit. stud. 97.
ahd. nasā. aind. nasa in compositis; sonst nās, nāsā. lit. nosis.
lat. nāsus. noštь nox: lit. naktis. got. nahti-, nahta-. lat. nocti-
griech. ννχτ- neben ννχτι-, ννχτο-. aind. nakti, nakta. o in ozimica
hordeum, eig. wintergerste, ist wohl die praep. o: ozimica beruht
demnach auf o zimê. oba ambo: lit. abu. pr. abbai pl. lett. abbi.
got. bai. aind. ubhā aus abhā, ambhā. oblъ rotundus aus obvlъ,
obvъlъ: lit. apvalus. obrinъ avarus. p. obrzym, ołbrzym gigas.
Grimm, Mythologie 1. 493. obъ, daraus o, circum: pr. eb. got. bi.
aind. abhi gegen. In vielen füllen deckt sich obъ mit lit. apë, ap-.
odrь lectus. nsl. odri pl. gerüst: lit. ardai stangengestell. Geitler, Lit.
stud. 77. ogniva r. penna nutans, os alae dial.: vergl. aind. aǵ
agere. ognь ignis: aind. agni. lat. ignis: lit. ugnis f. lett. uguns m.
lässt an slav. o aus u denken. ogolъ: p. ogoł universitas. ogołem im
allgemeinen: vergl. lit. aglu, aglumi im ganzen. oko oculus: lit. akas
öffnung im eise. akis f. auge: vergl. aslov. dual. oči. aind. akši. Hie-
her gehört auch okno fenestra. ole, b. olelê interj.: vergl. aind. rē,
ararē. e in ole befremdet. olovo plumbum: lit. alvas stannum. pr.
alwis plumbum. olъ sicera. nsl. ol cerevisia: lit. alus. pr. alu. ags.
ealu. olьha alnus. lit. alksnis, elksnis. pr. alskande. ahd. elira,
erila. omela nsl. s. mistel. č. jmeli. slovak. omelo. lit. amalis.
pr. emelno. lett. āmuls. Das wort hängt wohl mit w. em capere zu-
sammen, daher aslov. imela. imelьnikъ neben omelьnikъ. o steht

5*

je *gegenüber.* onъ *ille: lit.* ans. aind. ana.   opajecь *lucerna*
nach Matzenauer 265. wohl die öffnung im dache, durch die das
licht einfällt: ἡ ὀπαία (κεραμίς, θυρίς).   opako *adv. a tergo, retro.*
got. *ibuka-.* ahd. *apah, apuh.* nhd. *äbich.* aind. *apāka hinten liegend.*
apa *ist griech.* ἀπό. got. af.   oplovь, oplosьmo *in universum: griech.*
ἀπλῶς.   opoka *saxum. p.* opoka. *Dagegen kr.* opeka *later.*   or- *in*
oriti *evertere: lit.* ĭru, *iŗti sich auftrennen. ardau, arditi transit. Vergl.*
aind. rtē *ohne.* araṇa *fremd.*   orati, orję *arare: lit.* arti, ariu. lett.
art, aru. got. arjan: *lit.* arti *entspräche einem slav.* rati.   orьлъ *aquila:*
lit. arelis, erelis, eris. got. aran-.   osina r. espe *populus tremula: lit.*
apušis. lett. apse. pr. abse.   osmь *octo: lit.* aštūni. got. ahtau. aind.
aštau: osmь *octo, eig.* ὀγδοάς, *aus* osmъ, *lit.* ašmas *octavus und dieses*
aus ost-mъ.   ostrogъ *castellum. p.* ostrog: *das gleichdeutige* ostra-
žije *beweist die ableitung von* strъg: *w.* serg. *Das wort bedeutet eig.*
'das bewachte'; dagegen hängt nsl. usw. ostroga *calcar mit* ostrъ
zusammen: ostro-ga. *č. lautet das wort* ostroha *neben* ostruha.   ostrъ
acutus: lit. aštras, aštrus. aind. aśra. *Verwandt ist* osla cos. *Vergl.*
ostьnъ.   ostь *axis: lit.* akstis, akštelis *stachel Geitler, Lit. stud. 76.*
ostьnъ *aculeus: lit.* akštinas *mit vor* š *eingeschobenem* k. *Vergl.* ostrъ.
osvъtъ *genus spinae. nsl.* osat. *č. p.* oset: *es ist wohl keine primäre bil-*
dung: w. os, aind. aś. *vergl. lett.* āss *scharf, das aslov.* osъ *lauten würde.*
osь *axis: lit.* ašis. pr. assis. ahd. ahsa. lat. axis. *griech.* ἄξων. aind.
akša m. akši n.   osьlъ *asinus: lit.* asilas. got. asilu-. lat. asinus.
oslêdъ *onager* ἅπαξ εἰρημένον.   otava *nsl. usw. grummet: vergl.* otъ. *lit.*
atolas.   otъ *ab: lit.* at, ata. got. ith, id. aind. ati: *vergl.* otъ-
lêkъ *mit aind.* atirēka *überrest.*   otьcь *pater, deminut. von* *otъ
(otьñь): got. attan-. griech.* ἄττα.   ovъ *ille: lit.* au-rê *dort. abaktr.*
apers. ava.   ovьca *ovis, deminut. von* *ovь: lit.* avis. got. avistra-
schafstall. ahd. awi. lat. ovis. *griech.* ὅις. aind. avi m. f.   *Hieher*
gehört ovьnъ *aries: lit.* avinas.   ovьsъ avena: *lit.* aviža *haferkorn.*
pl. avižos *hafer.*   plodъ *fructus.*   ploskъ *latus. nsl.* plosnat. *s.*
ploštimice *neben* splasnuti. *č.* ploský. *r.* ploskij. *p.* płaski. *klr.*
płaskyj. *Hieher gehört r.* ploskonь. *p.* ploskon. *č.* konopí po-
skonné, *vielleicht auch č.* ploštice *cimex trotz p.* pluskwa *und lit.*
blakê. lett. blakts.   po *praep.: lit.* pa. *Dem aslov.* pa *steht lit.* po
gegenüber: pa scheint die ältere form für po zu sein. Hieher gehört
podъ, *wohl auch* pozdê *sero.*   podь *in* gospodь *dominus: lit.* patis
m. f. *gatte, gattinn, in zusammensetzungen herr, herrinn. got.* fadi-.
griech. πόσις. lat. potis. aind. pati. potьpêga *uxor dimissa gehört wohl*
nicht hieher. Vergl. gospodь.   poganinъ *paganus: lit.* pagonas. pr.

pogūnans *pl. acc. ist entlehnt. Dass* poganъ *impurus von* poganinъ *getrennt werden müsse, lässt sich nicht dartun. Vergl. Matz. 68.* polêno *titio ist wohl ,das gespaltene'.* polêti *ardere.* palîti *urere: w.* par, *slav.* pel, per, *daher auch* popelъ. *p.* przeć *J. Schmidt 2. 271. An steigerung scheint bei einem verbum III. 2. nicht gedacht werden zu sollen.* planąti *aus* polnąti. polъ *dimidium: vergl. aind. para weiterhin gelegen, jenseitig:* na onomъ polu *jenseits. Das wort ist im slav. ein u-stamm geworden. Die Zusammenstellung mit aind. parus knoten, gelenk ist abzuweisen. Verschieden ist r.* polъ *für* pomostъ *Grot 75.* polъ: ispolъ *haustrum: nsl.* plati, poljem *haurio. r.* vodopolъ. vodopolica *Grot 63.* ponica *cella. b.* ponicъ. *Dunklen ursprungs. Vergl. Matz. 280.* poplun *nsl. tegumentum turcicum: ngriech.* πάπλωμα *stragulum aus* ἐφάπλωμα. pora *vis, violentia. r.* pora. *s.* oporaviti se *reficî, daher* rum. porav *ferus, eig.* violentus. porъ: č. odpor: *lit. atsparas.* *postolъ: s. posto, sg. gen.* postola. *č.* postola. *klr. p.* postoły *pl. Man vergleicht ngriech.* ποστάλιον, *türk. postal. Das wort kann slav. sein: nsl.* podstoli *metl.: matz. 24. denkt an griech.* ὑπόστολος. potъ *sudor. Fick vergleicht lit. spakas und deutet* potъ *aus* pok-tъ. pro *praefix, praep.: lit.* pra *praefix. lat.* pro. *griech.* πρό. *aind.* pra. *Hieher gehört* prokъ, pročь *reliquus. Dem* pro *steht lit.* pra, *dem* pra *lit.* pro *gegenüber.* prositi *petere: lit.* prašiti. pирšti, peršu. *got.* fraihnan. *lat.* preces, procus. *aind.* praśna *frage: w.* praś. proso *milium: vergl. pr.* prassan *acc., das entlehnt sein kann.* prostъ *simplex,* ἁπλωμένος, *extensus steht vielleicht für* prostrъ *von* prostr-êti. *Man vergl. b.* prostren *simplex. lett.* prasts *ist entlehnt.* proti *versus: lett.* preti, pret. *griech.* προτί, προς. *aind.* prati. prozvitъ *vetulus: griech.* κρεσβύτης. rodъ *partus. aind. ardh gedeihen J. Schmidt 2. 295.* rogozъ *papyrus, tapes. nsl.* rogoz *carex: lit.* ragaže *binsendecke.* rogъ *cornu: lit.* ragas. *pr.* ragis: *vergl.* rogatina *ar. pertica. lit.* ragotinê *lanze.* rokъ *praestitutum tempus: w.* rek. romênьča *situlus. Vergl. Matzenauer 296.* rosa *ros: lit.* rasa *tau. aind.* rasa *saft.* rota *iusiurandum. Vergl. osset. art, ard eid.* sapogъ *calceus: lit.* sopagas *ist entlehnt.* skoba *fibula: lit.* skaba *hufeisen. kabu, kabêti haften. aind.* skabh, skabhnäti *usw. heften.* skoblь *radula: lit.* skabu, skabêti *schneiden, hauen.* skaplis *hohlaxt. got.* skaban. skokъ *saltus: vergl. aind.* khač, khačati *hervorspringen und lit.* šokti *springen.* šakinti *springen lassen.* skolька *ostreum. b.* skojkъ *concha: vergl. ahd.* scala *schale, harte umhüllung der muschel usw., daher* skolька *schale, schalentier.* skomati *gemere:*

Fick vergleicht lit. skambu, skambêti tönen. skomrahъ *praestigiator:*
lit. *skamarakas ist entlehnt.* skopiti *evirare.* skopьсь *eunuchus:*
vergl. lit. *skapas, das jedoch entlehnt sein kann.* skop-: zaskopije
observatio: vergl. griech. σκοπός *später.* skora *cortex: lit. skura*
pellis ist entlehnt. skorъ *citus: vergl. ahd. skēro J. Schmidt 2.*
420. skotъ *pecus. b. s.* skot *usw.: got. skatta- geld. ahd. skaz.*
afris. sket geld, vieh. Die frage, ob skotъ *entlehnt ist oder nicht,*
ist schwer zu beantworten: sicher ist, dass der umstand, dass das
wort im deutschen meist geld, nicht vieh bedeutet, was es ursprünglich
bezeichnete, nicht für die entlehnung von seiten der deutschen an-
geführt werden kann. Ist das wort mit aind. skhad spalten verwandt,
dann ist es ursprünglich deutsch. skrobotъ *strepitus: lit. skrebu,*
skrebêti rascheln. slonъ *elephas: lit. slanas neben šlajus: jenes ist*
entlehnt. Man vergleicht ags. hrōn balaena Archiv 3. 212. smokъ
serpens: lit. smakas, das vielleicht entlehnt ist. Vergl. smъk in smy-
kati sę *repere.* smola *bitumen: lit. smala teer, das entlehnt sein*
kann. snopъ *fasciculus.* sob-: posobiti *adiuvare.* posobije *soci-*
etas. kr. posoba *auxilium. klr.* posobyt' *bibl. I. r.* posobь *dial.:*
vergl. aind. sabhā gesellschaft und sva, woher sobojǫ *und sebê.*
soha *vallus,* ξύλον: *aind. sas zerhauen, spalten.* posohъ. *č.* sochor
fustis. Fick vergleicht auch lit. šašas schorf. šêkštas holzstück. so-
kačь *coquus.* sokalь *culina. Dunklen ursprungs.* sokъ *succus: lit.*
sakas baumharz. lett. svakas, svekjis: vergl. klr. pasoka *blut bibl. I.*
sokъ *accusator.* sočiti *monstrare. nsl.* obsok *indago. s. č.* sok. *lit.*
sakas. sakīti sagen. sekmê fabel. lat. sec: insece. griech. ἐπ: ἔννεπε.
vergl. aind. sač, sačatē verfolgen. solь *sal: pr. sal. lett. salis. lat. sal.*
griech. ἅλς. somъ *r., nsl. s.* som *wels. č. p.* sum: *lit. šamas.* sopǫ
flo: lit. švapsêti, švepsêti lispeln. vergl. sviblivъ *blaesus und č.* šepati
lispeln. soplь *tibia: lit. šapas halm, šapelis deminut.* sosna *abies:*
Geitler, Lit. stud. 70, vergleicht šašas schorf, und meint, der name
sei nach der rinde so benannt. spolinъ, ispolinъ *gigas: vergl. gens*
spalorum bei Jordanes Grimm, Mythologie 1. 493. sporъ *abundans.*
s. spor *durans, lentus: vergl. ahd. spar, sparsam. lit sparus ver-*
schlagsam. stoborъ *columna. nsl.* steber *vergl. J. Schmidt 1. 129.*
stogъ *acervus, eig. pertica circa quam foenum congeritur: das wort*
hängt mit lit. stogis dach aind. stag und griech. στέγω *nicht zusammen.*
ahd. stakkr haufen, heuschober. storъ *in* prostorъ *spatium: w. ster:*
strêti. stroka, sroka κέντρον: *vergl. w.* strъk. stvolъ, cvolъ *caulis.*
s. cvolina. *r.* stvolъ. *č.* stvol: *vergl. lit. stūlis baumstamm.* svobъ:
svoboda, *d. i.* svobo-da, *libertas. pr. suhs selbst. nsl. usw.* slo-

boda *für* svoboda. škorenj *nsl. usw. stiefel: lit. skarne.* tobo-
lьcь *saccus. nsl.* tobolec. *s.* tobolac. *p.* tobola. *Dunklen ursprungs.*
tokъ *fluxus. lit. takas: w.* tek. toliti *placare scheint wie etwa*
griech. τλῆναι, τάλαντον *auf einer a-w. zu beruhen: vergl. lit. tilti ver-*
stummen, tildīti *still machen. got. thulan dulden.* toljaga *und daraus*
tojaga *baculum. s.* toljaga, tojaga: *vergl. s.* tolja. tomiti *vexare:*
aind. tam, tāmjati *vergehen.* tonoto *neben* teneto *rete: lit. tinklas*
netz aus tenklas, das aslov. tęlo, tędlo *lauten würde: aind.* tan,
tanōti *anspannen.* topiti *immergere: lit.* tepti, tepu *beschmieren.*
topiti *calefacere.* toplъ, teplъ *calidus: lat. tepere. aind.* tap, tapati.
toporъ *ascia. nsl.* topor *usw.: vergl. armen.* tapar. *pers. tabar usw.*
tropъ *klr.* trop *spur: vergl.* trepati. tvorъ *habitus corporis.* tvo-
riti *facere: lit.* tverti, tveriu *fassen, zäunen, bei Szyrwid auch machen.*
tvarkīti *einrichten Geitler, Lit. stud. 71.* voda *aqua: got. vatan-.*
lat. unda. *griech.* ὕδωρ. *aind.* ud, *unatti quellen: vergl. lit.* vandů.
audra *gewässer. pr.* unds, *daher* vêdro ὑδρία. vodę *oleo: da zębъ ne*
svodetь o *nemь damit der zahn nicht darnach rieche nomoc.- bulg.*
lit. ùdžu, ùsti. *lat.* odor, oleo. *griech.* ὄδ *in* ὄζω. voda *in* vojevoda
bellidux. -vodъ. voditi. *lit.* kariavadas, kariovadas *feldhauptmann*
Bezzenberger 104. vonja *wohl für* onja *odor: got.* anan *hauchen.*
aind. an, aniti. *Hieher gehört auch* ạhati. vora: *klr.* obora *viehhof*
usw.: w. ver: vrêti. *lit.* verti. atverti *öffnen.* atviras *offen. pr.*
etvêre du *öffnest.* vosa *neben* osa *vespa: lit.* vapsa *bremse. pr.*
wobse *wespe. ahd.* wafsa. *lat.* vespa. voskъ *cera: lit.* vaškas. *ahd.*
wahs. vozъ *currus.* voziti *vehere iterat.: w.* vez. *lit.* vežu *und*
važiūju. *lett.* važūt. vьdova *vidua: pr.* viddevů. *aind.* vidhavā.
zobati *edere: lit.* žebti. *aind.* ǵabh, ǵambhatē. zorъ *visus: w.* zer:
zrêti. zvonъ *sonus, tintinnabulum: w.* zven: zvьnêti. *lit.* zvanas
ist entlehnt.

In entlehnten worten steht aslov. o *dem* a *der fremden sprache*
gegenüber: gonъznąti *neben* genъznąti *servari: got.* ganisan. *ahd.*
ganesan. kolęda *calendae* χαλάνδαι. *nsl. s.* koleda. *lit. kalēdos, kal-*
dos. koliba *tugurium: griech.* χαλύβη. komora *camera. lit. kamara:*
griech. χαμάρα. konoplja: *cannabis. griech.* χάνναβις. kositerъ *neben*
kasiterъ *stannum: griech.* χασσίτερος. kostanь *castanea: griech.*
χάστανον. kotьlъ *lebes: got.* katila-. lazorъ *lazarus stockh.* lokva
imber: ahd. lachā. osьtъ *acetum: got.* akēta-, akeita-. odrinъ:
ἀδριανόπολις. ogurьcь *cucumis: griech.* ἀγγούριον. okrovustija: ἀκρο-
βυστία. olьtarъ: *altare.* osarij *neben* asъsarij: ἀσσάριον. ovlija:
αὐλή. ploča: *vergl. ngriech.* πλάκα. poganъ, *selten* paganъ:

lat. paganus. pop⹂ *presbyter. pr. paps: ahd. phafo.* poroda:
παράδεισος *Christliche terminologie 49.* solun⹂: Θεσσαλονίκη. sotona:
σατανᾶς. *Bei Nestor findet man* obrin⹂ *avar.* odrěn⹂ *adrianopolis.*
ogarjanin⹂. oleksandr⹂. on⹂drêj. on⹂dronik⹂. orêj *ares.* ovram⹂.
Dunkel: gotov⹂ *paratus.* kolimog⹂ *tabernaculum.* kor⹂da *gladius
ist entlehnt usw.* sok⹂, *d. i* soč *as. tributum frumentarium ist mlat.
soca, socagium.* r. stopa *grosser becher ist ahd. stouf. mlat. stopus.*

     *Wie es kam, dass fremdes a durch slav. o widergegeben ward,
ist eine schwierige frage; mir scheint, dass betontes gedehntes a durch
slav.* a, *unbetontes und betontes kurzes a hingegen durch slav. o er-
setzt ward. Vergl. J. Schmidt 2. 170.*

     β) **Stämme.** or⹂: stobor⹂ *columna. nsl.* steber. pętor⹂
neben pęter⹂ 2. *seite 91.* orj⹂: thor⹂ *iltis aus* d⹂hor⹂ 2. *seite 92.*
olj⹂: zovol⹂, *wohl cantor 2. seite 111.* tor⹂: v⹂tor⹂ *alter. lit.
antras. got. anthara-. aind. antara 2. seite 174.* ov⹂ *in* adamov⹂
adami usw. 2. seite 229 ist wohl eine steigerung des ŭ. ok⹂: vêd-ok⹂
gnarus 2. seite 253. In gląbo-k⹂ *profundus:* vyso-k⹂ *altus ist* o
für u eingetreten, wie ⹂ *in* l⹂g⹂-k⹂ *usw. In den secundären bil-
dungen wird häufig der anlaut des suffixes richtiger zum stamme zu
ziehen sein:* ino-g⹂, no-g⹂ *von* in⹂ γρήψ, μονιός, *dafür auch* ine-g⹂.
p. nog, *das daher mit pr. ankis greif unverwandt ist.* č. jino-ch 2.
seite 289. čr⹂no-ta. nago-ta. l⹂go-ta: *lit. sveika-ta. aind. ghōra-tā,
und mit schwächung des stammauslautes lit. nobažni-ta. got. hauhi-thā-.*
kokoš⹂ *gallina, eig. die gackernde, ist wohl primär:* kok-oš⹂. *Ebenso*
živ-ot⹂ *vita: aind. gîvātu. lit. gîvata. pr. giwato. Das o im aus-
laute des ersten gliedes von composita ist vorslavisches a:* vojevoda
bellidux für vojovoda: *stamm* voj⹂. m⹂zdodav⹂c⹂ *qui mercedem dat:
stamm* m⹂zda. *aind. dêvagaṇa götterschaar: stamm* dêva. *(dharā-
dhara die erde tragend: stamm dharā). griech.* θεοφόρος. ῥιζοτόμος.
Analog ist zvêrovid⹂n⹂ *neben* zvêrevid⹂n⹂, *wohl für* zvêrjevid⹂n⹂,
θηριώδης: *stamm* zvêr⹂. ḱostogryz⹂c⹂ *ossa rodens: stamm* kost⹂. *Man
vergleiche mit r.* muchomor⹂ *lit. musomiris, das einem aslov.* muha-
mor⹂ *entsprechen würde, dessen a Geitler, Fonologie 7, für litu-slavisch
hält, das später durch die zahlreicheren composita, deren erstes glied
auf o auslautet, verdrängt worden sei.*

     γ) **Worte.** *Der sg. nom. der neutr. a-stämme lautet auf o,
der der masc. a-stämme auf* ⹂ *aus. Jenes o wird auf as zurück-
geführt, welches zu e oder zu o werde, je nachdem bereits in vor-
slavischer zeit der vocal zu e geschwächt war oder noch als a erhalten
ins slavische übergieng, wo es dann zu o geworden sei. o stehe daher*

für as, so oft dessen a im europäischen nicht zu e geworden. Aus demselben grunde sei a in ta-d in slav. o (to) *übergegangen A. Leskien, Die declination usw. 4. 68, daher* slovo *für* aind. *travas, und analog* selo, polje, dobro, doblje, ono *usw. Die erklärung ist plausibel; die einschränkung des* o *auf den auslaut darf nicht auffallen, da sie auch im griech. und im lat. vorkömmt:* γένος, γένεος *aus* γένεσος; *genus aus genos, generis neben älterem generus, generos, obgleich hier der auslaut von* slovese *abweicht. Derjenige, dem* slove *für* slovo *in erinnerung ist, wird jedoch geneigt sein,* lože, *woher* ložesno, *für* ložes *zu halten; nach* igo *erwartet man* logo: *vorslavisch* logos, logeses, *woraus slav.* logo, ložese. *Es ist demnach möglich, dass* slovo *zu* slova, slovu *usw.,* slove *dagegen zu* slovese, slovesi *gehört. Freilich kömmt* slove *ein einziges mahl vor:* čьto estь slove se, eže reče; τί ἐστιν οὗτος ὁ λόγος; io. 7. 36.-zogr.; das häufig vorkommende lože hat nur in* lice, ličese *ein analogon. Vergl. nsl.* ole (ule), olesa (ulesa) *2. seite 320. 3. seite 142. Andere meinen, einst habe ein unterschied zwischen nomina masc. und neutr. auf a nicht bestanden,* narodo *habe neben* zlato *existiert: erst als die halbvocale entstanden, habe die dissimilation aus* narodo-narodъ *gebildet,* zlato *unberührt gelassen Geitler, Fonologie 13. Das suffix in* togo, sego *usw. glaubte ich mit der partikel* aind. gha, ghā *identificieren zu sollen 3. seite 47. Nach J. Schmidt, Zeitschrift 23. 292, verhält sich* to *zu* to-go *wie* inъ *zu* ino-gъ μονιός *usw. Über das auftreten des* o *in der conjugation ist bereits seite 15. gehandelt worden.*

    5. o *fällt aus, wenn an ein secundäres thema ein vocalisch anlautendes suffix antritt:* bratrija *fratres aus* bratro-ija. *Häufig tritt* ov *für* ъ *ein:* sadovije *neben* sadije *usw., wie unter den u-vocalen gezeigt werden wird.*

    6. o *ist in manchen worten ein weiter nicht erklärbarer vorschlag, der auch fehlen kann:* obrъvь *neben* brъvь *supercilium:* aind. bhrū. *griech.* ὀφρύς. okrinъ *pelvis: vergl.* r. krinka *und* aslov. skrinija, *lat.* scrinium. *Fick 1. 44. denkt an griech.* χέρνος *opferschüssel usw. Das wort ist dunkel.* opany *neben* pany *pelvis: ahd.* pfannā. opašь *neben* b. paškъ *cauda: hier mag* o *für* otъ *stehen:* pahati. oprěsьnъkъ *azymum neben* prěsьnъ. orъvenica *canalis neben* rъvenikъ. ogъrъtati *murmurare neben* rъrъtati. orěhъ *nux: lit.* rěšutas. *lett.* rěksts. orjevati *furere, eig.* rugire, *neben* rjuti. ostrъvi *cadavera* tichonr. 2. 363. *neben* strъvo. osva, osa *vespa neben* σẕἤξ *ist dunkel.* osvěnje *neben* svěnje *sine. Vergl. s.* osim. *Man füge hinzu klr.* oborôh *fehm für* borôh: č. brah.

očeretъ *schilf.* osełedec *häring:* r. seльdь. r. oskomina *stumpfheit der zähne.* p. oskominъ, skomina, skoma. č. laskominy. r. osokorъ. p. sokora *populus nigra. Vergl. lit. apsalmas Kurschat* 37.

7. *Abgeworfen wird anlautendes* o *in* brešta *neben* obręšta *res inventa.* paky *neben* opaky *retrorsum: aind. apāka. Vergl. b.* besi *hängen.* č. bahniti se *matz.* 15.

8. *Eingeschaltet scheint* o *in* kolêbati *agitare aus* *klêbati, *wenn das wort mit kelb im pr. po-quelb-ton knieend zusammenzustellen ist. Man vergleiche aslov.* prąžь *stipes mit nsl.* porungelj. *aslov.* skovrada *neben* skvrada *sartago aus* skvorda: *w.* skver. olovo *plumbum: lit. alvas. lett. alva.*

9. *In manchen worten wechselt* o *mit* a. do *ut für* da: do i lazarê ubijątъ ἵνα καί *usw. io.* 12. *10-zogr.* kolimogъ *neben* kolimagъ. obrêda *neben* abrêdъ *locusta, wahrscheinlich eine art pilz. Vergl. lex. s. v.* oky *neben* aky, jaky *uti.* polica *sup.* 2. 6. *neben* palica. pozderъ *neben* pazderъ *stipula: nsl.* pezder *uwo.* robъ *neben* rabъ *servus.* roditi *neben* raditi *curam gerere.* rozъ *in* rozbiti, rozbojnikъ, rozmyšljati, rostvorivъ *und in* rozvê *sup.* XI. *neben* razъ, razvê. rozvъnъ *neben* razvъnъ *catena.* rozga *palmes neben dem nur éinmahl nachweisbaren* razga. skvožnja *neben* skvažnja. vozotaj *neben* vozataj. *Hier mag auch erwähnt werden, dass das casussuffix* go *im sup. auch* ga *lautet:* jega, koga, kojega, nêkoga. *Vergl. sup.* XI. *Dasselbe tritt im nsl. kr. und s., nicht im b. ein.* lokati *lambere und* lakati *neben* alъkati *esurire sind wurzelhaft verschieden. Der wechsel von* o *und* a *ist auffallend, da* o *und* a *ursprachlichem ă und ā gegenüberstehen. In* otrova *neben* otrava *so wie in* zorja *neben* zarja *erblicke ich, trotz gleicher bedeutung, eine verschiedene steigerung des* u *und des* e: *ähnlich verhält es sich auch mit* tekъ *neben* tokъ.

10. o *wechselt mit* e, *wie seite 18 gezeigt ist, und wie für eine classe von worten im nachfolgenden gezeigt werden soll.*

Es gibt eine nicht geringe anzahl von worten, in denen der anlaut e, *je mit dem anlaut* o *wechselt, so dass die eine sprache* je, *die andere (die russische)* o *bietet, oder so, dass in demselben sprachkreise* e, je *und* o *vorkommen. Man kann geneigt sein sich* je *als aus* o *durch vorschlag des* j *und assimilation des* o *zu* e *entstanden vorzustellen: diese ansicht ist jedoch wohl kaum richtig, vielmehr ist es wahrscheinlich, dass älterem kurzen* a *teils nach verschiedenheit der sprachen, teils in derselben sprachfamilie* e, je *oder* o *gegenübergestellt wird. Dass* o *älter sei als* e, je, *lässt sich allgemein nicht dartun.*

Analog dem e, je *und* o *ist im lit. der wechsel von e und* a: *ekrutas, akrutas aus dem slav.: vergl. p.* okręt. *eldija, aldija. elksnis, alksnis. elkunê, alkunê. elnis, lett. alnis, pr. alne. emalas, amalas. erdvas, ardvas. erelis, arelis. esmi, asu, pr. asmai. ešis, ašis: r.* осъ. *ešutas, akutas.* Wenn *aus* ladia, lakъtъ *das hohe alter von aldija, alkunê oder von olektis aus alektis, alktis folgt, so zeigt* jelenь *neben* lani, *dass elnis ebenso alt ist wie lett.* alnis, *während* rêdъ *in* rêdъkъ *für das höhere alter von erdvas zeugt. lit.* e *neben* a *hat sich auf specifisch lit. boden aus älterem kurzen a entwickelt: dasselbe gilt von dem ursprung des slav.* e *neben* o *aus* a.

In *dem folgenden verzeichnisse der hieher gehörigen worte wird von der russischen form ausgegangen:* odinъ *unus:* aslov. jedinъ *usw.: urform* ad-. odva *vix: aslov.* jedva. *nsl.* jedvaj *habd.* odvaj *hung. lit.* advos, vos: *vergl. r.* ledva *dial. p.* ledwie. olej *neben* elej *oleum* ἔλαιον: *aslov.* olêj, jelêj. *nsl.* olej, olje. *č. p.* olej. *lit.* alejus *aus dem slav.: got.* alêva-. olenь *cervus: aslov.* jelenь. *lit.* elnis. olovo *plumbum: aslov.* jelovo *neben dem regelmässigen* olovo. *lit.* alvas. olьcha, olьša, *dial.* elócha, ëlcha. *klr.* ôlcha, vôlcha *alnus: aslov.* jelъha *oder* jelьha. *nsl.* jolha, jolša. *b.* elhъ. *s.* joba, *alt* elha. *č.* olše. *slk.* olša, jelša. *p.* olcha, olsza. *os. ns.* volša. *lit.* alksnis, elksnis. omela *viscum album. aslov.* imela *neben* omelьníkъ. *nsl.* omela. *s.* imela, mela. *č.* jmelí. *p.* jemiel *m.* jemiola. *os.* jemjelina. *lit.* amalas: *w. ist wahrscheinlich* em, *woraus* jьm, *im prehendere: nur aus* em *lassen sich alle formen erklären.* osenь *auctumnus: aslov.* jesenь. *nsl.* jesen. *pr.* asanis. osëtrъ *accipenser sturio: č.* jesetr. *p.* jesiotr: *vergl. sturio.* osina *populus tremula: nsl.* jesika. *č.* osika. *p.* osa, osina, osika. *s.* jasika: osa *aus* opsa: *lit.* epušê *neben* apušis. *nhd.* aspe, espe. *vergl. aslov.* osa *mit lit.* vapsa. *pr.* wobse. ozero *lacus. aslov.* jezero *usw.: lit.* ežeras. *pr.* assaran *sg. acc.* ožyna *klr. rubus fruticosus. r.* eževika. *p.* ježyna: *das wort hängt mit aslov.* ježь *erinaceus zusammen, das r.* ёжъ, *klr.* již *lautet. lit.* ežis.

Die *durchsicht der angeführten formen zeigt, dass ursprüngliches kurzes a im slav. im anlaute mancher worte durch e und o vertreten wird, und dass die vertretung durch o im r. bei bestimmten worten consequent durchgeführt wurde.*

Aslov. jedinъ *usw. berukt demnach nicht auf* odinъ: *noch weniger liegt* jedinъ *dem* odinъ *zu grunde, obgleich nicht in abrede gestellt werden kann, dass das r. in allen seinen dialekten schon in älterer zeit anlautendes e, je mit vorliebe durch o ersetzt.* oli *quantum Nestor*

36. 10. für jeliko *lavr., doch ist die sache trotz p.* ile *aus* jele *nicht sicher.* ole *Nestor 120. VI. für* ele *83. 7.* omuže *Nestor 100. 11. für aslov.* jemuže. ose ecce *Nestor:* aslov. jese. *ože quia Nestor:* aslov. *ježe; ferner in eigennamen: r.* odrênь *adrianopolis: s.* jedrene, edrene *neben dem an* drênъ *cornus anklingenden* drenopolje. olena ἑλένη. *klr.* olychver ἐλευθέριος. *klr.* olyzar, *r.* elezarъ. *klr.* omelan αἱμιλιανός. oryna *Nestor neben* irina, erina, *d. i.* jeryna εἰρήνη: *s.* jerina. *klr.* ostap εὐστάθιος. *r.* ovdotьja εὐδοχία. *klr.* ovsij εὐσέβιος. *klr.* vôvdja, *wohl* εὐδοχία. *Man füge hinzu r.* oljadь χελάνδιον. *opi-* temьja ἐπιτιμία *und* olьgъ *anord. helgi.* olьga *anord. helga, bei den Griechen, denen der name aus varingischem munde bekannt war,* ἕλγα *Cedrenus 2. 329; daneben* esipъ *in* esipovъ. *Man merke aslov.* vitьlêomь *neben* vitьlêmь βηθλεέμ: *vergl. seite 18.*

Noch möge einiges aus einzelnen sprachen erwähnt werden. č. jesep *schotter, das ganz überraschend wahrscheinlich für ein aslov.* ovъrъ *steht; p.* jedwab. *č.* hedbaw *entspricht aslov.* godovablь *seri-cum aus ahd.* gotawebbi; *ns.* jerel, herel *neben os.* vorol *aquila: lit.* erelis, arelis; *b.* ošte. *nsl.* jošče *kroat.: aslov.* ješte. *Im aslov. und sonst besteht* go *neben* že: *es entspricht aind.* gha, ha. *lit.* gi. *got.* ga *4. seite 117. Auf dem wechsel von* e *und* o *beruhen folgende formen: aslov.* mlêko *auf* melko, *r.* moloko *auf* molko; mlêti *auf* melti, molotь *auf* molti; plêva *aus* pelva, polova *auf* polva; vlêk- *auf* velk-, volok- *auf* volk-; žlêbъ *auf* želbъ: žolobъ *aus* žolbъ *für* žëlbъ *zeigt die jugend dieser formen.* oužlabi *neben* oužlobi *ist spe-cifisch č.; dem* lebedь *liegt* elb-, *dem* labądь *hingegen* olb- *zu grunde.*

In einigen worten ist e *durch assimilation aus* a *nach* j *ent-standen: r.* jeryga, jaryga *trunkenbold. r.* jasenь *fraxinus. nsl.* jesen. *s.* jasen. *p.* jesion: *ahd. asc. lit.* ůsis, osis: *vergl. aslov.* jašutь, jošuti, ošutь *frustra:* ošutь *scheint nur in russ. quellen vorzukommen. Vergl. über diesen gegenstand seite 18. und Potebnja,* Къ istorü zvukovъ russkago jazyka 17.

B) Zu ъ geschwächtes o.

1. Wie e *zu* ь, *so wird* o *zu* ъ *geschwächt: es entsprechen ein-ander demnach* lagh, leg, lьg *und* dham, dom, dъm *in* lьgъkъ *levis und* dъmą *flo. Nach dem oben gesagten ist für* lagh *ursprachliches* a_1, *für* dham *ursprachliches* a_2 *anzunehmen. Freilich können so überzeugende gründe für die reihe* a, o, ъ *nicht gegeben werden, wie sie für* a, e, ь *in den verwandten europäischen sprachen zu finden sind: lit.* lengvas. *Man könnte sogar für* a, ъ *und gegen* a, o, ъ *den umstand geltend machen, dass* b. *jedes unbetonte* a *in* ъ *über-*

geht: dem aslov. slad‑ькаja *entspricht* slátkъ *oder* slъtká, *je nachdem die erste oder die zweite silbe betont ist; dass das* r. *dialektisch unter bestimmten bedingungen nicht nur o sondern auch a in* ъ *verwandelt:* pъšólъ, (pyšólъ) *für* pošólъ, pašólъ; stъrikú (styrikú) *für* starikú *Potebnja, Dva izslêdovanija 61. 62; dass endlich auch in einigen neuindischen sprachen kurzes a ähnliches erfährt: the bengali short a sounds at all times so like a short o, that in obscure syllables it naturally glides into u Beames 1. 133. Dasselbe tritt nicht bloss im bengal. ein. Dagegen spricht für die reihe* a, o, ъ *und gegen* a, ъ *die erscheinung, dass in der vocalenscale der weg von* a *zu* u *(denn* ъ *ist unter allen umständen physiologisch ein* u‑laut) *über* o *führt, ein weg, den auch das lateinische gieng, als es an die stelle des ursprachlichen* as, os *den laut* us *treten liess; dass im aslov.* ъ *auch betont sein kann, und dass es sich im aslov. immer nur um den wechsel von* o *und* ъ, *nie um den wechsel von* a, ъ *handelt. Dabei ist nicht zu übersehen, dass sich manchmahl* ъ *vor unseren augen aus* o *entwickelt:* mъhlъ *neben* mlъhъ *aus* μολχός *für* μοχλός. *Auch* pъprište *ist sicher aus* poprište *stadium entstanden. Dagegen wird* izmъždati *putridum reddere von* mozgъ *durch* mъždivъ τήκων *bedenklich, während die ableitung von* rotiti *iurare von* rъtъ *apex, os entschieden verfehlt ist: auch gegen* grъmêti *tonare von* gromъ *ist, abgesehen von der bedeutung des* ъ *in* grъmeti, *einsprache zu erheben. Dass sich der übergang von* trepetomъ *in* trepetъmъ, *von* hotêti *in* hъtêti, *von* lakotь *in* lakъtь *(lit. olektis aus olktis) und in* igo *neben* rabъ *vor unseren augen vollziehe, ist mehr als bloss zweifelhaft. Obgleich* ъ *aus* o *hervorgegangen ist, so ist o doch nicht in allen fällen als urslavisch anzusehen, eben so wenig als diess bei* e *in worten wie* denь, dьnь *zu billigen wäre. Im cloz. I. liest man* načęt'kъ 270. *neben* načętokъ 624. *und* načętka 224: *urslavisch ist* načętъkъ, *da es allen slavischen sprachen zu grunde liegt, nicht* načętokъ, *aus dem sich der nsl. sg. g.* načetka *usw. nicht erklären liesse. In solchen worten ist* o *für* ъ *in diesen fällen älteres* ъ *eingetreten wie* e *für älteres* ь. *Vergl. seite 16.*

2. o *wechselt manchmahl mit* ъ. *Man vergl.* udolêti, udelêti *und* udobljati *vincere neben* udъlêti *bon.; ferner* dъvъlьno *luc. 22. 35.-zogr.* dovъlêti sę *cloz. 1. 121.* dovъlê 734. dovъlьnъ 585. dovъletъ *sav.-kn. 14.* dovъlъ αὐτάρκεια *antch. mit dem jüngeren* dovolêti. laloka *neben* lalъkъ *palatum usw.*

3. o *steht für* ъ: ljubovь. smokovьnica. usohъša *zogr.* ljubovь *cloz. II. 68.* ložь. vozveselilъ *mariencod.* crъkovь. ne êdošъ νήστεις.

voъca *assem.* smokoviję *sav.-kn.* pêsokъ. zolъ *bon.* crъkovi *krmč.-mih.* prisopъ *kiš.* plъzokъ *psalt.-dêč.* 395. *Dasselbe tritt ein in* domohъ *aus* domъhъ, *dem* židohъ *folgt.* medo- (medotoćъnъ *mellifluus) folgt den* ъ (a) - *stämmen. In allen diesen fällen ist* ъ *urslavisch.*

4. ъ *wechselt in einigen fällen mit* ę, *was wohl so zu erklären ist, dass der auslaut* m, n *der aus älterem* om, on *entstandenen lautgruppe* ъm, ъn *abfiel:* въ *aus* въm, som, sę. *Dafür zeigt die entwicklung des* b. rъka *aus* rъnka, ronka, rąka. *Vergl. A. Leskien, der hinsichtlich des* pl. gen., *Die declination usw.* 84, *folgende reihe annimmt:* ām, ūm, um. *Bezzenberger* 131. *Ersterer erklärt* 101 *das suffix des* pl. dat. mъ *durch* bhjams, bams, mams, mans, *das* pr. vorkömmt, muns, mus. *Bezzenberger* 142. nъ *neben* nę *sed.* sъ *cum neben* sę, aind. sam. lit. su, sa : sę *findet sich in compositis wie* sąlogъ, sąložь *consors.* sąpragъ. sąprotivьnъ. sąrygъ. sąsêdъ. sąvražь *inimicus.* sąžiti *coniux usw.* nsl. sôdrug *sodalis.* sô-ržica *mischgetreide.* r. sudoroga. č. soudruh. p. sąsiek. *aslov.* *sąrъžica. nsl. sôvraž *infensus usw.* sъ *ist im erhaltenen stande der sprache praefix und selbständige praeposition:* sъtvoriti. sъ ńimь; *doch* sąmьnêti sę. *Dass* sam *nicht nur in* sъ *sondern auch in* są *übergeht, befremdet, wenn man* vrkam vlъkъ *damit vergleicht.* vъ *aus* ъ *in neben* ę, aind. an *in* an-tara *im innern befindlich.* griech. ἐν *usw.* ę *hat sich erhalten in* ędolь *vallis.* ęvozъ p. wąwoz *vallis.* ętrъ *intus:* aind. antar. got. undar. osk. anter. lat. inter *usw. Zwischen* ę *und* vъ *tritt derselbe unterschied ein wie zwischen* są *und* sъ. kъ *ad hängt nach Herrn W. Miller's ansicht, Zeitschrift* 8. 105 — 107, *mit der* aind. *partikel* kam *zusammen. Auch im inlaut sehen wir* ą *durch* ъ *ersetzt:* hъt, hot *im aslov.* hъtêti, hotêti *velle.* nsl. htêti, hotêti. p. chcieć, ochota *usw. beruht wahrscheinlich auf* hęt, *wie man aus* p. chęć, chutność, *aus dem* klr. chuć, č. chut *voluntas folgern darf. Unter diesen umständen erscheint die zusammenstellung mit* aind. sati *kaum zulässig. Dunkel ist* pr. quoit *wollen.* sъto *centum.* lit. šimtas. lett. simts. got. hunda-. griech. ἑκατόν. lat. centum. air. cét. brit. cant. aind. šatá-m. *Vergl. Ascoli, Studj* 2. 232. tъsk *in* tъsknąti *properare, studere: vergl.* p. tęsknić, tesknić. vъtorъ *alter.* lit. antras. lett. ōtrs. got. anthara-. aind. antara *verschieden. Vergl.* onъ. *Was in* nъ, sъ, vъ, *tritt auch im* pl. gen. *ein, dessen ursprünglicher auslaut gleichfalls in* ъ *übergegangen.* vlъkъ *luporum ist* aind. vrkām *nach dem* vēd. dēvām. kraj *steht für* krajъ. koń *für* konjъ. rybъ. ovьсь *für* ovьcjъ. synovъ. gostij *für* gostijъ. trij *für* trijъ,

das wie got. thrijē ein ursprachliches trijām, vēd. trinām, voraussetzt. mążij *für* mążijъ. materъ: *vergl. aind. mātrām.* lakъtъ *ist seines* j *verlustig geworden. Der auslaut des pl. gen. der pronominalen declination* hъ *beruht auf aind. sām:* têhъ *illorum, aind. tēšām. Der pl. gen.* nasъ *ist* nasą *für ein erwartetes* nahą *von na. Vergl. lit. ponun, ponung für ponū. dvijung mëstung für dvëjü mëstü Kurschat 149. Mit* nasъ *darf* č. dolás *für* dolách, dolanech *verglichen werden 3. seite 16. Man beachte* drъzъ *audax im vergleich mit lit. perdrensei adv. zu kühn Bezzenberger 313;* aslov. glъbokъ *neben* gląbokъ *profundus.*

5. ъ aus o enthaltende formen. α) W u r z e l n. bъrъ *milii genus. s.* bar. *p.* ber. *Vergl. got. bariz- in barizeina- hordeaceus. anord. barr. lat. far, farris.* bъtъ *sceptrum. Vergl. r.* botъ. *s.* bat *usw. matz. 127.* dъmą, dąti *flare.* -dymati: *aind. dham, dhmā. lit. išdumti „pausten' prahlerisch reden Bezzenberger. dumpti feuer anfachen Geitler, Lit. stud. 63. Das wort hat mit* duną *nichts zu schaffen:* dąną *hat keine massgebende quelle.* gъmъzati *repere.* gъmyzati. *nsl.* gomzēti, gomaziti *wimmeln. s.* gamizati, gmizati. č. hemzot *gewimmel: aind. gam. got. quiman; p.* giemzić, giemzać *hat die bedeutung ‚jucken'.* gъnati *neben* gnati *aus* gonati, ženą, *pellere: aind. han (ghan): das* o *von* gonъ *ist wie* e *in* ženą *auf slavischem boden entstanden: gen.* kъka *neben* kyka, kъkъ *neben* kykъ *crines. nsl.* kečka: *aind. kača capilli.* kъkъnь *tibia, crus. Vergl. ahd. hahsa kniekehle. lat. coxa. aind. kakša achselgrube.* kъmotrъ *compater. Vergl.* kupetra, kumъ. *lat. cómpater, cómpter, kómter und daraus durch metathese* kmotrъ, *woraus sich* ъ *als blos eingeschaltet ergäbe. Vergl. matz. 234.* kъrъ: *č.* keř, *sg. gen.* křе, kři *frutex. p.* kierz, *sg. gen.* krza. *os. ns.* keŕ. *Vergl. lit. keras hohler baumstumpf.* mъnogъ *multus. got. managa-. ahd. manac.* skъkъtati *titillare. nsl.* ščegetati. *r.* ščekotatь. *klr.* cektaty. *č.* cektati. sъlati, sъlją *mittere.* sylati. *aind. sar, sarati laufen.* tъkati, tъką *texere. lat. texere: aind. takš, takšati behauen, machen Curtius 219: vergl. pr. tuckoris weber.* tъknąti: *nsl.* teknôti se, taknôti se *tangere. Vergl. got. tēkan. griech.* τεταγών. tъpati *palpitare. r.* toptatь. *nsl.* cepet. *p. podeptać neben* tępać, tupać *calcare. Man bringt das wort mit aslov.* tepą *und griech.* τύπτω *in verbindung.* vъnukъ *nepos: lit. anukas.* vъnukъ *beruht zunächst auf* ъnukъ, onukъ. vъpiti *clamare. nsl.* vpiti. *s.* vapiti, upiti. *r.* vopětь *dial. č.* úpěti. *úp. lit. vapêti reden, plärren.* vъpiti *entspricht dem got. vōpi in vōpjan. as. wōpjan. ahd. wuofan. Sicher ist es nicht gleich einem aind. hvāpaja, das slav.*

zvapi *lauten würde. Es scheint von einer w.* vop, *lit.* vap *(vapu, va-pěti), ausgegangen werden zu sollen:* vъpiją, vъpiješi *ist unter dieser voraussetzung als eine alte form für* vъplją, vъpiši *anzusehen, das r. vorkömmt:* voplju, vopiš. *Vergl. Bezzenberger, Die got. a - reihe usw. 41. matz. 91.*

dъm, sъl, tъk *gehen ganz in die u-reihe über, daher die iterativa* dymati, sylati, *tykati: *p.* tykać, *während die wurzeln mit* ъ *für* e, *a ihrer reihe getreu bleiben, wenn in worten wie* birati i *für* ě *steht. Vergl. seite 52.*

β) S t ä m m e. ь *aus* jъ *(ja) erscheint häufig in der stamm-bildung:* graždь *stabulum aus* gradjъ. voždь *dux aus* vodjъ. vračь *medicus aus* vračjъ: gradi. vodi. vrači 2. *seite 41.* otъdaždь *retributio aus* otъdadjъ. kličь *clamor aus* klikjъ. lъžь *homo mendax aus* lъgjъ 2. *seite 72.* kroměštьпь *externus.* dalьпь *longinquus.* materьпь *maternus.* otьпь *paternus aus* otьnjъ: *stamm* *otъ. *Mit worten wie* dalьпь *usw. vergl. lit.* apatinis *der untere,* apačia *unterteil;* viršutinis *der obere;* ožinnis *den ziegenbock betreffend 2. seite 155.* otročištь *puerulus aus* otročitjъ 2. *seite 197.* grędętь *iens aus* grędętjъ 2. *seite 202.* borьcь *pugnator aus* borьkjъ 2. *seite 306.* otьcь. nicь *pronus.* sь *aus* sjъ: *vergl. lit.* šis *aus* šjas. vьsь *aus* vьsjъ. *Vergl.* mьčь *mit got.* mēkja-. bolьšь *maior aus* boljъsjъ 2. *seite 322.* tepьšь *qui verberavit aus* tepъsjъ, tepй-s-jъ 2. *seite 328 usw.* na пь *beruht auf* na njъ. naьь, vaьь *auf* nasjъ, vasjъ. *Die pl. gen.* věždь, otročištь *sind aus* věždjъ, otročištjъ *entstanden. Auch das fremde* izdrailь *setzt* izdrailjъ *voraus.* cěsarь, *das, wie* в *zeigt, nicht ahd. keisar ist, entspricht einem griech.* καισάριος. *Der impt.* daždь, *selten* daždi, *beruht auf* dadjъ *aus* dadjäs *3. seite 89. 91. Mit dem* ь *aus* jъ *kann verglichen werden* i *im lit.* žodis *aus* žodjas, žodį *aus* žodjam, *das dem* graždь *sg. acc. m. nur darin nicht entspricht, dass es die wandlung des* dj *nicht eintreten lässt: so weicht auch der lit. sg. loc.* žodije *von* graždi *aus* gradjě *ab. Man vergleiche auch got.* harjis *aus* harjas, jis *aus* jas.

γ) W o r t e. *Was den übergang des ursprachlichen* a *in* o *und* ъ *anlangt, so soll hier vor allem das tatsächliche angeführt werden. Auslautendes* a *wird im sg. n. neutr.* o, *masc. hingegen* ъ: igo *iugum;* vlъkъ *lupus,* tъ *ille,* kъ *in* kъto *quis; in den suffixen:* tъ *für aind.* ta *usw.* igo *und* vlъkъ *haben vor allen casus mit consonantisch auslautenden suffixen in den älteren denkmählern* ъ *neben* o; *in den jüngeren stets* o: igъmь, igomь; vlъkъmь, vlъkomь. *vergl. 3. seite 13.* gnoimь, *d. i.* gnojimь, *ist aus* gnojъmь, gnojemь *dagegen aus* gnojomь *entstanden. Ein pl. dat. auf* ъmъ *ist selten, doch habe ich*

grobъмь. jepiskupъмь. slovъмь *aus krmč.-mih., einer serb.-slov.
handschrift, notiert, der ein russ. original zu grunde liegt. Vergl. 3.
seite 17. 18. 19. 23. 24. Wie in diesen fällen, verhalten sich die sub-
stantiva auf* ъ *auch dann, wenn ihnen die pronomina* sъ *oder* tъ
angefügt werden: rabъ-tъ *servus* ille. rodъ-sъ *generatio haec zogr.*
obrazъsъ *zogr.* b. narodosь. obrazosь. pozorosь. prazdьnikosь.
rabotь. rodosь *zogr.* rabotь *zogr.* b. klevrêtotь. rabotь. učenikotь.
inoplemenьnikosь ἀλλογενὴς οὗτος. mirosь. narodosь. obrazosь.
pozorosь. rodosь. *Man beachte auch* ležitosь (na padenie) κεῖται οὗτος
aus ležitь sь *assem.* psalomosъ. *Dagegen auch* pętosъ *aus* pętь sъ
bon. kupecotъ. dêtištosъ *pat.-mih.;* hlêbosъ slêpč. *besteht neben* hlêbь
sь žiš. 1. cor. 11. 27. rodъ sь sav.-kn. 77. mirosь. obrazosь. rodosь
*aus einer kyrillischen handschrift des XIV. jahrhunderts zap. 2. 2. 69.
Die sprache der dakischen Slovenen bietet* čliako-t, denio-t, prazniko-t.
r. cholmo-tъ. č. večero-s. *Über das bulg. vergl. 3. seite 179. Ebenso
bieten* o *aus altem* a *die pronomina:* togo, tomu, tomь; toju; toję,
toj, tojǫ: tъmь *greg.-naz. 254 ist ein schreibfehler. Ferners wird a
im auslaute des ersten gliedes eines compositum stets durch* o *ver-
treten:* bogoborьsь θεομάχος; *dasselbe gilt von dem auslaute der
themen in ableitungen durch consonantisch anlautende suffixe:* gnilo-
stь *putredo.* rabo-ta *servitus von* gnilъ. rabъ *usw.: vergl. auch* ko-likъ
quantus, to-likъ *tantus usw.* rabo-ta *ist mit germ.* haili-thā *zu vergleichen,
dessen i aus a entstanden ist. Dass* lьgo-ta *aind.* laghu-tā *sei, und dass
wegen des lit.* lêpus *und* aštrus o *auch in* lêpo-ta, ostro-ta *aus u her-
vorgegangen sei, ist, wie der pl. loc.* domohъ *zeigt, möglich, jedoch
wenig wahrscheinlich, da man für u regelmässig slav.* ъ *zu erwarten
hat, wie* domohъ *auf älterem* domъhъ *beruht. Denselben wechsel
von* o *und* ъ *wie in* rabotь, rabъmь *gewahren wir in folgenden fällen:*
kogda. kožьdo, koždo. togda. voliê *infudit zogr.* četvrьtokъ, d. i.
četvrъtъ-kъ. inogda. kogda. načętokъ, d. i. načętъ-kъ. sovъku-
plêjąšte. togda *cloz.* ko m'nê. koždo. vo nъ. voprosite: *man
füge hinzu das für* ъ *eingeschaltete* o *in* kinosъ. lakotь *(lit.* *alk-
tis, olektis) mariencod.* koždo. sonьmiêtь. sozъda *assem.* ovogda.
togda. *Man denke auch an* hotêti *neben* hъtêti *sup.* prêdo nъ.
sozъda. togda *bon. Vergl.* soto *centum izv. 6. 36. In allen diesen
fällen kann* ъ *statt* o *stehen. Singulär ist* pribytъko *krmč.-mih.
Aus den angeführten worten ergibt sich, dass im auslaut das masc.
immer* ъ, *nie* o *bietet: dass* ъ *zu der zeit, wo die altslovenische
schrift festgestellt ward, gesprochen wurde, daran zu zweifeln hat man
keinen grund. Im inlaute wechseln in bestimmten fällen auch im neutr.*

6

*die vocale ъ und o, ein wechsel, der darin seinen grund haben kann,
dass die differenz der laute ъ und o so gering war, dass eine ver-
schiedene schreibung möglich war; der jedoch auch dadurch verursacht
worden sein kann, dass eine ältere form neben einer jüngeren bestand:
die sprachen pflegen in ihrer entwickelung reste früherer perioden zu
bewahren. Man könnte auf den einfall geraten,* raboмь *und* rabъmь
seien verschiedenen dialekten eigen. Andere können meinen, raboмь
und rabъmь *seien zu trennen, jenes beruhe auf dem sprachgeschicht-
lich älteren* rabo, *dieses auf dem daraus erwachsenen* rabъ: rabo
wäre als thema, wie Bopp lehrte, rabъ *hingegen als sg. nom. auf-
zufassen, der manchmahl die function des thema usurpiert. Es wäre
demnach eine durch den prototypischen einfluss des sg. nom. herbeige-
führte heteroklisie anzunehmen. Benfey, Hermes usw. 7. 15. Die sache
ist dunkel. Ich halte die letzte ansicht für wahrscheinlich und meine,
dass* padañimь *aus* padanjъmь *neben* padanjemь *aus* padanjoмь *der
analogie von* gnoimь *und* gnojemь *folgt. Auch die frage ist
schwierig, welche von den beiden formen,* raboмь *oder* rabъmь, *als
urslavisch anzusehen sei. Die wahrscheinlichkeit spricht für das erstere.*
raboмь *steht mit* raboma *in verbindung, und* oma *ist der nslov.
ausgang des du. dat.:* rabъma *würde wohl* rabma *ergeben. Das
nsl.* rabama, *das im westen des sprachgebietes vorkömmt, ist weder
aus* rabъma, *noch aus* raboma *erklärbar, und im p. em kann, so
scheint es, das vorslavische e, d. i. jenes e, das, im gegensatze zu
dem e in* bierzesz, pieczesz, *den vorhergehenden consonanten nicht
erweicht, den gutturalen nicht verwandelt, sowohl altslovenischem* o
als ъ *entsprechen. Es entsteht noch die frage, wie man sich* rabъ *zu
erklären habe. Dass* rab-ъ *als sg. acc. auf* rab-ъm *beruht, das
seinen auslaut m abgeworfen, das ist begreiflich. Man sollte nun
meinen,* rabъ *als sg. nom. entstehe auf gleiche weise aus* rab-ъs, *das
seinen auslaut s abgeworfen. Dagegen wird eingewandt, ursprach-
liches as gehe nicht in* ъ *über: die einwendung stützt sich darauf,
dass die casus überkommen, nicht etwa erst im slavischen aus thema
und casussuffix gebildet sind. Für den sg. nom.* rabъ *aus* rab-am
wird angeführt nesъ *tuli, dessen* ъ *einem ursprachlichen am gegen-
übersteht.* azъ, *aind.* aham *usw. A. Leskien, Die declination usw. 4.
Demnach wäre der sg. nom.* rabъ *eigentlich ein sg. acc. und die
ansicht fände ihre bestätigung in den zahlreichen fällen, in denen der
pl. nom. durch den acc. ersetzt wird. Vergl. 3. seite 253. 289. 338.
408. 472. 507. Im neupersischen ist in dem der declination zu grunde
liegenden nominalstamme des sg. der alte acc. verborgen, und diesem*

vorgange entsprechende spuren lassen sich bis in das avesta verfolgen.
Wer die mannigfachen spuren der u-declination in den a-stämmen
erwägt, wird allerdings versucht sich die sache etwa in folgender
weise zurecht zu legen: rabъ *folgt hinsichtlich des auslautes worten*
wie synъ, *indem a wie u in den u-laut* ъ *übergieng, daher* rabovi,
synovi; rabove, synove; *sg. voc.* mažu, synu *usw. Es wäre dies*
die einfachste lösung der frage, wie es kömmt, dass a-stämme wie
u-stämme decliniert werden können. Man kann hiebei auf die mass-
gebende stellung des sg. nom. hinweisen. Im lit. lautet as wie os,
wo o einen laut zwischen u und o bezeichnet. Schleicher, Gram-
matik 340.

Hinsichtlich des jъ *sind zwei fälle zu unterscheiden, indem* jъ
ursprünglich im silbenan- und auslaute vorkömmt: jь *für* jъ *aus ja*
zu schreiben hat, wie mir scheint, keine berechtigung. Im silbenanlaut
geht jъ *in i über, indem nach dem abfalle des* ъ *der consonant j in*
den vocal, zunächst ь *übergeht, woraus sich i entwickelt, wie aus*
ъknąti *zunächst* yknąti, *und daraus* vyknąti *entsteht; im s. wird*
aslov. vъ *nach dem verlust des* ъ-u *(anders R. Scholvin im Archiv*
2. 560); daher i nicht etwa ji für jъ, *aind. jas. Eben so wird aus*
kra-jъ kra-i *und daraus* kraj, *wie etwa aus* dêlaji dêlaj *entsteht.*
Das thema ist krajo, kraje *wie* rabo, *der sg. nom.* kraj; *wie* kraj
ist moj *meus zu erklären: thema* mo *aus* ma, *suffix* ъ: mo-j-ъ.
Die im Archiv 3. 138 gegen die theorie von dem thema krajъ *geführte*
polemik ignoriert die sprachgeschichte und beruht ausserdem auf dem
missverständnisse, als sei je behauptet worden, kraj *habe aslov.* krajъ,
also zweisilbig gelautet. Wenn jъ *im auslaute steht, so geht es in* ь
über, welches, wie man meint, nur die bestimmung hat anzuzeigen,
dass der vorhergehende consonant weich zu sprechen ist: aus mytarjъ,
učiteljъ, konjъ *entstehe* mytaŕь, učiteľь, koňь; *das gleiche gelte von*
vърľь, *das aus* vърijъ, vърьjъ, vърjъ *hervorgegangen: dagegen kann*
eingewandt werden, unter dieser voraussetzung sei nicht begreiflich,
warum über r, l, n das erweichungszeichen steht: es scheint, dass
auch hier das nach abfall des ъ *unaussprechbare j zunächst in*
kurzes i, und dieses in lautendes, nicht stummes ь *übergegangen ist.*
Die durch jъ *einmahl hervorgerufene erweichung von r, l, n ist*
geblieben, nachdem jъ *in seinem jüngsten reflex stumm geworden.*
sg. nom. ist demnach mytaŕь *aus* mytarjъ, *thema dagegen* mytarjo,
mytarje *wie* krajo, kraje, rabo; *wie* mytaŕь *sind zu beurteilen* otьсь
aus otьсjъ. vračь *aus* vračjъ. plaštь *aus* plaštjъ *mit den themen*
otьсjo, otьсje; vračjo; plaštjo *usw. Der sg. instr. lautet demnach*

6*

nach dem thema kraje-mь. mytarjemь. učiteljemь. konjemь. otьcemь
aus otьcjemь. vгасěmь *aus* vгаčjemь *usw.; nach dem das thema ver-
tretenden sg. nom. dagegen* krajimь *aus* kraimь, krajъmь, *denn* jъ *ist
im silbenanlaut* i; mytaгъmь. učiteľьmь. koňьmь. otьcьmь. vгаčьmь.
plaětьmь *aus* mytarjъmь. uciteljъmь *usw. Aus dem erwähnten*
jъ *wird demnach im silbenauslaut* ь, *daher na* n ь, *na* ňь *aus na* n
jъ, *daher* ideže *aus* jьdeže *oder, wie* je-terъ *zeigt,* je-deže *neben*
doňьdeže. imą *entsteht aus* ьmą *von* em, *das eine* e- (a) *wurzel
ist: ein* vъňьmą *scheint nicht vorzukommen. Auch in* vьвь *omnis wird*
jъ *durch* ь *vertreten, bildet demnach wegen* в *eine ausnahme; der sg.
instr. m. n.* vьвěmь *usw. setzt ein thema* vьвъ, *apers. visa. lit. visas,
voraus. Das* č. vše, všeho, všemu *usw. p.* wsze, wszego, wszemu
usw. von vьвjъ *steht aslov.* vьвe, vьвego *usw. gegenüber 3. seite 367.
440; wie* vьвь *aus* vьвjъ *in* vьвego *usw. ist zu beurteilen* вь *aus* вjъ,
lit. šis. Anders A. Leskien, Die declination usw. 110. Archiv 3. 211.

6. ь *aus* o *wird manchmahl eingeschaltet:* amъbоuъ *griech.*
ἄμβων. lakъtь *lit. olektis usw.*

7. *Ich habe oben bemerkt, dass pl. dative auf* ъmъ *statt* omъ *in
einer einzigen quelle nachweisbar sind. Dieser umstand macht die
form verdächtig. Ausserdem zeigt sich in mehreren slavischen sprachen
eine differenz zwischen dem sg. instr. und dem pl. dat. hinsichtlich
des auslautes des stammes, die die aufstellung eines pl. dat. auf*
ъmъ *neben einem sg. instr. auf* ъmь *als* urslavisch *kaum gestattet.
Man beachte klr. sg. instr.* panem. *pl. dat.* panam; r. rabomъ.
rabamъ; č. chlapem. chlapům, *daneben* chlapoma; p. chłopem.
chłopom; os. ns. popom. popam. *Ein reflex der differenz ist viel-
leicht im lit. sg. instr.* vilku *neben dem pl. dat.* vilkāms *und dual.
dat.* vilkām *zu erblicken; desgleichen im ahd. sg. instr. auf* u *neben dem
got. pl. dat. auf* am: vulfam. *Dennoch scheint im* aslov. *der dem*
mъ *vorhergehende vocal in beiden casus derselbe gewesen zu sein,
wenn auch der pl. dat.* ъmъ *nur schwach beglaubigt ist. Für* ъmъ
spricht eine anzahl von pl. dat.-formen der ja-declination: cêsarьmъ.
kypęětьmъ. manastyгъmъ. otьcьmъ *sup.* cêsaгъmъ. dêlatelьmъ.
lьžьmъ. mаčitelьmъ. ot(ъ)ěьdъ̓ъmъ. sъvêdêtelьmъ *sav.-kn.* pohoti-
imь *cloz. aus* cêsarjъmъ. kypęětjъmъ. pohotijъmъ *usw., nicht aus*
cêsarjomь *usw.*

2. tort wird trat.

Die lautgruppen tort, tolt, *d. h. alle lautgruppen, in denen
auf* or, ol *ein consonant folgt, bieten den sprachorganen einiger*

slavischen völker schwierigkeiten dar, sie werden daher gemieden und dadurch ersetzt, dass in der zone A. nach der metathese des r, l der vocal o gedehnt, d. h. in a verwandelt wird; in der zone B. hat das russ. zwischen die liquidae r, l und den folgenden consonanten ein o eingeschaltet: gordъ, aslov. gradъ, r. gorodъ; *während in der zone C. der ursprüngliche vocal umstellung erfährt: p.* grod. *Von tort, tolt als den urslavischen formen ist auszugehen.*

Ursprachliches bardhă wird urslavisch borda: aslov. brada. r. boroda. p. broda. *Ursprachliches marda wird urslavisch* moldъ: aslov. mladъ. r. molodъ. p. młody.

blato *palus aus* bol-to: *vergl.* zlato: r. boloto.　brada *barba.* r. boroda.　*bragъ: č.* brah, brh *schober. klr.* oborôh. r. borogъ. p. brog. *os.* bróžeń: *lit.* baragas *ist entlehnt.* brašьno *edulium.* r. borošno.　bravъ *animal.* r. borovъ.　dlanь *vola manus.* r. dolonь.　dlato *scalprum.* r. doloto.　dragъ *carus.* r. dorogъ. gladъ *fames.* r. golodъ.　glagolъ *verbum.* r. gologolъ *in* gologolitь. glasъ *vox.* r. golosъ.　glavnja *titio.* r. golovnja.　gradъ *hortus.* r. gorodъ.　hladъ *refrigerium.* r. cholodъ.　hvrastъ *sarmentum.* r. chvorostъ.　klada *trabs.* r. koloda.　kladęzь *puteus.* r. kolodjazь.　klati *pungere.* r. kolotь.　kračunъ: *b.* kračun *nativitas Christi.* r. koročunъ.　kralь *rex.* r. korolь.　kramola *seditio.* r. koromola.　kratъkъ *brevis.* r. korotkij.　mladъ *tener, iuvenis.* r. molodъ.　mrakъ *tenebrae.* r. morokъ.　mrazъ *gelu.* r. morozъ. nravъ *mos.* r. norovъ: nravъ *ist aslov.; p.* narow, norow *stehen für* nrow.　plamy *flamma.* r. polomja.　plavъ *albus.* r. polovyj. pragъ *limen.* r. porogъ.　praporъ *vexillum.* ar. poroporъ.　prasę *porcus.* r. porosja.　skomrachъ *praestigiator.* r. skomorochъ. sladъkъ *dulcis.* r. solodkij.　slama *stipula.* r. soloma.　slanъ *salsus.* r. solonyj.　slatina *salsugo, palus.* r. solotina: *mit unrecht hält man* solь *für das thema,* otina *für das suffix und vergleicht* blъvotina: *auszugehen ist von* sol-tъ, *lit.* saltas, *woraus* slatъ *wie aus* sol-nъ slanъ; *suffix ist* ina *wie in* blъvotъ-ina.　slavulja *s. salvia.* smradъ *foetor.* r. smorodъ.　strana *regio.* r. storona.　svraka *pica.* r. soroka. svraka *aus* svorka: *w.* sverk.　vlačiti *trahere.* r. voločitь.　vlaga *humor.* r. vologa.　vlahъ *romane.* r. volochъ. vlasъ *capillus.* r. volosъ: *vergl.* volosъ igumenъ *novg.-lêt. 1. 19. ad annum 1187 für* vlasij *Potebnja, Къ istorii usw. 144.*　vrabij *passer.* r. vorobej.　izvragъ ἔκτρωμα. r. izvorogъ.　vranъ *corvus.* r. voronъ. vrata *porta.* r. vorota.　vrazъ: povrazъ *restis.* r. povorozъ.　zlato *aurum.* r. zoloto.　žeravь *grus aus* žravъ, *wofür man* žerêvъ *aus* žrêvъ *erwartet, daher wr.* žorov: *lit. gervê. Die formen* ort, olt *werden durch* rat, lat; rot, lot; rot, lot *(ein* orot, olot *kömmt nicht vor) ersetzt, jedoch umfasst hier die zone B. C. auch das sprachgebiet der Čechen:* orz- *wird in A.* aslov. raz-; *in B. C. r. p. č.* roz. oldija *wird in A.* aslov. ladija *neben* alъdija; *in B. C. r.* lodъja *usw. Vergl. meine abhandlung: Über den ursprung der worte von der form* aslov. trêt *und* trat. *Denkschriften, Band XXVIII. Dem* brada *liegt nicht zunächst* bȧrda *aus* borda *zu grunde;* črêpъ *ist nicht zunächst aus* čȅrpъ *entstanden. Aus ursprünglichem slav.* torot, tolot *entsteht nie* trat, tlat: *vergl.* skorostъ, skorota, vъtorozakonije; kolovratъ. *s.* golotina, gologlav *Potebnja, Къ istorii usw. 141. Aus slav.* solotina *kann demnach nicht* slatina *werden; eben so wenig kann aus* teret, telet trêt, tlêt *hervorgehen: vergl.* velerêčivъ, zelenъ *173.*

3. ont wird ąt.

1. on, om *kann weder vor consonanten noch im auslaut stehen:* on, om *geht in beiden fällen in* ą *über:* mogątъ *aus* mogontъ. dąti *aus* domti, dъmą. *In den fällen, in denen vor dem nasalen nicht* o *aus* a, *sondern ursprachliches* u *steht, ist ein übergang des* u *in* o *anzunehmen:* bąd *fieri aus* bhŭ-nd. *Vergl.* gąg-n-ivъ *mit aind.* guńj. gąba *mit lit.* gumbas. rąbъ *mit lit.* rumbas. *p.* kąp petaso, *perna mit lit.* kumpis *schinken.* tąpъ *mit d.* stumpf. *Freilich ist in manchen fällen zweifelhaft, ob nicht ursprünglich* o, a *für* u *stand.* vonja *ist aus* vonъja, vonija *entstanden; ebenso* lomlją *aus* lomъją, lomiją.

2. Die nasalen vocale ą *und* ę *sind nach verschiedenheit der zeiten und sprachen den mannigfachsten verwechslungen unterworfen.*

a) ą *steht für* ę *in den ältesten quellen in so seltenen fällen, dass man nicht umhin kann an schreibfehler zu denken.* zogr. ležąštą. *Im auslaute des sg. gen. f. und des pl. acc.: a)* вътомь korъ pъšenicą *luc. 16. 7.* vody vъslêpląštają *üдатος ἀλλομένου io. 4. 14. b)* bližъnęą *vsi marc. 1. 38.* ijudeą *io. 11. 33. zogr. b. ferners* vešti, eąže koližde prosite *matth. 18. 19.* prognêvavъ sę *matth. 18. 34. b.* prêdadątъ *matth. 20. 19.* mogjąi *matth. 19. 12. cloz I.* nądątъ *656, wofür das mir vorliegende photographische facsimile* nądętъ *bietet. II.* prokaženyją: *ob* nedąžъnyją *und* slêpyją *oder* nedąžъnyję *und* slêpyję *zu lesen sei, ist nicht auszumachen. Statt* koją viny imy, li malą li veliką *ist wohl* kąją *(nicht* koją) viną *usw. zu lesen. Vergl. meine abhandlung: Zum Glagolita Clozianus 196. assem. bietet diese abweichung häufiger dar:* аnny bčą. ne dêjte eją *für* ne dêjte eję. isaiją *sg. g.* otъstojaštają. posъlašą. prisêdątъ προσμένουσιν. sъbljudaą *partic.* žjąždą. *Die unzweifelhaft bulgarischen denkmähler bieten* ą *für* ę *viel häufiger dar.* slêpč. orąi. vrъhąi *1. cor. 9. 10, im* hič. ɒrei. vrъhei; neštądeni *coloss. 2. 23. bon.* ą *pl. acc. m.* sily božiją. jązykъ. jevaggelъskyą *sg. g. f.* odêąi sę *für* odêjęi sę. plъtъskyą tajny. podvizavъšąą sę *pl. acc. m,* pokryvaą. polagaą. propinaą *partic.* zvêri selъnyą. knigy siją. bêšą. idošą. pisašą *usw. apost.-ochrid.* grądêaše *270.* pijąi *pamjat. 294. lam. I.* panonъskyą oblasti. vyšnęą moravy *112. bell.-troj.* cvêtany gospoždą *sg. g.* eą *sg. g. f.* posąlъ. prêąti. grady svoą. troą *sg. g.* venušą *sg. g.* bêšą. *Die quellen, welche keine nasalen vocale kennen, bewahren spuren der verwechselung derselben in bulgarischen denkmählern: serb.* drugъ po druzě sъčetaju sebe *hom.-mih. 185, wofür sup. 64. 20.* sъčetają *bietet.* konu izvodešti ίππους κινείν *prol.-rad. 85.* pristojuštomu προσκείμενος. lišiti se i domašъnuju pištu στερείσθαι καὶ τῆς ἀναγκαίας τροφῆς, *wofür aslov.* domašъnjęję pištę, *bulg.-slov.* domašъnają pištą, *prol.-rad. So sind zu deuten:* otъ črъvljenicu. podъležutь. stojutъ. otъ mariju. otъ rašedъšuju se togo dělja zemlju *usw.* molju se *partic.* varugъ *zap. 2. 2. 30. 31: vergl.* varągъ *lam. 1. 114. für* varęgъ. izmrěšu *zap. 2. 2. 26.*

β) ą *steht für einen halbvocal und für das dem* ъ *nahe stehende* y. *bon.* stągna *für* stъgna. staza *für* stъza. *chrys.-frag.* stąblie *für* stъblie. *apost.-ochrid.* vidě otvrъstą dvri *vidit apertam ianuam pamjat. 271. für* otvrъsty. *pat.-mih.* esmą *sum.* nêsmą *neben* nêsąmь *non sum.* eterą mąžą *für* etery mążę. dosežąätą vlъny ognъną *für* ognьny: vlъna ognъna *für* hölle. vъ hyžą blaženąę theodory *für* blaženyę. vъ rizy vetъhą *für* vetьhy. malo vъlię vodą *für* vody. otъ ženą *für* ženy. *men.-buc.* hristovą vêrą otvrъže sę. mązda. *ev.-buc.* dvêma sątъ pênęz(ь). otъ pčelъ sątъ. *lam. I.* gradovą prêję *19.* roždъstvo svętąę bogorodicę *17. pat.-krk.* brêgъ *für* brêgy *partic. zap. 2. 2.* esąmъ. nêsąmъ *104.* strągąšte *für* strъgąšte. rącête. tąmą *21.* bezdąnają *naz. 63. steht für* bezdъnają. vъzdąhnąvъ o perevodê *19. Man merke auch* są *neben* sę *für das später regelmässige* sy *ôv. Man beachte endlich die schreibung* b. etrąvi, zląvi *bei milad. 199. für* jetrъvi, zlъvi.

γ) ą *steht für* a. pagubą *für* paguba *zap. 2. 2. 21. Umgekehrt findet man* a *für* ą: paguba *für* pagubą *zap. 2. 2. 21.* vъskąą. drugąа. desnąą *50; ähnlich* poslê *für* poslją *21.*

δ) ą *steht für* u. *zogr. dieses denkmahl bietet* mąditъ. mąždašе. mądъnaa, *was jedoch gerechtfertigt werden kann.* cloz. sądą *1.*

262. *assem.* otъ oboją slyšavъějuju. pǫti božiją. rąką *dual. gen.* vêrająšte. *ev.-ochrid.* mądьna 77, *das jedoch richtig ist.* *sup.* dążą 282. 29. *ist ein schreibfehler. Dasselbe gilt von* slanątъкъ 30. 10. *für* slanutъкъ 29. 22; 30. 14.

ε) ę *steht für* ą. *zogr.* tysęšta *neben* tysąšta, tysąštьnikъ. vъsplačetъ sę. *zogr. b.* vithaniję *matth. 21. 17.* kromêšьnaję *matth.* 22. 13. šestjaję *matth.* 20. 5. *Im cloz. I. liest man* 209. mъdlostьję. 746. ętrobą. 762. plъtьję. 877. glagolę. 953. noštьję; *allein dass die drei ersten worte in der handschrift das richtige* ą *haben, ergibt sich aus der columne links der ausgabe, und es wird daher in der quelle selbst wohl auch* glagolą *für* glagolją *und* noštьją *stehen. Vergl. meine abhandlung zum Glagolita Clozianus 196.* *assem.* lъžęšte. otъpuštaetъ. soboję. *sup.* egÿptênyneję 270. 8. tysęšta *neben* tysąšta. *sav.-kniga.* tysęštь 20. 102. *Neben* tysąšta *bestand, wie es scheint, von jeher* tysęšta: *nsl.* tisoč *und* tiseč *trub. as.* tysuča. *r.* tysjača. *č.* tisíc. *p.* tysiąc. *Während in den pannonisch-slov. denkmählern* ę *für* ą *nur selten auftritt, und die zahl dieser fälle wird in genauen abdrücken jener denkmähler vielleicht noch geringer werden, ist die setzung des* ę *für* ą *in den bulg. quellen so häufig, dass man daraus und aus dem umstande, dass* ę *und* ą *auch mit ungetrübten vocalen verwechselt werden, zu folgern berechtigt ist, es sei weder* ǫ *noch* ą *nasal gesprochen worden.* *slêpč.* blagoslo-vuęšti 86: *ausnahmsweise* imęšti 59. *psalt.-pog.* języ *pamjat.* 209. *sbor.-sev.* jęglije *pamjat.* 221. p'hajęšte 220. *pat.-mih.* gyblęštaago 97. ištętъ 66. poęroždь se 156. rykaęštъ 19. svętyę 169 *für* svętają. *men.-grig.* zrêhę *pamjat.* 213. *bell.-troj.* čьstię *sg. instr.* ę *sg. acc. f.* *für* ją. govorę *für* govorją. hytrostię *sg. instr.* ljubę *für* ljublją. nasypę *für* nasyplją. podъ troę *sg. acc.* vъ tretię postelę. vъnętrъ *usw. lam.* I. na gostaję gory 109. zlą hartiję 23. jęznicą 34. opašiję 30. *sg. instr.* osmiję 29. *sg. instr.* vračevъskaję filosofiję 27. izbyšą 109. izlêje 1. *sg. praes. zap.* 2. 2. 30 *beruht auf bulg.* izlêję *für aslov.* izlêją.

ζ) ę *steht für* ь. *apost.-ochrid.* čjęstivъ. *ev.-buc.* vъnęzi io. 18. 11. vъznęzь *marc.* 15. 36. *bell.-troj.* obraštę sę *für* obraštь sę.

η) ę *steht für* e. *zogr.* bêašę io. 10. 6. dovьlętъ: hlêbъ ne dovьlętъ imъ io. 6. 7. glagolašę ἐλάλει io. 10. 6. otęmljęštaago χίροντος *luc.* 6. 30. *neben* otemljęštumu. taêšę *luc.* 1. 24. vъ vrêmę svoję *luc.* 1. 20. *pl. nom. f.* zъręšte *neben* služęštę, imąštę *usw. Vergl. 3. seite* 30. *pl. acc. m.* imąšte *marc.* 1. 34. *cloz.* se I. 141. *assem.* glagole. svoe. *Vergl.* reme io. 1. 27. *wohl nicht für* remy, *sondern vielmehr für* remę. *sup.* se 276. 20.

θ) ę steht für ê. zogr. ęetъ sę slovo marc. 4. 15. In vędę
βλέπων io. 9. 7. scheint vêdêti mit vidêti verwechselt zu sein. cloz.
sędęštago I. 37. für sêdęštago darf bezweifelt werden. assem. rącę
i nozę. sup. prętę 307. 6. προκναστέλλων steht für prętaję. sav.-kn.
vъ rędъ 28. steht für vrêdъ.

ι) ъ, y steht für ą. zogr. vъ ediną sąbotъ scheint für vъ
ediną sąbotą zu stehen, wenn es nicht richtiger ist in sąbotъ den pl.
gen. zu sehen: τῇ μιᾷ τῶν σαββάτων; neben praprądą findet man pra-
prądъ. cloz. II. koją viny für kąją viną, wofür hom.-mih. koju
vinu bietet. assem. vъ sąbotъ luc. 6. 1; 14. 1; 14. 3; 18. 12. vъ
edinъ sąbotъ τῇ μιᾷ τῶν σαββάτων luc. 24. 1. io. 20. 19. neben vъ
sąbotą luc. 6. 2. bon. lьêta lancea pamjat. 56. a. pat.-mih. na
svętyę crьkovь für na svętają. cv.-buc. pętь svoe τὴν πτέρναν αὐτοῦ
io. 13. 18. sъziždь condam. pat.-krk. gybnyšte. misc. mьžь vir.
bell.-troj. naj mъdrъ. cvêtany gospoždą sg. acc. obračenoju
(jemu ženoju) beruht auf bulg. obrъč- für aslov. obrąč-. vъgrinь
auf bulg. vъgrinъ für aslov. vagrinъ, ągrinъ. glъbokъ, d. i. glbokъ,
besteht neben gląbokъ. nъ, sъ, vъ für und neben ną, są, vą oder ą.
vъtoryj entsteht aus ъtoryj, ątoryj usw. glъbokъ und nъ sind mit
gląbokъ, ną usw. gleichberechtigt.

χ) o steht für ą. Der grund liegt in der ähnlichkeit der laute.
zogr. ino (crьkovь) nerąkotvoreną sъziždą ἄλλον (ναὸν) ἀχειροποίητον
οἰκοδομήσω marc. 14. 58; daneben pridąšę marc. 5. 15. cloz. duhovъ-
nają sg. acc. f. II. 1. 28. kają viny II. 3. 37. für kąją viną.
mogošte I. 180. novoją sg. acc. f. I. 29. vьsêko pravъdą I. 275;
sugobite I. 1. steht für sugubite. mariencod. da sъbodetъ sę slovo
glag. pamjat. 99. assem. grędoštago. sъbodet(ъ) sę. sup. vla-
dyko 388. 8; 392. 27. dręhlo i suho 253. 16. sav.-kn. sąprogъ
45. bon. sobota. greg.-naz. veštь roždenoją i tekąštają γενητὴν
ῥύσιν καὶ ῥέουσαν 279. Selten ist ą für o: rekąmają sup. 142. 3.
Falsch sind die sg. instr. rąkąą 394. 22. und nąždąą 309. 14.

λ) u steht für ą. zogr. inudu. otъ'nuduže. tudu für inądu
usw. budetъ b. cloz. drugują II. 3. 34. razljučati I. 133. mýcê
I. 755. naučenują I. 28. težju I. 145. für težьją. assem. gla-
golju. skudьly. sup. drъznuvъ 342. 21. goneznuti 331. 14. imu-
štuumu 279. 24. kažuštu 448. 19. minuvъšu 442. 9. Man merke
gnušati sę neben gnąšati sę; nuditi neben nąditi; lučiti sę neben
lącziti sę: sъluči sę sup. 29. 7; 38. 2; 102. 5 usw. und polączi 220.
13. sъlączi sę 206. 17. muditi neben mąditi: vergl. aind. manda
langsam. su neben są in sumьnênije sup. 73. 20. sugubiti und

sąmьnênije *sup. 40. 16; 261. 25; 346. 23.* usąmънêti *assem.* po
čto sę sąm'nê *sav.-kn. 21. Das dakisch-slovenische* oblakoha *für
aslov.* *oblêkohą, oblêkožę *lautet* oblakoъ, *indem b.* ъ *aslov.* ą
vertritt. Wenn dagegen in krmč.-mih. izvedoša, pristaša, prosijaša,
sьvьkupiša *usw. und* načala, prêbyvaja, otьvraštaja *gelesen wird, so
besitzen wir im a für* ę *dieser formen einen untrüglichen beweis dafür,
dass die krmč.-mih. auf einem r. original beruht, und es ist nicht
richtig, dass wir nicht wissen, wie* ę *gelautet hat.*

μ) ь *steht für* ę. zogr. bęѕtьdьnъ *luc. 20. 28. für* beštędьnъ.
psalt.-mih. iz rąky grêšničь.   *greg.-naz.* javilь sь. molь sę περι-
εύχομαι *steht für* molją sę.

ν) ê *steht für* ę.   zogr. ovьcê marc. 6. 35.   cloz. pomêni *I.
662. 666. 689.* pomêneši *497.* pomêną *521: die unaussprechbarkeit
eines nasalen vocales vor n ist der grund der schreibung* pomêni,
statt des etymologisch richtigen pomęni, *neben dem* pomêni *im sup.
nur éinmahl, 335. 9, vorkömmt. Dagegen sind* pręnąti, svęnąti,
vęnąti *von* pręd, svęd, vęd *allein anerkannt. Für* hotê *cloz. I. 441.*
raspêlъ *482.* sъvêzašę *783.* sъvêzano *566. der ausgabe hat die hand-
schrift überall* ę *statt* ê.   *assem.* bolêštiihъ. oblêzi *luc. 24. 29.*
vidêšte. *sav.-kn.* vъspomêni *35.* slêpč. grêdetъ *115.*

*Von diesen verwechselungen sind manche für das aslov. von
geringer bedeutung; wichtig ist der wechsel von* ą *und* ъ. *Wenn man
im aslov.* ą, vą *neben* vъ *für* ъ, ną *neben* nъ, są *neben* sъ *findet,
so hat diess auf bestimmte worte beschränkte erscheinung keinen
zusammenhang mit jenem in bulg. denkmählern so häufig auftretenden
wechsel von* ą *und* ъ. *Wie man sich den vorgang von* ą, vą *in* vъ
*usw. zu erklären habe, ist zweifelhaft; dagegen kann nicht bestritten
werden, dass b.* mъdъr, rъka, *für aslov.* mądrъ, rąka, *aus* mъndrъ,
rъnka *hervorgegangen sind. Um den gleichfalls nicht unwichtigen
wechsel von* ę *und* ą *zu begreifen, muss man erwägen, dass aslov.* ję
und ją *im bulg. dadurch leicht zusammenfallen, dass jenes* je, *dieses
jъ lautet, denn der wechsel beschränkt sich meist auf* ję *und* ją, čę
und čą *usw. Daher* dêlaą *partic. für* dêlaję. otъjątь *für* otъjętь. ę
für ją *eam.* vъstajęšti *für* vъstająšti grędąštaę *sg. acc. f. für*
grędąstają. napastьnaę *sg. acc. f. für* napastьnają. sąštaę. glagolę
dico. molę sę *precor.* drьžą sę *partic.* umnožatь sę *III. pl.* žąlo.
žątva. žąžda. našą *pl. acc. m.* rêšą *dixerunt.* usêknąšą. beštąditь
sę *usw. aus pat.-mih. Selbstverständlich kommen daneben die richtigen
formen vor:* konę *pl. acc.* malyę *pl. acc. m.* načętъ *usw. Dieser
wechsel ist auf die bulg. denkmähler beschränkt, erstreckt sich jedoch*

über die bulg. denkmähler aller perioden. Dieser wechsel ist dem aslov. fremd, denn was man für das vorhandensein desselben in den aslov. quellen anführen könnte, besteht aus fehlern der schreiber oder der herausgeber: so ist der bei weitem grösste teil der hieher gezählten fälle des cloz. I. durch nochmahlige vergleichung der handschrift beseitigt. Dieses resultat wird bestätigt durch den umfangreichen codex suprasliensis und die form jener slavischen worte, welche das magy. aufgenommen, denn diese worte stammen aus dem pannonisch-, d. i. altslovenischen. Dass den ältesten handschriften dieser wechsel fremd war, möchte sich auch aus dem ostromir ergeben, der ihn nicht kennt; während einzelne formen des greg.-naz. auf bulg. einfluss zurückzuführen sind. Einen solchen einfluss wird man, auch aus anderen gründen, im jüngern teil des zogr. zugeben müssen, vielleicht auch bei einigen anderen glagolitischen quellen. Unzweifelhaft sind verwechselungen von ę und ą in den von mir als pannonisch bezeichneten quellen so selten, dass sie den charakter derselben nicht ändern, und darauf kömmt es an. Demnach halte ich die einteilung der aslov. quellen in pannonische und nicht pannonische, zu denen ich die bulgarischen rechne, für vollkommen begründet. Die verwechselung des ę und ą ist fremd dem nsl., man wollte denn das sè, delaji, bereji in folgendem liede als einen fall dieser art ansehen: stojí, stojí en klóšter nov, | v njem je meníhov sedemnéjst, | vsi sè lêpi, vsi sè mládi, | in drúziga ne dêlaji, | ko svéte máše bereji. Iz Ravnice na Goriškem. Man vergleiche auch nsl. povsed neben povsôd und odned 4 seite 166. mit aslov. vьsądê. otъnjądê. č. všad: odevšad und p. wszędy, odjôd. nsl. veruječ credibilis 2. seite 203.

   Im dakisch-slov. findet man an *für* ą *in* band *aslov.* bąd. dobanda *lucrum.* manka mąka. mans mążь. peant, pantista, pątь. prant prątъ. randa orądije. rance rącê. zandi sąditъ. sskampa skąpъ. rasstegnant *crucifixus* rastegnątъ. stanantie. začenantie -ątije. *Man vergleiche noch* ant *in der III. pl. praes.:* dumant *aslov.* dumajątъ. jessant sątъ. panant *cadunt.* ssnant znajątъ: *daneben liest man* poroncsenie *aslov.* porącenije *und* trombenie *aslov.* trąbljenije, *worte, auf welche das magy. parance und trombita von einfluss waren.* kolanda *lautet aslov.* kalanъda *und* kolęda. *Das dakisch-slovenische bietet ferner* en *für aslov.* ę: csenzto *aslov.* čęsto. dessenta desętь. deventa devętь. glendame ględajemъ. massentz mêsęcs. menszo męso. naporent -rędъ. pent pętь. obrenstem obręštemъ. rassvenssano razvęzano. szvent svętъ. ssent *sitis* *żędь. tengli *vergit* *tęglitъ. tensent tężętъ; *daneben* inssik ję̨zykъ.

sinte svętoje. posimte posvęti. *Man vergleiche* ent *in der III. pl.*
praes.: darsent *aslov.* drъzętъ. strasent strašętъ. ssalezont, *d. i.*
wohl sъlzent *aslov.* slъzętъ; *ferner* deten-to dêtę. gienti jęti. videnste
vidęšte. *In den bisher angeführten worten ist eine vermengung von*
ę *und* ą *nicht eingetreten. Wenn daneben* bihent bijątъ, čujen čujątъ,
hant *für* htant hъtętъ *zu lesen ist, so sind nur die formen* bihent
und čujen *von bedeutung, doch kaum genügend die behauptung zu*
stützen, im dakisch-slovenischen seien ę *und* ą *verwechselt worden, und*
dies um so weniger, als sich in den aus dem dakisch-slovenischen in
das rum. eingedrungenen worten keine spur einer solchen verwechslung
nachweisen lässt. Dass manchmahl a *für* an *und* e *für* en *steht, wird*
hoffentlich niemand wunder nehmen, der da bemerkt, dass dies meist
nur vor gewissen lauten und lautverbindungen geschieht: kasta *aslov.*
kąšta. stanal *stanąlъ. zaginal, ssaginele zagynąlъ. prepodnale
-nąl-. csetbina *čęstъbina. potegni, rasstegnal, rasstegnuha potęgni,
rastegnąlъ, rastegnąhą. jele jęl-. *Im auslaute fällt* n *regelmässig ab:*
dete *aslov.* dêtę *neben* deten - to. ime. vreme. sta hъštą. ssa *neben*
jesant sątъ. issbeagna, stana, zagina -ną. biaha bêahą. daha dahą
für dašę. podadoha. dodoha doidohą *für* doidošę. umraziha. smaha
riserunt. *befremdend sind:* ma. ta. sa *aslov.* mę. tę. sę. ie eam *aslov.*
ją. zal *aslov.* vъzęlъ. *eigentümlich sind* nebentzki *aslov.* nebesъskyj.
pocsentz pocъstъ, *vielleicht verwechslung mit einem anderen worte:*
-čęstъ. glandni gladъni. ssnantie *znatije. *Aus dem hier gesagten*
dürfte es sich erklären, wie es kömmt, dass im rumun. ѫ *und* ѧ —
beide zeichen entsprechen aslov. ѫ, ѧ — *teils für* ъ, *teils für* ъn *stehen:*
kard grex, ъ. krd. mormąnt *neben* mormъnt. kąne *neben* kъne. agit *neben*
angit: ѦГНТ, ѦНГНТ. apъrat *neben* ąmpъrat: ѦПЪРѦТ, ѦМПЪРѦТ. *Es*
ist klar, dass die buchstaben ѫ *und* ѧ *durch* ъ *und* ъn *ersetzt werden*
können: aslov. ѧ *lautete im dak.-slov. wie* ъn, ъm *und wie* ъ: ъ
wurde durch a *bezeichnet.*

3. ѧ *ist steigerung von* ę, *d. i.* on *ist steigerung von* en. ąza
vinculum: w. ęz *in* vęzati. blądъ *error: w.* blęd *in* blędą. grąz
in grąziti *immergere: w.* gręz *in* gręznąti. ląkъ *arcus: w.* lęk *in*
-łęką. mątъ *turba: w.* męt *in* mętą. rągъ *ludibrium: w.* ręg *in*
nsl. režati se *ringi.* skądъ *parcus: w.* skęd *in* štędêti. trąsъ
terrae motus: w. tręs *in* tręsą. ząbъ *dens: w.* zęb *in* zębą *usw.*

4. *Dem aslov.* ѧ *und seinen reflexen in den anderen slavischen*
sprachen liegt on *zu grunde, das demnach als* urslav. *anzusehen ist.*
Dem urslav. on *steht in den andern europäischen sprachen meist* an,
aₙn *gegenüber. Hinsichtlich der entwicklung des* on *im auslaute und vor*

consonanten zerfallen die slav. sprachen in zwei kategorien. In der einen geht on *in* u *über: dies geschieht im* čech., oserb., nserb. *und in den russ. sprachen:* č. *usw.* ruka *aus* ronka, *lit.* ranka. *Die erklärung von* ruka *aus* ronka *ist eben so schwierig wie die von* en *in* ja *in worten wie* pjatь quinque *aus* pentь, aind. pańčan. *Es mag der ausfall des* n *die verwandlung des* o *zu* u *zur folge gehabt haben oder es ist* on *in* un *übergegangen, wie etwa aus* ancona *zuerst* *jakun *und daraus* jakin *geworden, ein process, den wir in* roma, rumъ *in* ruminъ, rimъ *noch verfolgen können. Bei dieser deutung hat man* ronka, runka, ruka. *Die entwicklung des* on *zu* u *ist der von* en *zu* ja *nicht analog. Die andere kategorie slav. sprachen umfasst das* poln. *mit dem kašubischen und polabischen, das slovenische in allen seinen vier dialekten, das* kroat. *und das* serb. *Hier gieng* on *in den nasalen vocal* ą *über, daher p.* ręka *aus* rąka, *aslov.* rąka, *nsl.* rôka, *dak.-slov.* ranka, *b.* rъka, *kr. s.* ruka. *Dass ich* kroat. *und* serb. *trotz ihrer übereinstimmung mit den sprachen der ersten kategorie von diesen trenne, hat seinen grund in der voraussetzung, dass im* kr. *und* s. ruka *selbständig aus* ronka *entstanden ist, wie sich* kr. *und* s. *in* pet *offenbar an die zweite reihe von sprachen anschliesst: indessen mag sich die sache auch anders verhalten. Dass im* poln. ę *neben* ą *steht,* ręka *neben dem pl. gen.* rąk, *ist folge einer dem poln. eigentümlichen entwicklung. Das* aslov. *und zum teil das* poln. *hat den dem urslav.* on *nahestehenden laut* ą. *Das* nsl. *besitzt in den dem* aslov. ą *entsprechenden* ô *einen dem nasalen* ą *verwandten laut. Man vergleiche* pôt via, *aslov.* pątь, *mit* pot sudor, *aslov.* potъ: *das eigentümliche* ô *in* pôt *liegt zwischen* o *und* on *mitten inne. Das* dak.-slov. ranka *hat höchst wahrscheinlich wie* rъnka *gelautet, eine ansicht, für welche namentlich das* rumun., *das ja sein slavisches sprachgut dem* dak.-slov. *verdankt, angeführt werden kann in worten wie* tъmp, *aslov.* tąpъ. *Von dem* dak.-slov. *entfernt sich das* bulg.-slov. *dadurch, dass es den nasal nach* ъ *aufgegeben, daher* rъka *aus* rъnka. *Es ist selbstverständlich, dass* rъnka *auf einem älteren* ronka *beruht, von dem im* bulg. *keine spur nachweisbar ist. Dass* dak.-slov. *an der neben pol.* ę *und* ą *vorkommende durch* an *(Malecki 4) ausgedrückte nasal sei, ist unbegründet.*

5. ą *enthaltende formen. a)* Wurzeln. ą, vą *und daraus* vъ *in.* vъ *beruht wohl auf älterem slav.* ъ: ądolь vallis; ąpoly sъmrъtьnъ ἡμιθνής greg.-naz. 204; uvozъ per. d. i. ąvozъ vallis. *klr.* uvôz, vyvôz. *č.* ouvoz. *p.* wąwoz; ątъkъ stamen. *č.* outek. *p.* wątek; *p.* wątor. *r.* utorъ usw. *lit.* į. *got.* in. *lat.* in. *griech.* ἐν. *Hieher gehört* ątrъ.

got. undar. osk. umbr. anter. lat. inter. aind. antar innerhalb. Vergl. ną, są *seite 78.* ѧbоrькъ: uborькъ *modius in r. quellen. s.* uborak. *č.* oubor. *p.* węborek. *ns.* bórk: *wahrscheinlich ahd. einbar. nhd. eimer. Andere denken an* ѧ *und die w.* ber *und an griech.* ἀμφορεύς. ѧdа *hamus: lett.* ūda *und lit.* udas *aalschnur sind entlehnt. Mit* ѧdа *sind verwandt klr.* vudyło. *r.* udilo. *č.* udidlo. *p.* wędzidło *gebiss am zaume. č.* uditi. *p.* wędzić: *lit.* udilai *pl. ist entlehnt.* ѧglъ *angulus.* ѧgъlъ: ѧgъlu *zogr.: lat. angulus. Man denkt an zusammenhang mit* ѧzъ *in* ѧzъkъ *angustus. lit. ankštas enge aus ang - tas oder aus anž - tas Bezzenberger 80.* ѧglь *carbo.* uglije *pl. nom.* ugli *pl. acc., daher i - declination: lit. anglis. lett. ôgle. aind.* aṅgāra. ѧgоrь *in* ѧgоrištь *deminut. anguilla. p.* węgorz. *klr.* uhor: jiz na uhry *aalwehr. s.* ugor *neben* jegulja, *unzweifelhaft aus* *jegulja, *kleiner aal: lit. unguris. pr. anguris. anord. ôgli. lat. anguilla. griech.* ἔγγελυς. ѧgrinъ *ungarus. nsl.* ôger. *p.* węgrzyn. *lit.* vengras. ѧhati *odorari. nsl.* vôhati: *aus an-s. Vergl.* vonja *odor. got.* anan. *aind.* an, aniti *hauchen.* ѧkоtь *f.* ὄγκινος, *uncinus; ancora: lat. uncus. griech.* ὄγκος. *aind.* aṅka *haken, bug. abaktr.* aka *haken. got. hals-aggan- halskrümmung Zeitschrift 23. 98. Man merke* lѧkоtь *in derselben bedeutung wie* ѧkоtь. ѧrodъ *stultus, in späteren quellen auch* jar-, jer-: ѧ *ist vielleicht das negierende praefix an. lat. in. got.* un; *so dass* ѧrоdъ *eig. etwa incurius wäre.* ѧsъ, vѧsъ *mystax. nsl.* vôs. *klr.* vus. *r.* usъ *lana dial.: pr.* wanso *pflaum. lit.* ūsai *pl. lett.* ūsa *usw. Damit hängt zusammen* gѧsěnica, ѧsěnica, *b.* gъs-, vъs-. ѧtlъ *perforatus, futilis. nsl.* vôtel. *klr.* utlyj *usw.* ѧtrь *in* ѧtro-ba ἔγκατα *intestina. aind.* antra, äntra *eingeweide aus antara darinnen befindlich.* ѧtrь *ist auch das thema von* ѧtrь, vъ nѧtrь, *eig. ein nomen f. Vergl.* ѧ. ѧty, ѧtьkа anas: *lit. pr.* antis. *ahd.* anut. *lat.* anas: anati. *aind.* āti *ein wasservogel Zeitschrift 23. 268.* ѧzа *vinculum.* ѧzlъ *aus* ęz: vęz. ѧzъ-kъ *angustus: lit. ankštas. got.* aggvu-. *griech.* ἐγγύς. *aind.* ᵃhu. ѧže *funis. nsl.* vôže. *Vergl.* vęzati *und* gѧžvica *vimen. nsl.* gôža, gôž. ѧžь *serpens. nsl.* vôž. *lit. pr.* angis *m. lett.* ôdzê. *ahd. unc. lat. anguis. Vergl.* ѧgоrь. bѧbьlь *oder* bѧblь: *p.* bąbel, *sg. gen.* bąbla, *bulla, pustula. ač.* bubel. bubati. *č.* bublina. *lit. bumbulis bulla. Auch* bubrêgъ *scheint zu derselben w.* bąb *zu gehören, daher* bѧbrêgъ *vergl. matz. 21.* bѧbьnъ *tympanum: lit. bambéti strepere. lett. bambēt. bambals scarabaeus. griech.* βομβέω: *lit. bubnas ist entlehnt.* bѧdѧ *ero beruht auf* by, *aind.* bhū, *das nasaliert ist. d ist das d in* idѧ, jadѧ. *Den nasal in* bѧ *durch das lit. bunu žemait. zu erklären geht nicht* an. *Bezzenberger 68.* vergleicht *lit. glandau, galandau schärfe, w. gal, und sklandau schwebe, schwanke, w. skal.* bąd *soll nach andern aus* bud-na *entstehen. Bei* obrętie *kann man sich den hergang etwa so vorstellen:* obrêt-na, obręt, obrętie. blądъ *error. lett. blanda tagedieb. Vergl.* blędą. čąbrъ : *p.* cząbr, cąbr *satureia. b.* čomber *milad. 385. klr.* ščerbeć, cebreć *thymian. r.* čabrъ. *magy.* csombor: *griech.* θύμβρος, *das durch* tjumbrъ *in ein aslov.* štąbrъ *übergeht: lit.* čiobrai *ist entlehnt.* dąbъ, *aus* dąbrъ, *arbor, daher* dąbrava. *kroat.* v zeleni dumbrov *pjesn.-kać. 159. pr. dumpbis gärberlohe.* dąga *arcus, iris. nsl.* dôga. *b.* dъga. *p.* dęga *schramme. pr. dongo tellerbrett. r.* duga *und* raduga *iris. magy.* donga, duga. *Vergl. mlat.* doga *usw. Das wort ist dunkel matz. 26.* dągъ *neben* dęgъ, *wohl etwa: lorum, vinculum:* zvęzana bystъ nogama dągomь voluimь *lam. 1. 33. Ob* dągъ *oder* dęgъ *zu schreiben, ist zweifelhaft.* dągъ *in* nedągъ *morbus, eig.* ἀσθένεια. *nsl.* nedôžje. *r.* dužij, djužij *stark. č.* duh *stärke. lit.* daugi *viel: dužas dick ist entlehnt. Vergl. got.* dugan *taugen J. Schmidt 1. 172. anord.* dugr *vigor.* dąti, dъmą *flare: aind.* dham, *dhumati.* drąčiti *vexare.* drągarь *drungarius.* drągъ *tignum. nsl.* drôg. *frągъ* φράγγος *francus.* gąba *spongia. nsl.* gôbа. gôbec *mund. p.* gęba. gąba *ist mit lit.* gumbas *geschwulst, pilz zu vergleichen. Bei nsl.* gôbec *und p.* gęba *mund denkt man an aind.* ǵambh. gąba *mag das ,schwellende' bezeichnen.* gądą *cithara cano. nsl.* gôdem *hat mit lit.* žaid: žaisti *spielen nichts zu tun, eher ist* gaud: *yausti tönen verwandt.* gu, gavatē *tönen verhält sich zu* gąd *wie* bhū *zu* bąd. gągnąti *murmurare. p.* gągnąć, gęgnąć. *griech.* γογγύζειν. *aind.* guńǵ, guńǵati. gąstъ *densus. nsl.* gôst: *lit.* ganstus *ist entlehnt.* gąsь *anser. lit.* žansis. *lett.* zöss. *pr. sansy d. i.* žansi. *ahd.* gans. *aind.* hāsa. gazělь: *p.* gądziel *aiuga: nhd.* günsel *consolida.* gląbokъ *neben* glъbokъ *profundus. klr.* hlubokyj *neben* hlybokyj: *vergl. aind.* ǵrambh, ǵṛmbhatē *den mund, rachen aufsperren, womit auch as.* klioban, *nhd.* klieben *verglichen wird. Andere vergleichen lit.* klampus *paluster. Verwandt ist wohl pr.* gillin *acc. tief.* gnąbiti : *p.* gnębić, gnąbić *bedrücken. Vergl. lit.* gnaibīti *kneifen, kränken. Ähnlich ist aslov.* rębъ *und lit.* raibas. goląbь *columba: vergl. lat.* columba. *griech.* κόλυμβός: *pr.* golimban *blau ist entlehnt.* grąbъ *rudis, eig. wohl asper: lit.* grubti *uneben werden. lett.* grumbt *runzelig werden. Vergl. jedoch Fick 2. 347. 550.* grądь *pectusculum. nsl.* grudi *habd., eig.* grôdi. *b.* grъd *f.* grągъ *instrumentum quoddam sup. 196. 28.* grąstъkъ *saevus: vergl. lit.* grumzdus *minax.* grąz- *in* pogrąziti *demergere.* byšą vlъny jako pogrą[zi]ti korabь. *Daher p.* gr*ą*ž *coenum schlamm um stecken zu bleiben aus* grązi. *č.* hrúziti *tauchen dial. slovak.* hrúzt (ne vie plavať, musí hrúzť). *č.* hřížiti *tauchen ist* gręz-. *Vergl. lit.* gramzdìti, *grimzdau aus* gremzdau *und* gręznąti. haląga *saepes. kr.* haluga. hądogъ *peritus.* hodogъ *slêpč.: got.* handuga-. hąhnati *murmurare. nsl.* hôhnjati. hąpi *neben* hopi: ohąpiti, ohopiti *amplecti.* hlądъ *virga. nsl.* hlôd. *r.* chludъ *dial.* hląpati *mendicare zogr.* hlupati *neben* hljupati *nicol.* hlipati *lam. 1. 16: minder gut beglaubigt* hlępati. homątъ *iugum, libra. nsl.* homôt. *b.* homъt. *r.* chomutъ, *daraus finn. hamutta. p.* chomąto *usw.: ein dunkles wort. Vergl. matz. 36. Mhd. komat ist nach Weigand slav. ursprungs.* horągy *vexillum: lett. karōgs ist entlehnt.* hrądъ : hrudь vlasьmi οὖλος τὴν τρίχα *prol.-rad., daneben* hredь, *wohl für* hrędъ: *nicht genügend bezeugt.* hrąst-: *vergl. nsl.* hrustanec. *klr.* chrusta *cartilago usw. mit* hręstъkъ *seite 38.* hrąstъ *locusta.* hrąštь *scarabaeus. nsl.* hrôšč. *č.* chroust. *slovak.* chrúst. *polab.* chranst *holzkäfer. Mit unrecht ist lit. kramstus gefrässig verglichen worden. Vergl. w.* hręst *und p.* chrząszcz. *kaš.* chrost. kądrjavъ *crispus von* *kądrь. *nsl.* kôder. kondrovanje *hung. nach dem in alter zeit aus dem slov. entlehnten magy. kondor. b.* kъdrav. *p.* kędzior. *Hieher gehört auch* kądêlь *trama. nsl.* kôdla. *lit. kudla haarzotte.* kąkolь *nigella. magy. konkoly. lit. kūkalas aus kunk-. lett. kōkalis. pr. cunclis unkraut. Andere denken an entlehnung des lit. kūkalas.* kąpa : *p.* kępa *flussinsel: lit. kampas Geitler, Lit. stud. 64.* kąpati *lavare. nsl.* kôpati. *Eine hypothese bei J. Schmidt 2. 162.* kąpina *rubus. b.* kъpinъ. kąpona *statera. b.* kъponi. *pl. magy.* kompona. kąp *m. p., das aslov.* kąpľ *lauten würde, schinken: lit. kumpis.* kąsъ *frustum.* kąsiti *mordere. nsl.* kôs. *b.* kъsa *vb.: kąs- scheint eine weiterbildung von* *kąd, *lit. kand, durch s zu sein. Vergl.* ąhati. tręsti. *lit. kandu, kąsti. lett. kūdu, kūst beissen. J. Schmidt 1. 34 sieht in* sъ *ein nominalsuffix:* kand-sъ. kąšta *tentorium, tugurium, nidus. nsl.* kôča. *b.* kъštъ. *Vergl.* kątъ *und lit. kutis stall. Andere denken an got. hēthjōn- kammer.* kątati *in* sъkątati *sepelire, eig. servare, das* skątati *geschrieben wird, jedoch perfectiv ist. b.* kъta *vb. aufbewahren. pr. kunt: künst inf. pflegen, hüten.* kątъ *angulus. nsl.* kôt. *b.* kъt. kążelь : *nsl.* kožêlj *spinnrocken. b.* kъželi. *Das wort ist dunkel: ahd. kunchela aus mlat. conucula usw. ist kaum zu vergleichen.* kląbo *glomus. b.* klъbo. *p.* kłąb. *slovak.* klubko, klbko. kląpь *scamnum. nsl.* klôp. *lit. pr. klumpis stuhl. lit. klumpu, klupti hocken.* krąčina *cholera, bilis.* krągъ *circulus.* krągľ *rotundus. ahd. hrinc. slovak.* kruh *und* kráž, kráža. *Vergl. č.* kruh *für* kra

eisklumpen: slovak. stojatá voda je krúh.　krąp-: p. krępulec, č.
krumpolec ist das deutsche krummholz, ahd. chrump matz. 221.
krępъ parvus. p. krępy. krępować fest zusammenbinden.　krątъ
tortus. krątiti sę torqueri. iskrątiti etwa extorquere: korenь iskru-
tivъ ῥίζαν ἐπιφέρων prol.-rad.　nsl. krôtovica gedrehtes garn, schlinge.
krtovica. klr. perekrutyty. p. kręcić. aslov. prikrątъ severus. nsl.
krôto valde. Vergl. kręt.　krątъ: ukrątъ f. moles. Vergl. r. krja-
tatъ beladen. p. okręt navis. lit. krotos pl. schiff Geitler, Lit.
stud. 93: akrūtas ist entlehnt.　labądъ: p. łabędź cygnus usw.: ądъ
ist suffix. ahd. elbiz aus -binz.　ląd: vergl. č. loudati se mit lit.
lendoti kriechen.　lągъ nemus. nsl. lôg. b. lъg. p. ląg. ngriech. λόγ-
γος. Vergl. J. Schmidt 2. 366.　ląk- in ląčiti separare, definire.
Vergl. pr. lankinan deinan sg. acc. feiertag.　ląk- in poląčiti neben
polučiti obtinere. Vergl. lit. per-lenkis gebühr. linku, linkêti zukommen.
pr. per-lānkei es gebührt.　ląka palus. nsl. lôka, ehedem in orts-
namen lonka. magy. lanka. lit. lanka, lenkê tal, wiese. Damit hängt
lôčije carex, eig. wohl palus, zusammen. nsl. lôčje carex, iuncus.
ląka malitia, dolus. Vergl. lęcati illaqueare von lęk. polęčь laqueus.
ląkъ curvus, arcus. nsl. lôk. b. lъk. p. lęk u siodła neben łuk
arcus. lit. lankas alles gebogene, bogen, bügel usw. lankus biegsam.
lett. lôks. löcit beugen.　Hieher gehört ląkotъ hamus, womit Geitler,
Lit. stud. 67, lit. lankatis haspel verbindet, wahrscheinlich auch
sъląkъ συγκύπτων, regelmässig sląkъ geschrieben, was man mit lit.
slenku, slinkti schleichen vergleicht.　lągšta lancea: lat. lancea lässt
ląčša erwarten.　lątъkъ: lutъkъ histrio. Vergl. s. lutka puppe. č.
loutka spielzeug. p. lątka puppe.　mąditi cunctari. mądьnъ tardus
zogr. neben muditi, mudьnъ sup. und sonst. nsl. muditi usw.: aind.
manda tardus. mad, mand, madati. Vergl. mъdьlъ.　mądo testiculus.
nsl. môde, môdi pl. s. mudo. p. mąda. Vergl. aind. mad, madati,
mandati wallen, schwelgen. mada brunst, same. griech. μῆδεα hoden.
mądrъ sapiens. lit. mandrus munter, keck. Vergl. J. Schmidt 1. 170.
mąka cruciatus. nsl. môka. b. mъkъ. p. męka. č. muka. Vergl. lit.
minkti kneten. mankštiti, mankštau weich machen, bändigen. muka,
munka qual ist entlehnt. mąka ist abzuleiten von einem primären
verbum męk. Vergl. got. mūka- sanft J. Schmidt 1. 167.　mąka
farina. nsl. môka. p. mąka. č. mouka ist in wurzel und grundbe-
deutung mit mąka cruciatus identisch. vergl. griech. μάσσω aus μακjω
J. Schmidt 1. 121. und mhd. munke vel brey polenta voc.-vrat.
mątъ turbatio. mątiti turbare. lit. menturê quirl. mentê. lett. menta
schaufel. anord. möndull drehholz. aind. math, mathnāti, manthati

7

rühren. math quirl.   mążь *vir. nsl.* môž. *p.* mąž : *vergl. got. mana-,*
mannan-. aind. manu.   ną *sed, woraus jünger* nъ : *vergl.* ą *und* vъ, *są*
und sъ.   nąditi *neben* nuditi *cogere.* nądь *in* otъnądь *omnino ist ein*
adverb durch ь *für* i: *aind. nūdhita in not befindlich: nādh aus*
nandh, wie mäs aus mans, wie khād aus khand Fick 2. 592. Vergl.
č. nutiti. *p.* nęcić, *das an got. nauthjan erinnert, wofür man jedoch*
p. nucić *erwartet. Daneben p.* wnęta *und č.* vnada *reiz J. Schmidt 1.*
171. orądije *instrumentum, negotium. nsl.* orôdje. *s.* orudje. *klr.*
oruda *sache. ap.* orędzie *nuntium. ač.* orudie *genitalia: ahd. arandi,*
arunti botschaft, auftrag J. Schmidt 2. 477: matz. 63. hält das
wort für slavisch: w. ar ire. pąąkъ *aranea.* pavąza: *p.* pawęza
scutum. mlat. pavensis *matz. 64.* pądíti *pellere. nsl.* pôditi. *b.* pъdi
vb. p. pędzić : *lit. piudíti ist entlehnt. Vergl. aind. pūdaja causat.*
von pad fallen, gehen. pagy, pągvъ *corymbus: got. pugga- geld-*
beutel. ahd. phunc. mlat. punga. *lett.* pōga : *matz. 66. vergleicht aind.*
puṅga menge, puṅǵa haufe. pąk-: pącina *mare.* pąk *in* pączíti *sę*
inflari. nsl. pôčiti *bersten.* pôka *rima lex.* pąpъ *umbilicus: vergl.*
lit. pampu, pampti *schwellen.* pamplis. *lett.* pempis *dickbauch. lit. bamba*
nabel: Geitler, Lit. stud. 68, vergleicht pāpas zitze. Hieher gehört
nsl. popovka. *lit.* pumpurís *gemma. r.* pupyrъ *penis.* pąto *compes.*
nsl. pôta *f. p.* pęto. *lit. pantis. pr.* panto. pąto *aus* pon-to:
vergl. pen : pęti, pъną. pątъ *iter: pr.* pintis, pentes. *aind. pan-*
than, pantha. vergl. lat. ponti- in pons. prąda *in* prêprąda, *pra-*
prąda *purpura. Ein dunkles wort, es hängt vielleicht mit* pręd *nere*
oder mit dem thema pręd *brennen zusammen : r.* pruditь *eja für žaritь*
eja. č. pruditi *accendere. p.* prędanie *ardere. Die zusammen-*
stellung ist unsicher. Vergl. matz. 69. prądъ *agger. nsl.* prôd
sandiges ufer. lett. prôds *teich.* prądъ *im p.* prąd *schuss, strom,*
gang des wassers, daher prędki *schnell. Vergl.* prędati.   prąg
in prążati *lacerare.* prąga *in* poprąga *wohl cingulum. nsl.* prôga
länglicher fleck, etwa ,wie ein gürtel'. Vergl. pręg.   prąglo
tendicula. Vergl. pręg.   prągъ *locusta. lit. sprugti entspringen. ahd.*
springan. mhd. sprinke. ahd. howespranca. Vergl. pręg.   prątъ
virga. nsl. prôt. *b.* prъt. *p.* pętъ.   prążь *stipes: vergl. nsl.*
porungelj.   rąbiti *secare. lett.* rōbs *kerbe.* rąbъ *pannus. nsl.* rôb
saum. p. ręby. *lit.* rumbas : *vergl. lat. lamberare scindere. limbus*
J. Schmidt 1. 159. rągъ *irrisio. nsl.* ružiti *turpare habd. für*
rôžiti. *lit.* rangoti. *Vergl.* ręg.   rąka *manus. nsl.* rôka. *b.* rъkъ.
p. ręka. *pr.* ranko. *lett.* rōka. *Hieher gehört* rączьka *urceus, eig.*
gefäss mit handhabe. nsl. rôčka. rôča *henkel. aslov.* obrączь *armilla.*

w. scheint ręk *zu sein: lit.* renku, rinkti *auflesen.* ranke *sammlung.*
aprenke *armring bezzenb.* rąžije, orąžije ϸομφαία. *Vergl. lit.* rengti *s*
sich rüsten. rangīti *antreiben.* rątiti *iacere, daneben* rjutiti, *das*
in den lebenden sprachen seine bestätigung findet: č. routiti, řītiti.
p. rzucić. są *und daraus* въ, *selten su cum:* sąlогъ *consors thori.*
заръгъ *adversarius.* sąsêdъ *vicinus.* usąmьnêti *neben* usъmьnêti. *nsl.*
sô: sô *žitom krell. lit.* san: *sandora;* sq: *sąnaris; su praepos. lett.*
sa. pr. san, *sen. vergl. seite 78.* sąditi *iudicare, wohl* są *cum*
und dê, aind. dhā, *ponere: ich denke an lit.* samdīti *dingen, eig. ver-*
abreden, componere. lett. sôds *gericht. vergl. mhd. zander kreisrichter.*
Anders J. Schmidt 1. 36. sąk- *in* isąčiti *siccare. Potebnja,* Кз
istorii usw. 218. Vergl. sęk. sąkъ *surculus. nsl.* sôk, sôčje. p.
sęk. *lit.* šaka *ast. aind.* śākhā *ast.* šańku *pfahl.* sąръ *vultur. p.*
sęp. *č.* sup: *vergl. klr.* supyty *finster blicken.* skądêlъ *testa,*
tegula. skądъlъ. skądolь κέραμος *luc. 5. 19.-zogr.* skądêlьnikъ. ską-
dolьnikъ κεράμιον *luc. 22. 10-zogr.* skądelьnikъ *assem.* skąndelъnikъ
slêpč. nsl. škandêla, skedêla, zdêla. *mlat. scutella. mgriech.* σκούτελλον.
ahd. scuzzilū schüssel, irdene schüssel, alles irdene. Vergl. auch mlat.
scandula, scindula matz. 76. skądъ *inops.* skąda *defectus. klr.*
skudyty, ščadyty *sparen.* oskudnyj, oščadnyj *sparsam. lit. skan-*
dinti verderben bezzenb.: w. skęd *in* štędêti. *Andere vergleichen lit.*
praskunda *dolor.* skąka: *r.* skuka *taedium. vergl. lit. kanka leid,*
qual Geitler, Lit. stud. 65. skąpъ *sordidus, avarus. lit. skupas*
ist entlehnt; dagegen lett. skôps. *vergl. Fick 1. 808.* sląka: p.
słomka *schnepfe vielleicht aus* słonka, sląka. *kr.* sluka *bei Linde.*
klr. słômka *aus dem p. neben* sołomka. *slovak.* sluka, sljuka. *lit.*
slanka. *lett.* slôka. *pr.* slanke. *magy.* szolonka. spądъ *modius.*
kr. s. spud. *p.* spąd: *matz. 77. vergleicht lit.* spangis. *dän. spand.*
schwed. spann, wobei jedoch zu bemerken, dass das wort pannonisch ist.
stąpa: *r.* stupa. *nsl.* stôpa. *p.* stępa *mortarium: vergl.* stąpiti *gradi,*
etwa auch calcare. ahd. stamph, staph fussstapfe. Vergl. stopa, stepenь
matz. 78. stąpiti *gradi. nsl.* stôpiti *usw. Vergl. J. Schmidt 1. 129.*
155. Unverwandt ist aind. sthāpaja *still stehen machen, causat. von* sthā.
strąga: *s.* struga, *mjesto gdje se ovce muzu; stružnjak* mulctrae
genus. p. strągiew *dolii genus. alb.* štrungъ. *rum.* strungъ *melkstall.*
magy. esztrenga. *Das wort stammt aus dem rum. matz. 314.* strąkъ:
s. struk. *r.* strukъ. *č.* struk, strouk *siliqua. slovak.* hrachu struk.
p. strąk. *nsl.* strok, *wohl* strôk, *bei Linde.* svądъ: *nsl.* smôd *senge.*
povôditi *räuchern:* povôjeno *meso. s.* svud, smud. *č.* uditi *maso.*
p. smędzić. wędzić. wędzonka. swąd. swędra *schmutzfleck. anord.*

7*

svidha brennen Fick 2. 693. J. Schmidt 1. 58. Vergl. svęd. ščąkъ:
ščukъ *strepitus.* p. szczęk. tąča ὄμβρος. *nsl.* tôča *grando. Unver-
wandt ist lit.* tvinkti, tvinkstu *anschwellen.* tąga *angor. nsl.* togota.
b. tъgъ. *p.* tęga: *lit.* tuźiti *ist entlehnt. vergl.* tągъ. tągъ:
r. tugoj *steif, gespannt. p.* tęgi. *klr.* tuhyj *steif. č.* stuhnouti. *aslov.*
tęgnąti *tendere. lit.* pa-tingstu *werde steif. tingus faul. tingêti faul
sein. lett. stingt. vergl.* tąga. *Hieher gehört* вътąga ἱμάντωσις *con-
iunctio: vergl. lit. atstuga riemen.* tąh: utąhnąti *cessare. p.* tęchnąć
fallen, sich legen: stęchła puchlina *desedit tumor. Unverwandt ist r.* tuch-
nutь *muffen.* tąpъ *obtusus. nsl.* tôp *neben* tumpast, tempast. *magy.*
tompa. *lit.* tempti, tempiu; *tampīti ausdehnen. lett. tups stumpf. vergl.*
got. dumba- *stumm J. Schmidt 1. 172. 180.* tąsk: istąsknąti *evanes-
cere.* utęsknąti: *vielleicht* tъsk-. tątьnъ *sonus: vergl.* titinoti *für*
tįtinoti *prahlen.* tątnoti *klappern. lat.* tintinare. *aind.* tanjatä *tosen,
das mit* stan *zusammengestellt wird. lit.* tatno *er klappert. žem.* tįt-
noti *Geitler, Lit. stud. 116.* trąba *tuba. nsl.* trôba. *magy.* toromba.
ahd. trumba: *lit.* triuba *krummhorn ist entlehnt. Vergl. matz. 84.*
trąbъ: otrąbi *pl. furfur. nsl.* otrôbi. *p.* otręby. trądъ *morbus
quidam, dysenteria. nsl.* trôd *kolik.* trudni vudi. *p.* trąd *aussatz.
vergl. ags. athrunden geschwollen. lit.* trëda *durchfall J. Schmidt
1. 57. 160. s.* trudovnik. *p.* trędownik *scrophularia.* trądъ *poly-
porus fomentarius feuerschwamm. nsl.* trôt. *s.* trud. *r.* trutъ. *č.* troud.
vergl. lit. trandis *staub, den der holzwurm macht: w. wahrschein-
lich* trend *von ter in* trêti. trąsъ *terrae motus. nsl.* trôsiti.
klr. trusyty *usw. von* tręs. trątъ *fucus. nsl.* trôt. *p.* trąd. *č.* trout,
troud, troup. *slovak.* trút *crabro. rum.* trъnd. trątъ *agmen, custo-
dia. Dunkel.* vardąga: *p.* wardęga *iumentum matz. 87.* velьbądъ
camelus: got. ulbandu-: *pr.* veloblundis *maultier ist slav.* verąg:
p. nadwerężyć *debilitare, laedere matz. 366.* vrąga: *p.* wręga
winkelholz an den schiffsrippen. vergl. ags. vringen winden matz. 372.
vънąкъ: vънukъ *nepos scheint aus älterem* vънąкъ *entstanden zu
sein. p.* wnęk, wnęczka *beskid. für* wnuk, wnuczka. *lit.* anukas.
Die sache ist indessen zweifelhaft. ząbrь *bos iubatus, daraus
mgriech.* ζόμβρος. *r.* zubrь, *daraus p.* zubr. *Vergl. lit.* žebris *und stum-
bras. lett.* sumbrs, *sūbrs, stumbrs. pr.* wissambris, wissambers. *aslov.*
zebrь *ist eig. b.* zъbrь. ząbъ *dens. nsl.* zôb. *p.* ząb. *lit.* žamba
fresse. žambas *kante eines balkens. lett.* zôbs *zahn:* zęb. *vergl. klr.*
zobyla *mundstück verch. 61. aind.* ǵambha *gebiss.* zvąкъ *sonus:*
zvęk *in* zvęknąti. želądъкъ *stomachus: man vergleicht lit.* skilandis
schweinemagen. želądь *glans. lat.* glandi-. *vergl. seite 19.*

Der name des flusses jantra, heutzutage b. jetra, *lautete griech.* ἄθρος. *lat. iatrus.*

β) Stämme. ndu, ndê: *das n des suffixes schmilzt mit dem auslaute des thema zu* ą *zusammen:* inądu, inądê *alid aus* ino-ndu *usw. Vergl.* vъnądu *und* vъnêjądu 2. *seite* 211: *pr. isquendau, isstwendau woher ist* otъ kądu. *pьstrągъ *salmo fario. p.* pstrąg. *č.* pstruh. *magy. pisztrang: stamm* pьstrъ. *Hieher gehört aslov.* *ostrąga. *nsl.* ostrôžnica *brombeere: bei den Resianern soll* ostrôga *vorkommen. č.* ostružiny. *p.* ostręgi, *drzewko cienkie i kolące: stamm* ostrъ. tysąčta *neben* tysęčta *mille hat die form eines partic. praes. act.: stamm* tys: *germ.* thūsundja *f. n. got.* thūsundjā *f. ahd.* dūsunt. ną *in verben:* zinąti *hiscere* 2. *seite* 423. *Dem praes.-stamm* zi-ne *steht der inf.-stamm* zi-ną, *wie im got. dem* full-ne *full-nō gegenüber.*

γ) Worte. *sg. acc. der* a-declination: rybą: ą *ist aind.* ām. *sg. instr. der* a-declination: rybą *neben dem jüngeren* ryboj ą. rybą *ist* rybami, rybam, *ebenso* vezą *aus* vezami, vezam. *Die formen* rybą *und* ryboj ą *sind gleich alt: lit. bietet* ranka, *das für* ranką *steht. L. Geitler, Lit. stud.* 56. ryboj ą *beruht auf dem thema* ryboja *wie aslov. sg. g. f.* toję *auf dem thema* toja: toję *für* *tę, *nsl.* te, *von* ta *usw.* 3. *seite* 28. *Ähnlich ist aind.* asvajā *neben älterem* asvā, *dessen* ā *jedoch mit aslov.* ą *nichts zu tun hat; ähnlich ist auch der lit. sg. loc.* rankoje *für das erwartete* ranke: o *für* a *steht wie in* geroji, *wie* i *für* i *in* smertije, *wie* ū *für* u *in* dangūje. oją *wird von anderen aus* ajām *erklärt, wie der sg. i. der* ā-stämme *ursprünglich statt* ajā *gelautet habe. Vergl. A. Leskien, Die declination usw.* 70. *Geitler, O slovanských kmenech na* u 26. *Den serb. sg. i.* kosti *führe ich auf* kostimi, kostim *zurück, den andere durch die annahme eines abfalls des* ju *für* ją *erklären. Man merke lit.* akimi *als die ursprüngliche form, woraus* aki, *d. i.* akį; *daneben von einem* ā-stamme akia *wie* ranka *und* akiu *wie* runku *Kurschat* 174. 194. *s.* kosti *entspricht dem lit.* aki, *d. i.* akį, *und kann aus* kostiją, kostъją *nicht entstanden sein, da in diesem falle* ъ *der auslaut wäre. Daneben besteht* kostju, *das auf* kostija *beruht, von dem auch aslov.* kostiją *abzuleiten ist. Schleicher, Compendium* 581, *sieht in* kostija *einen durch a gebildeten sg. i., an den dann das suffix* mi, m *gefügt worden sei. Der aslov. sg. i. der pronomia der I. und II. person und des reflexivs lautet* mьnoją, toboją, soboją, *wofür lebende sprachen auch die reflexe von* mьną, tobą, sobą *bieten:* mьną *verhält sich zu* mьnoją *wie* rybą *zu* ryboj ą. *Nach anderen soll* mьną, *č.* mnú, *durch zusammenziehung des* oją *zu* ą *aus* mьnoją, rybą *aus* ryboją *entstanden sein. Ich kann mich von der richtigkeit dieser ansicht nicht überzeugen:* ą *bietet jedoch der erklärung unter allen umständen schwierigkeiten dar. A. Leskien, Die declination usw. 70. R. Scholvin, Archiv 2. 502. Die I. sg. praes. der verba mit dem praesensvocal lautet auf* ą *aus:* vezą *zunächst aus* vezom, vezomi, vezam *usw. Die III. pl. hat den auslaut* ątъ: vezątъ *zunächst aus* vezontъ. sątъ *sunt beruht auf santi,* sontъ. *Die III. pl. impf. lautet auf* ą *aus:* vezêahą *aus* -sant, aslov. -hont; *nur das impf.* béhъ *bildet* bêšę *aus* bêhent. *Im bulg. hat auch der aor. den auslaut* ą: dadohъ *aus* dadohą. *aslov.* bądą ἔστωσαν *ist aus* bądê-nt *entstanden.*

IV. Vierte stufe: a.

1. Der buchstabe a *heisst im alphabete* azъ, азъ.

2. Die aussprache ist die nicht genauer praecisierbare des heutigen a.

3. Slavisches a *entspricht regelmässig* aind. ā: *da* dare: *aind.* dā *usw.* kra *secare,* aind. *kar, ist zu beurteilen wie* aind. *dhmā aus* dham, *aslov.* dъm. *Wenn ich im nachfolgenden manchmahl auch slav.* a *neben* aind. ă *stelle, so betrachte ich die betreffenden fälle teils als ausnahmen von der regel, teils als vorläufige, genauerer prüfung bedürftige annahmen:* azъ, padą, pasą *usw. Die behauptung, es gebe keinen einzigen sicheren fall eines slav.* a *für ursprachliches* ă *ausser* azъ, *und selbst dieser gebe zu zweifeln veranlassung, scheint mir gewagt.*

4. a *ist zweite steigerung des* e (a₁). gaga *im klr.* zhaha. r. izgaga *neben* izžoga *sodbrennen: w.* žeg *in* žegą. lazъ *in* izlazъ *exitus: w.* lez *in* lêzą. vergl. sadъ. pal- *in* paliti urere: w. pel *in* pepelъ *aus und neben* popelъ. par- *in* pariti volare: w. per *in* pъrati. sadъ planta: w. *sed in* sêsti. skvara χνίσσα nidor: w. skver *in* skvrêti *aus* skverti. varъ aestus: w. ver *in* vъrją, vъriši *usw. Vergl. lit.* žadu, žadêti *sagen, sprechen mit* aslov. gadati, *das durativ, folglich denominativ ist; pr. gnode teigtrog mit* gnet *in* gnetą *kneten.*

5. a *entsteht durch dehnung des* o, *ursprachlich* a₁, *in drei fällen: 1. im dienste der function bei der bildung der verba iterativa:* nabadati infigere: *bod.* razdvajati sę dividi: *dvoi, d. i.* dvoji. gonažati salvare: *gonozi.* zakalati mactare: *kol.* prêpokajati ἀναπαύειν: *koi, d. i.* koji. izlamati effringere: *izlomi.* ulavljati insidiari: *lovi.* omakati humectare: *omoči,* omoki. skakati salire: *skoči,* skoki. utapati *immergi :* top *in* utonąti. *2. zum ersatze eines nach dem o ausgefallenen consonanten :* probasъ *transfixi aus* probod-sъ. *3. bei der metathese von* r, l : vrata *aus* vorta. zlato *aus* zolto. ralo *aus* orlo. *Vergl. seite 84.*

Die dehnung des o *zu* a *scheint auf einer zu* a *hinneigenden aussprache des* o *zu beruhen. Vergl. J. Schmidt 2. 170—172.*

6. Dem a *in* dêlati *vom nomen* dêlo *wird* aind. aja, *von anderen* ā-ja *gegenübergestellt : dasselbe gilt von dem* a *der mehrzahl der verba V. 2. 3. 4:* orati, stenati, stъlati; bъrati, dъrati, gnati; dêjati, lijati, smijati *usw. Vergl. seite 53. Dagegen ist* brati sę pugnare, *klati* mactare *aus* borti, *kolti* durch metathetische dehnung des o entstanden. Verschieden ist das a in gra: grajati : *lit.* groti. ags. crāvan. *granati, s. granuti* illucescere. znati *usw.: diese verba beruhen auf secundären wurzeln wie* aind. psā *auf* bhas, griech. πλᾱ *auf* πελ, lat. strā *auf* ster *usw. J. Schmidt 2. 325.*

7. Wenn man neben vidêti *die form* drъžati, *neben* krotêj *die form* mъnožaj *usw. findet, so ist das* ja *in* drъžati, mъnožaj *usw. der ältere, durch* ž *geschützte,* ê *der jüngere, aus* ja *entstandene, laut. Das gleiche gilt von* jamъ, *nsl.* jêmь edo. ičazati evanescere usw. *aus den w.* jed, čez *usw. Vergl. seite 50.*

8. a *entwickelt sich nicht selten aus* je *durch assimilation an vorhergehendes* a : *dies geschieht : 1. im sg. gen. m. n. in der zusammengesetzten declination : aus* kuplьnaego *zogr. entsteht* kuplьnaago *3. seite 59. Wenn im sg. loc. m. n. neben dem ausgang* êjemь, êemь, êêmь *der ausgang* êamь *besteht, so liegt der grund darin, dass der ausgang des sg. loc. der* ъ(a)-*stämme* êjemь *in* êêmь, êjêmь, êjamь *übergeht.* grobъnêjamь *sup. 337. 12.* vêčьnêamь. *Abweichend ist das russ.-slov.* svoiьnêiêmь *svjat. d. i.* -êjêmь *seite 54. Selten ist* dobrêimь *op. 2. 2. 78. 3. seite 59, dessen* i *aus* je *entstanden ist wie* neštetuimъ *aus* neštetujemъ. *in* kająšteimъ sę *ist* kająšte *der stamm 3. seite 59. 2. in der conjugation : A. im praes. der verba III. 1 :* razumêatъ *intelligit* mariencod. *srez. 95. aus* razumêjetъ. *Diese form wie die form* vêčьnêamъ *beruht auf der reihe* êêtъ, êjêtъ, êjatъ, êatъ. *B. im praes. der verba V. 1 :* gnêvaaši *aus* gnêvaješi. *Hieher gehört* imaamь habeo *aus* *imajemь, *wofür auch* imêją. imaaši *aus* imaješi. imaatь ostrom. imaamъ. imaate. *Die bedeutung sowie die form* imêją *macht die annahme wahrscheinlich,* ima *stehe für* imê, *3. seite 130, wie* sъpati *für* sъpêti. *Wenn das imperfect von* sъbljudati, *praes.-thema* sъbljudaje, sъbljudaahъ *aus* -ajahъ *lautet, so liegt der grund des zweiten*

a *darin, dass nach* j *der ursprüngliche laut für* ê *erhalten wurde.*
Vergl. pletêhъ *aus* pleto. 2. *seite 92.*
9. a *entsteht aus* aa *für* aje: dobrago. vêčъnago *zogr.* apostolъ-
skago *prag.-frag. aus* dobraago *usw.* 3. *seite 59.* imatъ *aus* imaatъ.
obličatъ *prag.-frag. aus* obličaatъ. podobatъ *slêpč. aus* podobaatъ
zogr. podobajetъ 1. *tim.* 2. 10-šiš. podobahъ *aus* podobaahъ. *Man*
beachte zapêją, *wofür* zaapêją *greg.-naz.* 106. prêdanie *neben* prêda-
anie *zogr. Dasselbe findet man im* r. počitaěь *für* -tnoěь. umyšleěь *aus*
-šleeěь-, -šljaeěь *kol.* 15. 16: *in den anderen sprachen gilt nur* am,
aš *usw. aus* ajem, aješ *usw.* aa *steht manchmahl ohne erkennbaren*
grund: bêlaahъ. mъnogaamъ *svjat.* taako *mlad.* istezaavъ. sъbra-
avъšemъ. otvêštaavъše. pitaavyj. slyšaašą. slyšaahomъ. pilaatъ.
varaavą *triod.-grig.-srez.* 333—342.

10. a *ist wie* o *manchmahl ein blosser, weiter nicht erklärbarer*
vorschlag. amorea morea μωραία, *das aus* ῥωμαία, *nicht aus dem*
slav. more *entstanden ist.* apony lanx. azamyslije *prudentia.*
vergl. abrêdъ *und* obrêda.

11. a *enthaltende* formen. α) Wurzeln. alъkati, alkati *esu-*
rire. lit. alkti. azъ, jazъ *ego* ἐγών: *lit.* aš *für* až. *lett. es. pr. es,*
as. armen. es. aind. aham. baba *vetula: lit.* boba. *aind.* bābā.
bagno: č. bahno. p. bagno *palus: lit.* bognas *ist entlehnt.* bagrъ
purpura: vergl. klr. bahrjanka *fichtenpech, das die Bojki kauen*
verch. 72. bajati *fabulari, incantare, mederi.* obavati: *griech* φα:
φάναι, φημί. *lat.* fa: fari. *aind.* bhā *bedeutet splendere.* balij *medicus ist*
der durch zaubersprüche heilende und hat mit lit. ne-atbolis *ein unacht-*
samer nichts gemein. banja *bulneum. Vergl. mlat.* banna. banъ
banus, bei den Byzantinern βοεάνος, *ist fremd.* baranъ *vervex.*
bašta *pater ist fremd.* bratrъ *frater: lit.* brolis. *got.* brōthar-.
griech. φράτηρ. *aind.* bhrātar. čaša *poculum. pr.* kiosi *Geitler, Lit.*
stud. 65. cъbanъ, čъvanъ *sextarius. s.* džban, žban. p. dzbanek:
lit. zbonas, izbonas *ist entlehnt.* da: r. da, daže: *lit.* do *Geitler,*
Lit. stud. 63. dati *dare: lit.* dúti, davjau. *lett.* dōt. *pr.* dāt. *aind.*
dā. *Aus* davati *hat man eine w.* du *erschlossen, da doch* da-v-ati *wie*
da-j-ati *zu teilen ist.* dračь *saliunca. nsl.* drač *usw.: w. wohl* dra
aus der. dračь *dyrrhachium.* gadati *coniicere: lit.* godīti. *Gleich-*
bedeutend ist gatati, *das im consonantismus mit* got. qvithan *über-*
einstimmt. gadъ *animal reptile.* č. had. p. gad *usw.* galiti *exsilire*
σκιρτᾶν. ganiti: č. haniti *schmähen:* p. ganic. *Vergl. lett.* ganīt.
gaziti *vado transire.* gra *im* s. granuti *effulgere ist eine secun-*
däre w.: vergl. aind. ghar, *womit auch die w.* zer *zusammenhängt.*

grajati *crocitare:* nsl. grajati *schelten:* lit. *groti, secundäre w.* gra,
aind. gar. hrakati *screare. Vergl. nsl.* hrkati. r. charkatъ. ja *et:*
aind. ā. *Mit diesem ā hängt auch das* ja *bei adj. wie in* jaskudъ
zusammen: vergl. aind. ānīla *bläulich.* jablъko *malum:* lit. obūlas,
obelis *malus. pr. woble. ahd. aphol.* jagnę, agnę *agnus:* lat. *agnus.*
Fick 1. 479 *stellt* agnę *zu* agina, *zu dem sich* agnę *verhalte wie ig.*
varana *widder zu ig.* varnā *wolle. Entlehnung ist sehr unwahr-
scheinlich.* jagoda *bacca:* lit. ûga, lett. ōga. *Secundäres suffix* da:
jago-da. jaje *ovum:* lat. ōvum. griech. ᾠόν *für* ὤFιον. *Das wort
wird auf avi zurückgeführt; der ausfall des v erregt bedenken. nord-
europ. āja aus āvja nach zeitschrift 23. 295.* jalovъ, r. jalъ, *ste-
rilis:* lett. ālava, *das jedoch vielleicht entlehnt ist.* jama *fovea: europ.*
āmā, w. am, *daher* jama *für* ama *nach zeitschrift 13. 86.* jar:
nsl. jarek *fossa: vergl. r.* jarъ ripa declivis. jarъ: nsl. jar veris
mit dem secundären suffix ъ: abaktr. jārе. apers. jāra jahr. got.
jēra-: jarъ *hängt mit den aries bedeutenden nomina nicht zusammen.*
jarъmъ *iugum: w. vergl. ar: griech.* ἀραρίσκω. *lat.* artus. aind. ara rad-
speiche. arpaja *einfügen.* jasenъ: s. jasen *fraxinus. r.* jasenъ. p.
jesion: lit. ûsis. p. woasis. lett. osis. ahd. ask. jasika s. populus
tremula. r. osina. p. osa, osika, osina: pr. abse. lett. apsa. lit. apu-
sis. ahd. aspa: slav. jas- steht für japs-. jasъ: pojasъ *cingulum:*
lit. josti, josmi *cinctum esse.* lett. jōst. griech. ζως: ἔζωσμαι. abaktr.
jāh *gürten.* javê, avê *manifesto.* p. na jaẃ, na jawie: lit. ovije
im wachen. aind. āvis adv. offenbar. ā-vid f. bekanntsein. glag. êviti,
aviti ist mit dem kyrill. javiti *identisch. Der anlaut von* āvis *wird für
die praepos. ā gehalten.* javorъ: nsl. b. javor *platanus usw.:* lit.
jovaras *kann entlehnt sein. Vergl. deutsch ahorn.* jazъno, azъno
corium: lit. ožis. lett. āzis *ziegenbock. pr.* wosee (vozê) *ziege.* jedva
vix: lit. advos. kaditi *suffitum facere: vergl. pr.* kadegis *wach-
holder.* kaganьсь ar. lampas. klr. kahaneć, kahneć. č. kahan. p.
kaganiec. *Vergl. matz. 39.* kajati sę *poenitere.* kamy *lapis:* lit.
akmû, sg. gen. akmens. ahd. hamar. aind. ašman. griech. ἄκμων. *Vergl.*
naglъ. kaniti *excitare lam. 1. 98.* kariti ar. lugere. as. kaгъba.
slovak. kar *epulum funebre. Vergl. ahd. charōn usw. matz. 41.*
kašъlъ *tussis:* lit. kosti, kosmi, kosu. kosulis. lett. kāsa. pr. cosy kehle.
ahd. huosto. aind. kās, kāsatē. kās. kāsa. kladǫ *pono:* lit. kloti
decken. apklostīti *bedecken: letzteres beruht auf klod.* krajati *scin-
dere. Secundäre w. von* kar. krakati *crocire:* lit. krokiu. lajati
latrare: lit. loti. lett. lāt. got. laian. aind. rā, rājati. lajno
κλίνθος. *Vergl. nsl.* lajno *stercus. Matz. 394 denkt an mgriech.* λαί-

viov *figlinum.* lalъkъ *palatum. nsl.* lalok *palear. r.* lalki *pl.;* laloka *gingiva dial. p.* łałok *wamme.* lapa: *p.* łapa *tatze: got. löfan- flache hand J. Schmidt 2. 164.* lapota *rumex acutus. griech.* λάπα- θον *matz. 237.* lapъtъ: *s.* lapat *frustum. lit. lopas Geitler, Lit. stud. 67. matz. 54. Vergl. r.* lopotь *fimbria.* lapy, lapь *amplius* ἔτι. laska *adulatio wird mit aind.* laš, lašati *begehren zusammengestellt.* lava *ar. scamnum: lit. lova, das jedoch entlehnt sein mag matz. 54.* makъ *papaver: pr. moke. griech.* μήχων. *ahd.* mâgo. manǫti, majati *nuere: lit. moti. mojis wink. lett.* mât. mati *mater: lit. motė. ahd. muoter. lat. mater. griech.* μήτηρ. *aind.* mâtar. mazati *ungere: lit. mozoti ist entlehnt.* na *in. lit. nů. pr. no. got. ana. griech.* ἀνά. *abaktr. ana auf.* nada: vnada *č. reiz, köder: vergl. lit. nodai zauberkünste und* nǫditi *seite 98. p.* wnęta reiz. naglъ *praeceps: aind.* aúga *flink zeitschrift 23. 268. lit. núglas, in den älteren texten naglas J. Schmidt 2. 165. Bezzenberger 49. vergl.* kamy. nagъ *nudus: lett. nöks. got. naqvada-. ahd. nahhut. aind. nagna: lit. núgas ist entlehnt.* nakъ: vъznakъ ὕπτιος *supinus: vergl. aind.* añka *haken. got. halsaggan- halskrümmung zeitschrift 23. 98. ahd. ancha genick, nicht ahd. hnach. mhd. nac.* napъ *mercenarius: das dunkle wort wird von matz. 261. mit ahd. knappo zusammengestellt.* nasъ *nos beruht auf dem slav.* na. *Ebenso* vasъ *vos auf* va. natь: *č.* nat. *p. os.* nać. *ns.* naš *blätter der küchenkräuter: pr. noatis. lit. noterê. lett. nātres pl. nessel. č.* nat *zu noterê wie* mat *zu moterê Geitler, Lit. stud. 68.* navь *cadaver. r.* navьe *für* mertvecь. navij *adj. Grot 172. lett. nâve f. mors. pr. nowis rumpf. got. navi- todter. navistra- grab Fick 2. 592. Man vergleicht aslov.* nyti *ermatten, indem man* nav *als steigerung von* nu *ansieht. Vergl. matz. 398.* ogarъ *as. canis venatici genus matz. 263.* opaky *adv.* ὄπισθεν: *aind.* apâka *rückwärts gelegen.* pa *in der composition für* po. *lit.* po. padǫ *cado: aind.* pad, padjatė. pahati *agitare, daher* opašь *cauda. nsl.* pahati, pahljati: *vergl. r.* pachatь *arare. p.* pachać *fodere.* pasmo: *nsl.* pasmo *strähne: lit. posmas. lett. pôsms, spôsms.* pasǫ *weide. r.* zapasatь *providere dial.* pasti *sja cavere. p.* zapas *penus: aind.* spaš *sehen, bewachen. ahd.* spehôn. *lat. specere. griech.* σκέπτομαι. plaštь *pallium. pr. ploaste bettlaken.* platъ *panus: got. plata- ist aus dem slav. entlehnt.* pra *in der composition für* pro. prag: pražiti *frigere. nsl. usw.* pražiti. *b.* praži. *s.* pržiti. *p.* pražyć: *lit. sproginti, spraginti. magy. parázs pruna.* račiti *velle: as. rôkjan. ahd. ruochan: lit. ročiti ist entlehnt.* raditi *neben* roditi *curare.* radъ *lubens: lit. rodas willig ist entlehnt. pr. reide, reidei. got.*

garĕdan. as. rādan. aind. rādh, rādhati geraten. Hieher gehört radi
propter: apers. rādij: avahjā rādij wegen jenes. raj paradisus:
aind. rāi besitz, habe; sache: w. rā spenden. lit. rojus, lett. raja
sind entlehnt. Mit raj soll r. rajduga, ravduga zusammenhangen. rakъ
cancer: pr. rokis. Man vergleicht aind. karka: rakъ aus krakъ wie
rogъ aus krogъ Fick 1. 524. rana vulnus: unverwandt ist aind. arus.
lit. rona ist entlehnt. rarъ sonus. rakati sợ clamare. č. rar-oh
falco: lit. rêti. lett. rāt schelten. raragas ist entlehnt. aind. rā, rājati.
r. rajatь sonare dial. lit. rojoti. salo adeps. nsl. s. salo. č. sádlo.
p. sadło, wohl für sъsalo: vergl. pr. saltan speck. samъ ipse: aind.
sama. griech. ὁμός. ahd. sum. sani nsl. schlitten: vergl. lett. sańas.
sanъ dignitas. Fick 1. 789. vergleicht aind. san, sanati ehren. abaktr.
han, hanaiti würdig sei. Wenn die zusammenstellung richtig ist, ist
a in sanъ wohl als zweite steigerung anzusehen. sirjadь m. wohl
funiculus: griech. σειράδιον matz. 305; bei jadь scheint an das suffix
jadь gedacht werden zu sollen. smag: č. smahnouti siccari. klr.
smažyty braten bibl. I. stati, stanǫ consistere: lit. stoti sich stellen.
stověti stehen. pr. po-stāt. lat. stare. griech. στῆναι. aind. sthā. Hieher
gehört stado grex: lit. stodas ist entlehnt. stanъ stand: lit. stonas.
aind. sthāna. starъ senex: lit. storas dick; dagegen J. Schmidt 2.
212. 358. stavъ bestand: lit. stova stelle. lett. stāvs. staviti wird
von Geitler, Fonologie 64, als zweite steigerung einer w. stu auf-
gefasst: die erste steigerung fehle. špakъ: č. špaček sturnus: lit.
spakas ist wahrscheinlich entlehnt. svatъ affinis: lit. svotas ist ent-
lehnt. taj clam, d. i. ta-j-ъ. taiti celare. tatь fur: aind. stēna,
tāju dieb. abaktr. tāja diebstahl. air. tdid: w. stā. tajati liquefieri:
aind. tā, tājatē sich ausdehnen. abaktr. tāta wegfliessend. ags. thāvan.
griech. τήκω. taskati: r. taskatь schleppen: vergl. lit. tasīti. aind.
lās J. Schmidt 1. 70. tata: č. táta pater: aind. tāta. lit. têta.
pr. thetis. lat. tăta. vabiti allicere: lit. vobiti, lett. vābīt sind ent-
lehnt. vada calumnia. sъvada contentio. p. zwada: lit. vadinti, in
älteren texten vandinti rufen. ahd. far-wāzan. aind. vad, vadati
sprechen. vādas. lit. vaida. vaidiju Szyrwid 389. 461. Verschieden
ist vadi: p. zawadzić. lit. voditi. vaganъ: s. vagan hölzerne
schüssel, metzen. č. vahan gefäss: pr. vogonis stülpschüssel. lit. vogonê
butterbüchse Geitler, Lit. stud. 73. vajati sculpere. vapъ color:
vergl. griech. βαφή und pr. woapis matz. 363. Geitler, Lit. stud. 73.
zajęcь lepus. lit. zuikis aus zaikis. lett. zakjis. zdar, zdara č. wohl-
ergehen kann von zdařiti se gelingen nicht getrennt werden. Es
hängt mit aslov. sъdě zusammen, wohin auch č. zdáti se, nsl. zděti se,

gehört. Die zusammenstellung mit lit. dora einigkeit mag gelehrter sein. zmaj *nsl. s. draco hängt mit* zmij *zusammen.* znati *noscere:* aind. *gṅā. secundäre w. von ġan: abaktr. zan. lit. žin.* žabra: r. č. žabra *branchia: vergl. lit. žobris zärte, ein fisch.* žalь *ripa. vergl. matz. 376. alb. zäl kies, sand.* žarъ: požarъ *incendium.* žaratъkъ *neben* žeratъkъ. *nsl.* žar *aestus.* žarek *aestuosus, amarus. slovak.* žara *auróra. lit. žėrė. Dunkel.* žvale *pl. nsl. zaum ist wohl auf* žvati *zurückzuführen: vergl. gebiss, fz. mors, und hat mit lit. žuslai nichts zu schaffen.*

a *entspricht neben* o *in fremden worten häufig dem* a. kadь χάδος *cadus: lit. kodis ist entlehnt.* kamara, kamora, komara, komora: *griech.* χαμάρα. kanonъ χανών. kastelь *castellum bell.-troj.* kratyrъ χρατήρ. lavra λαύρα. malje *s. pl. f. lanugo: griech.* μαλλός. *ngriech.* μαλλίον *matz. 248.* mar *in* zamaгъnъ, *etwa futilis, ist wohl entlehnt: ahd. maro mürbe. Dagegen matz. 58. 59.* monastyrь, manastyrъ, monostyrъ μαναστήριον. nakara *s. crotaculum: mgriech.* ἀνάκαρα. nalogij ἀναλόγιον. panica, apony, opanica *pelvis: ahd. phannā.* pavъ pavo. plastyrъ ἔμπλαστρον. poklisarъ ἀποχρισιάριος. pravija βραβεῖον *sis.* skamija *scamnum: lit. skomia ist aus dem slav. entlehnt.* talij *ramus: vergl. r. talъ salix cinerea und griech.* θαλλός. varovati *cavere. prêvariti decipere bell.-troj. nsl.* varati *observare, decipere.* vardêti, vardêvati *fovere. kr.* var imati *custodire luč. b.* vardi. *ahd. biwarōn. got. -varda- wärter usw. matz. 363.* vatra: *s. klr. slovak.* vatra *ignis, ein dunkles wort, das matz. 87. mit abaktr. ātar, aind. athar- zusammenstellt. Richtiger ist die vergleichung mit rumun. vatrъ focus, fundus domus.* zagarъ *as. canis venatici genus. ngriech.* ζαγάριον *matz. 92.*

β) Stämme. arjъ: klevetarь *accusator.* grъnьčarь *figulus 2. seite 88. ahd. āri. got. arja-.* aljъ: sokalь *coquus 2. seite 107.* anъ: prostranъ *spatiosus.* poljana *campus 2. seite 124.* anъ: grъtanь *guttur 2. seite 125.* ta: krasta *scabies.* blagota *bonitas.* plъnota *plenitudo. aind. pūrṇatā. germ. follithā 2. seite 162.* tva: britva *novacula.* ratva, oratva *aratio. got. fijathvā. frijathvā 2. seite 178.* atъ: svatъ *affinis: lit. svotas. lett. svāti pl. bogatъ dives 2. seite 182.* astъ: pleštastъ *latis humeris 2. seite 185.* ada: gramada *rogus 2. seite 208.* jadь: ploštadь *planities 2. seite 209.* avъ: rǫkavъ *manica: lit. rankovė.* dǫbrava *nemus 2. seite 220.* akъ: prosijakъ *mendicus.* jakъ *qualis relat.: lit. jokias.* sjakъ *talis: lit. sokias.* kakъ *qualis interrog.: lit. kokias.* takъ *talis: lit. tokias. vergl. saldokas ziemlich süss 2. seite 240.* jьagъ: krъčagъ *vas fictile 2. seite 281.* aõjъ: kolačь *libum 2. seite 332.*

Das verbalsuffix a: pьsati *scribere.* dajati, davati *dars.* prêbъdêvati *vigilare.* pohvaštati *rapers.* javljati *ostendere usw. 2. seite 454.*

γ) Worte. *Das* a *des sg. gen.* raba. sela *entspricht dem ât des sg. ablative im aind. und abaktr.: asvât, aspât. Das* a *des dual. nom.* raba *ist das â des gleichen casus im aind.: asvā, wofür später asvāu.* ma *von* rabъma, raboma. rąkama *beruht auf einem dem aind. bhjām entsprechenden* mām, *wobei anzunehmen, das auslautende* m *sei vor der speciellen entwickelung des slavischen geschwunden. A. Leskien, Die declination usw. 107. Das* a *des pl. nom.* sela *ist das â des aind. pl. nom. juga. Das* a *von* ryba *ist das â der aind. fem. im sg. nom.: asvā.* a *erhält sich in* rybama, rybamъ *usw. Der dual. nom.* vê *schliesst sich an* ženê, *der dual. acc.* na *an* raba *an. Anders A. Leskien, Die declination usw. 148. 149.* doma *domi,* vъčera *heri werden als sg. gen. aufgefasst, wohl kaum mit recht: lett. vakarā abends ist ein sg. loc. biel. 274. vergl.* jedva *vix mit lit. advōs, vōs. Die suffixe* ma, mê, mi *sind casussuffixe: aslov.* dêlьma. *nsl.* vêkoma, vêkomaj, vêkomê. *r.* polma *entzwei.* vesьma. okromja. *Vergl. 2. seite 234:* m *ist wohl aind. bh: die auslautenden vocale entsprechen vielleicht einem älteren* ja. *Bei* m *für bh möchte man an die got. adverbia wie ubilaba denken, die jedoch anders gedeutet werden zeitschrift 23. 93. Auffallend ist das* a *in der II. dual.:* bereta, *wo* tъ *für aind. thas, neben der III.* berete, *wo* te *für aind. tas steht.*

A. Die i-vocale.

I. Erste stufe:

1. ь.

1. ь *entspricht ursprachlichem* i. *Es ist nicht in seinem laute, sondern nur in seinem ursprunge von dem aus* e, a *entstandenen* ь *verschieden, über welches seite 19. gehandelt ist. Man vergleiche* trьmъ. trьmi. trьhъ (*po* trъhъ dnьhъ *zogr.*) *mit aind. tribhjas. tribhis. trišu. Der nom. n. und f.* tri *ist vielleicht der aind. acc.* trīn, *während das* m. trьje *neben* trije, *der pl. g.* trьj, trij, trej *nach* gostь *gebildet erscheint: wie* tri *kann auch* gosti *erklärt werden. In einigen fällen scheint* ъ *für* ь *zu stehen:* bezъ *sine: aind. bahis draussen.* dъska *tabula: griech. δίσκος.* obъ *circum: aind. abhi.* otъ *ab: aind. ati.* tъkmo, tъkъmo, tokmo, tъčiją *solum, das wahrscheinlich mit lit. tik in tikti, tinku passen zusammenhängt, wofür* tъkъmъ *aequalis spricht.* vъnъ, vonъ *foras, im zogr.* vъnъ *neben* vьnê, izvьnu, *das mit pr. winna heraus, iz winadu auswendig und aind. vinā ohne zu vergleichen ist. Dass im slav. den personalendungen aind. ti und nti einst* tь *und* ntь *gegenüberstanden, ist gewiss, allein im erhaltenen zustande des aslov. finden wir in einheimischen quellen stets* tь, ntь; *russische denkmähler bieten* tь, ntь. *Dasselbe tritt auch im aor. und imperf. ein, formen, in welche* tь, ntь *wahrscheinlich aus dem praes. eingedrungen sind:* sъnêstъ. pojętъ. klętъ. načętъ. dastъ. obitъ. pitъ. vъspêtъ. umrêtъ. prostъrêtъ. bystъ *neben* bystь *zogr.* možaašetъ *matth.* 22. 46. *zogr. b. vergl.* A. Leskien, Die vocale з *und* ь *usw.* 64.

i *für* ь *hat sich nur selten erhalten:* sęti *inquit cloz.* I. 281. daždi *drev. glag. pam.* 247. kъzni, milosti *prag.-frag.* viždi. krêposti moja *bon.* 132. zavisti *apost.-ochrid.* 98. smokvi *pent.* hoti *pent.* crъkъvi *ephr.* 3. *seite* 36. 39. *Das* i *von* ljubvi *ist wohl analog dem von* hoti. *Vergl.* Daničić, Istorija 13. buduti ἔσονται *marc.* 13. 8.-nicol. isypljuti βάλλουσιν *luc.* 14. 35. *ibid.* mneti θσκοϋσιν *matth.* 6. 8. *ibid.* pitêeti τρέρει *matth.* 6. 26. *ibid.* podobaeti δεῖ *marc.* 13. 7. *ibid.* primuti δέξονται *luc.* 16. 4. *ibid.* davyj tebê oblasti siją *ev.-buc. In russ. quellen steht häufig* ti *für* tь, *zumahl vor* i, j: kto si suti *izv.* 559; ljubljahuti i. moljahuti i. obolačašeti i. poznajeti i. tvoriti ju *usw.* Potebnja, Kъ istorii *usw.* 125. *Man füge hinzu* človêkoljubicь *parem.-grig. für* -bьсь *oder* -bесъ. gęslimi *bon.* velimi *georg. für* velьmi. *vergl.* č. hosti. choti. smrti *usw.* 3. *seite* 36. 355. *Archiv* 3. 203. choti *lässt sich nicht aus* chotьâ *erklären.*

2. ь **enthaltende formen.** α) W u r z e l n. blьskъ *splendor: lit.* bliškiu, blizgu. blêskъ. bьtarь *dolium, wohl richtiger als* bъtarь *trotz des* r. botarь, *ist das griech.* πιθάριον *matz.* 127. 385, *der auch an mlat.* butar *erinnert.* cvьtą *floreo, daher* procvitati. *inf.* cvisti. cvêtъ *flos: lit.* kvëtka *ist aus dem* p. (kwiatka) *oder aus dem* wr. (kvitok) *entlehnt.* cvьt (kvьt) *ist nur slav. nachweisbar. In späteren quellen findet man* cьvt-, cъvt-. čь *in* počьvenije *requies* ἄνεσις, κοίμησις: *urspr.* ski, aind. kši *wohnen, weilen. In* počiti *ist* ь *zu* i *gedehnt.* sk *lässt* šč, št *erwarten.* čь *in* čьto *quid: aind.* ki *in* kim. kis. kijant. či *in* čid. abaktr. či *in* čis *usw.* čьto. čьsо *neben* česo *zogr.:* uničьžiti *aus* ničьže. čьbrъ *labrum. s.* čabar. r. čeberъ, čoborъ. č. p. džber *aus* čber. *lit.* kibiras. ahd. zwibar, zubar: matz. 26. *hält* čьbrъ *für slav., sich auf lit.* kibiras *stützend.* čьpagъ *pectorale. s.* čpag, špag *funda.* čьparogъ *ungula.* čьtą *numero, daher* čitati: aind. čit, čětati. čьtątъ. čьti. čьli. pričьten *zogr.* čьbanъ *sextarius. s.* džban *usw.* dьnь *dies. r.* denь. p. dzień, *sg. gen.*

dnia. *abweichend lit. děna. pr. deina: aind. dina.* dьnь *zogr.*
dьnь *cloz. 1. 625.* dьni *31.* dьnemь *458.* dьnemь *910: w. div
leuchten.* gobьzъ *abundans: got. gabiga- neben gabeiga-.* kotьlъ
lobes. lit. katilas. got. katila-. krъs: *vъskrъsnąti excitari: w.*
kris, *daher* krês- *in* krêsiti. krъstъ, krъstъ *christus, das aslov.*
krstъ *gelautet hat: griech.* χριστός. lьnъ *linum. r.* lenъ, *sg. gen.*
lьna. *lit. linas. lett. lini. pr. linno. ahd. lin. griech.* λίνον. *lat. linum.*
lьpêti *adhaerere, daher* prilipati. *r.* lьnutь. *p.* lnąć. *č.* lep, *sg. g.*
lpu. *lit. lipti, limpu. lett. lipt, lipu. aind. lip, rip, limpati.* lьsk *in*
lьštati *sę splendere. Vergl. p.* lsknąć *und* łyskać. *r.* loskъ. lьstь
fraus. r. lestь, *sg. g.* lьsti, lesti. *č.* lest, *sg. g.* lsti. lestny. *got.*
listi-, das mit leisan erfahren zusammengestellt wird. lьstь *wird, wohl*
ohne grund, für entlehnt gehalten. lьstь *zogr.* lьsti *cloz. 1. 573.*
lьstęšte *336.* prêlьštenyję *598. neben* lьsti *858. Vergl. J. Schmidt*
2. 465. Unverwandt sind lihъ. lêha *Fick 2. 653.* mьg *träufeln:*
mьgla *nubes. lit. migla. nsl.* mzêti *saftig sein: travnik vode mzi.*
s. mižati *V mingere. klr.* mža *sprühregen verch. 35. lit. mīsti, mīžu.*
lett. mēznu, mīst. *mīzlis ziemer: vergl. miza rinde. aind. mih, mēhati*
aus migh beträufeln, harnen. mih nebel. mihira wolke. griech. ὀμίχλη.
ὀμιχεῖν *J. Schmidt 1. 134. Hieher gehört* mêzga *succus.* mьgnąti *nic-*
tare. mizati. mêžiti. *nsl.* magnóti, megnôti, mignôti. mžati,
žmati. žmêriti. *s.* magnuti. *r.* mignutь. žmuritь. *č.* mhouřiti. *p.*
mžy mi się. mgnąć *neben* mignąć. *lit. migti, mēgmi dormire.*
miginti sopire. mēgas somnus. lett. migt, mēgu. pr. ismigē obdor-
mivit. mьńij *minor.* mьńij, mъńij *zogr.: got. mins, minnizan-. lat.*
minus. Vergl. nsl. minsih *fris. d. i.* mьńьiiihъ　mьstь *vindicta,*
eig. etwa: vergeltung. mьsti *zogr.* mьstislavъ: *misti(s)clau IX—X.*
jahrh. lit. mitas kosten. vergl. mitê *wechselweise. aind. mith, mēthati*
unter anderem: altercari, daher wohl mьt-tь. mьša *missa. lit. mišē:*
ahd. missa, aus dem lat. mьšelъ *turpis quaestus. r.* obmichnutь
sja. obmišulitь *sja.* obmešetitь *sja,* obmišenitь *sja falli: aind. miša*
betrug, täuschung. aind. muš, mōšati furari passt nicht. mьzda
merces. mьzda, mъzda *zogr. r. č. os.* mzda. *got. mizdōn-. ahd. miata.*
ags. meord. mhd. miete. griech. μισθός: *abaktr. mīzhda lohn. aind.*
mijēdha opfermahl aus mjēdha, mēdha. Delbrück vermutet eine ver-
bindung von mūsa fleisch und dhā setzen. mьzgъ *neben* mьskъ
mulus: die zusammenstellung mit w. mis, aind. miš, ist falsch, die
berechtigung des ь *nicht bewiesen.* obьětь *communis ist aind. abhi*
um, aslov. obъ *aus älterem obi, mit dem suff. tja, hat demnach mit*
vêětь *res, got. vaihti-, nichts zu schaffen. Die bedeutung von* obьětь

ist nur aus abhi begreiflich: rund herum seiend. pьhati *ferire. lit.*
paiśti. pěsta. lett. paisit. *lat.* pinso: *aind.* piś, pinaśti *pinsere, daher*
pьšeno. pьšenica *triticum.* pьšenica *zogr.* pьklъ *pix: lit. pikis.*
lett. pikjis pech: lit. pekla abgrund ist entlehnt. Ebenso pr. pyculs
hölle. griech. πίσσα *aus* πιϰja. *lat. pix, picis.* pьsati, pišą *scribere.*
i statt ь *ist in die inf.-tempora eingedrungen:* pisano, pьsano *usw.:*
aind. piś, piśati: *pr.* peisāton *ist slav. ursprungs.* rьvьnъ *aemulans.*
stьgna *platea.* stьgny, stьgnaxъ *zogr. p.* ściegno *vestigium: vergl.*
stьza *semita. aind.* stigh *(noch unbelegt), im slav. und sonst mit*
gedehntem w.-vocal: stignąti. *got.* steigan. *griech.* στείχω; *lett.* stiga.
stьgno *femur. klr.* stehno *oberschenkel. p.* ściegno. *ahd. scincho:*
man beachte den nasal im p. stьklo *vitrum.* stьklěnica *zogr.: got.*
stikla- becher: lit. stiklas *und lett.* stikls. *pr.* sticlo *sind entlehnt.* stьza
semita. stьzę *zogr. p.* stdza *für* śćdza: *vergl.* stьgna.   sьrebro
argentum. pr. sirablan *acc. lit.* sidabras. *lett.* sidrabs. *got.* silubra-.
svьtěti *lucere.* svьnąti *illucescere aus* svьtnąti, *daher* svitati. světъ.
lit. švisti, švintu. *vergl. aind.* śvit, śvetati: śvid *ist unbelegt.* svьtęštją
cloz. I. 676. prosvьtě sę 58: *in späteren quellen auch* sъvt-.   sьcati
mingere. sьčь *urina. ahd.* sīhan *seihen. mhd.* seich *urina. aind.* sič, *siħćati*
netzen.   Damit hängt sęknąti *fluere zusammen. klr.* syklyny *urina*
scheint einverbum sikati *vorauszusetzen.* sęknąti *ist in die a-reihe über-*
gegangen J. Schmidt 1. 63.   tьk *in* tькъmo *tantum scheint mit lit.*
tikēti, tinku passen, tikras recht zusammenzuhangen: tькьma *greg.-naz.*
284. *neben* tькъmo. tькъma. tькъmu. tькmo *und* tokmo *zogr.* tčno
sup. lit. tiktaj nur: man kann hiebei auch an tъčiti *putare denken. lit.*
tikēti glauben: russ.-slov. točiti.   tьstь *uxoris pater.* tьstь. tьšta *zogr.*
p. cieść, *sg. gen.* ćcia, cieścia. *r.* testь, *sg. gen.* testja, *dial.* tstja.
Das wort ist dunkel. vьdova *vidua. pr.* widdewü *(widewā). got.*
viduvön-. ahd. wituwā. *aind.* vidhavā.   *Man vergleicht aind.* vidh
(vjadh) dividere. vьsь *vicus.* vьsi *zogr. lit.* věš *in* věšpats. *got.* veih-sa-.
aind. viś. věsa *haus. lat. vicus. griech.* οἶϰος. vьsь *omnis aus* vьsjъ.
vьsь, vъsądě *zogr. lit.* visas, *wofür man* višas *erwartet. pr.* wissa.
wisse-mūkin. apers. viša. *aind.* viśva.   zьdati, ziždą; zidati, zidają
condere. zьdati. sъzьdati. sъzidati. sъzydati *zogr.* zidъ, zizdъ, zьdъ
murus. Das wort wird mit lit. žěsti, žědu, žědžu *bilden (aus ton, wachs)*
in verbindung gebracht, obgleich zьdati *nie diese bedeutung hat;*
pr. seydis (zejdis) wand ist entlehnt: auf sъdъ *domus gestützt,*
dachte ich ehedem an sъ *und* dě, *eine ansicht, die ich auch jetzt*
zu gunsten des lit. žěd *nicht entschieden aufgeben kann. Aus den*
casus obliqui sъda, sъdu *usw. entstand* sda, *sdu und daraus*

zda, zdu, *s.* zad, *daneben* zid, *das zunächst auf* zidati *zurück-
zuführen ist.*

β) Stämme. ĭ *geht natürlich auch in stammbildungs- und in
wortbildungssuffixen in* ь *über. Das suffix* ia *nimmt die form* ьjъ
an, dessen j *den hiatus aufhebt:* božьjъ, *woraus* božьj zogr., *neben*
božijъ, *woraus* božij *divinus: th.* bogъ. *Der comparativ lautet auf*
ьj *und auf* ij *für* ьjъв, ijъв *aus:* krêplьj, *daraus* krêplej, *und*
krêplij, *wie* božьj *und* božij. *Mit ausnahme des sg. n. m. werden
alle formen des comparativs von einem auf* jъв *auslautenden thema
gebildet: sg. n. f.* krêplьši, *sg. g. m. n.* krêplьša, *sg. nom. n.* krêplje
aus krêplьš, *dessen auslaut* e *dem genus n. seinen ursprung ver-
dankt.* krêplь *verhält sich zu* kreplij *wie* ovьčь *zu* ovьčij *aus* ovьca
und suffix ia. Vergl. 2. seite 62. 72. *Der unterschied besteht darin,
dass* ovьčь *und* ovьčij *neben einander gebraucht werden, während*
krêplij *und* krêplь *jedes in bestimmten formen auftritt. Einiger-
massen dunkel ist mir* velьj zogr. velij, veli zogr. magnus, *neben
dem ein* velij *nicht vorkömmt:* vele. velьmoža. velьglasьno. velьmi
adv. usw. velь *scheint ein urspr.* i-*stamm zu sein,* velij *ist ein* ъ(a)-
stamm. vele *hält L. Geitler, Fonologie 11, für einen sg. nom. n. aus*
veli *wie lat. leve aus levi.* ь *kömmt als vertreter eines kurzen i vor
in zahlreichen stämmen m. f.:* črьvь *vermis: aind.* krmi. medvêdь
ursus: êdь *setzt ein* êdi *voraus.* ljudь *in* ljudije *leute, daher* ljudьmъ
sup. 256. 10. ljudьhъ *ostrom.* ovь *in* ovьca *ovis.* rêčь *sermo* 2.
seite 53. drьžanьje, drьžanije *possessio.* bytьje, bytije γένεσις 2.
seite 64. bratrьja, bratrija *fratres.* rabьja, rabija *servi* 2. *seite 69.*
dъbrь *vallis.* nozdrь *nasus* 2. *seite 87.* izraslь *germen.* sъhlь *sar-
menta* 2. *seite 103: beide worte beruhen wohl auf dem partic. auf* lъ:
izraslъ-ь. dêtêlь *actio.* obitêlь *deversorium* 2. *seite 109.* dьnь *dies.*
ognь *ignis.* branь *pugna.* danь *vectigal, lit. danis* 2. *seite 118.*
grъtanь *guttur.* jablanь *malus* 2. *seite 125.* korenь *radix.* grebenь
pecten. srъšenь, strъšenь *oestrus* 2. *seite 127.* tatь *fur.* gospodь
dominus, daher gospodьmь *sup.* 141. 11. *Man füge hinzu* pɑtь *via,
daher* pɑtьmь *sup.* 86. 15. zvêrь *fera, daher* zvêrьmъ *sup.* 410. 18:
navь *mortuus, lett. nāve mors, ist man geneigt auf* nū (nyti *languere)
zurückzuführen.* borь *pugna.* brъvь *supercilium.* dvьrь *ianua, daher*
dvьrьmъ *sup.* 187. 7; 428. 12. krъvь *sanguis, daher* krъvьmъ *sup.*
162. 13. lučь *lux.* osь *axis.* rěžь *secale.* skrъbь *cura.* solь *sal.*
žlъčь *fel.* žrъdь *pertica usw.* pɑtь. šestь. sedmь *usw.; so auch elisa-
vьtь* zogr. *Das auslautende* ь *einiger adj. und adv. beruht gleichfalls
auf altem i:* ɑtrь *intro.* udobь *facile.* dvogubь *duplex.* iskrь *prope,*

8

das auf kraj *beruht.* različь *diversus.* otъпѧdь *omnino.* vъsrętь *retro.*
isplъпь *plenus.* pravъ *recte.* prêprostь *simplex.* vуsrъ *sursum.*
poslêdь *neben* poslêdi ἔσχατον *zogr.* osobь *seorsim.* svobodь *liber.*
otъvrъпь *modo contrario.* вългъвtь *aequalis.* očivêstь *manifesto:*
pr. akiwysti. вълzorь *maturus usw. 3. seite 37.* ѧglь *m. carbo, lit.*
anglis f.: ѧglь *scheint ursprünglich nach der i-declination flectiert*
worden zu sein. orьlъ *aquila: vergl. lit. erelis.* osьlъ *asinus; lit.*
asilas. got. asilus. jaslь: jasli *praesepe, daher* jaslьhъ *ostrom.* bezu-
шьпъ. desьпъ *dexter: lit. deśinai adv.* istinьпъ. lѧkavьпъ. vêčьпъ
aeternus. jedьпъ *neben* jedinъ *unus.* ovьпъ *aries.* grivьna *collare:*
lit. grivina, grivna. Man beachte na *zudinem* dine *fris.: aslov.* na
sѧdьпêшь dьne. *lit. avinas schafbock.* ἔφsinas *gänserich. miltinas voll*
mehl 2. seite 145. pr. deynayno morgenstern: *dьпьпа. dalьпь *lon-*
ginquus. materьпь *maternus.* pêsпь *cantus.* žiznь *vita.* malomoštь
aegrotus: malomoštьmь *pat.-mih.* zętь *gener.* lêtь: lêtь jestь ἔξεστιν.
pamętь *memoria.* pęstь *pugnus.* strastь *passio, daher* strastьmъ *sup.*
392. 1. vêstь *res, daher* vêštьma *sup. 43. 12. 2. seite 165.* pečatь
sigillum: pečatьmь *sup. 341. 15; 341. 7.* mъčьtъ *imaginatio.* skrъ-
žьtъ *stridor 2. seite 188.* vêtvь *ramus 2. seite 182.* drъzostь *audacia.*
boljestь *morbus 2. seite 169.* balьstvo *medicina.* jestьstvo *ουσία.*
veličьstvije *magnitudo: daneben* nevêždьstvьe *cloz. I. 151. usw. 2.*
seite 65. 179: vergl. lit. ïsta, ïstê: *draugïsta. paslïstê botschaft*
Bezzenberger 99. pędь *palma 2. seite 207.* pravьda *veritas.* vražьda
inimicitia: lit. krivida, krivda ist entlehnt 2. seite 211. ovьde, ovъde
ibi. sьde *hic 2. seite 208.* ploštadь *planities 2. seite 209.* strêžьba
neben stražьba *custodia: lit. sodïba ackerstück und lett. sôdïba gericht*
sind entlehnt 2. seite 213. jelьma, jelьmi *quantum neben* jelь. kolьma,
kolьmi *quantum neben* kolь. tolьma, tolьmi *tantum neben* tolь. bolь-
šьmi, bolьšimi *magis 2. seite 234.* gorьkъ *amarus.* tęžьkъ *gravis*
neben tęžъkъ *in* otęgъčati. žežьkъ *neben* žegъkъ *igneus.* skačькъ
locusta 2. seite 256: dass dem tęžъkъ *ein u-stamm zu grunde liegt,*
lit. tingu-, ist wohl zuzugeben: wie sich jedoch daraus tęžьkъ *ent-*
wickelt, ist nicht dargelegt: nach Geitler, O slovanských kmenech na
u 119, ist tęžьkъ *teg(u)ikъ.* dêtьskъ *puerilis.* južьskъ *australis.*
osьlьskъ *asininus: lit. steht -iškas (pr. deiwiskai adv.) dem* -ьskъ
gegenüber 2. seite 278. ѣgпьсь, agnесь *agnus.* kupьсь *emtor.* vênьсь
corona. čędьсе *puer 2. seite 306. vergl.* mladênьсь *mit pr. malde-*
nikis. ovьsь *avena: lit. aviža. pr. wyse, dem a abgefallen. Der*
jüngere, bulgarische teil des zogr. bietet crъkъvь. krъvь. oblastь.
sedmъ. skrъbъ. вългъtъ. zapovêdъ.

γ) Worte. *Der halbvocal* ь *steht im auslaut des sg. instr. der*
themen auf ъ(a), o(a), ъ(u), ь(i) m. *und im sg. instr. und loc. m. n.*
der pronominalen, daher auch in den genannten casus der zusammen-
gesetzten declination; ferners in der I. sg. praes. der ohne das suffix
e *conjugierenden verba:* zogr. есть, невмь. ispoveть, сьвемь. damь,
podamь. ěmь, сьпěmь *und* imamь: *dagegen I. pl.:* esmъ. věmъ.
damъ. ěmъ *neben* propoveть κηρύξω marc. 1. 38. cloz. prědamь i
I. 216. 229. II. 95. 101. 112 usw. prědamii I. 171. 172. aus
prědamь i wie pamętiimъ aus pamętь imъ 1. 318. zogr. glasъmь
veliemь. glasomь. nečistomь duhomь. gněvomь. въ iěkovomь i
ioannomь. isaiemь. licemь. moвěomь. nebomь. ogńemь. rątьmь,
pątemь. slovomь. učiteľemь. hramomь. větromь. čimь. svoimь.
moimь. съ ńimь. emь. po ńemь. ni o komь že. čemь. onomь. vъ
edinomь domu. kająěteimь sę svętymь. pri mori galilejscěmь usw.
abweichend: tъtaniemъ. vъ tomъ domu. svoimъ. ognemь nega-
sąětimъ, *häufig in dem jüngern, aus Bulgarien stammenden zogr. b.*
zlatomъ. imъže. tvoemъ. o nemъže usw. cloz. bliscanimь I. 557.
821. bogomь. božiemь 1. 821. bratomь I. 500. věnьcemь I. 675.
vązomь I. 533. glasomь II. 17. gověnьemь I. 142. 544. dosa
ždenьemь II. 80. duhomь I. 13. 551. dьnemь I. 458. zakonomь I.
139. 286. imenemь I. 922. 936. 950. ispytaniemь I. 74. 78. ispyta-
nimь I. 240. ispytanьemь 1. 73. malomь I. 702. mnogomь I. 407.
тъnogomь I. 544. nedągomь I. 447. językomь I. 27. obrazomь
I. 459. о̄stь I. 551. očiětenьemь I. 405. padanьemь I. 180. pove-
lěnьemь I. 564. podobnomь I. 466. poslušanьemь I. 543. ročь-
tenьemь I. 569. 570. psanьimь I. 55. pěskomь I. 566. razumomь
I. 53. světomь I. 562. slovomь I. 702. II. 152. srědьcemь I. 17.
149. strahomь I. 65. 143. trъpělьs[t]vomь I. 77. trepetomь I.
110. trąsomь I. 684. umilenьemь I. 407. učenikomь II. 35. hotě-
niimь I. 197. bͫtъ I. 660. cělomądrъstviemь I. 406. člověko-
ljubъstviemь I 550. językomь I. 27. imъže 604. 605. nimь
809. simь 150. těmь 219. 286. 482. 949. 605. 606. svoimь
500. ediněmь 458. emъže cloz. I. 582. netъže I. 508. 721.
861. semь 154. 489. tomь 86. 176. 392. tvoemь 663. 666. 689.
edinomь 586. zakonnymь 74. izvěstnymь 73. kymь 458. lju-
bovъnymь 534. novymь 27. psanymь 149. svętymь 139. 551.
съrasъnymь 73. sąětimь 447. ukoriznymь 675. vetъsěmь 354.
grobьněmь 755. nepobědiměmь 780. heruvimьscěmь 38. *abweichend:*
bogomъ I. 3. drъznovenьemъ I. 535. strahomъ I. 110. sъtrъpělь-
stvomъ I. 77. vьsěčьskymъ I. 468. dъnevьnymъ I. 561. *Die*

8*

übrigen glagolitischen quellen verfahren willkürlich : bogomь *neben*
licemь. duhomъ. moвeomъ. ognemъ *assem.* glasomь veliemь.
kameniemь. slovomь. sapьremь *neben* ubrusomъ. ukroemъ. ispovemь
ii *mariencod. und* vêmъ ii αἷα αὐτόν. prêdamъ ii *tradam eum assem.*
Das ursprüngliche ti *der III. sg. und pl. praes. ist früh in* tъ *statt*
in tь *übergegangen :* estъ *neben* estь. êstъ *zogr.* estъ *cloz.* vêstъ.
povêstъ. jastъ *sup., dagegen* êstь *ostrom. 3. seite 63. 64. Über die*
aoristformen wie jetъ *vergl. 3. seite 68 und oben seite 110. Eben so*
schwankend sind die kyrillischen quellen. Im cod. sup. findet man
eine anzahl von stellen, an denen die erste hand mъ *schrieb, das eine*
spätere in mь *veränderte :* mnogocênьnyimь *5. 12.* adomъ. svoimь
slovomь 7. 23. slovomь 8. 27. velikomь glasomь *9. 13.* moimь
10. 7. usw. Auch sav.-kn. schwankt : moemъ *1.* ôсьmь moimь 2. o
vsemъ mirê 2. o imeni tvoemъ *3.* vъ nemь *4.* drъznoveniemъ *5.*
o semъ *5. neben* o imeni moemъ *4.* drъznoveniemъ 5. prêdъ
ôсemъ vašimъ nebesьskymъ 8. vъ oĉese tvoemъ *11.* въ zevedeomъ
осьmь ima *11. usw. Der ostromir enthält wenig ausnahmen von den*
oben angegebenen regeln : brъnijemъ *38.* c. vašiimъ *56.* a. uĉiteljemъ
233. d. Der uralte greg.-naz. schwankt wie die anderen kyrillischen
denkmähler. Vergl. 3. seite 534—538. Die bulgarischen quellen
gebrauchen teilweise entweder nur ъ *oder nur* ь : *jenes tritt bei* slêpĉ.,
dieses bei pat.-mih. ein. Beachtenswert ist die in dieser hinsicht ein-
tretende differenz zwischen dem älteren und dem jüngeren teile (b.) des
zogr.: der erstere entfernt sich hinsichtlich des hier in frage kommen-
den punktes nicht vom cloz., während der letztere ъ *und* ь *regellos*
gebraucht : dьnь, zapovêdь, sedmь, sъmrъtь, krъvь *und* dъnъ,
zapovêdъ, sedmъ, sъmrъtъ, krъvъ *usw. Diese differenz macht es*
nicht unwahrscheinlich, dass der ältere teil einen pannonischen, der
jüngere teil einen bulgarischen Slovenen zum urheber hat. Vergl.
A. Leskien, Über die vocale ъ *und* ь *usw. 59.*

vlъk-omь, tê-mь *entsprechen einem ursprachlichen* vrka-bhi,
tä-bhi, to-mь *dem aind. ta-smin.*

3. *In der gruppe* ьj *erleidet* ь *mannigfache veränderungen.*
Entsprechend sind die wandlungen des ъ *und* ъj : *das gemeinschaft-*
liche besteht in dem eintritte der zweiten stufe : i, y *für die erste :*
ь, ъ. *Der grund der verwandlung liegt in der schwierigkeit der*
aussprache des ь, ъ *vor* j *in betonten silben und im auslaute.*
Andere sehen in božija *aus* božьja *usw. eine assimilation. Wenn* j
nach dem abfall des ъ *im auslaute steht, so bleibt das ursprüngliche*
ьj *selten erhalten, es geht vielmehr in den älteren quellen in* ij, *in*

*den jüngeren in ej über, das jedoch schon in den ältesten quellen ab
und zu nachweisbar ist. Nach Geitler, Fonologie 12, stammt der
pl. g.* dьnej *von einem thema* dьne, *das für* dьnь *vorausgesetzt wird.*
ьj: božьj *zogr.* ij: velij *zogr.* ej: kostej *zogr. Steht* ьj *im inlaute,
dann erhält es sich sehr häufig; es kann jedoch in* ij *übergehen:* ьja:
velьê *zogr., d. i.* velьja. ija: irodiêdina *usw.* ladiję. ladii, *d. i.* ladiji.
ladiicą, *d. i.* ladijicą. lihoimiê *sg. gen.* tretiiceją, *d. i.* tretijicеją.
zogr. ije: obêdaniemъ. orążiemь *sav.-kn.* 56. 87. podražatelije *lam.
1. 163. Neben* ьjеtъ *aus* ьjotь *besteht* ьitь, iitь *aus* ьjъtь:
hotêniimь *cloz.* рѕаnьitь *cloz., d. i.* рѕаñitь. blagovolenьimь *fol.-
mac. 229, d. i.* blagovoleñimь. bliscanimь, *d. i.* bliscañimь. udarenimъ, *d. i.* udareñimъ. povelênьimь *steht für* povelênьimь. *Vergl.
seite 83. Aus* ьji *für* ьjê *entsteht* iji, ii, *daneben* i, *d. i.* ji: bliscani,
d. i. bliscañi *izv.* 468. ostri *luc.* 21. 24. *für* ostrii *aus* ostrьjê.
befremdend ist, dass, während man krъviją *für und neben* krъvьją
findet, während demnach der praejotierte vocal den übergang des ь
in i *begünstigt, die verbalstämme ihr auslautendes* i, *dieses mag nun
wurzelhaft oder suffixal sein, vor praejotierten vocalen zu* ь *herabsinken lassen können:* ubьenъ *cloz.* bьjąšte *zogr.:* bi. izlьê *cloz.*
vъlьêti: li. pьją *zogr.:* pi. vъsьêvъ: si. vъzъrьêše *cloz.* vъrьêhą:
vъri. omočьj *neben* omočij *zogr.:* omoči. prьjają: pri. *Das* i *erhält
sich ausnahmslos vor consonanten:* biti. liti; bihъ. lihъ; bilъ, lilъ;
eben so im iterativen pivati, *während das gleichfalls iterative* ubijati
auch ubьjati *lauten kann. Die vergleichung von* viti *und* cvisti *passt
nicht, wie* cvьlъ *zeigt: ein* vьlъ *gibt es nicht. Was den sg. acc. f.*
sьją, sịją *usw. betrifft, so fasse ich dessen* ь, i *als einen einschub auf,
daher* sьją, sịją *für* sịą: *vergl.* sьi (prinosъ) *glag.-kiov.* 532. *anders
verhält es sich mit lit.* šią. *Aus dem gesagten lassen sich die hier
angeführten, in den ältesten quellen vorkommenden formen erklären.*
zogr. abьe *und* abie. bьêše, bьêahą, bьjąšte, bьenъ, razbьjątъ,
ubьjątъ, ubьêmъ, ubьenu, ubьistva, ubьêjąšte. bliscanьetь. božьê,
božьju, božьją *und* božiê. bratrьê, bratrьją *und* bratrija. velьê,
velьetь, velьję *und* velie. veselьe. navodьju. vražьją. vъrьêhą *und*
vъpietъ, vъpiêaše. sъvêdeniê. nevêrьju. dьêvolъ. želênьetь. žitьe.
žrêbьję. zelьê. zmьję. lihoimiê. irodьêdê, irodъêdê, irodъady *und*
irodiêdina. vъlьêti, vъzlьê *und* voliê, prêliêjąštą. ljudьe. lobьzanьê.
marьê *und* mariê. žitomêrenьe. podъnožьju. očьju. orążimi. pьją,
pьetъ, piêahą, pьję, pьênicami, pьênьstvomь, ispьeta *und* piete.
razpątьê. rêpьê. svinьję *und* svinije. semьonъ. sьją, sьję *und* sịją,
sịję. tiverьê. trьstьją. nautrьê. uаьju. počietъ. ištędьê *und* tьmiêna.

118   i-vocale.

cloz. abьe *I. 305. 632.* bezakonьe *365.* bezakonьê *683.* bezmlъvьe
757. 758. 759. bezumьe *364. 389.* bezumьê *184.* besъmrъtьe *605.*
besъmrъtьju *747.* blagodêtьję *549.* bliscanimь *821.* bratrьe *541.*
bratrъję *84.* bratьê *108. 745.* brьnьe *926.* brьnьê *926.* bręcanьê *51.*
bytьe *557.* bьetъ *822.* velьe *139. 156.* velьju *140.* velьê *833.*
velьją *99. 479.* vlastьją *90.* vъzъrьêše *898.* vъrьetъ *349. 687.*
vъskrъsenьju *741.* vъstanьju *742.* vъsьêvъ *588.* vêtvьe *36.* govênьemь *142. 544.* dosaždenьe *569.* drъznovenьemъ *535.* dьêvolъ *433.*
437. dьêvola *717.* dьêvolê *610.* žitьe *64.* žitьê *357.* izlьê *572.*
ispovêdanьê *712.* ispravlenьe *741.* ispytanimь *240.* ispytanьemь
74. 78. ispytanьju *141.* istьlênьe *66.* ishoždenьe *857.* iscêlenьe *461.*
600. kazanьe *221.* krovьją *316.* krotostьją *543.* krъstenьe *98.*
krъstьênomъ *98.* krestьênь *142.* krъštenьe *109.* krъštenьê *101.*
lobъzanьê *526.* ljubodêanьe *112.* ljudьe *774. 841.* ljudьem(ъ) *772.*
mlъčanьe *759.* mъdlostьją *209.* nakazanьê *254.* naslêdovanьe *601.*
nebytьê *556.* nevêždъstvьju *151.* nečъstьe *137.* noštьją *681.* obь
štenьe *324. 547.* ogąžьê *769.* osąždenьe *631. 673.* osąždenьju *153.*
638. otъpuštenьe *393.* očištenьemь *405.* padanьemь *180.* plъtьją
761. povelênьe *294. 321.* povelênьemь *564.* povelênьju *724.* povьêetъ sę *888.* pogrebenьe *889. 903. 935.* podêlьe *704.* poklanênьe
578. poroždenьe *882. 897. 918.* poroždenьju *914.* poslušanьemь
543. posêštenьe *797.* posąždenьe *140.* počъtenьemь *569. 570.*
poštenьju *141.* prinošenьê *464.* pričęstьe *96.* pričęštenьe *658.*
prêdanьe *242.* prêdanъi *248.* prêzьrênьe *156.* psanьê *673.* psanъimь
55. pêsnъją *703.* rabьe *327.* razdrušenьe *618. 720.* različenьe *107.*
različьe *255.* raznъstvьe *238.* semьonъ *910.* sъmirenьe *521.* sъmotrenьe *794.* sъmrъtьją *651.* sъmêrenьe *796.* sъnitьe *795.* sṕsenьe
484. 591. 789. 791. 848. 861. 945. sṕsenьê *539.* sьêetъ *334.*
sьêti *680.* sьją *144. 273. 413. 569.* sądьję *7. 770.* sadьêmъ *934.*
sądьją *934.* tvoritьe *100.* tečenьe *562.* ubьenъ *464.* umilenьemь
407. učenьe *220.* učenьê *225. 585.* uêdenьju *68.* hotêniimь *197.*
cêlovanьê *527.* čęstьją *25.* človêkoljubьstvьe *389.* človêkoljubьstvьemь *550.* človêkoljubьstvьê *182.* čьtenьe *554.* šętanьê *772. neben
povelênie *296.* cêlomądrъstviemь *406. abweichend* noštъją *883. 884.*
953. osąždenьe *431.* očьju *4. assem.* prьjetъ *und* prijętъ. *sup.*
bêdьje *279. 21.* bьjetъ. dьjavolъ. pьjątъ. *usw. sav.-kn.* dьnъj дьнъ̀ı
dierum 77. okamenenъj окамєнєнъ̀ı *sg. loc. 61. psalt.-sluck.* nakazanьju. pątьe. pênьe. ponošenьe. poučenьe. *mladên.* kranьjevo mêsto.
triod.-mih. venьjaminь. *šiš.* pьjanica. *tur.* tatьje. *svjat.* prьjaznь. *antch.* pletoslovesьje πλοχολογία. *izv.* prolьja. očьją *für* očьju.

Aus ursprünglichem ъj kann ej und ij entstehen, das sein auslautendes j einbüssen kann. Wir haben demnach ъj, ej, ij, i, kyrillisch
ьн, ен, нн, н. zogr. božij und boži *nicht nur im sg. nom. m., sondern
auch im sing. loc. m. n.: im letzteren falle ist* božii božiji *zu lesen ;*
boľi *und* boľi, boľij *b.* boleznij, branij. veli *und* velьi, velij. vęětьi
und vęětij, vęětej, *dieses b.* zapovědьj *und* zapovědij. negašąětej *sg.
nom. m. marc. 9. 43; 9. 45.* prěgrěšenьj *pl. g.* gredąětьj *marc. 10.
30.* divij. dětij. zdanii *sg. loc.* zelij *pl. g.* ili *eliae sg. dat.* iměnii *sg.
loc.* kostej *pl. g.* vъskrili *und* vъskrilii. krъvij *pl. g.* vъskrъsnovenii
sg. loc. ladii. lučij. mosi *sg. n.* omočьj *und* omočij. ostri *sg. loc.*
otьčьstvi *und* otьčьstvii *sg. loc.* proči *sg. nom.* raspątii *sg. loc.*
roždenii *sg. loc.* usъpenii *sg. loc.* sądi *sg. n.* sądii *sg. dat.* trъnii
sg. loc. učeni, učenii *sg. loc.* crъsi, *d. i.* cěsarьstvi, *sg. loc.* ątrii *in iz*
ątrii ἔσωθεν *marc. 7. 23. steht für* ątri *sg. g. von* ątrь.

4. *ь kann ausfallen oder durch* e *oder* ъ *ersetzt werden:*

a) crъk'vněetь. čto. desnoe. mnogocěnnъ. orli. povinnъ. psa,
psano, napsanьe. vremenni. vsi *omnes.* vsi *vici.* zakonnikъ. železnaa
zogr. prěstapnąją *cloz. I. 595.* protivna *470.* věrna *148.* istinnь
865. povinna *152.* srъdca *4.* starci *3.* starcь *33.* tvorcь *267. 599.*
vъpsano *83.* vsi. včera. věrny. gradca. srebro *neben* vьrebro.
ovcamъ. rimska. tma *assem.* psati *neben* napьsati *und* pisa, psano
sav.-kn. 40. napsatъ *134. und sogar* vsь *25.* sъpsavъša *bon.*
bogoslovcь. tvorca. tьmnici *krmč.-mih. Man merke* poslustvo, *Sreznevskij, Drevnija slavj. pamj. jus.* pisьma *317, für* poslušьstvo.

b) běsenъ. istinenъ. podobenъ. povinenъ. priskrъbenъ *zogr.*
kamenemь *beruht auf* kamenьmь; dvьrehъ *auf* dvьrьhъ, *wofür
auch* dvьrihъ *vorkömmt.*

c) beštьstъna. bědъnu. běsъnumu. divъna. dьnevъnyję. izvěstъno. kupъno. lozъnaago. nadьnevъny. pergavъdъny. osътъno.
selъnyhъ. siľьnyję *usw. zogr.*

2. trъt wird trt (trъt).

*Nachdem im inlautenden ri das kurze i zu ь geschwächt
worden war, entwickelte sich aus rь in der sprache der vorfahren der
Slovenen, Serben, Chorvaten und Čechen das silbenbildende r:* vъskrъsnąti, *w.* krïs, krьs; *so auch* trъmisъ, *griech.* τριμίσιον; trъmъ,
trъmi, trъhъ, *aind.* tribhjas, tribhis, trišu, *lauteten wohl auch* trъmъ,
d. i. trmъ *usw.* li *hat diesem processe widerstanden:* blъsnąti, *w.*
blïsk, blьsk, *lit.* blizg *für* blisk, *iterativ* blistati, *nicht* blъstati,

blĭstati. *Dasselbe gilt vom anlautenden* li: lьpêti *haerere, iterativ*
lipati. *Vergl. meine abhandlung: Über den ursprung der worte von
der form aslov.* trъt. *Denkschriften band XXVII.*

II. Zweite stufe: i.

1. Der name des buchstabens i *ist* iže иже, *und* i: *jener kömmt
dem an die stelle des griech.* η *getretenen* и, *dieser dem aus dem* ι
gebildeten ι *zu. Im laute weichen sie von einander nicht ab. Beide
zeichen finden sich nicht nur im cyrillischen, sondern auch im glago-
litischen alphabete: auch letzteres erscheint demnach durch das
griechische alphabet beeinflusst.*

Verdoppelung des i *ist selten und wohl willkürlich:* siice hom.-
mih. *So ist auch* obiimetь. otiimetь *hom.-mih. aufzufassen.*

2. i *setzt einen vorslavischen langen oder diphthongischen laut
voraus, wie die vergleichung der verwandten sprachen in den meisten
füllen zeigt:* y, *welches sich zu* ъ *gerade so verhält wie* i *zu* ь, *ent-
spricht langem aind.* ū. čistъ *purus: lit.* skistas. griva *iuba:*
aind. grīvā. i *in* iti, idą *ire: lit.* eiti. *pr.* eit *und got.* iddja. *aind.*
i: ēmi, ētum *usw.* libavъ, libêvъ *gracilis. s.* librast: *lit.* laibas *macer.*
č. libêvý *ist pulposus.* lihva *usura gilt als entlehnt: vergl. got.* leih-
van. *Dasselbe findet im nicht wurzelhaften teile der worte statt:* jarina
lana: lit. êrěna *lammfleisch.* novina: *lit.* naujěna. i *aus* ê, *er:* dъ̄sti
filia: lit. duktê. *Ebenso* mati *mater: lit.* môtê. *pr.* mūti. *aind.* mātā
J. Schmidt 1. 13. 25. Man vergleiche pr. brāti *voc. und* noatis *nessel.
lit.* noterê. *lett.* nātra. *Nach Geitler, Fonologie 68, gelangt man zu*
mati *auf folgende weise:* matrьa, matrьjê, matrьi, matri, mati. lani
kann für lanь *stehen: vergl. jedoch lit.* lonê.

Man beachte die verschiedene behandlung von i *und* u: *dem* ēs
des aind. sg. g. so wie dem ē *des aind. sg. voc. steht slav.* i *gegen-
über, während dem* ōs *des aind. sg. g. und dem* ō *des aind. sg. voc.
slav.* u *entspricht.* i *und* u *stehen im slav. auf verschiedener,* ē *und*
ō *im aind. auf gleicher stufe. Derselbe unterschied tritt bei dem inf.
ein, wo man neben* liti *nicht nur* byti *sondern auch* pluti, suti *aus
sъpti findet. Wenn man jedoch bedenkt, dass das* i *des sg. g. und
voc.* gosti, kosti *einem aind.* ē, *lit.* ě, *gegenübersteht, so wird für
diese formen die gleichheit von* i *und* u *wieder hergestellt, denn* gosti
und kosti *beruhen auf* gostê, kostê *gerade so, wie sich* pьci *auf*
pьcê *stützt. Gewisse* ê *gehen im auslaute in* i *über.*

3. i *entsteht auf slavischem boden aus* ja. sikъ *talis:* r.
sjakъ *aus* sjъ *und suffix* akъ *wie* takъ *von* tъ *und demselben suffix*
akъ. rabyńi *serva.* pustyńi *desertum aus* rabynja. pustynja, *wie
die declination dartut. Vergl. lit.* bêgunê*: pustinê ist entlehnt. Eben
so sg. nom. f.* dobrêjši. tvoŕъši. hvalęšti *aus* dobrêjsja. tvoŕъsja.
hvalętja. *Nach einer anderen ansicht soll* i *von* sąšti *nicht aus* ja
*zusammengezogen, sondern der auslaut des stammes sein. Hieher
gehört auch* mlъnii, mosii, *d. i. ursprünglich* mlъniji, mosiji, *aus*
mlъnija, mosija: *sg. g.* mlъniję, mosiję *usw. Da auch* mlъni, mosi
zogr. krъmьči *sup. 360. 27.* ladi *hiš. 252. geschrieben wird, so scheint
mir, dass sich schon früh aus* mlъniji, mosiji *die formen* mlъnij,
mosij *entwickelt haben, während andere* i *aus* ii *durch contraction
entstehen lassen Archiv 2. 500. Die frage nach der geltung des aus-
lautenden* i *nach vocalen taucht öfters auf: sie kann auf verschiedene
weise beantwortet werden. Der laut* j *bestand zweifelsohne im aslov. und
wurde in den ältesten quellen durch* i *bezeichnet. Nach meiner ansicht
ist* kraj, *nicht etwa* krai *zu lesen;* dêlaj *entsteht aus ursprünglichem*
dêlaji, delajê; dobrêj *und* dobŕij *aus* dobrêji, dobrêjê *und* dobŕiji,
dobŕijê; *eben so* toj *und* jej *aus* toji, tojê *und* jeji, jejê *usw. Ein
zwingender beweis lässt sich für keine der beiden möglichen ansichten
erbringen, wie so oft in fragen über die laute einer längst verklungenen
sprache. Vergl. aind.* i *aus* jā *im aind.* takṣṇi *griech.* τέκταινα *aus*
τέκταvja. *got.* thivi *aus* thivja *zeitschrift 23. 120. Ich lasse* hvalęšti,
tvoŕъši, dobrêjši *aus* -tja, -sja *hervorgehen, andere meinen, das* št
und š *der angeführten formen sei aus den obliquen casus übertragen
Archiv 3. 211.*

4. i *entspringt aus* ê *in den verba iterativa, ist daher seinem
ursprunge nach ein* a-*laut. Dabei ist zu beachten, dass nach* ž
sowohl i *als* a — *und dieses ist älter — vorkömmt, während sich nach
anderen consonanten* i *und* ê *findet: nur vor* r, l *tritt aslov. stets* i
ein. 1. sъžigati *neben* sъžizati *comburere und* sъžagati (sъžazati
kömmt nicht vor) von žeg; *von* čez *findet sich nur* ištazati *deficere,
kein* ištizati. *2.* pogribati *neben* pogrêbati *sepelire von greb.* sъplê-
tati *neben* sъplitati *connectere von* plet. prêricati *neben* prêrêkati
contradicere von rek: *in russ. quellen auch* narêcati. isticati *effluere
neben* prêtêcati *und* prêtêkati *praeterfluere von* tek.

5. *Aus anlautendem* jъ *wird* i *und zwar dadurch, dass* ъ *aus-
fällt und* j *vocalisiert wird. 1. Aus* jъ *is, aind.* ja, *wird* i, *das als
sg. acc. m. vorkömmt und im aslov. nicht* ji *auszusprechen ist. Wenn*
jъ *an ein vorhergehendes wort sich anlehnt, d. h. enklitisch wird,*

bewahrt es seine geltung als jъ: ná ńь *aus* ná njъ, *daher auch* ide
aus jъde *und do* ńьdeže. *Im dual. nom. n. f. hingegen ist* i *wie* ji
zu sprechen, denn es ist jê; *im pl. nom. m. lautet* i *gleichfalls* ji,
denn es ist ji *aus* jê; *dasselbe tritt ein im sg. inst. m. n.* imь, *d. i.*
jimь *aus* jêmь, *im dual. dat. instr.* ima, *d. i.* jima *aus* jêma *usw.*
2. *Aus* jъgo *iugum, aind.* juga, *wird* igo, *das aslov. so, nicht etwa*
jigo *lautet.* jьm *aus* jem, *em prehendere, aind.* jam, *wird anlautend*
im, *aslov. nicht* jim, *daher* imą, *imeśi usw., inf.* jęti *für* ęti *aus*
emti. *Das iterativum lautet* imają *und* jemlją, *in welch letzterer*
form das ursprachliche a als e auftritt. Kömmt im in den inlaut,
dann sinkt i *zu* ь *herab, oder vielmehr* j *fällt aus:* vъnьmą. vъzьmą.

6. i *entwickelt sich aus* je *durch assimilation an vorhergehendes*
i. *Dies geschieht im sg. loc. m. n. der zusammengesetzten declination:*
aus byvъšijemь *entsteht* bivъšiimь.

7. ii *kann zu* i *zusammengezogen werden:* bližьńimь *aus* bližь-
niimь *3. seite 60. Dasselbe tritt bei den verba der vierten classe*
ein: aus slavijetъ *entwickelt sich zunächst* slaviitъ *und daraus* slavitъ.
Hier mag auch pameti-imъ *cloz. 1. 318. aus* pamętь jimъ *erwähnt*
werden: bê prazdьnikъ pamęti-imъ vъin'naê *erat festum memoria*
eis continua.

8. i *entsteht durch dehnung des* ь, *ursprachlich* ĭ.

Functionelle dehnung tritt bei der bildung der verba iterativa
ein: bliscati *fulgere:* blьsk. počitati *honorare:* čьt. prilipati *adhae-*
rere: lьp. mizati *nutare:* mьg. svitati *illucescere:* svьt.

Compensatorische dehnung findet bei dem bindevocallosen sig-
matischen aoriste ein: procvisъ *efflorui aus* cvьt-sъ: cvьt. čisъ *legi*
aus čьt-sъ: čьt. Vergl. čislo *numerus aus* cьt-tlo. pьsati *scribere beruht*
vielleicht auf pis, aind. piš, pišą vielleicht auf pins, aind. pīsāmi.
tri *pl. nom. acc. f. n. ist wohl aind. trīn; so stützt sich auch das* i
in gosti *auf* ĭn, *obwohl hier* ĭ *allein die dehnung erklärt: vergl.*
kosti *mit aind. gatis.* čismę *numerus entspringt aus* čьt-smen, *wie*
das lit. ver-smê quelle von ver zeigt. Compensatorische dehnung
scheint auch einzutreten, wenn vor consonanten i *aus* in *entsteht.*
blizъ *abalienatus.* blizь *prope,* bliznьca *gemini, pudenda, wohl testi-*
culi, eig. die (einander) nahen, das mit got. bliggvan, *lat. fligere aus*
flingere in zusammenhang gebracht wird. Zeitschrift 23. 84. Vergl.
blizna *cicatrix. klr.* błyzna *wundmahl, fadenbruch. č.* ubližiti *offen-*
dere. lett. blaizit *quetschen, schlagen.* imę *nomen aus* inmen *oder jen-*
men *aus der urform* anman *J. Schmidt zeitschrift 23. 267. pr.* emmens,
emnes. *alb.* emın. isto, *sg. g.* istese, *neben* jesto, jestese, *testiculi,*

renes: *lit. inkstas ren neben insczios (inščos) Bezzenb. iščos eingeweide.*
pr. *inxcze. lett. īkstis: stamm in, daher eig.* ‚*invendiges' Bezzenberger*
40. Vergl. J. Schmidt 1. 81; 2. 470. iva *salix: pr. inwis sibe. lit. jëva.*
lett. *ëva faulbaum. īve sibe.* Man vergleiche plita *neben* plinъta κλίν-
θος: *lit. plīta ist entlehnt.* revitъ *in* revitovъ ἐρεβίνθου. *ahd. arawīz.*
misa *mensa. So ist vielleicht auch* kъñiga *littera zu erklären, da das*
p. księga *auf ein älteres* knęga, kъnęga *deutet, das mit einem* kъninga
so zusammenhangen mag wie p. ksiądz, księdza *mit einem german.*
kuninga-. *Auf in wird* i *im suffixe* ikъ *und* ica *zurückgeführt,*
indem man worte wie aslov. dvor-ьn-ikъ, vrat-ьn-ikъ *und lit. dvar-*
in-inkas, mês-in-inkas *zusammenstellt J. Schmidt 1. 81. Hiebei ist*
jedoch das suffix jakъ *zu berücksichtigen, welches mit* ikъ *die gleiche*
function hat 2. seite 244.

   Accentuelle dehnung gewahre ich in den inf. cvisti florere: cvъt.
čisti *numerare:* čьt. *vergl.* č. kvisti. čisti *und* busti: bod. housti:
hud, *aslov.* gąd. krásti: krad. přísti: před, *aslov.* pręd, *wo die*
dehnung durch den accent bewirkt erscheint. čistь *für* čьstь *honor ist*
selten. Man merke die praesensformen pišą *scribo:* pьв. židą *exspecto:*
žьd. *Die auf* i *auslautenden verbalwurzeln dehnen* i *in allen formen,*
nur vor j *kann* ь *stehen bleiben:* počiti *quiescere.* počiją, počьją *usw.*

   9. i *steht ursprachlichem* ī *gegenüber in folgenden fällen: 1. im*
pl. instr. *aller nomina mit ausnahme der* ъ(a)- *und der* o- *und jener*
themen, die den ъ(a)- *und* o-*themen folgen:* rybami. synъmi. gostъmi,
trъmi. materьmi. nami. vami. têmi *neben* raby *usw. Nach Leskien,*
Die declination *usw.* 100, *beruht* mi *auf ursprachlichem* bhīms; *Bezzen-*
berger, Beiträge *usw.* 141, *vergleicht lit.* meis (kekschemeis) *aus*
ursprachlichem bhajas. 2. *archaistisch ist* i *in der* I. III. *sg. praes.:*
jesmi. protešeti i. *Vergl.* 3. *seite* 33. 34. *Das aslov. suffix der* III.
sg. ist tъ *für* tь *aus* ti. *Regelmässig ist* i *in der* II. *sg. praes.:* bereši,
dasi aus dad-si: aind. bharasi. *Man beachte, dass in den lebenden*
sprachen š, *d.* i. šь, *für* ši *eintritt: nsl.* bereš *usw. si in* jesi *hat sich*
überall, in dasy. jisy. visy *im klr. erhalten. Hinsichtlich des* i *im*
auslaut des sg. nom. einiger i-*themen vergl. seite* 100.

   10. *In manchen fällen wird* ь *durch* i *ersetzt. Dies geschieht*
nach j: gnoiinъ *assem., d.* i. gnojinъ *aus* gnojьnъ *putridus. Selten*
sind formen wie različinъ lam. 1. 38. 103. *Es geschieht ferners im*
anlaut, wo weder ъ *noch* ь *stehen kann: so wie für* ъ *der vocal*
der zweiten stufe, y, *eintritt, so wird* ь *durch* i *ersetzt:* izъ *ex:*
lit. iš *aus* iž. *lett.* iz: istъ *verus, lit.* iščas, *scheint auf* jes-tъ *zu*
beruhen.

11. i *ist manchmahl als vorsatz oder als einschub eingetreten.*
a) igra *ludus, eig. wohl clamor, von w. gar sonare:* č. hra. p. gra.
ispolinъ *neben* spolinъ *gigas: vergl. die gens spalorum bei Jornandes*
c. 4. Zeuss 67. Dass die Spalen ein slavisches volk gewesen seien, ist
in geringem grade wahrscheinlich, da riesen wohl kaum je mit einem
namen des eigenen volkes bezeichnet werden. Grimm, Mythologie
485—524. ispyti *neben* spyti *frustra: vergl. die PN.* č. spitibor.
spitihněv. p. spycimierz *usw. Die bildung der slav. personennamen*
101. istъba *tentorium: ahd. stupa. Man beachte das vorzüglich in*
den lebenden sprachen häufige iěъlъ *für* ěьlъ *von* ěьd: prěiěьdь *prol.-*
rad. ikra *ova piscium, sura. nsl.* ikre *glandines (morbus) ist zu*
vergleichen mit p. ikra *ova piscium, sura neben* kra *glandines, frag-*
mentum glaciei. č. kra (ledová). *kirchenslav.* kra *ili* ikra ledjanaja *bei*
Linde. Neben dem klr. iverъ. r. iverenь *besteht p.* wior *hobelspan.*
r. imžitь *für* mžitь*: w.* mьg. *Lit. iškada. iškala schola. istuba.*
b) obijemljutъ *izv. 681.* obistupiti *tichonr. 2. 329.* obizrěti *circum-*
spicere izv. 635. Man vergleiche jedoch aind. abhi und lit. apibēkti.
apipilti neben at-a-děti. at-a-traukti. už-u-ženkti Kurschat 49. 126.

12. i *enthaltende formen.* α) Wurzeln. bi: biti *percutere.*
Das wort ist dunkel. bid: obiděti *iniuria afficere.* běda. *lit. abida,*
abiditi sind entlehnt. birje *ns. festum pentecostes ist das ahd. fira*
feier aus lat. feria matz. 112. biserъ, bisrъ, bisьrъ *margarita.*
nsl. s. č. biser. *Dunkel.* blizъ *abalienatus.* blizь *prope: vergl.*
seite 122. bri: briti *tondere.* britva *novacula. w. aind.* *bhar. abaktr.*
bar schneiden, zu dem sich bri *verhält wie* kri *in* kroj *zu* kar*, wie*
stri *in* stroj *zu* star. *Vergl. J. Schmidt 1. 27; 2. 493. Curtius 299.*
bridъkъ *acerbus, amarus, acutus. nsl.* bridek *acutus: vergl. etwa* bri.
ciganinъ*: nsl. b. s. usw.* cigan, *ehedem* aciganinъ. *griech.* ἀθίγγανος,
τσίγγανος. cipela *s. calceus. magy. czipellö: mlat. zipellus, zepellus*
matz. 132. či: počiti *quiescere: w.* kěi, kěeti *weilen aus* ski.
čigotъ *lictor. Ein dunkles wort.* činъ *ordo: w. wahrscheinlich aind.*
či, činōti *aneinander reihen, schichten, aufbauen.* čislo, čismę
numerus: w. čьt. i *ist die dehnung des* ь *zum ersatz des* t: čьt-tlo.
čьt-smen. *lit. skaitlus, skaitlius, dessen suffix nicht dem des slav.*
čislo *entspricht. lett. skaitls, skaits. skaitit.* čistъ *purus: lit. skistas,*
kistas: čistas ist entlehnt. Vergl. J. Schmidt 1. 97: neben čistъ
besteht cěstъ *in* cěstiti. čižь*: r.* čižъ *acanthis. p. czyž usw. pr.*
czilix für czisix. Vergl. mhd. zise matz. 25. divij *ferus. nsl.* divji.
r. dikij *usw. vergl. Fick 1. 638: lit. dikas frech ist entlehnt.* divo,
divese; divъ *miraculum, portentum.* diviti sę *mirari.* č. divati se

spectare. lit. dīvas wunder ist entlehnt: w. aind. dhī wahrnehmen.
abaktr. dī sehen, daher wohl di-v-o. divъ: s. div gigas ist das
türk. div. pers. dēv usw.; dagegen matz. 27. drista: nsl. drista
dysenteria: vergl. lit. trēdžu, trēsti. trēda; daher wohl drid-ta: damit
hängt auch p. trznąć zusammen. dvignąti movere. Fick. 1. 112.
stellt eine w. dvagh auf: abaktr. dvaozh treiben. lit. daužti stossen,
schlagen. Man beachte got. vigan bewegen und vergleiche aslov. po-
dvigъ certamen mit got. vigana- krieg. Andere denken an ahd. zwangan
vellere zeitschrift 23. 207. glina argilla: vergl. glъb in glъbêti
infigi. gni: gniti putrescere. gnoj. gnida lens. č. hnida. polab.
gnaidái. lit. glindas: gnida steht für knida. griech. κόνις (κονιδ). ags.
knitu. ahd. niz f. Fick 2. 67. gribъ: r. gribъ. p. grzyb fungus:
lit. grēbas, žem. gribas, ist entlehnt. gridinъ ar. satelles: anord.
gridh domicilium. gridhmadhr servus: lit. grīniča cubiculum famulare
ist slav. matz. 32. gripъ: akr. grip sagena. s. grib. griech. γρῖπος
matz. 32. griva iuba: vergl. aind. grīvā nacken. griža: nsl.
griža darmwinde hat man mit gryzą zusammengestellt: man vergl.
jedoch lit. grìžžas. i ille in iže qui aus jas, dessen j nach abfall
des s und a in i übergieng, das demnach nicht ji lautet. Ähnlich ist
auch ide ubi. iga quando relat. zu deuten. Hiemit hängt auch das
anderen pronomina angehängte i zusammen. Vergl. 2. seite 120: i ent-
spricht dem lit. ai: tasai; ašei für ašai ist bulg. azi. Auch die
conjunction i et ist hieher zu ziehen. igla acus, daneben igъla in
igъlinъ. nsl. igla. kr. jagla. č. jehla. pr. ayculo. Vergl. J. Schmidt
1. 76. igo iugum. lit. jungas. got. juka-. lat. iungo. iugum. griech.
ζεύγνυμι, ζυγόν. aind. juǵ. J. Schmidt 1. 130: igo aus jъgo wie i
aus jъ, jas. An die reihe jągo. jъgo. igo ist wohl nicht zu denken.
igra ludus. nsl. igra. klr. ihra, hra: i ist wahrscheinlich prothetisch.
ikra ova piscium. lit. ikras wade. ikrai rogen. pr. iccroy wade: i ist
vielleicht prothetisch. ilъ lutum. nsl. il. griech. Ἰλύς. ilьcь: č.
jilec. p. jelca, jedlca scutulum gladii: ahd. hëlzā schwertgriff matz.
185. afz. helt, heux. it. elsa, elso. imela viscum. p. jemioła.
r. omela. č. jméli. pr. emelno mistel. lit. emalas, amalis. lett. āmals.
Man denkt an die w. jъm, em. imę nomen aus anman. armen. th.
anıcan. pr. emmens, emnes J. Schmidt zeitschrift 23. 267. Man denkt
auch hier an die w. jъm, em, jam Fick 2. 527. Vergl. J. Schmidt 1.
27. 80. inije, inij pruina. nsl. imje, ivje. b. inej. s. inje: lit. īnis ist
entlehnt. Man vergleicht auch pr. ennoys fieber. inъ unus in ino-rogъ
μονόκερως. ino-kъ monachus. inogъ, inegъ, negъ μονιός. γρύφ. lit.
v-ēnas. pr. ains. got. aina-. alat. oinos. air. óin, oen. aind. ê-ka.

Identisch damit ist in*ъ *alius: vergl. aind. ê-ka unus, alius. Unverwandt ist aind. anja.* iskati *quaerere aus* jêskati. *lit. jĕškoti und jĕškoti Kurschat 78. lett. ĕskāt. ahd. eiskön. aind. iš, iččhati aus* iskati. isto, istese *testiculus.* istesa, obistie *renes. nsl.* obist. *lit. inkstas, insczios bezzenb. niere. iščos eingeweide. pr. inxcze. anord. eista J. Schmidt 1. 81; 2. 470.* istъ ὁ ὄντως *qui vere est: w. as. slav.* jes: *in* jestъstvo οὐσία *hat sich je erhalten.* istъba *tentorium. nsl. usw.* izba. *ar.* istъba. *lit. stuba, istuba. lett. istaba: ahd. stubā. mlat. stuba. it. stufa. fz. étuve.* iti, idą *ire. lit. eiti, eimi, einu. lett. ıt. lat. ire. griech.* εἶμι. *aind. i, ēti.* iva *ar. salix. nsl. s. usw.* iva. *lit. ēva; ēva, jēva bei Kurschat 78. pr. inwis taxus. ahd. iwa. matz. 37. J. Schmidt 1. 48.* izъ *ex nach J. Schmidt 1. 12. aus* jьzъ. *lit. iš für iž.* ižica *stamen. Dunkel.* jelito č. *darm, wurst. p.* jelito *darm. ns.* jelito *der grosse magen des rindviehs. Vergl. pr. laitian wurst.* klinъ *cuneus: lit. klīnas ist wohl entlehnt: man vergleicht* kol, klati. kńiga, kъńiga *littera.* kńigy *pl. litterae, liber: p.* księga *deutet auf* knenga: *vergl.* księdz, *aslov.* kъnędz, *und german.* kuninga-. kri *in* kroj *und* kroiti *scindere: vergl.* bri. *Mit der w.* kar *hängt auch* krajati *zusammen: secund. w.* kra. krikъ, klikъ *clamor.* kričati *clamare.* kliknąti *exclamare: lit. klikti, krĭkštöti J. Schmidt 2. 462.* krilo *ala. nsl.* krilo. *p.* skrzydło: *lit. skrëlas, im suffix abweichend. skrëti rund drehen, tanzen. lett. skrēt laufen, fliegen.* krinъ, krina *modius.* okrinъ *patera. s.* krina. *ar.* krinъ, okrinъ. *č.* okřin. *p.* krzynow *matz. 52: vergl.* okrinъ. krivъ *curvus. lit. kreivas. lat. curvus J. Schmidt 2. 492.* križь *crux: lit. krĭžius ist entlehnt. ahd. chriuze:* i *ist demnach ju.* križъma, krizma χρίσμα. *nsl.* križma. *č.* křižmo. li *vel scheint aus* ljubo *entstanden zu sein. Vergl. 4. seite 167: anders Leskien, Die declination usw. 49.* li: liti, liju *und* lijati, lêją *fundere.* polivati *ist besser bezeugt als* polêvati. *lit. lëti giessen. pr. islïuns effusus. lit. lïti. lett. lït regnen.* libavъ, libêvъ *gracilis. s.* librast. *lit. laibas dünn, zart, schlank: č.* libêvý *ist pulposus.* lihva *usura. č.* lichva. *p.* lichwa. *Man vergleicht* lihoimanije *aviditas und* lihъ *abundans von einer w.* lih: lihva *wäre demnach eine primäre bildung durch* va *wie etwa* mlъva *aus* melva, mrъva *aus* merva: *w.* mer. vlъhvъ *aus* vlъh, vlъs. *matz. 56. Man hat sonst* lihva *mit got. leihvan. ahd. lihan und dieses mit aind. rič, rēčati zusammengestellt. Man vergl. lit. likoti, likau leihen. pr. polikins. Mit* lihъ *abundans ist lit. lëkas. lett. lëks überflüssig unverwandt. Man beachte auch č.* licha *in:* suda či licha *par oder unpar, wofür lit. ličnas unpar Kurschat 223: vergl.*

likius überschuss, daher vielleicht lihъ *aus* liksъ. lihъ *expers.*
r. lichij *böse: lit. lësas mager. iš-si-lësti mager werden. Dieses* lihъ
ist wahrscheinlich von dem unter lihva *behandelten verschieden.*
likъ *chorus: man vergleicht* lěkt *springen und got. laika- tanz. aind.*
rěǵ, rēǵati *hüpfen.* likъ *in* selikъ, tolikъ *tantus.* kolikъ *quantus*
ist mit liko *in* ličese *verwandt und mag zunächst die qualität bezeichnen.*
Andere knüpfen an seli. toli. koli *an J. Schmidt 1. 90; anderen*
ist lik *aus* lьak *entstanden Geitler, Fonologie 51.* lik *in* ličьba:
p. liczba *numerus.* liczyć: *vergl. lit. likis numerus.* lik: ličiti
evulgare. *liko, ličese, *facies, neben* lice: i *soll aus in hervor-*
gehen J. Schmidt 1. 89. Vergl. lit. laygnan wange. ličiti *formare.*
liceměrъ *simulator.* linь: r. linь. p. lin *usw. schleie: lit. linas.*
pr. *linis.* lipa: *nsl. usw.* lipa *tilia: lit. lëpa. pr. lipe: vergl. w.* lьp.
listъ *folium: vergl. lit. laiškas blatt, lakštas.* lisъ *vulpes: vergl.*
lett. lapse. lišaj *impetigo: stamm* lih. liva *africus: ngriech.* λίβας
matz. 242. lizati *lambere: lit. lëžti, lëžiu. laižiti, laižau. got.*
bilaigōn. *lat. lingo. griech.* λείχω. *aind. rih, lih, rihati, lēḍhi.* mi
mihi. Vergl. ti *tibi.* si *sibi: aind. mě. tě.* mi: minǫti *praeterire.*
mimo *praeter.* milo φερνή *dos.* milъ *miserabilis. lit. mīlus freund-*
lich. mëlas *amoenus.* mīlěti *amare.* meilė *amor.* malonė *gnade*
J. Schmidt 2. 485. mirъ: *kr. s.* mir *murus. Aus dem lat.: das*
wort ist in Dalmatien aufgenommen. mirъ *pax, mundus. p.* mir
pax Archiv 3. 50. lit. mērus *ziel. lett.* mērs *friede. Bei* mirъ *pax*
denkt Fick 2. 436. an abaktr. mithra vertrag, freund. misa
patina. č. mísa. *p.* misa *usw.: lat. mensa. got.* měsa- *n. tisch. ahd.*
mias. *ir.* mias *J. Schmidt 1. 45. 81.* misati se *nsl. pilos amittere:*
ahd. mūzōn *aus dem lat. mutare. Dasselbe lautet s.* mitariti se, *das,*
in Dalmatien entlehnt, unmittelbar aus dem lat. stammt. mitě,
mitusъ *alterne. klr.* mytma, *na* mytuš *verch. 36: got. missō einander.*
aind. mithas. i befremdet. mlinъ, blinъ *placenta. nsl.* mlinec. *b.*
mlin: *lit. blīnai und nhd. blinze sind entlehnt. Vergl.* klinъ. mъnihъ,
mnihъ *monachus. lit. minīkas, mnīkas: aus dem ahd. munih monachus.*
ni *neque. lit. nei.* nicь *pronus. nsl.* poniknôti *in terra perdi.* vnic
verkehrt. b. nickom. *kr.* vodu nikom piti. *nice humi luč. s.* ničice:
ničiti *vernichten, lit. naikīti, ist trotz des lit. auf* ni-čь *zurückzuführen.*
niknǫti, nicati *germinare. nsl.* niknôti. *b.* niknъ *vb. usw.* ništь
humilis aus ni-tja. nitъ *filum. lit. nītis J. Geitler, Lit. stud. 68.*
98: vergl. got. nē-thlā-. *ahd.* nāan. nadala. *lit.* nere. *griech.* νέω
J. Schmidt 1. 8. 27. ñiva *ager. nsl.* njiva *usw.* nizъ *deorsum.*
aind. ni: ni-zъ. obi, obъ, o *praeposition, praefix, circum:* obizrěti:

aind. abhi.   okrinъ *pelvis neben* krinъ. *č.* okřin. *ns.* hokšin
Bezzenberger, Über die a-reihe usw. 31, vergleicht got. hvairnja- hirn,
schüdel. anord. hverna topf, schale. griech. χέρνος.   pikanina *urina.*
č. pikati, pičkati *mingere.*   pikusъ: *č.* pikous *teufel vergleicht*
L. Geitler, Lit. stud. 68, mit lit. pīkulas gott des zornes.   pila
serra. nsl. usw. pila. *lit. pĕla: ahd. fīla.*   pilę: *b.* pile *pullus*
gallinaceus. s. pile. pilica. pilež. *lit. pīlis anas domestica. Man
denkt bei diesem worte an b. s.* pule *asellus und an lat. pullus. got.
fulan- vergl. matz. 65.*   piljukъ. *s.* piljuga *nisus vergleiche man
mit pr.* pele *weihe.*   piljevati: *slovak.* piľovať *diligentem esse.
p.* pilny, *das mit* pьnъ *verwandt sein mag.*   pinka *slovak. frin-
gilla. č.* pěnkava. *lett. pińkjis. ahd. fincho. magy. pinty: vergl.
matz. 65.*   pipati *palpare. nsl. s.* pipati. *b.* pipa vb.   pipela,
pipola *tibia. lit. pīpele. pīpti pfeifen Kurschat 320. Hieher gehört
auch s.* piple *gallinula, pullus. pr.* pepelis. *pippalins pl. acc. vogel.
usw. Vergl. matz. 66.*   pisati *neben* pьsati, pišą *scribere.* pismę
aus pьs-smen *usw.: lit. išpaisau p.* rysuję *Szyrwid 329. pr. peisāt.*
piskati *tibia canere: w.* pi.   pitati, pitēti *alere. lit. pětus mittag-
mahl. aind. pitu cibus: vergl. got. fōdjan.*   piti *bibere.* pirъ *con-
vivium, eig.* συμπόσιον. *aind.* pā, pipatĕ, *pibati: pū scheint im p.*
napawać *neben* napajać *aus* napoić *erhalten.*   pizda: *nsl. usw.* pizda
vulva. lit. pise, pīze, *pīzda cunnus. pisti, pisu. lett. pist, pisu futuere.
pr. peizda podex: w. ist wahrscheinlich* pis. *Vergl. mhd. visellīn
penis. aind. pasas. griech.* πέος. *lat.* pēnis.   plištь *tumultus: vergl.*
pljuskъ.   pri *apud. lit.* pri, *prë Kurschat 128. prědas zugabe.
pr. prei. lett. prë: prēds.*   pri: prijati *favere.* prijaznь. *got. frijōn.
aind. prī, priņāti. abaktr. frī. lit. prētelius ist das slav.* prijatelь.
ri: rinąti *trudere. aind.* rī, ri, riņāti, *rijati J. Schmidt 2. 250.*
riga *r. trockenscheune. L. Geitler, Lit. stud. 69, vergleicht lit. reja
(rěja) scheune.*   rimъ *roma.* ruminъ, rumьskъ *romanus deutet
auf die reihe: rum* rumъ. rjumъ. rimъ. *lit. rīmas ist entlehnt.* riskati,
ristati *currere. klr.* ryst *via bibl. I. lit. riščia trab: w.* ri.   ritъ
*podex. L. Geitler, Lit. stud. 69, vergleicht lit. rêtas lende: die vocale
stimmen nicht.* riza *vestis. Dunkel.*   si: sijati, sinąti *splendere:
vergl. aind.* tjēta, tjēna *albus.*   sigъ *r. salmo lavaretus: vergl.
lit. sīkis f.* sik: *nsl.* sičati *sibilare.* sikora. *lett. sīkt.*   sikъ
talis neben sjakъ, *lit. šokias, und* sicь *von* sь, *d. i.* sjъ. *Vergl. das
suffix* jakъ *neben* ikъ *2 seite 244.*   sila *vis: lit. sīla ist wohl
entlehnt. pr. seilin fleiss, kraft. Vergl. s.* dosinuti se *potiri.*   silo
laqueus. č. sidlo: *lit. -sēti anbinden. lett. sēt. got. in-sail-jan an*

seilen herablassen. Vergl. sitije *iuncus.* sißь *hyacinthinus: vergl.* si,
sijati. sip: r. sipnutь *raucescere.*` sirъ *orbus.* sitije *iuncus*
collect. p. sit. sito *cribrum. kr.* sijati *secernere. lit. sijoti. sëtas.
lett. sijät. sits. pr. siduko siebtopf: vergl. s.* sitan *minutus. lit. sitnas.*
sivъ *cinereus. lit. šivas. sëmas. pr. syvan. aind. sjëta, sjëna albus:*
vergl. si, sijati. skrinja *arca. nsl.* škrinja. *č.* skřině. *p.* skrzy-
nia. *lett. skrīns. lat. scrinium. ahd. skrīni.* skrižalь *tabula, petra.*
klr. skryživka *scheibe verch. 64.* skrižiti *frendere: vergl.* skrъžь-
tati. slina *saliva. nsl. usw.* slina. *klr.* słyna. *r.* slina *neben*
aljuna *J. Schmidt 2. 259. lett. slēnas, slēkas. lit. seilê. lett. seilas.*
sliva *prunus. lit. sliva. pr. slywaytos pl. ahd. slēā, slēhā.* slizati:
p. slizać, ślizgać *auf dem eise gleiten.* sližь: *p.* śliž *cobitis. lit.*
sližis. smijati sę, smêją sę *ridere: aind.* smi, smajatē. smilьnъ:
č. smilný *lascivus.* smilník *fornicator.* smilstvi *res venerea: vergl. lit.*
pasmilinti verleiten. smillus *näscher.* smailus *zeigefinger und* smalstibê
leckerbissen. stig: stignąti *venire neben* stьza *via. got.* steigan.
ahd. stīgan. *lit.* staigti. *lett.* steigt. stigga *fussweg. griech.* στείχω. *aind.*
stigh, *unbelegt.* stri *in* stroj *administratio: w.* star. striga *tondeo:*
vergl. ahd. strīhhan streichen J. Schmidt 1. 55. svib: svibovina, sibo-
vina *lignum corneum.* siba *cornus sanguinea: vergl. pr. sidis.* sviblivъ
blaesus: vergl. lit. sveplēti lispeln. svila *sericum.* svinija *sus.*
pr. seweynis saustall. swintian *schwein.* svinьсь: *nsl.* svinec. *r.*
svinecъ *plumbum. lit. švinas. lett. svins: w. etwa aind. švit, daher*
svinьсь *das leuchtende aus* svitnьсь. *Nach Archiv 3. 196. ist lit.*
švinas *aus* *šuvanas, urform kuvanas, griech.* κύανος, *entstanden.*
sviriti *tibia canere.* svistati *neben* zvizdati *sibilare.* svita *vestis.*
Dunkel. ši: šiti, šiją *suere.* šьvenъ *sutus.* šьvъ *sutura. lit. siuti,*
siu-v-u. got. siujan. ahd. siuwan: aind. siv, sivjati, partic. sjūta, wird
mit si, sinöti *in verbindung gebracht J. Schmidt 2. 262.* šiba *virga.*
Damit mögen ošibь *und* hobotъ *cauda zusammenhangen: auszugehen*
ist von šab, *woraus* heb, *durch* steigerung hob *in* hobotъ; šeb, šьb,
durch dehnung šib *in* šibati. *Vergl. Fick 2. 692.* šidь *in* ušidъ,
ušidь *fugax. Auszugehen ist von* šad, *woraus* hed, *durch steigerung*
hod *in* hodъ; šed, šьd, *durch dehnung* šida *in* *šidati. šiditi *irri-*
dere. č. šiditi. *p.* szydzić. *ns.* šužiš. *lit. šidditi keifen.* šija *iugulum.*
šipъкъ *rosa. nsl.* ščipek. širokъ *latus.* špila *nsl. art nadel. r.*
špilька. *p.* szpilka: *ahd.* spillā *aus* spinalā, spinilā *vom ahd.* spinnan,
woher auch spindel. špilja *nsl. caverna: ngriech.* σπηλιά. špilьmanъ
histrio: ahd. spiliman, *auch* schauspieler. *Ein durch die in der*
Geschichte Serbiens als bergleute eine rolle spielenden sasi Sachsen

nach den Balkanländern verpflanzter wort. lit. špëlmonas bei Dona-
leitis. štirъ: p. szczery rein, lauter. r. ščiryj. č. čirý neben širý.
lit. čiras ist entlehnt. got. skeira-. ags. skir. mhd. schir. lit. skirti,
skiru scheiden und skiras besonder J. Schmidt 2. 419. štitъ scu-
tum: vergl. lit. skidas. pr. staitan. lat. scutum. švitoriti: č. švíto-
řiti zwitschern. Vergl. lit. vīturoti. ti et: vergl. den pronominal-
stamm tъ. tihъ tranquillus. Man vergleicht mit unrecht tuhnạti:
lit. tikas ist entlehnt. tikati adsimulare J. Schmidt 1. 52. tikrъ,
tikъ speculum hängt mit tikati zusammen, i ist daher wohl richtig:
tikrъ, tikъrъ lam. 1. 94. 155. vъ tik'rê mladên. tъkъrъ lam. 1. 155.
tykъrъ lam. 1. 95. tykъrъ greg.-naz. 121. tykъrъ 147. timêno
lutum: vergl. klr. timenyča unreinlichkeit am leibe, das jedoch mit
têmẹ zusammenhängt. tina lutum. tinъ f. lorum wird mit der
w. tan extendere in zusammenhang gebracht J. Schmidt 1. 23.
tisa pinus. tisъ taxus. s. tis. č. tis. p. cis. magy. tisza: mit tisъ
vergleicht L. Geitler, Lit. stud. 68, lit. pratēsas mastbaum. tiskati
premere: kr. tisk prope in tisk uz varoš erinnert an blizu. Man
vergleiche tištati, tištạ, tištiši contendere. nsl. tiščati. tri tres. got.
threis. griech. τρεῖς. aind. tri, dem in den composita trъ, trь entspricht.
tri ist wohl gleich dem aind. trīn acc. m.; trije ist wie gostije gebildet.
trixъ entspricht lit. treigīs trimus. vì: viti circumvolvere. lit. viju,
viti. pr. witwan acc. weide. lett. vīt: vergl. vitъ res torta mit lit. vītis
weidenrute. abaktr. vaēti weide. vitlъ machina. vidêti videre: lit. viz-
dêti, veizdêti, veizdmi schauen, daneben visti, vistu erblicken. vaidinti
sehen lassen: vidêti ist demnach wohl als durativum anzusehen, das
jedoch auch perfectiv gebraucht wird 4. seite 296. Vergl. s. vednuti.
got. vitan. lat. videre. griech. Ϝιδ: ἰδεῖν. aind. vid, vetti. vidati s. mederi:
matz. 87. vergleicht lit. vaistas medicina und aind. vaidja medicus:
w. vid. vigeňъ: nsl. vigenj nagelschmiede. s. viganj. č. výheň,
výhně. os. vuheń. magy. vinnye: matz. 87. denkt an got. auhna-,
das mit ahd. ofan zusammengestellt wird. vihljati: r. vichljatъ
schleudern: L. Geitler, Lit. stud. 72. Rad 41. 158, vergleicht lit.
vikšloti zausen: w. vinks. vihrъ turbo. nsl. viher. r. vichorъ usw.:
lit. vēsulas L. Geitler, Lit. stud. 72. viklati č. wackeln: L. Geitler,
Lit. stud. 72, vergleicht vikrus lebhaft. vinkrumas lebhaftigkeit.
vila nympha. vilica fuscina aus vidl-: w. vielleicht vi torquere.
vina causa: lett. vaina schuld. vino vinum: lit. vīnas. lett. vīns. got.
veina-. virъ vortex, lit. vīrus, stammt von -virati, vrêti. visêti
pendere. visk: visnạti muttire. visk-: klr. vysky schläfen.
bibl. I. viěnja weichsel: lit. vēšna, višna. pr. wisnaytos pl. ngriech.

βισινά *sind entlehnt. Vergl. matz. 88.* vitati *habitare. Vergl. lett.* vitět *zutrinken. lit.* vëta *locus.* vitęzъ *heros. Vergl. anord.* vikingr *bellator.* viza *nsl. usw. accipenser huso. Vergl. ahd.* hüso. *matz.* 89. vitva: *p.* witwa *salix viminalis. pr. witwo. Vergl.* vi: viti. zi *in* назі, *on*ъzi *usw. abaktr. zi. aind. gha, ha 4. seite 117.* zi: zijati, zěją, zijają *hiare. p.* zipnąć. *lit.* žioti, *žiopsoti. aind.* hā *(ghā),* *jihltě aufspringen, weichen.* zima *hiems. lit.* žěma. *pr. semo. lett.* zěma : *ursprachlich ghjama schnee, winter Ascoli, Studj 2. 158. 237.* zmij *draco. s.* zmaj, *das ein aslov.* zmьj *voraussetzt.* zъmъê *sg. nom.* zap. 2. 2. 99. žica *nervus, wohl aus* ziica, žijica. *b.* žicъ. *s.* žica: *lit. gija filum.* židinъ, židovinъ *iudaeus. lit.* žīdas. *lett.* žīds: ju *in* žu, ži *wie im kr.* žežin *mar. aus ieiunium.* židъkъ *succosus* ύδαρός: židъkoje i nepostojannoje pisme *mladên.* žila *vena. nsl.* žila. *klr.* žyłka *faser: lit.* gīslė, ginsla. *pr.* gislo *L. Geitler, Lit. stud.* 84. Vergl. žica. žirъ *pascuum. Man vergleicht lit.* gěrus *deliciae:* *es beruht jedoch wohl auf* žirati *iterat. von* žer, žrêti: gěrus *würde* žarъ *ergeben.* živ: žiti, živą *vivere. lit.* gīvas. gīvulas *tier. pr.* gīvět: *geits brot wird mit* žito *zusammengestellt. got.* quiva-, *sg. nom.* quius. *griech.* βίος. *lat.* vivere. *aind.* jīv, jīvati. *abaktr.* jīvja *lebendig. Vergl.* *lit.* gīti *aufleben, genesen.* gajus *leicht heilend, womit man aslov.* goj *pax,* goilo *sedatio verbinden kann.*

i *findet sich in entlehnten worten. 1.* dijakъ διάκονος. dina *antch.* kъ dinê πρὸς τὸν δεῖνα. ikonomъ οίκονόμος *zogr.* ivanъ ίοάννης. livra *λίβρα aus lat. libra für* λίτρον io. 10. 39.-zogr. *assem. nic.* miro μύρον. 2. skrinija, skrinja *arca.* skrinica *loculus. lit.* skrinê. *Mit* skrinija *ist wohl* krina *modius und* krinica *hydria, trotz abweichender bedeutung, gleicher abstammung. 3.* misa *lanx: got.* mêsa-. *ahd.* mias, mêas *aus lat. mensa.* mъnihъ *monachus: ahd.* munih. tiunъ, tivunъ *verwalter, diener, davon lit.* tijunas *amtmann: anord.* thjónn *diener.*

Anlautendes i füllt in fremden worten nicht selten ab: lirikъ *lam. 1. 35.* raklij ήράκλιος. spanija *rom. 15. 28.-slêpč.* niš. *rom. 15.* 24.-niš. *neben* ispanija *slêpč.*

Dass manches unerklärt bleibt, ist wohl selbstverständlich. Zu *den unerklärten worten gehört* visêti *pendere: aind.* viš, *dessen i* *nicht auf ê zurückgeführt werden kann. Man kann bei* visêti *daran* *denken, dass der vocal der verba III. auch sonst auf der zweiten* *stufe steht:* slyšati *im gegensatze zu* slъh *im* č. *poslechnouti; so* *könnte auch* vidêti *erklärt werden, doch ist dies wegen des lit.* *unsicher. Man denke an* polêti *ardere.* stojati *stare.*

β) Stämme. ijъ: babij *anilis.* božij *divinus.* byčij *tauri.*
Das *suffix* ijъ *ist wie das suffix* jъ *das ursprachliche suffix* ia 2.
seite 62. 72. babij *daher aus* babiъ. Aus ia *hat sich* jъ *und* ьjъ,
ijъ *entwickelt, daher* laskoćь *und* laskočij. li *neben dem älteren*
lê: koli, kolê. toli, tolê. seli, selê. *lit. kolei. tolei. siolei* 2. *seite*
104. inъ: vlastelinъ *nobilis.* ljudinъ *laicus.* rumêninъ, ruminъ,
rimljaninъ *romanus;* dъětcrinъ *filiae.* ijudinъ *iudae.* neprijazninъ
diaboli; blьvotina *vomitus.* dolina *vallis.* zvêrina *caro ferina* 2. *seite*
129. Vergl. *lit.* ina, ěna *in krumĭnas grosses, dichtes gesträuch von*
krumas, aslov. grъmъ. *beržĭnas birkenhain von beržas.* êrěna *lamm-*
fleisch. žvěrěna *wildpret.* naujěna, naujĭna *etwa* novina *Kurschat* 87.
tijъ: hoditij *eundi.* pitij *potabilis.* nesъtrъpêtij *intolerabilis* 2. *seite*
171: netij *ist* nep-tij *wie griech.* ἀνεψιός *aus* ἀνεπ-τιος *zeigt.* itъ: podo-
bitъ *imitator;* brêgovitъ *montuosus.* vodotrądovitъ *hydropicus* 2.
seite 193. istъ: grъlistъ *magnum collum habens.* mravistъ *formicis*
refertus. pleštistъ *amplos humeros habens* 2. *seite* 196. itjъ: otro-
čištь *puerulus.* alъništь, laništь *hinnuleus.* lьvištь, lьvovištь *catulus*
leonis 2. *seite* 197. Dem *aslov.* ištь *entspricht lit.* aitja, *itja: abro-*
maitis sohn des abromas. elnaitis *aslov.* alъništь, laništь. *karpaitis.*
paukštitis vögelchen von paukštis. bernĭtis *jüngling von bernas Kur-*
schat 97. šьdi: trišьdi, trišьdy, trišьdu. trišti, triždi *ter.* četyrišti
quater. pętišti *quinquies* 2. *seite* 204. ivъ: blędivъ *nugax.* zvêro-
jadivъ *bestiarum carne se nutriens.* lъživъ *mendax* 2. *seite* 223.
tętiva *chorda entspricht dem lit. temptiva.* mi *neben* mê, ma:
bolьmi, bolьma *magis.* jelьmi, jelьma *quantopere relat.* kolьmi,
kolьma *quantopere interrog.* 2. *seite* 234. ima: dêvima *puella.*
krъčimъ *faber.* otьčimъ *vitricus von* otьcь 2. *seite* 238. ikъ:
nožikъ *culter.* zlatikъ *nummus (aureus);* sikъ *talis;* dlъžьnikъ *debitor*
2. *seite* 246. Dem ikъ *stellt das lit. in vielen worten* inka *(lett.*
īka) entgegen: dvorьnikъ *dvarininkas J. Schmidt* 1. 82. 106. Man
beachte, dass nsl. *das suffix* ikъ *dem suffix* jakъ *gleich ist:* svêč-
nik, svêčnjak 2. *seite* 244 *und dass* sikъ *talis gleichfalls auf* sjakъ
beruht. isko, iske: borište *palaestra.* gnoište *fimetum.* kapište
delubrum 2. *seite* 274. igъ: jarigъ *cilicium;* veriga *für und neben*
veruga *catena* 2. *seite* 282. *Neben* igъ *gilt das suffix* jagъ 2. *seite*
281. ihъ: ženihъ *sponsus* 2. *seite* 288. *Neben* ihъ *findet sich* jahъ
2. *seite* 287. icь: agnicь *agnus.* gvozdicь *parvus clavus.* kora-
blicь *navicula* 2. *seite* 293: icь *ist wohl eine ältere form des suffixes*
ьcь *aus* ьkjъ. sicь *talis ist lit. šiokias.* ica: čarodeica *maga.*
glumica *scaenica.* plęsica *saltatrix* 2. *seite* 294: ica *ist in vielen*

füllen ikъ *und* ja; *in anderen das fem. von* ьсь *aus* ькjъ. *Vergl.*
J. *Schmidt 1. 83. Das* i *von* desьnica. matica. vêverica *ist nach*
Geitler, Fonologie 51, der auslaut i *für* ja *des thema: lit. dežinê.*
motê. voverê. ijъs: bolĭj *maior.* brъžij *citior.* ljuštij *vehementior*
2. *seite 322.* ičь: kotоričь *homo rixosus.* nevodičь *piscator:* nevodъ.
zazoričь *osor* 2. *seite 336. Vergl.* ikъ *und* ісь. *Das* i *der verbal-*
stämme wie slavi *beruht auf dem aind.* aja: *śrāvaja: das gleiche*
gilt von allen *verben der vierten classe.* aja *ist zunächst in* ije
übergegangen, woraus sich, wahrscheinlich durch die wirkung des
accentes, i *entwickelt hat:* sláviši *celebras aus* sláviješi *neben* vъpí-
ješi *clamas aus ursprünglichem* vъpіješi *und dem zur ersten classe*
gehörigen pьjéši. ije *hat sich ausser im* aslov. vъpіješi *erhalten im*
ns. porožijo *pariet für ein* aslov. porodijetъ, *abgesehen vom* aslov.
poroždą *pariam, das zunächst auf* porodijom *beruht. Der sg. loc.*
m. n. poslêdъńiimь, poslêdъńimь *beruht auf* poslêdъńijemь. *Der pl.*
nom. m. gostije, gostъje *ist auf eine urform* góstaja *zurückzuführen:*
vergl. aind. kavájas m. *neben* gátajas f. *Das lit. bietet* ákis *von* ăkis.
Vergl. Geitler, Fonologie 67. Auch das lange i *im* s. *und im* č.:
slavī *zeugt für dessen entstehung aus* ije. *Man vergleiche jedoch nicht*
den sg. i. imêniimь *und* imenimь, *da diese formen wohl aus* imêni-
jъmь *entspringen: auch die berufung auf* pristavijenъ *sup. 11. 2. ist*
zurückzuweisen, da i *aus* aja *entsteht, daher* pristavi-j-enъ. gostiti
hospitio excipere ist aus gostь *entstanden wie* bêditi *cogere aus* bêda
durch das verbalsuffix i, *und die ableitung des* gostiti *aus* gostь
mit dehnung des ь *zu* i *ist unrichtig, trotz des aind.* arātijati
malignus est aus arāti *malignitas: nicht* hvali, *sondern* hvalь *sei als*
thema der conjugation anzusehen. Vergl. 2. seite 450. Dasselbe gilt
von der erklärung des adj. neplodъvinъ *aus* neplodъvъ *mit dehnung*
des ь *zu* i: *vergl.* gospožd(a)-inъ *mit* gospožda. *lit. stellt dem slav.*
i *sein* ī *oder in entgegen:* krīkštīti, krъstiti, mëriti, mêriti. marinti,
moriti. tekinti, *wofür man* takinti *erwartet,* točiti. budinti, *pr.* bau-
dint, buditi. *Vergl. Zeitschrift 23. 120.*

γ) Worte. *pl. nom. der* ъ(a)-*declination:* rabi. i *ist aind.*
ê *in* tê, *aslov.* ti. *Vergl. lit. vilkai.* jê *(aslov.* i *d. i.* ji). *lett. grêki*
aus grêkai. *griech.* ἵπποι. *lat. equī.* *pl. instr. der* a(ā)-*declination:*
rybami. i *steht unregelmässig aind.* i *in* bhis *gegenüber. J. Schmidt*
1. 12. *verweist auf abaktr.* bīs. *Vergl. Bezzenberger 125.* *sg. gen.*
der ъ(i)-*declination:* gosti. kosti. *Das* i *dieser form steht aind.* ēs,
lit. ĕs, *gegenüber: aind.* patês, avês. *lit.* vagĕs, naktĕs. *sg. dat. loc.*
der ъ(i)-*declination:* gosti. kosti. i *wird als* i-i *gedeutet:* gosti-i.

kosti-i. *Das zweite* i *ist das suffix des sg. loc., beim dat. aus* jê
(ê *für ursprachliches ai) entstanden: dat. aind. patjê, patajê. lit.*
nakčiai: vagis folgt den a-stämmen: vagiui; loc. lit. vagīje, naktīje,
dialekt. širdĕje und širdê. Vergl. Leskien, Die declination usw. 51.
52. aind. ajĕ kann auf iji und dieses wohl auf ü *zurückgeführt*
werden: slaviši *ist aind. srāvajasi.* sg. voc. *der* ь(i)-declination:
gosti. kosti. *Der auslaut der aind. form ist* ē: patĕ. avē, *der der*
lit. ĕ: vagĕ. naktĕ. dual. nom *der* ь(i) - *declination:* gosti. kosti.
Das i *dieses casus entspricht aind.* ī: patī, avī. lit. *nakti; vagis*
folgt den a - *stämmen: vagiu.* dual. gen. *der* ь(i) - *declination:*
gostiju. kostiju. *Die ältere form ist* gostьju. kostьju *d. i.* gostь-j-u,
kostь-j-u: u *ist aind.* ōs. *Anders lit. nakčū aus naktjū.* pl. nom.
der ь(i)-declination f.: kosti. kosti *ist der aind. acc. auf* īs. pl.
nom. *der* ь(i)-declination m.: ije *in* gostije, *älter* gostьje *ent-*
spricht aind. ajas. pl. acc. *der* ь(i)-declination: gosti. kosti. *Das*
i *dieser form entspricht aind.* ĭn, īs: avīn, avīs f. pl. gen. *der*
ь(i)-declination: gostij. kostij. *Die form lautet eigentlich* gostьj,
kostьj *aus* kostь-j-ъ, gostь-j-ъ, *dessen* ъ *aus* ām *sich entwickelt hat.*
Die auf i *auslautenden casus der consonantischen themen sind nach*
der ь(i)-declination *gebildet: so sg. loc. dat.* imeni. dual. nom. imeni
usw. Die enklitischen pronominalformen: mi, ti *lauten aind.* mē, tē;
si *setzt ein* svē, sē *voraus. griech.* μοί, σοί, οἵ. *Die I.* sg. praes.:
jesmi *für* jesmь *ist eine aus uralter zeit bewahrte form 3. seite 63.*
Die II. sg. praes.: vedeši. dasi. *Das* i *dieser form wird durch das*
ai, ei *des pr. erklärt: as-sai, as-sei du bist J. Schmidt 1. 12. Man*
beachte, dass die lebenden sprachen zum aind. stimmen: nsl. vedeš
für aslov. vedeši. aind. -si. *Nach der angeführten erklärung wäre*
von sê *auszugehen, von dem man jedoch selbst dann zu keinem* ši
gelangt, wenn man als mittelstufe hê *annimmt, da dieses* sê *ergäbe.*
ši *aus* hi *ist vielleicht eine archaistische form des aslov.*   Der inf.
vesti. *Das* i *dieser form erklärt sich aus dem* ĕ *des lit., das in*
reflexiven verben (vežtĕ s *vehi, aslov.* vesti sę), *dialektisch auch ausser-*
dem (eitĕ für eiti Kurschat 45) vorkömmt. Man vergleiche das oben
über den sg. gen. dat. loc. von gostь, kostь *gesagte. Der inf. wird*
als dat. aufgefasst: ti *aus* tiji, tijê, *dessen* i *das alte kurze* i *ist*
Leskien, Die declination usw. 51. Bezzenberger, Beiträge usw. 228.
Die form bimъ: *das* i *dieser form scheint dem* ī *im aind.* avēdīm
Schleicher, Comp. 812, zu entsprechen 3. seite 88. bimъ *ist demnach*
bvimъ. *Vergl. Bezzenberger, Beiträge usw. 207.* i *vertritt nach* j *usw.*
älteres ê, *denn es geht* ê *nach* j *und nach allen* j *enthaltenden*

lauten in i über: kraji, krajihъ *aus* krajê, krajêhъ. koñi, koñihъ
aus koñê, koñêhъ. otьci, otьcihъ *aus* otьcê, otьcêhъ. kъnęzi, kъnę̇-
zihъ *aus* kъnęzê, kъnęzêhъ. plaštihъ *aus* plaštêhъ. *dual. nom.* kopii
aus kopijê; *ferners* kopiihъ *aus* kopijêhъ. poľi, poľihъ *aus* poľê,
poľêhъ. *dual. nom.* ѕtai, *d. i.* ѕtaji, *aus* ѕtajê *usw.* imь, *d. i.* jimь, ѕimь;
ima, *d. i.* jima, ѕima; ihъ, *d. i.* jihъ, ѕihъ; imъ, *d. i.* jimъ, ѕimъ
entspringen aus jêmь, ѕêmь; jêma, ѕêma; jêhъ, ѕêhъ; jêmъ, ѕêmъ,
wie aus têmь, têma, têhъ, têmъ *erhellt.* čimь *neben* têmь. *Der
übergang des* ê *in* i *ist wirkung der assimilation. Im impt. geht
auslautendes* ê *in* i *über, denn es steht* vezi *in der II. und III. sg.
für* vezêѕ, vezêt, *wie* vezêmъ, vezête *dartun.* i *in* vezì *ist aind.* ĕ
(ai), lit. ĕ. *Falsch ist* privedite *ostrom. für* privedête. dêlaj *age
beruht auf* dêlaji *und dieses auf* dêlajê; *ähnlich ist* dêlajte *aus* dêla-
jite, dêlajête *zu erklären.* daždь *ist aus gleichfalls vorkommenden*
daždi *und dieses aus* dadjä *hervorgegangen: in* dadite *war ja zu* i
geworden, bevor die regel der verwandlung des dja *in* dža, žda
durchdrang, was, wie die verschiedene behandlung des dja *in ver-
schiedenen sprachen zeigt, spät geschehen ist. Jünger ist demnach* i
für ja *in* sѧsti *aus* sѧtja, *lit.* ĕѕanti. *Wenn vor dem dem aind.* ĕ
(ai) entsprechenden aslov. ê *ein j oder ein das j enthaltender consonant
steht, so geht* ê, *urslavisch* ja, *in* a *über, indem* j *vor dem* a *schwindet:*
pijate; glagoljate, vъnemljate, *d. i.* glagoľate, vъnemľate; pla-
čate, pleštate, vęžate *aus* pijête; glagoljête, vъnemljête; plakjête,
pleskjête, vęzjête *von den praesensthemen* pije; glagolie, vъnemlie;
plakie, pleskie, vęzie. *Richtiger würde man sagen, dass sich in dem
bezeichneten falle* ja *erhält, nicht in* ê *übergeht. Es wird demnach
dieses* ê *anders behandelt als das gleichfalls dem aind.* ĕ *(ai) ent-
sprechende im sg. loc. wie* kraji *aus* krajê. krajihъ *aus* krajêhъ.
Das ja *der formen wie* pijate, glagoljate *geht in späteren quellen in*
ji *über, daher* pijite, *woraus* pijte, glagoľite. *Hieher gehört der sg.
dat. loc. f.* toi, *d. i.* toji, *aus* tojê *von* toja, mojei, *d. i.* mojeji, *aus*
mojejê *von* mojeja *usw., wie* ѕtai, ѕtaji *aus* ѕtajê *von* ѕtaja. *Daraus
ergibt sich, dass die form einst* toji, mojeji *lautete; ähnlich ist der
impt.* pii, *d. i.* piji: *freilich muss gefragt werden, ob sich die formen*
toji, piji *lange erhalten konnten, eine frage, die desshalb berechtigt
ist, weil heutzutage nur* toj, pij *gesagt wird, trotz* ѕtaji *aus* ѕtajê
von ѕtaja: toji, piji *konnten leichter einsilbig werden als das durch
so viele zweisilbige formen geschützte* ѕtaji. *Auch der impt.* sъmotri
beruht auf sъmotrijê, *wofür ein* sъmotrii *nicht vorkömmt, es wäre
denn im* sъmotriimъ *sup. 39. 17.*

i *vertritt nach* j *usw. älteres* y *im pl. i. der* ъ(a)-*declination:*
krai, *d. i.* kraji *aus* krajy. koni *aus* konjy. otьci *aus* otьcjy.
kъnęzi *aus* kъnęzjy *usw. Ich erblicke in der vertretung des* y *durch*
i *eine assimilation.*

III. *Dritte stufe:* oj, ê.

1. ê *entsteht aus altem* ai, *dieses mag aus der steigerung des* i
oder aus der verbindung eines ă *mit* i *hervorgegangen sein:* aslov.
svêtъ, *aind.* svêta *aus* svaita. *aslov.* êhъ *in* rabêhъ: *aind.* êšu *aus*
êsu *in* sivêšu *beruht auf* aisu. *Jünger als das* ê *aus* ai *ist das aus*
a, e *durch dehnung entstandene:* sêd *in* sêdêti *aus* sad, sed, *worüber*
seite 59. gehandelt ist. ê *aus* ai *kann nur vor consonanten stehen;*
vor vocalen erhält sich das alte ai *als* oj: pêti *aus* paiti; *dagegen*
poją: *w.* pi. *Ein solcher wechsel kann bei dem eines* i-*elementes ent-*
behrenden ê *aus* a, e *nicht eintreten:* dêti, *aind.* dhâ, *und* dê-j-ą.

2. ê *entwickelt sich aus* je *durch assimilation an vorhergehendes*
ê. *Dies geschieht im sg. loc. m. n. der zusammengesetzten declination:*
aus novêjemь *entsteht* novêêmь, *das dem* novêjamь, novêamь *aus*
novêjêmь *weichen kann.* êê *kann zu* ê *zusammengezogen werden:*
novêmь *3. seite 59.*

3. Aslov. ê *entspricht griechischem* αι, *seltener* ε.

Zogr. galilêjskъ. kananêj χανανίτης. kananêjskъ. nazarêaninъ.
olêj: *lit.* alejus, *got.* alêva-. prêtorъ πραιτόριον. farisêj. zevedêa;
daneben alьfeovъ. arimateję. galileê. galileaninъ. iudeą *io. 11. 33.*
pl. acc. pretorъ, pritorъ. *Auch für* η *steht* ê: statêrъ *zogr. b.*
mosêovi. mosêomь. ε *wird durch* e *und* ê *ersetzt:* arhierej. trepeza;
an'drêa. anьdrêovь. nazarêtъ. arhierêj. ian'nêevъ *luc. 3. 24.* suka-
mêni. cêsarь χαῖσαρ, *got.* kaisar, *ahd.* keisar, *findet sich in allen*
denkmählern; selten ist cesarь *greg., daraus* cьsarь, csarь, carь.
kesarь *assem. cloz.* arimatêję *1. 754.* ijudêj *1. 184. 298. 336.*
340. 906. ijudêjskъ *1. 269. 277.* evrêjskъ' *1. 482.* farysêj *1.*
389. ierêj *1. 417. 769. 844. und* ijudeomъ *1. 788.* trapeza *1.*
398. 404. 474. 536. 562. neben trapêza *1. 330. 413. 426.*
trêpêza *1. 396. assem.* olêj; eleonьskъ. ijudeiskъ. *sup.* farisêj *301.*
4. arimatheję. demonъskъ. farisej. farisoinъ *290. 20.* galilej.
ijudej. matthej. nazarej. pretorъ, pretorij. vithlejemъ, vithlemъ.
ierej, ijerej. vasilej, vasilêj. *sav.-kn.* olêj *79;* galilejê *7.* pretorь
123. ostrom. sadukej. samarejskъ. farisej. cesarь. *ev.-tur.* gali-
lêjskъ. ijudêjskъ. olêj. farisêj; galilejskъ. ijudej. farisej. *ant.*

halьdějakь. jelisêj. jevrêj. *brev.* dêmunь. еpрѣтъ. ἐφραΐμ. pê-nikь φοίνιξ.

4. ê, oj enthaltende formen. я) Wurzeln. bêsъ *daemon* 2. *seite 318. lit. baisa terror. baisus terribilis: w.* bi : bojati sę. blêskъ, oblêskъ *splendor: w.* blīsk, blьsk. *Dass* blêskъ *aus* beleskъ *entstanden sei, wie Geitler, Fonologie 42, meint, ist unrichtig.* boj : bojati sę *timere: w.* bi. *aind. bhī, bhajatē.* bojъ : boj *flagellum: w.* bi : biti. cêd-: cêditi *colare: w.* cīd, *lit. skedu.* cêglъ, cêgъhъ, *älter* scêglъ, *solus. s.* cigli. *p.* szczegoł *das einzelne, besondere. Vergl. nhd. heik-el.* cêlъ *integer. pr. kaila- in kailūstiskan acc. gesundheit. got. haila-. ahd. heil : lit. čelas ist entlehnt.* cêna *pretium. lit. kaina bei Geitler, Fonologie 38. Die ältere form ist* scêna. cêst- *in* cêstiti *purgare neben* čistъ. čistiti : *lit. skaistas.* cêv- *in* cêvьnica *lyra, eig. fistula. nsl.* cêv: *die vergleichung mit lit. šeiva, lett. saiva und mit der aind. w. śvi schwellen ist zweifelhaft.* cvêliti *affligere, eig. facere ut quis lamentetur: č.* kvêliti: *w.* cvīl, cvьl: cvilêti *lamentari.* cvêtъ *flos: w.* cvīt, cvьt. cvьtǫ *floreo.* dêb *etwa beschleichen:* susana udêbena bystь otъ bezakonъnu starcu *sup. 102. 20. Dunkel.* dêlo *opus. lit. dailê kunst. dailus zierlich. pr. dīlan acc. werk. Die vergleichung mit* dê *ist falsch.* dêlъ: *as.* dêlь *collis. rumun. dêl. Dunkel.* dêtę *infans, eig. das gesäugte : stamm* dêtъ. *Vergl.* doji. stoj. dêverь *levir. lit. dêveris. aind. dēvar.* dêža *: nsl.* dêža *situla. kr.* diža *mulctrum. klr.* diža. *č.* diže. *Entlehnt: mhd. dese : lit. dežka Szyrwid 51. ist slav.* doji: doiti *mamman praebere: w. wahrscheinlich* di. *Vergl. aind. dhā, dhajati. griech.* θη, θῆσθαι. dvojъ: dvoj *duplex. lit. dveji. griech.* δοιός. *aind. dvaja : stamm* dvi. glênъ φλέγμα *pituita,* φλεγμόντη *suppuratio,* χυμός *succus.* glêni, rekъše gnêvьnoje *svjat. nsl.* glên *pituita.* glen *conferva wasserfaden Let. mat. slov. 1875. 219. Dunkel.* gnêdъ: *r.* gnêdyj *braun. č.* hnêdý. *p.* gniady. *nsl.* gned *art trauben, mit braunroten beeren Let. mat. slov. 1875. 219. Dunkel.* gnêtiti *accendere. nsl.* nêtiti. *Vergl. pr. knais - tis brand.* gnêvъ *ira. Vergl. lit. gnevīti kränken. Dunkel. Es ist wahrscheinlich eig.* φλέγμα *pituita und mit* gnoj *zusammenhangend.* gnêzdo *nidus. aind. nīḍa aus nisda, ni sad: g ist unerklärt.* gnojъ: gnoj *putrefactio: w.* gni: gniti. *Vergl.* gnêvъ. gojъ: goj *as. pax. s.* gojiti *mästen mik. č.* hojiti *heilen. lit. gīti heilen. gajus heilbar. aind. gaja lebensgeister. w. gi, ži, verwandt mit živ.* golêmъ *magnus. Geitler, O slovanských kmenech na u 72, vergleicht lit. laimus prosper und hält go für eine verstärkende vorsilbe (předsuvka); Fick 2. 551 denkt an lit. galêti, galiu vermögen.* hlêbъ *panis ist*

germanisch: ahd. hleib, hlaib. got. hlaiba-. anord. hleifr: lit. klepas,
lett. klaipas sind aus dem slav. entlehnt. hlêvъ *stabulum,* hlê-
vina *domus sind wahrscheinlich germanisch: lett. klēvs ist slav. Vergl.*
got. hlija- tentorium. hmêlь *humulus: ê ist nicht sicher. Vergl.*
matz. 36. jadro *sinus, eig. wohl schwellung. Fick 2. 291. 511.*
vergleicht griech. οἴδμα, οἴδος: *w. id.* jazva *foramen, vulnus. č.* jizva.
p. ejswo vulnus. lett. aiza spalte im eise. Für ja aus jê, dessen
ê aus ai entstand, spricht der impt. pijate *bibite aus* pijête, *dessen*
ê auch aus altem ai hervorgegangen. Vergl. grędête, imête, pьcête.
klêjъ: klêj, klij *gluten: lit. klijei. pl.* kojъ: pokoj *quies: w.* ki,
či. *aind. kši aus ski: kšaja wohnsitz.* korélъkъ, kurъlъkъ, kurilъ
larva, persona. Dunkel. krêsъ τροπή. *nsl.* krês *ignis festivus*
johannisfeuer. Vergl. pr. kresze, wie es scheint, ein heidnisches fest: ut
eorum kresze amplius non celebrent Nesselmann 80. krojъ: okroj,
okrojnica *vestis: w.* kri *aus aind. kar.* lêha *area: pr. lyso beet.*
lêka, lêkъ *r. rechnung: p.* lik *das zählen.* liczyć. lêkъ: otъlêkъ
reliquiae. č. liknavý. *lit. likti, lëkmi zurückbleiben.* lêkъ *medicina*
ist gotisch: got. lēkja- medicus. ahd. lāhhi. lêkъ *ludus.* likъ *chorus.*
got. laiki- tanz. laikan hüpfen. Vergl. lit. laigiti hüpfen. aing. rēg̑,
rēgati. *Das slav. wort scheint gotischen ursprungs, wie got. plinsjan*
slavischen. lêpъ *viscum: w.* lІp, lьp. lьpêti *adhaerere.* lêsa *craticula.*
nsl. lêsa. *klr.* lisa. *Dunkel.* lêvъ *sinister. nsl.* lêv. *griech.* λαιός *aus*
λαϝός. lêvъ: *nsl.* lêv *schlangenhaut. Dunkel.* lojъ: loj *adeps: w.* li:
liti, liją; lijati, lêją. mêg: mêžiti *oculos claudere.* mьgnąti, mьžati.
lit. migti. pr. maiggun acc. somnus. mêhъ *uter. pr. moasis blasebalg:*
aind. mēša widder, vliess. mêna *mutatio. lit. mainas. lett. miju, mīt.*
mésto *locus: lit. mēstas. pr. mestan acc. sind entlehnt.* mêsъ: ъ̑тмêsъ
commixtio. lit. mišti intrans., maišiti trans. pr. maysotan gemengt. aind.
miṧ: miśra. mêzga succus: w. mІg, mьg. *aind. migh: mih, mêhati.*
obojъ: oboj *ambo. lit. abeji. aind. ubhaja. Vergl.* dvojъ. ocêlь *f.*
chalybs. nsl. ocel: *ahd. ecchil. mlat. acuale.* orêhъ *nux: pr. reisis. lit.*
rēšutas. pêna *spuma. pr. spoayno. ahd. feim. lat. spūma. aind. phēna*
aus spēna. pêsta: *p.* piasta *nabe. č.* pista *schlägel. lit. pēsta stampfe:*
w. pІs, pьs *in* pьhati. *aind. piš, pinašti.* pêti, poją *canere: w.* pi.
Vergl. pi-sk-ati. pojъ *in* poiti *iungere. r.* pripoj *lötung.* pojъ:
prêpoj *potatio: w.* pi, piti. rênь *littus r.: klr.* ôdrinok, zarinok
wird als misce *nad* rikoju *erklärt. Večernyći 1863. 48. Dunkel.*
rojъ: roj *examen apum: w.* ri, rinąti. sê φέρε, *age sup. 159. 12.*
sê da, sê du, sê nu: *vergl. got. sai, das wohl wie sê zum pronominal-*
stamm sa gehört. sêmь *persona: lit. šeimīna. pr. seimīns gesinde.*

sêtь *laqueus. lit. sëtas. pr. saytan: aind. si, sināti, sinōti binden.* snêgъ *nix: lit. smigti. snëgas. pr. snaygis.* sojъ *: b.* osoj*, d. i.* otsoj*, schattiger ort: si, sijati leuchten.* stoj *:* stojati *stare: w. sti. aind.* sthā. svêtъ *lux. w.* svĭt*,* svьt. *aind. svit, svētati: pr. swetan, switai welt ist entlehnt.* svêžь*,* svêžanъ *recens frisch. č.* svěži. *p.* świeży *: lit. svëžus, svěžies ist entlehnt. Dunkel.* trojъ *:* troj *triplex. lit. treji. aind. traja: stamm* tri. *vêdê,* vêmь *scio. pr. waist inf. scire: w.* vid*,* vidêti. vêtъ*,* vêŝte *(aus* vêtje*) consilium.* p. wietnica *rathaus Archiv 3. 62. pr. wayte aussprache. waitiāt reden.* vêža *cella penaria, tentorium. nsl.* vêža *atrium. p.* wieža. *Dunkel: lit. vêžê geleise hat mit* vêža *nichts gemein.* vêžlivъ *artig hängt vielleicht mit* vêd *zusammen:* *vêždlivъ*. lit. vëžlivas ist entlehnt.* vojъ*:* povoj *fascia: w.* vi*,* viti. zêlъ *vehemens. lit. gailus. Vergl. nsl.* zalo *nimis lex.* zlo *valde.* zênica *pupilla. Vergl. r.* pozêtь *spectare und* zênьki *augen: Fick 2. 343. verweist auf aind. gaṅgaṇa-bhavant schimmernd; andere stellen* zênica *einem* zrênica *gleich.*

In dem vorstehenden verzeichnisse stehen manche worte, deren ê nicht mit sicherheit auf i zurückgeführt werden kann: diese worte sind als dunkel bezeichnet.

β) Stämme. In stämmen scheint ê aus ai nicht vorzukommen, man wollte denn ê in têmь, berête zum thematischen bestandteile der worte rechnen, was sich bei têmь hinsichtlich des i, bei berête sowohl hinsichtlich des i als auch des a verteidigen lässt.

γ) Worte. 1. declination. a) sg. dat. der subst. und adj. auf a(ā): rybê. Das lit. bietet ai aus āi: mergai; das aind. ājāi: śivājāi. Der auslaut der pron. mьnê. tebê. sebê ist der von rybê. b) sg. loc. der subst. und adj. auf ъ(a) und o(a) so wie der auf a(ā): rabê. selê. rybê. das ê in rabê. selê steht aind. ě, d. i. ai, gegenüber (śivē), was im auslaut gegen die regel ist. Für das ê in rybê hat das lit. oje: mergoje. Hieher gehört wohl auch cê: cê i καί τοι, καί περ: man vergleiche pr. kai wie lit. kaips, kaip und tai. gerai: stamm ist das pronomen kъ (ka). Daneben findet sich das befremdende ča: ča i; die adverba dobrê usw. skvozê. ponê saltem: č. ponê neben p. pono fortasse. Über den sg. dat. loc. rybê vergleiche man Leskien, Die declination usw. 50. velьmê. okromê, kromê. kr. razmi. c) pl. loc. der subst. und adj. auf ъ(a) und o(a): rabêhъ. selêhъ. êhъ ist aind. ěśu, d. i. aisu, dessen i zwischen stamm und suffix su, slav. hъ, eingesetzt ist. rabьhъ, wofür auch rabohъ, folgt den ъ(u)-stämmen. d) dual. nom. der nom. und adj. auf o(a) und auf a(ā): selê.

rybê. dvê. *In beiden fällen steht ê für aind. ê. Es findet demnach
hier dieselbe unregelmässigkeit statt wie im sg. loc.* rabê. selê. lit.
*dvë ist die ältere form für dvi. aind. dvë Bezzenberger 177. Der
dual. nom.* vê *bietet den auslaut von* rybê; *ebenso* tê. s) *von den
ein* ê *enthaltenden pronominalen casus der pronominalen declination
ist der sg. instr. m. n.* têmь *eine neubildung:* têmь, *wofür aind.
tëna, setzt taimi voraus, worin an ta mit dem eingesetzten i das
suffix* mь (rabъ-mь) *gefügt erscheint. Der dual. dat. instr.* têma
setzt taima voraus. Der pl. gen. têhъ *entspricht dem aind. tëšām,
jedoch mit dem unterschiede, dass* têhъ *allen genera dient, während
tëšām nur m. und n. ist und für das f. tāsām zur seite hat. Vergl.
Bezzenberger 170. 174. Der pl. loc.* têhъ *entspricht aind. tëšu: auch
hier hat das fem. im aind. eine eigene form:* tāsu. *Der pl. dat.* têmъ
lautet aind. tëbhjas: f. ist tābhjas. Der pl. instr. têmi *beruht auf
tëbhis, wofür aind. tāis; das f. lautet tābhis. Der dual. gen. loc.*
toju, *aind.* tajös, *ist nicht aus tê-u zu erklären: dafür darf nicht die
ganz junge form* dvêju *neben* dvoju *angeführt werden. Das lit.
stimmt zum aslov. nur im pl. dat. und im dual. dat. instr. masc.:*
têmus, têmdvëm, *das got. nur im pl. dat. aller genera:* thaim. *Die
erklärung der differenz zwischen* têmь *und* rabomь, têmъ *und*
rabomъ *usw. ist der forschung noch nicht gelungen. Bopp, Vocalis-
mus 129, beruft sich auf die veränderlichkeit, welcher alles unter
der sonne unterworfen sei; andere denken an stammerweiterung. Das*
i *der pron. findet sich in der nominalen declination nur im pl. loc.*
rabêhъ, selêhъ. *Nach* j *geht das* ê *in* i *über:* stai, *d. i.* staji, *sg.
dat.;* krai, *d. i.* kraji, polï, *d. i.* polji, stai, *d. i.* staji, *sg. loc.
neben* rybê, rabê, selê; imь, *d. i.* jimь, *sg. instr. m. n.;* ima, *d. i.*
jima, *dual. dat.;* ihъ, *d. i.* jihъ, *pl. gen. neben* têmь. têma. têhъ
usw. eben so čimь *sg. instr. neben* têmь *usw. In einem falle steht*
a *nach* j: isusъ srête ê, *d. i.* ja *dual. acc. f. matth. 28. 9.-assem.*
isus srête ja *sav.-kn. 116.* ὁ Ἰησοῦς ἀπήντησεν αὐταῖς, *wo alle anderen
quellen* i, *d. i.* ji *für* jê, *haben. Es wäre zu gewagt auf diese form
die vermutung zu gründen, es sei ursprünglich auch hier* ê *aus* ai *nach*
j *in* a *verwandelt worden. 2. Conjugation. Die personalendung der I.
du. stimmt mit dem pronomen* vê *überein: lit.* va *neben* vo-s. *Hieher
gehört der dem aind. optativ entsprechende imperativ: hier entspricht
aslov.* berêvê, berêta, berêta; berêmъ, berête *aind. bharëva, bha-
rëtam, bharëtām; bharëma, bharëta. Ein nach* bądą ἔστωσαν *gebildetes*
berą *würde einem aind. bharëjant, wofür bharëjus, gegenüberstehen.
Nach* j *geht diess* ê *in den ältesten denkmählern in* a, *in den*

jüngeren in i *über:* pijate *aus* pijête. koljate *aus* koljête *usw.*
neben pijte, koľite *aus* pijite, koljite. plačate, vъziětate *aus* plačjate,
vъziětjate *neben* plačite, vъziětite *seite 135. 3. seite 90: dagegen* pьcête,
mozête. *Das auslautende* ê *wird stets durch* i *ersetzt:* beri, aind.
bharēs, bharēt; pij *aus* piji; pьci. *Lit. gehört hieher der permissiv:*
te vežě vehat, vehant: aslov. vezi *vehat; pr. ideiti edite. Vergl.*
Bezzenberger 209. 214; got. der conjunctiv: bairais, bairai, aslov.
beri; *bairaiva, aslov.* berêvê; *bairaima, aslov.* berêmъ. *griech.* φέροις,
φέροι *aus* φέροιτ, *aslov.* beri *usw.*

C. Die u-vocale.

I. Erste stufe.

1. ъ.

1. ъ *entspricht ursprachlichem* u: bъd *in* bъdêti: aind. budh.
dъěti: aind. duhitar. mъk *in* mъknѫti: aind. muč. rь *in* rьvati;
aind. ru. rъd *in* rъdêti sę: aind. rudh *in* rudhira. snъha: aind.
snuša. sъh *in* sъhnѫti: aind. šuš *für* suš. sъp *in* sъpati: aind.
svap *aus* sup. tъětъ: aind. tučtha *aus* tuskja. *Aus* u *entsteht* ъ *auch*
in folgenden worten: dъbrъ: lit. dubti. dъh *in* dъhnѫti: lit. dusu.
dъno: lit. dugnas. gъb *in* gъnѫti: lit. gubti. lъg *in* lъgati: got.
liugan. mъhъ: lit. musai. pъta: lit. putîtis. rъžъ: lit. rugis. smъk
im nsl. presmeknôti: lit. smukti. sъk. r. skatъ: lit. sukti. sъp *in*
suti: lit. supti. vetъhъ: lit. vetušas. *Man füge hinzu* *igъla: igъ-
linъ: pr. ayculo. *Auch in entlehnten wörtern steht* ъ *für* u *und*
die verwandten vocale: istъba: ahd. stubâ. kъblъ: mhd. kubel.
kъmotrъ: mlat. compater. kъnęzъ: got. *kunigga-. mъstъ: lat.
mustum. mъtъ: ahd. mutti. *Dagegen* dъska: griech. δίσκος; *eben so*
skъlęzъ kn.-sav. 27: got. skilligga-. ahd. scillinc. *Aus aslov.* y *in den*
frequentativen verben wie -dymati, gъmyzati, -sylati *folgt zwar, dass*
ъ *zu schreiben ist, nicht aber, dass* ъ *aus* u *hervorgegangen, da*
auch ъ *aus* a *in* y *übergeht. Auch im auslaut steht* ъ *für* u: olъ:
lit. alus. medъ: lit. medus. griech. μέθυ. aind. madhu. polъ, sg.
gen. loc. polu. synъ: lit. sūnus. got. sunu-. aind. sūnu. vrъhъ:
lit. viršus. Vergl. 2. seite 30. Dasselbe tritt ein bei* lъgъkъ
levis aus lъgъ-kъ: aind. laghu. oblъ rotundus: vergl. lit. apvalus,*
*woraus jedoch nicht mit nothwendigkeit folgt, oblъ sei ein u-stamm.
pьвъ canis: lit. peku pecus. sladъkъ suavis aus sladъ-kъ: lit.
saldus.

pъta, pъtica *avis.* pьticь *neben* pticamъ, pticę. pъtênьca *zogr. lit.*
putītis aus putītjas, das aslov. pъtištь *lautet. lit. paukštis. lett. putns*
vogel. lat. putus, pullus, putillus. aind. putra. Minder wahrscheinlich
ist die vergleichung mit aind. pat volare. rъ *in* rъvati, rъvą *evellere*
neben ryti, ryją *fodere. lit. ravéti, rauti. lett. raut. lat. ruo. aind.*
ru, ravatē. rъd *in* rъdêti sę *rubere, daher* ryždь *für und neben*
rъždь. ruda. *r.* ruda *auch blut, daher* rudometъ. *č.* rudý. *p.* rudawy.
lit. rudêti. rudas. rauda. raudonas. *lett.* ruds. rudains. *got.* rauda-.
griech. ἐρυθρός. ἐρεύθω. *air.* rudd. *aind.* rudh *in* rudhira. *Davon*
rъžda *rubigo. r.* rža. rъžь *secale. r.* rožь. *lit.* rugis. *lett.* rudzi.
ahd. rocco. *w. wahrscheinlich* rũg: *vergl. lit.* rukštas *sauer aus rug-*
tas. lett. raugs *sauerteig.* raudzēt. *Roggenbrot hat einen säuerlichen*
geschmack. smъk *im* nsl. presmeknõti *pertransire, eig. trahere,*
davon aslov. -smykati. smučati *repere. lit.* smukti, smunku *gleiten.*
smuklis. lett. šmukt. snъha *nurus. nsl.* sneha, snaha, *falsch* sinaha.
b. snъha. *ahd.* snura. *alb.* nuse. *aind.* snušā. strъgati *neben dem*
denominativum strugati *radere: griech.* στρεύγεσθαι. sъh *in* sъhnąti
siccumfieri, davon -syhati. suhъ. *p.* schnąć. *lit.* susti, susu. *aind.* kuš *für*
suš. abaktr. huš. sъk *im* r. skatь, sku *torquere, davon aslov.* sukati.
lit. sukti, suku. *lett.* sukt. sъmêti *audere. Das wort ist dunkel. Vergl.*
rumun. sumec *verwegen.* sъp *in* sъpati *dormire, davon* -sypati. sъnъ.
usъnąti. *p.* sypiać *für* sypać. *aind.* svap, svapiti. *lit.* sapnas. *lett.* sapnis.
anord. sofa. *griech.* ὕπνος. *lat.* somnus: *w. wohl* sup. sъp *in* sъpą,
suti *fundere. nsl.* suti, spem, *daher* -sypati. sunъ, synъ *turris. pr.*
suppis damm. aslov. nasъpъ. *Mit lit.* supti, supu *schaukeln, vergl. aslov.*
svepiti *agitare und lat.* supare, *dissipare J. Schmidt 2. 460.* sъs
in sъsati, sъsą *sugere. lett.* sūkt. sъs *nach Fick 2. 675. aus* sъks.
sъtъ *favus. Das wort wird mit der w. su suere zusammengestellt,*
die slav. in der form sjъ, *sju erscheint.* trъstь *arundo: lit.* stru-
stis halm. tъk *in* tъkati *texere, davon r.* vytykatь. zatokъ, *daher*
nicht tъk. *Es ist wohl eine a-w. Vergl. seite 79. pr.* teckint *machen.*
tъk *in* tъknąti *figere, pungere, davon* tykati *pungere. Man ver-*
gleiche aslov. pritycati *comparare.* pritykati *offendere und p.* doty-
kać się tangere; ferners r. točka *punctum und* točь vъ točь *précisé-*
ment, worte, die mit aslov. tъkъmo *wohl schwerlich verwandt*
sind. tъpati *palpitare.* tъrъtъ *strepitus. r.* toptatь. *nsl.* cepet.
p. podeptać *neben* tupać, tepać *calcare. Man bringt das wort mit*
aslov. tepą *und mit griech.* τυπ *in* τύπτω *in verbindung.* tъsk *in*
tъsnąti, tъštati *ἐπείγειν properare, studere. p.* tesknić, tęsknić.
tъštь *vacuus. nsl.* na teače *nüchtern: lit.* tuščas, tuštas *ist entlehnt.*

Eben so lett. tuks̆. aind. tučêhja aus tuskja. vetъhъ *vetus. lit.*
vetušas. lat. vetus, vetus-tus. vъnъ, *richtig* vьnъ, *foras. r. vonъ:*
vergl. seite 109. vъěь *pediculus. nsl.* uě, vuě: *lit. utis, lett. uts.* ъěь,
vъěь *beruht vielleicht auf ut-h-ъ. Vergl. auch lit. rêvêsa, vêvesa viehlaus.* vъtrь *faber: pr. wutris faber ferrarius. autre officina ferraria. jutryna festes schloss Fick 2. 625. Geitler, Lit. stud. 73.* vъzъ
àьí: *lit. už. alt ažu Bezzenberger 44: vergl. pr. unsai, unsei hinauf. Demnach ist* vъzъ *wahrscheinlich* vazъ *und dieses* va (*für* vъ) *und* zъ, *wie*
nizъ ni *und* zъ, prêzъ prê *und* zъ, razъ *lit. ar, pr. er, lett. ar und*
zъ. *Allerdings weicht in diesen fällen die bedeutung der praepositionen mit* zъ *sehr ab von der der themen.* zъlъ *malus: vergl.*
aind. ǵur, ǵuratĕ in verfall kommen: zъlъ *wäre demnach urspr.*
schwach. Andere ergleichen aind. guru gravis. zъvati, *auch* zvati,
zovǫ *vocare: aind. hu, havatĕ. abaktr. zu, zavaiti.* zъvati *ist wohl*
zъ-v-ati.

Dass blъha *und* brъnija *blha und* brnija; lъgati *und* rъdêti
sę *usw.* lgati *und* rdêti sę *gelautet haben, wird unter den r-consonanten darzutun versucht. Die worte sind hier aufgeführt worden,
weil dieselben in einer allerdings sehr frühen, der entstehung des aslov.
vorhergegangenen zeit und in den demselben nächst verwandten sprachen
den laut ŭ enthielten und enthalten.*

β) Stämme. ъ *kommt als vertreter eines kurzen u vor in den
nach der* ъ(u)*-declination flectierenden nomina:* medъ *mel: aind.
madhu. lit. medus, midus. pr. meddo. as. medu. ahd. metu. griech.*
μέθυ. *air. med(u).* vrъhъ *cacumen: lit. virs̆us usw., daher* medъmь
usw. 2. seite 53. 3. seite 30. Das partic. praet. act. I: pletъ *aus*
pletъs, byvъ *aus* by-v-ъs 2. *seite 328. Zu den u-stämmen gehörten
ursprünglich die adjectiva, die gegenwärtig auf* ъ-kъ *oder auf* o-kъ
auslauten: blizъkъ: *vergl.* blizu. lьgъkъ: *aind. laghu. lit. lengvas.*
gląbokъ: *vergl. griech.* γλαφυ-ρός. vysokъ: *vergl. got. auhu-ma.
Geitler, Fonologie 6. Hieher gehört auch* pêsъkъ *sabulum: vergl.
aind. pāsu, pāsuka.* nogъtь *kann mit pr. nagu-tis lat. unguis verglichen
werden. Man kann jedoch in der jagd nach u-stämmen von der wahrheit weit abirren, was jenen begegnet, die in* mъnogъ *wegen* mъnogъmi *valde, in* gluhъ *wegen gluhovati usw. u-stämme erblicken.*
rêdъkъ: *vergl. lit. erdvas, ardvas. Häufiger ist in den stämmen* ъ
aus kurzem a: baj *fascinatio für* bajъ, *d. i. bajas 2. seite 2 usw.*

γ) Worte. *Im pl. loc., wo* su *in* hъ *übergeht:* rybahъ. synъhъ.
rabêhъ. mêstêhъ. *Im supinum:* prognatъ: prognatъ ego grędą
pat.-mih.: tъ *ist* tım. *lit. tu, tun Bezzenberger 230.*

3. *Durch die halbvocale werden in fremden worten minder gewöhnliche consonantengruppen getrennt.* av'va. far'firą *luc. 16. 19.* kaferъnaumъ. lep'tê. mat'tea. mъnasъ, mъnasь, mъnasą *neben* mnasą. nar'dьny. rak'ka. rav'vi *neben* rabbi. tek'tonъ. *Man merke* k'vasa *und* dьva *neben* dva. nekъli *luc. 20. 12. ist mit* negoli, neželi *gleichbedeutend. Dunkel ist* dohъtorь *marc. 4. 38. zogr. b. bietet* kinъвъ. skanъdalisaetъ. razъvê *und sogar* sъvoeшu. olokavъtomata. pas'hą. pavъlu *neben* pavelъ. titьlь *cloz.* zakьheu *assem.* dip'tuha *glag.-sin.* didragъmy *sav.-kn. 22.* filipьpêhъ *šiš.* rav'vi *ostrom.* gotъthinъ *prol.-rad.* drehъlь *hom.-mih.: dagegen* manasь *anth. neben* mnasь *sup.; iskarъ nic. für iskrъ ist serb. Es ist selbstverständlich, dass von der entstehung dieser halbvocale nicht gesprochen werden kann. Hier mag p.* kiel, *sg. g.* kła, *r.* klykъ hauzahn, *s.* kaljac, *erwähnt werden: diese worte beruhen auf urslav.* kъlъ, *das wohl nicht von* kol *in* klati *abgeleitet werden kann.*

4. ъ *steht für* ь: čгъmъnuetъ sę. dьnevъnyję, nadьnevъny. edъnače. sъпъmъšeшъ sę. sъпъmъ. sъпъmišta. sъmyslъno. pravъdą. pravьdъna. ravъno. sъrebra. potrêbъnu. tъma, *stets so.* tъêta. vъdovica. vъsakoę. zemъnyhъ *zogr. Noch öfter und zwar nicht selten an stellen, wo es in zogr. a. nie oder sehr selten vorkömmt, tritt* ъ *für* ь *in zogr. b. auf:* avraamlъ. bolъši. čъli. načъnъêju. čъto. na nъ. kolъ kratъ. lêtъ. vъzložъ. polъza. sъmгъtъ. mytaгъ. ognъnają. oselъsky. sedъmъ. skгъвъ. poslêdъ. sъde. ъъdъ. prišьlъca. učitelъ. zapovêdъ. oblastъ. oženъ sę: *zogr. b. gebraucht* ь *nur selten, das dem* slêpč. *unbekannt ist.* balъstva. bezočъstvo. ubožъno. čгъ. začъnątъ. čъto. dlъžъni. drъzostъ. gospodъ. hądožъstviê. neistovъstvo. moštъ. pêsnъ. plъtъscêj. poganъskъ. pravъdą. гačъêą. roždъstvo, rožъstvo. silъnъ. naslêdъstvujątъ. sъtгъpêlъsvomъ. tъmê. ustъnama. vêčъnago. vêčъnumu. nevêždъstvъju. nepovinъnь. oblastъ. vražъdą. obličająštъ. prêspêjąštъ. saštъ. zatvarêjąštъ *und* tъštъ *cloz.* propъni *mariencod.* čъto. služъbą. vъ nъ *(d. i.* vъ пь*) sav.-kn. 4. 6. 7.* ložъ. svobodъ. vъsę *neben* vьsę. žъпеj *usw. ostrom.* čъto. donъdeže. drehlъstvъmъ *sborn. 1073.* myslъ. pogybêlъ. tvaгъ *greg.-naz.* čъto. pravъdoą *psalt.-eug.* vъzdaždъ. prišъlъcъ. vъsę *psalt.-sluck.* križъnъmъ. vъkušъ. sъtvoгъšago *prag.-frag. Der pl. gen.* dьnъ *cloz. 1. 904. beruht auf* dьnjъ, *dessen j vernachlässigt ist.*

5. ь *steht für* ъ: azь *neben* azъ. blizъ. bьdite, bьdrъ. domь. glasъ *neben* glasъ. ôdъšę. krotъsci. petrъ. prêdь *neben* prêdъ. poslêdъ *zogr. b.* vamъ. nepovinъnь *cloz.* vъ nъ *in eum assem.*

онъ *sup.* bogatъ. prêdъtekъ. vъaeljenêj. sъsъci. vъstocê *ostrom.*
byhomь. dêlomъ *pl. dat.* inêhь.

6. ь *ist aus* jъ *für ju, iu hervorgegangen.* bľъvati *vomere
beruht auf* biũ-v-ati. bljujǫ *auf* biujǫ. kľъvati, klъvǫ *und* kljujǫ
rostro tundere. nsl. kljuvati, kljujem. pľъvati, pljujǫ. pljunǫti
neben plinǫti *spuere. nsl.* pljuvati, pljujom. *rľъvati:* rъvanije
rugitus, rjuti *rugire.* šьvъ *sutura. lit. siuvas in apsiuvas: daraus*
r. podošva, počva *aus* podšva. šьvьcь *sutor. lit. siuvikas. partic.*
šьvenъ *aus* sjũ-v-e-nъ. žьvati, žьvǫ, žujǫ *mandere. In diesen worten
steht* ь *ursprünglichem* iũ *gegenüber, das folgende* v *ist des hiatus
wegen eingeschaltet, oder, was vielen plausibler sein wird, aus dem
u hervorgegangen. Wer* ь *dem* i, v *dem* u *gleichstellt, wird weder*
pľъvati, *noch* šьvъ *erklären können: statt des ersteren müsste man*
pьvati, *statt des letzteren* sьvъ *erwarten. So mag auch* ь *in* čьbrъ,
ahd. zubar, zwibar, entstanden sein. Nicht anders *čьhnǫti. *klr.* čchnutь
bibl. I, woraus čihati, *das wie* kъhnǫti, kyhati *auf einer* w. *küs
beruht.* č. šlo *band entspricht, wie es scheint, lit. siulê nat, saum,
faden und steht, wenn dies richtig, einem aslov.* šьlja *aus* sjъlja,
sjũlja *gegenüber L. Geitler, Lit. stud. 60. Die partic. praet. act. I.
der verba IV. wie* roždь γεννήσας *aus* rodjъ, rodju, rodiu, rodius;
eine andere erklärung nimmt folgende reihe an: rodiu, *dessen* i
mit ursprachlichem i *nichts gemein haben soll,* rodeo, rodejo, rodьje,
rodje, rožde *(in* roždej, *das neben* roždij *vorkömmt) und durch
schwächung des* e *zu* ь: roždь; *ebenso soll* tvorь, krašь *entstanden
sein, Geitler, Fonologie 12. 13, formen, die ich aus* tvorjъ, krasjъ
erkläre. Fick, 2. 654, denkt bei lьštǫ sę *splendeo an ein* ljuktję,
eine ansicht, der nsl. *leščati se, nicht* lečati se, *kr.* laskati se *usw.
entgegen steht.*

7. ъ *fällt aus und ab.* ъ *muss abfallen nach* j, *daher nicht
nur* kraj, *sondern auch* koňь, otьcь, vračь, košь *usw. aus* krajъ,
konjъ, otьcjъ, vračjъ, košjъ *usw.* ъ *kann fehlen, etwa wie* ь *(ver-
gleiche seite 119):* iglinъ. mękka. mnogo: kъñiga *bewahrt sein*
ъ *zogr.; in anderen füllen fehlt* ъ *regelmässig: dies trifft das aus-
lautende* ъ *der praefixe und praepositionen:* iziti. ohoditi *aus* otho-
diti. izdrešti *und* izrešti. vъzdrydati *und* vъzrydati. vъždelêti *aus*
vъzželêti *usw. neben* nizъhoždenъju. nizъloži. otъrešti *zogr. b.* izъ-
sposę *lam. 1. 33. für* izъposę. iz-domu. iz-vъsi. iz-ustъ. iz-ǫtrii.
is-korabľê. ob-onъ polъ. bečьstii. beštъsti. bestraha *zogr.* bezu-
bytъka krmč.-mih. *Vor praejotierten vocalen erhält sich der aus-
lautende halbvocal des praefixes oder die praejotation schwindet:*

10*

obьеtъ *d. i.* obьjetъ. obьjemljątъ *neben* obemljątъ *zogr.* na obь-
jetehь εἰς τὰς ἀγκάλας *bis prol.-rad.* 119. razьjariti *frag.-serb.* podь-
jętъ. uzьjarimь sc *lam.* 1. 151. podъjemlemъ *izv.* 668. *Auslau-*
tendes ъ *der entlehnten worte fehlt nicht selten:* isus *neben* isusъ
zogr. mariencod. amin ἀμήν *neben* aminъ, aminь, *dieses am häufigsten*
zogr. avivos *sup.* 187. 23. arios 392. 24. zanithas 187. 22. isus
83. 7. litus 6. 6. maris 187. 23 *neben* marisъ 198. 24. maro-
thas 187. 22. masrath 189. 13. nersis 187. 23 *neben* nersisъ
198. 24. nikal 50. 19. sakerdon 50. 14. simveithis 198. 24.
simvoithis 187. 23. siroth 189. 13. filiktimon 50. 17. theodul
50. 18. tholas 200. 26. amin *ostrom. fünfzehnmahl.* ahatis *svjat.-*
mat. 10.

8. *In vielen fällen ist es zweifelhaft, ob der ausfall eines halb-*
vocals oder eine consonantengruppe anzunehmen sei. pêtlъ *gallus,*
svêtlъ *lucidus,* sedlo *sella sollen aus* pêtъlъ, svêtъlъ, svêtelъ, sedъlo
entstanden sein: diese schreibungen kämen neben jenen vor und für diese
spräche das gesetz, dem zu folge tl, dl *unvereinbar seien. Dass die*
angeführten worte auch mit halb- oder selbst vollen vocalen vor-
kommen, lehrt das lexicon; was jedoch die regel hinsichtlich des tl,
dl *anlangt, so ist sie selbst in der ersten ordnung der slavischen*
sprachen — in der zweiten gilt sie gar nicht — so wenig durch-
gedrungen, dass die der altslovenischen nächst verwandte sprache, die
neuslovenische, neben plcli — pledli, *neben* krali — kradli *kennt*
3. *seite* 163. *Die ansicht, als ob die regel ehedem energischer durch-*
geführt worden wäre als später, ist das widerspiel dessen, was die
forschung ergibt. Man kann zweifeln, ob mьdlьnъ *oder* mьdьlьnъ,
obidlivъ *oder* obidьlivъ *richtiger ist.* sьląkъ *ist genauere schreibung*
als sląkъ. *Ob* ąglъ *oder* ągъlъ *anzusetzen sei, erscheint zweifelhaft:*
cloz. 1. 868. ągъlenъ *spricht für die letztere form. Aus aind.* angāra
ein aslov. ągъlь *für* ąglъ *zu folgern, halte ich nicht für zulässig. Dass*
oblъ *mit lit.* apvalus *zusammenhängt, ist zuzugeben, ein* obъlъ *dadurch*
jedoch kaum zu beyründen. Durch das deminutivum okъnьce *kann*
okъno *für* okno *nicht bewiesen werden; ebenso wenig* svekъrъ *statt*
svekrъ *durch lit.* šešura. dъva *und* zъvati *findet man neben* dva *und*
zvati. *Dass* znati *zwischen* z *und* n *den halbvocal* ь *eingebüsst habe,*
wird durch lit. žinóti *wahrscheinlich, die frage ist nur, wann* ь *aus-*
gefallen: die schreibung zьnati *ist nicht zu rechtfertigen. In* brati
hat sich zwischen b *und* r *der vocal* ь *verloren; in* gnati, *wofür*
auch gъnati *vorkömmt, ist ausfall des* ъ *aus* a *anzunehmen.* sedъmъ
septem liest man in zogr. b. *für* sedmь. *Für* jarьmъ *iugum spricht*

wohl das p. jarzmo; *greg.-naz. 221 bietet* vihъгъмъ; *slêpč. 306.*
esъmъ, *sup. sogar* jeseмъ. *Dass in* imenъmь ь *nicht eingeschaltet,
sondern* imenь *neben* imen *als stamm besteht, braucht nur bemerkt
zu werden.*

*Nachdem im inlautenden ru, lu das ursprünglich kurze oder
kurz gewordene u in* ъ *übergegangen war, entwickelte sich aus* гъ,
lъ *im laufe der zeit in der sprache der vorfahren der Slovenen,
Serben, Chorvaten und Čechen das silbenbildende* r, l: brъvъ *d. i.*
brvь. *aind.* bhrū. blъha, *d. i.* blha. *lit.* blusa. *So auch* brъnija, *ahd.*
brunjū. *Anlautendes* ru, lu *bewahrt den halbvocal, ergibt demnach kein
silbenbildendes* r, l: rъdêti sę *rubere.* lъgati *mentiri, daher iterativ*
obrydati sę, oblygati. *Vergl. meine abhandlung: Über den ursprung
der worte von der form aslov.* trъt. *Denkschriften, Band XXVII.*

II. Zweite stufe: y.

1. y, *kyrillisch* ъ *oder* ъи, *in jüngeren quellen* ъı, *heisst im
alphabete* jery, ıвръı, *ein name, der den zu bezeichnenden laut am
wortende enthält, weil derselbe eben so wenig wie* ь *und* ъ *im anlaute
stehen kann.*

2. *Was die aussprache des y betrifft, so ist dem buchstaben der-
selbe laut zuzuschreiben, welchen y,* ы *noch jetzt im poln., klruss. und
russ. bezeichnet. Brücke 30. rechnet* y *zu den schwer zu bestimmenden
vocalen: er hörte es als ein unvollkommen gebildetes* uⁱ. *Nach
meiner ansicht ist von* ъ, *d. i. von dem laute auszugehen, der von
Lepsius unbestimmter vocal genannt und durch* ę *bezeichnet wird, und
man wird den laut y hervorbringen, wenn man* ъ, ę *mit grösserer
energie ausspricht, eine energie, die, wie es scheint, notwendig ist,
um die stimmbänder einander zu nähern. Der laut des y findet sich
in den türkischen sprachen; der rumun. laut* ж *in worten wie* mormąnt
мормжнт *ist das russ.* ы, *nur wird es mit vertieftem klang der
stimme gesprochen. Von diesem standpuncte aus ist die schreibung* ъı,
ъи *erklärbar, da man bei energischer aussprache des* ъ, ę *nach diesem
laute in der tat unwillkürlich ein* i, j *hervorbringt, das um so deut-
licher gehört wird, je kräftiger* ъ, ę *ausgesprochen wird. Wenn man
demnach ein unvollkommen gebildetes* uⁱ *hört, so ist dies ganz richtig:
die unvollkommenheit liegt darin, dass u wie* ъ *lautet. Wer daher* ъ
durch ę *bezeichnen würde, würde durchaus nicht irren, wenn er y,* ъı
durch ęⁱ *umschriebe. Man kann sich die schreibung* ъı, ъи *auch
durch die annahme erklären, man habe in worten wie* довръи, *worin*

ъи *aus* ъ *und* и *entstanden ist, deutlicher als in anderen beide laute vernommen und dann* ъі, ъи *auch dort angewandt, wo das nahe verwandte einheitliche* y *gehört wurde. Mit dieser lautlichen geltung des* y, ъі *hängt seine stellung im systeme des slavischen vocalismus zusammen:* y *steht zwischen* ъ *und* u, оу, *es ist gewichtvoller als das erstere, weniger gewichtvoll als das letztere. Es entspricht daher dem slavischen* i, *das gleichfalls zwischen* ь *und* ê *zu stellen ist. Der unterschied zwischen* y *und* i *besteht darin, dass in der* u-*reihe der zwischen* ъ *und* u, оу *stehende laut* ъⁱ *eine eigene bezeichnung hat und haben muss, während* i *ein wirkliches* i *ist, allerdings, wie oben gezeigt wurde, kein aind.* i. *Die aussprache des* y, ъі *als* eⁱ *in dem angegebenen sinne ist nach meiner ansicht uralt und ich kann die behauptung, es sei im neunten jahrhunderte aslov.* bujti *für* byti *gesprochen worden, nicht als richtig anerkennen, denn die lateinische umschreibung des* y, ъі *durch* ui *wäre nur dann für jene behauptung beweisend, wenn dem lateinisch transscribierenden der laut* ę *geläufig und in seinem alphabete ein zeichen dafür vorhanden gewesen wäre: da dies nicht der fall war, so schrieb man, was man zu hören glaubte, wie man heutzutage teils* ü, *teils* uj *zum ausdrucke desselben lautes anwendet, obgleich* p. byč *weder* büč *noch* bujč *lautet. Mit dieser ansicht von dem wesen des* ъ *und* y *sind die tatsächlichen erscheinungen in vollkommenem einklange. Man kann nämlich leicht wahrnehmen, dass* ъ *in manchen fällen in* y *übergeht; es sind dies fälle, in denen dem* ъ *eine energischere aussprache notwendig zukommen muss, wodurch es zu* y *verstärkt, gedehnt wird. Dies findet vor dem* j *statt, daher* dobryj, добрыи *für und neben* dobrъj, добръи, *so wie der pl. gen.* gostij *aus* gostъj *entsteht.*

3 *Wie* ь *und* ъ, *so ist auch* y, ъі *ein dem slavischen eigener, allerdings nicht ausschliesslich eigener laut. Dass die slavische ursprache diesen laut besass, erhellt aus der übereinstimmung aller slavischen sprachen in dem gebrauche desselben. Die sprachen, denen der laut* y, ъі *heutzutage unbekannt ist, hatten denselben in einer älteren periode; in allen beruht der gegenwärtige zustand auf dem ehemaligen vorhandensein des* y, ъі. *Unrichtig wäre die annahme,* y *sei in allen fällen jünger als* ъ; *es ist vielmehr unzweifelhaft, dass der auslaut von* svekry *nicht auf dem auslaut von* svekrъ *beruht, dass demnach beide worte neben einander bestanden,* svekrъ *als nachfolger eines dem ursprachlichen svasura, aind. svasura,* svekry *hingegen als stellvertreter eines dem ursprachlichen svasrū, aind. svasrū, entsprechenden wortes. Auch das kann nicht zugegeben werden, alle* y *seien aus* ъ

*entstanden, vielmehr sind die laute, aus denen sich y entwickelt hat,
sehr mannigfaltig, wie weiter unten gezeigt werden soll.* Aus dem
gesagten ergibt sich, dass in der ältesten zeit in ъı, ън *beide laute*
ъ *und* i *nur dann gehört wurden, wenn* ъı, ън *mit besonderem nach-
druck ausgesprochen ward: aslov.* synъ *lautete demnach wie p.* syn.
Damit stimmt nicht nur die entstehung des lautes y aus ъ, *sondern
auch der umstand überein, dass selbst formen wie* dobryihъ, *d. i.
ursprünglich* dobryjihъ, *häufig in* dobryhъ *übergehen.*

Die vorstellung, y, ъı *sei ein aus* ъ *und* i *zusammengesetzter laut,
ist nach meinem dafürhalten physiologisch unrichtig: dass sie sich vom
standpunkte der etymologie nicht begründen lasse, ist keines beweises
bedürftig. In* synъ *tritt ein* i *nicht ein, und was von* synъ, *gilt von
allen ähnlichen worten. Nach meiner ansicht ist y häufig unmittelbar
der reflex des ursprachlichen* ū, *während andere annehmen, aus* ū *sei
zunächst* ui, *aus diesem erst y geworden; jenem begegne man noch
in einer anzahl litauischer formen, es sei jedoch im lit. einigermassen
eingeschrumpft (jaksi zakrnėl), während das slav. auf der bahn fort-
geschritten sei. Diese vermittlungsrolle des lit. ui zwischen* ū *und y
wird in folgenden formen angenommen: builas wilder körbel: aslov.*
bylije *planta. buitis existenz: aslov.* bytije. *kuikė elle:* kyk *im* ė.
kyčel *hüfte. kuila hodenbruch: aslov.* kyla. *luinas hornlos: aind.
lūna abgeschnitten. pr. luysis. lit. lušis: aslov.* rysь. *skuitau furo,
deliro: aslov.* skytają sę *vagor. smuikas geige: aslov.* smykati *streichen:
zu vergleichen ist* smykъ *im p.* smyczek, *r.* smyčekъ *fidelbogen.
stuinus kräftig: aind. sthūṇā columna, eig., wie man meint, validus.
muika neben sunka saft. lit. dialekt. suitis. lett. suits überflüssig: aslov.*
sytъ. *tuinas zaun: aslov.* tynъ. *Den übergang vom lit. lunkas bast
und dem aslov.* lyko *soll luika- bilden: lūka-, luika-* lyko. *Wenn
man die angeführten lit. worte, deren zusammenstellung mit dem ent-
sprechenden slav. zugegeben werden muss, prüft, so findet man, dass
die mehrzahl der lit. worte aus dem slav. entlehnt ist, und so ferne
bei diesen die vertretung des slav. y durch lit. ui vorkömmt (muilas,
r. mylo), müssen sie ausser der betrachtung bleiben. Was nach
abzug dieser worte erübrigt, ist nicht geeignet, die lehre, der laut ui
sei als vorstufe des y anzusehen, annehmbar zu machen. Geitler,
Fonologie 34. Lit. stud. 49. Man wird sich wohl nicht auf fz. ui
aus o berufen: cuir corium. huis ostium. muid modius, noch weniger
auf aeolisches* υι *aus* οι: ἀτέρωι *für* ἑτέρωι *Hirzel, Aeol. 9.*

Hat aslov. y den normalen laut des pol. y, russ. ы, *so kann
dasselbe nicht als diphthong angesehen werden; es ist ein eigenartiger*

vocal, dem wir, wie bemerkt, auch in anderen sprachen begegnen: türk. von Lepsius durch i bezeichnet: baɫyk fisch.

Der laut y wird in lat. urkunden früherer zeit selten durch *oi, ui, regelmässig durch u wiedergegeben: spoitimar annal.-fuld.* spytimêrъ. tabomiuzl dux obodritorum für -muizl. dobramuzlj salzb.- *verbrüderungsbuch.* dabramusclo dobromyslъ. miramusele für mira- *muscle* miromyslъ. -musclus -myslъ. musclonna. primusl prêmyslъ. *semmemuscle* zemimyslъ. sobemuscla. seuemuscle. uuitamusclo aus *Aquileja IX.—X. jahrh.*

4. Dass y und ъ in der aussprache einander nahe standen, ergibt *sich daraus, dass nicht selten das eine an der stelle des andern steht.* a) ъ steht für y: (i)nъę rabъ mit über ъ stehendem i ἄλλους δούλους *matth. 21. 36. zogr. b.* vъ crkъ εἰς τὸ ἱερόν 21. 23. ibid. für inyję, crъky. duhovъnъhъ cloz. 1. 50. slъěati 180. vêrъnъmъ 112. vladъka 265. vъ kъ časъ ποίᾳ ὥρᾳ пъпê. prêbъvaetъ assem. nebogъmъ *sup. 286. 26. für* nebogyimъ. bъvъšju sav.-kn. 81. nedažъnъję 20. obъčaju 117. vъšъnihъ 134. ljubъ pat.-mih. 148 für ljubъ, ljuby. pokrъvati. ljubъ (ne sъtvoriši) iac. 2. 11.-slêpč. bъtija parem.-grig. 217. sъ ὑπάρχων luc. 16. 23.-ev.-buc. bъstъ. križъnъmъ prag.-frag. rъby für ryby ostrom. nъ ἡμᾶς greg.-naz. bъlъ 106. mъčąštema. razmъslъmъ 227. gasъpana 161. kъjąšte glavami antch. ljubъ kuju kъ komu op. 2. 2. 305. bъvajetъ svjat.-mat. 6. bъti ippol. 35. 139. *Damit vergleiche man* izobolije prol.-rad. für izobylije περιουσία.

b) y für ъ: byždrъ für bъždrъ: vergl. auch ryždъ mit rъdéti. mušъca mit mъšica. kyznetъ apost.-ochrid. 98. 282. isъsyše exaruit *pat.-mih. 34. für* isъše. ɪsyrъši ej 118. kykъ 116. b. für kъkъ *slêpč. Man merke auch* sъzydana zogr., wofür sonst entweder -zъd- *oder -zid-.* *Man vergl. auch* uvêmy cloz. 1. 810 neben uvêmъ 176. *812 und* iskry ant.-hom. 224. für iskrъ.

5. Da der laut des y nur der verstärkte laut des ъ ist, so ist *die bezeichnung des y durch* ꙑ *richtig, die durch* ꙑ *unrichtig. In den pannonisch-slovenischen denkmählern bildet* ꙑ, ъи *die regel,* ꙑ *die mehr oder weniger seltene ausnahme:* vън, vêkън *und* vêkꙑ. prêbънvaję assem. bꙑhь sup. 99. 20. bꙑvъěu 160. 2. vън 52. 2. vêrꙑ 182. 3. ženꙑ 99. 29. nogꙑ 160. 4. пън 59. 7. pakꙑ 100. 2. pętꙑi 129. 8. sъborꙑi 146. 14. sꙑпꙑi 195. 12. sevъɪrovъ 218. 14. tꙑi 99. 28. *Wenn man diese geringe anzahl von* ꙑ *und den bedeu- tenden umfang des denkmahls erwägt, so wird man* ꙑ *für* ꙑ *im sup. als ausnahme ansehen.* ꙑɪ *und* ън *haben gleiche geltung:* bънstъ vън. пънпê *neben* bꙑɪste. пъɪпê *assem. In den bulgarisch-slovenischen*

denkmählern gewinnt das Ⱁ *immer mehr die oberhand, bis es zuletzt
allein angewandt wird. Schon das pat.-mih. und der slučebnik aus
dem XII.-XIII. jahrhundert bieten nur* Ⱁ. *Drev. slav. pamjat.
63; dasselbe gilt vom Pogodin'schen psalter aus dem XII.-XIV.
jahrhundert 54; vom Norov'schen psalter aus dem XIII. jahrhundert
61; vom evangelium aus Zographos aus dem XIV. jahrhundert
123, während ein sbornik aus derselben zeit* Ⱁ *und* Ⱁ *hat 72. Dass
die bulg. denkmähler, die nur* ъ *kennen, wie der apost.-slêpč., auch
nur* Ⱁ *darbieten, ist natürlich Drev. slav. pamjat. 301. apost.-
ochrid. 269. Die serbisch-slovenischen quellen bieten regelmässig* Ⱁ
dar, Ⱁ *gehört zu den seltenen ausnahmen, und hat sich wohl nur
aus der vorlage des schreibers eingeschlichen: so liest man in krmč.-
mih.* bⰑisth, strasthnⰑje, *was nicht befremdet, wenn man bedenkt,
dass das denkmahl aus einer russisch-slovenischen vorlage geflossen ist.
Da die Russen die beiden halbvocale* ъ *und* ь *in der aussprache
unterscheiden, so hat sich bei ihnen die schreibweise* Ⱁ *oder* Ⱁ
erhalten. Nur ausnahmsweise findet man Ⱁ *in den ältesten denk-
mählern, wie z. b. in den sborniks von 1073 und 1076. zap. 2. 2. 9.
Der ostromir kennt nur* Ⱁ. *In einem russ.-sloven. evangelium aus
dem XIV. jahrhundert steht schon meist* Ⱁ *für* Ⱁ; *ebenso im obi-
hodъ aus derselben zeit; ein evangelium aus dem jahrs 1401 bewahrt*
Ⱁ; *eine novgoroder urkunde von 1452 enthält* Ⱁ *nur éinmahl.* Ⱁ
*fängt gegen das ende des XIV. jahrhunderts an zu schwinden und
findet sich in den handschriften des XV. jahrhunderts schon selten.
Man ist geneigt, diese veränderung dem einfluss serbischer hand-
schriften zuzuschreiben:* znakъ Ⱁ *vêrojatno* vozъimêłъ *načalo u*
Serbovъ Vostokovъ *in izv. I. 102. zap. 2. 2. 9. 70. Da das russische
nach den gutturalen* и *für* ы *hat, so ist begreiflich, dass man den
altslovenisch unzulässigen verbindungen ki, gi, chi für ky, gy, chy
in dem masse häufiger begegnet, als die wirkung der altslovenischen
tradition schwächer wird.*

Die formen der zusammengesetzten declination bieten nicht geringe
verschiedenheiten dar: die ältesten quellen haben Ⱁ oder, was das-
selbe ist, Ⱁн; die späteren denkmähler bieten Ⱁн. zogr. člověčьskⰑ.
nečistⰑ. oslablenⰑ. sadъnⰑ. svetⰑ. vъzljublenⰑ. mrъtvⰑhъ.
nebesьskⰑmь. nečistⰑmъ. svetⰑmъ usw. cloz. blaženⰑн I. 20.
241. II. 91. slavъnⰑн I. 40. věčъnⰑн I. 40. 107. krъštenⰑн I.
120. nikⰑн I. 146. blaženⰑmь II. 17. povⰑmitь I. 27. zakon-
пъntь I. 74. svetⰑmitь I. 139. kⰑnitь I. 458; ebenso I. 675.
II. 17. stagⰑnhъ I. 34. pravedъnⰑnhъ I. 63. pêsnъnⰑnhъ I. 359.

154   u-vocale.

dobrъnmь, zъlъnmъ *I. 257.* drugъnmъ *I. 397.* duhovъnъnmi *I.*
52. beznmъnъnmi *I. 388.* mrъtvъnmi *I. 803 usw. Daneben liest*
man nepravedъnъni *I. 773.* blagъnimъ *I. 548.* nevidimъnimi *I.*
559. sup. takovъn. poimъn. *Dass zwischen* ъn *und* ъi *kein unter-*
schied obwaltet, zeigen die schreibungen vodъn *323.* 23. plodъn *30.*
20. nesъnтьstvo *30. 19.* prêbъnšе *12. 18.* mǎčenikъn *156. 13.*
pomъnšlenije *182. 11. Im ostromir finden wir* vodьnъi *109.*
kotorъi *276.* svetъi *274.* šestъi *269.* prêdavъi *184.* osmъn *279.*
prišьdъn *55. 142.* въn *8.* иmьгъn *usw. Im greg.-naz.* istъi. svetъi.
prêblaženъn. svetъn. čjudesnъn *usw.* ъi *und* ъn *erscheinen in*
den ältesten denkmählern überwiegend Sreznevskij, Drev. slav. pamj.
einl. 182. vergl. 52. 58. 65. 66. 68. 69 usw. Auch in den späteren
quellen ist ъi, ъn *gar nicht selten.*

      6. y *entspricht einem vorslavischen langen* u, *wie* i *einem vor-*
slavischen langen i. byti: aind. bhū. dymъ: aind. dhūma. grysti:
lit. grauziu, griauzu: vergl. pr. grēns-ings *bissig.* myšь: aind. mūša.
pyro: *griech.* πῦρός. rydati: *lit.* raudmi *neben* aind. rud. synъ:
aind. sūnu. tysašta: *pr.* tūsimtons *acc.; ebenso* jętry *usw. Aus*
dem unten folgenden verzeichnisse der im wurzelhaften teile y *ent-*
haltenden worte ergibt sich, dass häufig y *steht, wo man* ъ *oder* u
erwartet: dieser junge laut hat sich weit über seine naturgemässen
grenzen ausgebreitet. Für gybnǫti *erwartet man* gъnǫti, *das in*
anderer bedeutung vorkömmt. Neben dyhnǫti *gilt das regelmässige*
dъhnǫti. kynǫti *aus* kydnǫti, kysnǫti, rygnǫti *entfernen sich von*
formen wie bъnǫti *aus* bъdnǫti; *ebenso* dyšati (dyšanije), kypêti
und slyšati *von* bъdêti. ryždь *beruht auf* rъd, *man erwartet*
daher rъždь. *Dasselbe gilt von* četyrije: *lit.* keturi. *Dem lit. ist*
der laut des y *fremd, der in aus dem slav. entlehnten worten*
häufig durch ui *ersetzt wird.*

      7. y *entsteht durch dehnung des* ъ, *ursprachlich* u, *selten* a, *im*
dienste der function bei der bildung der verba iterativa: vъzbydati
expergisci: bъd. dyhati *spirare:* dъh. dymati *flare:* dъm, aind.
dam. lygati *mentiri:* lъg. plyvati *natare:* plъ, plū. obrydati sę
erubescere: rъd. syhati *siccari:* sъh. sylati *mittere:* sъl, aind. sar.
sypati *obdormiscere:* sъp. *Accentuell ist die dehnung des* ъ *in infini-*
tiven: kyti *nutare:* kū. tryti *terere:* trū. vyti *ululare:* vū *usw.*
Gesteigert ist ъ *in* suti *fundere:* sūp: *vergl.* pluti *usw. Herr*
A. Potebnja, Kъ istorii usw. 224, sagt, es sei augenscheinlich, dass
die verstärkung, usilenie, des ъ *zu* y *dadurch entsteht, dass hinter*
dem ъ *ein* i *eintritt. Diese ansicht stützt sich meiner meinung nach*

nur auf die bezeichnung des lautes y in den beiden aslov. alphabeten. vergl. seite 149.

Vor i, es mag dieses wie i oder wie ji lauten, und vor j pflegt ъ in manchen denkmählern dem y, ъı zu weichen: der grund dieser erscheinung liegt in der schwierigkeit der aussprache des ъ vor den genannten lauten. vъī ijakovê für vъ ijakovê. vъī egẏptê, für vъ egẏptê, d. i. vъ jegẏptê. vъī imę für vъ imę. vъī istinê für vъ istinê. vъznesątъī i bon. Sreznevskij, Drevnija slav. pamjatniki, einl. 132. moljahutъī i učenici ev.-děč. 141. vъı imę bon. vъı iną ostrom. neben vъıną assem. vъıishoždenie bon. vъı istiną neben vъ istiną mariencod. vъı judolь neben vь judolь mladên. vъī imę. vъī istiną. obręśtątъī i apost.-ochrid. ibid. 98. Vergl. zap. 2. 2. 61.

8. In manchen formen wechselt y mit ę, ą: dies findet statt im pl. acc. der nomina m. auf ъ(a): raby neben mążę; im sg. gen. sowie im pl. acc. und nom. der nomina f. auf a(a): ryby neben kożę; in manchen substantiven im suffix men: kamy neben imę; im partic. praes. act. plety, pletąšta neben piję, pijąšta. Der regel, dass y für ‚an‘ nur dann eintrete, wenn hinter diesem ‚an‘ ursprünglich noch ein consonant s stand, J. Schmidt 1. 177, steht das neutrum plety entgegen. Vergl. seite 44. Ob lyko ein dem lit. lunkas ähnliches lunka oder aber lūka voraussetzt, ist schwer zu entscheiden. Man vergleicht dyba mit dąbъ; gryzą mit pr. grēns-ings bissig, wobei jedoch lit. grauźiu nage zu beachten ist; myslь mit w. mandh und p. stygnąć erkalten mit lit. stugti steif werden und stingti, gerinnen J. Schmidt 1. 178. Man beachte klr. hłybokyj neben hłubokyj für aslov. głąbokъ; yto in kopyto wird aus an-to erklärt und kopan mit griech. κύπανον verglichen Beiträge 6. 92; yka in vladyka wird als differenzierung von inka aus anka gedeutet J. Schmidt 1. 178. Man meint, ‚an‘ sei in vorhistorischer zeit zu ū geworden.

9. y, dem ein v vorhergeht, ist im anlaut oft der stellvertreter des aus ū entstandenen ъ: vyknąti: w. ъk, ūk. vymę: aus ymę, ъmę statt ydmę, ъdmę. vysokъ: aus ysokъ, ъsokъ. vyti: aus yti, ъti; damit hängt vykati zusammen.

10. Das auslautende ъ eines praefixes schwindet meist vor dem vocalischen anlaut des verbum: manchmahl verbindet sich jedoch ъ mit i zu ъı, y. otъimetъ marc. 2. 20; 4. 15; 4. 25. neben otьmetъ zogr. podъiti sup. 88. 16. prědъiti 84. 3. vъzъigraite sav.-kn. 129. neben razidetъ sę 5. vъzъide bon. vъzъidosta slêpč. izъidą pat.-mih. 50. izъidete 38. izъideta 138. izъidь 31. 38. 120. obъidą 122 usw. neben otidosta 86. otidą 121. obъimetъ psalt.-děč. 396. izъideši

ev.-děš. 386. izъiti *apost.-ochrid. 276.* vъzъidetъ *297; ebenso* obъi-šedъše *pat.-mih. 122.* vъzъiъьdъ *mladên.* prêvъzъišьlь *prol.-rad., da* iъьlъ *und* iъьdъ *neben* ъьlъ *und* ъьd *vorkömmt.*

ъ *schwindet auch zwischen dem* b *des praefixes und dem* v *des verbum:* obęzati, obiti *aus* obъ *und* vęzati, viti *usw. Das erstere kann auch aus* obъ *und* ęzati *erklärt werden, da das* v *von* vęzati *wohl nur im anlaute steht.*

11. *Dass* y, ъi *aus* oj *entstanden sei, halte ich für eben so unrichtig, als dass der u-vocal* ъ *(verschieden vom a-vocal* ъ*) ein älteres* o *voraussetze. Für* y, ъi *aus* oj *können eben so wenig die formen angeführt werden, in denen* oj *für* y, ъi *steht, als für die entstehung des* ъ *aus* o *die anführung jener formen beweisend ist, in denen* ъ *durch* o *ersetzt wird. Man findet, allerdings nur zwei mahl in der ganzen bisher bekannten aslov. literatur,* oj *für* ъi: jęzojkomъ *sav.-kn. 138. für* językomъ. pomojslilь sę *izborn. 1073. für* pomy-slilь sę Sreznevskij, *Drevnie slav. pamjatniki, einleitung 180; eben so* isusy assem. *für* isusovi. *Häufiger begegnet man formen wie* nikojže šiš. 92. *für* nikyže *sav.-kn. 13. Dass formen wie* spoitimar *annal.-fuld. aslov.* *spytimêrъ *(moyslaw ist dunkel) die aussprache des* y, ъi *als* oj *nicht dartun, ist bereits bemerkt worden; sie genügen eben-sowenig zum beweise der entstehung des* y, ъi *aus* oj. *Man beachte* č. buitsov (bydžov), buitic (bytice) *neben* lutomuzle (litomyšl), muslawitz (myslovice); *ferner* č. mými *aus* mojmi, mojimi *und* r. pygraj (ty pygraj, pygraj, dobryj molodecъ *kir. 2. 9) aus* poigraj.

12. *Seltener als die seite 152. behandelte vermengung von* y *und* ъ *ist die von* y *und* i. *Schon in den ältesten quellen findet man jedoch* kriti, riba *für* kryti, ryba. nesъmyslъni (o nesъmyslъni sъ(ь)dь-semь židovine *cloz. 1. 17.) für* nesъmyslъny. likujmi *sup. 236. 25. für* likujmy. nepravъdi. riba *izborn. 1073. Dass* bimъ *nicht für* bymъ *steht, ist 3. seite 88. darzutun versucht. Dagegen findet man* y *für* i *in* davydovъ. sъzydana *neben* sъzidaję *zogr.* farysêi *cloz. I. 389.* obygrъstiti συνέχειν. obyhode *prol.-rad. Dieser wechsel ist jedoch in den alten denkmählern sehr selten. Was die späteren denkmähler anbelangt, so behaupten* y *und* i *die ihnen zugewiesenen gebiete in den bulgarisch-slovenischen quellen lange zeit hindurch, was dem fortwirken der tradition zuzuschreiben ist, da sich die unterscheidung beider laute früh verlor. Sicherer waren die gross-russischen schreiber in der anwendung beider buchstaben, während die kleinrussischen sie verwechselten:* ryzi *zap. 2. 2. 38. Die Serben*

beachteten schon in der ältesten zeit den unterschied nicht: vsakimi.
knigi. pogibêlь *krmč.-mih.* drugiihь *hom.-mih. und* vъ vytliomi ἐν
Βηθλεέμ, ioзyрь Ἰωσήρ *nicol. Befremdend ist die verwechslung des* y
und i *in den prager glagolitischen fragmenten.*

Noch seltener ist der wechsel von y *und* u: pastyrь *und*
pasturь *Amphilochij.* dyhati *und* duhati *spirare: die formen scheinen
indessen nicht gleichbedeutend zu sein, jenes beruht auf* dъh *in*
dъhnąti, *dieses ist wohl denominativ:* duhъ. slyšati *III. 2. und* slušati
V. 1. audire: das erste ist primär gebildet. Man findet auch slyhati
und sluhati. *Man beachte aslov.* pritycati *und* pritucati *comparare:
jenes fliesst regelrecht aus* tъk. *Man vergleiche auch* synъ *und*
sunъ *turris;* syrovъ *und* surovъ *crudus;* puhlъ *cavus hängt mit*
puhnati *tumere zusammen, neben welchem auch* pyhati *besteht. Am
wichtigsten sind die oben angeführten verbalformen, deren gegenseitiges
verhältniss ich nicht ergründet habe.*

13. y enthaltende formen. a) Wurzeln. blyskati: *č.* blýskati.
p. błyskać, błyszczeć, błysnąć *blitzen. ns.* blysk *von* blъsk, blüsk:
aslov. blistati *von* blьsk, blĭsk. bogatyrь *r. heros: mongol. ba-
ghadur aus aind. bhaghadara robur tenens Orient und Occident 1.
137.* brysati *abstergere. nsl.* brisati. *w.* brūs: *vergl. lit. brukšoti,
braukīti und braukti streichen.* brysati *ist durativ, nicht iterativ.*
byti *gigni, crescere, esse. nsl.* buiti *fris.* biti. *klr.* byty, buty. *pr.*
bū, *bos.* buvas *wohnort. lit. būti. aind. bhū. abaktr. bū. griech.*
φῦ: φύω. *lat. fu·: davon* by-lь φυτόν: *lit. buitis existenz und pribuitis
sind wohl entlehnt. Vergl. auch buiša art und weise.* byda *in*
vъzbydati *expergisci: w.* büd *in* bъdêti *vigilare.* byždrь *steht für*
bъždrь. bykъ *bos. nsl.* bik: *w.* bük. *aind. bukk, bukkati, daher
auch aslov.* bъčela; *verwandt ist aslov.* bučati *mugire.* bykъ *setzt
ein* *bykati *voraus.* byrati *neben* bylati *errare: J. Schmidt 2.
223. vergleicht aind. bhur, bhurati zappeln, zucken.* bystrъ *citus.
nsl.* bister: t *ist wohl zwischen* s *und* ъ *eingeschaltet. Das wort soll
mit* bъd *zusammenhangen: lit.* budrus. byvolъ βούβαλος *bubalus.
r.* bujvolъ, *wobei an* buj *und* volъ *gedacht wird, neben dem älteren*
buvolъ. *klr.* bujvôł. *p.* bawoł, bujwoł. *lit. bavolas.* byvolъ *ist fremd
matz. 23.* četyrije *quatuor. lit. keturi: alit. ketveri entspricht
aslov.* četverъ. *aind. čaturas. čatvāras. griech.* τέσσαρες (πίσυρες). *lat.
quatuor:* y *entspricht aind.* u, *nicht vā, wie das lit. zeigt.* dybati
clam ire. pridybêti. *p.* dybać *furtim ire, insidiari: w.* dъb. *vergl.
p.* dbać *aufmerken, d. i. aslov.* *dъbati, *daraus lit. daboti.* dyba
r. p. truncus. r. volosy *dybomъ* stojatъ. *Das wort ist mit* dąbъ

verwandt.   dyhati *spirare: w.* dъh *in* dъhnạti, *minder genau* dyhnạti *pat.-mih. nsl.* nadiha, nadeha.   dymati *flare: w.* dъm, dъmạ, dạti. *aind. dham.*   dymija *inguen.* pobolitь dimijami *misc.- šaf. 137.* otъ bedru, otъ dymьju *tichonr. 2. 358: der dual. lässt die bedeutung „inguen" als zweifelhaft erscheinen. Stulli citiert das brev.-glag. und gibt dem worte die form* dimje *n.: jetzt kennt das s.* dimije, dimlije *bracca nach dem zu bedeckenden körperteile. č.* dymě *mit dem befremdenden sg. gen.* dyměno *der schambug usw.* dyměje *tumor inguinum. p.* dymię, dymienia *schambug. nsl.* dimle (dimlje) *pl. f. schamseite. os.* dymjo.   dymъ *fumus. lit. dumai pl. got. dauni-. griech.* θυμός. *lat. fūmus. aind. dhūma.*   dyŋja *pepo.* gryzạ, grysti *rodere. lit. griaužu, graužiu. lett. grauzu. pr. grēnzings beissig. Man beachte* grizetъ *sav.-kn. 44.*   gybnạti *perire, davon* gubiti *perdere. Wahrscheinlich verwandt mit* gъb *in* gъnạti *movere und* sъgъnạti *plicare: beide ergeben* gyba: gybati *movere und* sъgybati *plicare. Bei Mikuckij lit. gaubti flectere.*   gymati *palpare.* gyzda *lautitia in einer späten quelle. nsl.* gizda *superbia. s. comtio. Geitler, Lit. stud. 64, vergleicht lit. goda lob.*   gъmyzati *repere: stamm* gъmъz *in* gъmъzati. *nsl.* gomzěti, gomaziti *wimmeln. s.* gmizati, gamizati. *č.* hemzot.   hy, *davon* pohylъ *pronus:* pohylь licemь *prol.-rad. p.* chynạč. chylič. *klr.* pochyłyj, pochołyj *verch. 66. Potebnja, Kъ istorii usw. 200, vergleicht lit. sverti wägen.* hyra *morbus. nsl.* hirati, hêrati *languere. klr.* chyrity *kränkeln.* chyryj *kränklich verch. 76: vergl. p. ns.* chory. *os.* khory *aus* chvory.   hytъ *in* hytiti *rapere: w.* hъt, *wovon das mit* hytiti *gleichbedeutende* hvatiti. hytrъ *artificialis: lit. kūtras listig und kutrus hurtig sind entlehnt.* hyzъ, hyza, hyža *neben* hyžda *domus. got. ahd. hūsa-.* krynica *p. fons, cisterna. Dunkel.* kryti *abscondere: selbst in den ältesten quellen cloz. sup. sav.-kn. 128. 131. häufig* kri *geschrieben. Hinsichtlich der bedeutung beachte man . klr.* kryj bože! *bewahre gott! Geitler 35. vergleicht lit. krauti schichten, laden, häufen.* kyti, kyvati *nutare. nsl.* kimati. *b.* kiva *vb.: lit. kujuoti.* kyčьlь: *č.* kyčel *m. hüftbein. vergl.* kъkъnь. *Geitler, Lit. stud. 49, bringt lit. kuikė elle bei.* kyčiti *inflare stolz machen. Vergl. Fick 2. 538.*   kyd *in* kynạti, kydati *iacere.* kyhati *sternutare: w.* kъh *in* kъhnạti. *Vergl. aind. kšu, kšāuti.* kyj *fustis, malleus. lit. kujis. pr. cugis: w.* ku *in* kovạ, kujạ. kyj *aus* kъj. kyla *hernia. griech.* κήλη. *nsl. s. r.* kila. *klr.* kyła. *č.* kýla. *p.* kiła: *lit. kuila hodenbruch, bruch wird mit aind. kūla abhang verglichen. kuila kann allerdings aus p.* kila *nicht erklärt werden. Auch die*

zusammenstellung von kyla *mit* κήλη *ist anfechtbar. Vergl. matz. 54.*
kypêti *salire: aind. kup, kupjati wallen.* kyprъ *foraminosus:*
zemlja kypra ušĕe *tichonr.* 2. 392. b. da raskvasa kipra usta *verk.*
66. kysati, kysnąti *fermentari, madefieri: aind. čuš pass. sieden.*
kyšьka: č. kyška *handvoll. lit. kuškis Geitler, Lit. stud.* 66. kyta:
nsl. kita *ramus, fasciculus, nervus: lit. kuta faser von tuch, troddel.*
kytъka *corymbus: lit. kutis beutel.* lobyzati: oblobyzati *deoscu-
lari: stamm* lobъzati. lygati: oblygati *calumniari: w.* lъg *in* lъgati.
slovak. lyhati: ne lyhajte *betrüget nicht.* lykati *slovak. vorare,
deglutire:* horuca ne lykaj. *p.* łykać. lyko *liber r., p.* łyko: *lit.
lunkas. pr. lunkan acc. lonks. Nach Geitler, Fonologie* 37, *ist* lyko *aus
lunka vor dem aufkommen der nasalen entstanden, die w. sei lank
flectere J. Schmidt* 1. *178.* lysto, lystъ *tibia* κνήμη: *vergl. nsl.*
listanjek; *ferners r.* lytka. č. lytko. *p.* łyta, łytka *und p.* łyst, *s.
list, so wie klr.* łydka, łydvyča. lysъ *in* vъzlysъ *calvus, eig. eine
blässe habend. p.* łysy, *wahrscheinlich aus* lyksъ: *lit. lauks. pr.
lauxnos stellae. abaktr.* raokšna *lucidus. Mit* lysъ *hängt zusammen
p.* łyska. *r.* lysucha *fulica. Vergl.* (rêsъ) rêhъ *dixi aus* reksъ. lyža
r. schneeschuh. lett. luźes. monastyrь μοναστήριον. my *nos.* my
in myti *lavare. pr.* mū: au-mū-snan. my *soll mit lit. mauti
abstreifen zusammenhängen. Man vergl. jedoch maudîti s sich baden.
muilas seife ist entlehnt: p.* myło. myk *in* mykati *movere:* vsêmь
vêtromь bêahu myčemi *mladên.: w.* mъk *in* mъknąti. *lit. maukti
streifen.* myk *im r.* mykatь *mugire. nsl.* mukati: *griech.* μυχ *in*
ἔμυχον, μέμυχα. *lett. maut.* myliti: č. mýliti. *p.* mylić *irre machen.
os.* mylić (molić). *ns.* moliś: *lit. militi irren ist entlehnt. Vergl. lett.
melst, melšu phantasieren. maldit irren.* mysati sę: *nsl.* misati se
sich haaren: ahd. mūzön *maussern.* myslь *cogitatio. lit. mustis
cogitatio. mustau cogito Szyrwid. Vergl. got. maudjan erinnern.* myslь
etwa myd-tlь *wie jasli aus jad-tlь. Vergl. J. Schmidt* 1. *178.* myšь
mus. ahd. mūs. griech. μῦς. *aind. mūš, mūša m. mūšā, mūšī f. lit.
mūs. griech.* μῦς. *ahd. mūs. Hieher gehört auch* myšьca *brachium,
eig. musculus. Vergl. lit. pelė maus, muskel.* myto *merces:* myto
*ist wohl das ahd. mūta, nicht das got. mōtā-. lit. muitas, mitas.
lett. muita sind entlehnt. Vergl. matz.* 61. nejęsytь, nesytь
pelecanus. netopyrь *vespertilio. Im ersten teil des compositum sieht
man die bezeichnung der nacht:* neto *aus* nekto; *der zweite ist aus*
pъt *fliegen gedeutet worden:* pyrь *für* pъtyrь, *was kaum wahr-
scheinlich ist.* ny *in* nyti *languere.* č. nýti, *davon* unaviti: *aind. nu
wenden. griech.* νεύω *sinke. lat. nuere. Vergl. klr.* nyďity *mager*

werden. ny *nos.* nynê *nunc. r. dial.* nonê. *lit. nūnai. ahd. nūn.*
griech. νῦν. *aind. nūnam.* nyrati, podъnyrêti *se immergere: w.*
nъr *von einem u-stamme. klr.* nyrjatъ, nurkovaty *bibl. I. lit. nerti.*
nyrivъ, pronyrivъ *malus. Vergl. r.* norъ tebja iznyrjaj! nyrъ
turris. nyrište οἰκόπεδον: *w.* nъr *in der bedeutung ingredi. Vergl.*
nura *ianua.* οἶκος. *aind.* vēša *von viš sich niederlassen, eintreten.*
Curtius, Grundzüge 162. plastyrъ πλαστήριον. plyvati *natare: w.*
ply, *wofür* plъ, *d. i.* plŭ. *Vergl. aslov.* plytъkъ. *nsl.* plytev *seicht.*
pryha *in* pryhanije *fremitus kann mit aind. prūth schnauben durch*
prūths, prūs zusammenhängen. lit. prunkšče praet. prunkštavoti
schnauben: Geitler, Lit. stud. 68. 105, vergleicht č. ostýchati *mit* stydĕti.
prysk *in* prysnąti *effluere, davon* pryštъ *ulcus.* psaltyrъ ψαλτήριον.
putyrъ ποτήριον. pyhati *frendere, eig. flare.* pyha *superbia. nsl.*
pihati: *w.* pъh. *aind. pū reinigen, reinigend wehen. Vergl. lit.*
putu flo. r. p. č. puch *flaumfedern: lit. pukas ist entlehnt.* pyriti
in prêpyriti prêmądrostъ *lam. 1. 99.* pyro *far. klr.* pyryj *quecke.*
č. pýr, pýř. *lit. purai pl. pr. pure trespe. lett. pūrji winterweizen.*
griech. πυρός. pyrъ, pyrъ: *č.* pýr, pýř *favilla. p.* perz, perzyna *für*
und neben pyrz, pyrzyna. *s.* puriti *torrere.* piriti *ignem accendere.*
č. pýřiti *se glühen. p.* perzyć się *für* pyrzyć się: *vergl. J. Schmidt*
2. 273. pyskъ: *č.* pysk *aufgeworfene lippe wird mit lit. putu flo*
verglichen. pytati *scrutari.* rogostyrъ ἐργαστήριον. ry *in* ryti.
rъvati *fodere. partic.* rъvenъ. *č.* rýč. *lit. rauti, ravēti jäten. aind.*
ru, ravatē zerreissen. ryba *piscis.* riba *neben* ryba *zogr. sav.-kn. 20.*
Fick 2. 646. vergleicht ahd. rūpba quabbe, ein seefisch. rydati: obry-
dati sę *erubescere: w.* rъd. rydati *flere. s.* ridati. *lit. raudmi, raudoti.*
raudē klageweib. lett. raudāt. *ags. reotan. ahd. riozan. lat. rudere.*
aind. rud, rudati, röditi. rygnąti *ructare: abweichend č.* · řhnouti.
p. rzygnąć. *lit. rugti, raugēti, raugmi. lett. raugotē s: vergl. rūgt*
gähren. lat. erugere. griech. ἐρεύγομαι, ἐρυγγάνω. rykati *rugire: aind.*
ru, rauti, ruvati: daneben rjuti. rysь *pardalis. nsl. s.* ris *lynx,*
ungenau leopardus, tigris. č. rys. *p.* ryš *alles m. r.;* rysь *in der*
volkssprache m., in der schrift f. klr. ryš *f. verch. 59. lit. lušis.*
pr. luysis. ahd. luhs. griech. λύγξ. *Vergl. aind.* ruš *in* rušant *licht,*
hell, das als partic. von ruč *glänzen angesehen wird. Wer bei* ryšь
an ruč *denkt, wird es aus* ryksь *entstehen lassen.* ryždь *ruber*
aus rydjъ, *wohl für* rъždь: *w.* rъd, rъdêti sę. skyk *in* skyčati
latrare. Fick 2. 681. vergleicht lit. šaukti. lett. saukti. skymati
susurrare. skytati sę *vagari. Fick 2. 681. vergleicht aind. ščju, čja-*
vatē sich regen. got. skēvjan gehen. Geitler, Lit. stud. 70, denkt an

lit. skuisti, skuitau delirare. Vergl. blęd *und* blądi. skytiti *incli-nare:* ne imêaše kъdê glavy podъskytiti *antch.* slyh *in* slyšati *audire: st.* slъs, slъh. *lit. klausu, klausti fragen. ahd. hlosēn. aind. šruš. abaktr. šraoša gehorsam. Vergl. r.* slytь, slyvu *für aslov.* sluti, slovą. smycati *trahere.* smykati sę *repere: w.* smъk. *lit. smunku, smukti gleiten, davon p.* smyk *fiedelbogen, das lit. smuikas lautet.* sny *in* osnyvati *iterat. fundare: w.* snъ, *d. i.* snū. osnovati *ist perfectiv.* spyti *neben* ispyti *frustra.* stryj *patruus. klr.* stryj. *lit. strujus senex.* stydêti sę *erubescere, davon* studъ *pudor: r.* prostygnutь *und p.* stygnąć *vergleicht J. Schmidt 1. 178. mit lit. stugti steif werden.* styd *im r.* stynutь *frigere. p.* stydnąć *und daraus* stygnąć. *Hieher gehört auch s.* stinuti *congelascere, eig. erkalten. aslov.* studenъ *frigidus.* styrъ: *p.* styr *accipenser sturio: ahd. stūro matz. 315.* syh *in* syhati *siccari: w.* sъh *in* sъhnąti. *p.* schnąć. *Man merke* isъsyše *exaruit pat.-mih. 34. für* isъše. syk *im p.* syczeć *gemere. č.* syčeti. *r.* sykatь. *Vergl. lit. šaukti rufen: kaukti heulen ist* kukati *in* kukavica. sylati *mittere: w.* sъl *in* sъlati. synъ *filius. lit. sunus. pr.* souns. *got.* sunu-. *aind.* sunu. *abaktr.* hunu. *Ob aslov.* snъha *nurus, aind.* snušā, *hieher gehört, ist zweifelhaft:* synoha *findet sich, allein nur in einer quelle des sechs-zehnten jahrhunderts.* synъ *neben* sunъ *turris scheint eig. etwa ‚das aufgeschüttete‘ zu bedeuten:* synъ *wäre in diesem falle von* sъp *schütten abzuleiten:* syp-nъ. *Andere vergleichen aind.* šūna *tumidus.* sypati *fundere: w.* sъp *in* sъpą, suti *aus* sūpti *statt* syti. *s.* nasip (nasypъ) *stammt vom iterat.,* nasap (nasъpъ) *vom wurzelverbum.* sypati *in* usypati *abdormiscere: w.* sъp *in* usъnąti, *daher* usъpъ, *wofür* usypъ *in* usypši ej sь plačemь *pat.-mih. 118. und klr.* prosyp *bibl. I.* syrъ *humidus, crudus.* syrovъ *neben* surovъ *crudus.* syrêti *virere. Vergl. lit. surus salzig. ahd. sūr sauer.* syrъ *caseus.* syrište *coa-gulum, stomachus. lit. suris, surus salzig. s.* sladka surutka, hira *serum lactis. aind.* sāra *hat unter den vielen bedeutungen auch die ‚saurer rahm.‘ lett.* sērs *ist entlehnt.* sysati *sibilare. ahd.* sūsōn *sausen.* sysati *sugere: w.* sъs. *klr.* vysysaty, ssaty. sytiti *im p.* sycić. *r.* sytitь *den honig zerlassen, seimen und trinkbar machen.* sytъ *satur. lit. sotus. lett.* sāts. *got.* sada-: *sada- satt. sötha- sätti-gung. lat. sat, satis, satur.* y *für lit.* o *und got.* a *usw. überrascht; das lett. suits überflüssig entfernt sich von* sytъ *durch die bedeutung. lett. suitis und sīts satt sind entlehnt. Delbrück stellt got. sada- zu aind. san zur genüge erhalten, spenden. lit. suitis reichlich mahnt an p.* sowity. syv: *r.* syvnutь, sunutь. *aslov.* sunąti, sovati. tryti

11

terere: w. try *aus* ter. *griech.* τρύειν. *Vergl.* trêti *und* truti. ty *in* tyti,
kroat. titi, *pinguescere.* otavan *recreatus.* s. toviti. *p.* otyć. *aind.*
tu, *taviti, tauti valere. tavas robur. tïv pinguescere. lit. tukti, tunku.*
ty *tu. lit. tu. pr. tou, tu. got. thu. gr.* τύ, σύ. *aind. tvam (tuam).*
tykati *pungere: w.* tъk. tykati: potykati sę *impingere.* potyklivъ
facile impingens. tykati *in* zatykati *obturare: w.* tъk. tykati:
prytycati, pritucati *comparare.* tyky *cucurbita: wahrscheinliche
w.* tъk. *lit. tukti, tunku pinguescere.* tylъ *cervix. Fick* 2. 572.
vergleicht eine w. tu schwellen. tynъ *murus.* s. tin *paries. klr.* tyn
bibl. I. č. týn. *got.* *tuna-. *anord. ags.* tūn. *ahd.* zūn zaun. *air.*
dún *arx. Wahrscheinlich ist* tynъ *aus dem got. entlehnt. lit. tuinas
pfahl ist slav. ursprungs.* tysęšta *mille, ein partic. praes. von*
*tys, *etwa tumere. lit. tukstantis f. pr. tūsimtons acc. got. thūsundi.
Daneben selbst in alten quellen* tysęšta. *r.* tysjača: č. tisíc *für* tysíc
m. und p. tysiąc *entsprechen einem aslov.* tysęštь *aus* tysętjъ,
während as. tysuća *das aslov.* tysęšta *ist.* vy *praefix: aus aind.*
ud *hinauf, hinaus.* vy *für* ъ, y. vy *vos.* vy *in* vyti *ululare. b.* vi.
aind. u, *avatē.* vy *für* ъ, y. vydra *lutra. r.* vydra. *p.* wydra. *lit.*
udra. *lett.* ūdrs. *pr.* vdro. *aind. abaktr.* udra. vygъnь: č. výheň
rauchloch, esse hält Geitler, Lit. stud. 50, *für eine nebenform von*
oheň. vyja *collum.* vyka *in* vykanije *clamor. pr. per-wūk-aut
berufen: vergl.* vy, vyti. vyknąti *assuescere, discere: w.* ъk, *d. i.*
ūk, *davon* obyčaj *mos.* ukъ *doctrina. lit. junkti assuescere. jaukinti
assuefacere. lett.* jūkt. jaukt. *got.* uh: *biuhta- gewohnt. aind.* uč,
učjati. vymę: *r.* vymja *uber. nsl.* vime. *p.* wymię *usw. lit. udroti
eutern. ags.* ūder. *ahd.* ūter. *griech.* οὖθαρ. *lat.* über. *aind.* ūdhan,
ūdhar: vymę *steht für* vyd-mę *wie* damь *für* dadmь. vypъ, vyplь
larus. r. vypь *f. ardea stellaris: matz.* 373. *vergleicht schwed. vipa
gavia.* vysokъ *altus: got.* auhu *in* auhuman- *in verbindung
mit lit.* aukštas *für* aušas *wie* tukstantis *für* tusantis *scheint ein slav.*
ys *mit* s *aus* k' *zu ergeben. Vergl. jedoch pr. auctas und unsai
hinauf.* vysprь *sursum: vys scheint mit* vysokъ *zusammenzuhangen,
wenn nicht* vъ *isprъ zu teilen. prъ möchte man mit* per, *prati volare
zusammenstellen. Man merke* izusprъ *de alto tichonr.* 2. 175. vyžъlъ:
nsl. vižel *canis sagax. r.* vyžlecъ. č. vyžel: *p.* wyżeł: *lit. višlis ist
wohl entlehnt. Matz.* 89. *vergleicht pr. wuysis canis genus.* zybati
agitare. zypa *in* zypanije *clamor. Vergl.* zukъ *sonus. r.* zykъ.
zyčatь. zyvati: prizyvati *advocare: w. nicht* zъv, *sondern* zъ,
zū. *klr.* zov *von* zŭ *und* zazyv *bibl. I. von* zyva.

β) Stämme. svekry *socrus: aind. śvaśrū. žely testudo:*
griech. χέλὺς. buky *fagus: pr. bucus.* ljuby *amor.* tyky *cucurbita.*
jętry *cognata, ein* jętrъ *voraussetzend: lit. intė. lett. jentere. griech.*
εἰνατέρες. *aind. jātar. Aus* lędvija *lumbus möchte man auf* lędy
schliessen. crъky *ecclesia: ahd. chirichā.* sraky *tunica.* dly *neben*
dlъva *dolium usw. 2. seite 59. Vergl. nsl.* kri (kry) *für aslov.*
krъvъ. *Für perdix, attago ergibt sich aus* kuropъtina *für -*pъtъvina
die form kuro-pъty. *č.* koroptev, kuroptva: *r.* kuropatъ *und p.*
kuropatwa *bieten ein durch steigerung entstandenes* a: *w. pat, patati*
fliegen. mêhyrъ *vesica von* mêhъ. *nsl.* mehêr *und* mehur *2. seite*
93. puzyrъ *bulla wird mit unrecht mit* φυσάριον *zusammengestellt.*
motyla *fimus.* mogyla *collis.* rogylъ *arbor quaedam 2. seite 113.*
mlynъ *mola: p.* młyn. *pr. malunis. lit. malunas.* žrъny *mola 2.*
seite 123. pr. girnoywis, nach Geitler, Lit. stud. 50, girnuiwis. žrъ-
ny *wie* nasteg-ny, osteg-ny. pelynъ *absinthium: p.* piołyn, piołun.
rabynja *serva.* kъnęgynja *und* magdalynja μαγδαληνή *2. seite 143.*
bogynja *ist wie* gospodynja *zu teilen: bog-*ynja, *nicht etwa* bogy-
nja, *wobei auf* ъ *als* ŭ *gewicht gelegt wird.* pastyrъ *pastor 2. seite*
177: vergl. lat. turu. kamy *lapis.* plamy *flamma.* jęčъmy *hordeum*
2. seite 236. Vergl. lit. akmū, dialekt. akmun, *daher* kamy-kъ,
remy-kъ *usw. aus* kaman-kъ *usw. J. Schmidt 1. 178.* kopyto *2.*
seite 202. J. Schmidt 1. 178. vladyka *dominus. Vergl. J. Schmidt*
1. 178. językъ *lingua: r.* lęzykъ *dial. lit. lėžuvis. pr. insuwis. armen.*
lezu: językъ *scheint ein deminutivum zu sein: vergl. armen. lezov-ak 2.*
seite 254. kotyga *tunica 2. seite 285.* solyga, šelyga *pertica ferrea*
ist wohl fremd. Die verba wie cêlyvati *osculari,* osnyvati *fundare*
beruhen auf stämmen wie cêlъ, snъ, *deren* ъ *durch dehnung ebenso*
in y, ъı *übergeht wie in* bъd: vъzbydati; *es tritt jedoch auch*
steigerung ein: ąrodovati *und* ąrodują *etwa wie* plovą *und* pluti. *s.*
grohitati *neben* grohotati *scheint ein* grohъtati *vorauszusetzen.*

γ) Worte. *pl. acc. der* ъ(a)-*stämme:* raby. *sg. gen. pl. acc.*
nom. der a-*stämme:* ryby. *partic. praes. uct. der suffixlosen stämme*
auf consonanten: plety *usw. Darüber ist auf seite 44 gehandelt*
worden. pl. acc. der ъ(u)-*stämme:* syny *aus* -nuns, -nūs. *lit. sūnus.*
got. sununs. *aind.* sūnūn *aus* sūnuns. *Der pl. instr.* raby *wird aus*
rabъ-mi *erklärt, indem man annimmt,* ъ *und* i *seien nach dem aus-*
fall des m *zu* y, ъı *verschmolzen, etwa wie* dobry *aus* dobrъ *und* i
entsteht, während andere vom lit. ăis (vilkais) ausgehen und meinen,
ai sei nach dem abfall des s in y, ъı *übergegangen und zwar*
dadurch, dass a in o, ъ *verwandelt wurde, das mit i wie oben y*

11*

Ъı ergab Geitler, Fonologie 36. Anders Leskien, Die declination usw. 104; die erste deutung ist wohl aufzugeben, die anderen sehr problematisch. Der dual. nom. syny entspricht aind. sūnū, es steht demnach y für aind. ū. Auch dem i in gosti steht aind. ī gegenüber. Schwierigkeiten bietet das personalsuffix der I. pl., das mъ, my und bulg. me, serb. mo lautet. Als regel ist mъ anzusehen. mi ist fehlerhaft 3. seite 68. vergl. seite 15. Die gleiche schwierigkeit wie bei der personalendung my zeigt sich bei den enklitischen pl. acc. dat. ny, vy, die mit den gleichfalls enklitischen aind. pl. acc. dat. gen. nas, vas zusammenhangen. Neben ni, vi kennt das serb. ne, ve. Daraus scheint zu folgen, dass aind. as im slav. auf mehrfache axt reflectiert wird: durch ъ, y und durch e, wozu noch o tritt. Zur erklärung von my hat Herr J.˙ Schmidt auf das lit.-žemaitische mens für mês, lett. mēs, hingewiesen. my ist eigentlich ein pl. acc. und entspricht dem lit. mus, lett. mūs. Wie my denke ich mir auch vy entstanden, das pl. nom. und acc. ist.

Dass die bei weitem meisten casus der zusammengesetzten declination durch zusammenrückung zweier casus entstehen, kann nicht bezweifelt werden: sg. gen. m. n. dobrajego ist dobra jego, ursprünglich zwei worte, entsprechend einem griech. ἀγαθοῦ τοῦ statt τοῦ ἀγαθοῦ. Dasselbe tritt ein im sg. gen. f. dobryję d. i. dobry ję, nicht etwa dobry jeję, da ję, wenn nicht älter, doch mindestens eben so alt ist wie jeję; ję verhält sich zu zmiję wie ja zu zmija. Was jedoch namentlich die casus betrifft, deren suffixe consonantisch anlauten, so langte ich nach langem schwanken bei der ansicht an, dass in denselben das thema des adjectivs mit dem casus des pronomens verbunden erscheine, indem ich meinte, der sg. instr. m. n. dobryimъ, добръимь, d. i. dobryjimь, entstehe aus dobrъ jimь, was ich jetzt dahin ändere, dass ich dobryimь aus dobro jimь hervorgehen lasse. Was mich bestimmte frühere ansichten — denn ich hatte deren mehrere — aufzugeben, war die wahrnehmung, dass in mehreren slavischen sprachen in der tat eine verbindung des adjectivischen thema mit dem casus des pronomens stattfindet. Diese ansicht legte ich dar in der abhandlung: Die zusammengesetzte declination. Sitzungsberichte, band 68. 133. 1871. Auch jetzt kann ich mir den sg. gen. m. n. dobrego, dobrega der dem zehnten jahrhundert angehörenden nsl. freisinger denkmähler nur aus dobro jego, dobro jega, nicht aus dobra jego, dobra jega erklären. Das gleiche gilt von dobroga, dobrega des jetzigen nsl., vom s. dobrôga, vom č. dobrého usw., und nicht minder vom sg. dat. m. n. nsl. dobromu, dobremu, s. dobrômu, č. dobrému usw.

*Bei dem hohen in das zehnte jahrhundert zurückreichenden alter
und der weiten verbreitung dieser erscheinung glaubte ich dieselbe
zur erklärung aslov. formen benützen zu dürfen. Diese ansicht glaube
ich noch jetzt festhalten zu sollen, wenn ich auch einzelnes an meiner
erklärung zu ändern mich veranlasst sehe; so deute ich jetzt, wie bemerkt,
den sg. instr. m. n.* dobryimь *aus* dobrojimь, *da ich in* kyimь *aus*
kojimь *die gleiche veränderung eintreten sehe. Diejenigen, die diese
ansicht für irrig halten, meinten, mein irrtum rühre daher, dass ich die
formen ausserhalb ihres zusammenhanges betrachte, was kaum richtig
ist, da meine ansicht gerade auf dem zunächst massgebenden zusammen-
hange der slavischen formen beruht. Herr A. Leskien hat in: Die
declination usw. 131-137 meine erklärung eben so ausführlich als ener-
gisch bekämpft und s. 134 behauptet, es sei wenigstens sehr denkbar,
dass in* dobrъmь-jimь, dobromь-jimь *usw. durch abwerfen des
ersten, inneren, für die charakteristik der formen unwesentlichen der
beiden gleichen bestandteile eine dissimilation, eine erleichterung gemacht
sei, und s. 137 die überzeugung ausgesprochen, dass die zusammen-
gesetzte declination im slavischen und litauischen nur durch zusammen-
rückung der pronominalcasus mit den declinierten adjectivformen ent-
standen ist und alle abweichungen davon nur scheinbar oder spätere
neubildungen sind. Den sg. instr. m. n.* dobryimь *usw. kann man
als eine neubildung ansehen, d. i. als eine form, die wir sprach-
geschichtlich nicht erklären können, weil sie sich nicht aus älteren
formen ergibt. Dabei käme es auf die beantwortung der frage an,
wie alt eine bestimmte neubildung ist, ob nicht der nach meiner
ansicht entstandene sg. instr. m. n. in das neunte jahrhundert versetzt
werden darf. Wie alt ist das slav., wie alt das lat. imperfectum?
und dürfen wir das nsl., kr., s., č. usw.* dobro jego *als jung
ansehen? und das s.* mog budem? *3. seite 246. 4. seite 775 und
die b. formen* ple, ne, gre? *usw. 3. seite 201.*

y *findet sich in entlehnten worten als ersatz verschiedener laute:*
bohatyrь. byvolъ. hyzъ. myto; *griech.* τήριον *wird durch* tyrь *wieder-
gegeben:* monastyrь. plastyrь. psaltyrь. putyrь. kyla *ist mit griech.*
χήλη *unverwandt.*

III. Dritte stufe: ov, u.

1. u, ογ, *hat im alphabete den namen* ukъ, ογκъ.

2. u *hat zwar, aind.* au (ō) *entsprechend, etymologisch die
geltung eines diphthongs; wir haben indessen keinen anhaltspunct zur
behauptung, dass es in der aussprache lang gelautet habe.*

3. *Was die schreibung anlangt, so ist zu merken, dass nicht
nur das kyrillische, sondern auch das glagolitische alphabet das
zeichen dafür dem griechischen ου nachgebildet ist, denn es besteht
aus der verbindung des o mit dem dem griech. υ entsprechenden
buchstaben. Dies beweist, dass das uns bekannte glagolitische alphabet
vom griechischen beeinflusst wurde, ist jedoch kein beweis für den
satz, dass das glagolitische alphabet jünger ist als das kyrillische.*

4. u und das gleichwertige ov entspricht aind. ō aus au und
av, ist demnach die erste steigerung des ŭ, das aslov. ъ gegenüber-
steht. Dieses u stammt aus der vorslavischen periode. So entspricht
budi aind. *bōdhaja, lit. baud-*. lupi aind. *lōpa*. suši aind. *šōša*. govьno
beruht auf aind. *gu*, und würde aind. *gavina* lauten. Es versteht
sich von selbst, dass nicht jedem aslov. u, ov aind. ō, av tatsächlich
gegenübersteht: selbst zwischen aslov. einer- und lit., got. andererseits
treten in dieser hinsicht verschiedenheiten auf, weil die etymologisch
verwandten worte in verschiedenen sprachen nicht immer denselben
bildungsgesetzen folgen oder weil uns genau entsprechende formen
nicht immer erhalten sind. Darüber gibt das verzeichniss der u ent-
haltenden worte aufschluss, aus dem sich zugleich ergibt, in welch'
ausgedehntem umfange die regel gilt. Mit ov ist ъv in worten wie
sъkrъvenъ von sъkry, umъvenъ von umy, pokъvanije nutus von
ky nicht gleichwertig: der u-laut löst sich in diesen fällen in ъv
auf, was von der in ov vorliegenden vocalsteigerung verschieden ist.
bljują *vomo*. blьvati : *w*. bljŭ.　　　bud- *in* buditi *excitare : w*. bŭd.
duhъ *spiritus : w*. dŭh.　　　guba *in* gubiti *perdere : w*. gŭb : pogy-
nąti *perire*.　　gubь *in* dvogubь *duplex : w*. gŭb : prěgъnąti *plicare*.
krovъ *tectum : w*. krŭ : kryti *tegere*.　　kują *cudo*. kovati. kovъ :
w. kŭ.　　ljubъ *carus : w*. ljŭb. aind. *lubh*.　　pljują *spuo*. plьvati :
w. pljŭ.　　pluti *fluere*. plują *und* plową : *w*. plŭ.　　rjuti *rugire*.
revą *aus* rjovą : *w*. rjŭ.　　rovъ *fovea : w*. rŭ. ryti *fodere*.　　ruda
metallum : w. rŭd. *Identisch mit* ruda *ist* aind. *lōha rötlich, röt-
liches metall, metall, aus urspr. raudha*.　　sluhъ *auditus : w*. slŭs.
sluti *clarere*. slową. slovo: *w*. slŭ.　　strugъ *scalprum : w*. strŭg.
struja *flumen*. ostrovъ *insula : w*. strŭ.　　studъ *pudor : w*. stŭd.
styděti sę.　　truti *absumere*. otrovъ *venenum : w*. trŭ.　　ukъ
doctrina : w. ŭk. vyknąti.　　uti : obuti *induere : w*. ŭ. *lat*.
ind-uo. utro *mane für* ustro : *w*. ŭs.　　zovą *voco : w*. zŭ. aind.
hu, havatě.

5. u entsteht in manchen fällen aus vo, vъ, vь. sъnuzьnъ
ἀναβάτης, *eig. qui cum curru est:* vozъ. udova: vьdova. unuka:

vъnuka. upiti, vъzupiti: vъpiti. *Man beachte nsl.* ptuj *für lat.*
petovio. Dagegen auch vъgoditi, vъgodьnъ, vъgaždati *sup.;* ugo-
diti *usw.: mir scheint hier das praefix* u *ursprünglich zu sein. Dunkel*
ist uzda *habena:* vъzda. *nsl.* uzda, vujzda, gujzda. *b.* juzdъ.
Man ist versucht an vъzъ *und w.* dê *zu denken.*
    6. u *steht manchmahl für* ъ: onude *sup. 278. 19. für* onъde.
duždevъ *221. 7. für* dъždevъ. naduždeviti *für* nadъždeviti, na-
dъžditi *pluere proph.*
    7. u *entwickelt sich aus* je *durch assimilation an vorhergehendes* u.
Dies geschieht im sg. dat. m. n. der zusammengesetzten declination:
aus byvъšujemu *entsteht* byvъšuumu *3. seite 59.*
    8. uu *wird in* u *zusammengezogen:* byvъšumu. *Wie aa zu* a, êê
zu ê, ii *zu* i, *so zieht sich nicht selten* uu *zu* u *zusammen. Dies*
geschieht im sg. dat. m. n. der zusammengesetzten declination: blaže-
numu *aus* blaženuumu. *Daneben findet man* oumu *für* uumu: slê-
poumu; *ferners* oomu, eemu: strašnoomu. pročeemu; *und schliesslich*
omu, emu: drugomu. ništemu *3. seite 59. Diese abweichungen be-*
ruhen auf einer anderen bildung der casus der zusammengesetzten
declination, auf jener nämlich, bei welcher an den auf o (e) *auslau-*
tenden stamm des adj. der casus des pronomen gefügt wird: nsl.
dobrega, dobroga *entsteht aus* dobrojega *seite 164. 3. seite 151.*
    9. Nach r, l *geht* ju *manchmahl in* i *über:* križь *crux. pr. skri-*
sin: vergl. ahd. chriuze. rikati *rugire sup. 45. 4; 126. 17. greg.-naz.*
izv. 487: ic. rju; *das neben* rikati *vorkommende* rykati, *serb.* za-
rukati, *scheint auf der älteren form derselben ic.,* ru, *zu beruhen.*
libo *neben* ljubo: *aus* libo *ist vielleicht das adv.* li *entstanden.* pli-
nąti *zogr. neben* pljunąti *spuere. b.* klisav *neben* kljusav *klebrig.*
plištь *tumultus ist vielleicht* pljuštь *von* pljusk *in* pljuskъ *sonus. Man*
vergleiche auch den bosnischen flussnamen lim *mit alb. ljumъ fluss.*
Zwischen roma *und* rimъ *ist wohl* rumъ *in* ruminъ. rumьskъ *und*
rjumъ das mittelglied; so deute ich auch labinъ *aus albona.*
ilьmъ *ulmus ist nicht etwa durch* julьmъ *mit dem lat. worte zu ver-*
mitteln: es ist ahd. êlm. *Denselben lautübergang bemerken wir noch*
in einigen anderen worten. šiti *suere aus* sju-; šivati *aus* sju-: *vergl.*
pr. schumeno draht. ži *aus* gjü *in* žijąstiimъ *mandentibus für* žjü;
živati *aus* gju-. *Vergl. r.* slina *saliva neben* sljuna. *Man denke an*
r. šibkij *neben* p. chybki *flink: die formen werden durch* sjüb *ver-*
mittelt. židinъ *iudaeus, lit.* žïdas, *beruht auf* jud. *Man beachte auch*
kr. mir, *lit.* muras, *murus.* štitъ *scutum ist wohl* skjutъ: *pr. stay-*
tan *acc. steht für* skaytan. *Das mittelglied zwischen* ju *und* i *bildet*

dem zu folge jъ. *Aus je scheint* i *entstanden in* istъ *verus:* lit. *iščias*. lett. *īsts:* w. *wohl* jes *esse.* Vergl. griech. ἐσθλός *und* neštetuimъ ζημιούμενος greg.-naz. *182. aus* -tujemъ.

10. u *enthaltende* formen. α) Wurzeln. bêlъčugъ *anulus.* b. bêlčjug. s. biočug. *Das wort ist dunkel und wohl fremd.* bljudą *observo, custodio.* bljud *scheint auf* bjud, w. aind. budh, *zu beruhen.* Vergl. buditi *und* got. *biudan bieten, wissen lassen.* bljudo *patina, daraus* lit. bludas. lett. blōda: bljudo *ist wahrscheinlich* got. *biudatisch.* bljują *vomo:* w. bljŭ. *Fick* 2. 623. *vergleicht* lit. bliauju, bliauti blöken. bručati: č. bručeti *murmurare:* lett. *braukšet prasseln.* brukъvь: č. brukev. p. brukiew. r. brjukva *brassica napobrassica:* nhd. *brucke* dial. Vergl. lit. gručkas matz. 119. brusъ: ubrusъ *sudarium.* nsl. brus cos. Vergl. brysati *wischen.* bubrêgъ ren *ist vielleicht* bąbrêgъ *zu schreiben:* nsl. bumbreg. b. bъbrêg: êgъ *ist suffix;* matz. 21. *vergleicht* alb. bubureke *iecur.* bučati *mugire:* w. aind. bukk. *Man erwartet kein* u. bukarija *seditio.* buditi *excitare:* w. aind. budh *erwachen, das in* bъdêti *so wie im lit.* budu, busti, budêti, budinti *und im lett.* budu, bust *erhalten ist.* buditi *entspricht durch sein* u *dem aind.* bōdhaja. *lit.* baud: *bausti strafen.* pasibaudêti *sich gegenseitig aufmuntern.* Vergl. bljudą. bugъ *armilla:* ahd. boug. buj *insipidus: die wahre bedeutung scheint* ,luxurians' *üppig wachsend zu sein. In diesem falle wäre* by *wachsen, werden, sein die wurzel.* Vergl. r. bujnye chlêba. bujatь *crescere.* p. bujny *fertilis.* bujno rosnąć. *Man vergleicht, wohl mit unrecht,* tatar. buj *statura.* bujumak crescere. *Von* bujnyj *stammt lit.* buinus. buky *fagus, littera, im* pl. *wie* nsl. bukve *schrift, buch:* k *bezeugt fremden ursprung.* got. bōkā- *littera, im* pl. bōkōs *wie* slav. ahd. buoh. pr. bucca-reisis buchnuss. *bulja, č. boule:* ahd. piŭllā. nhd. beule. burja *procella.* lit. bŭris *imber.* Fick 2. 620. *vergleicht* lat. furo. griech. φυράω. J. Schmidt 2. 223. 269. matz. 22. burъ: p. bury *dunkelgrau.* lit. buras. ču *in* nynê ču ἀρτίως *hängt mit dem pronominalstamm* kъ *zusammen.* Vergl. r. ča. čudo *neben* študo *miraculum.* p. cud. čuma *pestis.* b. čjumъ: *magy:* csuma. čuti *noscere.* nsl. čuti *audire, vigilare.* p. czuć *sentire, vigilare, custodire.* Vergl. got. skava-: usskavs *vorsichtig.* usskavjan *zur besinnung bringen. Wer das* got. *wort mit* čuti *zusammenstellt, setzt als ursprünglichen anlaut* št *voraus.* Vergl. štutiti. drugъ *socius:* lit. su-drugti. draugas. lett. draugs. dudy: s. duda *fistula.* klr. dudy *sackpfeife.* Vergl. magy. duda *und* türk. dudūk, *das auch* s., duduk, *vorkömmt.* duhъ *spiritus.* duša *anima.* lit. dausas. dausa. lit. dukas

ist entlehnt: w. dŭs *(dhus). lit. dusu, dusti. Das wort wird mit germ.
deuza-. got. diuza-. anord. dýr. ahd. tior zusammengestellt Zeitschrift
23. 113.* duma: *r.* duma *senatus. b.* duma *loqui.* dumъ *verbum.
p.* duma *usw. lit.* duma. dumti. *lett.* dōma. *Vergl. got.* dōma- sinn,
*urteil. ahd. tuom: w. aind. dhā. Wer an fremden ursprung denkt,
wird wegen des d dem got. den vorzug einräumen. aslov.* u, *nicht
das kurze* o, *steht dem got.* o *gegenüber. Gegen die entlehnung matz. 28.*
dunavъ, dunaj δανούβιος, ἴάνουβις. *lit. dunojus. ahd. tuonowa.* du-
nạti, duti *spirare: w. aind. dhū agitare. got. dauni- f. dunst. Mit
dhū hängt auch die w.* dŭs (duhъ) *zusammen J. Schmidt 1. 157.*
duplь, dupьnъ *cavus.* dupina *fovea. lit. dŭbti aushöhlen. dubus hohl
J. Schmidt 1. 90.* duplja. *lit. daubė.* dupljatica *lampas izbor. 1073:
vergl. mlat. duplo candelae species matz. 386: it. doppiero.* gluhъ sur-
dus. oglъhnạti *surdescere:* w. glŭh, glъh. glumъ *scena. nsl.* gluma
iocus. glumiti *se iocari. klr.* hłumno *spöttisch bibl. I. Vergl. lit.
glaudas spiel. anord. glaumr.* glumъ *ist in* glu-mъ *zu scheiden.*
glupъ *stultus. b.* glupav. gnusъ *sordes, scelus. nsl.* gnus *macula:
lit. gniusas kleines insect ist wohl entlehnt. Daneben* gnạsiti, gnьsь.
govędo *bos. lett.* gōvs. *ahd. chuo. aind.* gō. govędo *aus w.* gu, ędo *ist
suffix. Damit hängt auch* gvorъ *bulla zusammen.* govorъ *tumultus.
lit. gauti heulen: w. aind.* gu, gavatē *tönen. Vergl. klr.* hvaryty *neben*
hovoryty *und p.* gwar. govьno *stercus. aind. gūtha excremente.
kurd. gū: w. aind.* gu, gavati. gruda *gleba. lit. graudus spröde.
lett. grauds korn. anord. grautr. ahd. grioz. Vergl. lit. grodas
gefrorene erdscholle und grusti, grudziu stampfen.* grusti: grušte-
nije *pusillanimitas. nsl.* grusti se mi *taedio capior. r.* grustitь.
lit. grausti, graudžiu Geitler, Lit. stud. 64. Daneben s. grstiti se.
gruša, krušьka, hruša *pirus. lit. grušė aus dem slav. nesselm.
kriaušia. pr. crausi, crausios. Der anlaut wechselt auch in den
lebenden sprachen: nsl.* hruška. *s.* kruška. gruvati *kr. krachen.
lit. grauti, grauju Geitler, Lit. stud. 64.* gubiti *perdere.* pogynạti
interire. gubь *in* dvogubь *duplo maior. lit. dvigubas: w.* gъb.
guditi *deridere: vergl.* kuditi. gumьno *area, horreum.* hralu-
pьnъ *cavus: vergl.* skralupa *cortex.* hudъ *parvus. J. Schmidt
2. 257. vergleicht lit. šudas mist und aind. šūdra; andere kšudra
parvus, vilis.* hula *blasphemia: lit. kauliti zanken ist unverwandt.*
hursarь, husarь *praedo.* ngriech. χουρσάρος. *it. corsaro. Das wort
hat weder mit den Chazaren noch mit hansa einen zusammenhang.*
ju *und daraus* u, u-že iam. *lit. jau, jau-gi. got. ju.* jugъ *auster:
vergl. lit. užu strepo.* juha *ius. lit. jušė neben dem entlehnten*

juka blutsuppe. aind. jūša. junъ *iuvenis. lit. jaunas. lett. jauns.*
got. jundā- iuventa. aind. juvan. abaktr. javan. ključiti sę *accidere.*
kljuditi: *č.* kliditi, *slovak.* kluditi *wegräumen. Vergl. lett. klūdīt*
reflexiv umherirren. kljują *neben* klъvą *rostro tundo. lit. kliuti,*
kliu-v-u anhaken. p. kluć. kljuk: ključъ *uncus, clavis.* kljuka *dolus.*
nsl. kljuka *klinke. s. uncus. vergl. p.* skłuczony *für zgarbiony arch.*
3. 59. aind. kruňč, kruňčati krümmen. kljukati *strepitare.* kljunъ
rostrum: vergl. kljuju. knjučati: *č.* kňučeti *eiulare: lit. kniaukti.*
knutъ *r. flagellum. anord. knūtr. got. hnuton-, hnuthon- pfahl. Das*
r. wort stammt aus dem anord. matz. 43. krovъ *tectum: w.* krŭ:
kryti *J. Schmidt 2. 285.* kruhъ *frustum. lit. kriuša hagel. kriušti,*
kriušu zerstampfen, zerschlagen (hagel). Vergl. krъha *mica.* krukъ:
p. kruk *corvus. lit.* kraukti *krächzen. kauklīs krähe. ahd. hruoh.*
got. hruka- das krähen. anord. hraukr, hrōkr seerabe J. Schmidt 1.
144; 2. 288. kruna, koruna *corona. ahd. korōna. mhd. krōne.*
krupa *mica: vergl. lit. kropa grützkorn.* kučъka *canis. b.* kučkъ.
Dunkel. matz. 225. kuditi *vituperare: w. aind. kud, kōdajati. Man*
vergleicht lit. skauditi verklagen, schmerz bereiten; andere denken an
lett. kūdīt reizen, antreiben. pakūdīt ermahnen und halten, mit unrecht,
kuditi *mit* kydati *für verwandt. Vergl.* guditi. kuga *nsl. kr. s.*
pestis. Vergl. nhd. kog, koge dial. matz. 393. kujati *murmurare:*
w. aind. ku, kū, kauti, kavatē tönen. kują, kovą *cudo.* kovъ. *lett.*
kaut schlagen. lit. kova kampf. ahd. houwan. Vergl. aind. ku
tönen. r. kutitь. kukavica *cuculus: lit. kaukti. s.* kukati. kuko-
nosъ *nasum aduncum habens. nsl.* kuka. *b.* kukъ *haken. lit. kukis*
misthaken. aind. kuč, kučati sich krümmen. kukumarъ *poculum.*
ngr. χούχουμάριον *matz. 227.* kumirъ, kumirь *idolum. Dunkel.*
kumъ *compater. lit. kumas. Fremd. Vergl.* kupetra. kuna *felis,*
eig. marder. lit. kiaunê. lett. cauna. pr. kaune. kupa *poculum. ngriech.*
χούπα. *mlat. cupa.* kupetra *compater im fem. Vergl.* kumъ. kupiti
emere. got. kaupōn handeln. ahd. koufōn. pr. kaupiskan acc. handel.
kupъ *cumulus. lit. kaupti. kaupas. lett. kōpa. abaktr. kaofa berg.*
kurigъ *pronubus. Ein dunkles wort: lit. kourigas zerrissenes kleid,*
Geitler, Lit. stud. 92, hat mit dem slav. wort keinen erklärbaren
zusammenhang. kuriti sę *fumare. lit. kurti, kuriu urere. aind. čur*
urere, unbelegt. Vergl. got. haurja- carbo. anord. hyrr ignis J. Schmidt
2. 332. 458: kuriti *beruht auf kur- aus kŭr.* kurp *p. bastschuh: pr.*
kurpe. kurъ *gallus. Vergl. aind. w. ku, kū schreien: ku-rъ.* kurъva
meretrix. lit. kurva ist entlehnt. Vergl. got. hōra- hurer. Matz. 231.
nimmt deutschen ursprung von kurъva *an, mit unrecht.* kusiti *ten-*

tare. Vergl. lit. kusti, kusu, kusinti reizen (zum bösen) Kurschat
346. pr. enkausint. Hinsichtlich der bedeutung stimmt kusiti voll-
kommen zu got. kausjan aus kiusan, das mit aind. ǧuš lieben. griech.
γεύεσθαι zusammengestellt wird. kustъ r. virgulta. lit. koukštas.
kutija s. capsa: ngriech. κουτίον. kuzlo: č. kouzlo artes magicae.
os. kuzło. Vergl. p. gusła. ahd. koukal, das vom lat. cauculus zauber-
becher abgeleitet wird matz. 218. ljubъ carus. lit. laupsê lob. got.
liuba-. laubjan. lat. lubet, libet. aind. lubh, lubhati, lubhjati. Hieher
gehört auch p. ślub angelobung. pr. salauban acc. ehe. lubenika, lüb-
nigs copulierer. ljudъ volk. *ljudь, pl. ljudije leute. lett. laudis.
pr. ludis ist wohl entlehnt. got. -laudi- mann. liudan wachsen. ahd.
liut mensch, volk. liuti leute. aind. ruh für rudh, rōhati. abaktr. rud
J. Schmidt 2. 296. ljuljati s. agitare cunas. lit. lulêti. ljutъ
acerbus: vergl. lit. lutis sturm und griech. λύσσα. lovъ venatio:
vergl. aind. lū, lūnāti schneiden, zerreissen, zerhauen; ferners got.
launa-. lat. lŭcrum. lubъ: p. łub. r. lubъ baumrinde. Vergl.
č. paluba schiffsverdeck. lit. luba zimmerdecke. pr. lubbo brett und
aslov. lupiti. luča radius. nsl. luč f. č. louč fackel. lett. lūkōt
sehen. lit. laukti warten, eig. sehen nach. pr. luckis holzscheit. lauxnos
gestirne. got. liuhtjan leuchten. lauh-munijā- blitz. ahd. liuhtan. aind.
ruč, rōčatē leuchten. Vergl. r. blizorukij myops, eig. der (nur) in
der nähe sehende. lučij melior scheint mit dem folgenden verbum
verwandt. lučiti sę contingere. aind. luk zusammentreffen mit.
Vergl. połącziti λαγχάνειν sup. ludъ stultus. klr. ludyty locken
verch. 33. p. łudzić. obłudzić betrügen. č. louditi. Fick 2. 656. ver-
gleicht ludъ mit lit. ludu bin traurig. ludъ, eig. vielleicht klein, wird
mit as. luttil zusammengestellt J. Schmidt 2. 276. lug: č. koželuh
cerdo coriarius. s. zalužiti liquore macerare: man vergleicht nhd. lohe,
gerberlohe matz. 246: richtig ist nur der vergleich mit ahd. lougā, lauge.
lukno mensuras genus. r. č. lukno: vergl. nsl. lokno. lit. lakąnka
art gefäss. Matz. 246. denkt an griech. λίχνον. lukъ cepa, genauer
bezeichnet durch črъvenъ lukъ im gegensatze zu česnovitъ lukъ.
nsl. usw. luk. lit. lukai. lett. lōks. ahd. louh. anord. laukr. Man
vergleicht aind. rōčaka licht, zwiebelart. luna luna. lat. lūna aus
lūcna. Vergl. luča. lunь vultur. nsl. lunj: vergl. lovъ und aind.
lū. lupiti detrahere. nsl. lupiti deglubere, exalburnare. aslov. lupina.
č. lupen. lit. lupti, lupu. lupinas. laupiti. lett. lupti, lūpu schälen.
laupit. ahd. louft äussere nussschale. aind. lup, lumpati zerbrechen,
rauben. lōpa abtrennung. rup, rupjati; rōpajati. anord. rjufa
J. Schmidt 2. 292. Vergl. luspa λεπίς neben ljuspa. b. ljuspъ,

lusk *in* lusnąti *strepere.* *s.* ljusnuti, ljosnuti. *č.* louskati *knacken.*
luska *gluma. aslov.* luska ἔλυτρον: *w. ist lu, aind. lū. Vergl.* lovъ.
Man merke auch lett. lauska splitter. lit. lukštas schote. lutъ: *klr.*
łut *bast.* lute *n. dünne weidenzweige verch. 34.* luzgati *mandere.*
Vergl. lit. lužti frangi. laužti frangere. aind. ruǵ, ruǵati. luža
palus. lit. lugas. mudъ *tardus. nsl.* muditi. *lit. maudziu, mausti*
sich grämen, langeweile haben. mauda. maudoti Geitler, Lit. stud.
67. got. ga-motjan eig. aufhalten Bezzenberger, Die a-reihe usw. 57.
Vergl. mądъ. *w.* mъd: *aind. mad, madati zögern.* muha *musca:*
lit. musė entspricht aslov. mъha *in* mъšica. murava: *r.* murava
caespes. lit. mauras entengrün. lett. maura rasen. murinъ *aethiops.*
griech. μαῦρος. *lat. maurus. lit. murinas, murīnas: aus maurus* μαῦρος
erklärt sich nsl. mavra schwarze, schwarzgefleckte kuh matz. 259.
muzga *lucuna. Vergl. w.* mъz: *nsl.* travnik vode mzi.   novъ
novus. lit. naujas; navas nur in einigen ableitungen. pr. nawans,
nauns. got. niuja-. aind. abaktr. nava: stamm nu in nynê nunc.
nuditi *cogere: w. aind. nud, nudati stossen; neben* nuditi *kömmt*
nąditi *vor. Zum got. nauthjan stimmt č.* nutiti. *pr. nautin acc.*
not. nura *ianua. Vergl.* vъnrêti *ingredi.* nuriti: pronuriti *con-*
sumere: w. nür, *wofür auch* ner.   nurъ: *p.* ponura *finsterer blick.*
lit. nūrêti finster schauen. panurus. nuta *bos in russ.-slov. quellen.*
Das wort wird aus dem anord. entlehnt sein: naut. ahd. nöz nutz-
vieh. Fick 2. 394. hält nąta *für die richtige form und vergleicht es*
mit fränk. nimid weide. griech. νέμειν. *Das wort ist aus dem anord.*
in das aruss. eingedrungen. nuziti: pronuziti *transfigere: th.* nuz-:
w. nūz, *wofür auch* nez.   oskoruša *sorbus, nsl.* oskoriš, oskoruš.
ovъ *ille. lit. au-rê dort. abaktr. ava.* ovъ *in* ovьca *ovis. lit. avis.*
lett. avs. got. avi-stra-. ahd. awi. aind. avi. Hieher gehört auch ovьnъ
aries. lit. avinas. lett. auns. ovьsъ *avena. lit. aviža haferkorn. avižos*
pl. hafer. lat. avēna aus avesna. pazuha *sinus. nsl.* pazuha, pazduha.
b. pazuhъ. *č.* pazouch *stolo neben* paže *brachium. lit. pažastis achsel-*
höhle. Vergl. got. amsa- schulter. aind. āsa und aind. dōs brachium. Das
wort ist mir dunkel. pljują, pljuną *spuo. Neben* pljunąti *besteht* plinąti:
lit. spjauti, spjauju. lett. spl'auju, spl'aut. got. speivan. pljuskъ *sonus.*
lit. plauškêti klatschen. Wenn pljuskъ *aus* pjuskъ *entstanden, so ist paus-*
kêti klappern zu vergleichen Fick 2. 610. Vergl. plištь. plugъ *aratrum.*
nsl. b. s. usw. plug: *lit. plugas, pr. plugis sind entlehnt. ahd. phluog.*
Das wort ist dunkel. matz. 67. plušta, pljušta *pl. pulmo. nsl.* pluča,
im äussersten westen pluka: *vergl. hki und das k für aslov. št aus*
tj in den freisinger denkmählern: uzemogoki *aslov.* vьsemogąštij.

Nach Fick 2. 162. 612. ist plušta *das schwimmende, weil die lunge im wasser obenauf schwimmt, daher deutsch lunge,* r. lĕgkoe *das leichte.* *lit. plaučei: plautja. pr. plauti. lett. plauši, plaukšas.* pluti, plują *und* plovą, *fluere, navigare.* otьplova *aor. prol.-rad. lit. plauti, plauju, ploviau. plutis eisfreie stelle. plud: plusti. anord. flaumr. lat. pluere aus plovers. aind. plu, plavatē. Neben* plu *kömmt* ply *vor.* prudъ: *kr.* prud *lucrum.* pruditi *prodesse: mlat. produm matz. 283.* prustъ *narthex. b.* prus *für* prust: *matz. 406. denkt an griech.* κριστάϳ. prusьcь *gradarius.* pudъ *r. pondus quoddam: ahd. phunt.* puhati *flare.* opuhnąti *tumere.* puhlъ *cavus. č.* puch. puchýř. *lit. pukas. Vergl. lit. puslē blase. pušē blatter:* w. pu. *lit. put: putlus tumidus.* punije *vinum ecclesiae oblatum, s.* punje, *vergleicht matz. 407. mit mgriech.* πηνίον: u *für* i *stehe wie in* skupetrъ *aus* σκῆπτρον. pustiti *mittere, dimittere: vergl. r.* puskatъ. pustъ *desertus. pr. paustas. paustne.* puzdro *p. theca. č.* pouzdro *id. s.* puzdro, puzdra, puž-dra *penis quadrupedum. lit. puzdra vorhaut. puzra hernia scroti. magy. puzdra pharetra: got. fōdra-. ahd. fuotar usw. matz. 285. klr. finde ich* puzderok *für* pyvnyča *bibl. I.* puzyrь *r. bulla. klr.* puzyr *bibl. I: matz. 407. denkt an griech. ursprung. puzo klr. r. venter.* rjuti, revą *aus* rjovą *rugire. nsl.* rjuti, rjovem; rjovêti. *s.* revati. *klr.* revty. *slovak.* lev robi rev, ruči, ryči. *lett. rükt brüllen: rovy sup. 446. 26 und* vъzdruvъ *54. 3. haben kein parasitisches* j. *aind.* ru, rauti, ruvati. *Hieher gehört* rjuinъ *september, eig. ein adj. von* *rjuj *das gebrüll (der hirsche), die brunftzeit derselben. lit. ruja. lett. rōga.* rjutiti *neben* rątiti *iacere. p.* rzucić. *b.* večer se ruti kamen po kamen *verk. 11.* rąti *(d. i.* rъti) *se seme pok. I. 68. Vergl. seite 99.* ruda *metallum, eig. wohl roterz. lit. rauda rote farbe. rudas rot. lett. ruds. got. rauda- rot. aind. lōha rötlich aus rōdha:* w. rъd, aind. rudh-ira. ruho *vestis, merx. nsl.* ruha, rjuha *linteum. s.* ruho *vestitus. č.* roucho. *p.* rucho. *Ein dunkles wort. An ahd.* ruchilî, *mhd.* rückel, *ist nicht zu denken matz. 71: pr. rükai kleider ist entlehnt.* ruhъ: *č.* ruch *bewegung.* rychlý *schnell. lit.* rušus *geschäftig Geitler, Lit. stud. 69.* ruj *nsl. rhus cotinus. b. s.* rujno vino *usw. Vergl. griech.* ῥοῦς, *lat.* rhus. rukъ *in* porukъ *durus.* poručivъ *morosus.* rumênъ *ruber aus* rudmênъ: *w.* rъd. *pr. urminan acc.* ruminъ ῥωμαῖος *setzt* rumъ ῥώμη *voraus, woraus* rimъ *geworden.* runo *vellus ist* ru-no *zu trennen und von der* w. rū, rъ *abzuleiten: vergl.* ruti. rupa *foramen. lit. raupas maser, pocke. aind. rōpa loch, höhle.* rupь: *p.* rup, *sg. g.* rupia *vermis in intestinis equorum. č.* roup. *lit. rupês. Vergl. ahd. rūpā raupe matz. 299.* rusъ *flavus. nsl. b. s.* rus *usw. klr.* rusyj *blond bibl. I.*

entweder aus rud-s *oder entlehnt: lat. russus, russeus: alban. rus und mrum. rusu stammen aus dem slav. Vergl. matz. 72.* rusъ: č. rousý *struppig scheint mit der w.* rŭ, rъvati *zusammenzuhangen.* rušiti *solvere, evertere: th.* ruhъ. *r.* ruchnutь *cadere.* ruchlyj *mollis. p.* ruch *motus. lit.* rauśti *wühlen. rusas grube.* ruta *ruta. ahd. rūtā. griech.* ῥυτή. ruta *vestis. b.* rutišta *pl.* ruti: *nsl.* rujem. *aslov.* rъvati, rъvą *evellere neben* ryti *fodere.* rovъ *fovea. lit.* rauti, ravêti, rauju, raviu. rava *loch.* rovimas*: aind.* ru, *ravatē zerreissen.* skubą *vello. Vergl. got.* skiuban *schieben.* skupьcь: proskupьcь κλεπτήρ *greg.-naz.* proskupъ λυμεών: *matz. 406. vergleicht griech.* προσκοπή. skutati, skątati *componere: b.* kъta, skъta *vb. spricht für* skątati. skutъ *extrema vestis pars, amictus. nsl. b. s.* skut. *lit. abskutnêti abscheren bezzenb. w. aind. sku. got. skauta-. ahd. scöz.* skutъ *und skauta-sind nur wurzelhaft verwandt: das got. wort entspräche einem slav.* skudъ *matz. 75.* sljuna *neben* slina *r. saliva. aslov.* slina: sljuna *beruht auf* spljū, *das in* sljuna *sein* p, *in* plju *sein s eingebüsst hat.* sljuzъ, šljuzь *r. canalis: nhd. schleuse aus mlat. exclusa.* sludy *f. locus praeruptus. Fick 2. 691. vergleicht lit. slĕdnas geneigt.* sluga *servus hängt mit* slu (sluti) *audire zusammen.* sluhъ *auditus.* sluho *auris. lit. klausa oboedientia. pr. klausiton hören. abaktr.* śraośa; *thema slav.* slŭh *aus* slŭs. *abaktr.* śruš. sluhati *ist ein denominat. von* sluhъ, *während* slušati *wohl auf das primäre* slyšati, *č.* doslýchati *hingegen auf* -slechnouti *(aslov.* *slъhnąti) zurückgeht.* sluti, slovą *clarum esse.* slovo *verbum. got. hliutha-. aind.* śru, *śrṇ̄ōti. Neben* slu *findet man* sly. sluzъ *succus, humores.* smučati *repere: w.* smъk, smŭk. *nsl.* presmeknôti *usw. lit. smukti, smunku gleiten. Vergl.* bučati. smuglъ *neben* smaglъ *fuscus.* snuti, snują *und* snovą *ordiri: vergl. anord.* snua *torquere.* snubiti *appetere.* snu-bokъ *qui appetit. nsl.* snubiti *devojku um ein mädchen werben.* snubač. sovitъ: *p.* sowity *reichlich: daraus lit. savitai adv. neben lett. suitis.* stru *in* struga *fluctus.* struja *flumen.* ostrovъ *insula* τὸ περίρρυτον. *p.* strumień. *zdroj für* struj. *lit. sravêti, sraviu. sraujas, sravjas fliessend.* strovĕ, srovĕ *sriautas strom. struklĕ röhre. lett. straut.* strāve, straume *strom. ahd. stroum. struot palus J. Schmidt 2. 282. griech.* ορυ: βαθύρροος. *aind.* sru, *sravati. srōtas: vergl. lett. strauts regenbach. b.* struma *ist* στρυμών. stru *in* ostrujati *ἀνατρέπειν.* strugati *radere.* strugъ *scalprum: w.* strъg, strŭg. *griech.* στρεύγομαι. *anord.* strjūka *tergere J. Schmidt 1. 161: lit. strugas ist entlehnt.* struna *chorda. ahd. stroum rudens J. Schmidt 2. 286: lit. struna ist entlehnt. Das slav. wort hängt nicht mit aind.* śru *zusammen,*

da diesem slav. slŭ *gegenübersteht.* strupъ *vulnus.* strusъ *struthio:*
ahd. strūz. stublь *puteus: vergl. s.* stublina. *ač.* stbel: *matz. 314.*
vergleicht ahd. stouf becher. studъ *pudor:* stydêti sę *erubescere.*
studъ *frigus: w.* styd. stukъ, **ž**tukъ *sonus, wofür p.* stęk
gemitus und szczęk: stukъ *findet sich in keiner* ą *und* u *scheidenden*
quelle, während štukъ *in einer solchen mit* u *vorkömmt.* sugъ *im r.*
dosugъ *musse vergleicht Geitler, Lit. stud. 69, mit saugoti hüten.*
suhъ *siccus. lit.* ᷄sausas. *susti. sausti. lett. sauss. sust: w.* sъh *in*
sъhnǫti. *aind.*šuš, *šušjati aus* suš. *abaktr.* huš. suj *vanus soll für* sąjъ,
svąjъ *stehen und dem aind.* šūnja *entsprechen.* suj *dürfte vielmehr durch*
vocalsteigerung und ᷄suff. ъ *òder* jъ *aus der w.* šu *schwellen abzuleiten*
sein. Vergl. Fick 2. 62. 63. sują, sovati *mittere. lit.* šauti, *šauju*
schiessen. sunǫti *gehört nicht zu* sъp, *da es dann* sъnǫti *lauten würde.*
aind. šu, *šuvati (gatikarman).* suka *canis r. wird von Fick 2. 699.*
mit aind. švan *in zusammenhang gebracht.* sukati *torquere. ar.*
skatь, sku, skešь, *d. i.* sъką *usw. lit. sukti. Davon* sukno *pannus.*
sulica *hasta: č.* sudlice *zeigt, dass sulica nicht mit lit. šullas zusammen-*
hängt. Vergl. sują. sulêj *melior hängt nach Fick 2. 673. J. Schmidt*
2. 416. mit got. sēla- *tauglich zusammen.* suliti si *inflari: r.* sulitь
bedeutet schleudern und versprechen. lett. sōlīt bieten. surъ: *nsl.*
sur *leucophaeus.* surъna *as. fistula soll mit* sviriti *und lit.* surma
zusammenhangen. Vergl. matz. 79. suti, sъpą *fundere. nsl. s.* suti,
spem. sypati. *Für* u *erwartet man die dehnung des* ъ, *d. i.* y.
študo *neben* čudo *res mira. p.* cud: *vergl. lit. skūtiti s mirari Geitler,*
Lit. stud. 70. študъ γίγας. študovъskъ *gigantum: vergl. r.* čudinъ
bei Nestor. študь *mos: vergl. klr.* pryčud *schrulle.* štuka: *nsl.*
ščuka *usw. esox lucius. Dunkel.* šturъ *cicada.* štutiti *sentire:*
vergl. čuti. štuždь, tuždь *alienus: vergl. got. thiudā- volk, viel-*
leicht in der bedeutung ‚deutsches volk‘ und nsl. ljudski *fremd.*
šuba *as. vestis pellicea: mhd. schübe matz. 82.* šuj *laevus: aind.*
savja. *griech.* σχαιός. šumъ *sonus.* šuplь *debilis.* šurati: *č.* šou-
rati *taumeln: lit. šiurūti Geitler, Lit. stud. 69.* šurъ *uxoris frater.*
šutъ: *s.* šut *absque cornibus. b.* šjut. *r.* šutyj. *č.* šuta. *magy. suta.*
Damit hängt vielleicht ošutь *frustra zusammen. Dunkel.* šutъ *r.*
spassmacher: daraus lit. šutiti scherzen. trudъ *labor. got. -thriutan,*
-thraut beschweren: usthriutith trudъ *tvoritъ* κόπον παρέχει *luc. 18. 5.*
anord. thraut. ahd. driozan J. Schmidt 1. 160. trupъ *truncus.*
truplь *cavus. lit. trupêti, trupu bröckeln. pr. trupis klotz J. Schmidt*
2. 268. truti, trovą *und* trują, *absumere, wohl auch vesci, daher*
natruti *nutrire, wie s.* najesti, napiti *2. seite 274. aslov.* otruti

veneno interficere. istrovenъ λελυμασμένος *greg.-naz.* 207. *kroat.* truti
confringere. Vergl. aslov. tryti. *griech.* τρύω. *Mit* truti *hängt* trutiti
zusammen. tuhnęti *exstingui, quiescere:* uglije potuhnutь *mladên.*
347. svêšča potuhly *tichonr. 1. 23., d. i.* svêštę potuhly. *Vergl.
aind. tuš, tušjati sich beruhigen. tūšnīm. abaktr. tūsna stille.* tuka:
istukati *sculpere.* istukanъ, stukanъ *statua, idolum: das fehlen des*
i *befremdet. w.* tъk, tŭk. *Die form hat etwas ungewöhnliches: sie ist
wohl denominativ.* tukъ *adeps. lit. taukai pl. tukti fett werden.
pr. taukis. Von einem tuk (tŭk) ist auszugehen, wenn auch das tat-
sächlich vorhandene tukti auf taukai beruhen sollte.* tuliti *in pritu-
liti accomodare: vergl.* tulъ.   tulъ *pharetra: vergl.* tuliti.   tunje
gratis. turъ *taurus. lit. tauras. pr. tauris büffel, wisent. got. stiura-.
anord. thjörr. aind. sthūra stark. abaktr. staora grösseres haus-
vieh. griech.* ταῦρος. *Vergl. hinsichtlich der vocale nsl.* ture *die
tauern.* tuskъ: r. tuskъ *obscurus, das Geitler, Lit. stud. 71, mit
lit. tamsus und mit* potus(k)nêti *vergleicht.* u *praefix ab, weg:
s.* udati *collocare filiam, eig. weggeben.* umyti *abwaschen. pr. au:
au-dāt sien sich begeben. au-mu-sna-n abwaschung. lat. au: aufero.
aind. ava weg usw. Denselben ursprung hat die praep.* u *apud usw.*
uditi *molestum esse, nur in späten glag. quellen. serb.* uditi. *lit.* uditi.
udъ *membrum. lit. audis textura von austi, audžiu. Damit ist verwandt*
r. uslo *textura dial. aus* ud-tlo.   uho, *dual.* uši, *auris. lit. ausis. got.
ausan-. ahd. ōra. Man vergleicht av beachten und, mit mehr recht, vas
hören ujjv. 190.* uj *avunculus. pr. awis (avjas). lit. av-īnas.* ukъ
doctrina. lit. jaukinti gewöhnen: w. ъk, vyk. *aind.* uč, *učjatē
gewohnt sein. lit. junkti gewohnt werden.* navycati *discere.* ulij
alveus, apiarium. lit. aulis, avilīs. ulica *platea, ein deminutivum.*
uinъ *mens. aind. av:* udav *auf etwas merken. lit. umas ist entlehnt,
ebenso lett. ōma.* uniti *desiderare: vergl. aind. van cupere,
womit got. vênjan zusammengestellt wird. Mit* uniti *hängt* uñij *melior
zusammen.* urъ *dominus in der priča trojanska ist das magy. ur.*
useręgъ *inauris besteht aus dem got. ausa (th. ausan-) und dem im
got. unnachweisbaren hrigga-, as. ahd. hring, dessen anlaut als aus-
gefallen anzunehmen ist.* usmъ *indumentum. Man vergleicht aind. vas,
vastē vestiri: abseit liegt abaktr. av, avaiti gehen, eingehen, aslov. -uti.*
usta *pl. os. lit. osta ostium. pr. austo os. aind. ōštha labium, davon*
ustiti *suadere.* ustrica *r. ostrea. č. ústřice. os. vustrica. p. ostrzyga.
lat. ostrea. griech.* ὄστρεον. *it. ostrica matz. 360.* uti: obuti *induere.*
izuti *exuere. lit. auti, aunu schuhe anziehen. avêti, aviu schuhe anhaben.
aulas stiefelschaft. Ein dem lit. avêti entsprechendes slav.* ovêti

existiert nicht. lat. ind-uo, ex-uo. utro *mane: lit. auśra diluculum.*
lett. austra. aind. usra morgendlich. lit. austi tagen. aind. vas, uččhati.
utro *steht für* ustro. uvy vae. uzda *habena. nsl.* vuzda. *b.* juzdъ
usw. Man denkt an vъz-dê: *mit p.* wędzidło, *č.* udidlo, *worten, die*
mit aslov. ѫda *zusammenhangen, ist* uzda *unverwandt.* zovѫ, zъvati
voco. zovolь cantor. aind. hu, havatē. s. zvati, zujati. zov *ist steigerung*
des zŭ; *daneben liest man* zъ-v-ѫ. zubadlo *frenum č.: vergl. lit.*
žaboklê, žaboti. župa *regio, davon* županъ *iupanus.* župa *vestis,*
nur in späten glag. quellen. župelъ *sulfur. nsl.* žveplo: *got. svibla-.*
ags. svēfel. ahd. svëbal, sw͠epol. župiśte *sepulcrum.* žuželь *scara-*
baeus. r. žuzgъ *vermis genus.* žužžatъ. *Vergl. aind.* guᶉ: guᶇj, guᶇjati.

In entlehnten *worten entspricht aslov.* u a) *fremdem* u: sudarь
σουδάριον. bljudo: *got. biuda-. Vergl.* bugъ *mit ahd. boug,* hursarъ
mit ngriech. κουρσάρος, kupiti *mit got. kaupōn,* lukъ *mit ahd. louh,*
ruta *mit ahd. rūtā. b) fremdem* o: aravunъ ἀρραβών. drakunъ *neben*
drakonъ. *kr.* drakun. drumъ δρόμος. episkupъ, piskupъ ἐπίσκοπος.
kanunъ κανών. kubara *navis longa: mgriech.* κομβάριον *matz. 224.*
nurija ἐνορία. plotunъ *tragelaphus: mgriech.* πλατόνιον. ruminъ
ῥωμαῖος. solomunъ σολομών. solunъ θεσσαλονίκη. uksusъ: *r.*
uksusъ *acetum. lit. uksusas: griech.* ὄξος. uliganь: *s.* uliganj,
oliganj *sepia: lat.* loligo. urarъ ὠράριον. vlaskunъ *flasco: griech.*
φλάσκων. *Vergl.* buky *mit got. bōkā-,* duma *mit got. dōma-,* kumъ,
kupetra *mit lat. compater,* rumъ *mit griech.* ῥώμη, *lat.* roma.
c) fremdem *u:* arhierosuni ἀρχιεροσύνη. arhisunagogъ ἀρχισυνάγωγος.
humъ χυμός. kuminъ: *nsl.* kumin. *ar.* kjuminъ. *r.* kminъ. *s.* čimin:
griech. κύμινον *matz. 228.* muro μύρον. panagjurъ πανήγυρις. ruma,
rjuma: *griech.* ῥύμχ, ῥεύμχ. struma στρυμών. sturika. *adj.* štura-
kinъ: *griech.* στύραξ. surikъ: *griech.* συρικόν *matz. 316.* ujena ὑαινα.
upatъ *consul: griech.* ὕπατος. upostasь ὑπόστασις. usorъ: *griech.*
ὕσσωπος. vussonъ, vissonъ: *griech.* βύσσος. *d) fremdem* oι: krusъ
κροῖσος. puminъ κομήν. stuhij στοιχεῖον. *e) fremdem* ευ: ruma,
rjuma: *griech.* ῥεύμχ. uktimonъ *sup. 104. 3.* εὐκτήμων. *Vergl. nsl.*
ptuj *aus petovio.*

β) S t ä m m e. voluj *bovis. nsl.* osebujni *singularis. r.* mjasuj
2. seite 84. koturъ *2. seite 93.* ѫgulja. *nsl.* češulja *racemus. r.*
komulja. *č.* češule. bêgunъ *fugitivus.* perunъ *fulmen.* židunavъ
succosus: vergl. lit. perkunas. pr. waldūns 2. seite 141. lit. bêgūnas ist
entlehnt. čeljustъ *maxilla wird mit pr. scalus kinn verglichen.* tъ : bitъ
percussum sup. bytu *esse inf. 2. seite 165.* pêstunъ *paedagogus 2.*
seite 176. pastuhъ *pastor 2. seite 177.* adamovъ. lьvovъ. vračevъ
12

2. *seite 229.* uga: kotuga *neben* kotyga *tunica* 2. *seite 284.* veruga *neben* veriga *catena.* r. meluzga *kleine fische.* sopuhъ *siphon.* r. ptuchъ *avis.* konjuhъ *equiso.* gorjuha *sinapi* 2. *seite 289.* mitusъ *alterne* 2. *seite 327.* Vergl. *nsl.* vrhunec *cacumen. aslov.* zêluto *valde cloz. 1. 140. Als verbalsuffix tritt* ova *aus* ŭ (ъ) *auf in* orądova *stultum esse.* cêlova *salutare.* dêvova *virginem esse usw.* 2. *seite 480.*

γ) Worte. *Hier sind zu behandeln der sg. dat. der nomina auf* ъ *(u),* ъ *(a); der sg. voc. der nomina auf* ъ *(u),* jъ *(ja); der sg. gen. der nomina auf* ъ *(u); der sg. loc. der nomina auf* ъ *(u); der dual. gen. loc. aller nomina; der pl. gen. der nomina auf* ъ *(u); der sg. dat. m. n. der pronomina.*

Der sg. dat. synovi *von* synъ *entspricht aind.* sūnavē. *Der sg. dat.* rabu (dolu, nizu *ϰάτω*) *kann mit einer aind. form nicht mit sicherheit vermittelt werden; eine hypothese darüber findet man in A.* Leskien, *Die declination im slavisch-litauischen und germanischen 58; nach einer anderen liegt dem* rabu rabovi *zu grunde, wie nsl.* domú (domú grem domum eo) *auf* domovi, domovъ *beruhe. lit. besteht* arkliu *neben* arkliui *Kurschat 149. Der sg. voc. und der sg. gen.* synu *steht dem aind.* sūnō, sūnōs *gegenüber. Nach dem sg. voc.* synu *ist auch* konju, mažu *usw. gebildet; wichtig ist die tatsache, dass im lit. die ja-stämme im sg. voc. auf au auslauten:* priêteliau prijatelju, *und dass im lit. auch der sg. gen. die endung aus hat:* priêteliaus, *was slav. nicht vorkömmt Kurschat 147. Vergl. lett, den sg. voc.* têvŭ *Bezzenberger 122. Als sg. loc. entspricht* synu *aind.* sūnāu, *alt* sūnavi. *Man beachte auch* bytu, prijętu 2. *seite 72. Im dual. gen. ist der slav. auslaut* u *aind. os:* rabu, *aind.* śivajōs; rybu, *aind.* śivajōs, *nicht* raboju, ryboju, *während in der pronominalen declination dem aind.* tajōs toju *gegenübersteht.* jeju, *aind.* jajōs. naju, vaju *sind* na-j-u, va-j-u *zu trennen:* u *ist aind.* ōs. *Der pl. nom.* synove *lautet aind.* sūnavas. ije *in* gostije *beruht vielleicht auf* ajas: *aind.* avajas, *wie das dem* slaviši *zu grunde liegende* slavi-ješi *auf* śrāvajasi. *Der pl. gen.* synovъ *stützt sich auf ein thema* synovъ *nach dem sg. dat.* synovi *und dem pl. nom.* synove. *Der sg. dat. der pronomina m. n.* tomu *folgt dem oben als unerklärbar dargestellten* rabu. *Mit* kądu, prêdu, srêdu, blizu *vergleiche man pr.* isquendau, iswtwendau, vinadu *auswendig. lit.* pirsdau, sirsdau, *mit* ju *lit.* jau: *dieses* u *ist der auslaut eines verloren gegangenen casus.*

11. In manchen fällen wird u *als zwischen praefix und verbum eingeschaltet angesehen:* u *ist nichts als das praefix* u. obuimetъ *izv.*

451 d. i. obъ-u-imetь. obuimši *tichonr. 2. 147.* obuetь κατέλαβεν *io.*
1. 5-nic: vergl. kr. obuja *cepit.* obumorenъ *tichonr. 2. 65.* obumirati bêsьnu δαιμονίζεσθαι.

12. Neben den aus der vorslavischen periode stammenden ov
in worten wie slovo, plovą *besteht ein* ov, *das sich zum teile auf
slavischem boden entwickelt hat. Es nimmt in der stammbildung die
stelle des auslautenden vocals des thema ein und tritt vor vocalisch
anlautenden suffixen auf. Es folgen hier einige nach den suffixen
geordnete fälle.* ь: synovь, *sg. gen.* synovi, synova, ἀνεψίς. ije:
sadovije *collect. fructus. nsl.* sadje. židovije *iudaei.* bregovje *prip.
80. č.* křovi, kři. p. krzewie. *Vergl. aslov.* listvije *folia.* oblistvьnêti *von* listъ, *das demnach ein* u-*stamm ist.* umrъtvije. prišьstvije. p. ostrwie *spitze der lanze.* ostrew, ostrwia. *č.* ostrv, ostrva
leiterbaum. s. ostrva. *ON.* ostrvica. ostve *scheint für* ostrve *zu
stehen. aslov.* lędvija *lumbus: nsl.* ledovje. *aslov.* gvozdvij *f.* ina:
olovina *sicera, das nicht auf einer urform alvina beruht.* istovina
res ipsa. sadovina *fructus.* sicevina *res tales tichonr. 2. 165.* inъ:
študovinъ *neben* študъ *gigas.* židovinъ *neben* židinъ *iudaeus.* ьnъ:
adovъnъ ᾅδου. darovьnъ *doni.* domovьnъ *domus.* dъždevьnъ *pluviae.*
dьnevьnъ *diei.* hristovьnъ *christi.* istovьnъ *verus.* ledovьnъ *glaciei.*
medovьnъ *mellis.* mirovьnъ: mirovьnaja blagyni *greg.-naz. 184.* oltarevьnъ *altaris greg.-naz. 52.* plačevьnъ *planctus.* slonovьnъ *elephanti.*
synovьnъ *filii.* udovьnъ *membrorum greg.-naz. 191.* volovьnъ *boum.*
Hieher gehört gromovьnъ *neben* gromьnъ: gromovьnikъ *neben* gromьnikъ βροντολόγιον. vlъhovьnъ *magi steht für* vlъhvovьnъ. vinovьnъ *culpae
greg.-naz. 185.* vêrovьnъ τῆς πίστεως *sup. 384. 14.* sъndoven (ssandoven)
dak.-slov. Vergl. aslov. medvьnъ *mellis.* medvêdь *ursus. nsl.* medven
habd. p. świątowność. ьйь: synovьйь *filii.* vrъhovьйь *superior.*
atъ: krąglovatъ *rotundus.* sąkovatъ *nodosus. p.* piegowaty *neben*
piegaty. itъ: besplodovitъ *infructuosus.* imovitъ *locuples:* *imъ.
jadovitъ *venenosus. s.* kišovit. *Vergl. p.* sowity *mit lit. suitis reichlich.* иšte: stanište *stadium, in russ. quellen* stanovište *mansio.*
ьstvo: svatovьstvo *affinitas.* synovьstvo. nesytovьstvo *insatiabilitas.*
ьskъ: synovьskъ *filii.* vračevьskъ *medicorum.* vranovьskъ *cervorum.*
židovьskъ *iudaeorum. nsl.* volovski *boum habd.* ьсь: synovьсь ἀνεψίς. *Man beachte die adj.* gadovъ, volovъ *usw. Dieselbe erscheinung
tritt vor verbalsuffixen ein: a* in *ati:* darovati, darovają, darują
donare. sъdêlovati, sъdêlovają *facere.* lihovati *privare.* pomilovati,
pomilovają *misereri.* zaštištevati, zaštištują *defendere.* vojevati, voje
vają, vojują *bellum gerere.* obrągovati, obrągovają *illudere. Vergl.*

12*

raduaše sę. kraljuvaašo *bell.-troj.* i *in* iti : daroviti *donare greg.-*
naz. 109. neben dariti *76. 79. 83.* nadužveviti *neben* nadъždïti
pluere. poloviti *in* raspolovenije *pars dimidia.* žiroviti *pasci. nsl.*
vmiroviti se *prip. 84. p.* zpołowić *małg.* postanowić. *r.* stanoviti
sja. ostanovit sja *kol. 22. klr.* sadovyty *neben* sadyty *plantare.*
motovyło. smarovyło. *č.* motovidlo. *Aus den hier angeführten fällen
behandle ich vor allem diejenigen, in denen vor dem verbalsuffix* a
das ov *auftritt:* darovati: *das* ov *des inf. ist das im praes. als*
u (ογ) *erscheinende suffix, das im lit. ŭ, au lautet: baltúti weiss
schimmern von baltas; ubagauti betteln von ubagas.* darovati *verhält
sich offenbar lautlich zu* darujǫ *so wie* kovati *zu* kujǫ. *Man beachte,
dass das lit. einen inf. auf ŭti neben einem auf avoti hat: vitúti
bewirten, vitavoti vielfach bewirten. durnúju, durnavoju, dieses stärker
als jenes. Dem slav. fehlt die erstere bildung, ein* daruti *ist im slav.
unbekannt; dagegen stehen dem inf.* darovati *die praes.-formen* darujǫ
und darovajǫ *gegenüber, während das praes. von ubagúti ubagúju,
das von vitavoti vitavoju lautet.* darovajǫ *ist wohl dem* darujǫ *gegen-
über iterativ: letzteres kann im p. perfectiv sein, im s. ist es stets
perfectiv. Das lit. ŭ, au spricht für die annahme eines suffixes ŭ,
durch dessen steigerung slav.* u, ov *entsteht, während die dehnung* y
ergibt. Daraus wäre das iterative darivati (*d. i.* daryvati) *im s.
begreiflich, es würde sich zu einem ursprünglichen darü-ati verhalten
wie* vъzbydati *zu* vъzbūnǫti. *Freilich hat* y *von* yvati *nicht immer
diesen ursprung. Ähnlich scheint das* ov *in worten zu sein wie* mъg-
novenije *nutus.* vъdunovenije *inspiratio.* vъskrъsnovenije *neben*
vъskrъsovenije *resurrectio, indem hier dem* nov *das suffix* nŭ, *dem*
ov *in* vъskrъsovenije *das suffix* ŭ *zu grunde liegt. Man denke
hiebei an die aind. verbalsuffixe* nu *und* u. *Das suffix* nǫ *in* vъs-
krъsnǫti *ist erst auf slavischem boden entstanden: Herr Fr. Müller
denkt an* nan,' *das nach seiner ansicht im griech. auftritt, indem*
λαμβάνω *aus* λαβνάνω *erwachsen sei. Die vocalsteigerung usw. 7. Die
casus der ъ(a)-declination, in denen* ov *auftritt, wie sg. dat.* bogovi.
pl. nom. duhove. *pl. gen.* bèsovъ. *pl. acc.* vlъkovy *folgen teils der
analogie der ъ(u)-declination,* bogovi, duhove *nach* synovi, synove;
teils sind darnach auf ovъ *auslautende themen gebildet worden:*
vlъkovy, *nicht* vlъkove, *von einem* *vlъkovъ. *Zweifelhaft ist das
suffix in formen wie* volovъ *bovis, wofür auch* voluj *vorkömmt.
Vergl. 2. seite 84. Man meints, in allen das bezeichnete* ov *ent-
haltenden worten sei ein suffix* ovъ *anzunehmen, eine theorie, die auf
billigung keinen anspruch machen kann, da ein auf* ovъ *auslautendes*

thema den sg. dat. bogovu *usw. ergäbe, abgesehen davon, dass von der dem genannten suffixe zugeschriebenen bedeutung, worüber 2. seite 229. gehandelt ist, in der majorität der fälle keine rede sein kann; nach einer letzten deutung würde das o von* ov *der stellvertreter von* ъ *sein und* v *den hiatus aufheben, so dass* jadovitъ *hervorgegangen wäre aus* jadъ-v-itъ, *eine erklärung, für welche die auch sonst im inlaute eintretende veränderung des* ъ *zu* o *oder nach einer anderen theorie erhaltung des* o *angeführt werden kann. Es scheint, dass in älterer zeit in der stammbildung der ganze stamm erhalten wurde, während in einer späteren periode der sprachbildung vor dem vocalisch anlautenden suffixe der vocalische auslaut des thema abgeworfen ward: demnach wäre* gromovъnъ *älter als* gromьnъ. bêdovьnъ *von* bêda *hat entweder sein* a *zu* o *geschwächt oder, und dies ist viel wahrscheinlicher, es ist nach formen wie* gromovъnъ *gebildet. Man merke* baldovinь *chrys.-duš. 29. für balduin. Dunkel bleibt* gotovъ *paratus.*

IV. Vierte stufe: av, va.

Av, va *ist in einer anzahl von formen die zweite steigerung des* ŭ. baviti *in* izbaviti *liberare neben* izbyti *liberari: w.* by, aind. bhŭ. hvatiti *neben* hytiti *prehendere: w.* hŭt, hъt. kvasъ *fermentum neben* kysnąti *fermentari: w.* kŭs, kъs. plaviti *facere ut fluat neben* pluti *fluere: w.* plŭ, plъ. slava *gloria neben* sluti *celebrem esse: w.* slŭ, slъ *usw.*

Anhang.

w, ÿ.

Ein zeichen des glagolitischen alphabetes, im Clozianus nr. 25, mit dem zahlenwerte 700, das dieselbe stelle einnimmt wie w *im kyrillischen, steht gegenüber dem griechischen* υ, ου; ω, ο; *selten dem* η; *in einheimischen worten vertritt es manchmal das* u, o: *die schreiber haben in der anwendung des* w *geschwankt. Der laut mag in den entlehnten worten* u *gewesen sein, in den einheimischen war er* u *oder* o. zogr. A.* ar'hiswnagoga, arhiswnagogovi. vws'sonъ. kwrinьju κυρηνίου *luc. 2. 2.* kwrêninu κυρηναίον *marc. 15. 21.* lewgiją *marc. 2. 14.* lewġiinъ *luc. 3. 24.* lewġitъ. mwra. swkamênê *neben* sÿkomariją σικομορέαν *luc. 19. 4.* swrii, swrieją, swrofwnikissanyñi. twru, twrê, twrьskъ *neben* otъ turê περὶ τύρον *luc. 3. 8.* turьską *und* tÿrê. wpokriti *neben* upokriti *zogr. b.* opokriti *zogr. b. und* ÿpokriti. *B.* zavwloñê ζαβουλών *matth. 4. 15.* zavwloñą. isw *matth. 26. 6.* iswvi. *C.* mwsi, mwsêovu, mwsêovahъ *neben* mwsêovê

matth. 23. 2. zogr. b. mosi, mosêomь *und* moisi *zogr. b.* wlo-
kavъtomatъ *pl. gen.* wsan'na, wsana *zogr. b.* solomwnъ *neben*
solomunъ, solomuna, solomuйę.   *D.* rwsievъ ῥησᾶ *luc. 3. 27.*
swrova ἀσήρ *luc. 2. 36. E.* bogw. w ženo ὦ γύναι *matth. 15. 28.*
w rode *marc. 9. 19.* wbače. wbrаštь sę. wbêma. wvi. wnъ, wna,
wni. wsta *luc. 2. 43.* wstanête ihъ *matth. 15. 14.* wtъ. wtъ-
vêštašę. wtъvêštavъ. wtъpuštati. wče. w *für* o *findet sich in gla-*
golitischen wie in kyrillischen quellen, was die palaeographie zu be-
handeln hat: wsana *cloz. 1. 38.* wblaky, wtъ *bon.* wpisajetь *krmč.-*
mih. wni, wvьce *hom.-mih. Dieser mannigfaltige lautwert des* w *ist*
befremdend: statt wpokriti *erwartet man* ỹpokriti *oder* upokriti:
jenes findet man im mariencodex, wo das auf der tafel des cloz.
unter 44. aufgeführte zeichen das griech. υ *darstellt.* vỹвь βύσσος *im*
assem. Die kyrillischen quellen gebrauchen das dem griech. entlehnte
y, *das ich, um der verwechslung mit dem slav.* y *vorzubeugen, durch*
ỹ *bezeichne.* egỹpta *cloz. I. 858.* ỹpokryty. porъfỹrą *sav.-kn. 78.* ỹpo-
staвъ *slêpč.* akỹlьlu. ilỹrika. jegỹpьta. jegỹpьtêne *šiš.* sỹrêstêj
krmč.-mih. für sỹrьstêj. vỹsinьnu *tichonr. I. 139. Sonst wird griech.*
υ *durch* ju *oder* u *wiedergegeben:* ljusaniju λυσανίας *assem.* egjupta.
egjuptêni *cloz. I. 270. 316.* usonъ *sav.-kn. 34.* turьską 52. suna-
goga 37. arhisunagogъ 43. surofinikisanina. sukamenê συκάμινος.
kurinijska. upokriti *nic.* murьsky *act. 8. 27-šiš.* surêninъ *ephr.-syr.*
asurijskь *triod.-mih. Manchmal steht* i *für* υ: egiptêne. egiftane
slêpč. 81. sikomoriju. sihomoriju συκομορέα *nic. Was im aslov.,*
geschieht im armen.: hiupat, hipat ὕπατος. egiuptaṭhi, egiptaṭhi αἴγυπτος
Derwischjan VI. VII. Man merke, dass aslov. u *auch griechischem* οι
gegenübersteht: ukonoma οἰκονόμος *nic.* krusъ χροῖσος *op. 2. 1. 32. per.*
XXXII. Schliesslich ist noch darauf hinzuweisen, dass man einigemahl
o *für* u *findet:* avgosta. vъkosi. drogъ. koplь *assem.* otъposti
mariencod. sadokejska σαδδουκαίων *nic.*

Zweites capitel.

Den vocalen gemeinsame bestimmungen.

A. Steigerung.

1. Die steigerung der vocale besteht darin, dass den vocalen a, i,
u entweder a oder ā vorgeschoben wird, daher ursprachlich aa, ai, au
und äa, äi, äu. Die steigerung durch vorschiebung des a wird erste,
die durch vorschiebung des ä zweite steigerung genannt: jene heisst

aind. guṇa, diese vṛddhi. Die steigerung war ursprünglich, so scheint es, ein den accent begleitendes mittel der hervorhebung einer silbe aus dem wortganzen. Den beiden andern flectierenden sprachengruppen, der semitischen und der hamitischen, fremd, tritt sie im arischen sprachenkreise in der stamm- und in der wortbildung auf. Im aind. unter allen historisch bekannten sprachen am reichsten entwickelt, war sie in der arischen ursprache — daran ist wohl nicht zu zweifeln — noch consequenter durchgebildet, während die anderen sprachen dieses lautmittel nicht mehr als ein in stamm- und wortbildung immer von neuem anwendbares, sondern nur in einzelnen bruchstücken kennen, die sie als fertige resultate aus älteren perioden überkommen haben. Einige von den arischen sprachen sind an resten der vocalsteigerung arm, am ärmsten wohl das lateinische; während andere, wie die slavischen und die baltischen sprachen, eine reiche fülle von in der steigerung wurzelnden erscheinungen bieten. Die vocalsteigerungen sind in der arischen ursprache begründet und von allen anderen arischen sprachen ererbt: dies schliesst nicht aus, dass sich nach analogie vorhandener steigerungen neue bilden, wie dies in dem dem aslov. gonoziti zu grunde liegenden gonoz- *neben* gonezъ *aus* gonez, *got.* ganisan, *ahd.* ganësan, *der fall ist. Aus dem alter der steigerungen folgt, dass die silbenbildenden consonanten* r, l, *die man als silbenbildend häufig vocale nennt, eine steigerung nicht erleiden.*

Die oben angeführten ursprachlichen laute haben, wie aus der lehre vom vocalismus hervorgeht, manche wandlungen erfahren. Ursprachliches a, aind. a, wird slav. e, während ursprachliches aa, aind. ā, slavisch o, und ursprachliches āa, aind. gleichfalls ā, slavisch a wird. Urspr. ai, au wird aind. vor vocalen aj, av, vor consonanten ē, ō, slavisch unter gleichen umständen oj, ov und ě, u; ebenso urspr. āi, āu aind. vor vocalen āj, āv, während sich vor consonanten āi, āu erhält: das slavische wandelt vor vocalen āu gleichfalls in av, und lässt vor consonanten metathese des av in va eintreten. Ein reflex des ursprachlichen āi lässt sich im slavischen nicht nachweisen.

Aus dem gesagten ergibt sich folgende übersicht der ungesteigerten und gesteigerten vocale in der arischen ursprache, im aind. und im slav., als dessen repräsentant das altslovenische gelten darf.

urspr.	a	I. aa	II. āa
aind.	a	I. ā	II. ā
aslov.	(e)	I. o	II. a.

urspr.	i	I.	ai	II.	äi
aind.	i	I.	aj, ē	II.	āj, āi
aslov.	(ь)	I.	oj, ê	II.	fehlt.

urspr.	u	I.	au	II.	āu
aind.	u	I.	av, ō	II.	āv, āu
aslov.	(ъ)	I.	ov, u	II.	av, va.

*Die ungesteigerten vocale des altslovenischen sind eingeklammert,
um nicht den irrtum aufkommen zu lassen, als seien den steigerungen
die vocale* e, ь *und* ъ *zu grunde gelegen.*

2. *Die steigerungen zerfallen nach den gesteigerten vocalen in drei
reihen.* A. *Die steigerungen des* a-*vocals und zwar* a) *die steigerung
des* a (*slav.* e) *zu* o. a. *vor einfacher consonanz:* brad: bred, brodъ;
β. *vor doppelconsonanz und zwar* 1. *vor* rt, lt: smard: smerd,
smordъ, *woraus aslov.* smradъ; 2. *vor* nt: bland: blend, blęd,
blondъ, *woraus aslov.* blądъ. b) *Die steigerung des* a (*slav.* e) *zu*
a: sad: sed, sadъ. B. *Die steigerungen des* i-*vocals.* i (*slav.* ь)
wird zu oj, ō *gesteigert:* svit (svьt): svêtъ. C. *Die steigerungen des*
u-*vocals.* u (*slav.* ъ) *wird* a) *zu* ov, u *gesteigert:* ru (*slav.* rъ):
rovъ. bud (*slav.* bъd): bud- *in* buditi. u (*slav.* ъ) *wird* b) *zu* av,
va *gesteigert:* bhū (*slav.* by): bav- *in* baviti. hut (*slav.* hъt) hvat-
in hvatiti.

A. *Steigerungen auf dem gebiete des* a-*vocals.* a) *Steigerung
des* e *zu* o. a. *Vor einfacher consonanz:* dorъ *in* razdorъ *scissio:*
dar, *slav.* der. grobъ *fovea sepulcrum:* grab, *slav.* greb. logъ *in*
nalogъ *invasio:* lag, *slav.* leg. *Dasselbe tritt ein in* zvonъ *sonus:*
zvan, *slav.* zven, zvьnêti. β. *Vor doppelconsonanz und zwar* 1. *vor*
rt, lt. morzъ, *woraus aslov.* mrazъ *gelu:* w. marz, *slav.* merz *in*
mrъznąti. vortъ, *woraus* vratъ *in* razvratъ *seditio, eig. eversio:*
w. vart, *slav.* vert *in* vrъtêti. molzъ, *woraus* s. mlaz *die menge der
beim melken auf einmal hervorschiessenden milch:* w. malz, *slav.* melz.
volkъ *in* vlakъ: oblakъ *nubes:* w. valk, *slav.* velk. 2. *Vor* nt:
blondъ d. i. *aslov.* blądъ *error:* w. bland, *slav.* blend *in* blędą.
montъ d. i. mątъ *turba:* w. mant, *slav.* ment *in* mętą. b) *Steige-
rung des* e *zu* a: sadъ *planta:* w. sad, *slav.* sed *in* sędą, sêsti.
skvara *nidor:* w. skvar, *slav.* skver *in* skvrêti *aus* skverti. vorta
in vrata *porta:* w. var, *slav.* ver, *und suffix* to. zolto *in* zlato
aurum: w. zal, *slav.* zel, *und suffix* to. *Über die steigerungen des*
a-*vocales vergl. seite* 62. 102.

B. Steigerungen auf dem gebiete des i-vocals. Steigerung des i zu oj, ê: bojъ, boj *flagellum: w. bi.* sêtь *laqueus:* sê-tь. *w. si.* svêtъ *lux: w. svit, slav.* svьt. *Über die steigerungen des i-lautes vergl. seite 136—139. und meine abhandlung ‚Über die steigerung und dehnung der vocale in den slavischen sprachen'. Denkschriften. Band XXVIII. C. Steigerungen auf dem gebiete des u-vocals. a) Steigerung des* ŭ *zu* ov, u: bud- *in* buditi *excitare: w. bŭd, slav.* bъdêti *vigilare.* gubь *in* dvogubь *duplex: w. gŭb, slav.* gъb *in* prêgъnąti *aus* prêgъbnąti. krovъ *tectum: w. krŭ, slav.* kryti. rovъ *fovea: w. rŭ, slav.* ryti. rъvati. *b) Steigerung des* u *zu* av, va: bav- *in* baviti: izbaviti *liberare neben* izbyti *liberari: w. bŭ, slav.* by. kvasъ *fermentum: w. kŭs, slav.* kys. *Über die steigerungen des u-vocals vergl. seite 166. 181.*

B. Dehnung.

1. Die dehnung der vocale besteht in der erhöhung ihrer quantität. Die vocaldehnungen stammen nicht aus der ursprache: daraus folgt, dass dieser process in den verschiedenen arischen sprachen verschieden angewandt wird, während in dem gebrauche der lautsteigerungen auf dem gesammtgebiete der arischen sprachen unverkennbare übereinstimmung herrscht; es folgt daraus zweitens, dass man im slav. bei der dehnung von derjenigen form auszugehen hat, welche die ursprachlichen vocale in der slavischen ursprache angenommen haben. Aus ursprachlichem a wird e *und* o; *aus* i-ь *und aus* u-ъ; r *und* l *enthaltende silben büssen in bestimmten fällen den vocal ein, wodurch* r *und* l *selbst silbenbildend und der dehnung fähig werden.*

Aus dem vorhergehenden ergibt sich folgendes schema der dehnungen:

e	o	ь	ъ	r	l.
ê	a	i	y	r̄	l̄.

2. Die dehnungen zerfallen nach den gedehnten vocalen in vier reihen. A. Die dehnungen des a-vocals und zwar a) die dehnung des e *zu* ê: let, lêtati. *b) Die dehnung des* o *zu* a: kol, kalati. *B. Die dehnung des i-vocals* ь *zu* i: lьp, prilipati. *C. Die dehnung des u-vocals* ъ *zu* y: dъh, dyhati. *D. Die dehnung des* r, l *zu* r̄, l̄: *slovak* zdržat. *perfect.* zdržat *iterat.* preplnit *perfect.* preplňat *iterat. Die dehnung tritt ein* α. *im dienste der function bei der bildung der verba iterativa durch das suffix* a *und bei der bildung des imperfects;* β. *zum ersatz eines ausgefallenen consonanten;*

γ. *bei der metathese des* r *und* l; δ. *die dehnung scheint manchmahl durch den accent bedingt zu sein. Ausserdem gibt es noch eine mechanische dehnung des* ь *und des* ъ *vor* j.

A. *Dehnungen der a-vocale.* a) *Dehnung des* e *zu* ê. α. *Functionell 1. bei der bildung der iterativa durch* a: pogrêbati *sepelire:* greb. têkati *cursitare:* tek. sъžagati *neben* sъžigati *comburere:* žeg. *In* sъžagati *ist das dem* ê *zu grunde liegende ja bewahrt.* 2. *Bei der bildung des imperfects:* idêhъ *ibam:* ide *praesensstamm.* žьžahъ *urebam:* žьge, žьže. *In* žьžahъ *ist wie in* sъžagati *die ältere form des* ê *erhalten.* β. *Compensatorisch:* vêsъ *duxi aus* ved-sъ; žahъ *ussi aus* žeg-hъ: *über* ža *vergleiche man das über* sъžagati *und* žьžahъ *gesagte. Man beachte auch* nêstь *aus* nejestь, nejstь; pêsъkъ *sabulum:* aind. *pā̆suka.* γ. *Metathetisch:* trêti *aus* terti. mlêti *aus* melti. *Über die dehnungen des* e *vergl. seite 52.* b) *Dehnung des* o *zu* a: α. *Functionell. Bei der bildung der verba iterativa durch* a: nabadati *infigere:* nabod. β. *Compensatorisch:* probasę *transfixerunt:* probod-sę. γ. *Metathetisch:* brati *aus* borti. klati *aus* kolti. *Über die dehnungen des* o *zu* a *vergl. seite 102. Man vergleiche die* s. on. rasa, rasъ *mit griech.* ἄρσα *und* ražanj, *as.* ražni *pl., mit* ἄρσενα: *im letzteren steht* ž *für* s.

B. *Dehnung des vocals* ь *zu* i: α. *Functionell bei der bildung der verba iterativa durch* a: počitati *honorare:* čьt. β. *Compensatorisch:* čismę *numerus aus* čьt-smen. *Man vergleiche auch* imę *aus* inmen. γ. *Accentuell im infinitiv und teilweise auch in anderen verbalformen:* čisti *honorare:* čьt. počiti *requiescere:* čь, počihъ, počilъ *usw. Mechanisch ist die dehnung des* ь *zu* i *in* božij *divinus aus* božьj. *Über die dehnungen des* ь *zu* i *vergl. seite 122.*

C. *Dehnung des* ъ *zu* y: α. *Functionell bei der bildung der verba iterativa durch* a: vъzbydati *expergisci:* bъd. β. *Accentuell:* myti *lavare:* mъ. *Mechanisch ist die dehnung des* ъ *zu* y *in* kyj *aus und neben* kъj: къı, кън, къıн. *Über die dehnungen von* ъ *zu* y *vergl. seite 145.*

D. *Dehnungen des silbenbildenden* r, l: α. *Functionell: slovak.* prehŕňat, prehrnúť; otĺkať, otlk. β. *Accentuell:* tĺct *von* tlk.

C. Vermeidung des hiatus.

1. *Der hiatus wird im innern jener altslovenischer worte, die zum altererbten sprachschatze gehören, gemieden. Die mittel, den hiatus zu vermeiden, sind die einschaltung eines consonanten oder die verwandlung eines vocals in einen consonanten.*

2. *I. Zur beseitigung des hiatus werden eingeschaltet die conso-*
nanten j *und* v; *in aus dem griech. entlehnten worten* g, g̣; *in ein-*
heimischen worten wird zu demselben ende n *eingefügt. 1. a)* j: *nach*
ê: dêjeŝi. dêję. dêjǫ. dêjati. *Nach einer anderen ansicht ist je aus*
ja *das praesenssuffix, daher* dê-je-ŝi, *während ich* e *für das suffix*
halte: dê-j-e-ŝi, *wie in* plet-e-ŝi *usw.: wer von* dê-je-ŝi *ausgeht, muss*
bei dê *und* plet *eine verschiedene bildung des praes. usw. annehmen.*
Nach o: *in* rǫkojętъ *manipulus scheint* j *eingeschal'et:* ętъ *aus* em-tъ.
moj *meus,* tvoj *tuus,* svoj *suus sind* mo-j-ъ *usw.* *koj *in* kojego
ist ko-j-ъ, *aind.* kaja. *Man merke* obojǫdu *utrinque neben* kǫdu,
kein kojǫdu. *Nach* a: *in* dêjati *wie in* obajati, pomajati *hebt* j *den*
hiatus auf, das a *ist das* a *wie in* bьrati, *nicht das iterative wie in*
odêvati *usw. Man merke* vъ nezajapǫ *subito aus* vъ nezaapǫ, vъ
nezaupǫ. dêlajeŝi. dêlaję. dêlajǫ. ajerъnъ. *Nach* ь: bьjeŝi. bьję.
bьjǫ. bьjate *neben* bijeŝi *usw.* ętrъjǫdê. *Nach* i: gostij *aus* gostьjъ.
dijakъ διάκονος. kaijapa: kaiêpa καϊάφα *nicol.* ijulь, ijunь ιούλιος,
ιούνιος *assem.* ijudêj ιουδαῖος. ijerdanъ *neben* jerdanъ ιορδάνης *slêpč.*
ievъ *d. i.* ijevъ ιόβ *izv.* 698. bijca *aus* bi-j-ьca *neben* bivьca. vino-
pijca *neben* vinopivьca. *Der ausgang -ije* n. *ist aus* io *hervorgegangen.*
Nach y: myjeŝi. myję. myjǫ. myjaahъ: *vergl.* bodêahъ. *Man beachte*
s. krijući *neben* krivući. *Nach* u: radujeŝi. raduję. radujǫ. besê-
dujaŝe *sup.* 223. 21. ŝiję *suo aus* ŝiujǫ. *Nach Schleicher, Compen-*
dium 794, *gehört* je *zur bildung des praesensstammes:* zna-je-tъ *usw.*
In stojati *ist* oj *vielleicht steigerung eines* i. b) v: *nach* ê: plêveŝi.
plêvǫ. plêvi: *die formen beruhen auf dem inf.* plêti *aus* pelti. porê-
vati *greg.-naz.* 125. posêvati, *verschieden von* posêjati. poblêdêvati.
odolêvati. velêvati. *Nach* o: rǫkovetъ, *worin man wegen* rǫkavъ
einen u-stamm gesucht hat: rǫkŭ-ętъ. iovanъ ιωάννης *nic. matth.* 3. 1.
Nach a: dêla-v-ъ *partic. praet. act. I:* dêla. obavati, pomavati
neben den perfectiven obajati, pomajati. oklevetavati. prokopa-
vati. opravьdavati: opravьdavajetъ sę *slêpč. neben* opravьdajetъ se
δικαιοῦται *ŝiŝ. iac.* 2. 24. otъvêŝtavati: *eben so ist zu beurteilen*
davati, *wofür auch* dajati. davьcь *in* izdavьcь. stavati *neben* stajati.
pristavъ. *Die annahme von wurzeln wie* du, stu *lässt sich nicht recht-*
fertigen. Man merke s. blavor, blavur *neben* blaor, blor: *rumun.*
bъlaur. *Nach* i: bivъ *aus* bi-v-ъs. bivьca *neben* bijca. bivenъ. pobi-
vati. vinopivьca. pivъkъ *qui bibi potest.* pivo: *pr.* piwis *bier mag*
entlehnt sein. Vergl. sliva *und ahd.* slêha. r. *besteht* tiunъ *neben*
tivunъ. *Jüngere formen sind* ukarivati *exprobrare nomoc.-bulg.* 41.
umnoživati *tichonr.* 2. 406. *Vergl. nsl. usw.* ivan ioannes. *Nach* ъ

für ŭ: pъvati *fidere:* w. pŭ, *daher* pъ-v-ati. *Eben so* zъvati: w. hu
(ghu). rъvati: nsl. s. rvati. p. rwać. *Nach anderen ist* zъvati *aus*
zovati *hervorgegangen:* o sei zu ъ *herabgesunken wie in* kъlati *aus*
kolati, *formen, die nebenbei gesagt, unmöglich sind.* blъvati *vomere:*
w. bljŭ, *daher* bljъ-v-ati, blъ-v-ati. *Eben so* klъvati. plъvati. rъvati
rugire. žъvati *mandere. Nach einer anderen ansicht ist* ъv *durch zer-*
dehnung von ŭ *entstanden:* bljŭ-ati *würde jedoch wohl* bljuvati *ergeben.*
bъvenъ *in* zabъvenъ *quem obliti sunt beruht auf* bъ *aus* bŭ, *bhū,*
slav. by: bъ-v-enъ. *So erklärt sich* umъvenъ: umyti. *In gleicher*
weise brъvъ *aus* brŭ-v-ъ, *lit.* bruvis, *wohl* bru-v-is. krъvъ. *Ferners*
krъvenъ *aus* krъ, krŭ: krъ-v-enъ, *nicht aus einem älteren* krovenъ.
rъvenъ *in* rъvenikъ *puteus.* trъva *in* rastrъva ἀπώλεια *beruht auf*
trъ, trŭ, *slav.* try. *Andere werden vielleicht eher geneigt sein* v *in*
krъvenъ *aus dem* ъ, ŭ *entstehen zu lassen:* krъv-enъ; *wieder andere*
meinen brъvъ *sei zunächst aus* brovъ *entstanden. Das mit* neplody
zusammenhangende neplodъvъ *ist* neplodъ-v-ъ: *das dem* neplodъvamъ
zu grunde liegende neplodъva *ist* neplodъ-v-a. *Vergl.* junakvica.
šestakvica *usw. Nach einer deutung entspringen* svekry *und* sve-
krъvъ *aus einer form auf* ūi. šivati *ist* sjuvati. živati *entspringt wohl*
aus zjuvati. šъvъ *sutura ist als* sjŭ-v-ъ *zu erklären.* mlъva *entsteht*
aus melva. *Nach* y: byvъ *aus* by-v-ъs. byvati. pokryvati. umyvati.
izdryvati. cêlyvati. natryvanie *op.* 2. 3. 161. *Vergl. s.* krivući *neben*
krijući. *Nach* u: obuvъ *ist* obu-v-ъs. obuvenъ. *klr.* zasuv *riegel.*
obuvъ *f.* calceus. bljuvati. opljuvati. *Vergl.* pomiluvati. vêruvati. uva,
griech. ὀά. *Dem hier vorgetragenen gemäss wird* staj, *d. i.* stajъ, *von* sta,
odêvъ, č. odêv, *von* dê *abgeleitet:* staj *und* odêvъ *sind nach dieser*
annahme den formen stajati *und* odêvati *coordiniert. Nach einer*
anderen ansicht beruhen jedoch staj *und* odêvъ *auf* staja *und* odêva.
Eben so sollen obava, počuvъ, proliva, pripêvъ, *r.* zasêvъ *von*
obava(ti), počuva(ti), proliva(ti) *usw. entstanden sein. Diese ent-*
stehung ist möglich, und dass r. otryvъ *und* pozyvъ *von* otryva(ti),
pozyva(ti), *so wie* aslov. zêvnąti *von* zêvati *stammen, ist unleugbar;*
dass ähnliches auch bei staj, odêvъ *stattgefunden habe, ist jedoch*
unbeweisbar. 2. *In den aus dem griechischen stammenden worten wird*
zwischen ѹ (w y̆) *und den darauf folgenden vocal* g, g̑ *eingeschaltet;*
das eingeschaltete g, g̑ *erhält sich auch dann, wenn* ѹ *durch* u, *und*
selbst dann, wenn es durch v *ersetzt wird:* lewgiją. lewg̑iinъ. lew-
gitъ *zogr.* leўgiją *assem.* eўga *sup.* 368. 11. *und sonst achtmahl.*
leўgitъ *ant.* naўgginъ *ephr.* paraskeўgi *ostrom.* 184. b. 193. c. *usw.*
eўga *naz.* 9. — nauginъ *exarch.* leugiju *nic.* leugitъ *sav.-kn.* 41.

euga. eužinъ *brev.* — ninevьgitomь. paraskevьģii *zogr.* paraske-
vьģijǫ *cloz. I. 555.* levģitъ. paraskevģii *sg. nom. assem.* levьgijǫ
sav.-kn. 67. levъgitъ *ostrom. 3. c.* levgiinъ *bon.* levgitь *hom.-mih.*
ninevgitêninъ *pat.-mih.* paraskevģii *nic. 70.* paraskevģi *209. 267.*
levьģiti *215.* levģi *143.* levgitь *165.* nevģitomь *168.* ninevьgii
triod.-mih. levgyjǫ *ev.-mih.* lev'gity *izv. 494.* levgyjevo *tichonr. 1.
110.* ßevgirъ σευῆρος *meth.* evžinь *glag. Doch findet man auch* eÿa
sup. 7. 4; 374. 15. eÿǫ *181. 17.* nineÿi *298. 26. und* jevva *hom.-
mih.* ninevitênomь *prol.-rad. Man merke auch* alelugija *izv. 448.
neben* aliluia *bon.; ferners* olьguino ἀλότς *io. 19. 39. zogr.* alьguj
cloz. l. 890. algoino *assem., das nach J. Schmidt 2. 69. für* alo-
gino *steht.* al'guj, alguj *sup.* algoj *hom.-mih. Hieher gehört auch* pri-
wizlauga *Wattenbach, Beiträge 50, für aslov.* prъvislava. *Diese den
lebenden sprachen unbekannte erscheinung befremdet in hohem grade.
Da das* g, ğ *ursprünglich nur zwischen vocalen eingeschaltet ward, so
mag es als den hiatus aufhebend angesehen werden, bis eine bessere
erklärung gefunden wird. 3. Das in verbindungen wie* kъ njemu
eintretende n *halte ich für parasitisch, für hiatus aufhebend so lange,
als keine befriedigendere deutung aufgestellt wird. Darüber wird
unter* r. l. n *gehandelt.*

II. Zur beseitigung des hiatus wird ъ, ŭ *in* v *verwandelt.* lędvija
lumbi beruht auf einem auf ъ, ŭ *auslautenden stamme; dasselbe gilt
von* oblistvьnêti. listvьnatъ *lam. 1. 101. aus put.; von* medvьnъ
neben medьnъ. medvêdь *ursus.* omedviti; *von* dva *neben* dъva.
kvati *neben* kъvati. bêhъ *eram muss eben so gedeutet werden:* bъvêhъ
ergibt kein bêhъ, *so wenig als aus* bъvcnъ *ein* benъ *entsteht.* gen-
varьskъ *op. 2. 3. 587. entspringt aus* gɛnvarь ἰανουἁριος.

*3. Der hiatus erhält sich in wortverbindungen, die nicht als ein-
heiten gefühlt werden. Dies tritt bei den verbindungen von praefixen
mit verben und in compositionen ein: a)* poostriti. poustiti. priobrê-
sti. priustroiti *usw. b)* goloąsъ. neizmêrimъ. naąsъ ἀρτιγένειος.
prsotьcь *usw. Der hiatus findet sich ferner in jüngeren bildungen.
Hieher gehören a) die formen der zusammengesetzten declination:*
novaago *aus älterem* novajego. novuumu *aus* novujemu. novêêmь
aus novêjemь. novyimь *aus* novyjimь. novyihъ *aus* novyjihъ *usw.*
imąšteimъ τοῖς ἔχουσιν. ištąšteimъ τοῖς ζητοῦσιν *aus den themen* imą-
šte, ištąšte *und dem pronomen* imъ *sind wahrscheinlich* -ejimъ
zu lesen. Zweifelhaft ist любꙗи ὁ ἀγαπῶν, *das wie* ljubęi *und
ljubęj gelesen werden kann. b) Die praesensformen der verba V. 1:*
prebyvaaši *sup. 36. 15.* gnêvaaši *300. 22.* byvaatъ *263. 23.* vьme-

štaat' 347. 3. aus älterem prêbyvajcêi usw. c) Die imperfectformen jüngerer bildung: vedêahъ, tvorjaahъ für vedêhъ, tvorjahъ nach analogie der a-stämme 3. seite 92. 93. Selten wird hier der hiatus aufgehoben: strojajaše sup. 289. 10. tvorjajaše 360. 4. tvorêjaše 329. 8. tvorjaêše 205. 29. tvorêêšo 146. 15. rastvarêêše 218. 1. d) Entlehnte worts: alъfeova. anъdrêovъ. ar'hiereovъ. arhiereomъ. mosêomъ. mysêovê. olêomъ. farisêomъ zogr. andreova assem. ioanъ sup. 90. 14. iovъ 169. 23. iona 196. 19. iordanъ 217. 14. iosifъ 176. 2, wofür in späteren glag. quellen osipъ. lentiomъ λεντίῳ nicol. olêomъ sav.-kn. 125. jeleomъ, oleimъ mladên. iskariotъsky ev. 1372.

Auch sonst ist der hiatus in der schrift nicht selten: blagaa. pokaati sę neben pokajati sę. blagočъstia. božia. učeniu. veštią. vêruątъ. dêati. vъvêavъ. sêati. velikąą. istinъnąą. nanesenąą usw. sup. laatelehъ. laątъ. rizoą. božijeą. morskąą bon. tvoa usw.

4. Mit dieser darlegung sind nicht alle sprachforscher einverstanden. Weil das glagolitische alphabet kein je kennt und die kyrillischen quellen häufig e bieten, wo man nach dem gesagten je erwartet; weil ferner dem glagolitischen alphabete die lautverbindung ja fehlt (denn dass ê in bestimmten formen die geltung des ja habe, scheint man in abrede zu stellen) und auch die kyrillischen denkmähler nicht selten a an stellen haben, wo die regel ja fordert, so hat man die lehre von der aufhebung des hiatus zwar nicht ganz beseitigt, jedoch formen wie smêêši für älter als smêjêši erklärt. Unter älteren formen können hier nicht die vorslavischen, auch nicht die vor der entstehung des altslovenischen, sondern nur solche verstanden werden, die in den uns erhaltenen altslovenischen denkmählern nachweisbar sind. Daneben geht die behauptung einher, die glagolitischen und die kyrillischen denkmähler stellten zwei von einander geschiedene dialekte des altslovenischen dar, was in verbindung mit dem eben gesagten nur den sinn haben kann, dass die glagolitischen denkmähler eine auf einer ältern stufe stehende sprache zum ausdruck bringen, eine behauptung, die, wenn auch für einige erscheinungen nicht unberechtigt, für den hier behandelten punct nicht wahrscheinlich gemacht werden kann. Vor allem kann ich die behauptung nicht gelten lassen, der laut je sei der sprache unbekannt gewesen, weil die glagolitischen quellen ihn nicht von e sondern. Ohne die annahme, es sei je, nicht e gesprochen worden, wird man e neben to wohl nicht erklären können; ponježe ist nur durch die annahme erklärbar, es sei je, nicht e gesprochen worden, also so wie die kyrillischen quellen meistens schreiben und wie gegenwärtig ausnahmslos gesprochen wird. Nur das j bewirkt die verände-

rung des folgenden o *in* e, *wie* lentiomь *nic. neben* lentijemь *zeigt, daher* imênije *aus* imenijo, *nicht aus* imênio. žitьe *soll aus* žitьje, *das daher doch wohl älter ist, durch ausstossung des* j *hervorgegangen sein. Vergl. seite. 7. Dass namentlich zwischen* i *und einem vocal ein* j *leicht als selbstverständlich fallen gelassen wird, zeigt der streit, ob pol.* -ia *oder* -ija *zu schreiben sei. Daher auch aslov.* diakonisa slêpč. *neben* dijakonisa *šiš.-rom. 16. 1.* kaati *neben* kajati. *Im allgemeinen darf gesagt werden, dass in lautverbindungen, die in der sprache unbekannt sind, von der sonst notwendigen genauigkeit der schreibung abgegangen wird: wenn das slav. ein* moe *nicht kannte, so wurde* moje *auch dann gelesen, wenn das* j *fehlte. Der Slave, der* moe *aussprechen will, muss sich nicht geringen zwang antun, und es ist nicht wahrscheinlich, dies sei vor etwa tausend jahren anders gewesen. Wer auf grund glagolitischer quellen* moe *für eine wirklich gesprochene form erklärt, gerät in gefahr eine sprache zu construieren, die, nie gesprochen, ein wahres hirngespinnst wäre, während derjenige, der den jetzt geltenden lautgesetzen in der alten sprache folgt, möglicherweise eine spätere form in frühere jahrhunderte zurückversetzt: im vorliegenden falle ist die erstere gefahr viel grösser als die letztere, denn während man sich für die aufhebung des hiatus auf unzweifelhafte gesetze berufen kann, bauen die gegner nur auf der hypothese, die glagolitische schrift sei der aussprache in allem und jedem vollkommen adaequat gewesen, während sie doch aus mehr als einer erscheinung sich vom gegenteil überzeugen können: oder ist es wohl glaublich, dass man* glagolạšta *cloz. II. 54.* molạ *81.* sъlạtъ *1. 627. und nicht* glagoljạšta. *moljạ.* sъljạtъ *gesprochen habe? Ein gesetz, das gegenwärtig alle slavischen sprachen beherrscht, hat wahrscheinlich schon im neunten jahrhunderte geltung gehabt. Dass in dem Panonien benachbarten Karantanien, in dem dem aslov. so nahe stehenden nsl. der hiatus im zehnten jahrhunderte gemieden wurde, zeigen die freisinger denkmähler:* bosigę božiję. bosigem božijemь. bratriia bratrija. ze caiati sę kajati. po ngese po nježe. pigem pijemъ. zcepasgenige sъpasenije. ugonjenige ugoždenije. vueruiu vêrują. j *fällt manchmahl aus:* bosie božie. bosiem božiemъ. bratria bratria. vueliu velią. vuezelie veselie. ese eže. po nese po nježe. *Vielleicht wird man einwenden, da habe man angefangen den hiatus zu meiden.* v *soll zwischen hellen vocalen, zu denen auch a gezählt wird, nie euphonisch, richtig: aus in den sprachorganen liegenden gründen, eingeschaltet sein:* davati, stavati *seien aus den wurzeln* du, stu *durch steigerung entstanden, wie aus dem lit. hervorgehe. Wenn unter den beweisenden lit. formen stovĕti angeführt wird, so steht dem der umstand entgegen, dass der unzweifelhafte u-stamm u vor dem verbal-suffix ĕ die erste steigerung eintreten lässt: avĕti, nicht die zweite, die in stovĕti angenommen werden müsste. Die anderen slav. verba auf* vati, *daher wohl auch verba wie* opravьdavati, *sind, wie man meint, nach der analogie von* davati, stavati *und ähnlichen verben gebildet. Auch in* odĕvati *soll* v *zum stamm gehören: lit.* dĕvĕti. *Die ansicht bedarf wohl keiner weiteren widerlegung: nach meiner ansicht ist lit.* stoti *slav.* stati. *stoju* *staju *usw. Die w. da folgt im lit. allerdings eigenen gesetzen, an denen das slav. jedoch nicht teil nimmt. Vergl. Potebnja,* Къ istorii *usw. 231.*

5. *Daraus, dass der hiatus nun in* allen *slavischen sprachen gemieden wird, folgere ich, dass schon das urslavische denselben nicht duldete. Dasselbe gewahren wir im lit.:* j: mo-j-u, *aslov.* mają nuto. ranko-j-e, *aslov.* rącė, *für eine form* rąka-j-ê. pa-j-eiti *neben* pa-eiti *fortgehen.* pri-j-imti *neben* pri-imti *annehmen.* li-j-a *neben* li-n-a *es regnet: aslov.* lijetъ; *anders das perfective* li-netъ. pri-j-eiti *hinzugehen.* dangū-j-e *im himmel.* v: siū-v-u *ich nähe.* žū-v-u *ich komme um Kurschat 31.* dĕvĕti, stovĕti *(lett.* stūvēt*), worte, die aslov.* dĕvĕti, staveti *lauten würden: mit jenem kann dem sinne nach* imĕti, sĕdĕti *usw. verglichen werden; dieses wird durch* stojati *ersetzt. lett.* līja *es regnet: lit.* rīju *ich schlinge:* rīti. triju *pl. gen. von* tri. *lett.* vāijāt *verfolgen: w. vi.* pūvu *ich faule:* pūt. *Der horror hiatus scheint ein merkmahl der slavischen und baltischen sprachen zu sein: sie unterscheiden sich dadurch von den germanischen. Dieser horror hiatus ist kein aus der ursprache stammendes gesetz, wie man aus der herrschaft desselben im aind. zu folgern versucht sein könnte. Es darf jedoch nicht unbeachtet gelassen werden, dass das aind. mit denselben mitteln wie das slav. und lit. den hiatus aufhebt: vergl.* sivā-j-āi, sivā-j-ās, sivā-j-ām *usw.;* sri-v-aja *glücklich machen; kijant und* kivant*; ich rechne hieher auch die ein-schaltung des* n *in* sivā-n-ām, vāri-n-ām *usw., obwohl ich weiss, dass man diese erscheinungen auch anders zu erklären versucht hat.*

D. Assimilation.

1. *Die assimilation besteht darin, dass ein vocal dem vorhergehenden vocale oder dem dem vorhergehenden consonanten verwandten vocale gleich gemacht oder näher gebracht wird:* novaago *aus* novaego, novajego. jego *aus* jogo.

2. *Die assimilation eines* o *an folgendes* a *oder* e *kömmt im aslov.*
nicht vor: nsl. gospa *aus* gospaa, gospoja, *aslov.* gospožda. dobrega
aus dobreega, dobrojega. s. *besteht die assimilation des* e *an vorher-*
gehendes o: dobroga *aus* dobrooga, dobrojega. *Wie die assimilation*
des oa *zu* aa, a, *des* oe *zu* ee, e *und des* oe *zu* oo *dem aslov. fremd*
sind, so scheint auch diejenige, durch welche oją *zu* ą *wird, dem aslov.*
unbekannt zu sein, indem sich rąką *und* rąkoją *zu einander verhalten,*
wie rabu *zu* toju, *wie* nsl. te *aus* tę *zu aslov.* toję *usw. Dasselbe verhält-*
niss besteht zwischen *мьпą *und* мьпоją: *neben* ą, *sg. acc. f.,*
kömmt, allerdings nur zweimahl, oją *vor:* na šujeju *mladên. 63. a.*
vьniti vь kelią svoeą *ingredi in cellam suam pat.-mih. 27. b.*

3. *A.* a) êje. *Aus* êje *wird durch* êe *zunächst* êê, *aus diesem*
durch das den hiatus aufhebende j - êja *und aus* êja - êa *im sg. loc. m.*
n. *der zusammengesetzten declination:* dobrê-jemь: adьstêêmъ *sup.*
348. 19. amidьstêêmъ 214. 3. blaženêêmъ 85. 29. božьstvьnêêmь
216. 9. *usw.* svoitьnêiêmь. tvoritvьnêiêmь. jedinoimenьnêiêmь.
nesobьnêiêmь *svjat. für das richtige* svoitьnêjamь *usw. Sreznevskij,*
Drevnie slav. pamjat. jusovago pisьma 179 *der einleitung. seite 54.*
vêčьnêamъ. grêšnêamъ. nebesnêamъ *assem.; daneben besteht die*
urform: domovъnêemь. novêemь. crьk'vnêemь *zogr.* druzêemь.
istinьnê͡emь. jestьstvьnê͡emь. lukavьnêemь *greg.-naz.* 9. 16. 38. 236.
usw. Vergl. 3. *seite* 59. *Abweichend ist* êimь *aus* êjemь: glagola-
nêimь *greg.-naz.* 7. dobrêimь *op.* 2. 2. 78.

Denselben vorgang gewahren wir in dêêši: dêêši li, *etwa: lat.*
ain' μή 225. 18 *und ausserdem eilfmahl neben* dûješi 299. 15 *und*
dem wohl fehlerhaften deši 223. 3: *vergl.* nsl. djati *dicere. Die*
gleiche bedeutung wie dêêši li *hat* dêi li 329. 11, *das vielleicht mit*
dobrêimь *zu vergleichen ist.*

êja. *Aus* êja *wird* êê *im imperf. Aus der urform auf* êhъ *ent-*
stehen nach der analogie der a-stämme erweiterte formen: grędêhъ
(*vergl.* nsl. natrovuechu, tepechu *fris. für* natrovêhą, tepêhą), grę-
dêahъ *und daraus* grędêêhъ: grędêêše *sup.* 257. 29. jadêêše 201.
3; 218. 1. rastêêše 29. 19. bêêše 34. 7. bêêhą 116. 13. *Eben so*
мьпêêše 228. 17. trьpêêše 121. 12 *usw.* 3. *seite* 92. *Anders* rast-
varêêše 218. 1, d. i. rastvarjajaše.

b) aje. *Aus* aje *wird durch* ae - aa *im sg. gen. m. n. der zusam-*
mengesetzten declination: blagaago: galilejskaago. velikaago *zogr.*
Daneben besteht in den ältesten denkmählern die urform: byvъšaego.
drugaego. živaego *zogr.* 3. *seite* 59.

13

beweisenden lit. formen stovêti angeführt wird, so steht dem der umstand entgegen, dass der unzweifelhafte u-stamm u vor dem verbalsuffix ê die erste steigerung eintreten lässt: avêti, nicht die zweite, die in stovêti angenommen werden müsste. Die anderen slav. verba auf vati, *daher wohl auch verba wie* opravьdavati, *sind, wie man meint, nach der analogie von* davati, stavati *und ähnlichen verben gebildet. Auch in* odêvati *soll* v *zum stamm gehören: lit. dêvêti. Die ansicht bedarf wohl keiner weiteren widerlegung: nach meiner ansicht ist lit. stoti slav.* stati. *stoju *staju usw. Die w. da folgt im lit. allerdings eigenen gesetzen, an denen das slav. jedoch nicht teil nimmt. Vergl. Potebnja,* Kъ istorii *usw. 231.*

5. *Daraus, dass der hiatus nun in allen slavischen sprachen gemieden wird, folgere ich, dass schon das urslavische denselben nicht duldete. Dasselbe gewahren wir im lit.:* j*: mo-j-u, aslov.* mają *nuto. ranko-j-e, aslov.* rącê, *für eine form* rąka-j-ê. *pa-j-eiti neben pa-eiti fortgehen. pri-j-imti neben pri-imti annehmen. li-j-a neben li-n-a es regnet: aslov.* lijetъ; *anders das perfective* li - netъ. *pri-j-eiti hinzugehen. dangū-j-e im himmel. v: siū-v-u ich nähe. žū-v-u ich komme um Kurschat 31. dêvêti, stovêti (lett. stävēt), worte, die aslov.* dêvêti, stavêti *lauten würden:_ mit jenem kann dem sinne nach* imêti, sêdêti *usw. verglichen werden; dieses wird durch* stojati *ersetzt. lett. lija es regnet: lit. rīju ich schlinge: rīti. triju pl. gen. von tri. lett. vāijāt verfolgen: w. vi. pūvu ich faule: pūt. Der horror hiatus scheint ein merkmahl der slavischen und baltischen sprachen zu sein: sie unterscheiden sich dadurch von den germanischen. Dieser horror hiatus ist kein aus der ursprache stammendes gesetz, wie man aus der herrschaft desselben im aind. zu folgern versucht sein könnte. Es darf jedoch nicht unbeachtet gelassen werden, dass das aind. mit denselben mitteln wie das slav. und lit. den hiatus aufhebt: vergl. šivā-j-āi, šivā-j-ās, šivā-j-ām usw.; šrī-v-aja glücklich machen; kijant und kīvant; ich rechne hieher auch die einschaltung des* n *in* šivā-n-ām, vārī-ṇ-ām *usw., obwohl ich weiss, dass man diese erscheinungen auch anders zu erklären versucht hat.*

D. Assimilation.

1. *Die assimilation besteht darin, dass ein vocal dem vorhergehenden vocale oder dem dem vorhergehenden consonanten verwandten vocale gleich gemacht oder näher gebracht wird:* novaago *aus* novaego, novajego. jego *aus* jogo.

2. *Die assimilation eines* o *an folgendes* ɴ *oder* e *kömmt im aslov.
nicht vor:* nsl. gospa *aus* gospaa, gospoja, *aslov.* gospožda. dobrega
aus dobreega, dobrojega. s. *besteht die assimilation des* e *an vorher-
gehendes* o: dobroga *aus* dobrooga, dobrojega. *Wie die assimilation
des* oa *zu* aa, a, *des* oe *zu* ee, e *und des* oe *zu* oo *dem aslov. fremd
sind, so scheint auch diejenige, durch welche* oją *zu* ą *wird, dem aslov.
unbekannt zu sein, indem sich* rąką *und* rąkoją *zu einander verhalten,
wie* rabu *zu* toju, *wie* nsl. te *aus* tę *zu aslov.* toję *usw. Dasselbe verhält-
niss besteht zwischen* *mьną *und* mьnoją: *neben* ą, *sg. acc. f.,
kömmt, allerdings nur zweimahl,* oją *vor:* na šujeju mladên. 63. a.
vьniti vь kelią svoeą *ingredi in cellam suam pat.-mih. 27. b.*

3. A. a) êje. *Aus* êje *wird durch* êe *zunächst* êê, *aus diesem
durch das den hiatus aufhebende* j - êja *und aus* êja - êa *im sg. loc. m.
n. der zusammengesetzten declination:* dobrê-jemь: adьstêêmъ *sup.*
348. 19. amidъstêêmъ 214. 3. blaženêêmъ 85. 29. božьstvьnêêmь
216. 9. usw. svoitьnêiêmь. tvoritvьnêiêmь. jedinoimenьnêiêmь.
nesobьnêiêmь svjat. für das richtige svoitьnêjamь usw. Sreznevskij,
Drevnie slav. pamjat. jusovago pisьma 179 der einleitung. seite 54.
vêčьnêamъ. grêšnêamъ. nebesnêamъ assem.; daneben besteht die
urform:* domovъnêeть. novêeть. crъk'vnêeть *zogr.* druzêeть.
istinьnêêть. jestьstvьnêêть. lukavьnêeть *greg.-naz.* 9. 16. 38. 236.
usw. Vergl. 3. seite 59. *Abweichend ist* êimь *aus* êjemь: glagola-
nêimь *greg.-naz.* 7. dobrêimь op. 2. 2. 78.

Denselben vorgang gewahren wir in dêêši: dêêši li, *etwa: lat.
ain'* μή 225. 18 *und ausserdem eilfmahl neben* dêješi 299. 15 *und
dem wohl fehlerhaften* deši 223. 3: vergl. nsl. djati dicere. *Die
gleiche bedeutung wie* dêêši li *hat* dêi li 329. 11, *das vielleicht mit*
dobrêimь *zu vergleichen ist.*

êja. *Aus* êja *wird* êê *im imperf. Aus der urform auf* êhъ *ent-
stehen nach der analogie der* a-*stämme erweiterte formen:* grędêhъ
(vergl. nsl. natrovuechu, tepechu fris. *für* natrovêhą, tepêhą), grę-
dêahъ *und daraus* grędêêhъ: grędêêše *sup.* 257. 29. jadêêše 201.
3; 218. 1. rastêêše 29. 19. bêêše 34. 7. bêêhą 116. 13. *Eben so*
mьnêêše 228. 17. trъpêêše 121. 12 usw. 3. seite 92. *Anders* ras-
tvarêêše 218. 1, d. i. rastvarjaješe.

b) aje. *Aus* aje *wird durch* ae - aa *im sg. gen. m. n. der zusam-
mengesetzten declination:* blagaago: galilejskaago. velikaago *zogr.
Daneben besteht in den ältesten denkmählern die urform:* byvъšaego.
drugaego. živaego *zogr.* 3. seite 59.

13

Dasselbe findet statt im praes. der verba V. 1: gnêvaaŝi *sup.*
300. 22. prêbyvaaŝi *36. 15.* sьvêŝtaaŝi *393. 21.* byvaatъ *263. 23.*
vьmêŝtaat' *347. 3.* vьskrêŝaatъ *355. 5 usw., éinmahl mit aufhebung*
des hiatus pominajatъ *151. 23.* podobaa *274. 9.* izbavьjatъ *197.*
22. für izbavьjaatъ. *In den späteren quellen nur* gnêvajeŝi *usw.*
Man beachte imaamь *habeo.* imaaŝi. imaatь. imaamъ *habemus.* imaate
ostrom.:. aus dem das praes.-e entbehrenden imamь, imaŝi *entstand*
imaamь *usw. 3. seite 113.*

     c) ije. ije *wird* ii, *das wie* iji *lautet, im sg. loc. m. n. der*
zusammengesetzten declination: vьskrьsъôiimь. kajętiimъ sę. poslêdь-
niimь *usw. Man merke* prêljubodêimь (vъ rodê semь prêljubo-
dêimь ἐν τῇ γενεᾷ ταύτῃ τῇ μοιχαλίδι *marc. 8. 38-zogr.) aus* prêlju-
bodêji-jemь. kajęteimь sę *luc. 15. 10-zogr. aus dem thema* kajęte
und jimь *aus* jemь: blagoslovêstvovanъŝeimь διὰ τῶν εὐαγγελισαμένων
1. petr. 1. 12-ŝiŝ. 193. ist der sg. instr. sg. m. 3. seite 59. 60. Die
urform auf i-jemь *kömmt nicht vor.*

     Im sg. i. m. n. der nomina auf jъ, jo *(ia):* kraimь *d. i.* kra-
jimь *aus* krajemь. kopiimь *d. i.* kopijimь *aus* kopijemь: bezumi-
imъ. bogočьstiimъ. govêniimъ. *Dasselbe tritt im dual. dat. instr.*
und im pl. dat. ein: kopiima. kopiimъ *3. seite 16. 23. Man beachte*
oleimь *neben* jeleomь *mladên. Diese erklärung ist möglich: ich halte*
jedoch an der seite 84. vorgetragenen als der wahrscheinlicheren fest,
nach welcher kraimь *aus* krajъmь *hervorgeht.*

     Älter als in den oben angeführten formen ist die assimilation
des ije *zu* iji, ii *und schliesslich durch contraction zu* i *in den meisten*
praesensformen der verba III. 2. und IV. Aus der I. sg. viždą,
hvalją *ergibt sich* vidją, hvalją *aus* vidiją, hvaliją; *darauf leitet*
auch hvaľjahъ, *da es auf* hvalijahъ *beruht: neben* prêstavľjenъ
besteht prêstavijenъ *sup. 11. 2. Die II. sg.* vidiŝi, hvaliŝi *setzt*
zunächst vidiiŝi, hvaliiŝi *aus* vidijeŝi, hvalijeŝi *voraus:* ii *erklärt*
das lange i *im s.* vidiŝ *und im č.* vidíš; *die urform ist im ns.* poro-
žijo, *aslov.* *porodijetъ, *erhalten. Der III. pl.* hvalętъ *gehen vorher*
hvalentъ, hvalintъ, hvaliintъ, hvalijentъ, hvalijontъ, *während die*
I. sg. hvalją *voraussetzt:* hvalją, hvalьją, hvaliją, hvalijom. *Die*
I. pl. hvalimъ *beruht auf* hvalijemъ, *wie* vedemъ *zeigt, während*
das partic. hvalimъ *aus* hvalijemъ, hvalijomъ *entsteht: ursprünglich*
ist allerdings auch statt vedemъ-vedomъ. *Das hohe alter der con-*
traction erklärt den mangel der erweichung, kein hvaľimъ. *Ursprüng-*
lich hat in den praesensformen zwischen bi *und* hvali *kein unterschied*
bestanden, daher bijeŝi, hvalijeŝi: *der unterschied ward wahrscheinlich*

durch den accent bewirkt: bijéši, hváliješi. *Zu diesen aufstellungen nötigt die geschichte der formen seite 133. Wenn man jedoch die II. sg. aor.* bi *wegen* nese *auf* bье. bьje. bije. bie. bii *zurückführt und die II. dual. aor.* vъzъpista *wegen* nesosta *aus* vъzъpьosta *usw. erklären will, so hat man vergessen, dass vocalische stimme keinen bindevocal annehmen, sondern den charakter des aorists* s, h *unmittelbar an die wurzel fügen, was ursprünglich auch consonantische stämme taten 3. seite 77.*

d) uje. uje *wird durch* ue *zu* uu *im sg. dat. m. n. der zusammengesetzten declination:* imąštjuumu *usw. Daneben besteht die urform:* imąštjuemu. ląkavъnuemu. slêpuemu *usw. zogr. 3. seite 59.*

e) au *wird* aa *in* vъnezaapъvą, *dem* zaupъva(ti) *zu grunde liegt.*

Mit unrecht wird assimilation angenommen in sąštii, *das aus* sąštei *entstehen soll, während die formen* sąšte *und* sąšti *neben einander bestehen. Dasselbe gilt von* vidêvъše *und* vidêvъši, *und ich halte die behauptung,* vidêvъšii *stehe für* vidêvъšei *für unrichtig. Vergl. Potebnja, Kъ istorii usw. 25. Auch die ansicht,* rąkąją, nąždają *seien aus* rąkoą, nąždoą; rąkoją, nąždeją *entstanden, kann ich nicht billigen:* rąką, nąždą *sind mir die älteren formen,* rąkąą *und* nąždąą, *die, den lebenden sprachen unbekannt, in den aslov. denkmühlern je nur éinmahl nachweisbar sind, halte ich für schreibfehler. Die veränderung tritt in dieser assimilation meist bei dem zweiten, nicht bei dem ersten vocale ein. Wenn man den unterschied zwischen* bery *aus* beronts, beront *und* žьnję *aus* žьnjonts, žьnjont *in der bei dem letzteren worte eintretenden assimilation sucht, so stehen dem die formen* žьnjąšti, žьnjąšta *usw. entgegen.*

4. B. a) jo. jo *geht in* je *über, indem das* o *dem dem* j *verwandten* i *näher gebracht wird: für unrichtig halte ich die ansicht, die veränderung des* o *in* e *stamme aus jener periode, wo dem* o *das* i *noch unmittelbar vorhergieng:* morje *aus* morjo, morio. *Dasselbe gilt von den aus der verbindung eines harten consonanten mit* j *hervorgegangenen consonanten:* lice *aus* likjo, likio. kričemь *aus* krikjemь, krikiomь. pišteją *erklärt sich aus* pitšeją, pitjeją: e *bleibt auch nach der metathese des* t *und* š. *Vergl. seite 17.*

b) jê. jê *wird in* ji *verwandelt.* ijê *geht in* iji *über, woraus* ij *und* i *werden kann, daher sg. loc.* krajê, konjê-krai, *d. i.* kraji. koñi. prêdanьjê: prêdanьi, prêdanii. *pl. l.* krajêhъ, konjêhъ-kraihъ, *d. i.* krajihъ. koñihъ. kopijêhъ: kopiihъ. kamenijêhъ: kameniihъ *zogr. sg. d. l. f. und du. nom. acc. f. n.:* stajê: stai, *d. i.* staji. kopijê: kopii, *d. i.* kopiji. *Im impt.* bijê, bijête: biji, *daraus* bij;

13*

bijite, *daraus* bijte: *vergl.* dělaj. dělajte; kupuj. kupujte *usw.*
Wann die contractionen bij, bijte *eintraten, darüber lässt uns die
aslov. schreibung in zweifel. Aus* hvalijê, hvalijête *entwickelten sich
die formen* hvaliji, hvalijite; hvali, hvalite, *heutzutage auch* hval,
hvalte *neben* pij, pijte. *Alt sind die seltenen formen* izbavii *libera
sup. 165. 13.* mǎčiite *excruciate 105. 3.* sъmotriimъ *consideremus
39. 17. In einer älteren periode ward* jê *durch* ja *ersetzt, es mochte* ê
durch dehnung des e *oder, wie im impt., aus altem* ai *erwachsen sein:
in dem letzteren falle ist* ja *auf den inlaut beschränkt, daher* piji,
pij *und* pijate *aus* pijaite *neben dem jüngeren* pijite, piite, pijte.

c) jy. jy *geht in* ji *über:* krajy: krai, *d. i.* kraji. konjy: koñi
aus konji. dêjanijy: dêjanii, *d. i.* dêjaniji. dobljyj: dobľij: *vergl.*
dobryj. *Anders verhält es sich mit dem pl. acc. der* ъ(a)- *und der
ä-stämme, so wie mit dem partic. praes. act., wo dem* raby, ryby,
grędy *die formen* mǎžę, dušę, kažę *gegenüberstehen, da dem* y
wie dem ę *hier altes* ą *entspricht. So deute ich auch* kamy *und* korę.
Vergl. seite 44.

d) ja. ja *wird nur selten in* je *verwandelt:* jenuarь *aus* januarь
ἰανουάρις. jehati *aus* jahati *seite 18.*

e) oa. oja *wird* aa, a. *nsl.* gospá *aus* gospoja, *aslov.* gospožda.
bati *se neben* bojati se.

f) oą. oją *wird* ąą, ą. *nsl.* gospô *aus* gospoją *sg. acc. und instr.*

g) oe. oje *wird* ee, e. *nsl.* dobrega *aus* dobrojega. dobremu *aus*
dobrojemu. dobrem *sg. loc. m. n. aus* dobrojemь. *nsl. findet sich
jedoch im osten auch* dobroga, dobromu, dobrom, *das im s. aus-
schliesslich gilt. Dass* dobrega *und* dobroga, *so wie* č. dobrého *nicht
nach der analogie der pronomina gebildet sind, ergibt sich aus dem*
č. dobrého *neben* toho, *aus dem s.* dobrôga *neben* toga *und dem
nsl.* dobrega *neben* togo *der freisinger denkmähler.*

E. Contraction.

*1. Die contraction besteht in der verschmelzung zweier gleicher
vocale in einen einzigen:* dobrago *aus* dobraago, *das aus* dobrajego
hervorgegangen ist.

a) êê *wird* ê: dobrêmь *aus* dobrêêmь *und dieses aus* dobrê-
jemь. vetъsêmь *cloz. I. 354.* grobьnêmь *755.* heruvimьscêmь *38.
Dasselbe tritt ein in* imêhъ *habebam aus* imêêhъ *und dieses aus*
imêahъ *3. seite 94.*

b) aa *wird* a: dobrago *aus* dobraago *und dieses aus* dobrajego.
Dagegen imaamь *aus* imamь, *nicht aus* imajemь; imaatъ *aus* imatъ,

nicht aus imajetъ *3. seite 113; ferners nsl.* gospa *aus* gospaa *und dieses aus* gospoja.

c) ii *wird* i: *sg. loc. m. n.* poslêdьńimь *aus* poslêdińiimь *und dieses aus* poslêdьńijemь; *pl. g.* velihъ *aus* veliihъ *und dieses aus* velijihъ; *pl. dat.* pogybъšimъ *aus* pogybъšiimъ *und dieses aus* pogybъšijimъ, pogybъšyjimъ; *eben so sg. instr.* govênimь *aus* govêniimь, *d. i.* govênijimь, *neben* рьsanimь *aus* рьsanьimь: рsanьimь *cloz I. 55.* ispytanimь *240.* bliscanimь *821.* podražanimь *sup. 62. 18. neben* cêlomądrъstviemь *406. und* hotêniimь *197; sg. loc.* рьsanii *neben* uceni *io. 7. 17.-zogr.* pogrebeni *cloz. I. 753 und* prêdanьi *248.* na ovьči *(für* ovьčii) kąpêli *zogr.; ferners* hvališi *aus* hvaliiši *und dieses aus* hvaliješi *seite 194: vergl.* primeši *cloz. I. 71. aus* priimeši: milosrъdi *prag.-frag. ist č.*

d) uu *wird* u: dobrumu *aus* dobruumu *und dieses aus* dobrujemu. vêčъnumu *cloz I. 153.* prъvumu *155.* drêvъnumu *599.* kradomumu *709.* gospodьskumu *914.*

e) ąą *wird* ą: *nsl.* gospô *sg. acc., d. i.* gospą, *aus* gospąą *und dieses aus* gospoją.

f) oo *wird* o: *s.* dobrôga *aus* dobrooga *und dieses aus* dobrojega.

g) oą *aus* oją *wird* ą: *diese contraction wird häufig im sg. i. der a-stämme angenommen:* rybą *aus* ryboą, ryboją: ryboją *soll das ursprüngliche sein: nach meiner ansicht sind beide auf verschiedenen stämmen beruhende formen gleich alt. Man beachte den sg. acc. f.* svoeą *in* vъniti vъ vnątrьneą kelią svoeą *pat.-mih. 27. b.*

h) ee *wird* e: *nsl.* dobrega *aus* dobreega *und dieses aus* dobrojega; *eben so č.* dobrého *aus* dobreeho *und dieses aus* dobrojeho. *p.* dobrem *aus* dobreem *und dieses aus* dobrojemь.

i) yi *wird* y: dobrymь *aus* dobryimь *und dieses aus* dobryjimь. *Den sg. nom. m.* добрꙑи, добрꙑ *erkläre ich aus* dobrъj, *das dem* dobryj *so zu grunde liegt wie* dobljъj *dem* dobłij *aus* dobljyj. *Für* ii, *d. i.* ij, *tritt oft* i *ein:* boži *cloz. I. 66.* krêpli *142.* luči *208. neben* bolii *148. 446.* krêplii *144.* lučii *197.* mьnii *148. und den ursprünglichen* bolьi *3. 4.* lučьi *227. für* lučьi *und* gorьi *cloz. II.* boži *assem.* bolii *sav.-kn. 84.* poslêdьnъi *70. für* poslêdьnьi. bolъi *svrl. für* bolьi. bolii. mьnii *neben* bolьi *greg.-naz.*

k) Stämme auf ija *gehen zunächst in* iji *über, woraus sich leicht* ij *entwickelt, das in* i *übergeht:* moъi, mlъni *luc. 17. 24.-zogr.* bali *cloz. I. 200.* sądi *933. Ich nehme an* balija. baliji. balii, bali. *nsl.* bali *fris.*

*Contraction ist auch in jenen ъ(a)-, o- und a-stämmen ein-
getreten, in denen dem auslaut ehedem j vorhergieng: коńь ent-
steht aus* konjъ *und dieses · aus* konio, konijo, konьjo, *ursprach-
lich -ia: neben* prozmonaŕь *findet man* prozmonarij. polje *aus* polio,
polijo, polьo, *ursprachlich gleichfalls -ia;* piŝta *aus* pitia, pitija,
pitьja, *pitja, ursprachlich -iä. Dieselbe erscheinung gewahren wir in*
gorją, hvalją, strażdą *aus* goria, gorija, gorьją *usw.*

F. Schwächung.

*Das herabsinken des ursprachlichen i und u zu ь und ъ ist als
schwächung anzusehen. Diese schwächung ist urslavisch, nicht vor-
slavisch seite 109. 141; dasselbe gilt von dem herabsinken des e und
o zu ь und ъ seite 19. 76, und nicht minder von dem herabsinken des
slavischen i zu ь seite 117. so wie des ê zu i seite 133.*

G. Einschaltung von vocalen.

*Bestimmte consonantengruppen werden durch vocale getrennt:
so wird e zwischen ž und* r, l *eingeschaltet:* želêzo *aus* žlêzo *usw.
seite 19.*

H. Aus- und abfall von vocalen.

*Als regel gilt, dass der vocalische auslaut von stämmen vor
vocalischen anlauten von suffixen abfällt:* sądiište *aus* sądij(a)ište.
velijstvo *aus* velij(ъ)ьstvo. razląka *aus* razląk(i)a. polagati *aus*
polog(i)ati. *Nach* j *fällt* ъ *ab:* moj *aus* mojъ. kraj *aus* krajъ.
Dasselbe tritt in koŋь, plaštь *usw. ein:* konjъ. plastjъ.

I. Vermeidung des vocalischen anlautes.

*Vocalischer anlaut wird in vielen fällen gemieden. So gibt es
kein wort, das mit* ь *oder* ъ *anlautete, jenes wird zu* i, *dieses zu* y,
*das gleichfalls im anlaute nicht stehen kann, sondern den vorschlag
eines* v *erhält:* imą *prehendam aus* ьmą. vykną *discam aus* ykną
und dieses aus ъkną *seite 123. 155; auch* ê *ist dem anlaute fremd,
es mag aus* e(a) *oder aus* i *hervorgehen: es erhält den vorschlag
eines* j *und geht nach gewöhnlicher vorstellung in* a *über:* jadь esca
aus êdь, jêdь, *w. ad, slav. ed seite 53. Richtiger ist es zu sagen,
in ja sei der ursprüngliche laut erhalten, der sonst häufig in* ê *ver-
wandelt wird. Dass e im anlaut in je übergeht, ist seite 7. gesagt:*
daher jevga εὖα. jevorgetica εὐεργέτης. jevreinъ ἑβραῖος. jevtuhъ

εὔτυχος. jegupьtъ aἴγυπτος. jedemъ ἐδέμ. jeléj ἔλαιον usw. Auch in
jelenь. jesmь. jeżь beruht j auf dem slavischen lautgesetze: man
vergleiche nsl. iezem, gezim, gezm, ie fris. Daraus, dass anlautendes
e durch je ersetzt werden muss, folgt, dass auch anlautendes ę den
vorschlag eines j erhält: jędijaninъ indus aus endijaninъ. jęti pre-
hendere aus emti. jętro hepar. jęza neben ęza assem.: in vęzati ligare
— jęzati kömmt nicht vor — scheint v auf vęza zu beruhen. a kann
im anlaute stehen: a sed. abije statim. ablъko pomum. agnę agnus.
azъ ego. armeninъ armenus. ašte si. ašjutь frustra. aijerъ aër;
daneben jablъko. jagnę. jazъ. jarmeninъ. jašte. jašjutь. jajerъskъ,
nie etwa jabije. Slavischen ursprungs ist j auch in jabedьnikъ, anord.
embǽtti, älter wohl amb-. jagoda neben agoda granum sav.-kn. 19.
jajce neben ajce sav.-kn. 54. jarъmъ. jarьcь. jasika. jasinъ ἀλινός
usw. Dagegen steht akъ. amo für jakъ. jamo: w. jъ. Dieselbe rolle,
die j bei a, spielt v bei ą: ątъkъ neben vątъkъ. ągrinъ neben
vągrinъ. ąsъ neben vąsъ. ąsěnica neben vąsěnica usw. Die vocale,
die im aslov. von ihrer stellung im anlaute nicht verdrängt werden,
sind demnach i. o. u: izъ. onъ. uho usw. u verliert manchmahl
stammhaftes j: u neben ju iam. uha op. 2. 3. 24. neben juha. uli-
janъ lam. 1. 28. Ἰουλιανός. Auch das lit. meidet häufig vocalischen
anlaut Kurschat 30. gąsěnica findet sich neben vąsěnica: p. gąsienica
neben wąsionka. gążvica vimen scheint mit vęzati verwandt: nsl. gôža.
b. gъžvъ turban. s. gužva. klr. huž bibl. I. č. houžev, womit rumun.
gъnž funis e libro zu vergleichen ist: ngriech. γουστερίτσα neben βοστε-
ρίτσα ist nsl. guščer. s. gušter. Man beachte lit. giventi, viventi
Bezzenberger 74.

K. Vermeidung der diphthonge.

Das aslov. besitzt keine diphthonge: es ersetzt diese durch mit
j und v schliessende silben: kitovrasъ in r. quellen κένταυρος, woraus
später kentavrъ. lavra λαύρα vicus, monasterium. pevgъ πεύκη:
daneben peўgъ men.-serb. pevъkinъ. sveklъ σεύτλον beta. p. ćwikła:
lit. sviklas ist entlehnt. sveklъ beruht auf sevklъ, so wie hvatiti
aus havtiti entstanden ist seite 181. nsl. mavra, mavrica regenbogen:
griech. μαῦρος. mota: nhd. maut. pavel: lat. paulus usw.

L. Wortaccent.

Da die ältesten aslov. denkmähler den ton nicht bezeichnen, so
ist uns nicht bekannt, welche silbe eines mehrsilbigen wortes den ton
hatte. Nur im glag.-kiov. haben einige silben ein zeichen über sich, das

man als tonzeichen anzusehen geneigt sein kann. Das in mehr als éiner bezeichnung interessante denkmahl setzt den acut, seltener den gravis: čьstęcè 536. dóstojni 532. ési 533. 537. izbavleniê 533. izdrêšeniê 531. marìi 538. mǎčeniê 530. molítvǫ 532. napłьneni 531. náše 534. nášê·532. 535. náši 533. nášimь 532. nebesьscêi 533. nosímъ 531. očiščenie 535. očiščeniê 532. očisti 537. otъdážь 534. otъrádъša 533. podážь 531. 535. pomílova 531. prósi 532. prósimъ 532. razdrêšenie 535. silahъ, silу 537. svétън 532. svójǫ 531. svoéjǫ, svóę 537. sъdravie 533. sъpáseniê 531. sъtvorí 538. tébê 532. 533. 536. têlese 531. tvóê, tvóę 532. tvoíhъ 537. upъvanie 532. uslýši 532. utvrьdí 537. vêčьnáê 532. vêčьnêmь 531. výšьnimi 532. [vъ]nьmémъ 532. *Jene zeichen finden sich auch über einsilbigen worten:* dà 530. 532. 533. dázь námъ 537. ì 535. ésmъ 533. ná balьstvo 534. námъ 531. 532. 533. 534. 535. 536. násъ 532. 534. 535. nášь 535. нъi, нъи 531. 532. 535. 536. 537. nь̀ 538. sь̀ 533. tò 536. *Man beachte* vúse 531. vьsëhъ 537.

M. Länge und kürze der vocale.

Über länge und kürze der vocale im altslovenischen lassen sich nur hypothesen aufstellen.

ZWEITER TEIL.

Consonantismus.

Den arischen sprachen liegen folgende consonanten zu grunde: r, aus welchem sich schon früh teilweise l entwickelte, n; t, d, dh; p, b, bh, v, m; k, g, gh; s und j. Die aspirierten consonanten dh, bh, gh haben im slav. die aspiration eingebüsst. Aus k, g, gh entwickeln sich teils ts, das durch c bezeichnet wird, und dz, das regelmässig seinen anlaut abwirft; teils tš, wofür č geschrieben wird, und dž, dessen d gleichfalls abfällt; s geht in vielen fällen in h über: aus diesem wie aus s entsteht unter bestimmten bedingungen š. Daraus ergeben sich folgende consonantenclassen: A. r. l. n. B. t. d. C. p. b. v. m. D. k. g. h. E. c. z. s. F. č. ž. š und j. Die consonanten sind hier nicht nach ihrer physiologischen, sondern nach der in der slavischen lautlehre massgebenden qualität geordnet: es bilden daher r mit l und n eine besondere classe usw.

Erstes capitel.

Die einzelnen consonanten.

Die slavische grammatik hat in diesem teile die aufgabe die schicksale der consonanten der arischen ursprache in den slavischen sprachen darzulegen. Sie wird daher nachzuweisen suchen, dass und unter welchen bedingungen aus r in den verschiedenen slavischen sprachen ŕ, rj, ř entsteht: moŕe, nsl. morje, č. moře.

Die consonantenclassen benenne ich nach dem ersten consonanten der reihe und spreche demnach von r-consonanten, von t-consonanten usw. Der grund dieser abweichung von den von vielen sprachforschern angenommenen benennungen liegt darin, dass physiologische namen der *in der slavischen lautlehre zusammenzufassenden consonanten fehlen: so ist physiologisch r eben ein r-laut, n hingegen ein nasaler tönender dauerlaut, sie gehören demnach physiologisch in verschiedene kategorien, während sie in der slavischen lautlehre nicht getrennt werden können, weil sie meist denselben gesetzen folgen.*

A. Die r-consonanten.

Die r-consonanten sind r, l, n. *Sie sind der erweichung fähig, welche in der verschmelzung derselben mit folgendem j besteht, und dann eintritt, wenn auf j ein vocal folgt:* more *aus* morje *usw. Sie haben auch die eigentümlichkeit mit einander gemein, dass sie in vielen slavischen sprachen nicht vor consonanten stehen können: aus* mertъ *entsteht in diesen sprachen* mrъtъ: *sъmrъtъ* more; *aus* merti *entspringt* mrêti *neben* r. meretь; *aus* smordъ *entwickelt sich* smradъ. *Aus* penti *wird* pęti, *aus* ponto *pąto usw.*

B. Die t-consonanten.

Die t-consonanten sind t, d. *Die slavischen sprachen dulden die combination* tja, dja *nicht:* tja, dja *werden nach verschiedenheit der sprachen auf verschiedene weise ersetzt:* pitja *wird aslov.* pišta *aus* pitja, pitža, pižta; č. pice *aus* pitza, pitsa *usw.*

C. Die p-consonanten.

Die p-consonanten sind p, b, v, m. *Mehrere slavische sprachen dulden nicht die lautverbindungen* pja, bja, vja, mja: *diese lautgruppen werden, allerdings erst in einer jüngeren periode, ersetzt durch* plja, blja *usw. Archaistisch sind die formen* pija, bija; pьja, bьja *usw.*

D. Die k-consonanten.

Die k-consonanten sind k, g *und das auf slavischem boden aus* s *hervorgegangene* h: k, g, h *hatten im hinteren gaumen ihre articulationsstelle, konnten daher mit einem nachfolgenden hellen vocale, der ja seine articulationsstelle im vorderen gaumen hat, nicht gesprochen werden. Dies hatte eine veränderung der k-laute zur folge:* k, g, h *mussten in* c *aus* ts, z *aus* dz *und* s *oder in* č *aus* tš, ž *aus* dž *und* š *übergehen:* duhi *wurde* dusi, duhe *hingegen* duše. c *und* č, z *und* ž *entspringen stets aus* k *und* g: *dagegen besteht neben dem aus* h *entsprungenen* s *auch ein ursprüngliches und ein aus einem ursprünglichen* k (aind. s) *entstandenes* s: dusi *aus* duhi; svoj *aus* sva; sъto *aus* kъta, aind. sata. *In gleicher weise besitzen die sla-*

vischen sprachen neben dem aus g auf slavischem boden entstandenen z ein aus ursprachlichem gñ hervorgegangenes: mъnozi *aus* mъnogì; vezą *aus* vahâmi, *ursprachlich* vaghâmi. *Es ist demnach zweckmässig, noch eine* c- *und eine* č-classe *aufzustellen.*

E. Die c-consonanten.

Die c-consonanten *sind dem gesagten gemäss* c, z, s.

F. Die č-consonanten.

Die č-consonanten *sind* č, ž, š. *Hieher gehört in der slavischen lautlehre* j.

A. Die r-consonanten.

1. r *und* n *lauten im aslov. wie in den lebenden slavischen sprachen. Hinsichtlich des* l *ist zu bemerken, dass in den slavischen sprachen ein dreifaches* l *unterschieden werden muss: das weiche:* nsl. ljudje; *das mittlere, deutsche:* nsl. letêti; *das harte:* pol. łani. *Die meisten slavischen sprachen besitzen nur zwei* l-laute: l *und* ł, *wie etwa russisch, oder* l *und* ł, *wie* nslov. *Im* klruss. *unterscheidet man* ł, ł *und* l: *das letzte ist jedoch ziemlich selten. Zu den sprachen, welche* ł, ł *und* l *besassen, mag das* aslov. *gehört haben: dass in* ljudije *das anlautende* lj *wie* ł *gesprochen wurde, ist unzweifelhaft; ebenso sicher ist die aussprache des* l *in* letêti, *das nie* łetêti *geschrieben wird; dagegen ist nicht festzustellen, ob* лани łani *oder* lani *gelautet hat. Das* l *entlehnter wörter ist in vielen fällen ein* ł: avełê. izdrailê (ilê) *sg. gen.;* izdrailju (ilju). izdrailevъ (ilevъ). mełьhievъ *zogr.* avełь *sup.* 224. 27. uałi *sg. loc. neben* uala 141. 15. izdraiłь 256. 12. izdraiłevъ 239. 18. izdrałitъskъ 144. 11. izdrałitêninъ 256. 8. antinopołь 288. 20. antinopołi 114. 26. dekapołitъskъ 97. 29. skythopołьskъ 211. 23. eỹaggełistъ 70. 8. rahiiłь 286. 25; łegeonъ 350. 22, *das wohl für* legeonъ *steht.* izrailê *sg. gen. svrl. In mehreren der angeführten worte erwartet man* l *für* ł: izdrailitъskъ. antipolь. dekapolitъskъ. rahiilь.

In den gruppen ri, re, rę; li, le, lę *und* ni, ne, nę *haben* r, l, n *ihren einfachen, unerweichten laut. Bei den gruppen* rь, lь *und* . nь *ist zu unterscheiden, ob dieselben aus* rjъ, ljъ, njъ *oder aus* ri, li, ni *hervorgegangen sind: im ersteren falle sind* r, l, n, *wie im folgenden gezeigt wird, weich, daher* cêsařь, mołь, konь; *im letzteren falle ist anzunehmen, dass das* ь *als halbes* i *gehört wurde, da man sonst bei der notwendigen annahme nicht weicher aussprache die regelmässige*

anwendung des ь nicht zu erklären vermöchte: zvêrь, obrêtêlь, danь.
Die erweichung ist durch das fehlen des ˆ ausgeschlossen.

2. *Eine grosse anzahl von veränderungen der consonanten werden durch deren verbindung mit anderen consonanten veranlasst. Hier werden jene consonantengruppen behandelt, in denen* r, l, n *die erste stelle einnehmen. Von diesen verbindungen werden vor allem jene erwogen, in denen auf* r, l, n *ein* j, d. i. *eine mit* j *anlautende silbe folgt; worauf jene verbindungen behandelt werden, in denen* r, l, n *vor anderen consonanten stehen.*

3. *Wenn auf die consonanten* r, l, n *eine mit* j *anlautende silbe folgt, so erleiden* r, l, n *jene modification des lautes, die man erweichung (mouillierung) nennt. Sie besteht in der verschmelzung des* r, l, n *mit* j *Brücke 93. Im aslov. unterliegen* nur r, l, n *der erweichten aussprache.*

4. *Die weiche aussprache wird dadurch bezeichnet, dass* r, l, n *das zeichen ˆ erhalten:* ŕ, ĺ, ń; *oder durch die praejotierung des folgenden vocals:* rja, lja, njя, *kyrill.* ря, ля, ня: *häufig werden beide bezeichnungsweisen zugleich angewandt:* varją. ĺjutê *luc.* 11. 53-zogr. *Selten ist* na nьи *men.-vuk. für* na nju, na nją. utrêšnьi (dnъ) *ev.-dêč.* 390. *für* utrêšńij. *Häufig wird die erweichung unbezeichnet gelassen.* a) *Die erste bezeichnungsart ist bei* i *und* ъ *die einzig mögliche, da die schrift eine praejotierung der vocale* i *und* ъ *nicht kennt:* kъńiga *aus* kъnjiga. grъdyńi. magdalyńi μαγδαληνή. pustyńi. rabyńi. voŕi. moŕi *marc.* 5. 13. овъŕi *adj.* domašьńii. drevьńiimъ. drevьńimъ. gospodьńi (gńi). okrъstъńiihъ *marc.* 6. 36. poslêdьńi. poslêdьńii. utrьńi. boŕii. mьńii. mьńi. mъńii. въ ńiтъ. prêdъ ńimi. o ńihъ. posъŕi *mitte.* — pŕьvati. dêlateŕь *aus* dêlateljь. krьstiteŕь. sъvêdêteŕьstvьê. iêkovŕь. matusaŕь. salaњь. simoњь. таraњь. rabyњь. ogńь *aus* ognjь *neben* ognь, *daher sg. gen.* ognja *neben* ogni. ogńьnają. ogńьną. mьńьšmi. ńь: въ ńьže domъ vьnidete *luc.* 10. 5. razdêŕь *partic. praet. act.* I. Ebenso moŕe. ogńemъ. dêlateŕe. dêlateŕemъ. sъvêdêteŕe. težateŕemъ. žeteŕe. maleleiŕevъ μαλελεήλ *luc.* 3. 37. salatiŕevъ. vъnątrьńee. vьnêšьńee. boŕe. mьńe. za ńe. bežńego. kъ ńemu. po ńemь. отъ ńeližc. bêŕena. cêńenaego. icêŕeny. okameńeno. povaрńeomъ. gońeniju. huŕenie. okameńenii. pomyšŕeniê. vlъńeniju. dovьŕetъ. rosъŕetъ. vъzglagoŕete. dêlateŕe. roditeŕe. težateŕe. rabyńe. voŕe. okrъstъńeję. vьnêšьńeję. solomońe. na ńe. vь ńe. o ńe. žьńę. žьńęi. voŕą. sъtvoŕą *zogr.* b) *Die zweite bezeichnungsart tritt teils allein, teils und zwar öfter mit der ersten combiniert ein:* 1. burê (*d. i.* burja) *marc.* 4. 37. gospodьnê (gnê).

cêsarê *(cr̃ê)*. rybarê. večeréhъ *marc. 12. 39.* varĉję ςθάνων. pomyšlêjątъ. razdêlêję sę. tvorêaše. sъtvarêaše, sъtvarêahą, *d. i.* -rjaa-. cêsarju (cr̃ju). morju. prêmьnjają. *2.* ponêvica. avelê *subst.* krstitelê, krьstitelê. ognê. mytarê. pastyrê. rybarê. sарьrê. sъvęzьnê. pьrê *luc. 22. 24.* гaзрьrê *io. 10. 19.* vоlê. morê. gomorênemъ *marc. 6. 11.* dьnesъnêago. iskrьnêego. poslêdьnêê. poslêdьnêa. simonê. vyšьnêego. vyšnêego. vyšьnêgo. vъnątrьnêa. nynê, *d. i.* nynja. sъblažnêetъ *neben* blažnĉahą *und* sъblažnaetъ. vъzbranêjąšta. cêlêaše. icêlêahą *marc. 6. 13.* udvarêaše. izganĉahą. hranêaše. poklanêahą, prêklanêti. molêaše. domyšlêaše sę. pomyšlêete *neben* pomyšlêjątъ. osênêję. slavlêhą. ostavlêti. tvorêaše. valêaše. zaklȷuči. lȷuby. lȷudie. lȷutê. ol'tarju. učitelȷu. morju. vъ nȷę. milostynją. volȷą. kromêšьnjają. na nją. pomolȷą sę, razorȷą, rosъlȷą. tvorȷą. varȷą. velȷą. prozьrȷą. žnȷjątъ. glagolȷąštei.

Die erweichung bleibt häufig unbezeichnet: mytarc. mytaremъ. ognemъ. ol'taremь. sарьгemь. more. gore. iž-nejеže. o nemьže. rosъletъ. tvorena. tune. kniga. rybari. mori. grъdyni. poganyni. drevlьniihъ. drevlьnihъ. drevьniimъ. poslêdьnii. utrьnii. vyšьniihъ. bližьnęję. večerą. sъtvorą. vъžlȷublą. cêsarь (cr̃ь). mytarь. sъvêdêtelьstvo. gospodьnь (gn̄ь). ognьnêj. gorьši. morьskaago *zogr. Unrichtig ist die erweichung in* obitêlъ. pečalъ. zelii *matth. 13. 32.* svinij *pl. gen. matth. 8. 30.* svinêmi, *wofür auch* svinję, svinьję. mnê *mihi. zogr.*

In den glagolitischen denkmählern ausser dem zogr. findet sich das erweichungszeichen nur sporadisch angewandt: cloz. I. nynê *412. neben* nynê *411.* dьnesъnêgo *427.* -nejže *234.* tune *233. Häufiger ist die praejotierung:* cêsarê *50. 51. 843. 861. d. i.* cêsarja. sъmirêjąštei *514.* okarêjemy *686.* zatvarêjąštъ *729.* cêsarjuetъ *677. In den meisten fällen wird die erweichung unbezeichnet gelassen:* more *565.* bratrьne *522,* za ne *quia 1. 210. 289. 290. 451.* vьselenąją. gospodьnu (gn̄u). volą *402.* glagolą (glą) *190.* molą *452.* glagoląšte (gląšte) *246.* gubitelь *315.* propovêdatelь *661.* svoboditelь *806.* sъvêdêtelь *72. 718.* sąditelь *642.* vъ nъ *usw.*

Unter den kyrillischen denkmählern wetteifert der sup. mit dem zogr. in der genauigkeit der bezeichnung der weichen consonanten. a) kъniga *15. 25.* knihčii *103. 9.* niva *288. 10.* blagyni *82. 29.* magdalyni *334. 15.* ognь *loc. 4. 14:* ognь *8. 10.* bani *56. 8.* voli *95. 29.* nedêli *209. 5.* koni *2. 14; 44. 2.* konihъ *22. 19.* čistiteli *161. 5.* učiteli *225. 24.* bezumli *20. 19.* dijavoli *50. 7.* her'soni *414. 20.* poslêdьnimь *247. 23.* siuni *239. 9.* tomiteli *dual. acc. f,*

neben pomyšľêti *190. 18.* vъzbrańjati *22. 4. neben* vъzbrańêti *70. 19.* isplъńjenъ *54. 17.* hristoľjubivъ *293. 20.* mǫčiteľię *339. 6. d. i.* mǫčiteľję. daľję *210. 18.* poslêdьńjeję *273. 11.* glagoľję *225. 8.* poklońją *5. 18. c)* more *260. 6.* cêsare *261. 12. - ne 125. 7.* kniga *139. 4.* klučь *174. 10.* neklučimъ *274. 1. neben* ključь *385. 7.* neključimъ *115. 5.* iraklu *133. 3.* ognu *193. 1. usw.:* ognьmъ *309. 22. und* ognъ *408. 7. für* ognь *können mit dem zur i-decl. gehörenden* ognь *zusammenhangen. Unrichtig ist die erweichung des ersten* l *in* cêľiteľь *323. 20; des* l *in* obrêtêľь *288. 20; in* antinopoľi *114. 19; 114. 26 neben* antinopoli *114. 22; des* n *in* ogńi *sg. gen. dat. und pl. acc. 108. 4; 165. 13; 230. 18; des* n *in* dьńeйьnjaago *147. 16. für* dьnešьnjaago; *ńikejakyj 79. 2; des* l *in* voľęi *197. 24. vom thema* voli: *dasselbe gilt von* końьčati *149. 27. und* prêľъštati *1. 13. izv. 1. 92.*

Die bezeichnung der erweichung durch ´ *findet man auch in russ. quellen:* žeńьńьмь *(für* żeńьńьмь γυναικός) prêlъšteniemь *greg.-naz. 251.* zemľi. uńe *usw.* svjat. Sreznevskij, Drev. slavj. pamj. jus. pisьma 179 der einleitung. zemľę izv. 10. 421. samuiľevy 469. sъtrêľjati 475. povêdateľь 479. drêvľьnjuą 480. Ostrom. wendet hie und da das erweichungszeichen an: boľe. za ńe. na ńegože. kъ ńemu. po ńemъ. glagoľetь. ispъlńenija; in den meisten fällen wird die praejotation angewandt; in manchen fällen die erweichung unbezeichnet gelassen: gore. bura. kesara. cêsaга. enuara. fevrуaга. samaraninъ neben samarjaninъ, samarêninъ. večerają neben večerjahъ. al'tara. oktębra neben oktębrja. cêsaru neben cêsarju. večerą. tvorą neben tvorją. prozъrą. razorą neben razorju. udarajte.

5. Da die erweichung der laute r, l, n in deren verbindung mit unmittelbar darauf folgendem j besteht, so ist die erweichung durch ein auf die genannten consonanten folgendes ja, je, ju usw. bedingt, da ein j nach r, l, n nur in dieser verbindung vorkömmt, daher gońenъ, gonjenъ pulsus aus goni-j-e-nъ, gonь-j-e-nъ, gon-j-e-nъ; rybaгa, rybarja piscatoris aus rybaria. Wenn i und ь auf erweichtes r, l, n folgen, so sind sie aus praejotierten vocalen hervorgegangen: sg. nom. pustyńi beruht auf dem thema pustynja, dessen auslaut a in i übergegangen; dem sg. nom. gospodьńь domini liegt das thema gospodьnjъ zu grunde, dessen auslaut abgefallen; razdêľь χωρίσας ist aus dem thema razdêli und dem suffixe ūs hervorgegangen: razdêli-ūs, dessen s abfällt: razdêliū, razdêljь. Daher der unterschied zwischen dem n in końь und dem in dьnь, da jenes auf konjъ, dieses auf dьnь für altes dьnĭ, nicht etwa dьnjъ, beruht. Auch in den romanischen sprachen

*entspringt, wie es scheint, ausschliesslich, die erweichung aus der ver-
bindung des l, n mit ja, je, ji usw.: it. vigna* (viña) *aus vinja,
vinea; vegnente; figlio usw. Diez 1. 324, daher fz. ville aus villa
mit unerweichtem, fille aus filia mit erweichtem l. Romanische sprachen
erweichen* l *und* n *nur in den bezeichneten fällen; einige slavische
sprachen gehen viel weiter und lassen die erweichung von* r, l, n
auch vor e *und* i *eintreten: nslov. kroat. und serb. beschränken die
erweichung auf dieselbe weise wie das aslov., daher nslv.* konj (koń)
neben dan, den: ŕ, *das schon im aslov. zu schwinden und dem* r *zu
weichen begann, wird im nslov. entweder durch* r *oder durch* rj, *d. i.
durch die verbindung des* r *mit einem davon deutlich unterschiedenen*
j, *ersetzt:* cesarja *im westen und* cesara *im osten: die vertretung
des aslov.* ŕ *durch* rj *hat ein analogon im čech.* ŕ *und im pol.* rz.
*Man beachte, dass auch andere consonantenclassen durch die ver-
bindung mit praejotierten vocalen eigentümliche veränderungen erleiden:
aus* rъdja *wird* rъžda, *aus* kapja - kaplja, *d. i.* kapľa; *aus* nosją-
nošą. *In allen diesen fällen haben starke zusammenziehungen statt-
gefunden:* kapja *ist aus* kapija *hervorgegangen und für* konjъ *ist
eine form* konijъ, konija *vorauszusetzen, wie neben dem sg. gen.*
savorja *sup. 186. 15.* savorija *197. 27. besteht.*

6. *Weiches* r, l, n *findet sich im thematischen teile der wörter:*
kъńiga, ńiva, ljubъ, ljudije, ljutъ, ključъ, kljunъ, kljusę *iumentum,*
plьvati. *Viel häufiger sind diese laute in dem stamm- und wortbilden-
den teile: I.* bogomolь *religiosus.* -molijъ: *th.* moli. volja *voluntas
aus* volija. molь *tinea.* dijavolь *diaboli.* vepŕь *aper.* klevetaŕь *accu-
sator.* grъnьčaŕь *figulus.* mêhyŕь *vesica.* srebrodêlь *argentarius.*
sokalь *coquus.* zovolь *wohl: cantor.* grъnylь *fornax.* obidьĺь *qui
iniuriam infert.* činjenъ *compositus aus* činijenъ. stêńь *umbra.*
bogynja, *sg. nom.* bogyńi, *dea.* blagodêtelь *benefactor.* pastyŕь
pastor. stelję *sternens aus* stelją, steljont. mьńьšь *minor aus* mьn[ъ]
-jъsjъ: kupľь ἀγοράσας *aus* kupi-ъs. strêljati *sagittas iacere. Vergl.
2. seite 41. 44. 72. 73. 87. 89. 93. 105. 107; 3. 113. 115. 120.
143. 175. 177. 202. 322. 328. 458. II.* melją *molo.* velją *volo.*
hvalją *laudo;* hvaljaahъ *laudabam.* kolją *macto;* kolješi *mactas;*
koľi *macta;* koljaahъ *mactabam. Vergl. 3. seite 107. 113. 115. 120.*

7. *Die erweichung bleibt vor allem häufig beim* r *unbezeichnet, bei
dem sie schon sehr früh mag geschwunden sein:* more *sup. 260. 6.*
cêsare *261. 12.* umorenъ *137. 4.* vъperenъ *318. 7.* tvorenъ *36. 9.*
tvorenьe *422. 10.* cêsarę *49. 21.* mytarę *360. 4.* burą *360. 3.*
cêsarą *caesaream 188. 15.* vъzъrą *408. 16.* tvorą *47. 28.* umorą

144. 27. razorą *356. 7.* mytara *390. 21.* bura *57. 27.* utvaraje *314. 12.* zatvaraješi *345. 3.* pritvarajetъ *377. 6.* morý *58. 1. usw.*

Aus dergleichen schreibungen, die wohl nicht alle der nachlässigkeit der schreiber zur last gelegt werden können, darf gefolgert werden, dass die erweichung des r im aslov. frühzeitig zu schwinden begann, ein satz, dessen bestätigung im nslov. und serb. zu finden ist. Am seltensten wird r vor e als erweicht bezeichnet: o gorje tebê *hom.-mih. 14.* morje mladên. *256. prol.-rad. 109. Die hieher gehörigen entlehnten nomina schwanken zwischen der declination* rabъ *und* konjъ *3. seite 9. 10, daher pl. dat.* kumiromъ *20. 7. neben* kumiremъ *5. 18. pl. loc.* kumirêhъ *65. 27. sg. loc.* lazarê *222. 10. neben* lazari *229. 30.* lazarovъ *225. 9. Von geringer bedeutung sind formen wie* kumira *26. 1. neben* kumirê *16. 12, d. i.* kumirja. lazara *249. 27. neben* lazarja *345. 20.* manastyra *212. 26.* monastyra *138. 6. neben* manastyrê *32. 2.* monastyrê *398. 24.* petrahilь ἐπιτραχήλιον, *d. i.* petrahilь, *hat* petrahilemь, petrahiljemь *prol.-rad. 145.*

8. Aus ungenauer schreibung entspringen folgende formen: glȩ. glą. glątъ. glašta. glašte. glaštemъ. molą sȩ. vъlątъ. volą. gną. vъčerašьnejȩ *cloz.* glȩ. kleplȩ. nedêlȩ. na nȩ. samarênynȩ. volȩ. vyšnejȩ. žьnȩi *assem.* glą. sъmirająštei. umolą. na ną. vъ nąže mêrą. upodoblą. tvorą. velą *66.* žьнątъ. glȩ. vъ nъ *7.* moru *21. sav.-kn.* cêlaahu se *luc. 6. 18.* cêlašc *1. 19.-nic.*

9. Falsch, d. i. unslovenisch, ist die erweichung in gujetątь, pogybňetь *ostrom.* vъ pljesnê *svjat. lam. 1. 104.* rimΓjaňemъ *svjat.* progňêva *svjat. usw.* Sreznevskij, Drev. slavj. pamj. jus. pisьma *179 der einleitung.* gospodьна. javlajuštu. poklanajemuju. poklananije. projavlahu *krmč.-mih. Befremdend ist* razljučaete *cloz. I. 133.*

10. Wenn auf r, l, n *ein anderer consonant folgt als* j, *dann ist zwischen den formen* tert, telt; tort, tolt *einer- und den formen* ent, ont *andererseits zu unterscheiden.*

a) die formen tert, telt *gehen entweder in* trъt, tlъt, *d. i.* trt, tlt, *über oder erhalten sich als* tert, telt, *oder sie werden ersetzt durch* trêt, tlêt; teret, telet; tret, tlet; *die formen* tort, tolt *gehen in* trat, tlat; torot, tolot; trot, tlot *über. Vergl. seite 29. 84. Der grund dieser veränderungen liegt in den sprachwerkzeugen der slavischen völker, denen teilweise die aussprache von silben auf* rt, lt *minder bequem ist. Formen wie* trъt, tlъt, *d. i.* trt, tlt, *finden sich auch in entlehnten worten:* iprъveretêj ὑπερβερεταῖος *krmč.-mih.* prъsida persia. grъskъ persicus neben *persьskъ. prъvarь februarius, das eine form fervarius voraussetzt.* mlъhъ μοχλός, *das auf einer*

form μολχός *beruht. Neben dem richtigen* perьnatъ *alatus findet sich*
prьnatъ, prьnatъ *aus* pernatъ. *Geringer als die zahl der aus* tert,
telt *entstandenen worte mit silbenbildendem* r, l *ist die zahl jener
hieher gehörigen worte, deren slavische urform* trĭt, trŭt *ist: aus*
krĭs *wird* vъskrъsnąti *excitari wie aus dem griech.* τριμίσιον
trъmisъ, *wohl* trъmisъ *vergl. seite 119. Neben* crъky *besteht* cirky
(cirъkъve *glag.-kiov. 536); aus* blŭha *wird* blьha *pulex usw. Vergl.
seite 149.*

Dass schon aslov. brzъ, vъskrsnąti, blha *gesprochen wurde,
ergibt sich nicht nur daraus, dass im nsl. kr. s. und č., ehedem und
teilweise noch jetzt im b.* r *und* l *in dergleichen worten silbenbildend
auftreten oder auftraten, sondern auch aus einer betrachtung der
bildung der verba iterativa. Diese werden nämlich durch das suffix*
a *und dehnung des vocals gebildet, daher* pogrêba *aus* pogreb,
osvobažda *aus* osvobodi, svita *aus* svьt, dyma *aus* dъm. *Da nun
aus* krьs, krъs; mlьk, mlъk *weder* krisati, krysati; *noch* mlicati,
mlycati *entsteht, sondern das verbum iterativum stets* krьsati, krъ-
sati; mlьcati, mlъcati *lautet, so ist es klar, dass die themen nur*
krs *und* mlk *können gelautet haben. Vergl. meine abhandlung: Über
den ursprung der worte von der form aslov.* trъt *in den Denkschriften,
band XXVII. seite 38. A. Leskien, Die vocale* ъ *und* ь *usw. seite
53. 69. 73. Nach meiner ansicht wird in* grd *zwischen* g *und* r
kein, wenn auch noch so geringes vocalisches element gehört: auf das
g *folgt unmittelbar* r *und auf das* r *unmittelbar* d; *dabei wird
davon abgesehen, dass, wie Herr A. Leskien bemerkt, neben* vrьt
oder vrъt *eine form* vret *nie vorkömmt. Die annahme des silben-
bildenden* r, l *wird von den meisten Slavisten verworfen.*

*Da die sprachen, in denen uns slav. worte mit silbenbilden-
dem* r, l *aus alter zeit erhalten sind, ein solches* r, l *nicht kannten,
so ist es begreiflich, dass abweichende schreibweisen nicht gegen die
hier dargelegte ansicht eingewandt werden können: man vergleiche*
drisimer drъžimêrъ; tripimir, terpimer trъpimêrъ; tridozlau,
tordasclaue, trudopulc, turdamere tvrъdoslavъ, tvrъdoplъkъ, tvrъ-
domêrъ *und* zantpulc, szuentipulc svętoplъkъ; vulkina vlъčina;
nulcote vlъkota *aus der evangelienhandschrift zu Cividale von C.
L. Bethman aus dem neunten oder zehnten jahrhundert;* vulkina
steht in der conversio carantanorum 873, tridozlau *in einer frei-
singer urkunde von c. 1150.*

Dass silbenbildendes r, l *gedehnt werden könne, ist seite 185.
186. erwähnt.*

Die 209. angeführten veränderungen gewahren wir auch an lehnworten: arca, raka; raménьskъ *neben* armenьskъ *und* armeniiskъ armenus *sup.; marmor,* mгamoгъ; *polycarpus,* polikгapъ; *sirmium,* sгêmъ; *germ. helma-,* šlêmъ; *ebenso* μουσουλμάνος, muslomaninь, musromaninь *in serb. quellen; selten pulcheria,* puhlerija, *nicht etwa* pluherija; *melchisedek,* mehlisedekъ *neben* melъhisedekъ *und* melhisedekъ, *wo dem slav. lautgesetze auf andere weise genügt wird. In entlehnten worten wird die lautfolge häufig dadurch den slavischen sprachorganen gemäss gemacht, dass zwischen* r, l *und den consonanten ein halbvocal eingeschaltet wird:* ar'hierej. ior'danъ, far'firq. kor'vanъ. nar'dьny. var'tolomea *zogr.* ar'haggelъ *sup. 120. 19.* ar'hiereшvъ *358. 13.* arьnêj *445. 29.* arъtemona *163. 10.* gister'nq *434. 24.* epar'-šъskъ *149. 9.* her'soni *414. 20.* mar'ta *10. 19.* patriar'ha *273. 2.* naradь *io. 12. 3-nic. für* narъdь. poгъfỹrq *sav.-kn. 34.* ar'hierej. zmỹr'no. ier'danъ. kar'vanq. mar'tha. nar'tha *ostrom.* alьfeova. dalьmanufanьsky *marc. 8. 10.* al'tarь. p'salъmêhъ *ostrom.* ol'tarju *zogr.* al'guj *sup. 340. 23.* del'matiju *124. 7.* el'pidij *420. 12.* golьgothinъ *344. 9.* hal'kidonьskъ *442. 18.* psal'mosa *53. 14.* psal'mъ *51. 14. Über die schreibung im menaeum von 1096—1097, im psalt.-čud., im novgoroder menaeum, in der vita Theclae, im greg.-naz. des eilften jahrhunderts vergl. Archiv I. seite 371—375. Man merke* selivestrъ *assem. für lat.* silvester; selumunъ *für* σελμών *bon. Die erscheinung ist auf die entlehnten worte beschränkt. Abweichungen von der regel sind nicht selten:* iordana. alfeova *zogr.;* pohusiti προνομεύειν *op. 2. 2. 400. hängt wie* husarь *danil. 273. mit it. corsaro zusammen. Im nsl.* vardêvati δοκιμάζειν *ist* vard- *fremd.*

b) *Die formen* ent, ont *gehen in* qt, qt *über:* načenti *wird* načęti, načьnq; ponto pqto *aus* ис. pen, pьn. *Auch auslautendes* en *geht in* q *über. Was von* ent, ont, *gilt auch von* emt, omt *vergl. seite 32. 86.*

11. Die lautverbindung nrêti *entspringt aus* nerti, *praes.* nьrq. *Sonst wird* nr *häufig durch* mr *oder durch* ner, nar *ersetzt:* nrêstь: *s.* mrijest *f. ova piscium; dem s.* mrijestiti se *coire (de gallinis, anatibus) entspricht nsl.* brêstiti. *r.* nerestь *coitus:* nerstъ *ist wahrscheinlich aslov.* *nrъstь.* *nrastь: s.* nerast, narast. *r.* nоговъ *froschlaich.* po-nravь *vermis: č.* ponrav, pondrav. *p.* pandrow: *urform* ponorvь. nravъ *mos: nsl.* narav. *č.* mrav. *Vergl. r.* indrikъ. kondrykъ *var. 14; lit.* gendrolus *general. Rätselhaft ist* vьnraditi, *das auch* vьnьraditi *geschrieben wird, spectare, perspicere, das einige aus einem* vънêdriti *erklären wollen, wobei sie sich auf* vънadriti *im*

14*

apost.-synod. berufen konnten. Von raditi *ausgehend ist man versucht in* vьn *die praeposition* vъ, vą *zu erblicken und die hypothese durch* sъngraždane *Sreznevskij, Drevnie pamj. jus. pisьma 98. a. zu stützen.*
12. Die ersetzung von nt, nk *durch* nd, ng *ist griechisch: a)* jelefandinъ *man.-vost.* kendinarij *op. 2. 3. 23.* kostandiju *sabb. 77. neben* kostantina grada *krmč.-mih.* lefandjnovь rogь *misc.-šaf.* lenьdij *typ.-chyl. aus* lendij *neben* lentij λέντιον *sup.* pendikostię. *b)* janьgura ἄγκυρα. onьgija *prol.-rad.* protoasingritь. sinьglita *lam. 1. 109.* sinьgelija *danil. 383;* asinhitъ *op. 2. 3. 750. tichonr. 2. 217. ist* ἀσύγχυτος.

13. Wechsel von r *und* l *ist nicht selten:* krikъ *und* kliknąti *usw.* gligorê dialoga *svêtk. 32. klr.* repjach *neben* łopuch *bibl. I. slovak.* breptat, bleptat *garrire.* r *ist aus* ž *entstanden:* dori aus *dože i hat mit lit. dar ,noch' keinen zusammenhang. nsl. sehr häufig:* kdor *qui relat.* kir *qui relat. für alle genera:* aslov. kъdeže. kajgoder *ev.-tirn. najmre nämlich:* aslov. na inę že. lestor *nur: wohl* lêtь sъ to že. nudar *age. vendar:* vêmь da že. znamdar *vermutlich:* znają da že. dajdar. dajtedar. *b.* duri, dur *verk. 1. 12. kr.* neger *sed: nego že.* poglejder *hung. usw.* j *für* lj: językъ: *r.* językъ *neben dial.* ljazykъ. l *für* n: mlêahu *putabant mladên., ebenso p.* multany, *daraus Moldau, rumun. muntên gebirgsbewohner: ziemia muntańska, zwana tak od gor Linde. Dunkel ist* małъženъ: *vergl. č.* manžel. *p.* małżonek. *Dunkel ist auch* kr. skroz. *klr.* skrôž. *p.* skroś. *r.* skrozь, skvozь *neben aslov.* črêsъ, črêzъ. l *für* j: lezero *aus* jezero *kol. 12.* n *aus* m: rastinati *und* tьmetь *izv. 601.* m *aus* n: mesta *aus* nestus *flussname Jireček, Geschichte der Bulgaren 41.* l *aus* v: sloboda: *vergl. klr.* slavołyty *für* svavołyty *verch. 64.*

14. In vielen füllen tritt ein n *ein, das man gemeiniglich für ein der bequemeren aussprache wegen eingeschaltetes ansieht, d. h. für ein solches, das den organen die aussprache minder schwierig macht. Hier soll vor allem der tatbestand dargelegt werden. Die worte, vor welchen dieses* n *eingeschaltet erscheint, lauten entweder mit einem vocal oder mit* j *an. Es sind folgende: pronominalstamm* jъ: n *tritt mit ziemlich zahlreichen ausnahmen ein, so oft ein casus des pronomen* jъ *von einer einsilbigen praeposition abhängt, daher* do njego. kъ njemu. pri njemь. sъ nimь. vъ ńь. na ńь, *d. i.* vъ njъ. na njъ *usw. An die stelle des casus von* jъ *kann ein davon abgeleitetes wort treten:* do ńьdeže *zogr. sup. (dondêže nicol.) wohl für* donjъdeže *neben* doideže *zogr. assem. nicol.* otъ nądu *sup. 258. 20.* vъ njegda. sъ njeliko. otъ njeliže, otъ njelêže *ostrom. nsl.* k njemu. s njim

usw. č. od něho. k němu *usw. Der regel entsprechend ist* prēžde
jeju. radi ihъ. posrēdē ihъ *usw; ebenso* do jego otьca, kъ ihъ
materi *usw. Dagegen findet sich r. dial.* u ego. vъ ёmъ. sъ imi
kol. 21. 73. na ego. vъ ego. kъ imъ *usw. nsl. hat fast nur* njega,
njemu *usw., kein* jega, jemu *usw.* ьm, em: vъnęti. sъnęti. otъ-
njęti *neben* otъjęti. vъznęti *neben* vъzęti *und* vъnimati. sъnimati;
ferners sъnętie συνεδρία. sъnъmъ. sъnъmište. vъnьmi *sup. 98. 12.*
vъnemi *16. 4.* vъnemьjąštiimъ *317. 1.* otьnę *256. 22.* otьnę *23.*
26. otьnьmą *395. 22. usw. nsl.* sneti, snamem; snēmati. *r.*
nanjatь. obnjatь. otnjatь. perenjatь. ponjatь. prinjatь. vnjatь *usw.
wr.* pereňač; *daneben ohne praefix r.* njati (věru) *zag. 649. č.* odňati.
snēm. sňatek. vyňati *neben* najíti *usw. Vergl. lett. ňemt neben jemt.
lit. imti, imu. Man merke p.* zdjąć, zdejmę; zdejmować *für* sъnęti
herabnehmen neben zjąć, zejmę, sejmę; zejmować, sejmować *für*
sъnęti *zusammenfassen.* jestь: *č.* neni *für aslov.* ne je, jestь, nê,
nêstь. i: sъniti *descendere.* sъniti sę *convenire.* vъniti; *dagegen*
doiti. priiti. *č.* vniti. vzniti. vyndu, *jetzt* vyjdu. nandu *slovak. für*
najdu. kaš. vyndze. iska: sъniskati. êd, *im anlaute* jad:
sъnêsti. sъnêdь. *č.* snisti. snêdl *neben* pojísti. êdro κόλπος *sinus,*
ἱστός, ἱστίον, *im anlaute* jadro: vъ nêdrêhъ *sup. 178. 23.* nadra
greg.-naz. bus. 916. 922. 230. für njadra. p. nadro. *č.* ňádro. *nsl.*
njêdra. *kr.* nidra. *s.* nedra. njedra. nidra *sinus.* jedro *velum. nsl.*
nêdra. nadra. *klr.* ňidro; *daneben* vь jadrê *lam. 1. 148.* vъ jadrêhь
hom.-mih. uzъ *für* vozъ *currus:* sъnuzьnъ ἀναβάτης: *manche denken
an* uzda. uzъ *aus* vъzъ: *s.* nuz *neben* uz: nuz čašu poigra.
nuzgredno *in Dalmatien für* uzgred. uzda: *r.* zanuzdatь *neben*
raznuzdatь, vznuzdatь *und* obuzdatь. uho *auris:* vъnušiti *audire.
r.* vnušitь. ušta: onušta ὑπόδημα: *vergl.* obuti. aglъ *angulus:
s.* ugal *und* nugao. *os.* nuhl. *ns.* nugel: l *gegen die regel.* aglь
carbo: vъnagliti *in carbonem redigere.* ąhati *odorari: nsl.* njuhati
kroat. neben vôhati. *klr.* ňuchaty. *s.* obnjušiti. *os.* nuchać. *ns.* nuchaš.
ątrь: vъnątrь. vъnątrьjadu *zogr.: vergl.* izątrędu *zogr. nsl.* nôter,
nôtri. *č.* nitř. *Man füge hinzu* f num *dak.-slov. für* vъ umъ; nizvoro
ort in Thracien aus izvorъ; *eben daher* νίσβαρι *ort in Aetolien neben*
ἰσβόρι *ort in Epirus;* nektorъ *bell.-troj. 25. 27. für* ektorъ *hector;*
nepjemida *put.-lam. 1. 101. für* epomida ἐπωμίς: *vergl. p.* nieszpor
vespertinae. os. ňešpor. *lett.* nešpars; *ferner lit.* nedvai, nedva *kaum
neben* advu, *aslov.* jedva *und p.* ledwo, ledwie; *lit. li-n-a neben*
li-j-a *pluit Kurschat 32; ngriech. nomos für agriech.* ὦμος. *Eigen-*
tümlich ist č. nandati. odundati *weggeben.* přendati *übertragen.* sun-

dati *herabnehmen*. vyndati. zandati, *formen, die ich nicht zu erklä-
ren vermag.*

Das hier behandelte n *ist seinem ursprunge nach dunkel. Das
bestreben, die zahl der die aussprache erleichternden elemente immer
mehr einzuschränken, hat die sprachforscher bestimmt zu versuchen,
ob es nicht gelänge, dieses* n *als teil des praefixes oder der praepo-
sition nachzuweisen. Man beachtete* ą *neben* vъ, *są neben* въ *und ver-
glich* kъ *mit lat. cum und kam zum resultate, dass in* vъnęti vъn *für*
ą, *in* вънęti *вън für są steht und dass wohl auch in* kъ njemu kъn
*auf analoge weise zu erklären ist. Wenn ich dagegen einwendete, dass
są aus sam hervorgegangen ist, dass man demnach* въmęti *erwarten
sollte, so würde man mir mit dem oben seite 35 angeführten* sъngra-
ždane *und mit dem pr. sen, lit. san, antworten, dem ich wieder sam-
dīti entgegenstellen könnte. Was mich abhält diese lehre anzunehmen,
ist der umstand, dass, wenn* въ, *są desshalb durch* sъn *ersetzt werden
müsste, dass es eigentlich* sъn *ist, man nicht einsähe, warum man
s*ъ otьsemь *und nicht* sъn otьsemь *sagt, da ja doch dą in* dъm
übergeht, so oft ihm ein vocal folgt: dъmą. dъmi. dъmêhъ *usw.
Ich will kein gewicht darauf legen, dass* są *nur ausnahmsweise als
praefix gebraucht wird, muss jedoch fragen, wie man do* njego,
pri njemь, otъ ńihъ *usw. erklärt. Ich halte daher* n *in den ange-
führten verbindungen für euphonisch, womit freilich diejenigen nicht
einverstanden sein werden, die die euphonie selbst in dem oben ange-
deuteten sinne für einen überwundenen standpunkt erklären. Dass im
aind.* n *zur vermeidung des hiatus eingeschoben wird, lehrt Benfey
seite 141 der kurzen sanskritgrammatik; und dass dasselbe in den
heutigen sanskritsprachen geschieht, sagt E. Trumpp: In the modern
indian tongues (of sanscrit origin) the anuswära is frequently used
to prevent hiatus Journal of the Roy. as. society XIX. 1862. seite 5.
Mir scheint demnach noch jetzt, dass in* vъnątrь n *des hiatus wegen
eingeschaltet ist, daher für* vъ ątrь *steht. Was worte wie* sъnêsti
anlangt, so ist zu bedenken, dass ê *nicht im silbenanlaute stehen
kann. In do* njego *hat* n *allerdings nicht die bestimmung den hiatus
aufzuheben: dass es jedoch ein parasitischer einschub ist, halte ich
dennoch für wahrscheinlich. Er findet, so scheint es, nur dort statt,
wo die praeposition den accent des pronomen an sich reisst oder die
praeposition im laufe der zeit ihren vocal verloren hat:* dó njego. sъ
ńimь *d. i.* s ńimь *für dó jego,* s jimь. *Bei manchen worten, wie etwa
bei* nuz, *ist der gedanke an hiatus natürlich abzuweisen und man kann
nicht umhin anzunehmen, dass einem anlautenden vocal manchmahl* n

vorgeschoben ist. Überhaupt muss, scheint mir, festgehalten werden, dass vorschub und einschaltung des n nicht selten willkürlich ist und dass n zu den elementen gehört, die sich unschwer mannigfachem gebrauche fügen. Vergl. über diesen gegenstand J. Baudouin de Courtenay, Glottologičeskija (lingvističeskija) zamětki. Vypusk I. Voronež. 1877.

B. Die t-consonanten.

1. T *und* d, *im alphabete* tvrьdo *und* dobro *genannt, lauten im aslov. wie im nslov. usw.*

2. d *steht ursprachlichem* d, dh *gegenüber.*

3. Das griech. θ, th *wird entweder bewahrt oder durch* t, *manchmahl durch* f *ersetzt: a)* arimatheę. vithanii. vithleeme. vithleomi. methodia. nathanailъ. thoma *assem.* gotъthinь *prol.-rad. b)* vitaniję *zogr.* vitleomьska. nazaretъ. toma *assem.* vitliomь *nic.* mattėj *cloz. II: dagegen* mytharė *für* mytarė. *c)* vifaniją *marc. 11. 1-zogr.* matfėiku *bus. 749. Über die vertretung des* θ *durch* f *Brücke 130. Vergl. Šafařík, Památky XIX. Zap. 2. 2. 31. Sreznevskij, Glag. 73.*

4. Hinsichtlich der verbindung von t *und* d *mit darauf folgendem vocal ist nur éines zu bemerken, dass nämlich* ti, di *nicht etwa wie russ. čech.* ti, di, *sondern wie nslov.* ti, di *zu sprechen sind.*

5. In beiden aslov. alphabeten besteht neben шт *auch das compendium* щ, *in welchem* ш *auf das* т *gesetzt erscheint. Dass in Pannonien so wie in Bulgarien* št, *nicht etwa* šč *gesprochen worden ist, kann nicht bezweifelt werden: die gruppe* šč *findet sich nur im glag.-kiov. aus* sk, st. *Ob* шт *oder* щ *geschrieben wird, ist demnach für das aslov. gleichgiltig. Zogr. hat im älteren teile und cloz. nur* шт; *der mariencodex bietet* шт *und* щ; *assem. ebenso häufig* щ *aus* шт; *sup. nur ausnahmsceise* щ: хощетъ *336. 7; bon.* шт *und* щ: ноштъ, запрѣштенны; палацъ, сѣдалнцꙇн; *apost. ochrid. desgleichen:* нджштн; нмлѫщꙺн; *im ostrom.* (нарештн, ннштадннѥ) *und in den Sborniks des eilften jahrhunderts kömmt* шт *ziemlich häufig vor. Vergl. zap. 2. 2. 42. 6 2. 64. Man beachte* щт *für* шт *in* нзходнщтнхъ, ноштнѫ, сѣдалнцꙺтн *98. und žč für žd:* вѫжčelajete *36.*

6. Die gruppen tja, dja *usw. werden im aslov. durch die gruppen* šta, žda *usw. ersetzt.* št *und* žd *sind daher davon abhängig, dass auf* t *und* d *ein* j *mit einem vocal folgt:* vraštenъ *versus aus* vrati-j-e-nъ, vratь-j-e-nъ, vratjenъ; každenъ *suffitus aus* kadi-j-e-nъ, kadь-j-e-nъ, kadjenъ. *Vor* i *und* ь *tritt die veränderung dann ein, wenn diese vocale auf praejotierten vocalen beruhen:* ljuštij *acerbior. Vergl. 2. seite 322.* každь ϰατινίσας *aus* kadi-ъa. *Man hat daher* *neben einander* každь *aus* kadi-ъв *und* kadь *cadus aus* kadi, pątь *aus* pąti, svobodь *aus* svobodi. *In den imperativen* daždь, jaždь, viždь *und* věždь *ist* ь *aus* i *und dieses aus* ja *hervorgegangen: als impt. ist auch* daždь *in* daždьbogъ *dispensator divitiarum aufzufassen vergl.* 2. *seite* 365. i *aus* ja *auch in* sąšti ⊙ja *aus* sąštja. *Vergl.* 3. *seite* 91. hošti *ist wie* daždi *zu erklären: es findet sich als imperativ:* ne hošti jasti plъtьskyą pištą (plъtьskyje pištę) *noli comedere carnalem cibum pat.-mih. 66.* ne vъshošti narešti 52. ne vъshošti tuždemu *ne concupisce aliena 124.* hošti *fungiert jedoch auch als II. sg. praes.:* čto hošti, brate, da bądetь? *quid, vis, frater, ut fiat?* 135: hoštiši hval. 88. *scheint im original ein* hošti *vorauszusetzen. Vergl. 4. seite 11. Eigentümlich ist* zašticati *sup. 259. 28; 308. 9. neben* zaštištati 304. 15, *iterativform von* zaštititi: *jenes bildet aus* tja-ca *durch* tza, tsa, *wie in der zweiten classe der slavischen sprachen. Falsch ist* utvrъdena *bon.* svobodena *prol.-rad. Dem* šta *und* žda *aus* t, d *und ja entspricht die erweichung von* r, l, n: *vergl. seite 204. und die einschaltung des* l *in* plja *aus* pja *und die verwandlung des* sja *in* ša. agnęštь *agni aus* agnętjъ *von* agnęt-. komištь *comitis aus* komitjъ *von* komitъ. graždь *stabulum aus* gradjъ *von* gradi. voždь *dux von* vodi: *wenn* gradjo *für* gradjъ *gesetzt wird, so kann der eig. auslaut immer nur* ă *sein.* velьbąždь *cameli aus* velьbądъ. bolěždь *aegrotus ist* bolědjъ: *vergl.* bolědovati. prěždь, zaždь: prědjъ, zadjъ. ryždь *neben* rъždь *ruber: w.* rъd. plaštь *pallium gehört nicht hieher.* *hyštь *in* *hyъtьuъ, hyštьnikъ *rapax aus* hytjъ *von* hyti *rapere: wie* hyštьnikъ *ist* naždьnikъ βιαστής *von* nądi *zu erklären.* věšte *senatus aus* větje *von* větъ *consilium.* vъzdažda βραβεῖον *aus* -dadja *von* dad. nadežda *spes von* ded: *w.* dě. gražda *grando von* gradъ. kražda *furtum von* krad. mežda *fines aus* medja. nążda *necessitas von* nądi. rъžda *rubigo aus* rъdja *von* rъd. sažda *fuligo von* sadi. věžda *palpebra aus* vědja *von* vid. žežda *sitis aus* žędja *von* žęd. gospožda *domina von* gospodja *durch motion.* krištaninъ χρής *aus* kritjaninъ *von* kritъ. graždaninъ *aus* gradjaninъ *von* gradъ. ljuždaninъ *neben* ljuděninъ *laicus von* ljudъ. roždakъ *consanguineus aus* rodjakъ *von* rodъ. ništь *humilis aus* nitjъ: *aind. ni niederwärts mit dem suffix* tja: *nach Geitler, O slovanských kmenech na u 78, ist* ništь *ein lit.* naikstius, naistius, *das auf* naikius *vergänglich beruhe. Wie* ništь, *deute ich auch* obьstь *communis: praep.* obь *circum, daher eig. qui circum est. Ebenso:* *domaštь *qui domi est: nsl.* domači. *serb.* domači *usw. in* domaštьиь οἰκιακός. kroměštьиь *externus, wofür* kromečnuju *tichonr. 2. 196.* vъněštьиь

externus, in späteren quellen domašьńь, kromĕšьńь, vъnĕšьńь *vergl.*
2. *172.* izętьrъ *eximius scheint ein subst.* izęšta *vorauszusetzen.* dĕtištь
puer aus dĕt-itjъ. grъličištь *pullus turturis aus* grъličitjъ. pъtištь
pullus avis aus pъtitjъ *von* *pъtъ, pъta *avis vergl. 2. seite 197. lit.*
bernītis jüngling aus bernītjas von bernas. ērītis *lamm aus* ērītjas *von*
ēras, ēris. ažaitis *böcklein Bezzenberger. Vergl. pr.* svintian *schwein. wer-*
stian kalb. ljuštij *acerbior.* slaždij *dulcior von* ljutъ. *sladъ *in* sladъkъ :
so ist auch prĕžde *aus* *prĕždij *zu erklären; eben so* poslĕžde *aus*
*poslĕždij *vergl. 2. seite 322.* sąšta ὄντος *aus* sątja *von der w. jes*
vergl. 2. seite 202. tysąšta *mille got.* thūsundjā- *aus* tysątja *vergl.*
2. *seite 203.* očrъšta *tentorium aus* očrъtja : *vergl. aind. krtti domus.*
št *in* prigrъšta *pugillus beruht auf* grъstь. pišta *cibus aus* pitja *von* pit
in pitati. obręšta *inventio aus* obrętja *von* ręt, rêt ; vъręšta *occursus.*
svêšta *lampas aus* svêtja *von* svêti. vrêšta *saccus von* vrêtja : *vergl.*
vrêtište. *Ebenso* obušta, onušta *calceus aus* obu-tja, onu-tja. *Vergl.*
gušti *tibialia mit p.* gatki. mašteha *matertera ist* matjeha. svo-
baždati *liberare aus* svobadjati *von* svobodi. vêštati *loqui und*
obêštati *polliceri. klr.* zavičaty *unglück verkündigen. č.* veceti *dicere*
sind denominativa von vêšte *senatus. s.* vjeće. *č.* vêce. *p.* wiece.
pr. empryki-waitiaintins *pl. acc.: vergl. serb.* zboriti *und* rumun.
kuvэnt: *dagegen ist* *vêtati *im aslov.* obêtovati *und im nsl.* obêtati
polliceri ein denominativum von vêtъ : *bei* obêtati *ist die imperfectivität*
befremdend. vrъštą *verto aus* vrъtją : vrъtêti. viždą *video aus* vidją :
vidêti. *Abweichend ist das an das nsl.* erinnernde hočetъ *assem. für*
das regelmässige hoštetъ *vergl. 3. seite 115.* prêštą, každą. prê-
štaahъ, každaahъ. prêštь, každь. prêštenъ. každenъ *aus* prêtją,
kadją. prêtjaahъ, prêtjêahъ, kadjaahъ, kadjêahъ *usw. von* prêti.
kadi. napyštenъ *inflatus setzt ein verbum* napytiti *voraus, das mit*
lit. put: putu, pusti flare verwandt ist. Für odeždenъ (rizoju koži-
jeju odeždenь) χαλυπτόμενος *erwartet man* odêjanъ. meštą, straždą ;
meštemъ, straždemъ *aus* metją, stradją *usw. von* metje, stradje.
vlagemь *(d. i.* vlagemъ *in:* my vsêmь rodomь vlagemь *mladên.)*
für *vlaždemъ: *jenes stimmt mit dem slovak.* vládzem (ne vlád-
zem chodit *sbor. 30.) überein: vergl.* uvęždetъ *marcescit:* uve-
ždetь *hom.-mih.* deždą *aus* dedją : *w.* dê. *Falsch sind die formen*
hodêahъ. radêahъ. utrudena duša *op. 2. 3. 35.* obъnahodeni
byvъše φωραθέντες *prol.-rad. Das č.* hezký *schön, das mit lit.* gražus
in verbindung gebracht wird, würde aslov. goždъskъ *lauten, dessen*
goždь *von godi dem r.* gožij *entspricht.* vraždevati *odisse wird*
richtig vražьdovati *geschrieben: vergl.* žde *aus* žьdo.

Eine besondere beachtung verdient das wort für ‚baummark‘:
aslov. strъža *neben dem darauf beruhenden* strъženь medulla. nsl.
stržen *neben* srdek *holzkern.* s. strž f. u drvetu pod bjelikom.
srž, srč f. medulla. klr. stryžiń *aus* stržiń *und* serdce. wr.
strižeń *mark, butz im geschwür, schnellere strömung des flusses.*
r. sterženь, sercevina *le cœur d'un arbre.* č. stržen m. stržeň
f. *neben* strzen, střeň *und* dřeň, dřen, zřeň. p. zdrzeń, drdzeń,
drzeń, rdzeń. os. džeń *statt* rdžeń *und* žro, žŕo. ns. džeń. Vergl.
lit. širdis. lett. serde. fz. le cœur d'un arbre. Dass r. sterženь
mit serdce, sreda *zusammenhängt, hat schon Ph. Reiff bemerkt. Dass*
im aslov. strъža, *nicht* strъžda *steht, schreibe ich dem vorhergehen-*
den str *zu. In demselben umstande sind die meisten anderen abwei-*
chungen von der regel begründet. s. strž, srž *und* srč *stehen für*
strdj, srdj, *d. i.* crѩ, *das, wenn das genus fem. nicht jungen*
ursprungs ist, aus strdja *usw. entstanden. Im* č. *ist* strzen, *einem*
aslov. *strъždenь *entsprechend, die ursprüngliche form.* p. zdrzeń
steht für str-zeń. *Mit unrecht würde man aind.* sarga *harz der*
vatica robusta und diese pflanze selbst herbeiziehen. Bedenklich ist
das nsl. stržen *für* strjen.

7. *Da* št, žd *in worten wie* svěšta, mežda *aus* tj, dj *dadurch*
entstehen, dass nach verwandlung des j in ž *metathese eintritt, so*
erwartet man nicht formen wie svěštja, meždja, *deren j jedoch nament-*
lich vor u *nicht selten angetroffen wird:* oštjutitъ. oštjutetъ; sъn-
mištju; imąštju. imąštjumu. ištąštju. molęštju. nepъštjują, nepъšt-
jujątъ. naležęštju otemľjąštjumu. sąštju. věrująštjumu. vъzležęštju
usw. neben molęštu: *singulär ist* straždąštję *marc.* 6. 48.-zogr. gla-
goljąštju cloz 1. 112. 135. 384; 2. 10. nepъštjuetъ 1. 153. sąštju
1. 329. svъtęštju 1. 676. sъizvěstująštju 1. 134. dyhająštju. gla-
goljąštju. imąštjumu. sъhodęštju. sąštju. tvoręštju *neben* glago-
ljąštu *assem.* štjudi fol.-mac. 231. dadąštju. šjumęštju *naz.* divęštju
se. suštju hom.-mih. protivęštju krmč.-mih. ovoštju tichonr. 1. 139.
meždju. vъždježdetъ io. 4. 13.-zogr. meždju cloz 1. 527. meždju
neben meždu *assem.* meždju sav.-kn. 64. 90. nadeždju hom.-mih.
Häufig ist jedoch mangel der praejotation, daher auch utuždą. utu-
ždenъ *von* utuždi.

8. *Vor dem stammbildenden verbalsuffix* a *fällt das auslautende*
i *häufig ab:* poglъtati, poglitati *neben* poglъštati *von* poglъti.
hodati *neben* haždati *von* hodi. *Wer* poglъtati *für denominativ hält,*
wird zu erklären haben, wie ein praefixiertes denominativum imper-
fectiv sein könne. Wie poglъtati *ist* gospoda domini, deversorium,

collect. von gospodь, *zu erklären; daneben* gospožda *domina: formen wie* gospodju *sg. d. usw. sind jung und unorganisch.*

9. *In den prager fragmenten lesen wir* hvaljęcimъ, obidjęcъ, tajęcago, tekucъ, vъrъjuce; nasucъĕago, prosvĕcь; utvrъzenie; rozъstvo *neben dem allerdings nicht hieher gehörigen* sudišči, *dessen* ĕč *aus* sk *entspringt. In glag.-kiov.* čьsti čьstęce 530. 536. hodatajęciu 530. nasyceni 536. obĕcĕlъ 533. obĕcĕniĕ 531. [o]bĕcĕnie 534. lĕta obidącĕ 531. lĕta ogrędącĕ 530. picę 534. pomocьją 535. prosęce 536. protivęcihъ 536. tako ze 534. 536. toję ze radi 531. o tomь ze 532. 535. dazъ namъ 532. 537. otъdazъ 534. podazь, podázъ 530. 531. podasь namъ 532. tuzimъ 534. *Man dürfte geneigt sein den prager fragmenten und dem glagolita kioviensis denselben ursprung zuzuschreiben, d. h. beide denkmähler für čechisch zu erklären: das wäre nach meiner ansicht ein irrtum. So gewiss das schwanken im gebrauche der nasalen vocale verbunden mit der anwendung des* c *für* tj *und des* z *für* dj *in den prager fragmenten ein čechisches denkmahl erkennen lässt, eben so sicher dürfen wir trotz des regelmässig für* tj, dj *eintretenden* c *aus* tz, ts *und* z *aus* dz *wegen der regelrechten setzung der vocale* ą *und* ę *den glagolita kioviensis für altslovenisch ansehen. Was nun altslovenisches* c, z *statt* št, žd *für* tj, dj *anlangt, so scheint die erklärung desselben in folgender betrachtung zu liegen. Wenn man meint, eine lautneigung beginne bei den sprachorganen eines ganzen volkes und verändere daher den gesammten sprachstoff, so halte ich diesen satz nur mit einer einschränkung für richtig, wie ich an den veränderungen dartun will, die* tj, dj *im altslovenischen erleiden. Die lautneigung geht dahin kein* tj, dj *zu dulden, nicht etwa dahin an die stelle von* tj, dj *bestimmte laute zu setzen. Die mittel die gruppen* tj *und* dj *zu vermeiden können verschieden sein, so dass entweder bei demselben worte bald zu diesem bald zu jenem mittel gegriffen, oder so, dass das eine mittel in diesem, das andere oder ein anderes in einem anderen teile des sprachgebietes angewandt wird: so kann* pišta *neben* pica *aus* pitja, *so* daždь *neben* dazъ *aus* dadjъ *bestehen. Unrichtig wäre es die doppelformen stets aus dem einfluss einer anderen sprache erklären zu wollen, da ein solcher einfluss sich nie auf einen punkt beschränkt. Was im glag.-kiov., tritt auch sonst ein: das nsl. besitzt das jetzt als regel geltende* č *neben* c *und* k: noč nox *neben* nicoj hac nocte *und* pluka, *wofür aslov.* plušta: *die annahme* pluka *laute etwa wie* s. pluća *ist unrichtig; eben so unrichtig ist die meinung, in den freisinger denkmählern habe* uzemogoki vsemogoći *gelautet,*

*vielmehr ist in beiden fällen ehemaliges tj in kj und dieses in k
übergegangen. bulg. ersetzt tj durch št und durch k, das wohl
wie ć lautet:* pozlakeni *milad. 65: aslov.* pozlašteni. fakjaš *66:
aslov.* hvaštajeći *usw. Und wenn die russ. volkslieder* ınladъ *neben*
molodъ *bieten, so erkläre ich dies durch die annahme, das russ.
habe die form* moldъ *auf zweifache weise gemieden, sowohl durch
metathese des* l *und dehnung des* o *zu* a *als auch durch ein-
schaltung des* o *zwischen* l *und* d. *Vergl. meine abhandlung: Über
den ursprung der worte von der form aslov.* trêt *und* trat. *Denk-
schriften, band XXVIII. Aus einer dem lit. ardas (ardai) entsprechen-
den form konnte* radъ *und* odrъ *entstehen, da auch durch die letztere
form der zweck erreicht wird: man vergleiche lit.* malditi *und aslov.*
moliti *aus* modliti, *nicht* mladiti; *im č. besteht* koblúk *neben* klobúk,
im p. kabłuk *neben* kłobuk *aus einem dem magy.* kalpak, s. kalpak,
nahe stehenden form usw.; in plesna *ist nur metathesis, keine dehnung
des* e *zu* ê *eingetreten; das* nsl. *meidet* tja *teils durch veränderung
des* j *in* ž, š, *teils durch verschmelzung des* t *mit* j *zu einem laute,
wie aus* nja *ńa hervorgeht, daher* kozliča *aus* kozlitja, kozlitša *und,
im äussersten westen,* kuzliča: *ein drittes ehedem, wie es scheint,
häufig angewandtes mittel der vermeidung von* tja *ist die verwandlung
des* tja *in* kja, ka, *daher* pluka *aus* plutja.

10. Wenn aus trja *štrja, aus* drja *ždrja usw. hervorgeht, so
scheint der grund des* št, žd *in der durch* ja *usw. bewirkten erweichung
des* r *zu liegen:* sъmoštrą *sup. 245. 15. für* sъmoštrją. *rasma-*
štrêhъ *220. 25. für* rasmaštrjahъ. sъmoštraahą *137. 8.* rasmaštrają
247. 26. obęštrenije *243. 29.* rasmoštrjaaše *naz. 199.* uhyštrjati
hom.-mih. umąždrenъ *apost.-bulg.* prêmąždrjati *naz. 74.* bъždrь *vigil
aus* bъd- rjъ. prêmąždrjanije *izv. 487. Daneben besteht* sъmatra'še
sup. 66. 11. sъmotraaše *69. 2.* sъmotrêše *175. 7.* izmądrêvaahą
297. 1. sъmotrenije *230. 18.* sъmotrenьe *cloz. I. 794: diese formen
beruhen darauf, dass das* r *frühe in* r *übergieng. Dem* uhyštrjati
ähnlich ist umrъštvljenъ *men.-mih. von* umrъtvi, *wofür auch* umrъ-
štvenъ *sup. 443. 7. und* umrъštenъ *257. 21; 344. 15. vorkömmt:
daneben findet man* umrъtvenije *442. 12.* blagodarьstvêaše *220.
14. und* blagoslovestvenьja *378. 6.* poštenьju *cloz. I. 141. ist* počь-
tenьju: počьtenьemь *569. 570. Abweichend ist* straždьba *passio
pat.-mih. neben* stradьba; roždьstvo *nativitas, natalitia, generatio
zogr. sup. ostrom. nic. krmč.-mih. usw., wofür im cloz. I. 877.
878. 879, mit ersetzung des* žd *durch* z, rozьstvo *vorkömmt, neben*
roždъstvo *687. 893. 895. und* rožъstvo *881. für* roždьstvo. rodь-*

stvo *halte ich für die richtige form*, rožd<small>ь</small>stvo *durch den einfluss
von formen mit* žd (rožden<small>ъ</small> *usw.*) *entstanden.*

11. Der ursprung des št, žd *im wurzelhaften teile der worte ist
teilweise zweifelhaft, da aslov.* št *ebenso wie s. č. č. p. c sowohl auf*
tj *als auch auf* kt *beruhen kann; noch zweifelhafter ist der ursprung
dann, wenn ein entsprechendes wort im serb. usw. fehlt.* bašta *pater.*
b. batjo. *s.* baština *hereditas. r. dial.* batja: *das wort ist fremd: magy.*
bátya *frater natu maior: andere sprechen von einer w. bat, etwa
,ernähren'.* brêžda *praegnans: lit. pa-brēdīti gravidam reddere.* broštь
purpura: nsl. broč. *b.* broš *aus* brošt. *s.* broć. *klr.* brôč. lęšta *lens:*
nsl. leča. *s.* leća. *lit.* lenšis. *lett.* lēces: *lat. lent: lens, lentis.* n<small>ъ</small>štvy
pl. mactra: nsl. načke. *b.* n<small>ъ</small>štvi. *s.* naćve. *č.* necky. *os.* mecki. *ns.*
ńacki. ovoštь, voštь; ovoštije, voštije *fructus: s.* voće. *klr.* ovoč.
č. ovoc: *die form* ovotja *beruht wahrscheinlich auf einem got. ubata-
für ags.* ofät, *ahd.* obaz *essbare baumfrucht: die entlehnung mag an
der unteren Donau stattgefunden haben.* plešte *humerus: nsl.* pleče.
b. plešti. *s.* pleće. *r.* plečo *neben* bêloplekij, naplekij *mit k aus*
tj. *č.* plece: *vergl. lett.* plāce. plušta *pl. pulmo: nslov.* pljuča, *wofür
in Drežnica* pluka *gesprochen wird Letopis mat. slov. 1875. 227.*
s. pluća. *r.* pljušče *(aslov.). č.* plíce. *p.* płuca. *lit.* plaučei. p<small>ъ</small>štьka.
obulus, calculus: vergl. č. pecka. *ns.* ṕacka. rętą *in* obrętą *inve-
niam wird auf ein rant, lit. rand, zurückgeführt.* štavьstvo, gnjus-
nostь, nečistoe žitie *op. 2. 3. 712. 726: dunkel.* študъ *gigas: dunkel.*
študь *f. mos: s.* ćud *f. č.* cud *m.* štutiti: oštjutiti zogr. *neben*
očjutišę *matth. 24. 39-assem.* oćjutêše *prol.-rad. sentire: nsl.* čutiti.
b. fehlt das wort. s. ćutiti. *klr.* oćutyty śa *verch. 45. und* oščuščat
bibl. I. č. cititi. *p.* cucić. tuždь, štjuždь, štuždь, čjuždь, čuždь *pere-
grinus: nslov.* tuj. *s.* tudj. *č.* cizi, *das, aus dem slav. unerklärlich, mit
got. thiudā- in zusammenhang gebracht worden ist.* veštij *maior: nslov.*
več. *serb.* veći. *čech.* vice: *nslov.* vekši *ist* večši; *č.* větši *ist* věcši.

Dunkel sind neben anderen folgende worte: čudo *res mira,
nach* Šafařík *auch* študo: *nsl. s. r.* čudo. *b.* čjudo, *dagegen p.* cud *:
lit.* cudas *und* čudas *sind entlehnt.* koštuna *nugae, das an ngriech.*
κοτζϖνα *puppe erinnert.* nepъštь *f.* πρόφασις, nepъštevati *cogitare.*
svrъštь *cicada: r.* sverčь. *p.* świerszcz, *das wohl irgendwie mit* svrъk:
svrъčati *zusammenhängt.* štavъ *rumex.*

Mit ždati, *eig. cupere, richtig* žьdati, *möchte ich* ždo, žьdo *in*
koližьdo, koližьdo *quandocunque zusammenstellen, es mit lat. -libet, -vis
in quilibet, quivis vergleichend:* iže koližьdo *quicunque.* vъ ńьže koližьdo
gradъ *in quamcunque urbem.* ižde koližьdo ὅπου ἐάν *marc. 6. 10.*

edinъ koždo ihъ *apost.-ochrid. srez. jus. 276.* kožьdo. komužьdo.
edinъ koždo *matth. 26. 22-zogr.* kojemьždo *sup.* kaêždo *siš.: neben*
žьdo, ždo *findet man das minder genaue* žde: egože koližde prosite
assem. kaêžde *slêpč.* kogožde. komužde *apost.-ochrid.* komužde
boli *ant. 246.* kojemužde *krmč.-mih. leont.* vsakogožde človêka
mladên. Dem ursprunge und der bedeutung nach verschieden ist žde,
selten und unrichtig ždo, *das dem lat. -dem in idem entspricht:*
tъžde *idem.* takožde *zogr.* togoždo. togoždь. takovajažde *krmč.-*
mih. sьžde *idem.* sikožde *danil. 183.* togdažde pridą *zogr. Dieses*
žde *beruht wie lat. dem auf einem pronomen da, wovon im abaktr.*
sg. acc. dim, im pr. sg. acc. gleichfalls dim usw. Für diesen
ursprung des žde *spricht das seite 219. aus glag.-kiov. angeführte*
ze, *serb.* dj: takodjer *aeque,* aslov. takoždeže. takogere *gram.*
152, onuge *illac mon.-serb.* osugje *ex hac parte:* potokъ osugje
glavice *chrys.-duš. 16. Hieher gehört auch aslov.* tьzъ ἐπώνυμος *mit*
verwandlung des dj *in z statt in* žd: tьzica. tьzьnъ. tьzьnikъ *usw.*
neben teždije ταὐτότης. ižde ὅτι, ἐπειδή *zogr. siš.* iždeže ὅπου *zogr.*
assem. sind gleichbedeutend mit ide, ideže; *neben* doñьdeže. doideže
zogr. findet man · donьždeže *op. 1. 108;* vьsežde (slêdovaše jemu
vьsežde golubь *lam. 1. 29.) ist* vьsьde; drugojžde, drugyjžde, dru-
gyžde *alio tempore. Dunkel ist* ižde *in* iždekoni *ab initio ippol.*
110. iždekonьnъ *antiquus, wofür sonst* izъ *steht:* iskoni *usw.*

аšte *si geht auf* atje *zurück: es ergibt sich dies aus* nsl. čе, as.
ače, akje, ake: *r.* ašče *ist* aslov.

Das suffix, das adverbia bildet, mit denen meist auf die frage
,wie oft?' geantwortet wird, ist hinsichtlich seiner urform dunkel.
Auf kt, *das im lit.* dvokti *,abermahls' auftritt, können zurückgeführt*
werden asl. sedmišti. *nsl.* prvič. b. dvaš *für* dvašt. *serb.* jednoć.
klr. tryčy. *r.* troiči, *während andere formen davon abweichen. Vergl.*
2. seite 204.

12. Die laute, die aus tja, dja *usw. hervorgehen, sind in den ver-*
schiedenen slavischen sprachen verschieden. Hiebei ist die wandlung
des j *massgebend: im aslov. geht* j *in* ž *über, daher* vratženъ, kad-
ženъ *und durch metathese und beim ersten worte assimilation* vraštenъ,
každenъ *aus* vratjenъ *und* kadjenъ; *der impt.* straždi, straždate
beruht auf stradijê, stradъjê, stradjê *usw.; formen wie* idjahъ *sind*
r.: sie lauten aslov. idêhъ *oder* idêahъ; vъshytati *entspringt aus*
vъshyt[i]ati. *Im nslov. ohne metathese:* vračen *aus* vratšen, vratžen:
dj *entledigt sich des* d: kajen *aus* kadjen. *Im bulg.:* vrašten, každen,
wie im aslov. Im kroat. durch verschmelzung des t *mit* j, *wie bei* r,

l, n, vraćen; *durch verlust des* d: kajen: vraćen *stimmt mit dem serb.*, kajen *mit dem nslov. überein. Im serb.*: vraćen, kadjen (kaẋen) *durch verschmelzung des* t, d *mit* j. *Im klruss.*: voročenyj. kadženyj, *wofür meist mit verlust des* d -kaźenyj. *Im russ.*: voročenyj, kaźenyj. *Im čech.*: vrácen, kazen *aus* vrátzen, vrátsen, kadzen: kazen *durch ausstossung des* d. *Im pol.*: wrocony, kadzony *aus* wrotzony, wrotsony, wrotjony *und* kadzony, kadjony. *Im oserb.*: vroćeny, kadźeny: *beide formen sind unorganisch: in jener hat sich* ć *aus den praesensformen in das partic. praet. pass. eingeschlichen;* kadźeny *steht für* kadźeny: vroćiš, kadžiš *für* kadžiš *usw. Im nserb.*: rošony, kaźony: *in beiden formen sind* t, d *ausgefallen:* rotšony, kadźony. *Aus dem gesagten ergibt sich eine differenz zwischen dem alt- und dem neuslov. und eine übereinstimmung zwischen dem aslov. und dem bulg. hinsichtlich der behandlung des* tj *und des* dj: *wenn daraus, wie oft geschehen ist und noch geschieht, gefolgert wird, aslov. sei abulg., so hat man übersehen, dass in jenem lande, das uns die geschichte als die heimat des aslov. kennen lehrt,* tj *und* dj *in* št *und* žd *übergiengen, wie sich aus den magy. worten* mašteha, pešt *(palast) und* rozsda rost *neben* ragya *mehltau für aslov.* mašteha, peštь, (plaštь) *und* rъžda *ergibt.*

13. *Im ältesten denkmahl des norisch (neu)-slovenischen findet man für das aus* tj, kt *entstandene aslov.* št *regelmässig* k: choku, chocu, *aslov.* hoštą *aus* hotją. imoki, *aslov.* imąšti *aus* imątji. prigemlioki, *aslov.* prijemljąsti *aus* prijemljątji. lepocam, *aslov.* *lêpoštamъ *aus* lêpotjamъ. moki, *aslov.* mošti *aus* mokti. pomoki, *aslov.* pomošti *aus* pomokti. malomogoncka, *aslov.* malomogąšta *aus* malomogątja. uzemogoki, uzemogokemu, *aslov.* vьsemogąšti *aus* vьsemogątji. zavuekati, *aslov.* zavěštati *aus* zavětjati. *Vergl.* crisken, *aslov.* krьštenъ *aus* krьstjenъ *und beachte den on.* gradiška. *In diesen formen hat man das* s. ć *gesucht, daher* hoću *usw. gelesen. Dies halte ich für einen irrtum, indem ich der ansicht bin, es müsse* k *wie* k *gelesen werden, wie man im äussersten westen des nsl. sprachgebietes, im norden von Görz,* pluka, hki *für aslov.* plušta, dъšti, *nsl. sonst* pluča, hči, *spricht; bei Šulek 38. finde ich* pluk *neben* pluč *lungenmoos.* tj *ist in* kj, k *übergegangen.* šč *aus* sk *wird* št: postedisi, *aslov.* poštędiši; postete, postenih *sind aslov.* počьtěte, počьtenyhъ. *Für* žd *aus* dj *steht wie jetzt* j: segna, *aslov.* žęždьna. žde *wird durch* je *wiedergegeben:* toie, tige, tage, tomuge, *aslov.* tožde *usw.:* žde *ist demnach* dje, *was sich auch aus* ze *des glag.-kiov. seite 219 ergibt; dagegen* chisto, comusdo, *aslov.* kъždo, komuždo *seite 221.*

*14. Die lautgruppe tj und dj erzeugt im griech. lautverbindungen,
die den slav. ts, št und dz, žd an die seite gestellt werden können.
So beruht* μέλισσα *auf* μελιτ͡ϳα, μελιτζα, μελιτσα; σχίζω *auf* σχιδϳω,
σχιδζω, *d. i. mit slav. lautbezeichnung shidzō, woraus später shizō.
Vergl. Curtius, Grundzüge 603. 653. Ähnlich entsteht it. mezzo, d. i.
medzo, aus medius, terzo aus tertius. Im lit. haben wir verčju aus
vertšju, vertžju, vertju und meldžju aus meldju: čju und džju mögen
aus älterem ču und džu hervorgegangen sein: auch im aslov. begegnet
man einem jüngeren j nach št, žd, so wie nach č, ž, š. Im lett.
findet sich zuša sg. gen. aus zutja, nom. zuttis aal für zuttjas. brēža
sg. gen. aus brēdja, nom. brēdis hirsch für brēdjas: das lett. hat t
und d vor š und ž eingebüsst. Vergl. it. giorno (džorno) aus diur-
num (djurnum).*

*15. Aus dem gesagten ergibt sich, dass es in der geschichte der
slovenischen sprachen eine periode gab, wo* vratjati, kadjati *für aslov.*
vraštati, každati *gesprochen wurde. Die* Σχλαβηνοί *des Prokopios und
die Sclavini des Jordanes, die im sechsten jahrhunderte am linken
ufer der unteren Donau sassen und von da aus wanderungen nach
süd und west unternahmen, sprachen* vratjati, kadjati. *Aus tja, dja
entwickelte sich bei den nach dem süden ausgewanderten Slovenen, die
später Bulgaren hiessen, šta, žda:* vraštati, každati: *so in den meisten
gegenden; in einigen gewann allerdings für št der laut k, d. i., wie
im serbischen, der laut ć die oberhand:* kerka, *d. i.* ćerka, *für und
neben* dъšterka. *Bei jenen Slovenen, die zuerst nach dem westen
zogen und in dieser richtung am weitesten vordrangen, bei jenem volks-
stamm, der sich noch jetzt den slovenischen nennt, gewahren wir* č,
d. i. tš, tž, tj *und* j, *vor welchem d ausgefallen. Bei jenen, die später
ihre wohnsitze an der unteren Donau verliessen, gieng, wie bei den
Bulgaren,* tja, dja *in* šta, žda *über: es sind dies jene Slovenen, deren
sprache zuerst von deutschen missionären und im neunten jahrhunderte
von den brüderaposteln Kyrill und Method als mittel zur verkündigung
des wortes Gottes angewandt wurde, eine sprache, die nie anders als
slovenisch hiess. Die an der unteren Donau zurückgebliebenen Slo-
venen, die man dakische Slovenen nennen kann, schliessen sich hin-
sichtlich dieses punktes an die pannonischen an. Im lit. geht tj, dj
in tž (ć), dž über:* verčiu, meldžiu *aus* vertju, meldju. *Daraus
folgt, dass im slavisch-litauischen tj, dj noch keine veränderung
erlitten hatten.*

*16. t tritt an die stelle von d und umgekehrt oder der gebrauch
schwankt zwischen t und d; hier ist das lit. berücksichtigt.* drobьnъ

minutus: *lit. truputis brocken: der fall, dass die anlautenden tenues zweier auf einander folgender silben zu mediae herabsinken, tritt öfters ein.* gadati, gatati *coniicere.* gladъkъ *lēvis: lit. glotus.* gospodь *dominus*: podь *steht lit. patis, aind. pati gegenüber.* lebedь *cygnus, p.* łabędź, *aslov.* *labędь *und č.* labut. nęta*: *p.* nęta, ponęta, wnęta *lockspeise, köder und č.* vnada. *aslov.* *nętiti, nęditi *und č.* nutiti. neto- pyrъ *vespertilio und p.* niedopierz *aus* nieto-. otъ *ab: nsl. usw.* od, *aind. ati.* papratъ*: *č.* kapradí *aus* papradí, *r.* paporotь, *p.* paproć. rêdъkъ *rarus ist nicht lit. retas, sondern erdvas.* rêt *in* obrêt, obrêsti *invenire vergleicht man mit lit. randu ich finde.* svobota *neben* svoboda *libertas: thema* *svobъ. štitъ *scutum. pr. staitan und lit. skidas.* trądъ *fomes. s.* trud *und nsl.* trôt. *r.* trut. *lit. trandìs staub von verfaultem holze: w.* ter. trątъ *crabro. nsl.* trôt. *ns.* tšut *und p.* trąd. *rumun. trınd.* trъvati*: *č.* trvati *dauern, auf etwas bestehen und pr. druvit glauben.* tvrъdъ *firmus: vergl. lit. tvirtas. Vergl. Geitler, Lit. studien,* 53. 54. svadьba *neben* svatьba *beruht auf assimilation.*

17. *Das personalsuffix* tъ *fällt selbst in den ältesten denkmählern häufig ab:* dostoi. podobaje. podobaa. byvają. są *usw. Vergl.* 3. *seite 63.*

18. *Die gruppen* tr, dr *finden sich sowohl im an- als auch im inlaute:* trapъ, tratiti, trepati, tretiji, tri, trizna, troj, troha, trudъ, trupъ, trъgъ, trъnъ, trêba, trêzvъ, trądъ; dragъ, drati, drevlje, drobьnъ, dročiti sę, drugъ, drъžava, drъzъ; bratrъ, chytrъ, bъdrъ, mądrъ *usw.* r *von* bratrъ *verliert sich sporadisch schon in den ältesten quellen:* bratra *neben* brata *zogr.* bratrъ, bratra, bratru, bratrьê *neben* bratъ *cloz. I.* brate *II.* bratrъ, bratra, bratromъ *neben* bratъ, brata, bratu *usw. assem.* bratrъ *mariencod.* [bra]trêhъ *glag.-sin.* bratrъ, bratriê, bratrii *usw. pat.-mih.* bratre *slêpč.* bratrъ *naz.; sup. und ostrom., wie die freisinger denkmähler kennen die ältere form nicht. pr. bratrīkai.* prostъ, *wohl für* prostrъ. tl, dl *findet sich im anlaute:* tlapiti, tlo *neben* tъlo: *lit. pa-talas lectus;* tlъstъ, tlêti *neben* tьlêti; dlanь, dlъgъ, vlъko-dlakъ *usw.; im inlaute werden* tl *und* dl *gemieden: aus* plet-lъ *und* pad-lъ *entsteht* plelъ, palъ. šьlъ: šьd *ire.* račrъlo *naz.:* črъt *caedere.* prosmrъla (bê plъtь *mladên.):* smrъd- nąti *foetere.* rasêlъ *scissio:* rasêd-lъ. jela *abies. r.* elь: *vergl. č.* jedla. *lit. eglê, aglê aus edlê usw. pr. adle.* grъlo *guttur aus* grъdlo: *lit. gerklê.* bylъ φυτόν *ist* by-lъ. vilicę *pl. fuscina: vergl. č.* vidle. *In* sveklъ *ist* tl *durch* kl *ersetzt worden:* σεῦτλον, *was an das lit. erinnert.* čislo *numerus,* vęslo *ligamen sind aus* čīt, vęz *und dem suffix, das ursprünglich* tlo *lautete, hervorgegangen;* gąsli *cithara und* jasli *praesepe bestehen aus* gąd, jad *und dem suffix* tlъ, *daher* gąslъ

15

· *aus* gǫd-tlь, gǫs-tlь *usw.* rаslь *in* lêtorаslь *ist* rаst-tlь. *Ähnlich ist
wohl* myslь *cogitatio zu erklären:* mъd. *Nach J. Schmidt 1. 178.
ist in* myslь *und* rаslь *der dental vor* lь *zu* s *geworden. russ.* uslo
textura dial. ist udtlo: *lit.* aud, austi. *Eine abweichung scheint in*
metla *scopa und in* sedlo *sella (selten ist* osedъlati *sup. 162. 13),
lett.* sedli, segli. *got.* sitla-. *ahd.* sezal *vorzuliegen, worte, die aus den
w.* met, sed *und dem suffix* lo *(vergl. auch slovak.* ometlo, pometlo)
bestehen. Die entscheidung, ob sedlo *oder* sedъlo *usw. zu schreiben,
ist schwierig, weil die gruppe* dl *nicht nur im* čech., *poln.,* oserb.
und nserb., *sondern auch im westen des* nsl. *sprachgebietes vorkömmt
(3. seite 163) und sich im* aslov. *aus alter zeit erhalten konnte. lit.*
solas *sitz ist nach Bezzenberger 91.* sadlas. *Das suffix des partic.
praet. act. II. scheint ursprünglich* tlъ *gewesen zu sein 2. seite 94.
Dem* aslov. mlъčalivъ *von* mlъčalъ *entspricht* ač. mlčedliv. *Dem* ač.
zrziedlny (zředlný) *sichtbar würde ein aslov.* zъrêlъnъ *gegenüber-
stehen.* podlje *apud in russ. quellen und* vlъkodlakъ *vulcolaca beruhen
auf syntaktischer verbindung und composition. Man beachte* titъlъ
cloz. *I. 686.* kotъlomъ. svêtъlo *zogr.* svêtъlъ, svêtъlъ *neben* svêtlo
usw. sup. svêtъlъ *ostrom.* pêtlъ *neben* pêtelinъ. vitlъ, vitъlъ: *nsl.*
vitlo *habd. b.* vitlo: *lit.* vitulas. dętlъ, dętelъ. bodlь *spina. Ferners*
obidъlivi *cloz. I. 117.* mьdlъ *neben* mьdьlьnъ *ostrom. Eigentümlich
ist* aslov. moliti, *č. und* nsl. *in den freisinger denkmählern* modliti
usw., dessen entwicklung ist: meld *(lit.* meld *in* melsti, meldžiu),
durch steigerung *mold-, *davon* molditi, *durch metathese behufs der
vermeidung von* old-modliti, *wofür aslov.* moliti. vъsedli (vzedli)
*aor. fris. Die prager glag. fragmente bieten folgende čech. formen
dar:* modlitva. svetidlъna. vъsedli sję *neben* iselenъ. tn, dn
scheinen im anlaute nicht vorzukommen: dna *morbus quidam wird
wohl ursprünglich* dъna *gelautet haben; für* dno *fundus ist* dъno
die richtige schreibweise: *dъbno, *lit.* dugnas *aus* dubnas; *im inlaute
fällt* t, d *vor* n *aus:* ogrъnǫti *aus* ogrъtnǫti; kręnǫti *aus* krętnǫti; svъnǫti *aus* svъtnǫti; *ebenso beruhen die verba* -bъnǫti, pręnǫti, zaganǫti, svęnǫti, vęnǫti *auf den w.* bъd, pręd, gad, svęd, vęd; *doch* padnǫti. *Man beachte auch* praznǫ *sup. 294. 2. für* praz-
dъnǫ. *Die gruppen* tt *und* dt *gehen in* st *über:* plesti, pasti *inf. aus*
pletti, padti; gręsti *ire naz. aus* grędti. grъstь *pugillus aus* grъtti.
rasti *aus* rastti; vlastь *aus* vladtь; sъvrъstь *coniux aus* sъvrъdtь.
daste *dabitis,* vêste *scitis aus* dadte, vêdte; pêstunъ *paedagogus
aus* pêttunъ *(vergl. 2. seite 176): w.* pьt. zvêzdobljustelь *astronomus
aus* -bljudtelь. *Vergl. lit.* ved: vesti, vez-dinu *usw.* tv, dv *kommen*

im an- und im inlaute vor: tvoj, tvorъ, tvrъdъ; dva *neben* dъva; dvoj, dvorъ, dvьrь, molitva; jedva *usw. neben* edъva *sav.-kn. 40.* *In* davê, javê, vêvê *fällt* d *aus:* dadъ, jadъ, vêd; *dasselbe findet in* damь, jamь, vêmь *und* damъ, jamъ, vêmъ *statt.* ramênъ *vehemens, celer: vergl.* aind. rādh, rūdhati, rūdhnōti *gelingen und aslov.* radъ. rumênъ *ruber: w.* rŭd, rɪdêti. têmę *vertex: vergl.* ahd. sceit-ilā. vyınę *uber: aind.* ūdh-ar, ūdh-an. *griech.* οὖθαρ. *lit. udroti eutern.* osmь *octo aus* ostmь: *aind.* aṣṭau. *got.* ahtau. *lit.* aštūni. čismę *numerus aus* čьt-smę *von* čьt: *man vergleiche lit. ver-smê quelle: ver. gë-smê lied: gëd. verk-smas weinen: verk. Die verbindung* dm *erhält sich in* sedmь *septem aus* septmь, *aind.* saptan: *dass zwischen* d *und* m *ein* ъ *gesprochen worden sei, ist nicht wahrscheinlich; sup. bietet nur zwei- mahl* -d'm-: *21. 5; 305. 16. vergl.* r. семь. semyj. sedьmoj. *Vor* h *fällt* t, d *aus:* съmęhъ *turbavi von* męt. obrêhъ *inveni von* rêt. povêhъ *adduxi von* ved. съbljuhъ *servavi von* bljud *usw. Vergl.* č. brach, *lit.* brosis žem.; *r.* prjacha, *w.* pręd; *r.* nerjacha, *aslov.* ŗędъ; *aslov.* svaha, svatъ. thorъ αἴλουρος *steht für* dъhorъ. *Ausfall von* t, d *findet auch vor* s *und* š *statt:* probasę *transfoderunt von* bod. ištisę *enumerarunt von* čьt. vъzmęšę *aus* -męhę *turbarunt von* męt: *vergl. lit. mesiu aus* metsiu *Kurschat 40.* jasomъ *edimus von* jad. privêsę *adduxerunt von* ved. rusъ *flavus ist, wenn einheimisch, aus* rъd-sъ *hervorgegangen.* kopysati *fodere,* vъskopysnąti *vergleiche man mit* kopyto. kąsъ *frustum: lit. kandu mordeo, daher* kand-sъ. *Vergl.* č. rysavý *mit* rъd, ostýchati *mit* stъd. *Vergl. 3. seite 77—79.* prêêvъ- šumu *marc. 5. 21-zogr. beruht nicht auf* jad, *sondern auf dem älte- ren* ja: *vergl.* id *und* i. *Auslautendes* t *und* d *der praefixe schwindet nach dem abfalle. des* ъ *häufig in den älteren denkmählern vor bestimmten consonanten:* ohoditi *assem. sup. 71. 12. ostrom. neben* otъhoditi *sup. 275. 29. ostrom.* osêci *abscide izv. 693.* oěъdъ *sup. 97. 15; 374. 28. ostrom.* oěьdъ *assem. neben* otъěъdъ *sup. 212. 26.* otъěьdъ *ostrom.* oěъlъ *assem. ostrom. neben* otъěьlьсь *sup. 397. 10.* otręsti *437. 10. neben* otъtrêbiti *219. 11.* окrъvenъ *343. b.* окrъvenije ἀποκάλυψις *ostrom.* окryvati *sup. 451. 1. neben* otъкryti *344. 28. ostrom.* otъкrъvenъ *ostrom.* otъкrъvenije *sup. 451. 3.* ostąpati *cloz. I. sup. 339. 12.* ozemьstvovati *pat. Ebenso schwindet* d *in* prêstojati *351. 1; 354. 15. In den meisten fällen erhalten sich* t *und* d *in den praefixen* otъ, podъ *und* prêdъ: otъpadъ *lam. 1. 155.* otъbêgati *sup. 448. 22.* otъstupьnikъ *lam. 1. 142.* otъčajati *74. 19.* podъdrъžati *108. 23.* podъložiti *271. 26.* prêdъvesti *88. 9.* prêdъležati *76. 22 usw. Man merke* еdеrъ *assem. für* еtеrъ.

15*

C. Die p-consonanten.

1. Die consonanten p, b, v, m *werden trotz ihrer teilweise verschiedenen physiologischen qualität zusammengefasst, weil sie in einem wichtigen punkte derselben regel folgen.*

2. p, b, v, m, *im alphabete* pokoj, buky, vêdê, myslite *genannt, lauten im aslov. wie im nsl. usw.* f, *im alphabete* frъtъ, *ist unslavisch.* b *ist ursprachliches* b *und* bh.

3. p, b, v, m *stimmen darin überein, dass im aslov. die gruppen* pja, bja, vja, mja *durch* plja, blja, vlja, mlja *ersetzt werden.* plja, blja *usw. sind demnach dadurch bedingt, dass dem* p, b *usw. ein* j *mit einem vocale folgt:* kupljenъ *emtus aus* kupi-j-e-nъ, kupъ-j-e-nъ, kupjenъ; ljubljenъ *amatus aus* ljubi-j-e-nъ, ljubъ-j-e-nъ, ljubjenъ; lovljenъ *captus aus* lovi-j-e-nъ, lovъ-j-e-nъ, lovjenъ; lomljenъ *fractus aus* lomi-j-e-nъ, lomъ-j-e-nъ, lomjenъ. *Man füge hinzu* r. oliflenъ. *Vor* i *und* ь *tritt die einschaltung des* l *dann ein, wenn diese vocale vertreter von praejotierten vocalen sind:* krêplʼij *fortior.* grąblʼij *indoctior.* trêblje *phil. 1. 24 - slêpč. šiš.* *drevlʼij *antiquior, das nur in* drevlje: drevьe *sup. 236. 1. (unrichtig* drevje *348. 12),* č. dřive, *olim erhalten ist. Vergl. 2. seite 322.* krêplʼь *qui firmavit,* ljublʼь *qui amavit,* lovlʼь *qui cepit,* lomlʼь *qui fregit aus* krêpi-ъs, ljubi-ъs, lovi-ъs, lomi-ъs. *Vergl. 2. seite 328. Dasselbe findet statt in* stъblʼь *caudex.* korablʼь *navis.* doblʼь, doblʼъnъ *fortis.* doblʼьstvo; bezumlʼь *stultus.* duplʼь *vacuus.* piskuplʼь *episcopi.* isavlʼь *adj. esau.* iosiflʼь *ioseph.* zemlja *terra.* rimljaninъ *romanus.* aravljaninъ *arabs usw.* hapljati *mordere.* razdrabljati *conterere.* ulavljati *insidiari.* prêlamljati *neben* prêlamati *frangere: formen wie* pristąpati, prêlamati *entstehen durch vernachlässigung des* ь, i. stavljati *aus einem stamm* stavь (stavъ-jati) *zu erklären geht nicht an.* hoplją *mordeo aus* hopją, droblją *contero aus* drobją, lovlją *capto aus* lovją, lomlją *frango aus* lomją *neben* hopiši, drobiši *usw.* hopljaahъ *mordebam.* drobljaahъ *conterebam usw.* kąplją *lavo.* jemlją *sumo usw.* kąplješi. jemlješi *usw. Aus dem gesagten ergibt sich der grund der differenz von* davlʼь *aus* davi-ъs *und von* črъvь *aus* črъvi. *Das hier behandelte* l *nennt man das labiale, richtig das epenthetische: es ist eingeschaltet, nicht etwa aus* j *entstanden. Daraus folgt, dass* l *stets weich sein muss: das gegenteil kann nicht durch formen wie* ostavlenьe *cloz. I. 383. und* vъzljublenъ *ostrom. bewiesen werden. Es ist nicht allgemein slavisch, da es dem* čech., pol., oserb., nserb. *fehlt: selbst die in mehr als einer hinsicht mit einander näher verwandten sprachen,* *aslov., nsl., bulg., kroat. und serb., unterscheiden sich in betreff des epenthetischen* l, *da das bulg. es nicht anwendet: es sagt* kарь *stillo,* кірь *aus* капjǫ, куpjǫ *für aslov.* капljǫ, куpljǫ. *nsl.* капljem. *Selbst die aslov. formen stehen auf drei stufen: auf der ältesten stufe gewahren wir nach dem labialen consonanten das ungeschwächte* i; *auf einer jüngeren geht* i *in* ь *über; auf der jüngsten ist* ь *ausgefallen, was die epenthese des* l *zur folge hat: die jugend des epenthetischen* l *ergibt sich auch aus der unveränderlichkeit der dem* l *vorhergehenden mit* m *schliessenden silbe:* jemljǫ. lomljǫ. *a)* izbaviaše *sup.* 260. 2. pristavijenъ 11. 2. *Selbst in spätteren denkmählern hat sich* kupija ἐμπόρευμα *prol.-rad. für das jüngere* kuplja, *das selbst im* zogr. *vorkömmt, erhalten. Hieher gehört* slavij luscinia, mravija *formica neben* graždь stabulum, jažda vectura. Vergl. 2. *seite* 41. *b)* ostavьjenъ *sup.* 60. 21. tomьjenije 1. 4. stavьjati 430. 26. ulovьjenъ 242. 13; 380. 13. javьjaše 60. 21. divьjahǫ 102. 9. krêpьjahǫ 54. 4. postavьjǫ 1. 16. slavьjǫ 4. 3; 87. 9. sramьjajete 87. 22. отъnemьję 244. 19. zybьjemo 452. 3. *Folgende formen sind durch ausfall des* ь, i *entstanden:* ostavenъ 160. 2. otravenъ 156. 5. ujazvenъ 64. 14. blagoslovenъ 240. 18. ulovenije 89. 29. nastavenije 203. 16. razlomenъ 160. 3. tomenije 122. 28. vъzljubenъ *assem.; ebenso* umrъštvenъ *sup.* 443. 7. umrъtvenije 442. 12. *neben* umrъštenъ 257. 21; 344. 15. blagodarьstvêaše 220. 14. blagoslovestvenьja 378. 6; *ferners* pristav'enьe. sъpodobьšej sę. *neben* divlêahъ sę zogr. zemi *sg. loc. cloz.* I. 179. 361. 363. 758. 789. *aus* zemьi. zemьskъ 466. prêlomь 378. korabь *neben* korabľь *sup.* korabi. prêlomь *usw.* assem. rasypi *sup.* 16. 12. *von* rasypati *nach* V. 2. glǫbьšaja 351. 9: zemjǫ 97. 21. *und* drevje 348. 12. *sind schreibfehler, man wollte denn annehmen, es sei nach* zemьjǫ *vor der bildung von* zemljǫ - zemjǫ *gesprochen worden, was nicht wahrscheinlich ist.* korabicemь. vьnemête sav.-kn. 56. 153. rubêahǫ. istrêzvьše. kolêbešti se (kolêbljǫsti sę) mladên. zemьskъ. zemьnъ. korabicь ostrom. prijem'jetъ. jav'jenii. potreb'jenije *für* prijemьjetъ *usw.* avraamja *ist fehlerhaft* greg.-naz. *c) Die formen der jüngsten stufe bilden auch im* sup. *die regel:* vьplь 224. 1. pristǫplь 344. 19. kaplêmi 37. 13; korablь 298. 16. oslablь 353. 26; javlь 182. 29. *neben* pristaprь. vъzljublь. ulovь. protivь. proslavь. ostavь. sъlomь. ustrъmь *sup. usw. für* pristǫpľь. vъzljubľь *usw.* jakovľji 289. 11. krъčьmljavati 139. 26. zemlę 79. 21. *Dass in bulg. denkmählern das epenthetische* l *regelmässig fehlt, ist selbstverständlich:* umrъtvêjemi. uhlêbêj. jemetъ slêpč. *für* jemljetъ. umrъštvljajemi. uhlêbljaj šiš. davêaše ἔπνιγε matth. 18. 27-zogr. b.

korabь. korabъ. korabi. zemi. zemę. ljubę *amo neben* korable.
pogubljǫ *perdam.* pogublêaše *bell.-troj.* divêhǫ sę. glumêahъ *lam.*
l. 10. 97; ebenso in den prag.-frag. proêvêvaše. prêstavenie. zemja
neben prêpolovlenie. obaviti *revelare steht für* obъjaviti, objaviti:
einem objaviti *musste ausgewichen werden. Man beachte noch folgen-*
des: duplь *cavus.* dupljatica *lampas, s.* duplir, dublijer, *das mit*
mlat. dupplerius cereus *zu vergleichen ist.* črъvljenъ *ruber aus* črъ-
vьenъ: črъvьjenь *sup. 424. 23. neben* črъvenъ. konoplja *cannabis:*
griech. χίνναβις. *ahd.* hanaf. pljujǫ, prьvati *spuere. č.* plíti. *lit.*
spjauti. lett. splaut: vergl. bljujǫ, brьvati. *č.* blíti. pljuskъ *sonus.*
bljudo *patina: got.* biuda-: *lit.* bludas *ist entlehnt.* bljusti, bljudǫ
spectare, videre scheint mit aind. budh *scire zusammenzuhangen, das*
auch in der form bъdêti *vorkömmt.* godovablь *ist ahd.* gotawebbi:
p. jedwab̓. *č.* hedbav: blь *ist aus* bi-ъ *entstanden.* zmij *draco,* zmija
serpens beruht wohl auf w. zmi *serpere: suffix ist* ъ, a, *daher*
zmi-j-ъ, zmi-j-a: *neben* zmija *besteht* zmlьja, *d. i.* zmlĭja, *dessen* l
an das l *von* bolĭj *erinnert: wäre* êja *das suffix von* zmlĭja, *so*
würde man zmljaja *erwarten vergl.* ležaja. tьčaja *2. seite 82. 83,*
denn ê *ist hier ein* a-*laut.* velьbǫdъ *camelus lautet in späteren quellen*
velьbludъ, *wobei einfluss des* blǫdъ *scheint angenommen werden zu*
sollen: lit. verbludas *ist aus dem russ. entlehnt.*

4. *Die anwendung des epenthetischen* l *steht gegenüber der*
erweichung des r, l, n; *der verwandlung des* t, d *in* št, žd *und des*
z, s *in* ž, š.

5. *Eine grosse anzahl von formen ohne das epenthetische* l *bietet*
der umfangreiche codex sup.: daraus kann jedoch die priorität dieses
denkmahls vor den glagolitischen quellen nicht gefolgert werden, da
im sup. das epenthetische l *häufig vorkömmt, und die glagolitischen*
codices dasselbe häufig entbehren.

Zogr. oprĭjujǫtъ. kaplę *pl. nom.* kuplǫ *sg. acc.* krêprĭi, krêprĭij
comparat. kleplę *significans.* krêprĭêaše. stąplьša. kuplь ἀγοράσας.
pristąplь, pristąplь *neben* pristąpь, pristąpьše. brĭjudê, brĭjudomъ
und bljudê. brĭjudête sę *und* bljudête sę. korablь, korablъ, korablrê,
korablĭju, korablę, korablĕmь *neben* korabь, korabi *sg. loc.,* dъva
korabica. upodoblĭją. vъžljubją. pogybrĭetъ. istrêblĭêje. pogublь.
vъzrĭjublь *neben* sъpodobьšej. vъzrĭjubĭeny. oslablĕny *neben* vъzlju-
b̓eny. *b.* iêkovlь, iêkovrĭê. drevrĭe *comparat., daher* drevlьniihъ,
drevlьnihъ *neben* drevьńiimъ. podavrĭêjątъ. ostavlêemъ. prista-
vrĭêetъ *neben* êvêetъ. ostavêctъ *b.* divrĭêahą sę, divrĭahą sę. mlъ-
vrĭêaše. slavrĭêahą. slavrĭêhą. ostavrĭêaše *neben* davêaše. divêahą sę *b.*

izbavľšemъ *neben* divьše se, ostavь, ostavьša. pristavľeni. izbavľenьe.
avľenie. ostavľenьe *neben* blagoslovenъ *und* pristav'enьe *luc. 5. 36. so
wie* izbavenie *b.* zemľě, zemľe, zemľi, zemli, zemľja, zemľa. na zemľě
marc. 9. 3. falsch neben zcm'i *zweimahl,* zemi *neben* zemją *b., wo stets*
zemi, *nie* zemľi : zemъnyhъ *bistet der ältere teil.* nеľtalimľja. imlêne.
sodomľênemъ. avraamľ *neben* avraamlъ *b.* vlasvimľêeši. emľetъ,
vъzemľjątъ, vъspricmľevê, obemľjątъ, poomľetъ, priemľetъ, pri-
emľete, priemľątъ, sъnemľjątъ se, usramľêjątъ se *luc. 20. 12.* vъnem-
ľête, otemľjąštaago *luc. 6. 30.* emľei, priemľe *neben* priem'etъ, pri-
emetъ, priemjątъ. usramêją se, usramêjątъ se *matth. 21. 37. b.*
prêlomь.

Cloz. *I.* kaplê *928.* kaplę *928.* kuplą *236.* sъvъkuplêjąšte
534. prilêplêjei *131.* zybląšti *683.* vъzljublenaa *541.* iêkovlь *12.*
drevle *593.* ispravlêeši *505.* êvlêetъ *60. 642.* izbavlêjątъ *637.*
êvlêje *866. 871. 873. 876.* gotovlêahą se *251.* ôvlь *714. 716. 814.*
ostavlьše *648.* izbavlenьe *859.* ispravlenьe *506. 741.* ispravlenьju
575. 577. protivlenьe *18.* ostavlenьe *383.* zemlê *563. 683. 761.*
zemlę *798.* zemlą *422. 787. 798.* zemleją *790. 811. neben* zemi
179. 361. 362. 363. 367. 644. 758. 768. 789. 797. zemьskaê *466.*
zemъny *901.* priemlą *74.* priemletъ *531. 631. 887.* priemlemъ
531. priemlątъ *441.* vъzemlę *680.* priemlę *578.* priemląštiê *452.*
priemląštej *435. 438.* prêlomь *378.*

Assem. vьplь. kuplją, kuplьnaago. trъplją. kleplę. kuplь *neben*
sovъkupьša. korablь, korablъ, korablê, korablę *neben* korabь,
korabъ, korabi, korabicju, korabicemъ. ljublją. upodoblją. ljubljê-
aše. oslablenъ *neben* vъzljubą, vъzljubją, vъzljubenъ. iakovlь,
iakovlê. slavlją. êvlą se. divlêahą se. slavlêhą, proslavъlenъ.
avlenie, êvlenie. očrъvlenoją. prêpolovlenie *neben* ostavją. avra-
amlê, avraamle. zemlê, zemlją, zemli, zemlę, zemleją *neben* zemь-
nii, zemьnaa, zemъnaa. ieramlênъ. nevtalimlihъ. siloamli, siloamlją.
vlasvimlêeši, vlasvimlêetъ. emlete, emlę, vъzemlją, vъzemlei, vъs-
priemlcvê, izemleši, priemletъ, priemlją, priemlete, priemljąšte,
sъnemljątъ. prêlomlenie *neben* prêlomь *partic. praet. act. I. Man
beachte, dass im assem.* l *häufig über der zeile steht.*

Sup. vьplь *224. 1.* vьplьmi *202. 21.* kaplę *288. 16.* kaplêmi
37. 13. kupli *409. 9.* kuplą *40. 11.* kapletъ *259. 1.* kapląštę *37.
12.* sъvkuplêę *5. 26.* pristąplь *344. 19.* ukrêplenъ *49. 14.* sъvъ-
kuplenъ *234. 15.* sъvъkuplenije *63. 10. neben* kropami *290. 17.*
krêpьšiihъ *243. 4.* rasypi *impt. 16. 12. neben* rasypľi. kapьju *sg.
acc. 384. 3.* krêpьjahą *55. 4.* oslêpьją *436. 4.* oslêpьjajetъ *330.*

13. oslêpъjahą 297. 4. oslêpъjenii 3. 7. oslêpъjeną 237. 24. oslêpъjenije 158. 9. usw. korablь 298. 16. korablê 115. 18. doblaja 71. 29. doblê'go 122. 21. doble 45. 29. doblii 43. 19. doblъno 68. 19. doblъstvo 62. 9. doblêjšiimъ 424. 19. grąblъi 280. 21 neben gląbъšaja 351. 9. oslablь 353. 26. jakovli 289. 11. drevle 348. 11. divlą 115. 15. divlêhą 13. 25. javljają 260. 9. postavlêję 36. 8. javlь 182. 29. ostavlij 346. 24. ostavlьše 63. 3. postavljenъ 63. 26. neben izbaviaše 260. 2. pristavijenъ 11. 2. ostavъjenъ 60. 21. prêstavъjenьje 373. 9. und blagoslovenъ 240. 18. ujazvenъ 64. 14. ulovenije 89. 29. ostavenъ 160. 2. otravenъ 156. 6. nastavenije 203. 16. blagodarъstvêaše 220. 14. für blagodarъštvljaaše. blagoslovestvenьja 378. 6. umrъštvenъ 443. 7. umrъštvenъ 257. 21; 344. 15. umrъtvenije 442. 12. drevje 348. 12. zemlę 79. 21. zemlą 45. 12. krъmlą 401. 28. krъčъmljavati 139. 26. prijemletъ 126. 18. jemlątъ 102. 18. jemląšte 132. 12. jemlęi 280. 5. prijemlę 69, 3. neben tomъjenije 1. 4. zemją 97. 21. razlomenъ 160. 3. lomenije 122. 28.

    Sav.-kn. kaplę 86. krêpli 142. krêplij 144. krêplêše sę 137. kleplę 6. pristąpь 80. pristąpъše 52. pristąpъši 16. pristąpъši 37. korablь 11. korablê 21. korabь 16. korabъ 14. korabi 11. 21. korabicemь 153. ljublą 2. 5. ljublêše 6. 69. vъzljubenъ 2. vъzljubeny 138. oslabenъ 14. javlą 2. ostavlą 92. postavlą 80. javlêetъ 76. ostavlêete 5. divlêhą sę 64. slavlêše 43. neben mlъvêše 120. blagoslovlь 84. ostavlь 86. ostavlъše 27. 87. upravlenъ 42. neben blagoslovena 118. proslavenъ 7. javenie 36. zemlê 56. zemlę 56. 153. zemlą 16. 86. 153. neben zemъja 77. 113. 146. zemъją 22. 80. 119. neben zemi 17. 56. zemъnii 22. zemъskaja 77. avraamlê 131. sramlą sę 51. emlete 1. priemletъ 18. vъnemête impt. 56. 126. sramlę sę 51. vъzemęi 145. priemlęi 10. prêlomь 20.

    Pat.-mih. sypęšte sę. pristąpь partic. ukrêpenije. korabê sg. gen. pogubę I. sg. praes. vъzljubenь. osklabь sę partic. oskrъbena. oslabeni. ostavę I. sg. ostavêetь. prêpolavêetь. protivъše sę. iskrivenoe. javenyj. blagoslovenь. ulovenь. ostavenь. uêzvenь. zemlę sg. gen. und sg. acc. zemli neben zemê sg. nom. zemę sg. acc. zemi. vъzъdrêmita. glumenie.

    Bell.-troj. ljubę. nasypę neben pogublę 1. sg.

    Tur. kleplę σημαίνων. korablь, korablja, korabli, korablica. zemli.

    Aus dem angeführten ist ersichtlich, dass die bulgarische varietät des aslov. von der einschaltung des l einen spärlicheren gebrauch macht als die pannonische, serbische und russische: es erhellt dies

aus dem jüngeren durch b. bezeichneten teile des zogr. und aus pat.-
mih., daher vъsemu vêru jemljetъ *1. cor. 13. 7-*šiš. *und* vъsemu
vêrą jemetъ *slêpč. 32.*

    Im folgenden wird von jedem der fünf p-consonanten *besonders*
gehandelt.

    6. I. P *fällt vor* n *sehr häufig aus:* kanąti *stillare.* usъnąti
obdormiscere. utrъnąti *obrigescere von* kap. sъp. trъp. utonąti *findet*
man neben utopnąti *submergi,* prilьnąti *neben* prilьpnąti *adhaerere.*
vъnъ *somnus von* sъp: *lit. sapnas. Man merke* sedmъ *septem (*sedъtъ
ist minder gut beglaubigt) aus septmъ *oder aus* sebdmъ: *vergl.*
ἕβδομος.

    P *fällt vor* t *aus:* počrêti *haurire aus* -čerti *für* -čerpti. suti
fundere aus sъpti *mit steigerung des* ъ *zu* u: *ebenso nsl.* s., *man*
erwartet dehnung. dlato *scalprum für* dlabto *aus* dolb-to: *w.* delb.
tętiva *chorda: lit. temptiva; tempti spannen.* netij *nepos. got. nithja-:*
aind. naptar: s. nebuča *filia sororis beruht auf dem it. nepote: es ist*
nebutja *mit* č *für* č. *In späteren quellen findet man aus anderen*
sprachen zwischen p *und* ti *ein* s *eingeschaltet:* počrъpsti, *daraus*
počrъsti *bell.-troj. und* počrêsti *prol.* testi *aus* tepsti, *das auch nsl.*
ist: testi *lam. 1. 34. In entlehnten worten wird zwischen* p *und* t *ein*
ъ *eingeschaltet:* lep'tê *zogr. In lebenden sprachen findet man* pt:
p. łeptać. pt *wird in entlehnten worten manchmahl durch* kt *ersetzt:*
sektebrъ. *Vergl.* sъntębrъ *mat. 12.*

    p *entfällt vor* s *aus:* osa, vosa *vespa: lit. vapsa. pr. wobse.*
ahd. wefsa. osina *espe. p.* osa, osina: *lett. apse. lit. apušis, epuše.*
lisъ *vulpes: vergl. lit. lapê. lett. lapsa.* lysъ *calvus: vergl. w. lit.* lup
schälen, daher für lypsъ: *das wort kann jedoch auch auf* lûk *zurück-*
geführt werden: lykъ *seite 239.* kysati *madefieri, eig. wohl fermen-*
tari, wird unrichtig aus aind. kup *wallen gedeutet:* kypsati *vergl.*
seite 159. č. drásati *ritzen will man aus* drápsati *erklären. Auch in*
entlehnten worten wird ps *manchmahl gemieden:* s'palъmьskyhъ *zogr.,*
doch auch anepsej.

    p *fällt aus zwischen* s *und* l: slêzena *splen für* splêzena *aus*
spelzena: *lit.* blužnis *für* splužnis. *Man vergleiche auch* slina *saliva*
aus splina, spljuna. *r.* slina, sljuna. *č.* plina.

    pêhyrъ *bulla scheint mit* mêhyrъ *identisch.* pravija *danil. 375.*
ist griech. βραβεῖον.

    7. II. B *fällt vor* n *häufig aus:* gъnąti *plicare von* gъb: *dagegen*
gybnąti *perire neben* gynetъ *bus. 548. Man stellt* glina *argilla*
zu glьbnąti. *Wer* koñь *mit* kobyla *vergleicht, wird vielleicht ·jenes*

aus kob-nь *erklären: man beachte* komonь *equus lavr. und klr.* luhova komanyća *neben* końučyna *wiesenklee.*

Auch b *pflegt vor* t *zu schwinden*: greti *fodere von* greb. *Jünger ist* grebsti, *woraus* grcsti. *kr.* dlisti *entspräche einem aslov.* dlêsti *aus* dlêpsti, delpsti. dlato *entspringt aus* dolbto.

Vor s *scheint* b *ausgefallen zu sein in* osoba *persona: lit.* apsaba. *Sicher ist der ausfall in* pogrêsъ *sepelivi von* greb. *Vergl.* 2. *seite* 78.

In *dąbrъ *arbor, woher* dąbrava, *ist* b *wahrscheinlich ein einschub zwischen* ą, *d. i.* on, *und* rъ: *vergl. pr.* damerowa *eichenwald.* *dąbrъ *verliert sein* r; *dasselbe widerfährt dem* ząbrъ, *woraus* ząbъ: s. zuberina. krъčьbnikъ *caupo ist aus* krъčьmьnikъ *entstanden.* lambada *lampas ist* λιμπάς *nach der späteren aussprache des* μπ: *daneben* lampada. kуmьbalъ *ist griech.* κύμβαλον *für* kуmьvalъ.

8. *III.* v *fällt vor* t *aus:* plêti *eruncare von* plêv: plêvą; žiti *vivere von* živ: živą, *daher auch* žito, *doch ist dies nicht sicher:* plêti *wird richtiger auf* pel-ti *zurückgeführt.*

Vor n *scheint* v *in alter zeit nicht vorzukommen: formen wie* zêvnąti *von* zêvati *sind ziemlich jung.*

Nach b *schwindet* v: obaditi *sup.* 162. 7. obetъšati 339. 16. obiti 414. 6. *ostrom.* obitati 347. 3. obitêlь *ostrom.* oblasti *inf. izv.* 660. oblastь *sup.* 112. 23. oblъkъ 217. 19. oblêšti 93. 25. oblakъ 155. 9. obonjati 318. 25. obratiti 19. 5. obêsiti 350. 10. *ostrom.* obêtъ *sup.* 35. 16. obęzati 198. 4. obarovati *usw. aus* obъ vaditi. obъ vetъšati. obъ viti *usw. Selten* obьvetъšati *sup.* 168. 28. obvivati. *Ebenso entsteht* bêhъ *eram aus* bvêhъ, *wohl nicht etwa aus* bъvêhъ, *von* by, *w.* bu, *daneben* zabъvenije *oblivio.* oblъ *rotundus aus* ob-vlъ, *vielleicht für* ob-vъlъ: *vergl. lit.* apvalus. *lett.* apals. *Hier mag auch* obaviti *nuntiare aus* obъjaviti *erwähnt werden, das auf* objaviti *beruht. Aus* vъzъvъpiti *cloz. entsteht* vъzupiti, vъzopiti, vъzъpiti; *aus* hvrastije - hrastije; *aus* skvrada - skrada. *Neben* skvozê *findet man* skrozê. *svrêpъ *aus* sverpъ *wird zu* sverêpъ *und nsl. zu* srêp. svraka *verliert im nsl. und sonst* v: sraka.

Ursprünglich anlautende vocale erhalten oft den vorschlag eines v. *Dies ist notwendig bei* ę, y, ъ: vęzati *ligare aus* ęzati. vyknąti *discere aus* yknąti *für* ъknąti. vъ *aus* ъ *für* ą; *ebenso* vъtoryj *secundus aus* ъtoryj *für* ątoryj. vъšь *pediculus wird mit lit.* utis *in verbindung gebracht und* v *demnach als vorschlag angesehen* Geitler, *Lit. stud.* 71. *Ebenso soll* vъnukъ *nepos mit lit.* anukas *zusammenhangen.* vąsъ *barba findet sich neben* ąsъ, vązu *und*

вѫза *vinculum neben* ѧза. vonja *odor kann das* v *nicht entbehren.*
Auch im lit. kömmt vûga *für und neben* ûga *vor Kurschatt 31.*
Vergl. seite 198.

v *ist aus* m *entstanden:* črъvь *vermis: aind. krmi. lit. kirmis.*
kambr. pryf. čislovъ *greg.-naz. 273. ist überraschend: vergl. den*
sg. instr. der a-*stämme auf* om, ov *im nsl. s.* vêrom, vêrov *2. seite*
211; ferner s. meredov *und* neredov *retis genus.*

In vielen fällen *verdankt* v *sein dasein dem bestreben der*
sprache den hiatus *aufzuheben.* prista-v-ъ. by-v-ati. pokrъ-v-enъ,
d. i. pokrv-enъ *aus* -krû-enъ. brъvь, *d. i.* brvь, *aus* bhru-ъ. pi-v-o.
Vergl. seite 187. Die lautfolge: vocal, v, *consonant wird durch*
metathese gemieden, daher kvasъ *aus* kavsъ *von* kûs: kуѵnѧti;
daher č. kvapiti *aus* kavpiti *von* kûp: kypêti; *daher auch*
sveklь *beta aus griech.* σεῦτλον. *Über* lavra λαῦρα. kitovrasъ κένταυρος
vergl. seite 199.

Ἄφνω, ἐξαίφνης, ἐξάπινα, ἀθρόως repents, subito *wird durch ein*
wort übersetzt, das sehr verschiedene formen annimmt. Es lautet
vъ nezapѫ *sav.-kn. 56. ostrom.* šiš. *33.* vь nezaрьvu *šiš. 18.*
vъ nezaapѫ *zogr. assem. sup. sav.-kn. 134. ostrom.* vь nezaapu
šiš. 45. vъnezaapъ *sup.* vь nezaapьvu *ant.* vъ nezajapѫ *ostrom.*
lam. 1. 25. vъ nezaêpѫ *slêpč. strum.* zajapljati sę *suspicari.* vь neza-
lьpu *luc. 2. 13; 21. 34-nic. aus* vъ nezaрьvu. *Dass das wort mit*
pъvati *sperare zusammenhängt, ist unzweifelhaft: es ist demnach die*
form auf -pъvѫ *zu grunde zu legen. Allein woher das doppelte* ѧ,
aja? *Vielleicht, wie gemutmasst wurde, durch assimilation aus* au:
vъ ne zaupъvѫ.

9. IV. m *geht im inlaute vor consonanten mit dem vorhergehenden*
vocale in einen nasalen vocal über: daher dѧti, dѧtъ, dѧlъ *aus* domti,
domtъ, domlъ *usw. von* dom: dъmѫ *flare;* jęti, jętъ, jęlъ *aus* emti,
emtъ, emlъ *usw. von* em *prehendere.* komkati *wird genau* komъkati
geschrieben und ist das lat. communicare. tуmьpanica *mladên. hängt*
mit griech. τύμπανον *zusammen. Im auslaute geht* m *mit vorhergehendem*
a *in* ѧ *über: daher sg. acc.* rybѧ; *daher die I. sg. praes.* vezѧ, *das*
auf einem ursprachlichen vaghāmi, *aind.* vahāmi, *beruht. Im pl. g. ist*
ursprüngliches ām *zuerst in* ѧ *und dieses in* ъ *übergegangen:* rabъ: pѧtij
ist pѧti-j-ъ. *Das* ѧ *des sg. instr.* rybѧ, rybojѫ *setzt gleichfalls am*
voraus: die vermittlung dieses am *mit formen der verwandten sprachen*
ist zweifelhaft. Nach den anderen vocalen ist (vergl. seite 78. 101.
102. und über den pl. gen. Leskien, Die declination usw. 84) m
abgefallen, daher synъ, pѧtь, kostь, matere *aus* synъ-m, patь-m,

kostь-m, matere-m; *ebenso ist* m *geschwunden in* vedъ, vedohъ, vêsъ *duxi aus* vedъ-m, vedohъ-m, vêsъ-m.

Die w. svid im aind. sviditas geschmolzen, svēdanĭ eiserne platte, pfanne, lautet aslov. verschieden: svęd: p. swąd m. *nsl.* vôditi (meso). *č.* uditi. smęd: *nsl.* smôd m. *Unnasaliert findet sich svid im aslov.* mêdь: *lit. svidu glänze. svidus glänzend.* svidenu *mache glänzend Szyrwid 59. 137. 272. svidikłas politur Geitler, Lit. stud. Wir dürfen demnach ansetzen svid.* svęd. vęd. smęd *und* mêdь. *Dagegen scheint im lit. viddus mitte altes m in v übergegangen, wie umgekehrt p.* małmazyja *für und neben* małwazyja.

Das mь, mi *des sg. pl. instr. steht ursprünglichem* bhi, bhis *gegenüber. Auch das m von* tolьmi, tolьmê, tolьma *usw. ist aus* bh *hervorgegangen, während* bh *im sg. d.* tebê, sebê *als* b *erhalten ist.*

10. V. Der laut des f *ist den slavischen sprachen ursprünglich fremd; es hat daher selbst das glagolitische alphabet dafür ein dem griechischen* φ *nachgebildetes zeichen; auch die lettischen sprachen kennen den laut des* f *nicht.* f *erhält sich nicht selten in entlehnten worten:* afredomь *sg. i.* ἀφεδρών. afredonъ *sg. n.* finikъ. gnafej. nef'talimľją zogr. fariscj. filipъ. filosofъ *assem.* filosofisa *slêpč.* frążьskъ. dafinije. porьfira *lam. 110. 150. 164.* evьfimorije *sg. g.* ἐφημερία. forь φόρος; *nic.* dafinovo *misc.-šaf.* frugъ. fružьskъ *danil. 8. 110.* rofeja ῥομφαία *misc.* prosfora προσφορά *krmč.-mih. usw.* vlasfimisati *ostrom.* iosifъ *tichonr. 1. 192.* prosfura 2. *321.* f *und* th *werden verwechselt, daher* o rybê *thokê* op. 2. 3. 685. omohorь *pat. steht für* omoforъ. *Für* f *steht häufig* p *oder* v: a) kaijapa *lam. 1. 152.* kaiêpa καιάφα. alьpeova τοῦ ἀλφαίου. apendronь *nic.* osipь. filosopь *ant.* pilipъ; vlaspimija. eprêmь. parisêj. pilipь. paraonь. pênikь φοῖνιξ *glag. Man beachte noch* opica *simia:* ahd. affo; pila *serra:* ahd. fīla; pogača *panis genus:* it. focaccia; pênęgъ: ahd. phenning; popъ: ahd. phafo; pla-vianь *prol.-vuk. Auch im lit. geht* f *in* p *über Kurschat 22.* b) vlas-vimiê βλασφημία *zogr.* vlasvimisati *assem.* mladén. prosvora προσφορά *assem. sup. 398. 25.* prosvira *tichonr. 2. 193. 194.* vlasvimijati *izv. 6. 284.* vunьdь *fundus dial.* vlaskunь *flasco pat.-mih. Man merke* proskura *tichonr. 2. 307. für* προσφορά. povora *gestatorium ist mit griech.* ἀποφορά *zu vergleichen. Man füge hinzu s.* rovito (rovito jaje): *griech.* ῥοφητός *sorbilis. nsl.* vodêr *vas foenisecae: it.* fodero. f *hat sich, einmahl bekannt geworden, über seine grenzen hinaus verbreitet:* efifanij *pl. g. sav.-kn. 142.* farfiru *zogr.* faropsida παροψίς. filatъ *nic.* forьfira *lam. 1. 150.* fropitъ *cloz. I. 134.* funьskomu ποντίῳ *nic.* safožьnь *lam. 1. 160.* skorьfiê *sav.-kn. 43.* skorьfiju *lam. 1. 163 und sogar* fišta τροφή *matth. 10. 10-nic.* fъfati, fъfljǫ *blaesum esse ist schallnachahmend.* volfy *lavr. 103. aus* volhvy.

Im s. und sonst entsteht f *manchmahl aus* hv: fala *aus* hvala. *Vergl. zeitschrift 23. 121. klr.* kvartuna *aus* chvartuna *für* fartuna *Bezzenberger 74. 77.*

D. Die k-consonanten.

1. K *und* g *lauten im aslov. wie Brücke's* k^2 *und* g^2, *laute, die an der grenze des harten und weichen gaumens articuliert werden, nicht wie* k^1 *und* g^1, *die am harten gaumen ihre articulationsstelle haben. Das aslov.* h *ist das aus* k^2 *entwickelte reibungsgeräusch, das Brücke mit* χ^2 *bezeichnet Grundzüge 60. 64. Dass* k, g, h *nicht wie* k^1, g^1, h^1 *lauteten, ergibt sich daraus, dass keiner von diesen consonanten vor* i *und* e *stehen kann, und daraus, dass* k, g, h *in fremden worten vor* i, e *und vor den mit* i, e *verwandten vocalen in* k, g, h *übergehen, die nach meiner ansicht wie* k^1, g^1, h^1 *lauteten. Gegen das vorhandensein der laute* k^3, g^3, h^3 *im aslov., deren articulationsstelle am weichen gaumen ist, spricht der umstand, dass diese laute den lebenden slavischen sprachen ganz und gar fremd sind.*

2. Die gruppen, in denen k, g, h *die erste stelle einnehmen, sind teils solche, in denen an zweiter stelle ein consonant steht, teils solche, in denen die zweite stelle ein vocal einnimmt.*

A. I. krabij, krava; krada *rogus;* krovъ, kroiti; kropa *gutta;* krъvъ; krъkyga *camara;* krъma; krupa, kruhъ, krušьka; kryti; krągъ; krąpъ *parvus;* krątъ, kremy, krivъ, krilo; križь *aus* krjužь *crux;* kręnąti, krêpъ, krêsъ *usw.*, grabiti; gradъ *murus, grando;* graj, grobъ, groza, grozdъ, grъbъ, grъdъ; grъkъ *graecus;* gruda, gryzą, grąbъ, grądь; grąstokъ *saevus;* grebenь, grebą, griva, grêda, grędą, grêzu, grêhъ *usw.*, hrabrъ, hrakati; hralupъ *cavus;* hromъ; hrъzanъ *flagellum;* hrъtъ, hrąštь, hribъ, hristijaninъ *usw.* klada, kladęzь; klakъ *calx;* klobukъ, klokotъ, klopotъ; klъkъ *trama;* klъcati *scopere;* kląbo, kląpь; klevrêtъ *conservus;* klepati, kliknąti, klinъ; klęzь, sklęzь *numus: ahd. scilinc;* klętva, klêj, klêtь, klêšta; kljuka *dolus;* kljunъ, kljusę *usw.;* glava, glavьnja, glagolъ, globa, glota, gluma, gluhъ, glъbokъ, glъka, gląbokъ, gleznъ, glina, ględati, glênъ *usw.*, hladъ, hlakъ, hlapъ, hlupati, hlъmъ, hlądъ, hlębь, hlêbъ, hlêvina *usw.*, kñiga *neben* kъñiga, knęzь *neben* kъnęzь: *ahd. kuning;* gnati *neben* gъnati, gnetą, gniti *und* gnoj, gnusъ, gnьsь, gnêvъ, gnézdo, gnêtiti; hąhnati.

II. K *füllt vor* t *in der wurzel aus:* plet *aus* plekt, *lat. plecto,*
ahd. flëhtan. letêti *volare: lit.* lêkti, lêkiu, *lett.* lêkt. pętyj *quintus:*
lit. penktas, pr. piencts, lett. pëkts. netopyrъ *vespertilio scheint für*
nektopyrъ *zu stehen und im ersten teile mit* noёtъ (noktъ) *verwandt*
zu sein. k, g, h *gehen mit* t *des inf., des supin. und des suff.* tъ *in*
ёt *über: daher die inf.* sёёti *secare,* moёti *posse,* vrёёti *triturare aus*
sêkti, mogti, vrêhti, *ic.* sêk, mog, vrъh: vrёёti, *aslov. unbelegt,*
wird bestätigt durch s. vrijeći. *supin.* obleёtъ *decumbere ostrom. aus*
oblegtъ. peёtь *fornax, woher* peёtera *specus,* moёtь *vis aus* pektъ,
'mogtъ. málomoёtъ *f. aegrotus aus* mog-tъ: malomoёtijǫ *marc. 9.*
43-zogr. Ebenso entsteht ёt *in* noёtъ *nox:* noktъ; dъёti *filia:* dъgti,
aind. duh-i-tr *für* dugh-i-tr, *abaktr.* dughdar, *got.* dauhtar-, *armen.*
dustr, *lit.* dukter-. veёtъ *res aus* vek-tъ: *got.* vaihti-, *ahd. wiht ding.*
loёtika *lactuca aus* loktjuka: *nsl.* ločičje. *s.* loćika. *č.* locika;
abweichend p. loczyga: *ahd.* ladducha. *lit.* laktuka. *lett.* latukas. *Die*
verwandlung des kt, gt, ht *in* ёt *ist wohl nicht durch ein folgendes*
i, ъ *bedingt, wie das supin.* obleёtъ *(das andere allerdings durch*
die analogie des inf. erklären: ъ *für* ъ *wegen* ёt) *zeigt. Da* kt *usw.*
dasselbe resultat ergibt wie tj, *so darf an die reihe* kt, jt *(vergl.*
fz. fait aus fact, nuit *aus* noct), tj *gedacht werden. Der glag.-kiov.,*
der c *an die stelle von* tj *treten lässt, verwandelt auch* kt *in* c:
pomocь, pomocъjǫ *535. 536. für* pomoёtъ, pomoёtъjǫ. *Andere*
haben folgende wandlungen angenommen: č. pek-ti, pek-s-ti,
pe-s-ti, péci, *wodurch weder* péci *noch* peёti, peći, peči *erklärt*
werden kann. ktitorъ, *wofür auch* htitorъ, *ist griech.* κτήτωρ. *Wenn*
neben der I. sg. prijęhъ *die II. dual.* prijęsta, *die III. dual. so*
wie die II. pl. prijęste *lauten, so ist* st *nicht etwa auf* ht *zurück-*
zuführen, vielmehr hangen diese formen mit dem alten aoristthema
prijęs *zusammen.* kd *findet sich nur in* kde *für* kъde, hd *gar nicht;*
gd *könmt vor in dem entlehnten* gdunije *aus* *kъdunije κυδώνιον
μῆλον, s.* gunja, dunja, *č.* kdoule, gdoule, *p.* gdula, *im aslov.* gdê
für kъde *und in* kogda. hto, htêti *stehen manchmal statt* kъto,
hъtêti, hotêti.

III. Kp, kb, gp, gb, hp, hb *kennt die sprache nicht.* kv *findet*
sich in kvažnja *aus und neben* skvažnja *foramen: vergl.* skvozê.
kvasъ *aus ic.* kys. kvati *caput movere aus* kŭ-ati: *vergl.* kyvati.
kvočiti *adulari. Das nsl. und s.* kvar *damnum ist wohl nicht das*
magy. kár. cvičati *grunnire.* cvilêti *flere.* cvisti *florere und* cvêtъ
flos zeigen im č. p. os. ns. k *im anlaute.* gv *finden wir in* gvozdь
clavus, silva, gvorъ *bulla,* aquae; zvizdati *sibilare,* zvêzdъ *stella*

bieten in den oben genannten sprachen h, g: *das letztere hat im lit.*
ž: *žwaigzdê, žvaizdê.* hv *gewahren wir in* hvala; hvatiti *prehendere*
von w. hyt; hvorovati *impendere;* hvostъ *cauda aus einer russ.*
quelle; hvrastije *neben* hrastije *sarmenta;* hvêjati sę *moveri aus*
einer russ. quelle. Singulär ist volfy *lavr. 103. aslov.* vlъhvy *von*
vlъhvъ. km *findet sich nur in dem entlehnten* kmetъ *magnatum unus,*
das vielleicht das lat. comes — comit — ist. gm *kommt nicht vor:*
gъmъzati *repere lautet s.* gmizati, gamizati. hm *findet sich nur in*
hmêlь *lupulus, magy.* komló. lyъъ *in* vъzlyъъ *kahl, eig. eine blässe*
habend, hat k *vor s verloren: vergl. lit. laukas blässig, eig. licht, lett.*
lauka. Dasselbe ist eingetreten in têsta *cucurrerunt aus* teksta *von*
tek; *in* rêhъ *dixi aus* rekhъ, reksъ *von* rek; *in* bêšę *fugerunt aus*
bêgšę; *in* vъžašę *aus* vъžegšę *und in* anъtrasъ ἄνθραξ *bus. 65;*
vielleicht auch in brysati *und* desъnъ. *Die gruppen* skn, zgn *büssen*
k, g *ein:* blъsnąti. lusnąti. pisnąti. tъsnąti *von* blъsk. lusk. pisk.
tъsk; *p.* śliznąć się *von* ślizg.

 *3. B. Die gruppen, in denen an zweiter stelle ein vocal steht, sind
teils solche, vor deren vocal* k, g, h *unverändert bleiben, teils solche,
in denen sie in* c, z, s *oder in* č, ž, š *übergehen. Die veränderung
findet statt vor den a-vocalen* e, ь, ê *und vor den i-vocalen* i, ê, ъ,
so wie vor den praejotierten vocalen, da j *aus i hervorgegangen ist.
Vor consonanten bleiben* k, g, h *in historischer zeit eben so unver-
ändert wie vor* a, o, u, ъ, y *und* ą.

 Da jetzt k, g, h *in der verbindung mit* e *aus* ę *usw. unverändert
bleiben können, so muss in den sprachorganen der slavischen völker
eine veränderung eingetreten sein, und wenn der Serbe heutzutage* vuci
sagt, so ist ihm dies überliefert, da es ihm ebenso gut möglich ist
vuki *zu sprechen.*

 4. I. k, g, h *vor* a, o, u, ъ, y, ą: korę, kъblъ, kurъ, kyvati,
kąsъ; gavranъ, gora, gъbežь, gumьno, gybêlь; halaga, hopiti,
hъtêti, hudъ, hyža, hądogъ.

 5. II. Vor den oben angeführten hellen vocalen erleiden k, g, h
veränderungen und zwar in c, z, s *oder in* č, ž, š. ki *geht in* kji,
tji, tsi *über, daher* vlъtsi, *d. i.* vlъci; *ebenso verändert sich* gi *in*
dji, dzi, *daher* bodzi *aus* bogi: bodzi *verliert jedoch in den meisten
fällen sein* d, *daher* bozi. *Die veränderung des* h *besteht darin, dass
wegen des folgenden vocals* i *der aus der enge hervortretende luft-
strom gegen die zähne gerichtet ist, nicht gegen den gaumen, wodurch
eben das* s *entsteht:* grêsi *aus* grêhi. *Wir haben demnach* vlъci,
bozi *für und neben* bodzi, grêsi *für* vlъki, bogi, grêhi. *Eine andere*

veränderung von k, g, h *ist die in* č, ž, š, *die, wie es scheinen kann,
die erstere zur voraussetzung hat. Wenn nämlich an* duhъ *ein* i *angefügt
wird, entsteht nach dem gesagten* dusi, *und wenn nun an* dusi *noch a
antritt, so entsteht* duša *aus* dusia, dusja, *da* sja *notwendig in* ša *über-
geht; consequent entwickelt sich aus* alъcja- alъča *und aus* lъzja- lъža.
Diese ansicht lässt sich sprachgeschichtlich nicht rechtfertigen, indem k
unmittelbar in č *übergeht und ebenso* g *in* ž. *Der unterschied zwischen
beiden reihen besteht darin, dass die verwandlung des* k *in* č, *des*
g *in* ž *im allgemeinen älter ist als die in* c *und* z: *im einzelnen
richtet sich die verwandlung nach dem vocal und* vlъče *ist nicht älter
als* vlъci. *Die gründe für den satz, dass* č, ž *in* otročištъ, mъčiti,
družina *älter sind als* c, z *in* otroci, pъci, druzi, *werden unten
dargelegt.*

Es werden nun die veränderungen von k, g, h *dargelegt vor*
i. ê. ь. e. ę. je. ja. ju. *Diese veränderungen treten entweder in der
stamm- und wortbildung oder im anlaut der wurzel ein: die verwand-
lungen der letzteren art sind alt und folgen teilweise anderen gesetzen.*

6. I. *Vor* i. *Vor* i *gehen* k, g, h *über entweder in* c, z, s *oder
in* č, ž, š. *In* c, z, s *a) im pl. nom. der* ъ(a)-*declination:* raci,
bozi, dusi *von* rakъ, bogъ, duhъ; krêpъci, blazi, susi *von* krê-
pъkъ, blagъ, suhъ. *Hieher gehört* vlъsvi *von* vlъhvъ: *falsch ist*
vlъsvomъ *für* vlъhvomъ. *b) In der 2. und 3. sg. des impt. der
verba erster classe:* sêci, strizi, vrъsi *von* sêk, strig, vrъh; *in der
2. und 3. pl.* sêcête, strizête, vrъsête. *Die relative jugend dieser
wandlungen ergibt sich daraus, dass sie nicht so consequent durch-
geführt sind wie die in der stammbildung eintretenden:* r. peki 3.
seite 320. usw. In allen anderen fällen werden k, g, h *vor* i *in* č, ž, š
verwandelt: vor den nom.-suff. und zwar 1) vor dem suff. ijъ, ьjъ: otro-
čij. čij *cuius von* kъ. pročij *reliquus von* prokъ. vražij. *2) vor dem
suff.* ije, ьje: veličije. obušije. pristrašije. *3) vor dem suff.* ija, ьja:
alъčija. *4) vor dem suff.* inъ: lučinъ. *5) vor dem suff.* ica: vladyčica.
gorušica. mušica *von* vladyka. goruha. muha. lъžica *cochlear scheint
auf* *lъga *zu beruhen. Dunkel ist* ižica *stamen. 6) vor dem suff.*
ina: mękъčina. paąčina. užina *caena von* ugъ, jugъ *auster, meridies,
daher eig. mittagmahl.* družina. *7) vor dem suff.* itъ: naročitъ.
očitъ. *8) vor dem suff.* itjъ: otročištъ. *9) vor dem comparativ-suff.*
ijъs: tačij *deterior,* lъžij *levior,* lišij *uberior von* *takъ, lьgъ *in*
lьgъkъ, lihъ *vergl. 2. seite 322. 10) vor dem suff.* ivъ: plêšivъ *calvus
und* ivo: sêčivo *securis. Vor dem verbalsuff.* i, *das aus nomina
verba bildet:* mąči, *inf.* mąčiti. lêči. lьgъči. moči. blaži. mъnoži.

služi. tąži. uboži. vlaži. suši. vrъši *usw.* von mąka. lêkъ. lьgъkъ *usw.*
k, g, h *gehen vor* i *in* c, z, s *über in jenen fällen, in denen* i
einem älteren ê *gegenübersteht, das wie ein hohes* ê *lautete, ein laut,
vor welchem diese verwandlung von* k, g, h *allein begreiflich ist
vergl. 3. seite 7. 89. Für diesen laut des* ê *kann unter anderem der
umstand geltend gemacht werden, dass* ê *nach* j *in* i *übergeht: sg.
loc.* krai, *d. i.* kraji, *aus* krajê. *Neben* vъdrążiti *infigere von* drągъ
findet sich minder genau vъdrąziti; vъnožiti *neben* vъnoziti, vъnu-
ziti *und* vъnьznąti *infigere ist wahrscheinlich durch die annahme
zu erklären, dass sich neben* noz- *auch* nog- *geltend machte. Wenn
aus* razląki, razląči-razląka *entsteht, so ist abfall von* i *anzu-
nehmen. Formen wie* mlъz *mulgere,* vez *vehere usw. sind nicht wie*
strizi *auf slavischem boden entstanden. In den wurzelhaften bestand-
teilen findet sich* č, ž *usw. vor* i: *a)* činъ *ordo.* čirъ *ulcus.* čislo
numerus, das mit w. čъt *zusammenhängt:* čъt-tlo. čisti *numerare aus*
čъt-ti. čistъ *purus, lit.* skistas, *neben* cêstъ *in* cêstiti *purgare, lit.*
skaistas. čiti *in* počiti *requiescere: w.* ki, *aind.* kři *sich niederlassen
aus* ski. žica *filum, nervus.* židъkъ *succosus : man vergleicht mit unrecht
lit.* žindu, žįsti *saugen.* žila *vena, lit.* gīsla. žirъ *pascuum, wohl nicht lit.*
gêrus *deliciae, sondern vom nachfolgenden oder vom iterat.* žira *vorare.*
živ *vivere, aind.* gīv. *lit.* gīv *in* gīvas, gīvata, gīventi. *lett.* dzīvs : žito
fructus ist vielleicht identisch mit pr. *geits* brot. židinъ, židovinъ *ist*
Ἰουδαῖος : ž *ist, was sonst selten ist, aus* j *entstanden:* židinъ *steht für*
žudinъ. *b)* aracininъ *ist* σαραχηνός. zidati *condere beruht wahr-
scheinlich auf* zъdati *aus* sъdati. *Alt:* zi *ist mit* že *und* go *iden-
tisch.* zima *hiems. lit.* žēma, *aind.* hima *n. aus* ghima. *abaktr.* zima
m. zijati *hiare, lit.* žioti, *aind.* hā, *gíhīte usw. c)* žiba *virga.* židiti
irridere. žirъkъ *rosa, nsl.* ščipek. širokъ *latus.* žiška *galla usw.
Die personalendung der 2. sg.* ši *wird auf* hi *aus* si *zurückgeführt,
eine annahme, für die der umstand geltend gemacht werden kann,
dass das* s *von* si *zwischen vocalen in* h *und* š *übergeht, daher*
hvališi, dêlaješi, imaži *neben* dasi, jesi *aus* dadsi, jessi *usw., während
die formen wie* hvališi *usw.* hvalihi *usw. voraussetzen. Das auslau-
tende* i *hat man auf* ê *zurückgeführt, mit unrecht. Vergl. seite 134.*

7. II. *Vor* ê. *Vor* ê *werden* k, g, h *in* c, z, s *oder in* č, ž, š
verwandelt. In c, z, s *1) im sg. loc. der nomina auf* ъ(a), o, a:
racê, bozê, dušê *von* rakъ, bogъ, duhъ; krêpъcê, blazê, susê *von*
krêpъkъ, blagъ, suhъ; vêcê *von* vêko; rącê, nozê, snъsê *von* rąka,
noga, snъha *usw.* 2) *im dual. nom. der nom. auf* o, a: vêcê; rącê,
nozê, snъsê *von* vêko; rąka, noga, snъha. *Hieher gehören die adv.*

16

auf. ê, *daher auch* lьzê *in* lьzê *jest* licet *von* *lьgъ *für* lьgъkъ.
3) *im pl. loc. der nomina auf* ъ(a) *und auf* o: racêhъ, bozêhъ,
dusêhъ *von* rakъ, bogъ, duhъ *usw.* 4) *im sg. instr., dual. dat. instr.,
pl. gen. loc. dat. instr. der pronom. declination:* tacêmь, tacêma,
tacêhъ, tacêmъ, tacêmi. 5) *im impt. der verba erster classe mit
ausnahme der 2. und 3. sg.:* sêcête, strizête, vrъsête *von* sêk, strig,
vrъh. *Eine nur scheinbare abweichung bilden die impt. wie* plačate
flete, lъžate *mentimini aus* plakjête, lъgjête *neben den jüngeren formen*
plačite, lъžite, *die mit formen des sg. loc.* plači *aus* plakjê *überein-
stimmen: man vergl.* ištate *quaerite aus* iščjête *und* pojate *canite
aus* pojête. *In allen anderen fällen treten* č, ž, š *ein, nach denen*
a, d. i. *das älters* ja, *für* ê *steht:* 1) *vor dem suff.* êj, jaj: obyčaj
consuetudo aus obykjaj. lęžaja *gallina von* lęg *für* leg, *eig. die
brütende.* brъžaj *fluentum beruht auf* *brъgъ *für* brъrъ. *Dunkel ist*
lišaj *lichen.* 2) *vor dem comparativsuff.* êjъs, jajъs: krêpъčaj, mъno-
žaj, tišaj *von* krêpъkъ, mъnogъ, tihъ. 3) *vor dem suff.* êlь, jalь:
mlъčalь *silentium.* pečalь *cura.* prąžalь *offendiculum: vergl. das lit.
suff.* êlis *m.* êlê *f. mit abweichender bedeutung.* 4) *vor dem suff.* ênъ,
janъ: pêsъčanъ *ex arena factus.* rožanъ *corneus.* snêžanъ *niveus.*
voštanъ *cereus von* voskъ. moždanъ *medulla impletus, nsl.* mož-
džani, možgani *cerebrum, von* mozgъ. 5) *im impf.:* tečaahъ, moža-
ahъ, vrъšaahъ *neben* pletêahъ, nesêahъ *usw.* 6) *vor dem verbalsuff.*
ê, ja, *das aus wurzeln und nomina verba bildet:* buča, *inf.* bučati,
mugire. mlъča *tacere.* drъža *tenere.* slyša *audire und* omrъzъča *odio
esse.* vъzblaža *bonum fieri.* vetъša *antiquari von* mrъzъkъ. blagъ.
vetъhъ. ubožati *entsteht aus* ubogjati, *nicht etwa aus* ubogъjati.
umnožati *multiplicari ist* umnogjati, umnožati *multiplicare, frequent.
von* umnožiti, *dagegen* umnožъjati. sьcati *mingere lässt ein aus* sьk
durch ê, ja *gebildetes verbum* sьcati *erwarten. Aus der w.* blьsk *entsteht*
blъstê *und* blъsta sę: *in jenem ist* sk *durch* sc (sts) *in* st, *in diesem
durch* šč (štš) *in* št *übergegangen. Der grund der verschiedenheit
zwischen* rącê *und* obyčaj *aus* obykjaj *ist nicht etwa verschiedene laut-
liche geltung des* ê *als ein hohes, dem* i *nahe kommendes* é *und als* ja,
da ê *in* rącê *ursprünglich wohl auch* ja *war, als vielmehr die relative
jugend von* rącê, *eine ansicht, für welche man auf slovak.* ruke,
nohe, *auf nsl.* rôki, nogi, *auf* dъskê *der vita Quadrati hinweisen
darf. Wenn behauptet wird,* s *in* susê, tisê *sei nicht aus* h *hervor-
gegangen, sondern sei das ursprüngliche* s, *so ist dies unrichtig, da*
sušiti *aus* susiti *von* suhъ *siccus ebenso unbegreiflich ist wie* duše
von dusъ. *Die wurzelhaften bestandteile weisen* č, ž *usw. vor* ê, ja

in čavъka *monedula, lit. kovas.* čadь *f. fumus, das mit* kaditi *zusammenhängt.* čajati, čakati *exspectare;* časъ *hora.* čarъ *incantatio: lit. pakerêti.* čaša *poculum: in allen diesen füllen steht* ča *für* čja. čê *neben* ča *mit* i *χαί* τοι. cêditi *colare: vergl. lit. skaidrus.* cêvъ *in* cêvъnica *lyra.* cêglъ *solus.* cêlъ *integer: pr. kaila- in kailūstiskun valetudo.* cêna *pretium, lit. kaina, das nach Mikuckij im Šavelskij ujezd vorkömmt.* cêpiti *findere.* cêsta *platea.* cêstiti, *lit. skaistinti, neben* čistiti *purgare.* cêsta *praep. gratia.* cêsaŕъ, *woraus* cъsaŕъ *zap.* 2. 2. 122. und *r.* carъ, *ist* χαῖσαρ: *magy. császár begründet kein aslov.* časaŕъ: *daneben besteht* kesaŕъ. žaba *rana: vergl. pr. gabawo kröte.* žadati *desiderare: vergl.* žъdati, *lit. geidu, geisti, lett. gaidu, gaidīt exspectare.* žaliti, žalovati *lugere: lit. žêlavoti ist entlehnt.* žalъ *sepulcrum.* žalъ *ripa: vergl. alb. zāl-i sand, rinnsal eines winterbaches.* žarъ *in* požarъ *incendium: lit. žêrêti.* žasiti *terrere: got. usgeisnan, usgaisjan: befremdend ist wr. has terror.* zêlъ *vehemens, lit. gailus.* zênica *pupilla, wohl von* zêna: *w.* zê, *r.* pozêtъ *spectare. Man merke* cêpiti *neben r.* raskêpiti: kostь ne bjaše prelomila sja prêki, no podlê raskêpila sja bjaše *izv. 674.*

8. *III. Vor* ъ. *Auslautendes* ъ *ist entweder ursprüngliches* i *oder* ia, *aus dem sich slavisches* jъ *entwickelte.*

a) Vor ъ *aus* i *steht* č, ž, š *für* k, g, h: bъšь *in* bъšiją *neben* bъhъ *in* bъhъma *omnino.* lъžь *mendacium: w.* lъg. močь *urina: w.* mok. myšь *mus setzt* myhь *voraus: vergl. lat. mūs, mūrium.* oblišь *abundantia:* lihъ. obrъšь *pars superior: w.* vrъhъ. opašь *cauda: w.* pah. ozračь, ozrъčь *aspectus: w.* zrъk. plêšь *calvitium: č.* plchý. rêčь *verbum: iterativum* rêka *von w.* rek. rъžь *secale: lit. rugiei.* sušь *siccitas:* suhъ. sъčь *urina: w.* sъk *in* sъcati. tъčь *in* tъčiją *solum.* vetъšь *res antiquae:* vetъhъ. vrъšь *frumentum: w.* vrъh *triturare.* žlъčь *bilis: w.* gelk. *Die angeführten worte sind subst. gen. fem. Hieher gehören auch die adv. auf* ь: rąčь *manibus aus* rąka-i; *die indeclinablen adj.* različь *diversus: liko.* sąvražь *inimicus: vragъ.* srêdovêčь *qui mediae est aetatis:* vêkъ. *Auch vor* ь *für* ia, jъ *steht* č, ž, š: alъčь *fames: w.* alъk. dračь *saliunca: w.* drak, *vergl. bulg.* drakъ *virgulta.* inorožь *monocerotis:* inorogъ. ježь *erinaceus, griech.* ἐχῖνος, *lit. ežīs, ist wahrscheinlich* jezjъ. kličь *clamor: w.* klik. ključь *clavis: w.* kljuk. lъžь *mendax: w.* lъg. obrąčь *armilla:* rąka, *pol.* obręcz *f.* otročь *adj. pueri:* otrokъ. plačь *fletus: w.* plak. stražь *custos: w.* sterg. ženišь *adj. sponsi:* ženihъ. *Hieher gehört auch* mąžь *vir; das entlehnte* mъčь *ensis, got. mēkja- usw.;* križь *crux beruht auf dem ahd. chriuze. *jedinačь in jedinače pariter*

16*

neben jedinakъ. č, ž, š *finden sich auch in suffixen:* bičь. igračь.
rągočь. vrъkočь. kolačь; *wohl auch* gradežь *saepes, dessen suff.* ežь
vielleicht im lit. agis aus agjas in melagis lügner sein vorbild hat usw.
Dunkel ist svěžь *recens aus r. quellen: r.* svěžъ. č. svěží. p. świeży:
lit. svěžias ist entlehnt. Im inlaut ist ь *regelmässig ursprüngliches* i,
vor welchem č, ž, š *steht:* strъěьlъ *crabro.* kašьlь *tussis: w.* kah,
lit. kos, aind. kās. гažьnъ *vallus neben* гaždьnъ *stimulus, fuscina:*
vergl. razga *neben* rozga *virga.* mlěčьnъ. dlъžьnъ. rążьnъ. vlažьnъ.
gorušьnъ. grěšьnъ. strašьnъ; *daher auch* trъžьnikъ. brašьno *cibus*
setzt brah- *aus* borh- *voraus: vergl. umbr. farsio speltkuchen* Fick
2. 418. *In* vlъěvьnъ *hindert* v *die wirkung des* ь *nicht.* vladyčьňь.
prěizlišьňь. blizočьstvo. množьstvo. vlъžьstvije *aus* vlъěvьstvije.
ženišьstvo. *aus* běžьstvo *fuga wird* běstvo *zogr. sav.-kn.* 76: *selten*
ist bějstvo. vražьda. alъčьba: *w.* alъk. hlačьba: hlakъ. lěčьba: lěči.
vlъěьba *für* vlъěvьba. skačькъ *locusta:* skaka. družька. tążькъ,
žežькъ *bestehen neben* tęgъkъ, žegъkъ *aus den* u-themen: tęgъ,
žegъ. brъčěhъ πλόχαμος: *s.* brk. hlěborečьсь. sączьсь. krъčažьсь.
měšьсь *pera.* grъčьakъ. mnišьakъ. *Man merke* nedążьlivъ. oslušьli-
livъ. strašьlivъ *neben* strahlivъ; skrъžьtati *frendere neben* skrъgъ-
tati. *Dunkel ist* krъčьma *caupona, ursprünglich wohl poculum: vergl.*
nhd. krug: č. kerzma *scyphus in einer handschrift des XIV. jahr-*
hunderts. Dass vor ь *für* i *nur* č-laute *vorkommen, hat darin seinen*
grund, dass ь *für* i *durchgängig der stammbildung und die formen*
der älteren lautschicht angehören.

    b) Vor ь *aus* jъ *gehen* k, g *in* c, z *über. Es sind durchweg*
jüngere formen: borьсь *pugnator.* věnьсь *sertum.* junьсь *taurus von*
junъ: *lit. jaunikis sponsus von jaunas.* otьсь *pater von* *otъ *in*
otьňь: *aind. attā. griech.* ἄττα. *Man füge hinzu* sicь *neben* sikъ *talis.*
Die veränderung des gjъ *in* zь *für* zjъ *findet in mehreren aus dem*
deutschen entlehnten wörtern auf ing *statt:* kladęzь *puteus scheint*
ein got. kaldigga- *von* kalda- *vorauszusetzen: vergl. nsl.* studenec:
eine andere form ist kladenьсь. kъnęzь *neben* kъnęgъ *princeps:*
ahd. chuning, *vergl. got.* kunja- *geschlecht: andere denken an* konati.
pěnęzь *neben* pěnęgъ *denarius: ahd.* phenning. *pr. pl. acc.* pennin-
gans. useręzь *neben* useręgъ *inauris beruht auf einem got.* *ausahrigga-
ohrring. vitęzь *miles: vergl. den namen* vittingui *bei Trebellius Pollio*
und der withingi (wikingi) *bei Adam Bremensis. Abweichend ist*
aslov. gobьzъ *abundans aus got.* gabiga-, gabeiga-. *Dunkel ist* *retęzь,
klr. retaz, č. řetěz, p. rzeciądz, wrzeciądz *usw. lit.* rětěžis. *Diese*
themen werden in der stammbildung den auf g *auslautenden themen*

gleichgestellt: kъnĕžьskъ. kladĕžьnъ *neben* kladęzьnъ. pênĕžьnikъ.
vitęžьstvo. *Das russische bewahrt das* g *der worte auf ing:* kolbjagъ
bus. 395. korljagъ: rimljane, nêmьci, korljazi *karolinger nest.* 2.
varjagъ βάραγγος. *In dem wurzelhaften teile der worte finden wir* č,
ž, š *in* čь: začь *cur.* čьto *quid: aind. ki.* čьtą, čisti *numerare:*
aind. čit, kit. - čьną, - čęti *incipere: vergl.* konь *in* iskoni *ab initio.*
žьvati, žьvą *und* žują *mandere: ahd. chiuwan.* žьdati *exspectare*
neben goditi: *lit. geidu. lett. gaidu. ahd. kit geiz.* žьzlъ, *richtig*
žezlъ, *virga: lit.* žagarai *dürre reiser. lett.* žagars: *lett. zizls ist*
entlehnt. žьmą, žęti *comprimere: man vergleicht aind. ǵāmi verwandt.*
žьnją, žęti *demetere: lit.* genêti *die äste behauen.* zьdati *aedificare,*
womit lit. žēdu *bilde, forme zusammengestellt wird.* šьd *ire aus* hed,
hьd: *vergl.* hodъ, *aind. sad mit dem praefix ā herzugehen.* рьсьlъ,
wofür auch рькlъ, *wird als* рькjülъ *gedeutet.* kосьlъ *neben* kocelъ
ist ahd. hezil.

   Man hat behauptet, plačь *sei aus* plak *nicht durch das suff.*
jъ (*ia*), *sondern durch das suff.* ь (*i*) *hervorgegangen, und hat dafür*
jene casus der subst. wie plačь *geltend gemacht, die mit den casus*
der i-declination übereinstimmen, wie pl. nom. stražije, *pl. gen.* vračej
aus vračij, *pl. acc.* mąži *sup.* 55. 5. (viždą vy mąži rastomъ dobry)
usw., so wie den satz aufgestellt, die i-declination gehe wohl in der
ъ(*a*)-*declination unter, nicht aber umgekehrt jene in dieser. Was nun*
diesen satz anlangt, so halte ich ihn für unrichtig und berufe mich,
da die i- und die u-declination in dieselbe kategorie gehören, auf jene
casus der ъ(*a*)-*declination, die nach der* ъ(*u*)-*declination gebildet sind,*
wie pl. nom. dvorove, straževe, *sg. voc.* mąžu *usw. Vergl. 3. seite*
19. 33. Wenn man die subst. auf teľь *zur i-declination rechnet und*
sich dabei auf lat. auctoribus beruft, so ist dies ‚ein irrtum, da das
suff. teľь *nicht dem lat. suff. tor, sondern dem suff. tor-iu- entspricht,*
abgesehen davon, dass auctoribus nicht zur i-declination gehört.

   9. IV. Vor e. *Vor* e *geht* k, g, h, *selbst in jüngeren formen, in*
č, ž, š *über 1. Im sg. voc. der nom. masc. auf* ъ (*a*): vlъče, rože,
pastuše *von* vlъkъ, rogъ, pastuhъ: *so auch* vlъšve *von* vlъhvъ.
2. Vor dem e *der verbalflexion, es mag* e *der thematische vocal*
oder ein bindevocal sein: praes. rečeši, možeši, vrъšeši; *aor.* reče,
može, vrъše *aus* rečet, možet, vrъšet; *impf.* bêše *erat aus* bêšet.
bêašeta, bêašete *aus* bêašete *usw.* rečenъ, moženъ, vrъšenъ *von*
rek, mog, vrъh. pьšeno *von* pьh *aus* pьs. *3. Vor dem* e *des suff.*
es: očes, ižes, ušes, *daher die sg. gen.* očese, ižese, ušese *usw.*
Der sg. nom. fehlt, denn oko, igo, *got.* juka-, uho, *got.* ausan-,

gehören zu den gen. oka, iga, uha. *Der sg. gen.* ličese *gehört weder
zum nom.* *liko *in* dlъgolikъ, *noch zu* lice, *gen.* lica, *dessen ce aus*
kje *so entstanden ist wie* zъ *in* kъnęzjъ *aus* gjъ. čelesъnъ *praeci-
puus führt auf ein mit* čelo *frons verwandtes thema* čeles. *Das aus*
ložesno *uterus erschlossene thema* ložes *lautet im sg. nom.* lože:
dieses ist im aslov. der einzige regelrecht aus einem thema auf s *sich
ergebende sg. nom. seite 73. nsl. besteht* olé, *sg. gen.* olésa *ulcus.*
Vergl. 2. seite 320. Die sg. nom. der thema očes, ižes, ušes, ličes, čeles
*sind ebenso wenig vorhanden als die sg. nom. der aus dem dual. sich
ergebenden themen* očь, ušь *f., die sich lit. finden:* aki, ausi. *In
mehreren anderen suffixen:* večerъ, *lit.* vakaras; stežerъ, *lit. stege-
rīs;* mъšelъ *aus* mъhelъ: *aind.* miša *betrug;* strěenъ, strěenь;
krečetъ: kovčegъ *ist dunkel. Im wurzelhaften teile der wörter:*
bъčela *apis, die summende: w.* bъk; čeljadь *familia soll mit* čelo
zusammenhangen und eig. capita bedeuten: jadь *ist wohl suffix;* čelo
frons, das nicht mit aind. širas *caput verwandt ist: vergl. lett.* kjēlis;
čemerъ *venenum, lit.* kemeras, *ahd. hemera;* čerěnъ *tripus, richtig
wohl* črěnъ; česati *pectere: lit.* kasu *grabe;* četa *agmen, das nicht
mit aind.* čit *zu vergleichen;* četyrije *quattuor;* čeznąti *deficere steht
mit* kaziti *in zusammenhang;* žegъzulja *cuculus, ur.* žažula, *lit.* gege,
lett. dzeguze; želěti *lugere, cupere:* žёlavoti *ist poln.;* želъvъ *testudo:
gr.* γέλυς: zelъvъ *soll älter sein;* žena *mulier: pr.* genno, ganna; ženą
ago, inf. *gъnati, neben* gonъ, gonją, goniti *wird mit aind.* han
(ghan) *schlagen, abaktr.* ǰan, *lit.* genu *kappe, nach Szyrwid auch
schlage*, *lett.* dzenu *treibe in verbindung gebracht;* žeravije *car-
bones;* žeatъ, žestokъ *durus;* žezlъ *virga.* zelenъ *viridis, lit.* žalias.
zelije *olera.* zemlja *terra: lit.* žemē. cerъ *terebinthus, eig. zereiche,
ist entlehnt. Das gleiche gilt vom r.* žemčugъ, žemčjugъ *gemma, eig.
margarita, das an griech.* ζάμυξ, ζάμβυξ *erinnert Pott 2. 1. 811:
lit.* žemčiugas *ist slav. In* želądь, želądъkъ, želěдьba, zelēzo,
žeravъ *ist e zwischen ž, l und ž, r eingeschaltet. žegą uro wird mit
lit.* degu *und mit aind.* dah (dagh) *zusammengestellt, mit unrecht:
auf* raždegą *für* razžegą *darf man sich nicht berufen, da zž (ždž) unter
allen umständen žd werden kann. dj würde s.* gj; *č.* z; *p.* dz
ergeben: s. *žditi* IV. *entspringt aus žž, žьž. r. žludi hat sich des e
wieder entledigt. Das suff.* ište *ist aus* isko-ije *entstanden. Vergl.
2. seite 274.* ьсе *aus* ъkje *314.* že čé *vero:* iže *qui, eig. ille vero,*
ὅγε, *daher urspr. nicht reflexiv. Neben* že *besteht* go: negъli, nekъli
aus negoli: *aind.* gha, ha, *griech. abweichend* γε. *Mit* že, go *den
ursprung teilend, ist* zi *davon im gebrauche einigermassen verschieden:*

onъzi, вьzi *ille, hic, wobei* zi *nur eine hervorhebende wirkung äussert.*
lit. gi: kur gi? wo denn? dūki gi gib doch. aind. *ghi, *hi. abaktr.*
zi *denn, also. armen.* zi. z *in* zi *ist nicht auf slavischem boden ent-*
standen.

Der durch folgendes e hervorgerufene consonant erhält sich auch
dann, wenn durch eine metathese auf denselben r oder l folgt: črênъ,
člênъ aus černъ, čelnъ usw. žlêdą aus želdą, das nach Bezzen-
berger, Beiträge zur kunde usw. 59, auf einem europ. ghal beruht.

Die wandlung des ke in če ist zwar urslavisch; es sind jedoch
manche ke von der lautlichen umwälzung nicht ergriffen worden, die
sich bis heute nachweisen lassen. So besteht nsl. krez neben črez für
krêz und črêz: jenes beruht auf kerz, dieses auf čerz. nsl. krêpa
ubit lonec tolm. neben črêp. klr. gilt kerez neben čerez. grъlo hat
urslavisch gerdlo gelautet, das im č. hřidlo (gerdlo, grêdlo) erhalten
ist und das man nicht aus žřidlo (žerdlo) entstehen lassen kann; so ist
auch č. hřibě zu erklären, nämlich aus gerbę; č. hlíza, hláza, neben
dem žláza, beruht auf gelza; ebenso entspringt aslov. krъtъ talpa aus
kertъ; *krъtъ: s. krt spröde entsteht wohl aus kertъ: got. hardu.
griech. κρατύς. Ich glaube ferner als thema für gaga in izgaga
κύρωσις, für gasiti exstingere und für kaziti corrumpere die formen
geg, ges und kez ansetzen zu sollen, von denen die erste als žeg I,
die letzte als čez II. vorkömmt. nsl. žrêbelj nagel und č. hřeb sind
wohl mit ahd. grebil zusammenzustellen.

10. V. Vor ę: vor ę gehen k, g, h in č, ž, š über: 1. vor dem
suff. ent, ęt: otročę puer: otrokъ. mъětę mulus für mъěčę: mъskъ
aus mъzgъ. 2. Vor dem ęt der 3. pl. aor.: bišę, dašę, ješę aus
bihęt, dahęt, jęhęt, d. i. bihent usw. Aus einem thema bis müsste
sich notwendig bisę ergeben, wie jęsę aus jęs von em; dagegen bêhą
erant aus bêhont. Abweichend sind die partic. praes. act. pekę,
tlъkę, mogę, strъgę custodiens, vrъhę triturans, die auf peką,
tlъką usw. beruhen. Vergl. 3. seite 95. pekę, mogę können wohl
nicht durch peką, mogą erklärt werden, eher durch die annahme,
dass in dergleichen worten ę nicht vollkommen so wie in otročę
gelautet habe: im nsl. usw. ist dergleichen häufig. In den wurzel-
haften teilen findet man č, ž und c, z: čędo infans: vergl. deutsch
kind. čęstъ densus. čęstь pars: vergl. aind. čhid, abaktr. ščid (ščin-
dajěiti) spalten, das štęstъ erwarten lässt. -čęti aus -čenti, -čьną inci-
pere. žędati sitire: vergl. lit. gend in pasigendu desiderare. žęlo,
p. žądło stimulus, hängt mit lit. gilti stechen. gelů, gelonis, gilis. lett.
dzelt, zelt nicht zusammen: žęlo kann mit nsl. žalec nur durch die

annahme vermittelt werden, es sei en einer w. gen (vergl. ženą) in ę
und in ê übergegangen: lit. gin-klas. žęti aus žemti, žьmą comprimere.
žęti aus ženti, žьnją demetere: vergl. lit. genêti. šęga iocus. šętati sę
fremere. Dagegen cętu numus, got. kintu-. zębą dilacero, woher ząbъ
dens, womit lit. žaboti verglichen wird. zębnąti germinare: lit. žembêti.
zętь gener: lit. žentas gener neben gentis cognatus, affinis.

11. VI. Vor je findet man c in dem deminutivsuff. ьce: vinьce:
vino. slъньce: *slъno. ьгъдьce: *ьгъdo. ьce ist die neutralform
von ьсь m. ьca f., lit. ikja, ikê. lice facies ist aus lik entstanden:
c beweist die jugend dieser formen. Man beachte den sg. voc.
otьče von otьсь. ąže beruht wohl auf w. ęg: ąges seite 268. ložes
auf loges. Die comparative pače. lьže, liše setzen pakje. lьgje. lihje
voraus. lьžêši mentiris ist lьgješi.

12. VII. Vor ja gehen k, g, h in č, ž, š, in jüngeren bildungen in
c, z, s über. alъča fames: w. alъk. luča radius: aind. w. ruč. lit.
lukêti (aussehen nach), warten. moča palus: w. mok. pritъča para-
bola, kroat. pritač: w. tъk. sêča caedes: w. sêk. sмгêča cedrus.
tąča pluvia. vodoteča canalis: w. tek. noriča (noriča, iže suть
slovêni izv. 670) aus *norikъ νωρικός ist ein collectivum durch ja.
Dunkel ist pečaть sigillum: man denkt an pek-jaть. luža palus: lit.
lugas. lъža mendacium: w. lъg, got. lug, liugan. mrêža rets ist
dunkel. osteža chlamys: w. steg. velьmoža optimatum quidam: w.
mog. duša: w. dъh: vergl. das entsprechende lit. dvasê. junoša
iuvenis: *junohъ, č. jinoch. suša siccitas: suhъ. Neben suša besteht
suêь, beide aus suhъ, jenes durch ja, dieses durch ь gebildet: dagegen
ist bemerkt worden, suša sei aus suêь durch erweiterung mittelst des
a hervorgegangen, daher sušьa, suša; eben so soll straža aus stražь
entstanden sein: die ansicht halte ich für unbeweisbar und was dafür
angeführt wird, dass stragja nur straza ergeben könnte, für unrichtig.
vênьčati beruht auf vênьkjati: vênьčê zogr. kr. branča mar. ist
lat. branchia; čaval wahrscheinlich it. chiavo. ca aus kja findet sich
in dem häufig vorkommenden suff. ica: bolьnica mulier aegrota.
gorьnica editior domus locus. junica puella: vergl. lit. jaunikê aus
jaunikja; ferner in dem primären suff. ca: jadьca φάγος vergl. 2.
seite 315. Neben bolьnica wurde eine masculinform bolьnicь vor-
ausgesetzt, eine voraussetzung, die nicht nur entbehrlich, sondern sogar
unrichtig ist, da die masculinform nur *bolьnikъ lautet. za aus gja
kommt vor in języ morbus, nsl. jeza ira: lett. w. ig: idzu, igstu
schmerz haben, verdriesslich sein. idzinät (ing) verdriesslich machen.
polьza utilitas, r. polьga: w. lьg in *lьgъ, lьgъkъ. stьza semita:

w. stьg, stignąti. *Verschieden sind* riza *vestis,* slъza *lacrima, daher sg. gen.* jęzę *und* rizy, slъzy *usw.*

Wenn aus verben der ersten oder zweiten classe verba iterativa gebildet werden, so geschieht dies durch das suffix a, *vor welchem* k, g, h *meist in* c, z, s *übergehen, ein übergang, den man durch die annahme erklärt, a sei ursprüngliches* ja: *daher* vъtęzati *aus* vъtęgjati. *Dafür spräche* p. źwierciadło, *daher aslov.* *zrьcjati. zrьcêlo *bus. 156. Die annahme wird dadurch bedenklich, dass sonst nur* a *als iterativsuffix auftritt. Vergl. 2. seite 455.* bręcati. gracati *neben* grakati: *s.* graknuti. klicati. lęcati. męcati. mlъcati. mrъcati *neben* mrъkati. nicati. ricati *neben* rêkati. sêcati *neben* sêkati. sęcati. smrъcati. strizati. ticati, têcati *neben* têkati. tlъcati. tycati: pritycati, pritucati *comparare.* vycati. drъzati: sъdrъzati *horrere.* dvizati. mizati. pręzati: strêlami oprezahomь *men.-mih. 260.* sęzati. stizati. strъzati *radere.* tęzati *neben* tęgati. trъzati, trêzati *neben* trъgati. vrъzati *iacere misc.-šaf.* zrъcati: prozrъcati *providere.* zvęcati. žizati *neben* žigati, žagati. nasmisati sę *neben* nasmihati sę *und* nasmêhati sę. *Vergl. č.* michati *und aslov.* mêsiti; *aslov.* bliscati *neben* blistati *aus* blьsk. *Vergl. 2. seite 456. nsl.* scati, *aslov.* sьcati, *wofür klr.* scaty, ssaty *und* scety *verch. 68, ist ein verbum* III, *daher nsl.* ščim, *es ist wie* sъpati *zu beurteilen: w.* sьk.

Der unterschied zwischen sъgrêšati *und* polagati *beruht darauf, dass jenes aus* sъgrêhia, *dieses aus* polog(i)a *hervorgegangen ist. Vergl. meine abhandlung ,Über die steigerung und dehnung der vocale in den slavischen sprachen'. Denkschriften, Band XXVIII. 89.*

13. VIII. Vor ju. *Vor* u *für* ju *stehen* č-consonanten: žują, žьvati *mandere aus* gjują: *vergl. ahd.* chiwan, chiuwan. župište, žjupilište, *sepulcrum, cumulus.* žuželica, žjupelь *insectum: nsl.* žužek. *s.* žižak. *lit.* žižêti. šuga *scabies: b.* žjugъ, *s.* šuga *usw. Vergl.* ošajati sę *mit* ohati sę *izv. 578. abstinere. Unenträtselt ist das weit verbreitete und historisch wichtige* župa χώρα *regio. nsl.* župa *gemeindecongress Wochein. kroat.* župa *familia luč. s.* župa (budimьskaja. budimlьskaja. rasinьskaja. rašьskaja *danil. 25. 115. 170. 293.* ili u gradu ili u župê *chrys.-duš.)* župa *pagi sub curatore mik. regio, paroecia, populus stul. ar.* župa *für* selenie: *davon* županъ. *mgriech.* ζουπάνος. *mlat. zupanus, jupanus regionis praefectus.* iopan. *hispanus.* županъ krъčьmьničьskъ *qui super caupones erat constitutus. nsl.* župan *dorfrichter.* županja *f. rib.* žъpanja *und* špaja. *b.* žjupani *šaf. ok. 23. s.* župan *villicus mik. r.* županъ *Karamzinъ I. 76. nota 170. pr.* supûni. *lit.* zuponê *hausfrau. Hieher gehört auch magy. serb. türk.* išpan, *nsl.* špan : *daher rumun.* župъ *dominus. mhd. söpän adelicher herr. suppan Haltaus 1596. barones et suppani urk. 1189. bei Kosegarten 1. 156. nsl. die Tragomer sup in einer urk. 1625. Mitteilungen 1863. 38. bair. gespan, gespanschaft Schmeller.*

14. IX. č, ž *so wie* c, z *stehen vor den consonanten* r, l *im aslov., nsl., b., kr., s. und č.: dies beruht darauf, dass in den genannten sprachen die lautverbindungen* tert, telt *in* trъt, tlъt, *das ist* trt, tlt, *und in* trêt, tlêt *übergangen sind, und dass sich auch nach diesem übergange* č, ž *und* c, z *erhalten haben:* 1) crъky *aus* kerky, cerky, *nicht* čerky, *ahd.* chirihhâ, *doch b.* črъkvъ; *kr. besteht* crêkva, *jetzt* crikva. *nsl.* cvrknôti *ist vielleicht wie* cviliti *zu erklären, während aslov.* crъknǫti *pipire neben* krъknǫti *besteht. Das* z *von* zrъcalo *speculum und* zrъno *aus* zercalo *und* zerno *ist wie* z *in* vezǫ *veho zu beurteilen, worüber weiter unten. Für aslov.* zlъva *bietet p.* želwica. črъnъ. črъstvъ. črъta. črъtogъ. črъtъ. črъvъ *setzen mit* ke *anlautende formen voraus. Dasselbe gilt von* črъmiga, črъpati, *wofür auch* črêmiga, črêpati *vorkömmt.* štrъbina *beruht auf* skerb-, ščerb-. člъnъ *entsteht aus* čelnъ. *Mit* s. čvrljak *vergleiche man* čevrljuga. *Wie* črъnъ *ist* žrъdъ, *lit. žardas holzgerüst.* žrъlo. žrъlъ. žrъny *und* žlъčъ *neben* zlъčъ. žlъdêti. žlъna. žlъtъ. žlъvij *zu erklären. as.* krъvašъ *ist Gervasius. kr.* crsat, trsat *ist tersacte.* krk *curictae, name der insel Veglia. žely ulcus würde im sg. g. wohl* žlъve *aus* želve *lauten. nsl.* žvrgolêti *zwitschern ist abweichend.* šlъkъ *ist aus russ.* šëlkъ *slovenisiert: vergl. seite* 29. grъlo *beruht auf* gerlo, žrêlo *auf* žerlo: grъlo *ist die ältere form, die auf* gorlo *deswegen nicht zurückgeführt werden darf, weil aus diesem* gralo *entstehen würde. Aslov. existiert* žlêsti *neben* žlasti *wie* tetrêvъ *neben* tetravъ, *wie* žeravъ *aus einem älteren* žerêvъ, žrêvъ *entstand;* žlêd *beruht auf* geld, *es mag dieses sonst unbekannte wort entlehnt sein oder nicht.* 2) zrêti, zrǫ, *aslov.* zъrêti, zъrjǫ, *spectare aus* zerti: *vergl.* zrъcalo *und* zrъno. črêda *aus* kerda, cerda: *wie* črêda *sind entstanden* črêmъšъ. črêmъša. črênъ. črêръ. črêsla *pl.* črêslo. črêsti. črêvъ. črêšnja. črêti *aus* čerti, čerpti. *črêtъ. črêvij. črêvo.* žlêbъ. žlêdǫ. žlêdica. žlêza. želêzo *aus* žlêzo. žrêbę. žrêbij. žrêda, *das wohl mit* žrъdъ *zusammenhängt.* žrêlo. žrêti *vorare.* žrêti *sacrificare: vergl. lit.* girti *rühmen.* garbê *ehre usw.* šlêmъ *aus* šelmъ *vergl. seite* 29. 31. zlato *entsteht aus* zol-to, *dessen* zol *aus* zel *durch steigerung des* e *zu* o *erwachsen ist. Abweichend ist nsl.* s. čvrčati *zirpen. nsl.* čmrkati *muttire. Das* s. *ersetzt* čr *durch* cr: crъnogizъcь. crъvenъ *lam.* 1. 23. 26. *sind daher* s.

*15. k wird namentlich in entlehnten worten manchmahl durch g
ersetzt.* So liest man neben jeretikъ αἱρετικός, jeretici *nicht selten*
jeretigъ: jeretigъ *lam. 1. 21.* jeretizy *1. 24. 26. für* jeretizi. jere-
tižica αἱρετική *prol.-rad.* zlatigъ: zlatigъ *lam. 1. 31. für* zlatikъ. glistirъ
misc.-šaf. 162: κλυστήριον. *Selbst in slavischen worten findet man diese
veränderung:* gniga *strum. für* kniga. gnida *nis steht für* knida:
griech. κονιδ, κονίς *aus* κνιδ. *ags.* hnitu. *ahd.* niz *aus* hniz.
　　gnêtiti *accendere wird mit pr.* knaistis titio *und mit ahd.
gneisto funke zusammengestellt.* gnêzdo nidus *wird von manchen von
den gleichbedeutenden worten der verwandten sprachen getrennt.* t *in*
gnetą *depso passt nicht zum* t *im ahd.* knetan.
　　16. Oben wurde gesagt, dass bozi *aus* bodzi *und dieses aus* bogi
hervorgegangen ist, wie sich raci, *d. i.* ratsi, *aus* raki *entwickelt habe.*
bozi *bildet die fast ausschliessliche regel der jüngeren denkmähler,
während die älteren* bodzi *neben* bozi *desto häufiger bieten, je älter
sie sind. Beide aslov. alphabete, das glagolitische und das kyrillische,
haben eigene zeichen für* dz *und* z, *das kyrillische* ꙃ *und* ꙁ, *selten
ⱌ für* dz, *ꙃ hingegen für* z: *die verwandtschaft der glagolitischen
zeichen ist unverkennbar, nicht minder die der kyrillischen. Ich
gebrauche im aslov.* ꙃ *für* dz, *z hingegen für* ꙃ. *I. Glagolitische
quellen. Im* cloz. *findet man nur* zêluto *I. 140. neben* zêlo *I. 567.
774.* knęzъ *I. 89.* kъnęzę *I. 104.* bozê *I. 586.* polъzę *I. 220.*
polьzą *II. 71. usw. Zogr. a.* bozê. druzêmь. kladęzь. kъnęzь,
knęzi. mnozi. nozê. oblęzi. pênęzь, pênęzii. sluzê. zêlo. zvêzdy,
zvêzdahъ *und, nach Sreznevskij, Drev. glag. pam. 122,* azъ. *b.*
kъnęzi. mъnozi. nozê. otvrъzi. pênjęzъ, pênęzju. skъlęzъ *numus.*
stęzati sę. vrъzi, vъnrъzi, vъnrъzête. zêlo. ziždeta *neben* kladęzi.
mnozi. pênęzь. polьza. stьzę *in a.* assem. bozê, bozi. brêzê. dru-
zêmъ, druzi, druzii. jęzą. kъnęzъ, kъnęzi. mъnozê, mъnozi, mnozi.
nedązê. nozê. pênęzь, pênęzu. podvizajte sę. pol'za, polьzę.
pomozi. prozębnetъ. sъtęzająštema sę, sъtęzanie. vrъzi. zêlo.
zvêzdahъ. zьlyj. *In anderen glagolitischen denkmählern und zwar im
mariencodex* zêlo *marc. 1. 35.* mъnozi *Sreznevskij, Drev. glag. pam.
109. 111.* nozê *108.* pênęzu *103. neben* pênęzu *101; im evangelium
von Ochrida* druzii *83; auf einem blatt aus Macedonien* m'nozi *233.*
otvrъzêm[ъ] sę *229.* polьzъnъ *235.. II. Kyrillische denkmähler. Im
apostol von Ochrida aus dem XII. jahrhundert.* s. ꙃ: knęzemъ *Srez-
nevskij, Drev. slav. pam. 371. für* knęzemъ. stratizi *371.* stęzaą
są *272. für* stęzaę sę: tą *für* tę *ist selten. Im slêpč. apostol
aus derselben zeit.* s. ꙃ: bozê. druzi. polzi *ibid. einl. 113. Im*

Pogodin'schen psalter aus dem XII. jahrhundert. s. 2: bozê. knęzь, knęzi.
mnozi. nozê. zêlo *ibid.* 53. *In einem menaeum aus dem XII—XIII.
jahrhundert.* s: nebrêzêmъ. podviza *neben* podviza. raždizaą. zvê-
zdy *neben* zvêzda. zvêrь. zvękъ. zižditelju. zêlo. prozębyj. mnozi.
nozê. stьzą. juzê *ibid.* 63. *Im žeravinьskyj ustavъ:* prozębь *ibid.*
70. *Im zograph. trephologion aus dem XII—XIII. jahrhundert.* s:
zvêzdy 344. istęzaemъ 345. stъzę 345. *Im sbornik sevast.:* druzi
zvêzda. mnozi. nozê. trъzê. *Aus den pannonischen und bulgarischen
quellen fand* z *den weg in die serbischen. So findet man in einem
serb.-slov. menaeum aus dem XV. jahrhundert.* s: knęzju. zêlo. zvêri
zap. 2. 2. 72. *In einem leben des hl. Sava in der Wiener Hof-
bibliothek:* črьtozê. mnozêmi. nozê. zêlo. zyžde *für* zižde. zvêzda.
z'mie; krьtovê nozê *misc. In den russ. quellen wird* s *meist nur
als zahlzeichen gebraucht, so in den izbornik von 1073 und 1076; im
ostrom. finden wir neben* s *zweimahl* 2 *38. a.; 281. a.; später bis zum
beginne des XV. jahrhunderts wird nur* 2 *angewandt zap. 2. 2. 11,
das zuletzt dem* s *weicht zap. 2. 2. 60.* 2 *findet sich als zahlzeichen
auch in bulgarischen quellen: im apostol von Ochrida Sreznevskij,
Drev. slav. pam.* 273. 275; *in den kyrillischen randnoten des marien-
codex; in der bulgarischen handschrift von 1277 starine I.* 87.
J. Dobrovský, Slavin 430, wollte s *nicht als lautzeichen anerkennen,
meinte jedoch später, Institutiones 32, es sei sitte geworden — mos
obtinuit — im anlaut* z *zu schreiben:* zvêzda. zvêrь. zelie. zlo. zmij.
zlakъ. zêlo. zênica. *In einer von I. Bodjanskij in den Čtenija 1863.
II. herausgegebenen russ.-slov. quelle findet man* s *als zahlzeichen 6.
und als lautzeichen in* bozê 4. 6. 14. 23. otvrъzi 4. zla 4. slezami
5. 20. 28. obrazi 8. obrazê 28. mnozi 9. 12. 20. 23. 28. druzii
9. druzi 21. bozi 9. mnozê 11. sluzê 11. jazykъ 11. 16. 21. 28.
vъziska 11. rizy 13. 28. zêlo 13. 16. 17. 19. 22. 23. sъtęzaemъ
14. stęzaše sę 28. obrêzanii 14. 15. *neben* obrêzanii 14. 15. stьzę
15. razidoša 19. 21. jazju 20. 28, *d. i.* jęzą. vrazi 21. lobza 22.
zvêzda 22. knęzь 22. knęzi 23. otvrъzaetь 23. polzu 26. sъzida-
niju 27. zloby 29. z *findet sich in bulg. denkmählern, und zwar im
Kyrillus hierosolyt. aus dem XI. jahrhunderte:* bozê. mnozi. polzê
(*sg. nom.*) *Sreznevskij, Drev. slav. pam. einl.* 37; *im psalter von
Bologna:* bozi 242. vrazi 365. 369. 378. otъvrъzi 364. otvrъzêmь
355. raždizaetъ 366. zvêstъ *stellarum* 361. zvêremъ 368. sъziždi
363. sъziždątъ 364. zêlo 358. 370. 375. 378. 379. *do* zêla 370.
372. knęzi 355. 371. 379. knęzemъ 356. pomozi 353. 375. 376.
mnozi 241. 243. 379. nozê 373. staza. 376 *für* stьza. stązą 371.

für stъzą. istęząątъ sę *354: ausserdem* vъzъdvizati. ziždą. sъzydąą.
polъza. pomyząąðtej. trъzati *einl. 129. 130. 131; im Pogodin'schen
psalter aus dem XII. jahrhundert.* z: bozi 248. bozê 250. 253. vrazi
248. zvêrije 259. zvêriny 248. zvêzdy 257. zênicą 247. knęza 257.
loza 248. lozijemъ 257. nozê 254. snêzi 258; *ausserdem* zêlo.
knęzъ, knęzi. nozê *einl.* 53; *im slêpč. apostol aus derselben zeit.* z:
bozê 314. otvrъzi 311. druzii 317. nozê 319. polъza 315; *ausser-
dem* blazemъ *statt* blazêmъ. vrazi. stęząą są *für* stęząą sę *einl.* 113.
polzi; *im apostol von Ochrida.* z: blazê 281. vrazi 281. otvrъze sę
286 *für* otvrъže sę. druzi 279. druzii 286. zvênęðtii 299 *statt*
zvъnęðtii. knęzъ 288. mno i 294. 296. mъnozê 276. nozê 283
polъza 299. polъzi 300. polъzą 299; *ausserdem* bozi, bozê. podvi-
ząąi są *statt* podviząęi sę. raždiząą. zvêzda. zvêrie. zvęcąą. sъzi-
ždetъ. lъzê. pomozi. nazi. slъzy. osąząą *statt* osęząę. rastrъzavъ.
vъstęząą. stęząą są *statt* stęzae sę *einl.* 96. 161; *in einem triodion aus
dem XII—XIII. jahrhundert.* z: knęzъ 336. knęzę 341; *in einem
paremejnik aus derselben zeit:* zvêremъ 265. zvêrej 266. knęzę 264.
stъzę 264. 265. zvjarę *statt* zvêrę *einl.* 69; *im evangelium von
Dêčany aus dem XII—XIII. jahrhundert:* vrъzi 386. druzemъ 389.
vъžizająï 385 *statt* vъžizająęi. uzrętъ 385. zêlo 392. mnozi 391.
mnozii 392. mnozê 388. sluzê 386; *ausserdem* zvêzdy. ziždąðtej.
prozębaetъ. knęzemъ. pomozi. pênęzъ, pênęzy, pênęzniky. stęzą-
ąðte *einl.* 140; *im evangelium von Chilandar aus derselben zeit:*
brêzê. vrъzête. druzii 351; *im Ephraem syr. aus dem XIII—XIV.
jahrhundert:* črъtozê 399; *ausserdem* mnozê. zêlo *einl. 147; im
pat.-mih. aus dem XIII. jahrhundert.* z: blazi, blazii 112. bozê 95.
126. nebozi 159. brêzêhъ 44. druzi 83. 102. 103. 108. druzii
54. druzêj 96. druzemъ 95. nedązê 79. zvêzda 69. ziždąðtej, sъzi-
ždetъ 45. zêlo 2. 14. 57 *usw. im ganzen neun und zwanzig mal.* zêlu
109. knęzi 114. knęzii 112. polzę 48. 52. 59. 61. 62. polzą
104. polz[ą] 77. polzi 47. 73. mnozi 2. 4. 69. 153. 175. mnozê
4. 9. 44. 81. 148. mnozêmi 3. 4. mnozêhъ 15. mozi 142. pomozy
82. pomozi 85. 137. 156. nozê 2. 49. 51. 106. 109. 155.
trъzê 154. istęząą 79: *auffallend ist* otъvrъzi *aperi* 131; *daneben*
bozê 65. brêzê 119. polzę 60. mnozi 153. mozi 17 *usw.; in
einem späteren denkmahle aus der Bukowina:* bozi. vrъzi. druzii.
knęzъ, knęzi, knęzę. mnozi. nedązê. nozê. pol'za. pênęzъ, pênęzę;
in der priča trojanska. z: zvêzdy 24. 4. zizdъ 30. 19. zizdati 9. 14.
zizdaaðe 9. 16. zizdaahą 9. 19. ziždati I. zazizdati 42. 17. prizizda
I. sъzizda I. sъzizdati I. *neben* zizdalъ I. prizizda I. zêlo I. 16.

22; *41. 21.* do zêla *14. 3.* viteza *l. 7. 19; 40. 8.* vьvrъzi *5.*
23. s: pirzê πύργος. mnozi *neben* mnozi. *Man bemerke, dass in
der chronik des Manasses* c *für* z *steht:* vъcimati, caklania *und*
cicdalъ, pricizda *für* vъzimati, zaklania *und* zizdalъ, prizizda
zap. 2. 2. *23. 24. Auch in späteren aus Russland stammenden
quellen liest man* knjazja. zilo. zižduščej *pam.-j. b. 14. 15. 20.
41. 52. 56.* rozdrazivъ *tichonr. 1. 175. Die Ragusaner schreiben*
cora, *das sie* dzora *sprechen; auch* spenca *wird wohl* spendza
lauten: bei Vuk Stef. Karadžić spenza, spendje *und* spendžati.
Dass der bischof Konstantin im X. jahrhundert zêlo *und* zakonъ
*unterschied, kann nicht bezweifelt werden Sreznevskij, Drev. glag. pam.
23. In denselben fällen gebraucht* dz *das bulg. der von den brüdern
Miladin herausgegebenen volkslieder:* bladze *53. 120. 148. 276.*
diredzi *3.* von *direg für* direk. drudzi *337.* dzvezda *15. 83. 139.
173. 193. 256. 472.* dzvere *12.* dzvekni: dinar dzvekni *426.* dzizd,
dzid *253. 528.* dzizd dzizdosano *531.* dzidale *253.* dzizdanje *3.*
dzvono *stück 534: poln.* dzwono, zwono. *oserb.* zveno. kovčedzi
159. mnodzina *376.* moldzeše *mulgebat 361.* nejdzin *19. 39. 90 neben*
nejzin *159. 499: aslov.* nję zi *(aind. gha, ha) und suff.* inъ. nodze
5. 17. 25. skъrsnodze *60.* polodzi *448 von* polog. predlodzi *43.* pre-
snedzi *349. von* presneg *für* presnek. sъldza *20. 30. 31. 71.* soldzi
245. neben slъza *50. Bei Cankov 7. liest man* dzvêzda *stella.* dzêrnъ
mi sъ *mihi apparuit.* ondzi *ille.* dzadnicъ nateš. dzvunec *campana neben*
zvêzdъ. zêrnъ mi sъ *usw.; in M. Leake's Researches in Greece, London
1814, finden wir* trutzi *384.* tiretzi *398.* notzi *400. d. i.* drudzi. dire-
dzi. nodzi; *auch die Bulgaren von Vinga in Ungern sprechen* dzvezdi.
ondzi *neben* zvezdi, onzi. *Die tatsache, dass pannonische und bulga-
rische denkmähler* z, *an jenen stellen bieten, wo später und noch gegen-
wärtig hie und da* dz *gesprochen wurde und wird, zeigt, dass die ange-
führten buchstaben nicht den laut* z, *sondern* dz *hatten, ein satz, der mit
den lehren der lautphysiologie vollkommen übereinstimmt:* dz *aus* gj
wie tz, tš *aus* kj. *Diese lautliche geltung von* z *einer- und von* z *ande-
rerseits erklärt das vorhandensein verschiedener buchstaben in beiden
aslov. alphabeten. Die richtige ansicht wurde bereits von P. J. Šafařik
in den Památky hlaholského písemnictví 18 aufgestellt, wo auf die
aussprache der Moldauer hingewiesen wird. Dass uns die griechischen
und lateinischen umschreibungen im stiche lassen, kömmt davon her,
dass der laut* dz *dem griechischen und dem lateinischen fehlt, daher*
ζελώ *und* ζεπλέα *bei Banduri und* zéllo *und* zémia *im abecenarium
bulgaricum für* zêlo, zemlja. *Wenn jedoch Chrabrъ im X. jahr-*

hunderts lehrt, der Grieche könne mit seinen buchstaben die worte bogъ, животъ, zêlo, *richtig* sêlo, *usw. nicht schreiben; wenn er unter die vierzehn buchstaben, die dem Griechen mangeln, auch* s *anführt, so dürfen wir daraus schliessen, dass* s *nicht den laut des griechischen* ζ, *d. i. unseres* z, *gehabt hat. Eine spur dieser lehre finden wir bei einem grammatiker des XV. jahrhunderts, bei Konstantin dem philosophen, mit dem wir durch herrn Gj. Daničić bekannt geworden sind: nach ihm ist die wahre bedeutung der buchstaben* s *und* з *vergessen:* ne vêdoma, gde koe položiti *Starine I. 13; nach ihm gehört* s *unter die neun buchstaben, die mit dem griechischen nichts gemein haben:* ta въ гръчъскyimi тъčiju nikoeže učestie imutъ *16; derselbe lehrt, man müsse schreiben* sêlo *und* svêzdy *und dagegen* земlja, знаемь: imatъ отълučъny glagoly s otъ see з *19: unmittelbar darauf wird dem* s *im serb. nur ein zahlenwert eingerdumt:* s тъčiju otъ čislъ srъbъsko êstъ *30. Auch im serb. findet man* dz *neben* z *in Crna Gora und der benachbarten meereskůste:* dzipa, dzora, dzub *statt* zipa, zora, zub, *eine erscheinung, deren grund nicht im italienischen 'zio' zu suchen ist Vuk Stef. Karadžić, Poslovice XXX. Auch sonst kann* g *in* dz *übergehen, so slovakisch in* stridze *von* striga, *wofür* č. *střize von* střiha; *man beachte auch die dialektischen formen klr.* dzelenyj *(verblud pase koło morja koło dzelencho kaz. 67),* dzerkało, dzvizda, dzveńity, dzveńkaty, dzvôn, dzvonyty, dzvonok, dzvenkôt *neben* zelenyj *usw.* kukurudza *neben* kukuruza *und* dzer, džyr *Schafmolken, rumun.* zır, *das nicht lat. serum ist. Im poln. geht* g *regelmässig in* dz *über:* szpiedzy, srodzy, nodze, niebodze *von* szpieg, srogi, noga, nieboga; *man beachte* dziob *schnabel.* dziobać *picken:* dziobie mak *rog. 45. Pott 5. 300.* dźwięk. *Wie* g *in* dz, *so ward ehedem ohne zweifel* g *in* dž *verwandelt: man findet bulg.* гъmdži *neben* гъmži es *wimmelt.* dželezo *neben* železo *eisen.* polodže *neben* polože *deminut. ovum in nido romanens Cankov 7. bedže sg. voc. von beg milad. 178. bedžici 313.* nodžište *106.* nodžina *512.* knidžovniče *341; im serb. hat man* džasnuti *für aslov.* žasnąti *stupefieri;* džak *saccus für nsl.* žakelj; *džep funda neben* žep; *džebrati für č.* žebrati; *im slovak.* stridžisko *von striga; im klr.* džereło *fons gen. 7. 11.* džavoronok, džur *neben* žavoronok, žur. *Welches gewicht den vereinzelt vorkommenden formen* inoroždъ *monocerotis mladên. für* inorožъ *von* inorogъ *und* hudoždъstvo *lam. 1. 147. für* hudožъstvo *von* hudogъ, hądogъ *beizumessen sei, ist schwer zu bestimmen. Vergl. meine abhandlung: 'O slovima* s, z'. *Rad. IX.*

*Im vorhergehenden wurden die mannigfaltigen wandlungen von
k, g, h dargelegt. Was noch zu beantworten ist, ist die schwierige
frage nach der physiologischen erklärung der angenommenen vor-
gänge und nach dem alter der einzelnen im vorhergehenden betrach-
teten laute.*

*17. Über die vorgänge, wodurch die k-consonanten in č- oder in
c-consonanten übergehen, ist folgendes zu bemerken: die veränderungen
von k, g, h haben ihren grund darin, dass das aslov. in seinem ein-
heimischen wortschatze* k[1], g[1], h[1] *nicht kennt, dass daher demselben die
lautverbindungen ki, gi, hi usw. fremd sind. Wenn demnach im pl.
nom. der ъ(a)-declination k mit i zusammentrifft, so muss die arti-
culationsstelle von der grenze des harten und weichen gaumens nach
vorne gerückt werden, wobei ein t entsteht, das sich mit einem para-
sitischen j verbindet, welches in z übergeht, daher ki, tji, tzi, tsi, ci:
raki, raci. In anderen fällen geht das parasitische j in ž über, so vor
dem verbalsuffix i: ki, tji, tži, tši, či: vlaki, vlači. In ähnlicher
weise entsteht dz aus g, mit dem unterschiede, dass sich hier das d
vor z nur in den ältesten denkmählern erhalten hat: gi, dji, dzi, zi:
bogi, bodzi, bozi; während das d vor ž selbst in den ältesten quellen
nicht mehr vorkömmt: gi, dji, dži, ži: ubogi, uboži pauperem facere.
Wer die hier dargelegten lautentwickelungen mit denen von tje, dje
zu tše, dže und zu tse, dze vergleicht, wird sich von deren richtigkeit
leicht überzeugen, namentlich dann, wenn er von tši usw. zu ki usw.,
nicht umgekehrt fortschreitet; er wird einsehen, dass es nicht anders sein
kann: unsere einsicht in den ganzen process würde freilich gewinnen,
wenn die physiologie uns über die entstehung des tji aus ki belehrte
und uns zeigte, auf welche weise j in ž und z übergeht. Dass j in der
tat in ž und in z verwandelt wird, das zeigen, wie bemerkt, die
veränderungen des tje und dje: aslov. vraštenъ und každenъ aus
vratženъ und kadženъ, vratjenъ und kadjenъ neben p. vracony und
kadzony aus vratzen und kadzen, vratjen, kadjen von vrati, kadi.
Vergl. seite 222. Der unterschied zwischen beiden reihen von ver-
wandlungen besteht darin, dass bei k, g, h sich der übergang des j
in ž und in z in derselben slavischen sprache vollzieht, während der
wandel des j in z bei t und d in einigen slavischen sprachen statt-
findet, in anderen dagegen die verwandlung des j in ž eintritt.
Diese ansicht wird wahrscheinlich auf widerspruch stossen, indem
man c auf č zurückzuführen geneigt ist. Ascoli, Corsi di glottolo-
gia I. 203, sagt: ,Vedemmo di sopra, come č, pure essendo suono
unico e momentaneo, pur si risolva in* $t + s + h$, *e così ǵ si risolve*

in d + ž + j, ora, la stretta complessa, non preceduta da contatto, ci ridurrà a s + ĭ (= š), ž + j (ž), e per semplificazione della stretta stessa, si può finalmente arrivare a semplici s, ž.' Auf romanischem gebiete tritt c, d. i. k, vor i, e usw. in den beiden östlichen sprachen als č, in den vier westlichen als sibilant ç, d. i. slav. s, auf. Es scheint nun, dass man sich aus cedere, d. i. kedere, zunächst čedere, it. cedere, und aus diesem sedere, fz. céder, entstanden denkt. Wer sich an die übergänge im slav. erinnert, wird eher geneigt sein sowohl čedere als sedere unmittelbar aus kedere hervorgehen zu lassen und sich den übergang etwa so vorstellen: ke, kje, tže, tše, če und ke, kje, tze, tse, se. Vergl. die deutsche aussprache von cedere. Wie sich jedoch die sache in den romanischen sprachen auch verhalten möge, slav. c aus č hervorgehen zu lassen, geht nicht an. Man beachte hier griech. θρῇσσα aus θρηκja, θρητja, θρητζα, θρητσα und ἐλάσσων aus ἐλαχjων, ἐλατjων, ἐλατζων, ἐλατσων. Curtius 654.

Ich halte daran fest, dass in einer früheren periode die č-, in einer späteren hingegen die c-consonanten an die stelle der k-consonanten traten. Wenn gesagt wird, dass in der stammbildung vor bestimmten vocalen die č-, in der wortbildung hingegen die c-consonanten eintreten, so ist dies allerdings richtig, denn neben otročištъ besteht otroci, allein die antwort ist wenig befriedigend, da man fragen muss, wie es denn komme, dass vor denselben vocalen k in der stammbildung č, in der wortbildung hingegen in c verwandelt wird. Wenn andere meinen, c sei aus č hervorgegangen, und dabei voraussetzen, ehedem habe der pl. nom. otrokъ otroči gelautet, woraus otroci entstanden sei, so bedarf diese ansicht wohl keiner widerlegung, da es unbegreiflich wäre, warum sich ein teil der č erhalten hätte, der andere dem c gewichen wäre. Die erklärung scheint in der annahme zu liegen, neben otročištъ habe der pl. n. otrokê, der impt. in der 2. 3. sg. pъkê usw. bestanden, woraus sich später otrocê (lit. -kai), pъcê und daraus otroci, pъci entwickelt haben. Nach dieser hypothese wären in verschiedenen perioden verschiedene richtungen in der entwickelung der k-laute herrschend gewesen: auf die č-periode wäre die c-periode gefolgt. In die letztere periode fallen bildungen wie kъnęzь, pênęzь, useręzь neben kъnęgъ, pênęgъ, useręgъ aus kuning, phenning, *ausahrigga- usw. Für diese ansicht spricht der umstand, dass die verwandlung in die c-laute nicht so consequent durchgeführt ist als die in die č-laute, daher r. sg. loc. bokê usw.: wer hier die analogie der anderen casus von bokъ für bestimmend hält, wolle an die impt. peki, pekite usw. nicht vergessen.

17

Bei der betrachtung des alters der k-consonanten und jener, die damit zusammenhangen, wird vor allem h behandelt; dann das daraus entstandene s und die beiden damit nicht unmittelbar zusammenhangenden s; das auf slavischem boden entstandene dz, z und das vorslavische z; ž; g; c; č: dieser teil des buches schliesst mit der betrachtung von k. g. ħ. Das h von jahati, zêhati usw. entspricht dem desiderativen s des aind. his, dips, ips aus han, dabh, āp usw.

18. Während slav. k, g *auf ursprüngliches* k, g *zurückgehen, beruht slav.* h *auf ursprünglichem* s: ạhati *odorari hängt mit aslov.* on *in* vonja *odor, aind. an, aniti, got. an, durch* ⁕an-s *zusammen.* blъha *pulex: lit. blusa.* dъhnạti *spirare beruht auf dus aus aind. dhū: vergl. lit. lett. dus.* grahъ *faba, aus urslav.* gorhъ, *lit. garḗva L. Geitler, Fonologie 117.* hlъpati *in* ishlъpati *scaturire.* vъshlêpati *neben* vъslêpati *ist wohl identisch mit* slъpati: *aind. w. sarp, sarpati.* hobotъ *cauda hängt mit* ošibъ *und griech.* ὄφη *zusammen. Curtius 383: w. sab.* hoditi *ambulare: w. aind. sad.* hrabrъ *pugnator: vergl. die unbelegte aind. w. sarbh, sarbhati ferire.* hraniti *custodire, nsl. nutrire: vergl. aind.* ⁕sar, *abaktr. hareta genährt.* hyra *debilitas: man vergleicht lit. svarus taumelnd, schwer: mit* hyra *hängt r.* chvoryj *zusammen. as.* jelъha *alnus: ahd. elira und erila. nhd. eller, erle. holl. else. lit. alksnis, elksnis für alsnis, elsnis. pr. alskande.* juha *iusculum: pr. juse, aind. jūša m. n.* jahati *vehi beruht auf* ⁕jās, *aind. jā.* kašъlь *tussis: aind. kās, kāsatē, lit. kosu, kosti: ursl.*kah. kъhnạti, kyhati *sternutare: vergl. aind. kšu, kšāuti.* lêha *area: lit. lisê, ahd. leisa, lit. lira.* lihъ *malus: lett. lĕss mager. lit. liesas p. chudy; listu chudnę Szyrwid 27. 101.* mahati *vibrare: w.* ma *in* manạti, *daher* ma-s. *mêhъ pellis: lit. maišas, lett. maiss, aind. mēša widder, fell.* muha *musca: lit. musê.* mъhъ *muscus: lit. musai pl. ahd. mos. lat. muscus: klr. mšed flechte ist wohl* mъšadь. orêhъ *nux: lit. rēšutas, lett. rēkst, pr. buca-reises.* pazuha *sinus, d. i.* paz-uha: *lett. pazusē, pad-usē: mit* uha *vergl. aind. āsa (amsa), griech. ὦμος, lat. umerus, armen. ūs.* pêh : pêšъ. *p. piechota pedites aus ped-s.* pъhnạti *calcitrare.* pъšeno: *aind. piš, pinašti, lat. pis in pinsere.* pęstъ. pryhati *in* pryhanije *fremitus: vergl. aind. pruth, prôthati pusten: prūt-s.* pyhati *frendere.* puhati *flare setzt* ⁕pus *aus aind.pu, punāti flare voraus. lett. pūsis windstoss. lit. put, pusti.* ruh- *in* rušiti *solvere, p.* ruch *bewegung: lit. rušus tätig.* slyh *in* slubo *auris,* slyšati *audire ist slus, aind. šru, šṛṇôti. lit. klausīti. pr. klausiton. lett. klausīt neben sluddināt hören machen. ahd. hlosēn audire.* smêhъ *risus beruht auf* smi-s: *aind. smi, smajatē, lett. smeiju, smēt.* smêhъ: *andere ziehen*

smê-hъ *vor.* snъha *nurus. nsl.* sneha: *ahd. snurā. aind. snušū.*
spêhъ *studium, celeritas:* spê-s: *lett. spēks kraft ist entlehnt.* soha
fustis. o-sošiti *abscindere,* rasohъ, *č.* sochor, *vergleicht man mit aind.*
sas, šasati metzgen. srъhъkъ *asper aus einer w. sars: vergl.* srъstъ
pili. styh: *č.* ostýchati se *sich scheuen:* styd-s. suhъ *siccus,* sъhnѫti
siccari: lit. sausas, aind. šuš, šušjati für suš. tuh: potuchnѫti *quie-*
scere. tušiti *exstinguere: pr. tusnans acc. stille. aind. tuš, tušjati.*
tihъ *gehört wohl nicht hieher:* tjuh *würde etwa* štih *ergeben.* ušes,
sg. nom. uho, *auris: lit. ausis, got. ausan-.* vetъhъ *vetus: lit. vetušas.*
vêh: *nsl.* vêter vêha: *vê-s.* vih: *klr.* vyvychnuty. uvychaty *ša*
neben zvyvaty *ša verch.* 72. vlahъ: *griech.* Βλάσιος, *dagegen* blažь: *lat.*
Blasius. vrъhѫ *trituro: griech.* άπό-Ϝερσε. vrъhъ *vertex, lit. viršus,*
aind. varšman *höhe: dass dem h in* vrъhъ *das š des lit. viršus zu*
grunde liege, halte ich für falsch. zêh: *nsl.* zêhati *hiare: vergl.*
smêhъ, *aserb.* негорьhь: *griech.* μέροϥ. *aslov.* čаsъ. *s.* stas *statura.*

Im aslov. entsprechen hѫdogъ *peritus.* hlêbъ *panis.* hlêvina
domus. hlъmъ *galea.* hyzъ *domus den got. wörtern* handuga-. hlaiba-.
hlija- *oder* hlijan-. hilma-, *ahd.* hëlm. hüsa-. *Es ist daher slav.* h,
d. i. χ, *aus deutschem h hervorgegangen.*

Das ältere s *wechselt nicht selten mit dem jüngeren* h: *es liegt*
hierin ein beweis, dass die lautgesetze keine naturgesetze sind. česati,
čehati *nsl. bei Linde:* osmorgać. čymsaty, čymchaty *klr. rupfen*
verch. 80. črênsa *nsl. prunus padus. r.* čeremcha *usw.: zwischen* m
und s, h *ist ein vocal ausgefallen.* dręselъ *für* dręslъ *neben* dręhlъ
tristis, dręhnovenije *aslov.: w.* dręs. kołysaty *und* kołychaty *klr.*
agitare. -mêsъ *aslov. und* pomicha *klr. impedimentum.* morochъ *r.*
feiner regen und morositь *nieseln: das wort ist wahrscheinlich mit*
mrakъ *verwandt.* -noch: wodonoch *p. dial. für* nosiwoda. pojasa:
opojasat' *und* opojachat' *klr. bibl. I.* poros *klr. loderasche.* porosnut'
klr. für rosporožyty *und* porochno *wurmfrass.* prosyty *und* prochaty
klr. bibl. I: aind. praš. ręs: ures, resiti *und* ureha *kr. ornatus.*
slêpati *neben* vъshlepati *für* -hlêpati *svrl.* ishlъpati *scaturire men.-*
mih. 341. słyzhavyća, sołzenyća, sołhanka *klr. glatteis und* chły-
zanka, chołzanyća *verch.* 65. posmisati *und* posmihati *aslov.* sztursać
und szturchać *p.* trjasti *und* trjachnutь *r.* tъstъ *aslov.: test und*
tchán, tchynê *č.* vlъsnѫti *balbutire neben* vlъhvъ *magus aslov.* vołos
und vołochatyj *klr.:* vołochata škôra *rauchleder.* žasъ: užasъ, užahъ
aslov. und žach *klr.* nežachlyvyj *bibl. I.* huhota *sup.* 221. 11. *mag*
ein schreibfehler sein. Hieher gehört der pl. loc. auf hъ, *wofür aus-*
nahmsweise sъ: rabêhъ. ramêhъ. rybahъ. têhъ *neben* č. dolás, lužás,

17*

polás 3. seite 16; der pl. gen. der pronominalen declination: têhъ. sihъ: im pl. gen. und loc. nasъ. vasъ ist s bewahrt: ich teile na-sъ, va-sъ auf grund von dolá-s usw. Anders Leskien, Die declination usw. 148. Im aor. haben die vocalisch auslautenden themen nur h: bihъ. byhъ, während die themen auf consonanten neben älterem s jüngeres h bieten: vêsъ und vêhъ aus ved-sъ und ved-hъ 3. seite 77. 78. Die formen biste. byste usw. beruhen auf bisъ. bysъ, denn ht würde št ergeben. Wir haben demnach den aor. byhъ. by aus bys-s, bys-t. byhovê, bysta, byste. byhomъ, byste, byšę und das impf. bêahъ, bêaše. bêahovê, bêasta, bêaste neben bêašeta, bêašete. bêahomъ, bêaste neben bêašete, bêahą. byžъstvo substantia setzt ein nomen byh- voraus.

Regelmässig geht zwischen vocalen stehendes s in h über: blъha. Dass sich auch hier s manchmal erhält, ergeben einige der angeführten formen. žasъ lässt sich durch die w. gand-s, gend-s erklären. braљno beruht auf bors-, woraus brah-, boroch-, broch-, vlasъ auf volsъ, woraus vlasъ, volosъ, włos. Auf dъhnąti, sъhnąti usw. haben vielleicht auf hъ auslautende formen wie duhъ, suhъ usw. eingewirkt. Anlautendes s kann vor vocalen in h übergehen: hodъ; hrana aus horna hängt wahrscheinlich mit der w. sar zusammen. sr geht in hr über in hromъ, aind. sráma. In prochaty beruht h auf ś, das sonst s wird: aind. praś. hohotati cachinnare kann man mit aind. kakh, kakhati vergleichen.

Einige h sind bisher nicht erklärt: bъhъ und daraus bъžь f. čehlъ velamen: vergl. česati. gluhъ surdus. grohotъ sonitus. r. grochatь ridere: vergl. glasъ aus golsъ. ohajati sę: ochaj śa sego izv. 578: vergl. ošajati sę, otъžajati sę. hohlovati bullire. hotêti, hъtêti velle: man vergleicht lit. ketêti. pr. quoitê. p. chować. hramъ domus. klr. chrůstačka cartilago. hubavъ pulcher: matz. 6. vergleicht aind. śubha schmuck, hübsch. hudъ parvus, tenuis: lit. kudas ist entlehnt. hyra: s. hira serum lactis ist wohl mit s. surutka verwandt und daher mit aslov. syrъ. kohati amare und raskošь voluptas stellt man mit lit. kekšê hure zusammen. lihva usura: vergl. got. leihvan: pr. likt verleihen ist wohl entlehnt. lihъ redundans: lett. lěks über- zählig ist entlehnt. rah: nsl. rahel locker erinnert an aind. arš, aršati fliessen, gleiten: vergl. r. rochljadь für vjalyj, slabyj čelo- vêkъ aus rohlъ 2. seite 209. rêšiti solvere: vergl. lett. risu, rist das ,binden' und ,auftrennen' ,schlitzen' bedeuten soll Ullmann 226. tihъ tranquillus: lit. tikas ist entlehnt. Ebenso dunkel ist eine grössere anzahl anderer h enthaltenden worte.

Aus dem oben gesagten ergibt sich, dass h *jünger ist als* k, g, *dass es erst auf slavischem boden entstanden ist.*

19. Bei der frage nach dem alter des s *sind drei verschiedene* s *auseinander zu halten.*

I. Es gibt vor allem ein s, *das aus dem* h *hervorgegangen ist:* mêsi *pl. nom. von* mêhъ. *Das auf diese art entstandene* s *ist jünger als das ihm zu grunde liegende urslavische* h. *Wenn dem entgegen behauptet wird,* mêsi *habe das ursprüngliche* s *bewahrt, das* s *desselben sei nicht aus* h *hervorgegangen, so hat man vergessen, dass unter dieser voraussetzung der sg. voc.* mêše *unerklärbar wäre, der notwendig* mêhe *voraussetzt: dasselbe gilt von* mêsьсь; *slyšati ist nur aus* slyh, *nicht aus* slys *begreiflich usw. Wenn man dies deswegen unbegreiflich finden sollte, dass in der sprache nicht wurzeln und themen, sondern fertige worte, daher die nomina in bestimmten casus überliefert werden, wenn man sich demnach vorstellt, aus ursprünglichem* mêsas *sei* mêhъ, *aus* mêsât-*mêha usw. entstanden, so kann diese im allgemeinen richtige vorstellung in diesem falle nicht richtig sein, es muss vielmehr angenommen werden, es sei auf slavischem boden die form* mêhъ *massgebend geworden und zwar entweder als sg. nom. oder dadurch, dass die form mit* h *in den meisten, in zwölf unter den sechzehn verschiedenen, casusformen auftritt; dem sg. nom. scheint auch in der natürlichen, durch keine reflexion beeinflussten rede eine hervorragende stellung zuzukommen. Mit dem aorist steht es merklich anders: da erhält sich das ursprüngliche* s *dort, wo es durch einen nachfolgenden consonanten,* t, *geschützt ist, daher* vêsta, vêste *von* vês *neben* vêsę *von demselben* vês *und* vêšę *von* vêh, *wobei jedoch oserb.* plečeštaj, plečešče *und nserb.* pleśeśtej, pleśeśćo *beachtung verdient: hier hat die aus dem der bildung nach verwandten imperfect ersichtliche praeponderanz der* h- *vor den* s-*formen ein anderes resultat herbeigeführt.*

II. Das zweite s *verdankt seinen ursprung einem älteren* k. *In den indoeuropäischen sprachen unterscheidet man nämlich ein zweifaches* k, *von denen das eine durch* k, *das andere durch* k[1] *bezeichnet werden kann: das erstere* k *bleibt, natürlich abgesehen von den auf slavischem gebiete und sonst sich vollziehenden späteren wandlungen, in allen sprachen* k: *aind.* katara. *abaktr.* katāra. *(armen.* okn *oculus). griech.* χότερος (πότερος). *lat.* cuter *in* ne-cuter. *got.* hvathara-. *lit.* katras. *aslov.* kotorъ *in* kotoryj. *Das zweite* k, k[1], *hingegen ist im aind. abaktr. armen. lit. slav. wandlungen unterworfen:* aind. ś. *abaktr.* s. *armen.* s. *lit.* š. *slav.* s: *alt:* dakan. *griech.* δέχα. *lat.*

decem. air. deich aus dec-n. cambr. dec. got. taihun, dagegen aind.
daśan. abaktr. daśan. armen. tasn. lit. dešimtis. slav. desętь. Dieses
aus k¹ entstandene slav. s begegnet uns in folgenden themen, von
denen einige nur lit. (ś) und slav. (s) nachgewiesen werden können.
desętь decem: aind. daśan usw. desiti invenire: aind. dāś, dāśati
gewähren: die zusammengehörigkeit ist nicht einleuchtend, die vocale nicht
zu einander stimmend. desna gingiva: vergl. klr. jasna, pl. jasły.
aind. daś, daśati mordere. armen. ar-tas-uk̄ δάκρυ Derwischjan I. 21.
griech. δάκνω: doch auch lit. daknúti beissen Geitler, Lit. stud. 80: p.
dziąsła pl. os. dłasno. ns. źěsno beruhen auf einer w. dęs, aind. dāś.
desьnъ dexter: aind. dakśina. lit. dešinê, dagegen got. taihsva-: ausfall
eines k vor s ist im slav. möglich. kosa coma: vergl. aind. kêśa.
armen. gēs. krъsati: č. krsati deficere, tabescere. p. karślak ver-
kümmerter baum: lit. karšti, karśu alt werden. aind. karś, karśjati
abmagern. lososь russ.: lit. lašis, lašišas, bei Kurschat nur lašiša.
mêsiti miscere: aind. miś in miśra mixtus. mikś, mimikśati miscere.
lit. mišti, maišīti. mlъsati: č. mlsati lecken, naschen: vergl. aind.
marś, mrśati berühren. nesti ferre: aind. naś, naśati erreichen.
lit. nešti, dagegen griech. νεκ: ἐ-νεγκ-εῖν. osmь octo: aind. ašṭan.
abaktr. astan. lit. aśtûni, dagegen griech. ὀκτώ. ostrь acutus: aind.
aś, aśnóti durchdringen. lit. aśtras, aśtrus neben akuota p. ościsty
Szyrwid 94. griech. ἄκρος. ἀκ-ωκ-ή. lat. acies. osla cos. osь achse:
lit. aśis, eśis. ostьnъ: lit. akstinas. osъtъ genus spinae. lit. aśaka
grüte neben akotas hachel an den gerstenähren: ahd. ahsa. griech.
ἄξων usw. wird vielleicht von ostrь zu trennen sein. pasti pascere,
servare: aind. paś, paśjati sehen neben spaś sehen: vergl. abaktr.
śpaś, śpaśjěiti sehen, bewachen. armen. ś: pśel, pś-nul betrachten
neben spasel abwarten. Vergl. pьsъ canis, eig. custos: andere denken
wohl richtiger bei pьsъ an aind. abaktr. paśu vieh. Slav. pastyrь
(w. paś) und lat. pastor (w. pā, daraus pasc: pasc-tor) sind wurzel-
haft unverwandt Fick 1. 132. 252. pelesъ φαιός pullus: aind.
prśni bunt. lit. palśas fahl: griech. πέρκος. pêsъkъ sabulum: vergl.
aind. pāśu neben pāsu. armen. josi Derwischjan I. 7: lit. pěska ist
entlehnt. prasę porcus: lit. parśas, dagegen lat. porcus. ahd. farh.
prositi petere: aind. praś, prččhati praśna frage. abaktr. pereś.
pereśka preis, eig. forderung. lit. praśiti, pirśti, dagegen lat. precari.
prъsi pectus: aind. parśu rippe. prъstъ digitus: aind. sparś, spr̥-
śati berühren. lit. pirśtas. pьsati scribere: aind. piś, pišati aus-
schneiden, bilden, dagegen got. faiha- gestalt: apers. pis in nipis ein-
reiben, schreiben gehört zu pis, pinsere. pьsь canis: aind. paśu. got.

faihu-. *Abweichend lit. pekus. pr. pecku:* гувь *lynx: armen. lüsan'n*
Derwischjan I. 50. lit. lušis. Vergl. 2. seite 319. sąkъ *surculus:*
aind. śāku: armen. mit. š̌: šak̆il sprössling Derwischjan I. 31. npers.
šach.·lit. šaka. sêdъ *canus ist* sê-dъ: *vergl. si in sijati.* sêmь
persona. sêmija ἀνδράποδα. *russ.* semьja *familia: vergl. aind. śēva,*
śiva traut. lit. šeimīna gesinde. pr. acc. seimīns. lett. saime. saimnēks.
Vergl. auch aslov. posivъ *in der bedeutung ‚benignus‘ mit got. heiva-*
fraujan- hausherr. Unverwandt ist lit. kēmas dorf. sêno *foenum, eig.*
gedörrt: aind. śja: śjāna gedörrt. lit. šēnas. sêrъ *glaucus.* sêra
sulfur. nslov. sêr *flavus. aslov.* sêrъ. *s.* sijer *rubigo: aind. śira hell-*
gelb. lit. širmās. pol. szary *entsteht aus* siary: *befremdend ist čech.*
šerý. sijati *splendere: aind. śja, śjātš brennen. śjēta, śjēna weiss:*
dagegen got. haisa- fackel. Mit sijati *ist* sêvanije *splendor verwandt.*
sikora *p. meise. nsl.* sikora *usw., č.* sykora *geschrieben, beruht auf*
einer w. sik, *wie das p. zeigt: verschieden davon ist die w.* syk:
p. syczeć, *das mit lit. šaukti zusammenhangen mag.* siñь *caeru-*
leus: aind. śjēna weiss. sipēti *č. zischen: vergl. lit. šaiplti aus-*
lachen. sirъ *orbus: vergl. šeirš witwer.* sivъ *canus: vergl. aind.*
śjāva braun. armen. seav dunkel. npers. sijāh und aind. śjāma
dunkelblau. lit. šēmas blaugrau. lit. šivas canus: sivъ, siñь, sijati
sind wurzelhaft verwandt. slama *stipula: ein lit. šalmas fehlt:*
lett. salms: dagegen griech. χάλαμος. *ahd. halam.* slana *pruina:*
lit. šalna: vergl. slota. slatina. *slatina palus: lit. šaltinis quelle,*
eig., wie aslov. studenьcь, *kalte quelle, wie Kurschat das wort*
erklärt. slava *gloria: lit. šlovê. Vergl.* sluti. slêmę *trabs: lit.*
šalma. sloniti *lehnen. nsl.* slonêti *intrans.: lit. šlēju, šlēti. lett.*
slēnu, slēt. aind. śri, śrajati. ahd. hlinēn. griech. κλίνειν. *Verschieden*
ist aslov. kloniti. *č.* cloniti: *lit. klonoti s ist* klanjati *sę. Entlehnt*
ist auch lett. klanitē s. slota *hiems. т. č. slota. p. słota. abaktr.*
šareta. npers. sard. armen. țurt *Derwischjan I. 78. lit. šaltas*
kalt. Vergl. slana. slatina. sluti *vocari: aind. šru, šrṇōti audire.*
abaktr. šru, šurunaoiti. griech. κλύω. *lat. cluo. got. hlu (hliuman-).*
Mit slu *hängt* slava *zusammen. Vergl.* sloves-, slyšati. *sloves-:*
aind. šravas. abaktr. šravañh. griech. κλέος. *Vergl.* sluti. slyšati
audire: aind. šruš-ța auditus. abaktr. šrus-ti f. auditus: davon sluhъ
auditus. abaktr. traoša oboedientia. Abweichend lit. klausiti. slъ-
zъkъ *lubricus: vergl. lit. šlaužu schleiche.* soha *fustis: vergl. aind.*
šas, šasati. sokolъ *falco. nsl.* sokol *usw.: vergl. aind. šakuna:*
lit. sakalas ist entlehnt. somъ: *nsl. s.* som. *č. p.* sum *silurus: lit.*
šamas. lett. sams. somъ *ist aslov. nicht nachweisbar.* sогъ *in* vъsогъ

asper. nsl. osorem *severus. aslov.* srъninъ *e pilis factus : vergl. lit.*
šeras borste. šerti *s sich haaren. aind.* šalja *stachelschwein.* sopя
blass vergleicht man mit lit. švapsêti, švepsêti. sramъ *pudor. r.*
soromъ *wird mit ahd. harm verglichen : verwandtschaft mit aind.* šram,
śrāmjati sich abmühen ist nicht zuzugeben. srênъ: *nsl.* srên *pruina,*
russ. serenъ: *vergl. lit.* šarma, šalna, šerkěnas. srênъ *albus : lit.*
širmas, širvas apfelgrau : vergl. das vorhergehende wort. srъdьce
cor, deminut. von *srъdo : *lit.* širdis. armen. sirt, sg. gen. srtí : dagegen*
griech. καρδία. *lat. cord-. got. hairtan-. air. cridhe. Abweichend aind.*
hrd. abaktr. zarezdan. srъstь *pili : vergl. lit.* šeras *borste. aind.* šalja
stachelschwein. strърьtьnъ *asper : vergl.* sогъ *und lit.* šerpeta *splitter.*
Wenn die worte verwandt sind, so steht aslov. strъp- *für* sгър-.
suj *vacuus : aind.* śūnja *hohl, leer. abaktr.* śūna *mangel. armen. sin*
leer : suj *soll für* svąjū *stehen, was unwahrscheinlich ist.* suka *r. canis*
hündinn : aind. śvan, *sg. gen.* śunas. *abaktr.* śpan, śūni. *armen. mit* š :
šun. *lit.* šũ *für* švū, švans, *sg. gen.* šuns. šuva. suka *soll für* svąka
stehen : griech. κύών. *lat. canis.* sunąti *effundere : lit.* šauti, šauju
schiessen : aind. śu, śavati gatikarman *ist unbelegt.* severъ *ferus*
aus svrêръ: *vergl. lit.* šurpti *schaudern.* svьt: svьnąti, svьtêti,
svitati *illucescere : aind.* śvit, śvētatē *splendere. armen.* spitak *weiss.*
npers. sipēd. *lit.* švit: šviesti, švintu. *lett.* svīst *neben* kvitēt *flimmern.*
Hieher gehört svêtъ *lux : aind.* śvēta; *ferner* svêtiti. svêšta: *aind.*
śvētjā *und got.* hveita-. svętъ *sanctus : vergl. aind.* śvātra *opfer. abaktr.*
śpeñta *sanctus. lit.* śventas. svraka *pica. nsl.* sraka *usw. : vergl.*
lit. šarka. švarkšu, švarkšêti *quaken.* sъto *aus* sъto *centum : aind.*
śata. *abaktr.* śata. *lit.* śimtas : *griech.* ἑκατόν. *lat. centum. got. hunda-*
sь *hic : armen. sa. zeitschrift 23. 37. lit. lett.* šis, *dagegen got.*
hi-mma, ei-hidrē. *griech.* ἐκεῖ. *lat. ce, ceciter.* svrъčati *sibilare : lit.*
švirkšti : *hiemit hängt vielleicht* svraka *pica zusammen.* svčeti
sibilare : lit. śaukti *rufen neben* kaukti *heulen.* tesati *caedere : lit.*
tašiti *und aind.* takš, takšati, *lat. texere, griech.* τέκτων, *hat k vor*
s *eingebüsst.* trъsa, trъstь *seta : vergl. lit.* trušas *rohr arundo.* veselъ
hilaris : aind. uśant *willig. abaktr.* an-uśañļ *widerwillig, dagegen*
griech. ἑκών: ἑκών. viśêti *pendere : aind.* viś *mit* ā *in der luft*
schweben. vьsь *vicus : aind.* vēśa. viś-pati. *abaktr.* vaēśa. viś-paiti.
lit. vēś-pats, *dagegen griech.* Ϝοῖκος, οἶκος. *lat. vicus.* vьsь *omnis :*
aind. viśva. *abaktr.* viśpa. *apers.* viśa : *lit.* visas *weicht ab : ent-*
lehnung aus dem slav. ist unwahrscheinlich.
    Die verwandtschaft der nun folgenden, manchmahl zusammen-
gestellten worte ist teilweise problematisch ; bei den wirklich verwandten

finden sich abweichungen: brysati *abstergere: lit.* braukti *streichen,
abstreifen.* cêvъ *in* cêvъnica *lira: lit.* šeiva, *čelo, lett.* kjělis, *frons:
vergl. aind.* širas. *abaktr.* sarahh *haupt.* kamy (kamen-) *lapis: aind.*
ašman. *lit.* akmen-. *krava* vacca: *abaktr.* srva *hörnen.* krъmiti
nutrire: lit. šerti. *rogъ* cornu: *aind.* srnga. svekrъ *socer: aind.* sva-
šura *aus* svašura. *abaktr.* qasura. *armen.* skesur *f. lit.* šešuras. *griech.*
ἑκυρός. *Vergl. zeitschrift 23. 26.*

Das hier behandelte s *ist vorslavisch, es ist jedoch der ursprache
fremd. Nach Fr. Müller, Die gutturallaute der indogermanischen
sprachen, Sitzungsberichte, band 89, besass jedoch schon die indo-
germanische ursprache zwei reihen von gutturallauten, die er vor-
dere (k[1]) und hintere gutturale (k) nennt.* s *in worten wie* desętъ *ist
keinesfalls auf slavischem boden erwachsen. Dem entgegen hat man
behauptet, das slav. habe in worten dieser art ursprünglich* š *gehabt
und habe es später in* s *verwandelt. Die berechtigung zu dieser theorie
glaubt man im lit. gefunden zu haben, das in den betreffenden worten*
š *bietet. Hiebei wird eine einheitliche lituslavische sprache voraus-
gesetzt, die für aind. daš ·in dašan zehn nur deš kannte, eine vor-
aussetzung, die weder bewiesen, noch beweisbar ist. Dass im lett., das
den š-laut kennt, die hieher gehörigen worte: desmit decem. mist
misceri. nest ferre. astoñi octo. ass acutus. palss gilvus. prasit inter-
rogare. sêns foenum. sams silurus. sirds cor usw.* s *für lit.* š *bieten;
dass im preuss. dasselbe stattfindet, darf gegen die ansicht von einem
lituslavischen deš angeführt werden. Die spaltung hinsichtlich des* š,
*die zwischen slavisch und litauisch eintritt, besteht auch anderwärts:
die arischen sprachen des heutigen Indien haben die unterscheidung
zwischen* s *und* š *aufgegeben, es wird dasa für daśa gesprochen
Beames I. 75. und vom präkrit sagt Lassen, Institutiones 219: „Solus
huius sermonis sibilus* s *est, qui* ś *et* ṣ *sanscritica in se continet.‘
Dagegen bietet das sich den arischen sprachen Indiens anreihende
zigeunerische für* š *regelmässig* s: *beš sich setzen: aind.* viš, upaviš.
biš zwanzig: aind. viśati. *deš zehn: aind.* daśan. *kuš beschimpfen:
aind.* kruś. *naš weggehen: aind.* naś. *ruš böse werden: aind.* ruś,
ruś. sāštró *schwiegervater: aind.* svaśura *aus* svaśura. *šach kohl:
vergl. aind.* śākha. *šastó gesund: aind.* sasta *faustus.* šastír *eisen:
aind.* śastra *telum.* šel *hundert: aind.* śata. *šeló strick: aind.* śulva.
šeró kopf: aind. śiras. *šil kälte: aind.* śita. *šing horn: aind.* śrnga.
šošój hase: aind. śaśa. *šučó rein: aind.* śuča *blank.* šukár *schön:
aind.* śukla *licht, weiss, rein.* śukó *trocken: aind.* śuṣkha. *šulav fegen:
aind.* śudh *rein werden, npers.* šustan *reinigen.* vaš *wegen: vergl.*

aind. *vaš wollen, armen. *vašěn wegen. avg. *vas kati desshalb. *kun
hören: aind. *šru. *šung neben *sung riechen: aind. *šingh in upašingha.
*šut essig: aind. *šukla. *šuvló angeschwollen: vergl. aind. *švi schwellen.
*šūna angeschwollen. *trušúl kreuz: aind. *trišula dreizack. Sollen wir
nun sagen, dass die heutigen arischen sprachen Indiens ehedem *š für
aind. *š besassen, es aber später in *s verwandelten? Oder dass die
vorfahren der Zigeuner *s für aind. *š sprachen und es später durch
*š ersetzten? Weder das eine noch das andere. Aus altem k¹ hat sich
hier *s, dort *š entwickelt: bei den Slaven jenes, bei den Litauern
dieses, bei den Litauern so nahe verwandten Letten und Preussen *s
wie bei den Slaven. Es gibt keine lituslavische sprache; es hat auch
keine einheitliche sprache gegeben, aus der sich litauisch, preussisch,
lettisch entwickelt hätten. Vergl. A. Hovelacque, La linguistique 398.

III. Das dritte *s ist ursprachliches *s: bosъ pedibus nudis: lit. basas.
gasiti exstinguere: lit. išgesįti. glasъ vox: lit. garsas. kysnąti made-
fieri, fermentari: aind. *čūš, *čūšati sieden. męso caro: aind. māsa.
armen. mis. got. mimza-. samъ ipse: abaktr. hāma gleich. sedmь
septem: aind. saptan. sěsti considere. sěděti sedere: aind. sad. sęk-
nąti fluere: lit. senku, sekti. slěpъ caecus: lit. slěpti celare. lett. slěpt:
vergl. pr. auklipts occultus. sočiti indicare: lit. sakiti. struja fluen-
tum: lit. srově. aind. w. sru. svoj suus: aind. sava. synъ filius:
aind. sūnu usw. sъsati sugere: lett. sukt, sucu. lat. sugere: sъs glaubt
man aus sūk-s erklären zu können.

Das slavische besitzt demnach in der tat dreierlei s: das
ursprachliche: sedmь, das vorslavische, jedoch, wie meist behauptet
wird, der ursprache fremde: desętъ und das slavische, d. i. auf
slavischem boden erwachsene: měsi von měhъ.

20. Mit ausnahme von šestь sex: abaktr. kšvas. aind. šaš. lit.
šeši (Ascoli, Studj 2. 408) ist *š durchgängig auf slavischem boden
entstanden, entweder, wie gezeigt worden, aus h, oder, wie später
dargelegt werden wird, aus s, das sowohl das ursprachliche als das
aus k¹ entstandene sein kann.

21. I. Eine entwicklung des g-lautes ist z, d. i. dz, in bestimm-
ten fällen, namentlich der stamm- und der wortbildung; sie findet sich
jedoch auch im wurzelhaften teil der worte: a) kladęzь. kъnęzь.
pěnęzь. skъlęzь. vitęzь; jęza, polьza, polьzьnъ, stьza. Daneben
finden wir auch obrazi; loza, riza, slъza; podvizati sę, pomizati,
osęzati, sъtęzati sę, trъzati, raždizati und lobzati. b) bozě.
brězě. črьtozě. juzě. nedązě. nozě. pirzě πύργος. sluzě. lъzě.
druzěmъ. mnozi. snězi. stratizi. oblęzi. pomozi. vrъzi. nebrězěmъ.

vъnrъxête. c) aɀъ. językъ. raɀiti sę. obrêɀanie. otvrъɀaetъ. otvrъɀe
sę. vъziska. ɀelie. ɀêlo. ɀênica. proɀębnąti. ɀidati. ɀlakъ. ɀъlyj,
ɀloba. ɀmij. uɀrêti. ɀvêrъ. ɀvęcati. ɀvękъ. ɀvêzda. ɀvъnêti. *Es sind
dies die seite 251 nachgewiesenen worte mit z, d. i. dz, die den stempel
ihrer entstehung aus formen mit g noch an der stirne tragen. Man
kann jedoch nicht behaupten, dz sei in allen diesen worten gleich
berechtigt: man darf über das vorkommen desselben in jenen formen
überrascht sein, die ein altes z darbieten: aɀъ. językъ. otvrъɀati. vъzi-
skati. uɀrêti; dasselbe gilt von lobɀati. loɀa. obraɀъ. raɀiti sę. obrê-
ɀanie. riɀa. slъɀa: in allen diesen formen ist eine verwechslung des
z mit z in der schrift vorauszusetzen, da die annahme kaum erlaubt
ist, es habe sich bei einigen derselben uraltes dz erhalten. Das in
der stamm- und wortbildung aus dem g entstandene dz, z gehört der
slavischen periode an. Hieher rechne ich auch manches z in dem
wurzelhaften teile der worte wie zêlъ vehemens, lit. gailas; zvêzda,
lit. žvaizdê stern neben gvaiždika lichtnelke, lett. zvaigzne; zvizdati,
lit. žvingu, žvigti; zvъnêti, zvonъ: dasselbe gilt von dem etymologisch
dunklen zъlъ malus: wenn der s. g. Margarethen-psalter zgłoba,
zgłobić, zgłobliwy bietet, so glaube ich zg als aus dz entstanden
erklären zu dürfen, so dass zgłoba für dzłoba stünde, da man das
wort doch unmöglich von zъlъ trennen kann: vergl. rumun. zglobjŭ
petulans. Das vorkommen von dz ist im poln. bezeugt durch dzwon
compana, aslov. zvonъ sonus, das mit aslov. zvъnêti zusammenhängt usw.*

II. *Älter sind diejenigen slav. z, die lit. ž gegenüberstehen, von
denen nun zu handeln ist.*

*Wie sich k in k und k¹ gespalten hat, so sind auch g und g¹
so wie gh und gh¹ zu unterscheiden. g, gh sind wandlungen in c-laute
nicht unterworfen, während g¹, gh¹ im abaktr., armen., lit. und slav.
veränderungen unterliegen. g¹: aind. ǵ. abaktr. z. armen. ts. lit.
ž. slav. z. gh¹: aind. h. abaktr. z. armen. z, ď (dz), ţ (ts). lit. ž.
slav. z. Daher agni: aind. agni. lat. igni-s. lit. ugni-s. aslov. ognь.*

*Slav. z für g¹ und gh¹ findet sich in den hier verzeichneten
worten, denen jene beigefügt erscheinen, in welchen slav. z lit. ž
gegenübersteht, wenn auch aind. ǵ, h usw. nicht nachgewiesen werden
können. Einige von den angeführten formen bleiben problematisch:
sie können von den sicheren leicht geschieden werden.*

*Azъ, jazъ ego. gh¹. aind. aham. abaktr. azem. apers. adam.
armen. es für ez. lit. aš für až. pr. lett. ez: anders griech. ἐγώ.
got. ik. azno, jazno corium detractum für azьno, jazьno. g¹. aind.
aǵina. abaktr. izaêna. Vergl. aind. aǵa bock. abaktr. azi. armen.*

aiſ. lit. ožis. griech. αἰγίς. ązъ in ązъkъ angustus. gh[1]. aind. āhu. āhas.
abaktr. āzaṅh. armen. anḍuk angustus. *ązъ, aind. āhu, in ązъkъ
hängt mit vęzati für ęzati ligare zusammen: griech. ἄγχω. ążika consan-
guineus und ąglъ angulus dagegen setzen eine w. ęg voraus. bezъ sine.
gh[1]. aind. bahis draussen. bahja der draussen ist. lett. bez: lit. be
wohl aus bež. Vergl. Pott 1. 390. blazina nsl. polster, matratze.
gh[1]. aind. barhis matte. abaktr. berezis. armen. barḍ. blizna cicatrix.
gh[1] wird mit ursprachlichem bhligh, lat. fligere, got. bliggvan, lett.
blaizīt quetschen, schlagen vermittelt: von der gleichen w. bliz stammt
blizъ, blizъ prope, blizъkъ propinquus, daher eig. anstossend; bliznьсь
geminus, testiculus: griech. ἀδελφοί, mnd. broderen. č. ubližiti, ubli-
žovati, ublihovati nahe treten, verletzen und aslov. približiti appro-
pinquare. bližika consanguineus setzen eine w. blig voraus. brêza
betula. g[1]. aind. bhūrǵa. osset. barze. lit. beržas. ahd. bircha. brъzъ
citus. gh[1]. b. hat g neben z: bъrgo milad. 2. 52. 75. 158. 332.
525. p. bardzo, ehedem barzo, valde. aslov. brъzina beruht auf
brъzъ, brъžaj auf brъgъ. Dasselbe findet statt bei aslov. lêz durat.,
lazi iterat., das b. leg verk. 22. milad. 150. 305. lautet, und s. izljeći,
izljegnem neben izljesti. Man vergl. aslov. blaznъ error. nsl. blazen
stultus und klr. błahyj usw. nizъ und das auf nigъ beruhende
nižaje. brъzъ: aind. barh, brhati stärken. barhaṇā valde; andere
denken an aind. bhuraǵ, das aus bhurǵ entstanden sein soll. drъzъ
audax, eig., wie es scheint, fortis. gh[1]. aind. darh festmachen. abaktr.
dereza band. lit. diržas riemen: vergl. drъžati tenere, welches nicht
auf drъz, das drъzêti ergeben würde, sondern auf drъg beruht Fick
I. 619. 634. II. 581. gryzą mordeo: lit. grauźiu, graušti. gruži-
nêti. gъziti* p. gzić stechen, beissen, toben. lit. gužêti für r. kipêtь,
kišêtь. izъ ex. lit. iž für iž. lett. iz. pr. is. jazva vulnus. lit.
iž in suiźu abbröckeln. pr. eyswo (aizwo) wunde. lett. aiza spalte im
eise. jazъ canalis, eig. wohl agger. nsl. jêz. b. jaz. klr. jiz. r. dial.
ezъ. č. jez. p. jaz: lit. ežê. lett. eža feld, rain. jezero lacus: lit.
ežeras. pr. azaran acc. ježь erinaceus. gh[1]. griech. ἐχῖνος. ahd. igil.
lit. ežis, ažis. lett. ezis: ježь beruht wahrscheinlich auf jezjъ. lizati
lingere. gh[1]. aind. rih, rihati. lih, lēḍhi. armen. lizel, lizanel. lit. lëžti,
laižīti. griech. λείχω. got. laigon. lat. lingere. Hieher rechne ich auch
językъ lingua. armen. lezu. pr. insuwis (d. i. inzuwis). lit. lëžuvis.
loza palmes: lit. laža flintenschaft neben lazda haselstrauch, lett.
lagzda, lazda. mêzьnъ iunior: lit. mažas klein. mlъza*: čech. mlza
monstrum. lit. milžinas gigas. mlъzą mulgeo. g[1]. Man merke b.
moldzêše milad. 361: aind. marǵ, mrǵati. abaktr. marêz. armen.

marďel reiben. lit. melžu, milžti, apmalžiti, dagegen griech. ἀμέλγω.
mъzêti. gh¹. nsl. mzêti, muzêti stillare : iz brêze mzi aus der birke
träufelt es: s. mižati V. mingere ist denomin. lit. mêžu, mīšti. lett.
mīzu, mīst. mīzuls. aind. mih, mēhati mingere. mikira. mēha. abaktr.
miz. gaomaēza. osset. mēzun mingere. armen. mēz urina. mizel min-
gere. griech. ὀμιχέω. ὀμίχλη. lat. mingere zeitschrift 23. 25: lit. migla
ist entlehnt. Abweichend aslov. mêzga succus. mьgla nubes usw.
nъzǫ infigo: vergl. lit. nêžt, lett. nēzt jucken. paziti attendere: man
vergleicht anord. speki verstand. Das wort ist dunkel. plъzêti
repere: vergl. aind. sphūrǵ und slъzъkъ. Das wort ist dunkel. rêzati
caedere: lit. rêžti, rêžiu. anord. raka Bezzenberger. rъzati hinnire.
nsl. hrzati: ž ist aus dem praes. eingedrungen: klr. eržaty. r. ržatь.
č. ržáti: lit. aržti Geitler, Fonologie 69. slêzena lien. gh¹. lit.
blužnis, blužnê. aind. plīhan. abaktr. spereza. npers. supurz: vergl.
armen. paitaγn Dervischjan I. 56. griech. σπλάγγα. σπλήν. lat. lien
aus plêhen. slъza lacrima, eig. quod emittitur, effluit. g¹. aind.
sarǵ, srǵati von sich lassen, ausgiessen und sargas ausfluss, tropfen.
abaktr. harez loslassen. Zweifelhaft wegen sarg. slъzъkъ lubri-
cus: vergl. lit. šlaužu, šlaušti schleiche und plъzêti aus splъzêti.
vezǫ veho. gh¹. aind. vah, vahati. abaktr. vaz. armen. vazel. lit.
vežu. griech. Ƒόχος. lat. veho. got. ga-vag-jan. veznǫti: nsl. povez-
nôti modo inverso collocare: vezel lonec: vergl. lit. vožu, vošti mit
einem deckel zudecken. vrъzǫ: povrêsti ligare. g¹. lit. veržiu, veršti.
Vergl. aind. varǵ, vrnakti drängen und abaktr. varez, varezjeiti
wirken Fick 2. 233. 234. vъzъ ἀντί: lit. už. zǫbъ dens. g¹.
aind. ǵabh, ǵabhatē, ǵambhatē mit dem maule packen. ǵambha.
abaktr. zafra rachen. lit. žambas kante eines balkens. lett. zōbas zahn.
Damit hängt zusammen č. zubadlo, lit. žaboti frenare.. žaboklis fre-
num. Dagegen griech. γόμφος. ahd. champ. nhd. kamm. Vergl. zębъ.
zelenъ viridis. gh¹. aind. ghar, ǵigharti, ghrṇōti glühen, brennen.
gharma calidus. hari gelb. hiranja gold. abaktr. zairi. garema. armen.
zaŕik flittergold: w. zer, zъrêti spectare. zorja splendor. zelo olus.
zlakъ herba aus zolkъ: ein r. zolokъ usw. ist unnachweisbar. zrakъ
visus aus zorkъ. zlato aurum aus zolto. lit. želti virere. žalias viri-
dis. želmen-. žolê. žiurêti spectare. žerêti splendere. Davon dürfen
auf gh zurückweisende formen nicht getrennt werden: žlъčь neben
zlъčь bilis, žlъtъ flavus aus želčь, želtъ; ferners nsl. golen unreif
(golene hruške). golenec unreife frucht, wofür auch zelen gebraucht
wird. gorêti ardere. gorьkъ amarus. grêti calefacere: gr-ê. Schwierig
ist die erklärung von žarъ: požarъ neben žer- in žeratъkъ, žaratъkъ.

zemlja *terra. gh¹. abaktr. zem f. armen. ṭamak̓. lit. žemê, griech. χαμαί.
lat. humus und abweichend aind. gam, sg. gen. gmas und g̓am, sg. gen.
g̓mas. zębą dilacero. g¹. Vergl. aind. g̓abh, g̓ambhatē. abaktr. zemb
zermalmen. zaf-an, zaf-ra mund, rachen. lit. žebêti. aslov. zobati.
lit. zêbti: aslov. zęb (zębnąti) germinare. lit. žembêti mag mit zębą
dilacero zusammenhangen und eigentlich ,spalten‘ bedeuten Fick 2.
560: auch zębą frigeo gehört hieher: vergl. ząbъ zeitschrift 23. 25.
zętь gener. g¹. aind. g̓an, g̓anati nasci. abaktr. zan. armen. ṭnanil.
lit. žentas gener neben dem abweichenden gentis cognatus: griech.
γίγνομαι. lat. gigno. zi hervorhebend: ovъzi, onъzi: aind. hi aus
ghi. abaktr. zi. armen. zi. Neben lit. gi, pr. digi, deigi besteht lett. dz
in nedz neque und aslov. že. aind. ha, gha. zidati condere: lit. žêdu.
zima hiems. gh¹. aind. hima aus ghaima. abaktr. zima. armen. ḍmѐrn.
diun schnee. lit. žêma. griech. χειμών. zinąti hiare. gh¹. aind. hā,
g̓ihitē. abaktr. za, zazaiti auseinandergehen machen. lit. žioti, žioju.
griech. χαίνω. lat. hiare. zlъva glos: vergl. griech. γαλόως. lat. glos. znati
noscere. g¹. aind. g̓ñā, g̓anati. abaktr. zan neben žnā. žnātar. osset.
zond kenntniss. armen. ṭanöth. lit. žinoti. griech. γνω: γιγνώσκω. lat.
[g]nosco. got. kan. zobati edere. g¹. lit. žebti. žebêti. aind. g̓abh,
g̓ambhatē vergl. zębą. zovą voco. gh¹. aind. hu, havatē. hvā, hva-
jati. abaktr. zu, zavaiti. zbā, zbajēiti. armen. n-zov-kh fluch. zrêti
maturescere. g¹. aind. g̓ar, g̓arati morsch, gebrechlich werden. abaktr.
zaurva alt. osset. zarond alt. armen. ṭer alt. griech. γέρων. Hieher
gehört auch zrъno granum. avg. zaṛai kern. lit. žirnis: daneben
žrъny. lit. girnos pl. zeitschrift 23. 25. zvêrь fera. gh¹. lit. žvêris.
Für gh¹ spricht griech. θήρ neben φήρ, νιφ in νίφει snigh neben θερμός
gharma. zvêrь, ꞩvêrь, ursprünglich vielleicht schlange, kann mit aind.
hvāra m. schlange zusammengestellt werden. zvęgą cano. zvizgъ
sibilus. r. zvjaga blatero. lit. žvengti hinnire: hiemit ist aslov. zvъnêti
sonare, zvonъ campana, p. dzwono; aslov. zvęknąti, b. dzveknъ zu
verbinden. Vergl. got. qvainön weinen. zъlъ malus, eig. wohl schwach:
nsl. slab schwach und schlecht: vergl. aind. g̓ur in verfall kommen,
nebenform von g̓ar, g̓arati. Vergl. seite 267.

    brêzgъ diluculum ist zu vergleichen mit aind. bhrāg̓. abaktr.
barāz: vergl. mêzga seite 269. unter mъzêti. Abweichungen: gąsь
anser. osset. npers. ghāz. armen. sag aus gas. aind. hāsa. lit. žąsis
neben žansis, žousis. s. pizma inimicitia ist ngriech. πεῖσμα und mit
lit. pikti zürnen unverwandt.

    z findet sich in den aus dem deutschen entlehnten worten für s:
gonъznąti, genъznąti salvari: got. ganisan genesen, gerettet werden.

hyzъ *domus*: got. *hūsa-*. miza *nsl. tisch*: *dagegen aslov.* misa πίναξ
patina: got. *mĕsa-* πίναξ, τράπεζα *aus lat. mensa*: *vergl. aslov.* bljudo
patina mit got. biuda- tisch.

z *tritt, wie es scheint, an die stelle eines ursprünglichen* zd:
groza *horror.* groziti *minari*: *lit.* grumzda *minae.* grumzditi *minari.*
gręznąti *immergi.* gręza *coenum.* gręziti *immergere*: *lit.* grimsti,
grimstu, grimzdau *immergi.* gramzdĕti *immergere.* z *und* ž *lieben es
sich der sie begleitenden consonanten zu entledigen, daher* bozi *für*
bodzi. božij *für* bodžij.

Dunkel ist slĕzъ *malva, nsl.* slĕz, sklĕz, *p.* ślaz, *lit.* žlugies
bei Szyrwid 341.

22. *Zu den aus* g *entstandenen lauten gehört auch* ž, *das, wie* z *in
bestimmten fällen, wahrscheinlich erst auf slavischem boden sich ent-
wickelt hat*: žaba *rana*: *pr.* gabawo *kröte.* žalь *dolor.* žasnąti
stupefieri: *eine hypothese seite 60.* že *vero*: *lit.* gi. *aind.* gha, ha:
vergl. zi. žegъzulja *in* žegъzulinъ *cuculi.* č. žežhule: *lit.* gegužĕ.
lett. dzeguze. želĕti *cupere, lugere*: *aind.* har, harjati *desiderare.*
žely *testudo*: *griech.* χέλυς. žena *femina*: *pr.* ganna, genno. *got.* qinōn-.
armen. kin, *pl. gen.* kananʒ. *abaktr.* ghena, ǵeni. *aind.* gnā, ǵani. že-
ravъ *grus aus* žravъ, žrĕvъ: *lit.* gervĕ. žica, *d. i.* ži-ca *aus* *ža *oder*
*žija *nervus.* b. žicъ. s. žica *filum*: *aind.* ǵjā. *abaktr.* ǵja *bogen-
sehne.* *lit.* gija *faden*: *hieher gehört auch* žila *vena, eig. sehne*: *lit.* gisla
von gleicher bedeutung. živъ *vivus*: *lit.* gīvas. *aind.* ǵīv. ǵīva. *armen.*
keal *vivere.* apak'inel *reviviscere.* žlĕdą *compenso aus* želdą. žlъdĕti
desiderare: *aind.* gardh, grdhjati. žъrą *voro.* žrĕlo, grъlo *aus* žerą, žerlo,
gerlo. *lit.* geriu. *armen.* -ker *in compositis.* *abaktr.* -gara *in com-
positis.* garańh *kehle.* *aind.* gar, girati. žъrą *sacrifico aus* žerą, *eig.
wohl laudo*: *lit.* giriu. *aind.* gar, grṇāti. žrъny *pistrinum aus* gerny.
lit. girna. *got.* qairnu-. *lett.* dzirna. *aind.* ǵar *morsch werden.* žъdati,
žadati *neben* židati *desiderare*: *lit.* geidu. *lett.* gaidu. *Vergl.* žędĕti.
žъmą, žęti *comprimo.* žъnją, žęti *demeto*: *lit.* genĕti *bäume beschnei-
den, hauen.* žъvą, žavają *neben* živają *mando.* *p.* žuć, žwać: *ahd.*
chiuwan. stežerъ *cardo*: *lit.* stagaras *stengel.* ąžь *anguis*: *lit.* angis.
lett. ōdze. *aind.* ahi. *abaktr.* aži. *armen.* iž *neben* ōd. *griech.* ἔχις.
ahd. unc: ązjъ. *Hieher gehört auch der name des schlangenleibigen aals*:
aslov. ągorъ *in* ągorištъ. *lit.* unguris. *griech.* ἔγχελυς. *lat.* anguilla.

ž *ist in einigen entlehnten worten aus* j *entstanden*: židinъ,
židovinъ *iudaeus.* *nsl.* židov. *s.* žudio, *sg. gen.* žudjela. žukъ
iuncus glag. župa glag. županъ *vestis genus*: *mlat.* jupa. *kr.* žežin
ist lit. iciunium. ž *scheint unmittelbar aus* dj, dž *hervorgegangen.*

Deutschem s (tönend) entspricht ž in folgenden worten: papežь
papa: *ahd.* bābes. župelъ *sulfur: ahd. sueful. Man merke* ž *in* križь
crux aus *krjužь: *ahd. chriuze, krūzi aus lat. crux, crucem. Vergl.*
kaležь *calix, calicem, das ahd. kelih lautet: kr.* kalež̌.

Ursprachliches g *hat sich erhalten in:* ѧglь *carbo: aind.* ūgāra.
lit. anglis. bogъ *deus: aind. bhaga glück, herr.* gadati *coniectura
assequi. p.* gadać *loqui: aind. gad loqui. lett. gādāt curare: abwei-
chend lit.* žadeti *sagen. Man beachte die teilweise auseinander gehenden
bedeutungen und a für a.* gasnѧti *exstingui: aind.* ǵas, ǵasatē *fessum
esse. abaktr. zah abwenden. Auch lit. bewahrt das ältere* g: gestu,
gesti, *woraus lett.* dzestu, dzist. glagolъ *verbum, d. i.* gla-golъ:
aind. gar, grṇāti *rufen.* gora *mons: aind.* giri. *abaktr.* gairi. *lit.*
girê *wald: vergl. b.* gorъ. *s.* gora *wald und sp. monte berg und
gehölz; im zürcherschen 's* pirg *berg und wald.* govędo *bos: aind.* gō.
abaktr. gāo. *npers.* gāv. *armen.* kov. govьno *stercus: aind.* gūtha.
abaktr. gūtha. *npers.* gūh. *armen.* ku. *kurd.* gū. griva *iuba.* grivьna
collare: aind. grīvā *cervix. abaktr.* grīva. grъlo *guttur aus* gerlo:
aind. gar, girati. igo *iugum aus* jъgo: *aind.* juga *neben* jug, junakti.
abaktr. jaokhta. *armen.* zojg *paar. lit.* jungas. jungti, junkti. nagъ
nudus: aind. nagna. *lit.* nogas. ognь *ignis: aind.* agni. *lit.* ugnis.
pêgъ *varius: aind.* piṅǵ, piṅktē *usw.* g *ist im slav. wie im lit. zugleich
der nachfolger des ursprachlichen* gh: degotъ *r.* teer: *aind.* dah,
dahati. *abaktr.* daz, dažaiti. *lit.* degu, degti *uri.* degutas *birkenteer.*
p. dziegieć. dlъgъ *longus: aind.* dīrgha. *abaktr.* darěgha. *lit.* ilgas
wohl für dilgas. gladъ *fames: aind.* gardh, gardhjati. *got.* grēdu-
lъgъkъ *levis: aind.* raghu *rennend.* laghu *leicht. abaktr.* reńǵ *kurtig
sein. armen.* erag *rasch. lit.* lengvus, lengvas. mъgla *nebula: aind.*
mēgha. *abaktr.* maēgha. *osset.* miegha. *armen.* mēg. *lit.* migla, *das
jedoch entlehnt ist seite 269.* snêgъ *nix: aind.* snih, snēhati *feucht
werden. abaktr.* sniž, snaēzhaiti. *lit.* snigti, sniga. snēgas. stignѧti
venire: aind. stigh, stighnoti. *griech.* στείχω: stьza *semita ist auf
slav. boden entstanden usw.*

23. *Wie* dz, z *aus dem* g-*laute, so ist* c *aus dem* k *hervorgegangen.
Dies tritt ein in der wort- und stammbildung, seltener im wurzel-
haften teile der worte. a)* raci *von* rakъ. sêci *von* sêk. racê, racêhъ
von rakъ. tacemъ, tacema *usw. von* takъ. sêcête *von* sêk. *b)* borьcь
pugnator. slъnьce *sol.* bolьnica *mulier aegrota.* sêcati *neben* sêkati
von sêk. *c)* cêditi *colare.* cêvь *in* cêvьnica *lyra.* cêglъ *solus.* cêlъ
integer. cêna *pretium.* cêpiti *findere.* cêsta *platea.* cêstiti *purgare.* cêsta
praep. gratia. nicь πρηνής *pronus überrascht: aus der w.* nik *würde*

niči *zu erwarten sein: mit* sici *aus* sikjъ *ist* niči *nicht zu vergleichen.*

24. *Der jüngere ursprung des* c *im aslov.* cvilêti *plangere,* cvêliti *affligere, eig. facere ut quis plangat, und* cvъtą *floreo erhellt aus dem in anderen slav. sprachen erhaltenen* k : č. kvíliti *lamentari aus und neben* kviéliti, *eigentlich lamentari facere. p.* kwilić. roskwiláć. kwielić: nie godziło się im ledwie dumy kwielić. *Vergl. klr.* zakvyłyt *bibl. I.* kvilyty *wimmern und* čvilyty *schlagen verch. 77. r.* razkveliti *tichonr. 1. 264. Dalь. und os.* cvila, cvela *cruciatus: man vergleicht ahd. quelan; andere denken an lit. kaulïti und ags. hvelan.* č. ktvu *aus* kvtu, kvísti. *p.* kwtę: zakwcie, *aslov.* zacvьtetъ, kvíść. *os.* ktu *florent für* kvtu, *aslov.* cvьtątъ. *ns.* kvitu, kvisć; *wr. gilt* cvisć *und* kvisć: *lit.* kvëtka *ist entlehnt. Dasselbe tritt ein bei nsl.* cvičati. *s.* skvičati *stulli und* č. kvičeti. *p.* kwiczeć, kwiknąć *gannire. klr.* kvyčaty *und* skovyčaty. *r.* kvičatь. *lett. kvëkt; nsl.* cvrčati *sonum edere und s.* skvrčati, kvrčati. *p.* skwierczeć. *Dagegen bietet aslov.* skver: raskvrêti *liquefacere, für nsl.* cvrêti. *p.* skwar *schmelzende hitze.*

25. *Wie ferner* ž *aus* g, *so ist* č *aus ursprachlichem* k *entstanden.* česati *radere, pectere: aind. kas; vikas findere.* četyrije *quatuor: aind.* čatvar-. *abaktr.* čathwar. *lit. keturi.* črъvь *vermis aus* červь: *aind. krmi aus* ka͵rmi. *lit. kirminis. lett. cirmis.* čь *in* čьto *quid: aind. ki-m. ki-s. abaktr. či-š. či-ṭ.* čьtą *numero: aind. čil bemerken usw.*

26. *Ursprüngliches* k *hat sich erhalten in* krъtъ *talpa: aind. kart, krntati schneiden.* krъvь *sanguis: aind. krü in krü-ra blutig. lit. kraujes. kruvinas.* kupa *acervus: abaktr. kaofa berg, buckel. lit. kaupas.* kъ *in* kъto *quis: aind. ka. lit. kas.* kъkъ *coma: abaktr. kača.* lïk, lьk *in* otlêkъ *reliquiae: aind. rič, rinakti.* lûk *in* luna *luna aus* lukna, luča *radius: aind. ruč, rōčatē.* peką *coquo: aind. pač, pačati. abaktr. pač, pačaiti.* teką *fluo: aind. tač currere. lit. teku.* vlъkъ *lupus: aind. vrka. abaktr. vehrka. lit. vilkas.* vyknąti *assuefieri, discere aus* ъknąti: *aind. uč, učjati gefallen finden. učita gewohnt. lit. junkti: ukis aus ukjas wohnhaus vergl. mit aind. ōka haus, wohnsitz und serb.* zavičaj *ort, an den man sich gewohnt hat, heimat, aslov.* *za-vyč-aj. *lett. jûkt. got. ûh: biühts gewohnt.* -kъ *suff.* lьgъ-kъ *levis: aind. -ka: dhārm-i-ka gerecht usw.*

27. *Griech* χ *geht nicht selten in* k *über:* izъ kersonê *neben* kъ hersonu *lam. 1. 24.* krizъma *triod.-mih. neben* hrizma. krъstijanъ *slêpč.* kristijaninь *lam. 1. 149. neben* hristijaninь *šiš.* hristijanica *lam. 1. 30.*

28. *Ausser* č, ž, š *und* c, z, s *gibt es im aslov. noch eine verwandlung von* k, g, h. *Wenn nämlich diese laute in fremden worten vor* i, e, ь, ę *stehen, so gehen sie häufig weder in* č, ž, š *noch in* c, z, s *über, es rückt bloss ihre articulationsstelle nach vorne an den harten gaumen, wodurch* k *und* g *in* tj, gj *übergehen, während* h *jenen laut erhält, den Brücke 64. mit* χ[1] *bezeichnet. Der gleichen modification unterliegen* k *und* g *im serbischen in worten wie* ćeremida, ćesar, ćiril κεραμίς, καῖσαρ, κύριλλος *und* gjeorgjije, gjuragj, magjistrat γεώργιος, *magistratus usw. Dass das dem* ǵ *entsprechende glagolitische zeichen den laut des magy.* gy, *serb.* ђ, *gehabt habe, ist auch* P. J. Šafařík's *ansicht: Über den ursprung und die heimat des glagolitismus 23, der das magy. evangyeliom, angyal und gyenna für eine erbschaft nach den aus diesen gebieten gewichenen Slovenen erklärt. Dass sich in* levьgity *aus* i *ein* j *entwickelt habe und dass dieses* j *graphisch durch* g *ausgedrückt sei, ist unwahrscheinlich, eben so unwahrscheinlich, dass dem* ǵ *in den seite 188 behandelten fällen die rolle des den hiatus aufhebenden* j *zugefallen sei. Für serb.* ć *und* gj *wendet das kyrillische alphabet die zeichen* ħ *und* ђ *an. Die hier in frage kommenden laute werden auf verschiedene art bezeichnet: in den ältesten glagolitischen quellen findet man* k̃, ǵ, *das durch das glagolitische zeichen bei Kopitar nr. 12 ausgedrückt wird,* ḱ. *In den späteren denkmählern hat dasselbe zeichen die geltung des* j. *In den ältesten kyrillischen quellen wird* k̃, ǵ, ḱ *angewandt; spätere kyrillische denkmähler bieten das aus dem erwähnten glagolitischen zeichen entstandene* ħ *für* k̃ *und* ħ *für* ǵ *neben* k, g *vor praejotierten vocalen:* kje *und* gje, kju *und* gju. *Ich gebrauche durchaus die zeichen* k̃, ǵ, ḱ: *Zogr.* k̃: gazofilak̃iovi. gazofilakiją. gazofulak̃iją. k̃enьturiona. k̃esara. k̃esarê. k̃esarevъ. k̃esarevaê. k̃esarevi. k̃esariję χαισαρείας. eliek̃imovъ ἐλιακείμ. k̃insъ. k̃itovê τοῦ κήτους. k̃ifa κηφᾶς. paraskevьgii. pistikii πιστικῆς. k̃wrinьju κυρηνίου. saduk̃ei. saduk̃ejska *neben* kesarevi. kesarevoe. kinъsъ. pistikiję. skiniję. skinopigiê *und in* b. kesarevi. kinъsъ. kinъsъnъj. sadukei. sadukeę. ǵ: agli. aǵly. angeli *b.* [i]ǵemonovi ἡγεμών. ǵenisaretьską. ǵenisaretьscê. ǵen'simani γεθσημανῆ. ǵeoną. ǵeonê. ǵeeną *b.* ǵergesinьskyję. ger'ǵesi[nьską]. evaǵlie. evaǵliê. evaǵliju. evaǵeliju εὐαγγέλιον. legeonъ. lewǵitъ. lewǵiją λευί. lewǵiinъ. naangeovъ τοῦ ναγγαί *luc. 3. 25.* ninevьǵitomъ. [ni]nevьǵitьsci. paraskevьǵii παρασκευή. vit'aǵiją βητθφαγή. voanirgisi βοανεργές. *Überraschend sind* gelьgota. gelьgota. ǵolьgota γολγοθά. gazofilakiją *neben* gazofilakiją γαζοφυλάκιον *neben* anǵli *b.* geenê *b.* skinopigiê. ǵ *ist das zeichen für 30.* ḱ: arḱierei. arḱie-

reomъ. arhiereova *neben* arhierei, ar'hierei. *Cloz. I.* aglъ *881. 889.*
anglъ *866. 880. 898.* aglmъ *266. 467.* arhglomъ *266.* arhangmъ
469. anglъskyję *558.* evnglьê *87.* evanglistъ *168. 178. 241. 665.*
evanglskają *28.* evangskymi *45.* egjupta *270. 300.* egypta *858.*
egjuptêni *316. neben* vidъfagiję *43: 555. ist* paraskevъgiją *zu*
lesen. Als zahlzeichen findet sich g *211. 230. 232. 386. 391. Assem.*
angli. angely. areopagitъ. evangelie. evglistъ. evgenъ. egypetъ.
egypta. igemonъ. gedъsimani. genada. genisaretъską. geonê. geor-
gij. gergesinъską. igemonu. lev'gij. levgiją. levgitъ λευίτης. legeonъ.
paraskevgii *sg. nom.* paraskevgiją. sergê *sg. gen.* skinopigia *neben*
pistikyję. *Auch im assem. findet sich* g *als zahlzeichen. Mariencodex.*
evanglie. paraskevgij. *Kiever glag. fragmente:* angelъ *zapiski imp.*
akad. naukъ XXVIII. 537. 538. Dafür bietet der ostrom. angely.
paraskevgiją, *die sav.-kn.* gemonu *109.* gerъgesinomъ *16.* gerъ-
gesinъskyję *39.* egypetъ *139.* levъgiją *67.* leugitъ *41.* paraskevъ-
gija *123.* vitъfagiją *72. neben* arhnglъ *149. Sup.* k : akakij *50. 15.*
afrikia *132. 8.* thrakia *142. 4.* patrikij *433. 9.* pinakidy *107. 3.*
halъkidonъskъ *15. 2; 442. 18.* pringkipa *123. 19.* primikirij *434.*
27. eydokija *207. 8.* ekъdikij *50. 15.* ezekija *174. 5.* dekij *73.*
4; 94. 18; 132. 3. isakij *202. 19.* sikilija *98. 2.* laodikija *170. 1.*
likinij *61. 3.* markianъ *148. 20.* kitъ *298. 25.* kivotъ *169. 18.*
kapadokijskъ *50. 10.* srakinъskъ *447. 28. neben* sracinъ *435. 17;*
450. 24 usw. nikejskъ *79. 2; 140. 11; 147. 23.* neokesarija *434.*
10. sakelarъ *92. 4.* sakerdon *50. 14.* makedoni *94. 20.* kela *90.*
16. kenturionъ *133. 16.* kerastъ *136. 27.* kesarь *326. 21.* kesa-
rijskъ *163. 27.* akylā *256. 3.* priskyla *256. 3.* dekębrь *420. 24.*
dekębrъ *216. 12.* afrikъskъ *132. 9.* patrikь *433. 22.* ryndakь
88. 10. g : aggij *50. 18.* frygijskъ *101. 23.* gisterъna *434. 24.*
tragijanъ *445. 17.* sergij *434. 9; 437. 14. neben* sergja *447. 26;*
448. 26. d. i. serga. magistrijanъ *13. 4.* aggelъ *93. 6.* geona
365. 18. geonъskъ *65. 24.* geonъna *353. 28.* eygenij *420. 11.*
eyaggelij *213. 3.* legeonъ *für* legeonъ. rigeonъ *423. 29.* h : rahiilь
286. 25. Nic. bezeichnet k *und* g *durch dasselbe zeichen:* k : skyno-
figiê *234.* g. angelъ. genisъratъsku. gensaritscêmъ. geonu. geonnê.
geonъskago. gergesinъskye. getъsimani. evangelie. legeonь. leugiju.
levgi *sg. nom.* vitъfagiju *neben* kiriêmi χειρίας *io. 11. 44. In Srez-*
nevskij, Drev. glag. pam. georъgi *257. Man merke sev'giri Srez-*
nevskij, Drev. slavjan. pam. jus. pisьma 221. egjupetъskyhъ *286.*
geta *385. für* ἰῶτα. kjura *krmč.-mih.* kjupriêna *slêpč.* kitovê. kjurъ-
jakъ. levgity *izv. 443. 595. 640.* kjedrъskъ *ev. 1372.* igjemonь.

gjeona. gjeorgije *pat.-šaf. ln den späteren denkmählern fehlt jedes zeichen:* ninevgitomъ. aggelъ *bon.* legeonъ. geonu *hom.-mih.* levgyją *ev.-mih.* pri keľari. eṻgeliamь. liturgiinamъ. gramatikiję *lam. 1. 19. 27.* prikija *misc.-šaf.* carъ keвагъ. keвarьstvo *mladên.* levъgiją *tur.* rasplogenije. zahogenije *tichonr. 2. 367. für serb. -gje*nije. *Man merke* огоrьčistъ ἐξορχιστής *op. 2. 2. 58.* k̔ *und* g̔ *würden im s., das ja die laute auch in einheimischen worten kennt wie* kraći, mlagji, *nicht überraschen: dass aber im aslov. für diese laute zeichen bestehen, ist sehr auffällig:* h *ist auch dem s. fremd.*

E. Die c-consonanten.

1. C *lautet wie* ts, z *wie tönendes* z, s *wie tonloses* s. *Die namen dieser buchstaben sind* ci, zemlja *und* slovo: *von* zemlja з *ist zu unterscheiden* dzêlo s, ҙ *und* ꙃ *seite 251.*

2. c, z, s *gehen unter bestimmten umständen in* č, ž, š *über.*

A. Hinsichtlich der verwandlung des c *gilt als regel, dass vor den lauten, vor denen* k *in* č *übergeht, auch* c *in* č *verwandelt wird, weswegen man geneigt sein kann* konьčina *auf* konьkjъ, konьk-ina, *und nicht auf* konьcjъ, konьcь *zurückzuführen.* lovьčij *venator von* lovьcь. ovьčij *ovilis von* ovьca. masličije *olivae von* maslica. vъdovičinъ *viduae von* vъdovica. zaječina *caro leporina von* zaječь. vênъčitъ στεφανίτης *von* vênьcь. grъličištъ *pullus turturis von* grъlica. dêvičь *virginum von* dêvica. lastovičь *hirundinum von* lastovica. pъtičь *avium von* pъtica. konьčьnъ *finis von* konьcь. nêmьčьskъ *germanicus von* nêmьcь. masličьnъ *olivae von* maslica. згъdьcьnъ *cordis von* згъdьce. opičьsky *adv. simiae modo von* opica. žьгьcьskъ *sacerdotis von* žьгьcь. otьčьstvo *patriae von* otьcь. vъdovičьstvo *viduitas von* vъdovica. otьcevъ *patris von* otьcь *neben dem unrichtigen* telьcevъ *vituli op. 2. 3. 93. von* telьcь. nističe *defluens aus* nisticję: *inf.* nisticati; *ebenso* nističęšti. obličaj *figura aus* oblicaj *von* lice. grъnьčarь *figulus von* grъnьcь. konьčati *finire von* konьcь. otьčuhъ *vitricus von* otьcь. *Man merke* narusičavъ *subrufus von* *narusica *und* hądožavъ *peritus von* hądogъ. *Die verschiedenheit, die hinsichtlich der verwandlung in* č, ž, š *zwischen* c *einer- und* z, s *andererseits eintritt, ist in der relativ späten entstehung des* c *aus* k *begründet, ein satz, der in den veränderungen des jüngeren* z, *d. i.* dz, z. b. *in* kъnezь *neben* kъnęgъ *usw. eine bestätigung findet.*

B. Hinsichtlich der veränderungen des z *ist zwischen dem jungen, auf slavischem boden entstandenen und dem vorslavischen z zu unterscheiden: für das erstere gelten dieselben regeln wie für* c, *daher* knężij *principis*. knężije *principatus*. knęžištъ *princeps iuvenis*. knę̆žiti *regnare*. knęžь *principis* von knęzъ, *wofür auch* knęgъ. vitęžьstvo *militia in* glag. *quellen: daneben besteht* gobъzije *ubertas*. gobъziti *divitem reddere von* gobъzъ *abundas*, got. *gabiga-*, *gabeiga-*. *Neben* vъdrążiti *infigere ist häufiger* vъdrąziti, *das mit* drągъ *tignum zusammenhängt*. z *in* dviza *movere ist zwar auf slavischem boden entstanden, kömmt jedoch vor* i, ę, ě, ь *usw. nicht vor:* dviži *impt. ist* dvizji, dvižę *partic. praes. act.* dvizję *usw.* pokažate *ist nicht* pokazěte, *das diese form bewahren würde, sondern* pokazjête; *so sind auch die imperfecta wie* kažahъ, *gъmъžahъ* prol.-rad. 21. *zu erklären. Für das vorslavische z gilt die regel, dass es eine verwandlung nur vor den praejotierten vocalen erleidet, es hat jede erinnerung an* g *aufgegeben:* gъmyžь *insectum von dem iterativen* gъmyz *in* gъmyzati. nožь *culter aus* nozjъ *von* nozi *infigere: vergl. jedoch pr. nagis feuerstein.* hyža *neben* hyžda *domus aus* hyzja *von* hyzъ *(vergl.* dažde *marc. 14. 30-nic. für* daže). *Ebenso* rogožь *papyrus und* rogoža *tapes von* rogozъ. *Dagegen* polъzevati *prodesse von* polъza. ąže *funis ist wohl* ąge *von* ęg, vęz, *während* lože *lectus unzweifelhaft* loges *von* leg *ist, daher* ložesьno. omražati *exsecrari aus* omrazjati *von* omraziti; *ebenso* priražati *illidere von* priraziti. plъžą *repo aus* plъzją *von* plъz *in* plъzêti. lažą *repo.* lažaahъ. lažь. lаženъ *aus* lazją. lazjaahъ. lazjъ. lazjenъ. plêžą, plêžeši. *impt.* plêži *partic. praes. act.* plêžę *aus* plêzją, plêzješi. plêzji *usw. von* plêz *in* plêzati. mrъžę *in* mrъžuštamъ vodamъ *mladên. aus* mrъzję *von* mrъz *in* mrъzati *congelari*. mrъža: *r.* merža *aqua congelata: w.* mrъz. maža *aus* maz-ja: *andere meinen,* maža *beruhe zunächst auf* mazь, *sei demnach eig.* mazь-a. *Praejotierte vocale nach* z *sind selten:* pênęzju zogr. b.; *selten sind formen wie* vъžljublją. *Nsl.* željar *inquilinus ist deutsch: vergl. mhd. sidelen; anders matz. 92; nsl.* žvegla *fistula: ahd.* swêgala schwegelpfeife; *aslov.* župelъ, *nsl.* žveplo, *sulfur: ahd. swêval, got. svibla.* · *Dass* ražьnъ *stimulus auf* orz- *beruht, ist aus r.* roženъ. *p.* rožeń *usw. zu folgern:* raždьnъ *weiset auf* razga, rozga *hin seite 244. Vergl.* nižaje *und die bemerkungen seite 268.*

C. *Während* c *in allen fällen jung ist, muss man bei* z *zwischen jungem und altem* z *unterscheiden.* s *ist wie altes* z *einer verwandlung in* š *nur vor praejotierten vocalen unterworfen:* našь *noster,* вašь *vester ist wohl* nas(ъ)jъ, vas(ъ)jъ: *vergl. lit. musu-jis der unsrige. lett. müsejs.* fineešь *aus* fineesjъ. chamošь *χαμώς: dagegen* vъsь *vicus aus* vъsï. kaša *in* kašica *puls leitet Potebnja, Dva izslê-*

dovanija 24, von kas *in* kasatь, dratь, гvatь *ab, daher* kasja.
paša *pascuum von* pas *durch* ja. byšę *futurus ist* bysję *von* bys.
sulêjši *praestantior aus* sulêjsja *von* sulêjs. byvъši γενομένη *aus*
byvъsja *von* byvъs. jefešaninъ ἐφέσιος. регъšaninъ *neben* региšê-
ninъ *persa.* glašati. mêšati. -našati. prašati. vêšati *aus* glasjati.
mêsjati. -nasjati *usw.* mitušati *alternis pedibus calcare setzt ein mit*
mitusъ *alterne zusammenhangendes* mitusiti *voraus.* višę *pendeo aus*
visję *von* vis *in* visêti. nošę *fero.* nošaahъ. nošь. nošenъ *aus*
nosję. nosjaahъ *usw. von* nosi *in* nositi. šiti *suere aus* sjuti: *w.* šь
aus sjŭ. šuj *sinister, aind. savja, abaktr. havja, enthält im slav.* u
wie im aind. av eine steigerung des u *:* šuj *ist* sjuj: *č.* šever *ist das*
md. schf. Abweichend ist blagoslovesenъ *für* blagosloвešenъ. pišę,
pišeši. *impt.* piši. pišę. pišemъ *aus* pisję, pisješi *usw. von* pьs :
pьsati. *Unrichtig ist* rušky *sabb.-vindob.* rušьskyj *lam. 1. 113. danil.*
350. für rusьskyj; *ebenso* mьсenošьcь *für* mьсenosьcь. pokošьnъ
conveniens findet man neben pokosьnъ: *w. scheint* koh *zu sein.*
Abweichend ist vьšь, vьsego *omnis aus* vьsjъ: *die prag.-frag. bieten*
vši. všêčьskaê. *č. hat* všeho. *p.* wszego *usw. 3. seite 367. 440.*
Aus dem gesagten ergibt sich, dass in der verwandlung in š *zwischen*
dem s *aus ursprachlichem* s *und dem* s *aus ursprachlichem* k *kein*
unterschied obwaltet.

   Die gruppen zjа, sja *usw. werden dem gesagten zu folge durch*
žа, šа *usw. ersetzt. Die verwandlung des* sja *in* šа *geschieht dadurch,*
dass j *in* χ *übergeht, denn* šа *ist* [sχ]а *Brücke 81;* žа *wird durch*
[zγ]а *dargestellt 84.*

   3. A. c *kann nur mit* v *und* г *verbunden werden:* cvilêti.
cvisti; cгъky *aus* cerky; cгъkъtênije *ist abweichend. Über* kv
für cv *vergl. seite 273.*

   B. Das tönende z *kann mit allen tönenden consonanten eine ver-*
bindung eingehen: zvati. zvizdъ. zvьnêti. zdati. zlato. zmij. znati.
zrakъ. z *vor einem tonlosen consonanten geht in das tonlose* s *über :*
vesti *vehere aus* vezti. uvęstъ *coronatus aus* uvęztъ. istočьnikъ
sup. 13. 26. vъstręse *162. 18.* isprositi *116. 14.* гaspьгa *350. 10.*
neiskusьnъ *235. 27.* rashoditi sę *205. 16.* vъshvaliti *19. 8; ebenso*
bes togo *7. 29.* vъs toliko *335. 22.* bes pravьdy *cloz. 1. 640.*
bes pečali. bes poroka *ostrom.* vъs kaję *sup. 210. 19.* is hlêba *447.*
11 usw. Selten ist izъhvaliti *169. 21. Unrichtig ist* bezplačьnъ
322. 1. izhoditi *296. 2. Zwischen* z *und* г *wird sehr häufig* d *ein-*
geschaltet, es mag die verbindung zг *wurzelhaft oder* z *zur praeposition*
oder zum praefix gehören: im letzteren falle ist ъ *zwischen* z *und* г

ausgefallen: vъzdrydaete. izdreče. izdrąky *e manu.* bezdrazuma
sine rationa zogr. izdrešti *cloz. I. 47.* razdrěši *460. 629.* razdrěšъ
784. razdrěšająšte *78.* razdrušenьe *618. 720.* vъzdradovati sę.
vъzdradovašę sę. vъzdrastъ. vъzdraste. razdrěšite *und sogar*
vъzstraste *assem.* vъzdrastetъ. izdrěšeniê *glag.-kiov. 432. 536.*
vъzdrasti *sup. 23. 10.* vъzdradovati sę *112. 2.* vъzdrevъnovati
7. 5. vъzdruti *52. 12.* izdrešti *51. 29.* izdreką *267. 5.* izdreče
115. 11. neizdrečen'nъ *15. 22.* neizdričemъ *66. 26.* izdrędъ *128.
10.* izdrędъnъ *429. 17.* razdrušiti *354. 1.* razdrěšiti *7. 25.* razdrě-
šenьje *373. 1.* nerazdrěšimъ *351. 22.* bezdrazuma *263. 9.* bezdrala
294. 16. bezdranъ *61. 16.* bezdrąku *349. 27.* izdrova *5. 7.* izdrěky
60. 18. izdrebrъ *368. 26.* izdrąku *135. 12; ebenso* izdrailê *363.
22.* izdrailъtinъ *slêpč. Ungenau* izъdrailju *izv. 626. neben* izrailъ-
těninь *šiš. und* israilitinь *prol.-rad.; ferners* izъrasti *288. 11; ungenau
ist auch* vъz'draste *183. 16.* iz'dreče *45. 2.* izdryę *steht für* izdryją
effodiam pat.-mih. 120. vъzdryvaęšta *für* vъzdryvająšta *59. Man merke*
lanity izъdraženy *105.* izъdricanie *95. und* vъzdradovati *se mladên.*
vъzъdradovati *se io. 5. 35-nic.* izdravenia ἐξ ἰσότητος *2. cor. 8. 13-slêpč.
šiš.* izdručenije. izdrъvani *udove.* kozê izdryvajušti *se prol.-rad.*
vъzdrasti. vъzdradovati sę. vъzdrydati. razdrušenije. razdrěšiti
ostrom. zdrělъ *maturus pent.* izdrodъ ἔκγονος. bezdrъpъtivъj ὁ ἀγόγ-
γυστος. vъzdreklъnъj *antch.* izdrutila *sę svjat.-lam. *l. 102.* razdrě-
šitelьnъ ἱστήριος *irm.* vъzdru *tichonr. 1. 33. Befremdend ist* nozdri,
s. nozdra, nozdrva, *nares, von* nosъ, *das lit. nasrai, nastrai rachen
lautet, womit nhd. nüster zusammenhängt, das daher mit ,niessen'
nichts zu tun hat;* męzdra, *vielleicht von* męso: *nsl.* mezdra. *klr.*
mizdra *unc.; p.* puzdro *theca, scrotum equi. č.* pouzdro. *s.* puzdro,
puzdra, puždra *penis quadrupedum hängt mit got. fôdra- scheide,
allerdings nicht unmittelbar, zusammen matz. 285.*

Vor erweichtem l, n *geht z in* ž *über:* vъžljubą, vъžljublją
neben vъzljubi *zogr.* sъblažnją. sъblažněją́tъ. sъblaž'něetъ. sъblaž-
naetъ *für* sъblažnja-. ižnego *d. i.* ižňego *zogr.* ižnego *cloz. I.
51.* bežnego *assem.* vъžljublenii. vъžljublenyę. bež nego *glag.-
kiov. 534. 535. 536.* iž ňego *sup. 348. 22.* iž ňeję *97. 20. neben*
iz ňego *sup. 8. 27.* iz njego *ostrom.; daher* skvožnja *foramen:* skvozê;
blažnją. blažnjaahъ. blažňь. blažnjenъ *von* blazni; *minder gut*
kaznêahu *prol.-rad. von* kazni. *Man vergleiche* blažňь *mit* kaznь
aus kaznı. bližьňь *propinquus beruht auf dem adv. comparat.* bliže.

zt *wird* st: vъstręse *sup. 162. 18.* istrêzviti, *ungewöhnlich*
izъtrêzviti *lam. 1. 150.* gonьsti *neben* gonъznąti. lêsti *von* lêz.

lêstvica *von* lêz. ispokastiti *vastare kann mit* kaz *in* kaziti *und mit*
čez *in* čeznąti *zusammengestellt werden.* ztlo *geht in* stlo, *dieses in*
slo *über:* maslo *unguentum aus* maztlo, mastlo *von* maz. veslo
remus aus veztlo, vestlo *von* vez. uvęslo *diadema aus* uvęztlo,
uvęstlo *von* vęz. zdn *blisst meist* d *ein:* praznina τὸ λεῖπον *von*
prazdьnъ. *Befremdend ist* zd *in* ljubьzdni otьci *greg.-mon.* 87. zp
wird sp: isplêti. bes piry ἄτερ πήρας *zogr.* zk, zh *wird* sk, sh:
isklati. nishoditi *neben* nizъhoždenьju *zogr.*

    zc *wird entweder* sc *oder* st *oder* c, *selten* s: *a)* iscêlją. iscêli
zogr. iscêlenьe *cloz. I. 461. 600: ungenau* bezcênnago *940* iscêliti.
iscêlitelь *assem.* iscêliti *sup. 243. 17.* iscêlêvša *luc. 7. 10-nic.*
neiscêlna *lam. 1. 27.* iscêliti *95.* und *prol.-rad. b)* istêli *matth.*
21. 14-zogr. istêlitъ *sup. 86. 27; vergl.* blistati, bliscati *von* blьsk.
c) icêľją. icêlitъ. icêlite. icêli. icêlьše. icêľeny. icêlêetъ *usw.*
icrьkъve *ex ecclesia zogr.* icêlją. icêlitъ. icêlê. icêlêę. icrkve *assem.*
icêlêti *sup. 14. 3; 225. 7; 445. 25.* icêliti *226. 14.* icêlenьje *408.
1; 413. 14 usw.* icrьkve *167. 24.* icrьkъvъ *148. 9.* icêliti *sav.-kn.
23.* icêlêję *11.* icêliti *prol.-rad.* icêljajeta *izv. 638. d)* isêli *matth.
4. 24.* isêlê *8. 13-zogr.*

    zz *wird* z: bezakonьe *cloz. 1. 365.* bezakonьnъ *sup. 115. 7.*
bezlobьnъ *130. 14.* vъzavidêti *288. 26.* vъzъvati *35. 29.* vъzyvati
374. 25. vъzъvati. vъzьrêti *ostrom. Ebenso* bezakona *sine lege sup.
214. 2.* bezapętija *430. 10.* bezъlobi *sine malitia 270. 4.*

    zs *wird* s: vьsmijati sę *sup. 128. 16.* vьslêdovati *79. 3.* rasto-
jati *19. 21.* isêčenъ. rasypati *ostrom.* besaprogъ. bestraha. isъпъmi-
šta *zogr.* besêmene. bestuda. besъmąštenija. besyna. besytosti.
besъblazna. isvojeję. isvętaago *sup.* židove rasuše se *mladên.* rasê-
čenь *lam. 1. 110. Selten* razьsla *mladên.*

    zč *wird entweder* št *oder* č: *a)* beštęda ἄτεκνος *luc. 20. 28;*
beštьsti *marc. 6. 14.* ištędьê. ištistiti. raštьtetъ *luc. 14. 28. zogr.*
beštislъnają, beštislъni *cloz. 1. 176. 771.* beštinьnъ *sup. 381. 29.*
beštislьnъ *337. 23.* išteznąti *399. 9.* ištazati *353. 10.* ištędia. bešte-
dьnъ *mladên.* išteznąti. ištistiti. ištьtenъ. ištędije. ištrêva *mit* щ.
ištędije *ostrom.* išteznąšja. raštitaja *izv. 455. 614. Seltener* besči-
nьnъ *sup. 296. 10.* besčinaje *237. 26.* besčьstvije *241. 29.* besčь-
stije *54. 17.* vъsčuditi sę *220. 27.* besčędъnъ *182. 9.* besčisla
sabb.-vindob. iz'čisti *assem.* bezъčьstvovati *sup. 157. 22.* bezъčuvь-
stvьnъ *87. 21.* vъs'čuditi sę *40. 14.* is'čeze *372. 15.* izъčitati
134. 8. isьčisti *enumerare.* isьčitajemь *mladên.* rasьčinihь *šiš.* und
razъštinihъ *slêpč. 1. cor. 16. 1. b)* bečьstij *matth. 13. 57.* ičrêva

zogr. ičistiti. ičistišę. ičrêva. ičьteni *assem.* bečislьnъ *sup. 422.*
29. bečismenьnъ *333. 4.* bečьstvuję *393. 18.* bečьstije *286. 1.*
bečьstьnъ *336. 5.* ičrêpati *296. 20.* ičrъpati *431. 9.* ičazati *438.*
20; *ebenso* bečinu *446. 26.* bečьsti *69. 16.* ičrêva *46. 29.* bečina
bon. račrъlo *greg.-naz. 141.* bečisla. bečismene. bečislьnii *hom.-mih.*
ičistiti καθαρίσαι *marc. 1. 40-nic.* bečьstnikomь *lam. 1. 143.* bečьsti
krmč.-mih. ičrъplęšti ἀλλομένου *io. 4. 15-ev.-buc. für* -pljǫ-.

zž *wird regelmässig durch* žd *ersetzt:* iždenete *expelletis.* ižde-
nǫtъ. vъždelêšę *zogr.* vъždelêhъ *cloz. 1. 672.* iždenǫ *expellam.*
vъždędati sę *sitire assem.* vъždelati *sup. 184. 10.* vъždelêti *389.*
18. iždegošę *4. 8.* iždenǫ *275. 4.* raždešti *120. 6.* raždizati *271. 2.*
raždъzi *105. 13.* raždъženъ *108. 29.* raždenǫ *286. 4.* raždigahu
mladên. ognь iždeže *hom.-mih.* iždegajušte *krmč.-mih.* raždeni *dis-
sipa antch.* iždьgu uram *izv. 665: nach demselben gesetze entsteht*
raždije *ostrom. aus* razga. *Man merke* vъžčędahъ sę *kryl.-mat. 13;*
in den prag.-frag. vъžčelenije *für* vъždelênije *und* vižčь *für* viždь
Sreznevskij, Drevnie glag. pamjatniki 52. Ferner ž'degǫtъ *ap.-ochrid.*
229. ždegutь *kiš. 238. Auch im* č. *tritt* žd *für* zž *ein:* roždi *von*
rozba, mižditi *von* mizha, *možděnice von* mozh; zabřežděnie *beruht*
auf brêzg. *Im* č. *geht auch* zz *in* zd *über:* rozděv *das aufreissen*
des maules aus rozzev: *vergl. Listy filologické 4. 305.*

zš *wird* sš, šš, š: išъdъ *sup. 436. 15.* išedъ *111. 19.* raišъdъ
214. 4. išьlъ. raširjati *ostrom.* išьstije *hom.-mih. Seltener ist*
iзšedъ *sup. 163. 12.* izъšъdъ *147. 8.* izъšьdъ *ostrom.* nizъšьdъše
triod.-mih.; befremdend ištъdъše, ištьdъše *ostrom.* iščьlo *izv. 629.*
mit щ.

zs *wird* s *mit dehnung des wurzelvocals in* vrêsъ *aor. aus* verzsъ.

p. zgłobień *lautete ehedem* złobień, *heutzutage besteht nur die*
form mit g: zgłoba. zgłobić. *Ebenso b.* razglobi se *milad. 245.*
izglobi *534. s.* zglob.

C. s geht verbindungen ein mit r, l, n; t; p, v, m; k, h: sramъ
(*b.* sram, stram. *r.* soromъ, stramъ), slava, snorъ; stanъ; spêhъ,
svoj, *das jedoch* sfoj *lautet;* skutati, pasha, *das fremd ist. Vor* d,
b, g *muss* s *tönend werden, d. i. in* z *übergehen:* zdravъ *aus älterem*
sъdravъ: *falsch* sъzdravь *io. 7. 23-nic.;* zdějati *hom.-mih. aus* sъdê-
jati; zborъ *hom.-mih. aus* sъborъ; z gospodemь *hom.-mih. aus* sъ
gospodemь; *aus* istъba *tentorium, das auf dem mlat.* stuba *beruht,*
entsteht izba; zvęzati *sup. aus* sъvęzati. *Die gruppe* sr *wird manch-*
mahl durch t *getrennt:* ostrъ *acutus:* w. os *mit suff.* rъ; pьstrъ
variegatus: w. pьs *gleichfalls mit suff.* rъ; sestra *soror. pr.* svestro

neben lit. sesù (sg. g. sesers). got. svistar. aind. svasr; ostrovъ *insula:
praef.* o *und* w. sru *fluere: mit dieser* w. hangen *auch* struja *flumen
und* struga *fluctus zusammen: lit. strovê neben srovê, ahd. stroum;*
strêga, strъga *custodio ist mit lit. sergu, daher* straža, *zu vergleichen;
neben* srъšenь *crabro besteht* strъšenь, strъšьlъ; *neben* sracininъ
saracenus kömmt stracininъ *vor; neben* srêda *medium liest man*
strêda; *lit. struba brühe; dass* strъža, strъženь *medulla mit* srêda
zusammenhangen, ist eine ansicht, die durch nsl. ž *statt* j *bedenklich
wird vergl. seite 218;* p. strzežoga, srzezoga *frostbrand hängt mit*
nsl. srêž, strêš. p. srzež *zusammen. Dunkel sind* bystrъ *citus,
worüber Daničić, Korijeni 150;* strêla *sagitta usw. Dieselbe ein-
schaltung zeigt got. svistar, eine form, die auf -sr- beruht und
vielleicht auch nhd. muster; sie findet sich im lit.: astrus scharf,
neben dem asrus vorkommen soll; gaistra, gaisra wiederschein;
istra, isra Inster; straigê, sraigê schnecke; strovê, srovê strömung;
strutoti fliessen; lett. mistra mischmasch: lit. išdroditi verraten ist
entlehnt.*

    Vor erweichtem l, n *geht* s *in* š *über:* umyšljaj *cogitatio aus*
umysli; pomyšljati *cogitare aus* pomysljati; myšlją *cogito aus*
myslją; myšljaahъ. myšlь. myšljenъ *aus* mysljaahъ *usw; neben*
osьlь *asini aus* osъljъ *liest man* ošlь: čeljustiju ošleju *lam. 1. 164;
neben* rosъlją *mittam* pošlją; *ebenso* oklošnją *mancum reddam aus*
oklosnją. oklošnjaahъ. oklošlь. oklošnjenъ *aus* oklosnjaahъ *usw.;
aus* prъvêsьlь *primus entsteht* prъvêšlь, prъvêšьlь; *ebenso ist*
dьnesьlь *und* dьnešьlь *zu beurteilen: verschieden ist* vyšьlь *qui
supra est von* vyše.

    Utro *mane entsteht aus* ustro: *vergl. oserb.* jutry *pl. ostern
und lit. ausra f. aurora und aind. usra matutinus:* w. us, *aind.
vas; auch* jato *cibus (nê* vъkusila ni jata ni pitija *sup. 402. 21.)
scheint für* jasto *zu stehen:* w. jad; *poslani prol.-rad. ist selten für*
posъlani. sttl *wird* sl: otraslь *palmes aus* otrast-tlь; tripêska *sg. g.
steht für* tripêstъka: tripêstъkъ *simia, richtig* tripęstъkъ; *krilo ala,
wofür nic.* krelina, *hat anlautendes* s *eingebüsst:* p. skrzydło: *lit.
skrêti, skrêju in der runde tanzen. lett. skrêt volare;* męzdra, *minder
richtig* mężdra, *membrana:* vrьbova mêzdra *misc.-šaf. 160. ist ein
rätselhaftes wort, dessen* ę *nicht gesichert ist:* nsl. mezdra *die zarte
haut auf frischer wunde.* medra *membrana hung.* mezdrou, *znô-
terna mehka skorja têh dreves Linde.* mezde *leimleder. klr.* mjazdra
borke. r. mjazdra, mezdra *nach Linde* strona sierciowa skory. č.
mázdra. p. miazdra *häutchen.* miezdrzyć mięso wyrzynać: *zusam-*

menhang dieses dunklen wortes mit mêzga *succus arboris ist unwahr-
scheinlich.* nozdri nares, *r.* nozdrja, *ist von* noзъ *durch* rь *abgeleitet:*
nodri *greg.-naz. 102. ist ein schreibfehler.* jazdrь *in* възporena
jazdrь ρινότμητος *ist ein zweifelhaftes wort.*

зв *wird* з *mit dehnung des vorhergehenden vocals in* nêзъ
aor. aus neззъ.

Zwischen з *und* l *scheint manchmahl* k *eingeschaltet zu sein:*
aslov. въslanjati *neben* въsklanjati; sluditi *neben* skluditi; въslêpati
neben въsklêpati *stockh.;* slêzъ *und nsl.* sklêz; *nsl.* solza *und* skuza
aus sklza. *Regelmässig findet dieser einschub statt in der schreibung
der slav. worte bei den Deutschen: dob
lisclaug* dobljeslavъ. *dobra-
musclo* dobromyslъ. *miramuscle* miromyslъ. *stradosclauua* strado-
slava *neben primusl* primyslъ *Aquileja und dobramuzlj* dobromyslъ
Salzburger verbrüderungsbuch. Dunkel ist visla *im pl. loc.* visljahъ
meth. 7. vistula.

smoky, *got.* smakkan-, *steht wahrscheinlich für* svoky: *griech.*
σΰχον *aus* σΰεχϜον *Ascoli, Studj 2. 405. 409.*

4. *In manchen fällen scheint* z, з *eingeschaltet zu sein:* udobьnъ
neben udobьznъ, udobiznъ, *das mit lit. dabėnus zusammengestellt
wird;* ljubьznъ *neben* ljubьzdnъ, *womit man pr. salubsna trauung
vergleicht;* žiznь. basnь. pêsnь *usw. 2. seite 119: vergl. pr. biāsnan
furcht.* clovêčьskъ, človêčьstvo *2. seite 179.* lękotь *neben* lękostь:
vergl. lit. lankatis harpel. ązostь: *aind. aṅhati.* plъnostь: *lit. pil-
natis 2. seite 169. usw. lit. dūsnus freigebig. Wenn man hier von
der einschaltung eines* z, з *spricht, so tut man es, weil die verwandten
sprachen ein solches* z, з *meist entbehren; die natur dieses* z, з *ist
noch unerforscht. Vergl. 2. seite 119. und got. filu-snā-.*

5. *Nach* c *finden wir nicht selten praejotierte vocale:* ocju *patri.*
slъnьcju *zogr.* ocju *864. 908. cloz. 1. 83.* slъnъcju *329. 333. 852.*
čjudotvorcju. korabicju. ocju. slêp'cju. slьnьcju *neben* slьnьcu *assem.*
slьnъcu *mariencod.* hristorodicju *krmč.-mih.* korablicju. ovьcjamъ
ev.-tur. unicju. ljucju *für* licju *izv. 652. 660.*

6. *Die verbindungen* st *und* zd *verändern sich vor den prae-
jotierten vocalen in mehreren slavischen sprachen auf eigentümliche
art.* st, zd *gehen in* št, žd *über, daher* puštą, jaždą *aus* pustją,
jazdją: *im glag.-kiov., in welchem* tj *in* c *übergeht, wird* stj *in* šč
verwandelt: očišćenie *532. 535.*

A. hrąštъ *scarabaeus aus* hrąstjъ *von* hręst. krъvopuštъ *venae
sectio aus -pustją von* pusti. leštь: *r.* lešč *cyprinus brama. p.* leszcz
neben kleszcz: *lett. leste, daraus ehstn. lest butte.* okoštъ *gracilis, eig.*

ossosus, aus okostjъ *von* kostь; *ebenso* slaětь *iucundus.* věstь *peritus.*
vlaětь *proprius von* slastь. věstь. vlastь; čęšta *fruticetum aus* čęstja
von čęstъ; tlъšta *pinguedo aus* tlъstja *von* tlъstъ; *ebenso* pušta
desertum von pustъ: radoštę *pl. laetitia nicht etwa aus* radostьa,
sondern aus rado-tja, *wie nsl.* velikoča. *serb.* bistroča *usw. zeigt*
2. *seite 173. Dagegen* tьšta *socrus durch motion aus* tьstьa, *serb.*
taěta. prigrъšta *manipulus aus* -grъstь. puštij *vilior aus* pustjij *von*
pustъ *wie* ljuětij *aus* ljutjij *von* ljutъ 2. *seite 322.* krъštati *bapti-*
zare aus krъstjati *von* krъsti. mьštą *ulciscor.* mьštaahъ *ulciscebar.*
mьštь *ultus. partic. praet. act. I.* mьštenъ *partic. praet. pass. aus* mьstją.
mьstjaahъ. mьstjъ. mьstjenъ. *Falsch ist* krъstenьe *cloz. 1. 98. für*
krъštenьe. *Wie* trja, *so geht auch* strja *in* štrja *über:* oštrją *acuo*
aus ostrją *von* ostri. *Man füge hinzu* *brъštь: *nsl.* brěč. *r.* borěčь.
p. barszcz. *os.* barěč. *lit. barštis ist slav.;* jašterъ *lacerta. klr.* ješčur
*gefleckter salamander. č.*ještěr. *p.* jaszczur: *dagegen os.* ješčeř *otter.*
pr. estureyto, also jašterъ *aus* jastjerъ, jastjurъ: *vergl.* gušterъ *lacerta.*
nsl. guščer. *b. s.* gušter; šturъ *cicada. nsl.* ščurek, ščiriček, čriček
gryllus. s. šturak *stulli. r.* ščurъ. *č.* štir. *p.* szczur; štirъ *scorpio:*
nsl. štir *hung. Alles unklar.*

B. prigvaždati *clavo iungere aus* -gvazdjati. zagvoždą *clavo*
figam. -gvoždaah. -gvoždь *partic. praet. act. I.* -gvoždenъ *aus* -gvo-
zdją. -gvozdjaahъ -gvozdjъ. -gvozdjenъ. upraždьnaetь χαταργεῖ *luc.*
13. 7-nic., richtig -njajetъ, *lautet meist* upražnjajetъ: žd, ž *beruhen auf*
dem erweichten n. *Man merke* prigvožgij *lam. 1. 5. für* prigvoždij
und prijazgja *lavr.-op. 37. für* prijažda.

Hieher gehört vielleicht dъždь *pluvia. nsl.* deš, *sg. g.* deža. *b.* dъě
(dъžd). *s.* dažd. *klr.* doždž. *r.* doždь. *č.* děšt. *p.* deždž. *os.* deáč.
ns. dejšć. *Die russ.-aslov. formen* dъžgja. odъžgjaetь *lam. 1. 5.*
dъžčitь *mat. 13.* dъžčěvnyj *26. beruhen auf der ersetzung des*
erweichten d *durch* gj *und dieses durch* č. *Dass dem* dъždь *nicht*
eine w. dhadh *zu grunde liegt, zeigen die s. usw. formen.*

7. Nach dem gesagten geht stja, zdja *in* šta, žda *über:* puštą,
jaždą *aus* pustją, jazdją: *daneben* čiščenie *und* roždžije (rožčije).
skja, zgja *wird gleichfalls durch* šta, žda *ersetzt:* ištą, moždanъ
aus iskją, mozgjanъ. skě, zgě *wird in* stě, zdě *verwandelt:* eleonьstě,
dręzdě, *formen, neben denen auch die älteren* eleonьscě, dręzdzě
bestehen. zč, zž *ergibt* št, žd: beštьsti, iždeną; *neben* beštьsti *findet*
man bečьsti. *Dabei ist das etwas seltene* št *aus* sš *nicht zu ver-*
gessen: ištьdъ *neben* išьdъ *qui exiit.* zc *wird* st: istěliti: *daneben*
besteht ausser iscěliti *auch* icěliti *und* isěliti. zz *geht* čech. *in* zď

über: rozděv *aus* rozzev. *Von einzelnen erscheinungen ausgehend möchte man* puštą, *jażdą aus* pusštą, *jazżdą erklären: wer alle formen zu rate zieht, wird die älteren formen* puštšą, *jażdžą zu grunde legen und in* puštą, *jażdą eine erleichterung der form durch ausstossung des dem* št, *żd folgenden* š, *ž erblicken. Er wird demnach auch* ištą, mǫždanъ *aus* ištšą, mоždžanъ; eleonъstê, dręzdê *aus* eleonъscê (*d. i.* eleonъstsê) *und* dręzdzê *entstehen lassen und in den älteren formen* očišcenie *und* roždžije (*rožčije*), eleonъscê *und* dręzdzê *eine bestätigung dieser ansicht finden.* ištate *quaerite ist aus* ištšate *entstanden. Hier fällt zur erleichterung der gruppe der dem t-laute folgende c- oder č-laut aus, während in* icêliti, beǒъsti *der dem t vorhergehende c- oder č-laut schwindet:* istsêliti, beštšъsti, *und* isêliti *das t selbst ausfüllt:* istsêliti*. Man sieht auch hier altes neben neuem:* stja *wird zwar gemieden, jedoch nicht immer auf dieselbe weise ersetzt. Das* nsl. *hält im osten die älteren formen fest:* puščati, *auch im rez.* púščat; mоždžani, *das im westen* moźgani *lautet: letzteres hat sich demnach der gruppe* żdž *auf andere weise entledigt als* aslov. mоždanъ. bulg. *folgt hinsichtlich des* stja, zdja *der* aslov. *regel.* serb. *bietet* očišćen *und* očišten *neben* ubićen *Daničić, Istorija 395.* čech. puštěn, *alt* puščen, *und* hyzděn *neben* chycen, rozen *und* zhromažduji, zohyžduji. pol. puszczę, zagwoždžę *neben* tracę, sądzę. *Das* čech. *und* pol., *die aus* tje, dje *mit veränderung des* j *in* z *tae,* dze - ce, dze (ze) *bilden, lassen aus* stje, zdje *mit veränderung des* j *in* ž puščen, puszczą *entstehen: singulär und weder zur ersten noch zur zweiten regel stimmend ist* p. oczyścion *koch. 2. 35. Vergl. Archiv 1. 58.*

8. *Der ursprung des* zd *ist mir in vielen formen dunkel.* brazda *sulcus, womit vielleicht* s. brazgotina *cicatrix zusammenhängt: vergl.* s. bazag, nsl. bezg *mit* lit. bezdas *holunder;* bręzdati *sonare: vergl.* lit. brizgéti. lett. brāzt; brъzda *neben* brъsta, nsl. brzda, bruzda, *frenum: vergl.* lit. brizgilas; drozgъ *carduelis: klr. č. p.* drozd. aind. tarda. lit. strazdas. lat. turdus. anord. thröstr. ahd. droskelā, drosgilā. *drozdъ *ist älter als* drozgъ: *das anlautende* d *steht für* t *in folge einer angleichung an den auslaut, die auch in* zlъza *und* prozlъziti *sup. 71. 24; 232. 22. wahrzunehmen ist. w. ist wahrscheinlich* trad (trṇatti) *spalten;* gnêzdo *nidus: vergl.* lit. lizdas. aind. niḍa *aus* nisda, nasda *von* nas *wohnen.* ahd. nëst: *die verwandtschaft von* gnêzdo *mit den übrigen worten für ‚nest‘ wird indessen bezweifelt;* gorazdъ *peritus;* gręz *in* gręznąti, pogrąziti *vergleiche man mit* lit. grimzd, *inf.* grimsti; groza *horror.* vъzgrozditi. groz-

denьstvo ogпьпо pat.-mih. 178. a. mit lit. grumzda: vergl. loza und
lit. lazda; grozdъ, grezdъ uva; gruzdije glebae neben grudije, gruda;
gvozdь clavus; gvozdь silva: nsl. gojzd: unrichtig ist die herbei-
ziehung des ahd. hard; jazditi vehi. p. jazda, jezda: vergl. jadą
vehor. lit. joditi. lett. jādīt; jęzdro neben jędro cito; s. jezgra für
aslov. jędro; mьzda merces: abaktr. mīzdha. got. μισθός. got. mizdōn-.
ahd. miata; č. ozd, ungenau hvozd, ozdnice, siccatorium. nsl. ozdica.
p. ozd, ozdnica, daher lit. aznīča, ist germanisch: ags. äst; nsl.
pezdêti, p. bździć, hängt mit *prъdêti, w. pard, zusammen; nsl. p.
pizda. č. pízda. lett. pīzda. pr. peisda; pozdъ im r. pozdoj dial.
und in pozdê sero, das mit po, podъ und lit. pa verwandt scheint:
neben poz kömmt auch paz vor im aslov. pazderъ, p. paździor;
nsl. pazduha, pazdiha und im č. pаždi achselhöhle, eig. unter der
schulter: uha für aind. āsa. pazuha steht für pazduha: lett. duse,
paduse. paz findet sich auch in paznogъtь usw. lit. panagutis: vergl.
pos-nagas; uzda habena: klr. uzdečka, vudyło. r. obuzovatь dial.
kolos. 35; zvêzda stella: lit. žvaigždê; zvizdъ sibilus neben zvizgati.
Aus dem gesagten ist ersichtlich, dass zd mit zg wechselt: drozgъ
und drozd; zvizdъ und zvizgati: vergl. muzga lacuna mit lit. mau-
dīti waschen; dass ferner zd neben d vorkömmt: gruzdije und gru-
dije; jazditi und jadą; jęzdro und jędro. Man merke ferner s.
brzdica neben brzica locus ubi flumen per silices deproperat; r. pri-
vuzdъ neben priuzъ dreschflegel; sъzizdati o perev. 24. und sъzidati;
s. gmežditi depsere neben meždenik vergl. man mit lit. migu, migti
drücken.

9. Auch die lautverbindungen sk und zg erleiden teilweise eigen-
tümliche veränderungen.

A. ski wird nicht nur sci sondern auch sti: farisêjsci. ljudь-
scii. ninevьgitьsci zogr. zemъstii im jüngeren teile derselben quelle.
poganьscii cloz. 1. 843. ijudejstii assem. nebesьscêj glag.-kiov. 533.
koprъsti i kjurinejsti slêpč. kiprъscii i kirinêjscii šiš. act. 11. 20.
In jenen formen, in denen k in č übergeht, tritt analog dem st aus
sc für sk št aus šč ein: impt. išti, ištite von isk nach V. 2, nicht
nach V. 3, da in diesem falle isti, istête zu erwarten wäre: vergl.
beri, berête und pьci, pьcête; mьštij mulorum von mьшkъ aus
mьшgъ; gąštij (gąščij in einer späteren quelle) anserum steht für
gąшčij von gąшka; voština alveare von voskъ cera; têštiti fundere
in pêny têštiti ἀφρίζειν spumare vergleiche man mit tisk: p. ciskać
eiicere; tъštivъ sedulus ist secundär und daher nicht von tъsk, sondern
vom adj. tъštь abzuleiten. Abweichend ist pustiti dimittere, das, wie

r. puskatъ *zeigt, auf* pusk *zurückgeht, woraus sich ergibt, dass* pustъ
zunächst auf pusti *beruht: mit* pusk *hängt das neben* pustiti
gebräuchliche s. puštiti *zusammen. Das mit lit. skaudus empfindlich,*
got. sku in us-skava- vorsichtig, ahd. skawön schauen, zusammengestellte
čuti, čjuti *intelligere, nsl.* čuti, č. čiti, *p.* czuć *usw. hat, wenn die*
zusammenstellung richtig ist, č *an die stelle von* št *treten lassen.* št
für č *bemerkt man im aslov.* lęšta λόγχη *lancea, nsl.* kr. lanča,
magy. láncsa: das klr. bičet Iača *und das befremdende* lašta pisk.
61, jenes entspräche einem aslov. lęšta. skê *wird* scê *oder* stê*: gali-*
lêjscêmь, galilejscêmь. gomorscê. genisaretъscê. iordanъscêj. iju-
dejscêj. nebesъscêmь, nebesъscêemь. sodomъscê. eleonъscê, eleonscê.
člověčъstêmь*; daneben* galilêjstêmь *zogr.* eleonъstê *im jüngeren teile*
derselben quelle; damit hängt zusammen: bliscaję. bliscajǫti sę *luc.*
9. 29. bliscanъemь *zogr. neben* blistati, blistanije *anderer denkmähler:*
aslov. blъštati *gehört zu III. 2. Der cloz. hat* sc: vavilonъscê *350.*
heruvimъscêmь *38.* plъtъscêj *151. Der assem. bietet* st: bêsovъstê.
galilejstêmь*,* galilejstêj. eleonъstê. ierusalimъstê*; der sup.* sc *und*
st: humijanъscê *12. 12.* asijstêj *6. 7.* nebesъstêemь *49. 8.* pastê *289.*
21; 302. 3. vъ klimatêhъ ahajstêhъ *slěpč. neben* vъ klimatêhь
ahajscêhь *šiš. 2. cor. 11. 10; der ostrom. ebenso* sc *und* st: geni-
saretъscê. ierusalimъscê. sinajscêj. ierdanъscêj *neben* člověčъstêj. je-
leonъstê. galilejstêemь*; svjat.* scê: apostolъscêehъ *pl. loc.* božъscêemь
usw.; žъrъčъstê *greg.-naz; im leben s. Quadrati (Kodratъ) findet*
man krъstijanъscê *neben* dъskê. *Dem* ča *aus* kja, kê *entspricht*
šta *aus* skja, skê: blъštati sę *splendere von* blъsk: *lit. blizgéti.*
lьštati sę *splendere von* lьsk. tъštati *urgere von* tъsk: *vergl.* tъsnǫti
sę *aus* tъsknǫti sę *festinare.* vištati *hinnire von* visk: vozviščavъ
tichonr. 2. 151. koni viskaahu *laz.* pištalь *fistula von* pisk. ištate
quaerite aus iskjête *von* isk. pleštate *plaudite von* plesk: *vergl.* vę-
žate *ligate von* vęz *3. seite 90.* skь *d. i.* skjъ *(skь für* skī *scheint*
nicht vorzukommen) wird štъ: plištъ *tumultus von* pljusk. pryštь
ulcus aus pryskjъ *von* prysk. tъštь *vacuus aus* tъskjъ *von* tъsk:
aind. tuččha *aus* tuska: *lit.* tuščas *ist* r. toščij. gǫštь *(gušče salo*
in einer späteren quelle) anserum steht für gǫsъčь *von* gǫsъka. ske
wird wie skje *in* šte *verwandelt:* išteši *quaeris aus* iskeši *nach V. 3.*
iskǫ *oder aus* iskješi *nach V. 2.* ištǫ. pišteši *tibia canis aus* pisk-
ješi*; hieher gehört auch* ristati *currere, wofür auch das ursprüngliche*
riska *in* riskanije *vorkömmt:* rišteši *aus* riskješi *oder dem späteren*
ristješi*: in diesen worten ist* sk *ein verbalsuffix vergl. 2. seite 480.*
Das suffix ište *ist eine verbindung des suffixes* isko *mit dem suffix*

ije, *woraus* ьje, je *vergl. 2. seite 274:* kapište ἀνϑριάς, βωμός, ξό-
ανον, ξόανα. nyrište *castellum.* poprište, popьrište *stadium, woftir*
auch prъpьrište *zogr.* prъprište, pьprište *und sogar* pьprištь *pat.-*
mih. 38. 117: vergl. r. poprištь *und* popryskъ *var. 86. 91 und 2.*
seite 274. trêbište rekše crьkvište *krmč.-mih. 127.* vrêtište *saccus.*
žrъtvište. *Man beachte* sudišči *prag.-glag.-fragm.* skja *wird* šta:
ploštadь *platea aus* ploskjadь *von* ploskъ. skorolušta *cortex, woftir*
man aslov. skralušta *erwartet:* lušta *ist mit* luska *hülse, woher*
nsl. luščiti, *verwandt. Hieher gehört auch s.* kraljušt, kreljušt,
krljušt. *Dunkel ist* klêšta *forceps, das auf ein thema auf* sk
oder st zurückgeht: man kann an klesti *im č.* klestiti *kappen,*
behauen denken: vergl. štipьci *pl. zange und nsl.* ščipati *zwicken.*
In dem wurzelhaften teile der worte finden wir mit zahlreichen aus-
nahmen dieselben verwandlungen. ski *wird* šti: *štirь integer, aslov.*
nicht nachgewiesen: klr. ščyryj *aufrichtig. r.* ačiryj. *č.* štirý
lauter, rein, manchmahl širý. *p.* szczéry, *richtig* szczyry: *vergl.*
got. skeirja- *klar, deutlich;* štitъ *scutum aus* štjutъ, skjutъ:
vergl. lat. scutum. lit. skidas scutum. kiautas hülse und aslov. skutъ:
i *für* u *wie in* libo, židovinъ *usw.* sk *geht im glag.-kiov. in* šč *über:*
zaščiti, zaščititъ *531. 535. 536. 538. Man merke* ščedrota *prag.-*
frag. skê *wird* scê, cê: scêglъ *solus.* scêglo *adv.* κατ' ἰδίαν *seorsim:*
neben scêglъ *kömmt* cêglъ *vor. serb.* cigli, cikti: *vergl. r.* ščegolь
stutzer, brautwerber und dial. skogolь *brautwerber. p.* szczegoł *das*
einzelne, besondere; scêpiti *findere:* proscêpiti *pat.-mih. 42. 148.*
neben cêpiti *109. nsl.* cêpiti. *b.* scepi. *s.* scjepati *živ. 79. klr.* roz-
ščep *spalt.* ščipa *steckreis.* ščipa, skypka *span.* ščipyty *pfropfen.*
ćipok *leitersprosse. p.* szczep. *os.* ščepić: *r.* raskêpitь, skepatь,
raskepina *und* ščepatь. *lit.* cêpas *donal.* cêpas Szyrwid *361. lett.* skjeps
spiess. aslov. scêpi *ist denominativ: p.* szczep *entspricht wohl einem*
aslov. scêpъ. sc *geht p. leicht in* szcz *über:* scyzoryk *und daraus*
szczyzoryk. skê *wird ferner* stê, tê, sê: stênь *m. umbra. nsl.* stênj.
s. stjenj. *r.* stênъ. *č.* stíň. *os.* scên: *w.* ski *im aind* čhājū. *griech.*
σχιά: *daneben* *tênь *im nsl.* tênja *und im p.* cień; *ebenso* sênь *f.*
umbra, tentorium im nsl. sênca *für aslov.* *sênьca. *kroat.* sinj. *č.*
siň *atrium. p.* sień, sionka. *ns.* seń. *as.* skimo *schatten, schattenbild.*
Zu derselben w. ski *gehört* têlo σχῆνος *tentorium, imago, corpus. Ver-*
schieden von stênь *ist* stêna *murus, das vom got.* staina- *m. nicht zu*
trennen ist. skê *wird* cê: cêditi *colare: vergl. lit.* skêdu, skêsti *ver-*
dünnen. *cêstъ *in* cêstiti *purgare, woftir auch* čistъ *und* čistiti,
entspricht lett. skaist *schön, eig. klar, während* čistъ *für* štistъ *lett.*

škjistŭ rein. lit. kĭstas. pr. skystan gegenübersteht. Befremdend sind cělŭ *integer und* cěna *pretium: jenes findet sich in der form* scělŭ, *deren* s *im verwandten got. haila vermisst wird; neben* cěna *kömmt* scěna *in* scěniti *vor, letzteres nicht nur aslov. sondern auch serb.:* s *von* scěna *fehlt im abaktr.* kaěna *strafe, so wie im lit.* kaina, *das nach Mikuckij im Šavelskij ujezdŭ vorkömmt.* skŭ *wird* stŭ: stĭgno *femur. nsl.* stegno. *klr.* stehno. *p.* ściegno, ścięgno: *ahd. skinkâ crus. aind.* khańǵ *aus skang, daher* skŭg-no, *stŭg-no.* sk *geht in* št *über: mit* plištŭ *ist* pljuskŭ *zu vergleichen;* štŭgŭtati, *aslov. in dieser form nicht nachgewiesen, nsl.* ščegetati, žgetati *titillare. r.* ščekotatŭ: *aslov.* skŭkŭtati; *r.* ščelĭ *rima.* ščeljatŭ. *klr.* ščełyna: *lit.* skelti. *lett.* škjelt *findere. lit.* skilti *findi; r.* ščetŭ *brosse à égrener du lin. b.* četkŭ *bürste. klr.* ščitka *weberdistel. č.* štětka *bürste. p.* szczotka: *vergl. lit.* skětas *rohrkamm;* štęděti *parcere, p.* szczędzić, *hängt mit* skądŭ *inops zusammen: im č. entspricht* št *dem aslov.* št, *in den prag.-fragm.* šč: *ščedrota;* štŭp *in* štŭnęti *minui und* štŭrĭ *eclipsis haben die w. mit* skąpŭ *parcus, avarus gemein;* štrŭbina *fragmentum aus* skerb-: *ahd. skirbi scherbe. Beachtenswert sind die veränderungen, welche* ski *im got. skiligga-, ahd. skillinc, erleidet:* stŭlęzŭ *in* stlęzŭ, štŭlęgŭ. skŭlęzŭ *matth. 22. 19-zogr. b.* sklęzŭ. *klęzŭ (klezŭ): klr.* šeljuh *setzt das nhd. schilling voraus. Dunkel sind* štŭbŭtati, štebetati *fritinnire, womit* šŭpŭtati *zusammenhangen mag;* štenĭcŭ *catulus, klr.* ščenja, *wobei man ohne grund an* canis *denkt: eine hypothese Rad 61. 172;* štipĭci *pl. zange und nsl.* ščipati. *b.* štipa *und aslov.* šipŭkŭ *rosa, nsl.* ščipek; *ebenso dunkel ist* ješte *adhuc, nsl.* še, *ešče hung. este fris., b.* ošte, *p.* jeszcze: *die formen setzen* št *aus* sk *st voraus:* postedisi, *crisken fris., aslov.* poštędiši, *krŭštenŭ. Dasselbe gilt von* plaštŭ, *praštŭ pallium.*

Die gruppe sk *ist in einigen worten dunklen ursprungs: vergl.* iskra *scintilla mit r.* zgra *dial. p.* skra, iskra; krěk *in* iskrěknęti *obrigescere: vergl. lit.* strěgti. *got.* gastaurknan; lusk *in* lusnęti *strepere: aind.* ruǰ *zerbrechen: vergl.* luzgati *mandere;* skok *in* skočiti *salire: vergl. lit.* šokti; skorŭ *citus: ahd.* skiaro, skioro; skyk *in* skyčati *ululare: lit.* šaukti. *lett.* saukti *rufen.*

B. zgi *wird dort in* ždi *verwandelt, wo* g *in* ž, *altes* dž, *übergeht:* roždije, raždije *palmites aus* rozdžije, razdžije *von* rozga, razga, *in mat. 13.* rožčĭje. *zgě geht in* zdzě, zdě *über:* dręzdzě *sup. 9. 6.* dręzdě *lam. 1. 98. izv. 454.* mladěn. *aus* dręgě *von* dręzga *silva, daneben* dręzьzě *vost.: für* dręzga *findet man auch* dręska, *daher* dręzьcě *men.-mih.; moždanŭ medulla impletus aus* mozgjanŭ

19

von mozgъ; izmъžditi *debilitare.* izmъždati *debilitari in* izmъždalъ
debilis: vergl. seite 77; zviždati *sibilare aus* zviždžati *von* zvizg:
daneben findet man zvizdati. *Vergl. lit.* žvingti, žvėgti, *daher viel-
leicht* zvig. zvizg. zvizd. svist; *nsl.* draždžiti *im osten, wofür sonst*
dražiti, *irritare, č.* draždti, *beruht auf* drazg-: *p.* dražnić, *r.* draz-
nitь; dręždьnъ *silvae lam. 1. 98. aus* dręždžьnъ *von* dręzga. *Nach
z hat sich, wie aus den angeführten formen erhellt, das ältere* dz
für z erhalten: dręzdê *verhält sich zu* dręzdzê *wie* eleonьstê *zu*
eleonьscê. *Und wenn* iždivą *für* izživą *steht, so liegt dem* iždivą
die ältere form dživą (aind. ǵiv) *zu grunde: ursprünglich hiess es*
izdživą. *Die entstehung des* zg *ist nicht überall klar: man vergl.* pro-
brêzgъ *diluculum, č.* břesk *neben dem alten* zabřeždenie, *p.* obrza-
sknąć *mit* aind. bhrāǵ *glänzen, glühen.* bhraǵǵ *rösten; r.* ne brezgivatь
(pticamъ ne brezgivalъ *ryb. 1. 14.) contemnere: nach acad. bedeutet*
brezgatь *ohne ne dasselbe: aslov.* ne brêšti; obrêzgnąti *neben*
obrъzgnąti *acescere; nsl.* brêzg *in* brêždžati *schreien:* kaj tako brež-
džiš? *Unterkrain;* luzgati *mandere: aind.* ruǵ *zerbrechen;* mêzga
succus. nsl. mêzga. *č.* mízha, miza. *p.* miazga: *aind.* mih *aus* migh;
mozgъ *medulla: aind.* maǵǵā *aus* mazgā. abaktr. mazga. ahd. mark:
vergl. lit. smagenês *pl. lett.* smadzenes *und lit.* mazgoti *mit aind.*
maǵǵ *immergere;* mъzgъ, mьskъ *mulus, das mit aind. miš mischen
verglichen wird Fick 2. 635;* rozga *virga, collect.* roždije. rožčьje
mat. 13; zvizg *in* zviždati *sibilare: lit.* žvingti, žvėgti; *man vergl.
aslov.* ąglъ, *r.* ugolъ, *mit r.* uzgъ *angulus dial.; pol.* jaždž, jaszcz,
jazgarz *perca cernua. č.* ježdík *lautet lit.* ežgis *und* egžlis; *r.* morož-
žitь *nieseln stammt von* morozga, *das mit* morgatь *trübe werden
zusammenhängt; r.* meluzga: mêl. *Hieher ziehe ich auch* droždiję
pl. mladên. droštija *pl. faex, eig. trester, nsl.* droždže. *s.* drožda.
klr. drôždži, drôšči. *r.* droždi. *č.* droždi. *p.* droždže. *os.* droždže.
ns. droždžoje: *stamm* drozg *in der form* trosk *im nsl.* troska,
troskje *bei Linde für* trošče. *nhd.* trester. *ags.* dărste. *pr.* dragios.
lit. drage *Bezzenberger. In r. quellen liest man* rožčьje *und* vъžčę-
dahъ sę *mat. 13.*

     zg *und* sk *wechseln miteinander in einigen worten: vergl.* blъstêti
mit lit. blizgêti: zg *ist das ursprüngliche: aind.* bhrāǵ *fulgere;* obrêzg-
nąti *acescere mit p.* obrzask; mъzgъ *und* mьskъ; trêska *und č.*
třiska *neben* dřizha, *worin alle consonanten tönend geworden sind;*
vrêsk *in* vrêštati *und r.* verezglivyj *usw.*

     10. In einigen fällen geht s *in* z *über:* črêzъ *neben dem älteren*
črêsъ. *Hieher gehört vielleicht auch* zъdъ *neben* sъdъ *murus, eig.*

quod conditum est: sъdê. zdati. zъdati *usw.: vergl. chorv.* zišit con-
sutus. zi svojum vojskum *usw. hung. serb.* zad, zid.

11. *Der griechischen gruppe* σμ *steht aslov.* zm *gegenüber gemäss
der aussprache der späteren Griechen:* glikizmo γλυκισμός. hrizma
μύρον, *eig.* χρῖσμα, *nic. hom.-mih.* kuz'ni *für* κόσμια *prol.-rad.* matizmъ
ἱματισμός *zogr.* orizmo ὁρισμός *gram.* 22. pizma *odium* πεῖσμα. pizma-
torъ *inimicus.* prozmonarъ. zmaragdъ, izmaragdъ σμάραγδος. zmila-
kija σμῖλαξ. zmirъna σμύρνα *bon.* zmjurna *lavr.-op.* 46. zmгъna
cloz. I. 888. 889. zmy̆rъna *sup.* zmy̆rno *assem.* zmy̆r'no *ostrom.*
zmъrno *zogr.* izmirna *men.-mih.* ozmureno vino *assem. Die ver-
einzelt vorkommende schreibung* ζμικρός, ζμέρδειν *spricht für die tönende
natur des s in der gruppe* σμ *schon im agriech. Leo Meyer 1.* 197.

F. Die č-consonanten.

1. Š *ist der laut, den Brücke durch [sχ] ausdrückt; tönt die
stimme mit, so entsteht der laut* ž: *[zy];* č *ist tš* 81—84. j *wird
von Brücke durch* y¹ *bezeichnet. Die namen dieser buchstaben sind*
čгъvъ. živête. ša: *das unter den massgebenden denkmählern nur im
glag.-kiov. vorkommende* šč *heisst* šča.

2. *Nach* č, ž, š *geht die praejotation regelmässig verloren:* mǫčǫ,
tǫžǫ, strašǫ; mǫčaahъ, tǫžaahъ, strašaahъ; mačenъ, tǫženъ, stra-
šenъ *aus* mačją, tǫžją, strašją *usw. von* mǫči, tǫži, straši, *verba
denominativa von* mǫka, tǫga, strahъ. *Unrichtig ist es* blaženъ
beatus von blagъ-enъ *abzuleiten.* istačati *effundere entsteht aus* -tačjati
von -toči; umnožati *multiplicare aus* -množjati *von* -množi, *während*
umnožati *multiplicari dem* bogatêti *gegenübersteht. Neben* istačati
ist istakati *in derselben iterativen bedeutung gebräuchlich:* istakati
stammt wie istačati *von* istoči: *der unterschied beruht darin, dass
das erstere sein* i *eingebüsst, das letztere bewahrt hat; wie* istakati
ist auch polagati *ponere aus* položiti *zu deuten: so besteht auch*
prilogъ *emplastrum neben* vračь *medicus von* priloži *und* vrači,
zaloga *pignus neben* oblača *vestitus von* založi *und* oblači. *Wer*
istakati *als ein denominativum ansieht und auf* tokъ *zurückführen
will, bedenkt nicht, dass* istakati *dann perfectiv sein müsste.* pri-
ključaj *casus aus* priključi *steht formen wie* brъzêja *gegenüber 2.
seite 82.*

Die praejotation nach č, ž, š *ist jedoch namentlich in den
ältesten quellen vor allem dann nicht selten, wenn ein u folgt: hier
wird auch auf* št *und* žд *rücksicht genommen.* čjueši. čjuete. čjusta.
čjulъ. čjuždaahǫ sę. čjudesa. žjupгъ. o šjują. šjuica. sjumъ. byvъšju.

hodęštju. hotęštju. ishodęštju. mrъkъěju. priključъěju sę. sědęštju.
sъzъdavъěju. vъzležęštju. ziždąštju. meždju *usw.* *zogr.* čjuęši *cloz.*
1. 667. čjuěše *2. 41.* nečjuvъstvьe *2. 113.* čjudesa *1. 205. 304.*
631. 811. 833. 880; 2. *121.* čjudesъ *1. 253. 614.* čjudesemъ *1.*
743. tęžju *1. 145.* ašjutъ *1. 6. 539.* byvъěju *1. 127. 756. 935.*
otъrekъěju *1. 129.* otъvrъzъěju sę *1. 595.* prodavъěju *1. 394.*
vъskrъsъějumu *1. 731.* meždju *assem.* čjuęši. čjuetъ. čju. čjuste.
čjudesъ. čjudotvorcju. čjudite sę. čjuždaahą sę. mąžju. šjuica.
slyšavъějuju. šedъějuju. vъsiěvъěju *assem.* šjuma. šjuica. byvъěju
sav.-kn. 14. 56. 58. šjumęštju. bolъěju. rekъěju *greg.-naz.* čjuvъnъ. na
čjuv'němь mori. čjudesa *mladên.* čjudo. vračjujutь. prijemъěju.
byvъěju *hom.-mih.* vlačjuštago *triod.-mih.: pannon.* vlačęštago. čjudo-
tvorьcь. pritčju. byvъěju. roždъěju *krmč.-mih.* očjutěše ἥσθετο: *pannon.*
očjuštaaše *sentiebat.* čjudesemь *prol.-rad.* plačjušti se. dušju. slyšju.
vъlězъěju *nic.* šjumenь. ašjutъ *lam. 1. 94. 98.* čjudesy. krilu ptičju.
žjukovinu. tęžju. dušju *tichonr. 1. 63. 154. 257.;* 2. *16. 280.*
žьnčjugomъ. rěžjutь. mižjušče *izv. 618. 667. 692. Man füge hinzu*
čêsъ *zogr.* učję *cloz.* 2. *45.* pritъčją. člověčję. lobъěją. položją.
ištją *usw. assem. Die praejotation nach č, ž, š und nach št, žd ist*
schwer zu erklären, und wenn die bildung der genannten laute aus
kj, gj *usw. nicht so fest begründet wäre, wären formen wie* čjuęši,
hotęštju, hodęštju *geeignet die ganze theorie zu erschüttern. Man*
muss annehmen, aus kju *sei zuerst* tšu, ču *und aus* ču *durch para-*
sitisches j *erst* čju *entstanden. Über das parasitische* j *vergl. J. Schmidt,*
Beiträge 6. 129.

3. *Dass* žr, žl *häufig durch einschub des* e *getrennt werden, woher*
žeravъ, železo, *ist seite 19. gesagt. Im s.* ždrknuti *deglutire ist* d
eingeschaltet wie oft zwischen z *und* r. *Vergl. seite 278.*

4. ѣьs *geht in s über, daher* poslustvo *für* poslušьstvo *Sreznev-*
skij, Drevnie slav. pamj. jus. pisьma 317. Ähnlich wird klr. ždьs
in z *verwandelt:* rôzdvo, *aslov.* roždьstvo *neben* rozъstvo, *das wahr-*
scheinlich rostvo *gelautet hat.* dъět *scheint durch* st *ersetzt zu werden:*
pastorъka *aus* padъěterъka: *aus* pąstorъka *ist* pastorъkъ *entstanden.*

5. A. *Der consonant* j *hat weder im glagolitischen noch im kyril-*
lischen alphabete ein eigenes zeichen: im letzteren haben die verbindungen
ja. je. ju. ję *und* ją *eigene, combinierte buchstaben, von denen im*
glagolitischen alphabete je *fehlt, während* ja *mit* ê *durch dasselbe*
zeichen ausgedrückt wird. ji *fehlt beiden alphabeten: zwischen dem*
sg. loc., pl. nom. instr. kraji *und dem sg. nom.* kraj *unterscheidet*
die schrift in den älteren denkmählern nicht: erst in späten quellen

finden wir krai, крⱐн *für* kraji *und* kraĩ, крⱐй *für* kraj. *Dass*
lučii *in* ne bi lučii bylъ *einsilbig war*, lučij, *ergibt sich daraus,
dass dafür auch* luči *geschrieben wird. Ob* ladiica *zogr. zwei- oder
dreisilbig war, lässt sich nicht bestimmen: dass es ursprünglich*
ladijica *lautete, ist unzweifelhaft. Dieser mangel des einen wie des
anderen alphabetes beruht darauf, dass beiden das griechische alphabet
zum vorbilde gedient hat, dem der buchstabe* j *fehlt, wie der sprache
der laut unbekannt ist.*

*Einige schreibungen zeigen jedoch, dass die schreiber den mangel
eines* j *fühlten und demselben abzuhelfen strebten:* buii, *d. i.* buji
greg.-naz. *200, wofür sonst* bui; otъ suiihъ *act. 14. 15 bei vost.,
d. i.* otъ sujihъ, *sonst* suihъ *geschrieben;* prileži iemъ *ev.-mih. b. und
das nach meiner ansicht unrichtige* iide mariencod. *Sreznevskij, Drevnie
glag. pam. 110. für* ideže *ostrom. Hieher gehören auch die schreibungen*
rѣсти rѣдєннⱑ своѥⰽ *usw. vergl. seite 54.*

*B. Man kann zwischen praejotierten und postjotierten vocalen
unterscheiden. Im letzteren falle ist* j *stets ein consonant:* krai, *d. i.*
kraj; *im ersteren falle ist* j *im anlaute so wie im inlaute nach
vocalen gleichfalls ein consonant:* jama. kraja; prięti, vêru·ęi *ostrom.
für* prijęti, vêrujęi; *dasselbe was in* kraja, *tritt nach* č, ž, š *und
nach* št, žd *ein:* čjuti, чютн; *auch nach* s *mag* j *als consonant gelten:*
vъsją *usw. Nach r. l.* n *hat jedoch die praejotation die bestimmung
die erweichung der genannten consonanten anzuzeigen:* cêsarju. učitelja. konjemъ, *d. i.* cêsaru. učitelu. konemъ. *Weiches* n *vor* i *wie
in* ñiva *kann nur durch das erweichungszeichen ausgedrückt werden.*
r *hat früh die erweichung einzubüssen angefangen, daher* moru *neben*
morju. rje *ist ziemlich selten:* o gorje tebê *hom.-mih. 14.* morje
prol.-rad. *109.* borjete *šiš. 190:* nsl. morje, cesarja *hat kein er-
weichtes* r, *die verbindung* rj *beruht jedoch auf einem solchen: anders
s.* mora. česara.

*C. Dass in gar vielen füllen die praejotation vernachlässigt wird,
geht aus dem über weiches r. l.* n *gesagten hervor:* glagolę. molą
sę. volą cloz. *für* glagolję. molją sę. volją *vergl. seite 205. 208. In
den glagolitischen quellen stehen manchmahl praejotierte vocale für
unpraejotierte:* desjęte marc. *10. 32.-zogr. Häufig in dem jüngeren,
wahrscheinlich bulgarischen, teile* ją *für* ą: bjądeši. bjądjątъ. desnja.
desnjąą devętją. otidją. mjažъakъ. mogjai. pristjapъ. obrêtją.
rjącê. sjątъ *neben* sątъ. ženją *mulierem. Im assem* ję *für* ę: grjędą.
knjęzъ. ležęštję. načjęsę. otročję. pjętъ. vъspjętъ. raspjęti. raspjęsę
neben гаврⱑсę. rêžję. sję. sjędi. *Im ochrid.* priložišję. sję. vêrovašję.

In den prager fragmenten: sję. Im sup. kьnjęzu 160. 1. rěšję 99. 22. sję 8. 23; 99. 22. tję 76. 25. protjęgъše 75. 21: mję 176. 19. ist ein druckfehler für mę. Mit ją für ą vergleiche man livrju λίτραν io. 12. 3. rjuky χειρός io. 10. 39. nic. je für e in den nachstehenden worten schreibe ich dem einflusse des russ. zu: dostanjetь ostrom. otъkrъvjenъ ἄστεγος antch.; ebenso umrjetь šiš. 56. 229. koljesnicami, peljeny prol.-rad. und počjetanьje izv. 426. für dostanetь. otъkrъvenъ usw.

D. Anlautendes e ist den slavischen sprachen fast ganz fremd; dasselbe gilt von dem inlautenden nach vocalen: daher jepiskupь. jeterь krmč.-mih. jedemьle tichonr. 1. 94. für jedemle. 'eda, d. i. jeda ostrom. veselije. e steht für je notwendig in den glag. quellen, sonst neben je häufig: eterъ bon. etъ ἐπλασεν io. 8. 20.-zogr. für jętъ. Wenn gegen praejotiertes e im anlaute das lit. in worten wie elnis, eževas, ežis angeführt wird, so folgt daraus allerdings, dass jelenь, jezero, ježь auf unpraejotierten formen beruhen, es folgt jedoch daraus nicht, dass die Slovenen Pannoniens im neunten jahrhundert elenь, ezero, ežь gesprochen hätten. Aus agnecь cloz. I. 850. neben êgnьcь 324. 325. folgt, dass das wort jagnьcь lautete; und wenn der zogr. avê. avili, sav.-kn. agoda 19. ajca 54. bietet, so werden wir dennoch javê. javili. jagoda. jajca als die wahre aussprache ansehen; auch werden wir dêjanij sprechen trotz dêanij cloz. I. 64. jako trotz ako; ebenso halte ich ju iam. juha iusculum für die wahre aussprache trotz der manchmahl vorkommenden schreibung u. uha.

E. j ist entweder ursprąchlich oder auf slavischem boden entstanden: jenes tritt ein in jego. jemu. jemь. jeterъ. jelikъ. jakъ. j in dobrъj, ДОБРЪН; dobryj, ДОБРЪIИ usw.: aind. ja. jadą vehor: aind. jā. jarъ: nsl. jar veris: abaktr. jāre. pojasъ cingulum: abaktr. jāh. junъ iuvenis: aind. juvan. abaktr. javan. juha iusculum: aind. jūša. jętry fratria: aind. jātar. Auf slavischem boden entstanden sind zahlreiche j, die teils im anlaut stehen, teils zwischen vocalen eingeschaltet sind: a) javê manifesto: aind. āvis. jamь edo: aind. ad. jętro iecur: aind. antra. jesmь sum: aind. as. jesenь f. auctumnus: pr. assanis. got. asani- f. usw. b) -ьje, -ije ist aind. ia: gostьj, gostij pl. g. entsteht aus gostь-j-ъ. dêješi, biješi aus dê-e-ši usw. Manche von diesen j sind dem urslavischen abzusprechen: hieher gehört jad, wie aus obêdъ, medvêdь hervorgeht; ferner jęti, wie rąkojętь neben rąkovetь zeigt: man vergleiche obęti, otęti. jagnę agnus, wovon obagniti sę usw.; doch ist dies nicht für alle worte *zweifellos.* j *in* językъ *lingua steht wahrscheinlich für* l: językъ: *vergl. armen. lezu: w.* ligh (lih), *rih (righ). lat.* lingo. *Dunkel ist* j *in dem mit* na *zusammenhangenden* naj *in* najvęšte, *wofür nsl. im osten* naj, *im westen* nar, *das auf* naže *führt, im ap.* na *besteht. Man merke* dunaj, dunavъ *danubius.*

F. Der consonant j *bewirkt zahlreiche veränderungen im vocalismus und im consonantismus.* jo *geht in* je *über seite 17. 195.* jŭ *wird durch* ъ, ju *durch* i *ersetzt seite 80. 83: diese assimilationen beruhen auf der verwandtschaft des* j *mit dem vocale* i. *Die lautverbindung* ъj *geht durch dehnung des* ъ *zu* i *in* ij *über:* imênije *aus* imênъje. velij *aus* velъj; *ebenso wird vor* j *ъ zu* y *gedehnt:* dobryj *aus* dobrъj. *Die dehnung kann in beiden fällen unterlassen werden seite 122. 145. 186.* rja. lja. nja *werden zu* ŕa. ľa. ńa *seite 204.* tja, dja *werden in* šta. žda *verwandelt seite 215.* pja. bja. vja. mja *werden durch* plja. blja. vlja. mlja *verdrängt seite 228.* zja. sja *weichen dem* ža. ša *seite 277.* stja, zdja *werden* šta, žda *seite 283. usw.*

Zweites capitel.

Den consonanten gemeinsame bestimmungen.

A. Assimilation.

Die assimilation von consonanten besteht darin, dass ein consonant dem andern irgendwie näher gebracht wird: massgebend ist regelmässig der zweite consonant. Das zusammentreffen ist meist durch den ausfall eines vocals bedingt. a) Ist der zweite consonant tönend, so wird es der erste gleichfalls; ebenso umgekehrt: α) gdunja *neben* kidonije κυδώνιον μῆλον. izba *aus und neben* istъba. β) opšteno- živъсь *aus* obъšteno-. lekkyj *aus* lьgъkyj. oblekъčiti *aus* oblъgъčiti. iscêliti *aus* izcêliti. *Man merke nsl.* jispa *neben* izba. *b) einen fall der assimilation erblicke ich auch in dem übergange von* kji *in* tji, *von* gji *in* dji *usw.:* raci, d. i. ratsi, *aus* ratji, ratzi. bozi, *ursprünglich* bodzi, *aus* bodji *usw. Vergl. seite 256. c) ein c-laut geht vor einem č-laut in den letzteren über:* beštęda *beruht auf* beštšęda *und dieses auf* bezčęda *seite 284.*

B. Einschaltung und vorsetzung von consonanten.

A. Eingeschaltet werden consonanten a) zur vermeidung des hiatus: n: vъnęti *aus* vъ ęti *seite 189. 212.* v: rąkovętъ *aus* rąkoętъ.

j : dějati *aus* děati *seite 187 : über* g, g̑ : eÿga eÿa, lewgijǫ λεϋίν *seite 188.*
b) l zwischen den p-*consonanten und den praejotirten vocalen :* kupljenъ *aus* kupjenъ, kupьjenъ, kupijenъ *seite 228. Die einschaltung des* l *findet statt, weil die* p-*consonanten im* aslov. *der erweichung nicht fähig sind, daher* aslov. kupljenъ *neben* p. kupiony. *Der grund, dass sich aus* bijenъ, bьjenъ *kein* bljenъ *entwickelt hat, liegt in der festigkeit des* i, *das zwar zu* ь *geschwächt, jedoch nicht vollends verdrängt wurde. Aus dem gleichen grunde ist im* aslov. *aus* vъpijǫ, vъpьjǫ *kein* vъpljǫ *geworden, das erst im* r. voplju *vorkömmt. c)* t, d *zwischen* s, z *und* r : pьstrъ *aus* pьsrъ. izdrǫky *aus iz* rǫky *seite 278. 281. B. Vorgesetzt werden consonanten meist um bestimmte vocale aus dem anlaut zu verdrängen. Die vorsetzung ist mit ausnahme des* j *vor* e *keine notwendige.* j : jepiskupъ ἐπίσκοπος *seite 7. 198.* v : vęzati *aus* ęzati *seite 234.* n : nadra *aus* njadra *seite 213.* g : gǫsěnica *aus und neben* vǫsěnica, ǫsěnica *eruca: vergl.* eÿga. lewgijǫ.

C. Aus- und abfall von consonanten.

a) Ausfall von consonanten.

r *fällt aus in* bratъ *aus und neben* bratrъ, *das auf einem älteren* brātra *beruht; in* dǫbъ *und in* zǫbъ *seite 225. 234.* t *und* d *fallen meist aus vor* l, *vor* n, *vor* m, *vor* h *und* s : plelъ *aus* pletlъ. sělъ *aus* sědlъ. svьnǫti, -bьnǫti *aus* svьtnǫti, bьdnǫti. damь *aus* dadmь. obrěhъ, pověhъ *aus* obrětхъ, povedhъ. iětisę, probasę *aus* iětьtsę, probodsę *usw. seite 225. 226. 227. Es schwindet ferner* d *vor* z *und vor* ž : bozi *aus* bodzi; bože *aus* bodže *seite 251. 255.* ze *aus* dze, dje *für das regelmässige* žde *seite 219. Dasselbe geschieht im* nsl. žeja *aus* žedja, aslov. žežda. p *fällt aus vor* n, *vor* t, *vor* s : kanǫti, sъnъ *aus* kapnǫti, sъpnъ. pročrěti *aus* počrti, počerpti. osa *aus* opsa. slězena *entsteht aus* splězena *seite 233.* b *schwindet vor* n, *vor* t, *vor* s : gъnǫti *aus* gъbnǫti. greti *aus* grebti. osoba: *vergl.* lit. absaba *seite 233.* v *entfällt nach* b : obetъšati *aus* obvetъšati *seite 234.* s *entfällt im anlaut:* věd *aus und neben* svěd *seite 236. Die gruppe* sc, *d. i.* sts *und* šč, *d. i.* štš, *kann im* aslov. *auf mehrfache weise erleichtert werden: neben* iscěliti *besteht* icěliti, *d. i.* i(s)tsěliti; istěliti, *d. i.* ist(s)ěliti; *selten ist* isěliti, *d. i.* is(t)-sěliti. *Aus* beščьsti, *d. i.* beštьsti, *entsteht* bečьsti, *d. i.* be(š)tьsti ; běštьsti, *d. i.* bešt(š)ьsti *seite 284.*

b) Abfall auslautender consonanten.

Das gesetz der vertilgung der ursprünglichen endconsonanten im slavischen ist zuerst von Bopp ausgesprochen worden. Vergl. grammatik I. 113. 154. Es trifft 1. t: vlъka *sg. gen., aind. -āt.* vedi, *aind. -ēt aus -ait.* bądą ἴστωσαν *2. seite 70. und oben seite 102.* vede *duxit, aind. -at.* telę *aus* telęt, *sg. gen.* telęte. bery, byję *für* berą, biją *aus* -ąt, *aind. -ant, sg. gen. m. n.* berąšta, bijąšta *aus* berątja, bijątja. to, *aind. tat. Dagegen* vedetъ *ducit, aind. -ati. Nach dem verstummen des* ъ *der 3. sg. praes. konnte auch das* t *abfallen:* besěduje *sup. 285. 23.* blědêje *121. 24.* byvaje *246. 17.* igraje *176. 27.* ishaždaje *303. 5.* podobaje *276. 22.* porêje *323. 11.* bąde *26. 6.* drъzne *435. 9.* otъmešte *115. 10.* povine *386. 6.* въсąde *299. 16.* hъête *117. 1; 128. 22.* sêdi *389. 26.* są *28. 1; 105. 7; 388. 3; 410. 15 usw.; in e 385. 29. cloz. I. 82. assem.* je *sup. 84. 20. sind beide consonanten abgefallen:* jestъ. *Aus dem praes. stammt das* tъ *des aor. und des impf.:* ubitъ. prijętъ. umrêtъ. êstъ *comedit.* bystъ. dastъ; možaašetъ. vъprašahutъ *šiš.* (vъprašahątъ) *3. seite 68.*

2. в: synъ, *aind. sūnus;* synu *sg. gen., aind. sūnōs.* synove *pl. nom., aind. sūnavas.* synъmi *pl. instr., aind. sūnubhis.* vedi, *aind. -es aus -ais.* vede *duxisti, aind. -as. So ist auch* *nebe, *wofür* nebo, *sg. gen.* nebese, *aus* nebes *entstanden vergl. seite 73: für* nebe *spricht nsl.* olé, olésa; *ferners* č. nebe, nebese *und ap.* niebie, *pl.* niebiosa, *so wie os. ns.* ńebjo: *č. sg. gen.* nebe, *p.* niebia, *os. ns.* ńebja *so wie das* č. *dialekt.* nebjo *erklären sich durch den übertritt des thema unter die* o(a)-*themen 3. seite 359. 431.* в *ist auch im comparat.* dobrêje *abgefallen 2. seite 322; ebenso im partic.* hvalъ *und* hvalivъ *neben dem sg. gen. m. n.* hvalъša, hvalivъša *2. seite 328: die formen* hvaľij, hvalivyj *zeigen, dass sie durch zusammenrückung entstanden sind. Die personalendung der 1. pl.* mъ *wird auf mas zurückgeführt, zu dem* me *stimmt. Daneben kömmt* mo *und* my *vor, formen, von denen die letztere mit dem pronomen* my *identisch sein dürfte seite 15.*

3. r: dъšti, *mati aus* dъšter, *mater durch die mittelstufe* dъštê, matê: *vergl. seite 120. Aus* bratrъ, *das auf älterem* brātra *beruht, entsteht* bratъ.

v *fällt nicht ab, denn* svekry *beruht nicht auf* sverkrъvъ, *sondern auf einer auf* ū *auslautenden form, die dem sg. gen. usw. zu grunde liegt:* svekrъvъ *verhält sich zu* svašrū *wie* brъvъ *zu* bhrū.

4. m *fällt nach kurzen vocalen und nach* i *ab, daher nach* e: matere *sg. acc., aind. -ram: vergl. seite 14; nach* ъ *aus* ă: azъ,

aind. aham; vlъkъ, *aind. -am; ebenso* berąstъ, hvalьěь, dobrějьь
aus -tjam, -sjam, und vedъ, vêsъ, vêhъ, vedohъ *duxi und* vedêahъ
ducebam. Nach ъ *aus* ŭ: synъ, *aind. -ŭm; nach* ь *aus* ĭ: gostь,
kostь, *aind. -im, und nach i für* ь *(nach seite 110) s.* kosti *sg. instr.
aus* kostim *wie* rybą *aus* rybām: *neben* kosti *ist ein jüngeres* kostim
nachweisbar, dessen m *älteres* mь *ist.* kostiją *ist durch* ryboją *hervor-
gerufen. Für* kosti *aus* kostiją *lassen sich vielleicht lit. formen
anführen Archiv 3. 287. Was den aor.* bimь, bimъ *anlangt, so
trenne ich es wegen seines von den massgebenden quellen festgehal-
tenen i und wegen seiner syntaktischen bedeutung, worüber 3. seite 81,
von* byhъ, *glaube jedoch nach abermahliger prüfung des gegenstandes,
dass dessen* mь, *mъ dem praes. entlehnt ist. ăm geht in ą über,
daher sg. acc.* rybą. *Auch das* ą *des sg. instr.* rybą, *wofür auch
das auf ein thema -oja weisende* ryboją, *beruht zunächst auf -ăm;
ebenso die sg. instr.* mьnoją, toboją, soboją, *in den lebenden sprachen
auch* mьną, tobą, sobą *von einem thema* mьna *usw., woher auch
mьnê usw. Dasselbe gilt vom* ą *der 1. sg. praes.:* vezą, *zunächst aus
vezăm: ă von ăm ist aa (a₂), nicht ăa seite 101. 183. vezăm
hat nach Brugman (Osthoff und Brugman, Untersuchungen 1. 13) sein
m von den tempora mit secundärer personalendung bezogen. Dem
gesagten zu folge wird ăm zu ą und zwar durch on, woraus õ, d. i.
ą. Im inlaute ist aus am zunächst on und daraus erst ą entstanden:
dąti aus damti, domti, donti; ebenso ęti aus emti, enti. Wenn trotz
rybą und* vezą *aus -ăm dieses in ъ übergeht, so muss verkürzung des
ă zu a angenommen werden:* vlъkъ *luporum,* rybъ *piscium aus -ăm,
-am, wie* vedъ *aus -am. Anders Leskien, Die decl. usw. 84. Die
pl. gen.* nasъ, vasъ *scheinen ebenso erklärt werden zu können: na-s-ăm
wie tŏ-š-ăm vergl. seite 79.* ma *des dual. dat. instr.* vlъkoma, rybama
*beruht auf măm, dessen end-m vor der speciellen entwickelung des
slav. abgefallen sein wird. Den aind. sg. acc. măm, tvăm, svăm ent-
sprechen pr. mien, tien, sien, aslov.* mę, tę, sę, *dafür aind. măm,
tvăm: als mittelform zwischen* mę *und măm nimmt man mên an,
das sich vom aind. durch den helleren vocal unterscheide. Oben ward
angenommen, ъ in* vlъkъ *lupum entstehe aus am: den übergang bildet
eine form* vlъkom *vergl. seite 76. Ehedem war ich geneigt, eine
mittelform* ą *anzunehmen, gestützt auf* są *aus sam (seite 78) und
auf die regelmässige schwächung des* ą *zu* ъ *im bulg., erscheinun-
gen, denen ich nun den lit. pl. gen.* ponuñ, ponung, *Kurschat 149,
hinzufügen möchte, der einem aslov.* *pąsę *(daraus* *pąnъ) ent-
spräche.*

5. *Ursprüngliches* n *mit oder ohne folgenden consonant wird verschieden behandelt:* mъ *des pl. dat. wird auf ein ursprüngliches* mans, *das preuss. vorkömmt, zurückgeführt: als mittelformen werden* muns, mus *angenommen. Das* i *des pl. acc. der* i-*declination beruht auf* ins: tri, *lit.* trins *neben* tris *Archiv 3. 295. Eben so sind zu deuten* gosti. kosti; *analog* syny, *dessen* y *auf ursprünglichem* uns, aind. ün, *beruht. In diesen fällen hat sich kein nasal entwickelt: dass* mans *kein* mъ *ergeben hat, ist bei dem positione langen* a *befremdend; in den beiden anderen fällen fehlt der nasale vocal wegen des* i *und* u. *Dass beide gedehnt sind, darf aus* ns *erklärt werden vergl. seite 122. In allen übrigen fällen resultiert aus vocal und* n *mit oder ohne folgenden vocal ein nasaler vocal: welcher? dies ergibt sich entweder aus dem helleren oder dunkleren klang des* a (a₁, a₂), *denn nur von diesem vocale kann die rede sein, oder daraus, ob auslautendes* ą *erhalten oder zu* ę *geschwächt wird.*

ę *entsteht* A) *aus dem helleren klange des* a, e: ę *entspringt aus* an, en: korę *aus* koren, *sg. g.* korene: *hier zeigt sich die verschiedene behandlung von ursprünglichem* em *und* en: matere, korę; *eben so* bremę *aus* brêmen. ę *entsteht ferner aus* ant, ent: otročę *aus* otročent, *sg. gen.* otročęte. vêsę, vêšę, vedošę *duxerunt aus* vêsent, vêhent, vedohent; *ebenso* bêšę *aus* bêhent. *Dagegen entspringt* ą *aus* ant, ont: vedą *duxerunt.* vedêahą *ducebant. Jung ist* b. dadohъ *dederunt aus* -hą. *Die differenz zwischen dem* ent *des zusammengesetzten aor. und dem* ont *des impf. und des einfachen aor. ist sicher nicht alt: ob darin mit recht ein streben nach differenzierung des aor. und des impf. erblickt wird, ist sehr zweifelhaft.* pletątъ *plectunt ist aus* pletontъ *vollkommen erklärbar: in* hvalętъ *laudant ist eine aus* hvalintъ *entstandene form* hvalentъ *anzunehmen. Andere sind geneigt ein* hvaljątъ *vorauszusetzen und meinen,* ją *habe sich zu* ę *zusammengezogen, ehe noch das gesetz der erweichung bei den consonanten geltung erlangt hatte: so wollen dieselben auch* vêdętъ, jadętъ, dądętъ *erklären, indem sie sich auf* vêždь *usw. berufen; auch die 3. pl.* hotętъ *neben der 1. sg.* hoštą *wird so gedeutet: was dieser lehre entgegensteht, ist die unnachweisbarkeit der zusammenziehung des* ją *zu* ę. *Das suffix* men *ergibt* my *(aus einstigem* mą) *und* mę: kamy *aus* kamą, kamąₙ: *lit.* akmů, akmü *neben* akmun; *dagegen* brêmę *aus* brêmen. kamą *kann allerdings auf* -mans *beruhen, allein der endconsonant übt auf den vocal keinerlei einfluss, wie* vêsę *aus* vesent *zeigt. Bei* kamy *muss eine bei* brêmę *nicht eintretende verdumpfung des ursprünglichen* a-*lautes in der end-*

mir *K. Müllenhoff's Abhandlung:* ,*Zur geschichte des auslautes im altslovenischen',* Monatsberichte der *k. Akademie der Wissenschaften in Berlin, Mai 1878, veranlassung geboten hat. Was ich hier lehre, weicht teilweise von dem ab, was im buche über denselben gegenstand an mehreren stellen, vorzüglich seite 44. 101, dargelegt wird. Wenn ich auch weit entfernt bin von der meinung das rätsel gelöst zu haben, so hege ich doch die hoffnung, die arbeit werde einiges dazu beitragen, dass ein anderer dem geheimnisse näher tritt: diese hoffnung ist ja doch die einzige befriedigung, die dergleichen arbeiten gewähren können. Die neueren arbeiten, die diesen gegenstand oder einzelne punkte desselben behandeln, sind ausser der erwähnten schrift K. Müllenhoff's folgende: A. Ludwig, Über einige nasale formen im altslovenischen. Sitzungsberichte der königlich böhm. gesellschaft der wissenschaften. Prag 1874. 169. A. Leskien, Die declination usw. Leipzig 1876. A. Brückner, Zur lehre von den sprachlichen neubildungen im litauischen. Archiv 1878. III. 233.*

D. Verhältniss der tönenden consonanten zu den tonlosen.

Die tönenden consonanten im auslaute, d. h. nach ъ, ь, werden tonlos: gradъ *lautet* gratъ; *daher auch* zvêstъ *stellarum* bon. *Ausserdem ist zu bemerken, dass nach einer regel des späteren griechisch in entlehnten worten* t *und* k *nach* n *tönend werden:* lendij λέντιον. janьgura ἄγκυρα *seite 212. Einige, teilweise zweifelhafte, fälle des wechsels von* t *und* d *bietet seite 224. In einigen worten sinken alle consonanten zu tönenden herab:* trêska, *das* klr. triska *und* droska *splitter,* č. třiska *und* dřizha *span, lautet usw. Man vergleiche lit.* šiurkštus *und* šiurgzdus *rauh Kurschat 225. Dem lat.* scabies, *it.* scabbia, *entspricht rumun.* zgaibę, *alb.* sgjebe (zgjebe) *neben* skjebe *A. de Cihac, Dictionnaire 254.*

E. Metathese von consonanten.

Der wichtigste fall der metathese von consonanten tritt bei den gruppen tert *und* tort *ein:* brêgъ *aus* bergъ. mlêti *aus* melti *seite 31.* brada *aus* borda. mladъ *aus* molodъ *seite 85. Wenn aus* berzъ *und* velkъ - brъzъ *und* vlъkъ *entsteht, so ist keine metathese, sondern ausfall des* e *eingetreten seite 29. In den späteren quellen findet man* dъvrьnъ *für* dvьrьnъ. sьvtêti *für* svьtêti. pomьžariti: *w.* mьg *usw.*

Lautlehre der neuslovenischen sprache.

ERSTER TEIL.

Vocalismus.

Erstes capitel.

Die einzelnen vocale.

A. Die a-vocale.

I. Erste stufe.

1. A) Ungeschwächtes e.

1. e *ist regelmässig aslov.* e: bedro. berem. beseda. ocerjanje *sanna habd.:* sker. česati, čehati *decerpere;* češelj *aus* čeh- *bel.* čep: počenoti *conquiniscere;* čepêti *usw.*

2. e *und* a *treten in vielen fällen für* ъ, ь *ein, jenes ist in manchen formen im osten, dieses im westen bevorzugt; andere haben stets* e: meh, mah, *aslov.* mъhъ; početek; den, dan, *aslov.* dьnь. grêšen *usw.*

3. *Im nsl. findet in bestimmten consonantengruppen einschaltung eines* e, ъ *statt:* topel. rekel. dober. ogenj; igel, sester *pl. gen. von* igla. sestra; isker *prope habd.,* aslov. iskrъ. tadanek *praeceptum hg.* balizъn. basъn. prkazъn. sedъm. sъn *sum tom. Ähnlich ist* ze vsem, ze vsema. odegnati. izegnati. odebrati. odeslati. segrêti, segrêvati. zešlo (sunce je zešlo) *kroat.* zezvediti *neben* zvediti *erfahren.* ze sna e *somno hg.* zežgati. zebrati, zebere. zegniti. zezvati, zezavati. zeznati *usw.* smerêka *neben* smrêka: *daneben* bolêzan. misal *usw.*

silbe angenommen werden. Bulg. kámik *beruht auf* kamy, kámък *hingegen auf* *kamąkъ.

ę *resultiert B) aus der schwächung des auslautenden* ą. Hier *werden auch fälle behandelt, in denen* n *für* m *eintritt. Wenn aus* ant, ont *nach dem gesagten* ąt *entspringt, so kann das partic. praes. act. im sg. masc. und neutr. nur* grędą *iens lauten, wie es* hvalę *aus* hvalint, hvalent *lautet: das letztere gibt zu keiner erörterung veranlassung: sg. gen.* hvalęšta *usw. Was jedoch* grędą *anlangt, so erscheint das* ą *desselben nur in* grędąšta *sg. gen. m. n.,* grędąštę *f. usw.* grędą *wird durch* grędę *und* grędy *ersetzt und die vergleichung der casusformen zeigt, dass* ę *und* y *nur im auslaut auftreten, ein umstand, der die vermutung rechtfertigt,* ę *und* y *seien schwächungen des* ą, *hervorgerufen durch die stellung dieses vocals im auslaute.* grędę *ist die in alten denkmählern manchmahl auftauchende und den entsprechenden formen der lebenden slavischen sprachen zu grunde liegende form,* grędy *hingegen als aslov. regel anzusehen 3. seite 95.* ę *für* ą *erhält sich nur nach* j *usw., daher* biję, zъrję, straždę *usw. Die differenz von* grędy *und* biję *ist in dem* j *usw. gesucht worden,* ę *für* ą *stehe in folge des* j, *eine ansicht, welcher nicht nur das neben* grędy *vorkommende* grędę, *sondern vor allem die formen* bijąšta *usw., nicht* bijęšta *usw., entgegengesetzt werden darf. Die wirkung des* j *auf folgendes* o *ist jünger als die entstehung des der wirkung des* j *nicht unterliegenden* ą *aus* on. j *hat* ę *nicht hervorgerufen, wohl aber die schwächung des* ą *zu* y *gehindert. Manche haben zwar erkannt, dass die veränderung von* ą *in* ę *nicht einer erweichung zuzuschreiben ist: sie glauben jedoch die veränderung dem streben nach differenzierung zuschreiben zu sollen, da überall, wo man* ę *neben* y *finde, eine unbequeme zweideutigkeit die folge der erhaltung des* ą *gewesen wäre. Dass* ę *durch schwächung des* ą *entstanden, kann durch formen wie* blęd, *das zu* blądъ *gesteigert wird, seite 184, durch p.* ręka *und* rąk *wahrscheinlich gemacht werden, abgesehen von analogen erscheinungen im lit. und lett. Archiv 3. 261. 301. Was das nur im aslov. vertretene* grędy *anlangt, so wird wohl auch zugegeben werden, dass dessen* y *schwächer ist als* ą. *Die regel lautet demnach: das auslautende* ą *des partic. praes. act. wird nach* j *usw. im auslaut notwendig zu* ę, *ausserdem zu* ę *oder zu* y *geschwächt.*

Wenn wir nun formen finden, in denen nach j *usw. notwendig* ę, *sonst entweder* ę *oder* y *steht, so können wir mit einiger wahrscheinlichkeit diese formen auf solche zurückführen, die auf* ą *auslauteten. Hieher gehört a) der sg. gen. der* a-*stämme, in denen dem*

aslov. staję *nsl.* ribe *und aslov.* ryby *gegenüber stehen: dass in* ribe
e dem aslov. ę *entspricht, kann nicht bezweifelt werden.* Man kann
daher als urslavische form dušą, rybą *ansetzen und sich dabei darauf
berufen, dass* staję, ryby *ohne annahme der silbe am, an mit natura
oder positione langem a nicht erklärt werden können. Mir scheint der
aind. sg. loc. der ä-stämme zur grundlage der erklärung geeignet:*
staja, rybą *würden demnach auf* stajām, rybām *beruhen:* ām *ergibt
nach dem oben gesagten* ą: *es* des *lit.* manęs *ist bei seite zu lassen, es
würde* ryby *nicht erklären 3. seite 4. Leskien, Die declination usw. 123.
Wir haben nun* grędą: grędę: grędy - rybą: *nsl.* ribe (rybę): ryby
und biją: biję - staja: staję. *Was von* staję, *gilt auch von dem sg. gen.
f.* toję, *der von* toja *auf dieselbe weise abgeleitet wird wie* staję *von*
staja: *nsl. usw.* te *ist wie nsl.* ribe (rybę) *zu beurteilen. Für verfehlt
halte ich demnach die zusammenstellung von* toję *mit aind.* tasjām.
toję *ist vom nsl.* te (tę) *nicht zu trennen: beide sind nach der nomi-
nalen declination gebildet wie lit.* tos: *wenn gesagt wird, im fem.
erscheine* j *anstatt eines* s *aus* sj, *so ist dies ein irrtum. Vergl. meine
abhandlung: ,Über den ursprung einiger casus der pronominalen decli-
nation'. Sitzungsberichte band 78. Bezzenberger, Beiträge usw. 1. 68.*

b) *Der auslaut des pl. acc. der* ъ(a)-*stämme ist* ą: grędą:
grędę: grędy - rabą: *nsl.* robe (robę): raby *und* biją: biję - mążą:
mążę. *Das* ą *von* rabą *beruht auf ursprünglichem ans, woraus aind.
ān. Vergl. preuss. got. -ans:* vilkans. vulfans.

Was vom *pl. acc. der* ъ(a)-*stämme, gilt c) von dem gleichen casus
der a-stämme:* grędą: grędę: grędy - rybą: *nsl.* ribe (rybę): ryby
und biją: biję *wie* staję: staję. ą *entsteht aus* āns, *preuss.* ans *usw.
A. Leskien, Die declination usw. 105. Der pl. nom. der a-stämme
ist ein wirklicher pl. acc. Wie im slav., fallen auch im preuss. die
pl. acc. m. und f. vollständig zusammen.*

y *von* grędy *hat man dem vernehmen nach als nasaliert ange-
sehen und demnach ein zweifaches y angenommen: das nasalierte y soll
wie etwa rumun.* жн *in* мормжнт *gelautet haben. Diese annahme
ist nach meiner ansicht unbeweisbar.*

Anders *ist* kamy *neben* imę *zu erklären: vergl. seite 299.*

Es *würde noch erübrigen von dem comparativ und dem partic.
praet. act. I. zu sprechen, wenn diese formen wirklich einen nasalen
vocal enthielten. Schwierig ist die deutung der pl. acc.* ny, vy *und
des pl. nom.* my, vy *seite 164. 3. seite 45. Vergl. Müllenhoff 437.*

Was hier über *m und n vorgetragen wird, ist das resultat
einer neuen bearbeitung dieses schwierigen gegenstandes, zu welcher*

mir *K. Müllenhoff's Abhandlung: ‚Zur geschichte des auslautes im
altslovenischen', Monatsberichte der k. Akademie der Wissenschaften
in Berlin, Mai 1878, veranlassung geboten hat.* Was ich hier lehre,
weicht teilweise von dem ab, was im buche über denselben gegenstand
an mehreren stellen, vorzüglich seite 44. 101, dargelegt wird. Wenn ich
auch weit entfernt bin von der meinung das rätsel gelöst zu haben, so
hege ich doch die hoffnung, die arbeit werde einiges dazu beitragen, dass
ein anderer dem geheimnisse näher tritt: diese hoffnung ist ja doch
die einzige befriedigung, die dergleichen arbeiten gewähren können.
Die neueren arbeiten, die diesen gegenstand oder einzelne punkte
desselben behandeln, sind ausser der erwähnten schrift K. Müllen-
hoff's folgende: *A. Ludwig, Über einige nasale formen im alt-
slovenischen. Sitzungsberichte der königlich böhm. gesellschaft der
wissenschaften. Prag 1874. 169. A. Leskien, Die declination usw.
Leipzig 1876. A. Brückner, Zur lehre von den sprachlichen neu-
bildungen im litauischen. Archiv 1878. III. 233.*

D. Verhältniss der tönenden consonanten zu den tonlosen.

*Die tönenden consonanten im auslaute, d. h. nach ъ, ь, werden
tonlos:* gradъ *lautet* gratъ; *daher auch* zvêstъ *stellarum bon. Ausser-
dem ist zu bemerken, dass nach einer regel des späteren griechisch in
entlehnten worten t und k nach n tönend werden:* lendij λέντιον.
janъgura ἄγκυρα *seite* 212. *Einige, teilweise zweifelhafte, fälle des
wechsels von t und d bietet seite* 224. *In einigen worten sinken alle
consonanten zu tönenden herab:* trêska, *das klr.* triska *und* droska
splitter, č. třiska *und* dřizha *span, lautet usw. Man vergleiche lit.
šiurkštus und žiurgzdus rauh Kurschat* 225. *Dem lat. scabies, it.
scabbia, entspricht rumun.* zgaibę. *alb.* sgjebe (zgjebe) *neben* skjebe
A. de Cihac, Dictionnaire 254.

E. Metathese von consonanten.

*Der wichtigste fall der metathese von consonanten tritt bei den
gruppen* tert *und* tort *ein:* brêgъ *aus* bergъ. mlêti *aus* melti *seite 31.*
brada *aus* borda. mladъ *aus* molodъ *seite 85. Wenn aus* berzъ
und velkъ- brъzъ *und* vlъkъ *entsteht, so ist keine metathese, sondern
ausfall des e eingetreten seite 29. In den späteren quellen findet man*
dъvrьnъ *für* dvъrьnъ. sьvtêti *für* svьtêti. pomъžariti: *w.* mьg *usw.*

Lautlehre der neuslovenischen sprache.

ERSTER TEIL.

Vocalismus.

Erstes capitel.

Die einzelnen vocale.

A. Die a-vocale.

I. Erste stufe.

1. A) Ungeschwächtes e.

1. e *ist regelmässig aslov.* e: bedro. berem. besêda. ocerjanje *sanna habd.:* sker. česati, čehati *decerpere;* češelj *aus* čeh- *bel.* čep: počenoti *conquiniscere;* čepêti *usw.*

2. e *und* a *treten in vielen fällen für* ъ, ь *ein, jenes ist in manchen formen im osten, dieses im westen bevorzugt; andere haben stets* e: meh, mah, *aslov.* mъhъ; početek; den, dan, *aslov.* dьnь. grêšen *usw.*

3. Im nsl. findet in bestimmten consonantengruppen einschaltung eines e, ъ *statt:* topel. rekel. dober. ogenj; igel, sester *pl. gen. von* igla. sestra; isker *prope habd., aslov.* iskrь. tadanek *praeceptum hg.* balizъn. basъn. prkazъn. sedъm. sъn *sum tom. Ähnlich ist* ze vsem, ze vsema. odegnati. izegnati. odebrati. odeslati. segrêti, segrêvati. zešlo (sunce je zešlo) *kroat.* zezvediti *neben* zvediti *erfahren.* ze sna e *somno hg.* zežgati. zebrati, zebere. zegniti. zezvati, zezavati. zeznati *usw.* smerêka *neben* smrêka: *daneben* bolêzan. misal *usw.*

trub. Das e *von* topel *usw. erhält sich nur vor auslautendem* l *usw.,
daher* topla, rekla *usw. Dieses* e *darf hart genannt werden:* isker.
4. dežela, *im westen hie und da* dužela *für und neben* dъžela,
lautet hg. držela. e *aus* i: krevljast, krevsati *von* krivъ.
˘ *und* ¯ *bezeichnen, jenes kurze, dieses lange vocale.* ê *ist das
dem* i *sich nähernde lange* e. *In ton und quantität ist regelmässig
die mundart meiner heimat massgebend; hie und da accentuiere ich .
nach meinen quellen.* ' *ist nur tonzeichen.*

B) Zu ь geschwächtes e.

ь (ъ, *das durch* e, a *ersetzt und ausfallen kann) aus* e *ent-
haltende wurzeln:* začnem: čьn. vzěmem, vzämem: jьm. lehek,
lahek. z mъnö, z mäno: sъ mьnojǫ. pomniti: mьn. päs, pěs, pís:
pьsъ: *sg. acc.* pca *neben* päsa, dwa pĭsa *res.,* pisa *venet.* svest *des
weibes schwester karst:* s. svast. šaü, šoü, šu: šьlъ; *daher auch* pre-
šeštvo *moechatio* skal., prešustvati *moechari trub.,* prešešnik *moe-
chus* skal.: -šьstvo *usw.* tama, těma: tьma. *Auf dem boden des
nsl. entstanden und auf den W. beschränkt sind formen wie* jezъro.
kamъn. lъtĭ *volat.* lъžĭ *iacet, wohl* ltĭ, lžĭ. s pъčĭ *de saxo okr.*
tъr: teže. dъblo. mъtäti: metati. sъčĭra: sekyra. pĭstъn *und*
prstän. sĭšъn, *sg. gen.* sršéna. *Jung sind formen wie* tъga: *aslov.*
togo. nebeškъga. nebeškъmu *aus* tega *usw. Aus* ъ *erklärt sich* a *in*
taha, druzaha *res.:* togo, drugaago; tъha, tъmu *tom., daselbst* ravnga
aus ravnega.

2. tert wird trt oder trėt.

A. tert *wird* trt.

1. *Das nsl. füllt in die zone A, daher wird* e *von* tert *ausge-
stossen, und* r *wird silbebildend:* umrl *aus* umerl. brz. cvrtje. štrti
quartus. črv; telt *geht in* tlt *über, dessen silbebildendes* l *in* ol (oṅ)
und in u *übergeht:* doug *neben* dug, moučati *neben* mučati, vouk
neben vuk *aus* dlg, mlčati, vlk. *Im äussersten O. und im äussersten
W. herrscht* u, *sonst* ou, *das* ol *geschrieben wird:* dubsti. dug *longus
im O.,* düh. hüm. süz *pl. gen. im W.* venet. *Im W. besteht* ar *statt
des silbebildenden* r: obarvi. čarn. harlo *collum.* karvi *und* karvé
von kri. sarcé. smardiet. tarpljenje. varv, varčica *restis* venet.
bàrdo. čàrni, čérni, čarničica. darži. hart, *sonst* grd. smàrt, smèrt,
smìrt. mèrzla. sàrce, sèrce *usw. res.; daneben* b'ŕdo *64.* čet'ŕtak
68. črrn *63.* č'rničica, *formen, die vermuten lassen, dass auch in*

Resia bŕdo, četŕtak, čŕn *usw. gesprochen wird. Silbebildendes* l *wird entweder* ol *oder* u: dòlgn, dùha; *in der confessio generalis aus dem XV. jahrh. liest man* karst. obarnyll. ogardity. *In okr. füllt* l *von* ol *aus:* močát *tacere.* wokà *sg. gen.,* vlьka *usw., daraus* dъžnó (pismo) *aus* dožnó, dlъžъno.

2. *Die in anderen sprachen die lautfolge* tert, telt *darbietenden worte enthalten im nsl. silbebildendes* r; *silbebildendes* l *erleidet die angegebenen veränderungen:* brditi *schärfen rib.* brdo. brš *okr. für* brèč *pastinacia, p.* barszcz. čoln. črtalo. čvrstev, čŕstev. dolg *longus, debitum.* drn *rasen.* zadrga *schlinge.* golčati; gučati *loqui im O.* grlo: hàrlo *res.* razgrnoti: *w.* gert. kolk: kouk *hüftbein rib.* krpla *schneeschuh rib.* molknoti: rōke *sō* mi omolknole *ukr.* muviti: včele muvijo; muvlanje *murren.* mrsiti se *fleischspeisen essen rib.* mr-u, *zwei-, nicht einsilbig, aslov.* mrъlъ *aus* merlъ; vmrja *aus* umerlъ *steier.;* umár *aus* umárl *res.* pršèti *nieseln.* polnica *schwiegermutter.* prt *tischtuch.* skolzek, skuzek *lubricus habd.* srbèti: piškosrba *gratte-cul.* strčati *ragen.* vtrnoti *das licht putzen.* otrti *neben* otrèti *abstergere.* potrjevati *aslov.* *-tvrъždevati. volga *goldamsel.* vuhvica (vedovin ter vúhvic), vujvica *pytho hg.,* vlъhvica. obolkla (črne suknjice). otvrznoti (ne do tečaja) *halb öffnen, daher* vrzel *f. bresche im zaun;* vrzel *(adj.)* plot *rib.* zrkalo *augapfel rib.;* zrklo. zava; zavična *karst;* zvična *schwester des mannes im verhältniss zu seinem weibe, aus* zlvična. želva *fistel steier.* žrd : *ahd. (gartja)* garta, *nhd. gerte.* žrnik *handmühle;* sžrniti *grob mahlen rib. Fremd:* ohrnija *wucher.* prjóhe *catalog der schüler* περιοχή. vrdača: *it. verdacchia; venet. it. fersora, kroat.* prsura, *lautet nsl.* prosora.

3. *Auch die lautgruppen* tart *und* tort *werden manchmahl durch* trt *ersetzt: a)* grbin: *it. garbino südwestwind.* krbin *angebrannte kohle: it. carbone.* krtača *bürste steier.: nhd. kardätsche, stallbürste aus fz. cardasse.* po mrskako *inepte neben* po mar-sikako. mrtinčъk *aus* mart-. srdela: *it. sardella.* škarjevec: *it. scarico abfluss krain.* škrlat: *it. scarlatto.* žrg: *deutsch* sarg. *b)* frmentín: *it. formentone.* frnáža: *fornace görz.* grjé: *aslov.* gorje. posprt: *it. passaporto.* trnac: *magy. tornácz vorhof. Manche silbebildendes* r *enthaltende worte sind etymologisch dunkel:* brknoti *wie* teknoti *ausgiebig sein, gedeihen:* nič mu ne brkne *okr.* zabrtviti *obturare habd.* čmrl *neben* šmelj *hummel, bei stulli* strmelj *crabro.* kolcati, kucati *eructare, singultire: vergl. aslov.* klъcati *scopere.* krketati *wie ein truthahn schreien.* kucati *klopfen prip. 204.* krlj *trabs.* krmežljiv *triefäugig.* krpêlj, kršêlj *ricinus.* oskrv *müller-*

hammer metl. ostrv *baum mit kurz behauenen ästen, der als harpfe dient.* prt *f. weg durch schnee.* prtiti *ukr.* svrě *zweig prip.* 226. trčka *attagen habd.* trh *ladung meg. prip.* 243. rjuha *görz. und* rjuti, *wofür venet.* arjuha, arjuti, *werden zweisilbig gesprochen. aslov.* cirky, crьky *entspricht* cîrkev, cêrkev. rьa *rote kuh woch. beruht auf* ros. *Selten und nur in fremdworten ist die lautfolge wie in* darda *framea hg.*

4. *Die vorfahren der Slovenen, Chorvaten, Serben und Čechen sprachen* tvrdъ *firmus,* mlzeši *mulges; jenes erhielt sich im slov., nur im W. besteht hie und da allein oder neben dem alten* tvrd *die form* tvard *und, jedoch seltener,* tverd; *silbebildendes* l *scheint noch im XVI. jahrh. bekannt gewesen zu sein, wie die schreibungen* čeln, čaln, čuln *zu vermuten gestatten: aus dem silbebildenden* l *entwickelte sich* ol *wie* ar *aus* r; *aus* ol, *dessen* l *in* res. *in vielen füllen noch gesprochen wird, gieng* oů *und aus diesem, wohl um den diphthong zu meiden,* u *hervor:* mlzeš, molzeš, mouzeš, muzeš. čeln *kann jedoch auch* čъln *gelautet haben.*

5. *Seltener als aus* tert *entsteht* trt *aus* tret: brnêti; brnkati, brndati, brundati *summen.* golt, gut *guttur:* hůlt *schluck-res.* grgor *gregorius hg.* grk *graecus.* grmêti. ltvâna *wöchnerinn tom.: it. lettuana.* solza, souza, suza *und* skuza *hg.* sêza, sъza *ukr.: vergl.* sọlzêti *kleinceis rinnen vip.* sluzêti (rana *mi* sluzi *die wunde ist mir noch feucht) let.-mat.-slov.* 228. sluza *steier.* slojza *dain.* skłojza, sklaza. *Statt* gredó, *aslov.* grędątъ, *hört man* grdó. nadrъljiv *grämlich ukr. beruht auf* drọslъ.

6. trt *kann auch aus* trêt, trat *und* trot *hervorgehen: a)* črvó *neben* črêvo. prgišča *manipulus habd. aus* prəgrčša: grъstь. o-, pokrpčati *pot.* prtiti: *aslov.* prêtiti. slzena (slъzena *met.),* suzana *rib. milz der menschen,* vranca *milz der tiere.* srdina *neben* sredina. srdica *brotkrume: th.* srêda. strlíti *neben* strêliti, strêljati *von* strêla; strêlec *lex.,* strêlec. štrkati *se: blago se* štrka *das vieh ist durch bremsenstiche scheu geworden: aslov.* strêkъ *oestrus.* trbê, trbêti: *aslov.* trêba. trêbъh, *sg. gen.* trbúha *okr.* žrbé *neben* žrêbec. *b)* brgešе *im W.,* brguše *neben* breguše *im O.: it. braghesse dial.* črnkrt, jénkrt *ukr. einmahl neben* cnkrât. štándrž *neben* štándrež *und* šentandráž *sanctus Andreas görz.* škrjanec: *aslov.* skovranьcь *aus* skvr-. *c)* prso *milium neben* proso. prti *für* proti. štvrjén *sanctus Florianus görz.* rčem, rkouči, rkao *hg.* rci *hg.* rcíwa, rcíta, rcímo, rcíte *okr. für* réčem *usw. in den übrigen teilen des sprachgebietes.* rmen, rman *achillea millefolium neben*

roman, ·r. romenъ: *das wort ist fremd.* razléglo *lautet auch* rzléglo.

7. *Dem aslov.* lъbъ *scheint* lubanja, glubanja *cranium zu entsprechen.* zalkniti (zaukniti) *vor hitze ersticken: vergl. p.* lkać. rba, rbina *neben* robkovina *grüne nussschale: dunkel.* rčati: pes je za-rčal *steier.*

B. tert *wird* trêt.

1. *Das* nsl. *fällt in die zone A, daher erleidet* r *von* tert *in zahlreichen fällen eine metathese und* e *wird meist zu* ê: brêja *praegnans aus* berdja. brême. brêskva, *daneben selten* brêskva. brêza. cvrêti: skvrêti, *venet.* criet. črêda *grex;* po črêdi *nach der reihe: vergl.* kardel *f. grex rib.;* krdelo *trub.* črêden, *wofür* čêden *reinlich: r.* čereditъ *reinigen;* čereda *die reinlichkeit liebend dial.* črênsa, *r.* čeremša; sramsa, *lit.* kermušê. črêp, *daneben* krêpa, ubit lonec *tom.* črêslo *gärberlohe rib.* črêšnja. črêvelj. črêz *neben* čêz *und* čerez. črêt *ried;* črêtje *krummholz, häufig in* ON.: *r.* čeretъ. mlêsti *mulgere rib. okr. neben* molsti. mlêz, mlêzva *biestmilch.* mlêti. mrêti. smrêka. srên *reif.* srêš *m. frost auf der oberfläche der erde rib.* vrêči *neben* vrči *aus* vergti. vrêti: svrêti se *sich zusammenziehen, einschrumpfen:* ves se je svrl od starosti; sverati se *V. 2. kauern ukr.* povrêslo: poverztlo. vrêtje *eine quelle der Ljubljanica.* žlêbъ. žlêza. žrêlo *loch im mühlstein, wasserstrudel rib.* ožrêlje *rib. für s.* oždrelje. žrêti *vorare aus* žerti. požreh *lurco meg. Vergl.* bled, *wohl* blêd, *Feldes, ort in* okr.

2. *In der vorliegenden untersuchung wird für* grъlo (grlo) *als urform ein älteres* gerlo, *für* žrъlo (žrlo) *das jüngere* žerlo *angenommen und vorausgesetzt, dass auch* žrêlo *auf* žerlo *beruht. Andere nehmen für die angeführten drei formen* gъrlo, žъrlo, žerlo *an. Wer zu den wirklichen formen die urformen sucht, mag das so hinnehmen: es möchte aber doch die frage nach dem erlaubt sein, was dem* gъrlo, žъrlo, žerlo *zu grunde liegt, und die weitere frage, wie diese drei formen mit der gefundenen wurzel, etwa* ga₍r, ger, *zu vermitteln sind. Was die vorstellung anlangt,* grъlo *stamme von* gerlo, *so meine ich allerdings nicht, als ob in allen fällen vor* e, *dem nicht* r, l, *consonant folgte,* k *in* č *usw. übergegangen sei, während in einigen fällen, wo dem* e r, l, *consonant folgte, die gleiche wandlung eingetreten sei, in anderen nicht; meine ansicht geht vielmehr dahin, dass sich überhaupt einige alte* k *vor den hellen vocalen erhalten haben: diese ansicht ist von der mir zugemuteten gar sehr verschieden.*

*Die störung des lautgesetzes kann hier eben nur durch die annahme
erklärt werden, es habe sich einzelnes aus einer früheren sprachperiode
in eine spätere hinüber gerettet. Zeitschrift 23. 449.*

3. ent wird ęt.

1. Aus dem urslov. ę *haben sich in verschiedenen teilen des sprach-
gebietes verschiedene laute entwickelt: im O.* in gedehnten silben ein
langes e: globoko in rastegnjeno. pętь, pět *quinque.* svět. vēzati.
psē *pl. acc.,* *pьsę. *Das e von pet quinque ist trotz seiner dehnung
im O. verschieden von dem* ê *in* svêt: *mit dem* o *in* led, lêd *ist
es jedoch identisch. In unbetonten und betonten kurzen silben tritt*
e *ein:* zět gener. *Im W. findet in gedehnten silben eine vermengung
des* ē *mit* ê *statt:* mječa *wade:* *męča. pjest *pugnus.* vježem *ligo okr.;
daher auch* prisejžem *iuro neben dem perfectiven* prisežem *narr. 28.
In ukr. lauten* svêti *impt. von* svêtiti *und* sveti *sancti ganz gleich:
nur selten wird* ę *durch gedehntes* e *wiedergegeben:* pět *pl. gen. von*
peta. *Hier kann in unbetonten silben* ъ *eintreten, das nach* r, l
schwindet: mъsó. nardí *facit:* *naręditъ.

2. Während im res. a *für* aslov. ę *durch dessen tonlosigkeit oder
betonte kürze bedingt ist:* jazık. prăst: pręd, *scheint in anderen ge-
genden* a *unabhängig von jener bedingung für* ę *einzutreten: so findet
man im görz., einzelnes hie und da in Kärnten:* čęti: začati. glę-
dati: gladati, hladati. gręd: gram, hram *eo.* imę: imă, imĕ. jęti:
ga jo prijal in objal; vzati. jęza: jaza. językъ: jazik. klęk: po-
klaknem. klęti: klaŭ. lęšti *für* lešti: lači, lažem; je šeŭ lač: *aslov.*
lęgą. mękъkъ: mahek. męso: maso. -mętь: pamat. pęstь: past.
pęta: pata. pętъkъ: patak. plęsati: plasat. pręd: pradem. pręg:
naprahu d. i. napręglъ. ręštati: sračati; *kein* srača, *sondern* sreča.
sęsti *für* sêsti; *vergl. p.* sięść: sasti, sadem: *aslov.* sędą. sęšti: sači,
sažem. sęžьñь: sаženj. tęg: potagnem, potahnem. tęžьkъ: tažek.
tręs: trasem se. vęštij: vači *neben* vanči, vъnči *und* veči. vęz: va-
zati; vazniti, *sonst* veznoti. zętь: zat *und* zeta. žęžda: žaja; žajin,
žajn. žęti: požati, žal; senožat. jaderno *findet man im kärntnischen
dialekt. Hier werde daran erinnert, dass schon die Freisinger denk-
mähler einen fall von* a *für* ę *bieten:* tere im grechi vuasa postete:
teže imъ grêhy vašę počьtête *et eis peccata vestra enumerate. Aus
dem O. und SO. habe ich folgende hieher gehörige formen angemerkt:*
čęti: začao *hg.* jęti: prijati. najao. pozajao *hg.* žęžda: žagja *kroat.
Weit verbreitet ist a für* ę *in* žęlo: želo *neben* žalo, žalec. *Man
füge hinzu das seite 37 gesagte.*

3. *Das nsl. hat die nasalen vocale erst in historischer zeit ein-gebüsst, im gegensatze zum chorvat. und serb., in denen ę und ą schon in vorhistorischer zeit geschwunden sind seite 36. Die aus dem X. jahrh. stammenden Freisinger denkmähler bieten noch in einzelnen worten nasale vocale; dasselbe tritt in späterer zeit ein und selbst heutzutage ist nicht jede spur des rhinesmus verwischt, wie seite 34 dargelegt ist.* Schon in den Freisinger denkmählern begegnen uns jedoch auch formen wie spe: sъpę. isko: iską. zemlo: zemlją. prio: prją. zio: siją. prigemlioki: prijemljąšti. imoki: imąšti. vzemogoki: vъsemogąšti. mosenik: mąčenikъ. glagolo: glagolją. bodo: bądą. sodni: sądьnyj. bozzekacho: posĕštahą. vvosich: vąžihъ *und* sogar poruso: porąčą. moku: mąką. iuze: jąžo. vuoliu: velją. veruju: vêrują. vuoliu: volją. vueru *neben* vuerun: vêrą. dusu: dušą. moiu: moją. naboiachu: napojahą; *die sg. instr.:* praudno izbovuediu: pravъdьną ispovêdiją. praudnu vuerun: pravъdьną vêrą. vuelico strastiu: veliką strastiją. voulu: volją. nevuolu: nevolją. nudmi: nądьmi, *wofür auch aslov.* nudьmi *vorkömmt.* nu: ną. pomngu: pomьnją. *Heutzutage finden sich nasale vocale meist in jenen teilen des nsl. sprachgebietes, wo das vordringen des deutschen die entwicklung des slavischen schon früh gehemmt hat, vor allem in Kärnten:* lenča. senči: *sęšti *für* sęgnąti. vprenči: *vъprešti *für* vъpręgnąti. srenča: sъręšta. obrenčati: *obręštati *für* obrêsti. lenčo (*für* telenčo): telęštь. vrenč: vręštь. venč: vęšte. ulenči, ulenžem: lęgą. vilenči: kokoš je pišče vilengla: *aslov.* lęg *in* lęžaja, *p.* lęgnę. mjesenc: mêsęcь. grmonž *wird als* grъdъ mąžь *erklärt.* monka: mąka. ronka: rąka. obrank: obrąčь. pont: pątь. pajenk *und* pajek: pąąkъ. sienžem. uprienči. pont *via cloz. XXV. Man füge hinzu* dentev *klee in Canale.* vanči, vъnči *neben* vači, veči *maior glasnik 1866. 436. im görz.;* venči *maior;* venč *und* vič *plus;* venčeha bohatstva *neben* praseta, teleta; vide *vident venet.* pišćenci, *neben dem res.* pišćata, *stammt von einem th.* pišćenec.

4. ę *enthaltende worte:* često *trub.* čęti: počęti, počęla. desęt: desêt. devętь: devêt. dęt-: dentev *in Canale.* dręslъ: dreseliti, dreselen *hg.* zadresljiv, zadrsljiv *mürrisch ukr.* jastrębъ: jastreb; jastrb *vocab.,* jastrob. jędrъ: jedrni *hg.* jęčati: jêčati. jęčьmenь: jêčmen; *s.* jĕčmên. jędro: jêdro. jęti: jêti, prijêti. jętry: jetrovce *die weiber von brüdern im verhältniss zu einander karst.* kręt: skretati *biegen;* vukreten *artig kroat.* lęšta: lêča; lêča *res., s.* lêća. lęknąti: uleknoti se *sich krümmen:* preleknjen *ist aslov.* vъlękъ *ukr.* mękъkъ: mêhek; ṁhko *res., s.* mêk. męnąti: spomênoti se. mêsęcь: mêsec;

rhïsac res., s. mjĕsêc. pęta: pēta. pęti: pripŏtiti se *contingere rib.*
kroat. plęsati: plēsati, plēs. prędą: prēdem, prēsti. pręt: spreten
geschickt; nespret *ungestalt metl.* *pręzati *aufspringen:* sočivje preza
legumina erumpunt lex. rędъ: rēd; rendelüvati *hg. stammt aus dem
magy. rendelni, das auf* rędъ *beruht.* ręg: zemlja regne, se ras-
pōka. rępъ: rŏp. ręŝtati: srĕčati. ręžati: rĕžati se. vęd-: vĕnoti;
wȧdlo *welk res.* vęŝte: vĕč; *dagegen* vęŝtij: vĕči; vínči *res.* vęzati:
vĕzati. zętъ: zĕt. žęlo: žȧlec *steier.* žalo *rib.* žęžda: žĕja. *Dunkel
ist* nejęvĕrъ *neben* nejętovĕrьnъ *incredulus:* nevera. nejovera. neo-
vera. nejoveren *stapl.* neoveren. neovernost *skal.:* ję *könnte man
geneigt sein mit der w.* jьm *zusammenzustellen, wenn* nejęsytь *neben*
nesytь, nejovolja *pot.* najewolъn, navolen (ne-) *okr. nicht entgegen-
stünden. Man beachte* jevereja *und* vereja *zaunpfahl.*

5. ent *ist auf entlehnte worte beschränkt:* brenta *fiscella: mlat.*
brenta. bendima *neben* bendiva, vendiba *und* mandiba *vindemia im
SW. des sprachgebietes.*

II. Zweite stufe: ê.

1. *Aslov.* ê *wird, es mag ein a- oder i-vocal oder aus altem* ai
*entstanden sein, gedehnt, daher auch betont — unbetonte vocale sind
im nsl. nie gedehnt — in verschiedenen teilen des sprachgebietes ver-
schieden ausgesprochen: im O. wie* ê, *d. i. wie fz. oder magy. é:*
été, szép, d. i. wie ein dem i *sich zuneigendes langes* e, *oder wie* ej,
das aus ê *hervorgegangen; im W. wie* je; *im Resiatale wie* i. *Ich
spreche daher von einer östlichen und einer westlichen zone. Unbetontes
oder betontes, aber kurzes aslov.* ê *lautet regelmässig wie* e *oder* ъ,
im Resiatale wie æ, *d. i. wie ein zwischen* e *und dem deutschen* ö,
jenem jedoch näher stehender laut: damit vergleiche man vöra. vö-
trovje *hg.: in beiden fällen ist* ê *kurz. Unrichtig ist die ansicht,
im nsl. entspreche allgemein dem aslov.* ê *und* ę *derselbe laut:* svêtъ
und svętъ, *indem dem* ê *von* svêtъ *ein dem* i *sich näherndes, dem* ę *von*
svętъ *hingegen ein gedehntes* e *gegenüberstaht; derselbe unterschied
tritt im O. ein zwischen dem* ê *von* zêvati *und dem* e *von* žêti *pre-
mere, demetere; auch* lêp *pulcher und* lev *leo werden im O. genau
unterschieden vergl. seite 37. Das praes.* von omêtati *lautet* omê-
čem, *von* ometȧti *dagegen* omêčem.

2. *Die grenzscheide zwischen der östlichen und westlichen zone ist
mir nicht genau bekannt. Die östliche zone umfasst Ungern, Steier-
mark, Kroatien, Ostkrain, das slovenische (nicht chorvatische) Istrien
und das Küstenland; die westliche zone wird durch Kärnten, das*

*nordwestliche Oberkrain und durch die slovenischen gegenden Venetiens
gebildet. Ich will nun den laut des aslov.* ê *in den verschiedenen
zonen und landschaften darstellen. A. Östliche zone. a) Ungern:*
bejžati. brejg. črejda. golejni. kejp: *magy. kép.* mrejti. pejnezi.
trejskati. vardejvati. odvejtek *progenies.* vrejmen. živejti. duplejr
ist das it. doppiero. Vor r *steht jedoch manchmahl* e, *meist* i: pobe-
rati. zberica *collectio.* dera *scissura.* poderati. merati *mori für*
vmerati. presterati; -birati; bilica *si stammt von* bêlъ. čerez: *aslov.*
črêsъ. liki: *aslov.* lêky. *b) Steiermark:* besêda. bêžati. brêg. črêda.
mlêko. mrêti, sêr *grau.* strêči. trêbiti. trêsk; *neben* merêsec *hört
man* merjasec, *kroat.* nerostec *usw.;* mrêža, dêd, lêto. *Seltener
ist* ej: prelejl *dain. c) Kroatien:* ê *wird meist unbezeichnet gelassen:*
be *erat.* brest. potepanje. zdela *schlssel usw.;* mrêžica *zwerchfell.
d) Südliches Ostkrain:* vjejdanje *cholera lex.* lejgati, lejžem *decum-
bere lex.* podlejsek *cynosorchis lex.* zalejsti *se abscondere lex.* iz-
rejkati *eloqui lex.* tejkati *currere lex.* zavlejči *elongare lex.: aslov.*
vlêêti. jejz *damm.* rejêiti *erlösen.* strejči: smrt me strejže. nejso:
judje nejso rodili *iudaei non curarunt.* zidejh *pl. loc. lex. So schreiben
auch Truber und Dalmatin, jener* ei, *dieser* ej; *die confessio generalis
des XV. jahrh.* ey: deyli. greychi. odpoveydall *usw. Seltener ist*
aj *für* ej: strajla. zvajzda: *vergl. den ortsnamen Maichau* mêhovo.
Vor r *steht* e, i: umeram. zmerjati. preperati se *neben* umiram.
i *steht auch in* prititi *minari.* štiven *numeratus.* žibli *clavi für*
žêbli, žrêbli *buq.; daher bei trub.* izplivemo. obličen *usw. e) An-
dere teile Krains:* besêda. bêla. crêti *für und neben* cvrêti, ocvirati.
sklêpati. odlêgati: odlêga mi *es wird mir leichter, iterat. von* od-
legnoti: *th.* lьgъ *in* lьgъkъ, *w.* leg, *p.* odelgnąč, odelga. polêgati
hie und da liegen bleiben. rês *vere.* ustrêči. tlêči *und* tolči (touči).
trêzen. vrêden. živêti *usw.* začênjati. objêmati *amplecti.* raspênjati
extendere neben -birati, -miljati (odmiljati, odmlêti), -mirati, -pirati
(odpirati *aperire*), -stiljati, -žigati, -žinjati, -žirati. *Dagegen* cъló
ganz. dъlï: *aslov.* dêlitъ. jъdï *sg. gen.,* jêd *cibus.* vъndъr *tamen,
aslov.* vêmь da že. *B. Westliche zone. a) Kärnten:* besjeda. prbje-
žalѣc *refugium.* cjel. djel; djelšina *hereditas.* mjesenc. obrjekanje
calumnia. sljedenj *ultimus.* za vrjed (imam). zljeg *malum usw.* čez:
aslov. črêsъ. zavetnica *fürsprecherinn resn. b) Nordwestliches Ober-
krain:* nъwjesta. bjeů *albus.* jъmjeľ: *aslov.* imêli. željezo. *Ferners*
brih: brêgъ. čiwa: črêva. mjih: mêhъ. rič: rêčь. ris, rês *verum.*
smrika. triba *opus est. Unbetontes oder kurzes* ê *fällt aus oder
geht in* ъ *über: a)* črêpina: čpina. sêčemъ: ščémo. žrêbę: žbe, žъbé,

b) *bêlakъ : bъlǎk *dotter.* cêpiti: cъpítъ. jadętъ: jedõ, jъdô. *c) Görz.:* brieh: brêgъ. ciesta. črieda. grieh. jied: jadь. klieǎče. liezem. mieniti. mrieža. riedek. triebh: trêbuhъ. *Ebenso* niemam, niesem *und sogar* niečem *nolo, wofür sonst* nečem; *daneben* liva (ruka). umriti. vriden: i *überwiegt vor dem* e. *d) Venetien:* besjeda. zbjeru, *aslov.* sъbiralъ. bjež *geh.* brjeh. crjet, *sonst* cvrêti. čerješnja. čerjevlje. djel': su jih tu barko djel' *posuerunt eos in navi.* rjeka. sjena *foeni.* naposljed. de bi te trjesak trješču! ǎtjejem. zjevat. željezo. na rozjeh. željejejo *cupiunt.* njesan *non sum.* njemam. *Man beachte* mjer (u mjeru živjet), *das in Ungern als* mêr *vorkömmt: dagegen* vídet. *Daneben* veste *scitis.* duome. potoce. praze. trebuse. *Man merke* sam *für* sêm *huc.* sa le *für* sêm le. *e) Speciell Resia:* besîda: besêda. brîh: brêgъ. črîuje: črêvij. dîwa *ponit.* jîn: jamь. umrît: umrêti. ńîški: nêmьčьskyj. rîtko: rêdъko. rîč: rêčь. rîsan *verum.* šîrak *zea mais:* šêrъ. zibîla *cunae:* *zybêlь. trîbit: trêbiti. oblîč: oblêšti. wrîdan: vrêdъ. žlîp *ON.:* žlêbъ. vybîra *eligit setzt aslov.* -bêrajetъ *voraus. Dagegen* stinica *cimex:* stêna *paries. se tritt bei kurzen betonten silben ein :* brǽja: brêždaja. brǽza: brêza. cǽsta: cêsta. dǽt: dêdъ. mlǽet: mlêti. mrǽža: mrêža. nævǽesta: nevêsta. strǽha: strêha. *Man merke, dass auch sonst* ê *in* jêsti, *res.* jǽst, *kurz, in* jêst *sup., res.* jîst, *lang ist. Aslov.* brêgъ *lautet demnach nach verschiedenheit der gegenden* brêg, brejg, brieg, brîg.

3. *In der dehnung und kürzung der dem aslov.* ê *entsprechenden laute stimmen nicht nur die nsl. dialekte sondern auch nsl., chorvat. und serb. mit einander in den meisten fällen überein: aslov.* bêlъ, svêtъ, *nsl. östlich* bêl, svêt, *res.* bîli, svît, *s.* bijel, svijet; *aslov.* dêdъ, lêto, *nsl. östlich* dêd, lêto, *res.* dǽd, lǽto, *s.* djêd, ljêto *usw. Man vergleiche auch* mêra, vêra *mit serb.* mjêra, vjêra *usw. Das bulg. bietet überall* ê, *d. i.* ja: bêl. svêt *und* dêdo. lêto. *Vergl. J. Baudouin de Courtenay, Opyt fonetiki rezьjanskich govorov* 51. *In demselben worte hat nicht selten* ê *verschiedene geltung: so schreibt ravn.* vjêti *worfeln und* vjêla *partic. praet. act. II. f. neben* vêl *m.: die zweisilbigen formen haben langes, das einsilbige kurzes* e.

4. *Das nsl. ist die einzige slav. sprache, welche dem aslov.* ê *einen von allen anderen vocalen verschiedenen laut gegenüberstellen kann.*

5. *Die Freisinger denkmähler setzen* e *für* ê: ineh. teh. zuet, zvuet. uuizem, vzem, uzem, *aslov.* inêhъ. têhъ. svêtъ *usw.*

6. ê *ist dehnung des* e *α) bei der bildung der verba iterativa:* zaklêpati. lêgati. lêtati. têkati. potêpati se; *eben so* načênjati:

aslov. načinati. sprejêmati *hospitio excipere: aslov.* imati. snêmati
herabnehmen. posnêmati *nachahmen.* zapênjati. odpêrati *pot.* pre-
stêrati. narêkati *betrauern kroat.;* oterač *handtuch ukr.* prizêrati
insidiari pivka. ozêrati: solnce se ozêra. ožêmati. zbêrati *pot.*
berač *der traubenleser steier., bettler krain;* bera *lese:* bera be-
sedī ne bō velika *preš. Hieher gehört* ožaga *töpferofen rib.;* dera
(dêra, *klr.* dīra) *foramen hg.* beruht auf dêrati, *wofür* -dirati,
dessen i *aus* älterem ê *entstanden ist, wie dies auch von* izbirati:
vebirat *venet. gilt;* ocvirati. podirati, *daher* podirki, podrena oblêka
ukr. umirati. zajimati. raspinjati. ispirati. odpirati. podpirati.
prepirati se, *daher* prepir. rasprostirati. otirati *abstergere.* izvirati.
odmiljati. prestiljati *usw. Hiemit verbinde man* popirek *sptilicht*
kroat. vir. izvirek *fons.* požirek. *In ukr. ist* zaverati, zaverjem
V. 2. durativ, dagegen zavirati *V. 1. iterativ: dasselbe tritt ein*
bei zaperati, zapirati; ozerati se, ozirati se; zasterati, zastirati;
izdirati se *schreien,* odirati (siromahe). β) *Zum ersatze eines aus-*
gefallenen j: nêsem *non sum.* nê *non est.* nêmam *non habeo.* nêde
non it. prêde *transibit hg. aus* nejsem, nej *usw.; in* nêmar (v
nêmar kaj pustiti *negligere aliquid) entsteht* ê *aus* e *in folge der*
betonung. Dasselbe tritt in têva hi *duo und in* onedva *illi duo*
für onêdva *ein.* γ) *Bei der metathese von* e: mrêti, mlêti *aus*
merti, melti. ozrêti se: ozrl se je. plêti *aus* pelti, *praes.* plêjem,
plêvem. vrêči, tlêči *neben* vrči, tuči (tolči) *aus* verkti, telkti.
mlêv *f. das mahlen ist* mel-vъ. drêti *aus* derti, *praes.* derem:
aslov. drati. δ) ê *ist das suffix der verba III:* bogatêti, gorêti
neben zbetežati, bêžati.

7. *Aslov.* ja *aus* ê *entspricht oft nsl.* ê: jêm *edo:* jamь. jêden
mêsec, jêdeno solnce *eclipsis lunae, solis: vergl.* vlъkodlakъ *lex.*
lichogedeni *fris.:* lihojadenii; *daneben* jasli *pl. praesepe und das*
allerdings etymologisch nicht sichere razjaditi se *habd. irasci.* jêz-
dim *vehor:* jadą *neben* jahati *und* -žagam *incendo von* žeg. mož-
džani, možgani *von* mozgъ. *Dem aslov.* jazъ *steht nsl.* jêz *gegen-*
über. Das ja *der verba III. erhält sich meist:* ječati. ležati. stojati;
daneben besteht jedoch vršêti *brausen.* pršêti *nieseln.* ščižêti *kriechen*
usw. časar *hg. ist magy. für* cêsarъ.

8. ê *enthaltende formen:* besêda. zbêgniti *untreu werden (von*
verlobten): vergl. aslov. podъbêga. cêp; cêpiti: precep *decipulum*
meg. dête *neben* dêčko *puer.* dê: *praes.* dêjom *facis,* dêm *facio.*
dico. djem *dico venet. und* dênem *ponam.* vardêti, vardêvati, var-
dênem *probare hg. beruht auf dem ahd. wartën und mag schon im*

IX. jahrh. aus der sprache der in Pannonien wohnenden Bojoarier aufgenommen und von da zu den Bulgaren (vardi *vb.*) *gedrungen sein.* drên: drĭn *okr.* glên: glejn *eine krankheit des rindviehes rib.;* glen *schlamm steier.* razgrêh *meritum lex.* hrên: hrĭn *okr.* krêp: okrênoti *indurescere.* lêca (ali prižnica) *predigtkanzel ist ahd. lëkca, mhd. lëtze vorlesung eines abschnittes der bibel in der kirche, lat. lectio.* krês *sonnenwendfeuer, daher auch* kresovati; kresovalje, one djevojke, koje ivanjsku pjesmu pjevaju od kuće do kuće *R. F. Plohl - Herdvigov, Horvatske narodne pjesme 3, 91.* lêska; ljeănjak *venet.* lêv *m. schlangenhaut. In* mil *f. mergelartige erde rib.* steht i *für* ê. nê *aus* ne vêmь: ne znam du *ukr. für* nêkъto; ne znam kaj *ukr. für* nêkaj. nêtiti (ogenj) *rib.;* snítit *res.: aslov.* gnêtiti. pêga: pejga *absis, arcus lex.* prêd: prjed *venet.* prêmek, slabo proso *appluda lex. ausbund metl. etwa* prê-mъkъ *oder* prêm-ъkъ. prepelica *wachtel,* pripilica *schmetterling res.* prešišnjek *azymum hg. für* prêsьnikъ: opresnik *trub.* obrêsti *pl. f. zinsen: aslov.* obrêsti *vb.* rêva *miseria;* rêvon *miser: ahd. hriuwā, mhd. rūwa.* rêzati, *im görz.* razati; noraz *falx vinacea lex.* sel *f. saat, getreide;* selje *steier.* osêk *hürde okr.* sênca, *daher* presenetiti se *erstaunen kroat. pastir.* 25. sirek *sorgum:* sêrь. setiti se *prip.* 253. slêzena, *im O.* slêzena. spêh *celeritas.* svêder: svejder *buq. 437,* sviedar *venet., sonst* svêder. trêska *span.* trêzen *neben* treziv *meg., trub.,* streziv *meg.,* strozuv *skal.,* strêzen *ravn. 1. 116.* vêka *deckel.* vêk *kraft.* vrêsknoti *zerspringen (vom topf) ukr.* veža. zlo *ist aslov.* zêlo. žrêbelj *nagel,* žrebli *kärnt.* žibli; žrẽbaj *res.* 25: *ahd. grebil paxillum. Man merke* bêrsa *kahm, das mit alb. bersiu faex blanch. verwandt sein kann.* spodrezati se *se cingere trub. und* razdraz *discinctus habd.: vergl. mgr.* κατὰ πόρεζαν *das Kopitar, cloz. LXXI, durch succisio, supplantationis genus erklärt.* jad *verdruss kroat.* jadra *vela vocab. Man füge hinzu die stämme:* kocên *caulis habd. lex.* mrlêd *sauertopf.* mrlêzga *schläfriger mensch.* slovên *schiavone vocab.* sam *görz. venet., sonst* sêm, *huc usw.* ê *tritt manchmahl für* a *ein:* prelekêvati se *curvari.* čakêvati, čakniti *ča-rufen.* popikêvati se, popikniti *straucheln.* spêvati *dormire.* jedêvati *edere usw. ukr. Vergl. 4. seite 300.*

III. Dritte stufe: o.

1. A) Ungeschwächtes o.

1. Langes o lautet im äussersten O. ou: boug, bogā, bougi. gospoud. louša (krava). pouleg. pospoulom *nacheinander.* bilou.

tou *hoc; dafür schreiben andere* bôg, bilô *usw. Kurzes* o *lautet* o:
voda. vnožina. *In steier. spricht man* bôg *usw.; noch weiter west-
wärts lautet im süden langes* o *wie* u: buh tom. bug. kust. muj,
während kurzes o *wie* ôa, *fz.* oi, *gesprochen wird:* dôbro. môli *ora.*
ôn; *auch im görz. wird in einigen formen* ôa *gehört:* voda. moli
ora, dagegen mouli *orat; im venet. lautet langes* o *wie* ûo: buog
pauper. bruod. hnuoj. kaduo *quis:* kъto. muost, na muoste, *da-
gegen sg. gen.* mostū *neben* muosta. mostī smo zidal'. otruok *pl.
gen.* ruoh, *pl. acc.* rohī. sladkuo; *im res. lautet langes* o *wie* û:
bûh *deus.* dūm *domus.* hnūj. mūst, *dagegen sg. dat.* môstu. *Mit*
spumni *gedenke vergleiche man* pūnim *memor sum steier. Kurzes
betontes* o *wird res. wie* ò *gesprochen:* bôp: bobъ. bôha *sg. gen.* z
bôhom, *von* bogъ, būh.

2. o *ist erste steigerung des* e: broditi se *navigare habd.* gon- *in*
goniti. logъ *in* oblog *firmamentum dain.* obrok *mittagstisch kroat.*
prorok *hg.* prestor *spatium;* sprostoriti *vip. hg.* škvorec. tok; to-
čiti. ton *in* drvoton *holzlege dain. 69:* ten *in* tęti. otor. utor *nut:*
vitur *vip. usw. Anders* osoba *hg. neben* oseba.

3. o *enthaltende formen:* bolêti, *daneben* glava me belī *kroat.*
zborčina, zbrano vino, šenica *ukr.* odôlati *überwinden (von schwerer
arbeit) ukr.* go *in* nego *quam neben* že *in* uže *iam.* gol *f. abge-
hauener junger baumstamm rib.:* č. hûl, holi *stab.* golen *unreif,
eigentl. grün: vergl.* zelenъ. ohromêti *claudicare incipere pot.* konop
strick pivka. korat rana *hg.: dunkel.* korc *rinnziegel vip.;* korc vode
pot. korica *cortex kroat.* kropelka *knüttel rib.* kropiti, škropiti.
kvokla. lokati *sorbere;* krvolok *habd.* loza *silva.* moder *bläulich.*
moker. mosur *cucurbita oblonga bel.* nabozec *bohrer: ahd. nabagër.*
okoren *krell. für* trdovraten. ôl, vôl *bier.* omela *rib.* opica *simia.*
osla *cos.* ozimka, jalova krava. ploha *imber meg. lex. hg.* plosnat:
ploskъ. podgana: *it. pantegana venet., gotsch. bettigon.* polica *theca
repositoria habd.* postolka *cenchris lex.* proč *weg, anderwärts* preč:
vergl. prokšen *delicatus meg.,* prokšest *heikel.* roditi *curare;* neroden
incurius; nérod *akazie steier.: kinderlose frauen kann man in Wien
als akazienbäume bezeichnen hören.* urok: na úrok (koga tôžiti)
förmlich steier. ropiti *einfallen:* v dèželo ropiti *pot.* ropot: *aslov.*
rъpъtъ. rotiti: *far ga je* rotil *buq. 392.* skóbec *neben* skópec *okr.
habicht, thurmfalke.* soja *und* šoja, *im kroat.* svojka *glasnik 1866. 70,*
pica *nucifraga.* somarica *asina hg.* sporen: *so skuz grieh v te nar
spornejše hudiče bili prebrnjeni rem. 33.* steber, stobor soli. stok:
stočen *mutwillig: vergl.* stekel *wütend;* steči *wütend werden okr.*

toliti *mitigare* hg., tolažiti: *aslov.* tolìti. toriti, zatoriti *verstreuen.*
tovor *last rib.* voder *horn mit wasser für den wetzstein der mühder:*
it. fodero, got. födra- scheide. zavórnica *sperrkette vip.* zona *rib.:*
č. zuna *taube körner.* zona *schauder kroat.* pozovič *hochzeitbitter*
kroat. Was ist das mhd. gödehse, daz ist ein windisch wibes kleit
frauend. 218. 30. Von stämmen merke man staregov *dem alten*
(dem vater) gehörig: to traje ni sinovlje, je staregovo *ukr.* ném-
rem *non possum.* na 'no *kroat.* für na ono. *Im W. werden die*
neutr. masc., daher ápъn *für* ápno. optuj *neben* ptuj *ist petovio.*
uzego *und* uzega *bietet noch fris., jetzt nur* -ga. pod gradam *okr.*
und im ganzen W., im *O.* pod gradom; jelenama. kraljam, zdravjam;
popunama *venet.* na hitama *eilends rib.,* im *O.* jelenoma. popunoma.
odgovorom. popolnoma *trub.* skopúma *knapp rib. Mit worten wie*
aslov. jedinъ *und* r. odinъ *vergl.* man odvo *vix venet.* oklo *stahl,*
oklen *stählern rib., sonst* jeklo. olej *und* olje, *das jedoch auf oleum*
beruht. oto *hoc kroat.* ožebeta *Elisabeth hg. und das scherzhafte* ja-
sem gospona plebanuša Jerlika (Orlika) iz Jebereva (Oborova)
kroat. ov *pflegt im W. in* oů, ů *überzugehen:* ůca *venet. aus* ovca.
klopů *aus* klopov *der zecken.* kotlů. zubů *res.*

B) Zu ъ geschwächtes o.

Für ъ *aus* o *tritt* e, a *ein;* ъ *kann auch ausfallen:* nabahniti,
nabehniti (na koga) *zufällig treffen ukr.:* bъh-. bezg: bezgovje
habd. dĕž, dăž; deždž *hg.* kadá *wann res.* kaduo *quis venet.* kadö
görz. kade *ubi kroat. pastir. 14.* kateri; kater *venet.;* koteri *hg.;*
kteri. sazidati *venet.* ta, im *O.* te, *aslov.* tъ: tečas *interdiu.* vdab,
vdeb *upupa;* dab *lex.;* deb *habd. In diesen worten ist* ъ *urslav.:*
auf dem boden des nsl. hat sich ъ *aus* o *entwickelt in* člъvĕk.
kъbiwa *equa.* kъlésa *rotae.* ъĕina *für aslov.* voština *okr. Un-*
historisch ist taplo *venet. Eingeschaltet ist* ъ, a *in* iskar. okan *pl.*
gen. ostar *venet. neben* oken. oster. hamet *görz. aus* hmet, kmet.
sъm *sum. Man beachte* dáska, dĕska *und res. auch* diska. ka *quid ist*
die ältere form für kaj.

2. tort wird trat.

Das nsl. gehört in die zone A, daher brăn, r. kalitka, *pförtchen*
res. 25. brav *schafvieh.* grad *schloss.* hrast *eiche, res. belaubter baum.*
klanjec, klanac *erhöhung res.* krak, *daher* krača *coxa;* korăč *gressus*
res. kravajec. mladiti *weich machen, zeitigen:* jabolka mladiti.
mlata *malztreber.* mrak; mrakulj *vespertilio görz.* mravlja. omra-

ziti *aversari, laedere lex.* nravъ, *daher* narav *f. dain.* planja *ebene*
okr. plati, poljem *haurire: kroat. wird* naputi, napoljem, *glasmik*
1866. 70, angeführt. pläz *lawine res.* plaziti: jezik je van splazil
kroat. praz *widder pivka.* skralub; skreljub *okr. usw. cremor.*
slan. slana. slatina. sraka *elster.* srakica *hemd.* straža. škranja *fett*
auf der brühe ukr.: vergl. aslov. skramъ. trapiti. vlaga. lah *ita-*
liener. vlaka *schlitten venet.* vrana; kouvran *hg.* zrak *luft. Analog*
wird ort *zu* rat: ralo. raz-. lačen. laket, laht; *daneben* rozga, rozgva.
Auf die hie und da vorkommenden formen loket ravn. rovnati *ukr.*
narozn *buq. 102. ist kein gewicht zu legen. Dem aslov.* pladьne *ent-*
spricht poůne, pōne *okr., sonst* poldne (poudne). kranj *ist carnia:*
χαρνοί *zeuss 284;* kras: *lat. carstum;* oroslan: *magy. arslán;* orsag:
magy. ország. Dunkel: klatje *stercus res. 117. 230. 235.* sraga
gutta: krvava sraga *buq.* odvrazovati: judje so Jezusa tožili, de
bi ludi odvrazoval *buq. 394.* rahel *locker,* rašiti *auflockern.* rašiti
se *sich begatten (vom geflügel) hängt wahrscheinlich mit* nrêstь, nrastь
zusammen. Wie sehr die sprachwerkzeuge der gruppe ert, ort *wider-*
streben, zeigt lotar *für* oltar; leznar *PN., deutsch Elsner ukr.; doch*
auch jermen *okr. für* remen.

3. ont wird ąt.

1. Dem aslov. ą *entspricht nsl. in gedehnten silben ein langes* o:
ich bezeichne diesen laut durch ō; ą *in unbetonten und in betonten*
kurzen silben ist das gewöhnliche o: rōka, rokāv; gōba, tōča. *Diese*
aussprache herrscht mit wenig zahlreichen ausnahmen in allen dialekten
des nsl.: die ungrischen Slovenen sprechen für langes o *überhaupt*
ou: idouča, vouza: *für* ou *wird auch* ô *geschrieben. Im görz. wird*
ą *regelmässig durch* u *vertreten; daneben findet man, wie es scheint,*
in betonten silben ohne unterschied der quantität, uo: muož, mužje;
guoba. hluod. tuoča. *In Kroatien wird* ö *meist durch das chorvatisch-*
serbische u *verdrängt:* put; o *ist desto häufiger, je älter die quelle*
ist vergl. Archiv 3. 312. Die Resianer sprechen rōka, rokāv *und*
hóba *fungus,* tóča *grando, d. i. wohl* ô; *ausserdem* ů *nach* m, n:
mūka. mūda *penis cum testiculis.* ziz mlů: sъ mьnoją, *eigentl.* *mьną.
nūtar. *In Kroatien um Kalnik hört man* posluhnala *für aslov.* - nąla
glasmik 1866. 70. Das unbetonte o *aus* ą *erleidet das schicksal des*
ursprünglichen o: gъsī: gąsi. rъcě: rącě, *wohl* rcě. sъbóta, sąbota.
In okr. soll man auch málъ blъ *für* malo blšo *sg. acc. hören, wie*
tom. sъ *für* sątъ *gehört wird, womit* mäla blša tom. *einigermassen*
übereinstimmen würde. Vergl. seite 90. 91.

2. o (ą) ist *steigerung des* e (ę): vōza. blądъ: blōditi. grąz-:
pogroziti. lōk *usw.*

3. ą *enthaltende formen.* ądica: odica *meg.* ągrinъ: vogrin *hg.*
ąhati: vōhati. ątlъ: vōtel. ątrь: nōter; nūtar *res.* ąza: vōza.
ąže: vōže. ąžь: vōž *neben* gōž, glōž. blądіti: blōditi *steier.* dąbъ:
dōb. gąba: gōba *steier.* gąstъ: gōst. gąsь: gōs. goląbь: golōb.
grązi: pogroziti *submergere meg.* hlądъ: hlōd. jōč, jōk. kąkolь:
kōkolj. kąpati: kōpati. kąpina: kopīna. kąsъ: kōs; kosīlo *für*
obed. kątъ: kōt. krąto: krouto *hg.* krąt-: krotica na preji *ukr.*
lągъ: lōg. ląka: lōka; podlonk *ortsname in Krain 1653;* lúnčišče
res. ląkъ: lōk. ląk-, lącije: loček. ločje *carex.* ląšta: lanča *ist nicht
der nachfolger von* ląšta, *sondern ital. lancia.* mądo: mūda *penis
cum testiculis res.* mąka *farina:* mōka. mąka *cruciatus:* moka *bezj.
bei dalm. wohl mit* ō. mątiti: mōtiti. nedlōga, *meist* nadlōga, *miseria;*
nedlōžni čas *dain.: p.* niedołęga. **ostrąga:* ostrōžnica *brombeere.*
otrąbi: otrōbe. pądіti: pōditi. pąto: pōta *fesseln aus eisen,* spetnica
aus gerten rib. prądъ: prōd *furt okr.* prąglo: prōgla. prąg: prąžь
stipes: vergl. prúngelj, porúngelj *stück holz.* rągati sę: rugati se *prip.
152;* ružiti *turpare habd. aus dem serb.* są: sodrúg *rib.* sovráž. se ne
somni *skal.* sōkrvica. sōsed. suseb *trub.* sąbota: sobōta. sądъ: sōd.
sąprь: zōper; žena možu zoper govori *venet.;* zuper *trub.* smądъ:
smōd *senge.* stąpiti: stōpiti. strąkъ: strōk *allium res.* tąča: tōča
steier. tąga: tōha *res.;* toga *bezj. bei dalm.* tąpъ: tōp, *s.* tūp. trątъ:
trōt *schmarotzer okr.;* trotiti. trōt *zunder rib. holzschwamm ukr.*
vądъ: vōditi *fumo siccare.* vąz-: vōz *f. band.* motvōz, motōz. ząbъ:
zōb: *vergl.* zeberne *zahnfleisch karst.*

4. *Die vergleichung zeigt die übereinstimmung des s. und des nsl.
in länge und kürze in vielen worten:* dąbъ, gąba; *es zeigt ferner die
übereinstimmung der sprache der seit dem XVI. jahrh. Kroaten ge-
nannten Slovenen mit den übrigen Slovenen, denn was Dalmatien
bezjački (vergl. cloz. LXXI) nennt, ist eben das slovenische der ethno-
graphisch fälschlich sogenannten Kroaten: ihr name ist nur politisch
berechtigt.*

5. *Man füge einige entlehnte worte hinzu:* škōcjan *aus* šent *sanctus
und Cantianus.* sočerga *sanctus Quiricus in der diöcese von Triest.* sōča
Sontius. korotan *Carantana, bei Nestor* horutaninъ. škodla *scandela,
scindela.* kōkra *Kanker flussname.* jōger *jünger. Befremdend ist* bum-
brek *habd.*

6. kondrovanje *crispatio hg.* tumpast *hg. sind nicht die nach-
folger von* *kądrь *und* tąpъ, *sondern aus dem magy. entlehnt:* kondor,

tompa, nsl. köder. töp; brangarica *interpolatrix ist das deutsche fragnerinn.*

7. e *und* ö *wechseln in dem suffix, das aslov. stets die form* ędu, ędê *hat:* povsöd, povsödik; od ondöd; od tamdöd *dain.* södi *hac Gurkfeld.* odsöt *von hier trub. für* od söd. od vsikud *kroat.* odnud: vrzi se odnud doli *hg. Daneben* povsed. odned. od ket *unde hg. für* od ked; *in dem ausgange* oc *hg. erblicke ich* ed *mit einem pronominalen element* s: od tec. do tec. od etec. od tistec. od kec. od drugec. *Die erscheinung ist dadurch von interesse, dass das čech. gleichfalls einen reflex des suffixes auf* ędu, ędê *bietet:* vsady *entspricht dem nsl.* vsed *für* vsedy 2. *seite 211. 212. Neben* peröt *dain.,* perout *hg., liest man* peretnica *buq., worin ich vocal- harmonie erblicke. aslov.* pąąkъ *lautet* pavok, pajok, pajek, pajk, pajenk, pajčevina; páak *res.;* jastrob *lex. im O.* jastreb; gredöč *neben* padeča (nevolja).

8. *Das verbalsuffix* ną *lautet im O. und S.* o: obrnoti *hg.* izrinoti. nagnoti. zakriknoti *bezj. bei dalm. Im äussersten W. spricht, man* nu, no: ugasnut, pohnöt: -gъnąti *res.; sonst* i: vtisniti. *Zu* sè, delaji, bereji *seite 91 ist hinzuzufügen* niseji *non sunt görz., das von* nêsem *so gebildet ist wie* nésejo *von* nêsem, *und* právъje. slišъje. vídъje *für* právijo. slišijo. vidijo; ladje *für* ladjo: sma na ъna ladje vinca *ži d. i.* smo po eno ladjo vinca žli *tom.:* e *beruht hier zunächst auf* s.

9. *Das sg. instr. der nomina f. und der pronomina personalia lautet auf* o *und* oj *aus: jenes herrscht im W., dieses im O.; in Ungern wird* om, ov, *in Kroatien* om, um *gehört; in fris. steht* vuerun *instr. neben* vueru *acc.:* rîbo. vodö. žъvälъjo. klopjö *und* rîboj. vodöj *usw.; doch hört man in okr. auch* z mъnöj *neben* z mъnö, sъbö *neben* sъböj. *In Ungern:* silom. smrtjom. z menom. s tebom; *in Kroatien:* gorom. lipom. predragom krvjom. za tobom. za sobom *und* glavum. verum. z drugum detcum. rečjum. materjum. menum. tobum. sobum; *in Ungern:* dardov. krajinov. Marijov. črejdov. z velikov bojaznstjov. cerkevjov. z menov *und* ženouv. i drügov tkajov oblečeni. nad njov. süknjom *hg. Klar ist unter allen diesen formen nur* rîbo; rîboj *wird als reflex von* rybоją *angesehen; ribom scheint dem masc.* rabomь *nachgebildet, während das kroat.* ribum *sein fem.* u *für aslov.* ą *auch vor* mь *bewahrt, was auch bei* ženouv *eingetreten zu sein scheint.* ribov *will man mit* rybоją *in verbindung bringen, indem man meint, nach dem ausfall des* j *sei* u *aus* ą *in* v *übergegangen: vielleicht ist ein wechsel des* m *mit* v *eingetreten. Vergl.*

21

nsl. stoprv (sada) *erst (jetzt) kroat., serb.* stoprva, stoprv *Stulli, wofür*
stoprav *trub. krell. und* stopram *kroat. krizt. 121:* *въ to пръvo.
čръvь *mit aind. krmi.* čislovъ *greg.-naz.* 273 *für* čislomъ: da čis-
lovъ въвгрѣьнѣемь sedmoricǫ ἐν' ἀριθμῷ τελεωτέρῳ *usw.* pred ütrov
hg.: prêdъ utromь. *Umgekehrt ist* domom (domom došel *kroat.)*
aus domovъ *entstanden. 4 seite 580. Vergl. Daničić, Istorija 37.*

10. Abschied nehmen ist meist slovō vzeti, *wofür richtig* slobō
vzeti *hg. von einem mit* sloboda *zusammenhängenden* sloba; *doch*
posloviti se.

11. Die l. sg. praes. lautet jetzt auf m *aus, das offenbar sehr
jung ist und dem* damь *usw. folgt, wie der dem* m *vorhergehende vocal* e,
nicht o, *dartut; daher* pletem, hočem: pletą, hoštą. hočo *liest man
noch bei Truber und Krell,* verujo *bei dem ersteren; in der confessio
generalis aus dem XV. jahrh.* mollo: molją. prosso: prošą. od-
puscho: otъpuštą. oblublo: obljublją; *noch heutzutage hört man im
Gailtale Kärntens und in ukr.* čo volo. ne mo *für* ne mogą. hočo
buq. 148. 198. 413. hoču. ne ču *kroat.* režu. vežu. mužgju *plohl
3. 55.* čom *skal. Im venet. hört man* čon *d. i.* čą, želiejon, *d. i.*
želieją, *cupio:* čon: s skoznosno izreko. *Auch* en *für* aslov. ę *in
den nomina neutr. ist jungen datums:* brejmen. plemen. sejmen.
slejmen. tejmen *calvaria, vertex.* vrejmen *für* aslov. brêmę *usw.*

12. In der III. pl. entspricht aslov. ą nsl. ō: gredō. primō *trub.:*
abweichend sind jedō. vedō. dadō *neben* dadê *trub.*

IV. Vierte stufe: a.

1. a ist zweite steigerung des e (a): cvara *fettauge:* cver. valiti
volvere: vel. variti *elixare:* var- *von* ver. zgaga *sodbrennen:* zgaga
me dere *steier.* gas- *in* gasiti, gasnoti. pokaziti *pessumdare: vergl.*
čez. sad: *w.* sed *usw.*

2. a ist dehnung des o *in iterativen verben:* prebadati. blago-
slavljati *hg.* pridajati (dête) *ukr.* premagati (koga) *vincere.* kalati
findere: th. bod. mog. kol *in* klati, koljem. parati *trennen:* por;
raspranje zemle *chasma lex.* pokapati. ganjan *pello res.:* goni. pri-
hajati. vmarjati. primarjati *cogere hg.* presarati *ukr.:* razare *pl. die
quergezogenen furchen am ende des ackers beruht auf* razarati. sa-
pati *keuchen venet., daher* sapa. skapljati *von* skopiti *karst.* dosta-
jati se *hg.* takati *fundere:* solze je takala *res. agitare:* v zibki smo
te takali *volksl. Unhistorisch ist* pozavati, prizavati *advocare dain.,
daher* pozavec *qui advocat kroat., in steier.* pozavčin, *nach dem
praes.* zov *neben* zezivati *kroat.* vdabljati *accipere hg. von* dobiti,

aslov. dobyti; pogražati se *immergi hg.* poračati *dain. hg. kroat.*
porăčat *res.* stapati *für* pogrožati *usw.*: *der grund der abweichung
in* poračati *liegt in der analogie der verba wie* nosi, *nicht etwa in einer
anlehnung an* reči (rek). *Man füge hinzu* gar *görz. für* na gore.
Aus vorta, zolto *entsteht* vrata, zlato. klati *beruht auf* kolti, ko-
ljem; plati *auf* polti, poljem.

3. a *enthaltende formen:* a *aber.* barati *fragen.* barati *brühen:*
kokoši, svinje *usw. beruht auf* variti, obariti. blasa *macula alba in
fronte equi: mhd.* blasse. brašno *neben* brešno. brat; bratar *res.*
uganiti *coniectura assequi trub.* graněti: solnce grani. habiti *pessum-
dare habd.* haras *streitsüchtiger hahn ukr.* jal *m. invidia steier.
kroat.* jan *m. reihe der hauer bei der arbeit: man vergleicht aind.*
jāna *gang, richtig mit mhd.* jän *gang, reihe. nhd.* jändl *so viel man
auf einmahl beim heumähen usw. vornimmt dial.: das wort ist nur nsl.*
japno, vapno. jasen, jesen *esche.* jesika *espe: r.* osika, osina. ka-
niti *intendere habd.* kapa: *fremd.* kvar: *dunkel; es beruht nicht auf*
magy. *kár.* lagov *los:* lagov lok *hg.* laloka *kinnbacke.* lanec *kette:
mhd.* lan. latvica *art schüssel: aslov.* laty, latva. laz *gereut rib.:*
laze, trebeže žgö *ukr. Man vergleiche* v uzmazi *fris., etwa ahd.*
űz *der māze: fremd.* naditi *ukr.: obnaditi einen ambos mit stahl
belegen görz.:* nādo *stahl ukr.; w. wohl* dê. nat *f. kräutig pivka:
č.* nať. *p.* nač. palež *seng.* pali *iterum.* plahta: *fremd.* pogan *pa-
ganus.* rat *m. bellum prip.* naraziti *leicht verletzen ukr.* sasiti se
erschrecken hg. sraga *schweisstropfen steier.* trag *habd.* potrata *auf-
wand pot.: de ne bo* kruha tratila *rib.* trata *wisse: fremd.* vaditi
se *contendere habd., daher wohl* vadla *wette.* ovaditi *calumniari
trub.* vaditi: vun vaditi *herausnehmen kroat. Zu beachten ist die
form* dūma *domi und* dōma *domus ukr., sonst* domā *domi, da-
neben* dōma *domus neben* z dōmi. *Über den pl. gen. der a-stämme auf
gedehntes* a: solzā *skal. vergl. 3. seite 137: diese gen.-form haben
nur jene stämme, die im sg. gen.* e *dehnen:* domā *und* solzā *bieten
der erklärung schwierigkeiten dar.*

4. *Unbetontes oder betontes kurzes* a *sinkt im W. häufig zu* ъ
herab, das auf verschiedene weise bezeichnet wird: dъlj *weiter.* seni
neben sani. rezodīven *lex.* gre meso riz-nj ko perje riz stariga
orla *okr.* rižgjan: razdějanъ *res.* resrditi se. mrēz, *sg. gen.* mrăza;
daher tko *görz.:* tako. *Dagegen* brez rázloka *ohne verstand ukr.
Unbetontes oder betontes kurzes* a *in* aj *wird im W.* ej: grejski.
grejšina. skrivej: sъkryvaję. lejno *stercus rib.* kej *und daraus* ke,
ki *für* kaj. tukej, tuki *aus* tukaj. kre *apud:* kre pouti *apud viam*

21*

hg. zec *aus* zajc, zajec. majhen, mihan *görz. aus* maljahan *parvus habd. Ähnlich* kokō, tokō *aus* kakō, takō. tok *ist* tak *ita,* tâk *hingegen talis. Richtiger als* o *in diesen fällen ist* ъ: kъkr *tom.*: kâkor *uti. Der gebrauch des* ъ *für* a *hat den bewohnern von Solcano bei Görz folgenden spott eingetragen:* mъčka je nesla mъslo pa Solkan *für* mačka, maslo. a *ist eingeschaltet in* ob a nj. pred a nj. v a nj *usw.* kamet *görz.* jigal *acuum.* ovac *ovium ukr.:* a *vertritt hier älteres* ъ.

B. Die i-vocale.

I. Erste stufe.

1. ь aus i.

1. Das nsl. hat nur éinen halbvocal, den ich durch ъ *bezeichne. Es besass schon im X. jahrh. nur éinen halbvocal, der durch* i *und* e *wiedergegeben wird:* uuizem: vъsêmь. vuiz: vъsь *neben* uzem, vzem. zil: sъlъ. minsih: mьńьšihъ. zigreahu: sъgrêahą. timnica: tьmьnica. ki: kъ. dine: dьne. dinisne: dьnьšńe. zimial: sъmyslъ. zudinem: sądьnêmь. ze: sъ. zegresil: sъgrešilъ. zelom: sъlomъ. zemirt: sъmrъtь *fris.* ъ *ist der nachfolger des ursl.* ь; *dasselbe tritt im W. an die stelle des unbetonten und des betonten kurzen ursl.* i, ê. *Aus älterem* ъ *haben sich nach verschiedenheit der gegenden* a *und* e *entwickelt: im W. herrscht jenes, im O. dieses vor; von* ъ *ist auszugehen: zwischen* maklaûž *tom. und* miklaûž *steht* mъklaûž. ь *wird durch* ъ *oder durch* a, e *ersetzt; es fällt aus, wo es die aussprache missen kann:* ъ *für* ь: mъgla *tom.* mъžati. stъza. vus (vъs) volni svejt *buq. 403.* a *für* ь *im W.:* lan: lьnъ. mahla. mazda. mazg *venet.:* mьgla. mьzda. mьzgъ. e *für* ь *im O.:* len. megla. *Unbetontes und kurzes* i *sinkt zu* ь, ъ *herab:* drevъ, drevi *heute abend.* davъ, davi *heute früh.* žъvot, život; *daneben* sjati *und* sijati. *Der on.* ščâvnik *lautet* ščâvnk, *dagegen* bolnîk. *In* ščâvnk *ist* n *silbebildend: eben so in* ncôj *für und neben* nicôj. nkôli *für und neben* nikôli. zmrъznla *für und neben* zmrznila *usw. Vergl. alb.* ndę, nguli; *ähnliches im rumun.*

2. Anlautendes i *geht im W. in* jъ *über, wenn es tonlos oder kurz ist:* jъgla. jъgra. jъlovica. jъmám, jъmam *habeo.*

2. trĭt wird trt.

Die fälle des überganges von trĭt *in* trt *sind im nsl. sehr zahlreich. Im W. ist silbebildendes* r *in* ar *übergegangen, wofür ich jedoch*

häufig 'r *geschrieben finde:* b'rč *ukr., bei Truber noch* birič. fabrka
okr.: *it. fabbrica.* krvīca *unrecht res.;* krvīčno; *im venet. besteht*
kriv *curvus neben* karvuo *aus* krvó; *sonst* ráskržje *kreuzweg:* križъ.
krčim *clamo görz., sonst* kričim. škrc, *sg. gen.* škrica. *Unbetontes*
pri *wird* pr: pr enem kmeti *apud aliquem rusticum steier.* prje-
ten *görz., daraus* parjeten *venet.* prhäjati *advenire, daraus* parhaja,
doch auch p'rhaja *res. 13. 21.* prěwá *okr. lautet im O.* prišla, *im res.*
parălá, p'rělá. názdrt *neben* názdra *und* názrit *retro hg. ist aslov.*
*na vъzъ ritъ, *lit. atbulais.* škrl *f. steinplatte vip., anderwärts* škril:
na škrili jabolka sušiti. škrljak *petasus lautet auch* škriljak *habd.*
trgwow *okr. d. i.* triglav. trjě *steier., daraus* tarjě *venet.* trpŏ-
tec *aus* *tripętьcь. vitrca *rute pesmar. 79 aus* vitrica. *Man vergl.*
auch obolznoti, *im tiefen ukr.* obazniti, obezniti *lecken aus* ob-
lznoti; *ferners* buska *se es blitzt görz., aslov.* bliskajetъ sę, *aus*
blъskъ. prawlca *okr. aus* pravlica. deklca *tom. aus* deklica. drobn-
ca, svěčnca *tom. aus* -nica.

II. Zweite stufe: i.

1. i *enthaltende formen:* bir *aussteuerung: vergl. magy. bér sold,*
zins und r. birъ *kopfsteuer in Bessarabien Grotъ 61.* bisage *pl.*
habd. lex.; bъsága *metl.: fremd.* bridek *bitter.* brina *nadelholzäste,*
im res. brina *pinus neben* brin *iuniperus.* cima *keim dain.: ahd.*
chīmo. cĭrkev *und* cêrkev: *aslov.* crъky *neben* cirъky: *im venet.*
soll u kirkvi *neben* cirkvi *gehört werden.* čiheren *cunctus: vergl.*
s. čitav. čil *adj. ausgeruht:* čili konji. dristati *ventris profluvio labo-*
rare: b. driska. obist *f. ren dain. hg.: aslov.* isto. ivir *holzsplitter*
rib. izba, ispa *stube.* lina *bodenfenster steier.,* line *pl.: ahd.* linā,
hlinā *balkon.* mir *murus;* mīr *res., im O. unbekannt: ahd.* mūra.
miza *mensa: ahd. mias.* njivu. pĭk *penis res.* pilika, pĭlka *spund-*
loch; zapilkati: *vergl. nhd. verpeilen oppilare bair.* piple *pullus*
habd.; pilič *prip. 308.* rim. silje *collect. fruges wird mit lat. siligo*
verglichen; es ist mit sěl *f. getreide steier. zusammenzustellen.*
sipiti *difficulter respirare habd.* sito: sijati *secernere verant.* svinec.
šiba; šibek *schwach, eigentl. wohl biegsam.* šija. prešinoti *durch-*
dringen. tiskati *drücken.* tis *m. eibe rib.* otrinek *faeces emuncti*
luminis lex.: vtrnoti svěčo, luč. vice *pl. purgatorium: ahd. wizi.*
vigenj, vigen, vignec *schmiedehütte wird mit einem it. igne ver-*
glichen. vinar *heller: wiener (geld).* požinjka *mahl nach der getreide-*
ernte okr. beruht auf aslov. požinati. žigra *holzzunder:* žigati,

w. žeg. žižek *curculio besteht neben* žužek. i *in* preživati *ruminare*
habd. entsteht aus ju.

2. *Die* a-*stämme, die in anderen gegenden die endsilbe betonen,*
haben im tiefen ukr. im sg. gen. i, *das wahrscheinlich, vom aslov.*
ы *verschieden, aus der* i-*declination stammt:* nogi. roki. sestri *usw.*
von noga. roka. sestra *usw., dagegen nur* kače. mize. ribe. *Den-*
selben ursprung hat das i *des pl. gen.:* daskī. ovcī. suzī. treskī
neben triesak, triesk. vodī *venet., sonst* desk, dasåk. ovåc. sŏlz.
vŏd *neben* solzå. vodå.

3. i *ist dehnung des* ь *in* migati. svitati *usw.*

III. Dritte stufe: oj, ê.

1. oj, ê *beruhen auf* i, *dessen steigerung sie sind, oder auf altem*
ai, ê: pêti, pojem; têh.

2. oj, ê *ist die steigerung des* i *in* boj. cêd-: cêditi. cvêt. gnoj.
pokoj. loj. mêzga. svêt *usw.* ê *in obsêvati bescheinen beruht auf*
keiner steigerung: es ist aus obsijavati *entstanden.*

3. ê, oj *enthaltende formen:* oboj (z deskami) *cinctura (asse-*
ritia) lex. gnoj. hvoja, hoja *pinus silvestris, nadelholzäste: vergl.*
lett. skuija tannennadel, tannenzweig biel. 44. kojiti *trub. habd.*
past. 6; odkojiti 18. *educare.* krês *sonnenwendfeuer, johannestag,*
ngriech. φανός *fuoco di s. Giovanni Battista;* gori kakor krês *pesm.*
79. *aslov.* mêžiti *oculos claudere, daher* zažmêriti, *aslov.* pomь-
žariti: *w.* mьg. mêžiti *zur zeit des saftganges die rinde so ab-*
lösen, dass sie ganz bleibt: mьg: *vergl.* mêzga. pêstovati. pêti,
daneben pojem *und, nach dem inf.,* pejem *dain.* sênca; sīnca *res.*
neben tênja. osojni *sonnabwendig karst.;* osovje *was im schatten liegt*
rib.; osonje *für* osoije: *w.* si. povoj. vêk: vjek *saeculum okr.;*
vek *kraft rib.:* iz hlêbca bo ves vek prešel *ukr.* zêh *oscitatio:*
zêh gre po ljudêh. znoj *sudor:* znoj mi je *karst.* pozoj *draco usw.*
Man füge hinzu žabokrečina *froschlaich ukr.;* krak *steier.;* okrak
rib. froschlaich; okrak *der grüne überzug des wassers steier. verhalten*
sich zu krêk- *wie* žeravlь *zu* žrêvlь. *Unbetontes* ê *geht in* i *über:*
vodi. *Selten ist hier* e: na sve vune bele *in sua lana alba kroat.*
past. 8. 23. u pъklé *in der hölle okr.* par malne *bei der mühle:*
par *aus* pr, pri. na tnale *venet.; in* krajêh, *aslov.* kraihъ, *ver-*
dankt ê *sein dasein dem accente; dasselbe tritt ein bei* dvej, ženej
rib.; trub. *schrieb* v kupe. duhej: *aslov.* dusê. listej: *aslov.* listê.

tebe *sg. dat.; anders sind wohl* hudeimi. ostreimi. sveteimi *zu deuten trub.*

4. Unbetontes oder kurzes ê *geht in* ъ *über:* сълīti *sanare tom.* člévъk, *sg. gen.* človêka *tom.; sg. gen.* mъhá *neben* mêha *tom.: aslov.* mêhъ. mъzinъc *der kleine finger tom.: s.* mljezinac, mezimac. árъh, *sg. gen.* arêha *tom.* prrók *tom.* vaъh: *aslov.* vъaêhъ. *aslov.* lêpo *lautet* lêpo, lepó, lpo.

C. Die u-vocale.

1. Erste stufe.

1. ъ.

ъ *ist der nachfolger des urslavischen* ъ; *dasselbe tritt im W. auch an die stelle des unbetonten oder betonten kurzen y und* u. *Aus* ъ *haben sich nach verschiedenheit der gegenden* a *und* e *entwickelt: im W. herrscht jenes, im O. dieses vor;* ъ *fällt aus, wo es die aussprache entbehren kann: a)* mehъk: mękъkъ. sъsem *und* sosem *sugo okr. b)* α) bъ: de bъ jim dal. so bъlí *fuerunt.* jêzъk, jesk *und* jezīka. vъsók *neben* vīši *altior. aslov.* bykъ. dymъ. kyj. myšь. sуrъ. sуtъ *lauten im W.* bъk. dъm. kъj *usw., im O.* bik. dim. kij *usw., im sg. gen. überall* bīka. dīma. kīja *usw.* β) gъšī: glusi. zgъblén. hъdó, hъdóbnga *neben* hud. jъnák. kъrъc, kъrcъ *pl.* kъpъwát *neben* kúpleno. lъft *luft.* mъdíti. pъstí, psti: pustitь. stъdénc. sъhó, sъhóta, sъšī, sъhljád *neben* suh, suša. sъkáwo *d. i.* sukálo. sъknó. jéžъš. kríštъš. pъnt (punt). jъd: júda. žъpán. várj, vári, var' *aus* váruj. *c)* α) uzdahnem. mah *moos.* snaha. sanje sō se mi sanjale. trava usahne. tašč *venet.* lagati *mentiri.* sasat *sugere venet.: dafür im O.* cecati. β) déska. kêhnoti. odmêknoti. têknoti. gênem *usw. Daselbst hört man* betvo: siljeno betvo *stengel, sträusschen.* kehnoti *ist ursprünglich,* kihnoti (kyh-) *stützt sich auf das iterat.* kihati: *derselbe unterschied besteht zwischen* osepnice *und* osipnice *blattern. Aus* junāka *wird* jênaka *görz. okr.,* inăka *venet. d)* hči: dъšti. ptič: pъtištь. sna *somni:* sъna. srem: sъrą. kijač, kjač *res.:* *kyjačь: snu *okr. aus* sъnu, synu. kna: kuna. se mъ mdī *okr., im O.* se mi müdī. tle *für* tule *hic görz. Aus* dūh *entsteht* dъhá, dha *okr. Für* posluhnoti (poslühnoti *hg.) erwartet man den reflex von -*slъh-. *Aus* bъčela, *falsch* bučela, *biene, eigentl. die summende, entspringt* (pčela), včela, čmela, čela; čbela, *und daraus* čebela, žbela.

2. trŭt wird trt.

Nicht nur aus trŭt, *sondern auch aus unbetontem oder betontem kurzem* tryt *entwickelt sich* trt: bŏlha, bŭha *res.* bohá *okr.* brsati *streichen ukr.;* obrsača *neben* brisaca *abwischtuch.* obrvi; obarvi *venet.* brzda *neben* barzda; bruzdá *venet.;* brozda *hg.* drva; darwa *res.* drgáki *görz.* drgák *okr.* drgáči *steier.* drgáč *okr. görz.* drgŏč *steier.* drgúč *rib., seltener* drugáči, drugŏč *steier.* drgam. drgŏd. krh (krŭh) *neben* krŭha. krv, krví; karví, karvé *venet.* lblána *okr. für* ljublána. ldje, ldi, ldem *für* ljudje *usw.;* lski *fremd* (leské žené, prané rané), *im O.* ljudski: *vergl. č.* ldé, hldé *dial. aus* lidé. plg (plŭg) *neben* plŭga. strpjén *giftig okr.:* strup. strníči *geschwisterkinder beruht auf* stryńi. *Aus* rŭt *ergeben sich verschiedene lautverbindungen:* lŭg: lagati. lažec *hg.;* waš *mendacium, gen.* wže *okr.;* zugáŭ, zъgóŭ *okr., sonst* zlagál. rŭd: rdéč, *falsch* ъrdéč, rъdéč, rudéč; rja, rjav, rjavêti. rŭg: rž; ráž, *sg. gen.* ráže *res. 61.* arž, arži *venet.* rŭ: rvati, rvem, rujem *eradicare lex.* rvati *se rixari krell.* hrvati *se kroat.* rvanka *lucta lex.* rŭz: hrzati. rum.: rmên *neben* rumên *görz. okr.* rъ, rъec: rusъ *flavus. Auch aus* turt *entwickelt sich* trt: solnce, sonce; sŭnce *O.* trjáki *festa pentecostes habd. aus* turjáki. frlán, *it. furlano.* rfján, *it. ruffiano.* urbanus *ergibt* vrban. vrč *beruht wohl auf urceus. Älteres silbebildendes* l *geht durch* u *in* ъ *über:* bъhé *pl. nom.:* blъha. dъh, dъgá: dlъgъ. pъh, *sg. gen.* pŭha, *billich tom.:* plъhъ. *Die mittelstufen sind* tust *pinguis:* tlъstъ. uk: vlъkъ. una: vlъna *tom.*

II. Zweite stufe: y.

1. Dem aslov. y *entspricht nsl.* i: slišati: slyšati. *Von jenem laute bieten die Freisinger denkmähler spuren, indem dem* y *nicht nur* i, *sondern auch* u, ui, *manchmahl sogar* ugi, *d. i.* uji, *und* e *gegenüberstekt:* muzlite, myslite. mui, my. bui, by. buiti, byti. milostivui, milostivy. imugi, imy. beusi, byvъši.

2. y *entsteht durch dehnung des* ъ *in verba iterat.:* dyhati: dihatъ *daher* dih: do zadnjega diha. gybati: pregibati, *daher* pregib *falte kroat.* kyhati: kihati *(auch* vičihati *soll vorkommen), daher* kihnoti *neben* kehnoti. mikati. pyhati: pihati *flare.* smicati *se lubricare habd.* usihati. tykati: dotikati *se tangere, daher* tik ἄγχι, *it. presso.* tykati: vtikati se *se ingerere.* brisati *ist* durat., *daher* obrisati *perfect. Man vergl.* cepítati *mit* ceptati *ukr.*

3. Die formen, in denen nach verschiedenheit der themen im aslov.
ę *mit* y *wechselt, bieten nsl. den ersteren laut, daher die pl. acc.*
róbe, môže; *die pl. acc. nom.* rìbe, kože; *das partic.* grede *eundo.*
Daneben bestehen die pl. acc. auf i: darì; sinì *filios hg.* za
darì božje *buq.* lasi (zlate lati česala) *kroat.* rohì *venet.* na
spoli *halbweis ukr. Diese formen gehören der* u*-declination an. In
den Freisinger denkmählern findet man* e (ę) *neben* i (y), *jenes
seltener:* greche, gresnike *neben* grechi, crovvi *usw. 3. seite 134.*

4. y *enthaltende formen:* brisati. bĭk (bъk), *sg. gen.* bĭka. bil.
f. splitter. dimle (dimlje) *pl. f. schamseite.* dĭm (dъm), *sg. gen.*
dĭma. poginoti: pogübel *hg. wegen* pogübiti. zagiba *dain.;* zgibica
iunctura habd. hirati *languere vip.* hiša, hiža *domus.* hitìti *iacere;*
hitêti *properare.* kidati. kĭj (kъj), *sg. gen.* kĭja. kila. kita *nervus
vocab.* kivati *nutare hg.:* kimati *ist durat., daher* prikimati *perfect.*
lika *bast des flachses.* mĭš (mъš). umiti, *daraus* mujvaonica *hg. für*
umyvalьnica. mito. plitev: plitwa woda *okr.* zapiriti se *erubescere
boh.* pirh *osterei.* riti; rivček (rilček) *milchzahn:* z rivčkam rije *rib.;*
rivač *hauzahn der schweine.* ridj *flavus habd. ist serb.* rigati; rizavica
sodbrennen karst. ris *rib.* obrivati *mit händen jäten vip.* strìc *aus*
stryjьcь, *s.* strìc. sĭr (sъr) *käse.* sirotka. sesisati *exsugere lex.* zibati.
Das praefix vy *für* iz *findet sich in Kärnten cloz. XLI; in Resia:*
vyhnat; *im venet.* vebirat. vehnat. vepodit. veriezat. venašat. ve-
tehnit. vetrebit; *im görz. in der form* be: begnati, beženem.
Man beachte das kärnt. vigred *m. f. frühling.*

5. Ein aslov. kry *ist unbekannt: nsl. besteht* kri *im* W. *für* krv
im O.

6. In den Freisinger denkmählern steht tuima, *wohl* tvyma, *für*
tvojima. *Vergl. seite 165.*

III. Dritte stufe: ov, u.

1. u *lautet im* O. *wie deutsch* ü: čüditi se. glüp *surdus.* lüska
squama. müzga *palus.* tüh *peregrinus.* trüp *corpus hg.; in un-
betonten silben tritt* i *für* ü *ein:* jémi *ei.* kómi *cui.* z lidmí. pétri
Petro. risále *pl. pentecoste:* rusalija; risálski. *Befremdend ist* kurva.
mo *ei sagt man neben und für* mu, *um die verwechslung mit* mi *mihi
zu vermeiden. In diesem teile des sprachgebietes ist das* u *der reflex
des silbebildenden* l: dug *usw.:* dlъgъ, *mit ausnahme von* mu *und* vu,
aslov. vъ. *Im res. lautet gedehntes* u *meist wie* ü: düša. hlüh.
hüdi. lüč *usw.; auch* kürba *meretrix, dagegen* čöt *audire.* kròh.

ròs *gelb. Das* ü *der östlichen und das der westlichen zone haben
sich von einander unabhängig entwickelt. In okr. wird betontes* u
wie u, *unbetontes wie* o *gesprochen:* komú *neben* gospódo. *In der
mittleren zone herrscht* u: čuditi se.

2. u *enthaltende formen:* brunec: *nhd.* bronze. bukev: *ahd.*
buochă. bukve *pl. liber.* čutiti *sentire.* duhati *riechen.* duplo *cavitas
arboris, antrum.* gluma *iocus;* gljuma *karst.* gluh. glup *surdus hg.*
gruda. zguba *verlust.* hula *bug;* prihuljen *vorwärts gebeugt okr.;*
potuliti se *sich ducken ukr. für* podh-. kujati se *ostinarsi vocab.
einen vertrag rückgängig zu machen suchen ravn.;* ljubezen se ne
kuja *amor non aemulatur resn. 169.* kumes *beisammen hg.: dunkel.*
kuret *frosch karst.* lučiti *librare lex. iacere.* ljuljka *lolium.* luknja:
got. luka- in usluka- öffnung. ahd. loch. lunek, lunjek *radnagel:
ahd. lun.* omuliti *abstumpfen vip.* mura *alp kroat.* pluti: vse je s
krijo (krvjo) plulo *buq. 436.* poplun *decke kroat.* puhtêti *eva-
porare.* puhek *mollis.* puliti *ausraufen pot.* rjuti: rjovem; rjeveč
lov; *ungenau* rijuti *usw.;* ruliti. rubad *masern: fremd.* ruj *sumach;* rij
karst. runa *vellus habd.* slug, polž brez hiše *let.-mat.-slov. 1875.
223.* slúti, slújem *neben* slovêti, slovím; ga imam na slútu (súmu).
smukati se: kaj ti se tam smuče? *kroat.* snut *venet. für* snovati.
strusast *mit langen borsten.* ostud *f. scheusal okr.* ščuti *lex.;* ščevati
hetzen. šupel *löcherig rib. hohl:* šupli zubi *kroat.* šurja *des weibes
bruder karst.* tučija *pinguedo meg.;* potúčiti se *hg.* tule *pl. neben*
otre *pl. beim hecheln herabfallender flachs:* tulava, otrêva srajca
okr. ul *ulcus.* ureh, *sg. gen.* urha, mala rjava žaba. ulica; vilica
hg. aus vülica. usnja *weiches leder görz.* ozov *für* oklic; pozovič.
zubelj *flamme vip.* žuh *fenus: ahd. mhd. gesuoch, erwerb, zinsen
matz. 381.* župan *decanus vocab.* ptuj *ist petovio.* brun *okr. für*
bruno *ist aslov.* brъvъno *trabs.* duri: dvъri. skrunit *vocab.:* skvrъ-
niti. temuč: têmь vęšte. ušnjéwo *okr., sonst* višnjevo. *Stämme:*
pastuh *admissarius.* kreljut *ala kroat.* vrzukati *portam saepe ape-
rire et claudere rib.* kupovati *neben* kupuvati *und im venet.* kupu-
ati. pomišlúvati *görz.* popisüvati *hg.* kupóvat. popisóvat *rib. Man
merke* gorjup: gorjupa jêd. U *im sg. gen.:* barú. gradú *pesmar. 45.*
klasú *venet.* do sega malu *skal.* medú, mostú *venet.* rodú *venet.*
spolu *skal.* stanu *trub.* strahú. sinú *pesmar.* volu *trub.; so auch*
možú *pesmar.* potu *viae trub.* tatú *venet.; sg. dat.* sinovi *neben*
sinovu *buq. 220: hieher gehört auch* domú *domum.* dъmú *okr.*
dămuh *ukr.* domō *hg.* dolov *hinab res.-kat.* tatove *pl. acc. pot.*
rodovi (roduvi) *pl. instr. buq. 56. pl. nom.* sinovje, kralovje, židovje

und popevje *hg.* duhovmi *pl. instr. hg. Diese formen beruhen auf u-stämmen.*

3. *Fälle des jüngeren* ov *sind* bregovje. pečovje *saxa.* valovje *hg.* cvetovje: cvetúlje *görz.* grozdovje: hrazduje *res.* domovina. irhovina. kumovina *kroat.* mlezovina. povrtovina *gartengras ukr.* róbkovina, oblákovina *grüne nussschale.* svibovina. starjevina *kroat.* miroven *hg.* medloven: medlovnost *hg.* gradovena vrata *hg.* sadoveno drevje *hg.* spoloven *halb neu ukr.* stoveni med *hg.*: sъtovъnъ, *und* medven *habd.* rasovnik *cilicium.* duhovin *daemon rib.* vedovin *zauberer ukr.* strupovit *lex.* tekovit *gedeihlich, ausgiebig rib.* stanoviten. bratovski. fantovska *die sich mit burschen abgibt vip.* kraljevski. volovski *habd.* vdomoviti *hg.* vmiroviti se *kroat. prip. 84.* poloviti, razpoloviti. ostrupoviti *intoxicare lex.* voda valovi *wirft wellen ravn.* motovilo *beruht auf* *motoviti. *Vergl.* kljevsa *schlechtes pferd.*

4. u *ist ab- und ausgefallen:* bog *für* ubog. rázmim: razuméją. várje: varujetъ.

IV. *Vierte stufe:* av, va.

slava. kvas. otaviti *recreare hg.;* otava. plaviti *remigare und* plavati *sind denominativ, daher* plavut *f. flossfeder.* traviti *intoxicare;* travilo *toxicum habd.* zazavati *ist unhistorisch; dunkel sind* dave *heute früh.* glavnja *habd.* gnjaviti *suffocare: vergl.* gnjet.

Zweites capitel.

Den vocalen gemeinsame bestimmungen.

A. Steigerung.

A. *Steigerungen auf dem gebiete des* a-*vocals.* a) *Steigerung des* (a) e *zu* o. α) *Vor einfacher consonanz:* grob: *w.* grab, *slav.* greb. zvon: *slav.* zvъn *aus* zven *seite 315.* β) *Vor doppelconsonanz und zwar 1. vor* rt, lt: morz, *woraus* mraz: *slav.* merz. volk, *woraus* vlak, *slav.* velk *seite 316; 2. vor* nt: blond, *woraus* blöd: *slav.* blęd *aus* blend *seite 318.* b) *Steigerung des* (a) e *zu* a: sad: *slav.* sed *seite 320.*

B. *Steigerungen auf dem gebiete des* i-*vocals. Steigerung des* (i) ь *zu* oj, ê: boj: *slav.* bi *aus* bь. svêt: *slav.* svъt *seite 324.*

C. *Steigerungen auf dem gebiete des u-vocals.* a) *Steigerung des* ŭ *zu* ov, u: ozov *für* oklic: *w.* zŭ, *slav.* zъ *in* zъvati. bud-*in* buditi: *w.* bŭd, *slav.* bъd *seite 328.* b) *Steigerung des* ŭ *zu* av, va: baviti: bŭ, *slav.* by. kvas: *w.* kŭs, *slav.* kys *seite 329.*

B. Dehnung.

A. *Dehnungen des a-vocals.* a) *Dehnung des* e *zu* ê: lêtati: let. žagati: žeg, žъg *seite 312.* b) *Dehnung des* o *zu* a: ska-kati: skoki *in* skočiti *seite 320.*

B. *Dehnung des vocals* ь *zu* i: svitati: *slav.* svьt *seite 324.*

C. *Dehnung des vocals* ъ *zu* i (y): dihati (dyhati): *slav.* dъh *seite 326.*

C. Hiatus.

1. Der hiatus wird aufgehoben durch die einschaltung von conso-nanten: j: bajati *fabulari, incantare.* dajati. grajati. krajati *habd.* sêjati; bijem, ubijen, odbijati; pomije: *w.* my. *Vergl.* zajec, zajc, zejc, zec, *im O.* zavec. čêju *volunt neben* čedu, *das wie* idątъ *von* i *zu beurteilen ist. Der hiatus wird auch zwischen worten durch* j *aufgehoben:* spuhnul vetrek, jodnesel (i odnesel) ga (venček). ne morem ti jodpreti *kroat. volksl.* v: zdubavati *meisseln habd.* prdušavati se *iurare res.* zgučavati si *colloqui hg.* krščavati *hg.* lukavati *gucken hg.* namigavati *kroat.* napuhavati se *turgescere habd.* zastava *caparra vocab.* ščntavati *fluchen res.* trepavica *augen-lied.* požiravec *hg.* odeven *rib.;* rezodiven *detectus lex.:* odevka decke *hg. beruht auf* odêvati. grêvati *reuen,* grêvinga *beruhen auf ahd.* hriuwan, riuwan. omedlêvica: omedlêti. prêvor *brachacker, daher* prevoriti *brachen ukr.* plêvem *neben* plêjem: *inf.* plêti *aus* pelti; plevač. posêvki *kleien.* gostosêvci *plejaden.* ştevilo *zahl.* var-dêvati *hg.* ždêvati *morari:* ždêti, ždim. omevati (klasje) τύλλειν *marc. 2. 23:* aslov. mętì, mьną. ževka *schnitterinn: aslov.* žęti. za-čevši *hg.:* aslov. začęti *und* splevši *für aslov.* sъpletъši. počivati. napivek. pivola *hirudo neben* pijavica, *das auf* pijati *beruht. Hieher gehört* ivan *ioannes. Man merke* ilojca. kukujca *hg.;* dobivati. po-krivati. nevmiven *hg.* poklekůvati *hg.* suvati. zezuvati *exuere.* ki-vati *hg. Befremdend ist* tüh *für* tuj, *aslov.* tuždь: tühoga, tühi-nec; smehe se *ridet hg. Ähnlich ist* puhъn *für* polhъn, puhna *im W.,* aslov. plъnъ.

2. Über k njemu *usw. wird unter den* r-lauten *gehandelt.*

3. Der hiatus tritt ausnahmsweise ein durch ausfall von conso-
nanten: goorit *okr.* prpaat *res.:* pripeljati. *Bei trub. liest man*
alfeov, cebedeov. galilee *usw. für* alfejov *usw.*

D. Assimilation.

1. In der assimilation wird entweder ein vocal einem anderen an-
geglichen oder es übt ein consonant auf einen vocal eine wirkung
aus, durch welche dieser jenem nahe gebracht wird.

2. A. aje *wird* aa, a: delam *aus* *dělajemъ. *Diese erscheinung*
ist in der I. sg. dem fris. fremd: dagegen imam, clanam ze *usw.*
in der I. pl., aslov. imamъ, imaamъ, klanjajemъ sę *usw.*

aję *wird* e: zec *aus* zajęcь: e *kann jedoch hier aus* aj *ent-*
stehen. êje *geht in* êê, ê *über:* želêm *aus* želêjem, želêš *usw.*
belem *albeo.* bledem, žutem *kroat.* obledêjem *görz., dafür meist*
želím, želíš, obledím *nach* gorêti. oja *wird zu* aa, a *verkürzt:* ma,
tva, sva *neben und aus* moja, tvoja, svoja. ka *kroat.* gospä *aus*
gospoja. päs *neben und aus* pojäs. sväk *aus* svojak. bati se *aus*
bojati se. stati, stojim *aus* stojati: *dagegen* stati, stanêm; *res.* bät
aus boät *dives.* oją *zu* ąą, ą: mu, tvu, svu; ku *sg. acc. f. kroat.*
mo *für ein aslov.* mą *fris.* kum *aus* kojum *kroat.: aslov.* koją,
kojeją. oje *zu* ee, e: me *neben* moje. vuecsne (vêčne) *fris.* me,
tve, sve; ke *kroat.* to dobre *heutzutage in Kärnten:* dobro *für*
dobroje *hat den auslaut der neutra. Wie* mega *fris. auf* mojega,
so beruht dobrega *auf* dobro-jega. diniznego (dьnьšьnjego). ne-
praudnega *fris.* moga, tvoga, svoga *kroat.* sind *serb. Abweichend*
mîha *res. für* mojega: *mit* mîha *ist* mejga *aus* mojga *wie* pejd
aus pojd *zu vergleichen.* memu. zuetemu. uzemogokemu (vьse-
mogąkemu) *fris.* dobremu *aus* dobro-jemu. momu, tvomu, svomu
kroat. stimmen zum serb. Im O. wird allgemein oga, omu *ge-*
sprochen. dobrem *sg. loc. m. n. ist aus* dobro-jemь, *nicht aus* dobrê-
jemь *entstanden. Abweichend ist* mîm *res. für* mojem. *Neben* mo-
mu *usw. überrascht* mem, tvem, svem *kroat.* oję *zu* ęę, ę: me, tve,
sve *aus* moję, tvoję, svoję *sg. gen. f.; pl. nom. acc. f.; pl. acc. m.*
gospê *sg. gen. f.; pl. nom. acc.:* gospoždę. oji *zu* i (y): tvi,
svi *pl. nom. m. kroat.; der sg. dat. loc. f.* tvi, svi *kroat. entspringt*
zunächst aus tvoji, svoji: tvoji *entsteht aus* tvoja *so wie* staji *aus*
staja; *neben* kojoj *besteht kroat.* koji. *Man findet auch* ke, sve
(na sve vune bele) *past.* mî *res. aus* mojej. nepraudnei. zvetei,
zuetei *fris. ist aslov.* svętêj, svętêji. *Im inlaute geht* oji *in* ej,

kroat. in e über: mejh, mejmi *conf.* mem, tvem, svem *sg. instr.*
m. n.; pl. dat.; meh, tveh, sveh; memi, tvemi, svemi *kroat. Dass*
dobrega, dobremu *nicht pronominal sind, zeigt* takoga, vsakomu
fris., das serb. usw.

3. *B.* jo *wird* je, *daher* moje, veselje, učenje; lojem, kraljem;
bojev, kraljev; bojevati, kraljevati, *daher auch* mečem, križem,
tovarišem; mečev *usw.; ferner* lice, solnce, hlapcem; *bei trub.*
kralev, delovcev *neben* srcom, hudičov *usw. Die regel wird jedoch
nicht allgemein beobachtet, im O. hört man* mojo, *doch nie etwa*
veseljo, učenjo, lico *usw.* bičovje *lex. meg. neben* bičje *lex. iuncus:*
mhd. binz. isprašovajo *venet. Im W. spricht man* pejd, pejmo *für*
pojd, pojmo. ja *geht im SW. in je über:* kraje: kraja. gospodarje.
zarje. kaplje. volje. zagovarje. preganjejo; *daher auch* hudiče.
piče. duše. dušem *usw.,* čes *skal.* žerka (jêd) *ravn.* golobinjek.
kravjek. aklednjek, *im O.* -njak: kraje *usw. stimmt mit dem nč.*
überein. Vielleicht beruht die undeclinabilitüt des lepši *für* lepša *im*
W. auf der veränderung des lepša *in* lepše, lepši. *Auch das dem*
j *vorhergehende kurze* a *wird* e: krej. dej. igrej. av, al *gehen gegen*
den W. hin·in ov, oü *über:* gobov, gobovec. delovic *pot.* glovnja
rib. görz. prov, proü, pro, pru *venet.:* pravъ. roünina. trgwóü:
triglav. zdroü: sъdravъ. gnoü, jigróü: gъnalъ, igralъ. delaü, de-
loü, delu, delo: dêlalъ. *Ähnlich ist* molitov, žetov *im W. für*
molitev, žetev *im O. Auch* iv, il *modificiert sein* i *gegen den W.*
hin: a) dovjati *skal.:* divijati. dóüja: divja. duvji (ogenj) *rib.*
doüjačen *res. 76.* dujăk *res.:* divjăk. ubúvajo *res.:* ubivajątъ. su
okr.: sivъ. sunjăk *okr.:* svinjăk. *b)* strášu *okr.:* strašilъ. jubu:
ljubilъ. stopu, stuoru *venet.* ubú *okr.:* ubilъ. hvaliu, nosu *tom.*
obejsiu, obudiu, sturiu *buq. 1682.* pravo. porodo *hg.* štrašio, pra-
vio *und* strašia, pravia *neben* straša, prava; je gosli pohaba ne
potrja *steier. Dem* šъlъ *entspricht* šeü, šaü, šo, šu; *dem* pъklъ *im*
O. pékel, *im W.* péku; *dem* myslъ *im O.* misel, misia *aus* misea,
im W. misu. *Aus* *čъtêlъ *wird* štëü, štëo, štoü, *f.* štêla. mimo *im*
O. lautet im W. mъmu, *d. i.* mъmu. *Hier sei auch der in den*
res. mundarten herrschenden vocalharmonie gedacht, deren gesetz
lautet: die vocals der unbetonten silben werden dem vocal der be-
tonten silbe angeglichen. Beispiele dieser vocalharmonie sind: kozà,
dvî közæ. *sg. gen.* srabrà, *nom.* sræbrò. dobrà, döbræ. *Auf dieser*
erscheinung hat man eine theorie über den ursprung der slavischen
bevölkerung des Resiatales aufgebaut, nach welcher dieselbe ent-
standen sein soll aus einer vermengung von Slaven mit slavinierten

Turaniern, deren sprachen in ihrer lautform durch die vocalharmonie bestimmt werden: man hat dabei auf die zum jahre 888 erwähnte, in demselben landstriche zu suchende ,via Ungarorum' hingewiesen. Vergl. J. Baudouin de Courtenay, Opyt usw. 89. 91. 120. 128. B. P. Hasdeu, B. de Courtenay şi *dialectul slavo-turanic din Italia. Bucuresci, 1876. Man beachte r.* verebej *neben* vorobej, *nsl.* klepetati *und* klopotati, *wobei auch an das seite 316 erwähnte scherzhafte dictum erinnert werden darf.*

E. Contraction.

Die durch assimilation entstandenen vocale aa *usw. werden zu* a *usw. contrahiert, wie bereits gezeigt. Andere verkürzungen sind* grem *aus* gredem: grędą; grejo *aus* gredejo: grędątъ. gospon *kroat.:* gospodinъ; en *aus* jedъnъ; žъmo *okr. aus* živimó; zdénec *aus und neben* stúdenec *O., wofür ehedem* studénec *mag gesprochen worden sein:* stъdénc tom. *okr.,* stjenc *okr.* glej: gledi. pažba: *backstube.* zdêla: škandêla, skedêla, *aslov.* skądêlъ. bō: bōde. pte: bōdete *okr.* dokaj: kdo vê kaj. štrēdi *vierzig: wohl* štir rēdi *usw.*

F. Schwächung.

Dass sich im nsl. wohl kein vocal der schwächung durch tonlosigkeit oder scharfen accent entzieht, ist an verschiedenen stellen gezeigt: vergl. seite 304. 306. 316 usw.

G. Einschaltung von vocalen.

Eingeschaltet ist e *in* dober. rekel. topel *usw.: vergl. seite 303.*

H. Aus- und abfall von vocalen.

i *fällt ab:* mam habeo. náči, ináči *aliter.* nóraz *falx vinacea lex. ist* vinóraz. skušen. bog *pauper trub.:* ubog. biskati *prip. 5: wohl* ob-. *Die enklitischen formen* ga, mu *haben je abgeworfen.* i *fällt aus: pl. nom.* angelje. golôbje. poganje. tatjé; vučenicke *aus* vučenicije *hg.* sōdte *iudicate hg.* pjan *res. neben* pîjan. sjati: solne je sjalo. zja *hiat venet.* ozmice *neben* ozimice *palpebrae hg. aus* nikār, nicōj *entsteht* nkār, ncōj; nekateri *ergibt* nkateri; *aus* mi dva *entwickelt sich* n dva *okr., überall silbebildendes* n.

u *fällt aus in* pazha *achselhöhle,* d. i. pasha. varte se *hg. ist*
varujte se *usw.*

I. Vermeidung des vocalischen anlautes.

j: ja, jaz *ego neben* n; jáblan *neben* áblan; jájca *neben* ájca
res.; jánje *agnus res.*; jágnje. jánton *ukr.* japno *görz. neben* vapno
O. ápno, ápъn *okr.*; jeda *okr. buchweizen, heiden neben* hejda,
heda. jónkrt, jánkrt *semel ukr.* jegla *görz.*, jíhla *res.* jegra *görz.*
jihrät *res.* jemám *habeo görz.* jъmjêlъ *okr.:* imêli. jeskati *görz.*
jiskra: je *ist wohl durchgängig* jъ. *kroat. wird vocalen nach vocalen*
j *vorgesetzt:* od groznice, jod boli velike *volksl.* jarnej, *nun für*
Bartholomaeus gebraucht, soll eigentlich Irenaeus sein. F. Levec, Die
sprache in Truber's Matthäus 28. v: wóčem *volo okr.* vogrinje
hungari hg. voje. vošljak *art distel rib.* vu *für* v, u: vu žari sunca
hg. vujti, vušel *entlaufen ukr. kroat.* vudriti *ukr.* vumirati *kroat.*
vučenik *hg.* vud *membrum.* vulica *kroat.* g: gö́ž *riemen der den*
ročnik und cepec verbindet O. gö́ž, *bei habd.* guž, *neben* vö́ž *ukr.:*
auch glöž, *wohl statt* gvöž, *wird angeführt.* gújzda *neben* úzda.
gun, gúna *d. i.* onъ, ona *okr.* gúniga glava boli *skal. Vergl.*
vidrga, *gen.* vídrje, *Idria, und* zgon *neben* zvon, nágljušč *für*
navlašč. holtär *neben* oltär *res.*

K. Vermeidung der diphthonge.

kajha, keha *carcer.* krajda *neben* kreda, *kreide.* jevželj,
häusel. lavdica *lerche vip., aus dem furl.* lovrenc, *Laurenz.* mávelj,
maul des rindviehes krain. mavra *schwarze kuh:* μαυρός, *maurus.*
pavel, *Paulus. Vergl.* javkati *ächzen.* štivra, štibra : *ahd. stiura.*
cenja, canja *handkorb: ahd. zeinjä, it. zana.* letre *neben* lojtre :
ahd. leitra, hleitra. reta *karst.: reiter, ahd. ritrā (hritarā).* mora
alp. mota, *hg.* mauta. püngradje, *baumgarten hg. Diphthonge ent-*
stehen durch vocalisierung des l: djaŭ, dêjalъ *usw.*

L. Wortaccent.

Indem man accent und quantität verbindet, bezeichnet man die
accentuierten vocale, wenn sie kurz sind, mit dem gravis, wenn
lang, mit dem acut: zèt, tát. *Wer beide dinge trennt, kann* zĕt, tät

schreiben. Eine unklarheit kann durch diese zeichen nicht entstehen, da eine tonlose silbe nie lang ist. In zä-me ist me tonlos, daneben za mĕne, wo mĕne hervorgehoben und za tonlos wird.

M. Länge und kürze der vocale.

1. Die kürze ist nur eine: brät *frater; die länge dagegen ist entweder einfach:* vrāt *collum, oder doppelt:* vrāt *portarum. Welche vocale kurz, welche lang sind, sagt keine regel. Kürze und länge der vocale kann nur in betonten silben unterschieden werden. Hinsichtlich der kürze und länge sind zwischen den verschiedenen teilen des sprach- gebietes nicht unbedeutende unterschiede bemerkbar: im O. kurze vo- cale sind im W. lang: so ist nach Metelko 19 o in* boba (bọba) *sg. gen. lang, im O. kurz; dem* bērem *im W. met. 20 entspricht* bĕrem *im O.; dem* bodem (bọdem) *im W. steht* bŏdem *im O. gegenüber. Das* ŏ. *stimmt mit dem* s. *überein:* böb, bŏba. bĕrĕm. bŏdêm: *' und " sind die accente kurzer silben. Das w.* ọ *ist lang, so oft es nicht in der endsilbe steht:* gŏra: w. gọra. s. gòra. kŏsa: w. kọsa. s. kòsa. kŏza: w. kọza. s. kòza. krŏšnja: w. krọšnja. s. krŏšnja. krŏtek: w. krọtъk. s. krŏtak. mŏra: w. mọra. s. mòra: ŏgenj: w. ọgenj. s. òganj. ŏreh: w. ọrъh. s. òrah. ŏsa: w. ọsa. s. òsa. rŏsa: w. rọsa. s. ròsa. skŏro: w. skọraj. s. skòro. smŏla: w. smọla. s. smòla. sŏva: w. sọva. s. sôva. vŏda: w. vọda. s. vòda. vol: w. vọl. s. vô, vòla. zŏvem: w. zọvem. s. zòvêm. *In vielen fällen findet übereinstimmung statt:* dîm: w. dĭm, dīma. s. dîm. jŭg: w. jbăg, jūga. s. jŭg. krŭh: w. krŭh, krūha. s. krŭh.

2. e *für aslov.* ę *ist lang oder kurz:* grēda. jēza. klēčati. klēti, klētva. lēča. mēča *sura.* pēta *calx, daneben* dĕtel. jĕčmen. jĕzik *usw.* o *für* ą *ist lang oder kurz:* kōs *frustum.* vōza. vŏger; berŏ, pasŏ: *aslov.* berątъ, pasątъ; *daneben* mŏka *qual.* tŏča. *grando. usw. Im O. wird* pōsoda (na pōsodo vzēti, dăti) *gesagt.* e *für* ê *ist gleichfalls lang oder kurz:* jēstvina, *sup.* jĕst *neben dem inf.* jĕsti. svēča. trēska *span.* oblēka *anzug.* odmēčem *hängt mit* odmētati odmēčen *hingegen mit* odmetáti *zusammen; daneben* dĕčko *usw.*

3. Man merke ferners bērba *lese.* bōg, bogá, dōm. kōs *amsel.* podkōva. sōl. zōrja; *drāva* Dravus *fluvius.* pāsem *pasco.* plāča. svāja *rixa.* šala *iocus.* tāt. trāva.

4. Manche einsilbige formen lieben die länge: brät *sup. neben* bräti *inf.* prät *neben* präti. spät *neben* späti: *č. dagegen* spáti,

22

spat. *Das gegenteil findet statt im partic. praet. act. II:* krāl, krāla. plĕl·(plêlъ) *qui eruncavit,* plêla (plêla). klĕl (klęlъ), klēla *usw.* *Man merke auch* tr̆pel, trpêla; člŏvek (člǫvъk), človêka. kŏžuh (kǫžъh), kožūha. *Im O. wird* kmĕt, kmĕta; zĕt, zĕta, *im W. hingegen* kmĕt, kmĕta; zĕt, zēta *gesprochen. Vergl. meine abhandlung:* ,Über die langen vocale in den slavischen sprachen.ʻ *Denkschriften, Band XXIX.*

ZWEITER TEIL.

Consonantismus.

Erstes capitel.

Die einzelnen consonanten.

A. Die r-consonanten.

1. Das nsl. gehört zu den sprachen, die ein doppeltes l kennen: das mittlere (europäische) und das weiche: lani. letěti; ljudjé. *Das mittlere l wird von der überwiegenden mehrheit der Slovenen dort gesprochen, wo das pol.* ł *hat:* lani, łoni: *nur im auslaut und vor consonanten tritt* u, o *ein; ferners steht* l *dort, wo zwar das pol.* l *bietet, das aslov. jedoch kein* ľ, *sondern* l: letěti. *In den fällen wie* lani *wird nach der versicherung des Herrn Baudouin de Courtenay in Mittel- und Unterkrain das pol. und russ.* ł *gehört:* въ sredne-krajnskichъ i nižne-krajnskichъ govorachъ... tverdoe ł vpolně tožestvenno съ sootvětstvujuščimъ emu zvukomъ, naprimѣrъ, въ russkomъ i polьskomъ jazykě *Otčety II. 72. Dies wird von andern in abrede gestellt:* prvotni glas ł je pri nas popolnoma izmrl, ter ga celo ne poznamo več, *sagt St. Škrabec 36, während man nach B. Kopitar's angabe* l *bei Zirknitz herum zu hören bekömmt. Zu anfang dieses jahrhunderts ward nach einem glaubwürdigen zeugnisse zu Niederdorf bei Reifniz von älteren leuten noch* ł *gesprochen:* b'l, d'lg, s'lnce, *d. i. wohl* bъł, dъłg, sъłnce. *Dass man es im XVI. jahrh. in Unterkrain sprach, sagt Truber:* ,ta l časi debelu po be-zjašku izreči', *und Bohorič lehrt:* ,l interdum crasse efferenda, quasi sit gemina, praesertim in fine, ut* débel crassus'. *Für* ł *tritt in*

22*

Oberkrain und Kärnten, in eingeschränkterem maasse in Unterkrain,
w *oder ein zwischen* ł *und* w *liegender laut ein. Das weiche* l *wird
in vielen gegenden, im görz., im O., durch das mittlere* l, *im äussersten*
W. *durch* j *ersetzt.* w *für* ł *in okr.:* blato: bwáto. bъčela: bъčé-
wa. človek: čwóŭk, *sg. gen.* čwowjéka. glava: gwáwa, *sg. gen.*
gwalé. goląbь: gowóf. ladija: wádja, *daher* wádišе *landungsplatz.*
lъžь: waš, *sg. gen.* wže. tьlo: ot twa *vom boden.* *triglavъ:
trgwóŭ. zêlo: zwo *neben* zŭ, zlo; *im auslaut und im inlaut vor
consonanten wird* w *durch* ŭ *ersetzt:* bêlъ: bjeŭ. ilъ: jъŭ, *dagegen*
z jíwa. *keldrъ: čéŭdar *kelter:* čéŭdar *beruht auf dem sg. gen.*
keldra *aus* kelra. *mlъzlъ: mózu. ѣ ьlъ: šоŭ, pršŭ. bolьnъ: boŭn.
préth hkáŭca: prêdъ tъkalьca: *in beiden worten ist* ŭ, *aus* w, ł *un-
historisch.* w *fällt häufig aus:* čowjéka; *es muss ausfallen nach* w:
vlaga: wága. vlahъ: wah; brítwa, *sg. gen.* brítle. mrtóŭ, *pl. m.*
mrtlí *folgen der analogie von* gwawa, na gwálъ. *Das mittlere* l *folgt
derselben regel:* živalь: žъváŭ. žalъ: žoŭ. legъko: wohka. *Im res.
entspricht* l *dem* ł: bral. dal. ƀil *albus.* ѣ ȧl, šѐl: ѣ ьlъ; *in zwei ort-
schaften tritt* ŭ *für* l, *aslov.* lъ, *ein:* braŭ. daŭ. ƀiŭ. šaŭ, šoŭ.
l *für* lj *im görz.:* ljudij: ledí. pelá, *anderwärts* pelja *usw. Am
längsten hält sich weiches* n: kon *für* konj *ist im* O. *sehr selten;
eher wird* pole *gehört.* j *für* l *a) im res.:* bolьšij: būjši. *ključa-
nica: kjučanica. kraƀ: kraj. b) *im venet.:* bolje: buj. ljubilъ:
jubu. med judmi *inter homines.* peji *duc, sonst* pelji. solien, soljen
neben hvajen. lj *geht im äussersten* O. *in* l *und dieses in* o *über:*
krao *rex.* neprijateo *hg. Man merke* obŭteo *calcei, aslov.* -têlь, muj-
vaonica: *aslov.* -valьnica, *in keinem der beiden fälle* ƀ. *In der
gruppe* l, *consonant wird* l *durch* ŭ *ersetzt:* bogati, fogati, folgati
und boŭgati *oboedire, d. folgen, wofür auch* fougen. kóŭter *rib.
špogati schonen pot. kärnt.: ahd.* spulgen *solere.* žoŭd *krieg: mhd.
solt, soldes, lohn für kriegsdienst.* sudát *venet. aus* soldato.

    2. *Erweichung tritt im nsl. bei* l *und* n *wie im aslov., daher all-
gemein mit einer einzigen ausnahme nur vor ursprünglich praejotierten
vocalen ein:* kraƀ, koňь, *nsl.* kralj, konj, *im gegensatze zu* kąpêlь,
dlanь, *nsl.* kôpel, dlan, *weder im aslov. noch im nsl. mit weichen* l,
n. ogenj *ist aslov.* ogűь, ognja, *nicht* ognь, ogni. peljati *ducere,
vehere ist it.* pigliare. knjiga. njiva. žnjica *schnitterinn. Man merke*
ánjul *engel res.; neben dem richtigen* gnetem *steier. hört man* gnjetem
kroat.; krajnec, krajnski *sind unrichtig für* kranjec, kranjski *aus*
kranj *Carnia.* lanje *ukr. beruht auf* lajno, lajnje. *Weiches* r *ist un-
bekannt, dasselbe wird nsl. meist durch* rj *ersetzt, während im chorv.*

*und serb. die erweichung spurlos schwindet, was nsl. nur im auslaut
eintritt:* more: morje, morja *usw.* gorjé *peius, vae.* zorja *neben* zo-
rija *Plohl 3. 83.* večerja. cesar, denar, *sg. gen.* cesarja, denarja.
odgovarjati *neben* -rati. udarjen. sparjen *partic.* morje *will man
mit collectiven in verbindung bringen. Im venet. wird, wie es scheint,*
storien *drei-, nicht zweisilbig gesprochen. Unhistorisch sind die er-
weichungen in* Iita *anni.* ńésu: neslъ. mIíko *lac neben* mléko. sńídu:
aslov. sъnêlъ *comedit.* gńízdo *nidus.* sńih *nix okr.* Iíp *schön.* Iia
holz res. anjgelski, krščanjski. senjem, *aslov.* sъnьmъ, *im O. Wie*
lj, *so wird im venet.* auch nj *durch* j *ersetzt:* žajem, žajon: žьnją.
Keine erweichung des l *bewirkt* ije, *daher* veselje. olje, *nicht* -Ie.
bilje *plantae hg., aslov.* bylije; *dagegen serb.* veseIe. uIe. perje *ist
aslov.* perije. *Dagegen geht* nije *in* ńe *über:* spanje. kamenje. zrnje.
Hie und da besteht n *für* ń: spane *trub.*

3. *Wie urslav.* tert, telt; tort, tolt; tent, tont *reflectiert wird,
ist seite 304. 308. 316. 317. dargelegt. Unslav. lautfolge tritt ein in*
podboršt *forst ON.* durgelj *drillbohrer: vergl.* dürchel. parma, parna
heuboden, ahd. parno, mhd. barn m., gotsch. bärm krippe, raufe. parta
corona virginea habd. porkolab *exactor hg.* tirmen *im W. Aus* larva
wird ukr. láfra.

4. nr *wird durch* d *oder* a *getrennt;* pondrêti, pondrt, pon-
drênje *immergere habd.* ponderek *mergulus lex.;* narav. *Man merke*
brêstiti *für serb.* mrijestiti *aus* nr-. *okr. besteht* merjasec, *ukr.*
nerêsec, nerešćak *neben dem jungen auf* rêz *beruhenden* nerêzec.
nb, np *wird* mb, mp: himbarija *von* hiniti *durch* himba *usw.,
wofür auch* hlimba. obramba. začimba *görz. hg.* hramba. pre-
memba; zasloba *hg. steht für und neben* zaslomba. sembiška gora
mons sancti Viti görz. šempas *sanctus Passus görz.* ampak *ist* a na
opak. za pet ram božih. *Dunkel ist* limbar. žrmlja *beruht auf*
žrnvlja. nš *verliert* n *in* mIša *res.:* mьnьšaja. jedrik *besteht neben*
ledrik *cichorium intibus görz. let.-mat.-slov. 1875, 220.* majhen
parvus ist zu vergleichen mit serb. maljahan 2. *seite 287.* r *und* l
wechseln: srákoper, *in ukr.* slakúper.

5. *Parasitisches* n *tritt in zahlreichen fällen ein:* do njega. k nje-
mu. pri njem *usw., daraus entstand* njega. njemu *usw.; doch werden
hie und da auch formen ohne* n *gebraucht:* dal ju jesem otcu *kroat.*
jo eam *stapl.* jo, ih *venet. Selten ist* ž *jim cum eo kroat. Plohl 3.
56. Gegen die alte regel verstösst* njehá *in* pod njehá noham'
venet., wenn jehá *wirklich vorkömmt.* sneti, snämem; snêmati:
sъnęti, sъnimati: sneti iz (sъ) križa *resn.* objeti: r. obnjatь. vneti,

vnåmem *incendere.* zaneti, zanåmem *id. venet.* snêsti, snêm: sънê-
sti, r. sъêstъ. sniti: snidi se volja tvoja. sniti se *convenire.* vniti
intrare. noter: ątrъ. nêdra: jadro. onuča, vnuča. le nun *ukr. für*
le un. *Man merke den sg. gen.* bižura *von* bižu, *fz., als hundsname
venet. und mak.-rumun. pre númere, bulg.* na ramo-to *mosch.* poči-
nek *requies lehnt sich an* počinoti *an. Nicht nur* r, l, *auch* n *kann
silbebildend auftreten: für* šent *aus sanctus hört man* šnt, *daraus
durch den einfluss des accentes* š *allein:* Škŏcjan *sanctus Cantianus.*
Štandrž *usw.*

B. Die t-consonanten.

*1. Während in den anderen sprachen in der veränderung der
gruppe* tj *und* dj *dasselbe gesetz herrscht: aslov.* tž, dž *und daraus*
št, žd, *ist dies im nsl. nicht der fall:* tj *geht in den meisten gegenden
in* tž, tš, *d. i.* č *über, während die gruppe* dj *durch ausstossung des*
d *gemieden wird.*

2. tj *1. in* č: broč: obročiti jajca. birič *lector meg. lex. habd.*
č. biřlc. otročič. hočem *neben* hočo *und kroat.* hoču. podničevati
lex. aus *-ničati: nêtiti. rdeč *ruber.* ufajuči *kroat.* bežečki *fugiendo.*
na spečkem. na gredočkem *und analog* skrivečki *clam.* zmučen
kroat.: unrichtig zmŏten. *Man beachte* zabrčven *von* zabrtviti *ukr.*
pripeča se *contingere solet kroat.* obečati. svêča, *daher* svêčnik,
res. svîtńik. prača, frača; preča, freča *hg.:* prašta. srêča, srêčati:
sъręšta. gača *hodensack des stieres.* gnječa *gedränge:* gnjet-ja-
oča: otja. soldača *militis uxor:* soldat-ja: *vergl.* županja. veča
(wohl vêča) *tributum agrorum, das fälschlich mit magy. becs pretium
zusammengestellt wird.* ječa *carcer ist von der w.* jъm (ję̨ti) *abzu-
leiten.* nagoča *nuditas.* slaboča *3. seite 172.* onuča (onu-tja). do-
mači: doma-tjъ. občji (občji plot *rib.), daher* občina: obь-tjъ. te-
lečji: telęt-jъ. *Dunkel ist* tranča *carcer, wobei an aslov.* trątъ *gedacht
wird.* mačiha. mačeha. dečko *puer: vergl.* dêtę. palača. okolivrč,
okúlivrč *ringsumher: w.* vert. kúčnъk (kúčnk) *stockzahn:* kątъ.
kračji *brevior.* več: vęšte, *daher* temuč, *wohl* têmь vęšte *so magis;*
vekši *ist wohl* večši. šenčur *ist* šent jur *sanctus Georgius.* ščem *ist*
hčem: hъštą. oč *vis,* (če hoč *si vis okr.* nočite, de bi vam Ježeša
spustil? *pot. 76.) ist zu vergleichen mit* hoč *4. seite XI. Dagegen*
snetjáv *brandig:* snet *f.*

tj *geht 2. in den westlichen teilen des sprachgebietes in* ć, serb.
h, *über:* ć *entsteht durch verschmelzung des* t *mit* j: *a) in Resia.* oća
pater: otja. obaćal (obaghal): obêštalъ. léća. ćon *volo:* hъštą. ći

si kat., *sonst* če, či: ašte. vǎč, vič, věč *magis:* vęšte. domǎči.
vrǎčæ *saccus:* vrěšta *f.* ptič, ptъč *avis:* pъtištъ. hudič *diabolus.*
obračat. srǎčat *obviam fieri, sonst* srěčati. prǔča: protivą, *s.* proču.
Das č *in* vinči *maior ist wohl eig.* čš: vęštъšij. kǎča *serpens kann
seines* č *wegen nicht mit* r. katitъ *zusammenhangen.* b) *Sonst in Venetien:*
oča *pater.* čon *neben* čem *volo.* vič (previč) *magis neben* venči:
vęštъšij. če *si:* hudoban vteče, če ha obedan na podi. berič. tičac
vögelchen: *pъtištъcъ. ča *in* ča domu *nach hause ist s.* ča, *das im
O.* tija, tijan, *sonst* tja *lautet; daneben* motien: mǎštenъ. *Neben*
trečji *finde ich* treča. c) *Sonst:* zmočen, zapečačen *in Ročinj zwischen
Canale und Tolmein. Man merke* veči, vači, vanči, vъnči. treči
görz. treč *neben* treča *okr. aus* tretj, *aslov.* tretij, *nicht* tretii. č *soll
auch im slovenischen Istrien vorkommen.*

tj *wird 3. hie und da in* k *verwandelt: zwischen* tj *und* k
bildet kj *den übergang:* pluka *pulmo:* plušta *aus* plutja *im südwesten
let.-mat.-slov. 1875. 227; bei Šulek 38. finde ich* pluk, pluč *langen-
moos.* keden *Tolmein.* kêden *ukr. für* tjeden, teden. treki, treka
neben treči *usw. tertius görz.* trekij, treko *skal.* samotrek *selbdritt
rib. neben* tretki, tretkič *kärnt.* pekjá *görz. aus* petjá, petljá *er
bettelt.* spek *ukr.* -pętъ. spek, speka *iterum venet.* ke *dorthin aus*
kja: sem ter ke *stapl.* kjakaj *trub. stapl. aus* tjakaj *stapl.* pruki
skal. aus proti. *Damit hängt eine erscheinung der Freisinger denk-
mähler zusammen, wo man liest:* eccę, ecke: ašte. uzemogoki: vъse-
mogǎštij; uzemogokemu. imoki: imǎšti. lepocam: lêpoštamъ. mo-
goncka: mogǎšta. moki: mošti. pomoki: pomošti. bozzekacho,
bozcekachu: posěštahą. choku, chocu: hoštą. prijemlioki: prijem-
ljǎšti. zavuekati: zavěštati. vuuraken *ist dunkel. In allen diesen
worten ist* k *wie* k, *nicht wie* č *zu lesen, das vom schreiber nicht
durch* k *wäre wiedergegeben worden. Durch diese eigentümlichkeit
wird die heimat des denkmahls nach dem westen des nsl. sprachgebietes
versetzt. Unter den angeführten worten befinden sich zwei, deren* k
aus gt *hervorgeht: man vergleiche* snūkaj *res. vergangene nacht,
wofür sonst* snoči, *s.* sinoč; vuensih *fris. für* vęštъšihъ *ist* venčih
zu lesen. Der übergang des tj *in* kj *findet auch im bulg. statt:*
strekjam *milad. 46. 389: aslov.* sъrętą *aus* sъrętją, *eig.* *sъręštają:
doch ist hier kj *vielleicht* č *zu sprechen.*

tj *wird 4. durch* jt *ersetzt:* trejti *kroat.*

tj *geht 5. in* c *über:* nicen *nolo görz. glasnik 1866. 397. Das
wort ist jedoch nicht zur genüge beglaubigt.* v štric *neben* v štrit:
w. ręt *in* sъręt: *vergl. b.* srěšta *ide milad. 166.*

3. dj *wird 1.* j *durch ausstossung des* d: mej *trub., jetzt* med: meždu. mlaj *neumond:* mlaždь *aus* mladjъ: *vergl.* mlaj *schlamm.* kłaja *pabulum.* noja; nuja *not buq. 414.* rja *eine krankheit des getreides hg. sonnenschein mit regen.* svaja *rixa hg.* breja *praegnans.* oblója *gemenge:* blądi. pizdoglaja *plantae genus.* gospója: gospodja. samojéja *plantae genus:* jêd. voj *dux.* vojka: *vergl.* povodec *hanfene pferdehalfter rib.* zaje *wintergetreide:* zad-. žeja *sitis:* žęžda; žaja, žajin *görz.* žaja, žejan *res.* slaji *dulcior.* prêj, prê: prêžde. mlajši: *mlaždьšij. zaj *in* nazaj; odzaja, odzajaj *hg.:* zaždь. lagoj *malus hg.:* *lagoždь: *vergl.* lagoden *steier.* tuj: tuždь. jêj *ede,* jêjte *edite neben* jedite *kroat.* gajati se: ka se haja? *quid fit?* venet. pogajati se. uhajati: kobila je na uháj *steier.* pôjati *venari von* pôditi: pądíti. narejati *facere, daher* narjavka *begleiterinn der braut rib.* obrejuvati *von* *obrejati, obrediti *communicieren dain.* obhajati: sveto obhajilo, sveti užitek *pot.* j *für* dj *tritt in den Freisinger denkmählern ein:* bbegeni *compulsi:* bêždeni. segna: žeždьna. prejse *2. 39:* prêždьše *vorältern.* tomuge. toie. tige. tage: tomužde. tožde *usw.* ugongenige: ugoždenije. pozledge *ist mir dunkel; zu lesen* bêjeni. žejna. prêjšе *usw.* tüh *hg.,* tuždь, *beruht auf* tühi *aus* tüji. *Falsch ist* oklajen *hg. für* -den. boj *hg. ist* bądi. dj *wird 2.* gj, *serb.* ђ, *auf dieselbe weise wie* ć *aus* tj, *serb.* ћ, *wird, nämlich durch innige verschmelzung des* d *und* j: *a) im res. aus jungem* dj: gjat *ponere, sonst* djati, *aslov.* dêjati. ogját *aperire, wohl aus* *otъdêjati. riždjál *qui aperuit, aslov.* *razdêjalъ. *Der kuhname* rigjána *kroat. ist s.:* rigj. *b) In kroat.:* poveč *aus* povegj: povêždь. povečte. vište *aus* vigjte *von* vigj: viždь, vidite. ječ *aus* jegj: jaždь. tugj: tuždь. žegja, žagja *sitis.* žegjati *sitire.* sugjen, *daraus* sugjenice. odtugjen *abalienatus habd. Falsch ist* zapopagjen *prehensus. c) selten hg.:* rogjen. obügjen. zbügjávati. gj *aus* dj *ist im nsl. jung; die im kroatischen vorkommenden formen sind aus dem süden, aus dem chorvatischen und serbischen, eingedrungen.* gjegjerno *hg. cito lautet auch* jedrno, gedrno: jędrьno. *Für* škeden *wird hg.* škegjen *gesprochen.*

4. Nsl. tje, dje *mit ursprünglich unpräjotiertem vocal aus aslov.* tije, dije *bleiben unverändert:* pitje. ozidje. ladja: pitije, *ozidje *usw. Der on.* blače *ist aus* blačah *von* blačan, blačavin: *blaštaninъ *gebildet.* tretji, *aslov.* tretii, *widerstrebt im W. der wandlung nicht.*

5. Auslautendes d *geht in okr. in einen laut über, der im ngriech. durch* θ, *im engl. durch* th, *von Brücke durch* t[4] *53. bezeichnet wird:* gath *schlange.* kath *wanne.* rath *gerne.* mwath *jung.* brath *barbarum.*

bleth *feldes* on. greth, *sg. gen.* gredi, *vom dache herabgefallener schnee.* jĕth, *sg. gen.* júda, *jude.* labúth, *sg. gen.* labúda. buth, *sg. gen.* búda, *upupa.* strth, *sg. gen.* strdí, *honig.* pĕlth (plth) *bild. In anderen gegenden Oberkrains wird* d *durch* s *aus* th *ersetzt:* grás. mwás. rás. žъwós, *sg. gen.* žъwóda, *eichel.* médus, *sg. gen.* medwjéda, *bär. Das* d *der präpositionen wird vor tonlosen consonanten entweder* t *oder* th: pret kárnar *vor das beinhaus.* meth kráúcam, *r.* meždu mjakišemъ. oth črmloū, *r.* otъ šmelej. *Man merke* trth krh *neben* trd krh *hartes brot. In einigen dörfern hört man das ngriech.* ð, *engl.* th *in den worten* with, *Brücke's* z[1] *54:* túdhъ, *sonst* tudi. *Man beachte* wjíthtъ *scire aus* vĕditi. káthrman *art wasserröhre.*

6. *Zwischen vocalen geht im* W. t *oft in* d *über:* cvede *tom.* pledem *okr. görz.* pledu *aus* pledel: plelъ. spledli *buq.* pomeden *görz.* médem. cūdé *floret okr.* pledem, pledejo *und* pletö: pletątъ. pletöč. pledla *venet.* medêlo *rührstock.*

7. bratrъ *verliert das auslautende* rъ: brat *neben* bratra *venet.*

8. *Die gruppe* tl, dl *wird im* O. *gemieden, im* W. *oft bewahrt; urslovenisch ist* tl, dl: plel, bol, *aslov.* plelъ, bolъ. jel, snêl *rib.* jelo *cibus rib.* prelja *spinnerinn.* moliti, *im* W. modliti *wie in fris. und bei meg.* bodu *okr. venet.:* bod, *aslov.* bolъ. rezbodla. cudu *okr.* cvedu *venet.:* cvъt, cvъlъ. jedu *okr.:* jad. jīdal, jīdoŭ, jīdu *und* jædla *res.* kradu *okr.* ukrádal, ukrádla *res.:* krad. padu, padwa *okr.:* pad. dopletla. dopredla. dorastli. srátla *quae obviam venit res.* sédu. vzedli *fris.* cvedu. padu. pledu. bodu. kradu *venet. aus* cvedel. padel *usw., wofür im* O. boo *oder* boŭ *aus* bol. cveo. jeo. krao. pao. pleo, plela. preo, prela. dorasli. srela *usw. Im* W. kridlo. motovidlo. šidlo. plačidlo. poscadlo. žedlo *aculeus.* močidlo. kresadlo. vidle. jedla *meg.,* šêdla *res., sonst* jela, jel *f. usw.* wádlo *welk, r.* vjalo; *bei meg.* vedliti *languescere.* uvel *welk neben* vedu, vedla *venet., allgemein* metla. metlika *artemisia.* sedlo. smetloha, slabo, smetno žito. medlo, *daher* medlêti. *Dunkel ist* redle *frisch trub. dalm. Man beachte* bobotlite *plappert von* bobotati. dvanajstla *apostel-tag meg.* volkodlak, vukodlak *rib., werwolf ist ein compositum;* poleg *penes:* podlъgъ, *bei bohor.* polgi; valje, vъle *statim ist wohl* vъ dъlje, *wie die nebenformen* vadle *gleich vip.,* vedle (vъdle), *und die redensart* vadle do Ljublane *rib. zeigen.* t *ist ausgefallen in* čislo *usw., worüber unten. Vergl.* 2. *seite* 94. tl *geht hie und da in* kl *über:* mekla *ukr. hg. kroat.* meklika *on. für* metlika. na kla *ukr. hg. iz* nä kl *ukr. kroat.* po kle (po tolê), poklam. klaka *ukr.*

für tlaka. sklačiti *hg.* kikla *kittel kroat.; analog* glijeto. sidlo *neben* siglo *situlus Archiv 1. 57.* pekler *bettler skal.* gletva *und dagegen* dležen *knöchel steier. Häufig ist* kl *für* tl *in aus dem deutschen stammenden worten, bei denen in manchen formen tl auftritt:* neškelj *nestel.* ošpekelj, ošpetelj, ošfatel *kurzes weiberhemd; bei meg.* halstuch: bair. halspfeit. rekelj *rötel.* urkel *urteil.*

9. tn *und* dn *verlieren den anlaut:* vganiti *erraten:* gat. vrnoti: vrt. ogrniti: grt. nasrnuti *kroat.:* srt. pogolniti (pogalniti) *deglutire:* glt. prekrenoti se: vae se bo prekrénilo *alles wird sich ändern metl.* venoti *neben* vehnoti *hg.:* ved. srênja *hauptort mehrerer gemeinden ist aslov.* srêdьnja. gospona *sg. gen. kroat. von* gospodin. *Neben* vedno *findet man* veno *aus* vъ jedьną, vъ iną. *Dagegen* skradnji *extremus für* skrajnji *von* kraj. popadnoti *hg. Für* tnalo *zum holzhacken bestimmter platz hört man* knalo: *w.* tьn. *Ähnlich ist* τνίνα *bei Constantinus Porphyrog. und* knin.

10. t, d *vor* t *gehen in* s *über:* plesti: plet. jesti: jed. klasti: v strah klasti *venet.* narest *venet. für* narediti. navast *venet. für* navaditi. obrêst *f. zinsen:* obrêt. pošast *f. gespenst, schnupfen, eig. was umgeht:* šьd. slast *f.* zlasti. vêst *f.* jêstva, jêstvina *cibus.* objêsten *mutwillig vip. ist eig. voll angegessen.* plestev *zaunrute.* prišesten *venturus hg.* preštvo *adulterium, eig. transgressio, wofür auch* prešeštvo, prešuštvo, prešištvo, *richtig* prešъstvo. daste. vêste. bôste, greste, *neben* bôte, grete, *aslov.* bądete, grędete. *Neubildungen:* imaste. prideste. rezvescliste. vzameste. želiste *buq.* čislo *numerus lex.* (v čislih imêti) *ist* čьt-tlo; čislati *honorare.* gôsli: gôd-tlь. jasli: jad-tlь. misel, *aslov.* myslь: myd-tlь. preslica: pred-tlica. veslo *remus:* vez-tlo. maslo. porêslo *für* povrêslo. črêslo *cortex:* maz. vrz. črt. *Dunkel ist* svisli *strohboden.* česlo *scepter dain. beruht auf* česati. *Zwischen* tt, dt *und* st *liegt vielleicht* tht *oder ein ähnlicher laut:* wjíthtъ *scire. In okr. spricht man* ohdêvatъ *für* oddêvati. ohtrgatъ *für* odtrgatъ. oh trbúha *für* od trbúha *neben* othtrgwu *für* odtrg-.

11. za dvermi *lautet im W.* za durmjí. *In rib. hört man* davre *für* dvъri, *dьvri.* tvrъdъ *wird* trd. dvor—dor. kmica, kmičen *hg. ist* tьm-. kmin, tmin *tolmein.* dam. jêm. vêm: damь *usw.* tiva *hi duo hg.:* ti dva. *Auch in* storiti *und in* torilce *catillus lex.,* torilo *hölzerne schale vip. ist* v *ausgefallen:* habd. *bietet* tvorilo *scutella casearea.*

12. tk, dk *geht in* hk *über:* gladъko *lautet im W.* gwahko, *im pl. nom.* gwaščé. kratъkyj- krahki, krašk. sladъko- swahko. tьkati-

hkati *krell.* hkat *okr. Daneben* rithka- rêdъkaja. gwathkó, gwásko: gladъkoje. swathkó, swaskó: sladъkoje. brhki, *daraus* brhek, *stattlich beruht auf* brdъk, *venet.* bardák. *Neben* otka, votka *hört man* vohka *sterze.*

13. godьcь, *lautet im* W. gösc *neben* godъc, *sg. gen.* gösca; *padec,* pasca. gosposka *ist* gospodъskaja, sosêska *gemeinde* sąsêdъskaja, *eig. die nachbarschaft.* ljuski, *im* O. ljudski. bogastvo, *im* O. bogatstvo.

14. dč (dšt) *wird* hč, hć, sč: hči, hći, sči. pastorka *entsteht aus* padъšterka, deščik *aus* dedčik: **dêdьčькъ. dž *ist fremd:* džŭndž.

C. Die p-consonanten.

1. Altes pja, bja *usw. wird durch* plja, blja *usw. ersetzt:* čaplja. kaplja. šuplja *höhle kroat. prip. 119.* konoplja; greblja. giblje *movet.* zgubljen; stavljati, stavljen; sprêmljati *usw.* obavljati (posle) *kroat.* krevljati (škorno) *okr.* pogonobljavec (-blavic *lex.) deletor.* žrmlje: *aslov.* žгъnъv-. prvle *hg. lautet in steier.* prle: **pгъvlje. Ähnlich ist* črlen *ruber kroat. hg.;* živênje, grmênje *sind die richtigen formen,* življenje, grmljenje *neubildungen; dasselbe gilt von* devljem *pono.* popêvljem *cano im* O. *Alt ist* davidovlj *in* v davidovlim *mestu krell.* škoflja ves *bischofsdorf.* bratovlji. sinovlji. zetovlji *dem bruder usw. gehörig. Im* W. *hört man die sehr jungen formen* grábje. sčipje *kneipt res.* zgubjen. zdravjen. zemja *venet. Das epenthetische* l *ist auf die aslov. fälle beschränkt, daher* kravji, *aslov.* kravij. snopje, šibje *aus* -ije *usw.;* döglji *longior.* laglji *levior.* meklji *mollior ukr. sind unhistorisch; daneben* glibji *profundior.*

2. I. P. p *fällt vor* n *aus:* kanoti. utonoti. trenoti. utrnoti. otrnenje (zubi) *habd.* okrênoti *indurescere.* počenoti *conquiniscere.* odъčenoti *decerpere:* kap. trep. trp *usw.* sen, san *und* senja, sanja: sъp. suti, *woher* spem, *ist* sъpti, *woher* sipati, *daneben* osepnice *und* osipnice *blattern, jenes von* sъp, *dieses von* sypa. prilipniti *trans. okr., sonst* prilêpiti.

·Inlautendes pt *geht in* psti *über:* tepsti: tep. dolbsti, zebsti: dolb, zeb.

Anlautendes pt *weicht entweder dem* t: tič, *oder dem* vt, *genauer* ft: vtič, ftič *dain. kroat. hg.* ftica *hg.;* ptuj *peregrinus pot. für* tuždъ *überrascht.* upъvati *wird* upati, vupati, *das oft für fremd gehalten wird. Für* ps *und* pš *spricht der Resianer* pc, pč: pcen: pьsomъ. pčinica: pьšenica; *anderwärts* všenica *pesmar. und* šenica *ukr.;* lepši *lautet in okr.* Ieŭš, *im venet.* lievš; tepka *mostbirne lautet*

in okr. tefče. p *aus* f *findet sich in* pila: *feile.* pogača: *it. focaccia.*
štepanja vas *Stephansdorf usw.*

Es ist beobachtet worden, dass res. p *vor langem* i *weich lautet*:
pĭše *scribit.* pĭha *usw.; eben so* pjiŭ: pilъ *okr.*

3. *II. B.* b *fällt vor* n *aus*: ogrěnoti. ganoti, genoti; ognoti
se *vitare:* vsa sila se mu ugane. pogìnoti: greb. gъb. gyb. bn *geht
im görz. in* mn *über:* dromne (tičice). dromenca *für* drobnica.

Auslautendes b *wird in okr.* f: bof, *sg. gen.* boba. zöf, *sg. gen.*
zöba. baf *pl. gen.:* babъ. gowöf, *sg. gen.* gowöba, *columba.* järéf:
jarębъ. hrif *collis.* jástrof: justrębъ. skrf *cura.* škrf, *pl. gen. von*
škrba. welf *gewölbe.* k rf to pride *wenn er dies verliert, eig. wenn
er um dies kümmt:* r *eingeschaltet. Sonst wird* b *im auslaute tonlos:*
bop *bohne.* döp: dąbъ. jérop: jarębъ. slap: slabъ.

bt *wird* ft, pt in droftina, *im O.* droptina; *dagegen* zebsti.

Nach b *fällt* v *aus*: obel *rund rib.* obaliti *fallen lassen kroat.:
b.* vali *umwerfen.* obarovati. obeseliti *trub.* obesiti; obisnoti *hangen
bleiben hg.* oblěči; oblak. obečati. obrnoti; obrten *agilis habd.: vergl.*
obrtan *industrius verant.* obujek *ukr. für* obojek. razbesiti *für* raz-
obesiti. obezati : ovezati *venet.* oblast *f.* obod *einfassung des siebes
rib.: daneben* obviti *kroat.* buq.

bc, bč *wird* pc, pč *oder* fc, fč: žrebca *im O.,* žébec, žéfca.
báfca, *sonst* babica *weibchen, r.* samka. hlebъc, *pl. n.* hlefcě. hrifčъk,
sonst hribček. aslov. bъčola *ist* čmela *im O. und görz.*

Neben drobelj *hört man okr.* dromelj *stück brot.*

b *wird weich vor langem* i: vybīra *eligit.* bīli *albus, dagegen*
bīla, *aslov.* byla.

In aus dem deutschen entlehnten worten steht b ḍem f *gegen-
über:* baklja *teda belost.* bart: eno bart, en bart: *mhd. ein fart.*
basati *fassen.* bažolj *neben* fažolj. birmati, bêrmati *firmen.* bruma
pietas; brumen: *ahd. frum.* bresa *in* živa bresa *donnerstag vor
fasching, auch* debeli četrtek, *ist das d. fresse.* šublja *schaufel vip.*
blek *trub. lex. fleck;* blek, *lit. blěkas, jetzt* plěkas, *ein stück gekröse.*
blêten *und* flêten: *mhd. vlât sauberkeit; vlœtic sauber.* bogati, vol-
gati: vaše stariše volgajte *buq.* bršt *frist.* brvežen *verwegen.* brve-
gaj, vrbegaj se me *görz.* stabla *staffel dalm.* bávtara (hlače na
bávtaro) *soll nhd. falltor sein.* pilun *firmling im verhältniss zum
paten ukr. hängt mit filius zusammen. Aus* luft *wird* luht, *aus afel* asla
geschwtir ukr.; dunkel ist barati *interrogare. Slav.* b *wird oft durch
deutsches* f *ersetzt:* fela bêla *on. fellach* v bélah *on. feistriz* bistrica
on. feldes on. entspricht dem slov. bled. *förlach* borovlje *on. lauffen*

lubno *on. saifniz* žabnica *on. treffen* trêbno *on. flitsch heisst* bovc, bolc *on., urspr. vielleicht* blc. besek *vogelleim karst. ist it. vischio.* *Hie und da spricht man* b *für* v: bino *für* vino. *Vergl.* benetki *venedig; tom. wird* b *und* v *verwechselt:* basti, vasti, *sonst* bosti. hudobi *lautet* hadau.

4. *III. V. Im O. gibt es nur éin* v: *im W. unterscheidet man* v *und das dem engl. w nahe kommende* w. *Im res. steht jenes meist vor altem* e, ê, i, *dieses meist vor altem* a, o, u: velĕk, člövĕk, kravi *und* nawada, wôda, skriwa *usw. Man hört meist* wĕzat: vęzati. wzĕt *sumere.* wlažno. kraw *pl. gen.*

In vielen fällen schwindet anlautendes v: boštvo *aus* vboštvo: ubožьstvo. ladati. lakno: vlakno. las: vlasъ. lah: vlahъ. torek. dovica *hg., sonst* vdovica. z, uz *für* vъzъ: zide *oritur.* zdehne *kroat.* zbuditi. shajati. zdihati, *bei Truber noch* vshajati. vzdihati. uzdignt *okr.:* vъzdvignąti. zrok *causa im O.* učja *res.:* vlъčija. že *aus* vže. lat *neben* vlat *ühre im O.;* se, sak *ukr.:* vьse, vъsakъ. *Inlautendes* v *schwindet in* srab. sraka *aus* svrabъ. svraka. skrnoba krell. četrti. črljen *im O.* varčica *restis venet.:* vrъvь. vesoljen, vusulni (svêt): vьsь volьnъ; vus volen *skal.* hlanĭk *res. lautet sonst* glavnĭk *kamm.*

vt *wird* ft: fteči. v *vor den* p-*consonanten wird im W.* h: h petek. h brêg. hbiti *aus* vbiti, ubiti. h vodi. h mak. hmrêti *aus* vmrêti, umrêti. hmazanka. nehmiven: *aslov.* neumъvenъ. v hiši *geht in* fiši *über. Dem* vъhaždati *entspricht* fsajati *ukr. Auch kroat. geht* v *oft in* h *über:* hmrli *aus* vmrli: umrъli. hmoriti *aus* vmoriti. hmivlem *lavo:* umyvają. h moje mladosti *usw. Aus* vъčera *wird ukr.* fčeraj, ščeraj, ščeranji.

vc, vč *gehen in* fc, fč *oder in* pc, pč *über:* vrfca, *minder genau* vrbca, *kroat.:* vrъvь. ôpca *res., sonst* ofca, ovca. fčera, včera— pčera *res., demnach* pse *res. für* fse, vse. uf srĭdo *res.* f srêdo, v srêdo. ouptăr *res. aus* ovtăr, *sonst* oltar *neben* ta u fsakin lætæ: vъ vьsakomь lêtê *res.; dagegen bleibt* v *vor tönenden consonanten:* vzel, vže; *nur res.* bzel, bže. *Aus* vn *wird* mn: ramno *res., sonst* ravno. umna *res., sonst* ovna.

Auslautendes v, *im O. meist deutlich wie* v, f *ausgesprochen, pflegt im W. in* u, ŭ *überzugehen:* brań: bravъ *res.* hliŭ: hlêvъ *res.* njiŭ: ńivъ *res.* čarstu, kralju *venet., sonst* črstev, kraljov, kraljev. noŭ: novъ *okr.* molitu, žetu *messis lautet im O.* molitev, žetev, žetva. poŭ *okr.:* povêj. sveker *f. kroat. hat das auslautende* v *eingebüsst.* črv *des O. wird im W.* čĕr-u, *sg. gen.* črwà, *d. i. wohl*

čr-u (*zweisilbig*). cvrl (cvr-o)-cru *okr. Man füge hinzu* iva—jiuja *res.*
njegóñga *okr.:* njegóvega; *ebenso* práůt: praviti *und* cudétъ: cve-
téti *florere.* uč *in* temuč *ist wohl* več; *eben so in* samuč *trub.:*
têmь vęšte. simь (*nsl. wohl* sêm) vęšte.
Weiches v *ward beobachtet vor* i *und* I: vídet *videre.* vir *fons:*
virъ. mir *murus.* miša *missa.* miso: męso. mihko: mękъko *res.*
5. *IV. M.* mr *wird inlautend durch* mbr *ersetzt:* kambra *görz.;*
im anlaute besteht bravljinec *neben* mravljinec. mn *wird* bn: gubno
neben gumno. spobnati se *görz. für* spomniti se. ml: gümlo *neben*
gümno *hg.* sumljiti se *kroat.* mle, mlæ, mlů *res. aslov.* mene,
mьnê, *mьną, mьnoją. mlæů, mlæla *res.:* mьnêlъ, mьnêla. mletci
ukr. aus benetci, bnetci, mnetci. vn: s plavnom gorêti *ukr.* la-
kovnik *pot. neben* lakomnovati *trub.* vnožina *kroat.* zapóni si *merke*
dir's dain. opouni *skal.:* mьni.
Auslautendes m *weicht in vielen gegenden dem* n: vüzen, *sg.*
gen. vüzma *hg.* iman, znan, sran *görz. Als regel gilt dies im res.:*
din *dico.* jin *edo.* vin *scio.* hrên *eo.* zi wsin tin *cum omni hoc.*
venet. ist in eis usw. Man merke se no ta *kroat.: sonst* sêm no ta.
dieůan: dêlają. smin *audeo gail.* md, mk *wird* nd, nk: vendar,
znanda *ukr.* zanka, zanjka *neben* zamka *laqueus;* počmem *kroat.*
steht für počną. m *fällt aus in* ñiški *res. für* nêmški: nêmъ-
čьskъ. *Für aslov.* krêvati *wird okr.* okrêmati *convalescere gesprochen.*
Weiches m: miso: męso. mita: męta.
6. *V. F. Die* f *enthaltenden worte sind meist fremd:* britof: *ahd.*
frithof. fant *bursche.* fantiti se. flêten *neben* blêten *hülbsch.* fažolj *neben*
bažolj. flare *pl. f. elephantia lex.: nhd. blarre, flarre.* ofer *inwohner*
ist d. hofer: daneben besteht gostač, gostovavec, gostij, osebenek
und željar. šaft *testament dalm. ist d.; dasselbe gilt wohl von* šafti,
šahti *schwerlich karst. usw.* frača, freča *hg. neben* prača *ist aslov.*
prašta. ufati, *wofür auch* upati, *ist aslov.* upъvati. zafalin *res.:* za-
hvalją. *kärnt.* droftina *lautet anderwärts* droptina, *das* drobtina
geschrieben wird. tešče *okr. art birne entspricht dem* tepka *mostbirne.*
Auch sonst tritt der laut f *oft auf:* f ižo *statt* v hižo. kožuf *res.*
ist sonst kožuh. *Man hört* škrofiti *für* škropiti.

D. Die k-consonanten.

1. *Im O. des sprachgebietes weicht aslov.* h *dem deutschen* h; *das*
gleiche geschieht im W.; während in der mitte zwischen beiden zonen
das deutsche ,haben' wie ,chaben' gesprochen wird.

2. *In Resia wird in Bêla (S. Giorgio)* g, *sonst* h, *gehört:* hanjan: * ganjam. hôra : gora. hrah *und* rah: grah. hárlo: grlo. jahudica. mahla: megla. njaha: njega *usw.; im venet.:* buha *obosdit.* duho *lang.* hora. host: gozd. ha *cum.* teha: tega *usw.; im görz.* buh: bog. hora. hram *eo.* brd. hrmi. potahnem *neben* gram. grd. grmi. potagnem *usw.; tom.* glah: glog; *in okr. im auslaut:* boh. brih: brêg. brwog: brlog. snêh, *sg. gen.* sngá *usw.; hg.* horčičen *matth. 13. 31. stammt aus dem slovak.*

3. *Das zum* h *geschwächte* g *und* h (χ) *schwindet im res. nach und nach vollends:* boåt, båt, bohåt. natahúwat *aufziehen (die uhr),* nataúwat. drúzaa, drúzaha. pr-ája, prája, prhája *usw. Auch sonst findet man diese erscheinung:* antfele *pesmar. 49: ahd. hantdwélla.* nja, njega. iz vsa tega. pomajte; *in Ungern schwindet* h *für aslov.* χ : leb: hlêbъ. svoji, svojih; *manchmahl tritt* j *für* g *ein:* nojet, nohet. zvejzdaj. krajinaj. *Im kroat.-slov. schreibt man falsch* pljuch, vrath *pl. gen.*

4. kt, gt (ht *kömmt nicht vor) gehen wie* tj *1. in* č *über:* reči. sêči *inf.,* sêč *sup.: jenes* sjičъ, *dieses* sjič *okr.* peči. leči *inf.,* leč *sup.:* kadar greš leč *res. 411.* je šel lač *görz.: aslov.* leg, legъ. pobeči *kroat.* hči *filia steier.;* či *hg.* peč *saxum:* pektъ. ločika *lactuca.* strêč (gremo očeta strêč) *ist wohl supinum. Neubildungen sind* močti. rečti. vlečti *dain.* zavržti *hg.*

kt, gt *wird 2. durch* č *ersetzt, jedoch nur im äussersten W.:* ričit *dicere aus* reči. ublič *induere.* pečet *assare aus* peči. ustrič *tondere;* ustreč: -strišti, *serb.* striči. nûč *nox.* mûč *multum:* moštъ. hčï, ščï: dъšti. pъč *saxum res.* moč *posse.* vrieč *iacere.* peč. reč. vteč *fugere.* nuoč *nox venet.* hči *karst.*

Für kt, gt *tritt 3.* k *ein: den übergang bildet* tj : moki. pomoki *fris. Eben so res.* snûka, snûkaj, *sonst* snoči, *67. 73.*

kt *geht 4. in* c *über:* nočôj, nicôj, ncôj *in der heutigen nacht.* ǻteri *hg. ist* kteri: kъtoryj. *In* jétika *hectica ist* k *vor* t *ausgefallen.*

5. *Vor den im vorderen gaumen gesprochenen vocalen gehen* k, g, h *in* č, ž, š *oder — und dieser übergang ist jünger — in* c, z, s *über.*

6. *I. Vor* i: k, g, h *gehen vor* i *a) in* c, z, s *über im pl. nom. der* ъ(a)*-declination:* otroci; utruci *res.* otroc' *venet.* otrocъ *okr.* druzi *res.* örǿesi *res. In der 2. 3. sg. des impt der verba I:* pomozi *kroat.* vrzi, vrži *hg.* peci: pécъ *okr.* teci: taci *curre res.* tolci: tócъ *okr.* vrzi: vrzъ *wirf okr. Jung sind die formen* strôčъ

schoten für -ci. gъši *für* glusi. tъši *für* tisi *okr.* u wsóčьh goráh
okr.; brščé, mъščé, swaěčě, swáščega *okr. lauten sonst* brhki,
mehki, sladki, sladkega. *Dadurch, dass* i *an die stelle anderer
laute getreten, sind die* c, z, s *häufiger geworden:* ubouzih *venet.:*
ubogyihъ. z dolzimi peresi *lex.:* dlъgyimi. vbozim : ubogyimъ ;
mirzcih *fris. ist* mrъzъkyhъ *zu lesen. Man merke* čídatъ *iacere.*
číhatъ *sternutare.* čij *baculum.* čisu *acidus.* čita *für* kydati. ky-
hati. kyj *usw.* mъšír *vesica, sonst* mehêr : mêhyrъ. číkla *ist kittel.
So ist auch* šъčíra: sekyra, *zu erklären.* druzga *aus* druziga : dru-
gaago. parnaziga te slejčejo *resn. 437:* nagaago. buozeha *venet.:*
ubogaago. veliceha *venet.:* velikaago: *man meint, mit unrecht,
hier könne nur iga stehen. Man merke* druj *für* drugi. drjé *für*
drugé. šéje *für* šége. najъga *für* nagega *usw. okr. b)* č, ž, š :
otročji: -čьj. vražjî. težji *gravior.* mušji *muscarum.* pečina *brennen
der brandwunde.* ročica. tančica *pot.* nožica. korošica, *im görz.*
korohnja: -hynja. *Daneben* prorokica *hg.* srakica *hg. res. neben*
sračica, srajca. vlačiti. služiti. sušiti *usw.;* preci *schnell, ziemlich ist
wohl pol.* przecię *aus* przed się, *č.* před se, *slovak.* preci: *die be-
deutung ist : vor sich, vorwärts, schnell, ziemlich.*

7. *II. Vor* ê *a)* c, z, s: oblecete *kroat.* pomozi ravn. ; *hie und
da noch in der declination:* tū pŏtôcæ. tou terzīh: trъzêhъ. na
warsæ: vrъsê *res. loc. sg.:* potoce. praze. roce. trebuse. *loc. pl.*
otruoceh. rozieh. *venet.:* aslov. protocê. *usw.* brozer *heil görz.:
vergl.* blazê. na rōсъ. u mōсъ *im mehle okr.* v rōci pesmar. *Jung
sind* na strešъ: na strêsê *und* na rojêh *okr.:* na rozêhъ. *b)* č, ž, š :
tečaj. sežaj *habd.* stežaj. lišaj. vršaj *haufe ausgedroschenen getreides*
karst. moždžani, možgani. brežanka *wein von* breg. kričati. prh-
čati *mürbe werden:* prhek. težčati: težča mi se *es beliebt nicht*
ukr. držati. mežati *die augen geschlossen halten vip.* zbetežati *er-
kranken.* slišati. sršati *hispidum esse. Ungewöhnlich* dišeti. oglu-
šeti. pecsahu: pečabą *fris. Man beachte* čadit *res. 47 für* kaditi.
čadež *dunst steier.* čada *schwarze kuh rib.* čavka *neben* kavka.

8. *III. Vor* ь: *a)* č, ž, š : rêč. laž. miš. proč. z oberouč *hg.* lečka
laqueus : lęk. ostrožnica *art brombeere:* č. ostružina. prěčnica
kopfkissen görz. družba. postrêžba. strošek. kečka *capilli:* kъka.
prečka *obstaculum habd.* rôčka *handkrug.* vsakojački *kroat.:* -čьskъ.
skržat *cicada karst.* svedočanstvo *kroat.:* aslov. sъvêdočьstvo. nšab-
noti *sich biegen krell.:* šьb, *das mit* šiba *verwandt.* pičlo *knapp
hängt wohl mit* pik *in* piknja *zusammen. b)* c, z, s : vênec. junec.
knez. pênez *usw.:* ь *für* jъ. nabozec *ist fremd.*

9. *IV.* *Vor* c: točeš, vržeš *und das junge* tečem, vržem. ženem
(gnati). očesa, jižesa, ušesa, *sg. nom.* oko, jigo, uho *3. seite 142.*
bose *fris.:* bože. beše *kroat.* molžåše *mulgebat res. In fremdworten:*
čéber *und* kéber *käfer.* čétna *und* kétna *kette.* čéüdar *keller okr.*
porčehen *chor in der kirche: emporkirche.* črêda *und* člên *beruhen*
auf čerda *und* čelnъ *aus* kerda *und* kelnъ: *man beachte jedoch*
krêpa ubit lonec *tom.; neben* krêpa *schneeball hört man im SW.*
kêpa, čêpa *tom.; die regel tritt auch in* keliti (pri-, s-) *anleimen*
hg. nicht ein.

10. *V.* *Vor* ę: č, ž, š: *aor.* uzliubise. uznenauvidesse. bese *fris.*
d. i. uzljubiše *usw., aslov.* vъzljubišę. pregovoriše *kroat.* volče.
srače, mlada sraka *ukr.* druže, siromaše: *aslov.* ę *aus* ent. *In dem*
sg. gen. pl. acc. nom. rōko *entspricht* e *aslov.* ę: *rąkę. Vergl. seite*
308. und 2. seite 190. In fris. liest man y *und* e: grechi: grêchy.
crovvi: krovy. obeti: obêty. szlauui: slavy. vućki, vuęki: vêky
und greche. gresnike. te *pl. acc. m.* zlodeine *sg. gen. f. d. i* *grêhę.
*grêšьnikę. *tę. *zъlodêjnę. *Ganz jung sind formen wie* roče *sg.*
gen. okr. roče *pl. acc.* pesmar. bošé *pulicis sg. gen.* rjúše *pl. nom.*
oréše *pl. acc.* velíče ribe *magni pisces.* brščé, mъščé *für* brhke,
mehke *okr.*

11. *VI.* *Vor* je: vince. solnce. srdce. *Dagegen* lažete *mentimini.*
premače *humectat.* pretače *fundit kroat. von* lagati. premakati. pre-
takati *aus* -gjete *usw.* če *ubi okr., sonst* kje, *aus* kъde. vrazjé. de-
acke, *eig.* diaconi, *pl. nom. beruht auf* deakje; *dasselbe gilt von*
junacke. vucke *lupi hg.; von* volcé *resn. 435 und von* učjé *okr.*
volcje *krell. skal.* vucje *venet., formen die es wahrscheinlich machen,*
dass das je *derselben wie das von* ribičje *hg. mit dem* ije *der*
i-*stämme identisch ist. Älter sind die comparative wie* draže *aus* -ije.

12. *VII.* *Vor* ja: meča brotkrume. mječa *wade okr.* snaša
kroat. priča (daneben pritka *veranlassung rib.*). toča. miža *schliessen*
der augen. reža *türlucke:* ręg. straža. duša. suša: *dagegen* babica,
ovьca, steza *usw. Man beachte die verba iterativa:* klecati *wanken*
ukr. klecanje *flexio lex.* poklecati, poklecuvati *resn. 396 neben* po-
klekati. klicati. lecati *desiderare hg.* nalecati se *timere habd.* nale-
cati se pogibeli *obiicere se periculo habd.* mecati se: hruške se
mecajo *werden durch liegen lassen weich, urspr. wohl nicht reflexiv:*
męknati. mancati *affricare lex.* micati *prip. 243.* mucati *balbutire*
kroat. naprezati: kočijo mi naprezajte *pesmar.* vprezati. prezati
se *aufspringen:* grah se preza *dain.* sočivje preza *legumina erum-*
punt lex. pucati: pucaju pečine *kroat.* obsezati. tancati: ne-

23

stancan *inattenuatus lex.* natezati : natezavati *anspannen kroat.*
pastir. 18. 20. trzati : trzaj *ruft man den schweinen bei der weide*
zu ukr. rizavica *sodbrennen :* ryg. izlagati *ist* izlog(i)ati, *eine*
form, die in jene zeit reicht, wo die gruppe ki *noch möglich war :*
zu dieser annahme berechtigt das axiom, dass eine s. g. palatale
affection, einmahl eingetreten, nicht wieder schwindet.

    13. Beachtenswert sind žrebelj, žebelj *nagel : ahd. grebil.* glota,
neben dem žlota *vorkommen soll.* spužva *spongia kroat.* ožuliti se
neben oguliti se *schwielen bekommen vip., sonst nur* žulj. mecljáti
(s kim) *zart umgehen okr.* jecljáti : mẹk. jẹk. čvrkutati.

    14. k *wird im res. vor* i *weich :* ḱiri : koteryj. siḱira : sekyra. ǵ,
s. ɉ, *ist magy. gy und aus dem magy. aufgenommen :* angel, angeo.
egiptom. evangeliom *hg.* gingav *schwächlich : magy. gyenge : in*
Steiermark hört man gingav.

    15. k n *geht in* h n *über :* h nogam *okr.* kt *aus* kъt *weicht*
mehreren lauten : dem k: keri *steier. okr., aslov.* koteryj. ḱiri *res.;*
dem č: čeri *gailt:* koteryj; *dem* ht: nehteri *škrab. 27.* láhat, dwa
láhta *res. :* lakъtь; *dem* št: šteri *neben* koteri *hg.* za nešterni den
steier. što *quis, aslov.* kъto. *Man füge hinzu* nihče. nišći *nemo*
res. nišče *trub. und im O.* niše. nihčer *steier.* ničirji *ukr.* nišir
kärnt. aus nikъto, nikъtože. ništer *ist* ničъtože. *Doch* hliktati,
hlikčem *schluchzen kroat.* darŏ *quando relat. steier. lautet sonst*
kъdar : kъdaže. kvi *wird* kli *in* cêrklъ, *sonst* cêrkvi. k m *wird*
h m: hmet *rusticus görz.* h mašъ *ad missam.* km *wird* b: botr :
kъmotrъ. k k *wird* h k: h komu *ad quem.* h kristušu *venet.*
mъhkó *okr.* mîhko *res. :* mẹkъko. žuhko *bitter :* žuhko je plakala
kroat.: vergl. žlъk *in* žlъčь; *daneben* t komu: kъ komu *und* d
gospodi : kъ gospodi *ukr.* kč *wird* hč: omehčati *pot.* gn *erhält*
sich : agnec *hg.; es geht in* nj *über :* janjčec *kroat.* janje *res.; ähn-*
lich ist anjul *angelus res.* gt *wird* ht *in* drhtati, drhčem *kroat. aus*
drgetati *steier. Vergl.* lahat, lahta *res.* lahti. laket, lakta *steier.*
nohet, nohta. zanohtnica *paronychia habd.* gk *wird* hk: lehko
steier. lagak; wóhka *okr.* žehtati *jucken ukr. beruht auf* *žъgъtati,
woraus žehta me *und* žašče me *es juckt mich.* g *ist ein vorschlag,*
dem j *vergleichbar:* gujzda *für* uzda. gôž. gôžva. gužvati (listeke)
zerreiben. Vergl. auch aslov. gnêtiti *mit nsl.* nêtiti. *pol.* gmatwać
neben matwać. gnêzdo. pegam *bohemus lex. Neben* zagojzda *wird*
zaglozda *gesprochen:* gvozd-. ht *wirft im anlaut* h *ab :* tæl, tæú;
tæho *volebant res. :* hъtêlъ, hъtêhъ. teú *voluit,* tiel' *voluerunt.* tiet
velle venet. Im O. geht ht *in* št *über :* štel *kroat.* šteo *hg.* ščem *hg.*

ist hъštq. šte *in* kakъte *quomodocunque ist wohl* hъětetъ. hv *wird hie und da* f: zafalin *danke res.* fraska *reisig:* hvraska. hki *wird* šči: brěčé, *sonst* brhki. *Anlautendem silbebildendem* r *wird oft* h *vorgeschoben:* hrvati *raufen kroat.* hrzati. hrž.
16. h *ist aus* s *hervorgegangen:* upěhati se *resn. 404:* pěšъ *beruht auf* pěh-, *dieses auf* pěs-. slěherni *jeder stützt sich auf* slěd-s-: slěden dan *jeder tag.* zěhati; zěhnuti *prip. 73.* udrihati *fortiter percutere.* sopihati *anhelare: vergl. aslov.* kopysati ἀνορύσσειν. tovarh *hört man neben* tovariš; peliha *neben* pelisa *rötlicher fleck auf den wangen;* čehati *bel.* počehljati *met. neben* česati, česrati; očehati *neben* očesati *habd.;* česúlja, čehúlja *racemus. Kleinaklas on., nsl.* malo naklo, *erinnert durch sein* s *an einen pl. loc.* naklasъ, nakljanehъ *3. seite 15.* f *für* h *findet sich im W.:* kožuf *res. für* kožuh; *umgekehrt* herjen *für* florian; blanca *pot., aus* flanca, *pflanze;* hrišno *für* frišno *görz.*

E. Die c-consonanten.

1. c *geht in jenen fällen in* č *über, in denen* k *diese wandlung erleidet:* divičji. grebénčiti *rümpfen* (nos) *okr.* lisičji (lisičja duha *odor vulpis prič. 148).* psičiti *bedrücken okr.:* *pъsica. naličje *leinwand zum bedecken des gesichtes und der brust einer leiche rib.* rečji *anatum:* reca. resničen. tkalěji *textorius lex.* obličaj. srčen. ovčar. bičje *scirpus:* bic, *mhd. binz.* mrzličen *fieberhaft.* scati, ščim. meseče *sg. voc. kroat.*
2. Dieselbe regel wie für die wandlung des c *in* č *gilt für den übergang des jungen* z *in* ž, *während vorslavisches* z *nur vor praejotierten vocalen in* ž *verwandelt wird:* knežji, *dagegen* griža *dysenteria:* gryz. maža *salbe.* molža *mulctus.* polž *aus* polzjъ. vilaž pesmar. *147 für* vigred *ver.* nalažat *finden res.:* nalazi. vožen. molžáše *mulgebat res. weicht ab:* mlъžěaše.
3. s *geht nur von praejotierten vocalen in* š *über:* paša, *daher* samopašno. noša *tracht.* plešem *tanze.* nošen. ugašati. višina, *das auch serb. und als* wyžyna *pol. vorkömmt, ist unhistorisch oder beruht auf* vyše. ješa *ist das d. esse.* šen *in* šenmaren *ist* šent *sanctus.* razvežuvati *hg. setzt ein* -ža *voraus:* vęžą. *Mit* šala *iocus vergl. aslov.* sjalenъ, šalenъ.
4. cvrěti *ist* skvrěti: criet *venet.* cerem *görz., sonst* cvrem.
5. Für zr *tritt häufig* zdr *ein:* nazdrt *zurück:* na vъzъ ritъ. nazdra *zurück.* zdraven *skal. görz. und* zraven. zdrěl *und* zrěl. zdrno. poždrěti *görz. und* pozrěti. mezdra *neben* mezra *und* medra

23*

membrana; auch mezda *hg.: das wort ist jedoch dunkel.* zroŭ okr. *für* zdrav *und* ozravi *stapl. sind befremdend.*
zdn *wird* zn: praznik *fornicator: daher auch* prazen. brezen. pozen: bezdъna. pozdьnъ.
zv *wird hie und da* zg, zh *und* zu: zgoniti *kärnt. görz.* zhûn, zwûn *res.* zuon *venet.*
zgn *wird* zn: zdruznoti; zdrüzgnoti *hg.*
zs *wird* s: povesmo *bund flachs:* vęz-smo.
z *vor erweichten consonanten wird* ž: gryžljaj *bissen.* vožnja. čež nj *per eum.* ž njim *usw.* žiž ńin *cum eo res. 14.*
z *vor tonlosen consonanten wird* s: mast: maz-tь. maslo: maz tło. porêslo *garbenband:* verz-tło.

6. sr *wird* str: pester. postrv. strêen *und* srêen. strêž *pruina* habd.: *vergl.* srêž *treibeis.*
stn *wird* sn: očivesno *hg.* vrsnik. masna *für* mastna. mêsni ukr.: *vergl.* aslov. žalesno (stenanije *hom.-mih. 3. 86*). *Dem gegen-über in anderen gegenden:* destna röka. destno, destnica *trub., daher* desten. nepristen *bei Linde: vergl.* aslov. kolestьnica *lam. 1. 30 und den flussnamen* d. *Pästnitz für* * pêsьnica, pêsnica. skn *wird* sn: zablisniti. oprasniti *ukr.*

asla, jasla, *gleichbedeutend mit* drav, *ist das* d. afel *entzündung.* *Für* s *aus fremdem* f *werden auch* sromentin zea mais *aus formen-tone und* sulika *blasshuhn aus* fulica *angeführt* matz. 315; *ähnlich ist* ščinkovec, šinkovec *fink. Vergl. lat.* frenum *mit* altir. srian *zeit-schrift 24. 510.*

s *vor erweichten consonanten wird* š: češljati *pectere bel.* po-šljem: posьljǫ. premišljati (zdaj ne bova premišljala *volksl.*). prošnja. brušnja. ošljak *art distel rib.* tešnjak *gedränge ukr.* davošnji *von heute früh.* drevešnji *der heute abends sein wird ukr.* ütrašnji *hg.* starošljiv *ältlich ukr.:* starostь. *Man merke* trešlika *fieber steier.:* tręs. odnešen *hg. ist unhistorisch.*

sloboda *beruht auf einem* th. svobъ.

sl *wird in manchen worten durch* k *getrennt:* sklêz *nehen* slêz. sklizek *hg.* sklizati se *kroat., sonst auch* slizek. skuza *aus* skolza, sklza; skuziti sc *hg.* sklezéna *neben* slezéna. *Man beachte hiebei die form* sclaua *für* slava *in personennamen. Vergl.* skrobot *und* srobot, srebot, srabot *clematis vitalba.* stl *wird* sl: čislo. gosli. jasli. preslica *usw.* uus čistlo, čittlo *usw.*

svr *wird* sr: srab, sraka: svrabъ, svraka. sóra *besteht neben* svóra. srêp: srepa inu strašna množica *skal.*

Weiches s *hat man beobachtet in* šédъm. šéwo *okr.:* sedmь. selo. sьsk *wird im W.* šk: nebeški. *Dialektisch ist* vъzdъšló *für* vzešlo *in Lašče Levec 4: vergl.* ištьdъše *seite 281.*

st *wechselt mit* sk: drist *lienteria lex.* dristav: dristov *foriolus lex. neben* driska *metl.* drsklivke *und* drstlivke *jagode mandragora lex.*

7. st *geht vor praejotierten vocalen in* šč *aus* sč *über:* gošča *silva:* gąstъ. guščava *kroat.* prgišča *manipulus habd.*, prgišče *hg.*, pr-išče *okr.*, prišče *u. ravn. 1. 88:* grъstь. hrošč: *w.* hręst. tašča. češčen: čьsti. krščen. očiščen *trub.* zraščen *hg.:* rasti *für* rast. okrščavati *hg.* krščenik *trub.* maščevati, meščevati: mьsti, mьšta. opraščati *kroat.* ispričeščati *das abendmahl reichen kroat.:* čęsti. nazveščavati *kroat.* krščanski. ešče *hg.*, išče, ješče *kroat. adhuc. Unhistorisch ist* koščica: kostь. gošči *comparat. ukr.* jišč *vielfrass rib.* vešča *hexe.* nalaš *pot. für* navlašč: *jěstь. věstь. vlastь. milošča *hg.*, obradošča *beruhen auf* milostь. radostь *vergl. 2. seite 173.* ščap *hg. ist d. stab. In einem grossen teile des sprachgebietes wird* šč *durch* š *ersetzt, das in okr. schärfer als das* š *für aslov.* š *lautet:* goša. taša. češen. kršenik. šc *adhuc usw.: okr. kennt, abgesehen von ganz jungen formen wie* blešč kraj *für* bledski kraj, na koroščъm *für* na koroškem, šč *nur in* ščim. *Im venet. bleibt* st: pustien: *doch* obraščen *neben* rasem cresco. *Im res. geht* st *in* šč *über, weil sich* t *in* č *verwandelt:* čišćen *castriert.* ošče *dickicht:* gąšta. púšćen. jišće *adhuc. In* krisken *fris. tritt* k *für* kj, tj *ein. Vor* ije *erhält sich* st: listje *usw.; eben so in* krstjan.

8. zd *enthalten folgende worte:* pobrazdati *beschmutzen.* (po luži) brozgati *neben* brozdati. brzda, barzda *und* bruzda; obruzdati *infrenare lex.: lit.* brizgilas. drozd *neben* drozg: drusk, *sg. gen.* druzga, *res.* gnêzdo. grozd. gozd: host *silva venet.*, hozda *sg. gen. venet.* gizda. jêzditi. mozda. pizda. pezdêti. pozdo: pòzdo *res.* pazdiha *lex.*, pazduha *meg.*, pazuha *habd.: lett.* duse, paduse: *vergl. aslov.* paznogъtь: *daraus folgt das dasein einer praeposition* paz; duha *scheint mit aind.* dōs *brachium verwandt.* zruzditi *und* zružiti (kuruzu) *prič. 37.* vezda *jetzt kroat. ist* ve *und* sъda. stezda *und* steza. zvêzda. žlêzda *und* žlêza. *aslov.* dъždь *lautet* dеž, deža; daš, daža; dežja *pesmar.*, deždž *hg.* dežgja *kroat.:* gj *für serb.* ь.

9. stb *wird* zb: izba; *daneben res.* jispa. sv *wird* cv *in* cikla *beta aus* cvikla. skn *wird* sn: têsen. prasnoti. stisnoti. sblesnoti *se effulgere hg.* pljusnuti *alapam infligere kroat.; dagegen* lusknit'. plusknit'. stisknit' *venet.* skvr *wird* cvr: cvrêti.

10. sk *geht in* šč *über vor vocalen, vor denen* k *in* č *verwandelt
wird:* ščep holzspan rib. *neben* cêp germen lex. surculus insertus,
tritula habd. iščem: iskjem. leščati *III.* fulgere. piščec pfeifer
trub. pišče huhn: *pl.* piščenci: pisk. primeščina, katera po smrti
te žlahte gospodu domov pade lex. luščina putamen squama neben
luskina gluma lex. sloven* ščina. rímeščice ein sternbild: rimъskъ.
dolinščak: dolinъskъ. vojščak: * vojskъ. voščénka wachskerze:
voskъ. oprišč ausschlag: pryštь. ščegetati, žgetati, žehtati kitzeln:
skъkъtati: vergl. das abweichende č. cektati. ščmiti, čmiti brennen
(nach einem schlage): klr. skemity zwicken verch. 63. tašč ieiunus
venet. tešč. voščiti wünschen: ahd. wunskjan. vriščem, vriskati venet.
vrêščati, vriščati ukr. prebivališče. vulišče kroat. kravšče aus kra-
višče. *In der mittleren zone steht* š *für* šč: dielšina neben erbšina
erbe von dielsk-, erbsk-. jišem quaero. wanіše leinfeld. wádiše
landungsplatz. jerše agnus annotinus lex. pišaů: pištalь. okr. hört
man für šč ein eigenthümliches schärferes š, das Metelko durch einen
besonderen buchstaben bezeichnet. Im res. steht auch hier šč für šč:
ščipat. pišče huhn, pl. piščata. piščala. hlevišče. lunčišče on.: lą-
čište: doch auch jišče quaerit. tiščijo premunt. Befremdend ist der
on. gradiška, nsl. gradišče. strasista on. urkunde von 1002, jetzt
stražiše. Das verhältniss von isko und ište (2. seite 274) tritt auch
bei duplo loch im baume rib. und düpje res. ein. Manche šč sind
dunkel: ščet cardus, bürste karst. ščetalje tribuli, hg. četalje. ščuka
hecht. ščene rib. ščipati usw. postedisi fris. entspricht aslov. poštę-
diši. Neben ščit hört man škit, škъt; neben ščrba, ščrbina - škrba,
škrbina. Dem scati liegt sъcêti, w. sъk, zu grunde. skê wird stê:
stênj docht vip., tê: tênja, sê: sênca. škegen hg., škeden beruht
auf ahd. skugîn.

11. zg *findet sich in folgenden worten:* bezgavka, bizgavka drüse
steier.: bizgavke okoli srama na dimlah bubo lex. bezg sambucus:
serb. bazg, pol. bez, sg. gen. bzu: * bъzgъ, lit. bezdas. zbrignoti
amarum fieri hg. vergl. mit aslov. obrêzgnąti acescere. brjuzga
schmelzen des schnees auf den strassen rib. drazg in draždžiti irri-
tare hg., wofür auch dražiti, ferners drastiti, draščiti hg.: č. draž-
diti, pol. drażnić. drozga kot. drozgati zerknüllen ukr. drozg in
droždže hg. ukr., drožjé okr.: lit. drage hefe, pr. dragios. druzgati,
zdruznoti zerdrücken, nagen: konj po koritu druzga okr. mezg
mulus. mozg cerebrum; moždžani kroat. možgani. mozgaj stück-
schlägel der wagner; meždžec pertica contundendis uvis ukr.; zmož-
džiti conquassare hg. gnježdžiti comprimere ukr.: serb. gmeždžiti

depsere neben meždenik *puls.* mlêzga *kot ukr.* muzga *palus meg. hg.
limus lex. meg.; auch baumsaft.* muzgeno jezero *lex.*, muža *palus
steier.*, muzgalo *res.*, muždža, muždžina, muža *sumpf.* biser mužgju
1. *sg. praes. Plohl 3. 55.* nanizgati *wird neben* nanizati *angeführt.*
razgotati *hinnire.* rozga, *davon* roždže *hg. und* rožje. zvizgati,
žvižgati *und* zvizdati. *Aus dem angeführten ergibt sich, dass* zg
vor praejotierten vocalen in ždž *übergeht:* roždžjo *im O. von* rozga.
Dabei tritt dž *für* dj *ein, so wie* tš, *d: i.* č, *für* tj *in* tašča, *beides
jedoch nur vor ursprünglicher praejotation. Für* ždž *hört man sonst*
žj: rožje, *in res.* žgj: žvižgje *d. i.* žvižɳe. *Vergl.* breždžati *schreien
ukr.* zd *für* zg: brezdêti, brezêti *illucescere:* brezdi, brezi *ukr.*
zg *für* sk: ljuzgati *schälen ukr.*

F. Die č-consonanten.

1. Viele von den č-consonanten finden sich in entlehnten worten:
č: beč *denarius: it. bezzi.* čavel, *sg. gen.* čavla, *nagel: vergl. it.
chiavo, nicht caviglia.* pečati *se occupari habd.:* ne pečaj v me *metl.:
it. impacciare. Einheimisch ist* čada *schwarze kuh* zakajena, dimasta
krava, *das mit* kaditi *zusammenhängt.* ž: dêža *kübel: vergl. nhd.
döse.* fužina: *it. fucina.* jagrež *sakristei ukr.* klovže *abschluss: it.
chiuso.* pižem *moschus lex.* roža: *nhd. rose.* važa *rasen: ahd. waso.*
žagred, *im O. auch* žagreb, *sacristei.* žakelj: *nhd. sack.* žatloka
soll schlachthacke sein. žehtar: *ahd. sehtari.* želar, željar: *vergl.
mhd. sidelen; matz. 92 denkt an mhd. giler mendicus und an ahd.
gilári aedes.* žida *seide.* žoůd, *d. i.* žold, *krieg: nhd. sold.* žrêbelj
nagel: ahd. grebil. žuhati *wuchern trub.: ahd. suoh.* župa *suppe.*
žvegla: *ahd. swêgala.* žveplo: *got. svibla-, ahd. suëfal, auch* žeplo.
Dunkel ist žmulj *cyathus, vitrum habd.* š: brgeše, breguše: *it. le
braghesse dial.* šema *larve: nhd. schemen, mhd. schëme.* šembilja
(modra ko šembilja *okr.) ist wohl sibylle.* šent *sanctus.* škarje *pl.:
ahd. skára.* škrat, škratec, škratelj, *p. skrzot: ahd. skrato.* ščin-
kovec *entspricht dem ahd. finko.* šošnjanje *susurratio dem aslov.*
bąhnanije. škeden: *ahd. skugïn, scheune.* šolen *hg.*, šolinci: *ahd.
skuoh.* štepih *schöpfbrunnen ist bair. stübich packfass.* štedor, šteder
wagebalken hängt mit statera zusammen.

2. Die gruppe čr *wird nur im O. geduldet, im NW. schwindet*
r, *im SW. wird e eingeschaltet: O.:* črêda. črez. črêp. črêšnja.
črêvelj. črêvo. *NW.:* čida *aus* čêda. čez. čêšnja. čêwъl, čiwъl.
čiwa *okr.* čêp. *SW.:* čereůlje *vocab.* čeries. čeriešnja. čerievelj.

čerieva *venet.* čiríšnja. čiríúje *neben* črišnja. črìwje *res.* čerez *hört*
man auch in Ungern, čeŕešcv *aus* črêslo *in Krain.* čres. čréšna.
čréva. črével *rib.* žr *wird im O.* gesprochen: žrebé, *so auch in*
rib. venet., ždrcbe *im görz.,* sonst žebé, žъbé. žrêbelj *nagel:* žræ-
baj *res.,* sonst žebelj; *überall* žerjav *grus.* Man beachte požgart-
nost *voracitas venet.* šeragle *ist das d.* schragen. *Hieher gehört*
želōdec.

3. čt *aus* čъt, čet *wird* št: štirje: četyrije. štrti: četvrъtyj.
steti *legere:* *čъtêti, čisti, *neben* čteti *hg.* kroat. poštenje *allg.* ništer
trub. krell. nihil: ničъtože, *daher* zaništrovati *verachten* skal. ništa
kroat.: vergl. nizce *fris.* 2. 11. Auch in fris. geht čъt in št *über:*
postete: počъtête. postenih: počъtenyhъ; *selbst im cloz.* I. 141
liest man poštenъju: počъteniju.

4. čъst *wird* št: vraštvo: vračъstvo; *dagegen hg.* prorostvo,
svedostvo. čъsk *wird* čk: grčki: grъčъskъ; *daneben* človêški.
mrtvaški, *davon* mrtvaščina: diší po mrtvášćini ukr. otroški.

5. ž *wird, meist zwischen vocalen,* r: ar *quia* kroat. aus are:
ježe, *nach anderen* aže. dardu *res.:* daže do. dajdar, dajtedar krizt.
143. gdare *hg.,* dare steier.: *quando* relat. kajgoder. kamogoder
kroat. nudar *wohlan:* nu da že. vendar *tamen:* vêmъ da žc. znam-
dar *vermutlich* krizt. 132. dejder, deder kroat. doklieder kärnt.
kdor *qui* relat., kogar, komur. kar *quod:* ka, kaj. česir *pot.* čer
okr. *aus* kjer: kъde že; *daraus das allgemeine relativum* kir, *das*
dem fz. que *in: l'homme* que je lui ai dit *entspricht: schon* zogr.
bietet žъ *für* že: ižъ. kamor *quo relat.* lestor *tantum ist wahr-*
scheinlich lê sъ to že *vergl.* Knjižcvnik 3. 397. nikar. nigdar *nun-*
quam: *ni kъ da že. nigder kroat. past. 16. nikir. nihčer *stapl.:*
ni kъto že. ništer; ništar kroat.: ni čъ to že; *daher* nečamuren
nichtnutz hg.: ničemuže-ьnъ. nûr *semel res.:* jedъnъ že. tere *schon*
fris.: teže. torej. ob tore krell. za torej. potler: po tolê že. vre
rib. kroat.: uže, *das noch vorkümmt,* res. *und* sonst. vsigdar *semper.*
blagor, bloger: blago žc. scer *sonst:* sice že. *In allen diesen worten*
geht das ž *von* že *in* r *über: derselbe übergang findet sich in dem*
verbum morem, moreš: mogą, možeši. pomore *adiuvat.* mosete
(možete) fris.; *damit hängt zusammen* morati kroat. muorati venet.
môramö *res.-kat.* neborec *homo pauper:* nebožьcs. *Man hört auch*
renem *statt* ženem, porenem *von* gnati. *Neben* nicoj *bietet* dain
nicor. *In der mittleren zone hört man* nar: narvêči *maximus*
für naj: najvčči *im O.* najvïnči *res.* najmre *nämlich scheint* na imę
že *zu sein.*

6. j tritt manchmahl an vocalisch auslautende worte an: kaj, *wofür* ka *hg.* zdaj *nunc:* zda *hg.* z urenoj *mecum.* z notraj. ozdolaj. ozgoraj *trub. usw. In* nazä *hg. ist* j *abgefallen.* teden *woche lautet im O.* tjeden. jędrьnъ: jedrn. gedrn, gędrn, gedjern *hg. Man merke auch* gečmen.

Zweites capitel.

Den consonanten gemeinsame bestimmungen.

A. Assimilation.

Fälle der assimilation sind ftrgnoti *für* vtrg-, utrg-. žbela *für* čbela: bъčela. šežen *res.:* sęžьnь, *s.* sežanj *und* ščanj. iženem *beruht auf* ižženem *aus* izženem *usw.*

B. Einschaltung und Vorsetzung von consonanten.

pester: pьstrъ *beruht auf* pьs *in* pьsati: *vergl.* pisan *in der gleichen bedeutung.* hrzati: *aslov.* rъzati.

C. Aus- und abfall von consonanten.

a) bõte *aus* bõdete. nečem, *bei trub.* nečo, *nolo:* ne hъštą. mèseu *görz. für* mecêsen *pinus larix.* va *aus* dva *ist der exponent des duals im nom. m. geworden:* etiva dva sina mojiva. drugiva. oniva *neben* njidva; *daher auch* dvej ladji stoječevi *hg.* mija *nos duo neben* onedva *und* oneja *steier.* vosk *beruht auf* vakska *zeitschrift 24. 500. b)* ladati *dominari.* mõ *für* bõmo, bõdemo. te *für* bõte, bõdete. topir: speča miš *görz.:* netopyrь. noraz *falx vinacea lex.* mohor *für* hermagoras. daš, deš: dъždь.

D. Verhältniss der tönenden consonanten zu den tonlosen.

Dem auslaut kommen nur tonlose consonanten zu: grat, grada. sat, sada. bap, baba. golõp, golõba. kriš, križa; *daher auch* drosk, drozga.

E. Metathese von consonanten.

bъčela: (čbela), čmela, žbela *usw.* četverъ: čveteriti *vorspann leisten.* dvьrь: davri, *daraus* daŭri, duri *neben* dveri *O.* izvirati: wzirati *okr.* jelenь: lajén *res.* larva: lafra *ukr.* lъžica: žlica. mьžati: žmati, žmêriti. mogyla: gomila *collis hg.* nadъhъ: nahod *schnupfen neben* nadiha. sъnьmъ: somenj *görz.,* senjem *O.* toporъ: potór *okr.* ubiti: bujti *O.,* ubujti *görz.* ukazati: kvazat *befehlen venet.* umyti: mujti *O.,* umujti *görz. usw.*

Lautlehre der bulgarischen sprache.

ERSTER TEIL.

Vocalismus.

Erstes capitel.

Die einzelnen vocale.

A. Die a-vocale.

I. Erste stufe: e.

1. A) Ungeschwächtes e.

Aslov. e *ist* b. e: pletъ : pletą. *Unbetontes* e *lautet wie* i: téli *und* tilé : telę. *Eben so geht unbetontes* o *in* u *über.*

B) Zu ь geschwächtes e.

1. Dem ь *aus* e *entspricht* b. *entweder der halbvocal* ъ *(denn das* b. *kennt wie das* nsl. *nur éinen halbvocal) oder* e: čenъ : čьną. парънъ *intendo.* ръв. *Eben so* въvne *dilucescit:* w. svьt. temninъ *neben* tъmen. tenki *neben* tanki, *das zunächst aus* tъnki *entsteht. Die behauptung, das* b. *besitze ausser* ъ *noch* ь, *halte ich für unrichtig:* tьnka *soll nach einigen mit* ь *geschrieben werden, während andere unbedenklich* tъnka, tanka *schreiben.*

2. ъ *hat einen mannigfachen ursprung, wie bei den einzelnen vocalen gezeigt wird. Hier soll das allgemeine beigebracht werden.*

aslov. ъ *kann eben so wie aslov.* ь *b.* ъ *sein: dass* ъ *für* ь *im b. uralt ist, zeigt der wechsel von* ъ *und* ь, *der im b. viel weiter geht als im pannonischen slovenisch; ebenso der umstand, dass es* ь *b. denkmähler gibt, die nur* ъ, *und andere, die nur* ь *anwenden. Der laut des* ъ *ist der seite 20 behandelte dumpfe vocal. Derselbe kann durch* a *ersetzt werden:* na *sed: aslov.* nъ, naъ *Im äussersten W. des sprachgebietes tritt dafür o ein:* preloga (go preloga Todora robine *ihn überlistete usw.): aslov.* prêlъga. loža: lъža. son, sono-t: sъnъ, sъnъ tъ. sno'o *für* snobo: snъho *sg. voc.; so auch* dobor: dobrъ. sedomdese: sedmь desętъ. čaša vedornica *per. spis. 1876. XI. XII. 159. 160.* bide: bądetъ, *auch als aor. angewandt, beruht auf* bъde.

3. *Der laut* ъ *wird auf verschiedene art bezeichnet: durch* ъ: sъm *sum; von Cankov durch* ù: zùl: zъlъ; *durch* â: vrbâ *per. spis. 1876. XI. XII. 154; durch* a: kamane *148. d. i.* kamъne; *durch* ж: sжrmali *171.* pjasжk *milad. 194.*

4. *An dem satze, dass es nur* éinen *halbvocal mit der seite 20 bestimmten aussprache gibt, halte ich fest und erkläre die abweichenden ansichten durch die in einzelnen füllen von der umgebung des lautes ausgehenden modificationen desselben: nach per. spis. 1876. XI. XII. 147:* â (d. i. ъ) se izgovarja malko nêšto gluho. *148.* ж v srêda ta na dumi tê se izgovarja kato širok i, taka da rečem, dжlbok gluh glas. v kraj t na dumi tê ж-to po nêkoga se izgovarja kato â. v duma ta lъžж ta i ošte v nêkoi dumi ъ se izgovarja kato ж. *163.* tъpčeše: ъ se izgovarja kato širok gluh glas, takъv glas se čue i na mêsto to na ж v korenni te slogove: rжka i pr. *165.* meždu ж i ъ nêma razlika.

2. tert wird trt, trъt, tъrt oder trèt.

A. tert *wird* trt, trъt, tъrt.

1. *In den meisten gegenden scheint* trъt *oder* tъrt *gesprochen zu werden, daneben besteht* trt: prъvi *und* pъrvi. blъhъ *und* bъlhъ. *Ich schreibe die erstere form:* brъdo. srъče *pipio.* črъven *ruber.* črъvij *vermis.* črъn *niger.* črъpe *potum praebeo.* dlъbъ *scalpo.* drъgla *quae scabit.* glъč *clamor: nsl.* golčati. grъlo. hlъcam *singulto.* hlъzgam *labor.* klъkъ *femur: nsl.* kolk. klъcam *tundo.* plъh: *nsl.* polh. prъhnъ *siccor.* slъbъ *scala aus* stl-. ismrъcam *exsugo.* srъbam *sorbeo.* nastrъve se *assuefio (wohl nur von wilden tieren): vergl.*

aslov. strъvo. istrъkam *abstergo: w.* ter. vlъfъ: *aslov.* vlъhvъ.
vrъhъ *trituro.* vrъkolak *vampir: aslov.* vlъkodlakъ *werwolf.* vrъže
ligo. zrъkoli augen. *Wenn der halbvocal vor r, l zu stehen kömmt,
so geht derselbe vor einem č-laut, wegen des parasitischen j, in e
über, denn jъ ist e:* čern, čerpe *für* črъn, črъpe; želt, *minder
genau* žъlt *milad. 67. 171. 180 usw. neben* žąlt *114. Die on.* χέλμος
und χλουμούτσι *in Morea beruhen auf* hlъmъ. *In den meisten der
angeführten worte entsteht* trъt *aus* tert. trъt *entsteht ferners a) aus
urslav.* tret: grъmi. slъzъ, sъlzъ. trъpkъ *tremor:* trep. *Man füge
hinzu* rъšeto *neben* rešeto. brъnče *sono: aslov.* bręčati. *b) aus ur-
slov.* trêt: črъdê *grex.* črъvó. trêbuh. vrъšté *neben* vreštê *clamo:*
vrêsk-. *Dunkel sind* rъgam *pungo.* rъsê *conspergere: vergl.* rosa.
rъšnъ *vagor. Abweichend sind* svrédel *terebra: aslov.* svrъdlъ. mór-
kov *beta: nsl.* mrkevca.

2. *Der laut, der in* trt, trъt, tъrt *zwischen den beiden* t *steht,
wird auf die mannigfaltigste art bezeichnet:* trъgam: trügam *cank.*
dlъbok *verk. 153.* grük *und* gùrk *cank.* dъržim *Drinov.* hъlcavica
morse. glъčka *bulg.-lab.* bъrkam *morse.* prжvo *milad. 116.* gжrlo
286. dжlboko *Drinov.* tarčainčkum *milad. 536.* dalboko *verk. 238.*
polzam *milad. 536.* dolboko *29.* slonce *379.* sжnce *222. Ein klar
blickender, von gelehrten schrullen unbeirrter kyrillischer Vuk wäre
den Bulgaren eine grosse wohltat; für das lat. alphabet haben die
brüder Cankov lobenswertes geleistet und eine kritik der kyrillisch
schreibenden Bulgaren möglich gemacht: in dieser kritik wird der
forscher auch durch das mit griechischer schrift geschriebene bulgarisch
unterstützt, so wie durch die lateinisch geschriebenen aufsätze in der
sprache der ungrischen Bulgaren. Der griechisch schreibende verfasser
des* τετράγλωσσον λεξικόν *hat* αρ, αλ *für* ъr, ъl: τζάρχβα: srъku. τζάρ-
νω: črъnъ. τάρβα: drъvo. φάρλιαμ: *hvrъli. γλάλ(τ)ωτ λάρυγξ: *glъtъ.
χάρρωτ: krъvъ. πάροτη τε: prъsti. πάρβα: prъvojc. σάντζε τc: slъnьco.
στάρχωη τε: strъkъ. βάλνα: vlъna. βάρμπα τα: vrъba: *daneben liest
man* ιάπολκη: jablъko. πώλνα: plъnaja. τέρπαμ ὑποφέρω: trъplją. βόλ-
χοτ: vlъkъ. *Die Vingaer schreiben* tart *und* trat *und sprechen* tъrt
und trъt: frъknъ *fliege.* grъmnъ *donnere.* krъf: krъvъ. vъskrъsnъ
resurgo. krъв *taufe.* krъstjanin *christ.* prъstenj *ring.* srъžbъ *zorn.*
trъsъ *suche.* dlъžnus *debitum.* slъnci *sonne.* rъž *roggen und* bъrzam
eile. cъrkam se *krepiere.* čъrvej *wurm.* dъrvo. dъržъ *halte.* gъrgъ-
licъ *turteltaube.* gъrlu. gъrmež *donner.* pregъrnъ *umarme.* jъtъrvi
pl. mъrtъv. hъrgjъv *böse:* rъždavъ. svikъrvъ. sъrci. sъrdъ se
zürne. sъrčбъ *aus* srъždъba. tvъrde *sehr.* tъrpezъ *tisch.* tъrpъ *leide.*

vъr *über aus* vъrh. dъlgj *lang neben* dъlъk. pъlnъ *fülle.* pъltenič *gespenst le revenant:* plъtъ. вълзъ.

3. *Dass* r, l *im* b. *silbebildend auftreten, sagt Herr M. Drinov ausdrücklich:* Pri l i r, kogato prêd têh se namira съglasna, starobъlgarskij ъ i ь nêma nikakъv glas. tova pokazva, če v tie slučae l i r i v panagjursko to kakto i v mnogo drugi bъlgarski izgovarjanija съ glasni. ljubopitno e, če v takiva slučae pri r-to po nêkoga se gubъt i glasni-tê a i i: na mêsto strana i priliča izgovarjat strna, prliča *per. spis. 1876. XI. XII. 148. In den von Herrn Drinov bekannt gemachten volksliedern liest man* brgo *cito 173.* brknъ (brkna momče u džepove) *177.* crkva *172.* crn *163.* crnook *176.* crven *172.* drvo *149.* držěše *155. 163.* frknъ *149. 156.* frli *162.* krpa *171.* krv *174.* mrtvъc *171.* prska *165.* prste *155.* prsten *161.* prvo *149.* srce *151. 163.* trgnъ *178.* zatrni. (prelazi te zatrnilo) *176.* vrbъ *154.* vrlače (mъžko i dete vrlače) *151.* povrnъ *152.* vrvi *155.* prevrzala *177; bei verk.* frlji *372. und* frljet *54; bei Drinov* blsnъ *152.* klne *177.* mlči *155.* slnce *153.* slnčice *154.* slnčov *155.* slzi *158. Puljevski schreibt consequent* četvrtijo t. drvja. svrěi; dlžni. naplnite. slnce *2. seite 1—12. Diese darlegung war notwendig, weil silbebildendes* r, l *für das* b. *häufig in abrede gestellt wird.*

4. *Den* b. *formen liegt das urslovenische* trt, tlt *zu grunde; daraus entstand zunächst* trъt, tlъt *und* tърt, tълt, *formen, neben denen, wie gezeigt wurde, sich* trt, tlt *bis heute erhalten haben.* trъt *ist älter als* tърt, *schon aus dem grunde, dass die aslov. denkmähler aus Bulgarien von* tърt *keine spur bieten.* b. trъt *ist selbstverständlich mit aslov.* trъt *nicht identisch. Was ausser* trt, tърt *und* trъt *vorkömmt, ist, teilweise wenigstens, falsche schreibung.*

B. tert *wird* trêt.

brêg: *nsl.* brêg. brês *ulmus.* drên *cornus: nsl.* drên. plêvъ *stramen aus* pelvъ: *nsl.* plêva. vlêkъ *traho.* mrêl (mmral) *aus* mer-lъ; prêl (i gi zaprjalъ u temni zavnici *milad. 132) aus* per-lъ: *nsl.* zaprêti; vrêl (provrel, *s. provuko verk. 370) aus* ver-lъ. rêdъk *aus* erd- *usw. In* čerěše *cerasus.* čerěslo *mörserstössel.* čeren *messerstiel.* čereva *ist zwischen* č *und* r *ein eingeschaltet:* črěšnja. črěslo. črênъ. črêva: *das* e *an zweiter stelle in* čeren. čereva *ist gegen die regel, wenn es nicht im accente seinen grund hat. Was in* čerěše, *tritt in* čерър *testa ein:* črêръ. vreténo, vrътéno *steht für* vrêteno.

3. ent wird ęt, et.

1. Aslov. ę *wird regelmässig durch b.* e *ersetzt:* čedo *infans.* ces *fortuna:* čęstь. ečemik: jęčьmykъ. etrъva. govedo. jedka *nucleus:* jędro: *zwischen diesem und dem s.* jezgra *liegt* *jęzdro, *jęzdra. jedъr *fortis:* jędrъ *citus.* jerebicъ *neben* jerabicъ. seknъ *emungo.* šegъ *iocus.* stresnъ *excitor:* tręs. veslo *fasciculus:* vęz-tlo. želo *aculeus.* vitezъ *bell.-troj.:* vitęzь. *Die Vingaer sprechen* ъ *oder* ě: čьdu: čędo. glьdъm *specto.* kólъdъ. vъžъ *ligo.* žьdin *sitiens.* gurьš: goręštь *und* ditě. klětvъ. měk: mękъkъ. měsu. rěd. trěskъ *febris.* *Das zum ausdruck des fut. dienende* zъ *ist vielleicht aslov.* vъzę: zъ *umrémi moriemur: vergl. klr.* pуsaty mu *für ein aslov.* pьsati *imą 3. seite 285. Die nasalen vocale hat das b. wie das nsl. vor jahrhunderten in der regelmässigen anwendung des aslov. und des poln. eingebüsst. Was sich in alten denkmählern und in der heutigen rede, namentlich in den dem weltverkehr entrückten tälern des W., an formen erhalten hat, die altes* ą *und* ę*, wenn auch in kaum erkennbaren resten wiedergeben, ist seite 34. dargelegt: zu dem dort erwähnten füge man hinzu:* gъmbi: gąby. mъndro (sedi si mъndro): mądro. zъmbi (zъmbi te me boli *für* bole, bolet): ząbi; *dagegen* rъka *für* rąka; *ferners* grenda: gręda, *dagegen* gredi *für* grede: grędetъ. jenzik (jenziko me boli): językъ. rendóve *neben* red (eden red, mnogo rendóve): rędъ. *Diese aussprache besteht in Komaničevo und der nachbarschaft, westlich von Kostur (Castoria) per. spis. 1876. XI. XII. 163.* čomber *milad. 385: p.* czębr, *durch* tjombrъ *aus dem griech.* θύμβρος. *grendi Puljevski 2. 45. Man vergleiche das dunkle* vuže vanzaljivo *verk. 33. d. i. vielleicht* vъnzaljivo. *Man führt auch an* devendeset, pendeset; *ferners* detence *milad. 83. 183. 285.* ἰαγκούλι τε τὰ χέλια *tetragl. ist wohl* jagul- *aus* jъgul-.

2. In einigen fällen wird aslov. ę *durch* ъ *ersetzt:* mъ, tъ, sъ: mę, tę, sę. *Man füge hinzu* šępa, *jetzt* šěpъ *handvoll. za dako-slov.* vъzę.

II. Zweite stufe: ě.

1. Aus dem seite 46, 47 gesagten ergibt sich, dass aslov. ě *die laute* ě *und ja bezeichnete: im b. bezeichnet es nur den letzteren laut, so dass* ě *oder ja entbehrt werden kann: daher* zъfálěm, smъlěvъm *minuo.* dunesěvъm *affero oder* zъfáljъm *aus -ljam usw.* ě *und ja folgen im b. denselben gesetzen: anders im aslov. und nsl.: aslov.*

bêlъ, *nie* bjalъ, *lautet nsl.* bêl, *b.* bjal; *daher* drjanopole *adrianopolis*
milad. *169. neben* edrene. ljatna rosa *62.* mljako *116.* pjasъk
(-sąk) *194. usw. für* drên- *durch anlehnung an* drên. lêtъnaja. mlêko.
pêsъkъ *usw.; eben so* djaca. zadrjama. grjah. nevjasta. *Dasselbe
tritt im dako-slov. ein:* čliak. izbeagna. vcara: človêkъ. bêg-. vêra.

2. *Der laut* ja *kommt dem* ê *nur in betonten silben und selbst in
betonten silben nur dann zu, wenn demselben nicht das gesetz der
assimilation entgegensteht, nach welchem ein in der nächsten silbe
folgendes* e, i, ê *oder ein* č-*laut das* ê, ja *der vorhergehenden silbe
sich assimiliert, wodurch* ê, ja *zu* e *wird: daher* gnezdó, jadové,
aslov. gnêzdo, jadъ. presnó; *daher ferners* véren, *aslov.* vêrъnъ.
péne *se: aslov.* pênją sę: e *bleibt auch dann, wenn* ъ *für* e *eintritt:*
pénъ *se:* pénъ *ist jünger als* péne. jesen, *aslov.* jasъnъ. stojene
voc. neben stojan. méri, *aslov.* mêry. méreh, *aslov.* mêrjahъ. mléčna:
aslov. mlêčъnaja. pêhmi, pêhte *hat ein* o *oder* ъ *nach* h *eingebüsst.*
jazi *sind wohl zwei worte:* jaz zi. *Eine wirkliche ausnahme scheinen*
têtê *und* bêgljo *zu bilden;* jagne *glaubt man durch das daneben
bestehende* agne *rechtfertigen zu können.*

3. *Das nach den* č-*lautenden eintretende parasitische* j *ruft viele*
ja, ê *für aslov.* a *hervor:* krъčêg, *deminut.* krъčéže: *aslov.* krъčagъ.
žêba, *pl.* žébi: *aslov.* žaba.

4. ê *ist gedehntes* e a) *in den verba iterativa:* lêgam *decumbo.*
mêtam *pono. Die formen* -biram, izmitam *verro,* -plitam, tičem
(kon tikom tiče milad. *56),* proviram se *zwänge mich durch* milad.
532. sind wie im aslov. -birati *usw. zu erklären seite* 52. *In Vinga
spricht man* izbirem, premirem *bin im sterben,* zъpirem *hindere,*
uvirem *schliefe. Dagegen haben* izlizam *exeo.* namiram *invenio.* otsi-
čjam *abscindo.* obličjam *vestio im aslov. kein analogon: aus den w.* lez,
sek *lassen sich allerdings* liza, sika *ebenso deuten wie aus* plet *die
form* plita; *daneben besteht* izlazam, izlazjam. namerjuvam. prepi-
čjam, *in Vinga* pičem: *w.* pok. tičjam *curro.* oblačjam; klêkam *knies
beruht auf* klęk. *b) im impf.:* bodêh. bijah, biješc. falêh. pišêh.
c) bei der metathese von e: mrêh *aor. aus* mer-h. *d) in* gorê. želê
usw.; slъnce ogrêva *sol oritur. e)* nê *non est:* ne j. *f) Man beachte
in der rede der Vingaer: as* sъm dunêl *attuli neben* as sъm dunêl
afferebam: dunél *ist zu erklären wie* nêhъ, dunêl *erinnert an* plê-
tati *seite* 52.

5. ê *findet sich in folgenden wurzeln:* blêdna *pallida.* cêpkъ
fissura. cêr *medicamentum: aslov.* cêliti. drêmkъ *somnus lenis.* lêhъ.
area. lêskъ *corylus.* mlêskam *concrepo labiis.* prêsna *f. recens.*

rêzъ *obex.* rêpъ *raphanus.* strêlъ *saga.* sênkъ *umbra.* têsna *angusta.* trêvъ *gramen usw.*

6. ê *steht manchmahl a) für aslov.* e: dêsna *dextera:* aslov. desъnaja: rêknъ se *contradico ist auf* aslov. rêkati *zurückzuführen.* b) *für* aslov. ę: klêkaın *kniee.* mêk *mollis:* mękъkъ. povêsıno *fasciculus lini:* vęz-smo. denê, noštё *diu, noctu entsprechen* aslov. dъnъją, noštъją *und stehen für* denję, noštję; *daneben findet man* denjъ j nušćá *Vinga;* nöštêm *wie* idvám *für* jedva. *Damit vergleiche man* blъgarê, čifutê, kolê *aus* -ija; zъmé *besteht neben* zъmijá *serpens. Aus* tija *per. spis. 150 scheint* tja *in* tri tja *ol* τρεῖς *entstanden, woraus auch* tije, tij, te.

III. Dritte stufe: o.

1. A) Ungeschwächtes o.

o *ist* aslov. o: oko; spórъn *fertilis,* spórno *langsam Vinga. Unbetontes* o *lautet wie* u: dóduh, dudóh: doidohъ; *in Vinga* puspurí *fertile reddere.* prusáture. *pl. hochzeitsbitter: s.* prosci. *Dasselbe findet im rumun. statt.* e *wechselt mit* o: droben *neben* dreben *verk. 1. 67. 207.* nókъt *neben* néket. nadoli *vincere in* vojska me nadoli *milad. 87 neben* nъdelêjъ, predelêjъ *Vinga. Über* ξερος *im Epirus vergl. seite 74, über* nebe *seite 73. Durch steigerung entstanden ist* o *in* odbor. grob. lože *impono.* nose *fero.* podpor. obrok; uroki. stol. tor ili treski *pok. 64.* izvor. zor; zorъ. plot *besteht neben* plet.

B) Zu ъ geschwächtes o.

Hieher gehört gъmza *wimmeln:* gъmžé. tъkъ *webe.* tъpta *treten:* tъpče *usw. Specifisch b. sind* utъnъ: utoną. zvъnéc: zvonъ. *Ferners* dolъ-t, bojъ-t, *worte, deren* ъ *der auslaut des thema ist: dasselbe tritt in* božijъ-t ὁ θεῖος *ein; in* brъzijъ-t *wird* brъzi *nicht mehr als* brъzъ i *gefühlt, sondern wie* aslov. brъzъ *behandelt. Daneben besteht* grêho-t *und nach dem abfall des* t ploto. dak.-slov. *ist* čljako-t *neben* čljaka. kone-t, *wofür auch* konъ-t, *ist* konjъ-t; care-t. zete-t, aslov. zętь tъ; *daneben* mъžjo-t. *Dagegen* dlan tъ.

2. tort wird trat.

Das b. fällt in die zone A, daher bláto. bradъ. brašnó. dlan *usw.; ferners* raz-. lani. *Aus almus entsteht* lom; *aus ngriech.* πορτογάλο

24

protokal *pomeranze; neben* porkalab aus *dem d. burggraf besteht* prъklabъ *gram. 244.*

3. ont wird ąt, ъt.

1. Der laut ą *ist dem b. vor jahrhunderten, sicher vor dem neunten jahrhundert abhanden gekommen seite 34. An seine stelle ist durch folgende entwickelung* ъ *getreten:* ą, *d. i.* ō, ъn, ъ *seite 93. Der laut wird auf verschiedene art bezeichnet: durch* ù, *wofür ich* ъ *setze:* bùbrêg, bъbrêg, *aslov.* *bąbrêgъ, *renes.* kъtam *custodio.* kъt *angulus.* pajъk *aranea.* pъpkъ *knospe: nsl.* pōpika. sъ *sunt: aslov.* sątъ. sъêti *idem: aslov.* sąštij. vъsenicъ: vąsênica. kъpinъ. pletъ: *aslov.* pletą. *Andere ziehen* ą *vor:* bąde *milad. 56.* kąpina *193.* nątre *377. 520.* pąt *178.* prąkc *370: aslov.* prątije. rąti: rąti sę sêmę *pok. 1. 68.* ruti *verk. t. 11: vergl. seite 99. Darüber, dass durch* ù *und durch* ą *derselbe seite 20 behandelte laut bezeichnet werden will, waltet kein zweifel ob; eben so sicher ist, dass, wie im nsl.* a *für* ъ *eintritt, hie und da b.* ą, *daher* pat, *gesprochen wird, obgleich man vermuten darf, dass die schreiber nicht selten zu* a *griffen, wo sie* ъ *sprachen:* dva straka (strąkъ) bosiljok *milad. 476. 501.* a *steht regelmässig im dako-slov.:* izbeagna. zagina. sa: *aslov.* sątъ. stana. umraziba. *Indessen wird für das dako-slov. die ersetzung des* ą *durch* a *einigermassen zweifelhaft dadurch, dass dem rumun.* a *für aslov.* ą *unbekannt ist. Im W. des b. sprachgebietes, in der Dibra, tritt für aslov.* ą *ein (*ą, ъ*),* o, *daher* moka: *aslov.* mąka. moško: *aslov.* mąžъsko. *potem* idet: *aslov.* pątemъ idetъ. roka. jozik *verhält sich zu* językъ *wie* mъ *zu* mę. *Die erklärung des* o *für* ą *liegt in* son *für* sъnъ, *b.* o *ist demnach verschieden von dem nsl.* ō *in* pōt, *das unmittelbar von* pątь *stammt. Demnach geht im b.* ą *durch* ъn *in* ъ *über, und dieses kann in* a *oder* o *verwandelt werden. Verfehlt und demnach beweislos sind die schreibungen* guski *anseres milad. 419.* vuže *verk. 33. Man findet auch* bide *für* bъde; podnota *neben* ponada *milad. 536, ersteres auf* nąti, *letzteres, wie serb.* ponuda, *auf* nądi *beruhend, seite 98.* ponudъ *dankt sein* u *dem serb.; falsch ist* vęham *verk. 49: aslov.* vąhają. *auch* rą *geht in* rъ *über:* grъdi: *aslov.* grądi. krъg. prъt. prъgav *citus, nach Morse: elastisch.* prъžinъ *pertica: vergl. aslov.* prąžь *f. stipes.* rъb *limbus.* rъkъ *manus.* iskrъto *reisse heraus: vergl.* krątiti. udlъčnus *entschluss:* lącziti *Vinga. Für* rъ *mag auch silbebildendes* r *vorkommen. Für* ją *tritt* jъ, *d. i.* o *ein:* mele: *aslov.* melją. bole: bêlją. bude: buždą. vare: varją. maže: mažą. mažet: *aslov.* mažątъ. *Neben* bele *wird auch* belъ, nakvasъ,

natopъ *gesprochen.* belet *beruht auf einem älteren* bêljątъ *oder auf*
aslov. bêlętъ. *Neben* belet *besteht* belъt, *wie neben* mažet-mažъt.
σε ναίτουατ εὑρίσκονται *tetragl. ist* se najdujat. ajątъ *der 3. pl. praes.*
geht b. in at aus ъt *über:* dêlat, otgovarjъt: *aslov.* dêlajątъ;
daneben besteht delajъt *3. seite 197;* grabeet *milad. 105. ist* grabejъt
zu sprechen und steht nal. grabijo *gegenüber, das ein aslov.* grabi-
jątъ *darstellt, welches älter ist als* grabętъ; *man füge hinzu* moleet
milad. 54. kъrsteet *95.* noseet *332. In Kratovo wird für aslov.*
doidątъ dojdev *gesprochen: eben so* stojev, hvanev *für* stojet,
hvanъt. *Diese zuerst überraschenden formen sind analog den nal.*
dojdejo, stanejo, stojijo, *dessen* i *b. in* e *übergeht:* dojdev *verhält*
sich zu dojdejo *wie s.* vêrov *zu* vêroją *per. spis. 1876. XI. XII.*
170; daneben den˝, noštö *diu, noctu aus* dъniją, noštiją. *Der für*
aslov. ją *eam eintretende laut ist dumpf, unterscheidet sich jedoch*
von dem anderen dumpfen laut, der von einigen durch x, ъ, â
bezeichnet wird und ähnelt einem dumpfen (temno) e *per. spis.*
1876. XI. XII. 149. Daselbst findet man 150 den sg. acc. f. v
nveją. *In Vinga wird* ją *stets durch* ъ *reflectiert:* bavъ. gasъ. vidъ.

2. ą *ist steigerung von* ę: vъže: vez: *aslov.* vąže, ąže: vęz *usw.*

IV. Vierte stufe: a.

1. a *ist aslov.* a: bábin. bájъ *heile durch zaubergesang.* báne
bad *usw. Den laut a bezeichnet dieser buchstab regelmässig nur in*
betonten silben, da unbetontes a *nach anderen als* č-lauten *zu* ъ
herabsinkt: kókъl *knochen:* ngriech. κόκαλον. kъtánъ *soldat:* magy.
katona, *rum.* kъtanъ; *auch* fъlós *hochmütig Vinga ist fremd: rum.*
fъlos, *das auf* hvala *beruht. In dieser hinsicht ist tonlosigkeit der*
silbe und kürze des vocals gleich: naj pъrenj *der erste:* alb. pắrъ
erster. In Vinga wird gъd, *sonst* gad, *geflügel gesprochen. Daher*
lautet aslov. sladъkaja *teils* sládkъ, *teils* slъdká. grъdínъ. krъlúvъm
regno. žъlbê *tristitia Vinga.* tlъkê *für* tlaka. rъžén: *aslov.* ražъnъ.
Man beachte vráštam *und* vrъštam. *Die silbebildendes* r *haben,*
mögen auch grdínъ *sprechen, wie* strnê *neben* stranê, stъrnê
gesprochen wird. Das auslautende a *der* a-*stämme geht, betont oder*
tonlos, regelmässig in ъ *über:* plátъ. zatúlkъ *stöpsel.* vodê. *Ver-*
wandtschaftsnamen bewahren ihr betontes a: baštá. dêdá *(richtig*
dedá). dъšterê. sestrá. snъhá. striká. strináj. ujká. zlъvá *und -* žená:
der häufige gebrauch dieser worte mag a *erhalten haben.* ja *geht in*
e *über, daher auch* če *usw.:* báne. búre. diné. dušé. glavné. kъdéle.

24*

mréžc. nedéle. večére. vóle *usw.* zéme *und durch vernachlässigung des* j zémъ. zorъ: *aslov.* zorja. *Man merke* kъštъ *und* rъždě: *aslov.* kąšta *und* rъžda.

2. a *ist zweite steigerung des* e: laz- *in* izlazam. sad *junge wein-pflanzung.* vare *coquo.*

3. a *entsteht durch dehnung des* o *in den verba iterativa:* naba-dam. izgaram, izgarjam. pomagam. iznasam, iznasjam. rasparam *trenne auf.* zaravam, zaravjam *sepelio:* zarove: *th. aslov.* rovъ *usw.*

B. Die i-vocale.

I. Erste stufe.

1. ь.

ь *aus* i *wird durch* ъ *vertreten:* cъvtъ *aus* cvъtъ *floreo.* mъglъ. rъkъl. rъstъr. stъklo; měnъk, měnъn, měničъk *klein.* čъl: čъl je svêtu tu pismu *legebat sanctam scripturam Vinga.* ь *füllt aus in* dnes. dnešen *usw. Für* ь *kann* e *eintreten:* den. len. tes: tьstь *usw.*

2. trit wird trt, trьt, tъrt.

blъska se *es blitzt.* krъs *crux:* krъstъ. krъste so *mache das kreuz: vergl.* prliča *aus* priliča. *Auch* tirt *wird* trt, trьt, tъrt: črъkvъ. srъmъ *argentum in fila ductum, s.* srma, *rum. alb.* sъrmъ: *griech.* τόρμα. *Man füge hinzu* lъštejъ sъ *glänze,* lъskav *glänzend.* lьste *decipio. Dunkel ist* lьfnъ *eripio.*

II. Zweite stufe: i.

1. i *ist aslov.* i: bijъ. vino. vir *usw.* čitъv *ganz.* rizъ *hemd Vinga.* divi (*sg.* divъ) *sind dem Vingaer Bulgaren weibliche genien von grosser schönheit: kreuzwege sind ihr aufenthalt; sie wandeln singend umher; wer sie stört, an dem rächen sie sich durch krank-heiten und anderes ungemach: das wort ist fremd.* pika *harnen morse.* pile, pilence *hühnchen;* pilek *hühnergeier.* piper. sipkav. viskn *hinnire usw.*

2. ij *geht in* ej *über:* inej *pruina.* zmej *draco: doch* lišij *aus* lišaj *durch* lišej. ije *wird in* e *contrahiert:* bile *venenum:* bylije, *eig. herbae.* grozde *uvae.* zdrave *bona valetudo.* imane *opes.* liste. loze *vinea.* prъte: prątije. trъne. cvete: cvêtije. goste *pl. Dagegen findet man auch* morije *für das jüngere* more, *aslov.* more; *eben so* carije, mъžije.

3. i *wechselt mit* ju: klič, ključ. libe, ljube *amo.* pliskalo, pljus-
kalo. sline, sljune *saliva maculo: vergl. r.* slina, sljuna. širok,
šjurok. živejъ, žjuvejъ.

4. *Durch dehnung entsteht* i *aus* ь *in* migam *blinzle usw.*

III. Dritte stufe: oj, ê.

oj, ê *beruht auf steigerung des* ĭ: bês. blêska *Vinga.* boj.
cvêt. gnoj. prílep *fledermaus: eig. das angeklebte.* loj. pojъ *potum
praebeo.* roj. vese: vêšą. veždъ *palpebra:* vêžda. navoj. voj- *in*
vojskъ. poroj, *in Vinga* purój, purójištъ *pl., regenbach ist rum.
pъrъu rivus, alb. pъrrua vallis: dagegen matz. 6, der das nur dem b.
bekannte wort für slav. hält und mit der w.* ri (rinąti) *in zusammen-
hang bringt.* presêvam *percribro setzt ein th.* sê, zêpam *hio ein th.*
zê *voraus.*

C. Die u-vocale.

I. Erste stufe.

1.—ъ.

Aslov. ъ *steht b.* ъ *gegenüber:* dъhnъ. dъno. snъha. bъdni
večer. ъ *wird auch hier hie und da in der schrift durch* a *ersetzt:*
snahá. debra *hängt mit* dъbrъ *zusammen. In* sirmášlъk *armut ist*
lъk *ein türk. suffix.*

2. trŭt wird trt, trъt, tъrt.

blъhъ. brъsnъ *tondeo.* brъše *tergo: vergl. nsl.* brišem, *dessen*
i *aslov.* y *ist.* zaglъhnъ *surdus fio.* krъv. slъnce *neben* sъnce. strъže
tero. Im anlaut: lъže *mentior.* lъže, lъžija *mendacium.* lъžicъ
cochlear. rъvъ *adlatro.* rъž *secale.* rъz: ržehъ *hinniebant milad. 526.
Man füge hinzu* blъvam *vomo.* klъvam *rostro tundo neben* pljujъ,
plijъ *spuo. Vergl.* blъvati. klъvati *seite 147.*

II. Zweite stufe: y.

1. Aslov. y *ist b.* i: bik. bivol. hili: uhilen *curvus verk. 6.*
kisal *sauer.* kitkъ *strauss.* pokriv. pitam. plivam *nato milad. 108.
141. neben dem denominativen* plavam. prihnъ *schnaube.* tri: kerka
izmiena, lepo istriona *abgerieben milad. 404.* vijъ *heule.* vikam
rufe usw.

2. y *entsteht durch dehnung aus* ъ: díše *neben* dъham. kiham
und daher kihnъ. kivam *usw.*

III. Dritte stufe: ov, u.

1. *Aslov.* u *ist* b. u: brus. brut *nagel.* lud. rusalin: rъtove te
Dêdov i Rusalin *pazardž.* 79. rud: rudo jagne *verk.* 44. 72. 205;
rudi ovci *milad.* 74: *s.* ruda *lana spissa et crispa.* skrumъ *asche
von stroh Vinga: vergl. rum. skrum russ vom rauche.* skut. tuh-:
rastuѣъ *consolor Vinga usc. Aus* cvъt, cъvt *entsteht* cut: razcutile
milad. 10; trandafil cuteše 333 *rosa florebat.*

2. ov, u *ist durch steigerung entstanden:* bude *excito.* rov-: rove
sepelio. sluh. otrovъ *venenum usw.*

3. ov *tritt für* u *ein:* napisovaaše *neben* raduaše sę *und* kralju-
vaaše *bell.-troj.* u *steht für unbetontes* o: zboruvaše *verk.* 39. *Alt
ist* ov *in* sinove. zidovi *verk.* 241. urove *bell.-troj.* drъgovi *milad.*
523: drągъ. zmehovi 537: zmij: *der accent kann auf jeder der
drei silben ruhen Cankov* 22.

4. *Jung ist* ov *in* jadoven *milad.* 451. žaloven: zasviri ža-
lovno 523. duhovnik. mъžovnicъ *frau* 422. ježovinъ 373. polovinъ.
jadovitъ *bell.-troj.* varovit *kalkig.* trъgovec. banovicъ. lastovicъ.
mitre(v)icъ. *In* predumvam *milad.* 102. *ist* u *für* o *ausgefallen;
dasselbe gilt von* zborvite *loquimini* 70. zborveše *loquebatur* 302:
vergl. daroviti *donare seite* 180. ednakvi 77. *ist* -kъvi. *Anders*
narъkvici 108.

IV. Vierte stufe: av, va.

av, va *ist zweite steigerung von* ŭ: bave. kvas. plav-: pla-
vam *durat.* otravъ *neben* otrovъ.

Zweites capitel.

Den vocalen gemeinsame bestimmungen.

A. Steigerung.

A. *Steigerungen auf dem gebiete des a-vocals.* a) e *zu* o.
α) *Vor einfacher consonanz:* greb: grob. β) *Vor doppelconsonanz:*
1. vor rt, lt: merz: *morzъ, mraz.* velk: *volk-, vlak- in* vlače;
2. vor nt: venz: vonže, vąže: vъže. b) e *zu* a: var.

B. Steigerungen auf dem gebiete des i-vocals. gni: gnoj. svĭt: svêt *usw.*

C. Steigerungen auf dem gebiete des u-vocals. a) Steigerung des ŭ *zu* ov, u: bŭd: bud-: bude *excito.* rŭ: rov-: rove *sepelio.* *b) Steigerung des* ŭ *zu* av, va: bŭ, *aslov.* by: bave. kŭs: kvas.

B. Dehnung.

A. Dehnung der a-vocale. e *zu* ê. ᴁ) *Functionell:* met: mê-tam. ide: idêh *ibam.* β) *Metathetisch:* mer-l: umrêl. *b) Dehnung des* o *zu* a. ᴁ) *Functionell:* bod: nᴘbadam. ϑ) *Metathetisch:* kol-l: klal.

B. Dehnung des ĭ *zu* i: *functionell:* čьt: počitam *colo.*

C. Dehnung des ŭ *zu* y: kŭ: kivam.

D. Dehnung des silbebildenden r, l *ist unnachweisbar.*

C. Vermeidung des hiatus.

Der hiatus wird gemieden: 1. durch einschub des j: bajъ. lejъ: lêją. bijъ. obujъ. dobrijъ-t, pajъk *aranea. In* tija *hi per spis. 1876. XI. XII. 150. ist* a *ein verstärkender zusatz; eben so in* taja haec *150.* tja *148. Auch der hiatus zwischen worten wird gemieden:* kato jugarok *163:* jugarok *für* ogar-. ta juze *155 et sumsit.* sto-jan si juze dve stovni *151. 2.* v: dunav. otivam *abeo:* idą. kivam. zakrivam. prolivam *bell.-troj.* poznavam. kukavicъ. lasto-vicъ. *Hieher gehört* počevam *incipio,* zaklevam *obsecro von* počę, zaklę, *für aslov.* počinają, zaklinają. *In* sъvam *offendo, von* sъpę, sъpьn, *ist* ę *in* ъ *übergegangen. Auf das* j *und* v *in* zašijъ *neben* zašivam *ist kein gewicht zu legen: vergl. aslov.* šьvą. *Hier ist zu bemerken, dass nach per. spis. 1876. XI. XII. 162. hie und da in Macedonien der artikel ein dreifacher ist, für die nähe* v, va, vo, *für die ferne* t, ta, to, *für die abwesenheit* n, na, no: jozikov me bolit. momčevo; momčeto; momčeno. Bei Puljevski liest man* videlo to *das licht,* sljuho v (*sluho* v) *das gehör,* srce vo *das herz,* zemja va *die erde,* oči ve, uši ve, prsti ve; nebo no, more no, zvezdi ne. *Bei* milad. *findet man ausser* t *auch* n, *selten* v: kosa ta, oči te, rъce te; svitlo no zlato *38,* kučka na Lamia *80,* mъško no dete *94,* zlato no jabolko *97,* gъrdi ne aberi *75,* silni ne ognevi *17,* silni ne vetrovi *18.* zeleni ne livagje *4.* žъlti ne du-kadi *77,* naša va (kukja) *11. Der nachweis, dass die bedeutung von* t, v, *n die oben angegebene ist, wird aus Puljevski und milad.*

*nicht leicht zu führen sein. Der gegenstand ist hier erwähnt worden,
weil man in tova, teja hoc usw. einen artikel zu suchen geneigt sein
könnte. Darnach ist das 3. seite 187 gesagte zu berichtigen und zu
ergänzen. 3.* n: nego, nemu usw., kein jego, jemu usw. otnemъ:
aslov. otъnьmъ. i *fällt ab:* da s' ideš d. i. da si ideš usw. *Mit*
zmehovi milad. 537. *vergl. nsl.* tühinec *seite 330.* dojdi *aus* doidi.
*Die ältere neigung geht gegen den hiatus; dagegen lässt eine jüngere
richtung denselben hie und da nach ausfall von consonanten bestehen:*
j: petli propeali milad. 174: *pêja-. v: junakoo 461. koit 82:
kovetъ. kukaica 318. lastoica 448. voda lekoita 72. lъgoi 196.
348. markoica 117. neestica 1. plugoi 444. soalka *ueberschiff 530.
531. svatoi 74. vdoičište 164; danehen lastojca dreisilbig: i mi
javna kobila lastojca 227. h: maštea verk. 144. sna'a: snъha.
vior milad. 33: vihrъ. zmeo tomu 258 зо ?ьixzrъ. h *fehlt häufig in
der 3. pl. aor. impf.:* kъrstic, venčae 198, d. i. krъstihъ, venčahъ.
oslepea 324, d. i. oslepêhъ. t: agnêa, prasêa: aslov. agnęta, prasęta.
d: dogleat milad. 4.

D. Assimilation.

e *in den sporadisch auftretenden sg. gen. m. n.* ego *beruht
auf* oje. jo *geht in* je *über, allerdings nicht so consequent wie
etwa im aslov., daher* carev, kralev *usw. neben* zetjove, nožjove
usw. Eine dem aslov. unbekannte assimilation trifft das ê *und das
ihm im b. gleichstehende* ja, *welche einem folgenden* e, i, ê *durch
verwandlung in* e *näher gebracht werden:* veren, vêrъ: vêrьnъ,
vêra. mere *metior:* mêrją. breme: brêmę. jedéš, jam: *jadeši,
jamь: *hier spricht auch der accent für* e *statt* ê. stojeno, *sg. voc.*
stojan; plevi, plêvъ: plêvy, plêva. beli, bêl: bêli, bêlъ. jemi,
jamъ: jamy, jama. mcrêh, mêrъ: mêrjaahъ, mêra. *Die gleiche
wirkung übt ein ehedem vorhandenes* e (ь) *aus:* peš: pêšь. smêêna:
smêšьnaja; belejъ: bêlêją *mag ehedem* beleje *gelautet haben, so
wie* mere *älter ist als* merъ. nedelêjo, stojenčjo *haben* e *wegen
des folgenden* j *aus* i. ovčer *ist hervorgegangen aus* ovъčjarь *im gegen-
satze zu* govedar: govędarь. *In* idêhmi, idêhte *ist zwischen* h *und* m,
t *ein* o *ausgefallen. Die gleiche assimilation tritt im rum. ein:* trêbъ.
trebi. mujare, mujeri. plêgъ, plezi.

E. Contraction.

*Der sg. gen. m. n., der in den spärlichen resten erhaltenen
zusammengesetzten declination lautet auf* oga, ogo *und* ega, ego, *der*

dat. auf omu *aus:* podletoga *milad. 212.* šarenoga *213.* krilatoga *214.* bъrzego *206.* šarenego. drugigo, *d. i.* drúgego. (dobrago *201. darf unbeachtet bleiben).* blazega *verk. 4. 26.* drugugu, *d. i.* drúgogo. svetuga, *d. i.* svétogъ *neden* svetojgu, *d. i.* svetójgo. drugumu, *d. i.* drúgomu *Vinga.* svetoga. svemogukiga *nauka Rim 1869. Vergl. 3. seite 183. Ich vermute, dass* oga, ogo, omu *pronominal und* ega, ego *wie im nsl. seite 331. aus* ojega, ojego *zu erklären sind.* ija *wird zu* ê, ije *zu* e *zusammengezogen:* blъgarê *aus* blъgarija: *daneben* lъžé *aus und neben* lъžijá. listc *aus* listije.

F. Schwächung.

Eine schwächung tritt ein, wenn a, ạ, ę *zu* ъ, ê *zu* e, e *und* o *in unbetonten silben zu* i *und* u *herabsinkt.*

G. Einschaltung von vocalen.

Eingeschaltet wird ъ: bistъr, pъstъr, mъdъr, odъr, kopъr, topъl, mozъg, misъl, kosъm, vъm *sum,* osъk *cera usw.* egipъt *Vinga.* brъzij-ъ-t *der schnelle. In* obrazъt *ist* ъ *der alte auslaut des thema. Selten sind formen wie* dovor *für* dvor. *Dem* šьd *wird* i *vorgesetzt:* otišъl; naišlo *bell.-troj.* čérъp *ist* aslov. črêpъ *usw.*

H. Aus- und abfall von vocalen.

e: piš *aus* pijǎ, piješ *bibis.* a: udre. i: dodъ *venio.* kolko *quantum.* žvot: životъ. idêhmi, idêhte *aus* idêhomi, idêhote: *vergl.* pročъtohmy, obrêtohmy *bell.-troj.* o: zъčъnvam *incipio.* sirmáh. krunisvъm *impft. von* krunisъm *pf. Vinga. Ferners* molec, *pl.* molci *usw.*

I. Vermeidung des vocalischen anlautes.

Vocalischer anlaut wird kaum gemieden: oven. ovcъ, ogъn. obol *liber. Das b. wirft häufig* v *vor* o *ab:* odъ, vodъ. ol, vol. ole, vole *voluntas.* one, vone *odor. Man füge hinzu* ošte, jošte *usw. In* temna joblačina *verk. 189. und 14. 160. hebt* j *den hiatus auf.* vъsenicъ: ạsênica. ablъkъ. agne. az *neben* jablъkъ *usw.* i: jglъ. igrajъ. idъ. iz. ištъ. u: ujká. ustá. útrê. uštrъbe. *Man merke* jevdovicъ, *s.* udovica, *verk. 367.*

nicht leicht zu führen sein. Der gegenstand ist hier erwähnt worden,
weil man in tova, teja hoc *usw. einen artikel zu suchen geneigt sein*
könnte. Darnach ist das 3. seite 187 gesagte zu berichtigen und zu
ergänzen. 3. n: nego, nemu *usw., kein* jego, jemu *usw.* otnemъ:
aslov. otъnьmą. i *fällt ab:* da s' ideš *d. i.* da si ideš *usw. Mit*
zmehovi *milad. 537. vergl. nsl.* tühinec *seite 330.* dojdi *aus* doidi.
Die ältere neigung geht gegen den hiatus; dagegen lässt eine jüngere
richtung denselben hie und da nach ausfall von consonanten bestehen:
j: petli propeali *milad. 174:* *pêja-. v: junakoo *461.* koit *82:*
kovetъ. kukaica *318.* lastoica *448.* voda lekoita *72.* lъgoi *196.*
348. markoica *117.* neestica *1.* plugoi *444.* soalka *überschiff 530.*
531. svatoi *74.* vdoičište *164; daneben* lastojca *dreisilbig:* i mi
javna kobila lastojca *227.* h: maštea *verk. 144.* sna'a: snъha.
vior *milad. 33:* vihrъ. zmeo tomu *258* τῶ βράχοντι. h *fehlt häufig in*
der 3. pl. aor. impf.: kъrstic, venčae *198, d. i.* krъstihъ, venčahъ.
oslepea *324, d. i.* oslepêhъ. t: agnêa, prasêa: *aslov.* agnęta, prasęta.
d: dogleat *milad. 4.*

D. Assimilation.

e *in den sporadisch auftretenden sg. gen. m. n.* ego *beruht*
auf oje. jo *geht in* je *über, allerdings nicht so consequent wie*
etwa im aslov., daher carev, kralev *usw. neben* zetjove, nožjove
usw. Eine dem aslov. unbekannte assimilation trifft das ê *und das*
ihm im b. gleichstehende ja, *welche einem folgenden* e, i, ê *durch*
verwandlung in c *näher gebracht werden:* veren, vêrъ: vêrъnъ,
vêra. mere *metior:* mêrą. breme: brême. jedéš, jam: *jadeši,
jamь: *hier spricht auch der accent für* c *statt* ê. stojenc, *sg. voc.*
stojan; plevi, plêvъ: plêvy, plêva. beli, bêl: bêli, bêlъ. jemi,
jamъ: jamy, jama. merêh, mêrъ: mêrjaahъ, mêra. *Die gleiche*
wirkung übt ein ehedem vorhandenes c (ь) *aus:* pcš: pêšь. smêšna:
smêšьnaja; belejъ: bêlêją *mag ehedem* beleje *gelautet haben, so*
wie mere *älter ist als* merъ. nedeléjo, stojenêjo *haben* e *wegen*
des folgenden j *aus* i. ovčer *ist hervorgegangen aus* ovъčarь *im gegen-*
satze zu govedar: govędarь. *In* idêhmi, idêhte *ist zwischen* h *und* m,
t *ein* o *ausgefallen. Die gleiche assimilation tritt im rum. ein:* trêbъ.
trebi. mujare, mujeri. plêgъ, plezi.

E. Contraction.

Der sg. gen. m. n., der in den spärlichen resten erhaltenen
zusammengesetzten declination lautet auf oga, ogo *und* ega, ego, *der*

dat. auf omu *aus:* podletoga *milad. 212.* šarenoga *213.* krilatoga
214. bъrzego *206.* šarenego. drugigo, *d. i.* drúgego. (dobrago *201.
darf unbeachtet bleiben).* blazega *verk. 4. 26.* drugugu, *d. i.* drú-
gogo. svetuga, *d. i.* svétogъ *neden* svetojgu, *d. i.* svetójgo. dru-
gumu, *d. i.* drúgomu *Vinga.* svetoga. svemogukiga *nauka Rim
1869. Vergl. 3. seite 183. Ich vermute, dass* oga, ogo, omu *pro-
nominal und* ega, ego *wie im nsl. seite 331. aus* ojega, ojego *zu
erklären sind.* ija *wird zu* ê, ijo *zu* e *zusammengezogen:* blъgarê
aus blъgarija: *daneben* lъžé *aus und neben* lъžijá. liste *aus* listijo.

F. Schwächung.

Eine schwächung tritt ein, wenn a, ą, ę *zu* ъ, ê *zu* e, e *und* o
in unbetonten silben zu i *und* u *herabsinkt.*

G. Einschaltung von vocalen.

Eingeschaltet wird ъ: bistъr, pъstъr, mъdъr, odъr, korъr,
topъl, mozъg, misъl, kosъm, sъm *sum,* osъk *cera usw.* egipъt
Vinga. brъzij-ъ-t *der schnelle. In* obrazъt *ist* ъ *der alte auslaut
des thema. Selten sind formen wie* dovor *für* dvor. *Dem* ъьd *wird* i
vorgesetzt: otišъl; naišlo *bell.-troj.* čérъp *ist* aslov. črêpъ *usw.*

H. Aus- und abfall von vocalen.

e: piš *aus* pijš, piješ *bibis.* a: udre. i: dodъ *venio.* kolko
quantum. žvot: životъ. idêhmi, idêhte *aus* idêhomi, idêhote: *vergl.*
pročьtohmy, obrêtohmy *bell.-troj.* o: zъčьnvam *incipio.* sirmáh.
krunisvъm *impft. von* krunisъm *pf. Vinga. Ferners* molec, *pl.*
molci *usw.*

I. Vermeidung des vocalischen anlautes.

Vocalischer anlaut wird kaum gemieden: oven. ovcъ. ogъn.
ohol *liber. Das* b. *wirft häufig* v *vor* o *ab:* odъ, vodъ. ol, vol.
ole, vole *voluntas.* one, vone *odor. Man füge hinzu* ošte, jošte
usw. In temna joblačina *verk. 189. und 14. 160. hebt* j *den hiatus
auf.* vъsenicъ: ąsênica. ablъkъ. agne. az *neben* jablъkъ *usw.* i:
jglъ. igrajъ. idъ. iz. ištъ. u: ujká. ustá. útrê. uštrъbe. *Man
merke* jevdovicъ, *s.* udovica, *verk. 367.*

K. Vermeidung der diphthonge.

Ob diphthonge gemieden werden, ist nicht sicher.

L. Wortaccent.

Für die betonung der worte gibt es kein allgemeines gesetz, da jede silbe eines mehrsilbigen wortes betont sein kann: čehlár. čehlárin. cépenicъ. Es trifft ferners der ton nicht in allen teilen Bulgariens dieselbe silbe: man spricht mésu und misó, nóžjuve und nužjóve, urěh und óreh usw. Die pron. mi, ti, si sind enklitisch.

M. Länge und kürze der vocale.

Es scheint, dass das b. lange und kurze vocale nicht unterscheidet.

ZWEITER TEIL.

Consonantismus.

Erstes capitel.

Die einzelnen consonanten.

A. Die r-consonanten.

1. Von den r-consonanten ist l *der erweichung fähig:* bezumljo
stultus. bêgljo *profugus.* kradljo *fur; ferners* ljubov. ključ. lju-
ljam *agito, in Vinga* lulêjъ. ljut. pljujъ. pljuskam. sljune *saliva*
maculo. zahljupe *operio, wofür auch* libov. klič. plijъ. pliskam.
sline. zahlipe. kalêm *lautet wohl auch* kaľam. *Auch* n *kann erweicht*
werden: banêm *bade.* nêm *mutus usw.* denjo t, ogenjo t. *Man*
findet klanjane *per. spis. 156. 161.* konja *milad. 512. In Vinga*
spricht man bъlvánj *trabs.* nivъ *entspricht dem aslov.* ńiva. *Dass*
lj, nj *als gruppen und nicht als* ľ, ń *lauten, ist möglich, jedoch*
wenig wahrscheinlich. rj *wird nicht wie* ŕ *gesprochen:* carjo. izga-
rêm. odgovarjam.

2. Abweichungen von der im aslov. regelmässigen stellung von r, l
finden statt in vъrbъ, bъlhъ *neben* vrъbъ, blъhъ *usw.* gurgutkъ *turtel-*
taube; in Vinga gurguličem *girre.* purdávъm *vendo.*

3. jemeš *milad. 523. ist aslov.* lemešь.

4. l *ist* r *geworden in* cêr *medicamen,* iscere *sano.* trendafil
τραντάφυλλον *lautet in Vinga* trъndáfer.

5. n *erscheint vor- oder eingesetzt in* nꙑtre *milad. 377. 520.* v
neter *verk. 38. 39; daneben* vꙑtre *Vinga. Man merke das dunkle*
po numa: pojde moma na studena voda, pojde momče sꙑs konja
po numa *per. spis. 178.*

B. Die t-consonanten.

1. Altes tja, dja *wird wie im aslov. durch* šta, žda *ersetzt:* pla-
štam *solvo.* seštam sꙑ *memini.* mašteha. sreštꙑ *occursus.* vraštam
usw. zaglaždam *laevigo.* raspꙑždam *pello:* pądi. preždꙑ *fila neta.*
veždꙑ *palpebra usw. aus* plátjam, zagladjam *usw. Man füge hinzu*
kꙑštꙑ *domus:* kąšta. čuždina *milad. 387; die partic. praes. act.*
berešti *milad. 353:* berąšti. odešti *ibid.:* hodęšti. sꙑšti *idem:* są-
štij. vꙑrzecăti *126.* ligando: * vrꙑzająšti. *Dunkel ist* bašta, *das*
auch s. so, nsl. bušča *und* bača *lautet.* nꙑštvi. *Fremd ist* pastyre-
vičь *bell.-troj.* izgleždati *inspicere und* izveždati *educere, aslov.*
ględa, ved, *haben im aslov. kein analogon. Auch* vrate *und* cede *so*
wie vraten *und* ceden *sind neubildungen für aslov.* vraštą, cêždą
und vraštenꙑ, cêzdenꙑ: t *und* d *folgen dem aslov.* vratiši, cê-
diši *usw. Vergl.* bátjo, báčjo, baštá.

2. Neben št, žd *findet man häufig* k, g *geschrieben:* čekaeki *per.*
spis. 1876. XI. XII. 159: čakająšte. domakin, domakinka: do-
mašt-. ketꙑ, ke *gram. 138. 202. neben* če *113.* kьe *per. spis. 1876.*
XI. XII. 170. ke *verk. 214:* hoštetꙑ, hꙑštetꙑ. hvakьja *per. spis.*
174. fakjaš: hvašta-. kralevike *milad. 8.* -kja *142:* -ištь. kukja
22. 111. *per. spis. 128. 177. für* kꙑk-: kąšta. strekjam, strekja
milad. 46. 389. neben sreštnꙑ *170:* * sꙑreštają: *nsl.* srečam *obvius*
fio. sveki *402.* svekьi *per. spis. 170:* svešta. vekьe *ibid.* veke *urk.*
1253. veke, veče, več *(d. i.* veke, veh) *Cankov:* vęšte. vrekja *milad.*
360: vrêšta. vrukьo sꙑnce *53:* vrąštь. pozlaken *65:* pozlaštenꙑ. *In*
vielen fällen folgt dem t *im aslov. ij mit vocal, also* tija, *eine laut-*
gruppe, die s. durch ča *ersetzt wird:* brakja, brakьja *per. spis. 173.*
cvekьe *ibid.* cvêke *milad. 6.* svakja *per. spis. 127.* trekiꙑt, trekьjo
167. 177. und kja *illa 165. aus* tija. *Entsprechend sind* gragjano
172. megju *177.* rogьen *174.* tugьja, tugьinka *ibid.* vegьi *177. und*
livagja *166.* livagje *milad. 4.* kь *steht für erweichtes* t: barukь *per.*
spis. 168. devekь *165.* ocekь; tj *in* grꙑmotjavici *milad. 62.* zetjove.
Was die aussprache des k, g *aus* tj, dj *anbelangt, so lauten sie*
höchst wahrscheinlich — denn eine vollkommen verlässliche zeugen-
schaft hiefür fehlt mir leider — wie s. č, gj, *d. i.* ḱ, ꙗ. *Die gründe*

für diese aussprache sind folgende: Vuk *schreibt im Dodatak* će,
ćeše *von* hьt; veće: vęšte. živeći: živǫšti *wiener jahrbücher 46.
96. und* malćija *kleih; die Vingaer sprechen* kъětъ: kǫšta. srešte
gegen. puhaždem: pohaždają. raždem. *und* baćъ *der ältere bruder.*
srećъn *glücklich.* ubićam *verheisse.* brajćъ: bratija. guspogja: gos-
požda. megj: meždu. *Dieselben ersetzen auch auslautendes* tь, dь,
durch ć, gj: pameć. pъć: pątь. smrъć; *im auslaute steht* ć *für* gj:
glać *hunger.* naprêć. stuć *küllte. Im Rječnik od tri jezika s. make-
donski, arbanski i turski. Knjiga II. napisao M. Puljevski, mijak
galjički. U Beograd. 1875 findet man* h, ъ *für* tj, dj: kući. peć.
cveće. trećo. hoćeš. sećavame. veljejeći; megju. ragjajte. argjosuvat
rostet:* rъžda. *Wenn daneben* kraište, skrovište, stanište *vorkömmt,
so ist dies ganz in der ordnung: die zeugenschaft büsst an ihrer
zuverlässigkeit ein durch formen wie* dišušti, gorešti; *ich füge noch
hinzu* pomoć *neben* pomošt *und* noć *so wie* šećer. *Die Bulgaren
sagen,* kь *in* devekь *und* gь *in* ogьn *laute sehr weich,* tvъrdê *meko
per. spis. 165; Cankov 8 meint* kerkъ *stehe für* terkъ. *Nach einem
anderen einheimischen sprachforscher ist* trekja = tretja. rъkь =
rъtь *via:* pątь. bakju = batju. igьčši = ideše. čugьet = čudьet,
čudjat. gjadu = dêdo. gьete = dête. *Der letztere bemerkt:* d, t, *kogato
se* smêgčat, *izgovarjat se* tvъrdê mêko, tъj štoto d-to čuva se
kato mêko g (gь), t-to samo mêko k (kь). *Es ist noch zu bedenken,
dass, wie gesagt,* ć *und* gj *serbische laute sind; dass sich dieselben
dialektisch auch im rum.* ćiklop Cyklop *und in* gjitъ *aus* vitъ *finden,
allerdings nicht aus t und j sich entwickelnd; dass sie endlich auch
dem albanischen bekannt sind:* ćz, githъ, *bei Kristoforidi* ḱi, ǵithъ.

3. tl *kann in* kl *übergehen:* ritla *und* rikla. ritlovišta *pok. 1.
48. 53, fz.* ridelle, *etwa* wagenleiter. *Daneben* metla. sedlo.

4. tn, dn *kann t, d verlieren:* hvanъ. povrъnъ. istinъ *refrigeror:*
styd *bestehen neben* padnъ. sednъ. *Man beachte* brajno *frater milad.
138.* tk *weicht dem* sk: kiska cvêke 88; izdignъ *wie* nsl. zdignem,
stori *fac wie* nsl. stori *haben* v *eingebüsst.*

C. Die p-consonanten.

1. *Das* b. *duldet die lautgruppen* pja, bja *usw.:* kъpe: kǫpljǫ.
habe: habljǫ. love: lovljǫ. mame: mamljǫ *sind neubildungen von
hohem alter. Dasselbe tritt auch sonst ein:* iskopêvam *castriere.*
iskrivêvam *krümme usw.;* zeme, *bei* milad. 26. zemja.

2. I. p *fällt aus in* tънъ: tonąti; *daneben* trepnъ *milad.* 3. 100. 102. hapnъ. hlopnъ 328.

3. II. b *schwindet in* ginъ *perio.* gънъ *plico.*

bv *wird* b: obade *nuntio.* obese *suspendo, daher* bese. obiknъ *amo.* oblak. oblêklo. obraštam.

4. III. pedepsam *beruht auf* ἐπαίδευσα, *dessen* vв *schon griech. in* pв *übergeht.* vn *kann* mn *werden:* mnuk *neben* vnuk. ramni dvorove. вълни *es tagt.* vc *wird* вc: nosce *geld.* usce *schafe Vinga.*

5. IV. mn *kann durch* vn *ersetzt werden:* stovnъ *per. spis.* 151. tevna mъgla 168. *Auslautendes* m *fällt hie und da ab:* pita, dava, zborva *für* pitam, davam, zborvam. вi (sy) *ist* въm *sum. ist das alte Nestus Jireček 41.*

6. V. f *entsteht aus* hv: *mit* ot nafol, navol *milad.* 297. 445. *vergleiche man s.* navo, navalice. fate: hvatiti. frъle *und* hvrъle. fraste: hvrastije. *Umgekehrt* hvrъknъ *und* frъknъ.

D. Die k-consonanten.

1. kt, gt *geht wie* tj *in* št *über:* dъšterê. dъšterka *milad.* 201. šterka 8. snošti *per. spis.* 175. noš *milad.* 481. *für* nošt. peš *für* pešt. pešterъ; deštere. pómuš: pomoštь *Vinga. Daneben* kьero *per. spis.* 174. kьerkъi 127. kerka *milad.* 296. nokъ *per. spis.* 178. sinokъ 171. *und sogar* snoce *volksl. für* snošti. *Über den laut des* k *aus* kt *seite* 378.

2. I. *Vor* i *stehen die* c-*laute:* pl. nom. junaci. zalozi. kožjusi *von* junak. zalog. kožjuh. *sg. dat.* najci. bulci *nur im volksl. von* majka. bulkъ. g *geht hie und da in* dz *über:* kovčedzi *per. spis.* 174. *und* nodzi 162. polodzi ova *in* nido remanentia *seite* 255: *daneben die pl. nom.* majki. knigi. snъhi. *Der impt. von* rek *lautet* reči. *Sonst steht vor* i *der ältere* č-*laut:* bulčicъ *von* bulkъ. g *verwandelt sich manchmahl in* dž: ladžica *per. spis.* 148. 151. *für* lъžicъ. mečinъ. težinъ. tišinъ. grъčija. knižija, *woraus* grъčê. knižê. siromašija: *daneben* vlasija *und* vlaše. soči *th. indicare.* služi *servire.* krъši (rъce si kъršit *milad.* 88). *Jung sind* kolcina *milad.* 514. dъgičkъ, lehičkъ *von* dъgъ iris, lêhъ *area durch* dъgicъ, lehicъ: *daneben* rъčičkъ *von* rъkъ *manus durch* rъčicъ. devojkin *milad.* 223. qui puellae est. oči, uši *beruhen auf* očъ, ušъ.

3. II. *Vor* ê *steht ein* c-*consonant in* blazê *bene.* blaze *per. spis.* 177. rъce *milad.* 88: rące. skъrsnodze 60. *Der ältere* č-*laut in*

pečêlbъ : pečalь. kračês *für* kračêst *longa crura habens.* tičêm *curro.*
vъzdišêm *suspiro.* vrъêêl *vъm triturabam.* pečêh *coquebam,* pečeše.

4. *V. Vor* ь *steht der č-laut, es mag* ь *älteres* I *oder* jъ *sein: a)* na
dlъž *in longitudinem.* siromaš *f. pauperes.* mlečen. bezbožen. grešen,
daher bezbožnik. dušnik; službъ. *Vergl.* plašliv *timidus. b)* obič *m.
amor:* obyknąti. tič *m. cursus.* žežek *neben* mesec *usw.*

5. *IV. Vor* e *geht der* k- *in den č-laut über: sg. voc.* junače. krъ-
čeže *von* junak. krъčêg. pečeš, peče; možeš, može : *man beachte*
mož *potes per. spis. 149. und* blazega *verk. 26, so wie* dželêzo
ferrum. Aus možeš, može *usw. entsteht* možъ *und* možъt *für* mogą,
mogątъ.

6. *V. Vor* ę *steht der č-laut:* momče. uše, vlъče, *das aslov.* ułę,
vlъčę *lauten würde. Hieher gehört* polodže *ovum in nido remanens.*

7. *VI. Vor* je *findet man den* c-laut: okce. vretence *milad.
370.* mlečece: mlêčьce.

8. *VII.* ją *fordert den č-laut:* kviče *winsele morse.* plače *ploro:*
plačą *aus* plačją.

9. *Dass* g *im aslov. und hie und da im b. in* dz *und* dž *über-
geht, ist seite 251—255 dargelegt. In* Vinga *hört man* zi *und,
selten,* dzi: onci *für* ondzi, *vielleicht wegen des* n. zid, dzid. zvezdъ,
dzvezdъ. *Das rätsel (ei) lautet:* dzizd dzizdosano, var varosano,
ni dzirka ni prodzirka *milad. 531:* dzir- *beruht auf der w. zer
schauen.* dzizd (dzizdje *milad. 159.* dzidini *per. spis. 129) könnte
gegen die zusammenstellung dieses wortes mit* sъd *nur dann angeführt
werden, wenn es fest stünde, dass* b. dz *nur aus* g *hervorgehen kann.
Die lautgruppe* dž *findet sich auch in entlehnten worten:* dukjandziče
milad. 162. džep *per. spis. 177.* madžari *milad. 124.*

10. *Über die verwandlung des* k, g *in entlehnten worten in* ǩ, ǧ,
serb. č, gj, *kyr.* ћ, ђ, *ist seite 274 gehandelt. Dasselbe finden wir
im b.:* čeramidъ, *s.* čeremida χεραμίς; *b.* čeif, *s.* čef; *b.* čerdosvam;
čilija; čir *usw. milad. 533; daneben* kelar *13. Der laut wird ver-
schieden bezeichnet:* dukъjan *per. spis. 175.* rakъija *172. Derselbe
laut findet sich in einheimischen worten:* rukъi te *171.* kъitkъi *170:*
kyta. visokъi *170.* majkja *151. Dem gegentiber sind die formen*
acilešь, ancidešь *bell.-troj. für achilles, akilles zu beachten. Auch
s.* gj *findet sich im b.:* gjuvel, djuvel *milad. 534.* gjuzel *per. spis.
154. s.* gjuzel. gъergъev, gergъov *154. 177: Georgü.* panagjurište
milad. 202. legen grad *milad. 117 usw.: s.* legjan grad. *In ein-
heimischen worten:* drugъo *per. spis. 176.* pogъinat *174.* nogъi te

171. Befremdend ist gi *eos 147. 155. 157. für* ihъ. *In Vinga wird
auslautendes* kъ, gъ *durch* ĉ, gj *ersetzt:* ĉelêĉ: ĉlovêkъ. iĉimiĉ:
jêĉьmykъ. sъduvniĉ *iudex.* veĉ *und* ud víkъ du víkъ. dъlgj
debitum: pl. dъlgjve. *Auch ka wird* ĉa: kuĉĉъ *hündinn.* majĉъ.
sviréъ *flöte.* strêlĉъ *pfeil. b.* i, *es mag aslov.* i *oder* y *sein, ruft* ĉ,
gj *hervor:* ĉikъ *haar:* kъka, kyka. ĉiskъ *kranz:* kyta. ĉiĕъ *regen.*
bulĉi *pl.:* bulkъ. ureĉisvъm *ich mache durch worte oder zeichen
krank:* urek, *nsl.* urok. nebesĉi: nebesьskyj. dragji: dragyj. slugji
pl. Fremd sind ĉef. ĉeramidъ. ĉerpiĉ *ungebrannter ziegel.* paliĉenin
paulicianus, jetzt katholik. piŝĉir *handbuch usw. Mit dem erwähnten* gi
vergleiche man gji (da gji smirъ ni smêjъ *eos pacare non audeo)
mit dem dat.* gjim (daj gjim) *neben* jim (uprusti jim).

11. *Wie im s., so schwindet auch im b. nicht selten das* h: *3. pl.
aor.* izlegoa *exierunt:* *izlêgohą, izlêzoŝę *milad. 150.* poidoe,
kinisae *per. spis. 161:* *—hą *neben* kradoha *usw. Dagegen* do-
bihme. gorehte *verk. 28. 241;* vet *neben* vetъh *und* veht: vetъhъ;
lêb *neben* hlêbъ t; abe *pessumdo neben* habe.

12. hv *geht in* f *über:* fale *laudo.* fate *prehendo.* fraste *frondes:*
hvrastije. vlъfъ *fur:* vlъhvъ. *Hieher gehört wohl auch* frъle *iacio.
Statt* h *wird hie und da* f *gesprochen:* praf, mufъ *für* prah, muhъ.
najdof *inveni per. spis. 162.* osipnaf *milad. 491.* kanifme 24: *desen-*
taf *dako-slov. für ein aslov.* desęth têhъ. bolfa *pulex milad. 22:*
blъha. krefko (jerebica krevko meso *421):* *krêhъkъ, krehkav
zart Cankov. kožufĉe *milad. 371;* peherъ *verk. 1. 64. 370 ist
griech.* πενθερά.

E. Die c-consonanten.

1. *Dass das b. ausser dem z ein* dz *besitzt, ist seite 254. erwähnt.*
2. *Das* c *geht in* ĉ *über, wenn* k *diese verwandlung erlitte:* mese-
ĉinъ. dъgiĉkъ *aus* *dъgicъ: dъgъ *iris.* slnĉice *per. spis. 154:*
*slъnьĉьce. nemĉe *deminut. von* nemec: *nêmъĉę. kъŝĉe *stück aus
kъsec:* kąsъ. neveŝĉe *von* nevêstkъ. gъdularĉe *aus* gъdularin *geiger
nach abfall des* inъ: *gъdularec: gъdula, w. gąd. ovĉerin *und*
ovĉer. slnĉov: slnĉovi te dvorove *per. spis. 155.* viŝinъ *altitudo
wie vom comparat.* vyŝe. ĉrъkvъ *besteht neben* crkvъ *per. spis. 172.*

3. *Altes* z *geht nur vor praejotierten vocalen in* ž *über:* kaže:
kažą *aus* kazją. gъmže.

4. *Dasselbe gilt von* s: piŝe *scribo; per. spis. 163. liest man*
ĉeŝljaŝe.

5. *st geht vor ja usw. in št über:* věšticъ *hexe.* puštem *Vinga.*
praštam *von* prosti. krъštam.

6. *Auch* sk *wird in diesem falle in* št *verwandelt:* sъništa *pl.*
träume. zъtulišti *zufluchtsort Vinga.* pište. vrešte. šticъ *für* dъšticъ
aus dъskъ. pištělkъ. vošten *cereus.* caroviště, trъgovište, zimo-
viště 2. *seite 275. Man merke* orlišta *pl. milad. 21.* vdoičište *164.*
junaštinъ *beruht auf* junaški: junačьskъ; gjaolštinъ: dijavolьskъ;
štrъb *abgezwickt adj. auf* skerb-.

7. *Dem aslov.* *volьskъ *entspricht nach Čankov* volcki: *ebenso*
blъgarcki. selcki.

8. moj *in* ne moj *noli ist* mozi *wie im* s.: *vergl.* mojъ.

9. *Aus* sr, zr *kann in einigen worten* str, zdr *werden:* stram,
sram. strebro, srebro. prestrete; srěsnъ *aus* srěstnъ *obvius fio.*
zdrěl, zrěl *maturus.* struma *ist* στρυμών.

10. *Man vergleiche* blъsnъ *mit* blъskam; lьsnъ *mit* lьskav;
prъsnъ *mit* prъskam. plisnъ. stisnъ. tlasnъ *trudo.* vrěsnъ *exclamo.*
hlъznъ *labor mit* hlъzgam. stlъbъ *stiege ist aslov.* stlъba. t *ist aus-*
gefallen in vrъsnik. krъsnik. pokъšninъ *supellex:* kąštъ. pomošnik.
naprъsnik. povrъnъ *reddo.* ispusnъ *emitto.* fanъ *prehendo.* istinъ
refrigeror von vrъsta. krъstъ *usw.*

F. Die č-consonanten.

1. *Dem b. ist neben* ž *auch* dž *eigen seite 381.*

2. *Das b. liebt die praejotation nach den č-lauten:* belčjug.
čjudo. čěs. krъčěg; žěbъ. žělos *mitleid.* žěr *glut.* ьjugъ *krätze.*
šjum. šjupe *gähre.* šjuto *mangelhaft.* čьs *wird* š: čjoleški, čelčski:
člověčьskъ. junaški. vladiški. zaječki: zajččьskъ: *daneben* grъcky
bell.-troj.: grъčьskъ; *es wird* s: čjolěstvo: člověčьstvo. junastvo
cank. *milad.* 245; *falsch* junaštvo 78; *doch* mъški: mąžьskъ.
drústvu. mlóštvu.

3. *Vor* r *geht* č *oft in* c *über:* crn *per. spis. 163. 176.* crven
172. nacrviti *verk. 369.* cъrven *milad. 190. 369. 520. neben* čer-
ven *203.*

4. ž *wird* r *in* dori *bis:* dože i. duri *verk. 12.* dur *1.* dôrdi
Vinga: dože i do. goder *ist* s. ž *wird* j: mojъ, može *possum.*
lъjcъ, hъžicъ *cochlear.*

5. *Neben* što *aus* čьto *wird* ščo, šo *gehört per. spis. 159. 166.*
puštúvъm *colo.*

6. ätn *büsst* t *ein:* srešnъ *obviam fio:* sъręštą. kъšni *häus-lich:* kąštьnъ.

7. Der j-laut *wird entweder auf* r. art *oder durch* ŭ *bezeichnet.*

Zweites capitel.

Den consonanten gemeinsame bestimmungen.

A. Assimilation.

Assimilation tritt ein in veligden, veliden *ostern.* izbъ. gozbъ. odbor. zbor: sъborъ; *eben so* slánkъ *strohhalm Vinga:* * slamъka. v, *aslov.* vъ, *wird* f *vor* r, l, m: fričêm *polliceor.* flejъ *infundo.* fmeste *insero.*

B. Einschaltung und vorsetzung von consonanten.

Einschaltung von d, t *hat stattgefunden in* zr, sr *usw. seite 383.*

C. Aus- und abfall von consonanten.

a) t *fällt aus in* bogastvo. prasêa: prasǫta. d: klaenec *per. spis. 161:* klade-. dogleat *milad. 4:* -ględ-. v: loenje *milad. 64.* svatoi *93.* digam *tollo.* gozdij *nagel.* store *facio.* srъbi *es juckt; in Vinga* dor: dvorъ. izur: izvorъ. niole: nevolja. h: zedoe *sumserunt.* dovikae *vocarunt.* mašteъ *noverca; in Vinga* srêtijъ: * sъrêtihą. z: azi, aze *d. i.* az zi, az ze: *vergl.* tize *tu per. spis. 170: ego heisst* jaz. *b)* t *fällt ab:* čobano *der hirt.* oračo *der ackersmann.* tretьo *per. spis. 149. der dritte.* libi *153:* ljubitъ. mlados: mla-dostь. kos. čes *fortuna:* čęstь. žêlos, *daher* žêlosen. krъs *crux 271.* okolovrъs *270.* noě: noštь. goreš *für* gorešt. ple štъ *plectam.* sveš *für* sveštc: svêšta. sal, *s.* salt; *in Vinga* piš *ofen.* pričes *communion.* žalus. d: vednažd *milad. 241, sonst* vednъž *per. spis. 149.* dvaž *171.* triž *172. und* ednoš *milad. 68.* vednoš *149.* vednaš *201.* dvaš *3.* triš *161.* groz; *befremdend* vednъg *per. spis. 172. 2. seite 204.* p: šenicъ. v: zeme *sumit.* zimane *das nehmen per. spis. 148.* se *für* vъse: po se selo; *in Vinga:* udě: voda. ol: volъ. rabec *sper-ling.* pe štъ *assabo.* h: raber *verk. 225; in Vinga* lêp: hlêbъ.

D. Verhältniss der tönenden consonanten zu den tonlosen.

Tönende consonanten werden im auslaute tonlos: glat : gladъ.
bop : bobъ. krъf : krъvь. glok : glogъ. jas, as : azъ. mъš : mążь;
daher auch glah *für* glaɧ.

E. Metathese von consonanten.

cъvtъ *floreo:* cvьtą; *in Vinga* cъftъ. sъvne se, sъmne se *illu-
cescit:* svьnetъ. garvan : gavranъ. tъfrêz *aus* tvrêzъ : trêzvъ : *die
ursprüngliche lautfolge ist jedoch hier zweifelhaft.* svábdъ *hochzeit
Vinga:* svatьba.

Lautlehre der serbischen und chorvatischen sprache.

ERSTER TEIL.

Vocalismus.

Erstes capitel.

Die einzelnen vocale.

A. Die a-vocale.

I. Erste stufe: e.

1. A) Ungeschwächtes e.

1. Einige e haben sich im s. erhalten, die sonst zu ь *herabsinken oder ganz schwinden können: chorv.* počenovat *istr.:* čьn. derati, pozder, *aslov.* drati, derą, *s.* drijeti. meljati. penjati se: pьn. perilja *lotrix:* prati, perą. stelja: stlati, stelją. sterati: strêti, strą. koloter. vera *anulus;* veruga, veriga: vrêti. *chorv.* žerati *hg.:* žrati, žrą.

2. e ist eingeschaltet in željezo. žerav *usw.* žeravka *beruht auf* žaravka: žar *glut.*

3. Fremd sind chorv. letva *latte hg. chorv.* peljati: *wahrscheinlich it.* pigliare. pengati *mar.:* it. *pingere.* seka *mar.:* it. *secca.*

4. e und o wechseln mit einander in osebujno. osebit *hg.* sebi *neben* sobom. tega, temu *luč. neben* toga *usw.*

5. Die w. ter *hat im praes.* trem, tarem ; *an dieses scheint sich* tar *stramentum comminutum,* tara *für* natra, tarak, satariti, satarisati *živ. 104. anzulehnen.*

B) Zu ь geschwächtes e.

1. Das aslov. hat zwei halbvocale ь *und* ъ : *jener hat sich aus* e *oder* i, *dieser aus* o *oder* u *entwickelt seite 19. 109. und 76. 141. Wie im nsl. und b., so ist auch im s. jeglicher unterschied zwischen* ь *und* ъ *geschwunden: im s. ist dafür* a *in allen fällen eingetreten, wo das verstummen nicht platz greifen konnte:* dan; nadam, dahnuti: dьnь; *nadъmъ, dъhnǫti; *daneben* dne; nadma, tvor *aus* thor: dьne; * nadъma, * dъhorь. *Nach meiner ansicht ist es unrichtig anzunehmen,* ъ *oder* ь *sei in* a *übergegangen: dieses ist nur ein hilfslaut, bestimmt, das wort nach dem verstummen von* ь *und* ъ *aussprechbar zu machen oder die aussprechbarkeit zu erleichtern.*

2. Der inlautende halbvocal — der auslautende war wohl schon in der dem s. zu grunde liegenden sprache nicht mehr hörbar — ist im s. verstummt in einer grossen anzahl von worten: zapěiti *neben* zabašiti *infitias* ire: bъhъ. gmiziti, gmizati *neben* gamziti *und* gamizati: gъmъzati, gъmyzati. mnom: mьnojǫ *neben* meni: mьnê, mene *s. und aslov.:* dagegen *chorv.* manum *istr.* mane *mihi.* od mane mik. 36. 90. prica *actor: vergl.* rьгьсь. sto *neben* pet sat: sъto. tma, tmica, tmina *neben* tama; *nur* tamni. žnjem *neben* žanjem: žьnjǫ *usw. Eben so* jajce d. i. jajьce. *chorv.* zalih zlo pogubi *malos male perdidit.* zaloga satane *pist. a tritt ein in* bazdjeti: *bьzd-, *vielleicht aus* pьzd-: *nsl.* pezdêti: *aus* pьzd- *mag zuerst* pzd-, *daraus* bzd- *entstanden sein.* dažd *neben* duždevnjak *salamandra:* dъždь. dvara *pl.:* dvьrь. *chorv.* jamem *luč. beruht auf* jьm-, *zname auf* вьпьm-. ka *neben* k, sa *neben* s, va *neben* u: ka dvoru pjes. 1. 132; 2. 383. *chorv.* kasan: kъsьпъ. lak *aus* lagak; lagnuti *mar.* lanuti, lahnuti (sad mu je lanulo): lьgъkъ. pas, psa, *dagegen* pasji: pьsъ, pьsij. stablo: stьblo. ta, taj: tъ. *chorv.* na t rečeni rok: na tъ *usw.* tada: tъda, tъgda. posao *ist* rоsъlъ. šljem *ist älter als* šaljem. srdašce *aus* *sгъdьсьсе *usw. Dunkel ist* last *facilitas,* lastan *usw. vergl.* Jagić, Podmladj. vokal. 26. *In* narav *aus* nrav *bietet auch das nsl.* a, *das von dem hier behandelten s.* a *verschieden ist.* karv, *das hie und da, wie es scheint, wirklich gesprochen wird, ist aus* krv *entstanden, nicht etwa aus einem unmöglichen* kъrvь.

3. Wie im aslov. die halbvocale, so wird im s. a *zur leichteren aussprache eingefügt:* gjuragj. advenat. dobar *usw.* žumance: *žlъmno; *ferners* uz-a-nj. *chorv.* krez-a-č *und* krez-a-nju. onom-a-dne: onomъ dьne. *Mancher einschub beruht vielleicht auf dem accente:* izàdirati. obàviti. obàzirati. rozàgnati; bezàzlen; *so ist vielleicht auch* mudà-

rac *neben* mudrac, *nsl.* mŏdre; kozàlac, kozlac *zu deuten: anders
beitr. 7. 150: vergl.* pàrac *accusator, das aus* parc *entstanden sein
soll. chorv.* vitarac *hekt.* misalju *luč. neben* mišlju. jezgàrica *von*
jezgra. njëdârca *von* njedra. malènica *mola und* mlinica; *chorv.*
malin *und s.* mlin: *nsl.* malъn. odavde *d. i.* od a (o)vde: *vergl.*
odavle, odande, odanle; *chorv.* odaklen *d. i.* od a kolen *usw.: vergl.*
klr. izvôtôla *von dort; wr.* otkel *woher. Auf accentverhältnissen
beruht vielleicht auch das eingefügte* u *im pl. gen. der worte wie s.*
gr̃lâcâ: gr-oce. rëbârâ: rebro. vesâlâ: veslo. ovâcâ: ovca. sestârâ:
sestra *usw. An der stelle des auslautenden* à *bietet die sprache der
Crna gora und des benachbarten Küstenlandes den halbvocal* ъ:
junakъh, opъnъkъh; puöъkъh, ženъh: junaka, opanaka *usw., wie
überhaupt in den bezeichneten gegenden* ъ *für s.* a *eintritt:* bъdni
dъn, čъst, gladъn, ljubъzъn, kъd, mъgla, opъnъk, sъn, sъnъk;
došъ *ist* došъlъ; pekъ, rekъ - peklъ, reklъ *Vuk Stef. Karadžić,
Poslovice XXVI, eine erscheinung, die man nur in dem falle durch
die seite 20 vermutete vermischung der so sprechenden mit Skipetaren
erklären wird, wenn es sich zeigen sollte, dass jenes* ъ *nicht in allen
formen s.* a *für* ъ, ь *entspricht. Das auslautende* a *von* ovâcâ,
gr̃lâcâ, *dem im SW.* ъ *gegenübersteht, wird als eine spätere an-
fügung angesehen, während andere diese formen mit den nsl. pl. gen.*
gorâ, srcâ *(3. seite 136. 137. 205. Jagić, Podmladj. vokal. 3. 82)
zusammenstellen, denn dass das auslautende* h *dem pronomen entlehnt
ist, darf als sicher angesehen werden. Als junge etymologisch uner-
klärbare anhängsel sieht man an* e *in* jeste, time, njome, tobome,
bogome, po sihej; na svietu ovomem *Naljeŝković;* a *in* jera *neben*
jer *und* jere: ježe. zada, ureda *neben* ured, ženama, bozima *usw.*
e *in* jeste, time *scheinen manche geneigt aus einem betonten* ь *zu
erklären:* jestь, têmь, *während das* a *von* gora *seinen grund im
betonten* ъ *haben soll, eine deutung, welche kaum wahrscheinlich
gemacht werden kann: die sache ist dunkel.* ženama *und* bozima
werden als der analogie des duals der subst. auf a *und der pro-
nomina folgend angesehen: selten ist* očimam. *Alten abfall und
spätere anfügung annehmend, gelangt herr Jagić von togo zu tog und
von diesem zu toga Podmladj. vokal. 77, worin ich ihm schon aus
dem grunde nicht beistimmen kann, dass ga neben go in die urslav.
periode zurückreicht, wie das vorkommen des ga im nsl. und s. neben
dem go in den anderen slav. sprachen zeigt. Eine hypothese 3. seite 47.*

    4. *Im nsl. ist dem* a *und* e *die rolle des s.* a *für* ь, ъ *zugewiesen;
auch chorv. findet man* e: denas, denašuji, seda *hg.; s.* tek *hängt*

wohl mit aslov. tъkъmo *zusammen; dem aslov.* pravьdьnъ *steht s.*
pravedan, *chorv.* pravadno *hg. gegenüber, während das s.* stegno
vielleicht auf einem älteren stegno *beruht: p.* ścięgno, ściegno,
aslov. stьgno *vergl. seite 112.*

2. tert wird trt oder trèt.

A. tert *wird* trt.

1. Das s. und chorv. gehört zur zone A, daher entsteht aus tert
trt; tlt *geht durch* tolt, tout *in* tut *über; auf den inseln lebt noch*
plk, pln *Črnčić. Dem* zlъva *entspricht chorv.* zalva *maž. 111. jač.*
52, s. zaova, zava, *wie neben* vrdanja vardanja *besteht. Einige* trt
sind alt, andere sind erst im sonderleben des s. und chorv. entstanden.
a) brdo. *chorv.* brg: ki se brže *Črnčić 129;* brži dan *dive mar.*
crn, *chorv.* črn. crv, *chorv.* črv. dug: dlъgъ. grlo. mučati: mlъčati.
musti: mlъsti, mlъz; ovca muzica *melkschaf istr.* smrt. mrva. pun:
plъnъ. dopusti *adrepere mar.:* plъz. strpal: ovce strple *gelte schafe*
istr.: trъp *obrigescere.* štrk *tabanus.* trti. odvugnuti: vlъg. vuhliti
fraudulentum esse mar.; vuhlenje *hypocrisis jač. 263:* vlъhvъ. žuč:
žlъčь. žudjeti: žlъdêti. *Man merke* podrvši (meč ne podrvše van
mar.), odprši (vrata *mar.),* rastrše (Isaiju *mar.) b) as.* adrъfato
ἀϑέλφατον. *chorv.* čemrno *maž. 130.* dumno, duvno *aus* dlmno *Delmi-*
nium. hrcegovina *maž. 122.* kьrka, kьrca, hrca *filia maž. 107. 108.*
113. 114. 128 usw. kolomprja *maž. 164. aus* -perja *mik. 8. as.*
krьkrь ϗέρϗυρα, *spät* ϗούρϗουρα. *as.* krьvaёь *gervasius.* prje *federn maž.*
126. prsura: *it.-ven.* fersora. rbadiga: *herbaticum archiv 2. 270.* sprta
hg.: it. sperta. *as.* srьgъ: *sergius.* tr *aus* ter: tr si bil tamo *mik.*
tr zapiva *maž. 98.* trmen: *terminus.* trst: *tergeste.* vrbovati:
werben. vrbovka. zafrbeg *maž. 150. Dem aslov.* mrъlь *entspricht*
mr-o, *zweisilbig, weil mit silbebildendem* r; *eben so* tr - ah *nach*
trti *usw.*

2. trt entsteht auch aus tret: grk. grgur *gregorius.* prêljen
neben prešljen. prèut: *it. presciutto.*

3. Aus tart *entsteht* trt *nicht selten:* brhan: *mlat. barchanus.*
dlmatika *Črnčić 129.* grbin *mar.: it. garbino.* krcati: *it. carcare,*
caricare. krto, *g.* krtola: *cartallus.* mrha: *ahd. marah.* srdjelja: *sar-*
della. škrpina: *it. scarpione.* trsat *on.: tarsatica.* vrket: *vergl. it.*
barchetta. mrnar: *it. marinaro.* tort *wird* trt *in krf Corfù.* mrt
für morebiti *jač. 98.* navrljan *New-Orleans.* povrbaj *aus vorbei.*
vrtuna, frtuna. *Vergl.* rman *šul. 38, nsl.* rmen *neben* raman,

r. romenъ, *rum.* romonicъ. trat *ergibt* trt *in* trpeza. *chorv.* iskr *prope im Küstenland.* iskrnji: iskarnji *mat.:* iskrъ.

4. *Dunkel sind* hrvat: *craudi urk. 993.* hrovatski *mat.* krbava *landschaftsname.* mrtovlah *bewohner der grenze zwischen Kostajnica und Novi wohl aus* μαυρόβλαχος, *woraus auch it. morlacco.* krletka, škrljetka *cavea. as.* zemlьnь, zemun, *deutsch Semlin.*

B. tert *wird* trêt.

cvrjeti *neben* cvrti *mik.* črida *mar.* čreda *hg.; daneben s.* krd: čorda *ist magy.-slav. chorv.* cripati *mar. für* črip-. črip *mar. neben* črpulja *sturz hg.* črišnja *mar. hg.: daneben* krješva *rag.* čersa, čirsanje, *s.* trešnje. čres *vallone di Cherso;* črešani *kur. 26.* crijet: *nsl.* črêt, *r.* čeretъ. črez *jač. 60. neben* čez *hg.,* čes *hg. und* skroz, kroz *hg.* drijeti: ***drêti, drati. hlêvьno, livno, lijêvno *setzt* χελβ- *für* χλεβένα *voraus.* mlisti *ark.* 2. *300:* mlêsti. mljet, mjet: μελίτη. mljeti: mlêti. nrêstъ *liegt folgenden formen zu grunde:* mrijest *f. rogen,* mrijestiti *se coire, chorv.,* nerist *eber hg.,* nerast, nerostec *belost.,* nerešljiv *kur. 40.* nrêti *findet im chorv. keinen reflex:* zanere (u propast *mar.*). pelene *neben* plenčice *mik. 139.* smreka, *chorv.* smraka *hg. chorv.* smrič *neben* sмrč. spljet σπάλατον. strêći Črnčić *130. neben* ustrgoh *bemerkte Veglia.* tlići *tundere mar., s.* tući. trijeba: *bei mat.* potreba *neben* potrba: potarba *21. 23. 24 usw., wie nsl.* trbê. *aslov.* trêbuhъ *lautet* trbuh. vlići *trahere mar.:* vlêsti. *chorv.* odvrići *pist.* vrelo *fons: **vrêlo *aus* verlo. povrijeslo, rijeslo, *chorv.* povrislo *hg. garbenband:* verz-tlo. navristi (galibu *oct. 17.*): verz-ti. vrêteno *lautet* vreteno, vrteno. vrijeti *inserere: ona se vere clam circumit mar.* žlijeb, ždlijeb. žlijezda. ždrijelo. proždrijeti. Veles *m. wird nicht etwa* vlês.

3. ent wird ęt, et.

1. Aslov. ę *entspricht* e, *indem aus* ent *zunächst* ęt *und daraus* et *wird:* uče *coepit.* čedo *maž. 162.* jareb: jarębъ. klecati. kretati. *chorv.* lečka *laqueus.* ledina. pamet. *chorv.* predpreg *schürze hg.* rega *murmuratio canis.* oseka; useklo je more *dalm.* teg *arbeit, korn.* userez *mar.:* useręzъ. red, *womit wohl zusammenhängt* ured *cito, chorv.* vred, vreda, redi *mik. 93.* na vredi *hg.; eben so* nje; njeje *mik. 151:* jeję. stojo: stojętъ *usw.*

2. ę *wird jedoch nicht nur durch* e, *sondern, meist im chorv., nach den* ě-*lauten auch durch* a, *ferners, in folge einer verwechslung des meist langen* e *mit* ê, *durch* je, ije *ersetzt: selten ist* en *vor consonanten.*

a) poča *hekt.*: počę. čado *luč.* jati *luč. mar.*: jamem *ist* *jьmemь;
obuja *mar.* odujati *adimere mar.* pojati *mar.* prijati *mar. polj.* zauja
mar. rukovat *hg.*: rąkovętъ. počalo. jatra *luč.* jazik *mar. und in*
zajik *mik.* jačmik *mik.* zajac *neben* zec. žaja *sitis;* žaja mi se *sitio hg.*
žatelica *schnitterinn pist. Man beachte* jalva *neben* jelva *vergl. seite 37.*
b) djetao. jastrijeb *und* jastreb: jastrębъ. osjeknuti: osjekla voda:
sęk. prisvijegjeti *für* prigrijati: svęd. povjesmo *bund flachs:* vęz-
smo. stijeg *lautet auch áslov.* stêgъ. *c)* imentovati *für* imenovati.
mencati, mancati *kur. 13:* mьn. pavenka *vinca.* pentrati se *ascen-*
dere: penjati se, *w.* pьn. jangulja *neben* jegulja *zor. 19: das erstere*
durch anlehnung an anguilla. chorv. spricht man auch ramen *m. hg.*
für ramę *aus* ramen.

3. e *aus* ę *ist lang oder kurz: lang in* dêsêt. grêda. mêso;
ferners in nôsê. nôsêći. žênê *usw.; kurz in* jèzik. jèčam. zēt;
ferners in tèle. plëme *usw.*

II. Zweite stufe: ê.

1. *Dem aslov.* ê *entsprechen verschiedene laute:* e, ije *neben* je
und i. *Hinsichtlich dieses lautes zerfällt das s.* sprachgebiet in die
östliche und die westliche zone: in jener steht dem ê *stets* e *gegen-*
über: bêg: bêgъ; bèžati: bêžati; *in dieser wird das ursprünglich*
gedehnte e *jener durch* ije, *das nicht gedehnte durch* je, *vor vocalen,*
j *und* gj *durch* i *vertreten:* bijeg. bježati. bio *neben* bijel: bêlъ.
sijati: sêjati. sigjeti: sêdêti. *Westlich von der zweiten zone herrscht*
das chorv., das aslov. ê *regelmässig durch* i *wiedergibt:* big. bižati.
Die östliche zone des s. umfasst Sirmien, den Banat, Nordserbien,
die Resava, Ost- und Altserbien; die westliche zone begreift in sich
Crnagora mit den Bocche di Cattaro und Nordalbanien, Ragusa,
Hercegovina, Bosnien, dessen katholische bewohner jedoch chorvatisch
sprechen, und einen teil Slavoniens: hieher gehören auch die Serben
Ungerns. Chorv. wird gesprochen in Istrien, im Küstenlande, in
Dalmatien nördlich von der Narenta, von den katholiken Bosniens
und der Hercegovina, der ehemaligen Militärgrenze und Slavoniens
Budmani XIII; ferners von den in mehreren comitaten des west-
lichen Ungern angesiedelten, von den Leitha-, Marchfeld- und Thaya-
Chorvaten Niederösterreichs und den in Mühren wohnenden. Zu diesen
kommen noch die Chorvaten Unteritaliens. G. Vegezzi-Ruscalla, Le
colonie serbo-dalmate del circondario di Larino provincia di Molise.
Torino. 1864. Man unterscheidet demnach, indem man die Serben

und die Chorvaten zusammenfasst, ekavci, ijekavci *und* ikavci. *Die*
ikavci *sind jedoch nicht alle Chorvaten,* čakavci; *es gibt auch* ikavci,
die rein serbisch sprechen, nur dass sie aslov. ê *durch* i *ersetzen:*
diese haben mit den Serben dieselben sitten und gebräuche, während
andere, abgesehen von einzelnen ihnen eigentümlichen ausdrücken,
auch in der betonung vom serbischen abweichen. Dieser unterschied
der ikavci *wird wohl dadurch veranlasst sein, dass sich die ersten*
früher serbisierten als die letzteren: što su se, *wie* Vuk *sagt,* Bun-
jevci ili Bošnjaci odavno posrbili, a ovi drugi docnije. *Wer die*
nachrichten des Constantinus Porphyrogenitus über die wohnsitze der
Chorvaten und Serben mit der geographischen verteilung der ijekavci
und ikavci *zusammenhält, wird geneigt sein anzunehmen, dass die*
letzteren Constantins Chorvaten, jene Serben sind. Gestört wurde das
verhältniss durch die wanderungen der Serben, namentlich seit der
begründung der türkenherrschaft in Europa, und durch jene un-
widerstehliche assimilationskraft des serbischen volkes, wodurch im
westen Chorvaten, im süden Škipetaren, *allenthalben Wlachen (Ru-*
munen) und im osten und südosten Bulgaren serbisiert worden sind.
Die Chorvaten sind überall katholiken geblieben; dasselbe mag auch
von den Serben gelten, zu denen jedoch durch einwanderungen von
osten her die griechische kirche vordrang. Hier möge noch bemerkt
werden, dass mir serbisch und chorvatisch als zwei *sprachen gelten,*
und dass ich den ausdruck jezik srbski ili hrvatski *für falsch*
halte. Selbstverständlich darf diese ansicht nicht als versuch gedeutet
werden beiden völkern die bahnen der politik zu weisen: sie bedürfen
einander.

2. *Hier werden die reflexe des aslov.* ê *im osts. A, im wests. B.*
und im chorv. C. dargestellt und zwar ohne rücksicht darauf, ob ê
ein a- oder ein i-laut ist, da die sprache selbst zwischen beiden ê
keinen unterschied macht: blěskъ: B. blijeska. C. oblisk *hg.* cêglъ:
A. *und* B. bieten cigli. cêlъ: A. ceo. B. cio *und* cijel. C. cilina
und cel *hg.* cêna: A. cena. B. cijena. C. cina; sciniti *luč.* cêpiti:
A. cepati. B. cijepati. C. cipalina *scheit.* cěšta: B. cijeć *und* cjeć
rag. C. ciča *polj.* cvěliti: A. cveljati. B. cvijeljati. C. cviliti (si-
rotu). cvětъ: A. cvet. B. cvijet. C. cvit *neben* cveće *hg.* cvita *it.*
dělja: C. dilj *mar.* dětę: A. dete. B. dijete, *g.* djeteta *und* gjeteta.
C. dite. děti: A. desti. B. djesti. C. dit *dicere mar.* děverъ: A. de-
ver. B. djever. C. diverak *hg.* děža: C. dižva *hg.* gnězdo: A. gnezdo.
B. gnijezdo. C. gnizdo; *überraschend* gnjazdo *hg.* grêhъ: A. greh.
B. grijeh. C. grih: *mat. schreibt* grih, grjeh. grešnik. (grênąti):

C. grinuti: sunće je grinulo *jač. 18. s.* sunce je granulo. hlêbъ:
A. hleb. *B.* hljeb. *C.* hlib. klêšta: *A.* klešta. *B.* kliješta. *C.* klišta.
klêtъ: *B.* klijet. *C.* klit. (krêk-): *A.* okrek. žabokrečina. *B.* okrijek.
krêsъ: *A.* kresovi. *B.* krijes. *C.* krisi *dies solstitiales mar.* lêkъ:
A. lek. *B.* lijek. *C.* lik. lênъ: *A.* len. *B.* lijen. *C.* lin. lêpъ *pul-
cher, viscum: A.* lep. *B.* lijep. *C.* lip. lêska: *A.* leska. *B.* lijeska.
C. liska. (lêsto): *C.* listo *solum mar.* listom *Stulli:* lê въ to. lêto:
A. leto. *B.* ljeto. *C.* lito: primalit *it.* (lêv-): *A.* levča. *B.* lijevča.
lêvъ: *A.* levi. *B.* lijevi. *C.* livi. lêzą: *A.* -lezem. lestve. *B.* -ljezem.
ljestve. *C.* lizem. listve *scalae.* mêdь: *A.* med. *B.* mjed. mêhъ:
A. meh. *B.* mijeh. *C.* mih. mês-. *A.* mešati. *B.* miješati. *C.* mišati.
mêsęcь: *A.* mesec. *B.* mjesec. *C.* misec. mêti: *B.* zamijetiti *anim-
advertere.* mêzinъ: mezimac *neben* mljezinac. mlêko: *A.* mleko.
B. mlijeko. *C.* mliko: mliko *it.* mlêti: *B.* mljeti. *C.* mliti. mrêti:
A. mreti. *B.* mrijeti. *C.* mriti. nêsmь: *A.* nesam. *B.* nijesam.
C. nisam. pêna: *A.* pena. *B.* pjena. *C.* pina. pêsъkъ: *A.* pesak.
B. pijesak. *C.* pisak. pêšь: *A.* pešice. *B.* pješice. *C.* pišice. pê-
vati: *A.* pevati. *B.* pjevati. *C.* pivati *neben* peteh *gallus.* plêva:
A. pleva. *B.* pljeva. prê-: *A.* pre-. *B.* prije: prijeboj, prijevoz
usw. C. pri-: prije *ante ist aslov.* prêžde. prêmъ: *nur* prem, prema.
rêčь: *A.* reč. *B.* riječ. *C.* rič. rêdъkъ: *A.* redak. *B.* rijedak. *C.*
ridak. obrêsti: sresti, sretem *und* sretąti *neben* srijetati. *C.* srititi
maž. 193. rêzati: *A.* rezati. *B.* rezati *aus* rjez-. *C.* rizati. sêdati:
A. sedati. *B.* sjedati. *C.* sidati. sêdъ: *A.* sed. *B.* sijed. *C.* sid.
prosid *mar.:* sedinjast *hg.* sed. (sêrъ): *B.* sijerak *art hirse. C.*
sirak *istr.* sêti *serere: A.* sejati, usev. *B.* sijati *und* usjev. *C.* sijati.
siven *krk.* set *mik. 136.* sêtovati: *A.* setovati. *B.* sjetovati. *C.* sito-
vati. stênь, sênь *umbra. A.* sténje. *B.* stijènje *ellychnium. A.* sen.
B. sjen *umbra. C.* sina, sinj, osin *mar.* strêha: *A. B.* streha. *C.*
striha *mar.* osvênь: *C.* osvin *mat.: vergl.* osim *und B.* osvem.
svêtъ: *A.* svet. *B.* svijet. *C.* svit. têlo: *A.* tèlo. *B.* tijelo. *C.* tilo.
telova *frohnleichnam hg.* têrati: *A.* terati. *B.* tjerati *und* ćerati.
C. tirati: *auch nsl.* tirati. trêbê: *A.* treba. *B.* trijeba. *C.* tribi
polj. pravice ni tribi *jač. 36.* potriba *maž. 193.* vêd-: *A.* svest.
B. svijest. *C.* svist. vinder (vêmь da že) *hg.* vêdro: *A.* vedro.
B. vjedro. *C.* vidro. vidrica *hg.* vêra: *A.* vèra. *B.* vjèra. *C.* vira
und vera. verovati *hg.* vêsъ: *A.* obesiti. *B.* objesiti. prijevjes
velum. C. obisiti. vêža: *C.* veža *vorhaus hg.* vêžda: *A.* vegja. *B.*
vigja. vrêdъ: *A.* vredan. *B.* vrijedan. (vrêlo): *C.* vrilo *polj.*
vrêmę: *A.* vreme. *B.* vrijeme. *C.* vrime. zênica: *A.* zenica. *B.*

zjenica. *Dasselbe schicksal hat ê in den stamm- und wortbildungs-*
suffixen: a) C. pogibio (u pogibili *mat.*), *s.* pogibao, -bli: pogybêlь.
A. želeti. B. željeti. C. želiti. A. ugoveti *satisfacere.* C. govit *mar.*
štiti *legere beruht auf einem älteren* čьtêti *für* čisti. žnijevem *ist*
aus žьnê *zu erklären.* slovênьskъ: slovinski *mat.* ovùdije: ovądê
hat ijo in unbetonter silbe. b) C. chorv. liti. zimi *hg.* mili majki mojoj
istr. va srebri i zlati *hg.* na sviti luč.; *aus* têmь *ist* tîjem *und* tîm
geworden: darnach ist žútijem, žútîm *usw. gebildet. Mat. schreibt*
tjem; poglavitijem, slatkijem *und* slovinskjem. *chorv.* zoviše *vocabat,*
beriše *colligebat,* budiše *erat pist.* 20 *usw.*

3. jê *wird durch* ja, je, ji *ersetzt: es scheint, dass in verschiedenen*
teilen desselben sprachgebietes jê *verschiedene veränderungen erlitten*
hat: jêd- *edere:* aslov. jad-. A. jêm. jedi. jêo. B. ijem *aus* jijem,
jêm *neben* jêdem. jegji *(nicht* jigji). io, *f.* jela. C. jim, jidem. jidi.
jio, jila. jizbina *cibus mar., daher* A. najest. B. naijest *saturitas.*
C. ujid *morsus* luč. ujidljiv (pas) *mar.; dagegen stets* jasli *aus* jad-tli;
nsl. jêm *und* jasli. jadъ: *s.* jad *aegritudo.* A. jed. B. ijed. naije-
diti. C. jad *ira, venenum;* jaditi se *mik.* 93. *neben* jid; jidak *vene-*
nosus. jidovati *irasci. Das mit* jad- *zusammenhangende* jahati *be-*
wahrt ja: jad- *vehi.* A. jezditi. C. jizditi *mar. krk.; nsl.* jêzditi.
jadro, *eig. velum.* jedro *im Küstenlande Vuk.* C. jadro *istr.;* doja-
drilo, dojedrilo *maž. 139;* jidriti *verant.* jazъ *canalis: s.* jaz; *nsl.* jêz.

4. *Zu beachten sind* prama *neben* prêma: prêmъ. *chorv.* smraka
fichte. proštati *perlegere* Črnčić *140:* *-čьtêti.

5. ê *entsteht durch dehnung des* e *a) bei der bildung der verba*
iterat.: pogrijebati. lijegati: *chorv.* naligati *hg.* lijetati. smetati *de-*
mere; chorv. smitati *congerere mar.* prepjecati: *chorv.* sunce pripiče
hg. prepletati: *chorv.* preplitati: *vergl. chorv.* zagribati. stipati se
vagari jač. 38: top. *In vielen formen tritt* i *für* ê *ein:* birati, *daher*
izbirak. *chorv.* nacvirati *hg., daher* ocvirki *hg.* izdirati, *daher* do-
dirnuti, zadirivati. uzimati *sumere.* umirati. ponirati *sub terram*
abire, bei mar. demittere caput. Hieher gehört podmirati *submergere*
istr. aus podnir-. napinjati. ispirati *eluere.* prepirati se. raspirati
discindere. otpirati *aperire.* otpirati se *se excusare.* zastiljati. za-
stirati, *daher* zastirak. uticati, utjecati: tijek *setzt* tijekati *voraus.*
chorv. ticati luč. otirati. izvirati, *daher* vir, *chorv.* zviranjak *fons*
hg. obzirati se, *daher* obzir *und chorv.* nazirne se *mik.* 93. žigati.
ižimati. *chorv.* požirati, *daher* požirak *schlund hg.* b) *bei der bildung*
des impf.: bodijeh, *chorv.* bodih: bodêhъ. sterih. budiše *fiebat pist.*
usw. vergl. 3. *seite* 227. c) *bei der bildung des aor.* II. 1. podnijeh,

ponih, rijeh *usw.*: -nêhъ, -rêhъ *aus* -ncshъ, -rekhъ 2. *seite 78.* rijeti *nach dem aor.*; začrite (začrite joj puno vidro vode *maž. 104*) *lehnt sich an den inf. an. d) bei der metathese von* o: mrijeti, mljeti: mrêti, mlêti *usw. Der inf. zu* iznere *polj.* zanere (u propast *mar.) hat chorv. wohl* -nriti *gelautet seite 52.*

6. *In Istrien finden sich bei Chorvaten und Slovenen und bei jenen auch sonst ein wohl aus* ja *entstandenes* e : bodevati. molevati. ručevati. stajevati *istr.* iskaževati. splahljevati *eluere.* zaškurevati se *obscurari.* potvrgjevati *hg.*

III. Dritte stufe: o.

1. A) Ungeschwächtes o.

1. o *entsteht durch steigerung des* e *in* brod. izbor. odor, razdor: *chorv.* udorac *und* uderac *hg.* gon, gónati. grob *und* greb. oklop. log. mor. ponor, norac, norilac, iznoriti. iznos, nósati. plot. ispo (ispol), ispolac. opona. potpor; zapor *obex.* uzrok *causa.* skvorac, čvorac. zastor. otok. tor; utor. trop *treber.* vod-, vódati, voditi. izvor. *chorv.* svora *wiede;* zavornjak *radschuh hg.* voz, vózati. prozor.

2. *Fremdem* a *steht* o *gegenüber in* bosiljak: *basilicum.* korizma: *it.* quaresima, *lat.* quadragesima *mar.* trogir: τραγούριον. *Dunkel ist chorv.* stomajnica *hemd istr.*

3. o *findet sich als einschub in* bihomo *luč.* ivaniš. sijahomo ark. 1. 203. jedihota i pijahota 2. 333. iskahomo, iskahote *pist.*

4. *Beachtenswert sind formen wie* Marko, Vlaho; Mihovilo *istr.;* Miloje, Vasilije *usw., deren* o *uralt zu sein scheint.*

B) Zu ъ geschwächtes o.

Die schwächung des o *zu* ъ, *das wie sonst entweder schwindet oder scheinbar in* a *übergeht, hat stattgefunden in* nadam *inflatio.* htjeti *neben* hotjeti. *chorv.* kade, kadi *neben* kdi *hg.* onada. saboriti. sajam: сънъмъ.

2. tort wird trat.

Das s. *steht in der zone A, daher chorv.* blazina. draga *tal, meerbusen;* po brigih i dragah *jač. 98.* jablan. *Dem aslov.* kladęzь *entspricht* hladenac *mar.* mlaz, zamlaz. *aslov.* ponravъ *aus* -nor-vъ *ist* s. pundrav, *woraus* pamrak *und* pandrv *kur. 14.* pladne *neben*

zjenica. *Dasselbe schicksal hat* ê *in den stamm- und wortbildungs-suffixen:* a) *C.* pogibio (u pogibili *mat.*), *s.* pogibao, -bli: pogybêlь. *A.* želeti. *B.* željeti. *C.* želiti. *A.* ugoveti *satisfacere. C.* govit *mar.* štiti *legere beruht auf einem älteren* čьtêti *für* čisti. žnijevem *ist aus* žьnê *zu erklären.* slovênьskъ: slovinski *mat.* ovùdije: ovądê *hat ije in unbetonter silbe.* b) *C. chorv.* liti. zimi *hg.* mili majki mojoj *istr.* va srebri i zlati *hg.* na sviti *luč.; aus* têmь *ist* tîjem *und* tîm *geworden: darnach ist* žùtijem, žûtîm *usw. gebildet. Mat. schreibt* tjem; poglavitijem, slatkijem *und* slovinskjem. *chorv.* zovîše *vocabat,* berîše *colligebat,* budîše *erat pist.* 20 *usw.*

    3. jê *wird durch* ja, je, ji *ersetzt: es scheint, dass in verschiedenen teilen desselben sprachgebietes* jê *verschiedene veränderungen erlitten hat:* jêd- *edere:* aslov. jad-. *A.* jêm. jedi. jêo. *B.* ijem *aus* jijem, jêm *neben* jêdem. jegji *(nicht* jigji). io, *f.* jela. *C.* jim, jidem. jidi. jio, jila. jizbina *cibus mar., daher A.* najest. *B.* najjest *saturitas. C.* ujid *morsus luč.* ujidljiv (pas) *mar.; dagegen stets* jasli *aus* jad-tli; *nsl.* jêm *und* jasli. jadъ: *s.* jad *aegritudo. A.* jed. *B.* ijed. naije-diti. *C.* jad *ira, venenum;* jaditi se *mik.* 93. *neben* jid; jidak *venenosus.* jidovati *irasci. Das mit* jad- *zusammenhangende* jahati *bewahrt* ja: jad- *vehi. A.* jezditi. *C.* jizditi *mar. krk.; nsl.* jêzditi. jadro, *eig. velum.* jedro *im Küstenlande Vuk. C.* jadro *istr.;* dojadrilo, dojedrilo *maž. 139;* jidriti *verant.* jazъ *canalis: s.* jaz; *nsl.* jêz.

    4. Zu beachten sind prama *neben* prêma: prêmъ. *chorv.* smraka *fichte.* proštati *perlegere* Črnčić *140:* *-čьtêti.

    5. ê *entsteht durch dehnung des* e a) *bei der bildung der verba iterat.:* pogrijebati. lijegati: *chorv.* naligati *hg.* lijetati. smetati *demere; chorv.* smitati *congerere mar.* prepjecati: *chorv.* sunce pripiče *hg.* prepletati: *chorv.* preplitati: *vergl. chorv.* zagribati. stipati se *vagari jač. 38:* tep. *In vielen formen tritt* i *für* ê *ein:* birati, *daher* izbirak. *chorv.* nacvirati *hg., daher* ocvirki *hg.* izdirati, *daher* dodirnuti, zadirivati. uzimati *sumere.* umirati. ponirati *sub terram abire, bei mar.* demittere caput. *Hieher gehört* podmirati *submergere istr. aus* podnir-. napinjati. ispirati *eluere.* prepirati se. raspirati *discindere.* otpirati *aperire.* otpirati se *se excusare.* zastiljati. zastirati, *daher* zastirak. uticati, utjecati: tijek *setzt* tijekati *voraus. chorv.* ticati *luč.* otirati. izvirati, *daher* vir, *chorv.* zviranjak *fons hg.* obzirati se, *daher* obzir *und chorv.* nazirne se *mik. 93.* žigati. ižimati. *chorv.* požirati, *daher* požirak *schlund hg.* b) *bei der bildung des impf.:* bodijeh, *chorv.* bodih: bodêhъ. sterih. budîše *fiebat pist. usw. vergl. 3. seite 227.* c) *bei der bildung des aor. II. 1.* podnijeh, ponih, rijeh *usw.*: -nêhъ, -rêhъ *aus* -neshъ, -rekhъ *2. seite 78.* rijeti *nach dem aor.;* začrite (začrite joj puno vidro vode *maž. 104) lehnt sich an den inf. an. d) bei der metathese von* o: mrijeti, mljeti: mrêti, mlêti *usw. Der inf. zu* iznere *polj.* zanere (u propast *mar.) hat chorv. wohl* -nriti *gelautet seite 52.*

6. *In Istrien finden sich bei Chorvaten und Slovenen und bei jenen auch sonst ein wohl aus* ja *entstandenes* e: hodevati. molevati. ručevati. stajevati *istr.* iskaževati. splahljevati *eluere.* zaškurevati se *obscurari.* potvrgjevati *hg.*

III. Dritte stufe: o.

1. A) Ungeschwächtes o.

1. o *entsteht durch steigerung des* e *in* brod. izbor. odor, razdor: *chorv.* udorac *und* uderac *hg.* gon, gónati. grob *und* greb. oklop. log. mor. ponor, norac, norilac, iznoriti. iznos, nósati. plot. ispo (ispol), ispolac. opona. potpor; zapor *obex.* uzrok *causa.* skvorac, čvorac. zastor. otok. tor; utor. trop *treber.* vod-, vódati, voditi. izvor. *chorv.* svora *wiede;* zavornjak *radschuh hg.* voz, vózati. prozor.

2. *Fremdem* a *steht* o *gegenüber in* bosiljak: *basilicum.* korizma: *it.* quaresima, *lat.* quadragesima *mar.* trogir: τραυγούριον. *Dunkel ist chorv.* stomajnica *hemd istr.*

3. o *findet sich als einschub in* bihomo *luč.* ivaniš. sijahomo *ark. 1. 203.* jedihota i pijahota *2. 333.* iskahomo, iskahote *pist.*

4. *Beachtenswert sind formen wie* Marko, Vlaho; Mihovilo *istr.;* Miloje, Vasilije *usw., deren* o *uralt zu sein scheint.*

B) Zu ъ geschwächtes o.

Die schwächung des o *zu* ъ, *das wie sonst entweder schwindet oder scheinbar in* a *übergeht, hat stattgefunden in* nadam *inflatio.* htjeti *neben* hotjeti. *chorv.* kude, kudi *neben* kdi *hg.* onada. saboriti. sajam: съnъmъ.

2. tort wird trat.

Das s. *steht in der zone* A, *daher chorv.* blazina. draga *tal, meerbusen;* po brigih i dragah *jač. 98.* jablan. *Dem aslov.* kladęzь *entspricht* hladenac *mar.* mlaz, zamlaz. *aslov.* ponravъ *aus* -nor-vь *ist* s. pundrav, *woraus* pamrak *und* pandrv *kur. 14.* pladne *neben*

podne *und* poldne *maž. 141.* polne *156. mik.* plah. proplanak
waldlichtung: planъ. planuti: lišce mu priplanulo sunce *maž. 167.*
plaz, plaziti. pramen. praz. kraljušt, kreljušt, krljušt *squama: vergl.*
skralušta *cortex.* skramica *gutta olei ac similium Stulli: r.* skoromъ.
ostrabiti (ranu *Stulli).* srabac, vrabac, *chorv.* rebac. svraka. tlaka.
vlada. vlaga. vlah. vlak. vrat, povrat. povraz. zrak. ort *wird* rat:
labud, *dagegen* rozga, rozgva. rabota *neben* rob: *w.* arbh. krakъ *ist*
s. krak, korak, krok- *in* kročiti; skrok: *hieher gehört* karakatnica
polpo zor. 21. Man vergl. rab *mit arba;* rasa *mit* ἄρσα *gymnasial-*
zeitschr. 1878. 204; skradin *mit scardona;* krap *mit carpio;* sla-
vulja *mit salvia;* labin *mit albona. chorv.* praskva *pfersich lautet nsl.*
brêskva. *Aus armarium wird chorv.* ormar *hg., aus magy. ország*
rusag *mar.; magy.* arszlán, oroszlán *lautet* oroslan. torokati *wird*
nicht trakati; *neben* klokoč *findet man* kolokotina *šul. 17;* vrato-
lomije βαρθολομαῖος.

3. ont wird ạt, ut.

1. ont *scheint s. in* ạt, unt *und dieses in* ut *übergegangen zu sein*
seite 93: ugor. utlina *mat.* uza *mar.* bubreg. bubalo. guba: gạba.
chorv. haluga *unkraut. chorv.* horugva *mar.* hrust *knorpel neben*
hrskavac. klupko. kudrav: kundrov *ist unmittelbar aus dem magy.*
entlehnt: kondor. kut. labud. lug. prug *gestreckt: vergl.* prẹg. *chorv.*
prug *locusta mar.* poprug *cingulum mar.* pukao: pukle ravnine:
vergl. pạčina. puto. skup. smuditi. spud: spud vina *glag. istr.*
struga *melkstall ist ein dem rumun. hirtenvolke entlehntes wort:*
rumun. strŭngъ, magy. esztrenga. struk. *chorv.* stupica *stiege hg.*
šljuka *schnepfe.* su: aslov. sạ: susretiti *mat. 12.* trud: trạdъ. trus-:
potrusiti. trut *fucus.* poluga: *vergl. mlat. palanga. Für das* ojạ *des*
sg. instr. tritt ov, om, um *ein:* vêrov. vodom *Daničić, Istorija*
37. chorv. manum: mъnojạ. *chorv. liest man* drugom *neben* rožum,
kum (kojejạ), krvljum; *für alt halte ich* s manu *mecum jač. 89.*
ljubavju *ark. 1. 9.* ivaniš. *247.* kripostju *196.* s svoju dobru volju
zak.-vinod.: vergl. nsl. seite 319, bulg. seite 369. Die 3. pl. praes.
wie ljubiju *entspricht einem alten* ljubijạtъ *vergl. seite 133. Formen*
wie mrazu *für* mrazẹtъ *folgen der analogie der verba wie* plet-e;
dasselbe gilt von spovu se *confitentur. Unklar ist mir* dumbok *pro-*
fundus mаž. 184. dumboka *bog. 72.* dumbrov: v zeleni dumbrov
pjesm.-kač. 159; chorv. žumboriti *hg. besteht neben* žuboriti; *it. santo*
geht in sut, su, *in Istrien in* sat *über:* sut stipan *mon.-serb.* sut
Ivan *on.;* su gjuraj, su martin; sat ivanac, sat Lovreč *on. Fremd*

sind kundir: *magy. kandér*; lombrak, lebrak: *it. lombrico zor. 18.;* trombita *mar.*

2. u *für* ą *ist lang oder kurz: lang in* dûb. gôlûb. kúpati; *ferners in* plètû *3. pl.* plètûći *usw.; kurz in* dûti. mûka *cruciatus.* pûći; *ferners in* tònuti. hoću. ženu *sg. acc. usw.*

IV. Vierte stufe: a.

1. a *ist zweite steigerung des* c : udar *neben* udorac *ictus:* der. omara *schwile:* mer. *chorv.* par-: prepariti *aussieden hg.* sad. skala *rupes:* skel. skvara, ckvara *art haarsalbe; chorv.* ckvara *nidor:* skver. variti *coquere:* ver.

2. a *entsteht durch dehnung des* o : badati. cmakati: cvoknuti. zadajati. *chorv.* zdrajati *aus* zdvajati *desperare jač. 4. 25.* razgovarati. kalati *dissecare:* kolją: kaljac *ist mit p.* kieł, kła *zu vergleichen.* klanjati se. *chorv.* zakapati *sepelire hg. chorv.* pokašati *mähen jač. 53. chorv.* prikavati (na križ) *hg.* oblamati; *chorv.* rukami lamanje *jač. 84.* prianjati: prionuti *aus* prilьnąti, *aslov.* prilipati. pomagati. umakati: umočiti. izmalati *promere:* izmoliti. odmarati. *chorv.* namatati *aufwinden hg.:* namotati; umatala je njega kićem *hg.* iznarati: iznoriti *mik.* podaštrati. parati, *woher* parnuti, *verhüllt sich zu* porją *wie* kalati *zu* kolją. odranjati *devolvere:* odroniti. obŕavljati: obroviti. *chorv.* takati (suze se takaju *jač. 59);* dotakati. potapati *immergere, richtiger wohl immergi jač. 87. chorv.* potvarati *jač. 55;* potvorati. uvažati: uvoziti. *Man* merke òzgār *neben* òzgôr *supra.*

3. *Für* ê *tritt a ein in* smraka *fichte hg. neben* s. smreka. *Hieher gehört vielleicht* žariti *glühend machen, chorv.* žarak (zraki od žarkoga sunca *jač. 73.* žarak oganj *69); s.* žarko sunce.

4. *Chorv. findet sich* e *in einigen worten für a:* ukreden *polj.* drivo reste *hg.* uzrestal *jač. 46.* litorest.

5. *Fremd sind die worte* as. konata: *ngr.* κανάτα, *mlat. cannata matz. 39.* katun, stan *sennerei: alb.* katunt, *ngr.* κατούνα: *das wort gehört dem hirtenvolke der Albanier an: vergl. matz. 41.* lastar *pampinus.* lastati *frondescere: unbekannten ursprungs.* mar, mariti: *ahd. mâri beachtenswert.* nakarada: *griech.* ἀναχκράδαι *matz. 261.* pagra *zor. 18: griech.* πάγρος. palanga, poluga: *rumun. polang, lat. palanga matz. 64.* raman: *lat. romana.* samar: *ngriech.* σαμάριον, σχγμάριον. sklat *aus* skvat: *lat. squatus.*

6. Dunkel sind chorv. odlag *ausser;* pasma *rasse.;* ostrag *hinten,*
das mit trag *und mit lett. astrāgs hinteres ende des bootes zu ver-*
gleichen ist.

B. Die i-vocale.

I. Erste stufe.

1. ь.

lan: lьnъ. *chorv.* laščati se: lьsk. magnuti: mьg: mignuti
beruht auf dem iterat. migati. magla. opah *alica:* pьh *usw.; vergl.*
cavtat *aus civitatem.*

2. trt wird trt.

krka *ius e musto: vergl. nhd. krick dial. matz.* 222. krm:
Krim. uskrsnuti *Črnčić* 49; skrsnuti *evanescere hg.* krst *christus.*
antikrst *mar.* prgati: *it. friggere.* prklc *neben* priklc: *it. frittole.*
prmancir: *primicerus.* préija *dos:* προικιόν. pržun: *it. prigione.* krljak,
krljača, škrljak *jač.* 28. *neben* škriljača *38: vergl.* uškrljak *seg-*
mentum panni. chorv. skrnja *neben* skrinja. srma σύρμα *matz.* 312.
trgla *352: it. triglia* τρίγλα. trputac, *bei Vuk.* triputac. vrtalj: *viertel.*
chorv. auch prnesla *maž. 132. 149. 194. aslov.* crьky *lautet chorv.*
crikav *aus* crêkav. *In* pastrnak *pastinaca ist* r *eingedrungen. mlat.*
strima *ist* stremen, *bei mar.* strime, *hg.* strumcnak.

II. Zweite stufe: i.

1. i ersetzt das durch dehnung des o *entstandene* ê: naricati
vergl. seite 394. Auch in razlicim, ubozih, vclicih *usw. steht* i
für ê.

2. i entsteht durch dehnung des ь: čitati. proklinjati. migati *in*
namigivati *und* mignuti. štipati. skrisati *excitari mar. Vergl.* utri-
pati. vidjati *ist das iterat. von* vigjeti: *dagegen* dizati. nicati. stizati.

3. In vielen formen ist chorv. in die ъ(a)- *und die* a-*declination*
das i, y *der* i-, u-*declination eingedrungen: pl. gen.* muži *hg.* vlasij *jač.*
30. božjih *sudi mar.* progonitelji *ivaniš.* cekini. deli *partium.* soldati
mik.; pl. acc. beči. hajduki. panduri. soldati. traki: sunce na nje
uprlo svoji traki *mik. 36.* noži *maž. 156.* rogi: obliči praza za
rogi zadivena *vidit arietem haerentem cornibus krk.; sg. gen.* do
divojki. hrani. jelvi. z moje kući. od peti do glavi *usw.; pl. nom.*
acc. žici. britvi *usw. mik. Vergl.* z domi *17. Jagić, Podmladj.*
vokal. 16. Vergl. seite 324. 327.

4. *Wie im serb.* a, *so wird im chorv.* i *für* ъ *eingeschaltet:* ziškolati *mik. 119.* zi vode *ex aqua:* izъ. odibrani *hg.* odikupil *vrtl.* zibereš *mik. 92.* ziberi *139.* zibrat *125. hg.* zibrani *vrt.* ziznati *hg.* zizvati *hg.* zi konja de *equo hg.* zi sim veseljem *cum omni gaudio hg.* ziz četirih stranij *jač. 100.* ziz njum *cum ea hg.* sis manū *jač. 10. Vorgesetzt scheint* i *in iver.* ipek *ist türk. für* peć: peštь. išao *beruht auf* šьlъ *durch* id.

5. i *entspricht fremdem* o: *die mittelstufe ist* u: rim, *aslov.* rimъ *neben* ruminъ *usw., got. rūma seite 128.* bokin *neben* bokun: *it.* boccone. jakin, nin, skradin, solin: *ancona, nona,* νόνα, *scardona,* σκέρδονα, *salona.* žižak *curculio lautet nsl.* žižek *und* žužek. mir *ist murus.* cipun: σίφων. *Fremd sind div.* igalo *mar.:* αἰγιαλός. ira: *ahd. irah.* list: *it. lesto matz. 395.* plima (i rekeša *mik.):* *griech.* πλύμα. sidro *und daraus* osidrati: *griech.* σίδηρος. spila σπήλαιον *pist.*

III. Dritte stufe: oj, ê.

oj, ê *sind steigerungen des* i *in* boj, ubojca. cvijet: ê *ist auch in das primäre verbum eingedrungen:* rascvjesti se. goj; gojiti *mästen mik.* pokoj. kroj. lijev *trichter:* li, lêją. napoj *trank.* pripoj *ferrumen.* pojac, pjevač *cantor.* isijevati *excribrare: vergl.* zijevati. osoje *aus* ot-soije: *w.* si. stijenje *docht.* vješati. voj *in* vojvoda. zijevati: zi, *zêją. znoj. *chorv.* pozoj *drache hg.* poroj *chrys.-duš. 43. ist fremd.*

C. Die u-vocale.

I. Erste stufe.

1. ъ.

badar: bъdrъ. *chorv.* batva *oder* batvo *strohhalm:* od batav *hg.: w.* bú, by. mah: mъhъ. sasnuti *sugere usw.*

2. trŭt wird trt.

Der veränderung in trt *unterliegt auch* türt: buha: blъha. obrva: brъvъ. grst *nausea neben* grustiti se. prsluk *ist brustfleck.* krk *Veglia beruht auf* curictae, *zunächst auf* curctae. *Vergl.* brnjica *inauris mar.:* brъnja; *dagegen im anlaute* lagati: lъgati. lažak *neben* ožujak *aus* lžujak. lažica *neben* ožica *aus* lžica, *woraus auch* žlica. rgja: rъd. rt *spitze.* rvati: zarva *polj. 256.* rzati. rž *und* raž, raži; su-ržica. vrbanac *erysipelas: it. fervenza matz. 372. chorv.* vrč *ist*

26

wohl lat. urceus, it. orcio. Vergl. noch četr *pl. g. Držić.* trkač *pha-
retra: it. turcasso matz. 353.*

II. Zweite stufe: y.

1. Aslov. y *steht chorv. s.* i *gegenüber:* bistar. prihil *humilis mar.*
hina *fraus mar.* prohira *list* luč. hititi. liska *fulica.* pliti *natare;*
ispliti *effluere mar.* piljak: *vergl. r.* pylь. pir *genus frumenti. chorv.*
zapiriti se *erubescere kur. 30.* naptati *aus* -pit-: *vergl.* pytati. rigj
rufus. rignuti *mar.* rikati *neben* rukati *mugire.* riti *ruere. chorv.* vi
für aslov. vy: viriьiti. viseći *ark. 2. 271 usw.* diždevica *neben*
duždevnjak: *vergl.* dъždь. kika *cirrus:* kъka. *So auch* inja *für*
ynja: krkinja *bewohnerinn von* krk *usw. Aus dem IX. jahrh. sind
uns namen auf* -mustlo, -muslus *für aslov.* -myslъ *und bei Constan-
tinus Pophyrogenitus* βοισέσθλαβος *für* vyšeslavъ *erhalten, die für*
u, y *zeugen würden, wenn es fest stünde, diese namen seien unmittel-
bar aus dem chorv. oder s. entlehnt worden, nicht, was auch möglich
ist, aus dem b. Der aor.* bim (bin), bis *hg. istr.* (biš), bi; bimo,
bite *mik. 144. ist aslov.* bi-.

2. i, *aslov.* y, *ist durch dehnung des* ъ *entstanden in* dihati: za-
dihati se *neben* zaduhati se *anhelare.* nadimati se; dimati *flare
mar.* gibati *movere;* nagibati *neben* naginjati *beugen:* nagъnati. ga-
mizati, gmizati. zaligivati *blandiri beruht auf* -lygati. izmicati;
umicanje žen *polj. 303. chorv.* osmicati *abstreifen;* presmičav *lon-
gus et macer, eig. der leicht schlupft.* sipati, *daher* nasip. prisihati
mar.; usisati *exarescere.* sisati, *daher* sisa: sъsati. tikač *neben* tka-
lac *setzt* tykati *texere voraus.* ticati *tangere, daher* otik *rallum.*
poticati se: potičući se na zlo *pist.* navika *consuetudo.* pozivati,
daher poziv, zivnuti.

3. ivati *steht manchmahl, namentlich chorv. dort, wo man* avati
erwartet: pisivati *Črnčić 134.* čekivati *hg. Anders* okivati. grohitati
neben grohòtati.

4. Wie im aslov., so tritt auch hier i (y) *ein in* *jačmi: jačmik
mik. kami. plami.

III. Dritte stufe: ov, u.

1. ov, u *sind durch die steigerung des* û *entstanden in* brus. bu-
diti. duh; *chorv.* duha *geruch hg.* kov; nakov *mar.;* nakovanj *incus.*
krov. nov. ploviti *navigare maž. 179. natare, natare facere;* pre-
pluti *natare hg.;* spluti se *confluere mar.;* plut *kork.* puriti *torrere.*

rov, obrov *mar.* ruda. runo. ruti (vol ruje *hg.*). slove *clarus est*
mar. posluh. osnova, osnutak. struja. stud *f. frigus.* suh; usu-
šati *siccescere mar.* sup *aggeris genus:* sůp; suti: izasuti, izaspem
effundere, dessen u *befremdet.* tov *pinguedo:* ty. trov. trud *labor.*
uzov *vocatio,* zovem, *daher wohl* zovnuti. nauk. *Hieher ziehe ich*
chorv. sinu *sg. voc.,* polu (od poludne), sinove, sinovom *pist.,* die
sehr zahlreichen formen zum vorbilde gedient haben 3. seite 205.
Auch in der stammbildung mag das ov *auf ähnlichen historischen*
formen beruhen und nicht, wie man gemeint hat, in der leichteren
aussprache seinen grund haben. ú *in* půštati *ist gedehnt:* pùstiti:
auch půštati *ist* pft.

2. *Fremd sind* buza *potio e pane zeae et aqua: türk. chorv.* du-
rati *dauern: it.* gunj: *mgr.* γοῦνα. lug *cinis.* podrum: *wohl gr.* ἱππό-
δρομος. ruj: *vergl. lat. rhus.* rusalje *rag.* trotur *mikal.: it. tartor*
dial. für trottolo. tuč *aes campanarium: ngr.* τσόντζιον, *wohl türk.*
uliganj, oliganj: *it. loligine. it. on wird* un: drakun *mar.* lijun
leone mik. chorv. pavun. račun. spirun: *sperone.* šimun *Črnčić 45.*
timun. *Zweifelhaft ist* plug *aratrum.* rud *hat neben ,ruber' wohl*
noch eine andere bedeutung ,crispus': naruditi *crispare mikal.;* ruda
lana spissa et crispa; vlasi rudi *jač. 29. 76. 77;* rudljaste vlasi
acc. 70: rudi (klinčac) *24. wird durch ,lijep' erklärt. Vergl. kur.*
43: b. liest man rudo jagne *milad. 44. 72. 205.* rudi ovci *49. 74.*

3. *Jüngeres* ov *kömmt vor in* svatova *mik.* (gospoda svatova)
neben svaća *collect.* sinovlji *filii aus* sinovijъ. grobovlje. *chorv.* bri-
govje *hg.* busovje *stauden.* hercegovina, *bei maž. 122.* hrcegovina.
polovina. trgovina. duhovan *hg.* mirovan *hg.* svjetovni. redovnik.
zimovnik. duždevnjak. čitovat *integer mar.* blagovit *dives mar.*
bledovit *jač. 34.* carevica. daždevica. petkovica *ieiunium s. Pa-*
rasceuae. sinovica. vidovčevica: *vidovac. kmetović *neben* kme-
tić *polj.* spasovište. duhovski (duhovska nedilja *hg.*). volovski.
darovati. pirovati *hochzeit halten hg.* *cjelovati, *daher* cjelov. moto-
vilo *setzt ein* motoviti *voraus: vergl.* poloviti. *chorv.* drugovič *alias.*
drugovgje *neben* druggje. *Man merke* balъdovinъ *chrys.-duš. 28.*
v, *nicht* ov, *tritt ein in* medvjed. *chorv.* ledven *glag.* va *in* murva
morus. pupakvica *nabelkraut.* pastrva, pastrma *forelle.* narukvica, *b.*
narъkvici, *armband usw.*

IV. *Vierte stufe:* av, va.

zabava. daviti. hvat. kvas. *chorv.* plav *f.* plaviti. otava. tra-
va. zatraviti.

26*

Zweites capitel.

Den vocalen gemeinsame bestimmungen.

A. Steigerung.

A. Steigerungen des a-vocals und zwar a) die steigerung des a (slav. e) zu o. α) Vor einfacher consonanz: bred, brod *vergl. seite 395.* β) *Vor doppelconsonanz und zwar 1. vor* rt, lt: smerd, smordъ, *daraus* smrad *vergl. seite 395; 2. vor* nt: lenk, lonkъ, *daraus* lǫkъ, *s.* luk *elater vergl. seite 396. b) Die steigerung des a (slav. e) zu a:* sed, sad *vergl. seite 397.*

B. Die Steigerungen des i-vocals. i (slav. ь) *wird zu* oj, ê *gesteigert:* svĭt, svêtъ, *daraus* s. svijet *vergl. seite 399.*

C. Die steigerungen des u-vocals: u (slav. ъ) *wird a) zu* ov, u *gesteigert:* ru *(slav.* rъ): rov. budʹ *(slav.* bъd): bud- *in* buditi *vergl. seite 400. u (slav.* ъ) *wird zu* av, va *gesteigert:* bhū *(slav.* by): bava *in* zabava. hŭt *(slav.* hъt): hvat *decempeda vergl. seite 401.*

B. Dehnung.

A. Dehnungen der a-vocale: a) dehnung des e *zu* ê. α) *Functionell: 1. bei der bildung der iterativa durch* a: lijetati (lêtati): let *vergl. seite 394; 2. bei der bildung des imperfects:* chorv. bodih (bodêhъ): *s.* bodijah (bodêahъ), bod *vergl. 3. seite 227;* β) *Compensatorisch:* nijeh *tuli aus* nes-hъ. rijeh *dixi aus* rek-hъ 3. *seite 79;* γ) *Metathetisch:* mrijeti (mrêti) *aus* merti. mljeti (mlêti) *aus* melti *vergl. seite 390. b) Dehnung des* o *zu* a. α) *Functionell: bei der bildung der verba iterativa durch* a: badati: bod *vergl. seite 397;* β) *Metathetisch:* vrata *aus* vorta. zlato *aus* zolto *vergl. seite 395.*

B. Dehnung des vocals ь *zu* i. α) *Functionell: bei der bildung der verba iterativa durch* a: svitati: svьt *398;* β) *Compensatorisch:* čislo *in* čisaonica (*čislьnica) *aus* čьtlo; γ) *Accentuell:* počiti: čь.

C. Dehnung des ъ *zu* y. α) *Functionell: bei der bildung der verba iterativa durch* a: primicati (mycati): mъk *vergl. seite 400;* β) *Accentuell:* miti (myti): mъ.

C. Vermeidung des hiatus.

1. I. Der hiatus wird gemieden durch einfügung 1. des j: izdaja.
chorv. krajati *scindere.* stajati. staja. gutljaj *schluck setzt ein verbum*
gutljati *voraus:* a-j-ъ. povraćaj: povraćati. *chorv. wird auch zwischen*
worten der hiatus aufgehoben: i jukazati. i jobvesiti *ark.* 5. 233.
2. des v: rukovet: rąkovętь, rąkojętь; *chorv. auch* rukovat *hg.*
blavor, blor, glavor *serpentis genus ist rum.: blaur. chorv.* mibovilo
istr. mihovil *neben s.* miholj dan. mesojegje *carneval lautet auch*
mesuvegje *und* mesvijegje. ozlo-v-ijediti *infestum reddere aus und*
neben ozlojediti: *westlich* ijediti. ogrijevati: ogrjev *kann von* ogri-
jevati *abgeleitet oder aus* ogrê-v-ъ *erklärt werden.* pjevati; pjevnuti
beruht auf pjevati. žnijevem *setzt ein* žьnê *voraus: vergl. nsl.* štěti.
chorv. siven *seminatus:* sê. pijevnuti *neben* pijehnuti *exspirare*
erklären sich jenes aus *pijevati, *dieses aus* pijehati. prodavati,
prodavac. *chorv.* obavati se *timere hg.* spavati, *daher* spavnuti.
pribjegavati. lavež *latratus:* la-jati. *chorv.* žilavica *lehm hg.* kraviti
regelare. lovor *in* lovorika *ist laurus. Neben* dunav *hört man* dunaj.
strava *schreck lautet bei Stulli* straha. ubivalac *neben* izbijati. *chorv.*
počivak *requies hg.* liv *infundibulum mikal. und* zaliv *stützen sich*
auf livati *oder sind aus* li-v-ъ *zu erklären.* dobivati: by. neumi-
venica: my. obrivati: ry. krivući *neben* krijući *clam:* kry. nazu-
vica *calcei genus.* ogluviti *beruht auf* gluv, oglušiti *auf* gluh.
joha *neben* jova *alnus. Aus* protuha *entstand* *protua *und daraus*
protuva; *eben so aus* uholaža *ohrwurm* *uolaža, uvolaža. *3. des* n:
chorv. pu njega *apud eum wohl für* poli njega *usw. vergl. seite 409.*

2. II. ъ, ū *geht in* v *über:* medvjed; *vergl. auch* ostrvica on.
ostrvo. rvenica *polj.* 260. utrvenik *via trita besteht neben* utrenik:
ter, trêti *und* try. *Man merke chorv.* stole nastrvene *jač.* 64: ster,
strêti: *ein stry ist unnachweisbar.* budva, lastva *aus budua, lastua.*

3. Der hiatus erhält sich in verbindungen mit praefixen: pood-
mači; *in zusammenrückungen und compositionen:* .poočim. plavook.
vrljook *usw. vergl.* 2. *seite 365. So scheint auch* pauk aranea, pau-
žina *behandelt zu werden. Abweichend ist* kraosica, *das wohl* kra-
vosъsica *ist. Fremd ist* blaor, *das neben* blavor *vorkömmt. Der*
hiatus wird bewirkt a) durch das verstummen des h *und b) durch*
den übergang des l *in* o: *a)* miur *neben* mjehur; paulj; *b)* bio,
oteo, molio, *wofür chorv. auch* bijo, otejo, molijo *polj. vorkömmt:*
daselbst findet man auch mibovijo.

D. Assimilation.

Das s. beobachtet das gesetz, wonach o nach j in e übergeht, jedoch bei weitem nicht so consequent wie das aslov.: kraljem; stricem, vjencem; vojevati. *Gegen die alte regel verstösst* zecovi, knezovi, *wofür auch* zečevi, kneževi. dan, дьнь, *hat* dnevi, put - putem *und* putom: ode putem *und* ja sam za putom. *In* carev *beruht* e *auf altem* r̂: *neben* pisarem *wird* pisarom *gesprochen.* sve, svega *sind die nachfolger von* vьse, vьsega. *Abweichend sind* ježom. joj *ei f.* njom, danjom, noćom, kućom, *die voc.* janjo, jazijo, pašo, robinjo, željo; božićovati, ljokati, *die composita* donjozemac, gornjozemac, slepčovogja *usw. Die jungen formen, wie der sg. instr. der nomina auf a, kehren sich nicht an die alte regel.*

E. Contraction.

oja *wird in* a *contrahiert: chorv.* ka jač. *24:* koja. bat se *timere mik.* gospa: gospoja, *daher acc.* gospu: *s. ist* góspa *hyp. von* góspogja. pas *aus* pojas. oje *wird* e: ke drž.: koje. me: moje. dobroga, dobromu, dobrom: dobrojega *usw.; chorv.* steći *stans pist. Aus* oję *entsteht* e *für* ę: ke *hg.:* koję, kojeję. oji *ergibt* i (y): kih: kojih *hg.: andere werden an* kyihъ *denken.* dobrih *beruht, wie* dobrijeh *zeigt, auf* dobrêhъ. *Aus* oju (oją) *entwickelt sich* u: *chorv.* ku *hg.:* koju. *Im sg. instr. nehme ich folgende entwicklung an:* vêroją, vêrovь, vêromь: vjerom. aje *wird zunächst* ae, aa *und zuletzt* a: čûvâ *custodit entstand aus* čuvaatъ, *das im aslov. vorkömmt (seite 194). Dasselbe tritt ein bei* čûvâš, čûvâmo *und* čûvâte: ćuvajū *ist aslov.* čuvajątъ. *Die 1. sg.* čûvâm *hat sich aus* čûvâš *usw. durch die einwirkung der zwar wenig zahlreichen, allein um so häufiger gebrauchten verba wie* damъ *usw. entwickelt.* aa, a *aus* aje *findet sich auch im aslov.* dobraago, dobrago *aus* dobrajego. dâm *verdankt sein* â *der analogie von* čûvâm *usw. Uncontrahierte formen sind nicht selten:* vjenčaje coronat 3. *seite 244. Vereinzelte fälle der contraction sind* zâva *für* zâova. blòruša, blavòruša. zêc, *neben* zàjac, *aslov.* zajęcь. nô *aus* nego. neć *aus* ne hoć. *chorv.* pretelj *hg. aus* prijatelj. strîc *aus* *stryjьcь *usw. Vergl. meine abhandlung: ,Über die langen vocale usw.' Denkschriften XXIX.*

F. Schwächung.

Die im aslov. zu ь, ъ *geschwächten vocale* i, u *schwinden im chorv. s., wo sie nicht durch die sonst unaussprechbaren consonantengruppen erhalten werden.*

G. Einschaltung von vocalen.

Eingeschaltet wird a *in* fanat, *it. fante mik.* kuntenat *neben* kunten: *it. contento.* navao *mik.*, navo *aus* naval: *naulum.* porat: *it. porto.* punat: *it. punto.* sarak: *it. sargo zon. 20.* skaram: *it. scarmo* σχαλμός. *chorv.* testamenat *hg.* veras: *it. verso mar.* vesak: *it. vischio.* žiganat *mar. usw. In nicht entlehnten worten:* izaći *und* izići. masak, maska *aus* mask, *aslov.* mьzgъ. mozak, *aslov.* mozgъ. pljesak. prsak. vrisak. svekar *usw. Über* bihomo *luč. 68.* imahomo *usw. vergl. 3. seite 225. In* korak *ist* o, *in* narav a, *das nicht* ъ *ist, eingeschaltet. Am wortende können nur die gruppen* rt; zd, st; žd, št *stehen.*

H. Aus- und abfall von vocalen.

e (ę) *schwindet:* pamtiti *neben* zapametiti *mat. chorv.* e: od slje, od sle, od sljen, od slen; do sle, do slen *hg.:* selê. ê: *chorv.* nadjati se, *s.* nadati se. o: odaklje, *d. i.* od-a-klje, odakle, odaklen, okle *d. i.* od kle; otkale *für* od-a-kle; dokle, doklen, dokljen: kolê. odatle *mat. istr.* potljen: tolê: *vergl.* od' ot tole *istr.* odanlje, odanljen *hg.; s.* ondale *ist* odanle; odande, odanle: od-a-nde. ondole — od onle, odolen — od onlen, donle — do onle: **onolê. chorv.* odavlje, odavljen *hg.:* *ovolê. *chorv.* va nu (onu) istu uru. na v (ov) svit. va v dvor *maž. 148.* na vu spovid. za ve grihe *hg. usw. Das verbum* hъtê *verliert in der enklise den anlaut* ho; imê *und* jes *schwächen* i *und* je *zu* j: biću. neću *usw. In der enklise tritt* ga, mu *für* njega, njemu *ein.* a: udriti *polj. hg.* i: ljati *fundere.* proljan *hg.* sjati *splendere.* zjati: zijati. snoć *hg.:* sinoć. cavtat: *civitatem.*

I. Vermeidung des vocalischen anlautes.

j: jerbinstvo *erbe hg.* japno *neben* vapno. jastog ἄσταχος *matz. 2. chorv.* jigla. jima *habet.* jivan *hg.* v: voga *alga zor. 23.* vis ἴσσα. *chorv.* vrban *ist* urbanus. vrbas *urbas der tab.* peuting. g: gъsênica *kann von* vъsênica *nicht getrennt werden: darnach beurteile ich* gusjenica, *chorv.* gusinka. *Über* gužva *vergl. seite 199.* h: harapin. *s.* hučac *neben* vučac, učac *Daničić, Korijeni 199. Vocalischer anlaut findet sich in* er, *aslov.* ježe. odovalja *neben* vodovalja. *chorv.* agnjac, *s.* jagnje, janje. ur *neben* jur *hg.:* juže, uže.

K. Vermeidung der diphthonge.

lovorika: *laurus*. lovre *laurentius*. mosor *mons aureus bogiš*.
17. navkir *krk. nauclerus usw.*

L. Wortaccent.

· *Jede silbe eines mehrsilbigen s. wortes kann den accent haben:*
jȁsikovina. siròmašica. govedàrina. prekrétnja. *Auf der letzten
silbe kann nur das zeichen* ⁀ *ruhen, das der länge dient:* ovácâ.
dušê. rùkû, *bei mat.* godištá. putová. zavezá. *Enklise ist häufig:*
ga *neben* njèga, mu *neben* njèmu, je *neben* njê *usw.* rèći ću. rèći
ćemo. čùo sam. pjëvao bih *usw. In diesem systeme bezeichnen* ⁀
und ` *kurze,* ´ *und* ⁀ *hingegen lange accentuierte vocale;* ⁀ *und* `
unterscheiden sich von einander dadurch, dass ⁀ *den kürzesten,* ` *hin-
gegen einen weniger kurzen, weniger rasch gesprochenen vocal be-
zeichnet.* ´ *dient der steigenden,* ⁀ *der sinkenden länge.*

M. Länge und kürze der vocale.

*Die längen beruhen nicht auf ursprachlichen längen: sie sind
durch contraction oder durch dehnung ursprünglich kurzer vocale ent-
standen: 1. Contraction:* môga *aus* mòjega. čûvâm *aus* čuvajemь
usw. 2. Dehnung und zwar a) ältere dehnung: létati *aus* let. grâd
aus gordъ; *b) jüngere dehnung:* bóg, návada. *Älter als diese
längen sind wohl die in* múka *mehl neben* mükka *qual, aslov.* mąka,
*usw. Vergl. meine abhandlung: ‚Über die langen vocale' usw. Denk-
schriften XXIX.*

ZWEITER TEIL.

Consonantismus.

Erstes capitel.

Die einzelnen consonanten.

A. Die r-consonanten.

1. R ist der erweichung nicht mehr fähig: spuren derselben haben sich in dem e der worte wie more, carevi *usw. erhalten; neben* carem *besteht jedoch* carom. *Das chorv. bietet nicht nur formen wie die genannten, es finden sich in demselben wie im nsl. auch* rj *für aslov.* ŕ: na morji. gorji, gorjega. odurjavati *neben* zagovarati. večerati *hg.*

2. Dagegen werden l *und* n *in allen fällen notwendig erweicht, in denen im aslov. eine erweichung eintritt seite 207, daher* ljubiti, ljudi, ljut, ključ, kljun, kljuse; knjiga, njiva, *d. i.* ľubiti, ľudi *usw.* kńiga, ńiva. hvaljah, hvaljen; branjah, branjen *usw.*

3. Die erweichung kann ferner vor secundär praejotierten, d. i. jenen vocalen eintreten, die erst im s. praejotiert werden: veseľe, kameńe: veselije, kamenije. ľepota, ńemota: lêpota, nêmota. *Die praejotation ist hier durch den ausfall des* ь, i *aus* ьje, ije *und durch die verwandlung des* ê *in* je *entstanden. Die erweichung in diesen fällen ist jedoch jungen datums. In den älteren quellen besteht neben dem* ľ *ein* lj, *neben dem* ń *ein* nj: ľuto, vratiželľa; bilja, boljezni: *aslov.* ľuto, -želľa; bylija, bolêzni. pred ńime, sińe; želinje, njegda *čubr.: aslov.* prêdъ ńimь, sińe; želênije, nêkъgda. *chorv.*

odnimľe. ustarpľenje. ľuľ; počińu *incipiunt.* danńi: dьnьńь. gospodiń. pokonńi: pochongnij. ńeje *eius.* segasvitńi *huius mundi und*
bdinje: bъdênije. evanjelje. kamenje. spasenje. napuńenje. pristolje. ulje. veselje. zelje *pist.*, *nicht etwa* bdińe, *s.* bdenije *aus*
dem aslov. Die gruppen lj, nj *kennt das heutige s. nicht. Das von Gj.*
Daničić zuerst dargestellte gesetz lautet: aslov. ľe, ńe *ist s. und chorv.*
ľe, ńe; *dagegen ist aslov.* lьje, lije *und* nьje, nije, *so wie* lê, nê *s.*
in älterer zeit lje, nje, *heutzutage* ľe, ńe; *das chorv. scheint an* lje,
nje *fest zu halten. Ähnliches gilt für die* t- *und* p-*consonanten, so*
wie für die gruppe zd, st. *Auch im chorv. zakon vinod. wird* ľ, ń
von lj, nj *geschieden: letztere laute finden sich in* veselje, ufanje *40;*
und auch heutzutage wird im Küstenlande kamenje, poštenje, *nicht*
-ńe, *gesprochen. Abweichend sind* ljemeš *neben* jemlješ, jemješ; *chorv.*
gnjesti. gnjio *putridus.* gnjida *lens (lend-).* äljiva, *d. i.* gńio *usw.*
Jung sind ukljata: *it.* occhiada. *chorv.* peljati: *it. pigliare.* senj:
senia. *on.* janje *neben* jagnje. grunj *istr. ist grongo.* banja *balneum*
ist schon aslov.

    4. Bezeichnet wird ľ, ń *auf verschiedene weise: mat. schreibt* mańe,
ńoi; manьi, knьige; valje *(ili* cjene), volje; *im zakon polj. liest*
man ьludi, kraьla, poьlica, ьnega, ьnegov, vaьnanom *den aus*
wärtigen, etwa nach dem it. gl, gn; imanьa, kušanьa, smilovanьa
sind wohl -nja, *nicht* ńa, *zu lesen. Bei Divković liest man* kraьl.
ьlude. poьlu, *d. i.* kraľ *usw.* kьniga, pomьna, sužaьnstvo, *d. i.*
kńiga *usw. Man merke* gьniev. nj, *nicht* ń, *haben wir in* imaniu.
skazanie. rogjeniu; *doch auch* čatehne *lectura.*

    5. Dass tert, telt *in* trt, tlt (tut) *oder in* trêt, tlêt; tort, tolt
hingegen in trat, tlat *übergehen, zeigt seite 390. 395. Die sprache*
bewahrt indessen nicht blos in fremdworten manche mit r, l *schliessende*
silbe: arbuo *mastbaum obič. 121. chorv.* baršunak *sammtblume hg.*
birza *mucor: nsl.* bêrsa. argela: *griech.* ἀγέλη; *aus* hurъsarь *danil.*
132. entsteht husarь *273. chorv.* orko *ein böser geist istr.* urlati.
uvardati *und* garvan *neben* gavran. gargati. parlog. terba *ist*
ternba. aus dorf bildet das chorv. -drof: cindrof *siegendorf,* pandrof *padendorf,* jandrof *jahrendorf hg.: überraschend ist* od stracev,
pred stracih *für* starьcevъ *usw.* balvan *trabs.* oltar, *in istr.* ontar.
salbun *venet. sabbione mar. und* jalva *hg.,* jelvica *maž. 169.* seldo
neben sedlo. zalva *jač. 52. maž. 111:* zlьva. buslomanski *mar.*
Das silbebildende r *hat sich s. und chorv. erhalten:* prožđr-o: žrьľ;
ar *für* r *soll hie und da in Dalmatien gesprochen werden:* daržati;
während das silbebildende l *s. untergegangen ist und sich nur chorv.*

hie und da auf den inseln erhalten hat: dlgovanje. plk. pln *Črnčić,
Lětopis XII. Poviest 129;* anderwärts buzet, *älter* blzet, *Pinguente.*
obukal. *s. wird silbebildendes* l *durch* u *ersetzt:* pun. *Der process,
wodurch silbebildendes* l *zu* u *wurde, ist wahrscheinlich derselbe wie
im nsl., wo man von* vlk *zu* volk, vouk, vuk *fortschritt. In den
ältesten quellen wird* vlьkь *geschrieben, das vielleicht aslov. ist: ob
der schreiber von chulmorum* hulm- *oder* hlm- *hörte, lässt sich nicht
entscheiden. Später findet man* vuokъ, *selten* vokь, *und zuletzt* vukь:
dazu kömmt tuvci: tlъci. *Vergl. P. J. Šafařík, Serbische Lese-
körner 52. V. Jagić, Podmlad. vokal. 56.*

6. *Das die silbe schliessende aslov.* l, *das kein erweichtes* l *ist,
geht s. regelmässig in* o *über:* pisao, pleo, vidio: pisalъ, plelъ,
vidêlъ. ispo, *gen.* ispola. nugao *neben* ugal *angulus.* posto, *gen.*
postola. obao *neben* obal: oblъ. žao: žalъ. pregibao, pregibli: -blъ
f. smrzao, smrzli. iznikao, iznikli. nazebao, nazebli. pódne: pol-
dъne. paočiti: palac *pollex, radius rotae.* dô, dôla. vioka *surculus
hängt wohl mit* vêja *zusammen.* prionuti: prilьnąti. joha *alnus.* moba:
molьba. vasioni *ist aslov.* vьsь silьnyj *und hat mit* vьseljenaja ἡ
οἰκουμένη *nichts zu schaffen.* vočić: *aslov.* volьčištь. kolac *hat im gen.*
koca. zaova, zava *entspricht dem aslov.* zlъva. čisaonica: *čislьnica.
gronik: *grъlьnik. *neben* boni *findet man* bolni *pjesm. 1. 491.
578. vergl.* omiš *almissa und* sopa *it.* salpa zor. *Alt ist* sutan *für*
suotan *sultan. Falsch* bosioka *für* bosiljka, bosiljak. l *hat sich
erhalten in* angjel, bijel, dijel, ždral *neben* angjeo, bio *usw. Ausser-
dem steht* l *in einigen minder gebräuchlichen worten:* dulca, ubilca
von dulac, ubilac *usw.; chorv.* žarlstvo *voracitas* pist. *Im chorv.
erhält sich* l *in der regel:* stol. čul. dobil. rekal. prišal; misal
maž. *181:* myslь. žal (mi je) *hg.* l *fällt nicht selten ab:* poče:
počelъ. dobi. reka. priša. učinija. umaka: -mъklъ. ša: šьlъ. zateka
polj., ein denkmahl, das meist o *bietet:* vrgao (nim na tle). dvo-
dupao.

7. n *erscheint eingeschaltet und vorgesetzt:* pu njega *apud eum
mik. 5.* vrgao (nim na tle) *polj. Das adj. chorv.* njeji *eius f. kann
n nicht entbehren:* njeji muž. k njejemu muzu *mik.* nedra; nadra
hg.; njedarce. u nutra.; nutar *hg.* nugao *neben* ugal *angulus.* nuz:
vъzъ: junak jaše nuz potok *jač. 68.* odname *3. pl. 96.* odnel
abstulit hg. odnimlješ. zname *demit.* znet *demtus.* vineti *eximere;*
vijamem *ark. 2. 306.* obnjušiti. *Aus ursprünglichem* n *ist* d *in
devet durch angleichung an* deset *entstanden, doch besteht* nevesilj
neben devesilj *herba quaedam, p.* dziewiećsił, dziewiosił.

8. r und l wechseln: flaner flanell. lijer (*lêrъ), ljiljan lilium.
slebro maž. 149. lj (Г) wird durch j ersetzt: bogomojstvo. poboj-
šanje hg. vapaj aus vapalj: vъplь. nr wird ndr oder mr: pandrvi
kur. 14. pundrav; pamrak. nb wird mb: himba. himben jač. 26.

B. Die t-consonanten.

1. Die urslavischen gruppen tja, dja gehen im aslov. durch tža,
dža in šta, žda über: dieselben gruppen werden s. durch ča, gja,
kyr. ħa, ъa, ersetzt. Chorv. wird tja gleichfalls in ča verwandelt,
während dj durch ausfall des d in j übergeht seite 215. s. ward
ehedem geschrieben kukja. lekja. makjeha. vrukъ. anepseikъ (otъ
anepsea roždej se) und sopoħani danil. 19; megja. vodovagju sg.
acc. kože govegje. Daher chorv. ćut f.: grišna ćut hg.: štutiti.
oćućenje sensus mat. aće si: ašte. naćve: nъštvy. općen polj.:
obъětъ. pleće. pluća. praća. sreća, chorv. srića. veći. chorv. viće
polj.; vijeće: vêšte. chorv. kmetić polj. čistoća mat. chorv. goloća.
zloća hg. vraćati, daher povraćaj. budući. chorv. gibući polj. vruć.
chorv. tisuć hg. hoćeš: chorv. hoć polj. 256. 285; hoć, neć drž. ist
hošti 4. seite XI; daher nećati repudiare. bregj: brêždъ. svegje,
svegjer semper mat. 41. gragja. pregja. tugj: tuždъ. vogj: voždъ.
rogjen: roždenъ: dagegen chorv. onuje, ovuje: as. onuge, osugje
d. í. -gje. rij: ryždъ: na rijen konju mik. tolikojer polj.: tolikožde.
meja. mejašnik mar. meusobac polj. gospoja. preja. rjav. rojak.
raje comp.: radъ. slaji dulcior. tuj. vojka leitseil. kolovaja mlinska
polj. 282. 283. žeja istr. odhajati. viju video. jij ede. vij scito.
povij dic. hojahu krk.: hoždaahą. urejen: uręždenъ: dičicu ope-
renu (opranu) i narejenu mik. 95. ograjen polj. rojen; chorv. ta-
jedan hebdomas hg. ist tъžde dъnь, eig. idem dies: klr. tyždeń.

2. Die gruppen tja, dja können auch im sonderleben des s. ent-
standen sein und zwar dadurch, dass aslov. ê, ije durch je ersetzt
wurde: aslov. dêdъ wird s. djed, aslov. bytije s. bitje. Der unter-
schied zwischen urslavischem und dem jüngeren tja, dja besteht darin,
dass das letztere nicht notwendig in ća, gja übergeht, indem auch
heutzutage djed gesprochen wird und ehedem auch pitje gesprochen
wurde: aslov. dête, dêdъ lauten in der östlichen zone des s. dete,
ded, in der westlichen dijete, djed; dêlъ, sêdêti - dio, sigjeti; chorv.
wird dite, did, dil usw. gesprochen. gjavo ist διάβολος. In der west-
lichen zone des s. wird demnach gesprochen letjeti, tješiti und vidjeti,
djevojka für leteti, tešiti und videti, devojka der östlichen: aslov.

letêti, têšiti *usw.; in der Hercegovina und Crnagora dafür, in folge der verschmelzung des* tj, dj *zu* ć, gj, lećeti, ćešiti *und* vigjeti, gjevojka. nadjesti *und* nagjesti: nadê. tije, dije *werden* tje, dje *und fortschreitend* će, gje: *jenes ist älter, dieses jünger:* bratja. bitje. prignutje. prolitje. opomenutje. pitje. tretje *mat.* chorv. svatja *und* braća. cvijeće. chorv. kiće. proliće, protuliće. nećak. piće. saće: sъtije. svaća *maž. 111.* trenuće. chorv. zaviće *hg.* vlaće. djak: dijakъ. rodjak. svetokradje. tudje *statim 41. und* lagja: ladija. legje: lędvije. milosrgje *polj.* usrgje. chorv. milosrje *mik. 89.* tugjer: tudije, tudijer: *тądêžde.* ispovjedju, ispovjedjum *sg. inst. mat.* smrću, čagju *sg. instr. Hieher gehören noch* tja *mat.; ferner* dogjem *aus* dojdem, doći *aus* dojti, *darnach* igjem, ići. suproć: sąprotivą. *Abweichend sind folgende formen:* odlićaše *maž. 150:* отъlêtaaše. mećala *142. 176:* mêtala. šećajuć se *148:* šętająšti sę. došećala *111; ferners* mećava *schneesturm.* mećavica: *beide worte hangen mit* met *zusammen.* gjegjerno *munter hg.*

3. *Wer alle* ć *und* gj, *für die keine aslov. form mit* št *und* žd *nachweisbar ist, für erst im sonderleben des s. entstanden erklärte, würde gewiss irren:* mlagj *junger weinberg.* chorv. raje *lieber hg.* smegj *subfuscus.* mlagjahan, chorv. mlajahan *maž. 153. 197;* mlajašan *istr.* vlagje *dominatur chrys.-duš. 24.* cvrća ova *frixa.* mrkoglegja. prôgja *der gute abgang einer waare aus* prohogja *reichen über die zeit der entstehung des s. hinaus. Das gleiche gilt wohl auch von* glogjva *aus* *glogja, *gložda.

4. *Wenn man* chorv. gradjanin (gragjanin), *najtvrdje* jač. 57. rodjakinja. sidjaše, tudj *mar. usw. geschrieben findet, so sind dies s. formen. Manches s. ist als* chorv. *anzusehen:* prije, *wofür westlich* prigje, *ist aslov.* prêžde, *wie die verbindung des wortes mit dem gen. zeigt; daraus* prje *mat.;* chorv. prija *istr.: gewöhnlich wird* prije *dem aslov.* prê *gleichgestellt.* takojer *mat. neben* takogjer.

5. *Einigemahl begegnet man dem* č, *wo man* ć *erwartet:* nepuča *živ. 55;* nebuča *aus* nepote. mrča μυρτιά. chorv. ča, če, čer (ča *do* smrti *usque ad mortem), wofür bei* Črnčić 39. *ćah vorkömmt: s.* ća, tja, tija. *Ähnlich dem* ča *ist* žakan diaconus; *von demselben lat. worte stammt* djak, gjak *und* chorv. jačiti canere, *eig. latine uti diaconi canere,* jačka cantilena. *Man beachte* govoreki pist.

6. ništ, *eig. humilis* (nište i uboge), nišćeta pist. *17. ist wohl aus dem aslov. entlehnt:* ništъ; ništiti se *sich erniedrigen ist davon nicht zu trennen: dagegen hängt* uništiti *ad nihilum redigere mit* ništo, ničъto, *zusammen.* opšti, *aslov.* obьštь, *communis ist sicher aslov.:*

обьѣть, *chorv.* obćen *polj.; entlehnt ist auch* sveštenik *sacerdos und vielleicht auch* baština.

7. tl, dl *findet man inlautend in* djetlić; djetla *von* djetao. dutliti. grotlo. gutljaj. kutlina; kutla *von* kutao. medljika. metla. pjetlić; pijetla *von* pijetao. predljiv *trepidus mar.* sedlo *neben* seldo. svrdlo, svrdlina; svrdla *von* svrdao. vitlati, vitlić. vratlo. vrtlog. *In* podrijetlo *ist* t *für* k *eingetreten.* argutla *mar. ist* it. *argola, rigola. Neben* dlijeto *hört man* glijeto. sidlo, siglo *sind mlat. situla, sicla, mgr.* σίτλα, σίχλα. t, d *schwinden vor* l *in* pleo, pao *aus* pletlъ, padlъ; *in* grlo, jela *usw. chorv.* jilo *cibus.* omelo *neben* ometa: met. prelac, koji prede: pręd. prelo. selo *usw. Hieher gehören einige mit* dьl, dlъg *zusammenhangende partikeln:* poli *apud, eig. längs:* poli mora *istr.:* č. podlé; valje *subito istr.* maž. 7. *jač.* 7: č. vedlé *längs, bei, gleich dabei.* veljek, *richtig wohl* veljeg *hg. neben* veljen *jač.* 5. polag, polig *apud istr. hg.:* nsl. poleg, *aslov.* podlъgъ, *p.* podlug. *Die bedeutung ,bei' bedarf keiner begründung: die bedeutung ,sogleich' hat auch das chorv.* udilje *mar.,* udilj (udilj bi se u Budinju našla *volksl.)*

8. *Vor* t *gehen* t, d *in* s *über:* plesti, pasti *aus* pletti, padti. čest *pars.* našast *inventus.* oblast: ob-vlad-tъ. jestiva. *chorv.* veliste *dicitis hg. folgt der analogie von* vêste, *während chorv.* jite *hg. wie von einer* w. jê *gebildet ist.* pralja *lotrix:* č. pradli. *Hieher rechne ich auch* veslo. vrijeslo. preslo: vez-tlo *usw.*

9. tn, dn *wird* n: grnuti: grt; grtati. kinuti: kyd. krenuti: kręt. prenuti se: pręd. prnuti *neben* prdnuti: prd. srnuti: srt, srtati. stinuti: styd. venuti: vęd. skradnji *findet sich neben* skrajni *postremus:* зъ kraj. *chorv.* škadanj *jač.* 269: nsl. škeden.

10. *Vor* m *fällt* t, d *aus:* žumance *neben* žuvance *aus* *žumno (vergl.* gumno *und* guvno) *vitellus ovi, wofür auch* žutac *usw. gesagt wird:* žlъt *in* žlъtъ. rumen.: rъd. grumenje *schollen:* grum *hängt wohl mit* gruda *zusammen:* matz. *170. denkt an lat. grumus.* dh *wird* h: reha *lana rara:* rêdъ-kъ, *daher* rêd-ha; rehav: rehava ovca. *Aus* dъhorъ, *thor wird* tvor. *Vor* s *fällt* t, d *aus:* proklestvo. gospostvo. *Neben* voćka *besteht* vojka. dsk *wird* ck: cka *neben* daska; štica. *chorv.* čš *wird* kš: vekšina; vekši; povekšavati *hg.* gjr *wird* dr: *chorv.* koludri *Črnčić 11.* koludrica *maž. 143. für* s. kalugjer, kalugjerica. *Für* Trsat *wird* Crsat *gesprochen Črnčić 24.*

11. *Das von* Vuk *im zweiten decennium dieses jahrhunderts aus dem rumun. entlehnte* џ, dž *ist nach meinem dafürhalten überflüssig: dass im* s. nadžeti *messe vincere* dž *als doppellaut, im entlehnten*

badža *fumarium hingegen als éin laut gehört werde, scheint mir ein irrtum.* dž *ist in s. worten, ausser wo es aus* č *entsteht wie in* svjedodžba *aus* svjedočba, *selten:* mrndžati, *desto häufiger in entlehnten:* džebrati, mardžan, *jenes ist* č. žebrati.

C. Die p-consonanten.

1. Altes pja, bja *usw. geht in* plja, blja *usw. über; daher* kupljah, kupljen; ljubljah, ljubljen; lovljah, lovljen *usw.:* kupljaahъ, kupljenъ *usw.* skuplji. dublji *profundior, daher* dubljina *neben* dubina *von* *dъbъ *in* *dъbokъ: *vergl.* višina *neben* visina. življi. *chorv.* prvlje, prlje *hg.* rimljanin. budljanac *aus* budvljanac: budva. riblji. somlji. jakovľ. sinovľ. vapaľ: vъpľ *pist. usw.*

2. Dies ist das ursprüngliche gesetz, von dem in zweifacher richtung abgewichen wird, indem erstens plje *eintreten kann, wenn aus altem* pije, pê - pje *entsteht: dieses* plje *ist jung, so wie die entsprechenden* ľe *und* će *seite 407. 410; indem zweitens* pje *auch dort stehen kann, wo aslov. regelmässig* plje *steht. a)* bezumlje. dublje. groblje. koplje. zdravlje *neben dem älteren* dubje. kopje *gund.* poglavje *mat.* snopje. zdravje *mat. chorv.* drvje. kopje *neben* drivlje *hg.* uzglavlje *jač. 25: aslov.* bezumije. dъbije *usw. sg. instr.* zoblju. krvlju. ozimlju *neben chorv.* krvju. ljubavju: *aslov.* -ъją, -iją. *Neben* trpljeti, življeti *spricht man* trpjeti, živjeti: *aslov.* trъpêti, *živêti. *In der westlichen zone ist* plja *selten.* blječve *neben* bječve. blitva *neben* bitva *beta, ahd. piezā, scheint auf älterem* bêtva *zu beruhen.* mljezinac *neben* mezimac. *Aus it. doppiere wird* duplir *mar.,* dubljer *rag., chorv.* dupljir. *hg. Im SW. hört man* blješe, poblježe *neben* bješe, pobježe; damjan, damljan *damianus;* tamjan, tamljan θυμίαμα; mumljan: *it. momiano on. istr. b)* spravjati. stavjati. skupje. zobjem *usw. bei gund.;* trapen *liest man* pjes. *1. 31.*

3. Man merke gajba: *it.* gabbia *jač. 48.* plaza: *it.* spiaggia *on. bogiš. 67. und die nach der analogie gebildeten comp. chorv.* duglje, laglje, žuklje *hg.*

4. I. P. p *schwindet vor* n: kanuti. usnuti *und san.* šanuti *insusurrare:* ѣьр. šenuti: *vergl.* šepeljiti. ušnuti se (kad se mjesec ušne *rag.) neben* uštapnuti se *decrescere.* uštinuti *zwicken neben* uštipak, *nsl.* ščipati. tonuti. trenuti. trnuti. *vergl.* pilica *gallinula mit* piplica; *chorv.* piplić. tica *neben* vtica, (ftica), ptica. klupko *neben* kluvko, kluko. crpsti. *chorv.* sost *mik. ist nsl.* sopsti. *chorv. geht* ps *in* sv *über:* sva, svi *neben* pasu, pasi: pьsu, pьsi; svič *ist*

414

pъsištь *mik.*, *dagegen hg.* pcovati, pcost. modruše *ist lat. madropsa;* osor *lat. apsorum* Črnčić. *4. 93. 94.* pšenica *besteht neben* všenica *und* šenica, ljepši *neben* ljevši.

5. *B.* b *schwindet vor* n: poginuti *neben* pogiboh. ganuti; nagnuti *neben* nagoh, naže *für* nagboh, nagbe. šinuti. zenuti *germinare:* zęb. bnetci; bnetački *venetus polj.: nsl.* benetki: *aus* bnetki *wird durch* mnetki - mleci, mletaka. *Neben* skrobut *besteht* skromut; *neben* žubor - žamor. *Aus* grebti *wird* grepsti, *aslov.* greti; *aus* hrъbъtьnica - rtenica *spina dorsi; aus* dlêbto - dlijeto; *aus* bъdênije - denije.

6. *Nach* b *entfällt* v: obaliti, *chorv.* pobaliti *d. i.* poob-. obarovati *mar.* obeseliti *gund.* obenuti *mar. languescere:* vęd. obezati *mar.:* vęz. obit *promissio mar.:* obêtъ. obisnuti, *minder gut* objesnuti *hangen;* obiskoh *ist unorganisch.* obogje *neben* vogjice *zügel: nsl.* vojka; obojak *fusstuch.* obor *aula:* *vorъ. obiknuti se: vyk: *vergl.* biknuti se; neobika. oblak. eblast. obratiti. *chorv.* obrh *über:* obrh moga dvora *hg.* boraviti *von by steht wohl auch für* bvor-. ovetšati *hat das praefix.* o. *Man liest auch* obvoditi, obvesti, obviti *neben* obaviti; *chorv.* obvarnica *wurstsuppe hg. Man merke* ljuven, ljuvezan; čela *neben* pčela *čubr.:* bъčela; dabar *castor aus* bъbrъ.

7. *III. V.* vъ *wird s.* u, va, *chorv. regelmässig* va: u pakao, *chorv.* va pakal. va dne. *s.* upiti *neben* vapiti *chorv.;* uzglavlje *jač. 25;* uz, *chorv.* vaz: vazeti *neben* zeti; vazimati *polj.* vazam *und pl.* vazmi *ostern.* vaspet *iterum istr. s.* vaskrsnuti, uskrs. *chorv.* suz (suz vašu hižu *jač. 21) ist wohl* sъ vъzъ. *s.* uš, vaš *pediculus.* brijeme *pjes. 1. 14. für* vr-; *chorv.* kurba *neben* kurva.

8. *Vor* l *schwindet häufig* v: zabaljati *neben* -vlja-. crljen: črъvь; črljiv *wurmig istr.* napraljati *chrys.-duš. 49. neben* -vlja-; bratoslalь (mati bratoslalja *chrys.-duš. 44.):* -vlъ; budislaliki *37:* -vliči. *chorv.* branolaki *hg.* vn *wird* mn: svanuti *wird* savnuti, samnuti. krmnik. ramni. živti *wird* živsti; *chorv.* se, saki *usw., s.* sve, svaki *usw. ist aslov.* vъse, vъsakъ *usw.*

9. v *wird zu* m *im sg. instr. der nomina auf* a: vjerom, svojom *aus älterem* vjerov, svojev, *asl.* vêrojǫ, svojejǫ. *Eben so wird* cmiljeti *aus* cviljeti, domom *aus* domovь, domovi. (domom došal *jač. 25.* ide domom *polj.) Vergl.* kimati *nutare mar. und* kyvati; glamoč *neben* glavoč *zor. 17;* ljevač *lematis on. Wiener jahrb. 46. 43;* ždrmnji: žrъny *aus* žrъnъvy, žrъvny; pastrma, pastrva; cmakati, cvoknuti. *Dagegen* čislovъ *greg.-naz. 273. aus* čislomъ; priživati, prižimati *secundo mandere.*

10. *IV. M.* more *besteht neben* bre. *Für* mlad *hört man dial.*
mna. mn *wird häufig a)* vn, *b)* ml, *c)* n. gumno *istr.* pomnja *mat.*
mniti, pomnja, sumnja. *a)* dumno, duvno *Črnčić 1.* gumno, guvno.
obramnica, -vnica. tavnik. žumance *beruht auf* zumno, žuvance
auf žuvno. golijemno, golijevno. *b)* mnogo, mlogo. mlêahu *puta-
bant mladên.* mliti. pomlja. sumlja. sumliv *mat.* sumliti *mat.*
c) chorv. nogi *hg.* obronuti: hromъ. mc *wird* nc: povesance *istr.*
bosorka *maga hängt mit* busromanъ, musromaninъ *zusammen.* potonji
beruht auf potom. neredov *neben* meredov *retis genus. Aus* nicina
entsteht micina *tuber: dagegen wird* μεσεμβρία - nesebrъ *sabb. 199.*
Auslautendes m *wird chorv.* n: ja bin rada imiti mik. tekon teče
istr. Über doklam *chorv.* doklem *mat.* terem *vergl. 4. seite 122.*

11. *V. F. Dass* f *kein ursprünglicher slav. laut ist, lehrt seite*
236 ; es ist sehr spät eingedrungen: faculet *obič. 106.* filer (što je
po novca) *vierer mat. 12.* frator. *chorv.* friganje *eier und schmalz.*
fruški: frạžьskъ: fruška gora φρχγγοχώριον. šafran. škaf *zor. 8. Wo*
sich f *nicht erhält, treten an seine stelle a)* p, *b)* b, *c)* v: *a)* osip
barak. pasulj *phaseolus.* pikat *leber: mlat. ficatum.* plomin: *lat.*
flanona, it. fianona *istr.* ploska *flasco.* podumenta *fundamenta.*
ponestra, poništra, ponistra; poneštra *maž. 179. chorv.* popati
foppen. pratar. presura, prsura *pfanne: it. fersora.* prigati. sumpor
sulfur mar. štrop στρόφος *zor. 6. mar. 26.* tripun. *b) chorv.* baklja
fackel. bermati *firmen. c)* navora ἀναφορά. trivun. vela, *magy. féla.*
vilip. vlinta. vratar, vrator. *Das einmahl eingedrungene* f *hat auch*
in den slav. sprachschatz eingang gefunden: fetak *neben* vet, vegd
für vetъhъ. fiska *neben* viska, hiska. fižlin, vižle. frijes, vrijes.
fuga, vuga. fuzda, vuzda. *aslov.* upъvati *lautet chorv.* ufati. *Für*
hvala *hört man* fala *oder* vala; *für* hvatiti - fatiti, vatiti, *sogar für*
aslov. hytati - fitati. *Wie hier* hv *in* f, *so ist in* φάρος *faria* f *in* hv
übergegangen: hvar. jufka *ist* juvka *von* juva *für* juha. *In den as.*
quellen kommt logofetъ λογοθέτης *vor.* frk *ist onomatopoetisch.*

D. Die k-consonanten.

1. *Ursprüngliches* kt, gt *geht durch* tj *in* ć *über:* reći, moći.
chorv. vrići. vrijeći *aus* rekti, mogti, vrijegti, vrijehti. ći *aus* dći *filia*
neben ćera, ćerka, kći *(chorv.* hći), šći (šćerica *istr).* noć, *woraus*
noćca *neben* nojca *und* noćni *neben* notnji. pećina. lоćika *lactuca.*
Eben so chorv. ulеć *succumbere hg.; unhistorisch* rećti. prisećti.
zatućti *hg. Jüngeres* kt, ht *erhält sich:* sluhtiti, sluktiti *demin. von*

27

slušati. *Aus* nogъtь *wird* nokta, nokat. drhat, drhta *tremor und* drhtati *tremere beruht auf* drъg, *davon* drhtalica *und das in der bedeutung gleiche* drče *pl. gallerte.* plahta *ist fremd.*

2. ki *geht in* ci *über in* vuci, rozi, siromasi *von* vuk, rog, siromah; *bei den chorv. schriftstellern liest man auch* visoci, drazi, susi, *bei denen auch formen wie* grjesjeh *mat. vorkommen 3. seite 208;* razlicih, druzim, glusih *3. seite 223. aus* *-cêhъ, *-zêmъ, *-sêhъ. s turci, s vlasi *sind unhistorisch:* -ky, -hy; *in den impt.* reci, pomozi, vrsi *und in den sg. dat. loc.* ruci, knjizi, musi: *hier steht i für altes* ê. *Abweichend ist* pecijah, *dessen* i *aus* ê *(a) entsteht, wie* pletêahъ *zeigt. Sonst haben wir* či *für* ki: pličina. vučina. žabokrečina. stožina. tišina. *chorv.* krljačica *hut hg.* sladčica. mlječika. patrijaršija. strašiv. petešić *gallus istr.* vlašić. skočiti. usnažiti *purificare hg.* zabašiti, zapšiti, zabašuriti, udariti u bah *infitias ire: über* nižiti *deprimere mar. seite 268.* razluka, prepreka, poruka *beruhen auf* -ki, *dessen* i *ausgefallen seite 241. usw.* naručje, gložje *neben* naruče, glože: -ije. *Abweichend sind* pecivo, *das eben so befremdet wie* nošivo. nicina, micina *tuber.* tocio, tocila *und* tocilj, tocilja *cos neben* točiti. utecište, *worauf wohl der impt.* uteci *und das fehlen von* utek *eingewirkt hat, daher* utočište *von* utok. k *erhält sich in* majkin *neben* majčin; kokin, dikica; h *in* puhica, strehica *hg. Beachtenswert ist* brzica *von* brz *und* brzdica *nicht etwa für* brdzica *von* brg. *Neben* krža *liest man* krdža.

3. kê *wird* ča, *wenn* ê *ein a-laut ist:* običaj, vršaj. rožan. as. pêsьčanь. bučati. bježati. obetežati *jač. 35. usw.* mižati *und* mršati *sind denominativ: eben so* bržaj, bržajte, *das auf* brže *beruht.* lukijernar *lucerna rag., bei Bogiš. 17.* lukêrna, *und* plakêr *placere drž. sind fremd und die erhaltung des* k *beachtenswert.* ê, *das kein a-laut ist, verlangt* c-*laute:* razlicih: -cêhъ; ruci: rucê.

4. ь. a) ь *aus* i *fordert* č-*laute:* naruč *f.,* duž *f.,* stiž *f.* vedaš *f. res obsoletae drž.* baš, *aslov.* *bъšь: bъšiję. junaštvo, društvo: -čьstvo, -žьstvo. tračak *band jač. 12.* dražka *vallicula hg.* žiška *pruna.* vražda: vražьda *von* vragъ. tečan. bezbožan, nestašan, strašan. čabdad *cividale istr. beruht auf civitat-. Dieselben laute treten vor altem* jъ *ein:* ključ *m.,* plač *m. usw. b) vor* ь *aus jüngerem* jъ *stehen* c-*laute:* vijenac, junac. knez: kъnęzь. userez *mar.:* useręzь.

5. *Vor* e *stehen* č-*laute:* čovječe, rože, siromaše; reče, može, vrše. *Dunkel ist* rucelj, *in Dalmatien* držak vesla zor. *5. k erhält sich in* zakerati. rekeša *od mora mik. recessus Bogiš. 17.* rekeš

eryngium. herceg. žd *in* zaždenem *neben* zaženem *von* zagnati *scheint aus ursprünglichem* dž *entstanden.*

6. *Vor* ę *stehen* č-*laute:* biče, šilježe, vlaše *usw.* rekoše.

7. *Vor dem jungen* je, *dem neutrum von* jъ, *stehen* c-*laute:* vince, sunce *usw. Alt ist* je *in* skačem. tačem *fundo jač. 88:* takati. pod-lažem *hg.* podližem *succumbo hg.* ziše mi se *oscito hg.* .

8. *Vor altem* ja *stehen* č-, *vor jungem* c-*laute:* priča, sječa, straža, duša, graša *neben* staza. branča *mik. mar. ist branchia: vergl* brenak *živ. 102.* čaval *mar.: chiavo.* čagj *hängt mit* kaditi *zusammen. Hier mögen die seite 249 behandelten iterativa angemerkt werden:* dizati. uzdisati. jecati. klecati. mecati *emollire.* namicati. zamrcati. mucati. nicati. prepjecati. rasprezati. pucati. proricati. sezati. zasijecati. *chorv.* posizati *arripere mar.:* sęg. smucati se *vagari.* pristizati. strecati *pungere:* strêk. *chorv.* rastrizati (kosu) *hg.* štucati se *eructare.* potezati. sticati. rastrzati. tucati. *chorv.* zrcati *luč.* -žizati. krcati *onerare ist it. caricare.*

9. ju *findet sich in* namežurati *corrugare, eig. wohl blinzeln.*

10. *Das* s. *hat im aor. und impt. keine abweichung:* hvalih, hvališe. hvaljah, hvaljaše, hvaljahu. *Dagegen chorv.* bišem *eram.* bišu *erant.* govorašu *loquebantur.* spašu *dormiebant.* stašu *stabant und* hajaše *ambulabant.* naganjaše *incitabant hg. evangy. 192. neben* jahahu *istr.*

11. *Wie* crkva *und* črv, *ferners chorv.* črida *usw. zu erklären seien, ist seite 390.* angegeben. lišma *imprimis ist aslov.* lišьma; plašljiv, strašljiv *stützen sich auf die verba* -šiti. tezmati *trahere,* trzmati se *rapere von* tęg, trъg *beruhen unmittelbar auf* tezati, trzati.

12. *Urslavisches* h *ist Brücke's* χ² *nach seite 237, das im chorv. in den meisten gegenden, im* s. *nur noch sporadisch lebt, in einigen gegenden auf verschiedene weise ersetzt wird, in anderen geschwunden ist, nachdem es zuerst in das* h *der Deutschen übergegangen: dies mag in manchen gegenden ziemlich spät eingetreten sein. Dass im* nsl. *im* W. *kein deutsches* h, *sondern nur das aslov.* χ *existiert, dass im* O. *entweder das umgekehrte stattfindet, oder, und zwar im fernsten* O., *das aslov.* χ *ganz verstummt ist, ist seite 348 gesagt worden. Man spricht chorv.* po si varoši *hg.,* s. itar, usanuti, reko *für* hytъ *usw. in Serbien und Ungern;* prljuša *ist wohl* prhljuša; truo *aslov.* truhlъ; *eben daselbst* ženik; smej: smêhъ; gluv: gluhъ. snaja, kijati, uvo, *indem der hiatus durch einschaltung von* j *und* v *vermieden wird; in der Hercegovina hört man* orag, rekog, ig, vegd *neben* veti *für* orêhъ, rekohъ, ihъ, vetъhъ; *am richtigsten wird*

27*

in Ragusa gesprochen: hrana, kihnuti, orah. *Aus* hъtêahъ *ist* tijah *und* čah, ćadijah, ktijah *und* ščadijah, *aus* hъtêlъ stio *hervorgegangen.* hv *geht oft in* f *über:* fala, ufal *neben* navo *Daničić, Korijeni 315.*

13. h *ist aus* s *entstanden, und dieses besteht nicht selten neben jenem: chorv.* česrati (vunu) *und* očenuti *für* oćeh-. malasno *und* malahno *istr.* plasa, *aslov.* plaha. proso, proha. ures, ureha *ornatus.* surutka, hira *serum lactis.* mogasmo, mogahomo, mogosmo *neben* mogomo *aus* mogohmo; kazaste, kazahote. ohme, ome *ist nach matz. 399. griech.* ὄχημα. *Man merke chorv.* hangjelija *maž.* 4. hrja. hrvanja *lucta luč.* hržulja *roggen hg.;* manit, mahnit *ist mit ngriech.* μάνιτα *furia zu vergleichen.* vrcati se *sich hin und her bewegen ist wohl* vrt-sati se.

14. gk *wird durch* k *ersetzt:* lak (lъgъkъ) *neben* lagan. *Bei mat.* 6. *liest man* h komu. *Dem nsl.* žuhek, žuhki *amarus entspricht chorv.* žuhek *hg.,* žuhko *maž. 160, womit* žugor *amaritudo mar. zu vergleichen:* jačk. *107. liest man* žugkoća.

15. *Beachtenswert scheint mir* njiriti *neben* gnjiriti, viriti *neben* gviriti *oculos defigere, wie nsl.* nêtiti *neben aslov.* gnêtiti: *vergl.* gnêzdo.

16. kъsъnъ, *s.* kasno, *und* ckan *in* dockan *werden vermittelt durch* skan, ckan.

17. *Dass* ki, ke, gi, ge *in entlehnten worten durch* će, ći, gje, gji *ersetzt werden, ist seite 274 gesagt worden: den übergang zwischen* ke, ge *und* će, gje *bilden* kje, tje *und* gje, dje, *daher* peladija *und* pelagija. maćedonija μαχεδονία. petići *neben* petici *pustularum genus: it. petecchie.* próija *dos* προιχόν. *chorv.* ročin *orecchino mik.* selamaleć. šećer. ćeremida χεραμίς. ćerpič *neben* čorpić *later crudus.* ćesa *neben* kesa. ćesar. ćilim, *r.* čilimъ, *ngr.* χύλιμον *aus dem pers. kilim.* ćiril χύριλλος. ćivot χιβωτός. argjentina *argentina mat.* evangjelije *mat. as.* gjeorgjije, gjuragj, *kyrill.* gjur- *geschrieben.* gjul. kalugjer, *kyrill.* -gjerъ. magjistrat. protogjer προτόγερος. panagjur πανήγυρις. sakrilegjium *mat. Chorv. steht statt* gj *meist* j: ejupka *aegyptia, zingara.* jurja. vanjelist; anjelak *maž. 195, doch auch* angjel, evangjel *hg. Vor* r *geht chorv.* gj *in* d *über:* koludrica. žilj *mar. ist it. giglio.*

E. Die c-consonanten.

1. *Für die verwandlung des* c *gilt die seite 276 aufgestellte regel:* mjesečina. *chorv.* ditčica: dêtьca. vrčica *bindfaden:* vrъvьca. *as.* lisičь: kožuhe lisiče *chrys.-duš. Vergl.* sat Lovreč *on. San Lorenzo.*

trgovče *sg.* voc. škopčev *polj.* zečevina. dvogodče *aus* *-godьcь: -godьčǫ. naprěče *lactens aus* *-prъвьcь: -prъвьčǫ. ozimče. *as.* grьnьčarь. poličanin *polj.* zecovi *neben* zečevi. slepčovogja. *Vergl.* račun.

2. *Dasselbe gilt vom jungen* z: kneže. viteže. knežina. knežiti. kneževi, knezovi. knežev *neben* knezovati. *Altes* z *folgt derselben regel wie* s. ·

3. s *und dem gesagten zu folge altes* z *geht nur vor praejotierten vocalen und, durch assimilation, vor erweichten consonanten, wenn die praejotation alt ist, in* š *über:* a) kiša. ispaša *polj.* chorv. sinokoša. omrěaj *frustum carnis :* omrsjêj; puž, spuž *neben* špug *cochlea:* plъzjъ. muža : mlъzja. blažь *ist blasius.* prošu *oro pist.* zagašivati *beruht auf* *zagašati. povišica, što se povisi *adiectio stützt sich auf* -vyšati. *chorv. findet man* spišuje *maž. 173,* izrižuje *117.* martònoša, mertònoša *ist wohl nicht aus* ἁρματωλός, martoloz *entstellt. chorv.* bašelak *mik. ist it. basilico. Diese veränderung findet nur in jenen fällen statt, in denen sie auch im aslov. eintritt, daher* prosjak: prosijakъ. sjati: sijati. sjedati: sêdati. sjen: sênь *usw.* cj, zj, sj *bilden in einem teile der Hercegovina laute, den pol.* ć, ź, ś *ähnlich:* ćedilo, ćelokup. źenica, ižesti (izjesti). śeme, śutra, viśeti *Budm. 15. Novak. 51. 52.* b) *vor erweichten consonanten:* šljez *neben* slez *althaea:* slêzъ. šljuka *schnepfe:* *slǫka. mašljika *euonymus europaeus aus* mastl- *Daničić, Korijeni 169.* prašljen *verticillus.* pomyšljaj: -mysljêj. trašljika *arundo aus* trstl-. prošnja. podoštravati: -oštrja-. šaljem *mitto beruht auf* šljǫ, sъljǫ. ljubežljiv. mražnja, mržnja. š njim. sužanj, *das auf* vъz- *mit altem* z *beruht, verdankt sein* ž *den casus obliqui: dasselbe gilt vom aslov.* sǫžьnь. *Bei mar. liest man* ražgnjiv *exasperatio. Neben* brěljan *besteht* brštan, *beide beruhen auf* brъsk: *vergl. r.* brusklenъ. *Fremd ist* šimun. šega *feile.*

4. *Für* zr *steht* zdr *in* zdreo *neben* zreo, sazdrenuti. zraka *neben* zdraka. *Über* nozdra *vergl. seite 279.* jezgra *hängt durch* *jezdra *mit* jędro *zusammen : man vergl.* mezga *und* mezgra. zdrajati *jač. 4. 25. ist* zdvajati. pizdriti *oculis intentis intueri ist dunkel.*

zdn *wird* zn: bezna *fossa krk.* pozni *serus, daher auch* pozan. zviznuti: zvizg-. zlob, zglob.

pizma *ist griech.* πεῖσμα *seite 291.*

zsm *wird* sm: povjesmo *bund flachs aus* -vęz-smo: *die bedeutung spricht gegen die zusammenstellung mit* vis.

zdj *wird chorv.* zj: grozje *hg.*

z *in* zadar *entsteht aus* j: iadera.

Neben brzo *spricht man* brgo *seite 268; neben* brzica *findet man* brzdica *seite 268.* zž *wird* žd: raždežeš *čubr. 150.*

5. s *vor* h *fällt aus, was die dehnung des* e *zur folge hat:* nijeh: nêhъ *aus* neshъ.

sr *wird durch* str *ersetzt:* stramota *neben* sram-. strašljika *neben* sraš- *aus* srast-. striješ *neben* sri-. strěiti *neben* srě- *mar.* strěljen *neben* srě-. strnadica *neben* srn-. sustrimak *mulatte ist dunkel.*

Die gruppen, in denen auf s *zwei consonanten folgen, werden durch ausstossung des mittleren consonanten erleichtert:* izrasli *für* izrastli: izrastao *f.:* izraslь *für* izrastlь. lasni *neben* lastan *und* lasan. došasna *futura mar.* čeljuska: čeljustь. prsci: *prъstъci, gen.* prstaka. sline *pl. wohl aus* spline. sjedok *neben* svjedok. srabac *neben* svrabac. protisli *aus* protiskli: *vergl.* protisci, protisaka. ljusnuti: ljuskn-; *eben so* njisnuti. pisnuti. pljusnuti. prasnuti. prsnuti. svisnuti. vrisnuti. slak *neben* svlak.

čudestvo *ist aslov.* čudesьstvo. pasmo *strähne ist vielleicht* pas-smo. sibovina *besteht neben* svibovina.

Aslov. skvrъna *lautet* ckvrna; skvara, ckvara *nidor mar.* staklo, *stklo, cklo, caklo *Jagić, Podmladj. vokal. 22. 36.* cvolika *caulis steht für* stvolika: r. stvolъ, *aslov.* stvolije, cvolъ.

rusa *rosa* rag. *hat das römische tonlose* s *bewahrt: eben so* pasulj; *nsl.* sôča *Isonzo.*

6. st, zd. st *geht vor alter praejotation* s. *in* št *über:* pušt *lump:* pustjъ *von* pustъ. vješt, *daher* vještica: vêstjъ *von* *vêstъ. gušta. oproštaj, naraštaj: oprostjêj, narastjêj. puštati: pustjati. pušten. tašta: tъstja; *ebenso* podaštrati. *Vor secundär praejotierten vocalen steht* s. šć: krščanin *und* hriščanin *christianus, nsl.* kristjan. lišće *neben* lisje: listije, *nsl.* listje. plašće, *collect. von* plast. svašću *instr. sg.:* svъstiją. *chorv. tritt auch vor alter praejotation* šć *ein, das aus* sć *durch assimilation entstanden, daher älter ist als* št: priprošć *simplex Črnčić 135; aslov.* prêprostъ. lašć *proprius hg.: aslov.* vaštlь, *nsl.* nalašč, nalaš. vešća *hexe mik.,* višćica. očišćati. praščati. pričešćanje *communio.* prošćen. kršćenje. milošća: milostja, *neben* radostju. oblastju *pist. Jünger ist* obnašašće *inventio polj. aus* šьstije. zd *wird* s. *vor alter praejotation durch* žgj *ersetzt:* obražgjivati *aus* *-žgjati, -zditi. žgj *findet man auch vor junger praejotation:* gvožgje *aus* gvozdije. grožgje *neben* grozje *aus* grozdije. *Dagegen chorv.* grozdje *pist.*

7. sk, zg. sk *geht* s. *vor den hellen vocalen in* št *über:* štit. osopětina: *osobьskъ. samrětina *leichengebühren:* *въmrьtьskъ. as.

ravьnьětica gora *chrys.-duš. 41:* ravьnьskъ. *Abweichend* ploščica
deminut. von ploska. daščica, ětica: dъska. konjuštica: konjušьskъ.
osovětiv *opacus:* *osovьskъ *für* *osojьskъ. blieštiti: blijeska.
natuštiti *obscurare: r.* tusk- *in* tusnutь. voštiti: voskъ. prišt: pryětь.
tašt. godiště. prěte *aor. von* prsk. ščepati *neben* škopati *prehendere.*
škrbina *steht für* štrbina, *das als bergname vorkömmt.* štedjeti.
pištati, prětati, vištati *von* pisk *usw. Für* št *tritt chorv.* šč *ein:*
ščit. treščica *festuca hg.* tašč. sidališče *pist.* godišče *polj.* topolišče
hg. viščati. ščediti *verant.* pitomščina *pist.* vošćiti: voskъ. iščah
quaerebam luč.; jakovčak *iulius hg. von* iakovьskъ *steht für* jakov-
ščak: *daneben* sisveščak *november aus* *vьsi-svętьskъ. voščanski
heeres- hg.; potribčina *hg. wäre aslov.* potrêbьština. stijenj *und*
blistati *sind auf stämme mit* sk- *zurückzuführen. Dunkel ist chorv.*
popaštiti se *sich beeilen jač. XLIX: nsl.* paščiti se. zg *wird s. in*
žd *verwandelt:* brižditi *und daraus* brižgjenje *plorare:* brizg- *in*
briznuti. drožda *wie trop faex:* drozg *in* drozgav. mežditi, gme-
žditi; gmežgjenje. meždenik, gmeždenik *fisolenmus: vergl. lit.*
migu drücke, daher etwa ein slav. mezg-. moždani *cerebrum,* mo-
ždina *medulla ossis:* mozgъ: *vergl.* možditi *zermalmen.* zviždati
III. 2, zvižduk, zviždukati: zvizg *in* zviznuti. *Das chorv. bistet*
možgjani *polj. und daraus* možjani *pist. Dunkel sind* drеždati *ex-*
spectare lauern: vergl. dręzga. dažd *seite 284.* smuždati *destringere.*

8. *Es verhält sich s.* šti, štи, *zu chorv.* šći, шни, *wie s.* ždi,
жди, *zu chorv.* žgji, жьи. *s.* šti *beruht auf* šči, *d. i.* štši, ždi *auf*
ždži, *indem* gi *ursprünglich* dži *ward: im ersten falle ist* t, *im*
zweiten d *geschwunden. Das chorv.* šći, žgji *scheint* ći, gji *aus* ki,
gi *vorauszusetzen.*

F. Die č - consonanten.

1. *Die lautgruppe* čr *wird s. durch* cr *ersetzt; das chorv. bewahrt*
sie: s. crn *neben* čarni. crpsti. crtalo. crven, crljen *usw. (So schon in*
manchen aslov. quellen: crъnorizьcь *monachus)* crepati. crijevo.
crevlja. crijep: *dagegen chorv.* črn. črljen. črida. črip *neben* črpulja.
črišnja. čriva. črez *jač.* 60. *neben dem nsl.* čez: čez dan.

2. *Dunkel sind* čkvar *neben* kvar *damnum.* škvrlj *besteht neben*
čvrlj *sturnus mik.*

3. *čьt wird* št: zamaštati *incantare: vergl.* mъčьta. štiti *legere,*
bei mar. colere, *neben* štati *mik. 140:* *čьtê, *nsl.* šteti. štovati *colere.*
poštenje *honor:* čьt. što: čьto, *daher* ništar *polj. neben* ništer, ništ
und chorv. ničtar *jač.* 6, ničt *hg.* čtili *legerunt.* čtaju. počten *pist.*

čьс *wird* čc, šc, hc: a) srdačce *maž. 135. jač. 35:* *sгъдьčьсе.
ličce *čubr.* b) ditešce *istr.* putašce. psetašce: *рьsętьčьсе. sunašce
maž. 168. gradašca *von* -čac. c) srdahce *hg.*

Aus čьв *wird* s, č: čovjestvo, *wofür* čovječanstvo; *anders*
nevjestački: *nevestъčьskъ *von* nevêstъka. desački *hg.:* dijačъskъ.
Über božanstvo *neben* božastvo *vergl. Jagić, Podmladj. vokal. 47.*
chorv. mogujstvo *beruht auf* moguć; vranitъskъ *chrys.-duš. auf*
vranići.

č *entsteht aus it.* z: *chorv.* beči *pl. geld mik., nsl.* beč: *it.*
bezzi. peča *mar.:* pezza. *Ähnlich* ruža *aus* rosa.

4. žr, žl *wird meist* ždr, ždl: ždrao, ždralj *grus.* ždrijebe, *chorv.*
ždribe. ždrijeb *sors.* oždrijelje: *nsl.* ožrêlje. ždrijelo. ždrlo. ždrknuti
deglutire. proždrijeti. naždriti se *mik.: darnach* žderati, žder.
ždrmnji *pl. für* ždrvnji: žrvanj. ždrak *neben* žrak, zrak *licht.*
ždlijeb *neben* žlijeb.

5. *Die lautgruppe* šč *findet sich nicht selten:* vrščić: vršak. gra-
ščica: graška: oteščati *von* težькъ. šipak *lautet nsl.* ščipek. šću-
kati *ist* sъ-ćuk-. šč *aus* sk *wird durch* št *ersetzt, während* šč *aus*
šьk *sich erhält.*

žьš, žьв *wird* š: uboština: *ubožьština, -žьskъ. neznaboštvo.
lupeština *furtum:* lupeški, *lupežьskъ. lupeštvo *mat.* hištvo *ehe*
hg.: *hyžьstvo. mnoštvo *pist.* muški.

6. ž *zwischen vocalen geht namentlich im chorv. in* r *über:* nitkore
pist. kogare *mat.* nikdor *hg.:* nikъtože. od nikoger *hg.* nikomur
hg. ničemuran *nichtsnutz:* ničemuže-ьnъ. kire, kare, kore *qui, quae,*
quod krk. ničtar, ništar *pist.* ništer. ničesare *pist.* ničeser *hg.*
ništor. listor, lestor *solummodo.* ča godire *pist.* neger *sed:* negože.
godir *polj.* jure *pist.* jurve *polj.* jere *mat.* tere *mat. maž. 122.*
joštere *mat. 19.* sagdar, sagdir *hg.* vsakdir *jač. 9.* nikdir *hg.*
nigdere *krk.* nikadare *maž. 143.* doncstedir ga *pist.* poglejder *hg.*
skupider *redime jač. 97:* von dê: *lat. fac, faxis, griech.* ἄγε, φέρε
deri *usque. s.* dorenuti *adpellere, daher endlich selbst* renem *neben*
ženem; izrenut se *expellentur pist.*

7. *Neben* mriža *findet man* mrigja *zor. 33.*

dž *findet sich in* džebrak. džuberiti *neben* žuboriti. handžar.
žditi *urere ist* *žьžiti: *vergl.* primiti. raždeći *ist* razž-: *aslov.* raž-
dešti *Daničić, Istorija 247.*

In bliješnjak *ist zwischen* š *und* n t *ausgefallen; in* išnuti k: iškati.

j *ward ehedem im kyrill. häufig durch* ѣ *wiedergegeben:* ѣer.
hotiѣući *mat.* ѣaviti. ѣih *polj.*

Nach den č-lauten ist praejotation namentlich im chorv. häufig: ričju. božji, božjega *pist.* lužje *lauge.* težje *schwerer.* oružje *pist.* oružgje *hg. neben s.* oružje.

Fremdes j geht in ž über in žežin *ieiunium mar.;* žudij *pist.,* žudej *iudaeus mat.* 43; žuka *iuncus;* mažurana *mar. ist it. maggiorana:* mačurana *obič.* 113; jur *ist magy.* győr jač. 33.

kravalj, *neben dem auch* kravajnoša *vorkömmt, ist* kravaj. koraj *mik.: it. coraggio.* jardin *mik.: it. giardino.* jemješ *besteht neben* ljemeš, jemlješ.

Zweites capitel.

Den consonanten gemeinsame bestimmungen.

A. Assimilation.

Auf der assimilation der consonanten beruhen ženidba, svadba, tadbina *aus* ženit- *usw.* nalećke *neben* nalegjaške *auf dem rücken.* voćkati *ductare.* pčela: bъčela. zapšiti: bъbъ. jufka *von* juva, juha. polaščica *levamen jač.* 95: lьgъkъ. bihać *lautet im gen.* bišća. maslo *aus* maztlo. mast *aus* maztь. raščistiti, raščoek *aus* razč-. iščjetati *aus* izcvjet-. vazda: vьsь. zdjela, *chorv.* zdila *mar.,* zdela *hg. schüssel hängt mit lat. scutella zusammen. chorv.* zdenac *puteus ist s.* studenac. *chorv.* jizbina *cibus mar.,* tazbina, čazbina *beruhen auf* -stb-. prkošdžija *ist* prkos-dž-. džban: čьbanъ *neben dem minder richtigen* čьvanъ. lidžba: *ličьba.* srdžba: *srъdъčiti* sę. tedžbina *das erworbene:* tečьbina. vradžbina *hexerei usw.* uvjedžbati: *uvěštъbati.* užba *neben* uštap *plenilunium:* *uštьрьba Daničić, Korijeni* 233. žbica *speiche scheint mit* spica *identisch. Dass* z, s *vor erweichten consonanten in* ž, š *übergehen, ist seite 419 bemerkt: darnach ist* ražgnjiv *exasperatio mar. zu beurteilen. Man beachte* šežanj, *aslov.* sężьnь. cavtjeti, *richtig* caftjeti; sfega *aus* svega: vьsega. sfet *usw. Dass in* óvca *nicht* f *gehört werde, halte ich für irrig: zwischen dem nsl.* óvca, *d. i.* ofca, *und dem s.* óvca *besteht der unterschied nur in der aussprache des* o.

B. Einschaltung und Vorsetzung von consonanten.

Über die zur vermeidung des hiatus eingefügten consonanten ist seite 403, über das l *nach den* p-*consonanten seite 413, über das* t, d *zwischen* s, z *und* r *seite 419, 420 gesprochen worden.*

C. Aus- und abfall von consonanten.

t: navlaš: vlaětь. puce: *pątьce. našte: na tъšte. *chorv.* niš *nihil istr. Im W. hört man mas für* mast *usw.* d: dvaš *neben* dvažde. štica: dъětica. *chorv.* gremo *imus maž. 156.* vlaislav, vladislav. p: šenica. sag *inclinatio:* въgъbъ. *chorv.* rebac *hg.: s.* vrabac. šenac *mik. 173:* vъěь. sasma: vьsь. *chorv.* stoper *hg.:* prъvъ. kudlak *mik. hat anlautendes* vu *eingebüsst. chorv.* nis *jač. 6. ist* nêsmь. suvrljav *ist* suhrljav *dürr Daničić, Korijeni 226.* k: tunja *neben* dunja, gunja *malum cydonium.* h: vrgorac *on.:* vrhg-. s: *vergl.* kopiti *und* skopiti *kur. 42.* korup *neben* skorup. krez *jač. 68.* kroz *hg. neben* skroz *hg.* tipsa *neben* stipsa *alaun,* στυπτηρία. škrljak *jač. 28,* škriljača *38. besteht neben* krljak *hg.,* krljača *jač. 38. hg.: verant. bietet* širalj. pridet *veniet,* budut *erunt usw. pist. sind aus den chorv. kirchenbüchern entlehnt.*

D. Verhältniss der tönenden consonanten zu den tonlosen.

Die tönenden consonanten werden im auslaut tonlos: bob *lautet* bop. drozak *neben* drozga. mozak, mozga: mozgъ. masak *mulus:* mьzgъ. valof *pist. Der satz wird für das s. von V. Jagić, Archiv 2. 360, für das klr. von P. Žyteckyj 162 in abrede gestellt und von dem ersteren behauptet,* räd *werde anders ausgesprochen als* rät: *mir scheint, dass hierin das ohr durch das auge irregeführt wird.* komad κομμάτιον *lautet as.* komatь *sabb.-vindob. 159. Man merke* kuždrav *neben* kuštrav *(vergl.* nozdri *mit* nosъ*);* pazduh *neben* pastuh *kur. 9;* zglavъ *aus* sklavъ *nach Daničić, Rječnik.*

E. Metathese von consonanten.

balega *neben* galeba *kur. 23.* katrida: *cathedra mar.* cvatiti *neben* cavtiti: cvьt-. ckniti *tardare mat. aus* kьniti: kъsьněti. ljemeš *neben* jemlješ, jemješ. milojka *neben* majulika *obič. 121.* plando-vati, plandište: pladne *neben* podne *meridies.* roniti *neben* njoriti *urinari:* roniti *Daničić, Korijeni 119.* sklopar: *it.* scapolare *mar.* oveštati *neben* ovetšati: *vergl.* uzavnica *neben* zvanica. mьž *wird häufig* žm: zažmati (z okon zažmal *mik.).* pozažme *mar.* žmura *myinda neben* namežurati se *corrugari.* žrvanj: žrъny, *gen.* žrъnъve.

Lautlehre der kleinrussischen sprache.

ERSTER TEIL.

Vocalismus.

Erstes capitel.

Die einzelnen vocale.

A. Die a-vocale.

I. Erste stufe: e.

1. A) Ungeschwächtes e.

1. Urslav. e *erscheint in* beru. deru. melu. skeli *saxa.* stelu
usw.; daneben braty. draty. moloty *usw.*

2. e *wird durch ersatzdehnung* ê, *d. i.* i: nês: neslъ. pêk:
peklъ. rêk: reklъ. utêk: uteklъ. vêz: vezlъ. plêł: plelъ *aus* pletlъ.
osterêh: ostręglъ, osterehł. vîł: velъ *aus* vedlъ. *wr.* privioł (pri-
vioŭ). vêz: vezlъ; *daher auch durch anlehnung an* plêł, vêł, *wie
von* plê, vê: plêvšy, vêvšy *für aslov.* pletъši, vedъšy.

3. e *geht durch die ähnlichkeit der laute in* y *über:* łynuti, letity
volare. vynožyr *säufer: vergl.* žyvoder.

4. e *wird durch* o *ersetzt in* čochły *manchetten verch.* čoło. čo-
tyre. żołud́: *wr.* żłudź *treff; eben so* dohoť *teer.* pčoła. sokyra *axt.*
zozułečka. *Man merke* żoın *daumenschraube und wr.* żomery *pl. f.
für r.* vyžimki: *w.* żьm.

5. *wr. geht betontes* e *vor harten consonanten in* jo *über:* umior,
klr. umer. zaviom *nominamus.* vieśołka, r. raduga.

6. *Eingeschaltet erscheint* e *in* izdebojka *stübchen.* oheń. uheł
neben ohoń. uhoł. uheł. viter. oveć *pl. gen.:* vôvća. sester *pl. gen.:*
sestra. meńi *aus* mńi: mъnê. perečko; *eben so in* imen-e-m. *wr.*
źmićor *demetrius. Unklar ist mir wr.* keł, kła, *klr.* kło. kłevak,
das von kol, kolją *nicht zu trennen ist.*

7. *Man merke* me *in der 1. pl.:* kłademe *lemk.* spustyme *volksl.*

8. *Hartes* e *ist im klr.* eben *so häufig wie im* č., *p. usw.*

B) Zn ь geschwächtes e.

ь *aus* e *wird, wo es die aussprache nicht entbehren kann,* e,
sonst fällt es aus: dveri. łehkyj. łev. peń. pes. pošêst *epidemie*
verch. 54. tnuty : tъną, tęti. zveńity *usw.*

2. tert bleibt tert oder wird teret.

A. tert bleibt tert (tort).

borzyj. čerpaty. čersaty *kratzen verch. 80, daher* korosta
(krasta). červ, červonyj. čoven *aus* čołen: čłъnъ. čornyj. čort.
dołhyj. dołh. derhaty *und* darhaty *hecheln.* horb. hordyj. horneć.
horło. horst. chołm. chorkaty *und* chyrčity *röcheln.* chort. kerbcy
für bočkory *hg.* korč *truncus huc.* kormyty. ukorpnuty *abreissen*
pisk.: vergl. krъpa. kortyty : kortyt joho yty *usw. es drängt ihn zu*
gehen usw.: p. karcić *bändigen.* kermuvaty *rudern.* morkov. moł-
čaty. smert. smerknuty, merchnuty *obscurari: p.* mierzch *neben*
mierzk: *damit hängt zusammen* pomorchłyj *finster schauend.* merz-
nuty. perchaty, porchaty *neben* pyrchnuty, purchnuty *aufflattern*
verch. 48. pert, pyrt *weg für schafe verch. 48.* połk. połnyj. poł-
zaty *kriechen.* serbaty. smerdity. stołp. sterń. sverbota. terń *und*
tereń. vertep *abgrund, steiler weg.* vochkyj, vołchkyj *aus* vołhkyj.
vołk. vołna. verba. verch. vorsa *pilus.* zerno. žerd'. žołč. žołtyj.
žorno. zołzy *drüsen (pferdekrankheit) lautet aslov.* žłêzy. *Vergl.*
pryserbyty š r. pridratъ sja *pisk. Abweichend:* ćvirkaty *und* cvar-
katy: *nsl.* cvrknoti, *s.* cvrknuti, *p.* ćwierknąć. sfyrkotity *davon*
flattern. nd. kark *nacken neben* korkoši *buckel.* kertyća *neben* krot,
krotyća *talpa. Der das* r *begleitende vocal ist jetzt* e *oder* o *nach*

massgabe der umgebenden consonanten: von e *ist jedoch auszugehen,
daher* velk, volk. e *fällt in die periode vor der wandlung der* k-
in č-*laute.* e *kann durch* y *und dieses durch* u *ersetzt werden; a ist*
p.: barlôh. barzo. kark; *eben so ist* słup *für* stolp *zu erklären.*
Eigentümlich ist vôdliž *tauwetter verch.* 7: vôdliž *lehnt sich an* p.
odwilž *an; andere schreiben* otłyha, otłyhnuty: *man erwartet* vôd-
volž, vôdvôlž. r *tritt in manchen worten ohne vocal auf, jedoch
ohne selbst silbe zu bilden:* rvaty *(zweisilbig) usw.:* hier *ist* û *aus-
gefallen. Die worte mit silbebildendem* r *kommen in den Karpaten
vor und stammen wahrscheinlich aus dem slk.:* drva. krma. krtyča.
vrch. wr. *ist* boršč, baršč. vzhordžéč, vzhorda *usw. Ursprüngliches* tret
erhält sich: hrek *graecus.* hremity; hremot *gekrach.* chrebet. *Daneben*
rcy *dic.* réit *dicite verch.* 61: *aslov.* grъkъ. grъmêti *usw. aslov.* slъza,
r. sleza, *steht klr. gegenüber* slêza *huc.,* słeza *hg.,* słoza *buk.* 267.
282. 297. syłza *hg.*

B. tert wird teret.

bereh. oberemky; wr. beremo. čereda *grex.* čeren; čereneč
stiel; zuby čerenñi *backenzähne.* čerep. čeres *gürtel: vergl.* čerez.
čeresło *pflugeisen.* čerešña. čerot *nd.* 75; očeret *schilf: nsl.* črêt,
r. čeretъ. čerevo. čerez. deren *cornus mascula.* derevo. mereža.
pełena. pere-: perełaz. pered. perepełyča. perezaty *cingere:* perez,
vergl. čeres. sełedjanka *splen.* sełech *enterich.* sereda. seren. tere-
byty. terem. teterev. tverezyj *sobrius.* veremja; wr. vereme. vere-
sklyvyj. poveresło *und daraus* perevesło *strohband.* veretaž *türr-
kette.* zelizo. ożełeď *pisk.;* ożełeda *buk.* 193. 215. žerebeč. žereb
neben dem entlehnten žreb *loos.* žereło. *Die inf. haben* teret *und*
tert: berečy. sterečy. verečy. derety, derty. umerety, umerty:
wr. vmerci. perty *streiten:* ja ne pru *verch.* 87; wr. perč, pru,
preš *tragen, treiben.* zaperty *claudere.* prosterty. terty: wr. terč.
žerty: wr. žerč. čerty, načerty. teret *ist die ursprüngliche,* tert *die
aus den anderen inf.-formen sich ergebende bildung:* naperła. ob-
terła. poteršy. *Man beachte* wr. zbérči, dzérči *für aslov.* sъbrati,
drati, *nsl.* drêti. wr. *besteht* polsć *kriechen, klr.* verzty, verzu; wr.
vérsči, vérzu *schwätzen. Abweichend:* črez. prebyvaty. preser-
dečnyj *lemk.* po pred moji okna *volksl.* prez prah vkročuje *hg.*
treba *ist allgemein.* serebro *neben* srebło *lemk., aslov.* sъrebro,
gehört nicht hieher. Für broskva, breskyña *pfirsich erwartet man*
beresk-. Ii *in* ïitepłyj *lauwarm ist aslov.* lê *neben* jele. wr. pelesč
(mjasa) *entspricht* r. plastъ.

3. ent wird jat.

Dass aus ursprünglichem ent *klr.* jat *entsteht, ist seite 36
gesagt: dass zwischen* ent *und* jat *ein* ęt *liege, ist unnachweisbar.
Betontes* ja *geht in vielen dialekten in* je, *unbetontes in* i *über;* ťa
wird dialekt. zu ra: ťabyj, rabyj. čatka, *aslov.* cęta; *hieher gehört*
čato *ein klein wenig:* čato nam času *lemk.* ďaka. jasna *aus* ďasna
gingiva: p. dziąsła. ďateľ *picus.* dvanadćiť. hlad: pošoł v ohlady
hg. hťaź *sumpf neben* zahrasty. jabeda *calumnia bibl. I.* jačaty
schreien wie schwäne pisk.: jęk. jačmêń. jadra *testiculi, buchweizen-
kleie.* jadernyj *derb.* jaha *böses weib; p.* jędza; *wr.* iha, jaha; *klr.*
hoła jaha *robertskraut.* ťabčyk; ohribky: *vergl.* jarębъ. jastrib
neben jastrub, rastrub. *wr.* zajatrjač *irritare. wr.* lado *wüstes land.*
ladva *lumbi.* lahty; lah *qui decubuit und* lahaty, lihaty *decumbere:*
ległъ, lêgati. lach *Pole.* lak *zagen.* mjahkyj. pomjanuty: *aslov.*
pomęnąti. mjati: *aslov.* męti, mъną. mjazdra *borke neben* mizdra
aasseite, daher mjazdryty *quetschen neben* mizdryty *falzen (bei den
gärbern).* mjaz *musculus, dicke, dichtigkeit;* mjazkyj, mjaznuty, mja-
zok: *vergl. p.* miąžšzy. pjadro *stockwerk.* pjastyk *faust.* -prahaty,
-prihaty *lemk.* pretaty śa *sich verstecken, wr.* pratač. ťabyj; ťaba
misteldrossel. ťad. risa *runzel;* risnyća *wimper: aslov.* ręsa. reteź
türkette. śažeń, śahoń, sažeń *klafter.* śakaty *schneuzen.* śvjatyj.
śelah *neben* śeluh: *p.* szeląg. ślezko *Schlesien:* *slęž- *aus* slęg-.
taty: tęti, tъną. taha: sutaha *bibl. I.* tažkyj. tťasty, trasty: trę-
sti. vjazy *bänder, genick.* zajač. źablyća *buchfink.* źał. žało *aculeus.*
Man füge hinzu ohťadnyj, pełny, pełnego ciała: *vergl. auch* jal,
jałyća, jalyna *abies. Stammbildung:* huśa. telá *neben* telé. mołcja-
złyvyj *taciturnus: vergl. p.* sromiężliwy. *Wortbildung: sg. gen. f.*
voli, *aslov.* volję; ji, *aslov.* ję *als sg. acc.:* pôśly ji rvaty *volksl.;*
jeji, jiji *sg. gen., aslov.* jeję: koło neji *apud eam;* toji: toję; *da-
neben* tôjeji, odnôjeji, *formen, die aslov.* tojeję, jedinojeję *lauten
wtlrden;* myłoji *aus* milo-ję; božoji. *pl. acc., der auch als nom.
fungiert:* merći svojí, *aslov.* mrъtvъcę svoję; chłopči na njuju
vvažały *volksl.;* koňi, *aslov.* konję: *aus einem alten* koňi *wtlrde*
kony *werden. pl. nom. acc.* kapľi. zori *sterne. 3. pl. praes.*
chťat, *aslov.* hъtętъ; panenočky błahołet, łahołeť; chođiť *beruht
auf* chodat, chodeť. *Fremd: p.* kśendz *kaz. 18.* ščandryj večêr
volksl.: p. szczodry, *einst* szczędry: *vergl. aslov.* śtędêti, śtedrъ. ma-
jetok. en *hat sich erhalten in wr.* brinknuč, *klr.* breńkač *kupfer-*

münze. mentuch, mentuk. łenča *linse: magy. lencse.* serenča. tenderyča *zea mais: magy.* tengeri búza, *eig. meerweizen.*

II. *Zweite stufe:* ê.

1. Langes ê *wird klr.* ji, *wofür auch* ié (nediéłku), ïe (łïet), ьji (dъjivky) *žyt. 298. 301. 305: derselbe laut entsteht durch steigerung des* i: *hier wird nur von dem* a-*laut gehandelt.* błidyj *neben* łyčko pobładło *hg.: wr.* bładyj. čipkyj *starr verch. 78;* sčipnuty *erstarren.* hrich: *wr.* hrachi, hrašyć. jida, jiža *cibus;* jistun *neben* jedun, jestun. jidu *vehor;* jichaty; jizdyty. jiz *damm neben* jaz *verch. 84: nsl.* jêz. kłitka *vogelbauer: vergl.* kłityty *flechten.* krijaty *convalescere: wr.* krijač. mil *schlamm.* mizyłnyj pałeć *ohrfinger; daneben* mezyneć. šijaty *serere.* vichot *strohwisch.* zviryna. *Vergl.* odahnuty; vodahła *induit;* odahaty *induere;* rozdahnuty: *w.* dê.

2. Klr. ji, *aslov.* ê, *entsteht durch dehnung des* e *in verba iterativa; neben* ji (ê) *besteht* y, *aslov.* i *vor* r, l: ê *ist älter:* -biraty *lemk. 737. neben* -beraty, -byraty. *diraty, daher* dira *lücke, neben* -deraty, -dyraty; *daher* zdyrstvo, *wr.* zdžirstvo *raub.* -hnitaty. -hribaty. lihaty *neben* łahaty *decumbere: vergl. aslov.* leg *in* lešti, łęg *in* łęgą. litaty *neben* łetaty *lemk.* umiraty *lemk. 735. neben* umeraty, umyraty. mitaty: dvory mitajut *volksl.:* mitła *ist* mêtła, *aslov.* metła. pôdpiraty *neben* pôdperaty, pôdpyraty. zaperaty, zapyraty *claudere.* vypikaty. -płitaty. -rikaty, *daher* rič, reču; narikaty; dorikaty, dorekaty komu *tadeln.* -styłaty *sternere:* vstiłaty *volksl.* -styraty *tendere.* -tyraty *neben* teraty *terere, daher* styrka, vytyrka. tikaty śa *brünstig sein, eig. herumlaufen; daher* krovotič *f.* ôtvyraty *neben* ôtveraty *aperire.* *vyraty *scaturire:* vyr *vortex.* -žyhaty. -žyraty, *daher* požyrnuty; žyr *frass, mast, fett;* pažyra *vielfrass. Man merke* vyvoličy *extrahere;* zvolikaty; vyvolik *extraxit: aslov.* vlěšti. *Eben so* poberihaty: bereh, *aslov.* brêg. posterihaty: stereh, *aslov.* strêg; *ferners* odbrichuvaty ś: brechaty. začisuvaty: česaty. hrimaty *bibl. I:* hrem. vypłiskuvaty: płeskaty. vyskribaty. zastibaty: steb. vyščirbłuvaty: ščerbyty. tipaty: tep. vyviršuvaty: veršyty. vstiłaty *neben* pozastyłaty *volksl.* i *ist aus älterem* ê *entstanden:* čьп: počynaty, *daher* počyn *initium.* kłьп: prokłynaty. mьп: pomynaty, *daher* spomyn. pьп: rospynaty, *daher das denominative* zupynyty. tьп: obtynaty. žьd: vyžydaty *exspectare: vergl.* pohodyty. žьп: obžynaty, *daher* obžynky *pl. erntefest.*

2. *Das verbalsuffix ê ist gleichfalls* ji: syďity *sedere.* zdoľity
posse. chťity, *aslov.* hъtĕti. myśľity *lemk.* 728. boževoľity *furere.*
hrity, *daher wr.* uhrivo *oriens; ebenso wr.* mlêč *für r.* obmiratъ.
klr. mrity *schlummern neben* mryty *träumen.*

III. Dritte stufe: o.

1. A) Ungeschwächtes o.

1. Unbetontes o *lautet in vielen gegenden klr. wie* u: kutróhu,
d. i. kotróho. *Dieselbe regel gilt für das bulg. und das rumun.;*
wr. dagegen lautet unbetontes o *nach der r. regel wie* a: čaľavjek.
miłavali. adžyvieć *reviviscet.* zavut sa *appellantur. Seltener ist dies*
klr.: bahato. harazd. zazula *neben* bohato. gorazd. zozula: pakôs
und pokôs; pamoroka *und* pomoroka *sind jedoch wohl verschieden.*
2. o *wird manchmahl durch* y *ersetzt:* błycha *neben* błocha.
chyryj *krank;* chyrity; chyrłyj *neben* choryj *usw. verch.* 76. kry-
chotka *neben* krocha. łyžka *neben* łožka. *wr.* połyme *aus* połomja.
3. *Altes* o *wird unter bestimmten bedingungen, unter denen es*
ehedem lang war, im N. und im S. durch u, uo *ersetzt, an dessen*
stelle in der mittleren region i *tritt, das ich durch* ô *bezeichne:* ŏ,
uo, u, ô; vujéko *neben* vôjsko *nd. Neben* u *findet sich* uo: kuoňu.
muoj. vuon. vuojta *nd.* 95. 96. 99. 106. kôů, koňa. povôd *inundatio.*
nevôd. môh: moglъ. rôzdvo. rozôjdemo śa. vôzvaty. zô Lvova.
tôk *tenne, bratenfett.* kôsť. ôtčym. veseľôsť. pôdhôrъju. łôkoť, łôkťa.
rozôdre. *Ähnlich ist* bisurman *aus* musur-, musuł-.
4. o *ist erste steigerung des* e: vybôr, zbôr: ber. brôd: bred.
rozdôr: der. hrôb: hreb. hrôm: hrem, *aslov.* grъmĕti. chôd;
chodyty: śьd *aus* šed, hed. konaty *mori pisk.:* čьn *aus* ken. obłôh,
perełôh *sturzacker;* rozłohyj *breit:* rozłoha doroha. łože. môľ.
namoł *das gemahlene:* mel. mołyty *aus* modłyty, mołdyty: meld.
pomôr; moryty. nora *grube:* ner. prynos; nosyty. upona, perepona:
pen, *aslov.* pъn. pôdpora. spôr. płôt. rôk *annus;* obrôk; prorok;
uroky *zauber.* stôł: stel: *vergl.* postoły σανδάλια. prostor, prostora:
ster. potôk; točyty. tor *via, eig. trita;* protory *sumtus:* ter. trop
vestigia: trep. obvod. voľa: vel. obora *viehhof.* svora *hetzriemen,*
strick: ver. vôz. pozôr; zorja; obzoryny. dzvôn, zvôn. zňobyty
hängt mit zęb, *d. i.* zemb, zenb *zusammen: manche erklären es*
aus zonb-.
5. o *ist, wie es scheint, ein vorschlag:* obołonъe, bołonъe *au.*
oborôh, *č.* brah. oprisnyj. oželeď, *aslov.* žlêdica. opryšok *räuber*

beruht auf oprôč, *aslov.* oproče *seorsim, p.* oprócz, prócz, *daher
eig. qui seorsim est.*

6. *Eingeschaltet erscheint* o *in* hołka *für* yhołka. łastôvočka:
łastôvka. marot *märz.* ohoń. uhoł. vychor. mošonka *säckel:* môšna.
uhor *pl. gen.:* z uhor *ex ungaria volksl.* husok *pl. gen.:* huska. ve
łyk-deń, vełykodńa. rozôbjeť śa.

7. *Ursprünglichem kurzen* a *steht klr. im anlaut* o *gegenüber,
während in anderen sprachen kurzes* a *im anlaut durch* e, je *ersetzt
wird:* odyn, odynokyj *neben* jedynokyj *verch. 84.* odva. ołeń.
ołena. osetr. ośêń. oś: *aslov.* jese. ot: otjsej *hic: vergl.* jese. ozero.
ožyna, koljučij kustarnikъ, *r.* eževika, *p.* ježyna; okonom *für*
jekonom, ołena *helena sind den vorhergehenden worten analog.* omela
mistel lautet auch nsl., s. usw. mit o *an, daneben os.* jemjelina, *lit.
amalis. wr.* ažyna *rubus fruticosus.* avdotka *eudocia.* avtuch *eutychius.*

8. *Fremdem* a *steht klr.* o *gegenüber:* kolada. komora. kosteł.
krovat κράβατος. oksamyt *sammt.* ołeksa *alexius.* ołtar. sotona. sobol
ist eine verunstaltung des arab. samūr. wr. asnač *arbeiter auf
schiffen, das wohl mit got.* asneis *mietling, ahd.* asni, *asneri tage-
löhner zusammenhängt, bewahrt* a.

9. *Man beachte folgende einzelheiten:* kołenyj *fissus:* kołenoje
polino *volksl. 1863. 4. 198. Neben* hovoryty *spricht man* hvaryty
verch. 10, hvaryt *lemk.: vergl. p.* gwar. o *steht im auslaute nach
zwei consonanten:* pavło. petro *volksl.* dńipro. *In* kło, *pl.* kła,
kłova, *hauer, ist* o *suffix: w.* kol, klati, *woher auch* kłevak. o
wechselt mit e: chłopaty, chłepaty *schlürfen.* łopuch, łepuch. motyl,
metełyk *molkendieb.* okreme χωρίς. vedemo *neben* vedemo *und*
vedem. dvoch *beruht auf altem* dvu: ch *ist der pronominalen
declination entlehnt; darnach* troch. čotyroch. semoch *usw.*

B) Zu ъ geschwächtes o.

ъ *aus* o *wird* o, *wo es die aussprache erheischt; sonst fällt es
aus:* so mnoju *mecum.* zô strachu. vô vtorok. sojm: *aslov.* sъnъmъ,
wie von *въinъ. pano-m. pso-ma *pl. dat. hg. Abweichend ist*
sótero: sъto.

2. tort *wird* torot.

1. *Das klr. liegt in der zone* B, *es wird daher ursprüngliches*
tort *durch* torot *ersetzt, vergl. seite 84:* bołona *häutchen: č.* blána.
bołona, bołonьe *au: č.* blana. oborôh *fehm: č.* brah. boroty śa.
Vergl. wr. dorob *korb.* hołova. hołovńa. horod. nahoroda, *p.* na-
groda. korol. chvorostil *neben* foro-, koro-. nechvorošč *artemisia*

28

campestris. korosta: *w.* kers *in* čersaty *kratzen.* korovaj. mołot.
moroka *vertigo, eig. wohl um die augen dunkeln.* norov. paporoł.
połoméń, połome. połokaty, połoskaty *spülen.* połonyna. skorodyty:
sijut, skorodat *volksl.* prostoroń *strecke.* sołovij. storoža. soro-
katyj *scheckig.* tołoka *gegenseitige hilfeleistung.* zavołoka; voło-
čyty, *wr.* vołočuha. vołoch. vołokno. vołotse *volksl.* vorobeć, horo-
beć. voroh. voron: konyky voronyji. hajvoron, škavoronok,
džjavoronok, žajvoronok, žajvôr, žorvanok *alauda.* zavorôt,
vyvorot. voroza *peitschenschleife.* zołoto *usw.* kołoty, poroty, *wr.*
poroć, pornuć, *aus* kolty, porty. ort *wird* rot: rôła. rôst *wuchs,*
taille. rovnyj. roz-.

2. *Von diesem gesetze gibt es eine doppelte ausnahme, indem* tort
durch trat *oder durch* trot *ersetzt wird: jenes hat wohl von jeher neben*
torot *bestanden, dieses ist poln. ursprungs.* a) błahosłovyty, *das wie*
błaženyj *ein kirchlicher ausdruck ist und daher entlehnt sein kann.*
błato: darmo błato ne brod *volksl.* ta mi dražku pokaž *volksl.*
drahyj: šatu drahu rozôdrała *lemk.* zdravkaty *hg.* hład: ne bujte
ša, chłopći, velykoho hładu, tam pšenyčku sijut koło Biłobradu,
Biłohrad, to pud nym vujna stoit, ne odnomu chłapu dołu hłava
ležyt *volkslied aus der Marmaroš 1863. IV. 151.* s hładu mremo.
velykoho hładu *volksl. hg.* hłahołyty: za stołom panenočky hłahołet
pravda 1875. 357. hłahołaty. hłas *lemk.* hłava: na hłavi *lemk. 721.*
na hłavu *736.* pôd hłavu kłały *1865. IV. 531.* pôd hłavamy
lemk. 720. hłavka *hg.* striblohłav *silberstoff.* v holvi *für* holovi.
chłap *hg.* vynohrąd *nva.* sad, vynohrad *volksl.* koło Biłobradu *hg.*
try hrady biły *volksl.* zahradyła zahradočku *volksl.* chrabryj voin
hg. najmładšyj. mładost *hg.* młademec *lemk.; wr.* mładzenec. sumrak
neben sumerk *und* morok *dämmerung.* płamyn: *sg. instr.* płamynom
hg.; wr. płame: *sg. instr.* płamem. płazom, bokem, sokyroju *huc.*
płazuvaty *kriechen.* prah: nevista prez prah vkročuje *hg.* prach:
na prach ša rosypało *lemk.* z inšoj strany *volksl.* vłađity: vłađieš
volksl. vładyka *hg., das entlehnt sein kann.* vłasť; naša sestra vłasna
lemk.; wr. bładać *dominari.* oblak *volksl.* vlas: za vłasy *lemk.* hde
tvoi vołosy? moji vłasy tychyj Dunaj nosyt *hg.* žołtovłas *volksl.*
havran *lemk.* vrata: pered ɲovy vrata *lemk.* vrabamy *neben* voro-
hove *hg.* vraže *sg. voc. volksl.;* vražyj: vraža dočka; vražym lacham;
vraži ruky *volksl.;* vražši lude *nd. 119.* zlato *lemk.* vo zlati. zlatov
sg. instr. f. lemk. złaty perstênec *lemk.* pozłatystyj *hg.* kantar
pozłačanyj *volksl.* ort *wird* rot, rat: łoďa. łokoť *und* rakytnyk
geisklee. rataj *aus* ortaj, *lit.* artojis. *Neben* rôst, ôdrôst *besteht* rast,

ôdrast. *ucr.* pereplavъe *entspricht aslov.* prêpolovljenije. krali: *r.* korolъki. *b)* bronyty: od cerkvy s mja bronyła *hg.* chłop, chłopeć *usw.* krôlestvo: *wr.* królovać. ščproca *funda neben* prašča. sroka; strokatyj *neben* sorokatyj *scheckig. wr.* vron *ater.* vrona. złoto; złotyj vinec *volksl.;* po uzďi złotavôj *lemk.* jabłôń *lautet auch r.* jablonъ: *aslov.* jablanъ *aus* -bolnъ. *Einige mahl entspricht* tołot *aslov.* tlêt; *jenes ist selbstverständlich aus* tolt *entstanden:* mołoko. mołozyvo. mołoty. polon. połoty. połova. vołočy: *vergl.* kołom, kšełom *helm. Unhistorisch sind* horoźba, pohoroza *neben* hroźba *usw.;* obołôh *neben* obłôh, błôh *brachacker. Man merke* vkročuvaty *hg.* strohyj. dubrova. muravel. žuravel. kerekority (ďity muť kerekority *pravda XII. 2. 111):* č. krákorati.

3. ont wird ut.

Dass aus ursprünglichem ont *klr.* ut *hervorgeht, ist seite 86 gesagt: dass den übergang von* ont *zu* ut *ein* ąt *gebildet habe, kann nicht nachgewiesen werden:* blud. dubrova *neben* dôbrova *buk. 198* eichwald. neduha *morbus;* neduź, nedužnyj *aegrotus: aslov.* nedągъ. odužuvaty *convalescere: vergl. klr.* dużyj, *p.* duży, *robustus pisk., und das entlehnte lit.* dużas *beleibt.* duty, dmu. hałuź, hałuza *ast.* hłubokyj *neben* hłybokyj. hrubêń, hrubovêń *dicke.* hrudna žyła *brustader.* zahruzyty: gręz. hubka *spongia.* hudu, husty *pisk.* chomut. choruhov, koruhov. chrustałka *neben* chrjastka *knorpel verch. 77: vergl.* chrustity. kłub *rist des pferdes: p.* kłąb. krutyj: kruta doroha *schneckengang;* krutyty *drehen:* kręt. kupyna *werder: p.* kępina. łąg: *wr.* nedołužnyj: *p.* niedołęga *homo debilis.* lut *bast; wr.* lut *bast junger linden: p.* łęt *caulis, č.* lut. motuz *schnur;* matuzok *pisk.: nsl.* motvôz. mudo *hode.* muká *farina.* múka *cruciatus.* mutnyj; smutok: męt. nudha *lange weile bibl. I. ist p.* nudy. oruda *mittel pisk.;* orudovaty *handeln.* orudka *sache.* sopruh. puhovyća: *p.* pągwica. rospuknuty ša. puto. puť *weg.* rubaty: *p.* rąbać, *daher* rubel *wiesbaum.* struk *schote. ucr.* sumjacica *für r.* sumatocha: *w.* męt. surźyća, surźok *mit weizen gemischter roggen: aslov.* *sąrъžica. skudyty *sparen;* oskudnyj *sparsam:* ščadyty, oščadnyj. trus; trusyty *verch. 71:* tręs. trut, truteń *drohne.* trutyty: *p.* trącić. tuha: tęg; potuha *macht: p.* potęga. samotużky *neben* samotež *mit eigener kraft verch. 62.* udyty: *p.* wędzić: *w.* vęd. uhoł *winkel.* utłyj *schwach: p.* wątły. uvôz *hohlweg.* uzyty: *w.* vęz. uzkyj: už *serpens.* užyvki *für* verêvky *pisk.: aslov.* ąže. vudka *schinken: vergl.*

28*

udyty. vus *achel:* vąsъ. vuž *natter.* zubr, žubr *auerochs.* zvuk. zo-
była *mundstück verch.* *61.* für zubyła. jastrub *neben* rastrub *ent-
spricht aslov.* jástrębъ. *Entlehnt sind* dombrovyča *on.* chorunžyj
neben choružyj. koukoluyky *on.* kympyna *flussinsel.* łanky, łončky
on. słońka *waldschnepfe: p.* słomka *für* słąka. venher *huc.: p.*
węgier. vompyt *zweifeln bibl. 1: p.* wątpić. sompel *ist p.* sopeł.
Dunkel ist upyr, opyr *vampir;* użyna *neben* ježyna *ackerbeere.*
Stammbildung: tadyl *hac lemk.:* tądu; *wr.* tudoju. śudy *huc.* z ušu-
dyka *usw. Wortbildung: sg. acc.* rybu. ju *eam.* śvjatuju *usw. Das* u,
aslov. ą, *des sg. instr. geht in manchen gegenden in* om *und dieses in*
ov *über:* rukom *neben* rukojom. mnom *neben* mnojom. rukom *neben*
rukov. mnov *neben* mnojov. hłynov *lemk. neben* hłynoju. bystrov
vodov *hg.* krovcev *buk. 293.* svoěv (svojov) matênkoju *volksl.*
Die 3. pl. praes. hat oft jut *für* jat: hovorjut. otvorjut; dadut *lautet*
aslov. dadętъ.

IV. Vierte stufe: a.

1. a *ist zweite steigerung des* e: perełaz: lez, lêzą. pałyty: pel
in popeł. zhaha *sod:* žeg. raz: obraz, razyty: rez, rêzati. skałyty,
škyryty zuby *die zähne blecken.* skala *stein.* oskałok *scheit: p.* ska-
łeczka *loch, sig. wohl ritze zar. 58:* skel, skela. sad, sadyty: sed,
sêdêti. skvar *schwlle.* skvaryty. škvarok *speckgriebe, fettschwarte.*
uškvaryty *verch. 74:* skver. varyty *sieden:* ver. požar *feuersbrunst,*
nicht unmittelbar von žer, *sondern wohl von dem iterat.* *žara-; zarja
wohl auch von zarja-.

2. a *ist dehnung des* o: zahańaty. vzharjaty: śvičy vzharjały
volksl., daher uharok, zharja, zahar. chapaty. chramaty. kłańaty.
pokraplaty. mačaty. pomahaty. urańaty *fundere:* slezojky vrańajte
volksl. skakaty. tačety *rollen verch. 68.* utapaty. vyrastaty. pozva-
laty; *daneben* prochodžaty *volksl.* vykravaty *steht zunüchst in ver-
bindung mit* krajaty, *nicht mit* krojity: *vergl.* napavaty *und* pojity.
3. a *wird vorgesetzt in* amšara *mit moos bedeckter platz:* mъhъ.
4. Unbetontes a *kann* y *werden:* bo dy prosty, *d. i.* bôh da
prostyt.

B. Die i-vocale.

I. Erste stufe.

1. ь.

Aslov. ь *ist klr.* e, *wo es die aussprechbarkeit fordert; sonst
fällt es aus:* hoden: hôdnyj. čěšt. deń, dńa. len, lnu *neben* łenu.
sеč *pisse neben* sčaty. pchaty. pstruh *forelle:* pъstrъ *usw.*

2. trit wird tret.

voskresnuty *resurgere:* vъskrъsnąti. krest, krestyty, chre-
styty: *aus dem slk. stammt* krstyty. stremeń.

II. Zweite stufe: i.

1. Urslavisches i *wird klr.* y. *Der process ist nicht erklärbar:
mittelglieder zwischen* i *und* y *können nicht nachgewiesen werden.*
byty *ferire.* błyzna *cicatrix.* błyźńa, błyźńuk *zwilling.* hzyty śa
(voly śa hzyły) *volksl.: p.* gzić. yno *lauter: aslov.* inъ *in* inočędъ
usw. kryži *kreuz.* myska *schale: p.* miska. mytma, na mytuś *wech-
selweise verch.* 36. omyzyna *schmarozerei;* omyznyća *buhldirne;*
omyzłyvyj *verbuhlt.* nyzka *halsschnur:* nizati *von* nъz. pyłnovaty
vigilare. prykryj *widerwärtig.* rypity *knarren pisk.* rys *trab.* sy-
kłyny *pl. pisse;* vysykłyty śa; sykłyveć *neben* sekun: sik- *aus* sъk-.
sylka *vogelschlinge;* sylći, osyła *pl.* synyća *meise.* słyźńak, słymak.
svydyj *roh.* tyna *wasserfaden.* vyvychnuty *verdrehen usw. Von der
regel, dass* y *für* i *eintritt, gibt es zahlreiche ausnahmen: so steht
nach* j *stets* i *für* y: v judeji *in* iudaea; *für* yj *wird* ej *gesprochen:*
ďitej. dverej. oček. *Aus* šyrokyj *wird* šorokyj *usw. Oft findet man
in der declination* i (ê), *wo man* y *erwartet:* v posteli, *aslov.* po-
steli. u pustyńi: pustyńi *und* duši: duši. po pravyći: pravici. v otći
mojêm. v serći *usw. Eben so* avraamovi. bratovi *usw.: die abweichungen
wie* posteli, avraamovi *sind dem* O. *eigentümlich.* posteli *erklärt
sich durch anlehnung an* rybi: rybê.

2. i *wird vorgesetzt in* imšeď *neben* mšeď *flechte usw.; es fällt
ab und aus in* maty *habere;* pjanyća *usw.*

3. ji *wechselt mit* je *in* jeno. jeskra. jestyna; *umgekehrt* išče;
y *mit* u: pavutyća, pavytyća; mačucha, mačycha, *aslov.* mašteha.
Vergl. ćułuj *osculare.* bijnyj, *nd.* bujnyj. zámiž: -mąžъ.

4. ь *wird in den verba iterativa zu* i (y) *gedehnt:* cvytaty. čy-
taty. pryłypaty, *daher* pryłypnuty: -łъnąti. myhaty, *daher* myho-
lity: mъg. nyzka *halsschnur:* nizati. popych *schub beruht auf* *po-
pychaty: pъh. svytaty, *daher* rozsvynuty śa *verch. 60: daneben*
śvitaty *durch* śvit: svêtъ.

III. Dritte stufe: oj, ê.

Durch die steigerung des i *entsteht vor vocalen* oj, *vor con-
sonanten* ê: bôj, nabôj, rozbôj, zabôj; pobôj *pugna.* bojaty śa.
ćidyty *seihen.* ćiłyj. ćvit. ďiło. ďity *pl. neben* dyta, dytyna. ďiva,

ďivča. hńiv. hńizdo. hnôj. vyhojity *sanare*. pokôj: spočyty. perełik *rechnung:* -lékъ; ličyty *zählen*. łipyty *agglutinare*. łis *neben* łas *bibl. I. lemk.* łisa *crates, das jedoch dunkel ist.* łito. łôj. mid, medy. orich. pihyj *scheckig*. pina. pistyty. zapijaty, zapiju *canere;* piveń *gallus*. oprisnyj. napôj; pojity. rika. rôj. śiny *laube*. śino. śiryty *dämmern*. śirka *schwefel*. śity *vogelgarn;* śitka. śńih. stojaty. śvit. poticha. tiło. timenyća *unreinlichkeit am leibe*. tiń *f. schatten*. povisty; vidaty. vik. vineć. zavisa; povisyty. źvizda. *Fremd sind* ćisať. chliv. ličyty *heilen*. *Man merke* briju, *r.* brêju, *von* bryty. *Abweichend:* pestyńa *adulatio pisk.* zapretyty. veža *warte*. živy, žavy *kiemen*. *Dunkel:* sliz, sloz *pappelkraut*. śvidraty *schielen:* *vergl. nsl.* śveder *krummfuss*. sribro *ist aslov.* sъrebro. łas *für* łis *ist wohl p. Stammbildung:* ratiš *spiess*. *Wortbildung: sg. loc.* pańi. ďili. ďityšči. rybi. *dual. nom. acc.* dvi połovyńi *volksl.* dvi śti; *daneben* dvi ryby. *pl. nom. m.* ti, śi *oder* tyji, syji: *nach* ti *auch* mudri. jim *aus* jêm. *impt.* berit, iďit.

C. Die u-vocale.

I. Erste stufe.

1. ъ.

ъ *aus* û *wird klr.* o; *es schwindet, wo es die aussprache ent-
behren kann:* dočka *tochter:* * dъštъka. nadoch, nadcha *katarrh.*
mšeď *flechte:* mъhъ, *suff.* jadь. son, snu. ôspa *pocke:* sъp. pisok.
zamok. potetko *avicula*. *wr.* potka *penis*. bhaty *verch. odv. 19.*
dbaty. dchôr. hnuty: gъb. schnuty *neben* sochnuty *und* -schty
neben -sochty *usw.*

2. trŭt wird trot.

Die regel, dass trŭt *in* trot *übergeht, erleidet ausnahmen:*
błocha. brov. drova, *im O.* dreva, *das jedoch wurzelhaft mit* derevo
zusammenhängt. drožaty *neben* dryžaty *tremere*, dryži *fieberfrost.*
hłotaty. krov, kerva; sukrovyća; sukorvyća *verch. 67;* korvavyj;
nakervavyty śa; kyrvy *sg. gen. volksl.;* kyrvavyj *volksl.;* krъvavyj
volksl. 1863. 4. 172, d. i. krvavyj, *wie in den Karpaten gesprochen
wird.* słońce. lob. łożka *im O., sonst* łyžka. rot, *in den Karpaten*
rt. rtuť *einsilbig*. rvaty *zweisilbig*. rzaty *neben* ržaty *buk. 143 zwei-
silbig*. rža *einsilbig*. ržavity *dreisilbig*. trošť.

II. Zweite stufe: y.

1. Der laut des klr. y *soll zwischen* r. y *und* u *in der mitte stehen.* y *hat im klr. dadurch einen bedeutenden umfang gewonnen, dass nach einem nicht erklärbaren gesetze alle urslav.* i *in* y *übergehen:* byty *schlagen:* biti. *Es kann abweichend vom aslov. auch im anlaute stehen:* yhraška *pisk.* ychńij *eorum.* yzdajo *tradit.*

2. In vielen fällen weicht y *dem* u: buty *esse: dialekt. soll auch* byty *vorkommen.* michur *blase.* hłybokyj *besteht neben* hlubokyj: *aslov.* gląbokъ. *Vergl.* bujvoł: byvolъ. kymak *scheit holz hg., sonst* kimak; kimačje *reisig: magy.* kumak, kumasz.

3. o *tritt für* y *ein:* pochołyj *neben* pochyłyj *verch. 66.* tuboleć *der einheimische pisk.: w.* by. okroj *bibl. I. für* otkryj.

4. y *behauptet sich regelmässig dort, wo es im aslov. steht:* dym. chybkyj *schwankend.* łydka, łydwyća *wade.* łyko *bast.* łysyna *blässe.* nyďity *mager werden, welken.* rylo *rüssel.* potylyća *occiput usw.* tyn *saepes. Vergl.* hydyty śa *anwidern.* obyty *ist* obiti, *nicht* obъity.

5. y *ist die in den verba iterativa eintretende dehnung des* ъ: zdryzaty *volksl. 1863. 4. 175.* dychaty. pohybaty *neben dem unhistorischen* pohyńaty. mykaty *rupfen*; umykaty. słychaty. vysychaty. prosypłaty. zatykaty. zazyvaty, *daher* zazyv. *Hieher gehören auch* dybaty *eig. lauern:* dbaty. kyvnuty, *das auf* kyvaty *beruht.* ryhaty: *ein* rъg *besteht nicht.* prosyp *somnus bibl. I, das* -sypaty *voraussetzt. Das* y *von* posyłaty *beruht auf* ъ *aus* o. *Dunkel ist* połyhaty śa *sich verbinden;* nałyhač *strick.*

III. Dritte stufe: ov, u.

1. u *steht dem aslov.* u *gegenüber:* hłumno *spöttisch bibl. I.* łudyty *locken verch. 33.* łuna *widerschein.* rusala: na śvjaty rusala *hg.* ščuka, ščupak. šut *neben* čut *ohne hörner.* ułyća. vuj, vujko *oheim. Dunkel sind:* kłuńa (u kłuńi) *scheune.* kubłyty ś xxτxσxγ-voῦv. puhało *schreckbild: vergl. nhd. spuken.* ruda, rudavyna, ržija *morast verch. 59.* połu im *wr.* połuvêrok *ist aslov.* połu.

2. ov, u *ist steigerung von* ü: brusyty *acuere.* budyty. duch; zaducha. zhuba; zahubyty. kovaty *cudere.* kovaty: zakovała zazułka *volksl.* pokrov. zanuryty śa v vodu *volksl.; ponur* maikäferlarve *verch. 53: w.* nür: *vergl.* ponravъ *aus* ponorvъ: *w.* ner. puch *dunen.* rôv. rudyj *rot.* słovo. słuch. osnova *weberzettel.* sovaty; zasov *riegel.*

struha. ostrov. suchyj. otrovyty; *wr.* truić *vergiften.* nauka. pozôv; zov *für* zazyv *bibl. I.* žovaty: *w.* gjŭ. *Vergl.* revty *j.-sk. 1. 41;* revity.

3. Jüngeres ov *tritt ein in folgenden formen:* borovnyk *edelpilz.* kryžôvnyća *kreuzkraut.* žydovyn : žyd. darovyzna. domovyna. verchovyna. bisnovatyj. syrovatka: *syrovatъ von syrъ.* chorovytyj *kränklich.* hrobovyšče. kładovyšče *pisk.* lehovyśko *lager.* linovyśko, linovyšče, linyšče *schlangenhaut pravda 1875. 350.* pasovyśko *trift.* vynovatyj. nočovaty. psovaty. tanćovaty. *Dunkel ist* nupovaty. obnarodovyty. sadovyty *neben* sadyty *collocare: solche verba liegen zu grunde den nomina* motovyło *haspel, weife,* smarovyło *wagenschmiere. wr.* bahrovič.

4. Anlautendes u *geht in* v *über:* vćynyty. vćyty. vkrajina. vmer. vže *usw., aslov.* učiniti. učiti. umrъľъ *usw. Vergl.* vermjanyj *für* rumjanyj.

IV. Vierte stufe: av, va.

av, va *ist die zweite steigerung von* ŭ: zabava; bavyty: by. chvataty: byt. pokvap *eile.* kvas. spłav. spłavći *finnen.* slava. travyty, nezhodu robyty *bibl. I;* otravyty, stravyty *vergiften, hg. verdauen.* strava. šćavij *grindwurz.* otava.

Zweites capitel.

Den vocalen gemeinsame bestimmungen.

A. Steigerung.

A. Steigerungen auf dem gebiete des a-vocals. a) Steigerung des e *zu* o. a) *Vor einfacher consonanz:* vybor: ber. hrôb: hreb *vergl. seite 430.* β) *Vor doppelconsonanz und zwar: 1. vor* rt, lt: morz, *wofür durch einschaltung des* o *zwischen* r *und* z — moroz. volka, *wofür* voloka: zavołoka: velk *vergl. seite 431; 2. vor* nt: błud: błęd. trus: tręs *vergl. seite 433. b) Steigerung des* e *zu* a: skvar *schwüle:* skver. zhaha *sod:* žeg, žъg *vergl. seite 434.*

B. Steigerungen auf dem gebiete des i-vocals. *Steigerung des* I *zu* oj, ê: bôj: bi. ćvit: cvъt *vergl. seite 435.*

C. Steigerungen auf dem gebiete des u - vocals. a) Steigerung des ŭ zu ov, u: pokrov: kry. nauka: ŭk vergl. seite 437. b) Steigerung des ŭ zu av, va: slava: slŭ. kvas: kys vergl. seite 438.

B. Dehnung.

A. Dehnung der a-vocale. a) Dehnung des e zu ê. α) Functionell bei der bildung der iterativa durch a: litaty, umiraty vergl. seite 429. β) Zur compensation: ńis: neslъ. rik: reklъ vergl. seite 425. b) Dehnung des o zu a. Functionell bei der bildung der iterativa durch a: kraplaty: kropi. zaprašaty: prosi vergl. seite 434.

B. Dehnung des vocals ь zu i. α) Functionell bei der bildung der iterativa durch a: prylypati: lьp. svytaty: svъt vergl. seite 435. β) Zur compensation: čyslo für čьt-tlo: čьt.

C. Dehnung des ъ zu y. Functionell bei der bildung der verba iterativa durch a: dychaty: dъb. pohybaty: gъb vergl. seite 437.

C. Vermeidung des hiatus.

Der hiatus wird vermieden: I. durch einschaltung von j, v, h, n: a) ďijaty: dêjati. nadija *spes.* šijaty. trojanda *rosa: ngriech.* τριαντάφυλλον. kraj *aus* kra-j-ъ. šyja. pjanyća *aus* pyjanyća. myješ. kuju *cudo. b)* ďivaty. šivak *süemann.* šiveń *september.* davaty. kyvaty, *daher* kyvnuty. špivavaty *volksl.* kraveć. zastav: zasta-v-ъ. stavyty. upavši, *d. i.* upa-v-šы, *aslov.* upadъše; *eben so* vźavšy. povyvaty *einwickeln.* łyveń. pyvonyja *paeonia.* załyv, *d. i.* zali-v-ъ. našmivaty. byvaty. vnyvaty *deficere.* płyvaty. prostyvaty *erkalten:* styd. pavuk. obuvaty; obuvje *calceamenta.* ¡umyravuť. verbuvuť *für* -jut *žyt. 335. c)* h: oďihaty, zaďihaty *os. 24; im O.* oďahaty: *w.* dê. *wr.* dohetul *hucusque. In diesen worten kann* h *wohl nicht anders erklärt werden, als dass es den hiatus aufzuheben bestimmt ist, eine erklärung, die durch worte wie* horich, *aslov.* orêhъ, *bestätigt wird. Vergl. seite 188. 306. d)* n: do neho *usw. II. Durch verwandlung des* i *in* j, *des* ŭ, u *in* v: pryjty. pryjmaty. najty. obôjty; rvaty. zvaty. zavtra. medviď: medů-. *In manchen gegenden hört man* čytaut. hraut. spomynaut *für* -ajut *volksl.* ptačkoe *lemk. für* -ovo; *allgemein* zaoraty. poostryty. pryukrasyty; *ebenso* čornookyj. bilous. *Der hiatus wird oft auch zwischen worten gemieden:* nebo j zemla. ta jdy. za jvana. išla jona *ibat illa.* ja tu jorał *volksl.*

da. embar *für* ambar. envať *für* janvarъ *usw. pisk. Dem o wird
häufig nach gegenden* j, v *oder* h *vorgesetzt:* 1. joraty. josyka. jo-
ves. jovady. *wr.* jon. 2. vohoń. vona. voraty. vorobeć, vorobej.
voset *kratzdistel.* vovady. *wr.* voćy. *Notwendig ist* v *vor* ô: vôbło
walze. vôd. vôkno. vôn. z vôrłom. vôrmjanyn *Armenier.* vôšêm
octo. vôvća *avis.* bezvokyj. 3. horaty. horich. horobeć. hostryj.
hosyka. hovady. a *wird* ja, ha. 1. jabłoko. jadam. jandryj. jałyłuj.
jantôn. 2. hałun *alaun.* hanna *Anna.* harmata *armee;* hykavyj
entspricht aslov. jęk-. u *für* u *wird* vu *oder* v: 1. vuchnal *huf-
nagel.* vuj, vujko. vułyća. *wr.* vułka. 2. vroky *zauber.* u *für
aslov.* ą *wird* vu: vudyło. vuhol *winkel.* vuhol *carbo.* vuher, vuhryn
ungarus. vus. vuž *unke. In anderen fällen tritt* ju *ein:* jušća, *aslov.*
gąšta. *Daneben findet man* hu: huž *art band bibl. I. wr.* huz, r.
uzelъ. huzyća, *daraus* p. guzica; uzol. husenyća *hg.* hušilnyća,
vušilnyća, ušilnyća *kohlraupe:* gąsênica. *Anlautendes* o *wird manch-
mahl* v: vdnoho: mała vdovočka vdnoho synočka *volksl.* vdnako
volksl.

K. Vermeidung der diphthonge.

laura *wird* ławra; zautra — zavtra.

L. Wortaccent.

Jede silbe eines klr. wortes kann betont sein: vodá. rýba.
zérkalo. výbavyty. nájzeleńijšyj. *Der ton dient manchmahl der
differenzierung:* bórony, boroný. čóbôt, čobôt. doróha, dorohá.
hóry, horý. hórod *urbs,* horód *hortus.* múka, muká. płáču, plačú.
práva, pravá. pómočy, pomočý. pýsańe *scriptio,* pysáńe *litterae.*
séstry, sestrý. słóva, słová. sotvóreńe *creatio,* sotvoréńe *creatura.*
svóju, svojú. táju, tajú. vódy, vodý. zámok, zamók. pôznáju
cognoscam, pôznajú *cognosco.* vývozyty *pf.,* vyvozýty *impf. wr.*
baránok, baranók. vába, vabá. dobríńa *der nur scheinbar gute,*
dobríńá *der gute.* drúhij *der zweite,* druhíj *ein anderer.*

M. Länge und kürze der vocale.

*Gegenwärtig unterscheidet das klr. nicht kurze und lange vocale:
dass einst dem klr. diese unterscheidung nicht gefehlt hat, zeigen die ver-
engten vocale* ô *und* ê, *die nicht nur den* p. ó *und* é, *sondern auch den*
č. ů *und* é, d. i. ō, ē, *entsprechen: klr.* bôh, *in anderen gegenden* buh;
p. bóg; č. bůh *usw.*

ZWEITER TEIL.

Consonantismus.

Erstes capitel.

Die einzelnen consonanten.

A. Die r-consonanten.

1. *r im anlaute vor consonanten und zwischen consonanten ist nicht silbebildend:* rstyty. rvaty. rcy *dic.* rža. ržavity. ržyj *leindotter verch.* 59. rtut; *auch* mudrči *ist zwei-,* suržyća *aus* su-ržyća *dreisilbig. wr.* rvaki. *Neben* rža, ržyj *hört man* irža, iržyj; eržaty *buk.* 143. *Neben* rščenyj *christianus* kščenyj *hg.*

2. *Die silbe schliessendes* l *lautet wie das englische* w: chodył, pysał, robył *wie* chodyw *usw.; im auslaute der substantiva bewahrt* l *seinen laut:* dôł, kôł, oreł *usw. Wie* w *lautet* l *auch im inlaute vor consonanten:* stołp, volk, žołtyj *wie* stowp *usw. Die gleiche aussprache gilt wr.:* adkupił, abraził, astał śa *factus est wie* adkupiw *usw.* l *lautet in einigen worten auch zwischen vocalen wie* w: čowen, powen *für* čołen, połen, *aslov.* člъnъ, plъnъ; napywem śa *volksl. Selten hat diesen laut das weiche* l: kôłko, tôłko *hg. für* kôłko. tôłko. *Nach dieser regel darf ich wohl* l *schreiben, das dem leser bequemer sein wird.*

3. *Erweicht wird* r, l, n *durch einen nachfolgenden ursprünglich praejotierten vocal; die regel gilt jedoch im klr. nicht in demselben umfange wie im aslov.: das klr. lässt erweichung einigemahl da nicht eintreten, wo sie im aslov. stattfindet, und umgekehrt.* ja: kučeŕavyj,

D. Assimilation.

1. a) oje *geht durch* assimilation *in* oo, o *über:* moho, momu *aus* mojeho, mojemu; *ebenso* dobroho, dobromu, dobrôm *aus* *dobrojeho, *dobrojemu, *dobrojem. dobroji, dobrôj *aus* *dobroję. dobroje *besteht neben* dobre, *wofür auch* dobreje; *ebenso* te *neben* teje: *das* e *dieser form ist abweichend. Wenn aus* moja - ma *wird, so ist* oja *zu* aa, a *geworden. b) aje* wird aa, a: śpivam, śpivaš, śpivat *und* śpiva; śpivame, śpivate *aus* śpivajem, śpivaješ *usw; in der 3. pl. natürlich* śpivajut. nazbiram *hg.* pytaš *lemk.* vzyrat *hg.* hra *neben* hraje. zahadamo *volksl. c)* jo *wird durch* je *ersetzt:* moje *aus* mojo, jeho *aus* joho, *daher auch* łoże, jajce; *ferners* muževy ; *sg. instr.* tkačom, zbôžem; kučeju, dřiżeju, dušeju; *sg. voc.* kuče, diže, duše; nočevaty *usw. Dieses gesetz wird jedoch häufig verletzt, indem statt des* e - o *eintritt, richtiger sich erhält:* tkačom, zbôžom; kučoju; joho, jomu; nočovaty *usw. Aus* njo *entwickelt sich entweder* ne *oder* ńo, *daher* konem, końom; dyne, dyńe; synemu, syńomu; do neho, do ńoho; *ebenso* kovałem, kovałom; połem, połom; słezy, ślozy; łen, lon; morem, mořom; horevaty, hořovaty; seho, śoho; *doch nur* połe, more, *kein* polo, mořo. *d)* jě *wird* ji, i, *daher klr.* y: kony *sg. loc., aslov.* koni. *e)* ję *wird* ji: dyńi, *aslov.* dynję; toji, *aslov.* toję. *f)* ja, *aslov.* ję, ja, *wird oft zu* je, e: kurjeta, rjebyj; za tisare *pro* imperatore. drožety *tremere.* žesnyj *terribilis.* jek *uti usw.*

2. Eine art assimilation *erblicke ich auch in* łoboda, *r.* lebeda; popeł, *r.* pepelъ *usw.*

E. Contraction.

a) oo *wird zu* o *contrahiert:* moho, dobroho *aus* mooho, dobrooho; *mojeho, *dobrojeho. dobrôj *aus* dobrooj, *dobrojej *usw. Für* dobroje *im O. hat der W.* dobre: dobreje *ist demnach* dobrojeje; *auch wr. kennt* dobreje. svoju *nd. 30. ist* svojeją. dobrôm: *dobrojemъ. *wr.* strašnaho *steht für* -noho. *b)* aa *wird* a: ma *aus* maa, moja. pas *aus* pojas. dobra ἡ ἀγαθή *kann aus* *dobroja *und aus dem neben* dobra *gebräuchlichen* dobraja *erklärt werden.* śpivam *aus* spivaam *usw.* lala *volksl.:* łajała. *c)* oj, oji *wird zu* y *contrahiert:* mych, mym *aus* mojich, mojim; dobrych, dobrym *aus* *dobrojich, *dobrojim; *so entsteht wahrscheinlich auch* dobryj *aus* *dobroj, *dobrojъ. *Der pl. nom. acc. lautet* dobri,

dobryji *für alle genera:* dobri *folgt dem* ti. *d)* ije *geht in* e *über:*
lude. suśide: *aslov.* ljudije, *nsl.* sösedje. lute *dünne weidenzweige*
collect. verch. 34. hade, ovade *ungeziefer; eben so* bože, trete, *aslov.*
božije, *tretije. pobereže: -žije. *Befremdend sind* hôla *zweige:* golije
žyt. 344. hôłьja *volksl.* vešêllja *nuptiae.* kochannja *usw. Die schrei-
bung schliesst die erweichung des* l, n *aus: vergl. chorv. seite 408.*
e) ija *wird* a: boža *aus* božyja, bozyjoja, *aslov.* božija. *f)* iju *wird*
u: božu *aus* božyju, božyjuju, *aslov.* božiją. *Contractionen sind*
auch eingetreten in čeß *für* čuješ. za šaha *für* za šełaha. mi *für*
mńi, meńi. ńi (nê) *non est* hg.

F. Schwächung.

Aslov. i *geht wie im aslov. so auch im klr. vor praejotierten vo-
calen in* ь *über, das die der erweichung fähigen consonanten erweicht:*
pju, lju: pьją, lьją. krovju, nočju: krъvьją, noštьją. švajka *näherinn:*
šьv- ꞁ buď: bądi. už *ist aslov.* uže; mežy, mež, *aslov.* meždu.

G. Einschaltung von vocalen.

Eingeschaltet erscheint o *in* upovaty. husok *von* huska. vy-
chor. *vorgesetzt:* imła: mьgla. irzaty, yrzaty; eržaty *buk. 143.* ircy,
yrcy. *wr.* arža *rost.* amšara: mьhъ. amcislav: *p.* mścisław. avtorok
dienstag. avlas *blasius.* aľłanina *linnenstoff.* adarьja *daria usw. Die
formen* tort *lauten regelmässig* torot, *die formen* tort *meist* teret,
wenn das aslov. trêt *bietet: vergl. seite 427.* zamoroz *steht für*
aslov. ·mrъzlъ. *Manchmahl scheint* o *ein vorschlag zu sein:* obołońc.
okrôp. osełedeć.

H. Aus- und abfall von vocalen.

ho, mu *sind enklitisch für* jeho, jemu. *Dasselbe gilt von* m
für jesmь: buła m. na vôjnu m ho posłała *lemk; daneben* jem:
buł jem. chodyty mu, meš: hoditi imą, imeši. hraty: igrati. b *für*
by: pobihła b. ryboj *neben* ryboju. že: iže: ne toj złoďij, že okrał
usw. Ausfall tritt ein in dvadćat. zassjał *fulsit.* pjanyća.

I. Vermeidung des vocalischen anlautes.

y *kann im anlaut stehen:* ybraška. *Anlautendes* e *wird meist
durch* je *vertreten:* jeva, jevanhełyje; *daneben* eč *schau.* ehê *für* r.

da. embar *für* ambar. envat *für* janvarь *usw. pisk. Dem o wird
häufig nach gegenden j, v oder h vorgesetzt: 1.* joraty. josyka. jo-
ves. jovady. *wr.* jon. *2.* vohoń. vona. voraty. vorobeć, vorobej.
voset *kratzdistel.* vovady. *wr.* voćy. *Notwendig ist v vor* ô: vôbło
walze. vôd. vôkno. vôn. z vôrłom. vôrmjanyn *Armenier.* vôśêm
octo. vôvća *avis.* bezvokyj. *3.* horaty. horich. horobeć. hostryj.
hosyka. hovady. a *wird* ja, ha. *1.* jabłoko. jadam. jandryj. jałyłuj.
jantôn. *2.* hałun *alaun.* hanna *Anna.* harmata *armee;* hykavyj
entspricht aslov. jęk-. u *für* u *wird* vu *oder* v: *1.* vuchnal *huf-
nagel.* vuj, vujko. vułyća. *wr.* vułka. *2.* vroky *zauber.* u *für
aslov.* ą *wird* vu: vudyło. vuhoł *winkel.* vuhoł *carbo.* vuher, vuhryn
ungarus. vus. vuž *unke. In anderen fällen tritt ju ein:* jušča, *aslov.*
gąšta. *Daneben findet man* hu: huž *art band bibl. I. wr.* huz, *r.*
uzelъ. huzyća, *daraus p.* guzica; uzoł. husenyća *hg.* huśiłnyća,
vuśiłnyća, uśiłnyća *kohlraupe:* gąsênica. *Anlautendes o wird manch-
mahl* v: vdnoho: mała vdovočka vdnoho synočka *volksl.* vdnako
volksl.

K. Vermeidung der diphthonge.

łaura *wird* łavra; zautra — zavtra.

L. Wortaccent.

Jede silbe eines klr. wortes kann betont sein: vodá. rýba.
zérkalo. výbavyty. nájzełôńijšyj. *Der ton dient manchmahl der
differenzierung:* bórony, boroný. čóbôt, čobôt. doróha, dorohá.
hóry, horý. hórod *urbs,* horód *hortus.* múka, muká. płáču, płaču.
práva, pravá. pómoćy, pomoćý. pýsańe *scriptio,* pysáńe *litterae.*
séstry, sestrý. słóva, słová. sotvóreńe *creatio,* sotvoréńe *creatura.*
svóju, svojú. táju, tajú. vódy, vodý. zámok, zamók. pôznáju
cognoscam, pôznajú *cognosco.* vývozyty *pf.,* vyvozýty *impf. wr.*
baránok, baranók. vába, vahá. dobríńa *der nur scheinbar gute,*
dobrińá *der gute.* drúhij *der zweite,* druhíj *ein anderer.*

M. Länge und kürze der vocale.

*Gegenwärtig unterscheidet das klr. nicht kurze und lange vocale:
dass einst dem klr. diese unterscheidung nicht gefehlt hat, zeigen die ver-
engten vocale ô und ê, die nicht nur den p. ó und é, sondern auch den
č. ů und é, d. i. ŏ, ŏ, entsprechen: klr.* bôb, *in anderen gegenden* buh;
p. bóg; *č.* bůh *usw.*

ZWEITER TEIL.

Consonantismus.

Erstes capitel.

Die einzelnen consonanten.

A. Die r-consonanten.

1. r *im anlaute vor consonanten und zwischen consonanten ist nicht silbebildend:* rstyty. rvaty. rcy *dic.* rža. ržavity. ržyj *leindotter verch.* 59. rtuł; *auch* mudrći *ist zwei-,* suržyća *aus* su-ržyća *dreisilbig. wr.* rvaki. *Neben* rža, ržyj *hört man* irža, iržyj; *eržaty buk.* 143. *Neben* ršćenyj *christianus* kšćenyj *hg.*

2. Die silbe schliessendes ł *lautet wie das englische* w: chodył, pysał, robył *wie* chodyw *usw.; im auslaute der substantiva bewahrt* ł *seinen laut:* dôł, kôł, oreł *usw. Wie* w *lautet* ł *auch im inlaute vor consonanten:* stołp, vołk, žołtyj *wie* stowp *usw. Die gleiche aussprache gilt wr.:* adkupił, abraził, astał śa *factus est wie* adkupiw *usw.* ł *lautet in einigen worten auch zwischen vocalen wie* w: čowen, powen *für* čołen, połen, *aslov.* člънъ, плънъ; napywem śa *volksl. Selten hat diesen laut das weiche* l: kôłko, tôłko *hg. für* kôłko. tôłko. *Nach dieser regel darf ich wohl* ł *schreiben, das dem leser bequemer sein wird.*

3. Erweicht wird r, l, n *durch einen nachfolgenden ursprünglich praejotierten vocal; die regel gilt jedoch im klr. nicht in demselben umfange wie im aslov.: das klr. lässt erweichung einigemahl da nicht eintreten, wo sie im aslov. stattfindet, und umgekehrt.* ja: kučeŕavyj,

444

kudŕavyj *crispus*. temŕava. cholava *stiefelschaft*. konopľa. všilaki
(stravy) *allerhand; p.* wszelaki. dyňa. kňahyňa. koreňa *sg. gen.
radicis.* do mňa *ad me.* ju: kľuč: ključь. zluka. padluka. pjaňuha.
ňuchaty: ahaty. je: koňi *equi: aslov.* konje, *eig. pl. acc. So auch*
naňatý, najúaty. pôdňaty. zňaty, *aslov.* sъneti, demere *usw.* ję:
chvaľu. hovoŕu. jъ: kôň: koňь. korol: kraľь. bôlšaty *crescere.*
hôŕko (huŕko *nd.)* płakaty *usw.* osel *pl. gen. sedium. wr.* tchoŕ.

4. *Abweichungen von der aslov. regel finden statt hinsichtlich des*
r, *das im O. und in den Karpaten meist der erweichung unterliegt,*
während es sonst die erweichung aufgegeben: zoŕa; moŕa, moŕu;
ŕad; hospodaŕ; pôzŕu *usw. Dagegen* zora; mora *usw. Hie und da*
wird r *nicht erweicht, sondern wie im* nsl. *nach* r *ein deutliches* j
gesprochen: hospodarja, nsl. gospodarja.

5. *Die erweichung von* r, l, n *vor ursprünglich praejotierten*
vocalen ist allen slavischen sprachen gemeinsam, daher wohl urslavisch;
dagegen ist die erweichung in allen anderen fällen auf dem boden
des klr. entstanden. Hieher gehört a) die erweichung vor ê, *das· im*
klr. *wie* ji *lautet:* chľib, hňizdo: hlêbъ, gnêzdo. breňity: breňiła
(kosa) *volksl.* syňi (chmary) *volksl.: vergl.* ľi *pl. nom.* poľi *in* v poľi
in campo setzt ein polê *voraus: aslov.* poľi. sumľiňe: sumьnênije.
b) vor ь *für altes* ĭ: bôľ. deň. ošêň. sôľ *sal.* paňskyj *usw. Man*
füge hinzu die impt. buď *esto.* hľaň *vide.* staň. utoľ: *aslov.* utoli;
daneben sôľju *neben* sołyju: sôľ. *c) vor* ę, *klr.* ja: teľa: telę.

6. *Aslov. mittleres* l *ist* klr. ľ: ľehkyj: lьgъkъ. ľehke *lunge.*
mołyty śa: moliti sę. lenyáko *neben* lonyšče.

7. ńe, ňi *werden durch* ne, ny *ersetzt:* vôd neho: otъ njego.
za new *lemk. post eam:* za njeją. *Daneben* do joho *und* k ńomu
hg. promovłene. žne: žьnjetъ. połe. poľom *neben* połom. krô-
łestvo. meľe: meljetъ. hore. more. morem. do nych. iznymaty.
nyva: ńiva.

8. *Das* wr. *folgt in der erweichung dem* p.: u niebie, d. i. u
ńeбe. viłhoć, p. wilgoć.

9. *Aslov.* nьje, nije *wird in verschiedenen teilen des klr. sprach-*
gebietes auf verschiedene weise reflectiert: dem aslov. *am nächsten*
steht I. *im* W. *und* N. nьe, ńe; *daneben besteht* II. *im* O. nьja, ňa,
nňa *und* III. nne, ne; nne *findet sich teilweise auch* wr.: I. a. nьe:
ternьe. spanьe. śňidanьe; *eben so* podôlьe. hôlьe *üste:* č. hůl, holi.
veselьe. želьe *und* podvôrьe. pêrьe. žvirьe. b. ńe: sumliňe. hôľe
üste. II. a. nьja: oďinьja *volksl.* kamênьja *volksl.* zakochanьja;
ebenso hôlьja: vse hôlьja *volksl. 1864. 3. 288.* podôlьja *und* pôd-

hôrъja, pôdvôrъja. *b.* úa, nńa: kamêńa. kłyńa. korêóa; naśinńa;
ebenso zakochanńa *žyt. 342.* uhła. vesêła. źélla; na źélli. *III. a.*
nne: padanne. narikanne. naśinne. kamếnne. łušpýnne; *eben so* hôlle
üste. zaselle. vesêlle. źêlle *plantae; sg.. gen.* naśinńa. kamếnńa.
nasylła. *Eben so* obôllput *žyt. 348:* oblъjątъ. *wr.* počtenne. *Man*
merke illý *eliae neben* illá, illí, *wr.* iła *und klr.* kámeńa *lapidis.*
kóreńa *radicis. b.* hodovane *vieh.* płekane *pflege; eben so* pod-
vôre: -dvorije. *wr.* rije *wird* rъje: bajarъje *n. collect.* lije *wird* łłe:
bylło *(r.* gołye stebli): bylije. bezdolle. veselle, *deminut.* veselłiko.
bažavolle; *daneben* vullë *(r.* składъ ułъjevъ). vuhállja *carbones.*
nije *wird* nńe: bervenńe *coll.* borenńe *pugna.* bezdonńe *abyssus.*
varenńe. vhanně *mendacium.* nija *wird* nńa: aksinńa *xenia.* bitunńa
f. von bitun. *Was das schliessende* a *von* naśinńa, *aslov.* *nasênije,
anlangt, so ist dasselbe sicher nicht auf ein ursprachliches a *zurück-*
zuführen; wir finden es auch im slk.: pýtaňa *und* pýtańá: *ich habe*
den grund dieses a *nicht aufgefunden. Das verdoppelte* n *erkläre ich*
aus nj, *denn es scheint mir, dass* kamenje *aus* kamenije *entweder*
kameńe, *mit erweichtem* n, *oder* kamene *oder endlich* kamen-je
werden muss, worin n, *um nicht mit* j *zu éinem laute zu verschmelzen,*
mit grösserer kraft ausgesprochen wird; davon überzeugt der ver-
such kamenje *so auszusprechen, wie es im chorv. lautet seite 408.*
Ähnliches tritt in nalłjaty, *aslov.* nalъjati, *ein. Vergl. J. Žyteckij*
seite 213. ll, nn *bezeichnen die energie in der aussprache.*

10. n *wird in bestimmten fällen eingeschaltet:* do neho. k úomu.
za new *post eam.* koło neji. bedle ńho; *dagegen* do jeho. ôtća.
pry jeji rodyčach; *im O.* do jeho. k jemu. nadro. śńidaty. nańaty.
pôdńaty. pôjńaty. súaty *demere.* ńuch; ńuchaty. onuča. zanuzdaty.
vnutr *usw. wr.* pereńać. *Wenn hie und da* n *zwischen* m *und*
ja *eingeschoben wird, so scheint mir der grund darin zu liegen, dass*
n *leichter erweicht wird als* m: imńa, múaso, veremńa, pamńat *usw.:*
der gleiche grund tritt bei der einschaltung des ł *zwischen den* p-con-
sonanten und den praejotierten vocalen ein: kupłu.

11. ł *füllt ab im partic. praet. act. II. nach consonanten:* der,
umer, ter; skub; rêk, berih, dvyh; hryz, vyrôs *usw. aus* derł,
umerł *usw.* ł *füllt aus in* jabko, movyty, sonce, vohkyj, zovyća.
r *wird ausgestossen in* hončar: grънъčarъ. sribuyj. n *fehlt in* čerća,
horća: črънъca, grънъca. ratota *hg. ist magy.* rántotta.

12. r *weicht dem* ł *in* cyrułyk *chirurgus.* kołandra *coriander.* łycáł
ritter. skołozdryj *neben* skorozdryj *schnell reifend.* sribło *argentum.*
pałamar παραμονάριος. *wr.* ałár: orarъ. ł *neben* v: słoboda, svoboda.

sławołyty *aus* svav- *verch. 64.* r *neben* l: repjach, łopuch *bibl. I.*
l *neben* j: pulka, pujka *truthahn: magy. pulyka, pujka.*

13. eńk, ońk *kann in* ejk, ojk *übergehen, indem* ń *durch* j *ersetzt
wird:* dorôženka; mołodeńkyj, veseleńkyj; łysteńko, vołośeńko *neben*
družbôjko; nočejka, nožejka; syvenejkyj; sumliňe: sumtnênije.

14. n *für* r: nekrut. l *für* j: łedvo: jedva. łem *tantum: sotak.*
łem. *slk.* łen *d. i.* łen: jen. *Metathese:* šavlija *salvia.*

B. Die t-consonanten.

1. Urslavisches tja *geht in* tža, tša, ča, dja *in* dža *über: das
letztere verliert häufig sein* d: zavičaty *aus* zavitjaty *glück verkünden:*
vityty; *daneben* obićaty *hg.* zasmučaty. vyvêrčovaty *aus* vyvêrtjo-
vaty: vertity. tryči *ter: aslov.* trišьdi, trišti *usw. 2. seite 204.* pa-
nyč, vojevodyč, vołodarevyč *aus* panitjь *usw. 2. seite 197.* ochočyj
rasch aus -chotjь. pešačyj (pešača vyšňa): *pьsętjь. tełačyj. vstrič,
zustrič: *etwa* sьrętja. kruča *wirbel:* krątja. šviča: švica *huc. ist
p.* onuča. mačycha, mačucha. nočvy *bibl. I.* ovoč. očutyty *śa zu
sich kommen verch. 45:* oščuščat *sentire bibl. I, dessen zweites* šč *wohl
aus einer angleichung an das erste entstanden ist.* pryčud *schrulle: vergl.*
študь *mos seite 221.* chodačy, kažučy *partic. praes. act.; darauf
beruht* horjačka, p. gorączka, *fieber;* hnučkyj *beweglich pisk.; daneben
aus einer früheren periode* bihuščyj, vyduščyj *3. seite 271: dergleichen
formen dienen zu vorbildern folgenden formen:* pytuščyj mêd. sere-
duščyj *j.-sk. 1. 114.* choč *setzt ein* hotj-, *p.* choć *ein* hoti *voraus.
Dem aslov.* prašta *entspricht klr.* prašča *und* šproca. ščerbeć *neben*
čebreć, p. cząbr, cąbr, *satureia, ist gr.* θύμβρος: tjumbr-. *aslov.*
łąšta *lancea steht klr.* łača, łašča *pisk. gegenüber.* probudžaty. ros-
chadžaty *śa; auf solchen formen beruht* prochažka *lemk., wr.* pere-
chažka. pozakadžaty *rus. 3.* pudžaty *pellere.* pryvodžaty; *vergl.* važa
ziegel, wr. vožža, vožka, *nsl.* vojka, *lit.* vadzos. otvižaty *invisere
lemk.* vôdćidžovaty: cêditi. chožovaty *verch. 76.* nałahodžovaty
καταρτίζειν. chodžu *ambulo.* sedžu. povidž *dic;* povidžtp *dicite.* jidž
ede; jižte *edite volksl.: aslov.* povêdite, jadite. sadženyj. jiža *cibus.*
rža, irža *rost.* saža *russ.* medžy, pomedže, mežy, mêž *inter.* ču-
džyj, čužyj. božyj: hodi: *vergl.* č. hezký. zachožyj *fremdling.* jižžyj
essbar verch. 23. nevkłużyj *für* neoborotnyj *bibl. I:* č. kliditi, ač. *slk.*
kluditi, p. się kludzi *für* wyłazi *zar. 61.* ryžyj *rot, daher* ryžok
reizke: vergl. serdzovyj *rot verch. 62.* ržyj, iržyj *leindotter verch. 59.*
aslov. roždьstvo: *daraus* rôzdvo *durch verwandlung des* ždьst *in* zd.

moložavyj *jung.* urožaj: urodj-êj. medvežyj: medvêd(ъ-i)jъ. *Man vergl. noch* kužêl *und* kudela. choču: chcu *ist p. os. 48.*

2. t, d *werden secundär erweicht vor* ê, ẹ, ju, ъ: tiło: têlo. timja. did. diva. chodim *eamus,* chodit *ite, als ob die form aslov.* -dêmъ *usw. lautete;* tahnuty: tẹg. kołodaż. dakovaty: *dẹk-. jidat *edunt;* tutun. haduk *viper.* żerduha; żat, żatove: żẹt. čelad. hospôd. hrud. chot: *p.* choć. medvid. mid. pjad. mat *mater. Hieher gehören* jeé *es.* bud. upad. id *impt. lemk.: daneben* pryjd *veni.* chod. *Ferner* kłatba. borotba. hudba, *p.* gẹdżba. *Hie und da spricht man* chvałyt *laudat.* chvalat *laudant.* turma.

3. tje *geht in* te *oder in* to, to *über:* hospodevi. hospodem; tretoho; tretoho.

4. *Aus* t, d *wird in manchen gegenden* c, dz; *t kann in* k *übergehen:* boronyc. navertac. navyvac *lemk.* chceła *hg.* dzevča *hg.;* kiło, kisto, kjažko, kêtečnyj *aus* tiło, tisto, tażko, têtečnyj (brat).

5. t, d *gehen wr. vor den hellen vocalen in* ć, dź *über:* ciapier *nunc.* choći *und* choć. cerći, *r.* teretъ. pereverśći, *r.* perevratъ. żdżirstvo *raub.* ne čini smerdźi *(plebeio)* dobra. bradzenyj *für* branyj. podadżenyj, peredadżenyj. vżadzenyj *für* vъzẹtъ *part. praet. pass.* żmićor *demetrius.* rdżêl *f., r.* krasnolicaja. lênćaj, *r.* lêntjaj. svaćća, *r.* svatъja. Ineć *haeret.* płyveć *natat.* znaić *scit kat.; auch vor weichen consonanten steht* ć, dż: mjadżvêdż *ursus.* ručvjanyj (veneć). čaćviortyj *quartus kat.* boćvina, botvina.

6. *Aus* tije *wird* će, te, tte: tte *ist aus* tje *so hervorgegangen wie* nne *aus* nje: bratъja. bratja *os. 29.* pyte *potatio.* platъe *hg.* prutъe. rosputъe. żytъe *os. 29.* żytъja *sg. nom. volksl.* myłoserdja żytja *hg.* lute *dünne weidenzweige verch. 34.* żyte; *im O.* żytté. rozpjátte. żyttjá *gen.* żyttjú. żyttem. vitte *rami.* nasłidde. suddjá. čéladdju. suddí *sg. gen. dat.* suddéju. súddjamy. smértju *sg. instr.* po bezvôddjach. tt, dd *beruhen auf* tj, dj: *vergl.* ll, nn *seite 445: die erweichung wollte vermieden werden. wr. wird* tije -ćé: bracčë *für aslov.* branije. bycčë: bytije. bezochoćće. vêcće: *vêtije *rami. klr.* vitte. dije *wird* ddże: bezładdże. bezluddże. vroddże. tija *wird* ćéa: bracéa: bratija. svaćća. avdocća *eudocia: vergl.* avdotka. *Richtiger ist wohl* ćće: vyćčë: vytije.

7. tł, dł *wird* ł: strił: sъrêlъ. pomeło *ofenwisch.* śił *consedit.* spovił *dixit,* odpovił *respondit:* vêd *für* vêdê. rozáviło: svit- *statt des erwarteten* svyt-. jiło *neben* jidło *cibus.* vjałyj *welk;* jałity *welken.* seło. oseła *sitz.* rozśiłyna *schrunde.* hrozło: *vergl.* grozdъ. terłyća *flachsbreche.* vyłky *forke neben wr.* videłka. vołkołak *werwolf:*

29

vlьkodlakъ. pôla *apud verch. 49, daraus* bôla; byla *hg.;* bedle. mlity; omlilyj *müde,* mlôśt́: mьd. ščasłyvyj. čeresło. masło. vesło. perevjasło *aus* ttlo, ztlo : rusło *flussbett ist dunkel. Wr.* abecadło. bydło. vabidło; *auch worte wie* busajło *trunkenbold* (busać), vysuvajła *beruhen vielleicht auf* dlo-*formen. Der* t-*laut erhält sich klr. in* jidło *neben* jiło. bodło *spiess.* bodłyna *stachel.* bodłyvyj. midłenje *flachsbrechen: p.* międlić, międlenie. padło, padlyśko *aas.* putłyáko *steigbügel aus* *putło, *eig. wohl ,band'.* śidło *sattel neben* seło *mit verschiedener bedeutung.* (červona ruža) jadlôvĉa *volksl. 1864. 3. 236.* pavydło, povydła *bibl. I. Dunkel ist* kódło *gezücht. wr.* petła. bydło *pecus.* padła *aas.* padłyj. kuvadło *incus.* malevidło. *Zwischen* d *und* l *ist ein vocal geschwunden: klr.* vedla *secundum: vergl.* pôla. tla *blattfloh.* stlity *verglimmen. Auch im wr.* kudla *ist zwischen* d *und* l *ein vocal ausgefallen; dasselbe gilt von* dla, dli, *wofür auch* la, li.

8. tt, dt *werden* st: hnesty. horstka *manipulus:* grъstь. projiśt́ *vielfrass.* piaśt *mittelhand.* pošêśt́ *epidemie: w.* ńьd: *vergl. nsl.* pošast *spectrum.* snaśt́ *achse: vergl.* snad. viśt́. poviste *dicetis.* napaśt́. ĉysło, husły, jasły, jasłá *krippe:* ĉit-tlo, gąd-tlь, jad-tli. prjasłyĉa. t *fällt aus:* pryobrity *acquirere verch. 55: w.* rêt. *Unhistorisch sind* klasty: klęti. płysty: pluti. žyśt́ *vita.*

9. tn, dn *wird* n: hlanuty. hornuty, hortaty. *wr.* lepenuć: lepetać *blaterare.* połenuty: łetity. zostrinuty. vernuty *neben* hrukotña. chłysnuty: chłyst. ochlanuty *neben* ochlasty *deficere.* kynuty. osłobona *liberatio.* vjanuty *marcescere.* povön *inundatio.* zastynuty *neben* zastyhnuty: *w.* stúd. *vergl.* rumjanyj *mit w.* rúd. dam. jim. vim: damь *usw.* sêm, semero, semyj *neben* viдma *fee.* nevihołos *homo imperitus:* nevêglasъ.

10. *Der ursprung der gruppen* dz, dž *ist schwer zu bestimmen; in vielen fällen beruhen sie auf* g: *die häufige anwendung des namentlich im wr. üblichen* dz *wird ,dzjakanьe' genannt:* bedz ołeñôv *brunst der hirsche: vergl. w.* bêg. dzełenyj *viridis.* džobaty, dźubaty *volksl.* dzobaty; makodźob *hänfling:* zobati. *vergl.* dźuba: na pered vorota vychoď, dźubo moja *volksl.* dzerno. odzero. dzveńity, dzvenkôt, dzeńkaty *klingen.* dzvôn, dzvonyty *neben* zvôn, zvonyty. zvono, dzvonok *radfelge.* dźvir: zvêrь. dzvizda. dzyk, dzyĉaty. dzbaña *krügelchen:* ĉьbanъ. dźurĉaty, *r.* žurĉatь. gudz *knorren.* kukurudza *neben* kukuruza *zea mais.* mjagudzyty, *p.* dusić *na* miazgę *verch. 87.* dzyga *izv. III. 88.* džavoronok. džereło, žereło, džoreło *fons.* džerkotaty *schnattern.* džur. džura, ĉura *page.* džuma *pest. wr.* džgać, *nsl.* žgati.

11. Das d *in* zdúaty *neben* zńaty, zdôjmyty, zdôjmovaty *für* aslov. sъnęty *usw. scheint aus anderen praefixierten verben wie* pôdôjmaty *eingedrungen.*

12. dć *wird* jć: rajća *aus* radća. mołojeć *aus dem sg. gen.* mołodća. dvajćat, tryjćat *usw.*

13. dd *findet sich anlautend:* ddaty *für* otъdaty.

C. Die p-consonanten.

1. Weiches p, b, v, m, f *besitzt das klr. nicht, daher* holub, *eig.* holup; cerkov. krov. lubov *usw.*

Urslavisches pja *wird* plja (pła): konopla. kropla, krapla. brebla. torhovla: torhovaty. hoduvla *hg.* zemla. štrymfla *strumpf hg.* rymlan: rimljaninъ. pavlan (pavlanôm vinojku) *volksl.* rôzdvlanyj: rôzdvo, rożdъstvo. toplu. lublu. łovlu. łomlu. traflu. javlaty. spluch *siebenschläfer.* jarosłavl: *aslov.* -slavlъ. *aslov.* le *wird* le: kupłenyj. lubłenyj. łamłe *frangit.* červlenyj.

pja *aus* pę *erhält sich meist:* mjata *mentha.* pjat. chłopja; kupjat. lubjat. łovjat. łomjat; *daneben* kupłat, lubłat *usw.:* kupętъ. ljubętъ *usw.* roblačyj. łastôvlatočka *volksl.:* *lastovę. *Man merke* imńa. pamńat. mńaso *für* imę *usw. neben* imja *usw.*

pja *für urslav.* pja, pija *ist aus* plja *hervorgegangen:* pokrapjaty: -pljati. promovjaty. pravjaty: -vljati. trafjaty. pavjanyj *pavonis.* spju *dormio.* kupju. robju. zatrubju. pryhotovju. podyvju śa; *auch geschrieben* spъju. kupъju *usw.* obsypeme *hg.* objavyty *ist aslov.* obъjaviti.

vъje *geht über in* vъe *und* vłe, vle: hodôvъe. zymôvъe. zdorovъe, *d. i.* hodôvje *usw., daher* zdorovъja *sg. gen. neben* zdorovle *und* zdorovle *os. 31.* zdorovłъe *volksl. 1866. 1. 605. 606, daher* zdorovla *sg. gen.* zdorovlu. pъje, bъje *wird auch* pja, bja: čerepja, lubja *coll. von* čerep, łub.

2. I. P. pn *wird häufig* n: hnuty: gůb, *daher das iterat.* ohynaty śa. kanuty *neben* kapnuty. zasnuty, son, snyty: *w.* sъp. potonuty *und daneben* hłypnuty, kopnuty, łupnuty, łypnuty. *wr.* lneč *haeret.*

pt *erhält eine einschaltung des* s: čerpsty: črъp. hrebsty. skubsty. tepsty. żabsty. żyvsty, żysty *aus* żyv-ty, *wofür auch* żyty; *daneben* čołpty. chropty. skrebty *schaben.* sopty *3. seite 274.* płysty *ist* pły-v-s-ty, *wofür auch* płyvty. ochlasty: ochlap-s-ty. kłasty, pjasty *für und neben* kłaty, pjaty *sind analogiebildungen:*

29*

klęti. pęti. *wr.* chlipći *abfallen:* uśa zamazka pootchlipła. otlipći *neben* otlipnuć. sopći. żabći. *Vergl.* ptrući *und klr.* kuptyty ь *colligi.* bъčela *wird entweder* pčoła *oder* bdžoła: *bei jenem ist* č, *bei diesem* b *massgebend.* bôła *prope steht für* pôła. kuška *für und neben* puška *pisk.*

3. II. B. bv *wird* b: obarenok. oboz. obisyty *neben* obvisyty. obłaść. obłoky. obytateł. obyčaj. obernuty. obićaty *polliceri.* obora; *daneben* obvod.

In fremdworten wird b *manchmal in* m *verwandelt:* mary: *ahd.* bära. bisurman *und* bosorka, *magy.* boszorkány, *hexe beruht wie* busurman *auf dem arab.* moslemūna *pl.* svyd *vergleiche man mit* s. svibovina, sibovina. nabedrahy *besteht neben* nadrahy: *magy.* nadrág.

4. III. V. Auslautendes v *lautet wie engl.* w: horčakow, *etwa* horčakoů; *dasselbe gilt von* v *vor consonanten. klr.* udova *neben* vdova. *wr.* krov. kryvda. krovju: krъvíjǫ: kroů *usw.*

Vor consonanten geht v *häufig in* u *über:* use. uśuda; zvôduśudy *von allen seiten; umgekehrt:* vmer *aus* umer *usw. Dem* v, *auf das ein vocal folgt, wird oft* u *vorgesetzt:* uveś: vъsь. uv ohoń: vъ ognь. uvôjty *ingredi;* uvôjšoł *ingressus est:* vъiti (vъniti); vъšьlъ. *Aus* uv *geht* vv *hervor:* vvi sůi *in somno.* vvôjty *ingredi.* vvôjšoł. vvôchodyty *ingredi.* vveła *f. introduxit.*

v *fällt ab vor* z *in* złynuty. zôjty: jak zôjde zôrnyća *volksł. Vor* j: jality *welken:* vjałyj. v *fällt aus in* peršyj *primus.* merća *sg. gen. von* mertveć: mrъtvьca.

5. IV. M. mjazy *rückenmuskel besteht neben* vjazy. mandruvaty *beruht auf dem* d. *wandern.*

Wr. findet man mši *für* vši: daěmši (dajomši). zapłaćomši *nach der analogie von* najomši. pojomši. uzěmši.

Klr. rômnyj *steht für* rôvnyj. remneńko (płakaty) *žyt. 301:* rьvьn-. ćvintar *ist coemeterium.*

Im W. wird rukov, dušev *für* rukoju, dušeju *des O. gesprochen.*

6. V. F. Das dem slav. ursprünglich fremde f *kömmt nun a) in fremden worten vor:* cofnuty śa: *md.* zūncen. drofa, drochva, drop: *mrh.* drappe. farba *neben* barva. fasoła. fertyk, chvertyk: *p.* fercyk *hasenfuss, stutzer.* frasunok, prasunok *bibl. 1. morbus: p.* frasunek. fyla, chvyla: *ahd.* hwīla. fel: *magy.* fél. fałat: *magy. falat.* fana *fahne.* fyli *pl.* σάλος. fedôr: θεόδωρος: *ngriech.* θ *hat einen dem* f

ähnlichen laut. b) in einheimischen worten für chv: faɫyty. fataty.
foja *neben* chvoja *äste der nadelbäume verch.* 75. foryj *aegrotus.*
forost *buschholz.* forostil, chvorostil, korostil *wachtelkönig.* fôst,
chvôst *cauda. Umgekehrt tritt* chv *für* f *ein:* chvyɫosof. chvortka.
chvarba. chvedko *usw.* fustka *neben* chustka *schnupftuch: vergl.*
klr. r. fusty *pl. wäsche und r.* choɫstъ. parafyja *ist lat. parochia.*
f *wird oft durch* p *ersetzt:* opanas *athanasius.* kaptan. pyɫypko.
pɫekaneć *mündel, pflegling;* pɫekane oveć *schafzucht.* pɫaška *flasche.*
stepan. *wr.* pritrapić śa. fuha, chvuha *ist r.* vъjuga. zufaɫyj:
vergl. č. zaufalý, zúfalý. *Dunkel ist* fala *unda.*

D. Die k-consonanten.

1. Der laut g *ist dem klr. fremd; derselbe wird durch* h *ersetzt:*
nelha *ungewitter.* pôlha *erleichterung.* ɫehke *lunge.* hramatka: *griech.*
γράμματα. *Die* g *enthaltenden worte sind fremd:* ganok *gang;* garneć.
gatunok. gnôt *knoten.* grunt. gvaɫt *usw. sind* p. *Daneben* ɫanhoš,
magy. lángos. grzeczny *beruht auf* kъ rêči. *Nach* z *wird* g *für* h
gesprochen: myzga, trizga *für* myska, triska. de *neben* hde *ubi.*
juryj *georgius. Auch wr. kennt kein* g: boh. čeho. jeho *usw.*

2. kt *büsst in der wurzel* k *ein:* ɫetity, pjat, pjatyj; *gehört jedoch*
k, g *der wurzel,* t *dem suffix an, so geht* kt, gt *in* č *über:* pečy,
močy *aus* pek-ti, *mog-ti: diese formen herrschen im W. Aus dem*
in einigen formen erscheinenden pek, moh *und den inf. auf* ty *wie*
byty *ferire entstanden die im O. gebräuchlichen formen auf* kty,
hty, *und durch den einfluss dieser und der regelrechten inf. bildeten*
manche schriftsteller die. formen auf kčy, hčy. *Das klr. besitzt*
demnach inf. I. auf čy, *aslov.* šti; *II. auf* kty, hty; *III. auf* (kčy),
hčy. *I.* rečy. śičy. tečy. voločy: vlěšti; *daneben* voličy. berečy.
močy. verečy *iacere.* sterečy *custodire.* žečy *urere. II.* pekty. tekty.
toɫkty. voɫokty *žyt. 181 und* voɫikty. ɫahty: leg, *im praes.* ɫęg. mohty.
sterehty. *III.* bihčy. ɫahčy *decumbere.* mohčy. verhčy. sterehčy.
So entstehen auch odjahty *neben* odjahnuty *induere.* dosochty *neben*
dosochnuty. zvykty *neben* zvyknuty: *vergl. s.* dići *usw. wr.* polehći
decumbere. omjahći *neben* omjahnuć *mollescere: w.* męk. vytahty
neben vytjahnuty *extrahere.* pochći *neben* pochnuć *rumpi.* prehć *und*
prežć *frigere:* prehu; *nsl.* pražiti. peresterehći *409.* vžehći. požoɫkći
neben požoɫknuć. kt *ist in* č *übergegangen in* pêč *f.,* pečy *ofen:*
pôd pečev *hg.* moč; pomôč, pomočy. *wr.* pečera *ist. r.* peščera.
sceš *hg. ist aslov.* hъšteši. pec *m. ist p.:* do peca, v pecu *volksl.*

Ebenso wr. mocoja *kraft.* kъto *wird meist* chto. k n *wird* d n: d
ńomu *ad eum skaz. 23.*

3. cv *und* kv *kommen fast gleich häufig vor; dem klr. mag* cv
ursprünglich eigen gewesen sein: a) cveła, cvyła, ćviła *partic.* cvy-
taty, ćvitaty. ćvit, ćvitьe. ćviłyty *peinigen verch. 77. b)* kvytnuty,
kvytły, kvitły *partic.* kvity *impt.* prokvitaty. kvit. kvitka. proćvi-
tajut kvitočky *volksl.* kvyłyty *wehklagen.* sokołyk kviłyt *volksl.*
kvyčaty *quieken.* kvyčoła *krammetsvogel. Aslov. bietet* cvъt *als*
primäres verbum; cvita *als iterat.; cvêtъ als subst.: dieses war ur-*
sprünglich regel auch im klr.

4. k, g *gehen vor* i *aus altem* ê *(vergl. seite 136) in* c, z *über.*
Da der pl. nom. der ъ(a)-*themen dem acc. gewichen, so ist hier nur*
der impt. anzuführen, in welchem jedoch regelmässig č, ž *stehen:*
Iazy *neben* Iažy, Iaž *decumbe:* verž iace *volksl. ist wohl falsch. Vor*
den anderen i *stehen die* č-*laute:* močyty, błažyty, smažyty *rösten;*
łyšyty *śa bleiben,* strašyty. volčyj, dužyj. mamčyn. družyna, kru-
šyna *neben* skruch, skoruch *rhamnus frangula pravda 1875. 350,*
vołoščyna: vołoškyj. netažyšče *faulpelz pisk. In* čychaty *aus*
čchnuty, čchnuł *bibl. I. ist* i *dehnung des* ь, *das auf* jů *aus* ů
beruht. Aslov. ije nimmt verschiedene formen an: kłoča, kłočьe;
suča: suk; velyčče *aus* -čje; poberêže, bezdorôžžje, rozdorože,
zaporožje. *Jung ist* druzja.

5. *Vor dem* i-*laut* ê *stehen die* c-, *vor dem* a-*laut* ê *die* č-*laute:*
a) čołoviči. boži. poroši: človêcê. bozê. prasê. pry horiśi *apud*
nucem. b) kryčaty. ležaty; dužaty θαρρεῖν, nezdužaty *aegrotare.*
słyšaty. obyčaj. pečał. śaty *beruht auf* ьькê-.

6. *Vor* ь *für älteres* i *gehen die* k-*laute in die* č-*laute über; vor*
ь *für älteres* jъ *gleichfalls in* č-, *vor* ь *für jüngeres* jъ *in* c-*laute:*
a) ь (i): rêč, rečy *wie* pêč, pečy: rêč *beruht auf dem iterat. verbal-*
thema rêka. seč *urina.* šič. dyč. v dołž. uprjaž. roskôš. za č *cur*
aus za ki. *wr.* hłuš *dickicht. klr.* suš *dürre. adv.* pravobôč *rechts.*
poruč *neben.* livoruč. storč. samotež *für* samotaž, samotužky *aus*
eigener kraft verch. 62. tučnyj. možnyj. śpišnyj. družba *von* drugъ:
služba *dienst,* sušba *das trocknen beruhen auf* služi, suši, *wie die*
bedeutung zeigt. śnižok *aus* snêgъ-ъkъ. kłučka *haken.* ručka.
družka. muška. juška. očko. *Man merke* tychcem *sachte. In* ždaty,
aslov. žьdati, *warten ist* ь *ein* a-*laut seite 38. b)* ь *für älteres* jъ:
kłuč: *w.* kłuk, *eig. haken.* płač *fletus.* neduž *aegrotus.* łemêš *pflug-*
schar. c) ь *für jüngeres* jъ: jałoveć *wachholder.* jareć *gerste.* retaz
unrichtig retaž, *feine kette, die sich der Hucule an riemen um die*

schultern hängt, beruht auf einem thema auf engjъ. zvytaha *victoria:* vitęzь. *Für* eć *tritt dialekt.* ec *ein.*

7. *Vor* e *stehen die* č-*laute:* čołoviče, kozače; bože; duše. nebože; pečeš; možeš. pečen; prjažen; supšen *dinkel beruht auf* pьh. pečěnka *leber, eig. die gebratene:* r. pečenь, pečěnka. kozačeńko; netažeńka *faulpelz:* netaha *pisk.* łože *aus* leg-es. *Hieher gehören worte wie* čereda, ożełeda, *die aslov.* črěda, żlěda *lauten.* dyšel' *ist deichsel:* ahd. *dihsela.* kvyčoła *beruht wohl auf* kvykeła: *vergl.* bъčela. *wr. findet man junges* pjakeš *assas.* łgeš *mentiris und altes* u go *für* u že.

8. *Vor* ja, *das aslov.* ę *entspricht, gehen die* k-*laute in* č-*laute über:* ďivča. vnuča.

9. *Altes* je *scheint nicht vorzukommen:* błażen *beruht auf* błażie-nъ. *Vor jüngerem* je *stehen die* c-*laute:* serce, sonce *aus* sołnce: sгъd-ьce, slъn-ьce; kôl-ce, vynce *usw.*

10. *Altes* ja *verlangt* č-, *junges* c-*laute:* šiča; velmoža, mža *düsteres wetter:* w. mьg; storoža, żyža *feuer bibl. I: vergl.* żigati; duša; *hieher gehört* měed', imšed' *flechte verch. 38: th.* mъhъ, *suff.* jadь, *wie in* čeljadь, płoštadь. *Nicht hieher zu ziehen sind worte wie* velyčaty, *das aus* veliči-a-ti *entsteht. Dunkel ist* żavoronok *neben aslov.* skovran-. rozłuka *beruht auf* -łuk(i)-a. vyvołôkaty *auf* -łok(i)-a-ty. čemeryća. korovyća. vodyća. cerkovča *pisk.*

11. *Vor* ją *stehen* č-*laute:* płaču, stružu, dyšu, *aslov.* płačą *usw. In worten wie* możu, veržu *iaciam und* łażut *decumbent für aslov.* mogą, vгъgą, lęgątъ *ist der* č-*laut aus den anderen praesensformen eingedrungen.*

12. *Neben* ch *kömmt noch das demselben zu grunde liegende* s *vor:* rosčachnuty *frangere, nsl.* česati. čymsaty, čymchaty *für* skubaty *verch. 80.* kołysaty, kołychaty *schaukeln.* pełesatyj, pełechatyj. čerechy *kirschen* użyn. pomicha *hinderniss: aslov.* -měsъ. prosyty, prochaty. poros *loderasche* popel s ohńom, poroch. porosnut, rosporoǒyty *bibl. I, das auf* poroch *beruht.* posmaryty: na nebi uśi źvizdy posmaryło, chmara: połovynu miśaća v chmary vstupyło *maks. I. 15.* sołznuty śa, chołznuty śa *ausgleiten.* sołżkyj, chołżkyj *schlüpfrig.* sołzenyća, chołzanyća *glatteis verch. 65. wr.* vochra, r. vorsa. vołochatyj *haarig:* vołochata, puchata škôra *rauhleder,* vołos, vołosatyj. użas, użach. żach, nežachłyvyj *bibl. I, aslov.* užasnąti. *Auf* s *kann* ch *mit sicherheit zurückgeführt werden auch in* słuchaty. uvychaty śa *für* zvyvaty ś *verch. 72.* żenychaty ś *usw.* sałaš *neben* chałaš *hütte verch. 76 ist magy. szállás. wr.* bezchibno.

uchy, juchy, vuchy *findet sich für* uǎy *im* O. *Man beachte auch*
čachnuty *welken.* chrest; ochrest (na ochrest ruky deržyt piś. *1.
108*) *ist aslov.* krъst *aus* χριστός. charašaty *verschneiden (schweine)
ist wohl griech.* χαράσσειν.

E. Die c-consonanten.

1. c, z, в *gehen in* č, ž, š *über: das stets junge* c *überall, wo*
k *in* č *übergehen würde; dasselbe gilt von dem jungen* z, *während*
в *nur vor praejotierten vocalen in* š *übergeht:* vôvčar : ovьcj(a)-arь.
vinčaty : vênьcj(ъ)a-ti. provažaty : vozi-ati; *so auch* maža. chyža
hütte. rohoža *matte und wr.* giž *oestrus.* paša : pas-ja. hašaty *ex-
stinguere.* łyžu *lambo.* perežu *cingo.* košu. chłopče. kňaže. voženyj:
vozi-enъ. košenyj. łyčeńko : lic(e)-en-. miśačeńko. pšenyčka. ste-
žeńka : stьzj(a)-en-. serežka *ohrgehenk:* useręzь. piňažky : pênę-
zj(ъ)-ьkъ. stežka : stьz(a)-ьka. bratčyk : bratьcj(ъ)-ikъ. chłopčysko.
vôtčym: otьc(ъ)-imъ. chłopčyna. kňažyj. kupčyty. kňažyty. zvy-
tažyty. vyšěyj, nyžšyj : vyšij, nižij. *Man merke* -błyžyty. ščyt
mingit. *Hieher gehört auch* vǎytok *omnis, wohl:* vьвj(ъ)-.

2. c, z, в *werden erweicht, wenn ihnen ehedem ein heller vocal
folgte und zwar aslov.* ь *aus* jъ *oder aus* i; ê *aus* в *oder aus* i; e,
ursl. je; a, *ursl.* ja; ę, *älter* ja; ją, *älter* ju; u, *älter* ju; *erweichtes*
ć *ist dem klr. eigentümlich: klr.* vorobeć. šveć: šьvьcь. uveš: vьвь
omnis. huś: gąsь, *r.* gusь, *p.* gęš. kupeć. serdeč *pl. gen.:* srъdьcь.
horłyć : grъlicь. kołyś: -sь *aus* si. ćidyty: cêditi. ćip *flegel,* ćipok
sprosse, leiter. ćisar *neben* tisar. śijba *saatzeit.* zašivy. žinyća
pupille. šisty *considere neben* šjisty *comedere.* zžiła *f. quae comedit.*
serči : *serdьcê, *nicht* srъdьci. vśi *pl. nom.* setzt vьвê *voraus.* ôšêm
octo. vśoho: *vьвjego, *aslov.* vьвego. do šoho. mołodyća: *-icja.
chřivća *sg. gen.:* *-vьcja. jajća. mišća: mišce. pałćamy. miśać:
mêsęcь. dešat. ćatka. dverćata *pl. türchen:* *-cęta. šu *sg. acc. f.:*
*aju, *aslov.* siją. hranyću *sg. acc.* vôtću *patri.* serću *sg. dat.:* *-cju.
kňažu. tanćovaty. kňažovaty. *Man merke* vynes *effer lemk. Aslov.*
ce, ci *wird klr.* ce, cy: otcevi, otcy. š *in* jeśm *neben* jesm: jesmь
hat seinen grund in dem einst weichen m; *dem* jeśm *haben sich
auch* jeśmo, jeśte *usw. anbequemt.*

3. Dass в *durch folgendes* k *erweicht wird:* błyśko. ruśkyj *usw.,
wird weiter unten gezeigt;* ć *in* ćvikun *hängt vom weichen* v *ab.*

4. zьje, вьje *wird in verschiedenen gegenden verschieden reflec-
tiert:* haluzьja *sg. nom. volksl.* bruša *sg. nom.* kołoša *os. 60.* kołosse.

vołosse. *wr.* brusée. *klr.* сьje *wird* čče *in* obłyčče: łyce. sse *verhüllt sich zu* sьje, sje *wie* nne *zu* nьje, nje *und wie* tte *zu* tьje, tje.

5. zr *werden häufig durch* d, sr *durch* t *getrennt:* ostryj. pestryj. strity *inf. pisk.* vstrityty *hg.* zostrityty *begegnen:* sьrêt-. stram *im O. wag.* 17. strokatyj *neben* sorokatyj *scheckig: aslov.* svraka. strohyj strenge. struha. *wr.* strub *für* r. srubъ. zdrada *verrat neben* zradyty. mjazdra. nozdry. rozdrišyty. rozdruchaty. zrê *maturescere:* skorozdryj, skołozdryj, skorozryj *frühreif.* zer *spectare:* kudy zdra: zъrę. uzdѓu *videbo volksl.* zazdrôst *neid.*

6. *Urslavisches* stja, zdja *gehen in* šča, ždža *über:* a) pušču *mittam.* pušča *desertum.* błyšču. svyšču. ŕščenyj: kščenyj *hg. getauft.* pašč *rachen:* *pastъ *f.* trošča *schilf:* trošt. hušča, jušča, r. gušča. vodoŕõči *epiphania, eig. aquae baptizatio:* *vodobrъšta. *Hieher gehören die auf* -stъ *beruhenden nur im pl. üblichen bildungen auf* -šča: bołešča. łasošča *gier, leckerbissen.* ľubošča. mudrošča. žałošča; *ferner* miščanyn. chrjašč *neben* chrjastka *und* chrušč *neben* chrustałka *knorpel verch.* 77. proščava *canaille.* koščavyj. suchoščavyj *dünnleibig.* uhoščaty: uhostyty. odchŕeščovaty š: chrestyty. oščuščat *bibl. I. steht wohl für* oščučat: *aslov.* štutiti *aus* skjutiti. *Man beachte* rostopyryty *neben* roščepyryty *die füsse auseinander spreizen.* b) pryjiždžaty *rus.* 4. *neben* pryjižžaty. pozjiždžovany (końi). pryhvoždžaty. *Diese regel tritt nur bei urslav.* stja *ein, daher* tešča: tъšta *aus* tъstja *neben* testja *sg. gen.:* tъsti, *kein* tъstja, *von* tъstъ.

7. *Aslov.* stъ, zdъ *wird* st, zd': čast. čest. hôst. kôst. mudrôst; hvôzd'.

8. stъje *wird* stъe, ste, šte, sta: łystъe. ščastъe, ščaste. łyste. błahovyste. łysta *os.* 60. *wr.* bezščasće. vyjsće *exitus:* ѓъstije. bezkorysće *und* ščasća, ščasće.

9. zd *erscheint, wo es etymologisch klar ist, als aus* d *entstanden:* drozd. hńizdo. hrozd, hrozło *weinbeere.* hvôzd' *eiserner nagel.* hvozdyk *nelke.* jizda. zmjazdovaty (fartušku) *zerknittern volksl.: vergl.* žvizda; *dasselbe gilt wohl auch von* harazd: všêj harazd *alles gute kaz. wr.* błuzd- *in* bezhłuzdyj *dumm. wr.* hruzdiło *gebiss im zaume. Vergl. klr.* hłuzduvaty *für* hobzuvaty *pisk. Fremd:* buzdyhan. mozdѓr *mörser.* puzdro *holfter: vergl.* puzderok *für* pyvnyča *bibl. I.*

10. *Die gruppen* stl, stn, zdl, zdn, skn *werden durch den ausfall des mittleren consonanten erleichtert:* słaty: stłati; *auch wr.* słać. ščasłyvyj. masło, veslo, perevjasło *aus* mastło, vestło *usw.* propasnyča *fieber.* svysnuty. pôsnyj. vłasnyj. zazdrôsnyj. cnota: *aslov.*

dity. bdžoła, pčoła. džban: čьbanъ. fpasty: vpasty. ftoryj: vtoryj.
hupka: bubka. g domu: k domu. vełyg deń: vełyk deń. grečnyj
aus kъ rêči. lechko: lehko. nochťi: nohťi. zbôže: *sъbožije. zdo-
rovyj: sъdravъ. źńaty: sъnęti. z bratom. oźde: ośde. prožba:
prosьba. dażbôha *aus* dastь bogъ *bibl. I.* rôzdvó *aus* rożdьstvo.
wr. bhać: *r.* pichatь. łoška: łožka. *3.* tureččyna *aus* tureččyna, *und
dieses aus* turećkyj. išču. mašču: mastyty. polśča. hušča. ščastьe:
*sъčęstije. nyššyj. vyššyj; *eben so* vyjiżdżaty.

2. *Hieher ziehe ich auch jene fälle, in denen dem* k *erweichte
consonanten vorhergehen, die in der aussprache des* k *als* k *ihren grund
haben dürften:* bahaćko: *bogatъsko. hałyćkyj. tychoćkyj. błyżko.
naśkyj: *našьskъ. cyhanśkyj. płośkyj. buśko *storch: r.* buselъ;
busyj *grau.* zahôrśkyj. padłyśko *aas.* ratyśko *schaft am spiesse.*
vužyśko *seil.* zyśk *nutzen. wr.* pśkovśkyj.

3. *Hier mögen noch erwähnt werden* dyvyćća *aus* dyvyt śa; ôćću
aus ôtću. ssat *im O. für* scat *bibl. I; ferner* docći, bojiśśa *aus*
dočći, bojiśśa. bahaččyj *von* bahaćkyj *żyt. 218.* pyśmo. škło *aus*
śkło: stъkło. *wr.* rućvjanyj *e ruta factus.* śmo, śte *werden als po-
lonismen angesehen:* jeśm *aus* jesmъ: śmo, śte *sind jedoch wohl auf
dem boden des klr. aus* jesmь *entstanden: vergl.* ôśm, vôsêm.

B. Einschaltung und vorsetzung von consonanten.

Eingeschaltet werden consonanten zur vermeidung des hiatus:
kupuju *usw. vergl. seite 439. Vorsetzung findet statt zur vermeidung
des vocalischen anlautes:* vorobeć, horobeć *usw. vergl. seite 441; zur
vermeidung des zusammenstosses der* p-laute *mit praejotierten vocalen:*
kuplu *vergl. seite 449, zwischen* z *oder* s *und* r *usw.*

C. Aus- und abfall von consonanten.

A) Ausfall von consonanten.

Consonanten fallen nicht selten aus: čerća *für* černća. merća
für mertvća: mrъtvьca. doška *für* došćka. naj *für* nechaj. čvert
für četvert *usw.* car *aus* cъsarъ, cêsarъ. beš *aus* budeš. čłeče *aus*
čołoviče. dyno *aus* dyvyno. jem *für* jeśm. bulym *für* bulyśmo
żyt. 339. usw.

B) Abfall von consonanten.

chôť *aus* dchôť, tchôť. złynuty, zôjty *aus* vъzlet-, vъzid-.
der *für* derł. chło *für* chłop. bra *für* brat. proty *für* protyv. da-
łybô, spasybô *für* -bôh *usw.*

D. Verhältniss der tönenden consonanten zu den tonlosen.

Der auslaut verträgt keine tönenden consonanten: đid. jidž. povidž. chłib. łob. červ. oblôh. kńaź. nôž. storož. doždž *lauten daher* đit. jič. povič. chłip *usw.* došč *findet sich selbst im inlaute:* doščyk. *Der satz wird von P. Žyteckyj 162 in abrede gestellt. Vergl. seite 424.*

E. Metathese von consonanten.

bhaty *steht vielleicht für* hbaty: korovaj bhaty *pot. ist.* 224. bondar *neben* bodnar *büttner.* kołopńi, konopłi. krôp *fenchel:* koprъ. kropyva: kopriva. kyrnyća, krynyća. namastyr, monastyr. namysto, monysto *ein aus gold- und silberfäden bestehender halsschmuck.* pahnôsť, paznôhť. porynaty: ponyrati *pot. ist.* 223. semraha: sermjaga. ševłyja, šełvyja. tverezyj: terezvyj. vedmiď, medviď. vohoryty, hovoryty. žmuryty *blinzeln,* žmurki, mružki *beruhen auf* mъžur-: *w.* mъg.

uchy, juchy, vuchy *findet sich für* ušy *im O. Man beachte auch*
čachnuty *welken.* chrest; ochrest (na ochrest ruky deržyt *pis. 1.
108) ist aslov.* krъst *aus* χριστός. charašaty *verschneiden (schweine)
ist wohl griech.* χαράσσειν.

E. Die c-consonanten.

1. c, z, s *gehen in* č, ž, š *über: das stets junge* c *überall, wo*
k *in* č *übergehen würde; dasselbe gilt von dem jungen* z, *während*
s *nur vor praejotierten vocalen in* š *übergeht:* vôvčar : ovьcj(a)-arъ.
vinčaty : vénьcj(ъ)a-ti. provažaty : vozi-ati; *so auch* maža. chyža
hütte. rohoža *matte und wr.* giž *oestrus.* paša : pas-ja. hašaty *ex-
stinguere.* łyžu *lambo.* perežu *cingo.* košu. chłopče. kňaže. voženyj :
vozi-enъ. košenyj. łyčeńko : lic(cʰ-en-. misačeńko. pšenyčka. ste-
žeńka : stьzj(a)-en-. serežka *ohrgehenk:* useręzь. piňažky : pênę-
zj(ъ)-kъ. stežka : stьz(a)-ьka. bratčyk : bratьcj(ъ)-ikъ. chłopčysko.
vôtčym : otьc(ъ)-imъ. chłopčyna. kňažyj. kupčyty. kňažyty. zvy-
tažyty. vyššyj, nyžšyj : vyšij, nižij. *Man merke* -błyžyty. ščyt
mingit. Hieher gehört auch všytok *omnis, wohl:* vьsj(ъ)-.

2. c, z, s *werden erweicht, wenn ihnen ehedem ein heller vocal
folgte und zwar aslov.* ь *aus* jъ *oder aus* i; ê *aus* a *oder aus* i; e,
ursl. je; a, *ursl.* ja; ę, *älter ja;* ją, *älter* ju; u, *älter* ju; *erweichtes*
ć *ist dem klr. eigentümlich: klr.* vorobeč. šveć: šьvьсь. uveš: vьsь
omnis. huš: gąsь, *r.* gusь, *p.* gęš. kupeć. serdeč *pl. gen.:* srъdьcь.
horłyć: grъlicь. kołyś: -sь *aus* si. ćidyty: cêditi. ćip *flegel,* ćipok
sprosse, leiter. ćisar *neben* tisar. šijba *saatzeit.* zašivy. žinyča
pupille. šisty *considere neben* sjisty *comedere.* zžiła *f. quae comedit.*
serči : *serdьcê, nicht* srъdьci. vši *pl. nom. setzt* vьsê *voraus.* ôšêm
octo. všoho : *vъsjego, aslov.* vьsego. *do* šoho. mołodyča : *-icja.*
chlivča *sg. gen.:* *-vъcja. jajča. mišča : mišce. palčamy. mišáć:
mêsęcь. dešat. ćatka. dverčata *pl. türchen:* *-cęta. šu *sg. acc. f.:*
sja, aslov. siją. hranyću *sg. acc.* vôtću *patri.* serću *sg. dat.:* *-cju.
kňažu. tančovaty. kňažovaty. *Man merke* vynes *effer lemk. Aslov.*
ce, ci *wird klr.* ce, cy: otcevi, otcy. ś *in* jeśm *neben* jesm : jesmь
hat seinen grund in dem einst weichen m; *dem* jeśm *haben sich
auch* jeśmo, ješte *usw. anbequemt.*

3. Dass s *durch folgendes* k *erweicht wird:* błyśko. ruśkyj *usw.,
wird weiter unten gezeigt;* ć *in* ćvikun *hängt vom weichen* v *ab.*

4. zьje, sьje *wird in verschiedenen gegenden verschieden reflec-
tiert:* hałuzьja *sg. nom. volksl.* bruša *sg. nom.* kołoša *os. 60.* kołosse.

volosse. *wr.* brusée. *klr.* cьje *wird* čše *in* obłyčče: łyce. sse *ver-
hüllt sich zu* sьje, sje *wie* nne *zu* nьje, nje *und wie* tte *zu* tьje, tje.

5. zr *werden häufig durch* d, sr *durch* t *getrennt:* ostryj. pestryj.
strity *inf. pisk.* vstrityty *hg.* zostrityty *begegnen:* sьrêt-. stram *im
O. wag. 17.* strokatyj *neben* sorokatyj *scheckig: aslov.* svraka. strohyj
strenge. struha. *wr.* strub *für* r. srubъ. zdrada *verrat neben* zra-
dyty. mjazdra. nozdry. rozdrišyty. rozdruchaty. zrê *maturescere:*
skorozdryj, skołozdryj, skorozryj *frühreif.* zer *spectare:* kudy
zdra: zьrę. uzdŕu *videbo volksl.* zazdrôst *neid.*

6. *Urslavisches* stja, zdja *gehen in* šča, ždža *über:* a) puščц *mit-
tam.* pušča *desertum.* błyščц. svyščц. rěčenyj: kščenyj *hg. getauft.*
pašč *rachen:* *pastь *f.* trošča *schilf:* trošt. hušča, jušča, *r.* gušča.
vodoršči *epiphania, eig. aquae baptizatio:* *vodobrъšta. *Hieher
gehören die auf* -stь *beruhenden nur im pl. üblichen bildungen auf
-šča:* bołešča. łasošča *gier, leckerbissen.* l'ubošča. mudrošča. žałošča;
ferner miščanyn. chrjašč *neben* chrjastka *und* chruščě *neben* chru-
stałka *knorpel verch.* 77. proščava *canaille.* koščavyj. suchoščavyj
dünnleibig. uhoščaty: uhostyty. odchręščovaty š: chrestyty. ošču-
ščat *bibl. I. steht wohl für* oščučat: *aslov.* štutiti *aus* skjutiti. *Man
beachte* rostopyryty *neben* roščepyryty *die füsse auseinander spreizen.*
b) pryjiżdżaty *rus. 4. neben* pryjiżżaty. pozjiżdżovany (koni). pry-
hvożdżaty. *Diese regel tritt nur* bei *urslav.* stja *ein, daher* tešča:
tьšta *aus* tьstja *neben* testja *sg. gen.:* tьsti, *kein* tьstja, *von* tьstь.

7. *Aslov.* stь, zdь *wird* st, zd': *čast. čest. hôst. kôst.* mu-
drôst; hvôzd'.

8. stьje *wird* stьe, ste, ste, sta: łystьe. ščastьe, ščaste. łyste.
błahovyste. łysta *os. 60. wr.* bezščasče. vyjsce *exitus:* šьstije. bez-
korysce *und* ščašča, ščašče.

9. zd *erscheint, wo es etymologisch klar ist, als aus* d *ent-
standen:* drozd. hńizdo. hrozd, hrozło *weinbeere.* hvôzd' *eiserner
nagel.* hvozdyk *nelke.* jizda. zmjazdovaty (fartušku) *zerknittern
volksl.: vergl.* żvizda; *dasselbe gilt wohl auch von* harazd- všêj harazd
alles gute kaz. wr. hłuzd- *in* bezhłuzdyj *dumm. wr.* hruzdiło *gebiss
im zaume. Vergl. klr.* hłuzduvaty *für* hobzuvaty *pisk. Fremd:* buzdy-
han. mozdīr *mörser.* puzdro *holfter: vergl.* puzderok *für* pyvnyča
bibl. I.

10. *Die gruppen* stl, stn, zdl, zdn, skn *werden durch den aus-
fall des mittleren consonanten erleichtert:* słaty: stlati; *auch wr.* słać.
ščasłyvyj. masło, vesło, perevjasło *aus* mastlo, vestlo *usw.* pro-
pasnyča *fieber.* svysnuty. pôsnyj. vłasnyj. zazdrôsnyj. cnota: *aslov.*

*čьstьnota. hrozło, hrozno *traube:* aslov. grozdь. izba: istъba.
słup *ist p. für* stołp. błysnuty. morsnuty *ferire.* pysnuty. plesnuty.
prysnuty. tysnuty. trisnuty *von* morsk. pysk *usw.* solznuty: *vergl.*
sołżkyj. własnyj. ślyna *saliva scheint aus* spłyna *entstanden.* škło:
stьkło. sk, zg *gehen vor jenen vocalen, vor denen* k *in* č *verwandelt
wird, in* šč, ždž *über:* luščyty *hülsen:* *łuska. lìščyna: *lìska.
morščyty *runzeln.* płošča *fläche.* polьšča *Polen:* polьskъ. pryšč
plärre. ščadyty *sparen: vergl.* skudyty. ščad: naščadok; *p.* szcząd,
szczęt *bischen;* do szczędu, szczętu; szczątki: *aslov.* *štędъ *aus*
skend: *vergl.* ščadyty. ščełyna, ščeryna *neben* skela *kluft, ritze:
vergl.* ščel: vyščełok, vyščerok *naseweiser junger mensch, eig. wohl:
der die zähne zeigt, spottet;* ăkyryty *oder* skałyty zuby; skela,
skała *neben* ščołb *fels: w.* skel, *lit. skelti spalten. Vergl. oben* šče-
łyna. *č.* vyščerák *spötter zlin. 11. und* vyštěřiti, vyštírati (oči). *slk.*
vyskierať. ščypavka *zangenkäfer; pl. krebsschere;* ščypkyj *schleissig;*
ščipa *absenker;* ščipka *holzspan;* ščipyty *pfropfen;* rozčipyty *spalten
aus* roz-ščipyty: *vergl.* skypka *span;* chliba skypka *hg.* ske, sky
erscheinen mir als abweichungen von der regel, der ščep *in* rozščep
spalte folgt. skepaty, skypaty *verch. 63.* rozkip *60.* škepyta *fels-
stücke 83: w.* skep. *wr.* raskep; *r. besteht* raščerъ *neben* raskerъ
Dal. vyščaty: visk, *r.* vizžatь: vizg. voščyny. vołoščyna: vołoškyj.
b) dróżdži *neben* drôšči *hefe.* rôżdžje *neben* rôščja *reisig:* rôzga
rute. dożdž *neben* došč. *Hieher gehört* panščyna *von* panьskъ. ven-
gerăyna *huc. steht für* -ščyna; *ferner* linyšče, linovyšče, linovyško
abgestreifte schlangenhaut usw. ohnyšče: ohnyśko. poboišče: poboiško
wahlplatz. ratyšče: ratyśko. vužyšče: vužyśko *seil. wr.* tvarišče.
Man merke scaty, scety *neben* ssaty *mingere,* ščyt *mingit verch. 68.*

    11. sk *wechselt mit* zg: drôšči *beruht auf* drosk-, dróżdži *auf*
drozg-. *wr.* łuzga, *r.* łuska. myzga *neben* myska. rôščja *reisig setzt*
rôska *für* rôzga *voraus.* pryskaty *neben* bryzgaty. svyst *pfiff:
aslov.* zvizdati. trizga *neben* triska. vyščaty, *r.* vizžatь.

    12. Dunkel sind die šč *in* błoščyća, błyščyća *wanze: vergl. lit.
blake, lett.* blakts. hołoščok *bartloser mensch.* hradobyšč *hagelschlag.*
klišč *zecke.* ščavnyk *rumex.* ščehołat *für* krasovaty śa *bibl. I.* ščêtka
distel, bürste. ščur *ratte.* ščyr, ščur *ringelkraut.* sverščuk *feldgrille:
wr.* sverăč, *r.* sverčok. svyšč *wurmstich, astloch: wr.* sviršč. kożdyj
enthält vielleicht die w. žьd.

    13. Comparative wie kraščyj *pulchrior sind wie* błyščyj, nyščyj *zu
beurteilen, setzen demnach ein thema auf* -kъ *voraus. Analoge bildungen
sind* bujniiščyj. pylniišče ἐκτενέστερον. otradniišč. sylniiščyj. skorišč *usw.*

14. izna *neben* ina *usw.: wr.* bojaźń. *wr.* bojiznyj *timidus.* darovyzna; *wr.* darovizna. *wr.* drobizna *neben* drobina *mit verschiedener bedeutung. wr.* hrubizna *ist* r. grubostь, hrubina r. tolščina. kremiznyj *stark. wr.* prjamizna. staryneznyj *überjährig. wr.* potrebizna. *15.* z, s *können auch im anlaut verdoppelt werden:* zza stoła. zzuty. ssaty: sъsati.

F. Die č-consonanten.

1. Nach č, ž *steht manchmahl* ja: zamějaty. kožja. žjaba. čьв, šьв, *d. i.* tscha, scha, *gehen in* c, s *über, indem der mittlere laut ausfällt:* uctyvôšt: učьв-. kozačkyj: -čьвkyj: č *ist durch* k *bedingt.* cnota: *čьstьnota. parôboctvo: -bočьstvo. naškyj: naěьвkъ. ptastvo: *pъtaěьвtvo. tovarystvo. vološkyj: vlaěьвkъ. dyvyšéa, kłańatymesśa *ist* dyvyš ša, kłańatymeš ša *usw.* Iačkyj (Iaćkyj kraju *volkal.) lässt sich nicht regelrecht von* Iach *ableiten.* lučče: lučьše. neboščyk: -žьвkъ-ikъ. *Man merke* množystvo *statt* mnostvo. rôzdvo: roždьвtvo.

2. čьje *aus* cije *wird* čče: obłyčče: -ličьje. *wr.* bezvêčče. nočču *sg. instr.* vzaččju, r. za glaza. vušše *aures:* ušije *usw.*

3. Vor ń *erscheint* j *eingeschaltet:* perejńał. pryjúał. zajńał.

4. čьto *wird* ěčo, *hg.* što. *Die Sotaken* (so *wie* čьto) *sind Slovaken.*

5. žž, šš *können im anlaute stehen:* žžału, ššyvaty *os. 46.*

Zweites capitel.

Den consonanten gemeinsame bestimmungen.

A. Assimilation.

1. Das gesetz der assimilation der consonanten bewirkt, dass vor erweichten nur erweichte, vor tonlosen nur tonlose, so wie vor tönenden nur tönende consonanten stehen; dass den č-*lauten nur* č-, *nicht* c-*laute vorhergehen: massgebend ist der zweite consonant. 1.* ślid *vestigium.* ślipyj. pryjaźń. myśl. teśla. piśń. *wr.* pośle; hośt. kôśt. maśt. *wr.* biełaść; ćvit. ćvirkaty. śvit. śvjatyj *und* śvatyj. śpivaty. *wr.* śmierć. *Die durch* jъ *gebideten adj. und die iterativa auf* a *haben* č-*laute:* peremyśl. rozmyšłaty; *das daneben angeführte* zamyšluje *ist jung. So wie* l *in* ślid, *so ist auch das* ś *dieses wortes eine junge erscheinung im vergleich mit dem* l *in* peremyśl, *dessen* š *auf einer aslov. regel beruht:* prêmyšlь. *2.* ôddaty. ôtdaty. svadьba: svaťba. tchôř. natcha. hładkyj, *d. i.* hłatkyj. pôd stołom, *d. i.* pôt stołom. bzďity, pez-

dity. bdžoła, pčoła. džban: čьbanъ. fpasty: vpasty. ftoryj: vtoryj.
hupka: hubka. g domu: k domu. vełyg deń: velyk deń. grečnyj
aus kъ rêči. lechko: łehko. nochťi: nohťi. zbôže: *sъbožije. zdo-
rovyj: sъdravъ. źńaty: sъnęti. z bratom. ożde: ośde. proźba:
prosьba. dażbôha *aus* dastь bogъ *bibl. I.* rôzdvó *aus* rożdьstvo.
wr. bhać: *r.* pichatь. łoška: łożka. *3.* tureččyna *aus* turecčyna, *und
dieses aus* turećkyj. išču. mašču: mastyty. polśća. hušča. ščastьe:
*sъčęstije. nyššyj. vyššyj; *eben so* vyjiždžaty.

2. *Hieher ziehe ich auch jene fälle, in denen dem* k *erweichte
consonanten vorhergehen, die in der aussprache des* k *als* ḱ *ihren grund
haben dürften:* bahaćko: *bogatьsko. hałyćkyj. tychoćkyj. błyźko.
naśkyj: *naśьskъ. cyhanśkyj. płośkyj. buśko *storch: r.* buselъ;
busyj *grau.* zahôrśkyj. padłyśko *aas.* ratyśko *schaft am spiesse.*
vužyśko *seil.* zyśk *nutzen. wr.* pákovśkyj.

3. *Hier mögen noch erwähnt werden* dyvyćća *aus* dyvyt śa; ôćću
aus ôtću. ssať *im O. für* scať *bibl. I; ferner* docći, bojisśa *aus*
docći, bojišśa. bahaččyj *von* bahaćkyj *żyt. 218.* pyśmo. škło *aus*
śkło: stькło. *wr.* rućvjanyj *e rutu factus.* śmo, śte *werden als po-
lonismen angesehen:* jeśm *aus* jesmь: śmo, śte *sind jedoch wohl auf
dem boden des klr. aus* jesmь *entstanden: vergl.* ôśm, vôśêm.

B. Einschaltung und vorsetzung von consonanten.

Eingeschaltet werden consonanten zur vermeidung des hiatus:
kupuju *usw. vergl. seite 439. Vorsetzung findet statt zur vermeidung
des vocalischen anlautes:* vorobeć, horobeć *usw. vergl. seite 441; zur
vermeidung des zusammenstosses der* p-*laute mit praejotierten vocalen:*
kuplu *vergl. seite 449, zwischen z oder* s *und* r *usw.*

C. Aus- und abfall von consonanten.

A) Ausfall von consonanten.

Consonanten fallen nicht selten aus: čerća *für* čerrća. merća
für mertvća: mrьtvьca. doška *für* doščka. naj *für* nechaj. čverť
für četverť *usw.* car *aus* cьsarь, cêsarь. beš *aus* budeš. člečе *aus*
čołoviče. dyno *aus* dyvyno. jem *für* jeśm. bułym *für* bułyśmo
żyt. 339. usw.

B) Abfall von consonanten.

chôť *aus* dchôť, tchôť. złynuty, zôjty *aus* vъzlet-, vъzid-.
der *für* derł. chło *für* chłop. bra *für* brat. proty *für* protyv. da-
łybô, spasybô *für* -bôh *usw.*

D. Verhältniss der tönenden consonanten zu den tonlosen.

Der auslaut verträgt keine tönenden consonanten: dĭd. jidž. povidž. chĭib. łob. červ. oblôh. kńaź. nôž. storož. doždž *lauten daher* dĭt. jič. povič. chĭip *usw.* došč *findet sich selbst im inlaute:* doščyk. *Der satz wird von P. Žyteckyj 162 in abrede gestellt. Vergl. seite 424.*

E. Metathese von consonanten.

bhaty *steht vielleicht für* hbaty: korovaj bhaty *pot. ist.* 224. bondar *neben* bodnar *büttner.* kołopńi, konopłi. krôp *fenchel:* koprъ. kropyva: kopriva. kyrnyća, krynyća. namastyr, monastyr. namysto, monysto *ein aus gold- und silberfäden bestehender halsschmuck.* pahnôsť, paznôht. porynaty: ponyrati *pot. ist.* 223. semraha: sermjaga. ševłyja, šeĭvyja. tverezyj: terezvyj. vedmiď, medviď. vohoryty, hovoryty. žmuryty *blinzeln,* žmurki, mružki *beruhen auf* mъžur-: *w.* mьg.

Lautlehre der russischen sprache.

ERSTER TEIL.

Vocalismus.

Erstes capitel.

Die einzelnen vocale.

A. Die a-vocale.

I. Erste stufe: e.

1. A) Ungeschwächtes e.

1. e *hat die geltung des* je: elь *d. i.* jelь. denь *d. i.* ďenь. *Unpraejotiertes* e *wird durch* э (*kyr.* э) *bezeichnet:* этотъ *hic.* роэма. e *und* э *lauten wie deutsch* ä *vor unerweichten consonanten, sonst, in folge einer assimilation, wie deutsch* e: этотъ, kareta *und* elь.

2. e *findet sich in* derba *neben* draki *pl.* neubruch: *w. der.* bredina *salix.* čeljadь *dial. menge von insecten.* plesъ *dial. busen im flusse;* plёso *see, č.* pleso. šepeljatь *blaesum esse usw. Fremd sind* bezmenъ: *schwed.* besman. destь: *pers.* dest *manus: vergl. fz.* main matz. *19. 27.*

3. Betontes e *lautet vor unerweichten consonanten und im auslaut häufig wie* jo (ё): sdёrъ *dial. für* sodralъ; sdёrši *für* sodravši; dёrъ, ternovyja jagody: *vergl. nsl.* drêti. grabёžъ. chlêbovo *iusculum.* nesёšь *fers.* nёsъ *tulit.* ognёmъ. slёza. tёrъ. vёzъ; jajcё.

moë. žitъë. *Für obžёra wird* obžоrа *geschrieben.* nebo *und* nёbo
sind in der bedeutung verschieden.

4. *š*melъ *apis terrestris vergl. man mit nsl.* čmrl, *p.* trzmiel,
s. strmelj *bei Stulli.*

5. *Neben* metylъ *für* gnoj *findet man* motylъ : *aslov.* motylo,
motyla ; *neben* doselê, doselъ — dosjulъnyj *ryb. 1. 465.*

6. *Das in anderen sprachen häufige harte* e *findet sich im r. nur
in verbindungen wie* znalъ эto, зналъ это, *und in worten wie* ras-
kepъ. reketъ.

B) Zu ь geschwächtes e.

ь *ist gegenwärtig kein zeichen für einen selbständigen laut, es
hat die bestimmung den vorhergehenden consonanten zu erweichen,
während* ъ *dort steht, wo eine erweichung nicht eintritt:* mêdь. židъ.
Dass jedoch im r. einst ь *für* e *bestand, zeigt das schwinden des für
urslavisches* ь *eintretenden* e *unter bestimmten umständen:* legokъ,
lъgota. levъ, lъva. mečъ, meča, *ar.* mča. penь, pnja. testь,
testja, *dial.* tstja *usw. Aus älterem* e *hat sich urslav. nach gewissen,
mit der betonung zusammenhangenden gesetzen* ь *entwickelt, welches
in den lebenden sprachen, namentlich im r., schwand, wo es die
aussprache entbehren konnte, sonst durch* e *ersetzt wurde, daher*
pьnja, *r.* pnja *neben* pьñь, *r.* penь. *Nach der analogie der in der
geschichte der sprache begründeten formen sind zu erklären:* kamenь,
kamnja. korenь, kornja. ledъ, lъdu, lъdina. *dial.* olenь, olъnja.
Wann ь *aus* e *geschwunden ist oder dem* e *platz gemacht hat, ist
schwer, wenn überhaupt möglich, auf überzeugende weise darzulegen:
der zeitpunkt dieser umwälzung liesse sich für das r. nur dann be-
stimmen, wenn dasselbe nicht aus dem aslov. die vocale* ь, ъ *entlehnt
hätte:* č. *und* p. *zeigen in ihren ältesten denkmählern von* ь, ъ *keine
spur. Wie im r., ist auch im s. die frage nach der zeit des schwindens
der vocale* ь, ъ *eine schwierige. Meiner ansicht nach hat das r. eben
so wenig als das s. in historischer zeit die hier behandelten vocale
gekannt, ein satz, der hinsichtlich des* č. *und* p. *wohl nicht bezweifelt
wird. Das* ъ *in der sprache der Crna Gora beweiset nichts, wie
seite 20 gezeigt wird. Vergl. A. Potebnja, Къ istorii usw. 35. 48. 49.
Es wird wohl bei dem satze sein bewenden haben, dass in historischer
zeit nur das aslov., nsl. und b., d. i. die sprachen des slovenischen
volksstammes, die halbvocale* ъ, ь *kannten.*

462   t. a-vocale.

2. tert erhält sich oder wird teret.

A. tert erhält sich.

berdo. černyj. čerpatь. čerstvyj. čerta. červь (čerьvь). četvertyj. dergatь. derzkij. deržatь. merknutь. merlь. mertvyj. smertь. merzêtь. merznutь. nerstь, nersъ *laichzeit.* perdêtь. perchatь; perchljakъ *nix:* parši *usw. stammt aus dem p.* perstъ. perstь. pervyj. serdce. serna. serpъ. smerdêtь. stervo. sterženь. sverbêtь. sverlo. ščerbina. šerstь. šeršenь. terlъ. ternъ. terpêtь. terzatь. tverdyj. verba. verchъ (verьchъ). vergnutь. versta. vertepъ. vertêtь. zerkalo. zerno. želna. želtyj. želvaki *und* žolvi, žolvatyj : *vergl. aslov.* žirъ. žerdь. žerlo. žernovъ. žertva. *Fremd sind* kersta, *finn. kirstu* Grotъ *444.* pertь, *finn. pirtti 445. Aus dem* tert *entwickelt sich mittelst* tort *die form* tort, *wie im p. neben* ciert, *d. i.* tert, *die form* tart *besteht:* dolbitь. dolgij. dolgъ. golkъ, *p.* giełk. gorbъ. gordyj. gorlo: *vergl.* žerlo. gorstь. cholnutь *von* cholb: *p.* chełbać. cholmъ: *p.* chełm. kolbasa: *p.* kiełbasa. korčitь. korčma. korchъ *faust, spanne.* korma. kornatь. molčatь. molsatь. molvitь. polkъ. połnyj. polstь. poltь. polzti, polzkij. porchatь, sporchanutь. stolbъ. stolpъ. *alt* vskorsyj *aufwärts gebogen.* tolku. torčъ *schaft des spiesses.* torgatь. ivolga. volgnutь. volchvъ. volkъ. volna. vorčatь. zolva. *Man beachte noch* boltatь. kortyški *schultern.* morgatь *blinzeln.* tolmačъ. tolpa. *Abweichend sind* gárkatь. chárkatь. *Fremd sind* katorga κάτεργον. morkovь *ahd. morahā, morhā.* garnесъ, vilьčura *sind p.* tret *erhält sich:* grekъ. gremêtь. slêza. brenie *neben* bernie, *aslov.* brьnije. brevno *neben* bervno, *p.* bierwiono, bierzwiono. chrebetъ, *p.* grzbiet. jabloko: *vergl. č.* jablo. stremitь, *č.* strmêti. trevoga, *p.* trwoga. *Man beachte* krotъ, *klr.* kert, *p.* kret. stropota *res curva.*

B. tert wird teret.

beregъ. beremja. bereza. bereža *dial. gravida.* čereda. čeremcha. čerenъ *manubrium, ar. sartago.* čerepъ. čerešnja. čeretъ. čerevo *venter, dial.* izgibъ, izlučina rêki. čerezъ *und* črezъ *volksl.* derenъ. derevo. meretь. mereža. pere-, *aslov.* prê-: perevezu, prêvezą *aus* perv-. peredъ, *daher dial.* perëžъ, prežъ *bars.:* prêžde. perepelъ. peretь. selezenka. sereda: serdovičъ *dial. homo mediae aetatis für* sered-. sereny *pl. dial. wohl glatteis.* sterêga. *dial.*

steretъ. šerešь neben šerěь gefrorner kot und šorošь kleine eisstücke im wasser. teretъ, ar. tertь, novg. tratь Dalъ. teterevъ aus tetervъ neben teterja. veredъ. ar. veremja, dial. vremjačko. veresъ. vereščatь neben verezgъ. veretišče. železa (falsch želêza, daneben zalozьja) glandula. žerebej; žerebečekъ parva pars. žerebja. ožerelьe, dial. žerëlki. Auf tort, nicht, wie die entsprechenden formen im aslov., auf tert, beruhen moloko, mlêko. molotь, mlêti. polonъ, plênъ. polotь, plêti. toločь, tlêšti. voločь, vlêšti. žolobъ, žlêbъ. Dunkel sind bereskledъ, burusklenъ usw. euonymus neben klr. braklenъ feldahorn. meleda zögerung, das mit medlitь aus melditь und s. mlêdan zusammenhängt. merekatь dial. denken. mereščitь sja undeutlich gesehen werden, träumen: beide worte beruhen auf der w. merk. sverěžij dial. gesund. serebro ist aslov. sьrebro. verenь, iverenь span ist iver - ьńь.

3. ent wird jat.

Gemeiniglich hält man ę für einen urslavischen laut, aus dem sich r. ja entwickelt habe; es kann jedoch r. jat unmittelbar oder durch êt aus ent entstanden sein, und diese ansicht ist mir wahrscheinlich. Unter allen umständen entspricht aslov. ę r. ja; nach den č-lauten und nach c schwindet meist die praejotation: dialekt. sind čjado. čjudo; brjačatь neben brenčatь und falsch brjančatь. cata: cęta. čestь für čęstь in zločestь dial. calamitas. nesčastie. načatь. drjachlъ debilis. gredilь, für grjadilь, valъ u pluga. chljabatъ: man vergleicht lit. klumboti. jadijaninъ: jędijaninъ. jastrebъ für -rjabъ. jatь: jęti. kljatva. koljada neben koleda. kolodjezь für kolodjazь. ljadъ, neudača misslingen. ljagva, ljaguška frosch, eig. wohl: die hüpfende. ljagu: lęgą. ar. ljakij curvus. pomjanutь: - męnąti. pamjatь. mjasti. mjazdrá, mezdrá. nojabrъ. opjatь. prjadatь salire. rjabъ bunt; dial. haselhuhn. rjadъ. rjažь netz mit grossen öffnungen: ręg, woher auch ruga zerrissenes kleid. sjadu: sjastь für sěstь beruht auf sęd. stjagъ, dialekt. für kolъ: aslov. stêgъ. svjatyj. šatatь. vetčina, für vjatčina, schinken: w. vęd, thema etwa: vędъk-. zajacъ. zjablikъ fringilla: w. zęb. zvjakatь. žatь. dial. molčažlivyj. Man merke dekabrъ. grjanutь aus gremnutъ. zaika stammler beruht auf jęk. imjaniny ist falsche schreibung für imen-; kljanu für klenu; lebjadь für lebedь. menja, tebja, sebja, aslov. mene, tebe, sebe, deuten auf menę usw., das zum lit. manęs usw. stimmt.

II. Zweite stufe: ê.

1. ê, es mag ein a- oder ein i-laut sein, ist lautlich von e nicht unterschieden, daher stammt die vermengung beider buchstaben im r., daher ê für e: bolêe. menêe. bolêstь. trênie. želêza usw.; e für ê: drematь. pesokъ. zapletatь. pre. predъ. pretitь. vremja; elь in kupelь neben kupêlь usw. In dieser lautlichen geltung des ê ist dessen aussprache in betonten silben a) vor unerweichten und b) vor weichen consonanten begründet: a) rascvêlъ. priobrêlъ. gnêzda. zvêzdy, d. i. -cvêlъ. -rêlъ. gnêzda usw.; ebenso drêma. b) mêlъ, d. i. mjälъ. mêdь, d. i. mjedь.

2. Die grammatiker verzeichnen die ê enthaltenden worte, so Buslaevъ 1. 33: bêgatь. vênъ sertum dial. vêtvь. zênica, das mit dem dial. zêchatь spectare zu vergleichen. lêsъ usw. Unrichtig ist daselbst ar. svêstь: aslov. svъstь, s. svaat, klr. sviâť. für svêâť. želêza glandula: aslov. žlêza. zmêj: aslov. zmij. rêšeto. brêju. rêdьka rettig. Unhistorisch sind auch die schreibungen aleksêj. sergêj. indêecъ. prilêžnyj. kopêjka usw. e statt ê und umgekehrt findet sich schon in den ältesten denkmählern.

3. Dialekt. ist i für ê: bida. diju. zagnivka neben zagnêtka fläche vor dem ofenloch. chlibъ.- vskrivitь sja convalescere usw.; ferner ichatь vehi. isti edere usw. Allgemein ist ditjá neben dêti. Dialekt. ist ferner ja für ê: djatva. vjacha. vjatka. krjakъ, ukrjakъ neben klekъ statt klêkъ froschlaich. adaj für êdaj. smjaknutь coniicere neben pomêkatь scire. Aus dem umstande, dass ja dialekt. ist, darf ein jüngeres alter dieser formen nicht gefolgert werden: vergl. seite 54. 55, wo die formen wie rumjanъ neben dem aslov. rumênъ erörtert werden.

4. ê bewahrt nach den č-lauten die ältere form ja, a, daher bučatь. drožatь. slyšatь; pečalь. piščalь: die abweichenden formen folgen der analogie von zelenêtъ: djužêtь. ryžêtь. chorošêtь. kišêtь; neben dičêtъ findet sich dičatь. Wie ê in djužêtь, ist das ê nach den č- und c-lauten in der declination zu erklären: vergl. seite 50.

5. ê ist die dehnung des e: rêčь von rêka: rek. e statt ê steht sehr oft: gnetatь. doletatь. opletatь usw. i für ê tritt ein in biratь. diratь. miratь. zapiratь claudere. stilatь. natiratь. zaviratь plaudern. ziratь: ty emu ne ziraj tichonr. 2. 299. žiratь: die themen sind ber. der. mer. per. stel. ter. ver. zer. žer. Hieher gehört auch činatь. klinatь. minatь. nizatь. pinatь. židatь. žimatь. žinatь:

themen: čьп. klьn. mьn. nьz. pьn. žьd. žьm. žьп *aus* čen. klen.
men *usw. Dass aslov.* ponirati *nicht jungen datums ist, zeigt aslov.*
nrêti *von* ner. *Metathetische dehnung kennt das r. nicht:* teretь.
aslov. trêti *vergl. seite 52.*

III. Dritte stufe: o.

1. A) Ungeschwächtes o.

*1. Nur betontes o hat seinen eigentümlichen laut; unbetontes o
wird in der zur umgangssprache gewordenen moskauer mundart
wie* a *gesprochen:* chorošó; *daraus erklären sich viele unhistorische
schreibungen:* slavjaninъ, *aslov.* slovêninъ. grámata γράμματα *für*
grámota *acad.* zarjá *neben* zorjá *mit verschiedener bedeutung.* izbo-
dáju, poboráju, pomogáju *usw. für* izbadáju *usw.* balomútъ. botogъ
usw.; die volkssprache bietet plotišь *für* platišь *usw. Das* ago *der
zusammengesetzten declination stammt aus dem aslov., r. ist nur* ogo
*berechtigt, das auch durch die aussprache geschützt wird. Anders
verhält es sich mit* pa *und* po.

2. Dem anlautenden o *wird häufig* v *vorgesetzt:* vosemь.
vostryj. votčimъ.

3. o *in wurzeln:* nevzdolitь *debilem esse.* drokuška *mollis
educatio ryb. 1. 456.* gomonitь *colloqui dial.* okolêtь *steif werden.*
korotatь. krochalь *mergus: vergl.* č. křechař. molitь, rêzatь skotъ
dial. poritь *pinguescere dial.* slopecъ, *p.* slopiec, *falle. Fremd ist*
romaška, *dunkel* chorošij *usw.*

4. Fremdes a *wird* o: koljada. krovatь κράβατος. obezьjana:
pers. ābuzine. sorokъ σαράντα. kolpakъ *usw.; dagegen* uksus ὄξος.
tiunъ, *and. thiön usw. Archiv 3. 674.*

5. o *wird in vielen fällen eingeschaltet:* otošlju: otъšljǫ. pere-
domnoju. podopru. podošva *neben* počva *aus* podšva *sohle, boden.*
vichorъ, vichrja *neben* vichorja. choroborъ. zolovka *usw. Die ein-
schaltung geschieht auch in den formen* tort *aus* tert: dologъ *neben*
dolgъ. polotь *neben* poltь. stolobъ *aus* stolbъ. ostolopъ, oslopъ *aus*
stolpъ; *ebenso in* voložьskyj *neben* volžьskyj *nest.*

6. Anlautendem je *anderer sprachen steht häufig* o *gegenüber:*
odinъ. odva. olenь. oljadь, ljadь χελάνδιον. oporčistъ ἐπορκιστής. osenь.
osëtrъ. osika. osina. ošče *dial.* ozero. ože *für* esli *zag.; ebenso ist*
ovdotьja εὐδοχία *zu erklären. Vergl. seite 74.*

7. rva *von* rovъ *folgt der analogie von* rta, rotъ: *aslov.* ro-
va, rъta.

8. Unbetontes o wird manchmahl im volksmunde y: bólýgo, bólogo. golymjá, golomjá. vzábolь, vzábylь *in der tat; eben so dial.* obapolъ, obapylъ.

9. o *ist die erste steigerung des* a (*slav.* e). *a. vor einfacher consonanz:* borъ, poborъ. brodъ. zadorъ. drobъ *ist zu vergleichen mit* drebezgъ (drebêzgъ, *p.* drobiazg). godъ: žьd *aus* žed, ged: vygoditь *dial.*, vyždatь. grobъ. gromъ. chodъ: ьd *aus* šed, hed. -logъ. molь: mel. morъ. -nosъ. norъ, nora: ner. zanoza *assula;* nozitь *für* nizatь *dial.:* nьz *aus* nez. plotъ. *Vergl.* polanь *flamma bezs. 1. 90. mit* palitь *und* polomja: *w.* pel. *Dunkel ist* vodopolь *überschwemmung.* zaponь: pьn *aus* pen. opora. sporъ. rokъ. zastoga, *wohl fibula:* steg. prostorъ: ster. utokъ. *Im dial.* stëkъ *hat keine steigerung statt gefunden.* protorъ *aufwand;* otoritь *neben* obteretь *für* obmolotь *Dal.* tornyj: ter. -vodъ; *daher* vodátь, povodaj *nekr. 156. 157.* -volъ, *daher* voliti, volja: vel. vozъ. zolъ *in* berezozolъ. zola. nazolь *dial. cinis.* prezorъ. zorítь *splendere,* zóritь *spectare dial.* zvonъ. *Hieher will man* znobitь *von* zęb, *d. i.* zenb, zemb *ziehen.* žomъ *steht für* žëmъ, prožora *für* -žëra. *Dasselbe findet statt bei den ursprünglichen formen* tert, telt: morokъ *aus* morkъ, *w.* merk. molodъ *aus* moldъ: *w.* meld. norosъ: ners. norota *aus* norta, *d. i.* nor-ta: *w.* ner. polozъ: *w.* pelz. skovoroda *aus* skvor-da: *w.* skver. storona *aus* stor-na: *w.* ster. storožъ: *w.* sterg. vologa: *w.* velg. vorotъ *in* kolovorotъ *neben* kolovertь *vortex: w.* vert *usw.*

B) Zu ъ geschwächtes o.

1. ъ *aus* o *folgt denselben gesetzen wie* ь *aus* e: slatь. tkatь, tku, tčešъ *neben* točešъ *usw.*

2. Dass ъ *heutzutage nur ein orthographisches zeichen ist und dass es im r. in historischer zeit keinen laut bezeichnet hat, ist seite 461. bemerkt.*

3. Man beachte cholmotъ *aus* cholmъ tъ *in alten quellen.* dolina *für* dlina *dial.* gimzitь *für ar.* gomzatь, *nr.* gomozitь.

2. tort wird torot.

1. bologo. bolona. bolonь. boloto. boroda. borogъ, *daraus lit. baragas: ě.* brah *usw. Pot., Къ istorii usw. 117. ar.* zaborolo. borona. boronitь. borošno. borotь. borovъ. borozda. dolonь. doloto. udorobь izbor. 1073. doroga *und* sudoroga *spasmus beruhen wohl auf der w.* derg: drъžati. dorogij. golodъ. golosъ. golova.

golovnja. gorodъ. gorochъ. cholodъ. cholopъ. cholostyj. choro-
borъ. choromъ. choronitь. chvorostъ. koloda. kolodjazь. kolo-
kolъ. kolosъ. kolóša, *wofür* kalóša. kolotitь. kolotь, kolju. korobъ.
koročjunъ. okorokъ *schinken*. korolь *rex : statt Nestors* korljazi
erwartet man koroljazi *aus carlingi. ar.* koromola. korosta. koro-
stelь. korotkij. korova. korovaj. molodyj. molosnikъ. molotъ.
molotь : *aslov.* mlêti. molozivo. morochъ. morokъ. *ar.* moromorъ
in moromorjanъ. morovej, *wofür* muravéj. morozga. morozъ.
nórostь, nórosъ *rogen: vergl.* nárostъ *läufigkeit.* norotъ. norovъ.
paporotь. polochъ. polokatь *und* poloskatь *eluere.* polomja. polonъ.
polosa. polotь : *aslov.* plêti. polotno. polovyj. polozъ. polozitь *dial.*
repere: č. plaziti; *vergl. p.* płaz *quae repunt.* porogъ. porochъ.
poromъ : *vergl. ahd. farm. ar.* poroporъ. porosja. porotь, porju.
poroznyj. porozъ. skomorochъ. skoroda. skoromъ. skovoroda.
smorodъ. solodъ. soloma. solonyj. solotina. solovej. sorocininъ.
soroka *tunica.* soroka *pica.* soromъ. storona. storožъ. svorobъ.
toloka. tolokъ. toroka *pl.* otoropъ. torotoritь, *minder gut* tarato-
ritь, *blaterare aus* tortor-. vologa : voroga *für* žirъ. voločь : *aslov.*
vlêšti. obolokatь *dial. induere.* volochъ. volokno. volokъ. volostь.
volosъ : *vergl.* volosožary *plejaden.* volotь *gigas.* volotь *spica dial.*
vorobej. vorobъ *haspel.* vorogъ. izvorogъ ἔχτρωμα. vorochъ : *aslov.*
vrachъ, *w.* verh. vorona. voronka. voronъ. voropъ. vorota. voro-
titь. vorotъ *in* kolovorotъ *neben* kolovertь *vortex und in* šivorotъ
kragen. vorozъ *in* pavorozъ. zdorovъ. zolokъ *dial. für* zarja :
vergl. zorokъ, zrakъ. zoloto. žavoronokъ. tort *wird* torot *durch*
einschaltung des o : ort *geht meist in* rot *über, wie im č. p., nicht*
in das erwartete orot : lodьja. lokotь. loni. robъ *neben* rabъ. raki-
tina, *richtig* rokitina. rostь. róvnyj *neben* rávnyj. roz *neben* raz ;
róznyj *neben* ráznyj. roženъ. *Ähnlich sind* jablonь *aus* jabolnь.
dubróva *volkstümlich neben* dubráva. olovo *entspricht lit. alvas.*
tort *geht auch in* trat *über nicht nur im* r., *sondern auch im* p. :
blaguščij *dial.* oglavlь. gradъ. mravъ *für* nravъ, norovъ. prazdica
dial. sladkij, sladkovatyj *neben* solodkovatyj. oblako *usw. Man*
hat diese formen für entlehnungen aus dem aslov. angesehen, mit
unrecht, wie ich in der abhandlung : ‚Über den ursprung der worte
von der form aslov. trêt *und* trat' *gezeigt zu haben glaube ; eher*
wird die abweichung mit dem accente in verbindung stehen : vergl.
meine abhandlung : ‚Über die langen vocale in den slavischen sprachen'.

2. *Anders geartete abweichungen von dem gesetze bemerken wir*
in bólgo *aus* bólogo. strógij *für* sorógij : *aslov.* sragъ. soroka *und*

daneben strokatyj *Daľ aus* sorokatyj. tolči *dial. für* toloči. *In anderen formen scheint* torot *aus* tort *angenommen werden zu sollen:* chorochory *dial. lumpen.* kolobъ *runder brodlaib dial.* kolotikъ *art pflanze barš.* kolozenь *froschlaich Daľ.* molostovъ *mit birkenrinde umwundener topf.* naróta, *richtig wohl* noróta, *dial. neben* nereta: *w. vielleicht* ner, *daher wie* vorota *von ver.* skolotyšь *bastard dial.* šorochij *dial. für* rjaboj: *klr.* šerechatyj *rauh.* šorošь *kleine eisstücke im wasser.* torokъ *sturm.* toropitь *drängen, zur eile nötigen usw. Hier ist vieles dunkel.*

3. trat *geht in* torot *über in* volosъ *aus* βλάσιος *Pot., Kъ istorii usw. 144.* papolomъ *ist* πάκλωμα *für* ἐφάπλωμα.

3. ont wird ut.

Wie jat *aus* ent, *so konnte auch* ut *aus* ont *unmittelbar entstehen: andere nehmen die reihe* ont, ąt, ut *an:* dubasъ *eichtrog.* kruta; prikruta, skruta *dos sind vielleicht mit* p. pokrątki, č. pokruta, pokroutka *zu vergleichen: w.* kręt. tugij, *p.* tęgi. udilo *gebiss: p.* wędzidło: ąda. usitь *sja dial. rauh werden:* ąsъ *usw.* sudъ *nest., and.* sund, *würde* aslov. sądъ *lauten.* ut *tritt für* ont *ein, woraus* aslov. ąt *hervorgeht:* bludъ *aus* blondъ, *aslov.* blądъ: *blend, aslov.* blęd. smuta *aus* -monta: *w.* ment. trusъ, *aslov.* trąsъ. tuga, *aslov.* tąga. tugъ *dial. für* prokъ, polьza: *vergl. aslov.* tęg *in* teżati. tugij, *p.* tęgi: *w.* teng. uzkij. zvukъ. gruznutь *beruht auf einer form wie* aslov. grąz-: *daneben* grjaznutь *usw.*

IV. Vierte stufe: a.

1. a *lautet in unbetonten silben nach den* č-lauten *wie* e: časy. jaryga. *Ausgenommen sind die* a *der flexion:* storoža.

2. a *enthaltende worte:* achnutь *schlagen.* pribaska *proverbium trigl.* draka *schlägerei.* galku *corvus monedula.* grakati. chlamъ *dial. bagage: wr.* chłam *unrat, das von Nosovič mit lit.* šlamsas *zusammengestellt wird.* chrapětь. mečь-kladenecъ *skaz. 1. 31.* manicha, obmajakъ *dial. homo fraudulentus.* maratь *besudeln.* prasolъ. talъ *salix cinerea.* žalьnikъ *grab usw. Fremd sind* braga: *deutsch dial.* bragen, *lit.* broga. kaligvy *dial. schuhe. ar.* kalika, *nr.* kaleka: *rumun.* kalik *miser; türk.* kälak *deformis matz. 39 usw.*

3. a *ist die zweite steigerung des* a (*slav.* e): izgaga *sod, gagara von der sonne verbrannter mensch:* žeg *aus* geg: *dagegen* ža-

gra *zunder, von* žaga: žagatь *iterat. von* žeg. -lazъ: lez *in* lêz.
nary *pl. dial. tugurium:* ner. -palъ, palitь: pel *in* plamy *aus* pol-
men. parъ, paritь, isparina *gelinder schweiss:* per, prêtь *schwitzen.*
sadъ: sed (sêd). oskala, skalozubъ *irrisor:* škelitь. skvara, skva-
rokъ: skver. varitь, varkij: ver. *Nur r. besteht* váditь *für* pro-
voditь: vaditь denь za denь *Pot., Kъ istorii usw. 208.* žarъ *glühende
kohle: vergl.* žer *in* žerucha *usw.*

4. a *ist die dehnung des* o: dogaratь, *daher* garъ. kasatь. -la-
gatь. makatь. skakatь. *Dass in vielen fällen* o *statt* a *steht, ist
bereits gesagt:* izbodatь. poboratь. pomogatь; opoláskivatь *usw.*
progálina *lichte stelle hängt wohl nicht mit* golyj *zusammen.*

B. Die i-vocale.

I. *Erste stufe.*

1. ь.

ь *aus* i *schwindet, wo es die aussprache entbehren kann, sonst
wird es* e, *daher* denь, dnja: *aslov.* dьнь, * dьnja (dьne). lěnъ.
steza. černесъ. mertvесъ: *aslov.* lьnъ. stьza. -ьсь. *Viele* i, *die sich
im aslov. ungeschwächt erhalten können, sinken r. zu* ь *herab und
dieses* ь *erleidet dasselbe schicksal wie das aslov.* ь *entsprechende:* podъ-
dьjakъ. vosemьju: osmiją, osmьją. bьju: biją, bьją. *Die schwächung
hängt wohl mit der betonung zusammen:* mólnija, pěnie *neben* mo-
lonьjá, pênьë. *Das* i *des inf. erhält sich nur, wenn es betont ist:*
rostí *neben* krastь; *eben so* matь. *In den chroniken findet man* atь
neben ati *und* atъ ut. *Altes* solovij *wird* solovej *aus* solovьj, *sg.
gen.* solovьja. briju *wird zuerst* brьju, *woraus* breju.

2. trit wird tret.

krestъ χριστός. stremja, *mlat. strima: vergl. seite 119.*

II. *Zweite stufe:* i.

1. i *enthaltende worte:* gribъ *fungus.* pilikatь *schlecht geigen.* svi-
ristelь *ampelis garrulus.* vichnutь *usw. Fremd sind* izvestь ἄσβεστος.
ircha, *ahd. irah, mhd. irch usw.*

2. ij *geht durch* ьj *in* ej *über:* inej. perešej. zavej. koleja.
ostree. i *in* išolъ, išla *dial. stammt wohl von* id.

3. *Unbetontes* ja *kann in* i *übergehen :* umálivatь : umolitь. náši-
vatь, *das nach anderen auf* naševatь *beruht.* napólnivatь. prisáži-
vatь *usw. Pot., Къ istorii usw. 233.*

4. *Über* rimъ, *dessen* i *man mit klr.* ô *in verbindung bringen
will, vergl. seite 167.* išča *dial. beruht auf* ješte ; šivorotъ *auf* * šije-
vorotъ.

5. i *ist die dehnung des* ь : čitatь. migatь, *daher* mignutь. pichatь,
daher pichnutь *usw.*

III. Dritte stufe : oj, ê.

oj, ê *ist steigerung des* ĭ ; *diese tritt ein in* boj. gnoj ; *hieher
gehört wohl auch* izgoj, izgojstvo. pokoj. lêpitь. loj ; lojnoj (proliv-
noj) doždь. upoj *ebrietas.* rêvatь : *aslov.* rêjati *aus* rêja, * rijati.
roj. sloj, *das wahrscheinlich für* stloj *steht :* stli, *wie* stroj *von* stri.
stênь, tênь, sênь : ski. stojati ; suchostoj *dial. dürrer baum.* utêcha.
vêdêtь. vêsitь. voj. zêjatь : *aslov.* zêja, zijati.

C. Die u-vocale.

I. Erste stufe.

1. ъ.

1. ъ *aus* ŭ *schwindet oder wird durch* o *ersetzt in* bdêtь, rdêtь,
spatь, *aslov.* bъdêti, rъdêti, sъpati *usw.* bodryj, snocha, вonъ
usw. dočь, *aslov.* dъšti. prispa *neben* prisopnica *Pot., Къ istorii
usw.* 222.

2. šovъ (šva) *aus* ševъ *ist aslov.* šьvъ *aus* sjŭ-v-ъ. jъ *erhält
sich nicht, es mag aus* jŭ *oder aus* jă *hervorgehen.*

2. trŭt wird trot.

blocha. brovь. drognutь, drožatь, drožь. drova. glotatь. krovь.
plotь. trostь. rŭt *wird* rot-rta : lobъ, lba. lgatь. ložka. rdêtь, rža.
Vergl. rtutь. rvatь. ržatь. rožь, rži.

II. Zweite stufe : y.

1. *Von der aussprache des* y *ist seite 149 gehandelt. Dieser laut
hat sich nach den* k-*lauten verloren, daher* kiselь. gibelь. chiža ; *dagegen
kann nach den* č-*lauten nur* y *gesprochen werden :* čynъ, žyla, šylo,

wofür чинъ, жила, тило *geschrieben wird: dies hängt mit der aussprache der č-laute zusammen. Man merke* grafinja *neben* barynja.

2. y *entsteht auch scheinbar aus der verschmelzung des* ъ *mit
folgendem* i: znalymja знальıмя. вyznova сызнова *aus* znalъ imja
зналъ имя, въ iznova съ изнова, *indem* y *geschrieben wird, damit
nicht* znalimja, siznova *ausgesprochen wird. Andere entstehungsweisen sind aus folgenden worten ersichtlich:* molytь *für* molvitь;
čornobrysyj, *das wie klr.* čornobryvyj *mit* brovь *zusammenhängt;
neben* skryga *besteht* skrjaga *dial. knauser;* otlyga *tauwetter kann
von der w.* velg (vlъg) *nicht getrennt werden; die verbalformen
auf* yvatь *wie* pomázyvatь *beruhen darauf, dass unbetontes* a *in* y
übergeht: bývyvatь *entsteht aus* byva-v-a, *wie das* č. bývávati *aus*
bývá-v-a *zeigt. Man liest* ničego ne poimavali (*wohl* poimávali)
neben ničego ne poimyvali (*wohl* poimyvali), ne vidali sokola.
*Ähnliche formen bieten auch die anderen sprachen, ohne dass man
bei ihnen die gleiche entstehung nachweisen könnte: vergl. gramm. 2.
484. aslov.* cêlyvati *muss auf alle fälle anders erklärt werden.*

3. *Wie* ij *durch* ъj *in* ej, *so geht, wie mir scheint,* yj *durch* ъj
in oj *über:* roj *für* ryj; moju, roju *für* myju, ryju *usw.*

4. y *enthaltende worte:* dyba *neben* въ dubki. chilъ *debilis*,
chilьmenь, chiljakъ. lyko. lytki, lysto. lyža, *lett. lužes pl.* nynê
neben nonê. pylь *staub.* pylo *flamme dial.;* pylatь *flammen.* ryknutь.
rysakъ. slytь, slyvu *clarere usw. Fremd ist* tynъ *usw.*

5. y *ist die dehnung des* ъ: dychatь, *daher* dychnutь. zagibatь,
daher zagibenь. oblygatь *calumniari.* mykatь. nyratь, *daher* nyrnutь: *w.* nъr, *dagegen* nyrjatь: *thema* nyri. smykatь sja: smъk.
sychatь. vsypátь, vsypáju *neben dem pf.* vsýpatь, vsyplju. syvnutь
setzt ein syvatь *voraus:* sovatь, sunutь. tykatь.

III. Dritte stufe: ov, u.

1. ov, u *findet sich als erste steigerung des* u *in* probudъ, buditь. duchъ. gubitь. kovъ. movь, movnica *per. 9. 47.* nurъ *in* ponurъ; iznuritь. plovъ. rovъ, *dagegen* otryvъ *von* otryvatь. struja:
aind. sru. sluchъ. ostuda, zastuda *erkältung:* stûd *in* styd-. pozovъ: zu, *dagegen* pozyvъ *von* pozyvatь. dvošitь *dial. übel riechen
für* dovch-: dûh. *Befremdend ist* usypitь, *aslov.* usъpiti, *einschläfern:* sъp; *es ist ein nomen* syp, sъp *anzunehmen.* blevatь, plevatь, revêtь *stehen für* blьv-, plьv-, rьv-; *eben so deute ich* klevecъ

specht; klever**ъ** *für* djatlina; klěv**ъ** (ryby) *aus* kljü. *Dunkel ist* mur**ъ** *gramen: lit. mauras Pot., Ki istorii usw. 204.*

2. Jünger ist das ov in formen wie dvorovik**ъ**, duch**ъ** živušćij v**ъ** dvorě. lěsovik**ъ** *waldgeist.* gorochovik**ъ**, kosovik**ъ**, rjadovik**ъ** *rybn. 4. 294.* stanovit**ь** sja *usw.* ivanyč**ъ** *neben* ivanovič**ъ**.

3. Fremd sind jurij γεώργος. bulat**ъ**: *pers.* půlád. buza: *tartar.* *buza.* luda: *schred. ludd.* ludit**ь** *verzinnen: vergl. holländ. lood blei.* tuman**ъ**: *türk.* tümän *usw.*

IV. Vierte stufe: av, va.

av, va *ist die zweite steigerung des* ü: bavit**ь**: bü (by). dva-šit**ь** *riechen:* düh. chvatat**ь**. kvas**ъ**: küs (kys). onava, onavit**ь** sja: nü (ny). plav: vplav**ь** *adv. natando.* naplav**ъ**. plavit**ь**: plü (ply). slava: slü (sly). trava.

Zweites capitel.

Den vocalen gemeinsame bestimmungen.

A. Steigerung.

A. Die steigerungen des a-vocals und zwar: a) die steigerung des a (slav. e) *zu* o. *a) Vor einfacher consonanz:* bred, brod**ъ** *seite 466.* β) *Vor doppelconsonanz und zwar: 1. vor* rt, lt: smerd, smorod**ъ** *aus* smord**ъ**, *aslov.* smrad**ъ** *seite 466; 2. vor* nt: blend, blud**ъ** *aus* blond**ъ** *seite 468. b) Die steigerung des a (slav.* e) *zu* a: sed, sad**ъ** *seite 468.*

B. Die steigerungen des i-vocals. i (slav. ь) *wird zu* oj, ě *ge-steigert:* ěvit (svьt), svět**ъ** *seite 470.*

C. Die steigerungen des u-vocals. ŭ *(slav.* ъ) *wird a) zu* ov, u *gesteigert:* rov**ъ**, rů. bud- *in* budit**ь**: bůd *seite 471. u (slav.* ъ) *wird b) zu* av, va *gesteigert:* bav- *in* bavit**ь**, bü (by). chvat- *in* chvatit**ь**: hüt *(slav.* hyt) *seite 472.*

B. Dehnung.

A. Die dehnungen des a-vocals und zwar: a) dehnung des e *zu* ě: rěč**ь** *aus* rěka, rek *seite 464. b) Dehnung des* o *zu* a: do-garat**ь**, gor *seite 468.*

B. Dehnung des ь zu i: čitatь, čьt *seite 470.*

C. Dehnung des ъ zu y: mykatь, mъk *seite 471.*

C. Vermeidung des hiatus.

1. Der hiatus wird im inneren einheimischer, nicht selten auch entlehnter worte gemieden. Die sprache weicht manchmal auch dem hiatus zwischen worten aus. *2. I. Durch einschaltung von consonanten: a)* j: laj *für* branь zag. laju. grêju. moju: myją. bljuju. žuju. vêtroduj *dial.:* -dujъ. *b)* v: grêvatь, sugrêvo *dial.* davatь. postavъ. pavši *usw. folgen der analogie der verba I. 7. vergl. gramm. 3. 314.* pivo. livatь; otlivъ. pokryvatь. kivatь, *daher* kivnutь. obuvatь, obuvь. *Altes* tijunъ, tiunъ, *erklärt durch* činovnikъ, sudija, *and. thjonn, aswd. thiun diener V. Thomsen 129, dial.* tojonъ. *In* kovъ, rovъ, zovъ *usw. ist steigerung des* ŭ *zu* ov *eingetreten. c)* n *in* kъ nemu *usw. wird unter* r, l, n *behandelt. II. Durch verwandlung des* ъ, i *in* v, j: zabvenie. rvatь. nejdetъ *non it.* obojmu, podojmu.

D. Assimilation.

1. oje *geht durch assimilation in* oo, *dieses durch contraction in* o *über, daher* mudrogo, *wofür* mudrago *geschrieben wird,* mudromu, mudromъ *aus* mudrojego *usw. Hier an die pronom. declination zu denken, gestatten die anderen sprachen nicht. In* počitaešь *geht* aje *in* aa, *dieses in* a *über:* počitaešь. jo *geht in* je *über: daher* sueta, *d. i.* sujeta, *von* suj, *d. i.* sujъ, sujo, *neben* dobrota; *auf gleiche weise sind zu erklären* meževatь *neben* mudrovatь. bolestь *neben* mudrostь *aus* bolě, boljъ, boljo *und* mudrъ, mudro *usw. Betonte silben bieten häufig nur in der schrift* e: moe, *das* majó *gesprochen wird und* moë *geschrieben werden kann.* ognёmъ. vsё. žitьě *usw.* *2. So' oft* e *und* ê *vor weichen consonanten stehen, erhalten sie einen dem* i *sich nähernden laut, während sie dem* a *näher rücken, so oft sie harten consonanten vorhergehen, daher der unterschied des* e, ê *in* letêtь, vêki *und* letatь, vêkomъ; *vor* ž, š *kann die eine oder die andere aussprache eintreten, während* e *und* ê *vor* č, j *nie die dem* a *nähere aussprache haben; dieser einfluss der consonanten erstreckt sich selbst auf den vocal des vorhergehenden wortes:* e *in* ne *(richtig* nê) kogda *lautet wie* ŭ, *in* ne čego *hingegen wie das dem* i *sich nähernde* e. *Auch der laut der andern vocale wird durch die consonanten modificiert:* a *in* bani, *das mittlere* o *in* mololi, i *in* bili, u *in* duli, y *in* byli *lauten anders als dieselben vocale in* baby, molola, bila, dula, byla *Böhtlingk 30.*

E. Contraction.

Aus dobroogo, dobroomu, dobroomъ *wird* dobrogo *usw. Aus* počitaašь, umyšlaašь *entsteht* počitašь, umyšljašь, *wofür* umyšlešь *kol. 15. 16. dial.* znašь. *Bei* parenь *puer denkt man an lit. bernas; die richtige erklärung liegt vielleicht in* *parobenь, *ar.* parobokъ. nugorodskij *aus* novog-. oji *wird* y *in* pygraj *kir. 2. 9.*

F. Schwächung.

Schwächung des i *tritt ein in* bьju, bьješь, bьjetъ *usw.* bej *beruht auf* bьj, *aslov.* bij. myją *wird durch* moju, mьju, *wohl* mju, *reflectiert: vergl. gramm. 3. 322.*

G. Einschaltung von vocalen.

Dass meretь, morokъ *auf* mertь, morkъ *beruhen, wird seite 462. 466. gelehrt.* podojmu *bietet gleichfalls eingeschaltetes* o. namédni, *richtig* nomédni, *ist* onomь dьni.

H. Aus- und abfall von vocalen.

pridu *ist* priidu. šti *dial. steht für* šesti. včera *beruht auf* večerъ; žludi *auf* želudi. *Dem* kly, klyki *liegt die* w. kol *zu grunde; dem* zažgeno *kol. 27.* žeg, žьg; serdovičь *dial. homo mediae aetatis,* bólgo *dial.,* bornovatь *dial. beruht auf* seredovičь, bologo, boronovatь. *Man merke* verenь *neben* iverenь, *ar.* ljadь *neben* oljadь χελάνδιον *und* odnoj *für aslov.* jedinoję, rukoj *neben* rukoju, nesešь *für aslov.* nesеši, divljusь *für* divlju sja, smotri žъ *usw.*

I. Vermeidung des vocalischen anlautes.

Über anlautendes e *ist seite 460. gehandelt. Dem* o *wird oft* v *vorgeschlagen:* vosemь. vostryj. votčimъ *usw. Dial. ist* gorobecъ *für* vorobej, *aslov.* vrabij.

ZWEITER TEIL.

Consonantismus.

Erstes capitel.

Die einzelnen consonanten.

A. Die r-consonanten.

1. r, l, n *lauten hart oder weich: das mittlere* l *fehlt dem* r.;
dieses wird durch weiches l *ersetzt:* alьtistъ. geralьdika. vilьgelьmъ.
Der weiche laut von r, l, n *wird hervorgerufen 1. durch einen auf
diese consonanten folgenden praejotierten vocal:* zarja. valjatъ. njanja;
govorju. ljubjatъ. njuchatь; carь. molь. konь *aus* cьsarjъ. moljъ.
konjъ *usw. Diese erweichung von* r, l, n *ist die ältere, allen slavi-
schen sprachen (mit abweichungen im klr.) gemeinsame, sie findet sich
auch im aslov., nsl., chorv., serb. und war ehedem sicher auch dem
bulg. bekannt; die erweichung von* r, l, n *ist 2. bedingt durch einen
auf diese consonanten folgenden hellen vocal:* e, ь *aus* e, ê, ь *aus*
i, *indem sich in diesem falle zwischen* r, l, n *und die genannten
vocale ein parasitisches* j *einschiebt:* rebro. rêdokъ. riskъ. lebedь.
lьzja. lênivyj; lьna (lenъ). lice *usw. d. i.* ťebro *aus* rjebro; ťêdokъ
aus rjêdokъ *usw. Diese erweichung, dem* r. *mit einigen anderen
slavischen sprachen gemeinsam, ist dem aslov., nsl., chorv., serb.
fremd und muss auch dem bulg. abgesprochen werden. Der grund
des weichen* r *liegt 3. in den dasselbe umgebenden lauten, wie weiter
unten dargelegt wird.*

2. In manchen fällen tritt hartes für weiches n *ein:* boenъ, spa-
lenъ, večerenъ *von* bojnja, spalьnja, večernja; *daneben* derevenь

476   *t. t-consonanten.*

von derevnja *usw. Für* barъkij, derevenskij *der schriftsprache besteht dial.* barъskij, derevenъskij *kol. 20; neben* kolokolьnja, kovalьnja *gilt* psarnja, pjaternja, *woraus hervorgeht, dass* r *den weichlaut leichter aufgibt als* l.

3. *Dass* tert, telt *sich entweder in dieser oder in einer anderen form, als* tort *usw., erhält oder in* teret, telet — *dieses ist jedoch ziemlich selten — übergeht, wird seite 462 gelehrt; ar.* pereperъ *ist* ὑπέρπυρον. tort, tolt *wird durch* torot, tolot *ersetzt vergl. seite 466. Im anlaute findet sich* r, l *ohne silbe zu bilden:* rdětъ, rtutъ, rta *von* rotъ, rtačitь *sja,* rvota, lgatь; lьgota *usw. Volkstümlich sind* arcy, aržanoj, *aslov.* rьci, rъžanъ. *Die erklärbaren worte dieser art haben ursprünglich* rů, lú; *die* lь *beruhen auf* lъ *aus* lo *oder auf* lь *aus* li.

4. ent *weicht dem* jat, ont *dem* ut *seite 463. 468.*

5. lr *wird* ldr: baldyrьjanъ *valeriana beruht auf* baldr-. nravъ *geht in* mravъ *über; daneben besteht das historische* norovъ.

6. l *und* r *wechseln manchmahl mit einander ab:* zolokъ *dial. für* zarja: *w.* zer. *Aus* jezero, ozero *wird dial.* lezero *kol. 12.*

7. l *fällt im auslaut nach consonanten oft ab:* nesъ, rosъ, vezъ; grebъ, volokъ, dvigъ; merъ, podperъ, prosterъ, terъ *für* neslъ, roslъ, vezlъ *usw.* prostinnyj *hängt mit der w.* ster *zusammen: es wird erklärt durch p.* prześcieradlny.

8. *Für eingeschaltet gilt mir das* n *in einer grossen anzahl von fällen:* obnjatь, obnimatь. perenjatь. ponjatь. podnjatь. prinjatь. pronjatь. unjatь *und analog* njatь: *hieher gehört* vynutь. snědatь. nědra. sniskivatь. njuchatь. vnušitь. nutrь.vznuzdatь, roznuzdatь. vъ navъ *dial. für* na javu *wachend und regelmässig* do nego, къ nemu *usw.*

B. Die t-consonanten.

1. t, d *unterliegen einer zweifachen verwandlung, nämlich der in* tž, *woraus* tš, č *und in* dž, *woraus durch abfall des* d-ž, *und der in* t, d, *wodurch die verschmelzung des* t, d *mit* j *zu einem laute ausgedrückt wird. Die erstere verwandlung ist älter als die zweite: sie tritt unter verschiedenen formen in allen slavischen sprachen ein.*

2. *Die ältere verwandlung ist durch einen auf* t, d *folgenden praejotierten vocal bedingt:* svěča, prjaža *aus* světja, prjadja. voročatь, sažatь *aus* vorotjatъ, sadjatь. leču, vižu *aus* letju, vidju. ukljužij *dial. bequem beruht auf* kljudi, č. klidi, *slk.* kludi. -gožij *von* godi: *vergl.* č. hez-ký. pároža *von* rodi; *eben daher* rožaj *für* vidъ lica. ochočъ *promtus: w.* hot. žd *ist aslov.:* buždenie. ž *für* žd *ist den*

ältesten aslov. quellen aus Russland bekannt: prêže, rožьstvo, pri-
hožą *ostrom. Als reste alter zeit dürfen angesehen werden die als
adj. fungierenden partic. praes. act. auf* ščij: zabludjaščij. mudrjaščij
bars. 1. XXV. govorjaščij. spjaščij. zabuduščij *usw. ryb. 4. 286.
Vergl. gram. 3. seite 317. Andere verwandlungen von* t, d *sind* k, z:
jenes tritt ein in podopleka *hemdfutter von der schulter bis zum
gürtel, das mit* plešte *von* plet *zusammenhängt;* z *aus* d *tritt ein in*
teza *dial. und alt idem nomen habens, das ich mit* tъžde *in ver-
bindung bringe vergl. seite 219.*

3. *Die jüngere verwandlung ist bedingt durch die hellen vocale:*
e, ь *aus* e, ê, ь *aus* I, i *und durch das aus* en *entstandene* ja, *so
wie durch das aus* êa *hervorgegangene:* idešь. tetka *usw. Abweichend
ist* tma: tьma, *p.* čma. budjatъ: budętъ. ditja: dêtę. budja: *bądę,
bądy. zjatь. idjahъ: idêahъ, *darnach* vratjahъ, vodjahъ: vraštahъ,
voždahъ. *Hieher gehören überhaupt die jüngeren formen:* batjuška.
tjatja. odjužitь *dial. für* odolêtь *neben* nevzdužitь *debilem esse.
Beachtenswert ist* mêdjanyj: *aslov.* mêdênъ. *Unhistorisch sind* bdju.
gudju. prokudju: bъždą *usw.*

4. *Den gruppen* tl, dl *weicht die sprache aus:* gnelъ, kralъ *aus*
gnetlъ, kradlъ; *daher auch* vjalyj. elь *pinus abies.* vozlê *dial. apud.
Altertümlich sind* padlënokъ, derevo vyrosšee izъ padali. podlê.
vetla *Dalь. Fremd ist* mjatlь *mantel. Neben* vovkulaka *besteht* vol-
kodlakъ *Grota 63.* videlki *dial. setzt* vidly *voraus. Auch in* tn
füllt t, d *häufig aus:* glonutь. vernutь. gljanutь. procholonutь sja *re-
frigerari dial.* krjanutь sja *moveri kol. 33.* kinutь. prjanutь. sty-
nutь. vjanutь. doganutь, *richtig* dogonutь *dial. erraten beruht auf*
god; *daneben bestehen* boltnutь, botnutь, šatnutь *und* chlopotnja,
piskotnja, stukotnja *usw.; neben* machotnja *existiert* machonja *dial.
damь ist* dadmь. semь: sedmь. ts, ds *bist* t, d *ein:* devjasilъ, *p.*
dziewieć-silъ *neben* dziewiosił *eberwurz: Pot., Kъ istor. 134. nimmt
hier* devę *als erstes glied an.* dasi *kol. 26. ist* dadsi.

5. tt, dt *gehen in* st *über:* mesti, mjasti; krastь; oblastь; klastь
žerebca: mečъ-kladenecъ. čislo, jasli *beruhen auf* čьt-tlo, jad-tlь.
Unhistorisch ist kljastь: klęti; *eben so* p. rękojеść: rąkojętь. išć:
iti; r. itti, idti *sind falsche schreibungen.*

C. Die p-consonanten.

1. *Wie bei den* t-, *so tritt auch bei den* p-*lauten ein unterschied
ein zwischen den älteren und den jüngeren formen: im ersten falle*

schiebt sich zwischen den p-laut und den vocal ein parasitisches l ein. Dies ist der fall, wenn auf den p-laut ein alter praejotierter vocal folgt: toplju: toplją. ljublju. lovlju. posramlju; *eben so* korablь, žuravlь, *(worte, die indessen* korabъ, žuravъ, *nach andern* korabĭ, žuravĭ *lauten),* kremlь *usw. Unhistorisch sind* dnıju, klejmju, tmju; *eben so* skamlja *dial. für* skamьja, *das an s.* koplje *erinnert. In allen anderen fällen soll der p-laut in der theorie weich werden, eine regel, die die praxis mindestens nicht consequent durchführt:* grabežъ, pestryj; kupjatъ: kupętъ. ljubjatъ. lovjatъ. olifjatъ. opjatь *usw.* okromja *ist aslov.* okromê. *Dagegen lauten* pь, bь *usw. im auslaute wie* pъ, bъ *usw.; auch* golubju, červju *spricht der ungeschulte Russe* golubu, červu. *In* bezъ, bej; pej, penь, pero *klingen* b, p *hart.* gormja *lautet dial.* gorma. *Es ist demnach das dasein weicher p-laute im r. zu bezweifeln. Da man neben* bьju, pьju, vьju *auch* bъju, pъju, vъju *geschrieben findet, so ist wohl* bju, pju, vju *zu sprechen. Das* ja *von* dvumja, tremja *habe ich ehedem für alt gehalten, was nicht stich hält: vergl. Archiv. 1. seite 56. Man merke die schreibung* obьjavitь *d. i.* obj-.

2. *I. P.* pn *wird* n: kanutь. lьnutь. usnutь. tonutь *neben* topnutь; *daneben* sipnutь. skripnja.

3. *II. B.* bn *bü̈sst* b *ein:* gnutь; gъb. ginutь *neben* gibnutь; *dagegen auch* grabnutь *und* grabanutь *dial. Nach* b *fällt* v *aus:* obê̂ščatь. objazatь. oblačatь. obladatь. obonjatь. obyknutь; obozъ *usw. Daneben* obvaščivatь. obvinitь *usw.*

4.' *III. V.* pavko *dial.* aranea *hängt mit* paukъ *zusammen.* učerásь *dial. beruht auf* večerъ. vši *wird im volksmunde durch* mši *ersetzt:* znamši *für* znavši; rodêmši *für* rodivši; *umgekehrt* avša- nikъ *für* amšanikъ *von* mochъ, mъchъ *archiv 3. 670.*

Anlautendes vv *ist häufig:* vvitь, vvodъ, vvozъ *usw., aslov.* vъviti *usw.*

5. *IV. M. In* busurmanъ, *alt* besermeninъ, *ist* b *aus* m *entstanden. Dasselbe findet in einheimischen worten statt:* blinъ *kuchen, lit.* blīnai *pl., nsl.* mlinci. bladoj, bolodoj *aus* mladoj, molodoj. nь *für* mь *steht in* na zenь, o zenь ryb. 4. 278: *der weichlaut sollte erhalten werden.*

emt *und* omt *folgen derselben regel wie* ent *und* ont *seite 463.*

6. *V. F. Das unslavische* f *kömmt in zahlreichen entlehnten worten vor, namentlich statt des griech.* θ: frenъčuga, skverna vnutrnja *op. 2. 3. 725.* olifiti. afiny, korinfъ, foma, *worte die* аθнны *usw. geschrieben werden. Die wiedergabe des griech.* θ *durch* f *beruht auf der ähnlich- keit der stellung der sprachorgane bei griech.* θ *und bei* f *Brücke 130.*

D. Die k-consonanten.

1. Wenn man von weichen k-lauten spricht, so versteht man darunter Brücke's k¹ *usw.; das analoge gilt von* g *und* ch.

2. g *hat in manchen worten den laut des* g *in wagen nach norddeutscher aussprache:* gospodъ, blaho *usw.* kto, kъ komu *lauten* chto, ch komu. g *wird durch* d *ersetzt in* koldy, toldy, vseldy *dial. für* kogda *usw.: vergl. it. smeraldo smaragdus archiv 3. 670.*

3. An die stelle von kt, gt *tritt wie an die stelle von* tj *der laut* č, *der aslov.* št *entspricht:* вѣčъ, močь, *aslov.* sěšti, mošti; toločь *neben* tolči *kol.* 27. žeči *ibid. Unhistorisch ist* volokči *dial.; ebenso* sěkti, mogti *usw. Vergl. gramm. 3. 320.*

4. kv *wird* cv *in* cvětъ, cvělitъ, *daneben findet man* kvělitъ; raskvelitъ *Dalъ.* raskvilitъ *dial.* gv *geht in* zv *über in* zvězda. zvizdъ. *Man füge hinzu* sviščъ, *dial.* chviščъ, *č.* hvižd. svistatъ. zvizdatъ, *č.* chvístati *neben* svistati *und* hvízdati.

5. ki *wird* či: bezvêčьe, uvêčьe; olešьo *aus* -čije; -čije. vorožeja *dial. aus* -žija. pročij. dosužij *aptus,* peretužij *dial. fortis,* pêšij, *daneben* pêchij. mučitъ, božitъ, *dial.* erošitъ, eršitъ *neben* erochonitъ: *vergl. lit. aršus vehemens.* krucina *tichonr. 1. 128. lautet richtig* kručina. čichatъ, *woher* čichnutъ, *ist unhistorisch für* kichatъ, *aslov.* kychati: *so deute ich auch* šibkij *neben* p. chybki: *w.* sůb. oporčistъ *ist* ἐπορκιστής. polki *ist stets ein pl. acc.:* plъky. *Fülle, in denen vor* i *für* ê *die* c- *für die* k-*laute einträten, kommen nicht vor, denn man sagt* bêgi, bêgite; ljagъ, ljagte: lęzi, lęzête. ne mogi, ne mogite. *Vergl. gramm. 3. 320. Man merke* lgi *mentire.*

6. kê *wird* ča, *wenn* ê *ein* a-*laut, d. i. gedehntes* c *ist:* kričatъ. bêžatъ. slyšatъ; *hieher gehört auch* vysočajšij, dražajšij *usw.* ké *wird aslov.* cê, *wenn* ê *ein* i-*laut, d. i. gesteigertes* i, *oder wenn es* aind. ê (ai) *ist. Diese wandlung ist dem* r. *fremd:* rukê. nogê. duchê. *Diese formen kann man auch für junge analogiebildungen halten und sich auf formen wie* reketъ *berufen: zur unterstützung der gegenteiligen ansicht verweise ich auf die jugend der* c- *aus den* k-*lauten. Vergl. seite 242. Dagegen dürfen adv. wie* blaze, boloze, bolozja *dial., die doch auch sg. loc. n. sind, eingewandt werden.*

7. kъ *wird* čъ: blažъ *dial. stultitia.* opašъ: pah. rjažъ *netz mit grossen öffnungen:* ręg. roskošъ, vetošъ, *deren* ъ *ein altes* I *ist; dasselbe gilt von* ličnyj. vlažnyj. grêsnyj: *hieher gehört wohl nicht* strašlivъ: *vergl.* straši-. stežъ *in* nástežъ; *ferner vielleicht* bêšъ, bišъ (čto bišъ ja bajalъ bars. I. IV. kakъ bišъ ego zovutъ? kakъ bišъ

31

:to bylo? *acad.*), *das irgendwie mit dem impf.* bêhъ *zusammenhängt.*
umyčka *aus* umyka-ьka. sermjažka: -mjaga. kuropaška. *ar.* vol-
žьskij. žvaka *aus* žьvaka. kjъ *ergibt in den älteren formen* čь:
ključь. lemešь *neben* lemechъ. вvêžь, *p.* świeży, *frisch:* svig: *vergl.*
got. svikna- rein. kuličь *panis rotundus ist mgriech.* κολίκιον *matz.*
227. *neben* tagdy *findet sich* taždy *tum. Befremdend ist ar.* ljadьskъ
für ljašьakъ *von* ljachъ. *In den jüngeren bildungen entsteht* cь *aus*
kjъ: dumecь. ѣvecь. žnecь. kubecь *neben* kubekъ. *Neben* batožьja
besteht druzьja. ovdotьja *ist* εὐδοκία.

8. ke *wird* če: pečešь, pečetъ; pečenъ *neben* reketъ. teketъ
vergl. gramm. 3. 320. pšeno *beruht auf* pьh.

9. kja (kę) *wird* ča: volča, vnuča, knjaža: vlъčę *usw. Vergl.*
gramm. 2. 192. *Die aoristformen wie* byša *können* aslov. *sein.*

10. kja *wird* ča: kolča *homo claudus.* sêča. pamža *dial. für*
dremota, nevzgoda: *w.* mьg. straža. duša. juša *dial. vom regen*
durchnässter mensch hängt mit jucha *zusammen.* kyrša *dial. der hin-*
siechende: kyrchatь. miša *fraus: aslov.* mьšelъ *fraus, r.* obmich-
nuti sja *falli.* somžaritь *beruht auf* mьg. slušati. čeremcha, olьcha
neben čeremša, olьša. *Dunkel ist* pužalo, *das von matz.* 283. *mit*
pugatь *zusammengestellt wird. Schwierig sind viele* ča *in der wurzel-*
silbe: čajka *larus: s.* čavka, *nsl.* kavka, *lit.* kova. ča *dial. quid.*
cjara *steht für* čara *kir.* 2. 13. *Man merke* obolokatь *für ein aslov.*
oblakati: vlak(i)-a-ti. *Jünger als* ča *ist* ca: ptica. kožica. žnica
usw. stczja *besteht neben* polьza.

11. kje *wird* ce, *das demnach nur in jüngeren formen vorkömmt:*
donce. kolesco. morco *grosser see usw.; alt ist* če *in* plačešь *usw.*

12. kju *wird* ču in *den wurzelhaften und suffixalen bestandteilen*
der worte: žukъ *insectum.* pičuga *avis:* pik *piepen.* žmuritь *aus*
mžuritь *beruht auf* mьg. *Aus* γεώργιος *entsteht ar.* gjurgъ; gjurgevъ.
Formen wie dumcu *aus* dumcju *beruhen zunächst auf dem th.* dumьсь,
nicht auf dumьkju. plaču, dvižu, pašu *sind aslov.* plačą *usw.*

13. gn *wird* n in dernutь: derg. dvinutь. tjanutь: tęg. tronutь:
trog; *daneben* drognutь. mignutь *von* migatь: mьg.

14. *Aslov.* jego *entspricht in der schrift* ego, *das jedoch* evo
lautet; daher evonoj *eius masc. kol.* 25, *nsl.* jegov; *dasselbe findet*
statt in dobrogo, *wofür aus dem aslov.* dobrago, dobrovo *kol.* 25.

15. *Altes* s *hat sich nicht selten neben jüngerem* ch *erhalten:*
drjachlъ *debilis: aslov.* drеselъ *neben* drеhlъ. golochъ *dial. neben*
golosъ. chmara, chmora *dial.,* chmura, chmuritь, *daneben* smu-
ryj *dial.,* pasmurnyj. kolychatь, kolyska. mêchatь *dial.,* mêsitь.

morochъ, morositъ *nieseln.* ncrch- *in* neršitъ sja, nërsъ. opojachatъ
kol. 16, opojavatъ. trjachnutъ, trjastí. ëlócha *dial.,* olьcha *beruht
auf einem alsa.*

E. Die c - consonanten.

*1. Die c-laute sind der verwandlung in die č-laute und z, s auch
der erweichung fähig. Die verwandlung in die č-laute ist das ältere,
die erweichung das jüngere.*

*2. Die č-laute treten vor praejotierten vocalen bei z und s, seltener
bei c ein:* ražu. nošu; kvaša. prošaka; raženъ. gašenъ; niže.
kraše *tichonr. 2. 63.* vyše- *und* ovčuchъ, *d. i.* ovcj(a)-uchъ *von*
ovca. c *und das jüngere z geht in č und ž in jenen füllen über,
in welchen auch k und g diese veränderungen erleiden würden:* kup-
čicha, zajčicha *von* kupecъ, zajacъ; *unhistorisch ist* vdovicуnъ.
ar. kladjažíščь *neben dem minder richtigen* kladjazíščь. knjažna. *Ab-
weichend ist* lěšij *waldteufel, ar.* zalěšij. z, s *gehen in* ž, š *über
vor weichem* l, n: bližnij, upražnjatъ; dnešnij, lětošnij, razmyšljatъ,
šlju; *daneben* zlju sь *und* vesnjanka *neben* vešnjakъ. okroměsьněj
.(adъ) *var. 74:* zlj *und* snj *sind jüngere gruppen.*

*3. Der erweichung sind nun nur z und s fähig: ehedem bestand
wohl auch* ć: *ar.* dědilcja; *gegenwärtig gibt es kein* ća, cja; ć, cь,
daher cata: cęta; zajacъ. *Dagegen lauten z und s weich vor den
hellen vocalen:* vezešь. nesešь; rêzъ, rusь; knjazьja. obezьjana:
pers. abuzine. zalozьja *glandula:* žlêza; zjuzja. sjuda. dosjulьnyj
ryb. 4. 295. knjazь: kъnęzъ *aus* kъnęgjъ. zjablikъ *fringilla,* zjatъ,
sja, sjadu *aus* zęb-, zętь, sę, sędą. š *in* pisьmo *beruht vielleicht
auf dem m. Neben* sjabra *amicus findet man dial.* šabrъ *vicinus.*
sъ jadomъ *lautet* š jadomъ.

4. zr *geht oft in* zdr, sr *in* str *über:* mjazdra. zdrja *neben* zrja
dial.: zьrę; *daneben* zazrostь *op. 2. 3. 718.* stramъ, stramota
dial. pudor. strogij, *das dial. für* ostorožnyj *gebraucht wird: aslov.*
sragъ. vstrêčatъ. strokatyj *Dalъ neben* soroka. struja.

5. ss *wird* s: csi *es ist* jes-si. st *geht vor praejotierten vocalen
in* šč *über:* čiščatъ. čišču; *ebenso* izoščrjatъ. chruščъ *tenebrio molitor:
w.* hręst. chrjaščъ *cartilago.* slaščávo *dial. dulce und* salóščij *dial.
für* sološčij *beruhen auf* slastь. vodokrešči, vodokšina *dial. wasser-
weihe:* krъsti. lěščъ *cyprinus brama: vergl. lett. lestes.* sviščъ *neben*
chviščъ *dial. pfeifente:* svist.

6. stl *wird* sl: maslo. veslo. uvjaslo. prjaslo *beruht vielleicht
auf* pręt; uslo *textura auf* ud: *lit. audis.* sroslênъ *m. zusammen-*

31*

gewachsene stämme: rost. oslopъ *ist aslov.* stlъpъ. stn *büsst* t *ein:*
chlysnutъ. chrusnutъ. molosnyj *mit milch zubereitet: vergl.* p. młost.
nevisnoj *schlecht sehend:* vistъ. *aus* stv *wird* cv: stvolъ, cvolъ: *lit.*
stūlis. sora *besteht neben* svora: *p.* sworzeń. vsklenъ *voll bis zum*
rande lautet dial. vstkljanъ: stъklo.

7. zd *wird vor praejotierten vocalen* ž: zaêžatъ, *wofür* zaêž-
žatъ, zaêžžatъ *geschrieben wird.* pozže *serius: aslov. ist* žd *vergl.*
seite 284.

8. zd *entsteht manchmahl aus* d: žizdoritъ *dial. für* vzdoritъ
uneinig werden. drozdъ *turdus.* êzda, priêzdъ: jad. gnêzdo. gro-
mazditъ. puzdro: *ahd. fuotar, got. fôdra- scheide. Neben* priuzъ
besteht priuzdъ *dreschflegel:* privęz. glêzdatъ sja *dial. und* glezditъ
ist mit dem so viele formen annehmenden skolъzitъ *verwandt.* grazdъ
dial., gorazdъ *peritus vergl. mit* ιcr. grazd *citus.* pozdoj *dial.* pozdo,
pozdê, pozuno *ist mit dem preuss. pans-dau zu vergleichen.*

9. sk *wird* šč, *wo* k č *würde:* jaščikъ: jaskъ. luščitъ, luskatъ
dial. meråčatъ *schwach scheinen III. 2.* izmênščikъ *verräter,* izmên-
ščica *verräterinn:* *izmênъskъ. ploščadь: ploskъ. gnoišče. nivišče.
požarišče *aus* -iske, -isko. ske *erhält sich manchmahl:* škelь *dial.*
irrisor, škelitъ *dial. irridere,* oskala *dial. irrisor,* skalozubъ, zubo-
skalъ *neben* oščera *irrisor; ferners* raskepъ *Dali,* raskepina, *ar.*
skepatъ; proskêpъ *art zange neben* raščepъ *Dali,* ščepa; ščepatъ
span; ščepatъ: *aslov.* cêp-. ščegolъ *stutzer ist wohl mit aslov.* scêglъ
verwandt. Dunkel ist ščegolъ: *stieglitz ist wohl* č.: stehlec, stehlik,
slk. stehlík, *p.* szczygiel. *Das verhältniss von* pustitъ *und* puskatъ
ist mir nicht klar: s. puštiti *neben* pustiti; suščъ *für* suchie snêtki
von suchъ *und* svcrščъ *neben* svcrčokъ *gryllus domesticus von* sverk
sind dunkel.

10. skn *wird* sn: opolosnutъ. plesnutъ: plesk. porsnutъ *ferire.*
prysnutъ. tisnutъ. tosnutъ sja *neben* tosknutъ sja *und* potsnutъ sja
bus. 2. 150. tresnutъ *neben* pisknutъ, tusknutъ *trübe werden.*

11. zg *wird* ž, *wofür* zž, žž *geschrieben wird, dort, wo* g *in* ž
übergeht: brjazžatъ *sonare.* zgn *wird* zn: brjaznutъ *dial.* obreznutъ
dial.: brêzg, *p.* obrzask. bryznutъ *neben* brjuzgnutъ. promzgnutъ
kahmig werden und mozgnutъ *evaporare.* myzgnutъ *hin und her*
laufen. vizgnutъ *wimmern.*

12. *Der ursprung des* zg *ist in manchen worten dunkel:* drjazgъ
schmutz, daher derjaždьe, obyčaj estъ na branъ *vol.-lêt. 76.* gluzgъ,
luzga *naht eines mehlsackes.* czgatъ sja *dial. polliceri.* luzgъ *augen-*
winkel. meluzga. morozgъ *feiner regen.* mozgljakъ *schwächling.*

promzglyj *kahmig.* umyzgatь *op. 2, 3. 161.* zgi : zgi nêtъ *es gibt gar nichts. Man füge hinzu* doždь. mozgъ *ist auf ein ursprachliches* masga *zurückzuführen : aind.* madjā, *abaktr.* mazga *f. usw.* rozga *ist ein ursl.* orzga : *vergl.* razъ. uzgъ *ist aus* ugъ *d. i.* ugolъ *hervorgegangen.* žužgъ *dial. vermis genus vergl. man mit* žužžatь.

13. zg *wechselt manchmahl mit* sk : verezgъ *und* vereščatь.

14. Anlautendes ss *ist häufig :* ssati : sъsati. ssylatь. ssypatь *usw.*

F. Die č - consonanten.

1. Nach den č-lauten schwindet die praejotation : ehedem scheint sie auch nach diesen lauten vorgekommen zu sein : gjurgevičju. *Eine erweichung dieser consonanten ist nicht möglich, daher richtiger* ključъ *als* ključь.

2. žemčugъ, žьnčjugъ *izv. 648. margarita, gemma, klr.* žemčuh, *lit.* žemčiugas, *ist fremd : man vergleicht* türk. īndžū, *avg.* džumān, *griech.* ζάμυξ, *alles mit geringer wahrscheinlichkeit : matz. 92. denkt an mhd.* gamahiu *name eines edelsteines.* šestъ *pertica ist mit lit.* šėkštas *wurzelverwandt.* šč *geht dial. in* šš *über :* čašša *aus* čašča. eššo. puššе. ššuka *usw. kol. 16. 17. 72; dial. ist auch* naslêgъ *für* nočlegъ *zag. 648;* korčma *steht für* korčma. č *kömmt in alten quellen für* c *vor :* ičêliti, ičêlenьe stockh. bêlorizьčê *für* -rizьcja *izv. 618.*

3. Das so häufige j *entbehrt im r. wie im aslov. eines eigenen zeichens : wie es ausgedrückt wird, erhellt aus dem vorhergehenden. Dass aslov.* krai *im sg. nom. nicht* kraj *gelautet habe, ist nicht wahrscheinlich gemacht : wenn* крали *aslov.* kraja *ist, dann wird der sg. nom. wohl auch* kraj *gelautet haben. Archiv 3. 667. Im auslaut entsteht manchmahl* j *aus älterem* ji : *sg. gen. f.* dobroj *aus* dobroji *und dieses aus* dobro-jǫ ; čьei *ist* čьjeji *aus* čije-jǫ : *damit ist aslov.* dobrêj *aus* dobrê-ji *zu vergleichen.*

Zweites capitel.

Den consonanten gemeinsame bestimmungen.

A. Assimilation.

r *wird erweicht vor* č, šč : potča. botšč; *vor den* p- *und den* k-*lauten, wenn dem* r *ein* e *vorhergeht :* petvyj. seťmjažka. ceťkovь;

vor weichem l, n: sveŕlitь, ozoŕnikъ; *vor den weichen* t-*lauten:*
goŕditь sja; *vor den weichen* p-*lauten:* skoŕbь; *vor weichem* z, s;
alle consonanten werden erweicht vor j: otjechatь otъѣhatь; *die*
p-*laute vor den weichen* p- *und* k-*lauten:* ljubvi. v́ pči. dêv́ki;
die t- *und* s-*laute vor weichen* t- *und* p-*lauten und vor weichem* l, n:
otъ têchъ, *d. i.* ot têchъ. sъ nimъ, *d. i.* s nimъ. sotnja. dn̈ëmъ.
šeŕstь. veŕstê *neben* versta *usw. Archiv 3. 679. Man beachte* pisьmo.
cheravinьsьkuju. serafinьsьkie *var. 150; z und* s *werden weich,*
wenn sie weichen consonanten vorhergehen: kuznь, *d. i.* kuźnь; myslь,
pêsnь, *d. i.* myślь, pêśnь. *Die erweichung des* s *wird in diesem*
falle unbezeichnet gelassen. Älter als die erweichung des z *und* s *ist*
die ersetzung dieser laute durch ž *und* š *vergl. seite 481. Vor*
tönenden consonanten stehen nur tönende und umgekehrt: gdê: kъde.
vezdê: vъsьde. zdorovъ: sъdorovъ; *falsch:* veztь *für* vestь. ščastie
ist aslov. sъčęstije *usw.*

B. Einschaltung und vorsetzung von consonanten.

Dass aus pja-plja, *aus* zr-zdr-, *aus* sr-str *werden kann usw.,*
ist seite 477. 481 bemerkt. Es wird ferner seite 484 gelehrt, dass dem
o *oft* v *vorgesetzt wird. Man beachte, dass dem auslaute nur bestimmte*
lautgruppen zukommen: br, tr, st *usw.;* j *mit folgendem consonanten*
wird gemieden: daher stoilъ, tainъ *im pl. gen. von* stojlo, tajna;
daher auch boju sь, *aber nicht* boj sь, *sondern* boj sja *oder* bo sь;
doch spricht man kajmъ *neben* kacmъ *von* kajma; vojnъ *von* vojna;
die on. možajskъ, nogajskъ *usw.*

C. Aus- und abfall von consonanten.

A) Ausfall von consonanten.

p, b *vor* n *fallen meist aus, wie seite 478 gezeigt wird.*
barinъ *entsteht aus* bojarinъ: boljarinъ; batyrь *aus* bogatyrь;
carь *beruht auf* cьsarь, cêsarь *usw.*

B) Abfall auslautender consonanten.

Das l *des part. praet. act II. fällt nach consonanten häufig*
ab seite 476. Dialektisch sind chvosъ *für* chvostъ, isь (jisь) *für*
êstь *edit,* përsъ *für* përstъ *usw.* čanъ *entsteht aus* dĕčanъ *von*
dъska; prjacha, nerjacha *beruhen auf* pręd, rędъ.

D. Verhältniss der tönenden consonanten zu den tonlosen.

Dem auslaut kommen nur tonlose consonanten zu: golupъ *tichonr. 2. 440,* nastešь *angelweit,* čšь *ede:* jaždь *usw. Man vergleiche hiebei* iskra *mit dial.* zgra.

E. Metathese von consonanten.

kropъ, ukropъ *für* koprъ. ladónь, *d. i.* lodónь, *für* dolonь: dlanь. žmuritь *für* mžuritь: mьg. ponamarъ: παραμονάριος.

Lautlehre der čechischen sprache.

ERSTER TEIL.

Vocalismus.

Erstes capitel.

Die einzelnen vocale.

A. Die a-vocale.

I. Erste stufe: e.

1. A) Ungeschwächtes e.

1. Anlautendes e *findet sich nur in fremdworten:* erb (herb), eva *usw.*

2. Wurzelhaftes e: břed *fallsucht zlin.* 51. bleptati, breptati *balbutire.* ceknouti *mucksen.* slk. het *weg.* jelito. kmen. nechati. netopýř. slk. pelat *agere:* nsl. peljati, tepati *ferire.* třepati *schütteln.* vele *valde:* slk. vela *multum usw.*

3. Dem č. e *steht* slk. a *gegenüber in* lad *glacies.* e *in* teprv *ist vertreter eines älteren* o. *Der pl. loc. hat* slk. och: duboch, chlapoch, žalmoch *usw.; auch sonst tritt* o *für* e *ein:* svokruša. hoslo. kostol *usw.*

4. Urslavisches e *haben wir in* zasteli: zastlati. dožera *plackerei* zlin. 52 *usw.*

5. ě *lautet häufig wie* i, slk. *wie* ie: plist, vizt d. i. plésti, věsti: slk. pliesť, viezť. dobrého, slk. dobrieho. *Man beachte* slk.

vediem, meticm, nesiem, *dial.* nesiam *fero gemer:* ie (ia) *ist dehnung des* e.

6. *Eingeschaltet ist* e *in* sveřepý. báseň. oheň. barev. her (hra). obedřiti. obejmu. obelhu. ke, ac, ve, ze *in bestimmten fällen für* k *usw.*

7. *Hartes* e *ist häufig:* hemzati. ten. člověkem. bohcm. vrchem; bere, *ač.* béře *usw.* orel: orьlъ, *r.* orelъ, *p.* orzeł, orła. łežka *löffel dial.* 58.

B) Zu ь geschwächtes e.

ь *aus* e *wird* e *oder fällt aus:* peň, pně *truncus.* test, testě, *ehedem* tstě. tchán, tchyně. lhota. msta. stéblo, *slk.* zblo. tnu. žьg *aus* žcg *hat* žhu, žžeš; žži; žha; žžen: žьgą, žьžeši; žьzi; *zьgę; žьženъ; *daneben* žehnu, *mit* roz - rozžhnu: *raždьgną; *slk.* -žnem, -žni *usw.* -žhnem, -žhni *usw.*

2. tert wird trt oder trêt.

A. tert *wird* trt.

1. *Das aus* er, el *entstandene* r, l *ist dial. der dehnung fähig.* blb *tölpel. slk.* blk *flamma.* brh *schober, mit* brah *aus* borh *verwandt.* brhel, brhlez *oriolus: nsl.* brglez, *p.* bargiel. brk *penna: p.* bark. brła *zlin.* 22. *für* berla. brslen, brělcn *euonymus. slk.* brvno, *č.* břevno: *p.* bierzwiono, *beruht wohl auf* brev-. brz. crkati *zirpen.* četvrtý. *slk.* črchnút (sekerou): *nsl.* krhati. čr- *geht jetzt in* čer- *über:* čermák *notacilla rubecula.* čermný. černý. čerpati, čerdák: *slk.* črpkat. čerstvý. čert. čertadlo *vomer.* červ; červený : *vergl.* čermák : *ehedem* črmák. črný *usw.* lú, lou *tritt für slk.* ľ *ein:* dlouhý, *slk.* dľhy; dľhý *zlin.* 22. dluh, dlužen: dlžen *zlin.* 22. 35. drbati *fricare: w.* der, *dak.-slov.* darba-. drhnouti, *slk.* drgať *stossen.* drchati *zerwühlen: w.* der. drkati *torkeln.* drn *rasen. slk.* drvit (łany): *w.* der. držeti. *slk.* frfotat. *slk.* pofŕkat (vodou). glgat *deglutire zlin.* 52, *slk.* glg *schluck;* glgať. grča, guča *zlin.* 53. hluk *aus* hlk. hrb *für* kopec *zlin.* 53. *slk.* hrča *glandula.* hrdlo. hrdý. *slk.* hrdusit *spiritum praecludere. slk.* grgať a glgať. hrkati. *slk.* shŕčať. hrtán *zweisilbig neben dem einsilbigen* chřtán. chlm *zlin.* 22, chlum. hřbět, *dial.* hřibet. chrkati. klobása, *ač.* koblsa, *steht für* klbasa. klč *neben* krč *stock,* klčovati *stöcke ausgraben: nsl.* krč *rodung,* krčiti *roden. slk.* kľzať: *č.* klouzati; klzat, klzký *zlin.* 22. konvrš *conversus.* krbík, *dřevěná* nádobka *zlin.* 55. kŕč *zlin.* 22; *slk.* krč:

č. křčč, *dial.* škřek *neben* krčiti *contrahere.* krčah. křdel *zlin.* 22.
slk. křdel *herde: vergl. aslov.* črŏda. krk, *slk.* krk lebo grg *collum.*
krsati. krt, *dial.* kret *dial.* 58. mlknouti; mlklý, mlkvý. mlsati.
mlznice *saumutter: wohl aslov.* mlъz. mrdati *wedeln.* mrhati *ver-
schwenden.* mrholiti, mlholiti *schwach regnen.* ač. mrl, *jetzt* mřel:
mrъlъ, *mrêlъ. mrkati *blinzeln.* mrskati *stäupen.* mrva, *slk.* pre-
mŕvať *iterat.* mrzeti. mrznouti. pluk *aus* plk. plsť: *slk.* na koži je
srsť, keď splzie, je plsť. plný: pľnit *zlin.* 22. plzký; plž, pliž
wegschnecke. prchnouti *avolare.* *slk.* prk *bocksgeruch:* prk je pot
od capa, *daher* prča *ziege zlin.* 10. prkno: *p.* parkan. první, *ač.*
prvý. przniti *maculare.* skrblik *knauser.* skvrčeti *prasseln.* slzký,
klzký *schlüpfrig, daher* oslznút, okłznút *zlin.* 59. smrk, *dial.* švrk,
pinus abies picea. smrk *mucus.* srkati *sorbere,* sŕkat *zlin.* 22. srsl
sršán. *slk.* stlp, *wohl* stľp, č. sloup *aus* stloup: sľp *zlin.* 22. strk
stoss. šklbal, *jetzt* škubal *zlin.* 22. ščrček, brable polní, *daher*
ščrčný, dotěrný *zlin.* 11. šprček: *vergl. nhd.* sperk *dial.* matz. 334.
švrk: *slk.* švrček, č. cvrk *gryllus.* *slk.* štrba: č. štěrba; ščrba
zlin. 22. *slk.* štrk: č. štěrk; ščrk *zlin.* 22. tlouci *inf.* aus tľci,
slk. tľct; tľet *zlin.* 22, stľúkat *zlin.* 57, *slk.* stľkať; stľkat *zlin.*
22. *slk.* tlsty; tlstý; tlsták, *jetzt* tlusták *zlin.* 22, č. tlustý. trčeti
eminere. trdlo, trdlice *neben* trlice *aus* terd-: *w.* ter. trh. trhnouti.
slk. trkotať. trn: *slk.* trň; tŕn *zlin.* 22. vlha *zlin.* 12. *vlk.* vŕba
zlin. 22. vrbena, *lat.* verbena. vrch; vŕchtity *zlin.* 22. vrk: vrkati
knurren. vrkoč *plegma.* vrl: nevrlý *für* nehybný *zlin.* 58: *nsl.* vrli
tüchtig, brav. vŕš *für* verš *zlin.* 22. vrtati *bohren.* ač. vrtrati,
vrtlati *murmurare.* vrzati *knarren.* zrcadlo, *slk.* zrkadlo. žerď;
žrď *zlin.* 22. žerna. žluknouti *bitter, ranzig werden aus* žlk-: žluč;
žłč *zlin.* 22: *aslov.* žlъčъ. *slk.* žlna *neben* žuna: č. žluna, žluva.
slk. žltý; žłtý *zlin.* 22; č. žlutý. *Vieles ist unaufgeklärt: hieher
gehört* břevno. tepřiva *neben* tepruva *dial.* 18. 38. *Silbebildendes*
r, l *wird manchmal durch vocale oder durch* r, l *mit vocalen ersetzt:*
a) grča, guča *haufen zlin.* 53. meholiti *neben* mlholiti, mrholiti.
mimrati, mumrati *neben* mrmrati. škvikati *neben* škvrkati. *b)* klo-
bása, kyłbosa *dial.* 60. melč *für* mlč. pelný *für* plný. pervé *für*
prvé *dial.* 30. pliž *neben* plž. pulný; ternava, tyrnava *dial.* 78.
vylček *für* vlček *usw.* 56. zolvica *dial.* 74. *Dazu kommen noch die*
lu *für* l.

   2. *Seltener geht* tret *in* trt *über: slk.* brdnúť: bred, *p.* brnąč.
brnčať: bren-. pohřbu *von* pohřeb. *slk.* hrm hrmí. oslnouti *er-
blinden.* slza *lacrima;* słuza *dial.* 58. strměti. skrz *vergleiche man*

mit chorv. krez *und mit aslov.* črêzъ. řek *kann* řk *werden:* řku, řeku; neškulic *doud. 19. ist* ne řku li. pepř *ist aslov.* pьprъ: *peprь.

B. tert wird trêt.

Das ê *des aus* re, le *entstandenen* rê, lê *ist in vielen formen lang.* *slk.* brek, brekiňa, brak: *č.* břek, *klr.* bereka, *magy.* berkenye. člen, článek: *vergl.* žleb, žlábek. střemcha, třemcha *neben* čermucha. střída, třída: *slk.* črieda. *slk.* čren *maxilla;* črenový zub; črenek *manubrium: č.* střen, třen. střep, třep: *slk.* črep. třislo, *dial.* čeřislo, *slk.* čereslo. střešně: *slk.* čerešňa. *slk.* čret, črem *haurire.* střevic, třevic, střeví: *slk.* črevik, črievice. střevo, třevo: *slk.* črevo. dřín: *slk.* drieň. dříti: *slk.* dret, *nsl.* drêti, derem. dřevo. mléko, mlíko: *slk.* mlieko; mléč *sonchus. Vergl. slk.* mrena, *magy.* márna, *cyprinus barbus.* plen. pléti *aus* pelti; pleji. přiky. *on.* smřičí *beruht auf* smrêka. střín, střín: *slk.* srieň. středa, střídmý: *slk.* vo sriedku. střeček *oestrus.* stříci: strêšti. střízvý: *slk.* triezvy, strézvy. obříslo, povříslo *strohband:* -verz-tlo. zlab, *ač. slk.* žleb; žlábek *on.* hliza *neben* žléza, *jenes aus dem älteren* gelza, *dieses aus dem jüngeren* želza: *daneben* hlázu *und* žláza. hřibě: *aslov.* žrêbę. *ač.* hřebie *sors výb. 1147. ač.* zřiedlný *visibilis von* zřiedlo *speculum.* hřídlo, *ač.* hřiedlo *orificium výb. 842 und* zřídlo *doud. 32, richtig* žřídlo, *sind nur durch den anlaut verschieden:* hřiedlo *beruht auf* gerdlo, žřídlo *auf* žerdlo. *aslov.* črêzъ *ist slk.* čez, coz. *slk.* plena, kaz na nějakém ostří; pleniti, kaziti *čas. mus. 1848. 2. 316. vergl. mit nsl.* pьlna (sekira).

3. ent wird jat.

1. ja *aus* en *ist kurz oder lang, daher* ja *und* já: *jenem entspricht p.* 'ǫ, *diesem* 'ą; *ähnlich, jedoch nur teilweise, in anderen slavischen sprachen. Dem* ja *liegt* ěn, *dem* já - ŏn *zu grunde.*

2. ja *und was sich daraus entwickelt liegt folgenden formen zu grunde:* bledu: blędą: blésti *beruht auf einem č. lautgesetze.* dčhyl: *p.* dzięgiel. dětel, jetel, *slk.* ďatel, jatel: *p.* dzięcioł, *nsl.* dětel. hřada; na hředě. chřest: *p.* chrzęst. ledví. pomenouti: pomęnąti. zpět. střepěti *curare: vergl. ar.* strjapati. třasu, třeseš. větší: *p.* więtszy, vězcti, vězeň *usw. Eben so* břémě, sémě; *ferners* muže: mažę *neben den dial. pl. nom.* voze, lese *zlin. 33.* země: zemьję. mě, tě, se *aus* sě; bije, uměje, hledě *usw. dial.* leža, stoja, seďa *doud. 7. slk. wird kurzes* ja *für* en *durch* ä *ersetzt:* pamät. pät.

vätši. väzeť. najmä. mä *neben* ta, sa. *Beachtenswert ist* tebä, sebä,
r. tebja, sebja, *was auf älteres* tebę, sebę *hindeutet; dem* č. mne
steht slk. mňa, r. menja *gegenüber.*

3. já *und was daraus wird steht in folgenden formen:* počátek:
p. początek. jeřáb: *p.* jarząb. jestřáb: *p.* jastrząb. kniže. *slk.* kráž
aus krjáž *kreis:* križom, krážom. peníz: *p.* pieniądz. počíti *und*
počátek. tisíc: *p.* tysiąc, *einem aslov.* tysęštъ *entsprechend.* zajíc:
p. zając *usw.* *Eben so* činí: *p.* czynią. činíc: *p.* czyniąc. *Das
possessive* její *ist mit aslov.* jeję *nicht identisch. slk. wird* já *durch*
a, *in gemer. durch* ae *ersetzt:* vázati *aus* vjázati, *slk.* viazať, vaezať.

4. ja *verliert nach den* t- *und* p-*lauten die praejotation, die vor
dem* e *steht:* táhnuti. tázati, tieži. datel, dětel. devátý, devět. ho-
vado, hovězi. mata *mentha.* matu, mieteš. mázdra. pata. patro.
pátý, pět. zpátek, opět. svatý, světíti. vázati, vieži. váznouti,
víznouti *aus* vjéznouti. vadnouti. *Dial. und slk. gilt die regel
nicht: slk.* tiahnúť. miazdra. viazať. zaviadnúť. ověne zlin. 60. 70.
Man merke noch měsic *aus* měsjéc, *slk.* mesiac. sadu *neben* sodu.
sáhnouti, siehni. desátý, deset *und* žádati, žiediti sě. *Von den
formen des partic. praes. act. haben nur jene* ja, je, *welche im aslov.
nur* ę *kennen:* hledě, čině, volajc *usw., dagegen a diejenigen, die
im aslov.* y, *archaistisch* ę *bieten:* dada, nesa, peka, tra *usw.; dial.
findet man* veda. buda. ida. sedňa. věda zlin. 39. 40.

5. *Nach dem vorhergehenden sind* ja, já *in worten, in denen sie
aslov.* ę *entsprechen, aus* en *hervorgegangen: jung ist slk.* slemeň
dialekt. 74: slêmę. *Andere nehmen an, das* č. *habe ehedem die vocale*
ę *und* ą *gehabt, habe sie jedoch eingebüsst: bewiesen ist die lehre
nicht, und wenn für* ę *die* on. dzongilow, golonsici *für späteres*
golasiz, lysenticz, posenticz *angeführt werden, so liegen die hier ge-
nannten orte in einem lande, wo eine verschiebung der dort an ein-
ander grenzenden stämme, Čechen und Polen, vor sich gegangen sein
dürfte:* janči *für* ječi *ist doch p. V. Prasek, Čeština v Opavsku 9.
26. Vergl. geb. 37.*

II. Zweite stufe: ě.

1. *Dem aslov.* ě *steht* č. *ein* e, é (í) *gegenüber, das den vorher-
gehenden consonanten erweicht:* někdo *d. i.* ńekdo: někъto. řeka.
řídký *usw.; dial. sind* nekdo. medveď. vetva. veža. tem. tech: têmъ.
têhъ. čarodenik. horo *oben.* strela zlin. 28. *Auf* s, z *übt* ě *jetzt keinen
einfluss aus:* seděti: *aus alter zeit stammen die formen* šedý, šedivý,
šedina; šerý *aus* sjed; sjer: *aslov.* sědъ; sěrъ. *Vor harten conso-*

nanten geht der dem ê *enstprechende laut in* 'a *über:* držav, držal, držan *neben* drževši, drželi, drženi, držeti. osiřalo (dítě) *doud. 6.* jabřádka. okřáky *zlin 59: vergl. slk.* priam. *Der das aslov.* ê *re-flectierende laut ist kurz oder lang. Kurz:* běžeti. *slk.* drevec *wurf-spiess. slk.* hlen *bodensatz: aslov.* glênъ, *p.* glon. lenivý *und das verwandte* obleviti *nachlässig werden. Vergl. č.* lina *schlangenhaut mit nsl.* lêv *m.* měchýř: *p.* męcherz. snědý *aus* smiady. větev. žleb *usw. Lang:* břémě, břímě. díra *neben* ďúra, *p.* dziura *beruht auf* dirati *aus* dêrati. dřiti *aus* derti. mléko, mliko. umřiti. sémě, símě *usw.*

2. ê *ist dehnung des* e: bírati, *slk.* bierať. -čírati, *slk.* -čierat *haurire.* -dirati. léhati, lihati. létati, litati. mílati, *slk.* mielať. mí-rati. -pékati. -plétati *usw.*

III. *Dritte stufe:* o.

1. A) Ungeschwächtes o.

1. o *ist kurz oder lang. Kurz:* botnati *anschwellen: aslov.* botêti. bron *weiss: aslov.* bronъ. hora *berg, wald.* hrot *gosse in der mühle: aslov.* grotъ. pon, aspon *slk.:* aspoň; *aslov.* ponê. toporo *hacken-stiel zlin. 67. usw. Fremd:* kostel. ocet. oltář. hofer *zlin. 18. usw. Langes* o *wird* uo, ů: bůh. kůň, *slk.* kuoň. hadů *aus* hadův, ha-dóv. hadům *aus* hadóm *neben* rybám. *Daneben dial.* ó: dóm: dům. ó *interj.* lóni: lůni *neben* loni. ósmý: osmý; *die durativa IV. dial:* hóním. róním. zvóním *und* bójím sa. stójím *neben* lovím. modlím sa: *dagegen die iterativa* chodím. łozím. nosím *usw. zlin. 24. 63. slk.* hadov *neben* hadó. domó. klokošó. orechó *gem.*

2. *Dial. und slk. steht* e *für* o: *dial.* temu. potem *zlin. 38.* tebě, sebě *doud. 10. slk.* kelo *quantum gemer.* stenať. tenúť; *daneben č.* nesoch, *aslov.* nesochъ. *ač.* kte. sposeb.

3. o *ist eingeschaltet im slk. statt des č.* e: som. dosok *pl. gen.* od polodne. rozopra. zo dverí.

4. o *ist die erste steigerung des* a (*slav.* e): brod. hon; ohon *cauda.* poklop *falltür.* konati. loh-: ložiti. nořiti *immergere:* mořec *taucher aus* nořec. nos-: nositi. opona. tok *sieb: vergl.* točiti. nátoň *holzklotz:* tъn. vod-: voditi. vol-: voliti. vůz. zvon *usw. In* popel, *slk.* popol, *hat keine steigerung statt gefunden.* tort *und* ont *beruhen ebenfalls häufig auf einer steigerung des* e *zu* o: smerd, smord *und daraus* smrad. telk, tolk *und daraus* tlak gedränge. trens, trons *und daraus* trus, *aslov.* trąsъ.

B) Zu ъ geschwächtes o.

hemzati *kriechen.* keř, křc, *slk.* ker, kra. tkáti *usw.*

2. tort wird trat.

Das a von trat *aus* tort *ist bald kurz, bald lang:* bláboliti.
blahati: *p.* błagać. brada: bradatice *bartaxt.* brah. *slk.* bralo *aus*
bradlo: *vergl. aslov.* zabralo. bránice *netzhaut: p.* błona. brav. dláto
aus dolbto: *vergl.* dlabati *kohl machen.* hlaholiti. hlaveň *carbo dialekt.*
68. hrad. chlácholiti. chlap. chrast, *alt* chvrast. klas. klát *truncus:*
vergl. klátiti: *w. wohl* kol. krabice *schachtel: vergl. p.* krobia. *slk.*
kračun. *Abweichend:* krok; kročiti, *daher* kráčeti. krákorati. král.
křástel *mit unhistorischen* ř: *aslov.* krastělь. -krat: *p.* -kroć, *r.*
-kratъ. mlád, mladý. mlat. planý *unfruchtbar.* plápolati. plaz,
plzké místo. paprat, *daraus* papradí: *p.* paproć. prak: *vergl. p.*
proca, *s.* praća, *wohl aus* prak-tja. prám. pramen *strahl, ast.* prase.
sprateň *unzeitiges kalb: vergl. r.* zaporotokъ *ovum ventosum.* práz-
den. skraň, *slk.* škraňa *maxilla: p.* skroń. slatina. straka *aus*
svraka. stráže. svrab. vlach. vládati. vláha. vrána, *dial.* vrana,
cornix. slk. vrána *spund.* vratiti. vrávorati *titubare.* žlab u mlýna
doud. *10, slk.* žlab: *vergl. r.* žolob. *Ursprüngliches* torot *bleibt*
ungeändert: vzdorovitý. ort *wird* rat *oder* rot: labo. labut. laknouti.
laně *cerva.* rádlo *aus* or-dlo. ratej, *slk.* rataj, *aus* or-taj. rámě; loď.
loket. loni, *slk.* lani. robě. rokyta. rostu, růsti *neben slk.* rasti.
rovný. *č.* roz-, různý, rožeň *neben slk.* raz-, ražeň. rozha, roždí
neben slk. razga, raždie. jabloň *entsteht aus* jaboln. slavík *ent-*
spricht r. solovej. *č.* skamrák *hängt mit* skomrahъ *nicht zusammen.*
Hieher gehört nach K. Müllenhoff auch ramênъ, ramьnъ *impetuosus:*
ἔρμενος, *ahd.* irmin. *Man beachte slk.* holot, holá země v zimě.
Unslavische lautfolge: slk. parta, ozdoba na hlavě mladých slo-
venek. tort *ist steigerung des* tert *in* dolbto, dláto: delb. hord,
hrad: gerd. mlád: meld. plaz: pelz. stráže: sterg. svrab: sverb.
vláha: velg *usw.*

3. ont wird ut.

1. Eine nötigung č. ut *aus* ąt *entstehen zu lassen besteht nicht.*
u *aus* on *ist kurz oder lang, jenem liegt wahrscheinlich* ŏn, *diesem*
ŏn *zu grunde. Kurz:* bubřeti *turgescere.* čubr, čibr, *dial.* šubra,
satureia. husle *dial. slk. neben* housle. kruh. labuď, labut. lučiště.
mut; kolomuta *wirrwarr;* zármutek. ňuchati: ąhati. orudovati *usw.*

Man füge hinzu ruku. nesu. minul *usw. Man vergleiche auch* puhlý *vastus. Lang:* housenka. houžev. moutiti; kormoutlivý. souržice: sq-. stoudev, štoudev *stünder: ahd. standā.* troud, trout. trousiti. outor: q-. vous. motouz: -vązъ *usw.* rukou. nesou. minouti.

2. ont *ist steigerung von* ent *in* blud: blend. mut: ment. trous-*in* trousiti: trens *usw.*

3. *Was für das einstige dasein von* ą *im* č. *vorgebracht wird, ist so zu beurteilen, wie das, was für* č. ę *sprechen soll:* tyrmancz *pras.* 9. vendoli *geb.* 137. dombó *slk. on.;* gamba *zlin.* 75. *ist p.*

IV. Vierte stufe: a.

1. a *ist kurz oder lang. Kurz:* baba. laz (prvé leto laz vsko-pachu, druhého leta rádlem vzorachu *dalem.*). mařiti; v mar přijíti *zu grunde gehen ist fremd.* tratiti. ozrač, *d. i.* nádhera *usw. Lang:* kámen. koráb *für* strom vypráchnivělý, vyžraný zub *zlin.* 55. šáliti *usw.; ebenso* káti, láti *usw.*

2. *Anlautend:* a. nč. as *usw.* jehně: jagnę, agnę. jeviti. var-hany *ist das lat. organa.*

3. a *geht durch assimilation in* e *über:* jehně. dej, *worüber unten das nähere gelehrt wird.*

4. a *ist die zweite steigerung des* e: škvar, škvařiti: skver *in* škvřieti *liquefieri.* valiti *volvere.* vařiti *usw.* mraštit (obrvy) čít. 1. *181:* mersk, *daher* mrask. zimómárný *für slk.* zimomrivý, zimovrivý, kdo zimou mre. loziti *zlin.* 23. 32. *von* lez *statt* laziti *folgt der analogie von* ncs, nositi. parn *in* ohnipara *porigo, p.* ogni-pioro, *ahd. lohafuir, beruht vielleicht auf* per: *p.* prznč *rot, wund werden matz.* 264.

5. á *ist die dehnung des* o: -bádati: bod. házeti, *slk.* hádzať: hodi. cházeti, *slk.* chádzať: chodi. ukájeti: -koji. lámati: lomi. pomáhati: moh. tápěti: topi *usw.*

B. Die i-vocale.

I. Erste stufe:

1. ь.

ь *wird* e *oder schwindet:* len, lnu *neben* lenu. lep, lpu *neben* lepu. lest, lsti. peklo *ofen, hölle.* stehno. zeď, zdi *usw.* čtu. lpěti, lnouti *neben* lepěti. lsknouti se. lzati *lecken: vergl. s.* laznuti.

nzeti *für* mzeti; mizcti *tabescere výb. 1. 1237.* mzda. mžíti: zamžit oči *zlin. 70.* mhouřiti: mьg. pcháti. šlc, *p.* szla, *seil uмc.*

2. **trit wird trt.**

brlooký *paetus.* brzlík *briesel. slk.* krst, *č.* křest. *Vergl.* okršel, okralek *und* okrcs. plchavý *neben* plechavý. *slk.* prnesia *gemer. afferet.* trpaslík *zwerg ist, trotz der abweichenden bedeutung, das aslov.* trъpęstъkъ *affe, eig.: drei faust gross. Selten wird* tirt *zu* trt: krchov. krmas. vrtcl *dialekt. 28. 40. 60.* plný, slný; srka *für* pilný, silný; sirka *Prasek 25.* flnta *flinte; ähnlich* meslvec *für* myslivec. läka (liška). lpa (lipa) *und* lde (lidé) *dialekt. 43.*

II. Zweite stufe: i.

1. *Kurz: slk.* drist *dünner kot.* jelito *darm: vergl. pr. laitian wurst.* minouti. *Alt* misati *tabescere.* pikati *mingere.* sirý. švidrati *schielen uмc. Lang:* biti. pice. pilo *studium;* pileti; *slk.* pilovati. sikora, *nicht* sýkora, *p.* sikora *uмc.* misa *schüssel: got. mēsa-, ahd. mias.*

2. *Anlautendes* i *fällt ab, und lebt nach vocalen als* j *wieder auf:* jdu *für* du *aus* idu *dialekt. 35.* jho. jmu *uмc.* jiný, jisty *sind aslov.* inъ, istъ, *worte, die im nsl. mit* i *anlauten.* jehla *besteht neben* ihla. *ač.* hosti, choti *lauten nun* host, chot. *Auslautendes* i *fällt ab in* cos. kams. žes *für* co si, kam si, že si. *Alt ist* ljéš, pjéš *für* liješ, piješ. zejtra *entsteht aus* za jitra.

3. i *kann in* ej *übergehen:* nalejt, ulejt. *Ebenso* s *mastěj für* s masti: mastija.

4. i *ist die dehnung des* ь *und des* i: vykvítati: kvьt. přilípati: lьp. svítati - svьt. vídati. bíjeti, bívati. chodívati, *ač.* chodievati, *slk.* chodievat *uмc.*

III. Dritte stufe: oj, ê.

1. oj, ê *sind kurz oder lang. Kurz:* boj. ořech. pěji. pleš. věděti. odvětiti sc *für* odříci sc, *slk.* odvetit *respondere uмc. Lang:* dítě. hnízdo. lůj. misiti *miscere, depsere.* místo *neben* město *mit verschiedener bedeutung.* mizha, miza: *nsl.* mêzga. smich. sníh *uмc. slk.* lavy *und* sňah *für aslov.* lêvъ, snêgъ *und* č. dъžal *und ähnliches zeigt, dass aslov.* ê *im* č. *nicht dem* e *völlig identisch geworden ist.*

2. oj, ê ist *die steigerung des* ĭ: dítě: dětę. hojiti *heilen.* kojiti: *slk.* srdce kojiť. květ. křísiti *laben, auferwecken.* měď. měsiti, misiti. město, misto. mízha. ořech. pěji. pojiti. roj. sníh, *slk.* sňah. stěň, stiň, síň, *daneben* tin: *slk.* tiena *für* val *čít. 1. 211.* věděti. věsiti. voj: obojek *zlin. 16. usw. Vergl.* oje *doud. 31. für* jo, voj u vozu *usw.*

C. Die u-vocale.

I. Erste stufe.

1. ъ.

ъ *wird* e, o *oder schwindet:* debřa *schlucht zlin. 51.* dech, tchu *neben* dechu, nádcha: dych *lehnt sich an* dýchati *an.* dénko *deckel.* ohlechnouti *neben* ohluchnouti. lež, lži, *slk.* lož. pomeč *tendicula, richtiger als* pomyč. slech *neben* sluch. teskniti *usw.* dnu *intro gemer.* hnouti: gъb. zamknouti. rdíti se. ssáti. potkati *usw.*

2. trũt wird trt.

blcha, *jetzt* č. blecha. brň *aus* brně. brv. drva. hltati *deglutire.* kostrba: *vergl. klr.* kostrubatyj. krev *neben* krvavý, *slk.* krv. trest, *slk.* trst *usw.* rež *(dial.* ryž), rži. *Auch* tũrt *wird durch* trt *ersetzt:* drbí *für* musí. *slk.* krpce *hängt mit* p. kurpie *zusammen. slk.* slnce, slnko, č. slunce. *Man merke noch folgende formen:* hlҌ *truncus zlin.* 22, č. hloub, p. głąb. hlboký *zlin.* 22, *daneben slk. dial.* hlyboký *doud. 12. slk.* klb, klub, p. kłąb *coxa. slk.* klbko, klubko. kadlb *zlin.* 22, č. kadlub. klʼč *aus* klíč *zlin.* 22. ldé, hldé *aus* lidé *dialekt. 43. 81.* mlnář *aus* mlynář *doud. 11.* petržel *neben* petružel. lžice *neben slk.* lyžica. *slk.* štrnást.

II. Zweite stufe: y.

1. y *hat in manchen teilen des slk. sprachgebietes den laut des* p. y; *auch im* O. *Mährens ist nach den* p-*lauten und nach* ł y *von* i *auffallend verschieden:* byt; bit; były, byli. *Sonst lautet* y *wie* i. *Für* byl *besteht dial.* bł, bel *und* bul, buel, buol *dialekt. 16. 30.* bł *für* byl *und* bł-ła *zweisilbig für* była; *ebenso* bł-ło. mlnář *für* mlynář *doud. 11. slk.* bol, *in gemer.* búl.

2. y *ist kurz oder lang. Kurz:* byvol. kryju. *slk.* kyprý: prst kyprá. sičeti *zischen hat* i, *damit ist* sikora *verwandt usw.* ptáti *setzt ein* pъt *voraus, woher slk.* pýtati, č. pytati. *Lang:* obýti

32

abundare: vergl. aslov. obilъ, *vielleicht* obu-ilъ. chýliti *neigen neben* chúleti *wanken.* mýliti *irren.* pýr *glühende asche.* trýzniti, *das nicht mit dem aslov.* trizna *zusammenzustellen ist usw.* ý *lautet oft* ej: mýto, mejto. býti, bejt.

3. ý *ist die dehnung des* ъ *und des* y: dýchati: dъh. hýbati: gъb. slýchati: slъh. přitýkati: tъk. hrýzati: gryz. přemýšleti: mysli. bývati: by. pokrývati: kry *usw.*

III. Dritte stufe: ov, u.

1. u *kann im anlaute stehen:* ucho. ujec. um. *Für anlautendes* u *steht dial. oft* vu, hu: vuměni. hulice.

2. u *ist kurz oder lang. Kurz:* bujeti *üppig wachsen.* hnus *ekel neben* hnis *eiter.* kučera *krauskopf. slk.* perun (dažo tebä perun trestal). pluji. opuchlý. *dial.* turkyně, turecká pšenice. *dial.* župan *für* kabat *ist fremd; eben so* mur *murus. slk.* luhat *lautet aslov.* lъgati, ruvat, *aslov.* rъvati: *in beiden füllen scheint sich altes kurzes* u *erhalten zu haben. Langes* u *ist dial. und slk.* ú, *sonst* ou: boule, *mhd.* biule. brouk, *slk.* brúk *brucus.* lúčat *werfen.* přelúd *phantasma.* loupež. snoubiti. ouplný. outerý: *aslov.* vъtoryj. tlouci: *aslov.* *tlъšti, tlěšti. doufati *ist ein praefixiertes verbum.*

3. Silbebildendes l, ł *erhält in dem der schriftsprache zu grunde liegenden dialekte oft den zusatz eines* u, *das auch der dehnung fähig ist:* chlum. klubko, *slk.* klbko, *zlin.* 22. klbko. tlustý, *zlin.* 22. tlstý. žluč, *zlin.* 22. žlč *usw. Die dehnung des* u *scheint in dem ursprünglich langen* l' *begründet zu sein: slk.* dl'hy, *zlin.* 22. dl'hý, *č.* dlouhý *neben* slk. dlžen, *zlin.* 22. dlžen, *č.* dlužen. *slk.* tl'ct, *č.* tlouci *usw.; vergl.* klíč, *zlin.* 22. kl'č.

4. Nach den j-lauten geht u *durch assimilation in* i *über:* cititi: štutiti. cíditi, *slk.* cúdit, *zlin.* 51. cúdit. čibr *neben* čubr *satureia.* kliditi, *slk.* kludit, *richtig* kľudit, *p.* kludzić się, wyłazić *zar.* 61. klíč. łititi, *p.* rzucić *usw.* vlačiha *neben* vlačuha *ist p.* włoczęga.

5. Neben dem alten, durch steigerung aus ú *wie in* rov *entstandenen* ov *besteht ein jüngeres, das sich aus dem auslautenden* ъ *für* o *oder* ŭ *vor vocalischen suffixen entwickelt:* hladověti. hrdlovisko *schwere arbeit zlin.* 54. jalovice. křoví, *p.* krzewie: keř. ledovica *zlin.* 56. libový. motovidlo *aus* * motoviti. štěrkoviště, *slk.* štrkovisko, štrkovište *griesgrube. slk.* dodovizeň *erbschaft.* tahovitý zůh *zlin.* 67; *vergl.* povlovný, *slk.* povlavný *sanft, gemächlich:*

aslov. vly *tarde;* vъlovъnъ. *slk.* hostovia. mužovia. synovia *usw.*
Dunkel ist mir posud, posavad; dosud, dosavad.

6. ov, u *ist die erste steigerung des* ŭ: ač. okov. rov. sluch. *slk.*
trovit *zehren neben* trávit *vergiften.* strova, strava *nahrung usw.*

IV. Vierte stufe: av, va.

av, va *ist zweite steigerung des* ŭ: baviti: bŭ (by). chvatiti, chvá-
titi. kvas. unaviti *ermüden:* ny. ouplav *defluxus,* plaviti. sláva.
otaviti se *refici, recrescere. slk.* stráva *für* útrata; strávit *verdauen.*
švarný *wird mit lit.* šurnas *stattlich zusammengestellt. Man ver-
gleiche auch* ohava. řava *rixa.*

Zweites capitel.

Den vocalen gemeinsame bestimmungen.

A. Steigerung.

*A. Die steigerungen des a-vocals und zwar: a) die steigerung
des a (slav.* e) *zu* o. *a) Vor einfacher consonanz:* bred, brod *seite
491. β) Vor doppelconsonanz und zwar: 1. vor* rt, lt: smerd,
smord *und daraus* smrad *seite 492; 2. vor* nt: blend, blond *und
daraus* blud. teng, tönga *und daraus* touha, túha *seite 492. b) Die
steigerung des a (slav.* e) *zu* a: sed, sad *seite 493.*

B. Die steigerungen des i-vocals. i *(slav.* ь) *wird zu* oj, ě
gesteigert: švīt (svьt): svět *seite 494.*

C. Die steigerungen des u-vocals. ŭ *(slav.* ъ) *wird a) zu* ov,
u *gesteigert:* rŭ, rov. bŭd, bud- *in* buditi *seite 497. b)* ŭ *(slav.* ъ)
wird zu av, va *gesteigert:* bŭ *(slav.* by), bav- *in* baviti. hŭt
(slav. hъt), chvat- *in* chvatiti *seite 497.*

B. Dehnung.

A. Dehnung der a-vocale. *a) Dehnung des* e *zu* ě: létati,
lítati. -bírati: ber *seite 491. b) Dehnung des* o *zu* á: -bádati:
bod *seite 493.*

B. Dehnung des ь *zu* i: svítati: svьt *seite 494.*

32*

C. Dehnung des ъ zu ý: dýchati: dъh *seite 496.*
Auch silbebildendes r, l *wird gedehnt:* slk. zdřžať. stľkať. *Vergleiche meine abhandlung: ‚Über die langen vocale usw.‘ Denkschriften,* Band XXIX.

C. Vermeidung des hiatus.

1. Der hiatus wird gemieden: I. durch einschaltung von consonanten: a) j: ději. zeji. bajeti. viji. vyji. duji. fijala *viola: vergl.* sejiti *convenire.* b) v: házívati. lovívati. milovávati. lívati. býrati. obouvati; *eben so* oděv. stav. obuv. zevel *gaffer:* aslov. zêv-. pivoňka *aus paeonia;* převor *aus prior;* pabuza *doud. 19. für* pav-: *eben so* příbuzný. *Man beachte* mirovice *neben* mirojice; držkoice *dialekt. 56.* tátův *neben* tátůj *39.* c) h: černohoký *neben* černojo-, černovo-. p. pihajice *doud. 19. neben* pija-. izrahel. španihel *doud. 9. Vergl.* ouhor *neben* ouvor *brachacker.* d) n: není: *das nähere unter* r, l, n. *II. Durch verwandlung des* i *in* j: slk. vojdem. najmä.

2. In manchen fällen besteht der hiatus: dial. paúk *für* pavouk. pauz *für* pavuz. piovár. pozdraovat. naim sa. napóim *usw. zlin. 25.* motoidlo *dial. 20.* zedníkouc: -kovic. řezníkoic: -kovic *13. Regelmässig in praefixierungen und compositionen:* nauka. samouk.

D. Assimilation.

Nach den č-*lauten geht namentlich im* ač. ja, *aslov.* ę, *in* je *über, wenn auf* ja *ein* č- *oder ein weicher consonant folgt:* gręda: hřada, hředě. svętъ: svatý, světějši. ględati: hladati, hleděti. mętą: matu, mêteš. tręsą: třasu, třeseš. vęzati: vázati, viežu *usw. geb. 64.* čê *wird* ač. *vor harten consonanten* ča, *sonst* če: mlčal *neben* mlčeti: *aslov.* mlъčalъ, mlъčati: *daneben* jedl, jel *aus* jêdl, jêl, *aslov.* jalъ, *jalъ. *Jenes hört man noch:* ač. *und dial. besteht auch* letal, vidal. šerý *aus* šarý *beruht auf* sêrъ. o *folgt der aslov. in so vielen sprachen geltenden regel:* králev. otcev. mečev. bojev. srdce. *Dial. ist* vajco *für* vejce. srdco. dušo *zlin. 23. sg. voc.* vyšohrad. čom *doud. 7. slk.* horúčost *čit.* nebe *beruht wohl auf* nebes *trotz des dial.* nebjo, slk. neba, *sonst* nebo *3. seite 359. Manches alte* e *weicht in dem schriftdialekte dem* o: mužóv. mužóm. ča, *aslov.* ča, *wird* če: péče. diže. duše. záře. vůle: volja. náděje. svice, přize: -tja, -dja. koupě. země. hrnčíř *aus* -ččř, -čář. napájeti. kraja. učitele *in stamm- und wortbildung; dagegen* jablko.

jáma. jařmo *neben* jehně. jestřáb. jeviti. štěvik *rumex. Durch die
wirkung der auf* ja *folgenden laute erklärt sich* říman *neben* říme-
nín, říměné *usw.* štu, ču *wird* ci, či: cítiti: štutiti. cizi: štuždъ.
čibr *neben* čubr *satureia.* číti: čuti. klič. lid. řítiti: *p.* rzucić. šibe-
nice: *p.* szubienica. jiří *aus* juři *georgius. Aus dem gesagten ergibt
sich, dass die assimilation durch den dem vocal vorhergehenden laut
oder durch diesen und den folgenden bedingt sein kann:* muže:
mąža. říměnín: rimljaninъ *aus* rimьjaninъ. *Es gibt jedoch auch
fälle, in denen a wegen des folgenden* j *in* e *übergeht:* dej *aus* daj.
zejtra *aus* zajtra. *Die lehre von der assimilation der vocale ist im
schriftdialekte sehr compliciert: von diesem weicht das* ač. *ab; eben
so die heutigen volksmundarten, vor allem jedoch das* slk. *Vergl.
geb. 52—68.*

E. Contraction.

Fälle der contraction sind: eje *in* é, í: dnešní *aus* dnešnje-je
sg. nom. n. oje *in* ee, é: mé *aus* moje. mého *aus* mojeho. do-
brého *aus* dobro-jeho. oji *in* ý: mým *aus* mojim. dobrým *aus*
dobrojim. oja *in* á: má *aus* moja; *eben so vielleicht* dobrá *aus*
dobro-ja. aje *in* á: voláš *aus* volaješ: *daneben* volají *aus* vola-
jöntъ. ije, ьje *in* é, í: obilé, obilí *aus* obilije. činíš *aus* činiješ *usw.
Vergl. meine abhandlung:* ,*Über die langen vocale usw.' Denkschriften,
Band XXIX.*

F. Schwächung.

hlesnouti *stammt von* hlas *ab. slk. ist schwächung des langen*
ê *zu kurzem* e *eingetreten in* lekár (liečiť), podremovať (drie-
mať) *usw.*

G. Einschaltung von vocalen.

*Gewisse consonantengruppen werden durch einschaltung von vo-
calen gelöst:* e: otevříti. poledne; polednovat, o poledňách ódpočí-
vati *zlin. 61. bcze zlosti.* ve dně *zlin. 34.* ode dveří. přede žňama
26. slk. wird o *vorgezogen:* kládol, niesol, *č.* kladl, nesl. maistor,
č. mistr. soin *sum.* mozog. zomrieť; *so auch dial.:* vichor, vichora.
Selten ist u: nárut, nárutu *für* nárt *doud. 10.* sedum, osum *11.
Local ist* a: *slk.* vajšol gemer. *Vorsetzung eines vocals tritt ein in*
obrvy. ohřeblo *zlin. 26. slk.* po omši *čit. 2. 485. Man beachte das
zur erhaltung des* l *nach einem consonanten angehängte* u: padlu:

padl. táhlu: táhl *usw. Eben so* šmy *für* jsem, jsm *dial. 20. 79.
Das dial.* těšejí *steht für* těšiji *in folge einer art von dissimilation:*
ej *für* ij, *und ist dem* dělají *gleichzustellen: vergl. nsl.* hodijo *am-
bulant.*

H. Aus- und abfall von vocalen.

Der ausstossung unterliegen vorzüglich die reflexe der urslav.
vocale ь *und* ъ: počet, počtu. den, dne. orel, orla. šev, švu. lež,
lži. steblo *und* zblo *doud. 11.* e *füllt aus in* očkávat *zlin. 26.*
slk. za-ňho. svôjho, svôjmu; i *in* octnouti; *dial.* babsko, kravsko
aus babisko, kravisko. požčat, *slk.* požičať, půjčiti *zlin. 26.* y *in*
dosti. násyp, *woher* náspu, *steht für* násep *usw. Abfall scheint einge-
treten in* hra, *slk. auch* ihra; *ferners in* postel, brň, zem, hráz *usw.*
für postele, *aslov.* postelja *usw.* pomoz *für* pomozi *usw.* nést, pit
zlin. 26. slk. geht ti *in* t *über:* dávat *usw.* tom dobrém člověkovi
zlin. 26. Dem jeho, jemu *steht das enklitische* ho, mu *gegenüber.*
pro 'nu. na 'nej *d. i.* pro onu *usw.*

I. Vermeidung des vocalischen anlautes.

*Vocalischer anlaut wird gemieden durch vorsetzung von conso-
nanten:* jehně, *das jedoch auch aslov.* jagnę *lauten kann;* vorel,
vorati, *in der schriftsprache* voj, vos, vosa *neben* oj, os, osa. vi-
skati, *ač. slk.* iskati. varhany *organa.* vajce, vejce, *in anderen
sprachen* jajce. *slk.* van *gemer. für* on. hano, hanka *doud. 9. slk.*
hárešt. hárok *arcus. dial.* hoko. hoves. huzdář. *dial.* ozef *für*
jozef. oje. osa. enom. ešče. ikry. iskra. k ídłu *neben* od jídła *usw.
zlin. 25. 43. 50.* už *doud. 7. slk. nur* ej. ešte.

K. Vermeidung der diphthonge.

vavřinec *beruht auf* laurentius, levhart *auf* leopard. *Daneben*
kosou: kosov. láuka: lávka. břiteu: břitva, *nsl.* britev *dialekt.
41. 44. slk.* dau *usw.*

L. Wortaccent.

Die erste silbe jedes mehrsilbigen wortes hat den hauptaccent:
pronásledovatel. zavolám. nc *gilt als die erste silbe des verbum:*
nepovezeme. *Dasselbe gilt von den meisten einsilbigen praepositionen,*

die mit ihrem casus für die accentuation éin wort bilden: napole, *d. i.* na pole. *Enklitisch ist* že: co-že *usw.*

M. Länge und kürze der vocale.

Das č. unterscheidet lange und kurze vocale und bezeichnet jene durch den acut: volám *d. i.* volām. *Vergl. meine abhandlung: ‚Über die langen vocale usw.'* Denkschriften, Band XXIX.

ZWEITER TEIL.

Consonantismus.

Erstes capitel.

Die einzelnen consonanten.

A. Die r-consonanten.

1. r, l, n *sind der erweichung fähig. Das weiche* r *ist eine ver-
bindung des* r *mit dem aus* j *entstandenen* ž, *eine veränderung, die
auch in* mežda *aus* medža, medja *eintritt:* rž (ř) *geht vor und nach
tonlosen consonanten in das tonlose* rš *über, daher* řku *und* třiti
neben dřiti, *in den beiden ersten worten mit tonlosem, im dritten mit
tönendem* ř; *das letztere steht auch im anlaute Brücke 89. Dadurch
und durch die kürze des* r *wird die verwechslung des* š, ž *und* ř *er-
klärbar:* řebra, *dial.* žebra *doud. 19;* neřkuli, *dial.* neškulic *ibid.;*
příšera, *dial.* pšišera *ibid.;* drůbež, *dial.* drůbeř *zlin. 52. doud. 19;*
*žežavý, žižlavý, dial. žeřavý *doud. 19: mit* žeh *hängt auch* řižit
se *glühen zusammen;* žirný *glühend steht dial. für* žižný *doud. 19.
33;* jeřáb, *dial.* řežáb *doud. 19.* řeřáb; *ořklivý für* oškl-˙ *zlin. 30;*
řaža, řařa *für* záře *dialekt. Slk. 58. wird* rj *durch* r *ersetzt. Man
merke slk.* neborák.

2. Das č. *hat in den meisten teilen seines gebietes nur das mitt-
lere, deutsche* l; *das slk. scheidet* ł *von* l, *jedoch nicht so scharf wie*
r. *und* p., *eine scheidung, die auch ausserhalb des slk. sprachgebietes
wahrgenommen wird: daher neben* ł *auch* l: *lud.* kralu. *So im öst-
lichen Mähren:* były, byli; łuh, lud; uheł, uhel *rázně se odlišují*

*zlin. 26. Dass im č. die verdrängung des ł und des l ziemlich jungen
datums ist, geht daraus hervor, dass noch zu Hussens zeiten ł auf
dem lande herrschte, in dem von Čechen und Deutschen bewohnten Prag
jedoch nicht mehr* łyko, tobołka, *sondern* liko, tobolka *gesprochen
wurde. Dial. ist* ł *häufig dialekt. 11. 31. 40. 44. 50. 57. slk. 63. 78.*

3. *Die erweichungen von* r, l, n *sind alt oder jung: die alten sind
dem* č. *mit dem aslov. gemein und treten nur vor ursprünglichen
praejotierten vocalen ein:* záře. břicho. záři: *vergl. aslov.* rjuinъ.
pekař. moře: *aslov.* more *aus* morje. oř *ist mhd.* ors *aus* ros. uhel:
aslov. ągłь. litý: ljutyj. vůle: volja. učitele: učitelja. bohyně: *thema*
bogynja. oheň: ogňь. *Alle andern erweichungen sind jünger, demnach
die erweichungen vor* ь (e), ê (a), ja (ę), ь (i), i, ê (i): r: mříž:
mrěža. střehu: strěgą. střeliti. sveřep. vřed. hřada: gręda. řad:
rędъ. řasa: ręsa: tvář: tvarь. vnitř. křik. křivý. střihati: strig;
dial. ist varit *zlin. 29. Vor* e *im innern der wurzel steht* ř, *daher* bředu.
křesati. řekl. škřemen *kies, sonst jetzt, wie es scheint, nur wenn dem*
r *ein consonant vorhergeht, daher* ač. bořeš, *jetzt* bereš *und* třeš; bratřc
neben dare, kacere, výre. n: němý. dlaň. zvoňte. hniti. mučedlnik.
pohledňa: -ně *dialekt. 35. Vor* ь *für* i *steht* ň *nicht in den masc.:*
kámen. kořen. plamen *usw.; doch dial.* jeleň *usw. dialekt. 35. zlin.
28. slk.* kameň. koreň. *Vor* e *geht* n *nur im slk. in* ň *über:* ňesu.
padňeš: *vergl.* letite. *Das slk. erweicht* n *nicht vor* ê, *daher* krásne *adv.:*
krasɒně; *eben so wenig tritt erweichung ein vor* e *aus* oje: krásneho,
krásnemu. *Dial. sollen dem slk. die erweichten consonanten unbe-
kannt sein.* křtu *beruht auf* krstu *so wie* třtina *auf* trstina. ł *in*
biřmovati *und* heřman *beruht vielleicht auf dem* m. řc *und* łč *geht
in* rc, rč *über:* rci, určen. *Unhistorisch sind die erweichungen in
slk.* cigáň. trů, č. trn, *womit jedoch p.* cierń *und* tarn *zu ver-
gleichen;* č. hněta. křástel.

4. *Dass urslavisches* tert *entweder in* trt *oder in* trêt, tort *in*
trat *übergeht, ist seite 487. dargelegt; auch die resultate von* tret,
trt, trět *usw. sind seite 488. 494. 495. behandelt. Eben so wird seite
489. 492. gelehrt, dass ursprüngliches* ent *durch* jat, ont *durch* ut
reflectiert werden; daher chodic *aus* chodjác, chodêntj-, pletouc *aus*
pletöntj-. honba, končina *sind aslov.* *gonьba, konč-.

5. *Aus* tert, telt *ergeben sich in vielen worten silbebildende* r, l.
Die worte mit unslavischer lautfolge haben einen vocal eingebüsst:
jelcha, jelše, olša *beruhen auf* jelъs-; *oder sind entlehnt:* berlo.
kulhati. *slk.* parta *usw.; dial. haben einige* r, l *in* er, el *gewandelt:*
pervé. pelný *dialekt. 30.* ř *ist nie silbebildend:* hřbet *einsilbig neben*

dial. hřibet. hřbitov. chřtan: hřbitov, řbitov, břitov *(dialekt. 18)*
beruht auf ahd. frithof, mit anlehnung an hřeb. klnúc *ist einsilbig*
dialekt. 61. Dial. findet sich auch silbebildendes n: osn *zweisilbig*
zlin. 22. nc, hnc *für* nic *dialekt. 43. Alle diese silbebildenden* r,
l, n *sind der dehnung fähig, die teils als gegeben angesehen werden*
muss, teils erklärt werden kann: přlit urere *zlin.* 22. *slk.* dl'bst.
dl'hý *zlin.* 22. *slk.* dl'hy. hl'b *zlin.* 22, *č.* hloub. sl'p *zlin.* 22, *č.*
sloup. kl'č *zlin.* 22, *č.* klič. kňžo *zlin.* 22, *č.* kniže.

6. *Einzelnes. Silbebildendes* l (l) *wird dial. durch* u *ersetzt :* chum.
kupko *doud. 20. neben* klbko. tumačov *neben* tlmačov. užice, vžice
für lžice *dialekt. 31. Dasselbe tritt bei* r *ein :* dudłat, drdłat. guča,
grča *zlin. 30.* y *für* l: myčet *ibid. Auch nicht silbebildendes* l (l)
kann in u *übergehen :* poutrubi: poltrubi *doud. 20.* čeuo. mohua
dialekt. 50. slk. dau. robiu. sedeu; prišó *gemer. Auslautendes* l
kann nach consonanten abfallen : řek. ved. vrh *neben slk.* kládol,
pásol. l *für* j: *slk.* len. nr *wird* mr: mrav. *Ein vorschlag ist* r *in*
rmoutiti: *vergl.* jertel *für* dětel *doud. 14.* r *und* l *wechseln : slk.*
breptať, bleptať garrire. vrtrati, vrtlati murmurare. korhel chorherr
zlin. 75. r *erscheint eingeschaltet in* dřevěrný: dřcvěný. herzký:
hezký; *es steht für* d: bernář: bednář *dialekt. 31. 60.*

7. *Vielen vocalisch oder mit* j *anlautenden worten wird* n *vorge-*
setzt: 1) i *ire: slk.* doňdem, dojdem. nandu *aus* naňdu, najdu.
odendu. přindu. sniti, snidu *neben* ajiti, sejdu *und* sejit sa, sende
sa : *p.* zniść, zejść, zejdę. *slk.* vnidem, voňdem, vnišiel; vendu. *slk.*
vyňdem, vyndem, vynsť; vyndu *zlin. 29.* vynide *kat. 875.* na
odeito *dialekt. 49. 2)* jêd: snísti, sním, sněz, snědl; snídati; *slk.*
zjesť, ziem, ziedol *und* zedł, zi *zlin. 28. 3)* jьm: sniti, snímati,
sjímati. *slk.* sňať. němčina *dial. für* jemčina *doud. 13. Hieher ge-*
hören wahrscheinlich einige verba auf dati *für* jati, ndati *für* njati:
nandat: najeti. odundat demere. přendat. rozundat. sundat. svun-
dat: sьnęti. vyndat eximere, verschieden von vydat. zandat doud.
14. 4) jes: není, *slk.* nenie: ne jestь. něnis *non es dialekt. 58.*
5) jь: k němu. na něj *in eum doud. 11.* na ň, *dial.* na ni: ten
strom je vysoký, ne vylezcě na ni *zlin. 37.* nadc ň. od nich. *slk.*
pre nc: nc *für* je. pro ně (jablko) *zlin. 37.* u ňho *doud. 11.* ve ň.
donidž: do njąduže. bedle ňho *doud. 11.* ač. okolo ňho. *Die instr.*
nehmen n *auch ohne vorhergehende praeposition an:* ním. ni. nimi.
Dagegen na jeho svatbě. *6)* jědro: ňadra *doud. 7. slk.* ňadrá, na-
drá. *7)* jagnę: něhně *doud. 13. 8)* ąhъ: ňuch, ňuchati. *9)* ątrь,
jątrь: ač. vňutř, *jetzt* vnitř, *slk.* vnutri.

B. Die t-consonanten.

1. t und d gehen vor ursprünglich praejotierten vocalen in c (ts)
und z, *slk.* dz *über: neben dieser alten verwandlung besteht eine
jüngere in die weichlaute* t, ď.

2. Die ältere verwandlung tritt ein in píce: pišta *aus* pitja. pláce
lohn. práce *aus* pratja *von* *prati. onuce *neben* onučka, *slk.* onucka.
slk. hrádza, *č.* hráze: gražda *aus* gradja. medza, *č.* meze. mládza
grummet. núdza, *č.* nouze. priadza, *č.* příze. *slk.* obodza *lenkseil:*
vodi. *Hieher gehört auch* střic: sъręšta. *slk.* hádzať, *č.* házeti. *č.*
zhrzeti, zhrdati. *č.* procházeti, *daher* procházka. *slk.* sácať: sotiť.
obĕcati *widmen:* obĕtiti, *verschieden vom aslov. denomin.* obĕštati.
chci: hъštą. meci: meštą. hlozi: gloždą. *slk.* vládzem: *aslov.*
vlaždą *mladĕn.* 55. *slk.* hladiac, *č.* hledic: -dęšte *aus* -dętje. *slk.*
pluce, *č.* plice. *č.* vřece, *slk.* vreco *saccus.* mlácený. hrazený
slk. cudzí, *č.* cizí: štuždь. hezký *aus* hez-: *r.* gožij, *th.* godi. *ač.*
příchoz *advena:* *-hoždь. *slk.* jedz, vidz, *č.* jez, viz: jaždь, viždь.
slk. telaci, *č.* telecí. *slk.* hovädzi, *č.* hovĕzi *neben* labuti. slazěi:
slaždьěij. vyhližeti *steht für* vyhlizeti *dial.* žizeň *beruht auf einem
älteren* žize: žęžda: *vergl.* plzeň: polьza. jezivo *cibus vertritt das
alte* jedivo. jic *in* pojicný člověk, pojicné jídlo *zlin.* 61. pojicný
dialekt. 33. *steht zu der* w. jad *in einem mir nicht klaren verhält-
nisse; dasselbe gilt von* dác *in* dácný *freigebig dialekt.* 33. *im ver-
hältniss zu* dad. *Abweichend sind* vycházĕt *dialekt.* 39. vypudĕn 36.
pověž. ohražen *geb.* 100. *slk.* horúčosť *čít.*

3. Die jüngere verwandlung von t, d *tritt ein vor* e *(nur slk.),*
ê (a), ja (ę), i, ь: e: *slk.* letite, budete, ďerem. *Ausgenommen ist* ten
und die ableitungen davon: teraz, temer, vtedy; té, *dessen* é *auf*
oje *beruht;* chudého, chudému *usw.* ê: tĕsto, *doch* čarodeník *zlin.* 29.
slk. viďenia: -ďenije. ę: pleta, veda: *pletę, *vedę *neben dem dial.*
veďa, věďa: jeza, *aslov.* jaďę, *ist unhistorisch zlin.* 39. 40. na odejto
dialekt. 49. řetázek *zlin.* 28. *neben č.* řetízek. peták, šestak *zlin.*
28. *slk. und dial.* deset, haď, -krát, loket, pamĕť, smrt, mĕď, zpo-
věď; *eben so* plette, budte; svaťba *dialekt.* 54. volať, *sonst* volati,
volat. *Allgemein* mlátiti, kaditi. tísniti, dítĕ; tĕm, tĕch. *dial.*
kosťú, žrďú, *č.* kosti, žerdi. dj *wird manchmahl durch* j *ersetzt:*
jahen *für* djahen. jásna *zlin.* 30: ďásnĕ. jatel *zlin.* 12. 30. jetel:
dĕtel, datel, *aslov.* dętlъ. jetelina, dĕtelina. jetřich, dĕtřich. t *und* ď
werden dial. zu c *und* dz: cesto, stáci, vicez; tocuž: tociž. *slk.* pri-

jíci. dzedzina. dźed, dźevucha *sind wohl polnisch*. *Neben* č *findet*
man č: muvjič. čeply. čichy *dialekt*. ŏŏ; *neben* dž *kömmt* dž *vor*:
budže.

4. *Das* č. *scheut die gruppe* tl, dl *nicht*: omet-lo, pomet-lo. mátl.
vládl. hr-dlo. jíd-lo. pád-lo. tr-dlo *zlin*. 74. vi-dle. žídla *ist ahd*.
sidila. t *und* d *fehlen jedoch auch oft*: *slk*. bralo (brádlo) *dialekt*.
76. břila *dialekt*. 53: břidlice. cediłko *zlin*. 51. *neben* cedidlo. ka-
dilo. omelo. salo *dialekt*. 73. struhalko *zlin*. 58. šel: šьd. trlice,
dial. trdlica. *slk*. vile. *slk*. zrkalistý *neben* zrkadlit sa. *slk*. žrielo
(žřídlo) *dialekt*. 74. ač. zřiedlný *visibilis beruht wohl auf* zřiedlo.
svêtidlьna *prag.-frag*. *ist* č.; *unerklärt ist* mučedlnik, mučelnik.
mučednik, mučenik *doud*. 14. *Neben* žídla *speisekasten besteht dial*.
und *slk*. žigla: *ahd*. *sidila*: *vergl*. *nsl*. mekla *seite 343*. *dial*. *ist*
padna *für* panna *dialekt*. 26. ocknouti *besteht neben* oct-: štutiti.
tt, dt *gehen in* st *über*: plésti, housti *aus* pletti, houdti. *česť*. slasť.
strasť. věsť. vlasť. vrstva: vrt-tva. přástva: přud-tva. *dial*. *sind*
mást; kláct, kráct, vect *aus* mát-s-t *usw*.

5. dm *bisst sein* d *ein in* dám, vím; *daneben besteht* střidmý
und ždmu, *vielleicht für* džmu *aus* gьm: *aslov*. žьmą; *sedm lautet*
sedem, sedym, sedum. osm- osem, osym, osum, *daher auch* sedumý,
osumý; *anders* sedmu, osmu *dialekt*. 43. 54. 56. tn, dn *werden*
manchmahl gemieden: hrnouti *neben* padnouti. *slk*. posretnút. *Neben*
dchoř (tchoř) *findet man dial*. schoř *doud*. 18. *Bei den Slaven*,
die den laut l *kennen, lautet* d *einigermassen anders als bei den*
Čechen: die zunge legt sich dabei mit ihrer ganzen vordern fläche
an den gaumen, dies findet im doud. 13. *statt. Darauf beruht vielleicht*
der wechsel von r *und* d: svarba: svadba. karlík: kadlík. verliba,
velryba: vedliba. borejt: bohdejt. herbábí: hedbáví. karlátky: kad-
láta *dialekt*. 18. 22. 26. 28. dš *wird* jš: rejší *dialekt*. 29. 41:
raděí. tl *wird manchmal* kl: klouct. klustý 22. 26. 40.

C. Die p-consonanten.

1. *Die verschiedenheit zwischen* nsl. ljubljen *und* golöbje *hat im*
č. *kein seitenstück; zwischen dem* pja *für* aslov. pja, plja *und dem*
pja *für* aslov. pę *besteht kein streng durchgeführter unterschied*: ko-
nopě, *dial*. konopja: *aslov*. konoplja. koupě, *dial*. kúpja: *aslov*.
kuplja. krmě, *dial*. krmja: *aslov*. krьmlja. pokrápěti, *dial*. pokrá-
pjati: *aslov*. pokrapljati. říman *romanus; das* slk. hat hrable *für* č.
hrábě. hrobla *für* č. hrobka *wie aslov*. *usw*. pje *wird* pe: koupen:

aslov. kupljenъ. *Dem aslov.* pę *steht* pja *und* pa *gegenüber: dial.*
holoubjata. (h)řibjata. zapjal, *aslov.* zapęlъ, *doud. 6. dialekt. 51.*
doupjata. hrabjata. uvjadnút *neben* doupata. holoubata *dialekt.*
40. hříbata. pjatro *60. neben* patro. pjata *calx neben* pata *für* pátá
quinta 58. uvadnouti *und* pet *25. neben* pět. pamět. *Dem drange den*
bei m *minder gewöhnlichen weichlaut zu erhalten verdankt das dial.*
mňást *zlin. 27. neben* másti *sein dasein:* męt. *Dial. hört man* zema.
zemu. pě *ist regelmässig* pě, *d. i.* pjo, *dagegen dial.* behat *fugers.* mesto
locus. v hrobe. vedět; mněsto *doud. 14,* snědy *für* město, smědъ
zlin. 29. sind wie mňást *zu erklären.* jetev *beruht auf* větev *ramus:*
vergl. jatel *und* *datel. mlazga *für* lýko *dialekt. 74, wohl für*
mlazga, *ist wahrscheinlich identisch mit* mízga: mězga: *davon ist*
auch dial. mlíza *nicht verschieden; nicht ganz klar ist* štavík *neben*
štavlík; *dagegen ist im dial.* mlíč *ball neben* mič *wohl aus* mjéč,
aslov. *męčь, *zu erklären. Für* ač. *nimmt man wohl ohne grund auch*
stép. lub. obuv. kúřim *an. Dial. unterscheidet man auch lautlich*
pisk, pjisk *von* pysk; bil, bjil *von* byl; milo, mjilo *von* mylo *doud.*
5. dialekt. 16. 19. 57.

2. *1. P.* pn *wird* n: kanouti. lnouti. oslnouti *neben* oslepnouti.
usnouti. tonouti. trnouti. sen *ist* sъpnъ. odempne *ist* ode mne. *Zweifel-*
haft ist kynouti *in* těsto kyne *vergl. Listy 4. 303. slk.* čret *haurire*
beruht auf čerp. k *aus* p *tritt ein in* kapradí, *ač.* papradí: *slk.* pa-
prat, *nsl.* praprot *usw.* křepel, *ač.* přepelica, *slk.* prepelica: *vergl.*
uětknouti *mit slk.* uštipnút *und nsl.* věčeknoti *mit* ščipati. pt *wird*
pst: *ač.* tépsti *neben* siptěti *von* sip *in* sipěti. pt *wird in* vt, ft
verwandelt in vták, fták, pták: *pъtakъ, *vergl. nsl.* vtič, ftič, ptič.

3. *II. V.* bv *wird* b: obaliti. *slk.* obarit. oběcati. obět. obrtnouti.
obinouti. obléci. oblak. oblášt. obáslo. obojek. oběsiti; obrat *neben*
oprat *f. wird mit* r. obrotъ *mit unrecht verglichen: dieses würe aslov.*
obrъtъ. obec *ist aslov.* obъštъ. obyčej *steht nicht für* obvyčej, *da v in*
vyk *nur im anlaute steht. Man beachte* obváděti. obvazek. obvěniti
usw. Vor n *fällt* b *aus in* hnouti. hynouti *von* gůb. gyb; *vergl.* šinouti.
pohl *ist* pogъblъ. bti *wird* bsti: *slk.* dl'bst. hriebst. skúbst. ziabst.
č. dlúbsti, zábsti *neben* hřésti, skústi. b *wird* v, f *in* švestka *seba-*
stica. včela, fčela: bъcela.

4. *III. V.* v *fällt aus in* zniti: zvъněti. *ač.* prní: první. šíti. žíti.
Es fällt ab in zdorovati *usw.* v *geht in* b *über:* bedle: vedle *dialekt. 18.*
bidle: vidle *30.* pabouk: pavouk *25.* příbuzný: přívuzný. pobříslo
dial.: povříslo. přízbisko *zlin. 29.* braný: vraný. *Das suffix* tva
lautet auch tba: kletba. honitba. kabát *ist ahd.* giwāti, kawāti *usw.*

jici. dzedzina. dźed, dževucha *sind wohl polnisch.* *Neben č findet*
man č: muvjič. čeplý. čichy *dialekt.* 55; *neben* dż *kömmt* dż *vor:*
budže.

4. *Das* č. *scheut die gruppe* tl, dl *nicht:* omet-lo, pomet-lo. mátl.
vládl. br-dlo. jíd-lo. pád-lo. tr-dlo *zlin.* 74. vi-dle. žídla *ist ahd.*
sidila. t *und* d *fehlen jedoch auch oft:* slk. bralo (brádlo) *dialekt.*
76. břila *dialekt.* 53: břidlice. cedílko *zlin.* 51. *neben* cedidlo. ka-
dilo. omelo. salo *dialekt.* 73. struhalko *zlin.* 58. šel: šьd. trlice,
dial. trdlica. slk. vile. slk. zrkalistý *neben* zrkadlit sa. slk. žrielo
(žřídlo) *dialekt.* 74. ač. zřiedlný *visibilis beruht wohl auf* zřiedlo.
svêtídlъna *prag.-frag. ist* č.; *unerklärt ist* mučedlník, mučelník,
mučedník, mučeník *doud.* 14. *Neben* židla *speisekasten besteht dial.*
und slk. žigla: ahd. *sidila: vergl. nsl.* mckla *seite* 343. *dial. ist*
padna *für* panna *dialekt.* 26. ocknouti *besteht neben* oct-: štutiti.
tt, dt *gehen in* st *über:* plésti, housti *aus* pletti, houdti. čest. slast.
strast. vêst. vlast. vrstva: vrt-tva. přástva: přad-tva. *dial. sind*
máct; kláct, kráct, vect *aus* mát-s-t *usw.*

5. dm *büsst sein* d *ein in* dám, vím; *daneben besteht* střidmý
und ždmu, *vielleicht für* džmu *aus* gъm: *aslov.* žьma; *sedm lautet*
sedem, sedym, sedum. osm- osem, osym, osum, *daher auch* sedumý,
osumý; *anders* sedmu, osmu *dialekt.* 43. 54. 56. tn, dn *werden*
manchmahl gemieden: hrnouti *neben* padnouti. slk. posretnút. *Neben*
dchoř (tchoř) *findet man dial.* schoř *doud.* 18. *Bei den Slaven,*
die den laut l *kennen, lautet* d *einigermassen anders als bei den*
Čechen: die zunge legt sich dabei mit ihrer ganzen vordern fläche
an den gaumen, dies findet im doud. 13. *statt. Darauf beruht vielleicht*
der wechsel von r *und* d: svarba: svadba. karlík: kadlík. verliba,
velryba: vedliba. borejt: bohdejt. herbábí: hedbávi. karlátky: kad-
láta *dialekt.* 18. 22. 26. 28. dš *wird* jš: rejši *dialekt.* 29. 41:
radši. tl *wird manchmal* kl: klouct. klustý 22. 26. 40.

C. Die p-consonanten.

1. *Die verschiedenheit zwischen nsl.* ljubljen *und* golöbje *hat im*
č. *kein seitenstück; zwischen dem* pja *für aslov.* pja, plja *und dem*
pja *für aslov.* pę *besteht kein streng durchgeführter unterschied:* ko-
nopě, *dial.* konopja: *aslov.* konoplja. koupě, *dial.* kúpja: *aslov.*
kuplja. krmč, *dial.* krmja: *aslov.* krъmlja. pokrápěti, *dial.* pokrá-
pjati: *aslov.* pokrapljati. říman *romanus; das* slk. *hat* hrable *für* č.
hrábě. hrobla *für* č. hrobka *wie aslov. usw.* pje *wird* pe: koupen:

aslov. kupljen_ъ. *Dem aslov.* pę *steht* pja *und* pa *gegenüber: dial.*
holoubjata. (h)řibjata. zapjal, *aslov.* zapęl_ъ, *doud. 6. dialekt. 51.*
doupjata. hrabjata. uvjadnút *neben* doupata. holoubata *dialekt.*
40. hřibata. pjatro *60. neben* patro. pjatu *calx neben* pata *für* pátá
quinta 58. uvadnouti *und* pet *25. neben* pét. pamět. *Dem drange den*
bei m *minder gewöhnlichen weichlaut zu erhalten verdankt das dial.*
mňást *zlin. 27. neben* másti *sein dasein:* mętt. *Dial. hört man* zema.
zemu. pê *ist regelmässig* pě, *d. i.* pje, *dagegen dial.* behat *fugere.* mesto
locus. v hrobe. vedět; mněsto *doud. 14,* snědy *für* město, smêd_ъ
zlin. 29. sind wie mňást *zu erklären.* jetev *beruht auf* větev *ramus:*
vergl. jatel *und* *datel. mlazga *für* lýko *dialekt. 74, wohl für*
mlazga, *ist wahrscheinlich identisch mit* mizga: mêzga: *davon ist*
auch dial. mliza *nicht verschieden; nicht ganz klar ist* štavík *neben*
štavlík; *dagegen ist im dial.* mlíč *ball neben* míč *wohl aus* mjéč,
aslov. *męčь, *zu erklären. Für* ač. *nimmt man wohl ohne grund auch*
stęp. lub. obuv. kúřím *an. Dial. unterscheidet man auch lautlich*
pisk, pjisk *von* pysk; bil, bjíl *von* byl; milo, mjilo *von* mylo *doud.*
5. dialekt. 16. 19. 57.

2. *I. P.* pn *wird* n: kanouti. lnouti. oslnouti *neben* oslepnouti.
usnouti. tonouti. trnouti. sen *ist* s_ъpn_ъ. odempne *ist* ode mne. *Zweifel-*
haft ist kynouti *in* těsto kyne *vergl. Listy 4. 303.* slk. čret *haurire*
beruht auf čerp. k *aus* p *tritt ein in* kapradí, ač. papradí: slk. pa-
prat, nsl. praprot *usw.* křepel, ač. přepelica, slk. prepelica: *vergl.*
uštknouti *mit* slk. uštipnút *und* nsl. váčeknoti *mit* ščipati. pt *wird*
pst: ač. tépsti *neben* siptěti *von* sip *in* sipěti. pt *wird in* vt, ft
verwandelt in vták, fták, pták: *pъtak_ъ, *vergl.* nsl. vtič, ftič, ptič.

3. *II. V.* bv *wird* b: obaliti. slk. obarit. oběcati. obět. obrtnouti.
obinouti. obléci. oblak. obláší. obáslo. obojek. oběsiti; obrat *neben*
oprat *f. wird mit* r. obrotь *mit unrecht verglichen: dieses wäre aslov.*
obrъtь. obec *ist aslov.* obьětь. obyčej *steht nicht für* obvyčej, *da* v *in*
vyk *nur im anlaute steht. Man beachte* obváděti. obvazek. obvěniti
usw. Vor n *fällt* b *aus in* hnouti. hynouti *von* gůb. gyb; *vergl.* šinouti.
pohl *ist* pogъbl_ъ. bti *wird* bsti: slk. dľbst. hriebst. skúbst. ziabst.
č. dlúbsti, zábsti *neben* hřésti, skústi. b *wird* v, f *in* švestka *seba-*
stica. včela, fčela: bъčela.

4. *III. V.* v *fällt aus in* zníti: zvъněti. ač. prni: první. šíti. žíti.
Es fällt ab in zdorovati *usw.* v *geht in* b *über:* bedle: vedle *dialekt. 18.*
bidle: vidle *30.* pabouk: pavouk *25.* příbuzný: přívuzný. pobřislo
dial.: povříslo. přízbisko *zlin. 29.* braný: vraný. *Das suffix* tva
lautet auch tba: kletba. honitba. kabát *ist ahd. giwäti, kawäti usw.*

benátky *venetiae verdankt seine form einer anlehnung an č. on.*
v *lautet im auslaute slk. wie* u: kru. obru; teprú *zlin. 30. für*
teprv: *man merke* úterý *neben* vterý. v *wird durch* m *ersetzt:* ač.
mešpor. mňuk *dialekt. 26:* vnuk. na mzdory *doud. 19.* *namnaditi,
namladiti: navnaditi *geb. 93. dial. und slk.* teprem *für* teprv.
slk. ostrm, ostrv, ostrev *harpfe. Man vergl.* prám *und* právě *zlin.*
41. dialekt. 49. 61. v *geht in* n *über:* nešpor. bratroj *entsteht aus*
bratrovi *dialekt. 41. Neben* tátův *hört man* tátůj *dialekt. 39. 50;*
sloboda *doud. 19. neben* svoboda. *Dass* sladký *mit aind. svādu*
verwandt sei, ist wegen lit. saldus, klr. solodkyj *usw. unwahr-*
scheinlich.

5. *IV. M.* m *wird* v: švrk: smrk *dialekt. 59. pras. 25.* červ, *doch*
daneben čermák. m *wird* b *in* bramor *dial. slk.* bosorka *striga.*
darebný: daremný *dialekt. 25.* písebně. upříbný : upřimný *dialekt.*
30. m *wird* n: nedvěd. veznu *zlin. 29. dialekt. 52:* vezmu. nzeti:
mizeti *tabescere výb. 1. 1237.* kan: kam *usw. dialekt. 17.* kafr *ist*
camphora.

6. *V. F. Das dem slav. ursprünglich fehlende* f *wird durch* p, v, b
ersetzt; in späterer zeit ward es mit fremden worten mit übernommen,
bis es zuletzt in einheimische worte eindrang: 1. luciper. opice.
pilip. půst, postiti se: *faste, fasten.* škop: *ahd. scaph.* štěpán *usw.*
2. ač. ovnieř ofner. *3.* barva:~ahd. farwa. bažant: *ahd. fasān.*
biřmovati: *firmen.* bluma: *mhd. pflüme.* hrabě: *ahd. grävëo.* f: fáb
dial.: ahd. fäwo *neben* páv. fara: *ahd. pfarra.* oféra: *ahd. opfar.*
slk. úfat, č. doufati *beruhen auf aslov.* u-pъvati. fous *besteht neben*
vous: ąsъ, vąsъ. krofta *doud. 11. ist* koroptva; foukati, *slk.* fujavica
stöberwetter dialekt. 68. und ähnliches ist onomatopoëtisch.

D. Die k-consonanten.

1. k *und* ch *stehen den aslov. buchstaben* k *und* h *gegenüber;*
dagegen wird aslov. g *regelmässig durch* h *vertreten:* hořeti : gorěti.
Es findet sich jedoch g *im slk. und dial. nicht selten für* h *in der*
gruppe zg : *slk.* mizga, miazga, č. mizha, mízka, *dial.* mizga *zlin.*
29. slk. mozg, mozgu, mozog, č. mozek. *slk.* razga, č. rozha, růzka.
ač. mezh, *jetzt* mezek, *beruht auf* mezg: mьzgъ ; *ausserdem slk.*
grg *für* krk. grib. *dial.* gřich. gřešit. *slk.* gyzdavý : *nsl.* gizdav.
rohoz *neben* rokos, rákos *beruht auf* rogoz. *slk.* gořalka *dialekt.*
63. ist p. *Durch assimilation entsteht* g *aus* k *in* gdo *doud. 25.*
dialekt. 48, wofür auch hdo, *aus* kdo: kъto, *hie und da* chto

dialekt. 69; ebenso dochtor *zlin. 29.* g bohu; *ebenso in* gdoule.
g *behauptet sich in einigen entlehnten worten:* cigán. gajdy *dialekt.*
40. groš *neben* kroš. *slk.* magura. *slk.* striga; *sonst wird auch in*
fremdworten g *zu* h: hedváb, *aslov.* godovablъ, *ahd. gotawebbi.*
hrabě. hřek, řek *graecus.* pohan. řehole *regula.* varhany *organa.*
angelus wird zu anjel, anděl; *georgius zu* jiři. *Vergl. zlin. 29.*
Ortsnamen lassen vermuten, dass sich h *für* g *etwa im zwölften*
jahrhundert in der schrift und wohl nicht allzulange vorher im volks-
munde einzubürgern anfieng Archiv 2. seite 333.

2. *Nach der seite 256. dargelegten ansicht geht* ki *durch* tji,
tzi *in* tsi, ci *über; ähnlich* g *in* dzi *und durch abfall des* d *in* zi;
s *aus* h *erklärt sich durch den wechsel der articulationsstelle:* čech.
grammatiker nehmen einen übergang des g *in* ž, *des* ch *in* š *an,*
während k *in* c *verwandelt wird* geb. *108.*

3. kt, ht *werden zu* c: *das zwischenglied ist* tj *seite 238; weder*
pektji *noch* peksti *ergibt* péci: péci. říci. síci. střici. tlouci. vléci.
vrci *aus* pekti *usw.* moci *aus* mogti. dosíci. noc. pec. věc: věstъ.
dci. *Die historischen inf.-formen hält die schrift fest; im volksmunde*
sind sie selten: říc, *sic dialekt. 32. Das volk spricht* pect, moct
doud. *15.* pomoct *zlin. 47.* říct, vlíct *dialekt. 12. Schon im XVI.*
jahrhunderte sprach man vrcti; *slk.* piect. riect. strict. môct *usw.*
kt *wird* cht *in* dochtor *usw. zlin. 29.* byšte *ist dunkel,* byste *scheint*
auf bys *zu beruhen* geb. *101.*

4. kv, gv *gehen aslov. usw. in manchen worten in* cv, zv *über,*
was č. *nicht geschieht:* květ. kvičeti. kviliti, kvíleti *und* hvězda.
hvízdati: *vergl. aslov.* dzvězda *usw. seite 251.*

5. ki *wird* či: ptačinec. družina. ořešina; hořčice. družice;
outočiště. tržiště; oči; očičko; ptáčí. *slk.* stridži; pečivo; točiti.
družiti. prášiti. pojičiti, *jetzt* pujčiti, *ist* požitъčiti: *p.* požyczyć,
požytek. *Unhistorisch ist slk.* matkin. strigin. macochin. ki *geht in*
ci *über, wenn* i *aind.* ai *(ē) gegenübersteht: pl. nom.* bozi. vlci; velicí.
drazí: *daneben slk.* velki. mnohi. tichí. *impt.* pec, pomoz; pecte,
pomozte *aus* peci. pomozi *usw.: unhistorisch ist* sč, sečte; pomož,
pomožte; *wohl auch* lži, lžete: č. lhu, *aslov.* lъžą. *Assimilation*
tritt ein in žži, žžete: žъzi, žъzěte. ch *geht im* ač. *in* s *über:* mnisi
von mnich; *jetzt in* š: jinoši, bluši *von* jinoch, hluch. *Statt* mnisi
postuliert man mniši, *dessen* š, ač. *nicht bezeichnet, später in* š *ver-*
wandelt worden sei: dieser ansicht steht unter anderem die form
drazi *entgegen. slk. steht* s: mnisi; polasi, valasi *dialekt. 70.* ždí-
mati *scheint für* džimati *zu stehen: vergl. gr.* γεμίζω.

6. kê *wird* ča, *wenn* ê *ein a-laut ist:* křičeti. držeti. slyšeti.
slk. sršať; krotčeji. blažeji. tišeji; *daneben dial.* divokejší. drahší.
suchejší. lišej *lichen. slk.* lišaj *papilio.* kê *wird* ce, *wenn* ê *aind.*
ai, ê *ist: sg. dat.* ruce. slouze; *ebenso du. nom.* ruce. noze; *slk. hie*
und da stridze *von* striga. ch *geht in* š *über:* ač. duše. střeše.
tiše. jinošich, *was man auf* duše *usw. zurückzuführen geneigt ist.*
Das slk. hat in den meisten dialekten ke: ruke. nohe. muche. strige.

7. kъ *wird* čъ: pomeč *vogelgarn: w.* mъk. lež. veteš. proč,
zač; *slk.* če *dialekt. 74.* nič: č *aus* kъ, kï; sočba. družba; vše-
tečný: *w.* tъk. obižný *abundans:* obih. *slk.* osožný: osoh *nutzen,*
ahd. söh; ptáček. růžek. vřek; hřecký: grъčьskъ. všecko: vъsja-
čьsko *aus* vъsjakъ: všecek *aus* všecko. boský: božьskъ. mniský:
mъnišьskъ: *falsch* božský, mnišský. masičko: masiko *doud. 21.*
ležmem *zlin. 43 beruht auf* ležeti. žhu *ist aslov.* žьgą: *w.* žeg. šel
ist šьlъ *aus* hed, hьd. *Vor* ь *für* jъ *geht in alter zeit* k *in* č *über:*
pláč. lemeš: *jünger ist* c *vor* jъ: konec; knèz. mosaz, *slk.* mosadz:
mhd. messing. peniz. robotèz *3. seite 281.* řetòz. vítèz; vrtovèz *f.*
ist mit motouz *zu vergleichen.* slezy *pl.* σλιγγαι *des Ptolemaeus.* lemèz
laquear. nebozez *ist ahd. nabagèr: das auslautende* z *ist dunkel*
matz. 262. bohstvie *aus* božstvie *geb. 103. Man merke* prokní.
vrchní *geb. 110.* strachno *dialekt. 19.*

8. Vor urslavischem e *steht* č: člověče. vraže. duše; nadšen:
-dъh; pečeš. lžeš; *man vergleicht* čeleď *mit* pokolení. červený
gehört zu červ, *nicht zu* krev. *Vor* e *für* ъ, o *und vor ein-*
geschaltetem e, *d. i. vor hartem* e, *bleibt* k *unverändert:* hemzati:
gъmъzati; bokem. bohem. lenochem; oken. bahen. kachen. *slk.*
okien. *Man merke die pn.* duchek. machek.

9. Wie das č *in slk.* črep, *wofür* č. střep, třep, *das* ž *in* žleb,
zlab *zu erklären, ist seite 489. gezeigt:* žluklý *beruht auf* žlklý.
Schwierig ist die frage nach der entstehung des h (g) *in worten*
dieser art: č. hříbě *neben slk.* žriebä, *aslov.* žrěbę; č. hřídlo *neben*
žřidlo *und slk.* žrielo, *aslov.* žrělo; hláza, hléza *neben* žláza, *aslov.*
žlêza: *vielleicht beruht* hříbě *auf* herbě, žriebä *auf* žerbä; *darnach*
wäre hříbě *die ältere,* žriebä *die jüngere form; so ist nsl.* grlo
älter als das dem r. žerlo *entsprechende* žrlo. *Dagegen ist wohl nicht*
č. hřeb *neben nsl.* žrebelj *aus ahd.* grebil *geltend zu machen: wer*
es täte, wäre bereit im č. *die gruppe* žř *in* hř *über gehen zu lassen,*
wobei er jedoch rückverwandlung des ž *in* h (g) *annehmen müsste.*

10. kę *wird* ča, če: ptáče. vlče. bůže. hoše. *slk.* stridža; vla-
čiba, vlačuha *lautet* p. włoczęga.

11. kja *geht in älterer zeit in* ča *über:* péče. velmože. duše. olše; pražák. *Jünger ist* ca: ovce, steze; plzeň, *das auf* polьza *beruht.* léceti: lęk. mizeti (v okamženi mizí): mьg. mýceti: mьk. *slk.* skácat *neben* skákať. tázati. dotýcati: tьk; *ebenso* č. zrcadlo *neben slk.* zrkadlo. *Anders* klouzati, *slk.* klzati, *dial.* klouhati.

12. kje *wird* ce: líce. nice *prone ist das neutr. von* nicь.

13. kju (kją) *wird* ču, či: pláči. strouži. páši. *Unhistorisch ist* č *im dial.* peču. pečou *doud. 6:* pekǫ. pekątъ.

14. Älteres s *neben jüngerem* ch *findet sich in* misiti, michati, nochy *in* světlonochy *leuchtende feldgeister Kulda 83. ist wohl* nosy *von* nositi. pošva, pochva. pošmourný *aus* posm- *(r.* pasmurnyj), chmoura, pochmuřiti; *slk.* pošmúrny *neben* pochmúrny. svadnouti, chvadnouti. šmatati, chmatati. švastati, chvastati. *Vergl.* chcát, chčiju *doud. 19. für* scáti *usw.* test, tchán, tchyně. byste, bychom *usw. In* č. *urkunden trifft man bis in das XIII. jahrhundert im pl. loc.* ás *für* ách: Brňás. Lužás. Trnovás *usw.* Polás *aus* Polanech *Archiv 2. seite 336. Die dial. pl. gen.* rukouch *dialekt.* 12. haduch 13. *verdanken ihr* ch *der pronominalen oder der zusammengesetzten declination; dial.* zašelch, zašelech *ist* zašel jsem *usw. dialekt. 57. Dass* hoši *und ähnliche formen auf hoch beruhen, ist seite 261. dargetan.*

15. k *weicht dem* h *in* štihle *von* štika; *dem* j *in* jak: kakъ; *dem* t *in* šentíř *aus* šenkéř *dialekt. 26.*

16. h *wechselt mit* ch: hrtán, chřtán; *es wird vorgesetzt in* hníže *dialekt. 15; slk.* hrdza, rdza; *dial.* hřemen, řemen *dialekt. 21;* heřmánek, rmen 18. *Es fällt ab in* řmot. řeblo. vozd *dialekt. 11.* řivnáč *zlin. 11.* řízck 14; *es fällt aus in slk.* drusa *aus* druhsa; prisál *aus* prisáhl. vytrnouti. oneda.

17. ch *weicht dem* k: korouhev *neben* ač. chorúhev.

E. Die c-consonanten.

1. Die c-consonanten *sind der verwandlung in die* č-consonanten *und der erweichung unterworfen: die erstere veränderung ist allgemein, daher die ältere.*

2. c *wird* č *in allen fällen, wo* k *diese verwandlung erleiden würde:* obličej; opičak. ovčák; hrnčíř: grъnьčarъ; krejčí: **krajьcъ.* otčím. ovčí. ovčinec. kupče. strýče. ovča: ovьčę. *Dieselbe regel gilt auch in* nočni *von* noc, *dessen* c *auf* tj *aus* kt *beruht:*

daneben pomocný. svicník *von* svice, *wofür dial.* svíčník *dialekt.*
60. č aus c, tj *ist jung, wie* č. onučka *neben* slk. onucka *zeigt.*

3. *Für das auf slavischem boden entstandene* z *gelten dieselben regeln wie für das in allen formen junge* c: kníže, *slk.* knieža: *kъnęžę. kněže, slk.* kňaže: kъnęže. penčžitý, *slk.* peňažitý. kněžna: *slk.* kňažna: kъnęžьna. kněžek. kněžik. stěžka; *hieher gehört* ubližiti *offendere.* nižiti. *Unhistorisch ist* vítěziti *von* vítěz. *Das aus urslavischer periode stammende* z *wird* ž *nur vor praejotierten vocalen:* sváželi, *slk.* svážať *aus* -vazjati. kažen *partic.* mažu, maži *ungo. dial. ist* bážu *für* házeji, *slk.* hádzám: *gaždają. ž kömmt oft in fremdworten statt des tönenden* s *(z) vor:* almužna: *mhd.* almuosen. alžběta. chýže *neben* chýše *wie* nsl. hiža *neben* hiša: *ahd.* hůs. ježiš. kříž: *ahd.* chriuze, *lat. cruci (crux).* žalm: *ahd.* salm. žemle: *ahd.* sёmala. žibrid: *ahd.* sigifrid. židla, *dial.* žigla *stuhl: ahd.* sidila. žold, žoldnéř: *mhd.* solt, soldener. špíže: *ahd.* spisa. *Vergl.* blažej: *blasius.*

4. s *ist wie altes* z *der verwandlung in den* č-*laut nur vor praejotierten vocalen und vor weichlauten unterworfen:* nůše. rakušan. prošák *neben* prosík *zlin.* 62. snášeti, *slk.* snášať. nošen *neben* nosen, *das ebenso unhistorisch ist wie* nešen. všeho *beruht auf* *vъsjeho; všecek *auf* vъsjačьskъ; *man merke slk.* sádžem, *č.* sázím: saždają. pléši *salto.* š *steht für fremdes tonloses* s: voršula, ursula. šimon. *Unhistorisch ist* š *in* lišenec. liška; pokušitel. vlaštovice. *Man vergleiche* ovči *mit* kozí *und* husí. *Vor ursprünglichem* l' *steht* š *für* s *wie im* aslov.: pošlu, pošli *mittam.* smýšleti, *slk.* smýšlať: -myšljati. smýšlení.

5. *Neuere grammatiker nehmen an, dass* k. h (g). ch *im* č. *in* č (tš), ž *und* š *übergehen konnten. Dass worte wie* kupec, kněz *auf den themen* kupьcjъ *und* kъnęzjъ *beruhen, zeigen die casus* kupce, kupci *und* kněze, knězi *usw.; dass jedoch je* kupeć, kněž *gesprochen worden sei, folgt daraus nicht; auch im* p. *lauten* kupiec, ksiądz *nicht auf weichlaute aus. Dass jedoch im* ač. srdče *vorkömmt, zeigt, dass sich im inlaute* cj, *d. i.* tsj, *nicht etwa* tš, *erhalten hat. Gegen ein aus* dědič, dědic *erschlossenes* dědić *spricht* p. dziedzic. *Nur klr. hat aus- und inlautendes* č.: *vergl. seite 454.* c *und jüngeres* z *entbähren des weichlautes, woraus gefolgert werden darf, dass* ž *und* š *älter sind als worte wie* kupec, kněz. s *und älteres* z *sind allerdings der erweichung fähig:* ž *und* š *sind in dem zur schriftsprache erhobenen dialekte meist in* z *und* s *übergegangen; daneben besteht* ž *und* š. *Weiches* z, s *stellt sich ein vor den hellen vocalen:* žabí *pras.* 27.

für zebe, *aslov.* zębetъ: *man führt an* vež *vehe geb.* 100. *Analog sind die formen* na vozi *dialekt.* 40. voze *pl. nom. zlin.* 33. o kozi 27. *dialekt.* 40. *pl. nom.* koze *zlin.* 27. *slk. soll* z *in* koži *weich lauten im gegensatze zu* kozy: v kože, v koži *sind wohl polonismen dialekt.* 55. *Ganz vereinzelt ist* žima 55. *In* řežbář *und in* žížeň (w. žęd) *für* řezbář, žizeň *hat assimilation statt gefunden.* š: huša *pras.* 28. huška *dialekt.* 58. praša *pras.* 28. šaha *klafter dialekt.* 59. šahat *pras.* 27 (síhat, síhnout *doud.* 6). sekaní *dialekt.* 60. sino *heu dialekt.* 60. žat *pras.* 28: *vergl.* šatati *für* unaviti *pras.* 28. v leši, *pl. nom.* leše *sind analog gebildet zlin.* 28: v leše, v leše *sind wahrscheinlich polonismen dialekt.* 55. š *wird* š: mušim *geb.* 100. noš. šahati *geb.* 100. šáhnout *dialekt.* 27. šeno 55. šedý: *aslov.* sědъ. šerý: *aslov.* sěrъ. vož, noš *impt. doud.* 16. *slk. soll ein merkbarer unterschied obwalten zwischen* nosí *und* nosy. *Manche postulieren die aussprache* mašt *und erklären* náměští *aus* naměští.

6. zr, sr *werden häufig durch* d, t *getrennt: slk.* miazdra, nozdry *und daraus* miazgra, nozgry; *č.* mázdra; *dial.* mázra *doud.* 13. pstruh: pъstrъ. střebati, *slk.* srebat. straka. středa, *slk.* sreda; střídmý. střetnouti, *dial.* potřetl *dialekt.* 38, *slk.* sretnúť. vstříc: *aslov.* vъ sъręětъ. stříbro, *dial.* stříblo, *slk.* sriebro. střín, srín, *slk.* srieň, *nsl.* srên, *p.* srzon. střez, sřez, *dial.* zřez *kübel zlin.* 27: *ein dunkles wort.* stříž, *slk.* stricž, *nsl.* srêž. *dial.* uzdřím. zdřejmý. zdřetel. zdřadło *speculum dialekt.* 60. zázdrak. podezdřelý. zdráti. zdrostu. zdrovna *geb.* 121. *ač.* izdrahelský, *daneben* srna, srp, sráti *usw. slk.* rozhřešiť *hat eingeschaltetes* h. sloup *steht für* stloup: stlъpъ.

7. zz, zž, sš *wird* jz, jš: bejzlosti; mlajší, slajší *geb.* 103. 104. *dial.* mlejší *doud.* 7. 18. *slk.* krajší: krásny.

8. *Auslautendes* sm *wird dial. durch* sum *oder durch* smu *ersetzt:* vosum, osmu, *daher* osumý *dialekt.* 11. 43. 54. *Daneben* sedem, sedym; osem, osym 56.

9. st *geht vor praejotierten vocalen in* šč, d. i. šťš, *über, woraus später durch abwerfung des zweiten* š *die gruppe* šť *und dafür* šť; *vor den hellen vocalen wird* st *zu* sť, *dessen erweichung die schriftdialekt im auslaut vernachlässigt:* houště, houšť. pouštěti, *ač.* púščati, *dial.* púščat *zlin.* 55, *slk.* púšťať. puštěn. křtěn *aus* křtěn, *nicht aus* křcen. věštec, věštěc: věst-jъ věští *ist wohl* věštčí. vlašti: vlast-jъ *vergl. gramm.* 2. 73. příští *adventus ist* prišъstije; *eben so entstehen* věští *introitus,* záští, zajiti: příští *futurus beruht auf* prišъstъ. *Dagegen* host, *dial.* host *zlin.* 28. vlast, *dial.* vlast; sť *steht auch vor jüngerem* ja: křestan; *dial.* kosťám, kosťách, kosťama *zlin.* 34.

33*

10. stl wird sl, wenn tl suffix ist: číslo: čьt-tlo. housle: gąd-tlь. jesle: jad-tlь. heslo *losung, parole scheint mit* god *zusammenzuhangen:* hed-tlo: *vergl.* hezký *und dial.* dali si heslo, zřekli se *zlin. 53.* máslo. přeslo *rockenstock;* přeslen; přeslice. veslo. obáslo: vez. obřislo, provřislo *strohband: w.* verz. *Daneben* rostl, *slk.* rastlo, *dial.* růstlo *zlin. 42. Man vergl. das dunkle slk.* svisle, prkna na štítech domu nebo stodol od kalenice dolů.

11. stn *wird* sn: masný. štasný; *eben so* zvlášní *aus* zvláštní *dial. 31. neben* mastný. *Dem entgegen findet man ač.* tělestný *für* tělesný.

12. zd *wird vor praejotierten vocalen* žd *aus* ždž: vyjížděti: *aslov.* jazditi. zohyžďovati: zohyzditi: *unhistorisch ist dial.* přehražditi *für* -hraditi. hyžděn. opožděn: *unhistorisch* hyzděn. zděn *von* zdíti *mauern.*

13. Der ursprung des zd *ist oft dunkel; in vielen fällen steht es für* d: azda. hvizdati: *s.* zvizda. hvozd. hyzditi, ohyzdný *neben* hydný *zlin. 14.* hyd: *vergl. nsl.* gizda *hochmut.* pouzdro. pozdě. prázdný, prázný. pyzda *vulva zlin. 60. Vergl. slk.* budzogaň *čít. 1. 250. mit* s. buzdohan *und beachte aslov.* každá *aus* kadžą.

14. sk *wird ač.* šč, *woraus in dem schriftdialekte* št *wird, wofür einige andere dialekte* šč *bewahren, der übergang in* št *mag sich aslov. aus* šč *oder aus* sc *vollziehen; dial. und slk. ist der unterschied zwischen beiden verwandlungen teilweise erhalten. a)* tiščen, tištěn. *ač.* jišču, *dial.* íšču *zlin. 39:* ištą. pišti. tlešti: tleskati. pišťěti: *aslov.* -ati *aus* -ěti. píšťala: *aslov.* -alь *aus* -ělь. ohniště, *dial.* ohnišče *zlin. 31. dial. 35: daneben* -isko: chlapisko *zlin. 31. dial. 48. Dial.* velíščena *von* velísek *zlin. 31.* polština: polьskъ. čeština. *slk.* panština. řečtina: *grьčština. slk. steht manchmahl* čina *für* ština: polčina. slovenčina. ploštice *cimex:* ploskъ. kětice *neben* kčice *haupthaar aus* kъčica: kъka, *nsl.* kečka, *slk.* kačka. tětice *für* tesknota: *tьsk-ica.* mraštiti, vraštiti *runzeln: p.* marsk. mrětiti, mrskati *werfen.* třěštiti. pišťba: pisk. ploščka *cimex zlin. 60:* ploskъka. čtí, tětí *vacuus:* tьětь *aus* tьskjъ; tětitroba *leerer magen. Hieher ist zu rechnen* ryňščok. paňščor *dial. 60.* šč *aus* sk *findet auch in den wurzelhaften teilen statt:* oščadať se *dial. 49.* štáva *saft; slk.* štava vinová *čít. 1. 67: vergl. w.* slk. štědrý, *ač.* ščedrý. štěp, *ač.* ščep; oštěp *iaculum: w.* skep. oščeřiti (dveři oščeřené *zlin. 59. 76);* výščeřák *irrisor 11;* vyštěřiti: *w.* sker: *daneben slk.* vyskierať; škeřit se, cerit se; oškerené zuby, vycerené zuby *čas. mus. 1848. 2. 314. 327.* ščípat *dial. 35.* štit, *ač.* ščít. *Das dunkle č.* čirý *purus lautet p.* szczery, *r.* ščiryj. *Auf einer älteren stufe steht* st, t, s *aus* sk: stöň, stíň. stiň; síň; tin *zlin. 27.* tin *dial. 48: vergl.* přesoněk *dial. 49. für* přistěnek. *b)* sk *geht in* št, *slk. in* st *über:* dětě, *slk.* destě: dъska, dъstê. polětě. vojětě. ckě *wird* čtě: hradečtě *von* hradecko. *č.* polští, *slk.* polsti. češti. moravěti. *č.* němečtí, *slk.* němecti. *Dial. formen sind* prostějověčí *dial. 48.* moravči *zlin. 30.* hradečči *dialekt. 48.* černoccí: černocký *aus* černotský *ibid.* bohotici: bohotický *ibid. Das* š *in* polští *beruht vielleicht auf dem folgenden weichlaut:* st *aus* sk *entspringt aus* sts *wie im* aslov. Sk *wird* ck: plzenský, polcký, selcký, sacký *dial. 22. 31. doud. 14. geb. 102. Ähnlich* pulc *für* puls *dial. 31.*

15. zg *folgt der analogie von* sk: břežditi *neben* břěštiti, *slk.* briеždit *illucescere:* brězg. drážditi, *nsl.* dražďžiti *neben* dražiti. *slk.* druždžat *krachen:* druzgat. hvižděti, *slk.* hvizgot, *neben* hvizdati: *s.* zvizga *neben* zvizda. hvižď *taube* nuss. *slk.* miaždit: miazga. mižditi *mit geifer beflecken:* mizha, miza. roždí: rozha; *slk.* raždie: razga. *dial.* vrždět: sníh vrždí pod nohama *zlin. 69:* vrzgat *32,* vrzgolit *26. 69, slk.* vrždat. *Dagegen slk.* razdě *von* razga: *vergl.* aslov. drezdě *von* drezga. *slk.* uzg, suk na stromě.

16. zg *ist manchmahl dunklen ursprungs: slk.* brýzgam sa. pochramúzgat *zlin. 32.* lamúzgat *ibid.*

17. zg *wechselt mit* sk *in* drobiask *zlin. 52. im auslaute für* drobiazg, *slk.* drobisk: *p.* drobiazg. *č.* dlask, dlesk, *slk.* dlask, glask *neben slk.* glezg. třiska *neben* dřizha. *slk.* mlaskat *neben* mlazgat ; *eben so č.* rošti *neben* roždí. dzg *für* zg *bistet slk.* modzg: do modzgov *čit. 1. 107.* ss *findet sich im anlaute:* ssáti. c *tritt für* s *ein in* cloniti, sloniti. cecati, cucati. *slk. findet sich neben* mlezivo mledzivo *colostrum.*

F. Die č-consonanten.

1. Im slk. wird č *im* gemer. *durch* š *vertreten:* kráčet *gradi.*

2. č-laute stehen für s-laute *in fremdworten:* varmuže *puls: mhd.* warmuos.

3. š *entspricht dem mhd.* sch*:* šilhati, *mhd.* schilhen. *Fremd scheint auch* švidrat *dial. 51.* švidrat *zlin. 67: nsl.* šveder *krummfuss.*

4. Für črt *tritt* nč. *durch einschaltung des* e čert, *für* čřet, *d. i.* těršet, *durch ausstoss des ersten* š třet, *d. i.* třet, *ein: letzteres wird manchmahl zu* stře *verstärkt. slk.* besteht črt, črět: *č.* černý *für älteres* črný. čerpati, *slk.* črpkat. červ *usw.* třida, střída, *slk.* čriedа: črěda. třemcha, střemcha: *slk.* črêmъša. třen, střen, *slk.* čren, črienka:

črên̓. třep, atřep, *slk.* črep: črêp̌. třislo, stříslo *pubes:* črêsla. třislo *cortex coriarius, dial.* čeřislo, *slk.* čeresev. střeăně, *slk.* čereăňa: črêšnja. třevic, střevic, *slk.* črevik, črievice: črêvij. *dial.* střevoň *für* třeboň *doud. 15: th.* trêb-. *slk.* čez *entspricht aslov.* črêz̓.

5. žrt *wird* žert: žerď. žernov.

6. šč *wird jetzt im schriftdialekte durch* št *ersetzt :* čeština: * češьština, * češьščina. rečtina : * grъčьština, * grъčьščina. hru-ština̓, hruštice : hruška. lĭště *vulpecula :* liška. neboština̓k (ne-božtik): nebožec. štědrý. štěstí : * sъčęstije *usw. Dagegen dial.* ščava. ščekat. ščít. skýščit sa. ščrba. ščrk. ščrčny *zlin.* 22. 27. 66. 71. ščur (štir). jaščirka *dialekt. 60. Selten ist* chčestí.

7. *Aus* čьs, žьs, šьs *wird* c, z (s), s, *indem tьs durch aus-stossung des* š *in ts übergeht usw.:* ctáti: *aslov.* čьstiti. cnota. *slk.* grécky: grьčьsk̓. väecek : vьsjačьsk̓, *woraus sich väeck ergibt.* boský (božský): božьsk̓. *slk.* vítastvo (vitazstvo). český: češьsk̓. veleský : * velešьsk̓, *von* velešin. co *aus* čьso, *slk. daneben* čo *und so bei den Sotáci dial.* 79. *Aus* věkší *wird* větší *durch* vět(s)ši.

8. čt *wird* št : štyry. *slk.* štvornohý. *slk.* ništ *aus* ničьto. *Dagegen* počta *zlin.* 30.

9. *Für* ž *tritt manchmahl* žd *ein:* ždmu. ždímati. moždír, *slk.* možiar : *ahd. morsari. Vergl. s.* ždenem, žderem *aus* ge-, *wohl durch älteres* dže-.

10. žid *beruht auf iudaeus, während* půjčiti *aus* požičiti, zajže *aus* zažže *entstanden ist. Ähnlich entspringt* matijce *aus* matičce *geb. 104;* mičena *von* mička *zlin. 31. steht für* mijčena, miččena.

11. *Für* j *tritt* l *ein in* ledva. *slk.* len, lem, ljem *dial.* 79. *Singulär ist* slk. neboráček, boráček, *dessen* r *aus* ž *entstanden ist.*

12. *Eingeschaltet ist* j *in* majc (máti, máci). majceri (mateři). hojscina (hostina) *dial.* 78.

Zweites capitel.

Den consonanten gemeinsame bestimmungen.

A. Assimilation.

Tönende consonanten werden vor tonlosen tonlos und umgekehrt: sladký. *slk.* pod kostolom. *slk.* vádzka *kirchengang der wöchnerinnen.*

dvadset *aus* dvadeset. poděev. *slk.* mladší. stblo *aus* stéblo *lauten* slatký. pot kostolom. vácka. dvacet. počev. mlatší. zblo *doud. 11. dial. 59.* vták *aus* pták. obchod. včera *lauten* fták. opchod. fčera. *In* čtvrt, k vám *assimiliert sich* v *dem* t, k: štfrt. k fám *doud. 13. 23.* kdo *lautet* gdo *und* hdo. *slk.* lahký, k ocovi, k ludu, k nohám, k mestu - lachký. g ocovi *usw., doch* k nám, k nim. leckdo *lautet* ledzgde *geb. 98.* slezský *wird* slesský, sleský. *slk.* s ovsom, s rukavom, s láskou, s mečom *lautet* z ovsom, z rukavom *usw., daneben* s nami, s nimi *und* s nás e *nobis.* snazší *wird* snažší, snaěší, snaší, *dessen* š *bei sorgfältigerer aussprache verlängert lauten soll geb. 103.* džbán, žbán: čьbanъ. džber, žber: čьbrъ. *Eine andere assimilation besteht darin, dass* c-*consonanten in* č-*consonanten übergehen:* šršeň *zlin. 28. dial.* ščesti aüš sъč-, *daraus* št-; *daneben* chčesti. chčasný *dial. 17. 22.* chčebetati *geb. 103. In* hřbet *aus* chřbet *wurde* ř *wegen des* b *tönend, was den übergang des* ch *in* h *zur folge hatte.* rl *geht in* ll *über:* nedomllý, *d. i. wohl* nedoml-lý, *aus* nedomrlý. umllý *aus* umrlý. umllec. umllči. blloh *aus* brloh: z bloha *on. für* z blloha *doud. 13. 33.*

B. Einschaltung und vorsetzung von consonanten.

A. Eingeschaltet wird n *zur vermeidung des hiatus seite 504.* plja *aus* pja *ist selten seite 506. B. Vorgesetzt wird slk.* h *vor silbebildendem* r: hrdza *usw. seite 511. Man beachte* včeraj *zlin. 40.*

C. Aus- und abfall von consonanten.

A) Ausfall von consonänten.

brach *beruht auf* brat (bratr)-ch: *vergl.* kmoch, kmotr *usw.* rozlobiti *aus* rozzl-. bez sebe *lautet* besebe. *Über* prorocký, boský, český *siehe seite 516.* babiččin, vyšší *lauten* babičin, vyší. pódá *gemer. narrat.*

B) Abfall von consonanten.

řek *aus* hřek *graecus.* dyž, dyby *zlin. 27.* tin *aus* stín. *Vergl. slk.* slzký, klzký, plzký, *wohl aus* splzký. plína *aus* splína. *dial.* třelit *usw.: aslov.* strěliti.

D. Verhältniss der tönenden consonanten zu den tonlosen.

Im auslaut stehen nur tonlose consonanten: med. pojď. dub. krev. obsah. *slk.* nož *lauten* met. pot. dup. kref. opsach. nôš. *slk.*

druk *entspricht aslov.* drągъ. *Das slk. besetzt* krk *neben* grg. *Neben* třiska *besteht* dřizha.

E. Metathese von consonanten.

hřbitov *beruht auf* břitov *seite 504.* hedváb, *p.* jedwab': godovablь. provaz, *ač.* povraz. poržit *für* požřiti, *aslov.* požřěti *doud. 13.* pahnozt *zlin. 60. slk.* lejša *für* olše *dial. 70.* mdlý *ist wohl aus* merd *entstanden:* *mldý. trut' *aus* rtut'. čever, čevr *aus* červ. palvač *aus* pavlač *dial. 31.*

Lautlehre der polnischen sprache.

ERSTER TEIL.

Vocalismus.

Erstes capitel.

Die einzelnen vocale.

A. Die a-vocale.

I. Erste stufe: e.

1. A) Ungeschwächtes e.

1. Urslav. e *wird durch* ie, d. i. *durch* e *mit vorgeschlagenem parasitischen* j, *wiedergegeben. Dieses* ie *erhält sich im auslaute und vor weichlauten:* nie. bierze. *Vor unerweichten consonanten wird* ie *durch* io *ersetzt, das vielleicht als durch eine art assimilation hervorgerufen anzusehen ist:* ubior: aslov. *-berъ. wior *hobelspan:* *iverъ. zioła. piorun. anioł. czoło, *davon* czele *und* czole *in verschiedener bedeutung.* piołun. mielę, *falsch* miolę, mielony. ścielę. kamionka: kamień. namiot. miotę, mieciesz; *eben so* gniótł *und* gnietli. wiodę, wiedziesz. szczodry: štedrъ. *kaš.* vjodro: dobre vjodro, *aslov.* vedro; *eben so* wiódl *und* wiedli. siódmy *und* siedmь: sedmь. *Neben* siodle *besteht* siedlarz. wiózł *und* wiezli. niosł *und* niesli. io *neben* ie *ist nicht selten:* wiotchy, wietchy. wiotszeć, wietszeć. dnioch, dniech *zof.* plotła, pletła. wiodła, wiedła. wiozła,

520

y. ъ-vocale.

wiezła. *Man merke* ározbro, *richtig* árzebro. *dial.* miełła. siestra,
siejstra *lud 6.* sławiena *Pilat, bogar. 1. 88. 89. Hieher gehören
auch die worte, die aslov. die form* trêt, tlêt, *p. die form* tret, tlet
haben: árzód, árzedni : srêda. oczrzedź, otrzedź *vices zof.* mlon :
* mlênъ. mléć : mlêti. e *erhält sich vor den* p- *und den* k - *conso-
nanten :* trzeba. trzewo ; brzég. strzegę. *Dem gesetze des wechsels
von* io *und* ie *folgt* ê *in* piosnka, pieśń : pêsnь *usw.*
2. *Neben diesem* e, ie *besteht ein anderes, das sich zu diesem ver-
hält wie* ъ *zu* ь: bez : bezъ. kieł. *dial.* melę (językiem); mełła,
mełli *lud 9;* mółł, mołła *15.* pelę *erunco;* pełła, pełli *lud 9;* półł,
połła *15;* pełty *neben* pielę. serce *neben* sierdzić się. wesoły, we-
selszy, wesele *neben altem* wiesioły *und dial.* wiesielé *zar. 84.
Diese formen zeigen, dass das* e, *wenigstens in diesen fällen, aus* ie
entstanden ist. Man darf jedoch sagen, dass überall e *für ursl.* e *aus*
ie *sich entwickelt hat :* pełny, wełna *beruhen auf* piełny, wiełna: *ähn-
lich ist auch* r. połnyj *aus* pełnъ *hervorgegangen. Auch* p. *kennt
dial.* poùny, *d. i.* połny *lud 5.* e *entsteht auch aus* o *oder aus*
ъ (o): ziomek. *dial.* téla *ist* tyle *der schriftsprache: aslov.* toli
tantopere; dial. teli *ist* tak wielki *kop. 377. Hieher gehört* giem-
zać *jucken, eig. kriechen:* ie *für* e *wegen* g. kiedy *neben* gdy. *sg.
instr.* bokiem, robem. *połab.* bügäm, *aslov.* rabъmь, rabomь, *č.*
pánem *neben dem pl. dat.* robom, *aslov.* rabomъ, *č.* pánům *aus*
pánôm. *jen.* ten : tъ-nъ : *vergl. abaktr. či-na wer. Hier sind zu
erwähnen die fälle, in denen betontes* e *für* ъ (o) *eintritt :* bezecny.
bezemnie. ote dnia (od dnia) *małg. 60. 8.* podemną. wemnie. ze-
mną; obejść. obejrzeć. obesłać. odegnać. odejść. odetchnąć. odet-
nę. rozejść. wejść. *Dieses* e *gilt meist als ein einschub, der in zahl-
reichen fällen stattfindet :* budynek *bau.* ganek *gang.* gawel *gallus.*
korek *kork.* odelga, odwilż. poleć (połcia). *dial.* połednie *für*
pol dnie. węgieł. węgiel. żądełko. *Diese einschaltung tritt regel-
mässig im pl. gen. ein :* babek : babka. den : dno. gier : gra. chu-
stek. lez : łza *neben* bogactw. starostw. ie *wird eingeschoben in*
sosien: sosna. studzien: studnia. *Dunkel sind* kieł, kła, *r.* klykъ,
s. kaljac. kierz, krza. *Aus* ŭ *ist* e *in* płeć *usw. entstanden.*

B) Zu ь geschwächtes e.

ь *wird* ie, *wo es die aussprache entbehren kann, sonst fällt es
aus:* drzwi *aus* dwrzy. lwa, lwię, lew. mdły *neben* medl. psa, pies.
rczy *małg., d. i.* rzczy ; rzkomo *neben* rzekomo. trzpiot. čma. tnę :

539

tьną. ožon *aus* ožьžon *ustus:* ožьženъ. ždać. bždić *aus* pьzd-: *nsl.* pezdĕti; *daneben* miecz. najem *usw.*

2. tert bleibt tert oder wird trĕt.

A. tert bleibt tert.

1. tert *ist mehreren veränderungen unterworfen: regelmässig ist die in* ciert, *woraus* ciart; *aus* tert, ciert *entwickelt sich* tert, tart; telt *geht einigemahle in* tłut *über.*

2. *a)* tert, ciert : czerw. ćwiérć *und* ćwiartować *neben* czwarty : četvrьtь *neben* četvrьtъ; *wr.* čaćviortyj. ćwierczéć *zirpen;* ćwierk: *s.* čvrčati, cvrčati. czerń, czernić *neben* czarny, *kaš.* čorny, *r.* čĕrnyj: črьnъ *neben* črьnь. dzierkacz. śmierć *neben* martwy. mierzić. mierzwa. pierś. pierść *handvoll.* pierścień *neben* naparstek: pierdzieć *neben* piardnąć. pierzchnać *neben* parch. pierwiej. pasierb. sierdzień *für* sworzeń u wozu. ściernie. sierp. sierść; nasierszały *struppig.* sierszeń. skwierk: skwierczéć *pipire.* śmierd *neben* smard *art höriger:* r. smerdъ, *daher mlat.* smerdi, *smurdi.* świergolić. świerk *neben* smrek, smrok *rottanne.* świerk, świercz *gryllus.* szczerk *kies.* cierlica, ścierka *neben* tarlica. cierń *neben* tarn. cierpiéć. ćwierdzić *neben* twardy. wierciéć *neben* wartać. wierzch. zierniaty *neben* ziarno; czołn. *ap.* molwić, *jetzt* mówić. siorbać. żołć. żołna. żołty. żołwica *beruhen auf* czeln *usw. Dasselbe tritt ein im* kašub. čorny. pógordzac. mortvy. *p.* korczak *stammt aus dem r.;* mielk, miélk *wird* milk: milczeć. *połab.* mäucäcl: mlьčĕšte. pilch. wilga. wilgnąć. wilk: *kaš.* velk, vołk, vilk, vjilk. tert *geht demnach vor weichlauten meist in* ciert, *sonst in* ciart *und mit der auch sonst nachweisbaren vernachlässigung der erweichung* ciert *in* tert *und* ciart *in* tart *über.*

b) tert: bełkot, *das man mit* r. bołtatъ *vergleicht.* derkacz *neben* dzierkacz. giełk, gielczyć: *r.* gołkъ. chełbać: *r.* chol(b)nutъ. chełm: *r.* cholmъ. kiełb *cyprinus gobio.* kiełbasa. wykiełzać (konia). kiernoz, kiernos: *vergl.* krъnъ. merdać (ogonem). pełk: plъkъ: połk *ist wohl* r. pełny: *dial. und os. ns.* połny. pełzać. sterczeć. wełna.

c) tart: bardo. barlog. darcie : *drьtije. darń : *os. ns.* dern. darski *neben* dziarski : drъzъ. gardlica *małg.;* garlica *zof.* gardło. garniec. karcz *strunk: nsl.* krčiti. kark. karma. karpać *flicken.* marcha, *alt* mercha. -marł, martwy : *kaš.* mortwy; *os.* mordvy. parkan: *č.* prkno. parskać: *ns.* parskaš. naparty: naprzeć. sarkać.

sarna. skwarl: skvrъlъ. smark. stark *stimulus:* strěkъ *oestrus.*
targać: *vergl.* r. torgatъ *neben* terzatъ. targ. tartka, tarka *raspel*
aus tert-ka: r. těrka. tarło. tarl: trъlъ. tarlica. tarn. *kaš.* scarty:
sъtrъtъ. twardy, *kaš.* cwiardy. wark, warknąć. warstwa, warsta.
warszawa, *das mit* wierzch *zusammenhängt.* obartel *obex versatilis:*
č. obrtel. wartołka *spinnwirtel.* żarl: żrъlъ. żarna. hardy *ist aus*
dem č. entlehnt: hrdy: grъdъ. nart *schneeschuh. ist mlat. narta matz.*
262. *Das polab. bewahrt die jotierung:* cětjärtÿ *aus* cětvjärtÿ. eu-
m̈artÿ: *umrъtъ Schleicher 43.*

   Abweichend ist krtań *aus* grtań, r. gortanь.

3. telt *wird* tłut: dłubać. dług. długi. słup *aus* stłup. tłumacz.
tłusty: *im č. findet sich das gleiche in* hluk. chlum. pluk. tlusty.
żlutÿ; *das ns. hat* tłusty *für os.* tołsty. *Man beachte* kurcz *für*
nsl. krč. kurṕ, r. kurpy *für č.* krpě. *Mittelglieder zwischen* telt
und tłut *sind unnachweisbar.*

4. tret *liegt folgenden worten zu grunde:* grek, č. hřek: grъkъ.
grzbiet, *alt* chrzept, r. chrebetъ: hrъbьtъ. grzmiéć. strzemię. kret
talpa gehört wohl nicht hieher; dagegen scheinen auf tret *zu beruhen:*
trwoga, r. trevoga. brnąć: bred. drwić *schwätzen.* grdać *schlagen*
wie ein wachtelkönig. grdyca, grdyka *pomum adami.*

B. tert wird tret.

   Das e *von* tret, *das kein* ě *ist, kann, wie oben gezeigt, in* o
übergehen: brzég: brěgъ. brzemię. trzoda: črěda. oczrzedź, otrzedź *f.*
vices zof. trzewik. trzewo: črěvo. mléko: *kaš.* moko *wohl aus* młoko.
plenić, plon. przod. sledziona. slemię. smrek *steht für* smrzek;
smereka *für* smrzeka. ѣrzod, ѣrzedni. ѣrzon. strzec. cietrzew.
trzeba. trzeźwy, trzeźgwy. wlekę *neben* wlokę. wrzód. wrzos.
źrzódło: żrělo *aus* żerdlo. *Hieher gehören die inf.* drzeć. mleć.
pleć, przeć. skwrzeć; ѣrebro, *richtig* ѣrzebro, *ist aslov.* sьrebro. *Für*
żelazo *erwartet man* żelozo. miano *ist mit č.* méno *wohl unver-*
wandt. Neben mleć *besteht* zmielony. zolza: *aslov.* žlěza.

3. ent wird jęt, jąt.

   1. *In* ent *ist* e *kurz oder lang: aus jenem entspringt* jęt, *aus*
diesem jąt: *kürze und länge ergibt sich aus der vergleichung der*
anderen slavischen sprachen, namentlich des čech. *Die jotierung be-*
zeichnet entweder j *oder einen weichlaut. Die* jęt *und* jąt *sind jedoch*
nicht nach wurzeln, sondern nach den themen verteilt, daher częć

und cząstka; was ausserdem noch jęt *für* jąt *und umgekehrt hervorruft, wird im zweiten capitel des vocalismus: Dehnung erklärt.* Vergl. *meine abhandlung:* ,Über die langen vocale usw.' *Denkschriften,* Band XXIX.

2. jęt: brzęk: nabrzękły *tumidus.* część. częsty. dzięgiel: č. dě̆hyl, andělika. dzięgna *parodontis.* dziesięć. dziewięć. dźwięk, dzięk: zvękъ *vergl. seite 251.* jarzębina *sperberholz:* r. rjabina. jęczeć, jęk. jęczmień. klękać. lędźwie. lęgę: *polab.* lägnĕ. międlić *linum frangere:* *mьn-dlo, *w.* mьn. mięso. mięta. miętus: č. meň, r. menь. pięć. opięć *zof.* piękny: *dial.* piéńkny. święty: *dial.* święńci *zar.* 72; *polab.* sväntŷ. szczędzić. więc, więtszy: *polab.* väc. więciérz *neben* wącior *lud 325:* lit. *ventaras.* zięć *usw.* jęt *enthaltende suffixe:* imię: *polab.* jáimä. ciemię; jagnię: *polab.* jógnä. prosię: *kaš.* parsä. dzierzęga *lemma maior.* mierzięczyć *ein mit der w.* merz *zusammenhangendes denominativum. In worten:* mię: *polab.* mä. się, *dial.* sä. *Der pl. acc.* je *hat sein* ę *durch* e *ersetzt.* jęt *steht in fremdworten:* dzięga *neben* dzieńga, dęga: *r.* denьga. dzięki. jędyk *neben* indyk. jędrzej *andreas.* kolęda. *dial.* kontętować *zar.* 79. pielęgnować *pflegen.* szędzioły, szendzioły *schindel zar.* 42. 43. więszujemy *zar.* 62. dziędzierawa *datura stramonium ist klr.* dynderevo, dyvderevo, dyvdyr. mańka *ist ital.* manca. jęt *ist in vielen fällen jungen ursprungs:* częstować *neben* czestować. między, *alt* miedzy. mięsić (ciasto). mięszać. mięszkać. szędziwy, sędziwy, szedziwy: sědъ. *Dasselbe tritt bei vielen formen der w.* leg, sed *ein, in denen nur für das praesensthema der nasale vocal historisch begründet ist.* ścięgno, *wofür* ściegno, *wird durch ahd.* skinkä *gestützt. Dial. sind die unursprünglichen nasalen vocale viel zahlreicher:* kōtęnt. tę *für* ten. krokę, krokię *für* krokiem. po caŭę świecie *d. i.* po całem *usw.* razę, razę́. wię, wiä *scio.* pod dąmbę́, dąmbi. tä *und* ta *für* tam. *Diese nasalen vocale haben die praejotation nicht notwendig; hier ist die gruppe* kę, gę *zulässig, die sonst nur für* ką, gą *vorkömmt. Hier möge erwähnt werden, dass die dial. auch ein nasales* i *kennen:* į *pl. d.* im. ś nj *cum eo.* moj, mojį *für* mojim *op.* 29. we wielkį strachu *op. handschr: man vergleiche überhaupt op.* 27—30. *Dasselbe findet im kaš. statt:* człowiekę. lasę. niebę. wógnię: ognjemъ. sercę *neben* bogä. człowiekä. słową *hilf.* 54, *lauter sg. instr. Schwierig ist die erklärung von* jeńctwo; jęctwo *zof.: auszugehen ist von* *jęt-ьcь, *woher* *jętьčstvo, *das den p. formen zu grunde liegt.* wzięła *lautet dial.* wzięna, ziena *mał.* 166. *zar.* 72: *mit r.* vzjano *dial. für* vъzęto *hat* wziena *nichts zu schaffen.* szkaradny *scheint mit aslov.*

524   p. a-vocale.

skarędъ *verwandt. Für klr.* lach *und das lit.* lenkas, łynkas, magy.
lengyel *mag einst ein p.* lęch *bestanden haben.*
   3. jąt: dziąsła. oglądać. chrząszcz. jądro. jątrzyć. krzątać się.
miesiąc. miązdra (na jaju) *zof.* pieniądz. rząd. siąg. sążeń *aus*
siążeń. siąknąć *neben* sięknąć. śląsk: *č.* slézsko *silesia.* ciądzać:
č. tázati. tysiąc. wiązać: *polab.* vŏzat. wiąz *ulmus.* zając. żądać.
księga *beruht wahrscheinlich auf einem älteren* kninga, *woraus auch*
kniga *entstehen konnte:* ń *in* kńiga *ist allerdings dadurch nicht erklärt.*
pieczęć *lautet aslov.* pečatъ. przątać *ist slk.* pratati. *Neben einander*
findet man chrzęśłka, chrząstka cartilago. klęskać, kląskać. *In*
suffixen: *partic. praes. act.* chwaliąc. *In worten: 3. pl. praes.* chwalią.
Dial. besteht wzion *für* wziął *mal. 166.* wziąn *zar. 70.* kaš. począ
für począł; *daneben* przydom, šedzom, tłucom *hg. für* przydą *usw.*

II. Zweite stufe: ê.

   1. ê *wird vor weichlauten durch* ie, *sonst durch* ia *reflectiert. Mit
den weichlauten gleiche wirkung üben die* p-, *die* k- *und die* č-con-
sonanten *usw. aus.*
   2. biały: bealbug *pomer. bei Kosegarten.* blady. blaknąć. blask:
blêskъ. dziad. gniady. jadać. jadę, jał *vectus est.* najazd. jechać,
abweichend jachać. jaz *wehr.* kolano. *Vergl.* lada, leda, *č.* leda.
latać. las: *kaš.* las, *deminut.* losk. laska *stab.* lato, *daher* latach
und leciech. miano *nomen.* miazga. miasto. piana. piasek. pier-
wiastek. przaśny, oprzasnek *zof.* rzadki. narzazek *incisura zof.*
ściana. siatka *neben* sieć. siadł *neben* siedli. siano: *kaš.* sano. ślad.
ślaz. strzała. trzask. wiadro. wianek. wiano. wiara. wiatr. wrzask.
dial. źradło, przejźradło *speculum:* zъrê-dlo, *daher* źrzadło *usw.*
Dagegen brzég. drzémać. grzéch. gąsienica. chléb. chléw. jeḿ:
jamь; *eben so* jedzą. jechać *neben* jachać, jeli *vecti sunt,* jeżdzić;
eben so jezdny, jeżdżać. kądziel. kąpiel. kolebka. krzepki. lecha.
lékarz. leniwy. lep *vogelleim.* naléwać. lewy. lżejszy. miédź. miech.
miesiąc. mieszać. niemy. piega. pieniądz. plewię. rzedzić. narzekać.
rzep: rêpije. rzeszeć *ligare kaš.* rzeżę. sieć. ślepy. śmiech. śnieg.
świeca. wiecha. wieko. wierny: vêrьnъ. dowiewać. *Seinen eigenen
weg geht* cê, *dem weder* cia *noch* cie, *sondern, weil* c *der erweichung
widersteht, ca in* cały *und* calić, calec *oder* ce *entspricht:* cedzić
neben cadzić. cena. césarsz. céw, cewa.
   3. *Manchmal folgt* ê *der für* e *geltenden regel:* gardziołka. gą-
sionka. glon *neben* glan: glênъ. wspomionąć *aslov.* jedoch -męn-

und -môn-. piosnka. przod *subst. neben* przed *praep.* podsionek:
sień. wionąć: *vênąti. zionąć: *zênąti. *Hier wird für ê der vocal
e massgebend: dial. so wie kaš. und polab.* beruht io *nicht selten auf
ehemaliger dehnung, nun verengung des* a: *kaš.* bioły, gwiozda. *polab.*
chłon, *kaš.* chrzun. *kaš.* joł *vectus est.* losk, *deminut. von* las. miorka.
miozga *baumsaft.* piosk. poslod, *polab.* püslod: *p.* ślad. *kaš.* nie-
dowiora. *polab.* zêłozû. ia *wechselt mit* ie: biada, bieda *in verschie-
dener bedeutung; eben so* działo, dzieło. klaskać, kleskać. powiadać,
powiedać. wiara, wiera. ia *ist im p. wohl der ältere laut.*

4. ê, *wofür* ie (ié), i, *ist die dehnung des* e *in* bierać. poczynać:
čьn *aus* čen. naczyrać: čer, čerp. rozdzierać. dogniatać: gnet. *dial.*
hrymnąć *ist klr.: vergl.* hrymaty. nalegać. latać, *polab.* łotójâ *volant.*
mielać. pominać. zamierać. omiatać. wypiekać. odpinać. piera *im
kaš.* pierałka *lotrix.* odpierać *zurückdrücken.* odplatać. narzekać;
kaš. rikac *dicere.* roskwierać. *Vergl.* uskwirkać; *kaš.* skvirac *flere.*
wyścielać. rozpościerać. dociekać. zacimiać: ćmić. nacinać. do-
cierać. zawierać. wir *vortex beruht auf einem verbum iterat.* prze-
zierać. podżegać *neben* żaga *in* żagiew. pożynać. obżerać, *wofür
richtig* -żyrać.

III. Dritte stufe: o.

1. A) Ungeschwächtes o.

1. bobr *scheint auf* bebrъ *zu beruhen: vergl. seite 25.* łokać
schlucken neben łkać, łknąć *und* łykać. łosoś: *lit. lašisas, lašis.*
ogoł: *vergl. lit. aglu im ganzen. Dial.* płoszczyca *wanze von* ploskъ,
p. płaski; *daher auch* płoskoń *fimmel, wie* płoskur, orkisz kłosu
płaskiego. troty; trociny *sägespäne usw. Fremd sind* kołtun: *r.*
kołtunъ. korczak. kord. portki *usw.* ostafi *eustatkius ist r.* o *wechselt
mit* a: koždy, każdy. kožub, kažub *büchse von baumrinde.* ploskъ:
p. płaski *usw. Vorgesetzt ist* o *in* olędźwio, lędźwie. oskomina, sko-
mina *usw. Polab. wird* o *in vielen fällen* ü: büb *usw. Schleicher 56.
57. 62. 64:*

2. o *ist steigerung des* e *in* bor: wybor: bior *in* ubior *wäre aslov.*
berъ. brod. zbrodnia *untat vergl.* man *mit* č. břed *fallsucht zlin. 51.*
god: žьd *aus* ged. gon; wygon *viehtrieb.* grob. grom: grem *in*
grzmieć. chod: žьd *aus* hed. kon *in* konać: čьn *aus* ken. łog- *in*
łożyć: leg. lot *wäre aslov.* letъ. mol: mel. mor. nor; *kaš.* ponor
würmchen. nož: nьz *aus* nez. płot. opona. odpor. obrok; *kaš.* jotrok
filius. stoł. potok, stok. natonie *holzplatz:* tьn *aus* ten. tor, trop

fussstapfen. wola *aus dem verbalthema* voli: vel *in* velêti. wor *sack:*
ver *in* wrzeć. obora *stabulum.* woz. pozor. zorza *neben* zarza. po-
żog *wäre aslov.* -żegъ. *Vergl. auch* doł. stog. twor; ozor *zunge.*

B) Zu ъ geschwächtes o.

dmę, *aslov.* dъmą, *beruht auf* dom: *für* ъ *tritt häufig* e *ein:*
ten, tedy. kiedy *usw. Vergl. seite 76.*

2. tort wird trot.

1. Der regelmässige reflex des ursl. tort *ist* trot: *von dieser regel
weicht der schriftdialekt in einzelnen formen dadurch ab, dass er*
trât *mit verengtem* a *vorzieht, während die übrigen dialekte* tort,
tart *bieten, indem sie die ursl. lautfolge in manchen fällen bewahren:*
brona *neben* brana, *wohl* brána, broma *neben* brama, *wohl* bráma:
kaš. borna. brozda: *polab.* bórdza *er eggt.* dłoń. grod: *kaš.* wo-
gard, zogarda *hilf. dial.* gróń, najwyżaze owaisko, wierzchołek
vergl. mit č. hrana, *das jedoch von* p. grań *nicht zu trennen ist.*
chłod. chrona: *kaš.* chorna, charna. chrost: hvrastъ. kłoć. kłoda.
krok *neben* kraczaj, okrak. krol. krosta. krowa: *polab.* korvó.
młoto. mrok. mroz: *kaš. polab.* morz. paproć: *kaš.* parparc. pło-
kać. płomień. płotno. płozić się *neben* płazać się *und* płaz *krie-
chendes gewürm.* postronek: *kaš.* postornk. proca. proć. proch: *kaš.*
parch. prog: *kaš.* parg, porg. prosię: *kaš.* parsä. skroń: č. skrań;
kaš. skarnjá. *kaš.* smorko *sternschnuppe lässt ein* p. smroka *ver-
muten.* sroka: *kaš.* sarka. stroż *neben* straż. tłoc *aus* tolkti. *Dem
dial.* utrápa *qual op.* 7, strápić *steht kein* utropa, stropić *gegenüber.*
włosny *neben* własny. wrocić: *kaš.* wrocic *neben* warcic. wrona:
kaš. warna; *polab.* vornó. skowronek: *kaš.* skovornk; *polab.* zévór-
nâk. powrosło. powroz: *kaš.* pawarz, poworz. *Wie* tort *in* trot, *so
geht häufig* ort *in* rot *über:* łodź; *polab.* lûďa. łokieć; *polab.* lükit.
łoni; *abweichend ist* łani; łaba *Elbe ist wohl* č.: *os. ns.* łobjo, *polab.*
lâbû, lâbí. *Regelmässig* robić. rokita. rola. rość: *polab.* rüst. rowny.
roz-. rożny. rożeń; *abweichend:* radło: *polab.* râdlû. ramię. rataj.
Man merke jabłoń. dąbrowa: *s.* dubrovnik.

2. tort *ist steigerung vor* tert *in* płozić się *aus* połzić się: pełz.
pawłoka *langes kleid aus* wołka: welk. krekorać *gackern aus* kra-
korać *und dieses aus* korkorać. trapa *in* utrápa *qual op.* 7. *aus*
torpa: terp *in* cierpieć *usw.*

3. ont wird ęt, ąt.

1. In ont *ist* o *kurz oder lang: aus jenem wird* ęt, *aus diesem* ąt. *Was seite 522 über die verteilung von* jęt *und* jąt *gesagt wird, gilt auch von* ęt *und* ąt.

2. ęt: będę: *č.* budu. dęga *schramme.* głęboki. gęba: *č.* huba. gędę: *č.* budu. chęć: *č.* chuť. kępina. łabędź. męka *qual: č.* muka. motowęzy: *č.* moto-uz. nęcić. pęp: *č.* pup. tęcza. stęchnąć: *č.* tuchlý, tuchnouti. tępy. węgry: *č.* uhry *usw.* tęskliwy *neben* teskliwy *beruht auf einer* w. tъsk: *der nasal ist unhistorisch.* ęt *im suffixe:* strzewęga *bitterfisch.* kędy *neben* z kąd. *Im worte:* rybę *sg. acc. In fremdworten:* będnarz *neben* bednarz. bękart. cmętarz *coemeterium.* chędogi: *vergl. ahd. kundig, chundig.* kętnar *ganter.* krępa *krämpe.* mędel *mandel.* pęzel, pędzel *pinsel.* seręga: *fz. seringue aus* σῦριγξ *matz. 304.* stępel. tręzla *trense.* wędrować. cążki, obcążki *ist ein deminut.: zange: vergl.* kurciążka *kurze zange. Dunkel ist* nadwerężyć *laedere.* kąp, komp, kump *schinke entspricht dem lit. kumpis. Öfters tritt* u *für den nasal ein, wobei die bestimmung, ob entlehnung anzunehmen, nicht selten schwierig ist:* duży: *č.* neduh *morbus.* gusła *hexerei ist wohl nicht* gęśle. chutka *neben* chętka. kucza, *r.* kucza, *ist nicht aslov.* kąśta. łuk *neben* łęk *in verschiedener bedeutung.* smutek, smutny, smucić, zasmucać *neben* smętek *koch.,* smęcić. puknąć *neben* pęknąć *zbiór 21.* prużyć *neben* prężyć. poruczyć *neben dial.* porącić *op. 24.* sumnienie *neben* sąmnienie. wnuk *neben älterem und dial.* wnęk. chutliwy *neben* chętliwy: *hъt.* upior, *aslov.* *uperъ, *r.* upirъ, upyrъ *neben dem wohl rückentlehnten* vampirъ, *scheint einst mit* ą *angelautet zu haben: vampir aus it. vampiro blutsaugendes gespenst.* zubr. sobota *ist wohl aus* sąbota *entstanden: auch die namen der anderen wochentage sind pann.-slov.* ę *lautet* e *in* głowęm (stracił) *usw.*

3. ąt: drąg: *č.* drouh. gąsienica: *č.* housenka. chorągiew. kąt. mądry. mąka *mehl: č.* mouka. sąd *iudicium.* sąsiad. sąsiek. sążyca, *č.* souržice, *aus* sąržyca. wądoł. wątek. wąs *usw. Dunkel ist* wątpić: *vergl.* dowcip: *manche halten* dwątpić *für die urform, dubitare und zweifeln heranziehend. dial.* nęć, nętka *für* nać *und* nęści *für* naści *zbiór 46. sind ganz singulär. Fremd:* stągiew *stellfass: ahd.* standā. wąp *magen, wohl ahd. wampa, nsl. vamp usw. Unursprünglich sind* ą *aus* om, ám: paną *für* panom *op. 29.* dzieweczką, pacholątką *zar. 62.* ną, wą *für* nám, *ám op. 29. zar. 58.* dą *für* dám. mą *für* mám *op. 29.* szuką *für* szukám *zar. 74.* ą *lautet wie* o *in verbindungen wie* własnąm (ręką to napisał) *usw.*

*4. Aus dem gesagten ergibt sich, dass der schriftdialekt einen zwei-
fachen nasal hat*, ę (ĕ) *und* ą (ŏ), *und dass regelmässig dem aslov.*
ę p. ję *oder* ją, *dem aslov.* ą *hingegen* ę *oder* ą *entspricht, je nach-
dem die diesen vocalen zu grunde liegenden verbindungen* è *oder*
ĕ, ö *oder* ō *hatten.*

5. ont, ąt *ist steigerung von* ent *in* błąd: blend. grąz– *in* grą-
zić, *wofür* grążyć. pęto. swąd, smąd. ząb *usw.*

6. In den dialekten tritt zu ę (ĕ) *und* ą (ŏ) *noch* ã, a *mit
nasalem nachklang, hinzu: dieses steht für* ę, *aslov.* ą, *älter* ŏn :
gãś, *aslov.* gąsь, *č.* hus. wãdrować. gorã, *aslov.* gorą, *č.* horu.
chwilã, *aslov.* *hvilją, *č.* chvílu, chvíli; chwalã, *aslov.* hvalją, *č.*
chválu, chváli. *Unursprünglich ist* ã *in* tã *für* tam, *sã für* sam
huc, jã *für* jém. rãka, prãdko, gãba *lauten* rãnka, prãndko,
gãmba op. 20. 28: ähnlich pięnkny zar. 57. *und* rombku *für* rąmbku
72. *Im schriftdialekte ist* ę *für ursprüngliches* ã *eingetreten :*
ręka *für* rãka. ã *wird manchmahl durch an ausgedrückt :* o nian
de ea zar. 60. *für* o nią. chustkan. koronan. kuadan *pono und
sogar* cierniowan zar. 72. 74. przystampujemy 59; *daher* sando-
mierz *neben* sędomierz zbiór 59. zambrow *on. ibid. würde im
schriftdialekt* zębrow *lauten. Abweichend sind* guné, gunska; gnunk
für wnunk *enkel* zbiór 7. *Man merke noch* banã ero. baną
erunt. bédzic *erit op. 19. 22. 33. Daraus erklärt sich die schrei-
bung älterer denkmähler :* ranka małg. *für* ręka, proszą *für*
proszę oro. *Oft wird der nasale vocal unbezeichnet gelassen :* wdra-
czona. swyatymy. wolayaczy *usw.;* małg. *hat meist* ǫ, *woraus man
mit unrecht des dasein eines einzigen nasalen vocals im älteren
polnisch gefolgert hat.*

*7. Was das kašubische anlangt, so ist die darstellung der nasalen
vocale dieser sprache wenig befriedigend. Dass das kašubische neben*
ę (ĕ) *und* ą (ŏ) *auch* ã *kennt, ist wohl sicher; eben so dass* ã (an)
in manchen worten dem dial. ã *entspricht :* nanza *neben* noza *für*
nędza. izban *sg.* acc. jidã *eo.* cîgną, ciągnę ; *dasselbe* ã (an) *steht
dem p.* ą *gegenüber :* stampić. zamb. kwitnanc. resnanc. odnąnd. *Dem*
ą *entsprechen auch andere vocale und gruppen :* stoupic, stupic, sto-
pic. zumb, zub, zob. navyknonc. cîgnunl. jidųc, jidûc, *so wie dem*
p. sędzia *kaš.* sondza *gegenübersteht. Durch diese formen ist die
meinung beseitigt, das gesetz, nach welchem* ząb *für* zęb *eintritt, habe
im kaš. nicht gegolten.* ę̆ *und* ę̄ *werden verschieden reflectiert :* ksanc.
vijci *plus.* vzic *sumere. Nach* hilf. 52. *besteht im kaš. neben* ãn.
ĕn. ŏn. ûn — a. e. o. u, ou.

8. *Im polab. finden wir* ā *und* ō, *jenes entspricht dem* p. ę, *dieses dem* ą. ę̇ : dévät *novem.* désät *decem.* jācmėn. knāz *(ohne verengung).* lägnė *decumbit.* pāt *quinque.* prädė *net.* sādí *conside neben* sād *(ohne verengung) und* jáimā *nomen.* keurā *huhn.* mā *me: dagegen* sjŏtý *neben* svātý. ę̇: tägnė, *p.* ciągnie. euvāzė *ligat.* zādlú, *p.* żądło. rüjā sā, *aslov.* rojętь sę. ą̇: joz ménā, *aslov.* mênją. joz plócā: plačą. *sg. acc.* nédėlā. zimā *terram; daneben* vŏzål: węzeł. *sg. acc.* dévŏ, *nom.* dėva. g̈örŏ, *nom.* g̈óra *und* glainŏ, *nom.* glainó. ą: pātdėsöt: -dziesiąt. g̈ŏsår: gąsior. pŏt: pątь. võtåk: wątek: *vergl.* võze *strick:* ąže. sā mǎnŏ, sā sǎbŏ *mecum, tecum.* dvaignŏt: dźwignąć: *dagegen* pojäk *und* pojācáińa. pāstā *mit der faust.* püjā *canunt. Auf* ū *folgt stets ein unerweichter consonant.*

IV. Vierte stufe: a.

1. a *findet sich in* gamorzyć *schwadronieren.* grabolić, gramolić *grabbeln, scharren.* krakać. łazy *klötze.* smagly *usw.*

2. *Fremd:* kaś. jastre *neben* wielganoc. *p.* karb *kerbe.* krasowola. palanka: mlat. *pallanca.*

3. *Kaś.* ptoch, *durch verengung des* a; *ferners* redosc *und* radosc. *polab.* ródnîk *ratsherr.* ronó *wunde.*

4. a *ist zweite steigerung des* e *in* łazić: lez (lêz). sad: sed (sêd). skala, *daraus* skałka, skaleczka *für* dziurka zar. 58: skel. skwar *schmelzende hitze;* skwarczek *cremium:* skver *in* skwrzeć. war *sieden:* ver *in* wrzeć. *Vergl.* gwarzyć *murmeln. Abweichend ist* prowadzić: ved: *es scheint für* prowadzać, *č.* provázeti, *zu stehen.*

5. a *ist die dehnung des* o *in* gadzać. ganiać. dogarać, *daher* ogarek. gradzać. gramiać. chadzać: kaś. chadei *für* chodź *łuk.* 29. chładzać. chraniać. kłaniać. kałać: koł *in* kloć. krapiać. ławiać. maczać. matać: motać. młodzać. naszać. nawiać. pajać. parać: rozparać: por *in* proć. płazać się: płozić się *und* płazić się. praszać. rabiać. radzać. rastać. salać. smalać. taczać, *takać, daher* przetak *sieb.* stwarzać. waszczać. wracać. *Die meisten dieser formen sind nur mit praefixen in gebrauch.* gradzać *ist aslov.* graždati, *während das* p. grodzi *aslov.* gradi *lautet.* mawiać *beruht auf* mowić, *alt* mołwić, *aslov.* mlъviti. ganić *gehört selbstverständlich nicht hieher.* obawiać się *steht für* ap. obawać się *aus* obojawać się, *wie* sypiać *dormire für* sypać.

B. Die i-vocale.

I. Erste stufe.

1. ь.

ь *wird* e, d. i. ie, *wo ein vocal unentbehrlich ist, sonst schwindet es:* dnia *neben* dzień *und* dzionek. końca, koniec. lnu, lniany, len. przylnąć. lści, lściwy, leść *małg.* lsknąć. mgła. msza. mżeć: mży mi się. piekło: piekielny, *alt* pkielny. ściegno *neben* ściegno: stъgno. ścieżka: stъza. wsi, wieś. zakonik: zakonъnikъ *usw. urslav.* i *wird oft zu* ь *geschwächt:* mać, mati. czynić, činiti. kaźmierz: *kazimêrъ. Alt:* daci. kajaci. miłowaci *vergl. Pilat, Bogar. 1. 112. Eigentümlich ist* gospodzin, *sg. gen.* -dzina *und* -dna *Pilat, Bogar. 1. 88.*

2. trit wird trzt.

chrzest, chrztu *und* krzest, krztu. krzcić, chrzcić, kcić: krzścić. *Unverändert bleibt* tirt *im tatar.* kirpič. cerkiew *ist klr.*

II. Zweite stufe: i.

1. dziki, *kaš.* dzivy. ił *lehm.* mizynny *kleiner finger.* pilny; *dial.* pilić *drängen;* pilować *rennen.* sikora. dziewięćsił, dziewiesił *neben* dziewiosił, *s.* devesilj, *r.* devesilъ, devjatisilъ, *lit. debesilas* alant *usw.*

2. ije, ьje *wird* je: kazanie, d. i. -ńe. podgorze. międzywale. naręcze *usw.* držeńim *małg.*

3. Dial. ist ie *für* i: widziész. widziémy; *regelmässig* sierota.

4. Nach den č-lauten und daher auch nach rz *wird* i *durch* y *ersetzt:* czynić. żyć. szeroki *für* szyroki. przyjać *usw.*

5. i *wird polab.* ai *in* blaizäta *zwillinge.* jáimä *name usw.*

6. i *ist dehnung des* ь *in* czytać. -imać. odlipać. migać, *daher* mignąć *neben* mgnąć *von* mъg. zgrzytać, *daher* zgrzyt, zgrzytnąć: skrъžitati *aus* skrъžьtati. oświtać, *daher* oświtnąć *usw. Ebenso* czyść *zof. Vergl. kaš.* upilac *insidiari, das mit* pilny *zusammenhängt.*

III. Dritte stufe: oj, ê.

1. ê *aus* i *wird reflectiert wie* ê *aus* e: bieda, biada. cedzić, cadzić. cesta *via.* dziecię. gwiazda. dziewierz. kwiat. miazga. miedź. piastować, pieścić. rzeka. śnieg. świeca *usw.* dębiany *usw.*

Auch hier kann io *eintreten:* piosnka; *kaš.* dzotki. gviozda. pioc: pêti. *Auch altem ê (ai) entspricht* ê : dwie lecie, żenie. obiema. leciech. uściech. *kaš.* dvie coree. dvie njâsce, *aslov.* nevêstê, *neben* trze njâstě, *aslov.* nevêsty. dwie stěze *neben* trze stěgi: stega. 2. oj, ê *ist die steigerung von* i *in* blask. boj, naboj. doj *in* doić. dê *in* dziecię. gnoj. pokoj. kroj. łoj. *kaš.* niecic *entzünden:* co se vznieci. poje *canit.* roj. stroj. świat. uciecha. zawiasa. nawoj. *Vergl.* choja, *č.* chvoj. zbroj. zdroj. *Steigerung ist auch im prae-sensthema einiger verba auf* i *eingetreten:* chwieję, chwiać *aus* chwijać. leję, *aslov.* lêją, lać *aus* lijać. lewać : lêvati. zieję, *aslov.* zêją, ziać *aus* zijać. ziewać, *daher* ziewnąć.

C. Die u-vocale.

I. Erste stufe.

1. ъ.

Urslav. ъ *wird* e, *wo es die aussprache fordert, sonst fällt es aus:* dech, tchnąć. giez, gzik *oestrus: vergl. lit. gužeti wimmeln.* mech. pomek; mkły *dahin schlüpfend.* sen, snu. schnąć. osep, naspa. wetknąć. ssać, съssati, *lautet auch č.* ssáti, *s. jedoch* sati, sem : ss *wird mit verlängertem zischen ausgesprochen.* blwać *beruht auf* bljü-ać, blwociny *auf* bljü-ot-; *in* bluć *ist* ü *gesteigert: ebenso deute ich* klwać. plwać. pwać. zwać. žwać. *Dunkel ist* oplwity, *opwity, obfity, okwity.

2. trút wird tret.

trút *geht p. in* tret, trúta *in* trta *über, dessen* r *nicht silbe-bildend ist :* błcha, pchła, *pl. gen.* płech: *blüsa.* brew, brwi. drwa. drez; drgnąć, *daneben* drygnąć : *nsl.* drgetati. krew, krwi, krwawy. krszyć *bröckeln.* płeć, płci. *Vergl.* płet, płta *plette.* treść *und* trestka *neben* trzcina *aus* trscina. kurp, *dial.* kyrpce *zar. 47, slk.* krpce. *Ebenso wird* rút - ret, rúta - rta: łeb, łba, łbisko. lknąć : łyknąć *aus* łykać. łsnąć *aus* łsknąć *und* łysk. łyżka *aus* łžka, *r.* łożka. *polab.* rât *mund würde p.* ret, rtu *lautem.* rež, rży, *polab.* râz *m.* rwać. słońce, *r.* solnce, *beruht auf der w.* sur.

II. Zweite stufe: y.

1. y *lautet im p. wie im* r.; *in alten urkunden wird es durch* ui, u *ausgedrückt:* premuiscel, priemuzl: prêmyslъ. *Im kaš. wird*

y *wie ein sehr offenes* e, e вельма otkrytoe *hilf. 51, ausgesprochen:*
daher rèba *für* ryba. dobetk *usw.*

2. y: błysnąć. łys *homo calvus.* łyskać *splendere.* płynąć. ryć.
rydz *fungi genus: w.* rъd. słynąć. słyszeć. syty: *lit. suitis reichlich.*
wyknąć *usw.*

3. *Fremd:* ryma *rheuma,* ρεϋμα *usw.*

4. k, g *als* k̓, g̓ *können mit* y *nicht verbunden werden, daher*
kinąć, ginąć; *daher auch* kichać *neben* czychać. ch, *das kein* ch̓
ist, wird dagegen nicht mit i *gesprochen:* chybić, chydzić, chylić,
doch chichotać. *Nach den* č-*lauten, daher auch nach* rz *kann nie*
i *stehen:* skoczyć. żyć. szyć. *Was von* č, *gilt von* c *und* dz,
diese laute mögen sich aus t- *oder aus* k-*lauten entwickelt haben:*
obcy, cudzy: obъětь, štuždь. pacholcy, szpiedzy *von* pachołek,
szpieg.

5. *Man beachte* zysk *neben* ziścić *aus* -iskъ *und* -istъ. *Über*
kry *sanguis vergleiche man 150. 154.*

6. *Für* y *wird manchmahl* é *geschrieben:* bohatér. cztéry.
pastérz, *kaš.* pasturz. sér. széroki. siekiéra *für* siekira, *aslov.*
sekyra; *umgekehrt* bogatym *für* -tém *sg. loc. m. n.* y *in tym,*
tych *stammt aus der zusammengesetzten declination.* drygać *steht für*
drgać. rzygać, *č.* řihati, *steht aslov.* rygati *gegenüber.* chrypka
heiserkeit und czupryna *stammen aus dem klr.:* r. chripnutь,
čuprina.

7. y *ist dehnung des* ъ *in* oddychać. nadymać. przegibać. po-
łykać: łknąć, łkać. napychać. słychać, *daher* słych. smykać,
daher smyk. posyłać. sypiać *für* sypać. natykać. *Vergl.* dybać.
gdyrać *schelten.* przeginać *neben* przegibać: przegiąć *aus* -gnąć.
naobrywać: rwać. obrzynać: oberznać: *w.* rêz. odwrykać: od-
warkać *responsare: w.* verk. ocykać: ocknąć *hängt mit aslov.* štut
zusammen, daher auch ocucać się: *aslov.* oštuštati. *Hier erwähne*
ich ogarnywać: ogarnąć. klękiwać: klęknąć, klękać *3. seite 485.*

III. Dritte stufe: ov, u.

1. *Kaš. lautet* u *häufig wie offenes* e: cézi. dèša. kaszébstji,
slovinstji lédze *hilf. 53: polab. steht dafür* eu: céudzĭ, *p.* cudzy.
déusa, *p.* dusza. ľeudái, *p.* ludzie; *dial. sind* doùkat. maùba *lud 5.*

2. u: bluźnić. burzyć. czuć. dudek. dupa. gnus. kuć. lub
baumrinde. ludzić. łuk *lauch.* łup *raub.* łuska *schuppe.* mrug *blinzeln.*
mruk *murren.* puchnąć. rozruch *aufruhr.* posłuchnąć *zof., wofür*

man -słech- *erwartet.* śluz *schleim.* strusek *büchlein:* w. sru. po-sunąć *usw.*

3. *Fremd:* ług: ahd. *louga usw.* u *in* dziura, *kaš.* dzura, *steht für* i, ê: *č.* dira, *dial.* dúra *zlin.* 48. lito, *wofür auch* luto, *ist č.* lito, *ač.* luto: *ähnlich ist kaš.* witro *für* jutro.

4. ostreẃ (-trù-jъ *aus* -iъ), ostrwia *leiterbaum verdankt sein* w *dem* ŭ *in* ostrъ, *lit.* aštrus: *daneben* ostrzeẃ, ostrzewia. ku *in* ku południowi *ist aslov.* kъ.

5. ov, u *ist die steigerung des* u *in* okow. krow. nur- *in* nurzyć *beruht auf einer* w. nûr. row. rudy *braun;* ruda: rûd. słowo, *wofür dial. auch das durch seine übereinstimmung mit* κλέος, κλέϝος *bemerkenswerte* sŭewo, słewo *lud* 6. osnow; snowidło. sowity. zowię, *aslov.* zovą, zwę *usw.*

6. *Neben dem alten* ow *gibt es ein auf slavischem boden entstandenes:* krzewie, *č.* křoví: *vergl.* krzewić *augere.* rykowisko *hirschbrunst.* perłowy. piegowaty. frasowliwy *und daraus* frasobliwy *beruht wohl auf* frasować; *ferners* zpołowić *dimidiare.* wynarodowić *entnationalisieren.* postanowić; *ebenso* nacałować się. dziękować. psować *usw. Die* ow *und* u *in der* ъ(a)-*declination stammen aus der* ъ(ŭ)-*declination, beruhen demnach auf der analogie:* krolowie, wierzchowie *zof.;* stanu, wołu; *in* południe, *kaš.* paunie, *ist* połu *der sg. loc.*

IV. Vierte stufe: av, va.

av, va *ist zweite steigerung des* ŭ *in* chwatać, *das auf* chwatić, chyt *beruht.* kwas. upław, pławić. sława. trawić. *Vergl.* gawęda. kwapić.

Zweites capitel.

Den vocalen gemeinsame bestimmungen.

A. Steigerung.

A. steigerungen des a-vocals und zwar: a) die steigerung des a (slav. e) zu o. α) *Vor einfacher consonanz:* brad: bred, brod *seite 525.* β) *Vor doppelconsonanz und zwar: 1. vor* rt, lt: smard: smerd, śmierd, smord, *woraus p.* smrod *seite 526.* 2. *Vor* nt: bland: blend, blond, *woraus p.* błąd *seite 527.* b) *Die steigerung des a (slav. e) zu* a: sad: sed, sied, sad *seite 529.*

B. Die *steigerungen des i-vocals. i* (*slav.* ь) *wird zu* oj, ê *gesteigert:* śvit (svьt), svêtъ, p. świat *seite* 530.

C. Die *steigerungen des u-vocals. u* (*slav.* ъ) *wird a) zu* ov, u *gesteigert: ru* (*slav.* rъ): row. *bud* (*slav.* bъd): bud- *in* budzić *seite* 533. *u* (*slav.* ъ) *wird b) zu* av, va *gesteigert: bu* (*slav.* by): bav- *in* bawić. *hut* (*slav.* hъt): hvat- *in* chwatać *seite* 533.

B. Dehnung.

A. Die *dehnungen des a-vocals und zwar: a) die dehnung des* e *zu* ê: let, latać, *aslov.* lêtati *seite* 525. *b) Die dehnung des* o *zu* a: kol, kałać *seite* 529.

B. Die *dehnung des i-vocals* ь *zu* i: lьp, lipać *seite* 530.

C. Die *dehnung des u-vocals* ъ *zu* y: dъh, dychać *seite* 53²̣.

C. Vermeidung des hiatus.

Der *hiatus wird beseitigt a) durch einschub von consonanten:*
1. j: leję: lêją. daję. piję. kuję. *2.* w: odziewać. krawiec; krawądź *scharfe kante: w.* kra, *suff.* ędź, *d. i.* ędь. łyskawica. gruchawka *turtur.* obawać się, obawiać się. *dial.* grawać. stawać. kiwać, *daher* kiwnąć. klękiwać. wziąw, wziąwszy. siewba *beruht auf* siewać. *Man merke* zbijać, zbiwać. ugnijać, ugniwać. zjajał, ziéwał *lud 12. 3.* h: izrahel. *4.* n: *darüber unten. b) Durch verwandlung des* i *in* j, *des* u *in* w: pojść. pwać *fidere: w.* pü. blwać *usw. Der hiatus entsteht im dial.* daa *aus* daua, dała.

D. Assimilation.

1. Zwischen weichlauten geht io *aus altem* e *in* ie *über; an der stelle des ersten weichlautes kann ein* č-*laut stehen:* rozbierze *neben* -biorze. czele *neben* czole *in verschiedener bedeutung.* jezierze *neben* jeziorze. pierzesz *neben* piorę. siestrzeniec *neben* siostra. wiedziesz *neben* wiodę. żenie *neben* żonie; *ebenso* wiedli *neben* wiodł.
2. Unter denselben bedingungen weicht ia *aus* ê *dem* ie: biel, bielszy: biały. biesiedzie *neben* biesiadzie. dziedzic. jem, *aslov.* jamь, *neben* jadać, jadł; ludojedź, ludojad; niedźwiedź, niedźwiadek. jedziesz, jadę. lésny: lêsьnъ. leżeć, leżał. prześniec. rumień. sieć, siatka. ośrzenieć: śrzon, *aslov.* srênъ. świecie, świat. wieniec, wianek; *ebenso* blednieć. jedli, jadł. letny: lêtьnъ. pośledni.

powietrze: wiatr. świetle. *Differenzierung ist eingetreten bei* zniewieścieli *partic. und* zniewieściali *adj.*

3. o *geht nach weichlauten in* e *über:* morze, pole, pisanie. *Neben* niebo *findet sich* niebie, *č.* nebe, *slk.* neba. krzewie. krolewie, krolew. majeran *usw.*

4. ia *wird durch* ie *ersetzt in* śmieli, śmiać *neben* chwiali, zapalali, strzelali. sianie *satio.* cześny, cześnik *von* czas, czasza. źwierciedle, źwierciadło: *vergl.* czekać *neben* ap. czakać. *kaš.* żek *neben* žák *usw. In worten aus* tert, *aslov.* trъt, *steht* ia *und daraus* a *vor harten, ie vor weichen lauten:* ziarno, ziernisty: *urform* zerno, *p.* zierno. naparstek, pierść: *vergl. seite 521.* trupiarnia, trupiernia *lud 5.*

5. *Dial. wird nach* i *häufig ein parasitisches* e *eingeschoben:* mieły *für* miły. prosiemy *für* prosimy. trafieło *op. handschrift. Dieses* e *geht vor* ł *in* o, u *über:* ucyniola. trafióua. przyozdobiou zar. *80. 81. 82.* chodžuū *op. 34. Ähnlich ist* wstoū *aus* wstał *lud 9. Verg. nsl. 332.*

E. Contraction.

êje *geht in* é *über:* śmiém. *Aus* êja *wird* á: dziáć. oje *wird* zu é *contrahiert:* mé *aus* moje. oja *wird* á: má *aus* moja; dobrá *wohl aus* dobroja. pas *aus* pojas. bać się, stać, *kaš.* stojac. *kaš.* svok *aus* svojak. *Aus* oi, oji *entsteht* y: twych *aus* twojich. *Aus* aje *wird* á: dáwász, dáwá *usw.* dáwám *neben* dáwają. ije, sje *wird* é: *dial.* weselé. *Aus* ija *entsteht* á: láć, *kaš.* loc: lijati *usw. Siehe meine abhandlung ,Über die langen vocale usw.' Denkschriften XXIX. Man merke noch kaš.* bom, bosz ero, eris *usw.* naście: *aslov.* na desęte. *kaš.* niasta *für* niewiasta. *kaš.* pāz *pecunia.* pedzieć *für* powiedzieć. padaū *für* powiadoū *op. 39.* pādać *für* powiadać. pędziáł *gór. biesk. 351. 355.* peda *für* powiada *zbiór 15.* trza *für* trzeba. niewiedžkaj, *d. i.* nie wiedzieć gdzie *lud 314.* ksieni *für* księgini. człek *für* człowiek. *Dass* jał, jeli *zof. durch contraction aus* jechał, jechāli *entstanden sei, ist wohl nicht richtig.*

F. Schwächung.

Auslautendes i *geht oft zuerst in* ъ *über, das dann auch schwindet und im vorhergehenden weichlaut eine spur zurückläst:* byti, bytъ, *p.* byč. mać *usw.; dial. noch* daci. pomykaci *zar. 66.*

G. Einschaltung von vocalen.

bezecny, bezemnie, obejść *usw. vergl. seite 520. Vorgesetzt*
ist i *in* iž *für* że, ż.

H. Aus- und abfall von vocalen.

a) rznąć *beruht auf* rêz. oslnąć *besteht neben* oślepnąć. dość
ist do syti. zielsko. *kaš.* bdę, bdzesz, bdze *und* mdze *ero usw.*
b) dziś, dzisiaj. jak, tak *aus* jako *usw.* z kąd *neben* z kędy.
nic, *ap.* nico. nikt, *ap.* nikto. przeciw. zaś *aus* za się *usw. Das*
verhältniss von grać, skra, wior *zu* igrać, iskra, *klr.* iveŕ, *r.* iverenь,
verenь *ist dunkel.*

I. Vermeidung des vocalischen anlautes.

Kaš. jidā *eo,* jic *ire. ap.* jimja *nomen jadw. für* -miā. oba,
ocet, ogar *neben kaš.* vón. vórzech. vóspac *beschlafen.* vóstac.
vóstrow. vóżeg. votemknanc. zavitro *früh. polab.* vúlsa *erle.*
vülüv *blei.* vüsm *acht usw. dial.* worzeł. wosieł. wociec; *daneben*
üorzech. üorzeł. üowca, *indem* w *in* ü *übergeht lud 5. 12.* węgier;
wąsionka *neben* gąsionka. ucho, uczyć, udo *neben kaš.* vucho
usw. jotrok *filius.*

K. Vermeidung der diphthonge.

Ewgieni. miałczę *neben* miauczę. paper *aus pauper.* paweł.
rematyzm *usw.*

L. Wortaccent.

Der ton fällt auf die vorletzte silbe. Dial. gilt dies auch von
den subst. auf ija: lelija. *Diese subst. haben im schriftdialekt den*
ton auf die drittletzte silbe zurückgezogen, nachdem á *in* a *über-*
gegangen war: márija *op. 31. Das kaš. kann jede silbe betonen:*
cëzí; poł jajô: jãjo *ovum.* przyndzece *venietis neben* przyndzéce
venite *usw. hilf. 53. Auch im polab. ist der accent frei Schleicher 22.*

M. Länge und kürze der vocale.

Lange und kurze vocale scheidet das p. heutzutage nicht: an
die stelle von ehedem langen vocalen sind verengte getreten: á, é, ó,
ą *für* a, e, o, ę. *Vergl. meine abhandlung ‚Über die langen vocale*
usw.‘ Denkschriften XXIX.

ZWEITER TEIL.

Consonantismus.

Erstes capitel.

Die einzelnen consonanten.

A. Die r-consonanten.

1. Die r-consonanten sind der erweichung fähig, wodurch r, ł, n
in rz, l (ľ), ń *übergehen. Das deutsche* l *ist der sprache fremd:* ląd
land. *Die erweichung des* r *ist* rz, *worin das soft-r der Engländer
mit dem laute* ž *verbunden erscheint, welches wie sonst sich aus dem
dem* r *folgenden* j *entwickelt hat, denn* rz *ist* rj. *Tönendes* rz *ist
das ursprüngliche, aus welchem das tonlose entstehen kann, vergl.
Brücke 89:* rzeka *aus* rjeka, ržeka; trzeba *aus* trjeba, tržeba,
tršeba. *Es kann tonloses* rz *auch tönend werden:* skrzynia *scrinium
ist* skrš-, *ap.* zgrzynia *hingegen* zgrž-. *Tönendes* rz *kann durch* ž
ersetzt werden, indem das soft-r schwindet: žebro *aus* rzebro; *um-
gekehrt* rz *für* ž: przerzasnąć się, *aslov.* -žasnąti sę: *zof. schreibt*
zrzasnąć się, zrzesić *für* rzas-, rzes-. *kaš.* rzorzá *beruht auf* žorzá
für zorzá. *Dial. wird* rz *scharf von* ž *und* š *unterschieden (doch*
porzycać *für* požyczać), *was im schriftdialekte nicht mehr der fall
ist.* rz *wird durch* rrr[ii] *dargestellt op. 33. Das polab. steht mit
seinem* ŕ *aus* rj *auf einer älteren stufe:* chŕon, *p.* chrzan. gŕöda,
p. grzęda.

2. Der weichlaut l *steht dem* ł *gegenüber: ap. findet man* wyłe-
ganyecz *für* wyleganiec. l *wird oft* ů: *dial.* poů trzecia *dritthalb.*

gŭupi: głupi *op. 38.* faŭsiwi. gwaŭt. paŭac *op. 8.* skaŭecka *zar. 58.*
Aus poŭ, gŭupi *entsteht* pu, gupí; *aus* cŭowiek - cowiek *op. 38.*
ŭożka *für* łyżka *lud 9.* w *für* l *ist* kaš.: vovov, ołoŭ. poanonc,
płynąć. vavoa, ława. mówić *ist ap.* mółwić.
3. ń *steht nur vor consonanten und im auslaute:* kończyć. baśń.
*4. Die erweichung der r-consonanten ist alt oder jung: die erstere
tritt nur vor den praejotierten, die letztere vor den hellen vocalen
ein: a)* cesarz: cêsaŕь *aus* cêsarjъ; cesarza, cesarzu. burza: burja,
d. i. buŕa. rzucić: rjutiti, *d. i.* ŕutiti. mol: molь *aus* moljъ; mola,
molu. wola: volja, *d. i.* voľa. lubić. koń: końь *aus* konjъ; konia,
koniu. wonia. kazimierz *entspräche aslov.* -mêŕь; pieprz *aslov.*
pьpŕь. alkierz *ist d. ärker. polab.* peren *in* peren dan (pěrün dän)
donnerstag ist peruńь: *peruns tag. In den pl. gen.* głowien, stu-
dzien, wisien *usw. wird der weichlaut im auslaute vernachlüssigt.*
monastyr *ist klr. b) Die hellen vocale sind* e, ь(e), ę, ê(a), ь(i),
i, ê(i): e: bierzesz. drzewej *prius malg.* pleciesz. niesiesz. trzonog
wohl aus trze-. *dial.* bieresz. biere *op. 34.* biere. bierecie *zar. 57.
88.* grek *ist č.* hŕek. ь(e): trzpiot *aus* trьp: trzepanie. *Vergl.* gorzki:
gorькъ. ę: źwierzę. cielę. jagnię. ê(a): rzezać. leki *curatio.* niemy.
ь(i): jutrznia: utrьńь. bol. baśń. przyczerzń *mał. 109. dial. ist* odbier
impt. zar. 74. i: chmurzyca. przy. lice. niknąć: *man merke* ninie,
aslov. nynê. ê(i): rzeka. lep. niecić. *Vor consonanten schwindet oft
die erweichung:* karła: karzeł *zwerg.* orła: orzeł, kaš. orzeła. korca:
korzec. kądziołka. ziołko. piosnka; *daneben* koszulka. rolka. walka.
rzygać *weicht vom aslov.* ryg- *ab.* rznąć *beruht auf* rzeznąć; trznąć
auf drzystnąć: *nsl.* drista, r. dristatь. *Man merke* jędrek *neben* ję-
drzej. rz *in* burzliwy *scheint durch* l *geschützt zu sein. Diese jüngeren
erweichungen beruhen auf dem eindringen eines parasitischen j und
der verwandlung desselben in* ż: bierzesz *aus* bierżesz, bierjesz. *In
worten wie* jutrznia *ist dem postulierten* ż *das* ь, i *zu grunde zu
legen. Jung ist auch die immer mehr schwindende erweichung von* r
und l *vor gewissen consonanten: a)* vor ń: przyczerzń *mał. 109.
kaš.* skorznia, skożnia. cierznie *spinae:* czyrznw *sem. 37. b) Vor
den p-consonanten:* sierzp. cierzpieć; świerzb. wierzba. wierzbca
zona *ist aslov.* vrъvьca: *daneben* wierzwca *funis.* rz *von* grzbiet
beruht auf dem ь *aus* e: *vergl. č.* hŕbět. bierzwiono. czerzŵ; czerz-
wony: czyrzwony *sem. 38. kaš.:* czerzwiony. mierzwa. pierzwie *przyb.
21.* pierzwiej: pirzwiej *zof.* pierzwy. pierzwienię: pirzwenǫ *małg.*
pirzwenecz *małg.* bierzmo; *man merke dial.* trzaŭo *für* trwało *op.
34. aus* trzw-. *kaš.* scirz *aas, p.* ścierw. *c) Vor den k-consonanten:*

zádzerzga. mierzk, mierzch *dämmerung*. pierzgnąć, pierzgáć *bersten;* pierzga. pierzchnąć, pierzchać, pierzch. wierzgnąć, wierzgać. wierzch. *Vergl. Archiv 1. 348. Pilat, Bogar. 1. 98. Seltener ist die erweichung des l in diesem falle:* milknąć *und* milczeć: *polab.* mǎucāci. pilch. wilga, wywielga: *r.* wolga. wilgnąć: *r.* volgnutь. wilk, *kaš.* vilk, vełk, volk *łuk. 26. Der grund der erweichung des* r, l *vor den bezeichneten consonanten liegt darin, dass im* p. rz *und* l *dieselbe articulationsstelle haben wie die angeführten consonanten.* ř *entsteht auch aus* r-z: bařej *aus* barziej, bardziej. řnąć *secare, dial.* rznąć; *daneben* dzierżeć *tenere,* držeć *tremere, dial.* dzier-zeć, drzeć *op. 33. 34. 36.* mrzą *ist eine analogiebildung.*

5. *Dass* urslav. tert *sich oft in dieser form erhält, ist seite 521 dargelegt, wo auch die verwandlungen des* tert *erwähnt werden:* czerẃ. sarna *usw. In anderen fällen wird* tert *durch* tret *ersetzt:* brzeg. brzoza *seite 522.* smrek *steht für* smrzek. seremski *in* seremskie wina *koch. beruht auf dem magy.* szerém.

6. *Aus* urslav. tort *wird* trot: broda *seite 526: die lautfolge: vocal,* r *oder* l, *consonant, ist demnach meist fremd:* karṕ carpio. skarb: *ahd.* skerf. tarcza: *d. tartsche matz. 83.* balta *securis* türk. bałwan *block.* charchać *besteht neben* chrachać. *Zwischen consonanten stehendes* r, l *ist nicht silbebildend:* brlok *der übersichtige.* brwi *von* breẃ. drgać. drwigi, drwinki. jądrko. krnąbrny *zweisilbig.* ostrwie *spitze der lanze.* kozłki.

7. *Aus* ént *wird* jęt, *aus* ēnt-jąt; *eben so aus* ŏnt-ęt, *aus* ŏnt-ąt *seite 522 und 527.*

8. *Nach consonanten fällt* l *in der aussprache ab:* umarl; pasłszy *ist falsche schreibung für* passzy, *aslov.* pasъše: *ältere quellen bieten das richtige:* nalazszy. upadszy. przyszedszy *bibel 1563.* padł. *kaš.* vetk *für* wetknął. pasł. *Für* zdrzymnął, wziął *wird* dial. zdrzymnón, wzión, *daraus* wziona, wziena, *gesprochen op. 24.* sjon *aus* sjął *für* zdjął *exemit 37. Dial. schwindet* r *im anlaute:* ożłáů: rozlał. ozłożyć *lud 9; im inlaute:* kacma: karczma *op. 38.*

9. l *für* r *tritt ein im* kaš. chłost. *p.* cyrulik. lubryka. małgorzata *usw.* mikołaj *ist* nicolaus. nr *erscheint durch* d *getrennt in* pandrow *engerling: aslov.* ponravъ.

10. *ll findet sich in* mell: *w.* mel. pełł. *w.* pel: *ähnlich ist* marł *aus* mer. *Unrichtig sind* mel *und* mioł. *Fremd ist* jagiełło, jagielle. senny *ist aslov.* sъnьnъ. inny *ist falsche schreibung.*

11. *Nach* z *und* s *wird* rz *durch* r *ersetzt: dial.* żradło *spiegel aus* źrzadlo. żrz *wird* źrz *und daraus* źr: źrebię: żrêbę. źrodło,

dial. zdrzódůo *op. 34.:* žrêlo. śrebro: sьrebro. środ, średni. śrzon
*usw. In älteren quellen und wohl auch neueren büchern findet man
die historische schreibung:* źrzebię. śrzebro. śrzod *usw.*
12. kń *geht in* kś *über:* ksiądz: kъnęzь. księga: kъńiga *aus*
kъńinga. *Aus* gnąć *wird* giąć: gъnąti, *w.* gъb.
13. n *wird zur beseitigung des hiatus eingeschaltet: 1.* do niego.
na ń. nade ń. we ń *und sogar* dla ń. *Alt:* do jego. w jemžeto. *Richtig:*
na jej głowie. przez ich lekkomyślność. *2. Alt:* wnidź *inf.* wynić.
wynidzywa *zof. dial.* odéńdă *op.* 22. wyńść *exire.* veńść *ingredi.*
przeńść *transire usw.* 32. ja pondę. póńs *ire zar. 88. kaš.* dąnc,
przync *venire. 3.* onuca. *4.* wnątrz. *dial.* niedbawny *op. 32.*

B. Die t-consonanten.

1. t *und* d *unterliegen einer älteren und einer jüngeren verwand-
lung: die erstere tritt vor ursprünglich praejotierten, die letztere vor
den hellen vocalen ein.*

2. Die ältere besteht in der verwandlung des tja *in* tza, tsa, ca;
des dja *in* dza: wracać: vraštati *aus* vratjati. świeca: svêšta *aus*
svêtja. wiece *Pilat, Bogar. 101. kaš.* brzadza, drzewo owocowe. o-
dziedza: odežda, *th.* ded. miedza. nędza. *kaš.* nanza, noza. przędza.
rdza. władza. żądza. ugadzać. młocę *aus* młotję. sądzę *aus* sadję,
durch verwandlung des j *in* z. cud: študo. cucić *wecken:* štutiti.
cudzy: štuždь, *kaš.* cêzi. dziedzic: -ištь. cielęcy, *polab.* tiläcl. rydzy:
ryždь. domaradz. jedz: *kaš.* jes *für* jez. wiedz. dadz *fehlt: polab.*
dodz. *Abweichend:* kręcz *m. kopfverdrehung:* kręci, krąti. gacie:
gašti du. *Wie hier* j *in* z, *so geht es aslov. in* ž *über. Die jüngere
verwandlung lässt vor den hellen vocalen aus* t - ć *hervorgehen:* cis,
d. i. ćis, *aus* tjis, tzis, tsis; *aus* d *hingegen* dź: dziki, *d. i.* dźiki,
aus dzjiki. *Eben so dial. lit.* dzêvas *kursch. 36.*

3. Während in der älteren periode aus t *vor urslav.* ja *die gruppe*
ca *entsteht, geht* t *vor jüngerem* ia *in* ća *über:* leciech: lêtêhъ.
dziad: dêdъ. kądziel. bracia. swacia *collect. lud 13.* łokcia: *aslov.*
lakъtja. dziabeł *volkstümlich für* djabeł, djacheł. *dial.* daci. pomy-
kaci *inf. zar. 66.* delikacik. dać. pomykać *inf.* łokieć. mać. nać.
sieć. żołć. gędźba: *gądьba.* kadź. snadź. żmudź *Samogizien.* łokiet
pl. g. entspricht aslov. lakъtь. *kaš.* hat die erweichung *eingebüsst:*
dzeń. pódzar: *aslov.* *podrьlъ aus* *derlъ. dzura. miedzwiedz. sec.*
cebie. cepło. (na proch) scarty: *aslov.* sъtrьtъ. nadzo *für p.* najdą.
Abweichend p. dziupel *neben* dupel *baumhöhlung;* żak *aus diaconus*

wie č. neben dziekan, *kaš.* dzekan *decanus.* popadja *ist klr. Jünger ist auch č,* dž *vor weichem* w: boćwina, botwina. ćwikła. dźwignąć: *kaš.* dwigac, *polab.* dvaignöt. dźwierze *zof., jetzt* drzwi: *dial.* dwierzy *neben* dźwiérze *op. 34, kaš.* dvierze. lędźwie. niedźwiedź: medvêdь. *ap.* ćwierdza *neben* twierdza: tvrъžda. ćwierdzić *neben* twierdzić; *kaš.* cviardy, cvardy. ciećwierz *neben* cietrzeẃ. *Man merke* dziś: *aslov.* dьпьяь. śćkło, szkło, stkło *lud 11.* ućkła *aus* uciekła 5.

4. *Vor consonanten und vor* e *aus* ъ *geht die erweichung verloren:* kotła, kocieł. dnia, dzień. miednica: miedź. piętnaście: pięć. tnę, ciąć. siortka, sierść. nętka, nęć, nać *zbior 46.* czeladka. łodka. nitka, nić. radca *aus* radźca, radzić. dowodca, dowodzić. przypecki *aus* -pećski. żmudzki *aus* -dźski. *Man beachte auch* gatki *und* wietnica *rathaus arch. 3. 62.* kmiotek. niedźwiadek. połćwiartek.

5. tn, dn *werden* n: brnąć: bred. garnąć: grъt, *woher* garść: *daneben* przątnąć. dostygnąc *und* dostygać *aus* -stydnąć. przyświegnąć *für* przywrzeć *zbiór 50: w.* svęd. ocknąć się, *woher* ocykać się, *beruht auf* štut, štutiti.

6. *Ursprüngliches* tł *geht meist in* dł *über, das sich regelmässig erhült:* gardlica małg. *neben* garlica *zof.* gardlina *neben* garlina *bündel stroh: vergl.* grъt. gardło. skrzydło. międlica *flachsraufe.* modlić. pradło. *kaš.* sedła *bank.* wsedlić *aedificare.* siodło, *kaš.* sodło. żądło, *kaš.* żangło: *vergl. lit. suff.* kle, gle. czedł *honoravit Linde. Neben* podle, wedle *besteht* pole *koch.; kaš.* pol. wela *volksl.* wele *zbior 54: vergl.* podlъgъ *und nsl.* poleg. wilkołek: vlъkodlakъ. jelca *neben* jedlca *stichblatt ist ahd.* hëlzā, d *daher unhistorisch.* šьd *hat im part. praet. act. II.* szedł, *dial.* pošoů, posed *op. 39, neben* szła, szło *aus* szdła: *vergl. č.* šel, *aslov.* šьlъ. sieło *dorf beruht auf w.* sed: *vergl. č.* sedlák. tarło *hat* tar-dło *zur voraussetzung. Dem* jał, jaw *zof. liegt wohl* ja, *ursl.* jê, *zu grunde: vergl.* jadę, idę. tło *beruht auf w.* tel, ter. kadłub *ist fremd: türk. qūlup model matz. 188, s.* kalup: *vergl.* jedlca. szczudło *pes ligneus, pl. grallae: nhd. studel postis dial.* tl *wird durch* kl *ersetzt in* ćwikła, *woraus lit. sviklas. Dunkel ist mir* dl *in* sprawiedliwy: *etwa* pravъd-livъ.

7. tt, dt *werden durch* st *ersetzt:* czyść: čьt. kleść: klet *flechten.* kwiść. pleść. *polab.* präst. garść: gart-tь. warsta. wieść: ved. *Unhistorisch sind* iść, *alt* ić; wziąść: vъzęti; rękojęść: -jętь; *befremdend* sierć *neben* sierść *Biblia 1563.*

8. dam, jem, wiem *beruhen auf* dadmь *usw.* brach *hat sein* t *vor* ch *eingebüsst: vergl.* boch, bolesław. broch, bronisław.

bych, byslaw *usw.* starczyć *beruht auf* statъkъ, *daher alt* stat-
czyć *małg.*

9. dź, ć *wird vor* c *durch* j *ersetzt:* zdrajca *aus* zdradżca. zwajca
aus zwadżca. ojca *aus* oćca: otъca. płajca *aus* płaćca: *płatъca.
Daher der nom. ojciec *für* ociec: otъcь *usw. dial.* üociec, üojciec
op. 37: vergl. bogajstwo *39.*

10. *Dem aslov.* sъ-jęti, r. snjatь, *entspricht* zdjąć, zdejmować
neben zjąć, zejmować, *kaš.* zdjic, zejmie *demet.* sъžęti *lautet* zžąć,
żdżąć; żmę, żdżmę, *das iterat.* zżymáć, żdżymać, č. ždímati.

11. cš *wird* tš, kš: więtszy, większy: więc. gorętszy.

C. Die p-consonanten.

1. *Kaš.* v *lautet wie klr.* v *und engl. w.*

2. pia, bia *usw., aslov.* plja, blja *usw., sind im* p. *unanstössige
verbindungen: in ihnen ist der immer mehr schwindende weichlaut
alt:* rząpia, rząp. dropia, drop, *aslov.* *dropļь. korabia, korab,
aslov. korabļь *usw. Daneben besteht* pla, *aslov.* plja, *in* grobla, grobia.
grabie *rechen: kaš.* grable, *polab.* groblé. kropla, *alt* kropia *zof.,*
kropa *małg. für* kropia, *kaš.* kruopla. kupla *neben* kupia. mowla;
niemowlę, niemowlątko *neben* nemowiątko. przerębla. błogoszlawlya
für -wlā *benedico jadw.:* śmlady *für* śmiady, smêdъ, *zeigt für die
jugend der gruppe* pla *aus* pja.

3. *Jünger sind die erweichungen vor den hellen vocalen und vor
anderen weichlauten. Dass die* p-consonanten *der erweichung fähig
sind, zeigt der einfluss bestimmter* p-laute *auf die vor ihnen stehenden
consonanten:* ćwiek. ćwikła. dźwięk. dźwignąć. śpię. ćwierć *und*
czerzw. weźmi. *kaš.* czerzviony: *daneben findet man* zbić. zwier-
ciadło. zwierz *usw. Weich sind, wie bemerkt, die* p-laute *vor allen
hellen vocalen:* e, ь(e), ę, ь(i), ê, *und diese erweichung ist jünger als
die vor den praejotierten vocalen:* piekę. pies. biały. pić. bić. wić.
miły. drob. krew. łap, rób, mów, karm, traf *impt. Im schrift-
dialekte ist die erweichung verloren gegangen: daher* rząp, gołąb
(gołąp), zbaw (zbaf). *Dagegen unterscheiden die dialekte* p̂ *und* p:
chwila. wilk. pomijá. piwnica *neben* do piwnice. chwiáć *aus* chwijáć
op. 14. 22. 28. 35: daneben kaš. zrobū *facient.* m *geht manchmahl
in das der erweichung fähigere* n *über:* śniady *neben* śmiady; *ebenso
ist zu deuten* mnięso *neben* mięso. *Dial. ist* weznę *zar. 78. analog
dem* weźmie. *Die* p-laute *unterliegen der erweichung auch vor anderen
weichlauten:* wątpliwy. gołębnik. szczawnica. karmnik. trefniś; *dial.*
mnie *neben* mnie *op. 36.*

4. *I. P.* p *fällt vor* n *aus:* chłonąć: *vergl.* chłapać; otchłań. kanąć. lnąć *neben* lgnąć: lipnąć *von* lipać. oślnąć *neben* oślepnąć. snąć. tonąć; *doch* trzepnąć. pierny *hängt mit* pieprz *zusammen.*

5. *II. B.* b *fällt vor* n *aus:* giąć *aus* gnąć: gъnąti. ginąć. odgrzonąć, grzonę, grzeniesz: *grenąti: greb. chynąć: *vergl.* chybnąć. bti *wird* bti, *das sich des* b *entledigt:* grześć. skuść: *vergl.* plewść, pleść *nach Bandtkie.* zakstą *beruht auf* zakwstą: zacvъtątъ. bw *wird* b: obalać. obartel, *č.* obrtel, *riegel.* obiesić. obłok. obod *neben* obwod. oboz. obrot. obroż *für* obroz *halsband:* -vrazъ; *daneben* obwijać. obwiąsło; obwiązać *neben* obowiązać *usw. Für* będzie *hat* man *das* kaš. bdze, mdze. grabolić *besteht neben* gramolić. kobier *in* kobierzec *lautet lit. kauras.*

6. *III. W.* w *fällt aus in* goźdź *neben* gwoźdź. chojna: *r.* chvoja. chory: *r.* chvoryj. chrost. kokać *neben* kwokać. *kaš.* kre *aus* krev. *Eingeschaltet ist* w *in* chwycić *neben* chycić *nach* chwat-; zwiercadło. gdowa *besteht neben* wdowa *lud 13.* gnunk *neben* wnunk *zbior 7.* m *aus* w: malmazyja *neben* malwazyja. *kaš.* procim, procimu, *p.* przeciw, *łuk. 23.* dopiero *beruht auf* prъvъ. w *schwindet dial. vor dem* s, š: sistko *neben* wsistko, wsicko. stáʷwej *für* wstáwáj. piérsi: pierwszy *op. 39.*

7. *IV. M.* medvêdъ, *kaš.* miedzviedz, *lautet p.* niedźwiedź. *Man merke* kaš. potovstvo. swąd *kann* smąd *werden, wie neben* smrokświerk, *neben* śmigać - świgać *besteht.* męcherz, *aslov.* mêchyrъ, *č.* měchýř, *lautet p. auch* pęcherz. migoć *humiditas aus* wilgoć.

8. *F. Fremdes* f *erhält sich in* flak, *kaš.* flaka, *darm: nhd. fleck, lit. blěkai. pl.* frasowliwy, frasobliwy; fras. frasunek. frasować: *vergl. ahd. fraisa gefahr, angst.* ofiara: *ahd. opher.* refa *reif.* f *wird* p *in* lucyper *neben* lucyfer: szczepan. *kaš.* copnąć, *p.* cofnąć, *ist ahd. zawën.* f *wird* b: barwa. bażant. hrabia, margrabia. *In einheimischen worten entsteht* f *aus* chw *in* faal *movit sem. 14:* chwiał; *hieher gehört* krotofila *neben* chwila: *vergl. kaffee mit arab. kahwah; ferners aus* pw *in* ufać, *woraus* duchwać, *kaš.* dufac: *ap.* pwać.

D. Die k-consonanten.

1. *Ausser den* k-*lauten* k, g, ch *besitzt das* p. *auch ein* h, *das in der regel* klr. *ist:* bohater. hałas. hamulec. hańba *für ein* p. gańba (ganić). hasło. hojny. hoży. hruby. huk. hulać. hydzić. nahajka *scutica. klr.* h *ist in* g *übergegangen in* gramota, ramota; gryka *buchweizen.* hardy *ist das č.* hrdý: *p. würde das wort* gardy

35

lauten. Deutsch h erhält sich : haft. halerz. hamować *usw.; polab.
jedoch* agój *hege. Dial. wird* chonor *für* honor *und anderwärts*
hodzić *für* chodzić *gesprochen op. 32.* k und g *sind im p. wie im
r. auch der weichen aussprache,* k¹, g¹ *bei Brücke 60, fähig :* głę-
boḱi, druǵi. k, g *werden vor dem harten* e *seite 520 durch* i *ge-
trennt :* bokiem, bogiem; *eben so* bakier, giemzać, *dial.* pokiela
neben potela *gór. bisskid. 374; in fremdworten* giefes, rigiel. *Manche
sprechen* gięba, gięś. *Weich sind* k, g *auch vor anderen weichlauten :*
ḱwitnąć, ǵwizdać. *Dial. wird* k *oft nicht erweicht :* wielkich, *nicht*
wielḱich, *daher auch* jakego; rokę *für* rokiem *op. 33.* k, g, ch
weichen unter bestimmten bedingungen den č- *oder den* c-*lauten :
dieser letztere übergang* [c, dz *(polab.* z), s] *ist der jüngere. Von
der aslov. regel weicht* ch *und das klr.* h *vielfältig dadurch ab,
dass jenes in* sz *statt in* s, *dieses statt in* z *in* ž *übergeht.*

　2. *Ursprüngliches* kt, gt *wird durch* tj, c *ersetzt :* piec, moc
beruhen auf älterem piecy, mocy *aus* piekti, mogti. *Sonst erhält
sich die gruppe :* ślachta. ktory, *kaš.* chtery. *dial.* chto, chtory,
rechtor *op. 40.*

　3. kń *wird* ḱś : ksiądź, księga *aus* kniądz, knięga : *aslov.*
kъńiga.

　4. ḱw, ǵw *erhält sich in jenen fällen, in denen anderwärts* cv,
zv *eintritt :* ḱwiknąć. ḱwilić. ḱwitnąć. gwiazda, *kaš.* gviozda.
gwizdać; *daneben* dźwięk, dzwon. ćwikla, *lit. sviklas, beruht auf
gr.* σεῦτλον. *Neben* odwilgnąć *wird* odwilznąć *angeführt.*

　5. ḱi *wird* cy *im pl. nom.:* polacy. szpiedzy; *kaš.* drēzi :
druzii. *Dagegen* włosi, *ehedem* włoszy, *statt des erwarteten* włosy.
Dem włosi *entspricht* błasi *von* błahy, *das mit* błachy *gleich be-
handelt wird; im impt. ist das* c *durch* č *verdrängt :* tlucz, ląž,
aslov. tlъci, lęzi. *Daneben wird als impt.* uprządź *angeführt :* man
beachte das dial. praes. zaprzędzemy *zar. 60. In allen anderen
fällen entsteht* čy *aus* ḱi : boży : bożij. mniszy. naręcze : -rącije.
bezdroże. pajęczyna : *polab.* pajācáiña. sapieżyna *aus* sapieha. za-
maszysty. męczyć. łożyć. lžyć *erleichtern, schinden :* lъg. grzeszyć
neben dusić. *kaš.* rzeszec *ligare : vergl. aslov.* rēšiti. *Der pn.* sta-
szyc *ist so oder* stasic *zu schreiben. Unhistorisch ist kaš.* zadži-
nanc, p. zaginąć : -gynąti.

　6. ḱê *wird* ce, *wo* ê *aind.* ai, ê *gegenübersteht :* męce, trwodze,
kaš. noze, štēze *du. von* štega; šprôce *du. von* sprôka, *sprache in
niederd. form;* dvie corce. ch *geht in* sz, h *in* ž *über :* pociesze,
włoszech ; braže, sapieże *von* braha, sapieha. *Vor* ê *aus* a, e

steht č: dziczeć. czczeć (*falsch* czczyć), czczał: tъk. držeć *tremere*. mžeć: mьg. słyszeć. nasierszały: srъh: *vergl.* sierść. głuszeć *neben dem unhistorischen* głusieć. rožany.

7. kъ *wird* cъ, *wenn* ь *für* jъ *eintritt: dies geschieht in formen wie* kupiec; *ferners in den aus dem deutschen entlehnten worten:* ksiądz: *kaš.* ksanc, *polab.* kňāz. mosiądz. pieniądz: wrzeciądz *ist dunkel. Sonst stehen die č-laute:* ždać *d. i.* žъdati: godzić. mlecz *m.; ferners* rzecz. ciąž. strož. rozkosz *f.* świeży: *w.* svig, *vergl.* got. *svikna- rein.* pieszy. poboczny. pobožny. družba. wilczek. božek. ksiąžka. zauszka: *befremdend* liszka (lihъka) *neben* lis. žarloctwo, bostwo *aus* -čъstvo, -žъstvo. *Unklar* dresz, dreszcz *m. und* dreść *f.: w.* drъg *tremere.*

8. kje *wird* ce *in* serce *aus* serdьkje, lice *aus* likje; ke *wird* če: człowiecze. bože. *alt* wojciesze. wlecze. može. *Vor dem harten* e (*seite 520*) *erhält sich* k. *Hier ist einerseits* czerw, *andererseits* trzoda *für* czrzoda *aus* czerda *zu beachten seite 521. 522.*

9. kę *wird* čę: kurczę. niebožę: *dieses* ę *enthält das weiche* e, *während in* piekę *das harte* e *eintritt seite 527.*

10. kja *wird* cia in zwierciadło: zrъcati: *vergl. aslov.* zrъcêlo *d. i.* zrъcjalo; *sonst* ca: owca. prawica. jędza *furia.* ciądzać: *č.* tázati. *ap.* strzodza: *aslov.* * strêza, *w.* sterg. śćdza. *Ausserdem steht* ča: piecza. dłuža. stroža: *aslov.* straža. samopsza. wołosza. warszawa *beruht auf dem pn.* warsz.

11. kju *wird* cu *in dem jungen* ledziuchno, ledziutko: lъg.

12. *Neben dem jungen* ch *besteht das alte* s *in* pochmurny, *r.* posmurnyj. chwist, świst *sibilus.* kołychać, kołysać. *dial.* wodonoch *wasserträger.* szturchać, sztursać. włochaty, włos. długachny, wielgachny *neben* -gaśny *lud 7. 14.* chlepać, *dial.* süepać *op. 32.* mychmy wzięli *bibel 1599.* cochmy widzieli *ib.* przyszlichmy *bibel 1563.* bychwa *koch.* oženiłech się *volksl. kaš.* wumarłech: ch, chmy *für* sm, smy: e *nach 520.* üodebráüech: -bralъ jesmъ. jagechmi siedzieli *als wir sassen usw. op. 51. Alt scheint* bychom, *aslov.* byhomъ *aus* bys-omъ; *aus* bychom *hat sich* bychmy *entwickelt; jung ist* by-śmy *3. 465. Pilat, Bogar. 1. 103.* krtań, krztoń *ist aslov.* grъtanъ, *č.* hrtán, chřtán, křtán. grzbiet, *alt* chrzept, *aslov.* hrъbъtъ, *č.* hřbět, *dial.* hřibet. wielki *lautet kaš.* wielgi. chrościel *ist aslov.* krastêlъ *neben* chrastêlъ. kolebać *besteht neben* cholebać. *dial.* korungiew, *č.* korouhew, *für* chorągiew *op. 32.* krosta *neben* chrosta. chrzest *neben* krzest.

35*

13. jak *ist aslov.* kakъ : *polab.* kak, kok. ile *ist wohl* kile *aus* kyle : *vergl.* tyle. *Neben* hnet *leop. findet man wnet: jenes ist č.*

14. Der kaš. sg. gen. duobrevo *beruht auf* duobre'o *und dieses auf* duobrego, *wobei noch zu bemerken ist, dass auch der sg. gen.* viélgeho *vorkömmt hilf. 54.*

15. gk, kk *wird oft* tk : letki. miętki.

E. Die c - consonanten.

1. Die laute c, z (dz), s *sind der verwandlung in die č-laute und* z, s *auch der erweichung fähig: von* c *ist die erweichung sehr selten:* świecie zgorały *rog. 36.* żwierciadło *neben* kupcy : kupьci. cena : cêna *usw.*

2. Was die wandlung in č-laute anlangt, so folgt c *der regel des* k : chłopcze. nieboszczyk : niebožec-ik. ojczyzna. uliczka. miesięczny. *Der veränderung in* č *unterliegt gegen die analogie auch* c *aus* t, *aslov.* št : gorączka : gorąca. onuczka : onuca. świeczka : świeca. krolewiczek : krolewic. *Dieselbe wandlung tritt wahrscheinlich in* *więczszy, więtszy, większy *ein: aslov.* vętьšij. o č *für* o co (čьso), *wohl* o čь.

3. Das jüngere z, *p.* dz, *folgt derselben regel wie* c : książę : ksiądz. mosiężny : mosiądz. pieniężny, pieniążek : pieniądz. ścieżka : śćdza, *aslov.* stьza, stdza *małg.* zwyciężny : *wiciądz. *Altes* z *wird* ż *nur vor praejotierten vocalen:* wożę, wożony. *Abweichend sind* -bliżyć, -niżyć; hyż, chyż, chyža *ist ahd. hûs.* małž *ostrea wird unrichtig mit* plьžь *verbunden : rumun.* melčiŭ *cochlea* limax *ist wohl auch nicht damit verwandt.* piżmo *ist ahd.* pisamo, bisam.

4. s *wird nur vor* ja *usw. in* š *verwandelt:* pasza. noszę. noszony. wyszszy : vyšij. *In zahlreichen formen von* vьsь *steht* š *statt des erwarteten* š : wszak : vьsjako. wszeliki : *vьsjelikъ : *vergl.* tolikъ. wszędy, zewsząd. vьsjačьskyj *ergibt zunächst* *wszacki, *woraus* *wszecki, *wszecek, *woraus* wszytki, wszystki *und dial.* wszycek *zar. 89. Alt ist das mir dunkle* wszyciek *Pilat, Bogar. 111. kaš.* vszeden *totus.* owszem *utique,* owszej *omnino małg. ist aslov.* o vьsjemь *und, was befremdet,* o vьsjej. owszej-ki *certe.* š *tritt auch im* č., *os. und* ns. *ein: das polab. macht eine ausnahme.*

5. Nicht aufgeklärt ist, warum c *und* z (dz) *ihrer jugend wegen den regeln des* k *und* g *folgen, während das gleichfalls junge* s *sich von* ch *emancipiert hat.*

6. *Die erweichung tritt bei z und s vor den hellen vocalen ein:* leziesz. niesiesz. ziewać. groźba. siano. własiany. sień. prusiech *neben* niemczech: němьcihъ. zima. siła. latosi. jeś. skroś. wieś. leśny: lěsьnъ. ziębić. siąknąć. *Gegen die regel steht* ś *in* podlasze *neben* podlasie *Podlachien:* -lěsije. szady *neben* szędziwy *und* szędziwy *canus;* szadź *reif, č.* šedý: sědъ. szary, *č.* šerý: sěrъ. *Für altes* ziskać *besteht nun* zyskać *neben* ziścić: *vergl. r. 471. kaš. hat die erweichung eingebüsst:* zorno. sano *hilf. 53.* sodmo (prosba) *septima.* z *und* s *werden vor weichlauten regelmässig erweicht:* draźnić. niedźwiedz. gwoźdź. myśl. gość. namyślny. ośm, *alt* ośm, *daher selbst* ośmy. ślemię *neben* szlemię. ślub. świegot. świerk. srebro *aus* śrzebro. *dial.* rozłáć *op. 36.* š *in* śmy *ist hervorgerufen durch* śm *aus* jesmь. śkło, szkło *beruht auf altem* śćkło: stьklo. stdza, szczdza, szcza *malg., richtig* śćdza, *ist* stьza. źdźbło *beruht auf* śćbło: stьblo. *Man beachte* jest. *Vor bestimmten consonanten schwindet die erweichung:* gałązka. gąska. kozła: kozieł. osła: osieł. wioska: wieś *usw.* sążeń *steht für* siążeń. *Vor* j *erhält sich der harte laut:* zjadł.

7. *Für* szum *spricht man hie und da neben* sum *auch* śum *op. 33; die weichen* c-laute *nähern sich den* č-lauten: śmierč *für* śmierć *35.*

8. *Wie* l *in* myśl *jünger ist als* l *in* -myślać, *so ist auch* ś *in* myśl *jünger als* ś *in* -myślać: *dieses ist aus älterem* š *hervorgegangen, denn* č-laute *werden vor weichlauten in weiche* c-laute *verwandelt.*

9. zr *wird durch* d, sr *durch* t *getrennt:* miązdra, międrzyć. zdrada; *kaš.* zdrodzale. *kaš.* dozdrzelec *das reifen. dial.* przyzdrzyj się *vide rog. 14.* ujzdrzáŭ *conspexit op. 37. zar. 81. kaš.* zdrzec *videre.* wezdrzy *conspicit.* zazdrość. sowizdrzał *eulenspiegel.* zdrzadŭo *speculum op. 34. zar. 58.* żradło *gór. bieskid.: aslov.* *zrělo. dojźdrzeć, ujźdrzeć, wejźdrzeć, zajźdrzeć *zbiór 11.* zdrzasnać *setzt* rzasnąć *für* żasnąć, żachnąć *voraus. kaš.* rozdreszeł *separavit:* razdrěšiti. zdroj *fons; ebenso* zdrzódŭo *fons op. 34:* żrělo. *dial.* strzybro, strzybŭo *für* srebro, srzebro. postrzedni *für* pośredni. strzec: *lit.* sergěti, *aslov.* strěšti *aus* stergti. sъrêt *nimmt kein* t *an:* srzatł. w pośrzaciaj *obviam mit* cia *für* ca.

10. *Aus* vьsьskъ *wird* wiejski; zamojski *entspricht einem alten* zamostьskъ.

11. st *wird vor praejotierten vocalen* szcz: gąszcz *m.* chrząszcz. mszczę. obwieszczę. chrzczony *baptizatus.* leszcz: *vergl. lett.* lestes. dopuszczać. wieszcz: věsti-ъ. właszcz *in* przywłaszczyć *beruht*

wohl ebenso auf vlasti-ъ: *kaš.* przyvłoszczac; szcie, *richtig* ście *(alt* szczyee *meatus,* poszcyee *progressus), ist* šьstije *von* *šьstъ, šьd. *Abweichend* wyczyściać *bibel 1563.* oczyścion *koch. kaš.* vochrzcion. lubszcza, lubszczyk *ist ahd. lubistěchal, liebstöckel ligusticum levisticum.* szczebel *gradus: ahd. staffal.* szczygiel *stieglitz, č.* stehlec *usw., ist wohl slav., jedoch unbekannten ursprungs. Sonst steht das jüngere* šć: czeluść. pierścień: prъstenь *usw; dagegen* czelustka.

12. stn *wird oft* sn: sprosny *neben* sprostny *simplex, plebeius.* cny *ist* čьstьnъ. miłosny. zawisny. *Daneben* chwistnąć *und sogar kaš.* doczestny *zeitlich und alt* cielestny *neben* cielesieństwo *zof. kaš.* celestny, *ač.* tělestný: tělesьnъ. *Aus* městьce, městьskъ *wird* miejsce, miejski.

13. stl *wird* sl: gęśle. jasła. masło. prząślik. wiosło. obwiąsło, powiąsło: *falsch* powiązło. powrosło. gusła *pl. ist dunkel.* słać: stłati. szczęśliwy: *kaš.* szczęstlivy. *dial.* postłała, stłup *zbiór 11.*

14. zd *geht nach dem bekannten gesetze in* żdż *oder* żdż *über:* gnieżdżę, gnieździć. jeżdżę, dojeżdżać, jeździć, jazda. bżdić. gważdić *ungere.* gwiżdżeć, *neben dem* gwizdać *besteht, ist nur aus* gwizg *zu deuten:* s. zvizga, zvizda. drożdże. deszcz, *alt* deżdž, *ist dunkel.* jazda *beruht auf* jad *in* jadę; paździor *ist* paz-derъ. *kaš.* zd: gęby rozdzievili. zd *tritt für* st *ein:* jezdem *für* jestem. lizdwa *für* listwa *zbiór 11.* zdzona *für* ścięła, zdzyna *für* ścina *9.*

15. sk *wird stets* szcz: iszczę. jaszcz. wyłuszczyć; łuszcz *art unkraut:* łuska. marszczek, marszczyć. płoszczyca *cimex gór. biesk.:* *płoski. pryszczel *bläschen:* prysk. *kaš.* szczenc *wein beruht wohl auf der w.* sьk. szczędzić *für* skąpić *zbiór 24.* szczodry. szczery *für* szczyry: *vergl. č.* čirý. czczy, *kaš.* tczy, *ist aslov.* tъštь *seite 287.* czczyć się *übelkeit empfinden aus* tszczyć się: tъsk. *Über* szczegoł *vergl. seite 288.* wrzeszcz *schreier. Neben* isko *besteht* iszcze: bojowisko, grobowisko *neben* bożyszcze *götze. kaš. liest man* kaszёbstji, slovinstji *neben* kašёbski, slovinski lёdze *hilf. 53;* polszcze, *wofür andere* polsce *empfehlen, ist* polьscê. cień *und* sień *beruhen auf der w.* ski; szczać *auf* sьk. szczebel *gradus ist ahd. sặaffal, mhd. stafel: vergl.* szczepan *und stephanus. Dunkel sind* szczupły. świerszcz, *wofür auch das klare* świercz. cknić się: *w.* tъsk.

16. skn *wird* sn: błysnąć. lsnąć *neben* lsknąć. łysnąć *neben* łysknąć. musnąć. młasnąć. pisnąć *neben* pisknąć. płusnąć. prysnąć *neben* obrzasknąć. parsknąć *schnauben.*

17. zg *wird* żdž *vor den hellen vocalen:* brzeżdżenie *diluculum*
małg. drobiażdżek: drobiazg. drożdże. jażdż, jaszcz *neben* jazgarz,
č. jeżdík: *lit.* eżgís. miażdżysty: miazga. możdżek: mozg. *Ab-*
weichend sind mieździć się: miazga. możdzik: mozg. zg *weicht*
dem sk *auch im inlaute:* brzask, obrzasknąć, brzeszczy się; *umge-*
kehrt drzazga, trzaska. drobiask *für* drobiazg.
18. zgn *wird* zn: bryznąć. śliznąć się. *Man merke* trzeźgwy
für trzeźwy.
19. zš, sš *wird aslov.* št, *daher* ištъdъ *aus* izšъdъ *seite 281:*
damit vergl. man dial. (słońce) sczesło (wzeszło). (miesiąc) sczet
(wszedł).
20. dz *steht manchmahl, wo man z erwartet:* bardzo, *alt und*
kaš. barzo. śledziona. dziobac: *nsl.* zobati. dzwon. dźwięk: *lit.* žvan-
géti *vergl.* 268—270.
21. ss *steht im anlaute:* ssać: sъsati. sьs *wird inlautend* s:
ruski.

F. Die č-consonanten.

1. In den dialekten des p. werden die laute cz, ž, š, dž *so wie*
im schriftdialekte gesprochen oder sie lauten wie c, z, s, dz: *diese*
dialekte nennt man die mazurischen: clowiek. zyć. syć. jezdzę *für*
człowiek. żyć. szyć. jeżdżę *op. 33. Nach* r *erhält sich-* sz: pogor-
szyli *36.*
2. czrz *wird* trz: trzoda. trzop *neben* czop. trzosła *genitalia zof.*
trzewik. trzewo; *alt* czrzeedza *sem. 23. kaš.* strzoda. *Der hergang*
für den schriftdialekt ist tšrzoda *und durch ausfall von* sz- trzoda.
In czrzeedza *ist die erleichterung nicht eingetreten und im kaš. der*
ausfall einigermassen ersetzt.
3. Vor weichlauten werden die č-laute erweicht, indem an ihre
stelle č, ž, š *treten:* ćwierć, połćwiartek: četvrъtъ. ćwierknąć
zirpen. źrzodło *neben* żródło *zbiór 11, kaš.* zrzodło, *fons:* *žrėlo.
jeźli: jeżeli. niźli: niżeli. bożnica. drożnik. śli *op. 36.* grześnik.
nareście. *Ebenso in fremdworten:* ślachta. ślosarz *und* śpieg. śpi-
żarnia. *Dasselbe tritt vor* i *ein:* chozi: choży. gorsi: gorszy.
kapelusik. kontusik. č *bleibt vor* ń *ungeändert:* mącznik. ręcznik;
poczscić, *aslov.* počъstiti, *geht in* poćcić *über,* poczsciwy *in* poć-
ciwy *op. 36. zar. 73. 75.* ślę *ist genauer als* szlę.
4. żrz *wird* żdrz: *dial.* zdrzóduo *fons op. 34. kaš.* zdrzebio:
żrêbę, żdrêbę. čьв *wird* c; žьz - z, s; šьs - s: niemiecki: nêmь-
cьskъ. zarłoctwo: -čьstvo. nic, *malg.* nicz: ničьso. bostwo: božьstvo.

męstwo. mnostwo. śląsk: *sьlęžьskъ σℓιγγαι. ście (day mu szczye
wac.) ist šьstije, nicht etwa itije, das wohl nur icie, nicht jiście,
ście ergeben würde. Dem podlaski liegt podlasze oder podlasie zu
grunde. obłojca, co się obłoka, obżartuch, steht für obłočca. Aus
čš wird tš, d. h. č: ochotszy: ochoczy. rątszy: rączy. czci von
cześć kann wohl nur čci lauten: cny ist čьstьnъ. žž wird ž: ožon,
aslov. ožьženъ. pč wird pšč in pszczoła: bъčela. ciorba lautet s.
čorba. opryszek strauchdieb stammt vom klr. opryč, p. oprocz.

    5. j aus r im dial. majmurowy op. 39. Eingeschaltet ist j in
dojrzeć für dożrzeć usw.; im dial. ujzdrzáů zar. 81. conspexit;
zajńala ś; fujńt, grujńt zbiór 10, also vor j enthaltenden conso-
nanten eingefügt. wolej sg. gen. verdankt sein j der pronominalen
oder zusammengesetzten declination. ž aus j in žyd: ahd. judo, judēo.

Zweites capitel.

Den consonanten gemeinsame bestimmungen.

A. Assimilation.

    Vor weichlauten stehen meist weichlaute: boćwina neben botwina.
ćwierdzić neben twierdzić. dźwigać seite 541; im fremden ćwiek
zwecknagel; gwoźdź. kaźń. baśń. gość. kłaść. ośm aus ośm: osmь.
śron aus und neben śrzon: srěnъ. ścielę: steljǫ. dość: do syti.
ściąć: sъtęti. rozmyślać aus -szlać seite 547. weśrzod, d. i. weźrzód
wac. 27. Unrichtig sind wohl melli Muczkowski 163. pełli Bandtkie.
Vor tönenden consonanten stehen tönende und tonlose vor tonlosen:
gdy neben kiedy: *kъdy. zbor: sъbor. izba aus und neben izdba
zbiór 11, daher izdebka: istъba. na przotku. słotki wac. 27. ždžbło,
ždziebło, kaš. zdebełko: stъblo. zdrowy neben strowy wac. 26:
bei jenem ist d, bei diesem s massgebend: aslov. sъdravъ. on. zbląg,
alt stiblandz. wszagże wac. 27. dzban aus džbau: čьbanъ; lit.
izbonas aus dem p. džber: čьbrъ. lidžba aus liczba. roszka aus
roszczka, rożdżka: dunkel ist mir wždy wac. 27. Dagegen tchnąć,
tchorz. pczoła, pszczoła: bъčela. w nach und vor tonlosen conso-
nanten ist f: ćwierć lautet čf-; ebenso lautet w in chwila, kwiat,
swoj und in wtorek. lekki: lьgъkъ. kaš. paznokc. In grzbiet aus
hrъbьtъ ist rz wegen b tönend geworden und in folge dessen ch in g
übergegangen: kaš. bietet krzebiet. Schwierig ist die vermittelung des

trznąć *mit* dryzdać, dryzdnąć. *Das dial.* trzfaŭo *op. 34. für*
trwało *verdankt sein* rz *dem* w: *das wegen des* t *tonlos gewordene*
rz *machte w tonlos. Aus* wstążka *wird* *fstążka *und daraus* pstążka
zbiór 13. Vergl. seite 543. Vor den č-*lauten kann kein* c-*laut stehen*:
szczęście: *sъčęstije. szczyniać: sъčin-. szczyt.

B. Einschaltung und vorsetzung von consonanten.

*A) Von einschaltungen von consonanten ist an mehreren stellen
die rede gewesen:* j *erscheint eingeschaltet in* pojśli. ŭozejśli się.
zajśli. przyjsóŭ *und* przysoŭ *venit.* bogajstwo. lujcki: ljudьskъ.
kejś, keś *neben* kiedyś: kъd-. jejść, jejś: jasti. scejście *neben*
sceście. wsyjscy *neben* wsyscy *omnes.* wejż, weż *cape:* vъzmi.
nómajnsy *minimus:* nájmniejszy *op. 37. 39. B)* jedwaB, *č.* hedváb,
hedbáv, *aslov.* godovablь: *ahd. gotawёbbi n.* jagnię, *polab.* jógnā.
wąsienica, gąsienica, *kaš.* vąsevnica, *polab.* vŏsanáiča: ąsěnica,
gąsěnica: *vergl.* gążwy *und* vęzati. wnet *neben* hnet: *letzteres ist
wohl č.* hned, *dial.* hneđ. *kaš.* wiesen *für* jesień *łuk. 24.* vieszczerka
für jaszczurka *32.*

C. Aus- und abfall von consonanten.

A) kacma *op. 38:* karczma. *I schwindet in* gupi, suga. suchać
für głupi. sługa. słuchać. mun, min, muin *mühle für* młyn. godę,
gŭodę *für* głodem. pakaa *für* pŭakaŭa, *d. i.* plakała *op. 38.* śkło
aus śćkło: stъkło. weń *neben* weż *für* weźń. zawdy *für* zawżdy.
In przylnąć *ist* p, *in* kadzielnica *wac. 28. aus* dln-l *geschwunden*:
kadzidlnica. obfity, *wofür auch* okwity, *wird auf* oplwity, opłwity,
opływity *zurückgeführt wac. 28:* okwity *mag sein dasein dem* kwit-
nąć *zu verdanken haben. B) Dial. schwindet* r *im anlaute:* ŭozeńść
się *für* rozejść się. ożłáŭ *diffudit für* rozlał. *I füllt im auslaut,
im partic. praet. act. II. nach consonanten ab:* rzek, umar, przy-
niós *für* rzekł, umarł, przyniosł *op. 38.* tera *neben* teraz *39.* iżem
für iżeśm *quod sum zof.* łza *für altes* słza. je *für* jest *op. 39.* u *op.
38. für* już *iam usw.*

D. Verhältniss der tönenden consonanten zu den
tonlosen.

Dem wortende kommen nur tonlose consonanten zu: łabędź: łabęć.
płod: płot. nudź: nuć. podż: poć. łeb: łep. krew: kref. drobiazg:

drobiask. deždž: deszcz *und sogar* deszczu *neben* dždžu. *Der tönende consonant verdrängt den tonlosen in* grzeczy: kъ rêči; grzeczny. gwoli, *dial.* k woli, *d. i.* k foli. *kaš.* podobnizmy. zrosło się: sъraslo, *dial.* srosůo się *op. 35.* oziem *für* osiem *36.* drzazga *neben* trzaska: *nsl.* trêska. *dial. auch* tag mu rzeg lew *für* tak mu rzek(ł) lew *ib. Dem* zdrowy, *aslov.* sъdravъ, *setzt das kaš.* strovy *entgegen.*

E. Metathese von consonanten.

lsnąć, ślnąć. cietrzew, ciećwierz. *dial.* dźwierzy, dwirze *op. 39, p.* drzwi: dvъri. pierścień: piestrzeń. przykop, krzypop *graben.* pchła, *pl. gen.* płech: blъha. jedwabny, niedbawny *op. 39.* ślédź, *r.* selьdь *usw.*

Lautlehre der oberserbischen sprache.

ERSTER TEIL.

Vocalismus.

Erstes capitel.

Die einzelnen vocale.

A. Die a-vocale.

I. Erste stufe: e.

1. A) Ungeschwächtes e.

Urslav. e *ist* je: ṕeru. ḃeru. sćełu *sterno:* stelją. v́ečor. *Die
c- und č-laute sind der erweichung nicht fähig, daher* zeṁa. seru.
žeru. *Auslautendes* e *wird* o: vo dńo: *aslov.* dьne. moŕo. polo.
synovjo *und daraus* synojo: *nsl.* sinovje *3. 139.* žvańo: žьvanьje.
pićo: pitьje. ludžo. štyŕo. jo *est.* torhašo. *Dieses* o *ist jung, was
aus* synovje. lubovańe *tic. usw. erhellt. Im inlaut steht* o *für* e
nach harten consonanten: jezor. pos: рьзъ. sotra: sestra. šoł. v́ečor;
eben so nocbcu nolo. e *für* ê *entzieht sich dieser wandlung:* ryḃe,
sněze: rybê. snêzê. *Dagegen* so: sę. bŕeṁo: brêmę *usw. Neben
diesem* e, *das weich heissen mag, gibt es ein anderes, das man hart
nennen kann: dieses ist seinem ursprunge nach ein* o-*laut:* debić
ornare: vergl. dobrъ. zeŕa: zoŕa. hnyd *für* hned. tebje, tebi *neben*
tobu: *p.* ciebie *neben* tobie, tobą. tón *aus* ten: *p.* ten. všitkón.

Hieher gehört das eingeschaltete e: ke mši. nade mńe. ze mńe.
vobełhać. votehnać. votešoł. zehnać *neben* nadomnu. zo mnu. vo-
bosłać.

B) Zu **ь** geschwächtes e.

ь *aus* e *schwindet, wo die form durch den schwund aussprechbar*
bleibt: ćma, ćemny: tьma, tьmьnъ. pepeŕ.

2. tert bleibt tert oder wird tret.

A. tert bleibt tert.

Aus tert *wird* ciert: čerstvy. čert. džeržeć. mełčeć. smerć.
merznyć. peŕchać *flattern, zerstieben.* peršć *humus.* serp. sćeŕb *aas.*
sćeŕpnyć *obtorpescere.* seršć *borste.* smerdžeć. sveŕb. šćeŕba *scharte.*
šćernisko. cierlica *flachsbreche.* ćerń. ćeŕpieć. tverdy. velk. veŕba.
veŕch. žerdž. tert *in der p. form* tart *fehlt.* tert *wird* tort: borło:
brъlogъ. borzy. čolm. čorny. štvórty. dołhi. dorn: č. drn. horb.
bordło. hordy. hornc. horšć. chołm. chort. kołbasa. korčma. korch
linke hand. korm. mołvić *neben* młović. mordvy: mrъtvъ. połny
neben pełnić. porskać. porchava. porst *digitus neben* peršćeń. smor-
kać. sorna. stołp. tołku. tolc. tołsty. torhać. vołma *lana.* vórkać.
voršta *schicht.* žołč. žołty. žórło. kribet *ist aslov.* hrъbьtъ.

B. tert wird tret.

bŕóh: brêgъ. črij: črêvij. čŕóda: črêda. črona *pl. für* čŕona.
čŕop. črósło *für* čŕósło. čŕovo: črêvo. dŕevo. mloko *für* mleko,
verschieden vom r. moloko. škrêć *schmelzen:* skvrêti, *w.* skver. sŕe-
da, sŕódka. strózvy *sobrius.* dŕeć. mŕeć. tŕeć. mleć. pleć *usw.*
žalza: žlêza.

3. ent wird jat.

počeć: -čęti. džesać. dževeć. džasno *gingiva.* jadro. jastvo
carcer: *jętьstvo. ječmeń. pokleć, poklivać: -klęti. kńez. ledžba.
pedž. peć. pjata. pšah *iugum.* pšasć *spinnen.* pšisahać. so: się.
ćahnyć *neben* ćehń. ćeć: tęti. vac. vadnyć. vazać. zajac: zajęcь.
žadać. žeć, žal: žęti, žełъ. *Ferner* mo: bŕemo: brême. promo.
ramo. ćo: džěćo: dětę. *Eben so* proso: prasę. ćelo: telę. džak,

džečk *dank ist fremd.* *Der sg. gen. und pl. acc. nom.* kólńe *so wie
der pl. acc. nom.* nože *haben im auslaut ein das* ę *vertretendes* e.

II. Zweite stufe: ê.

ě *lautet nach Pfuhl 9. ungefähr wie* i *im d. mir. Dem aslov.*
ê *entspricht nicht nur* ě, *sondern auch* e, a, o, y: běły. jědu *vehor:*
jadą. pěsk. plěch; besada. visać: visêti; susod: sąsêdъ; ryč
loquela: rêčь. sykańo. symo: sêmę. tsyleć: strêljati. ě *ist dehnung
des* e *in den verba iterativa; für* ê *tritt in bestimmten fällen* i *ein:*
zběrać. počerać *haurire.* načinać. rózdžěrać *auseinander zerren;
daher* džěra. pohrěbać. hrimać. jimać. lěhać. lětać. mětać. spomi-
nać. podpěrać. spinać. rěkać. pšeščěrać. čěkać: têkati. zavěrać *usw.*

III. Dritte stufe: o.

1. A) Ungeschwächtes o.

Nach Pfuhl 64. 66. eignen sich toho, tomu; joho, jomu *für*
teho, temu; jeho, jemu *nicht für die edlere sprache:* koho *wird
jedoch gebilligt. tic. hat nur* toho, tomu; joho, jomu. o *ist ausge-
fallen in* kotry. o *ist erste steigerung des* e *in* bród. hon-: honić.
hed: chodžić. leg: łožić. mór. nosyć. płót. stół. točić. vodžić.
dovolić. vóz; *eben so in* zoŕa, *wofür* zeŕa, zvón.

B) Zu ъ geschwächtes o.

ъ *aus* o *schwindet, wenn es die aussprache missen kann:* keŕ.
mnohi: kъrь. mъnogъ.

2. tort wird trot.

błoto. broda. brona. brozda. bróžeń *f. scheune.* dłoń. droha.
drohi. hłód. hłos. błova. hród. hródž: gražda. chłód. khrost *stre-
pitus, dumetum: vergl. s.* šuma. kłóda. kłós. króć. krótki. kruva
für króva. mlody. mróz. płony *unfruchtbar, wild.* płovy. próh.
proch. prok *funda.* promo. proso: prasę. prózny. słodki. słóma.
słony. sroka. strona. vłočić. vuha *humor aus* vłóha. vłoch. vrobel.
vrona. vrota. kołrot; *ebenso* kłóć. próć. žłob: *aslov.* žlêbъ. ort
wird rot, *selten* rat: łódž. łóhć: lakъtъ. łoni. rola, *slk.* raľa. róst
wuchs. roz. rožeń. róvny; *daneben* radlo. rataj. *Abweichend sind* kral,
das wohl aus dem č. *stammt, und* straža *vergl. p. seite 526. Man*

merke ferner das hier regelmässige krok *in* kročić; *ferners* mroka
grenzmark; proca *mühe: p.* praca *und* syłobik *aus* slovik: *ns.* syło-
vik, *p.* słowik. *tort ist steigerung von* tert *in* mrok-: mróčel *nubes:*
w. merk. stróža *neben* straža: sterg. vrot: vróćić: vert *usw.*

3. ont wird ut.

budu *und mit anlehnung an* by - bydu. pruha *strieme, strahl.*
puć: pątь. ruka. vutroba *usw. Das verbalsuffix* ną *ist regel-*
mässig ny: kinyć, vuknyć *neben* vuknuć *usw. Für* pijątъ *bestehen*
neben piju *die neubildungen* pija *und* pijeja, *abweichend vom nsl.* pijejo.
hołb *ist aus* hołub, pavk *aus* *pavąkъ, pąąkъ *hervorgegangen.*
Neben vuknu, vykną, *wird* vukńem *gesprochen, das sich nach* damь
usw. aus den anderen praes.-formen: vukńeš *usw. entwickelt hat.*
ont *ist steigerung von* ent *in* vobłuk *bogen:* lęk. vuzoł: vęz *usw.*

IV. Vierte stufe: a.

a *ist zweite steigerung des* e (a) *in* łaz-: łazyć. sad, sadžić.
varić: *w.* lez *in* lēzą, sed, ver *usw.* a *ist dehnung des* o *in den*
verba iterativa: -hanieć. -khadžeć. kałać. łamać. pomahać. ska-
kać *usw.*

B. Die i-vocale.

I. Erste stufe:

1. ь.

ь *wird durch* je *ersetzt, wo es die aussprache nicht entbehren*
kann: džeń, dńa. len, *lniśćo, liśćo. ves, vsy *usw. Das os. kann*
je *in vielen fällen missen, wo es sonst nicht entbehrt werden kann:*
vótc: otьcь. ševc. tkalc *usw.* mha *für* mhła: mьgla. o *für* je *steht*
in kotoł, kótła. kozoł, kózla. vosoł, vósła.

2. trit wird tŕet, tŕt.

Dem alten khŕest, khŕtu; chćenica *aus* khŕcenica *taufe liegt*
Christus zu grunde. cyrkej *aus* cyrkeṽ *ist das ahd. kirichā, kirchā.*

II. Zweite stufe: i.

i *geht oft in* ь *über:* mać: mati. vołać: -ati. *Älter sind* vo-
łaći *volksl. 36.* staći 37. prašeći 33. šići 40. *Nach den* c-lauten
steht y: cyrkej. zyma. syła. i *ist dehnung des* ь *in* svitać: svьt *usw.*

III. Dritte stufe: oj, ê.

Auch dieses ê *weicht nach den* c*-lauten dem* y: cydžić. syć, sytka *netz. Altem* ê *gegenüber steht* e, y *in* rucy, nozy, snêze, *das auch* snêzy *lautet:* rące, nozê, snêzê. oj, ê *ist die steigerung des* i *in* bêda. cely. džovka *aus* džêvka. hnêv. hnój. hvêzda. pokoj. kvêć. lój. mêch. pêston. piha: *p.* piega. napojić. rój. svêt. cêlo. vêk. vêd: vêm. vênc *usw.*

C. Die u-vocale.

I. Erste stufe.

1. ъ.

ъ *wird durch* o *oder* e *ersetzt, wo es die aussprache fordert, sonst schwindet es:* bdžêć: bъdêti. moch: mъhъ. són, *unhistorisch* sona. šov *ist* šьvъ. aeр *cumulus: w.* aъp.

2. trût wird tret.

krej *aus* kreѵ: *daneben* tka *pulex aus* pchva, *ns.* pcha *aus* pchła. sćina *aus* trsćina: trъstь. *Man füge hinzu* rót, ert *neben* hort, *sg. gen.* erta, horta *und* do rta, ze rtom: rъtъ. rož, rže: rъžь. lhać, lža *neben* bža *aus* vža: lъgati. słónco *beruht auf* sъl-n(o)-ьce.

II. Zweite stufe: y.

Aslov. y *steht meist os.* y *gegenüber:* być. *In* sykać, sykora *ist* y *der stellvertreter des* i *nach* s: *p.* sikora. my, vy *wird durch* mej, moj; vej, voj; mé, mo; vé, vo *wiedergeben: nach Pfuhl* 61. 62. *sind* mój, vój *die du.*, my, vy *die pl.* u *tritt an die stelle des* y *in buchu* fuerunt. vuṁo: vymę. kamušk, korušk, remušk. vuć: vyti. vuzuć *exuere:* vy-iz-uti. *Man merke* boł: byłъ *tic.* chétry: hytrъ. *In* sym *sum ist* y *eingeschaltet.* y *ist dehnung des* ъ *in* dychać, *daher* dychnyć: dъh. hibać, *daher* zhibovać: gъb *usw.*

III. Dritte stufe: ov, u.

u *weicht dem* i *in* blido. vitro *neben* jutro. vitry *neben* jutry *ostern.* hižo iam: uže. ov, u *ist die erste steigerung des* ŭ *in* bud-: budžić. duch. vuhubić. kovaŕ. kryv *für* krov. rov, parov. słovo.

IV. Vierte stufe: av, va.

av, va *ist die zweite steigerung des* ŭ *in* kvas: kŭs. słava: slŭ *usw.*

Zweites capitel.

Den vocalen gemeinsame bestimmungen.

A. Steigerung.

A. Steigerungen auf dem gebiete des a-vocals. a) Steigerung des e *zu* o. *a) Vor einfacher consonanz:* płót: plet. zvón: zvъn *aus* zven *seite 555. β) Vor doppelconsonanz und zwar: 1. vor* rt, lt: morzъ, *woraus* mróz: merz. volko, *woraus* vłoka *pl. pflugschleppe:* velk *seite 555; 2. vor* nt: *aslov.* ęz-, vęz-: ęz, vęz: vuzoł *bündel seite 556. b) Steigerung des* e *zu* a: sad *obst, eig. pflanzung:* sed *in* sędą, sêsti *seite 556.*

B. Steigerungen auf dem gebiete des i-vocals. Steigerung des ı *zu* oj, ê: bnój: *w.* gni. syś *netz, aslov.* sêtь: *w.* si *seite 557.*

C. Steigerungen auf dem gebiete des u-vocals. a) Steigerung des ŭ *zu* ov, u: rov: *w.* rŭ, ryti, *os.* ryć. bud- *in* budžić: *w.* bŭd *seite 557. b) Steigerung des* ŭ *zu* av, va: sława: *w.* slŭ. kvas: *w.* kŭs *seite 558.*

B. Dehnung.

A. Dehnungen der a-vocale. a) Dehnung des e *zu* ê *bei der bildung der verba iterativa:* zbêrać: ber *seite 555. Die metathetische dehnung tritt im* os. *nirgends ein seite 554. b) Dehnung des* o *zu* a *bei der bildung der verba iterativa:* pšikhadžeć: chodži *seite 556.*

B. Dehnung des vocals ъ *aus* ı *zu* i: svitać: svъt *seite 556.*

C. Dehnung des vocals ъ *aus* ŭ *zu* y: dychać: dъh *seite 557.*

C. Vermeidung des hiatus.

Der hiatus wird vermieden 1. durch einschaltung von j, v, n; *2. durch verwandlung des* u *in* v. *1. a)* taju. biju. lêju. kryju.

žuju. *b)* poklivać. davać. pivonja *gichtrose: paeonia.* spěvać. vu-
směvać. nabyvać. pluvać. *Hieher gehören auch* vodžev. stav *usw.:*
aslov. -děvъ. stavъ. *c) über die einschaltung des* n *wird unter* r, l,
n *gehandelt.* 2. žvać.

D. Assimilation.

An die stelle des aus älterem o *entstandenen* e *tritt in jüngerer
zeit wieder* o *ein, namentlich im auslaute:* moŕo. polo. lico. torhošćo
usw.; weniger consequent im inlaute: bolosć. dńom. možom *usw.*
tert *geht zwischen harten consonanten in* tort, *zwischen weichen in*
ćerć *über:* mordvy, sńerć. porst, ṕeršćeń. polny, ṕelnić; *man
beachte auch* vesołosć *neben* zv́eselić, v́esele: veselije. *Aus* velik
wird *v́elki, vil'ki *und, durch den einfluss des* v, vulki: *auch das* o
in džovka: děvъka, *scheint durch* v *hervorgerufen. Aus altem* dubov́i
entsteht zunächst duboji, *daraus* duboj *und* dubej. skeŕej *von*
skoro *ist* skorěje. ja *zwischen weichlauten wird* je, *es mag aslov.*
ja, ě *oder* ę *entsprechen: a)* jeńe: jan. jejo: jaje. vovčeŕ: ovъčarъ.
deleńo: delan, *aslov.* doljane. pjeni *ebrü.* dńemi *aus* dńami. nožemi
aus nožami *neben* nožam, nožach. prašeć *und* prašał, prošach *und*
prošeše, *ns.* pěošašo. *b)* piščeć *und* piščał. *c)* ŕeńši *neben* ŕany:
rędъnъ. ṕeć *neben* ṕaty. dževeć *neben* dževaty. ćeleći *neben* ćelata.
ćehń *trahe neben* ćahnyć.

E. Contraction.

dobreho *und* dobroho *beruhen wie* dobremu, dobromu *auf*
dobro-jeho *usw.,* dobrych *usw. auf* dobro-jich *usw.* též *tic. ist* toježe.
Für svjatoho *liest man bei tic. auch* svjato; *für* mojoho - mojo;
ähnlich ist voko *neben* vokoho *aus* vokoło. *circum.* leć, *so* sńeć *be-
ruhen auf* lijati, smijati sę. porno *penes ist wahrscheinlich* po róvno:
vergl. nsl. zraven: *beide worte sind nach dem d.* ,neben' *gebildet.*

F. Schwächung.

Vocalschwächungen sind an mehreren stellen erwähnt: mać:
mati *usw.*

G. Einschaltung von vocalen.

Bestimmte consonantengruppen werden durch vocale getrennt:
sym *sum.* sedym, vosym *und sogar* sedymy, vosymy.

36

H. Aus- und abfall von vocalen.

a) *Abfall von vocalen tritt ein in* brožeń *f. aus* brožńa. **dži**: idi. ménovać. *Vergl.* hra: igra. škra: iskra. b) *Ausfall:* kołmaz. kołrot. kłu *neben* kolu. pru *neben* poru. hońtva. pšeńčny. rukavca. samca. bdu *neben* budu: bądą.

I. Vermeidung des vocalischen anlautes.

Vocalischer anlaut wird vermieden durch vorsetzung des j, v, h: jałmožna; voko. vólša. vorać. vostać *und* zvostać: č. zůstati. vučić. vutroba; hana *anna.* hermank *jahrmarkt.* hić *ire.* hižo: uže *iam.* hobr *riese: r.* obrinъ, *p.* obrzym, ołbrzym. hué *ululare:* vyti. huzda. jutro *besteht neben* vitro. jako *neben* hako, *ns.* ako. johła *ist č.* jehła. *Man beachte das* j *in* dvaj. mužaj. vołataj *usw.*

K. Vermeidung der diphthonge.

au geht in av *über:* havštyn *augustin usw.*

L. Wortaccent.

Den accent hat die erste silbe des wortes: vółańo. *ńe wird als bestandteil des negierten wortes, auch des verbum angesehen:* ńedać. *Die praeposition wird betont, wenn das davon abhängige substantiv nicht den satzaccent hat, daher* pó dvoŕe *neben* po dvóŕe. *In* znak-pańeńo *hat* znak *den haupt-,* pańeńo *den nebenton:* znákpáńeńo. *Die pronomina* ći, će, so, ho, mu *sind enklitisch.*

M. Länge und kürze der vocale.

Länge und kürze unterscheidet das os. nicht, wohl aber wie das p. verengte und unverengte vocale, die als die nachfolger langer und kurzer anzusehen sind. Vollkommene übereinstimmung des os. und des p. wird man in diesem punkte nicht erwarten; dass jedoch beide sprachen in der hauptsache denselben gesetzen folgen, ist unschwer zu erkennen. Der verengung fähig ist, wie es scheint, das e in měd, *d. i.* mjid, mjedu, mjedžik, mjedovy *vergl. Pfuhl 10; sicher unterliegt* o *der verengung, wodurch es einen aus* o *und* u *gemischten laut erhält, in welchem* o *vorherrscht:* kóń. roh *lautet im nom.* rów, *im gen.* ròha *Pfuhl 11. Wir haben* ó *in der endsilbe vor tönenden consonanten:* bóh. bród. bŕóh. bróú. dróƀ. dvór. hłód, łód. chłód. mój. mór. pół. naród. stół. tón. vól. všón *usw. neben* boha *usw. Analog vor tonlosen consonanten:* hłós. króć. móc. nóc. płót *usw.* ó *steht im inlaute vor tönend anlautenden gruppen:* brózda. hólčo. kózlo: kozьlę. kożdy. prózny. vólša *usw.; analog scheinen* kótła *von* kotoł. vóska *axis usw. Einige einzelnheiten haben analogien in den anderen sprachen:* móžeš, *č.* můžeš. póšłać *mittere,* póznać, *klr.* pôsłaty, pôznaty *usw.*

ZWEITER TEIL.

Consonantismus.

Erstes capitel.

Die einzelnen consonanten.

A. Die r-consonanten.

1. Silbebildendes r *ist dem os. fremd:* ze rta *ist demnach zwei-*
silbig. rže *von* rož. ržeć *tremere: w.* drъg. ŕ *steht nach Pfuhl 14.*
nur im auslaute, im inlaute geht es in rj *über:* kruvaŕ, kruvarja,
dagegen r. -aŕ, -aŕa, *nsl.* -ar, -arja, *s.* -ar, -ara. *Das gleiche gilt*
von n; *und wohl auch von* p, b, v, m. ł *wird in den meisten gegenden*
durch v *ersetzt; tic. schreibt* bou *für* był.

2. Die weichlaute von r, ł, n *sind alt vor ursprünglich prae-*
jotierten vocalen: kruvaŕ: -arjъ. moŕo: morje. polo: polje. zeŕa:
zorja. sukńa. bŕuch; vovčeŕńa *bewahrt das* ŕ *von* vovčeŕ, *während*
das r. ovčarnja *und das* p. owczarnia *bietet; eben so verhält sich*
os. lekaŕstvo *zum* r. lěkarstvo *und zum* p. lekarstwo. *Die formen*
ŕełu molo *und* sćełu *sterno sind unhistorisch:* melją, stelją. *In*
allen anderen fällen ist die erweichung jünger, daher a) vor den
hellen vocalen: ŕeknyć. ńe. palo: palę. kuŕo. kozlo. jehńo: -rę.
-lę. -nę. bŕóh: brêgъ. hołb̌: goląbь. jeleń. koŕeń. plěsń. voheń:
ognь. maćeŕski: -rъskъ. tovaŕš̌. hońtva: -nitva. pšeńčny: -ničьnъ.
sńe: sъnê. -łьje, -nьje *wird* -lo, -ńo: ŕeselo, ćerńo, *s.* ˏveseľe,
trńe *seite 408. Nach* p, k *geht* ŕ *in* š̌, *nach* t *in* š̌, s *über:* pšа-
hać: pręgati. pši: pri. kšińa: skrinja. kšivda. kšiž̌. tšasć: tręsti.

tšepot: trepetъ. tšmeń *steigbügel :* č. stŕmen, tŕmen. tsěcha: strěha. bratse: bratre. *b) Vor gewissen consonanten, wenn weichlaute vorhergehen :* ćeŕpeć; sćeŕpny *geduldig.* sćeŕpnyć *obtorpescere.* sćeŕb *und* sćerb *aas.* šćeŕba *scharte.* sveŕb, sveŕbieć. veŕba. četv́, čeŕveny. peŕchać *flattern ;* peŕchizny *schuppen.* veŕcb. melčeć : *r.* molčatъ. velk : *r.* volkъ.

3. Wie urslav. tert, tort *und* ent, ont *reflectiert wird, ist seite 554—556 dargelegt.* ŕ *wechselt mit* l *in* stvorićel, stvoričeŕ, *wobei der einfluss des* d. *-er eingewirkt hat.* ŕeblo. žarovač *für* žałovač. *In* vorcel *stahl ist* r *eingeschaltet :* alt vocel. n *ist eingeschaltet in* za ńeho. k ńemu. na ńón, *dagegen* pši joho hłoŕe. dóńdu. nańdu. nadeńdu. pšińdu. rozeńdu so. vuńdu *exibo.* zeńdu so. nuts. nyšpor *neben* něšpor.

B. Die t-consonanten.

1. Die t-consonanten *unterliegen einer älteren wandlung vor ursprünglich praejotierten und einer jüngeren vor den hellen vocalen. Die erstere besteht in der verwandlung von* tja; dja *in* tza, tsa, ca; dza, za : cućić *sentire :* štutiti. proca. svěca. hospoza : gospožda. pšaza : *pręžda. zerz *m. rost :* rъd : *vergl.* rъžda. ŕacy *plus, amplius :* vęšte. najposleze : -žde. domjacy. kuŕacy. zvěŕacy. hoŕazy. cuzy : štuždъ. ryzy : ryždъ. jěz : jaždъ. věz : věždъ. pověz. chcu : hъštą. *Unhistorisch sind* mućи, rodžu *für* mucu, rozu : mąštą, roždą ; *eben so* mućeny, rodženy : mąštenъ, roždenъ : ć, dž *beruhen auf formen wie* mućiš, rodžiš : mątiši, rodiši. *Eben so sind* nasyćeć *und* naradžeć *anraten zu beurteilen :* -syštati, *-raždati. *Die jüngere wandlung besteht in dem übergange von* t *in* ć *und von* d *in* dž *für* dź : ćopły : teplъ. pšećel : prijatelъ. ćelo : telę. džeń. vedžem *für* vedu. ŕećaz : -ęzъ. čěło : tělo. bohaćě : -tě. džěd, nadžěja. poćě : -tě. blidžě : -dě. vodžě. susodža *vicini.* židža *iudaei :* -dja *collect.* budža : *bądętъ *erunt.* ćma : tъma. puć : pątь. kić *traube :* *kytъ. mać. łóhć. džesać *neben* šěsćdžesat : desętъ *neben* desętъ. žerdž. ćichi. chudžina. poćić so. hidžić *odisse :* hida. sudžić. bobaći. młodži. tъje *wird* će, ćo : bićo : bitъje. lěćo : *lětъje. bezpuće. *Vor consonanten schwindet häufig die erweichung :* dńa, džeń. horstka, horšč. nitka, nić. žerdka, žerdž. medžvedž *besteht neben* medvedž. *Man merke* djaboł.

2. tł, dł *behauptet sich meist :* pletł. kadžidło. sadło. stadło. sydło *wohnsitz.* rdł *wird* rł : hordło *neben* horło *kehle.* žórło *quelle.* ćerlica, ćerlca, ćedlca *flachsbreche :* ns. tarlica. pódla *neben* pola. šła *aus* šdła.

3. tn *wird* n: kranyć: krad. kinyć: kyd. panyć. synyć: sêd. fany: rędьnъ. stěny: srêdьnъ.

4. tt, dt *wird* st: čeść. ńasć. ѵeść. zavisć *von* čьt. męt. ѵed. vid. pěston: *w.* pit. jasla *beruht auf* jad-tlь; jěm, věm *auf* jêdmь, vêdmь. krótsi, młódsi *stehen für* krótši, młódši. połdra *ist* polъ-vъtora.

C. Die p-consonanten.

1. Die erweichung der p-consonanten vor ursprünglich praejotierten vocalen stammt aus alter zeit: konop. čerṕu. łoѵu. zeńa. *In allen anderen füllen ist die erweichung jung:* ṕero. ńebo, č. nebe. bedro. ѵesoły. kańeń. sńerć. ṕata. sѵaty. ѵacy. bŕeńo. vokleṕ. vot-stuṕće: -pito. bolb́: goląbь. kreѵ́. rukaѵca: -vica. sańca: -mica. slepić. dubina. novi. *Man beachte* sćerṕny *geduldig:* -pьnъ.

2. *B.* bѵ *wird* b: vobalić. voběsyć. voblec. vobrócić; *doch* vobvi (rucy). bn *wird* n: hinyć. mn: służomnik: * służьbьnikъ. bъčela *wird durch* pćoła, vćoła *ersetzt.*

3. *V.* ѵ́ *geht zwischen vocalen in* j *über:* łojić *aus* loѵić. prajić. mojić *aus* moѵić, mołѵić. jedojty: * jedovitъ. synojo *aus* synoѵo. domoj *aus* domoji, domovi; *auch* krej *aus* kreѵ́. v *fällt ab in* róna *neben* havron. rota. róćić *neben* zavrócić. łočić. łosy *crines.* zać *neben* pšivzać. sy: ze vsy, *von* ѵes: vьsь. čera *heri.* ši: vši *pediculi.* duŕe *ist* dvьri. lědma *neben* lědy, lědym *vix.* sylobik *ist* * slavikъ. tvóŕ, *p.* tchórz. duchomny *ist* -hovьnъ. podeš: podъьᴧva.

4. *M.* nyspla *ist d. mispel.*

5. *F. Fremdes* f *wird* b *in* barba *farbe.* brancovski. lučibaf. švabel *schwefel.* vopor *ist opfer.*

D. Die k-consonanten.

1. Dem k *und* h *lautet vor* e *und* i *ein schwaches* j *nach:* vy-soki, dolhi: -kji, -hji. *Aus dem* g *ist wie* klr. *č.* h *geworden:* hora, *dagegen ns.* gorа. *An die stelle von* ch *ist im anlaute* kh *getreten:* khory, *dagegen ns.* chory; *aber auch os.* chcyć: hъtěti. *Den* k-*lauten kann nie* y *folgen:* vysoki. dolhi. suchi. ńechki *ist aslov.* mękъkъ, ѵetki - vetьhъ. h *fällt vor consonanten häufig ab und aus:* ŕada: gręda. nać: gnati. vězda: zvězda. ćanyć: tęgnąti.

2. k, h, ch *gehen in* č, ž, š *und* k, h *in* c, z, ch *in* š *über.*

3. *Ursprüngliches* kt, ht *werden in* c *verwandelt:* ṕec, móc: pešti, mošti. móc. nóc. věc *res. Aus* kъto, kto *wird* chto: nichto *tic.* und štó. byštaj, *aslov.* bysta, *folgt wohl dem* běštaj, běše.

4. kv, gv *erhält sich*: kvéć m. *flos*. hvězda. čvila *qual ist dunkel,
es hängt nicht mit č.* kviliti *zusammen matz. 142*.

5. ki *wird* cy, *wo* i *für älteres* ě *steht*: vulcy *magni*. nazy *nudi*;
kłobucy; *der impt. lautet* peč, vumož: pьci, -mozi. *Daneben* suši
sicci. paduši *fures*. *Sonst wird* k *vor* i *in* č *verwandelt*: velči *lu-
porum.* boži. pěši. voči *oculi.* vuši. pavčina. vořešina. věčisko. pe-
čivo. kročić. skoržić: *ns.* skaržyš, *p.* skaržyć. rozpeřšić. svědcić
für svědčić *bezeugen. Unhistorisch*: džovcyny, matcyny.

6. kê *wird* ce, cy, *wenn* ê *altes* ai, ê *ist*: ruce, rucy. noze, nozy
neben błuše. čiše *adv.* g *geht in* dz *über*: fidze; synagodze, -dzy:
es verhält sich demnach h *zu* g *wie* z *zu* dz. kê *wird* če, *wenn* ê *ein
a-laut ist*: kšičeć. běžeć. słyšeć.

7. kjь *wird in der späteren zeit* cь: kńez. mosaz. peńez: *vergl.*
ńeboz *nabe. Älter ist* čь: płač. žolč: *w.* želk. skóržba. věčny.
vužny: vlažьnь. ptačk. ručka. prošk. vuško. vłoski: vlašьskь.
kamušk *für* -mučk *lapillus beruht auf* kamykь.

8. ke *wird* če: člověče. božo. paduše. płačeš. móžeš. pečeń.

9. ge *geht in* dže *über in* jandžel.

10. kja *wird* ča: kročej. łža. duša. češa *collect.:* čech. ca: vovca.

11. kje *wird* ce: lice. słónco.

E. Die c · consonanten.

1. *Die einzige verwandlung der* c-*laute ist die in die* č-*laute; eine
erweichung von* z *und* s *ist dem* os. *fremd: daher* vozyš, nosyš: *p.*
wozisz, nosisz *d. i.* woźisz, nośisz, *daher auch* płěsń *neben dem* p.
pleśń. *Nach Pfuhl 14. wird* vótče *sg. voc. wie* vótcje *gesprochen.*

2. c *folgt den regeln des* k: kravče. vótče, *bei* tic. vočo. obličo,
p. oblicze, *ist* obličije. zaječi. vótčina *patria.* měsačk. słóńčko.
pšenička. měsačny.

3. c *aus* t *bleibt meist ungeändert:* mócny. pomocnica. nócka.
sprócny *arbeitsam.* věcka *von* věc; *doch* svěčka. svěčnik *von* svěca.

4. *Was von* c, *gilt von dem jungen* z: kńeže. kńežić. kńežna,
während das alte z *nur vor praejotierten vocalen in* ž *übergeht:*
hrožu. hrožach: grožą *usw. Unhistorisch sind* voža: vozętь *usw. 3.
seite 498.*

5. *Was vom alten* z, *gilt von* s *durchaus:* prošu. prošach *neben*
ńes. *Hinsichtlich der unhistorischen formen vergl. 3. seite 498.* šě-
dživy *ist* sěd-. všitko *hat sein* š *wie die* mit vьsь *zusammen-
hangenden formen im* č. p.

6. ʁt *geht vor hellen vocalen in* ść *übert:* śćeŕb: p. ścierwo.
sćěna: stěna. hosć. kosć. rosć *crescere.* dvě śćě: dъvê ʁъtê. mosćě:
mostê. *Daneben findet man das ursprünglich nur vor praejotierten*
vocalen berechtigte ść: měśćan. pušću *und* perśćeń. khryśće *voc.*

7. str *verliert sein* ʁ: vótry: ostrъ. sotra *soror.* tradać. tśěcha:
strêha. tsyleć: strêljati. tsihnyć: strig-.

8. stl *büsst sein* t *ein:* slać *sternere.* masło *aus* mastlo, maz-tło;
ebenso husla. jasla *schafhürde.* pěasleń. śkleńca *beruht auf* stъklo.

9. zd *wird* zdž *oder* ždž: hózdž. mzdžě *von* mzda; hviždžel
schienbein tibia und vuježdžan: vujezd. zdž *entspricht aslov.* zdъ,
ždža *hingegen aslov.* zdja.

10. sk *wird* sc: israelscy *pl. nom. m.;* ść: hrodžiśćo *aus* hro-
džisko, śćerniśćo *aus* śćernisko. śćeŕba *aus* sker-. piśćeć. sćěn
neben sěń *beruht auf* ski. śkit *ist aslov.* śtitъ *aus* śćitъ. sc *ist aslov.*
sc, ść *hingegen aslov.* śt.

11. skn *wird* sn: prasnyć. ćisnyć. tyśny *beruht auf* tъsk.

F. Die č-consonanten.

Nach den č-*lauten steht* i: voči, p. oczy. śija, p. szyja, *ns.*
šyja. čr *wird* č *in* čjśńa *kirsche, daneben* črij *schuh:* črêvij *aus*
črjeśńa *usw.* póććivy *ist* *počъstivъ. čъs *wird* s: ńemski: nêmъ-
čъskъ. žъs *wird durch* js *ersetzt:* kńejski: kъnęžъskъ. śъs *geht in*
s *über:* vłoski: vlaśъskъ.

Zweites capitel.

Den consonanten gemeinsame bestimmungen.

A. Assimilation.

Die assimilation hat im os. einen viel geringeren umfang als
im p. und zwar durch die unerweichbarkeit von z *und* s, *daher* ra-
dosć, p. radość.

B. Einschaltung und vorsetzung von consonanten.

Vorsetzung von consonanten wird durch die notwendigkeit der
vermeidung des vocalischen anlautes hervorgerufen seite 560. Man
beachte auch hort *os:* rъtъ.

C. Aus- und abfall von consonanten.

a) škleńca *ist* stъklênica. pińca: pivъnica. kńeńi: kъnęgyńi.
b) sćina: trъstina. borło: brъlogъ. łód: gladъ *usw.*

D. Verhältniss der tönenden consonanten zu den tonlosen.

Dem auslaute kömmt nur der tonlose consonant zu: pot *für* pod. zup *für* zub. nóš *für* nóž *usw. Eigentümlich ist das auch sonst vorkommende* strovy: sъdravъ.

E. Metathese der consonanten.

ševc *ist* šьvъcь.

6. st *geht vor hellen vocalen in* śĉ *über*ĉ: śćefb: p. śĉierwo.
śćĕna: stĕna. hosĉ. kosĉ. rosĉ *crescere.* dvĕ śĉĕ: dъvĕ sъtĕ. mosĉĕ:
mostĕ. *Daneben findet man das ursprünglich nur vor praejotierten*
vocalen berechtigte śĉ: mĕśĉan. puśĉu *und* perśĉeń. khryśĉe *voc.*

7. str *verliert sein* s: vótry : ostrъ. sotra *soror.* tradaĉ. tśĕcha:
strĕha. tsyleĉ: strĕljati. tsihnyĉ: strig-.

8. stl *büsst sein* t *ein:* slaĉ *sternere.* masło *aus* mastlo, maz-tło;
ebenso husla. jasla *schafhürde.* pĕasleń. śkleńca *beruht auf* stъklo.

9. zd *wird* zdž *oder* ždž: hózdž. mzdžĕ *von* mzda; hviždžel
schienbein tibia und vuježdžan: vujezd. zdž *entspricht aslov.* zdъ,
ždža *hingegen aslov.* zdja.

10. sk *wird* sc: israelscy *pl. nom. m.;* śĉ: hrodžiśĉo *aus* hro-
džisko, śĉerniśĉo *aus* śĉernisko. śĉefba *aus* sker-. piśĉeĉ. sĉĕn
neben sĕń *beruht auf* ski. śkit *ist aslov.* śtitъ *aus* śĉitъ. sc *ist aslov.*
sc, śĉ *hingegen aslov.* śt.

11. skn *wird* sn: prasnyĉ. ĉisnyĉ. tyśny *beruht auf* tъsk.

F. Die č-consonanten.

Nach den č-*lauten steht* i: voči, *p.* oczy. śija, *p.* szyja, *ns.*
śyja. čr *wird* č *in* čjśńa *kirsche, daneben* črij *schuh:* črĕvij *aus*
črjeśńa *usw.* póĉĉivy *ist* * poĉъstivъ. čьs *wird* s: ńemski: nĕmъ-
čьskъ. žьs *wird durch* js *ersetzt:* kńejski: kъnĕžьskъ. žьs *geht in*
s *über:* vłoski: vlaśьskъ.

Zweites capitel.

Den consonanten gemeinsame bestimmungen.

A. Assimilation.

Die assimilation hat im os. einen viel geringeren umfang als
im p. und zwar durch die unerweichbarkeit von z und s, *daher* ra-
dosĉ, *p.* radość.

B. Einschaltung und vorsetzung von consonanten.

Vorsetzung von consonanten wird durch die notwendigkeit der
vermeidung des vocalischen anlautes hervorgerufen seite 560. Man
beachte auch hort *os:* rъtъ.

C. Aus- und abfall von consonanten.

a) škleńca *ist* stъklênica. pińca: pivъnica. kńeńi: kъnęgyńi.
b) sćina: trъstina. borło: brъlogъ. łód: gladъ *usw.*

D. Verhältniss der tönenden consonanten zu den tonlosen.

Dem auslaute kömmt nur der tonlose consonant zu: pot *für*
pod. zup *für* zub. nóš *für* nóž *usw. Eigentümlich ist das auch*
sonst vorkommende strovy: sъdravъ.

E. Metathese der consonanten.

ševc *ist* šьvьсь.

Lautlehre der niederserbischen sprache.

ERSTER TEIL.

Vocalismus.

Erstes capitel.

Die einzelnen vocale.

A. Die a-vocale.

I. Erste stufe: e.

1. A) Ungeschwächtes e.

1. Als vertreter des urslav. e *darf je gelten:* beru. ńe, ńerodny *leichtfertig.* sćelu *sterno.* velgin *valde.*

2. Im auslaute geht e *häufig in* o *über:* na mńo. mojo. ńebo. polo. jo *est.* źo: idetъ. bijo *verberat.* mojo *meum; daneben* zakopańe. vorańe. sejźeńe *das sitzen.* vasele *laetitia.* Iuźe: ljudije *usc. Im inlaute tritt* a *ein:* lažym *iaceo.* madveź: medvêdь. mazy : meždu. ńabogi. ńasu: nesǫ. pac: pešti. rakouš. vasć *neben* vedu: vesti. vasoly *laetus.* vacor: večerъ. ńebaski; *daneben* o *in* bužoš *eris.* jogo, jomu. daloko. lod: ledъ. mod: medъ. šoply: teplъ. šota: teta. ńocoš *non vis:* ne hъšteši.

3. Hartes e *tritt ein in* tebo te. kenž *qui.* nichten *nemo; so auch in* jen *eum.* gerc: *nsl.* igrc *spielmann.* ven *foras.* vote mńo: otъ mene. ve dńo: vъ dьne. ze mnu. ze jgry. ze jsy: izъ vъsi. ze japy e *cubili.* rozegnaś. dermo *gratis.* vermank *jahrmarkt.* rejovaś *tanzen: nsl.* raj, *mhd. reie, reige usw.*

ь *aus* e *kann schwinden:* śma: tьma. lav: lьvъ. śańki: tьnьkъ *usw.*

2. tert bleibt tert oder wird tŕet.

A. tert bleibt tert.

1. tert *bleibt* tert *oder wird* čert *usw.:* cerv *vermis.* melcaś: mlъčati. śmerś, śmertny. peŕśćeń. tergaś. śerń, śeŕńe. velk. verba. veŕch. zerno. žerź: žrъdь *usw.*

2. tert *wird* tart: bardo. barłog. carny. cart. žaržać: drъžati. chart. humarły. marskaś. zmarznuś. parch: *p.* parch. sarski, sŕrski: srъb-. sarna. tvardy. *Den übergang von* tert *zu* tart *bildet* tjart, *das nach* k-*lauten vorkömmt in* gjarb. gjardło. gjardy. gjargava *gurges.* gjarnc. gjarść. kjarcma. skjaržba. *p.* skaržyć, skarga. kjalbas *wurst: vergl.* kjarchob *kirchhof.* kjarliž *kirchenlied aus kyrie eleison.*

3. tert *wird* tort: bórzy. coln. stvorty: četvrъtyj. chołm. połny *neben* połniś *und* pełniś, *dessen* I *hypothetisch ist.* žołty. *Man beachte, dass* e *auch ausser diesem falle der wandlung in* a *und* o *unterliegt.*

4. telt *wird* tłut: dług. dłujki: *dłъgъkъ. tłusty: *vergl.* jabłuka. *Abweichend sind* kśet: krъtъ *talpa.* kyrcaś: krъk-.

B. tert wird tŕet.

tŕet *nimmt verschiedene formen an, von denen einige an* trêt *erinnern würden, wenn nicht* e *so vielen wandlungen unterläge:* błaza. bŕeme: brêmę. nacŕel: *čŕełъ *aus* čerlъ. dŕovo. mlac *saudistel: p.* mlecz. młaś: mlêti. młoko. umŕel: *mrêlъ. płaś *jäten: w.* pel. škŕeś *schmelzen.* tŕobaś. tos *heidekraut:* vrêsъ. žŕedło *quelle.* požŕeś *devorare.* ŕetko *raro.* śŕobro: sьrebro. slъza *wird reflectiert durch* łdza, dza, za.

3. ent wird jat.

gledaś. voześ: vъzętí. kńez. lažva: lędvija. masec. meso. peś: pętь. peńez. ŕedny *pulcher:* rędьnъ. ŕep *rückgrat: nsl.* rep. ŕesaz. segnuś: sęg. śežki: tężьkъ. vezaś: vęzati. požedaś *cupere usw.*

žeśe: dêtę. gole *infans.* pacholo. chvale: hvalętъ. chvalecy:
hvalęśte *usw.*

II. Zweite stufe: ê.

ê *ist meist* je: gŕeś: grêti. hobed. sused. seá: sêti. ѵera;
daneben ѵaža *haus.* ê *ist dehnung des* e *in* beraś. pogrímaś, *daher*
pogrim, grimotaś. legaś. letaś. huḿeraś. spominać. ŕec *aus* ŕekaś:
rêkati. sćelaś.

III. Dritte stufe: o.

1. A) Ungeschwächtes o.

1. o *lautet nach Zwahr IV. kurz in* chopi. nož *usw.; lang soll*
o *gesprochen werden in* głova. hov. rovny. *Wie* y *lautet es in* gyle
neben golc. myj *meus.* myterka *neben* móterka *usw.*
2. o *ist erste steigerung des* e *in* brod. grom: *w.* grem. łog-
in łožyś. nos- *in* nosyś. płot. stoł. ton *aushau im walde:* tьn. voz.
zoŕa. zvon: zvьn *usw.*

B) Zu ъ geschwächtes o.

ъ *erhält sich und schwindet nach den bekannten gesetzen:* posoł
apostolus: posъłъ; *vergl.* som: jesmь.

2. tort wird trot.

1. błoto. błožko: blagъ. broniś. droga *weg.* drogi *teuer.* głod.
głos. głova. gród *castellum.* groch. krot: kratъ. krova. młody.
prog. słodki. słoma. sromota. strona. tłocyś. łos: vlasъ. łoś *kolbe am*
getreide: vlatь. rota *tor.* vrośiś. strovy: sъdravъ. złoto. ort *wird*
rot: łokś: lakъtь. rosć. rovny. roz: *daneben* radło. radlica, ralica.
rataj *aus* ordlo *usw.* kral *ist wohl* č. *Man merke* płakaś *plorare*
neben pałkaś *lavare.* mroka *grenze: nhd. mark.* syłovik: slav-.
2. tort *ist steigerung von* tert *in* mrok *aus* mork. tłok- *in*
tłocyś. łocyś: vlačiti. vrośiś: vratiti *usw.*

3. ont wird ut.

1. vuž, huž *serpens.* gusty. luka *pratum.* pup *knospe.* ruka.
tužica *trübsal hord.* 27. tužny *usw.* biju̇ *neben* bijom *verbero.* ženu
neben ženom. su *sunt.* pijucy *usw.*
2. ont *ist steigerung von* ent *in* tuža: tęg *usw.*

IV. Vierte stufe: a.

1. a *ist zweite steigerung des* e *in* łaz-, łazyś. sad, sajžić.
2. a *ist dehnung des* o *in* gańaś. rozgrańaś. huchadaś: *unregelmässig.* łamaś. tac *in* potac *volle spille:* točiti. pšašaś. *Abweichend:*
pomogaś *usw.*

B. Die i-vocale.

I. Erste stufe.

1. ъ.

ъ *erhält sich als* e *oder schwindet unter den bekannten bedingungen:* žeń, dńa. mlinc. hovs: ovъsъ *usw.* kvitu: cvъtą *beruht wohl auf einer form wie* cvisti *oder* cvitati.

2. trít wird trt.

ksčiś *baptizare.* cerkva *ist* kirichá, kirchá.

II. Zweite stufe: i.

i *wird zu* ъ *in* maś *neben* maśi: mati. žyś *heil werden; älter sind* łapaśi, rubaśi *volksl. 62.* vółaśi *mu. 7. Nach den* c- *und* č-*lauten steht* y: cygan. zyma. syrota, srota; šyt *breit.* žyźo *seide aus* -dije: *nsl.* žida. šuroki *neben* široki. *Anlautendes* i *fällt häufig ab:* ži: idi; *vergl.* gła: igla. graś: igrati. i *ist dehnung des* ъ *in* svitaś *tagen:* svъt. *Neben* kvisć *besteht* kvesć: cvisti, *cvъsti.

III. Dritte stufe: oj, e.

oj, ê *ist die steigerung des* i *in* gnoj. gvezda. pokoj. kvetk.
pe *in* spevaś. poj *in* hopojiś. sńeg. svet. vem *scio:* vid. venc; *wohl auch* znoj.

C. Die u-vocale.

I. Erste stufe.

1. ъ.

ъ *aus* ŭ *erhält sich als* o *usw. oder schwindet:* soń *f. somnium.* sńa *f. somnus.*

żeśe: dêtę. gole *infans*. pacholo. chvale: hvalętъ. chvalecy: hvalęśte *usw*.

II. Zweite stufe: ê.

ê *ist meist* je: gŕeś: grêti. hobed. sused. seś: sêti. ᴠera; *daneben* ᴠaža *haus*. ê *ist dehnung des* e *in* beraś. pogrimaś, *daher* pogrim, grimotaś. legaś. letaś. huŕeraś. spominać. ŕec *aus* ŕekaś: rêkati. sćelaś.

III. Dritte stufe: o.

1. A) Ungeschwächtes o.

1. o *lautet nach Zwahr IV*. kurz *in* chopi. nož *usw.; lang soll* o *gesprochen werden in* głova. hov. rovny. *Wie* y *lautet es in* gylc *neben* golc. myj *meus*. myterka *neben* móterka *usw*.

2. o *ist erste steigerung des* e *in* brod. grom: *w*. grem. łog- *in* łožyś. nos- *in* nosyś. płot. stoł. ton *aushau im walde:* tьn. voz. zoŕa. zvon: zvьn *usw*.

B) Zu ъ geschwächtes o.

ъ *erhält sich und schwindet nach den bekannten gesetzen:* posoł *apostolus:* posъlъ; *vergl*. som: jesmь.

2. tort wird trot.

1. błoto. błožko: blagъ. broniś. droga *weg*. drogi *teuer*. głod. głos. głova. gród *castellum*. groch. krot: kratъ. krova. młody. prog. słodki. słoma. sromota. strona. tłocyś. łos: vlasъ. łoś *kolbe am getreide:* vlatъ. rota *tor*. vrośiś. strovy: sъdravъ. złoto. ort *wird* rot: łokś: lakъtь. rosć. rovny. roz: *daneben* radło. radlica, ralica. rataj *aus* ordlo *usw*. kral *ist wohl* č. *Man merke* plakaś *plorare neben* pałkaś *lavare*. mroka *grenze: nhd. mark*. sylovik: slav-.

2. tort *ist steigerung von* tert *in* mrok *aus* mork. tłok- *in* tłocyś. łocyś: vlačiti. vrośiś: vratiti *usw*.

3. ont wird ut.

1. vuž, huž *serpens*. gusty. luka *pratum*. pup *knospe*. ruka. tužica *trübsal hord*. 27. tužny *usw*. biju *neben* bijom *verbero*. ženu *neben* ženom. su *sunt*. pijucy *usw*.

. *2.* ont *ist steigerung von* ent *in* tuža: tęg *usw*.

IV. Vierte stufe: a.

1. a *ist zweite steigerung des* e *in* łaz-, łazyś. sad, sajžić.
2. a *ist dehnung des* o *in* gañaś. rozgrañaś. huchadać: *unregel-
mässig.* łamaś. tac *in* potac *volle spille:* točiti. pšašaś. *Abweichend:*
pomogaś *usw.*

B. Die i-vocale.

I. Erste stufe.

1. ь.

ь *erhält sich als* e *oder schwindet unter den bekannten bedin-
gungen:* žeń, dńa. mlinc. hovs: ovьsъ *usw.* kvitu: cvьtą *beruht wohl
auf einer form wie* cvisti *oder* cvitati.

2. trit wird trt.

kščiś *baptizare.* cerkŵa *ist* kirichā, kirchā.

II. Zweite stufe: i.

i *wird zu* ь *in* maś *neben* maśi: mati. žyś *heil werden; ülter
sind* łapaśi, rubaśi *volksl.* 62. vółaśi mu. 7. *Nach den* c- *und
ö-lauten steht* y: cygan. zyma. syrota, srota; žyt *breite.* žyżo *seide
aus* -dije: nsl. žida. šuroki *neben* široki. *Anlautendes* i *fällt häufig
ab:* ži: idi; *vergl.* gła: igla. graś: igrati. i *ist dehnung des* ь *in* svitaś
tagen: svьt. *Neben* kvisć *besteht* kvesć: cvisti, *cvьsti.

III. Dritte stufe: oj, e.

oj, ê *ist die steigerung des* i *in* gnoj. gŵezda. pokoj. kŵetk.
ṗe *in* sṗevaś. poj *in* hopojiš. sñeg. sŵet. ŵem *scio:* vid. ŵenc; *wohl
auch* znoj.

C. Die u-vocale.

I. Erste stufe.

1. ъ.

ъ *aus* û *erhält sich als* o *usw. oder schwindet:* soń f. *somnium.*
sña f. *somnus.*

2. trŭt wird trt, tret.

džaś *tremere:* drŭg *aus* drūg. kśev́, kśej: krŭvъ. słyńco, słuńco *aus* słońco: slъnьce. *Hieher gehört* rež: rъžь. łžyca, łdžyca: lъžica.

II. Zweite stufe: y.

myto *lohn.* ryś. syn *usw. In* sedym. vosym *ist* y *eingeschaltet.* y *wird durch* ó *oder* u *ersetzt:* a) mó, vó; mój, vój *neben* my, vy. b) budliś *habitare.* putaś *suchen.* husoki *altus.* y *ist dehnung des* ъ *in* dychaś. gibaś *usw.*

III. Dritte stufe: ov, u.

u *weicht dem* i: blido. vitše *cras; daneben* rozym. *Jung ist* ov *in* bogojstvo: -ovъstvo. cartojski *teuflisch.* rosojty *tauig.* jatšovny, v́atšovny *oster-.* ov, u *ist die steigerung des* ū *in* bud-. bużiš. zgubiś. kovaś. rov *usw.*

IV. Vierte stufe: av, va.

av, va *ist die zweite steigerung des* ū *in* chvataś, kvas.

Zweites capitel.

Den vocalen gemeinsame bestimmungen.

A. Steigerung.

A. Steigerungen auf dem gebiete des a-vocals. a) *Steigerung des* e *zu* o. α. *Vor einfacher consonanz:* płot. plet. zvon: zvъn *aus* zven *seite* 570. β. *Vor doppelconsonanz und zwar 1. vor* rt, lt: morz, *woraus* mroz: merz. volga, *woraus* *vłoga, łoga: velg *seite* 570; 2. *vor* nt: tuža *betrübniss:* teg *seite* 570. b) *Steigerung des* e *zu* a: sad *obst:* sed *in* sędą, sěsti *seite* 571.

B. Steigerungen auf dem gebiete des i-vocals. Steigerung des i *zu* oj, ě: gnoj: *w.* gni. seś *netz: w.* si *seite* 571.

C. Steigerungen auf dem gebiete des u-vocals. a) *Steigerung des* ū *zu* ov, u: rov: *w.* ru. bud- *in* bużiš: *w.* būd *seite* 572.

b) Steigerung des ŭ *zu* av, va: płav- *in* płaviš *schwimmen: w.* płŭ. kvas: *w.* kŭs *seite 572.*

B. Dehnung.

A. Dehnungen der a-vocale. a) Dehnung des e *zu* ê *bei der bildung der verba iterativa:* hŭberaš *seite 570. Metathetische dehnung tritt im ns. nirgends ein. b) Dehnung des* o *zu* a *bei der bildung der verba iterativa:* chapas: chopi *seite 571.*
B. Dehnung des vocals ь *aus* ı *zu* i: svitaš: *w.* svьt *seite 571.*
C. Dehnung des vocals ъ *aus* ŭ *zu* y: dychaš: dъh *seite 572.*

C. Vermeidung des hiatus.

Der hiatus wird vermieden durch einschaltung von j, v: *a)* biju *verbero. b)* davaš. stavaš. buvaš. šleveŕ *ist das d. schleier.* pójdu *steht für* poidu. *Über* n *in* do ńogo *usw. wird unten gehandelt.*

D. Assimilation.

jogo *beruht wohl auf älterem* jego, našo *auf* naše. *Neben* vasoły *besteht* vasele: veselъ, veselije. bužešo *ist älter als* bužoš. nej *ist aus* naj *entstanden usw.*

E. Contraction.

kńeńi *aus* kńegińi. kšavy *ist* krъvavъ; pas - pojasъ. poschaš -' posłuchaš *usw.* ego, emu, em *beruht auf* ojego *usw.:* svojogo jadnogo porožonego. togo svetego pisma. svetem pišme *usw. Das* ije *der verba III. 2. und IV. bleibt oft uncontrahiert:* ja *se* pšešerpijom *ich harre aus Zwahr 301.* pušćiju *lasse* mu. rozvaseliju *da.* porožijo *Zwahr 283.* hobužijo *mu.* vostavijo. zastupijo *und* zdžaržijo *hord. 7. 25. 33.*

F. Schwächung.

Der schwächung unterliegt das auslautende i *des inf.:* daš: dati *usw.*

G. Einschaltung von vocalen.

sedym, vosym *usw.* syłovik: č. slavík. vołomužna *almosen.* balabnica *palmsonntag.* šarabac *scherf usw.*

H. Aus- und abfall von vocalen.

Ausfall von vocalen: dosć *satis.* palc. švar *schwager. Abfall:* mojog Iubeg. bogi: ubogi. źi: idi. *vergl.* gła: igla *und* gra: igra. mam: imamь. ńe: imę. ѕpa: istьba, *nicht* istьba: *daneben* do jśpy.

I. Vermeidung des vocalischen anlautes.

hobaj: oba. hoko: oko. hordovaś *neben* vord- *werden.* hyś, hiś *irs.* hudova *und* vudova. huzda. huž *neben* vuž: ąѕь. vocy: oči. von. vołech. votšy: ostrь. husoki *neben* vusoki *ist aslov.* vysokъ.

K. Vermeidung der diphthonge.

Diphthonge scheinen nicht gemieden\| zu werden: sie finden sich auch in einheimischen worten: bajavka, davno, łava *d. i.* bajauka, dauno, łaua *usw.*

L. Wortaccent.

Der accent ruht auf der ersten silbe: pśijaśel. *Von praepositionen abhängige substantiva können den accent verlieren, wenn der nachdruck auf der praeposition ruht:* pśez hokno *und* pśez hókno.

M. Länge und kürze der vocale.

Das ns. hat verengte und unverengte vocale: jene sind nachfolger langer vocale und stehen in mit tönenden consonanten schliessenden endsilben: bóg. ból. kóń. vón *usw.; ferners im inlaute vor mit tönenden consonanten anlautenden consonantengruppen:* pójdu. škórńa *ms. Berührungen mit dem č. p. und klr. sind häufig:* móžoš. vót Iubego. vóstaś. póznała *usw.*

ZWEITER TEIL.

Consonantismus.

Erstes capitel.

Die einzelnen consonanten.

A. Die r-consonanten.

ł *geht gerne in* u, v *über und wechselt dann im anlaute häufig
mit* h : ług, vug, hug. *Nach und vor consonanten kann es schwinden:*
płot, chołm - pot, chom. pcha, *p.* pchła: błъha. *Alte erweichung
tritt vor praejotierten vocalen ein:* pastyŕ; lubiś. lud. ścelu *sterno;*
baňa. koń; *ebenso* jagaŕ. tolaŕ; *ferners* keŕk, keŕ *strauch.* šenkaŕka.
Junge erweichung wird durch die hellen vocale bewirkt: beŕ: beri.
stvoŕba *creatura:* -ъba; maśeŕka *mu.* 12. lod *eis.* golc *knabe.*
vasele: veselije. pilny; ňe. końc. žeński: žona. ňocoš *non vis.*
tśo *aus* tŕo: trije. *Jung ist auch die erweichung des* r, l *vor gewissen
consonanten:* veŕch. mełknuś, melcaś: mlъknąti. *Nach* t, p, k
wird hartes r *in* ś, *weiches in* ś *verwandelt:* hutšoba. pśudło *tendi-
cula:* prągło. pśut: prątъ. kśanuś *furari.* kšavy: krъvavъ. kśej:
krъvъ. votšy: ostrъ: sotśa: sestra. tšach: strahъ; *dagegen* vitśe:
utrě *volksl.* 29. pśeslica. kśivy *krumm.* *Ausgenommen sind die* trot
aus tort: droga. drogi. grod. krova. prog *usw.; ebenso* kraľ *aus
dem* č.; *ferners* crej, *das fremde* krynuś *kriegen.* *Wie* tert, tort
und ent, ont *reflectiert werden, ist seite 569. 570. gezeigt.* r *wechselt
mit* l *in* ŕobło, łobro. słobro: sъrebro. *Dunkel ist* r *in* hyśćer
adhuc. južor *iam.* ńiźer *nullibi.* šuder: vъsądě. tuder: tądě. mъnogъ
wird młogi, mogi. *Zwischen* l, l *und* z, ž *tritt oft* d *ein:* słъza:

37

łdza, łza, dza, za. lъžica: łdžica. lьžaje: ldžej, džej *und* Iažej *levius; ähnlich* lъgati: łdgaś, dgaś, gaś. n *ist euphonisch in* vót ńogo *ab eo, daneben* ve jogo nuzy *in eius angustiis.* nugeł *angulus.* nuchaś *riechen.* nutś: ątrъ.

B. Die t-consonanten.

Vor ursprünglich praejotierten vocalen gehen t *und* d *in* c *und* z *über, indem aus* tja - tza, ca, *aus* dja - dza, za *wird:* votcuśiś *wach werden:* śtutiti. ᵛecej: vęśte. cu, com: hъśtą. śelecy *kalba-:* -lęśtъ. domacny. pijucy: pijąśte; mazy: meždu. gospoza. nuza *not.* cuzy: śtuždъ. goᵛezy. jez *ede.* ᵛez *scito. Beachtenswert sind* ricaty *rugiens;* ńok *nolo:* ne hъśtą; huchadaś, *das aslov.* -haždati *lautet: man vergl.* prokadło *mit p.* proca. ś, ź *sind in das gebiet von* c, z *eingedrungen:* gaśony. chożu *neben* chożim: hożdą 3. *seite* 527. rożony: rożdenъ. groź *f.:* grażda *unw. Vor den hellen vocalen stehen* ś *und* ź *für* t *und* d: śopły: teplъ. śota: teta. śerń *spina.* kviśo: cvъtetъ. śichy: tihъ. śi: ti. maśi, maś: mati. tśeśi: tretii. ńerożim, ńerożu *non curo.* śma: tьma. puś: pątь. śanki: tъnъkъ. vośc: otьcъ. ᵛeśez: č. řetěz, *p.* wrzeciądz. żaseś: desętь. śesny: tśeъnъ. kśeś: hъtěti. złośany *aureus.* leśe *sommer:* *lêtije. graśe: *gratije *spiel.* hokognuśe *augenblick:* -gъnątije. svaźba *aus* svaśba *ist* svatъba; svoźba *verwandtschaft aus* svoiśba *ist* *svoitъba; spaś *ist der inf.,* spat *das sup.* żo: kъde, idetъ. bużom ero. żiv *res mira.* madᵛeź. żeń *dies,* żinsa *hodie.* pójż: poidi. żeł: dêlъ. na bliże: bljudê. żovka, żovčo *puella.* żyżany *sericeus:* żyże, *nsl.* żida. żek: *p.* dzięka. żuŕa *pl. entspricht aslov.* dvъrь. luże *ist* ljudije. *Nach* s *geht* tь *in* č *über:* gjarsć: grъstь. kviśc. jeść *edere.* poᵛeść *narrare. Man vergleiche* żaržaś *tenere mit* zdżaržac *hord.* 47. *Neben* żeń *besteht* dńa. dł *weicht manchmahl dem* ł: vidły. żtedło *fons.* gjardło, gjarło. kosydło, kosyło. sadło, sało. sedliśćo, seliśćo. śydło. podła *neben* poła. bogadła *neben* bogała. śoł *aus* śła, *śdła.* tarliś; tarlica: č. trdlice, trlice. dn *wird* n: kšanuś *furari.* senuś *considere.* panus, padnus. jany *unus.* żany *nullus.* jem, ᵛem *aus* jedm, ᵛedm. zvignuś *aus* zdvig-. gaż *quando aus* gdaż. *Neben* budovaś, chud *liest man* bujovaś, chuj.

C. Die p-consonanten.

Alte erweichung tritt vor ursprünglich praejotierten vocalen ein: zeńa: zemlja. *Jung ist die erweichung ausser diesem falle:* kuṕ:

kupi. p̓erv́ej: prъvêje. t̓ep̓ rückgrat: p. rzą̇p caulis caudae. gołub̄.
cerv́eny. kańeń. P. p fällt aus und ab in husnuš. tašk aus
pъt-. B. b schwindet in gnuš: gъb-. In długoki, dłyboki scheint
m für b einzutreten: s. dubok aus dlbok. bv wird b: hob̄esyš.
hob̄roš̄iš: obratiti. V. v fällt ab in rota: vrata. łocyš: vlačiti.
cora: vъčera. jaz dachs. šyken omnis neben ze v́eyknymi; neben
ze jsy besteht ze vsy e vico. v ist ausgefallen in chory. zńeš:
zvъnêti. v́ wird durch j ersetzt in kšej aus kšev́ sanguis; daneben
kšv́e, kšv́u: krъve, krъviją. crej schuh: črêvij. novakojc. vojca:
ovъca. rukajca: -avica. stajim: stav́im, stavlją. rosojty: *roso-
vitъ. cłojek homo. dołoj usw. ńev́erica für vêv-. F. zufały aus
zuchv-. fałojce aus chvał-. šapat̓ ist schaffer, hopor opfer, dupiš
taufen, grob graf, bogot vogt, barva farbe, derbiš dürfen mit
abweichender bedeutung.

D. Die k-consonanten.

Dem os. h stellt das ns. sein g gegenüber: noha, noga. Ns.
hat auch ch bewahrt: chlev; doch kleb panis. Die k-laute sind auch
der weichen aussprache fähig: kjagotaš schnattern. gjerc. drugje:
gjarb. gjardło. gjardy vergl. seite 521. Damit hängt zusammen die
schreibung kinuš, ginuš: kyd-, gyb-; doch chytaš iacere. g kann
ab- und ausfallen: ned, os. hned cito. krynuš, d. kriegen. lanuš
decumbere, łań se impt. ternuš, tergnuš. Das č fehlt dem ns. jetzt,
daher łocyš: vlačiti; doch žovčo: *dêvъčę. kt, gt wird wie altes
tj - c: p̓ac: pešti. t̓ec: rešti. moc: mošti. noc nox. v́ec res. Viel-
leicht lässt sich p. proca funda nach dem ns. prokadło als prok-ta
deuten. In chto, nichto, duchtat̓ ist cht für kt eingetreten. m̓ejaštej
(imêasta, imêašeta) beruht auf m̓ejašo. kv, gv erhällt sich: kvisč,
kv́etk; ǵvezda. ki wird ci in p̓ac impt.: peci; sonst tritt ursprüng-
lich či ein: vocy: oči. rucycka: *rączička. rucyš leihen. službyš.
tšašyš: strašiti. zbože vieh, eig. reichtum: *vъbožije. kê wird ce,
wenn ê altes ai, ê ist: boce. vence draussen. droze; vor dem a-laute
ê steht č: m̓elcaš tacere. bežaš. słyšaš. možach poteram. ldžejše:
lъžajše. kъ wird c in jungen bildungen durch jъ: kńez. p̓eńez.
t̓ešaz. Vor altem jъ und vor ъ aus I steht č: p̓ac: plačь. hopacny
verkehrt. zbožny. posłuany. błožko: *błažъko. łaški levis ist un-
historisch. tašk: pъt-. br̓uško: tšoška. ke wird čo: p̓aco: pečetъ.
p̓aceń braten. možoš und daraus možom neben mogu. janžel angelus.
b̄ešo erat. lico aus älterem lice beruht auf likjo usw. kę wird čę:

žovčo: *dêvъčę. kja wird ca in levica: lêvъ sinister usw. kją wird čą: płaku neben płacom ist wohl nach płakaś gebildet: das gleiche gilt von plakucy: płačąśte.

E. Die c-consonanten.

Die c-laute gehen in č-laute über: eine erweichung derselben tritt nicht ein, daher zyma, sykora, p. zima, sikora, d. i. źima, śikora. Ietosa heuer vergleiche man mit p. dzisia, dzisiaj. c ist einer erweichung in der gruppe stъ fähig: gjarść. c folgt der regel des k: hoblico: obličije. maseck: -sęčъkъ: c aus t bleibt: mocny. svecnik. Was von c aus k, gilt vom jüngeren z: sćažka: stъza. kńezki aus kńežъskъ usw. Altes z kann nur vor praejotierten vocalen in ž übergehen. Was vom alten z, gilt von jedem s: hušej: vyše altius; abweichend sind pъosu. pъosach. pъosony: prošą. prošahъ. prošenъ usw. šery ist aslov. sêrъ. zr, sr werden zdr, str in zdŕaly reif. votšy aus vostšy: ostrъ aus os-гъ. st wird vor den praejotierten und vor den hellen vocalen in šć verwandelt: pušćony: puštenъ; pušćiju: puštą. ferśćeń: prъstenь. Daneben besteht sć: kość. mosće sg. loc. von most: der unterschied zwischen stja und stъ ist verwischt. str verliert sein s: bytśe hell, klar: bystrê. sotša: sestra. špa beruht wohl auf istъba: ś entspricht dem stъ. zbło entsteht aus stъblo: man erwartet źbło, dessen ź für stъ eintritt. stl erhält sich in rostła; es weicht dem sł in vasło, jasło: veslo. povŕasło: povrêsło. pścslica rockenstock usw. zd wird zdź: hobjezdźać. pozdźe spät: aslov. -jaždati aus -jazdjati und pozdê. sk wird sć, šć: sćeriš (zuby) die zähne fletschen: sker. žovcyšćo mädchen: žovka. sedliśćo, seliśćo. seń, voseń umbra, p. cień, beruht auf der w. ski. tešność angst auf tъsk.

F. Die č-consonanten.

Älteres č hat dem c platz gemacht: cyniś: činiti. Die ns. č-laute werden nicht in den vorderen teilen des mundcanals gebildet, daher cysty: čistъ. žyvy: živъ. šydło: šilo. čьs wird c, žьs - z, s, sъs - s: nimski aus nimcki: nêmъčъskъ; co aus čьso: in nic ist o abgefallen. kńeski aus kńezki: kъnęžъskъ. ceski: češъskъ. j ist in vielen fällen ein parasitischer laut: chojžiš: hoditi. klojš: klati. sejźeńe: sêdênije. dejšć: *dъštъ, dъždь.

Zweites capitel.

Den consonanten gemeinsame bestimmungen.

A. Assimilation.

Das p. gesetz gilt hier nicht, wie kazń *gesetz,* kość *usw. zeigt.*

B. Einschaltung und vorsetzung von vocalen.

a) zdfaly, otšy: zrěl'ь, ostrъ. do ńogo *usw. b)* vocy *usw.*

C. Aus- und abfall von consonanten.

a) połńa *meridies aus* połdńa. *b)* žyny *neben* džyny *von* rež *secale:* džyny *beruht auf* rdžyny.

D. Verhältniss der tönenden consonanten zu den tonlosen.

Dem wortende kommen nur tonlose consonanten zu: dub, *d. i.* dup. strovy *ist* aslov. sъdravъ, zdravъ.

E. Metathese von consonanten.

batramus *bartholomaeus.*

ZUSÄTZE. VERBESSERUNGEN.

8. z. 13. ‚bezъ sine: lett. bez, lit. be, das sein z eingebüsst hat,
aind. bahis‘, vergl. seite 109. 268: ‚bezъ bahis lett. bez, lit. be wohl
aus bež.‘ Hätte das slavische mit bezъ die lituslavische form dieser
praeposition erhalten, so dürfte der reflex derselben im lit. nur *bež
lauten, vergl. izъ mit iš, vъzъ-ûž: da nun diese praeposition lit. bè,
preuss. be lautet, muss *be die lituslavische grundform sein; conso-
nanten, die erst nach erfolgtem vocalabfall ans wortende rücken, fallen
nämlich im lit. nie ab. Slav. bezъ ist be + zъ: vergl. nizъ, pozъ,
prêzъ, prozъ, razъ, auch izъ, vъzъ. Der vergleich mit bahis ist zumal
bei der differenz der endvocale aufzugeben; lett. bez, bes muss entlehnt
sein; be fehlt bei Nesselmann. Enchirid. 21 irbhe nouson madlan ist
sicherlich ir be n. m. auch ohne unser gebet, vergl. 22. 23 schlait
nouson madlan. So schon Bezzenberger gött. gel. anz. 1875, p. 1143.
Nesselmanns (Thesaurus 57) ‚irbhe praep. ohne (lit. irbo, irbu in
russ. lit. üblich)‘ ist blosse fabelei. Brückner. 12. z. 9. veprъ: die
ableitung vom aind. vap, vapati, Potebnja, Kъ ist. 200, wird unsicher
durch ahd. epar, nhd. eber, lat. aper. 21. z. 18. ‚als‘ zu streichen.
28. z. 29. Die entstehung von blêskъ und mênъ ist mir zweifelhaft.
32. z. 9. und 47. z. 5. Über das verhältniss des ę, ê zu ja, ia ver-
gleiche zeitschrift 24. 509. 41. z. 13. ‚wrzeciadz‘ lies: ‚wrzeciądz‘.
42. z. 3. Mit sęštъ prudens vergleiche man das europ. sent, vertreten
durch lat. sentire usw. Brugman, Das verbalsuffix ā usw. 34. 43.
z. 25. ‚litt.‘ lies ‚lit.‘. 45. z. 31. In vêdętъ habe e als bindevocal
angenommen, in sątъ hingegen o, allerdings wenig consequent. Viel-
leicht ist ą dem einsilbigen sątъ ebenso eigen wie ę dem zweisilbigen
vêdętъ. Wenn andere vêdętъ aus vêdjątъ erklären, so fragt es sich,
warum nicht sjątъ gesagt wird. Abgesehen davon ist ę aus ją nicht
nachgewiesen. 49. z. 32. ‚pirzrênъ‘ lies ‚prizrênъ‘. 53. z. 18. und

*103. z. 12. In dem ä der verba von der form jä-ti, psä-ti wird ein suffi-
xales element erkannt. Dieses ä wird im slav. durch a und ê vertreten:
a:* bra *in* bratrъ *Brugman, Das verbale suffix a 46.* gra *in* grajati 50.
gra *im s.* granuti *illucescere, vergl. 50.* gra *in* gramada 62. pla
in planąti *neben* polêti. ra *in* rarъ *39.* tra *in* trajati 42. vla *in*
vlajati: *vergl. lit. vel: velti. lett. vel: velt.* zna *in* znati 46. ê: blê
in blêjati 52. drê *in* drêmati, *das denominativ ist und* drêm- *voraus-
setzt.* drêmati *ist mit* dormio *nicht zusammenzustellen, denn es gibt
kein* derem-, drem- *43.* grê *in* grêti 51. jê, *woraus* aslov. ja *in*
javъ, jadą *3.* prêti: *r.* prêtь *sudare 52.* sê *in* sêjati *33.* sê *in* sêno,
wenn sê *auf sjä beruht und* sêno *mit* aind. *sjäna trocken geworden
identisch, nicht aus* si *(si) gesteigert ist: vergl. 6.* spê *in* spêti 24.
vê *in* vêjati, vêtrъ *27. Dass* brati sę *pugnare,* klati *mactare,* mrêti
mori nicht hieher gehören, sondern aus borti, kolti, *merti entstehen,
ist klar. Auch* slana *kann nicht auf einer w.* sla *beruhen. Dass*
bъrati, stъlati, zvati, mъnêti *nicht wie* gra *in* grajati *und nicht wie*
grê *in* grêti *zu beurteilen sind, zeigen die praes.* berą, stelją, zovą,
mъnją, *nicht* brają *usw., abgesehen von dem* ь *in* bъrati, stъlati,
mъnêti, *trotz lat. stratus, aind. mnä und aind. huä 10. Dass indessen*
a *in* gra *und* ê *in* grêti *die vorbilder von* bъrati, mъnêti *und* želêti
*waren, ist nicht unwahrscheinlich vergl. 70. 57. z. 19. lit. lena-
žiedis ,caesius glaucus modroblady' Šyrvid ist nicht mit* lênъ *piger
zusammenzustellen, denn lenažiedis heisst: flachsblütig, von der (blauen)
farbe des blühenden flachses (linaĩ flachs und žiédas blüte) Brückner.
60. z. 7.* žaba *wird mit pr.* gabawo *kröte zusammengestellt. Wenn
man sich auf eine form* gêba, žêba *beruft, so soll damit nicht ein
älteres* gêba, žêba *als dem* žaba *zu grunde liegend vorausgesetzt,
sondern nur ausgedrückt werden, dass hier* a, ja *dem* ê *anderer
formen gegenübersteht, was ja für so zahlreiche fälle nicht geläugnet
werden kann. Die richtigkeit der zusammenstellung vorausgesetzt,
entsteht die frage, durch welche mittelformen* žaba *mit* gabawo
zusammenhängt. a *in* žaba *unmittelbar von* ai *abzuleiten scheint mir
nicht möglich. Die frage ist vor allem: wie entsteht* ai *aus älterem*
a *? und weiter: wie hängt* ai *mit den durch* ê *dargestellten lauten
oder, wenn dieses nicht in frage kommen soll, mit* a, ja *zusammen?
61. z. 12.* abaktr. *stävaĕsta neben* aind. *stavištha zeigt, dass der
stammauslaut eines mehrsilbigen adjectivs vor dem suffix des super-
lativs und folglich auch des comparativs in der sprache des avesta
erhalten bleiben konnte wie im slav. und preuss. Göttinger gel.
anzeigen 1878. 276. 73. z. 13. slove beruht auf einem irrtume*

und ist zu streichen. 78. z. 38. *‚auslant' lies: ‚auslaut'.* 80. z. 36.
‚auslautenden' lies: ‚anlautenden.' 84. z. 2. ‚vracěmь' *lies:* ‚vračemь'.
85. z. 8. *‚bardhā' lies:‚bhardhā'.* 86. z. 14. *Hinzuzufügen ist* dąbrava
neben *dąbrova *im s.* dubrovnik, *r.* dubráva *neben* dubróva
J. Schmidt 2. 147. *Zeitschrift* 24. 471. 93. z. 24. *Die behauptung
hinsichtlich des dem aslov.* ą *entsprechenden nsl.* ô *ist dahin zu
berichtigen, dass* ô *nur langes* o *ist, daher* moudri *und* boug *hung.,
aslov.* mądryj *und* bogъ: *auch nsl.* e *für aslov.* ê *ist gedehntes* e :
pet *und* led, *aslov.* pętъ *und* ledъ. 94. z. 38. bąbьnъ *and. bumba.*
101. z. 22 ; 192. z. 15. *lit.* rankoje, *in dessen* e *ich das slav.* ê *und das
lit.* e *von* vilke *suchte, wird ganz anders erklärt Leskien, Die decli-
nation usw.* 45. 102. z. 24. marъ mentis emotio, omarêti *animo
moveri beruhen auf der w.* mer. *Eine steigerung des* e *zu* a *bietet
auch* posagъ : *vergl. lit.* segiu binde um, binde an *Brugman, Das
verbale suffix* ā *usw.* 22. *Ferners* val- *in* valiti: *w.* vel *im lit. lett.*
104. z. 26. *‚bulneum' lies:‚balneum'.* 107. z. 13. *‚sei' lies:‚sein'.*
109. z. 24. *‚A. Die i-vocale' lies:‚B. Die i-vocale'.* 111. z. 17. *v. ist
zu tilgen.* 114. z. 29. tegъkъ *und* težьkъ *beruhen auf* tęgъ, *d. i.*
tęgŭ *und* tęžь, *d. i.* tęgja. *Das gleiche verhältniss findet statt zwischen
lit.* grażu *und* grażia, *zwischen got.* hardu *und* hardia, *zwischen griech.*
πολυ *und* πολιο *und zwischen aind.* âśu *zu* *âśja *Göttinger gel. anzeigen*
1878. 276. *Vergl. lit.* saldus *neben* saldžiam. 116. z. 4. *Auch der glag.-
kiov. bewahrt* ь *im auslaute des suffixes des sg. instr.:* mь. 120. z. 21.
Auf dъěti *und* mati *aus* dъětê *und* matê *mögen die nominative der
fem. auf* i *eingewirkt haben.* 122. z. 14. *‚bivъšiimь' lies:* ‚byvъšiimь'.
124. z. 1. *‚*į *ist manchmahl als vorsatz eingetreten: man beachte das
vorzüglich in den lebenden sprachen häufige* iъšlъ *für* šьlъ *von* šьd.'
Das i *in* išьlъ *ist nicht aus lautlichen gründen vorgeschoben,
wie im klr.* irżaty, imchovyj, imžyty *u. a. (s. meine studien* 25), *sondern
ist durch* iti, idą *hervorgerufen: eine ansicht die schon für das* s. ięao
ausgesprochen wurde. Die themenmehrheit: i - id - šьd - *gibt zu viel-
fältigen neuerungen anlass: p.* iść, *r.* idti, itti, *sogar klr.* ichodyt.
Brückner. 164. z. 17. *Während des druckes erhalte ich ‚Die
sprache in Trubers Matthäus' von Fr. Levec. Laibach.* 1878. *Der
verfasser untersucht* 10. 43. *den sg. gen. der zusammengesetzten decli-
nation m. und n. und kömmt, auf Trubers singuläres* zlejga, zlêga
*gestützt, zum resultate, durch zusammenziehung und rückwirkende assi-
milation sei aus* zla + jega *zuerst* zle + jega, zlejega, zlêega, zlêêga,
endlich zlêga *entstanden: ebenso* zlêmu *aus* zlu + jemu, zle + jemu,
zlêemu, zlêêmu, zlêmu. *Dadurch werde es klar, warum das unbetonte*

êga, êmu, êm *in der zusammengesetzten declination die volkssprache
zu* ůga, ůmu, ům *sinken lassen konnte, was mit* e *(aslov.* e*) doch
nicht so leicht geschehen wäre. Dagegen ist zu erinnern, dass die volks-
tümlichkeit von* zlejga, zlêga *nicht unzweifelhaft ist und dass* ê *für*
e *im accent seinen grund haben kann wie das* ê *in* nê: v nêmar kaj
pustiti; *es ist ferner zu beachten, dass* oje *unzweifelhaft in* e *über-
geht in* mega *aus* mojega *usw., während* e *aus* aje *sonst wohl nicht
nachgewiesen werden kann, und dass das* serb. dobroga, *das auch im
osten des* nsl. *sprachgebietes gehört wird, nicht von* dobra + jega,
wohl aber von dobro + jega *stammen kann, man wollte denn ein
älteres* dobro + joga *annehmen; endlich ist nicht zu vergessen, dass*
nsl. e *für aslov.* e *ebenso leicht wie* ê *in* ъ, ь *übergeht:* kámъn:
kamenь; izmъd *neben* izmed; pъró *neben* pero *usw. Diese gründe
bestimmen mich vorläufig an meiner ansicht festzuhalten, nach welcher
aus* oje *durch assimilation des* oj *an* e *vor allem* ee *und daraus* e
entsteht, nicht etwa durch auslassung von oj, *wie man mir zumutet
seite 193. 166. z. 3. ‚ist' lies: ‚hat'. 167. z. 26. Man füge hinzu:*
klivati *aus* kljuvati: nejasytь čadoljubiva pъta estъ, proklivaetъ,
rebra svoja *Vostokovъ, Lex. 2. 135. sub voce* pъta. *169. z. 20.
Der satz ‚Damit hängt auch* gvorъ bulla *zusammmen' gehört in die
z. 22 nach* gwar. *172. z. 10.* omuliti sę adfricari. *172. z. 14.
‚lucuna' lies: ‚lacuna'. 178. z. 37. ‚lit.' ist zu streichen. 180. z. 11.
‚Man beachte, dass das lit. einen infinitiv auf* -ůti *neben einem auf*
-avoti hat.' *Ich habe mich nun durch die ausführungen H. Webers
(Archiv 3. 197) überzeugen lassen, dass lit.* -avoti *mit dem dazu
neugebildeten praesens* -avoju *und praet.* -avojau, *dem lett. und
preuss. unbekannte bildungen, blos durch entlehnung aus dem slav.*
-ovati *entstanden ist Brückner. 182. z. 30. Den lehren meines
buches hinsichtlich des vocalismus liegt die ansicht zu grunde, die
wurzel sei* svit, bhudh, *woraus durch einschiebung des* a (a₁) *vor* i, u
slav. svêt, bud *entstanden seien: ob zwischen* sva,it, bha,udh *und*
svêt, bud *mittelglieder anzunehmen seien und, wenn ja, welche, darf
hier unerörtert bleiben. Diese, schon früher von einigen forschern
angezweifelte, von anderen verworfene lehre wird nun von Herrn
Ferd. de Saussure in seinem ‚Mémoire sur le système primitif des voyelles
dans les langues indo-européennes. Leipsick, 1879' scharfsinnig be-
kämpft und die behauptung aufgestellt, die wahre form der wurzel sei
nicht* λιπ, φυγ, *sondern* λειπ, φευγ, *woraus sich für das slavische* sva₁it,
ba₁ud *als wurzelformen ergeben würden. Die gründe für diese ansicht
beruhen wesentlich auf der proportion* bôdhati (baudhati): bubudhús

= pátati: paptús, *denn wer als die dem* pátati *und* paptús *zu grunde liegende wurzel* pat *gelten lasse, müsse auch* baudh *als solche anerkennen, da man doch nicht* pat *durch* guna *aus* pt *hervorgehen lassen könne, wie man* baudh *durch* guna *aus* budh *entstehen lasse. Die argumentation überzeugt mich nicht vollkommen, und ich werde bis auf weiters an der älteren ansicht festhalten. Die beweisführung scheint mir nur unter der voraussetzung zwingend, dass* bubudhús *und* paptús *gleich ursprünglich seien, was ich nicht zugeben kann, da man auch annehmen kann, dem ursprünglichen* bubudhús *sei* paptús *dadurch nachgebildet worden, dass* pat *den wurzelvocal* a *einbüsste, was scheinbar auch in dem dem* baud *gegenüberstehenden* bubudhús *eintrat. Ist dies richtig, dann kann auch* budh *neben* pat *als wurzelform bestehen. Wie* paptús, *ist auch* sasrús *von* w. sar *zu beurteilen, und es geht lautphysiologisch wohl kaum an: de placer les liquides et nasales sonantes exactement sur le même rang que* i *et* u, *denn* r (l) *und* n, m *verdanken ihre eigenschaft als sonanten, d. h. ihre silbebildende qualität einer lautlichen entwickelung, der ausstossung des sie begleitenden* a, *während dem* i *und* u *diese kraft von haus aus zukömmt de Saussure 6. 124. Sollte sich die hier bezweifelte lehre bewähren, dann müsste man selbstverständlich meine theorie in das gegenteil verkehren, denn man müsste dann nicht von einer steigerung des* rûd *zu* ruda, *sondern von einer schwächung des* ruda *aus* roûda, reûda *zu* rûd *sprechen. In Herrn de Saussure's werke werden auch andere in meinem buche festgehaltene teile der bisherigen lauttheorie angefochten, worauf ich jedoch hier nicht eingehen kann.* 218. z. 1. ,Aslov. strъža, strъženь *medulla hängt mit* srъdьce *zusammen.' Trotz ihrer begrifflichen übereinstimmung sind wegen lautlicher schwierigkeiten beide worte zu sondern: das* ž *des aslov., zumal das des* nsl. stržen *zeigen deutlich, dass sie auf* g, *nicht* d *beruhen; die lautfolge* klr. stryžeń *und* wr. strižeń *weist auf ursprüngliches* stri-, *nicht* sъr- *zurück. Es dürfte also an der von Nesselmann herrührenden zusammenstellung mit preuss.* strigena *gehirn (Thesaurus 178) festzuhalten sein. Brückner.* 220. z. 14. ,einem' *lies:* ,einer'. 225. z. 14. ,erdvas' *lies:* ,erdvus'. 225. z. 38. Zu čislo, veslo *kommen noch* veslo *und* * črêslo: *nsl.* črêslo. *klr.* r. čereslo *hinzuzufügen.* preslo *ist etymologisch dunkel Beiträge 7. 241: wer bei* preslo *von der bedeutung des* r. prjaslo, *fach, ausgeht, wird die ableitung von* pręt (prętati) *wahrscheinlich finden.* 225. z. 39. Bei gasli, jasli *nehme ich wie bei* lêtoraslь *ein dem* tlo *verwandtes suffix* tlъ *an. J. Schmidt, Beiträge 7. 242. hat sich für* slъ *als das wahrscheinlichere aus-*

gesprochen: derselbe lässt myslь *aus* man-slь *hervorgehen und schwankt bei* črěsla *lumbi, das er mit* anord. *herdhar schultern zusammenstellt, so wie bei* remeslo (remьstvo) *zwischen* tlo *und* slo. *Vergl. 2. seite 101. 226. z. 12. Wenn das suffix des partic. praet. act. II.* lъ *auf* tlъ *beruht, was nicht unwahrscheinlich ist, so hat es sein* t *in vorslavischer zeit eingebüsst: für das urslavische ist* lъ *anzunehmen 2. seite 94. 227. z. 8. Über* čismę *vergl. Beiträge 7. 243. 227. z. 10. Für* sedmь *gegen* sedъmь *spricht die entstehung des wortes aus* sept-mь *und das* r. semь. *227. z. 22.* kopysati *hat mit* kopyto *nur die* w. kop *gemein:* ysa *ist ein davon unabhängiges verbalsuffix, wohl nominalen ursprungs, das mit* yha *im* nsl. sopihati *anhelare von* sop *identisch ist. 230. z. 21. Über* r. dvumja *vergl. Archiv 1. 56. 233. z. 39.* glina: *vergl. griech.* γλία. γλίνη. γλοία. *lit. glutus zähe Orient und Occident 3. 312. 234. z. 10. ,In* dąb(r)ъ, dąbrava *ist* b *wahrscheinlich ein einschub, vergl. preuss. damerova eichenwald.' Die folgende bemerkung bezieht sich nicht auf die erklärung des* b *selbst, die ja möglich sein kann, sondern nur auf die stütze, die derselben das* preuss. *bieten soll. Ich bezweifle nämlich überhaupt ob* damerova *ein* preuss. *wort ist: es kömmt nämlich — ausser in zahlreichen ortsnamen — nur einmal vor: ,im Elbinger vocabular 588 steht dem* preuss. vangus *in der deutschen columne* dameraw *gegenüber (Nesselmann 26): ist es aber ein preuss. wort, so ist es ganz sicher aus dem* poln. *entlehnt, dies beweist die geographische verteilung der damerau-namen in der provinz Preussen, die je näher* poln. *gränzen, desto häufiger auftreten. Als einem lehnworte kann aber dem* damerova *bei der beurteilung des* dąbrava *keine tragkraft beigemessen werden. Brückner. 238. z. 1. Zu den versuchen,* aslov. št *aus* kt *usw. zu erklären, tritt nun ein neuer hinzu Archiv 3. 372. Es ist hier nicht der ort die neue erklärung zu widerlegen. Ich bemerke nur, dass nach meiner ansicht ein urslavisches* tji *angenommen werden muss, woraus sich die formen aller sprachen ganz regelmässig ergeben vergl. 215. Wie* tji *aus* kti *entsteht, mag als zweifelhaft angesehen werden: ich denke an metathese, wie sie im serb.* dojdem, dogjem, доҍсм *vorliegt. Richtig ist, dass* kt *nicht notwendig* št *usw. ergibt, wie* plet *aus* plekt *usw. zeigt: allein dieser umstand steht auch der neuen erklärung entgegen, welche aus* pekti *nicht* pešti *usw., sondern* peti *erwarten lässt. Vergl. V. Thomsen, Mémoires de la société de linguistique 3. seite 106—123. 239. z. 8. Mit* lysъ *kahl, eigentlich ,licht', ist aind.* rukša *glänzend zu vergleichen. 241. z. 18.* žica *filum, nervus ist aind.* gjä *bogensehne*

586

βιός, *identisch, wie es scheint, mit* ᾁjā *gewalt* βία. *Vergl. aslov.* **sila**
vis und silo *laqueus: das bewältigen wird unter dem bilde des bindens*
vorgestellt. 255. z. 30. ,romanens' *lies:* ,remanens'. 257. z. 23.
Vor ,ō' *ist* ,in' *einzuschalten.* 257. z. 28. *Hinsichtlich des aus-*
lautenden ê *ist das verhältniss des* lett. *pl.* nom. grēki *zum* lit.
grēkai *und des* lett. adv. labi *zum* lit. labai *lehrreich.* 270. z. 19.
,žebti, zebêti' *lies:* ,žěbti, žěbêti'. 274. z. 14 *und* 188. z. 34. *Dem*
griech. παρασκευή *steht in den ältesten aslov. denkmählern* paraskevъgžija
(thema) gegenüber. Wenn man voraussetzt, παρασκευή *habe im munde*
der Griechen des neunten jahrhunderts wie jetzt, paraskeví, *gelautet,*
so ist die aslov. form unerklärbar: sie wird es nur durch die annahme,
zu jener zeit sei, vielleicht nur dialektisch, paraskevgí *gesprochen worden.*
Um dies wahrscheinlich zu machen, darf man auf die im griech. dialekt
von Bova in Unteritalien gebräuchlichen formen wie vasilégguo, xaforég-
guo, zulégguo *für* βασιλεύω, ἐξαγορεύω, ζηλεύω *hinweisen Rivista di filolo-*
gia. 1878. fasc. 10—12. eggu *für* ευυ *ist auch tzakonisch.* gguo, ggu
scheint aus vgo, vgu *entstanden. Das homerische* κατεσκεύFαϲε *ist zu alt,*
als dass ich es wagte mich darauf zu berufen. Vergl. G. Curtius, Ety-
mologie 584. 597 und W. Hartel, Homerische studien III. 37—39, dem
ich die anregung zur gegebenen lösung verdanke. 281. z. 18. s. žditi
urere, w. žeg, žъg, *entsteht aus* ždžiti, *dessen* ž *nach* d *ausgefallen*
ist. 282. z. 35. *Zu got.* filu-snā- *menge ist noch hinzuzufügen* hlaiva-
snā *und mit* z arhva- znā. 285. z. 13. *Nach* ,und' *ist* ,in' *einzu-*
schalten. 285. z. 40. gręzditi sę στύφεσθαι condensari. kosti suhy
žilami sъgrezdivěje se preklonъše se danil. 31. sъgrъzditi con-
trahere. sъgrêziti sę συμφύρεσθαι, συμπίπτειν, ἀναστρέφεσθαι. 288. z. 12.
Man füge hinzu nsl. klestiti *(d. i.* klêstiti *in* zelenje klestiti fron-
dare lex. 290. z. 1. aslov. mozъčiti debilitare: bojaznь i mozъ-
čitь i vêkъ suäitь *timor et debilitat et robur exsiccat:* mozъčiti
steht für aslov. mъžditi *(vergl.* mъždivъ tabescens), *das in* r. *quellen*
mъžčiti *lauten kann.* izmъždalъ. pomoždati debilitare. *Vergl.* promъ-
ždati *nutare.* r. mozglъ schwindsüchtig. mozglivъ *kränklich. Zusammen-*
stellung mit mozgъ *ist unstatthaft.* mъzg *hätte unter den* ъ-wurzeln
143. z. 36. *nach* mъt *angeführt werden sollen.* 293. z. 23. ,učitelja'
lies: ,učitelju'. 297. z. 6. ,byję' *lies:* ,biję'. 302. z. 16. *Die*
abhandlung: ,Kleine beiträge zur declinationslehre der indogermanischen
sprachen' I. Von H. Osthoff *in* ,Morphologische untersuchungen' I. 207.
konnte nicht mehr benutzt werden. H. Zimmer's anzeige von A. Leskien,
,Die declination' usw., *Archiv* 2. *seite 338, enthält manche beachtens-*
werte bemerkung über diesen gegenstand. 302. z. 36. *Unter den-*

jenigen litauischen und lettischen worten, die zur vergleichung mit den entsprechenden slavischen herangezogen wurden, scheinen mir folgende entlehnt, d. i. also ohne jeden belang für die slavischen zu sein: lett. lemesis seite 9 aus p. lemiesz: *für entlehnung zeugt die auffällige übereinstimmung der beiderseitigen bedeutung (pflugschar) und suffixgestalt (-esja-); lett.* plec(i)s, *plur.* pleči *seite 10 ist aus dem slav.* blos *entlehnt (p.* plecy): *dies beweist das c, das im lett. aus kj entsteht, während die slavischen worte auf tj zurückgehen (lett. š): die annahme eines dem slavischen zu grunde liegenden kt, das dann im lett. blos k (plek-) hätte, ist mit nichts plausibel zu machen. lit.* laža *flintenschaft seite 66 und 268 ist aus dem p.* ložc *flintenschaft entlehnt.* kudlà *haarzotte seite 96 vergl. lett.* kudlis *zotterkopf* kudlains *zottig scheint mir ebenfalls entlehnt: p.* kudły *usw.: bei diesem worte mag jedoch die frage: entlehnt oder nicht? offen bleiben. lett.* tups *stumpf seite 100 ist wegen des u als entlehnt zu betrachten; wäre es genuin, müsste es tûps heissen (aslov.* tǎpъ). lit. ovije *seite 105.* sapnè iř ovije *im traume und im wachen scheint mir von Daukša nach dem p.* w śnie i na jawie *richtig lituanisiert; ebenso ist* oviti s *sich im traume sehen lassen = p.* jawić się. lit. pósmas *seite 106 gebinde, garn ist gewiss aus dem p.* pasmo *gebinde, garn entlehnt. lett.* šaňas *schlitten seite 107 ist p.* sanie. lit. grižas *darmwinde seite 125 ist aus dem weissr. p.* gryž *dass. entlehnt: den beweis hiefür liefert r.* gryža; *der verfasser hat also lexicon s. v.* gryža *dasselbe richtig mit* gryz *zusammengestellt. lit.* ikrai *laich (ein lit.* ikras *wade gibt es nicht), lett.* ikri *laich,* ikri *waden, preuss.* ikrai *wade scheinen sammt und sonders aus r.* ikry, *p.* ikra *(laich und wade: woher diese sonderbare begriffszusammenstellung?) entlehnt zu sein: form und bedeutung stimmen viel zu ungewöhnlich überein. lit. sližis *schlammpeizker seite 129 ist aus dem p.* śliž *dass. entlehnt. lit.* surma(s) *pfeife, schalmei seite 175 ist gewiss aus dem p.* surma, surmy *entlehnt: Fick 2. 693 gibt es für ächtlit. aus, doch wohl mit unrecht Brückner. 339. z. 11. Das hier gesagte gilt für den O., wo neben* pole, *aslov.* poľe, *die formen* bilje *(bylije),* olje *(*olije*),* veselje *(*veselije*), nicht -ľe bestehen. Nach Metelko 41. spricht man im W.* biľe, oľe, veseľe. *343. z. 18. Die gruppe* tl, dl *wird im W. des nsl. sprachgebietes weder im partic. auf lъ, noch im suffix* dlo *gemieden, daher* pletel *aus* pletl, pletla, *im NW.* pledel, *wo man auch* pledem *sagt;* predel *aus* predl, predla; *daher auch* kridlo, motovidlo, žedlo *aculeus. Das t, d ist diesen und den früher erwähnten formen erst in historischer zeit abhanden gekommen.*

610

*Vergl. meine abhandlung: „Die slavischen ortsnamen aus appellativen.'
I. 34. Denkschriften XXI. Im suffix* dlo *ist* d *aus* t *entstanden:*
* ratlo, radlo, *das daher in der tat dem griech.* ἄρ-ο-τρον *aus* ἄρτρον
bis auf den einschub des o *ganz genau entspricht. Dass von* tlo *aus-
zugehen ist, zeigen formen wie* maslo *aus* maz-tlo, *woraus sich, wenn
das suffix* dlo *wäre, nur* mazdlo, mazlo *ergeben würde.* 378. z. 19.

*Nachdem dies geschrieben war, erhielt ich einen aufsatz von Despot
Badžović aus Macedonien, der behauptet, dass die slavischen bewohner
von Oberalbanien und von Macedonien bis zur Struma (Strymon,
Karasu) Serben, nicht Bulgaren seien: die behauptung wird begründet
durch das vorhandensein der laute* h *und* ъ, *und das fehlen des halb-
vocals. An der Struma sei die sprache der Serben allerdings mit
der der Bulgaren so gemengt, dass die grenze zwischen beiden schwer
bestimmt werden könne. Bis an die Struma spreche man* kuha, meъa,
nicht kъětъ, meždъ. *Dem aslov.* ѫ *stehen im* O. a, *im* W. o *gegen-
über, daher* raka *und* roka: *jenes sei den Brsijaci, dieses den
Mijaci eigen. Die wohnsitze der Mijaci erstrecken sich von den süd-
abhängen der* Šarplanina *bis Ochrida; von den Albanern trenne sie
der schwarze Drin; während eine durch die orte Tetovo, Gostivar,
Kičevo, Smiljevo und Ochrida gezogene linie sie von den Brsijaci
scheide. Unter den Brsijaci am see von Ochrida, in der nähe von
Bitolje und um Drač (Dyrrhachium) gebe es auch ‚reine' Serben.
Die abweichungen in der sprache der Mijaci und der Brsijaci seien
folge ihrer trennung von ihren nördlichen sprachgenossen durch die
in neuerer zeit in das von den Serben verlassene Altserbien ein-
gedrungenen Albaner. Zu den sprachlichen merkmahlen, wodurch sich
die macedonischen Serben von ihren östlichen (und südlichen) nachbarn
unterscheiden, gehöre auch der ausdruck des fut.:* s. praviću, b. ḱte
pravim; *der gebrauch des artikels in* b.: čoveko-t. *Auch die sitte
weise die Mijaci und die Brsijaci dem serb. volksstamme zu. Nach
dieser darstellung würde* o *in* roka *eig. serb.* scin, *das auch so
befremdet; raka wird wohl eig. bulg. sein, da es auch östlich von
der Struma gesprochen wird* 368. h *und* ъ *wären dem bulg. ganz
abzusprechen* 378. Srpske Novine 5. *maj* 1878. *Vergl. C. Sax,
Ethnographische karte der europäischen Türkei. Wien. 1878. 10. 11.*
srečъn *seite* 379 *der Vingaer Bulgaren stammt aus dem serb. Andere
behaupten, es werde in den bezeichneten gegenden nicht* h, ъ, *sondern*
kj, gj *gesprochen, was weder serb. noch bulg. wäre, dem ersteren jedoch
offenbar näher stünde als dem letzteren.* 380. z. 12. ‚ist' *lies: ‚mesta
ist'.* 424. z. 25. *Dass die auslautenden consonanten tonlos sind, ist*

*kein allgemeines, für alle sprachen giltiges gesetz: man vergleiche
engl. sad, hand, hands, tub, tube usw.; für die slavischen sprachen
gilt es jedoch nach meiner ansicht ausnahmslos. 453. z. 13. Altes* je
findet sich klr. wie sonst in den verba V. 2: płačeš, dvyžeš, dyšeš *3.
seite 281. 461. z. 7. Hartes* e *findet sich auch nach* p, b *in* pero,
bezъ *usw. Vergl. 478. 12. 506. z. 8.* šel *für* šedl *beruht auf den
formen* šla, šlo, šli *usw. aus* šdla, šdlo, šdli *usw.;* č. šel *ist dem-
nach anders entstanden als aslov.* šьlъ; p. *szła beruht auf demselben
grunde wie* č. šla, *hat indessen auf* szedł *keinen einfluss ausgeübt.
Das partic. bestimmt die form des praes., daher nsl.* rastel, rastem
im W. neben rasel, rasem *im O. 511. z. 6. Das ältere* če *tritt
ein in* pláčeš, stroužeš, dýšeš *usw. 3. seite 392. 514. z. 20.
a) Wenn im nsl.* ske *in* šče *übergeht, 356, so ist dies weiterer
erklärung nicht bedürftig: das im W. für* šče *eintretende* š *ist, wie
die aussprache lehrt, aus* šše, *wohl nicht aus* šje *entstanden. Das
aslov. und serb.* šte *ist aus* štš, *d. i.* šč *hervorgegangen, worin eine
erleichterung der aussprache zu suchen ist. Schwierig ist die erklärung
des* šće *für* šče *im chorv. 421. und des* č. ště *aus demselben* šče
514: an der entstehung des einen wie des anderen aus šče *zweifle
ich nicht: nur weiss ich für diesen übergang (* t *in* č *und* ť*) keine
erklärung zu finden.* ,Dem nsl. *šće steht* ždže *gegenüber, anderwärts*
žje: rождže *und* rождžje *neben* rожje *von* rozga. *So wie im* s. *štš
(*šč*)* š, *so hat* ждž *das zweite* ж *eingebüsst: drožda. Dem chorv.* šč
steht žgj (жњ) *gegenüber: možgjani, dem wieder* č. žd *entspricht:*
brežditi. nsl. *geht stja naturgemäss in* šča *über, wofür im W.* ša *aus*
šša, *wohl nicht aus* šja. s. *haben wir* šta, *chorv.* šća, č. *šta aus
älterem* šča. zdja *würde nsl. im O. wohl* ždža *werden.* s. *kann ich
nicht das erwartete* žda, *sondern nur* žgja (жња) *nachweisen 420.
č. wird* zdja *zu* žda *514. Von diesen verwandlungen setzen einige
der erklärung nicht geringe schwierigkeiten entgegen, die zu lösen mir
nicht gelungen ist. Die 513. und 514. gegebenen erklärungen befrie-
digen mich nun nicht. 527. z. 3. Kopczyński's regel hinsichtlich des*
ę *und* ą *im sg. acc. der a-themen, małg. 78. 3. seite 420, wird auch
durch das* kaš. *bestätigt, welches im nom. der im acc.* ą *bietenden
nomina ein* o *für* á *weiset:* roló. seczkarnio. stednio *brunnen.* stonio
pferdestall. suszo. cenjô *schatten usw. Die einstige länge des* a
beruht auf contraction: rolą, rolá *aus* rolija *usw.*

LITTERATUR.

*Alex. Wł. Wysłocki: Legenda o ś. Aleksym. Rozprawy i spra-
wozdania z posiedzeń. Tom IV. W Krakowie. 1876. poln.* Aquileja:
*die so bezeichneten personennamen, wie es scheint, ausschliesslich dem
slovenischen volksstamme angehörig, sind entlehnt aus: „Die evangelien-
handschrift zu Cividale von L. C. Bethmann". Neues archiv usw. II.*
Archiv für slavische Philologie. *Herausgegeben von V. Jagić. Berlin.
1876. ff.* Ark. *Arkiv za poviestnicu jugoslavensku. U Zagrebu.
1851 usw.* Ascoli, I. I., *Studj critici. II. Roma, Torino,
Firenze. 1877.* Bars. E. B. *Barsovъ, Pričitanъja sêvernago kraja.
I. Moskva. 1872. r.* Baudouin de Courtenay, J., *Bochinsko-
posavskij govorъ in: Otčety. Vypuskъ II. nsl.* Baudouin de Courte-
nay, J., *Opyt fonetiki rezъjanskich govorov. Varšava. 1875. nsl.*
Baudouin de Courtenay, J., *Rezъjanskij katichizis. Varšava. 1875.
nsl.* Baudouin de Courtenay, J., *O takъ nazyvaemoj „evfoni-
českoj vstavkê" soglasnago n vъ slovjanskichъ jazykachъ in: Glotto-
logičeskija (lingvističeskija) zamêtki. Vypuskъ I. Voronežъ. 1877.*
Beitr. *Beiträge zur vergleichenden sprachforschung usw. Berlin.*
Bell.-troj. *Trojanska priča bugarski i latinski na svijet izdao
Fr. Miklošić. Starine III. b.* Berecz, I., *Manachija kathekismus za
katholicsanske paulichane. Temisvar (1851). Dialekt der Bulgaren in
Vinga.* Bezsonovъ, P., *Bolgarski pêsni. I. II. Moskva. 1855. b.*
Bezzenberger, A., *Beiträge zur geschichte der littauischen sprache.
Göttingen. 1877.* Bibl. *Ruska biblioteka I. Onyškevyča. I. Lъvôvъ.
1877. klr.* Biblia crac. *1599. poln.* Biblia leop. *1577. poln.*
Blažek, M., *Mluvnice jazyka českého. I. V Brně. 1877. č.* Böht-
lingk, O., *Beiträge zur russ. grammatik. Bulletin hist.-philol. VIII. der
russ. akademie. r.* Bogišić, V., *Mêstnyja nazvanija slavjanskichъ
predêlovъ Adriatiki. S. Peterburgъ. 1873. s. chorv.* Bogoev, I. A.,

Bąlgarski narodni pěsni i poslovici. I. Pěšta. 1842. b. **Brugman, K.,** *Zur geschichte der nominalsuffixe -as-, -jas- und -vas-. Zeitschrift 24. 1.* **Budinić, Š.,** *Pokorni psalmi Davidovi, Fr. Kurelcem iznovice na vidik izneseni. Na Rěci. 1861. chorv.* **Budmani, P.,** *Grammatica della lingua serbo-croata (illirica). Vienna. 1867. Vergl. Rad II. s.* **Buk.** *Nekotoryja istoryko-geografičeskyja svědênyja o Bukovyně. Sostavilъ H. Kupčanko. Kievъ. 1875. klr.* **Buq.** *Buqvize, Bratovske, s. roshenkranza skusi Matthia Castelza. V' Lublani. 1682. nsl.* **Buslaevъ, Th.,** *Istoričeskaja grammatika russkago jazyka. Izdanie vtoroe. Moskva. 1863. r. Vergl. M. Hattala, Uvaha usw. Čas. mus. 1862. und P. Lavrovskij, Zapiska usw. in Zapiski imp. akademii naukъ. VIII.* **Cankof, A. und D.,** *Grammatik der bulgarischen sprache. Wien. 1852. b.* **(Casali, A.,)** *Delle colonie slave nel regno di Napoli. Lettere del prof. Giovanni de Rubertis. Zara. 1856. Vergl. I. I. Ascoli: Alleanza vom 7. Juni 1863. chorv.* **Confessio** *generalis, wie es scheint, aus dem XV. jahrhundert. Slavische Bibliothek 2. 170. nsl.* **Crac.** *Biblia. 1599. poln. Čít. Slovenská čitanka. Sostavil E. Černý I. II. Vo Viedni 1864. V B. Bystrici. 1865. slk.* **Čolakovъ, V.,** *Bъlgarskyj narodenъ sbornikъ. Bolgradъ. I. 1872. b.* **Črnčić, I.,** *Najstarija poviest krčkoj osorskoj rabskoj senjskoj i krbavskoj biskupiji. U Rimu. 1867. chorv. Črnčić, I., Popa Dukljanina Lětopis. U Kraljevici. 1874. chorv.* **Dahle, C. Th.,** *Kleines lehrbuch zur leichten erlernung der niederlausitz-wendischen sprache. Cottbus. 1867. ns.* **Dainko (Danjko), P.,** *Lehrbuch der windischen sprache. Grāz. 1824. nsl.* **Dakoslovenisch: s.** *Meine abhandlung: 'Über die sprache der Bulgaren in Siebenbürgen'. Denkschriften VII.* **Dalъ, V. J.,** *O narěčijachъ russkago jazyka. Sanktpeterburgъ. 1852. r.* **Daničić, Gj.,** *Poslovice. U Zagrebu. 1871. s.* **Daničić, Gj.,** *Oblici srpskoga jezika. U Biogradu. 1874. s.* **Daničić, Gj.,** *Dioba slovenskih jezika. U Biogradu. 1874.* **Daničić, Gj., Istorija** *oblika srpskoga ili hrvatskoga jezika do svršetka XVII. vijeka. U Biogradu. 1874. s. chorv.* **Daničić, Gj.,** *Osnove srpskoga ili hrvatskoga jezika. U Biogradu. 1876. s.* **Daničić, Gj., Nešto o srpskijem** *akcentima in Fr. Miklosich, Slavische Bibliothek. I. Wien. 1851. s.* **Daničić, Gj.,** *h i ъ u istoriji slovenskih jezika. Rad 1. 106.* **Daničić, Gj.,** *Akcenti u glagola. Rad 6. 47. s.* **Daničić, Gj., Akcenti u adjektiva. Rad 14. 88. s.* **Daničić, Gj., Prilog za** *istoriju akcentuacije hrvatske ili srpske. Rad 20. 150. s.* **Daničić, Gj., Srbski akcenti. Glasnik družstva srbske slovesnosti. VIII. XI. U Beogradu. 1856. 59. s.* **Dial. russ.** *Meist aus Opytъ oblastnago veliko-*

russkago slovarja. *Sanktpeterburgъ. 1852. mit dem Dopolnenie. 1858.*
r. Dialekt. Dial., *Šembera, A. V., Základové dialektologie československé. Ve Vídni. 1864. č. slk.* Divković, M., *Beside Divkoviča svarhu evangjelia nediljnijeh priko svega godišta. U Mlcci. 1704. s.* Doud. Kotsmich, V., *O podřečí doudlebském. Sborník vědecký. Odbor historický, filologický a filosofický. V Praze. 1868. č.* Duh. *Duhovni glas ali mulitvi kasi za krastjane Palichene izdadini. Szigyidin. 1860. Bulg. aus Vinga.* Erben, K. J., *Sto prostonárodních pohádek a pověsti slovanských v nářečich původnich. V Praze 1865.* Evangelien. *Klr. von Pant. A. Kulyš und I. Puluj. Klr. in der östlichen mundart.* Gebauer, J., *Hláskoslovi jazyka českého. V Praze. 1877. č.* Gebauer, J., *Über die weichen e-silben im altböhmischen. Wien. 1878. č. Aus den sitzungsberichten der philos.-histor. classe der k. Akademie. Band LXXXIX.* Gebauer, J., *Příspěvek k historii českých samohlásek. Sborník vědecký. Odbor historický, filologický a filosofický II. V Praze. 1870. č.* Geitler, L., *O slovanských kmenech na u. Listy filolog. i paedagog. II. III.* Geitler, L., *Litauische studien. Prag. 1875.* Geitler, L., *Starobulharská fonologie. V Praze. 1873. aslov.* Gemer. *Slovakisches aus dem Gömörer comitate. Vergl. Pov.* Genovefa. *Csudnovito godanye grofovicze Genovefe. Ugerszkom Sztaromgradu. 1856. chorv.* Gerov, N., *Bolgarskij slovarъ (A = vlěkǫ). Materijaly III.* Glag.-kiov. *Rimsko-katoličeskij misalъ vъ drevnemъ glagoličeskomъ spiskê. Zapiski I. Akademii naukъ. Sanktpeterburgъ. XXVIII. 259. Vergl. 490.* Glasnikъ *družtva srbske slovesnosti. U Beogradu. s.* Gór. bieskid. J. Kopernicki, *Spostrzeżenia nad właściwościami językowémi w mowie Górali bieskidowych. Rozprawy i sprawozdania z posiedzeń. Tom III. W Krakowie. 1875. poln.* Görz. *Die nsl. mundart des Görzer gebietes fusst auf Glasnik und auf mitteilungen der Herrn D. Nemanić und I. Kos. nsl.* Gram. *Vlaho-bolgarskija ili dako-slavjanskija gramoty sobrannyja i objasnenyja I. Venelinymъ. St. Peterburgъ. 1840. b.* Grotъ, I. K., *Filologičeskaja razyskanija. Sanktpeterburgъ. 1873.* r. Gutsmann, O., *Windische sprachlehre. Klagenfurt. 1829. nsl.* Habdelich, G., *Pervi otcza nassega Adama grek. V Gradczu. 1674. nsl. Nach ausztigen des Herrn A. Raič.* Habdelich, G., *Dictionar. U Gradcu. 1670. nsl.* Hattala, M., *Zvukoslovi jazyka staro- i novočeského a slovenského. I. V Praze. 1854. č. slk.* Hattala, M., *Početne skupnine suglasah hrvatskih i srbskih. Rad IV. s.* Hattala, M., *Mluvnica jazyka slovenského. Pešť. 1864. 1865. slk.* Hg. *bezeichnet bei den Slovenen und den Kleinrussen die in Ungern gesprochenen*

mundarten. *Hilf. Hilferding, A. Th.*, *Ostatki slovjanъ na južnomъ beregu baltijskago morja. Sobranie slovinskichъ i kašubskichъ slovъ. Etnografičeskij sbornikъ. St. Peterburgъ. 1862. poln.* Hilf. *Hilferding, A. Th., O narěčii pomeranskich Slovincevъ i Kašubovъ. Izvěstija VIII. 41.* Hoɬovackyj, J., *Rozprava o jazyći južnoruskômъ i jeho naričyjachъ. U L'vovi. 1848. klr.* Hord. *Hordnunga, Ta, togo strowä a teje sbožnoscži f bohžego fslowa pokafana wot G. G. Fuhrmanna. Spremberg. 1833. ns.* Horvatić, Ch., *Eigenthümlichkeiten des čakavischen dialektes. Programm des Gymnasiums zu Karlstadt. Agram. 1859.* chorv. Huc. *Aus der·sprache der Huculen klr.* Chorv. *So bezeichne ich die sprache der eigentlichen zum unterschiede von der der pseudo-Kroaten.* Izv. *Izvěstija I. akademii naukъ. Sanktpeterburgъ. X. J.-sk. Narodnyja južnorusskija skazki. Izdalъ I. Rudčenko. Kievъ. 1869. 1870. klr.* Jač. *Kurelac, Fr., Jačke i narodne pěsme prostoga i neprostoga puka hrvatskoga po župah šoprunskoj, mošonjskoj i želěznoj na Ugrih. Zagreb. 1871. chorv.* Jagić, V., *Podmladjena vokalizacija u hrvatskom jeziku. U Zagrebu. 1869. Rad IX. s. chorv.* Jagić, V., *Paralele u hrvatsko-srbskomu naglašivanju. Rad 13. 1. s. chorv.* Jagić, V., *Über das kleinrussische. Archiv 2. 354.* Jagić, V., *Das leben der wurzel dě in den slavischen sprachen. Wien. 1871.* Jordan, J. P., *Grammatik der wendisch-serbischen sprache. Prag. 1841.* os. Kaš.: *Kaschubisch. Aus hilf., luk., Stremler und den schriften von F. Cenôva. poln.* Kat. *Krótkie zebranie nauki chrzesciańskiej dla wieśniakow mówiących językiem polsko-ruskim wyznania rzymskokatolickiego. Wilno. 1835. wr.* Katechism maly D-ra Marćina Lutra, *z ńiemieckiego języká w słowieński wystawiony przez Michåłá Pontaná, sługę słowa bożego w Smołdzyńie 1643. Nowa edycya w Gdańsku. 1758. Jahresbericht der gesellschaft für pommerische geschichte und altertumskunde. III. Stettin. 1828. Dieser katechismus hat nur wenig kašubisches.* Kaz. *Kazky zóbral Ihnatyj z Nykɬovyč. L'vôv. 1861. klr.* Kir. *P. V. Kirěevskij, Pěsni. I. II. Moskva. 1860. 1861. r.* Klodič, A., *O narěčii venecijanskichъ Slovencevъ. Sanktpeterburgъ. 1878. nsl.* Knigice od molitvi, kojeto na svetlost dadi prisvetli gospodin Karlo Pooten biskup od Maronia i apostolski namestnik od Antivari. Rim. 1866. chorv. Koch. *Kochanowski, J., Psałterz Dawidow. W Krakowie. 1606. poln.* Kolosovъ, M. A., *Očerkъ istorii zvukovъ i formъ russkago jazyka nsw. Varšava. 1872. r.* Kolosovъ, M. A., *Zamětki o jazykě i narodnoj poezii vъ oblasti sěvernovelikorusskago narěčija. Zapiski XXVIII. r.* Kriztianovich, I., *Grammatik der kroatischen mundart. Agram. 1837. nsl.*

38*

Krk. Chorvatisches aus der insel Veglia (Krk). Kroat. Was über die kroatisch-neuslovenische mundart mitgeteilt wird, verdanke ich Pastir, Kriztianovich usw. Krynskij, A., O nosovychъ zvukachъ vъ slavjanskichъ jazykachъ in: Varšavskija universitetskija izvěstija. 1870. 3. 4. Kulda, B. M., Moravské národní pohádky usw. Prag. 1875. č. Kurelac, Fr., Imena vlastita i splošna domaćih životin u Hrvatov a ponekle i Srbalj. U Zagrebu. 1867. s. chorv. Lam. V. Lamanskij, O někotorychъ slavjanskichъ rukopisjachъ. S. Peterburgъ. I. 1864. Laši. Šembera, Dial. 50. Lemk. Lemkisch. klr. Leop. Biblia. 1577. poln. Leskien, A., Die vocale ъ und ь in den sogenannten aslov. denkmählern des kirchenslavischen. Leipzig. 1875. Leskien, A., Die declination im slavisch-litauischen und germanischen. Leipzig. 1876. Levec, Fr., Die sprache in Trubers ‚Matthäus‘. Laibach. 1878. nsl. Łoziński, J., Grammatika języka ruskiego (mało-ruskiego). W Przemyślu. 1846. klr. Lučić, H., Hvaranin, Skladanja pisana 1495—1525. U Zagrebu. 1847. chorv. Lud. Lud, jego zwyczaje, sposób życia usw. Serya VIII. Krakowskie. Część czwarta. Kraków. 1875. poln. Łuk. L. Łukaszewicz, Kile słow wó Kaszebach i jich zemi przez Wójkasena. Kraków. 1850. poln. Mks. Ukrainskyja narodnyja pisny izdannyja M. Maksymovyčemъ. Moskva. I. 1834. klr. Malecki, A., Grammatyka języka polskiego. Lwów. 1863. poln. Malin. Malinowski, Fr. Ksaw., Krytyczno-poróvcnáwczá grammatyka języka polskiego. I. W Poznaniu. 1869. Dodatek 1873 ist mir unbekannt. poln. Mar. Nešto o pjesmam Marka Marulića Spljećanina. L. Zore. Programm des gymnasiums von Cattaro. Ragusa. 1876, 1877. Marjanović, L., Hrvatske narodne pjesme, što se pjevaju u gornjoj hrvatskoj krajini i u turskoj hrvatskoj. I. U Zagrebu. 1864. Masing, L., Die hauptformen des serb.-chorv. accentes. St.-Petersburg. 1876. Vergl. L. Kovačević, Archiv 3. 685. s. chorv. Matijević, Stjepan, Ispovjedaonik, sabranъ iz pravoslavnjeh naučitelja po p. o. mestru Ieronimu Panormitanu, prinesen u jezik bosanski trudom p. o. f. Stjepana Matijevića Solinjanina. Roma. 1630. s. Matz. Matzenauer, A., Cizí slova ve slovanských řečech. V Brně. 1870. Mažuranić, A., Slovnica hèrvatska. Dio I. Rěčoslovje. Četvèrto izdanje. U Zagrebu. 1869. s. chorv. Mažuranić, St., Hrvatske narodne pjesme sakupljene stranom po primorju a stranom po granici. I. U Senju. 1876. Metelko, Fr., Lehrgebäude der sloven. sprache. Laibach. 1825. nsl. Miklosich, Fr., Sprache der Bulgaren in Siebenbürgen. Denkschriften VII. b. Miklosich, Fr., Über die sprache der ältesten russ. chronisten, vorzüglich Nestor's. Wien.

Sitzungsber. XIV. r. Mikuckij, St., Otčety o putešestvii in den Izvěstija der russ. Akad. Band II. III. 1853—1855. Mikuličić, Fr., Narodne pripovjetke i pjesme iz hrvatskoga. U Kraljevici. 1876. chorv. Miladinovci, Bratsja, Bъlgarski narodni pěsni. Vъ Zagrebъ. 1861. b. Mluvnice, Krátka, slovenská. V Prešporku. 1852. slk. Muka, E., Delnjołužiske pěsnje. Budyšin. 1877. ns. Müllenhoff, K., Zur geschichte des auslautes im altslovenischen. Monatsberichte der k. preuss. Akademie der wissenschaften. Mai. 1878. aslov. Nauka kristianska za kristianete od filibeliskata darxiava. Rim. 1869. b. Nd. Sbornikъ pamjatnikovъ narodnago tvorčestva vъ sěvero-zapadnomъ kraě. Vilъna. 1866. klr. Nekrasovъ, N., O značenii formъ russkago glagola. Sanktpeterburgъ. 1865. r. Nosovičъ, I. I., Slovarъ bělorusskago narěčija. Sanktpeterburgъ. 1870. wr. Novaković, St., Fisiologija glasa i glasovi srpskoga jezika. U Beogradu. 1873. s. Novaković, St., Akcenti štampanih srpsko-slovenskih knjiga crnogorskih i mletačkih. Glasnik XLIV. U Beogradu. 1877. Novaković, St., Akcenti trgoviškog jevangjelja od 1512 godine. U Beogradu. 1878. Nôvi zákon po Küzmics Stevani. V Köszegi. 1848. nsl. Novikovъ, E., O važnějšichъ osobennostjachъ lužickichъ narěčij. Moskva. 1849. os. ns. Obič. Vuk St. Karadžić, Život i običaji naroda srpskoga. U Beču. 1867. s. Octavian. Godanye czeszara Octaviana. Ugerszkom Sztaromgradi. 1858. chorv. Okr. Das oberkrain. ist dargestellt nach Herrn Baudouin de Courtenay und nach handschriftlichen mitteilungen der Herrn Marn, Trdina, M. Valjavec und S. Žepič. nsl. Op. Malinowski, L., Beiträge zur slavischen dialektologie. I. Über die oppelnsche mundart in Oberschlesien. 1. Heft. Laut- und formenlehre. Leipzig. 1873. Vergl. Žurnalъ ministerstva narodnago prosvěščenija. 193. Beiträge zur vergleichenden sprachforschung 8. 199. poln. Opav. S. Prasek. Os. M. Osadca, Hramatyka ruskoho jazyka. Vo Lъvovi. 1862. klr. Partyckij, E., Deutsch-ruthenisches handwörterbuch. I. Lemberg. 1867. klr. Past. Nebeszki pasztir pogublyemъ ovczu ische. Vu Optuju. 1795. nsl. Mitgeteilt von Herrn M. Valenčak. Per.-spis. Periodičesko spisanie na bъlgarskoto knižovno družestvo. Jahrg. I. 2. 9. 10. 11. 12. Braila. 1870—1876. b. Pfuhl, C. T., Laut- und formenlehre der oberlausitzisch-wendischen sprache. Bautzen. 1867. os. Pis. Piěsni ludu ruskiego w Galicyi zebrał Żegota Pauli. Lъvów. 1839. 1840. klr. Pisk. Fort. Piskunovъ, Słovnyća ukrainśkoi (abo jugovoi-ruskoi) movy. Kievъ. 1873. klr. Pist. Pistule i evangelya po sfe godischie harvatschim jazichom stumacena. Novo pristampana. V Bnetcih. 1586. chorv. Plohl-Herdvigov, R. Ferd., Hrvatske

narodne pjesme. III. U Varaždinu. 1876. nsl.   Polab. Schleicher, A.,
Laut- und formenlehre der polabischen sprache. St. Petersburg. 1871.
polab.   Polj. Statut von Poljica, herausgegeben von M. Mesić im
Arkiv. chorv.   Pot. Pot boga fposnati inu zhastiti. Handschrift
des XVIII. jahrhunderts. nsl.   Potebnja, A., Dva izslêdovanija o
zvukachъ russkago jazyka. Voronežъ. 1866. r.   Potebnja, A.,
Zamêtki o maloruskomъ narêčii. Voronežъ. 1871. klr.   Potebnja, A.,
Kъ istorii zvukovъ russkago jazyka. Voronežъ. 1876. r.   Pov-
Slovenskje povesti usporjadau a vidau J. Rimauski. Zvazok I.   V
Levoči. 1845. slk.   Pov. Slovenskè povesti. Vydávajú A. H. Škul-
tety a P. Dobšinský. I. 1—6. V Rôžňave. 1858. V B. Štiavnici.
1859. 1860. slk.   Prasek, V., Čeština v Opavsku. V Olomouci.
1877. Programm des slav. Gymnasiums in Olmüz. č.   Pravda.
Mišačnyk dla slovesnosty, nauky i polytyky. Pôd redakcyjeju V.
Barvinskoho. U L'vovi. klr.   Prykazky, Ukrainski, pryslôvja y
take ynše. Zbôrnyky O. V. Markovyča y druhych.   Sporudyv M.
Nomys. S.-Peterburh. 1864. klr.   Puchmayer, A. J., Lehrgebäude
der russischen sprache. Prag. 1820. r.   Pulêvski, Gj. M., Rečnik
otъ četiri jezika. 1. Srpsko- albanski. 2. Arbansko-arnautski. 3. Turski.
4. Grčki. Beogradъ. 1873. b.   Puljevski, Gj. M., Mijak galjički,
Rečnik od tri jezika s. makedonski, arbanski i turski. Knjiga II.
Beograd. 1875. Vergl. Pulêvski. b.   Rad. Rad jugoslavenske aka-
demije znanosti i umjetnosti. U Zagrebu.   Rakovskyj, G. S., Po-
kazalecъ usw. I. Odessa. 1859. b.   Razskazy na bêlorusskomъ narêčii.
Vilъno. 1863. wr.   Res. Aus der sprache der bewohner des Resia-
tales. Vergl. Baudouin de Courtenay. nsl.   Resn. Refnize, chrifti-
anfke, fkus premifhluvanje napreinefhene. V' Zelouzi. 1770. (Von
O. Gutsmann.) nsl.   Rib. Über den nslov. dialekt von Ribnica
(Reifniz) in Unterkrain haben mir verlässliche notizen aus dem anfange
dieses jahrhunderts vorgelegen. nsl.   Rus. Rusalka dнistrovaja. U
Budimê. 1837. klr.   Ryb. Pêsni sobrannyja P. N. Rybnikovymъ.
Moskva. Sanktpeterburgъ. 1861—1867. r.   Sasinek, F. V., Die
Slovaken. Zweite auflage. Prag. 1875. slk.   Sbornikъ osnovnychъ
slovъ kašubskago narêčija g. Cejnovy. Pribav. kъ Izv. I. A. N.
kaš.   Schmidt, J., Zur geschichte des indogermanischen vocalis-
mus. Weimar. 1871. 1875.   Schneider, F., Grammatik der wen-
dischen sprache katholischen dialekts. Budissin. 1853. os.   Seiler, A.,
Kurzgefasste grammatik der serbisch-wendischen sprache nach dem
Budissiner dialekte. Budissin. 1830. os.   Sem. Semenovitsch, A.,
Über die vermeintliche quantität im altpolnischen. Leipzig. 1872.

Vergl. Beiträge zur vergleichenden sprachforschung 8. 212. poln. Skalar, Adam, Mašnik. Aus einer handschrift von 1643. nsl. *Slabikár a prvá čítanka pre slovenské evanjelické a. v. školy. V B. Bystrici. 1859.* slk. *Slk. Slovakisch. Slovníček slovenský. Časopis českého museum. 1848. 198—216. 305—337. Sreznevskij, I. I., Drevnie slavjanskie pamjatniki jusovago pisьma. S. Peterburgь. 1868.* aslov. *(Stapleton) Evangelien. Neuslovenische übersetzung des winterteils der evangelien aus dem werke des Engländers Stapleton, das 1629 gedruckt worden ist. Nach einer abschrift des Herrn A. Raič.* nsl. *Starine na svijet izdaje jugoslavenska akademija. U Zagrebu. Steier. Die darstellung der steirischen mundart des* nsl. *beruht auf eigener kenntniss, auf mitteilungen des Herrn I. Muršec, auf der grammatik von P. Dainko usw. Stilfrid. Plemeniti csini moguchéga cseskoga fersta i viteza Stilfrida. Ugerszkom Sztaromgradu. 1856. chorv. Stremler, P., Fonetika kašebskago jazyka. Voronežь. 1874. Vergl. Journal des ministeriums für volksaufklärung. 1877. August. 307—313. kaš. Suš. Fr. Sušil, Moravské národní písně. V Brně. 1860. č. Szyrwid, C., Dictionarium (lit.). Vilnae. 1713. Šafařík, P. J., Serbische lesekörner. Pesth. 1833.* s. *Škrabec, St., O glasu in naglasu našega knjižnega jezika. Laibach. 1870.* nsl. *Šulek, B., Pogled iz biljarstva u praviek Slovena. Rad. XXXIX.* s. chorv. *Šunjić, M., De ratione depingendi rite quaslibet voces articulatas usw. Wien. 1853.* s. *Thomson, V., The relations between ancient Russia and Scandinavia. Oxford and London. 1877. r. Tic. Principia linguae wendicae, quam wandalicam vocant. Pragae. 1679. os. Tichonr. N. Tichonravovъ, Pamjatniki otrečennoj russkoj literatury. Sanktpeterburgъ. 1863. r. Tyń, E., Časoslovo české ve významu a bohatosti svých tvarů. V Praze. 1866. č. Ukr. Meine darstellung des unterkrainischen dialektes fusst grossenteils auf den mitteilungen des Herrn D. Nemanič. Užynok ridnoho polá vystačynʼ praceü M. G. Mosküa. 1857. klr. Valente, S., O slavjanskomъ jazykê vъ rezijanskoj dolinê vo Friulê. Sanktpeterburgъ. 1878.* nsl. *Valjavac, M., Narodne pripoviesti. U Zagrebu. 1875. Programm des Warasdiner gymnasiums.* nsl. *Valjavac, M., Beitrag zur slav. dialectenkunde. Programm des gymnasiums zu Warasdin. Agram. 1858.* nsl. *Valjavac, M., Prinos k naglasu u (novo)slovenskom jeziku. Rad 43. 1; 44. 1; 45. 50.* nsl. *Varencovъ, V., Sbornikъ russkichъ duchovnychъ stichovъ. Sanktpeterburgъ. 1860. r. Večernyći. Zeitschrift. Lemberg. klr. Vegezzi-Ruscalla, Giovenale, Le colonie serbo-dalmate del circondario di Larino provincia di*

Molise. Torino. 1864. chorv.   V e n e t. *Das venet.-nsl. ist dargestellt nach den aufzeichnungen des Herrn A. Klodič. nsl.*   V e r c h. *Ivan Verchratskyj, Znadoby do slovarja južnoruskoho. U L'vovi. 1877. klr.* V e r c h. o d v. *Ivanъ Verchratskij, Odvitъ P. O. Partyckomu usw. U L'vovi. 1876. klr.*   V e r k o v i ć, *St. I., Narodne pesme makedonski Bugara. I. Ženske pesme. U Beogradu. 1860. b.*   V i c t o r i n, *J., Grammatik der slovak. sprache. Vierte auflage. Budapest. 1878. slk.* V i n g a *(Theresiopel in Ungern). Meine kenntniss von der sprache der Bulgaren zu Vinga in Ungern beruht meist auf handschriftlichen aufzeichnungen verschiedener aufsätze, die mir von P. Eusebius Fermendžin o. s. Francisci mitgeteilt und erklärt wurden.* V o l k s l. klr. *in Čtenija vъ l. obščestvě istorii i drevnostej rossijskich. Moskva. 1863. III. IV. 1864. I. III. IV. 1865. IV. 1866. I. III. 1867. II. klr.* V o s t o k o vъ, *A. Ch., Grammatika cerkovno-slovenskago jazyka. Sanktpeterburgъ. 1863. aslov.* V r t i ć. *Pjesme Franje Krsta markeza Frankopana. U Zagrebu. 1871. chorv.*   V u k *Stefanović Karadžić, Srbi i Hrvati. s. l. et a.* W a c. *Modlitwy Wacława, zabytek języka polskiego z wieku XV. Wydał i objaśnił Lucyan Malinowski. W Krakowie. 1875. poln.* W e s. *Ruskoje wesile opysanoje czerez I. Łozińskoho. W Peremyszly. 1835. klr.* W r. *Weissrussisch.* Z a g o s k i nъ, *N., Opytъ ukazatelja slovarja kъ svedennomu tekstu ustavnychъ gramotъ. Kazanъ. 1876. r.*   Z a p i s k i, *Učenyja, II. otdělenija I. akademii naukъ. S. Peterburgъ. 1854. 1856. I. II. 1. 2.*   Z a r. L. *Malinowski, Zarysy życia ludowego na Szląsku (odbitka z ,Atheneum'). Warszawa. 1877. poln.*   Z b i ó r. *Zbiór wiadomości do antropologii krajowéj. Tom I. Kraków. 1877. poln.* Z e i t s c h r i f t *für vergleichende sprachforschung. Berlin.* Z l i n. *Bartoš, Fr., Ze života lidu moravského. Nářeči slovacké (zlinské). Zvláštní otisky z časopisu ,Matice moravské'. V Brně. 1877. č.*   Z o f. *Biblia královéj Zofii, wydana przez A. Małeckiego. We Lwowie. 1871. poln.* Z o g r a p h o s. *Evangelium zographense.* Z o r e, L., *O ribanju po dubrovačkoj okolici sa dodatcima iz ostalog našeg primorja. U Zagrebu. 1869. Iz Arkiva IX. s.*   Z o r e, L., *Nešto o pjesmam Stjepana Marulića Spljećanina. U Dubrovniku. 1876. 1877. Program gimnazija u Kotoru. chorv.*   Z w a h r, J. C. F., *Niederlausitz-wendisch-deutsches handwörterbuch. Spremberg. 1847. ns.*   Ž i v. *Život gospodina Jezusa Hrista. U Mnecih. 1764. s.*   Ž i v o t *svaté Kateřiny. Legenda. Vydal J. Pečírka. V Praze. 1860. č.*   Ž y t. P. *Žyteckij, Očerkъ zvukovoj istorii malorusskago narěčija. Kievъ. 1876. klr. Vergl. A. A. Potebnja, Razborъ sočinenija P. Žyteckago usw. S. Peterburgъ. 1878.*

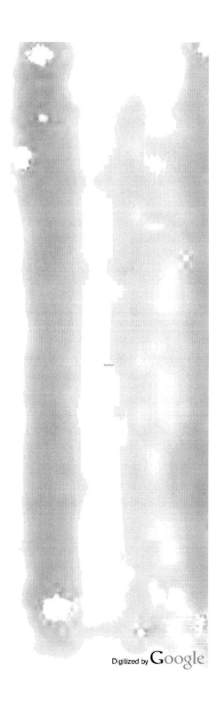

Google

Druck:
Customized Business Services GmbH
im Auftrag der KNV-Gruppe
Ferdinand-Jühlke-Str. 7
99095 Erfurt